DORMIR EM UM MAR DE ESTRELAS

CHRISTOPHER PAOLINI

DORMIR EM UM MAR DE ESTRELAS

Tradução de Ryta Vinagre

Rocco

Título Original
TO SLEEP IN A SEA OF STARS

Este livro é uma obra de ficção. Todos os personagens,
organizações e acontecimentos
retratados nele são produtos da imaginação do autor e foram usados
de forma fictícia.

Copyright © 2020 by Christopher Paolini

"Blackstar" escrito por David Bowie. Reproduzido com autorização
de Nipple Music (BMI) administrado por RZO Music, Inc.

Excertos de *The Immense Journey: An Imaginative Naturalist
Explore the Mysteries of Man and Nature* by Loren Eiseley,
copyright © 1946, 1950, 1951, 1953, 1955, 1956, 1957 by Loren Eiseley.
Usado com a autorização da Random House, um selo e divisão da
Penguin Random House LLC. Todos os direitos reservados.

PROIBIDA VENDA EM PORTUGAL

Direitos para a língua portuguesa reservados
com exclusividade para o Brasil à
EDITORA ROCCO LTDA.
Rua Evaristo da Veiga, 65 – 11º andar
Passeio Corporate – Torre 1
20031-040 – Rio de Janeiro - RJ
Tel.: (21) 3525-2000 - Fax: (21) 3525-2001
rocco@rocco.com.br
www.rocco.com.br

Printed in Brazil/Impresso no Brasil

preparação de originais
SOFIA SOTER

CIP-Brasil. Catalogação na Publicação.
Sindicato Nacional dos Editores de Livros, RJ.

P227d	Paolini, Christopher
	Dormir em um mar de estrelas / Christopher Paolini ; tradução Ryta Vinagre. – 1. ed. – Rio de Janeiro : Rocco, 2021.
	Tradução de: To sleep in a sea of stars
	ISBN 978-65-5532-088-6
	ISBN 978-65-5595-058-8 (e-book)
	1. Ficção americana. I. Vinagre, Ryta. II. Título.
21-69293	CDD: 813
	CDU: 82-3(73)

Meri Gleice Rodrigues de Souza – Bibliotecária – CRB-7/6439

O texto deste livro obedece às normas do
Acordo Ortográfico da Língua Portuguesa.

COMO SEMPRE, ESTE LIVRO É PARA MINHA FAMÍLIA.

*Também para os cientistas, engenheiros e sonhadores que trabalham
para construir nosso futuro em meio às estrelas.*

COMO SEMPRE, ESTE LIVRO É PARA MINHA FAMÍLIA...

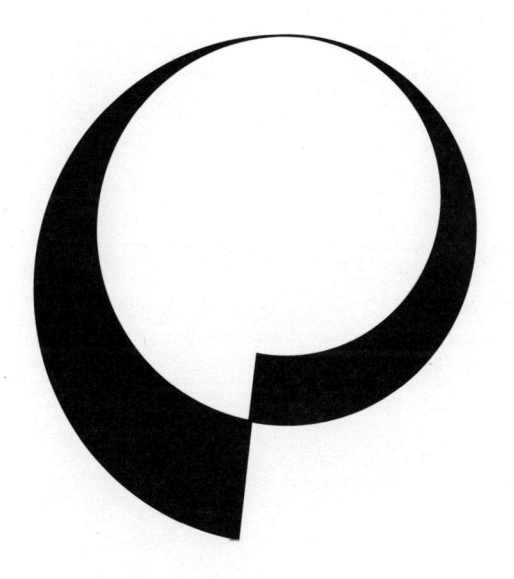

Um livro do universo Fractalverse

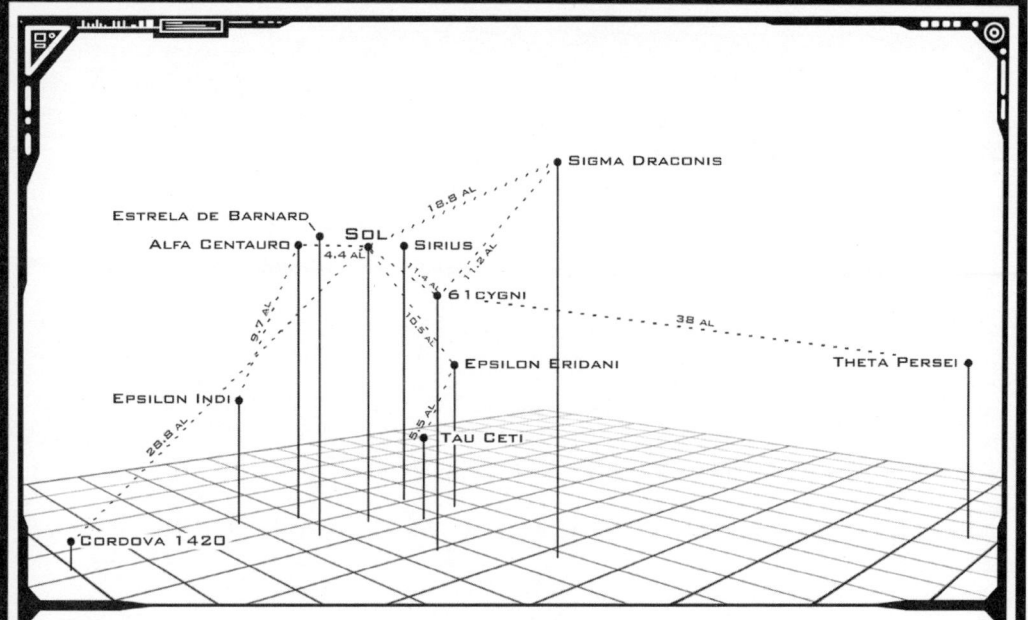

Liga dos Mundos Aliados

- **Sol**

- **Alfa Centauro**
  - Mundo de Stewart

- **Epsilon Eridani**
  - Eidolon

- **Epsilon Indi**
  - Weyland

- **Sigma Draconis**
  - Adrasteia

- **Theta Persei**
  - Talos VII

- **61 Cygni**
  - Ruslan

Não Aliados

- **Cordova 1420**

- **Tau Ceti**
  - Shin-Zar

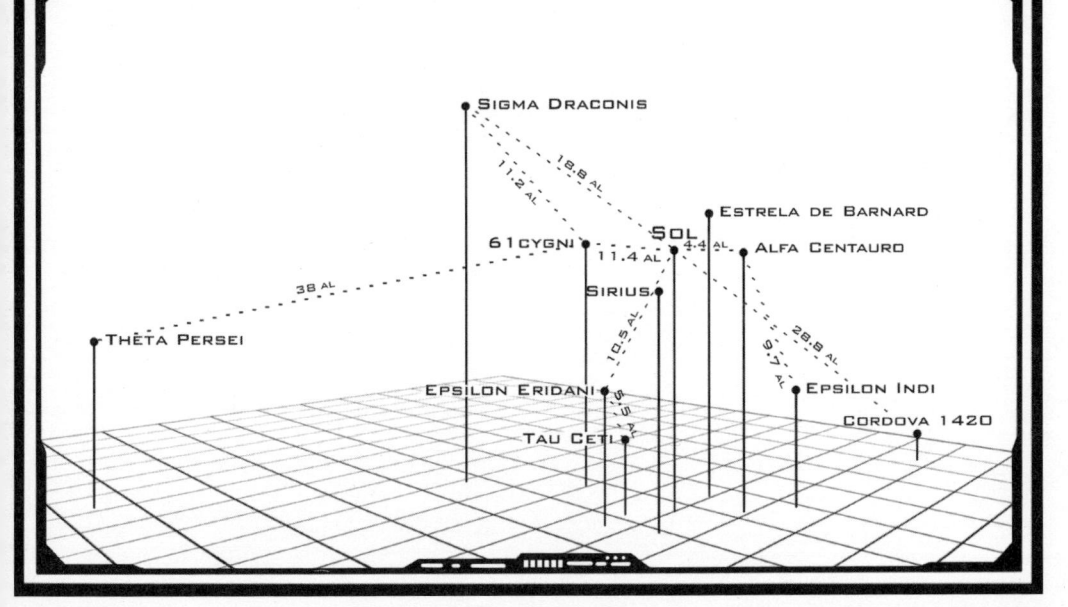

PARTE UM

✶ ✶ ✶ ✶ ✶ ✶ ✶ ✶

EXOGÊNESE

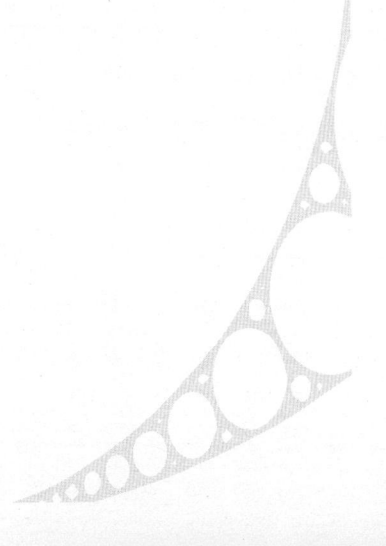

Ó herdeiro da deusa e do grandioso Anquises,
Noite e dia, abertos estão os portões do inferno;
Suave é a queda e o caminho, terno:
Mas para voltar e ver o alegre firmamento
A tarefa e o esforço se dão neste segmento.

— *ENEIDA*, LIVRO 6, VERSOS 126-129
A PARTIR DE TRADUÇÃO DE JOHN DRYDEN

CAPÍTULO I

* * * * * * *

SONHOS

1.

O gigante gasoso laranja, Zeus, descia no horizonte, imenso e pesado, emanando uma meia-luz avermelhada. À sua volta, cintilava um campo de estrelas, brilhando contra o negrume do espaço, enquanto abaixo do olhar descoberto do gigante estendia-se um deserto cinzento riscado de pedras.

Um pequeno amontoado de construções se destacava na vastidão desolada. Domos, túneis e janelas, um foco solitário de calor e vida em meio ao ambiente alienígena.

Dentro do laboratório apertado do complexo, Kira esforçava-se para tirar o sequenciador genético do nicho na parede. O aparelho não era assim tão grande, mas era pesado e ela não conseguia segurá-lo direito.

— Merda — resmungou ela, e ajeitou a postura.

A maior parte do equipamento deles ficaria em Adrasteia, a lua do tamanho da Terra, onde tinham passado os quatro meses anteriores de pesquisa. A maior parte do equipamento, mas não todo. O sequenciador genético fazia parte do kit básico de xenobiologia e, aonde ela fosse, ele também iria. Além do mais, os colonos que logo chegariam na *Shakti-Uma-Sati* teriam modelos mais novos e melhores, em vez do sequenciador econômico e compacto que a empresa a obrigou a usar.

Kira deu outro puxão. Seus dedos escorregaram e ela prendeu a respiração quando uma das arestas de metal cortou a palma da mão. Ela soltou o aparelho e viu uma linha fina de sangue escorrendo na pele.

Sua boca se torceu em um grunhido e ela bateu com força no sequenciador genético. Não ajudou em nada. Fechando a mão ferida em punho, ela andou pelo laboratório, ofegante, esperando que a dor diminuísse.

Normalmente, a resistência do aparelho não a teria incomodado. Normalmente. No entanto, naquele dia, o medo e a tristeza superavam a razão. Eles partiriam pela manhã, decolando para se juntar à nave de transporte, *Fidanza*, que já orbitava Adra. Mais alguns dias e ela entraria em crio com todos os outros nove membros da equipe. Quando despertasse em 61 Cygni, 26 dias depois, cada um deles tomaria seu próprio rumo e seria a última vez que ela veria Alan por... não sabia dizer por quanto tempo. Meses, no mínimo. Com azar, mais de um ano.

Kira fechou os olhos e inclinou a cabeça para trás. Suspirou e o suspiro se transformou em um gemido. Não importava quantas vezes ela e Alan fizessem essa dança; não ficava mais fácil. Pelo contrário, na verdade, e Kira odiava isso, sinceramente.

Eles se conheceram no ano anterior em um grande asteroide que a Lapsang Trading Corp. pretendia minerar. Alan estava lá para um levantamento geológico. Quatro dias — foi o tempo que passaram juntos no asteroide. Foram o riso de Alan e seu cabelo acobreado e despenteado que chamaram a atenção dela, mas foi sua diligência cuidadosa que impressionou Kira. Ele era bom no que fazia e não perdia a calma em caso de emergência.

Kira estivera sozinha há tanto tempo que se convencera de que nunca encontraria alguém. No entanto, como que por milagre, Alan entrou em sua vida e, sem mais nem menos, havia alguém de quem gostar. Alguém que gostava dela.

Eles continuaram a se falar, mandando longas mensagens holográficas pelas estrelas e, por uma combinação de sorte e manobras burocráticas, conseguiram ser alocados juntos em várias outras ocasiões.

Não bastava. Para nenhum dos dois.

Duas semanas antes, tinham pedido permissão à corporação para serem designados como casal às mesmas missões, mas não havia garantias de que a solicitação seria aprovada. A Lapsang Corp. se expandia em áreas demais, tinha projetos demais, e os funcionários eram poucos.

Se o pedido fosse negado... o único jeito de conseguirem viver juntos no longo prazo seria mudar de emprego, encontrar colocações que não exigissem tantas viagens. Kira estava disposta a fazê-lo — tinha, inclusive, procurado anúncios na rede na semana anterior —, mas sentia que não podia pedir a Alan que abrisse mão da carreira na empresa por ela. Ainda não.

Nesse meio-tempo, eles estavam limitados a esperar pelo veredito da corporação. Com o tempo que as mensagens levavam para voltar a Alfa Centauro e a lentidão do Departamento de RH, a resposta mais célere que podiam esperar viria no final do mês seguinte. A essa altura, ela e Alan já teriam embarcado para direções diferentes.

Era frustrante. O único consolo de Kira era o próprio Alan; ele fazia com que tudo valesse a pena. Ela só queria ficar *junto* dele, sem se preocupar com outros disparates.

Ela se lembrou da primeira vez em que ele a abraçara e como fora maravilhoso, como se sentira acolhida e segura. Pensou na carta que ele escrevera depois do primeiro encontro, em todas as palavras vulneráveis e emocionantes que ele dissera. Ninguém nunca tinha feito um esforço tão grande com ela... Alan sempre tinha tempo para Kira. Sempre lhe mostrava generosidade nas maiores e menores coisas, como o estojo personalizado que ele fizera para seu chip-lab, o sistema microanalítico, antes de ela viajar ao Ártico.

As lembranças teriam feito Kira sorrir, mas sua mão ainda doía e ela não se esquecera do que a manhã traria.

— Vamos lá, seu cretino — disse ela, avançando até o sequenciador genético, para puxá-lo com toda força que tinha.

Com um guincho de protesto, ele se mexeu.

2.

Naquela noite, a equipe se reuniu no refeitório para comemorar o fim da missão. Kira não estava com humor para festividades, mas tradição era tradição. Saísse bem ou mal, o término de uma expedição era uma ocasião digna de ser marcada.

Ela escolheu um vestido — verde, com costura dourada — e passou uma hora arrumando o cabelo em uma pilha alta de cachos. Não era grande coisa, mas ela sabia que Alan valorizaria seu esforço. Ele sempre valorizava.

Kira tinha razão. No momento em que a viu no corredor da cabine, o rosto de Alan se iluminou e ele a abraçou. Ela enterrou a testa na camisa dele e falou:

— Sabia que nós *não* precisamos ir?

— Eu sei — disse ele —, mas é melhor marcar presença.

Ele lhe deu um beijo na testa e ela se obrigou a sorrir.

— Tá, você me convenceu.

— É isso aí!

Ele sorriu também e ajeitou um cacho solto atrás da orelha esquerda de Kira.

Kira fez o mesmo com uma das mechas dele. Nunca deixava de se espantar com o brilho do cabelo de Alan contra aquela pele clara. Diferente dos outros, Alan nunca parecia se bronzear, por mais que ficasse ao ar livre ou debaixo das luzes de pleno espectro de uma espaçonave.

— Tudo bem — disse ela em voz baixa. — Vamos nessa.

O refeitório estava cheio quando eles chegaram. Os outros oito integrantes da equipe de pesquisa se espremiam em volta de mesas estreitas, uma música daquele scramrock que Yugo amava berrava dos alto-falantes, Marie-Élise distribuía copos cheios do ponche servido na tigela de plástico no balcão e Jenan dançava como se tivesse enchido a cara de pinga. Talvez tivesse mesmo.

Kira estreitou o braço na cintura de Alan e fez o máximo para expressar ânimo. Não era hora de remoer pensamentos deprimentes.

Não era hora... mas ela não conseguia se conter.

Seppo foi diretamente a eles. O botânico tinha prendido o cabelo em um coque para o evento, o que só acentuava os ângulos finos de seu rosto.

— Quatro horas — disse ele, derramando bebida do copo ao gesticular. — Quatro horas! Levei quatro horas para desatolar meu rastreador.

— Lamento, Seppo — disse Alan com um tom irônico. — Eu te falei, não conseguimos contar a você antes.

— Bah. Tinha *areia* no meu skinsuit. Tem ideia do quanto foi desconfortável? Fiquei esfolado em meia dúzia de lugares. Olha só!

Ele levantou a bainha da camisa surrada para mostrar uma linha vermelha na pele da barriga, onde a costura inferior do skinsuit tinha rasgado.

— Vamos fazer o seguinte, vou te pagar uma bebida em Vyyborg para compensar — disse Kira. — Que tal?

Seppo levantou a mão e apontou para a direção geral dela.

— Esta... seria uma compensação aceitável. Mas chega de areia!

— Chega de areia — concordou ela.

— E você — disse Seppo, balançando o dedo para Alan. — Você... sabe o quê.

Enquanto o botânico saía trôpego, Kira olhou para Alan.

— O que foi isso?

Alan riu.

— Não tenho a menor ideia. Mas certamente será estranho não estar por perto dele.

— É.

Depois de uma rodada de bebida e conversa, Kira se retirou para o fundo do salão e se encostou em um canto. Assim como não queria perder Alan — de novo —, também não queria se despedir do resto da equipe. Os quatro meses em Adra fizeram deles uma família. Uma família estranha e disforme, mas de que ela gostava mesmo assim. Deixá-los seria um sofrimento, e, quanto mais próximo ficava o momento, mais Kira percebia o quanto seria sofrido.

Ela tomou outro longo gole do ponche com sabor de laranja. Já havia passado por isso — Adra não era a primeira possível colônia onde a empresa a alocava —, e depois de sete anos voando de uma porcaria de rocha a outra, Kira começava a sentir uma séria necessidade de... amigos. Família. Companhia.

Agora estava prestes a deixar tudo para trás. *De novo.*

Alan sentia o mesmo. Ela via em seus olhos enquanto ele andava pelo salão, batendo papo com os integrantes da equipe. Ela pensou que talvez alguns dos outros também estivessem tristes, mas disfarçavam com a bebida, a dança e os risos estridentes demais para serem inteiramente sinceros.

Ela fez uma careta e bebeu o que restava do ponche. Hora de reabastecer.

A batida do scramrock era mais alta do que antes. A música era de Todash and the Boys, e a vocalista gritava "... *to fleeee. And there's nothing at the door. Hey, there's nothing at the door. Babe, what's that knocking at the door?*", sua voz zunindo em um crescendo vacilante que dava a impressão de que as cordas vocais iam estourar.

Kira desencostou da parede e estava prestes a partir para a tigela de ponche quando viu Mendoza, o chefe da expedição, abrindo caminho até ela. Era fácil: ele tinha um corpo de barril. Antigamente, ela achava que ele tinha sido criado em uma colônia de gravidade elevada como Shin-Zar, mas Mendoza negou quando perguntado e alegou que era de um anel habitacional em algum lugar perto de Alfa Centauro. Ela não tinha lá muita certeza se acreditava nele.

— Kira, preciso conversar com você — disse ele, aproximando-se.

— Que foi?

— Temos um problema.

Ela riu.

— *Sempre* tem algum problema.

Mendoza deu de ombros e enxugou a testa com um lenço que tirou do bolso de trás da calça. A testa refletia pontos luminosos das muitas luzinhas coloridas penduradas no teto e havia manchas em suas axilas.

— Não posso dizer que está errada, mas isto precisa ser corrigido. Um dos drones lá do sul apagou. Parece que foi derrubado por uma tempestade.

— E daí? Mande outro.

— Eles estão muito longe e não temos tempo para imprimir um substituto. A última coisa que o drone detectou foi alguma matéria orgânica pelo litoral. Precisamos verificar antes de partir.

— Ah, sem essa. Quer mesmo que eu saia *amanhã*? Já catalog5uei cada micróbio de Adra.

Aquela incursão lhe custaria a manhã com Alan. De jeito nenhum Kira ia abrir mão do tempo que restava aos dois.

Mendoza a encarou com um olhar de "está de sacanagem comigo?" abaixo das sobrancelhas franzidas.

— A regra é clara, Kira. Não podemos correr o risco de os colonos esbarrarem em alguma coisa ruim. Como o Flagelo. Você não quer esse peso na sua consciência. Não quer mesmo.

Kira tentou tomar outro gole, mas notou que seu copo ainda estava vazio.

— Meu Deus. Mande Ivanova. Os drones são dela e ela sabe operar um chip-lab tão bem quanto eu. Tem...

— Você vai — disse Mendoza, frio. — Zero seiscentos, e não quero ouvir mais um pio. — Sua expressão se suavizou um pouco. — Sinto muito, mas você é xenobióloga e a regra...

— A regra é clara — disse Kira. — Tá, eu sei. Pode deixar. Mas, já avisei, não vale o esforço.

Mendoza lhe deu um tapinha no ombro.

— Que bom. Espero que não valha mesmo.

Enquanto ele saía, uma mensagem de texto apareceu no canto da visão de Kira: <*Ei, amor, tudo bem? — Alan*>

Subvocalizando a resposta, ela escreveu: <*Tudo bem. Só um trabalho a mais. Te conto depois. — Kira*>

Do outro lado do salão, ele fez um sinal de joinha brincalhão e os lábios dela se curvaram em um sorriso, mesmo a contragosto. Ela fixou o olhar na tigela de ponche e seguiu em sua direção. Precisava mesmo de outra bebida.

Marie-Élise a interceptou perto da tigela, movendo-se com a elegância estudada de uma ex-bailarina. Como sempre, sua boca estava descentrada, como se ela estivesse a ponto de abrir um sorriso torto... ou soltar uma ironia mordaz (e Kira já ouvira várias da parte dela). Ela já era alta, mas, usando os saltos pretos e reluzentes impressos para a festa, ficava uma cabeça inteira maior que Kira.

— Vou sentir saudades, *chérie* — disse Marie-Élise.

Ela se curvou e deu dois beijos no rosto de Kira.

— Eu também — disse Kira, lacrimejando.

Junto com Alan, Marie-Élise tinha se tornado sua amiga mais íntima na equipe. Elas passaram longos dias juntas em campo: Kira estudava os micróbios de Adrasteia enquanto Marie-Élise estudava lagos, rios e os depósitos de água ocultos no fundo do solo.

— Ah, anime-se. Vai me mandar mensagens, não é? Quero saber tudo sobre você e Alan. E vou mandar mensagens também. Combinado?

— Tá. Prometo.

Pelo resto da noite, Kira esforçou-se para esquecer o futuro. Dançou com Marie-Élise. Trocou piadas com Jenan e farpas com Fizel. Pela milésima vez, elogiou Yugo pela comida. Competiu na queda de braço com Mendoza (e perdeu) e cantou um dueto horrivelmente desafinado com Ivanova. Sempre que possível, abraçava Alan. Mesmo quando eles não estavam se falando nem se olhando, ela o sentia, e seu toque era um conforto.

Depois de beber bastante ponche, Kira deixou que os outros a convencessem a pegar a concertina. Em seguida, desligaram a música gravada e todos se reuniram a sua volta — Alan a seu lado, Marie-Élise junto de seu joelho — enquanto Kira tocava uma variedade de canções tradicionais de viajantes espaciais. Eles riram, dançaram e beberam, e por um tempo ficou tudo bem.

3.

Já passava da meia-noite e a festa ainda estava a todo vapor quando Alan fez sinal para ela, com um movimento do queixo. Kira entendeu e, sem dizer nada, eles escapuliram do refeitório.

Eles se apoiaram um no outro ao atravessar o complexo, com o cuidado de não derramar o ponche dos copos. Kira não estava acostumada aos corredores vazios. Normalmente ficavam cobertos de filtros e atulhados de amostras, suprimentos e equipamento sobressalente encostados nas paredes. Agora, tudo desaparecera. Durante a semana anterior, ela e a equipe tinham esvaziado o lugar, nos preparativos para a partida. Se não fosse pela música que ecoava atrás deles e as luzes fracas de emergência ao longo do piso, a base pareceria abandonada.

Kira estremeceu e abraçou Alan com mais força. Lá fora o vento uivava — um sopro sinistro que fazia o teto e as paredes rangerem.

Quando chegaram à porta do compartimento de hidroponia, Alan não apertou o botão de abertura, mas a olhou de cima, com um sorriso dançando nos lábios.

— Que foi? — perguntou ela.

— Nada. Só estou agradecido por estar com você.

Ele deu um beijo rápido na boca de Kira. Ela quis retribuir o beijo — o ponche criara um certo *clima* —, mas ele riu, afastou a cabeça e apertou o botão.

A porta se abriu com uma pancada sólida.

O ar morno chegou a eles, junto com o barulho de água pingando e o perfume suave das plantas floríferas. O compartimento de hidroponia era o lugar preferido de Kira no complexo. Lembrava sua casa, as longas fileiras de jardins em estufa em que ela brincava quando criança no planeta colônia de Weyland. Durante expedições longas como esta a Adra, era procedimento padrão cultivar parte da própria comida. Em parte para que eles pudessem testar a viabilidade do solo nativo, em parte para reduzir a quantidade de mantimentos que precisavam levar, mas principalmente para romper a monotonia mortal das refeições liofilizadas fornecidas pela empresa.

No dia seguinte, Seppo arrancaria as plantas e as enfiaria no incinerador. Nenhuma delas sobreviveria até a chegada dos colonos e era ruim deixar pilhas de material biológico onde poderiam — se o complexo tivesse alguma brecha — entrar no ambiente de forma descontrolada. Porém, por aquela noite, o compartimento de hidroponia ainda estava cheio de alface, rabanetes, salsinha, tomates, grupos de caules de abobrinha e vários outros cultivos que Seppo vinha experimentando em Adra.

Não era só isso. Em meio às estantes mal-iluminadas, Kira viu vários vasos dispostos em arco. Em cada vaso havia um galho alto e fino encimado por uma delicada flor roxa que vergava sob o próprio peso. Um grupo de estames com pólen na ponta se estendia de cada flor — como uma explosão de fogos de artifício —, enquanto pintas brancas enfeitavam as gargantas aveludadas.

Petúnias do céu noturno! Sua flor preferida. O pai as cultivava e, mesmo com seu talento para a horticultura, elas não paravam de dar problemas. Eram temperamentais, tendiam a formar crostas e ser infestadas por pragas e não toleravam nem o mais leve desequilíbrio nos nutrientes.

— Alan — disse ela, emocionada.

— Lembrei de você ter dito o quanto gostava delas.

— Mas... Como você conseguiu...

— Cultivá-las? — perguntou ele, sorrindo para ela, claramente satisfeito com a reação. — Seppo ajudou. Ele tinha sementes arquivadas. Nós as imprimimos e passamos as últimas três semanas tentando impedir que as danadinhas morressem.

— São maravilhosas — disse Kira, sem sequer tentar esconder a emoção na voz.

Ele estreitou o abraço.

— Que bom — disse ele, a voz meio abafada no cabelo de Kira. — Eu queria fazer algo especial para você antes de...

Antes de. As palavras arderam na mente de Kira.

— Obrigada.

Ela se separou dele por tempo suficiente para examinar as flores; seu aroma picante e excessivamente doce a afetou com a força vertiginosa e nostálgica da infância.

— Obrigada — repetiu Kira, voltando a Alan. — Obrigada, obrigada, obrigada.

Ela apertou a boca na dele e eles se beijaram longamente.

— Aqui — disse Alan quando eles se afastaram para respirar.

Ele pegou um cobertor isotérmico embaixo de uma das estantes de batateira e o abriu dentro do arco de petúnias. Eles se acomodaram ali, aconchegados, bebendo o ponche.

Lá fora, a imensidão funesta de Zeus ainda pendia no alto, visível pelo domo pressurizado e transparente do compartimento de hidroponia. Assim que chegaram a Adra, ver o gigante gasoso enchera Kira de apreensão. Cada instinto dela gritou que Zeus ia cair do céu e esmagá-los. Parecia impossível que algo tão grande pudesse permanecer suspenso no alto sem apoio nenhum. Com o tempo, porém, ela se acostumou com a imagem e agora admirava a magnificência do gigante gasoso. Não precisava de filtros para chamar a atenção.

Antes de... Kira estremeceu, e não foi de frio. Antes de eles partirem. Antes de ela e Alan terem de se separar. Eles já não tinham mais dias de férias para gastar e a empresa não daria mais que alguns dias de folga em 61 Cygni.

— Ei, qual é o problema? — disse Alan, a voz suave de solidariedade.

— Você sabe qual é.

— ... Sei.

— Isso não está ficando mais fácil. Pensei que ficaria, mas...

Ela fungou e meneou a cabeça. Adra era a quarta expedição que faziam juntos e era, de longe, sua alocação compartilhada mais longa.

— Não sei quando verei você de novo e... — continuou ela. — Eu te amo, Alan, e ter de me despedir de tantos em tantos meses é um porre.

Ele a encarou, fixa e seriamente. Seus olhos castanhos brilhavam na luz de Zeus.

— Então não vamos nos despedir.

O coração de Kira deu um salto e, por um momento, parecia que o tempo tinha parado. Ela temia esta exata resposta há meses. Quando sua voz voltou a funcionar, ela falou:

— Como assim?

— Não vamos mais quicar por aí. Eu também não aguento mais.

A expressão dele era tão franca, tão sincera, que ela não pôde deixar de sentir uma centelha de esperança. Será que ele estava...?

— O que...

— Vamos requisitar vagas na *Shakti-Uma-Sati*.

Ela pestanejou.

— Como colonos.

Ele assentiu, ávido.

— Como colonos. Os funcionários da empresa têm vaga garantida e Adra vai precisar de todos os xenobiólogos e geógrafos que conseguir.

Kira riu, depois atentou para a expressão dele.

— Está falando sério.

— Sério como uma brecha na pressão.

— Você só diz isso porque está bêbado.

Alan acariciou o rosto dela.

— Não, Kira. Não é isso. Sei que seria uma mudança e tanto para nós dois, mas também sei que você está enjoada de voar de uma rocha a outra e não quero esperar mais seis meses para te ver. *Sinceramente* não quero.

As lágrimas se acumularam nos olhos de Kira.

— Eu também não quero.

Ele virou a cabeça de lado.

— Então, não vamos deixar isso acontecer.

Kira riu um pouco e olhou para Zeus enquanto tentava processar as emoções. O que ele sugeria era tudo que ela esperava, tudo com que sonhava. Só não esperava que acontecesse tão rápido. Mesmo assim, ela amava Alan, e, se isto significava que eles poderiam ficar juntos, então ela queria. Queria *Alan*.

A centelha com brilho de meteoro da *Fidanza* passou no alto, em órbita lenta entre Adra e o gigante gasoso.

Ela enxugou os olhos.

— Não acho que seja tão fácil quanto você diz. As colônias só querem casais formados. Você sabe disso.

— Sim, eu sei — disse Alan.

Uma sensação de irrealidade fez Kira se segurar no chão enquanto ele se ajoelhava diante dela e, do bolso da frente, pegava uma caixinha de madeira. Ele a abriu. Aninhada dentro dela, uma aliança de metal cinzento com uma pedra roxa azulada incrustada, cujo brilho era impressionante.

O pomo de adão de Alan subiu e desceu quando ele engoliu em seco.

— Kira Navárez… uma vez você me perguntou o que eu via entre as estrelas. Eu lhe disse que via perguntas. Agora, eu vejo você. Vejo *nós dois*.

Ele respirou fundo e continuou:

— Kira, pode me dar a honra de unir sua vida à minha? Quer ser minha esposa, como eu serei seu marido? Quer…

— *Sim* — disse ela, todas as preocupações perdidas na descarga de entusiasmo que a inundou.

Ela envolveu a nuca de Alan com as mãos e o beijou, no início com ternura, depois com uma paixão crescente.

— Sim, Alan J. Barnes, sim, eu me casarei com você — continuou. — Sim. Mil vezes sim.

Ela olhou enquanto ele pegava sua mão e passava o anel por seu dedo. O metal era frio e pesado, mas era um peso reconfortante.

— A aliança é de ferro — disse ele, devagar. — Pedi a Jenan para fundir do minério que levei. O ferro representa o esqueleto de Adrasteia. A pedra é tesserita. Não foi fácil encontrar, mas sei o quanto gosta dela.

Kira fez que sim com a cabeça sem pretender. A tesserita era exclusiva de Adrasteia; era parecida com o benitoíte, com uma tendência maior para o roxo. Era, de longe, a pedra de que ela mais gostava no planeta. Entretanto, era extraordinariamente rara; Alan devia ter procurado intensamente para localizar uma peça tão grande e de qualidade tão elevada.

Ela ajeitou uma das mechas acobreadas que tinha caído na testa e olhou em seus lindos olhos suaves, perguntando-se como podia ter tanta sorte. Como os dois tinham se encontrado nessa galáxia toda.

— Eu te amo — sussurrou ela.

— Eu também te amo — disse ele.

Então Kira riu, sentindo-se quase histérica, e enxugou os olhos. O anel arranhou a testa; levaria tempo para se acostumar com sua presença.

— Merda. Vamos mesmo fazer isso?

— Vamos — disse Alan, com sua autoconfiança reconfortante. — Claro que vamos.

— Ótimo.

Ele a puxou para mais perto, seu corpo quente contra o dela. Kira reagiu com igual carência, igual desejo, agarrando-se a ele como se tentasse atravessar sua pele e entrar na carne até que os dois se tornassem um só.

Juntos, eles se mexeram com uma urgência frenética dentro do arco de flores envasadas, combinando os ritmos dos corpos, desligados do gigante gasoso laranja que pendia no alto, imenso e ofuscante.

CAPÍTULO II

* * * * * * *

O RELICÁRIO

1.

Kira apertou os braços da poltrona com mais força enquanto o módulo suborbital arremetia para baixo, descendo para a ilha nº 302-01-0010, perto da costa ocidental de Legba, o principal continente do hemisfério sul. A ilha ficava no paralelo 52, em uma grande baía protegida por vários recifes de granito, e era a última localização conhecida do drone defeituoso.

A frente da cabine se engolfou em um manto de fogo enquanto o módulo ardia pela atmosfera rarefeita de Adrasteia a quase 7,5 mil quilômetros por hora. Parecia que as chamas estavam a centímetros do rosto de Kira, mas ela não sentiu calor nenhum.

Em volta delas, o casco chocalhava e gemia. Kira fechou os olhos, mas as chamas ainda saltavam e se contorciam diante dela, mais brilhantes do que nunca.

— É isso aí! — gritou Neghar ao seu lado, e Kira sabia que ela sorria, endiabrada.

Kira trincou os dentes. O módulo era perfeitamente seguro, envolto pelo escudo magnético que o protegia do inferno em brasa do lado de fora. Quatro meses no planeta, centenas de voos, sem um acidente que fosse. Geiger, a pseudointeligência que pilotava o módulo, tinha um histórico quase impecável; a única ocasião em que deu defeito foi quando um capitão figurão de asteroide tentou otimizar uma cópia e acabou matando a tripulação. Apesar do histórico de segurança, Kira detestava a reentrada. O barulho e as sacudidas a faziam sentir que o módulo estava prestes a se romper, e nada era capaz de convencê-la do contrário.

Além do mais, o visor não ajudava em nada em sua ressaca. Ela tomou um comprimido antes de deixar Alan na cabine dele, mas ainda não tinha eliminado a dor. A culpa era dela própria. Deveria se comportar. *Teria* se comportado, mas a emoção vencera a capacidade crítica na noite anterior.

Ela desativou a transmissão das câmeras do módulo e se concentrou em respirar.

"Vamos nos casar!" Ainda não parecia verdade. Ela passara a manhã toda com um sorriso bobo colado na cara. Sem dúvida estava com cara de idiota. Ela tocou o osso esterno, passou o dedo no anel de Alan por baixo do traje. Eles ainda não tinham contado aos outros, então ela decidira usar a aliança em uma corrente, mas pretendiam contar à noite. Kira estava ansiosa para ver a reação de todos, mesmo que o anúncio não fosse lá muito surpreendente.

Depois que eles estivessem na *Fidanza*, pediriam ao capitão Ravenna para oficializar tudo. Dali em diante, Alan seria dela. Ela seria dele. Assim, eles poderiam começar a criar um futuro juntos.

Casamento. Uma mudança de emprego. Instalar-se em um planeta só. Uma família. Ajudar a construir uma nova colônia. Como Alan dissera, seria uma mudança imensa, mas Kira se sentia pronta. Mais do que pronta. Era a vida pela qual sempre ansiara, mas que, com o arrastar dos anos, fora parecendo cada vez mais improvável.

Depois de fazerem amor, eles tinham passado horas acordados, conversando sem parar. Discutiram os melhores lugares para se instalar em Adrasteia, a cronologia do esforço de terraformação e todas as atividades possíveis na lua e fora dela. Alan entrou em detalhes sobre o tipo de casa em domo que queria construir — "... e precisa ter uma banheira grande, com tamanho suficiente para a gente se esticar sem tocar o outro lado, assim podemos tomar um banho decente, não como esses chuveirinhos mínimos a que estivemos presos" — e Kira ouviu, comovida com a paixão dele. Ela, por sua vez, disse que queria estufas como as de Weyland. Os dois concordaram que não importava o que fizessem, seria melhor se feito juntos.

O único pesar de Kira era que ela bebera demais; tudo depois da proposta de Alan se transformara em um borrão.

Aprofundando-se em seus filtros, ela puxou os registros da noite anterior. Viu Alan ajoelhado em sua frente de novo e o ouviu dizer "Eu também te amo" antes de envolvê--la nos braços um minuto depois. Quando criança, época em que instalara os implantes, os pais não pagaram por um sistema que permitisse registro pleno dos sentidos — nada de tato, paladar ou olfato —, porque consideravam uma extravagância desnecessária. Pela primeira vez, Kira desejou que eles não tivessem uma mentalidade tão prática. Ela queria sentir o que sentiu naquela noite; queria sentir aquilo pelo resto da vida.

Depois que voltassem à Estação Vyyborg, usaria sua bonificação para instalar as atualizações necessárias, decidiu. Lembranças como as da véspera eram preciosas demais para serem perdidas e ela estava decidida a não deixar escapulir mais nada.

Quanto a sua família em Weyland... O sorriso de Kira desbotou um pouco. Não ficariam felizes por ela morar tão longe deles, mas ela sabia que entenderiam. Os pais tinham feito uma mudança parecida, afinal: emigraram do Mundo de Stewart, perto de Alfa Centauro, antes de ela nascer. O pai sempre dizia que o maior objetivo da humanidade era se espalhar entre as estrelas. Eles apoiavam sua decisão de se tornar xenobióloga desde o início, e Kira sabia que apoiariam a nova decisão.

Voltando aos filtros, ela abriu o vídeo mais recente de Weyland. Já o assistira duas vezes desde que chegara, um mês antes, mas naquele momento sentiu o impulso súbito de ver sua casa e família mais uma vez.

Os pais apareceram, como Kira sabia que aconteceria, sentados na estação de trabalho do pai. Era o início da manhã e a luz entrava oblíqua pelas janelas que davam para o oeste. Ao longe, as montanhas eram uma silhueta irregular envolta pelo horizonte, quase perdidas em um agrupamento de nuvens.

"Kira!", disse o pai. Ele estava o mesmo de sempre. A mãe tinha um corte de cabelo novo; ela lhe abriu um leve sorriso. "Meus parabéns por chegar ao final do levantamento. Como estão sendo seus últimos dias em Adra? Encontrou alguma coisa interessante na região lacustre de que você nos falou?"

"Tem feito frio aqui", disse a mãe. "Hoje, tinha geada cobrindo o chão."

O pai fez uma careta. "Felizmente o geotérmico está funcionando."

"Por enquanto", disse a mãe.

"Por enquanto. Tirando isso, não temos novidades. Os Hensen vieram jantar outra noite e disseram que…"

Então a porta do escritório se abriu com uma pancada e Isthah saltou para o campo de visão, com a camisola de sempre, uma xícara de chá na mão. "Bom dia, mana!"

Kira sorriu enquanto os via falar dos afazeres no assentamento e das atividades cotidianas: os problemas com os agrobots que cuidavam das lavouras, os programas a que assistiam, detalhes sobre o último lote de plantas liberadas no ecossistema do planeta. Assim por diante.

Em seguida, eles lhe desejaram viagens seguras e o vídeo terminou. O último quadro se demorou diante dela, o pai paralisado no meio de um aceno, o rosto da mãe em um ângulo estranho quando ela se despedia dizendo "… te amo".

— Eu te amo — murmurou Kira.

Ela suspirou. Quando tinha sido a última vez que os visitara? Dois anos antes? Três? No mínimo isso. Tempo demais, sem dúvida. As distâncias e os tempos de viagem não facilitavam em nada.

Ela sentia falta de casa. O que não significava que ficaria contente em permanecer em Weyland. Precisava se desafiar, ir além do normal e do comum. Conseguira fazer isso. Por sete anos, viajou aos confins do espaço. No entanto, estava enjoada de ficar sozinha e enjoada de se enfiar em uma espaçonave após a outra. Estava pronta para um novo desafio, um desafio que equilibrava o conhecido com o desconhecido, a segurança com a estranheza.

Ali, em Adra, com Alan, ela achava que talvez encontrasse o equilíbrio.

2.

Na metade da reentrada, a turbulência começou a diminuir e a interferência eletromagnética desapareceu junto com as camadas de plasma. Linhas de texto amarelo apareceram no canto superior da visão de Kira enquanto o link de comunicação com o QG entrava em operação novamente.

Ela deu uma olhada nas mensagens, se atualizando com os demais integrantes da equipe de pesquisa. Fizel, o médico, estava irritante como sempre, mas, tirando isso, nada de interessante.

Uma nova janela se abriu:

<*Como foi o voo, amor? — Alan*>

Kira estava despreparada para a súbita ternura que a preocupação dele evocou nela. Sorriu de novo ao subvocalizar a resposta:

<*Tudo bem por aqui. E você? — Kira*>

<*Só fazendo o que resta da coleta. Emocionante. Quer que eu arrume sua cabine para você? — Alan*>

Ela sorriu. <*Obrigada, mas cuidarei disto quando voltar. — Kira*>

<*Tá... Olha, não tivemos a oportunidade de conversar direito de manhã e eu queria saber: você ainda concorda com tudo que foi dito ontem à noite? — Alan*>

<*Quer saber se eu ainda quero me casar com você e me instalar aqui, em Adra? — Kira*> Ela continuou antes que ele pudesse responder: <*Sim. Minha resposta ainda é sim. — Kira*>

<*Que bom. — Alan*>

<*E você? Ainda está tudo bem? — Kira*> Sua respiração ficou meio presa quando ela enviou a mensagem.

A resposta dele foi imediata: <*Inteiramente. Só queria ter certeza de que você está bem. — Alan*>

Ela se sentiu amolecer. <*Mais do que bem. E agradeço por se dar ao trabalho de confirmar. — Kira*>

<*Sempre, amor. Ou eu deveria dizer... noiva? — Alan*>

Kira soltou um som deliciado. Saiu mais sufocado do que ela pretendia.

— Tudo bem aí? — perguntou Neghar, e Kira sentiu o olhar da piloto nela.

— Mais do que bem.

Ela e Alan continuaram a conversar até que os retrofoguetes fossem ativados, atirando-a à plena consciência de seu ambiente.

<*Preciso ir. Vamos pousar. Entro em contato mais tarde. — Kira*>

<*Tá. Divirta-se. ;-) — Alan*>

<*Claaaaro. — Kira*>

Então Geiger falou em seu ouvido:

— Pouso em dez... nove... oito... sete...

A voz dele era calma e fria, com um certo sotaque culto de Magalhães. Ela pensava nele como um Heinlein. Ele soava como alguém que se chamaria Heinlein, se fosse gente. De carne e osso, quer dizer. Com um corpo.

Elas pousaram com uma queda curta que fez o estômago de Kira se sacudir e seu coração disparar. O módulo virou alguns graus para a esquerda enquanto afundava no solo.

— Não demore muito, entendeu? — disse Neghar, soltando o arnês.

Tudo nela era elegante e compacto, das feições delicadamente entalhadas às dobras de seu macacão, passando pelas tranças finas que formavam uma faixa larga atravessando a cabeça. Na lapela, ela usava sempre um broche de ouro: um memorial aos colegas que foram perdidos no trabalho.

— Yugo disse que está preparando uma nova fornada de pão de canela como mimo especial antes do lançamento — disse ela. — Se a gente não se apressar, vai sumir tudo antes de voltarmos.

Kira soltou o próprio arnês.

— Não levo nem um minuto.

— É melhor mesmo, meu bem. Eu *mataria* por aqueles pãezinhos.

O ranço de ar reprocessado atingiu o nariz de Kira quando ela colocou o capacete. A atmosfera de Adrasteia tinha densidade suficiente para respirar, mas seria mortal para quem tentasse. O oxigênio não era suficiente. Pelo menos por enquanto, mas a mudança levaria décadas. A ausência de oxigênio também implicava que Adra não tinha uma camada de ozônio. Todos que se arriscavam do lado de fora precisavam estar totalmente protegidos contra o UV e outras formas de radiação. Caso contrário, estariam sujeitos à pior queimadura de sol da vida.

Pelo menos a temperatura é suportável, pensou Kira. Ela nem precisou ligar o aquecedor do skinsuit.

Ela subiu na estreita câmara de descompressão e puxou a escotilha a suas costas, que se fechou com um estrondo metálico.

— Troca atmosférica iniciada; favor aguardar — disse Geiger em seu ouvido.

O indicador ficou verde. Kira girou a roda no meio da escotilha externa e empurrou. O lacre se rompeu com um ruído pegajoso, de rasgo, e a luz avermelhada do céu de Adrasteia inundou a câmara.

A ilha era um amontoado feio de pedras e solo cor de ferrugem, grande o bastante para que ela não conseguisse ver o outro lado, só o litoral próximo. Depois da margem de terra havia uma extensão de água cinza, como um manto de chumbo martelado, as pontas das ondas realçadas pela luz avermelhada do céu sem nuvens. Um mar venenoso, denso de cádmio, mercúrio e cobre.

Kira pulou da câmara de descompressão e a fechou. Franziu a testa ao examinar a telemetria do drone afogado. A matéria orgânica que ele detectara não estava perto da água, como esperava Kira, mas no alto de um morro largo, algumas centenas de metros ao sul.

"Tudo bem, então." Ela seguiu pelo terreno fraturado, pisando com cuidado. Enquanto caminhava, blocos de texto apareciam diante dela, dando informações sobre a composição química, a temperatura local, a densidade, provável idade e radioatividade de diferentes partes da paisagem. O escâner no cinto alimentava as leituras nos filtros e, ao mesmo tempo, as transmitia para o módulo.

Kira analisou devidamente o texto, mas não viu novidade nenhuma. Nas poucas vezes em que se sentiu compelida a pegar uma amostra do solo, os resultados foram tediosos, como sempre: minerais, vestígios de compostos orgânicos e pré-orgânicos e uma mixórdia de bactérias anaeróbicas.

No alto do morro, ela encontrou uma rocha achatada marcada com sulcos fundos da última glaciação planetária. Uma mancha de bactérias laranja, semelhantes a liquens, cobria a maior parte da pedra. Kira reconheceu a espécie só de olhar — *B. loomisii* —, mas raspou uma amostra só para confirmar.

Biologicamente, Adrasteia não era muito interessante. Sua descoberta mais notável foi uma espécie de bactéria metanofágica abaixo do manto de gelo ártico — uma bactéria que tinha uma estrutura lipídica um tanto incomum na parede celular. Foi só isso. Ela escreveria um artigo sobre o bioma de Adrasteia, é claro, e se tivesse sorte talvez conseguisse publicar em alguns periódicos mais obscuros, mas não era motivo para se vangloriar.

Ainda assim, a ausência de formas mais desenvolvidas de vida era uma vantagem quando se tratava da terraformação: fazia da lua um pedaço de argila bruta, adequada para remodelação como julgavam melhor a empresa e os colonos. Diferente de Eidolon — o lindo e mortal Eidolon —, eles não teriam de lutar constantemente com a flora e a fauna nativas.

Enquanto esperava que seu chip-lab terminasse a análise, Kira foi à crista do morro, vendo as rochas ásperas e o oceano metálico.

Ela franziu o cenho ao lembrar quanto tempo levaria para eles conseguirem povoar os mares com algo além de algas e plâncton geneticamente modificados.

"Este será o nosso lar." Era uma ideia preocupante, mas não deprimente. Weyland não era muito mais amistoso e Kira se lembrava das imensas melhorias que vira no planeta durante sua infância: a terra, antes estéril, convertida em solo fértil, a propagação de verduras crescendo pela paisagem, a capacidade de andar ao ar livre por um tempo limitado sem oxigênio suplementar. Ela estava otimista. Adrasteia era mais habitável do que 99% dos planetas na galáxia. Pelos padrões astronômicos, era um análogo quase perfeito da Terra, mais semelhante do que um planeta de gravidade elevada como Shin-Zar e ainda mais semelhante que Vênus, com suas cidades flutuantes nas nuvens.

Quaisquer que fossem as dificuldades impostas por Adrasteia, ela estava disposta a enfrentá-las, se isto significasse que ela e Alan ficariam juntos.

"Vamos nos casar!" Kira sorriu, levantou os braços, com os dedos estendidos, e olhou bem para cima, sentindo-se prestes a explodir. Nada parecera tão certo na vida.

Um bipe agudo soou em seu ouvido.

3.

O chip-lab tinha terminado. Ela verificou a leitura. A bactéria era *B. loomisii*, como pensava.

Kira suspirou e desligou o dispositivo. Mendoza tinha razão — era responsabilidade deles verificar o crescimento orgânico —, mas ainda era uma enorme perda de tempo.

"Tanto faz." De volta ao QG e a Alan, e logo poderiam decolar para a *Fidanza*.

Kira começou a deixar o morro e então, por curiosidade, olhou para onde o drone havia caído. Neghar tinha identificado e marcado o local durante a descida do módulo.

"Ali." Um quilômetro e meio além do litoral, perto do meio da ilha, ela viu uma caixa amarela delineando um trecho de terreno perto de um...

— Hm.

Uma formação de rochas irregulares, em pilares, projetava-se do chão em um ângulo agudo, de lado. Kira não vira nada parecido com isto em qualquer dos lugares que visitara em Adra — e foram muitos.

— Petra: selecionar alvo visual. Analisar.

O sistema respondeu. Um contorno faiscou em volta da formação, e, depois, uma longa lista de elementos rolou ao lado. Kira ergueu as sobrancelhas. Não era geóloga como Alan, mas sabia o suficiente para perceber como era incomum ter tantos elementos agrupados.

— Ativar leitura térmica — disse ela em voz baixa.

O visor escureceu e o mundo a sua volta tornou-se uma pintura impressionista em azuis, pretos e — onde o chão absorvera o calor do sol — vermelhos suaves. Como era de se esperar, a formação combinava perfeitamente com a temperatura ambiente.

<*Ei, dá uma olhada nisso. — Kira*> E passou as leituras a Alan.

Menos de um minuto depois: <*Mas que diabo! Tem certeza de que o equipamento está funcionando? — Alan*>

<*Certeza absoluta. O que acha que é? — Kira*>

<*Sei lá. Pode ser extrusão de lava... Dá para fazer uma varredura? Talvez coletar algumas amostras? Terra, rocha, o que for conveniente. — Alan*>

<*Se você quiser mesmo. Mas é uma escalada e tanto. — Kira*>

<*Vou fazer valer a pena. — Alan*>

<*Hmm. Gostei dessa ideia, amor. — Kira*>

<*Tchauzinho. — Alan*>

Ela sorriu com malícia e desativou o infravermelho ao partir morro abaixo.

— Neghar, você me ouve?

Um estalo de estática e depois: *O que tá pegando?*

— Vou precisar de mais meia hora, por aí. Foi mal.

Droga! Aqueles pãezinhos não vão durar mais do que...

— Eu sei. Tem uma coisa que preciso investigar para Alan.

O quê?

— Umas rochas, mais para o interior.

Vai abrir mão dos pãezinhos de canela de Yugo por ISSO?

— Desculpe, sabe como é. Além do mais, nunca vi nada parecido.

Um momento de silêncio. *Tudo bem. Mas é melhor se apressar, está me entendendo?*

— Entendido, me apressar — disse Kira.

Ela riu e acelerou o passo.

Quando o terreno acidentado permitia, ela corria, e dez minutos depois tinha chegado à formação rochosa inclinada. Era maior do que esperava.

O ponto mais alto ficava sete metros acima do solo e a base da formação tinha mais de vinte metros de extensão: mais larga até do que o comprimento do módulo. O grupo quebrado de colunas, pretas e facetadas, a lembrava basalto, mas sua superfície tinha um brilho oleoso semelhante ao de carvão ou grafite.

Kira achava a aparência das rochas um pouco desconcertante. Eram escuras demais, austeras e afiadas demais, diferentes demais do resto da paisagem — uma torre arruinada em meio ao descampado de granito. Embora ela soubesse ser sua imaginação, um ar desconfortável parecia cercar a formação rochosa, como uma vibração baixa com intensidade suficiente para irritar. Se fosse um gato, Kira tinha certeza de que seus pelos estariam eriçados.

Ela franziu a testa e coçou os braços.

Certamente não parecia ter havido uma erupção vulcânica na área. Tudo bem, então será que era a queda de um meteoro? Isso também não fazia sentido. Não tinha sinal de explosão, nem cratera.

Ela contornou a base, examinando. Perto da parte traseira, localizou os restos do drone: uma longa tira de componentes quebrados e derretidos desfeita no chão.

"Um raio e tanto", pensou Kira. O drone devia estar bem veloz para se desmanchar desse jeito.

Ela ajeitou o traje, ainda inquieta. O que quer que fosse a formação, concluiu que teria de deixar que Alan resolvesse o mistério. Isso daria a ele algo para fazer no voo de saída do sistema.

Ela pegou uma amostra do solo, depois procurou uma lasca pequena da rocha escura. Segurou-a contra o sol. Tinha uma estrutura cristalina diferenciada: um padrão em escama de peixe que a lembrava fibra de carbono entrelaçada. "Cristais de impacto?" Fosse o que fosse, era incomum.

Ela guardou a pedra em um saco de amostra e olhou a formação pela última vez.

Um clarão prateado, a vários metros acima do solo, chamou sua atenção.

Kira parou, examinando-o.

Uma rachadura tinha se aberto em uma das colunas, revelando um veio irregular e branco por dentro. Ela verificou os filtros: o veio era fundo demais dentro da rachadura para que se obtivesse uma boa leitura. A única coisa que o escâner podia dizer era que não era radiativo.

O comunicador estalou e Neghar disse: *Como está indo, Kira?*

— Quase acabando.

Tá. Rápido, por favor.

— Tá, tudo bem — murmurou Kira consigo mesma.

Ela olhou a rachadura, tentando decidir se valia o esforço de escalar e examinar. Quase entrou em contato com Alan para perguntar, mas decidiu não incomodá-lo. Se não descobrisse o que era o veio, sabia que a pergunta o irritaria até que eles, com sorte, voltassem a Adra e ele tivesse a oportunidade de examiná-lo pessoalmente.

Kira não podia fazer isso com ele. Ela o vira ficar acordado até tarde muitas vezes, debruçado sobre os vídeos desfocados de um drone.

Além disso, não era assim *tão* difícil alcançar a rachadura. Se ela começasse *ali* e fosse por *lá*, talvez... Kira sorriu. O desafio tinha apelo. O skinsuit não tinha coxins de lagartixa, mas não devia importar, não para uma escalada fácil como esta.

Ela andou até uma coluna inclinada que terminava apenas um metro acima de sua cabeça. Puxando o ar rapidamente, Kira flexionou os joelhos e deu um salto.

A borda acidentada da pedra enterrou-se em seus dedos quando ela a segurou. Ela passou uma perna pelo alto da coluna e depois, com um grunhido, impeliu-se para cima.

Kira ficou de quatro, agarrada à pedra irregular até que o ritmo do coração desacelerasse. Depois se levantou cuidadosamente no alto da coluna.

A partir dali, era relativamente fácil. Ela pulou para outra coluna torta, que lhe permitiu subir em várias outras, como quem sobe uma escada gigantesca, envelhecida e em ruínas.

O último metro foi meio espinhoso; Kira teve de calçar os dedos entre dois pilares para se escorar enquanto se balançava de um apoio a outro. Felizmente, havia uma plataforma larga abaixo da rachadura que ela tentava alcançar — com largura suficiente para lhe dar espaço para se levantar e se mexer.

Ela sacudiu as mãos para que o sangue voltasse aos dedos e andou na direção da fissura, curiosa com o que encontraria.

De perto, o veio cintilante e branco parecia metálico e flexível, como se fosse de prata pura. Só que não podia ser; não estava enegrecido.

Ela apontou os filtros para o veio.

"Térbio?"

Kira quase não reconheceu o nome. Um dos elementos do grupo da platina, pensou ela. Não se deu ao trabalho de procurar, mas sabia que era estranho que um metal desses aparecesse em uma forma tão pura.

Ela se inclinou para a frente, olhando mais fundo na rachadura, procurando um ângulo melhor para o escâner...

Bang! O barulho foi alto como um tiro. Kira tomou um susto — seu pé escorregou e ela sentiu a falha na pedra abaixo dela enquanto toda a plataforma cedia.

Ela caiu...

Uma imagem lampejou por sua mente, de seu corpo fraturado no chão.

Kira gritou e se debateu, tentando agarrar a coluna que tinha à frente, mas errou e...

Foi tragada pela escuridão. Trovões enchiam seus ouvidos e raios disparavam pela visão enquanto a cabeça batia nas rochas. A dor disparou pelos braços e pernas quando ela foi golpeada por todos os lados.

A provação pareceu durar minutos.

Então ela teve uma súbita sensação de leveza...

... e, um segundo depois, bateu em um monte duro e irregular.

4.

Kira ficou onde estava, estupefata.

O impacto lhe arrancara o fôlego. Ela tentou encher os pulmões, mas os músculos não reagiam. Por um momento, parecia que estava se asfixiando, até seu diafragma relaxar e o ar se precipitar para dentro.

Ela ofegou, desesperada por oxigênio.

Depois de respirar algumas vezes, ela se obrigou a parar de arquejar. A hiperventilação não tinha sentido. Só dificultaria ainda mais a respiração.

Diante dela, só o que via era rocha e sombra.

Ela verificou os filtros: skinsuit ainda intacto, nenhuma brecha detectada. Pulsação e pressão sanguínea elevadas, nível de O_2 elevado normal, cortisol nas alturas (como era de se esperar). Para seu alívio, não viu nenhum osso quebrado, embora o cotovelo direito parecesse ter sido esmagado por uma marreta e ela soubesse que passaria dias roxa e dolorida.

Ela mexeu os dedos das mãos e dos pés, para ver se estavam bem.

Com a língua, Kira separou duas doses de Norodon líquido. Chupou o analgésico do tubo de alimentação e o engoliu, ignorando o sabor doce e enjoativo. O Norodon levaria alguns minutos para chegar ao efeito máximo, mas ela já sentia a agonia diminuindo a uma dor surda.

Estava deitada em uma pilha de escombros de pedra. Os cantos e bordas escavavam as costas com uma insistência desagradável. Com uma careta, ela rolou do monte e se ajoelhou.

O chão era surpreendentemente plano. Plano e coberto de uma grossa camada de poeira.

Apesar da dor, Kira se forçou a se levantar. O movimento a deixou tonta. Ela se apoiou nas coxas até a sensação passar, virou-se e olhou o ambiente.

Uma nesga entrecortada de luz se infiltrava do buraco por onde ela havia caído, proporcionando a única fonte de iluminação. Por ela, Kira viu que estava no interior de uma caverna circular, talvez com dez metros de diâmetro...

Não, não era uma caverna.

Por um momento ela não conseguiu entender o que via, pois a incongruência era grande demais. O chão era plano. As paredes eram lisas. O teto era curvo e abobadado. No meio do espaço havia uma... estalagmite? Uma estalagmite da altura da cintura, que se alargava ao subir.

Kira ficou com a mente em disparada, imaginando como o espaço poderia ter se formado. Um redemoinho? Um vórtice de ar? Deveria haver sulcos para todo lado, estrias... Seria uma bolha de lava? A rocha não era vulcânica...

Finalmente, ela entendeu. A verdade era tão improvável que ela não se permitiu considerar a possibilidade, embora fosse lógica.

A caverna não era uma caverna. Era uma sala.

— Por Thule — sussurrou.

Não era religiosa, mas nessa hora parecia que rezar era a única reação adequada.

Alienígenas. Alienígenas *inteligentes*. Uma onda de medo e empolgação tomou conta de Kira. Sua pele esquentou, alfinetadas de suor brotaram pelo corpo e a pulsação começou a martelar.

Só um artefato alienígena tinha sido encontrado até então: o Grande Farol em Talos VII. Kira tinha quatro anos na época, mas ainda se lembrava do momento em que a notícia fora divulgada ao público. As ruas de Highstone caíram em um silêncio mortal enquanto todos viam seus filtros, tentavam digerir a revelação de que não, a espécie humana não era a única senciente a ter evoluído na galáxia. A história do dr. Crichton, xenobiólogo e único sobrevivente da primeira expedição à entrada do Farol, foi uma das primeiras e maiores inspirações de Kira para querer se tornar xenobióloga também. Em seus momentos mais imaginativos, ela às vezes devaneava com uma descoberta que fosse igualmente momentosa, mas a probabilidade de isso de fato acontecer parecia remota e impossível.

Kira se obrigou a respirar novamente. Precisava se concentrar.

Ninguém sabia o que tinha acontecido com os construtores do Farol; morreram há muito tempo ou desapareceram, e não se descobriu nada que explicasse sua natureza, origem ou intenções. "Será que eles fizeram isto também?"

Qualquer que fosse a verdade, o espaço era uma descoberta de importância histórica. Cair nele provavelmente foi a coisa mais importante que ela fez na vida. A descoberta seria notícia por todo o espaço colonizado. Haveria entrevistas, convites para eventos; *todo mundo* ia falar nisso. Ai, os artigos que poderia publicar... Carreiras inteiras eram construídas por muito, mas muito menos.

Seus pais ficariam tão orgulhosos. Em particular o pai; outras provas de alienígenas inteligentes o deixariam sumamente deliciado.

Prioridades. Primeiro ela precisava ter certeza de sobreviver à experiência. Até onde sabia, o espaço podia ser um matadouro automatizado. Kira verificou as leituras do traje, paranoica. Ainda não havia brechas. Ótimo. Não precisava se preocupar com contaminação de organismos alienígenas.

Ela ativou o rádio.

— Neghar, você me escuta?

Silêncio.

Kira tentou mais uma vez, mas seu sistema não entrava em conexão com o módulo. Pedra demais por cima, ela imaginou. Não ficou preocupada; Geiger teria alertado Neghar de que havia algo errado assim que a transmissão de seu skinsuit fosse interrompida. Não deveria demorar muito para a ajuda chegar.

Ela precisava de ajuda mesmo. Não havia como escalar para fora sozinha, sem coxins de lagartixa. As paredes tinham mais de quatro metros de altura e nenhum suporte. Pelo buraco, ela via uma mancha de céu, pálido e distante. Kira não sabia exatamente a distância da queda, mas parecia o bastante para se encontrar bem abaixo do nível do solo.

Pelo menos não era uma queda reta. Ou ela provavelmente estaria morta.

Kira continuou a examinar o ambiente, sem sair de onde estava. A câmara não tinha entradas ou saídas evidentes. O pedestal que a princípio ela pensou ser uma estalagmite tinha uma depressão rasa, como uma tigela, no alto. Uma poça de poeira se acumulara na depressão, ocultando a cor da pedra.

Enquanto os olhos se adaptavam ao escuro, Kira viu linhas longas de um preto azulado atravessando as paredes e o teto. As linhas se recortavam em ângulos oblíquos, formando desenhos semelhantes àqueles de uma placa de circuito impresso primitiva, apesar de bem mais afastadas.

"Arte? Linguagem? Tecnologia?" Às vezes era difícil saber a diferença. Seria este lugar uma tumba? Obviamente, era possível que os alienígenas não enterrassem seus mortos. Não havia como saber.

— Ativar leitura térmica — disse Kira em voz baixa.

Seu visual mudou, mostrando uma impressão turva do ambiente, salientada pelo trecho mais quente do chão, que era atingido pelo sol. Nenhum laser, nenhuma indicação de calor artificial.

— Desativar leitura térmica.

O espaço podia até ser cravejado de sensores passivos, mas sua presença não disparava reação perceptível. Ainda assim, Kira tinha de supor que era observada.

Uma ideia lhe ocorreu e ela desligou o escâner do cinto. Não sabia se os sinais do dispositivo podiam parecer ameaçadores a um alienígena.

Ela deu uma olhada no último conjunto de leituras do escâner: a radiação de fundo era mais alta do que o normal devido a um acúmulo do gás radônio, enquanto as paredes, o teto e o piso continham a mesma mistura de minerais e elementos que ela havia registrado na superfície.

Kira olhou rapidamente a mancha de céu. Neghar não demoraria a chegar à formação. Levaria só alguns minutos de módulo — alguns minutos para Kira examinar a descoberta mais importante de sua vida. Depois que fosse retirada do buraco, Kira sabia que não teria permissão de voltar. Por lei, qualquer evidência de inteligência alienígena tinha de ser informada às autoridades competentes da Liga dos Mundos Aliados. Eles isolariam a ilha (e provavelmente boa parte do continente) em quarentena e mandariam a própria equipe de especialistas para lidar com o local.

Isto não significava que ela quebraria o protocolo. Por mais que quisesse andar por ali, ver as coisas mais de perto, Kira sabia que tinha a obrigação moral de não perturbar mais a câmara. Preservar sua condição atual era mais importante do que qualquer ambição pessoal.

Assim, ela ficou onde estava, apesar da frustração quase insuportável. Se ao menos pudesse *tocar* nas paredes...

Voltando a olhar o pedestal, Kira notou que a estrutura estava no nível de sua cintura. Será que isso queria dizer que os alienígenas tinham o tamanho dos humanos?

Ela mudou a postura, desconfortável. Os hematomas nas pernas latejavam, apesar do Norodon. Um tremor correu por seu corpo e ela ligou o aquecedor do traje. Não estava tão frio assim na sala, mas as mãos e os pés congelavam, agora que diminuía a onda de adrenalina da queda.

Do outro lado daquele espaço, um nó de linhas, com o tamanho máximo da palma da mão, chamou sua atenção. Diferente do resto das paredes curvas, as linhas...

Crac!

Kira olhou na direção do ruído bem a tempo de ver uma pedra do tamanho de um melão cair da abertura no teto bem acima dela.

Ela gritou e cambaleou, desajeitada, para a frente. Suas pernas se embolaram e ela caiu com força sobre o peito.

A pedra bateu no chão atrás dela, provocando uma nuvem turva de poeira.

Kira precisou de um segundo para recuperar o fôlego. Sua pulsação martelava de novo e a qualquer momento esperava alarmes disparados e alguma contramedida horrivelmente eficaz para se livrarem dela.

Não aconteceu nada. Nenhum alarme soou. Nenhuma luz piscou. Nenhum alçapão se abriu abaixo dela. Nenhum laser a crivou de perfurações mínimas.

Ela voltou a se levantar, ignorando a dor. A poeira era macia sob suas botas e abafava tanto o barulho que o único som que ela ouvia era de sua respiração penosa.

O pedestal estava bem à sua frente.

"Mas que droga", pensou Kira. Devia ter sido mais cuidadosa. Seus instrutores na escola teriam comido seu fígado por cair, mesmo que tenha sido por engano.

Ela voltou a atenção ao pedestal. A depressão no alto a lembrava uma bacia de água. Por baixo da poeira acumulada havia mais linhas, inscritas pela curva interna da cavidade. E... ao examinar mais atentamente, parecia haver um leve brilho azul emanando delas, suave e difuso por baixo das partículas parecidas com pólen.

Sua curiosidade disparou. Bioluminescência? Ou seria alimentado por uma fonte artificial?

Do lado de fora da estrutura, ela ouviu o ronco crescente dos motores do módulo. Não tinha muito tempo. No máximo, um ou dois minutos.

Kira mordeu o lábio. Se pudesse ver melhor a bacia... Sabia que o que estava prestes a fazer era errado, mas não podia evitar. Tinha de saber *alguma coisa* sobre este artefato espantoso.

Ela não era burra a ponto de tocar a poeira. Seria o tipo de erro inexperiente que levava as pessoas a serem devoradas, infectadas ou dissolvidas por ácido. Em vez disso, ela pegou o pequeno cilindro de ar comprimido no cinto e o usou para soprar delicadamente a poeira da beira da bacia.

A poeira voou em colunas retorcidas, expondo as linhas por baixo. Elas *de fato* reluziam, com um brilho arrepiante que a lembrava uma descarga elétrica.

Kira estremeceu de novo, mas não de frio. Parecia que estava invadindo um terreno proibido.

"Chega." Ela tentara o destino muito mais do que era sensato. Hora de fazer uma retirada estratégica.

Ela se virou para se afastar do pedestal.

Um choque correu perna acima enquanto o pé direito permanecia preso ao chão. Ela gritou, surpresa, e caiu sobre um joelho. Ao fazer isso, o tendão do tornozelo paralisado foi torcido e se rompeu, e ela soltou um berro.

Piscando para combater as lágrimas, Kira olhou o pé.

Poeira.

Uma pilha de poeira negra cobria o pé. Uma poeira fervilhante que se *mexia*. Era despejada da bacia, descia do pedestal e ia para seu pé. Enquanto ela observava, a poeira começou a rastejar pela perna, seguindo o contorno dos músculos.

Kira gritou e tentou libertar a perna, mas a poeira a mantinha presa, firmemente, como uma tranca magnética. Ela tirou o cinto, dobrou e o usou para bater na massa amorfa. Os golpes não conseguiram soltar nada da poeira.

— Neghar! — gritou. — Socorro!

Com o coração batendo tão alto que a impedia de ouvir qualquer outra coisa, Kira esticou bem o cinto entre as mãos e tentou usá-lo para raspar a coxa. A beira do cinto deixou uma impressão rasa na poeira, mas, tirando isso, não teve efeito algum.

O enxame de partículas já alcançara a dobra do quadril. Ela as sentia pressionando a perna, como uma série de faixas apertadas, em eterno movimento.

Kira não queria, mas não teve alternativa; com a mão direita, tentou segurar a poeira e puxar.

Seus dedos afundaram no enxame de partículas como que em espuma. Não havia nada para agarrar e, quando ela puxou a mão de volta, a poeira veio junto, envolvendo seus dedos com tentáculos viscosos.

— Ai!

Ela esfregou a mão no chão, em vão.

O medo disparou quando Kira sentiu cócegas no pulso e entendeu que a poeira tinha encontrado um caminho por entre as costuras das luvas.

— Cobertura de emergência! Lacrar todas as bainhas.

Kira teve dificuldade para pronunciar as palavras. A boca estava seca e a língua parecia ter o dobro do tamanho normal.

Seu traje respondeu instantaneamente, estreitando-se em volta de cada articulação, inclusive o pescoço, e formando lacres herméticos com a pele. Não bastou para impedir a poeira. Kira sentia o progresso frio braço acima até o cotovelo, e passando dele.

— SOS! SOS! — gritou ela. — SOS! Neghar! Geiger! SOS! Alguém está me ouvindo?! Socorro!

Por fora do traje, a poeira fluiu por cima do visor, mergulhando-a na escuridão. Dentro do traje, os tentáculos rastejavam pelo ombro, cruzavam o pescoço e o peito.

Um pavor irracional tomou posse de Kira. Pavor e repulsa. Ela sacudiu a perna com toda a força que tinha. Algo se partiu em seu tornozelo, mas o pé ainda estava ancorado ao chão.

Ela gritou e arranhou o visor, tentando limpá-lo.

A poeira escorreu por sua face, para a frente do rosto. Ela gritou de novo, depois cerrou a boca, fechou a garganta e prendeu a respiração.

Parecia que seu coração ia explodir.

"Neghar!"

A poeira se arrastou para os olhos, como os pés de mil insetos minúsculos. Um instante depois, cobria a boca. Quando chegou, um toque contorcido dentro das narinas, não era menos horrível do que ela imaginara.

" ... Burra... Não devia... Alan!"

Kira viu o rosto dele à frente e, junto com o medo, sentiu uma aterradora sensação de injustiça. As coisas não deveriam terminar assim! Finalmente, o peso na garganta se tornou demasiado e ela abriu a boca para gritar enquanto a torrente de poeira corria para dentro dela.

Tudo se apagou.

CAPÍTULO III

★   ★   ★   ★   ★   ★   ★

NA *EXTENUATING CIRCUMSTANCES*

1.

Para começar, houve a consciência da consciência.

Depois, a consciência da pressão, suave e reconfortante.

Mais tarde ainda, a consciência dos sons: um leve gorjeio que se repetia, um ronco distante, o zumbido do ar reciclado.

Por último, veio a consciência de si, erguendo-se das profundezas da escuridão. Foi um processo lento; as trevas eram espessas e pesadas, como um manto de lodo, e sufocavam seus pensamentos, aumentavam o peso e os enterravam nas profundezas. Porém, a flutuabilidade natural de sua consciência prevaleceu e, no devido tempo, ela despertou.

2.

Kira abriu os olhos.

Estava deitada em uma mesa de exame na enfermaria, no QG. Acima dela, duas faixas de luz raiavam o teto escurecido, branco azulado e severo. O ar era frio e seco e ela reconhecia o cheiro de solventes.

"Estou viva."

Por que isso era surpreendente? Como tinha ido parar na enfermaria? Eles não deviam estar partindo para a *Fidanza*?

Ela engoliu em seco e o sabor desagradável dos fluidos de hibernação lhe deu ânsias de vômito. Seu estômago se revirou e ela reconheceu o sabor. *Crio?* Ela esteve na merda da *crio*? Por quê? Por quanto tempo?

O que raios aconteceu?!

O pânico acelerou sua pulsação e Kira se sentou rapidamente, agarrando o cobertor.

— Gaaah!

Ela vestia uma camisola hospitalar fina, amarrada nas laterais.

As paredes oscilaram com a vertigem induzida pela crio. Ela se lançou para a frente e caiu da mesa no pavimento branco, ofegante, enquanto o corpo tentava expulsar o veneno dentro de si. Nada saiu, apenas baba e bile.

— Kira!

Ela sentiu mãos que a viravam, depois Alan apareceu acima dela, embalando-a com braços gentis.

— Kira — repetiu ele, com o rosto franzido de preocupação. — Shhh. Está tudo bem. Estou aqui. Está tudo bem.

Ele parecia se sentir tão mal quanto Kira. Suas bochechas estavam encovadas e havia rugas em torno dos olhos que ela não se lembrava de ter visto pela manhã. "Manhã?"

— Quanto tempo? — perguntou ela, com a voz rouca.

Alan estremeceu.

— Quase quatro semanas.

— Não — disse ela, afundando-se no pavor. — Quatro *semanas*?

Incapaz de acreditar, Kira verificou os filtros: 1402 TGE, segunda-feira, 16 de agosto de 2257.

Atordoada, ela leu a data duas vezes. Alan tinha razão. O último dia de que se lembrava, o dia em que eles deviam partir para Adra, era 21 de julho. "Quatro semanas!"

Sentindo-se perdida, ela examinou o rosto de Alan na esperança de encontrar respostas.

— Por quê?

Ele fez um carinho em seu cabelo.

— Do que você se lembra?

Foi uma luta para Kira responder.

— Eu...

Mendoza tinha lhe dito para verificar o drone afogado, depois... depois... queda, dor, linhas brilhantes e escuridão, escuridão por toda a volta.

— Aaaahh!

Ela se jogou para trás e segurou o pescoço, com o coração aos saltos. Parecia que algo bloqueava a garganta, asfixiando-a.

— Relaxe — disse Alan, com a mão ainda em seu ombro. — Relaxe. Você agora está a salvo. Respire.

Um aperto de segundos de agonia, depois a garganta se afrouxou e ela inspirou fundo, desesperada por ar. Kira tremeu, agarrou Alan e o abraçou com a maior força que pôde. Nunca teve tendência a crises de pânico, nem mesmo durante as provas finais de seu IPD, mas a sensação de asfixia tinha sido tão *forte*...

Com a voz abafada pelo cabelo de Kira, Alan falou:

— A culpa é minha. Eu nunca deveria ter te pedido para verificar aquelas rochas. Me desculpe, amor.

— Não, não peça desculpas — disse ela, afastando-se o suficiente para olhar em seu rosto. — Alguém precisava verificar. Além do mais, encontrei ruínas alienígenas. Não é incrível?

— É incrível mesmo — admitiu ele com um sorriso relutante.

— Está vendo só? Agora, o que...

Soaram passos do lado de fora da enfermaria e Fizel entrou. Ele era magro e moreno e mantinha um cabelo curto raspado que nunca parecia crescer. Hoje vestia seu jaleco de clínico, com as mangas enroladas, como se estivesse fazendo um exame.

Ao ver Kira, ele se curvou para fora da porta e gritou:

— Ela acordou!

Depois deu a volta pelos três leitos dispostos juntos à parede, pegou um chip-lab na bancada pequena, agachou-se ao lado de Kira e segurou seu pulso.

— Abra. Diga *aaaa*.

— Aaaa.

Rapidamente, ele examinou sua boca e os ouvidos, verificou a pulsação e a pressão sanguínea e apalpou sob seu maxilar.

— Isso dói?

— Não.

Ele assentiu, um gesto abrupto.

— Vai ficar tudo bem. Trate de beber muita água. Vai precisar dela depois de ficar em crio.

— Eu *já estive* congelada antes — disse Kira, enquanto Alan a ajudava a voltar à mesa de exames.

Fizel torceu a boca.

— Só estou fazendo meu trabalho, Navárez.

— Sei.

Kira coçou o braço. Por mais que detestasse admitir, o médico tinha razão. Ela estava desidratada, a pele estava seca e coçava.

— Tome — disse Alan, passando-lhe um saco de água.

Enquanto Kira bebia um gole, Marie-Élise, Jenan e Seppo entraram às pressas na enfermaria.

— Kira!

— Aí está você!

— Bem-vinda de volta, dorminhoca!

Atrás deles, Ivanova apareceu, de braços cruzados, toda prática.

— Já não era sem tempo, Navárez!

Yugo, Neghar e Mendoza também se juntaram a eles e toda a equipe de pesquisa se espremeu na enfermaria, tão apertados que Kira sentia o calor de seus corpos e o toque de seu hálito. Era um casulo acolhedor de vida.

Ainda assim, apesar da proximidade dos amigos, Kira se sentia estranha e inquieta, como se o universo estivesse fora dos eixos, como um espelho torto. Isso em parte se devia às semanas que perdera. Em parte, pensou ela, aos remédios que Fizel injetara. E em parte porque, se ela se permitisse mergulhar nas profundezas de sua mente, ainda podia sentir algo à espreita ali, esperando por ela... uma presença horrível, estranguladora e sufocante, como argila úmida pressionada no nariz e na boca...

Ela enterrou as unhas da mão direita no braço esquerdo e inspirou bruscamente, inflando as narinas. Ninguém além de Alan parecia ter percebido; ele a olhou com preocupação e seu abraço se estreitou na cintura de Kira.

Kira se sacudiu numa tentativa de expulsar aqueles pensamentos e, olhando para todos, falou:

— E então, quem vai me informar?

Mendoza grunhiu.

— Primeiro nos dê seu relato, depois a colocaremos a par de tudo.

Kira levou um instante para perceber que a equipe não tinha ido apenas cumprimentá-la. Tinham uma expressão ansiosa e, ao examinar seus rostos, viu os mesmos sinais de estresse de Alan. Não sabia com o que eles estiveram lidando nas últimas quatro semanas, mas não havia sido fácil.

— Hmm, isso será oficial, chefe? — perguntou ela.

O rosto de Mendoza continuou duro e fixo, indecifrável.

— Oficial, Navárez, e também não será visto apenas pela companhia.

"Merda." Ela engoliu em seco, ainda sentindo o gosto dos fluidos de hibernação no fundo da língua.

— Podemos fazer isso daqui a uma ou duas horas? Estou muito deslocada.

— Não podemos, Navárez.

Ele hesitou, depois acrescentou:

— É melhor falar conosco do que com...

— Outra pessoa — disse Ivanova.

— Exatamente.

A confusão de Kira ficou ainda maior. Suas preocupações também. Ela olhou rapidamente para Alan e ele assentiu e a apertou de um jeito reconfortante. "Tudo bem." Se ele achava que esta era a coisa certa a fazer, ela confiaria nele.

Ela respirou fundo.

— A última lembrança que tenho é de ter ido verificar o material orgânico que o drone localizou antes de cair. Neghar Esfahani estava pilotando. Pousamos na ilha número...

Kira não demorou muito para resumir o que se seguiu, concluindo com a queda na estranha formação rochosa e o espaço em seu interior. Fez o melhor que pôde para descrever o local, mas a certa altura sua memória era tão incoerente que se tornou inútil. (As linhas no pedestal estavam mesmo brilhando, ou foi fruto de sua imaginação?)

— E foi tudo o que você viu? — disse Mendoza.

Kira coçou o braço.

— É tudo de que me lembro. Acho que tentei me levantar e... — hesitou, meneando a cabeça. — Depois disso, tudo escureceu.

O chefe da expedição amarrou a cara e meteu as mãos nos bolsos do macacão.

Alan deu um beijo na têmpora dela.

— Lamento que tenha passado por isso.

— Você tocou em alguma coisa? — perguntou Mendoza.

Kira pensou.

— Só onde caí.

— Tem certeza? Quando Neghar tirou você de lá, havia marcas na poeira no pilar e em volta dele, no meio do espaço.

— Como eu disse, a última coisa de que me lembro é de tentar me levantar — respondeu e virou a cabeça de lado. — Por que não verifica os registros do meu traje?

Mendoza a surpreendeu com uma careta.

— A queda danificou os sensores do traje. A telemetria ficou inutilizável. Seus implantes também não foram de grande ajuda. Pararam de registrar 43 segundos depois de você entrar naquele espaço. Fizel disse que não é incomum em casos de traumatismo craniano.

— Meus implantes foram danificados? — perguntou Kira, de repente preocupada.

Seus filtros *pareciam* normais.

— Seus implantes estão perfeitamente funcionais — disse Fizel, torcendo o lábio. — Mais do que pode ser dito do resto de você.

Ela enrijeceu, sem querer que ele percebesse o quanto isso a deixava assustada.

— O quanto eu me feri?

Alan começou a responder, mas o médico o atropelou.

— Fissuras em duas costelas, cartilagem lascada no cotovelo direito, além de um tendão torcido. Tornozelo fraturado, tendão de Aquiles rompido, vários hematomas e lacerações e uma concussão de moderada a grave acompanhada de edema cerebral — listou Fizel, contando cada lesão nos dedos. — Resolvi a maior parte dos danos e o resto vai se curar em algumas semanas. Nesse meio-tempo, talvez você tenha alguma sensibilidade.

Com isso, Kira quase riu. Às vezes o humor era a única reação racional.

— Eu fiquei *muito* preocupado com você — disse Alan.

— Todos nós ficamos — disse Marie-Élise.

— Imagino — disse Kira, abraçando-se mais a Alan; só podia supor como esperar por ela tinha sido para ele naquelas últimas semanas. — E aí, Neghar, você conseguiu me tirar daquele buraco?

A mulher balançou a mão na frente dela.

— Hm... mais ou menos. Deu algum trabalho.

— Mas você me tirou de lá.

— Claro que sim, querida.

— Assim que eu puder, vou te pagar uma fornada *inteira* de pãozinho de canela.

Mendoza pegou a banqueta de exame de Fizel e se sentou. Descansou as mãos nos joelhos, com os braços esticados.

— O que ela não está contando a você é que... Ah, quer saber de uma coisa? Vá em frente, ande, conte a ela.

Neghar esfregou os braços.

— Merda. Bom, você estava inconsciente, então tive de nos amarrar juntas para não arrancar sua cabeça ou coisa assim quando Geiger içasse você para fora. Não havia muito espaço no túnel onde você caiu e, bom...

— Ela rasgou o skinsuit — disse Jenan.

Neghar estendeu a mão para ele.

— Isso. Quebra...

Uma tosse a interrompeu e ela se recurvou por um momento. Seus pulmões pareciam molhados, como se ela tivesse bronquite.

— Ai. Quebra total de pressão. É uma merda consertar com uma só mão quando se está pendurada de um arnês.

— O que significa que Neghar teve de ficar em quarentena junto com você — disse Mendoza. — Fizemos todos os exames protocolares e mais alguns que nem estão no protocolo. Todos deram negativo, mas vocês ainda não reagiam...

— O que foi apavorante pra caralho — disse Alan.

— ... e como não sabíamos com *o que* estávamos lidando, decidi que era melhor deixar as duas em crio até termos um controle da situação.

Kira estremeceu.

— Me desculpe por isso.

— Não se preocupe — disse Neghar.

Fizel bateu no próprio peito.

— E o coitadinho de mim? Você se esqueceu de mim. A crio é moleza. Tive de ficar em quarentena por quase um mês depois de trabalhar em você, Navárez. *Um mês*.

— E agradeço pela ajuda — disse Kira. — Obrigada.

Ela estava sendo sincera. Um mês em quarentena esgotaria qualquer um.

— Bah. Você nem tinha de meter esse nariz ossudo onde não devia. Você...

— Chega — disse Mendoza em um tom brando.

O médico cedeu, mas não sem mexer o indicador e o dedo médio para ela de um jeito que Kira aprendera ser um gesto grosseiro. Um gesto *muito* grosseiro.

Ela tomou outro gole de água para se fortalecer.

— E então. Por que você quis tanto nos descongelar? — perguntou, seu olhar voltando a Neghar. — Ou acordaram você antes?

Neghar tossiu novamente.

— Dois dias atrás.

Na sala, Kira notou rostos se contraindo, e o clima ficando tenso e desagradável.

— Que foi? — perguntou ela.

Antes que Mendoza pudesse responder, o rugido de um foguete — mais alto que qualquer um de seus módulos — soou do lado de fora e as paredes do complexo estremeceram como se acontecesse um leve terremoto.

Kira se retraiu, mas nenhum dos outros demonstrou surpresa.

— O que foi *isso*?

Nos filtros, ela verificou a transmissão das câmeras externas. Só conseguiu ver nuvens de fumaça se expandindo da plataforma de pouso a certa distância das construções.

O rugido rapidamente diminuiu enquanto a nave que decolara desaparecia na atmosfera superior.

Mendoza apontou o dedo para o teto.

— É *isso aí* o problema. Depois que Neghar trouxe você de volta, contei à capitã Ravenna e ela mandou um informe de emergência aos engravatados de 61 Cygni. Depois disso, a *Fidanza* silenciou o rádio.

Kira assentiu. Fazia sentido. A lei era clara: na eventualidade de descoberta de vida alienígena inteligente, eles tinham de tomar todas as medidas necessárias para não levar aqueles alienígenas ao espaço povoado. Não que uma espécie tecnologicamente avançada tivesse muita dificuldade de descobrir a Liga, se estivesse motivada a procurar.

— Ravenna estava cuspindo antimatéria de tão puta que estava — disse Mendoza. — A tripulação da *Fidanza* não pretendia ficar aqui por mais de alguns dias — continuou, com um gesto. — De todo modo, depois que a corporação recebeu a mensagem, alertaram o Departamento de Defesa. Dois dias depois, o CMU despachou um de seus cruzadores, o *Extenuating Circumstances*, de 61 Cygni. Eles chegaram no sistema uns quatro dias atrás e...

— E desde então têm sido um tremendo pé no saco — disse Ivanova.

— Literalmente — completou Seppo.

— Filhos da puta — murmurou Neghar.

O CMU. Kira tinha visto o bastante dos militares da Liga, em Weyland e fora dali, para saber que tendiam a atropelar as preocupações locais. Um dos motivos, pensou ela, era a relativa novidade do serviço; a Liga, e, portanto, o Comando Militar Unido, fora criada apenas após a descoberta do Grande Farol. Era necessária uma *união*, alegaram os políticos, em vista das implicações do Farol. Esperavam-se complicações da adaptação. O outro motivo para o descaso insensível do CMU, na opinião de Kira, era a atitude imperialista da Terra e do resto do Sol. Eles não hesitavam em ignorar os direitos das colônias em favor do que era melhor para a Terra, ou do que eles chamavam de "bem maior". Bem para quem?

Outro grunhido de Mendoza.

— O Capitão da *Extenuating Circumstances* é um FDP de olhos de gato de nome Henriksen. Uma tremenda figura. A principal preocupação dele era que Neghar tivesse contraído alguma contaminação naquelas ruínas. Então Henriksen mandou seu médico e uma equipe de xenobiólogos e...

— E eles montaram uma sala de descontaminação e passaram os últimos dois dias nos cutucando e nos espetando até vomitarmos — disse Jenan.

— Literalmente — disse Seppo.

Marie-Élise concordou com a cabeça.

— Foi *tão* desagradável, Kira. Sorte sua ainda estar em crio.

— Acho que sim — disse ela lentamente.

Fizel bufou.

— Eles irradiaram cada centímetro quadrado de nossa pele, várias vezes. Nos fizeram passar por raios-X. Fizeram ressonância magnética e tomografia, hemogramas completos, sequenciaram nosso DNA, examinaram nossa urina e fezes e fizeram biópsias; você vai notar uma leve marca no abdome, da amostra de fígado. Catalogaram até nossas bactérias intestinais.

— E? — perguntou Kira, olhando de um rosto a outro.

— Nada — disse Mendoza. — Atestado de saúde para Neghar, para você, para todos nós.

Kira franziu a testa.

— Peraí, eles me examinaram também?

— E põe examinar nisso — disse Ivanova.

— Por quê? Acha que você é especial demais para ser examinada? — perguntou Fizel.

Seu tom fez Kira ranger os dentes.

— Não, eu só...

Ela se sentia estranha — violada, até — sabendo que esses procedimentos tinham sido feitos enquanto estava inconsciente, mesmo que *fossem* necessários para manter a biocontenção adequada.

Parecia que Mendoza captava seu desconforto. Ele a olhou por trás dos cílios pesados.

— O capitão Henriksen deixou muitíssimo explícito que o *único* motivo para ele não nos trancar à chave foi não ter achado nada de incomum. Neghar era uma das maiores preocupações, mas eles não iam deixar *nenhum* de nós sair de Adrasteia antes de terem certeza.

— Dá para entender — disse Kira. — No lugar deles, eu faria o mesmo. Todo cuidado é pouco numa situação dessas.

Mendoza bufou.

— Eu entendo *isso*. O problema é o resto. Eles nos impuseram uma rigorosa ordem de sigilo. Não podemos falar com a corporação sobre o que descobrimos. Se falarmos, será crime, punido com vinte anos de prisão.

— De quanto tempo é a ordem de sigilo?

Os ombros dele se ergueram e caíram.

— Indefinido.

Lá se foram os planos de Kira de ser publicada, pelo menos em curto prazo.

— Como vamos explicar por que estamos tão atrasados em nosso retorno de Adra?

— Defeito no propulsor da *Fidanza*, resultando em atrasos inevitáveis. Vai encontrar os detalhes em suas mensagens. Decore tudo.

— Sim, senhor.

Ela coçou o braço novamente. Precisava de um hidratante.

— Bom, isso é uma chatice, mas não é *tão* ruim assim — comentou ela.

Uma expressão dolorosa cruzou o rosto de Alan.

— Ah, fica pior, amor. Muito pior.

O pavor de Kira voltou.

— Pior?

Mendoza assentiu lentamente, como se tivesse a cabeça pesada demais para o pescoço.

— O CMU não deixou só a ilha em quarentena.

— Não — disse Ivanova. — Isso seria fácil demais.

Fizel bateu a mão na bancada.

— Contem logo a ela! O maldito sistema inteiro está em quarentena, entendeu? Perdemos Adra. Acabou-se. Puf!

3.

Kira estava sentada ao lado de Alan no refeitório, examinando a imagem ao vivo da *Extenuating Circumstances* saindo de órbita, projetada do holo diante deles.

A nave devia ter meio quilômetro de extensão. Totalmente branca, com a seção intermediária fina, o motor bulboso em uma extremidade e conveses giratórios arranjados como pétalas na outra. As seções de habitação eram articuladas, assim eles podiam se deitar contra a proa da nave quando em propulsão, uma opção dispendiosa que a maioria das naves não tinha. Na ponta da *Extenuating Circumstances* havia várias portas, como olhos fechados: tubos de mísseis e lentes para o laser principal da nave.

Um pouco abaixo, depois do quarto da nave que continha a ponta, dois módulos idênticos se encaixavam na lateral do casco. Os módulos eram muito maiores do que aqueles usados pela equipe de pesquisa. Kira não se surpreenderia se fossem equipados com propulsão de Markov, como uma espaçonave completa.

A característica mais impressionante da *Extenuating Circumstances* eram as séries de radiadores que ladeavam a seção intermediária, começando diretamente atrás dos habitats e continuando por toda a nave, até o bulbo do motor. As bordas de aletas losangulares faiscavam e brilhavam ao captar a luz do sol e os tubos de metal derretido embutidos nas aletas reluziam como veias prateadas.

No todo, a nave parecia um inseto imenso e letal, magro, afiado e cintilante.

— Ei — disse Alan, e ela desviou a atenção dos filtros para vê-lo estender a aliança de noivado, quase como se propusesse casamento de novo. — Achei que ia querer isso.

Apesar de suas preocupações, Kira amoleceu por um momento, sentindo um afeto bem-vindo.

— Obrigada — disse ela, passando a aliança de ferro no dedo. — Ainda bem que não a perdi na caverna.

— Também acho.

Depois ele se curvou para mais perto e disse em voz baixa:

— Senti saudades.

Ela o beijou.

— Me desculpe por deixá-lo preocupado.

— Meus parabéns aos dois, *chérie* — disse Marie-Élise, e balançou o dedo de Kira para Alan.

— É, parabéns — disse Jenan.

Todos os outros desejaram seus bons votos. Todos menos Mendoza — que estava fora, em uma transmissão de rádio a Ravenna para marcar a hora de retirada no dia seguinte — e Fizel — que limpava as unhas com uma faca plástica para manteiga.

Kira sorriu, satisfeita e meio constrangida.

— Espero que não se importe — disse Alan, curvando-se para ela. — Deixei escapulir quando parecia que você não ia despertar.

Ela se encostou nele e lhe deu outro beijo rápido. "Todo meu", pensou.

— Está tudo bem — falou Kira, baixinho.

Yugo se aproximou deles e se ajoelhou perto da cabeceira da mesa, para não ficar acima de Kira.

— Acha que consegue comer? — perguntou ele. — Faria bem.

Kira não sentia fome, mas sabia que ele tinha razão.

— Posso tentar.

Ele assentiu, o queixo em formato de pá tocando o alto do peito.

— Vou esquentar um guisado. Você vai gostar. Cai bem no estômago.

Enquanto ele se afastava, Kira voltou a atenção à *Extenuating Circumstances*. Ela esfregou os braços de novo e passou a mexer na aliança no dedo.

Sua cabeça ainda girava depois da revelação de Mendoza e a sensação de dissociação anterior tinha voltado ainda mais forte. Ela detestava que todo o trabalho deles nos últimos quatro meses tenha sido em vão, porém, mais do que isso, detestava a ideia de perder o futuro que ela e Alan planejaram juntos em Adrasteia. Se não iam se instalar lá, então…

Alan deve ter adivinhado o que ela pensava, porque se curvou de forma a aproximar a boca do ouvido de Kira e falou:

— Não se preocupe. Vamos encontrar outro lugar. A galáxia é grande.

Era por isso que ela o amava.

Ela o abraçou mais forte.

— O que não entendo… — começou a dizer Kira.

— Tem muita coisa que não entendo — disse Jenan. — Por exemplo, quem insiste em deixar os guardanapos na pia?

Ele pegou um pedaço de pano encharcado.

Kira o ignorou.

— Como a Liga pode esperar guardar segredo sobre isso? As pessoas vão perceber que todo o sistema foi marcado como interditado.

Seppo deu um pulo e se sentou de pernas cruzadas em uma das mesas. Com sua estatura franzina, ele quase parecia uma criança.

— Fácil. Eles anunciaram a proibição de viagens uma semana atrás. A história é que descobrimos um patógeno contagioso na biosfera. Algo parecido com o Flagelo. Até que a contenção esteja garantida…

— Sigma Draconis fica em quarentena — disse Ivanova.

Kira meneou a cabeça.

— Que merda. Acho que não vão deixar que a gente fique com nossos dados.

— Não mesmo — disse Neghar.

— Necas — disse Jenan.

— Nadinha — disse Seppo.

— Zero — disse Ivanova.

Alan lhe fez um carinho no ombro.

— Mendoza disse que vai conversar com a corporação quando voltarmos a Vyyborg. Talvez eles possam convencer a Liga a liberar tudo que não tenha relação com as ruínas.

— A chance *disso* é mínima — disse Fizel, soprando as unhas antes de continuar sua limpeza. — Com a Liga, especialmente. Eles vão guardar sua pequena descoberta em segredo pelo máximo de tempo que conseguirem. O único motivo para eles contarem a alguém sobre Talos Sete é porque não tem como esconder aquela porcaria.

Ele agitou a faca de manteiga para Kira.

— Você custou um planeta inteiro à companhia — continuou ele. — Está satisfeita?

— Eu estava fazendo meu *trabalho* — disse ela. — No mínimo, é bom que eu tenha encontrado as ruínas agora, antes que qualquer um se instale em Adra. Custaria muitíssimo mais embarcar toda uma colônia *de volta* desse mundo.

Seppo e Neghar concordaram com a cabeça.

Fizel escarneceu.

— Tá, tudo bem, mas isso ainda não compensa ter ferrado com nossas bonificações.

— Eles cancelaram nossas bonificações — disse Kira categoricamente.

Alan fez cara de quem pede desculpas.

— A corporação disse que foi contabilizado como fracasso de projeto.

— É uma merda mesmo — disse Jenan. — Tenho filhos para alimentar, sabia? Teria feito uma grande diferença.

— Para mim também…

— O mesmo aqui. Dois ex-maridos e um gato não são…

— Se você pelo menos tivesse…

— Não sei como vou fazer com…

As faces de Kira ardiam enquanto ela ouvia. Não era culpa dela, mas ao mesmo tempo *era*. Toda a equipe tinha perdido por causa dela. Que desastre. Naquele momento ela havia pensado que a descoberta da estrutura alienígena seria boa para a companhia, boa para a equipe, mas acabou por prejudicar a todos. Ela olhou o logo impresso na parede do refeitório: *Lapsang* na familiar fonte angulosa, com uma folha cobrindo o segundo *a*. A companhia sempre fez anúncios e campanhas promocionais divulgando sua lealdade para com os clientes, os colonos e os cidadãos-funcionários. "Forjando o futuro juntos." Era este o slogan que ela ouvia desde pequena. Ela bufou. "Ah, tá." Quando importava, eles eram como qualquer outra corporação interestelar: a grana era mais importante do que as pessoas.

— Que droga — disse ela. — Fizemos o trabalho. Cumprimos nosso contrato. Eles não deviam nos castigar por isso.

Fizel revirou os olhos.

— E se espaçonaves peidassem arco-íris, não seria lindo? Meu *Deus*. Ah, você se sente mal, lamenta tanto. Quem se importa? Isso não vai devolver nossas bonificações.

Ele a fuzilou com os olhos.

— Sabe de uma coisa? Teria sido melhor você ter tropeçado e quebrado o pescoço assim que botou o pé para fora do módulo — disse Fizel.

Seguiu-se um silêncio breve e chocado.

Ao lado dela, Kira sentiu Alan retesar.

— Retire o que disse — falou ele.

Fizel jogou a faca na pia.

— Eu não queria ficar aqui mesmo. Uma perda de tempo — falou e cuspiu no chão.

Com um salto, Ivanova se afastou da saliva.

— Mas que merda, Fizel!

O médico sorriu com malícia e saiu se pavoneando. Toda missão tinha alguém como ele. Kira aprendera isso. Um desgraçado amargurado que parecia ter um prazer pervertido em ser a lasca metida nos dentes de todos.

Os outros passaram a falar assim que Fizel saiu de vista.

— Não ligue para ele — disse Marie-Élise.

— Podia ter acontecido com qualquer um de nós...

— O velho doutor de sempre...

— Devia ter ouvido o que ele disse quando descongelei. Ele...

A conversa parou quando Mendoza apareceu na porta. Olhou atentamente para eles.

— Algum problema por aqui?

— Não, senhor.

— Tudo bem, chefe.

Ele grunhiu e se arrastou até Kira. Em uma voz mais baixa, falou:

— Lamento por isso, Navárez. Os nervos têm estado à flor da pele nas últimas semanas.

Kira abriu um sorriso amarelo.

— Está tudo bem. É sério.

Outro grunhido e Mendoza sentou-se perto da parede oposta, e a sala logo voltou ao normal.

Apesar do que disse, Kira não conseguia desfazer o nó de inquietação que tinha nas entranhas. Muita coisa dita por Fizel encontrou seu alvo. Além disso, incomodava não saber o que ela e Alan iam fazer agora. Tudo que ela havia traçado mentalmente para os próximos anos fora virado de pernas para o ar por aquela merda de estrutura alienígena. Quem dera o drone não tivesse caído. Quem dera ela não tivesse concordado em verificar o local para Mendoza. Quem dera...

Ela tomou um susto quando Yugo tocou seu braço.

— Tome — disse ele e lhe passou uma tigela cheia de guisado e um prato com uma pilha de legumes no vapor, uma fatia de pão e metade do que devia ser a única barra de chocolate que restava a todos.

— Obrigada — murmurou Kira, e ele sorriu.

4.

Kira não tinha percebido o quanto estava com fome; sentia-se fraca e trêmula. Infelizmente, a comida não caiu bem. Ela estava perturbada demais e seu estômago ainda roncava de uma combinação de ansiedade e vestígios da crio.

De seu lugar na mesa ao lado, Seppo falou:

— Temos tentado decidir se as ruínas aqui foram feitas pelos mesmos alienígenas que fizeram o Grande Farol. O que você acha, Kira?

Ela notou que os outros a olhavam. Engoliu em seco, baixou o garfo e falou, em sua voz mais profissional:

— Parece... parece improvável que duas espécies sencientes possam ter evoluído com tanta proximidade. Se eu tivesse que apostar, diria que sim, mas não há como ter certeza.

— Ei, nós existimos — disse Ivanova. — Humanos. Estamos na mesma região geral.

No canto, Neghar tossiu novamente, um som úmido e carnoso que Kira achava desagradável.

— É, mas não há como saber quanto território o xeno do Farol cobriu — disse Jenan. — Até onde sabemos, pode ter coberto meia galáxia.

— Acho que teríamos encontrado mais evidências deles, se fosse assim — disse Alan.

— Não acabamos de encontrar? — disse Jenan.

Kira não tinha uma resposta fácil para isso.

— Souberam mais alguma coisa sobre o local enquanto eu estava em crio?

— Hmm — disse Neghar, e levantou a mão enquanto se esforçava para acabar de tossir na manga. — Ai. Desculpe. Passei o dia com a garganta seca... Soubemos. Fiz uma varredura de imagem abaixo da superfície antes de tirar você do buraco.

— E aí?

— Tem outra câmara, bem abaixo daquela que você descobriu, mas é muito pequena, só tem um metro de diâmetro. Podia abrigar uma fonte de energia, mas é impossível saber sem abrir. Os sensores térmicos não captaram nenhum sinal de calor.

— Que tamanho tinha a estrutura toda?

— Tudo que você viu, somando outros 12 metros de subsolo. Além dos dois ambientes, parece ter uma fundação sólida e paredes.

Kira assentiu, pensando. Quem fez aquela estrutura a construiu para durar.

Marie-Élise falou, em sua voz aguda de flauta:

— A construção que você encontrou não parece ter o mesmo tipo de funcionamento do Farol. Sabe, é uma coisinha de nada, por comparação.

O Grande Farol. Foi descoberto na margem do espaço explorado, a 36,6 anos-luz de Sol e uns 43 anos-luz de Weyland. Kira não precisou verificar os filtros para saber as distâncias; quando adolescente, passou horas a fio lendo sobre a expedição.

O Farol em si era um artefato incrível. Em resumo, era um buraco. Um buraco *enorme*: cinquenta quilômetros de diâmetro e trinta de profundidade, cercado por uma rede de gálio líquido que agia como antena gigante. O buraco emitia uma explosão de pulso eletromagnético potente a intervalos de 5,2 segundos e, com isso, uma rajada de ruído estruturado que continha iterações em eterna evolução do conjunto de Mandelbrot em código ternário.

O Farol era tripulado por criaturas que tinham sido apelidadas de "tartarugas", embora Kira achasse que mais pareciam rochedos ambulantes. Mesmo após vinte e três anos de estudos, ainda não estava certo se eram animais ou máquinas (ninguém fez a tolice de tentar uma dissecção). Os xenobiólogos e engenheiros concordavam que era improvável que as tartarugas fossem responsáveis pela construção do Farol — a não ser que tenham perdido toda sua tecnologia —, mas ainda era um mistério quem ou *o que* era o responsável.

Quanto a seu propósito, ninguém tinha a menor ideia. A única certeza era que o Farol tinha cerca de 16 mil anos, mas mesmo isso era apenas uma estimativa aproximada com base em datação radiométrica.

Kira tinha a desconfiança desagradável de que talvez nunca descobrisse se os construtores do Farol tinham alguma relação com o espaço em que ela caíra. Nem mesmo se ela vivesse mais cem anos. O tempo profundo era lento para entregar seus segredos, quando entregava.

Ela suspirou e arrastou os dentes do garfo no pescoço, gostando da sensação das pontas de metal na pele seca.

— Quem liga para o Farol? — disse Seppo, pulando da mesa. — O que me incomoda de verdade é que não podemos ganhar dinheiro nenhum com essa confusão. Não podemos falar sobre isso. Não podemos publicar. Não podemos ir a *talk shows*...

— Não podemos vender os direitos de imagem — disse Ivanova em tom de zombaria.

Eles riram e Jenan exclamou:

— Até parece que alguém vai querer ver a *sua* cara feia.

Ele se esquivou quando ela jogou as luvas nele. Rindo, ele as devolveu.

Kira curvou os ombros. Seu sentimento de culpa se intensificava.

— Me desculpem pelos problemas, pessoal. Se pudesse fazer alguma coisa para consertar isso, eu faria.

— É, desta vez você fodeu mesmo com tudo — disse Ivanova.

— Você *tinha* de sair para explorar? — perguntou Jenan, mas não parecia falar sério.

— Não se preocupe com isso — disse Neghar. — Podia... podia ter sido...

Uma tosse a interrompeu e Marie-Élise completou o que ela ia dizer:

— Podia ter sido qualquer um de nós.

Neghar mexeu a cabeça, concordando.

Da parede em que estava sentado, Mendoza falou.

— Fico feliz de você não ter se machucado demais, Kira. Você e Neghar. Tivemos sorte, todos nós.

— Ainda perdemos a colônia — disse Kira. — E nossas bonificações.

Um brilho agudo surgiu nos olhos escuros de Mendoza.

— Acho que sua descoberta vai compensar muito essas bonificações, de alguma forma. Talvez leve anos. Talvez leve décadas. Mas, desde que sejamos inteligentes, vai acontecer. Isso é certo.

CAPÍTULO IV

★ ★ ★ ★ ★ ★ ★

HORROR

1.

Era tarde e Kira tinha uma dificuldade cada vez maior para se concentrar na conversa. A maioria dos mundos passava deslizando em uma torrente de som sem significado. Por fim, ela se levantou e olhou para Alan. Ele assentiu, entendendo, e eles se retiraram das cadeiras.

— Noite — disse Neghar.

Respostas abreviadas eram tudo que ela conseguia mais ou menos na última hora. Qualquer coisa a mais e a tosse a interrompia. Kira torcia para que ela não adoecesse; todos no grupo, a essa altura, contrairiam a mesma gripe.

— Boa noite, *chérie* — disse Marie-Élise. — As coisas parecerão melhores amanhã. Você vai ver.

— Trate de se levantar em zero novecentos — disse Mendoza. — O CMU enfim nos deu o sinal verde, podemos decolar às onze para a *Fidanza*.

Kira levantou a mão e saiu cambaleando com Alan.

Sem discutir, eles foram diretamente ao quarto dele. Ali, Kira tirou a roupa, deixou que caísse no chão e subiu na cama, sem se dar ao trabalho nem de escovar o cabelo.

Quatro semanas de crio e ela ainda estava exausta. O sono frio não era igual a um sono de verdade. Nada era parecido.

O colchão arriou quando Alan se deitou ao seu lado. Um dos braços dele a envolveu, a mão segurou a dela e seu peito e as pernas pressionaram os de Kira: uma presença reconfortante e quente. Ela murmurou um ruído fraco e se encostou nele.

— Achei que fosse perder você. — sussurrou ele.

Ela se virou de frente para Alan.

— Nunca.

Ele a beijou e ela correspondeu, e após um tempo as carícias suaves ficaram cada vez mais ávidas, e eles se agarraram com uma intensidade febril.

Eles fizeram amor. Jamais Kira sentira maior intimidade com Alan, nem mesmo quando ele propusera casamento. Ela sentia o medo dele de perdê-la em cada linha do corpo e via o amor de Alan em cada toque, ouvia-o em cada palavra sussurrada.

Depois disso, andaram trôpegos para o box estreito no fundo do quarto. Com as luzes baixas, tomaram um banho, um ensaboando o outro, conversando em voz baixa.

Enquanto deixava que a água quente batesse nas costas, Kira falou:

— Neghar não me parece muito bem.

Alan deu de ombros.

— Só está meio abalada pela crio. O CMU a liberou. Fizel também. O ar aqui é muito seco...

— É.

Eles se enxugaram e Kira, com a ajuda de Alan, passou loção hidratante em todo o corpo. Ela suspirou de alívio enquanto o creme acalmava a comichão na pele.

De volta à cama, com as luzes apagadas, Kira fez o máximo para dormir. No entanto, não conseguia parar de pensar no ambiente com os desenhos de placa de circuito impresso, nem no que sua descoberta custara à equipe (e a ela pessoalmente). Nem nas palavras que Fizel lançara a ela.

Alan percebeu.

— Pare com isso — disse ele em voz baixa.

— Hmm. É só que... O que Fizel disse...

— Não deixe que ele a afete. Ele só está irritado e frustrado. Ninguém mais sente o mesmo.

— Tá.

Kira não tinha tanta certeza. Um senso de injustiça rastejava dentro dela. Como Fizel tinha a ousadia de julgá-la? Ela só fizera o que devia, o que qualquer um deles teria feito. Se ela ignorasse a formação rochosa, ele teria sido o primeiro a criticá-la por fugir. Até parece que ela e Alan não perderam muito com a descoberta, assim como o resto da equipe...

Alan beijou a nuca de Kira.

— Vai ficar tudo bem — disse ele. — Você vai ver.

Depois ele ficou imóvel e Kira ouviu sua respiração lenta enquanto olhava o escuro.

Tudo ainda parecia errado e deslocado. Seu estômago se embolou em um nó ainda mais doloroso e Kira fechou bem os olhos, tentando não ficar obcecada com Fizel, nem com o que o futuro traria. Mesmo assim, não conseguia se esquecer do que tinha sido dito no refeitório e uma faísca de raiva ainda ardia em seu íntimo quando ela caiu em um sono agitado.

2.

Escuridão. Uma vasta extensão do espaço, desolada e desconhecida. As estrelas são pontos frios de luz, afiadas como agulhas contra o pano de fundo aveludado.

À frente, uma estrela aumentava enquanto ela se lançava em sua direção, mais rápida do que a mais veloz das naves. A estrela era de um laranja avermelhado opaco, como um carvão moribundo se decompondo em um leito de cinzas. Parecia velha e cansada, como se tivesse se formado durante os primeiros estágios do universo, quando tudo era quente e luminoso.

Sete planetas giravam em torno do globo sinistro: um gigante gasoso e seis terrestres. Eram marrons e manchados, com aparência doente, e no espaço entre o segundo e o terceiro planeta cintilava uma faixa de escombros como partículas de cristais de areia.

Uma tristeza se apoderou dela. Não sabia o motivo, mas a visão lhe deu vontade de chorar, como fizera quando o avô morreu. Era a pior das coisas: perda, total e completa, sem possibilidade de restauração.

Mas a tristeza era uma mágoa antiga e, como todas as mágoas, esmoreceu a uma dor surda, sendo suplantada por preocupações mais prementes: aquelas da raiva, do medo e do desespero. O medo predominava, e por causa dele ela sabia que o perigo invadia — íntimo e imediato —, mas ainda assim ela teve dificuldade para se mexer, pois uma argila desconhecida prendeu seu corpo.

A ameaça estava quase em cima dela; podia senti-la se aproximar, e, com a ameaça, surgiu o pânico. Não havia tempo para esperar, nenhum tempo para pensar. Ela precisava se obrigar a se libertar! Primeiro se separar, depois se unir.

A estrela se iluminou até brilhar com a intensidade de mil sóis e lâminas de luz dispararam da coroa para a escuridão. Uma das lâminas a atingiu, sua visão ficou branca e parecia que uma lança tinha sido cravada nos olhos. Cada centímetro da pele ardia e se encrespava.

Ela gritou no vazio, mas a dor não cessava, e ela gritou de novo...

Kira se sentou num átimo. Ofegava e estava encharcada de suor; o lençol se grudava nela como um filme plástico. Havia gente gritando por toda a base e ela reconheceu o pânico naquelas vozes.

Ao lado dela, Alan abriu os olhos.

— O q...

Passos soaram no corredor. Um punho esmurrou a porta e Jenan gritou:

— Saiam daí! É Neghar.

O medo gélido disparou pelas entranhas de Kira.

Juntos e estabanados, Kira e Alan se vestiram. Por um segundo ela pensou no sonho estranho — *tudo* parecia estranho no momento —, e depois eles saíram às pressas da cabine e correram para os aposentos de Neghar.

Ao se aproximarem, Kira ouviu a tosse: um barulho grave, úmido e dilacerante que a fez imaginar carne crua passando por um triturador. Ela estremeceu.

Neghar estava de pé no meio do corredor com os outros reunidos a sua volta, recurvada, as mãos nos joelhos, tossindo tanto que Kira ouvia as cordas vocais se desfazerem. Fizel estava ao lado dela, com as mãos em suas costas.

— Continue respirando — disse ele. — Vamos levar você à enfermaria. Jenan! Alan! Segurem-na pelos braços, ajudem a carregá-la! Rápido, rá...

Neghar arquejou e Kira ouviu um estalo alto e distinto de dentro do peito estreito da mulher.

Sangue muito escuro espirrou da boca de Neghar, pintando o convés de preto em um leque amplo.

Marie-Élise gritou e várias pessoas engasgaram. O medo do sonho de Kira voltou, intensificado. Isto era ruim. Era *perigoso*.

— Temos de sair daqui — disse ela.

Puxou a manga de Alan, mas ele não ouvia.

— Para trás! — gritou Fizel. — Todo mundo para trás! Alguém entre em contato com a *Extenuating Circumstances*. Já!

— Saiam do caminho! — berrou Mendoza.

Mais sangue espirrou da boca de Neghar e ela caiu sobre um joelho. O branco de seus olhos estava assustadoramente grande. Seu rosto era carmim e a garganta se mexia como se ela asfixiasse.

— *Alan* — disse Kira.

Tarde demais; ele se mexia para ajudar Fizel. Ela deu um passo para trás. Depois outro. Ninguém notou; todos olhavam para Neghar, tentavam entender o que fazer enquanto saíam do caminho do sangue que voava de sua boca.

Kira quis gritar para eles irem embora, para correrem, para *fugirem*.

Ela meneou a cabeça e apertou o punho na boca, com medo de que o sangue explodisse dela também. Sua cabeça parecia prestes a estourar, a pele arrepiada de pavor: mil formigas correndo por cada centímetro, todo o corpo coçando de repulsa.

Jenan e Alan tentaram levantar Neghar. Ela fez que não com a cabeça e tossiu. Uma vez. Duas vezes. Até que cuspiu um grumo de *alguma coisa* no chão. Era escuro demais para ser sangue. Fluido demais para ser metal.

Kira cravou os dedos no braço, esfregando, tentando conter o grito de repulsa que ameaçava explodir dela.

Neghar desmaiou de costas. O grumo se *mexeu*. Contorceu-se como um feixe de músculos atingido por corrente elétrica.

As pessoas gritaram e se afastaram aos saltos. Alan recuou até Kira, sem tirar o olhar da massa amorfa.

Kira sentiu ânsia de vômito. Deu outro passo para trás. Seu braço ardia: linhas finas de fogo contorciam-se na pele.

Ela olhou para baixo.

Suas unhas tinham entalhado sulcos na carne, cortes vermelhos que levavam a tiras amarrotadas de pele. E, dentro dos sulcos, ela viu outra coisa *se contorcer*.

3.

Kira caiu no chão, gritando. A dor era devoradora. Disso Kira tinha consciência. Era a *única* coisa de que tinha consciência.

Ela arqueou as costas e se debateu, arranhando o chão, desesperada para escapar do assalto de agonia. Gritou de novo; gritou tanto que a voz falhou e uma onda de sangue quente cobriu a garganta.

Kira não conseguia respirar. A dor era forte demais. A pele ardia, parecia que as veias estavam cheias de ácido e a carne se arrancava dos braços e pernas.

Formas escuras bloquearam a luz do teto, das pessoas se mexendo à sua volta. O rosto de Alan apareceu ao seu lado. Ela se debateu de novo e caiu de bruços, o rosto achatado na superfície dura.

Seu corpo relaxou por um segundo e ela tomou uma única golfada de ar antes de ficar rígida e soltar um grito mudo. Os músculos do rosto contorceram-se com a força do ricto e lágrimas escorreram dos cantos dos olhos.

Mãos a viraram. Seguraram seus braços e pernas, mantendo-os parados. Não serviu de nada para acabar com a dor.

— Kira!

Ela se obrigou a abrir os olhos e, com a visão turva, viu Alan e, atrás dele, Fizel curvando-se para ela com uma seringa. Mais para trás, Jenan, Yugo e Seppo prendiam suas pernas no chão, enquanto Ivanova e Marie-Élise ajudavam Neghar a se afastar da massa no convés.

— *Kira!* Olhe para mim! *Olhe* para mim!

Ela tentou responder, mas só conseguiu pronunciar um gemido estrangulado.

Fizel pressionou a agulha da seringa em seu ombro. O que quer que ele tivesse injetado, não pareceu surtir efeito nenhum. Seus calcanhares tamborilavam no chão e ela sentia a cabeça bater no convés, sem parar.

— Meu Deus, alguém a ajude! — gritou Alan.

— Cuidado! — berrou Seppo. — Essa coisa no chão está se mexendo! Mer...

— Enfermaria — disse Fizel. — Levem-na para a enfermaria. *Agora!* Peguem-na. Peguem...

As paredes oscilavam à volta enquanto a levantavam. Kira sentiu que era estrangulada. Tentou inspirar, mas seus músculos estavam travados demais. Faíscas vermelhas se reuniam pela beira da visão enquanto Alan e os outros a carregavam pelo corredor. Kira tinha a impressão de flutuar; tudo parecia insubstancial, menos a dor e o medo.

Houve um choque quando a baixaram na mesa de exames de Fizel. Seu abdome relaxou por um segundo, tempo suficiente para Kira roubar um pouco de ar antes que os músculos voltassem a travar.

— Fechem a porta! Mantenham aquela coisa lá fora!

A tranca de pressão da enfermaria foi engatada com uma pancada.

— O que está havendo? — perguntou Alan. — É...

— Sai! — gritou Fizel.

Outra agulha de seringa perfurou o pescoço de Kira.

Como que em resposta, a dor triplicou, algo que ela não teria acreditado ser possível. Um gemido baixo escapou de sua boca e ela se sacudiu, incapaz de controlar os movimentos. Sentia a espuma se acumular na boca, obstruindo a garganta. Ela teve ânsia de vômito e entrou em convulsão.

— Merda. Me dê um injetor. Na outra gaveta. Não, a outra gaveta!

— Dout...

— Agora não!

— *Doutor*, ela não está respirando!

Barulho de equipamento, depois dedos forçaram os maxilares de Kira a se abrirem e alguém enfiou um tubo por sua boca, descendo pela garganta. Ela teve outra ânsia de vômito. Um instante depois, o ar doce e precioso era despejado em seus pulmões, abrindo a cortina que escurecia a visão.

Alan pairava acima dela, o rosto torcido de preocupação.

Kira tentou falar, mas o único som que conseguiu produzir foi um gemido desarticulado.

— Vai ficar tudo bem — disse Alan. — Aguente firme. Fizel vai te ajudar.

Parecia que ele estava a ponto de chorar.

Kira nunca sentira tanto medo. Havia algo *errado* dentro dela, e só piorava.

"Fuja", ela pensou. "Fuja! Saia daqui antes que..."

Linhas escuras dispararam por sua pele: relâmpagos pretos que se mexiam e se contorciam como se estivessem vivos. Depois ficaram paralisados e, no local de cada um deles, sua pele se abriu e se rasgou, como a carapaça de um inseto na muda.

O medo de Kira transbordou, enchendo-a de uma sensação de condenação completa e inescapável. Se pudesse gritar, seu grito teria alcançado as estrelas.

Tentáculos fibrosos explodiram dos rasgos ensanguentados. Debateram-se como serpentes sem cabeça, depois enrijeceram em cravos afiados como navalha que aferroaram em direções aleatórias.

Os cravos penetraram nas paredes. Penetraram no teto. O metal guinchou. Lâmpadas faiscaram e se espatifaram, e o gemido agudo do vento na superfície de Adra encheu o ambiente, assim como os alarmes disparados.

Kira caiu no chão enquanto os cravos a sacudiam como a uma boneca. Ela viu um cravo atravessar o peito de Yugo, depois outros três perfuraram Fizel: pescoço, braço e virilha. O sangue espirrou dos ferimentos dos homens quando os cravos se retiraram.

"Não!"

A porta da enfermaria se abriu com uma pancada e Ivanova entrou apressadamente. Seu rosto ficou frouxo de pavor, depois, dois cravos a atingiram na barriga e ela desmaiou. Seppo tentou fugir e um cravo o empalou pelas costas, prendendo-o na parede, como uma borboleta.

"Não!"

Kira perdeu a consciência. Quando voltou a si, Alan estava ajoelhado a seu lado, com a testa encostada na dela e as mãos pesadas em seus ombros. Os olhos dele eram inexpressivos e vazios, e um filete de sangue escorria do canto da boca.

Ela precisou de um momento para perceber que pelo menos uma dúzia de cravos costuravam seu corpo ao dele, unindo os dois com uma intimidade obscena.

O coração de Kira palpitou e parou. O chão parecia despencar em um abismo. *Alan.* Seus companheiros de equipe. Mortos. Por causa dela. Saber disso era insuportável.

Dor. Ela estava morrendo e não se importava. Só queria que o sofrimento tivesse um fim — queria a chegada rápida do esquecimento e a libertação que isto traria.

A escuridão obscureceu sua visão e os alarmes caíram no silêncio, e o que antes existia não existia mais.

CAPÍTULO V

* * * * * * *

O DESVARIO

1.

Kira abriu os olhos.

A consciência não ressurgiu lentamente. Não voltou gradualmente ao despertar. Não desta vez. Em um instante, nada; no instante seguinte, uma explosão de informações sensoriais brilhantes e agudas, de intensidade dominadora.

Ela estava deitada no chão de uma câmara alta e circular — um tubo com o teto a cinco metros dela, longe demais para alcançar. Lembrou o silo de grãos que os vizinhos, os Roshan, construíram quando Kira tinha treze anos. A meio caminho da lateral do tubo, havia um espelho falso: um retângulo prateado e grande, tomado pelo fantasma cinzento de um reflexo. Uma faixa fina na borda do teto era a única fonte de iluminação.

Não apenas um, mas dois braços robóticos se mexiam em volta dela com uma elegância silenciosa, um grupo de instrumentos diagnósticos se projetando das extremidades. Quando Kira os olhou, eles pararam e se retraíram para o teto, onde ficaram parados, na espera.

Encrustada em uma lateral do tubo havia uma câmara de descompressão com uma portinhola embutida para a entrada e saída de pequenos objetos. Do outro lado da câmara, havia uma porta pressurizada que presumivelmente levava mais para dentro do... não sabia o quê. Também tinha uma portinhola, de tamanho semelhante, para o mesmo fim. Uma portinhola de cadeia disfarçada. Não havia cama. Nem cobertor. Nem pia. Nem privada. Só o metal nu e frio.

Ela devia estar em uma nave. Não era a *Fidanza*. A *Extenuating Circumstances*.

O que significava...

Uma onda de adrenalina fez com que Kira ofegasse e se sentasse ereta. A dor; os cravos; Neghar, Fizel, Yugo, Ivanova... *Alan!* As lembranças voltaram em um dilúvio. Elas voltaram, mas Kira preferia o contrário. Suas entranhas se comprimiram e um gemido longo e grave escapou dela ao cair sobre as mãos, os joelhos e a testa. As arestas do chão gradeado cortaram a pele, mas ela não se importou.

Quando conseguiu respirar, ela soltou um berro, jogando toda a tristeza e a angústia em um grito de lamento.

Era tudo culpa dela. Se não tivesse encontrado aquela maldita sala, Alan e os outros ainda estariam vivos e ela não teria acabado infectada por alguma espécie de xeno.

Os cravos.

Onde estavam os cravos e tentáculos que tinham rasgado sua pele? Kira olhou para baixo e seu coração parou por um segundo.

Suas mãos estavam pretas, quando não deveria ser assim. Da mesma forma, os braços e o peito, e tudo que ela podia ver do próprio corpo. Uma camada de material acetinado e fibroso se grudava a ela, justo como um skinsuit.

O pavor cresceu dentro de Kira.

Ela arranhou os braços em uma tentativa desesperada de arrancar o organismo alienígena. Apesar do novo e duro verniz, as unhas não conseguiam cortar nem romper as fibras. Frustrada, ela levou o pulso à boca e mordeu.

Sua boca se encheu do gosto de pedra e metal. Ela sentia a pressão dos dentes, mas, por mais forte que mordesse, não sentia dor.

Kira se levantou com dificuldade, o coração batendo tão acelerado que ficava descompassado, a visão escurecendo.

— Tirem isso daqui! — gritou ela. — *Tirem essa merda de mim!*

Em pânico, ela se perguntou onde estariam todos, o único pensamento coerente que teve em meio à loucura.

Um dos braços robóticos desceu em sua direção. O manipulador na ponta do braço segurava uma seringa. Antes que Kira conseguisse se mexer, a máquina tinha alcançado sua cabeça e aplicava uma injeção atrás da orelha, em um trecho de pele que ainda não estava coberto.

Segundos depois, um manto pesado pareceu pressioná-la para baixo. Kira cambaleou de lado, estendendo o braço para se equilibrar enquanto caía...

2.

O pânico voltou no momento em que Kira recuperou a consciência.

Tinha uma criatura alienígena unida a ela. Ela estava contaminada, possivelmente era contagiosa. Era o tipo de situação que todo xenobiólogo temia: uma brecha na contenção que levava a vítimas fatais.

Alan...

Kira estremeceu e enterrou o rosto na dobra do cotovelo. Abaixo do pescoço, a pele coçava com mil tremores mínimos. Ela queria olhar de novo, mas não teve coragem. Ainda não tinha.

Lágrimas escorreram por baixo das pálpebras. Ela podia sentir a ausência de Alan como um buraco no peito. Não parecia possível que ele estivesse morto. Eles tinham tantos planos, tantas esperanças e sonhos, e agora nada disso seria realizado. Kira nunca conseguiria vê-lo construir a casa de que eles falaram, nem sairia para esquiar com ele nas montanhas do extremo sul de Adra, nem o veria se tornar pai, nem nenhuma das outras coisas que tinha imaginado.

Saber disto causava mais sofrimento do que qualquer dor física.

Ela apalpou o dedo. O anel de ferro polido engastado com tesserita tinha sumido e, com ele, seu único lembrete tangível de Alan.

De repente lhe veio uma lembrança, de anos antes: o pai ajoelhado ao lado dela em uma estufa, fazendo um curativo em um corte no braço de Kira, enquanto dizia, "A dor é você mesma quem faz, Kira". Ele tocou um dedo na testa da filha. "Só dói o quanto permitimos."

Talvez fosse o caso, mas Kira se sentia péssima. Dor era dor, e esta insistia em se fazer conhecer.

Quanto tempo ficou inconsciente? Minutos? Horas?... Não, horas não. Ela estava deitada onde havia caído, não sentia fome, nem sede. Só estava esgotada pelo tormento da infelicidade. Todo seu corpo doía como se estivesse ferido.

Atrás das pálpebras fechadas, Kira notou que nenhum de seus filtros exibia nada.

— Petra, ativar — disse ela.

Seu sistema não respondeu, nem mesmo piscou.

— Petra, forçar reinício.

A escuridão não se alterou.

Óbvio. O CMU desativara seus implantes.

Ela rosnou com o rosto escondido no braço. Como era possível que os técnicos militares tivessem deixado passar o organismo presente nela e em Neghar? O xeno era grande. Mesmo um exame básico deveria tê-lo localizado. Se o CMU tivesse feito seu trabalho direito, ninguém teria morrido.

— Vão se *foder* — falou ela em voz baixa.

A raiva combateu a tristeza e o pânico o suficiente para ela abrir os olhos.

Mais uma vez, ela viu o metal nu. Faixas de iluminação. Janela espelhada. Por que a levaram para a *Extenuating Circumstances*? Por que se arriscar a mais exposição? Nenhuma decisão deles fazia sentido para ela.

Kira tinha evitado o inevitável por bastante tempo. Preparando-se, olhou para baixo.

Seu corpo ainda estava coberto da camada de preto nanquim. Isso e nada mais. O material parecia composto por faixas de músculos sobrepostos; Kira via cada filamento se esticar e se flexionar quando ela se mexia. Ela se assustou e uma cintilação pareceu atravessar as fibras. Seria senciente? Naquele momento, não havia como saber.

Hesitante, Kira tocou um ponto do braço.

Ela soltou um silvo, exibindo os dentes. *Sentia* os dedos no braço, como se as fibras interpostas não existissem. O parasita — máquina ou organismo, ela não sabia — tinha penetrado o sistema nervoso. Os movimentos do ar circulante eram perceptíveis na pele, assim como cada centímetro quadrado de grade que pressionava o corpo. Era como se ela estivesse completamente nua.

Ainda assim... Não sentia frio. Não como deveria sentir.

Ela examinou a sola dos pés. Cobertas, assim como as palmas das mãos. Tateando mais para cima, ela descobriu que — na frente — o traje parava perto da parte superior do pescoço. Havia uma pequena crista: uma descida entre fibras e pele que se curvava em volta das orelhas. Nas costas, as fibras subiam, cobriam a nuca e...

O cabelo tinha desaparecido. Nada além dos contornos lisos do crânio receberam os dedos que exploravam.

Kira cerrou os dentes. O que mais o xeno roubara dela?

Concentrada nas diferentes sensações do corpo, Kira percebeu que o xeno não tinha se ligado só a seu exterior; também estava por dentro dela — ele a preenchia, a penetrava, apesar de não interferir.

Sua garganta subiu e a claustrofobia se fechou em volta dela, sufocando-a. Kira estava aprisionada, encrustada na substância alienígena, sem ter como escapar...

Ela se curvou e vomitou. Não saiu nada além de bile, que cobriu a língua, e o estômago continuou a se apertar.

Kira estremeceu. Como diabos o CMU podia descontaminá-la quando o traje estava dentro dela? Ela ficaria presa em quarentena durante meses, talvez anos. Presa com *aquilo*.

Ela cuspiu no canto e, sem pensar, enxugou a boca no braço. A mancha de saliva encharcou as fibras, como água em tecido.

Que nojo.

Um silvo fraco — como de alto-falantes sendo ligados — rompeu o silêncio e uma nova fonte de luz atingiu o rosto de Kira.

3.

Um holograma cobria metade da parede. A imagem tinha vários metros de altura e mostrava uma mesa pequena e vazia — pintada de cinza-escuro — no meio de uma sala igualmente pequena e igualmente austera. Uma cadeira de espaldar reto e sem braços estava atrás da mesa.

Entrou uma mulher. Era de estatura mediana, com olhos feito lascas de gelo preto e um cabelo reto e liso, como que forjado em ferro, raiado de branco. Uma huterita da Reforma, então, ou algo parecido. Havia apenas alguns huteritas em Weyland: algumas famílias que Kira via vez ou outra durante a reunião mensal dos colonos. Os adultos mais velhos sempre se destacavam, devido à pele caída e à calvície, entre outros sinais evidentes de envelhecimento. Isso a assustara quando ela era pequena e a fascinara quando entrou na adolescência.

Agora, no entanto, ela não se concentrava nas feições da mulher, e sim em suas roupas. Ela vestia um uniforme cinza — cinza como a mesa — que tinha sido passado a ferro e engomado até que cada vinco desse a impressão de que podia cortar aço temperado. Kira não reconheceu a cor do uniforme. O azul era da Marinha/Corpo Espacial. Verde do Exército. E cinza era...?

A mulher se sentou, apoiou um tablet na mesa e ajeitou o dispositivo com a ponta dos indicadores.

— Srta. Navárez. Sabe onde está?

A mulher tinha uma boca fina e reta, como de um peixinho, e, quando falava, a fileira inferior de dentes ficava visível.

— A *Extenuating Circumstances*.

A garganta de Kira doía; parecia inflamada e inchada.

— Muito bem. Srta. Navárez, este é um depoimento formal, de acordo com o Artigo 52 da Lei de Segurança Estelar. Você responderá a todas as minhas perguntas, de boa vontade e tanto quanto souber. Isto não é um julgamento, mas, se não colaborar, poderá ser acusada de obstrução e assim será, e, se seu depoimento mais tarde se provar falso, de perjúrio. Agora, conte-me tudo de que se lembra depois de ter despertado da crio.

Kira pestanejou, sentindo-se perdida e confusa. Falou com dificuldade, arrancando cada palavra:

— Minha equipe... e minha equipe?

A Cara de Peixe pressionou os lábios em uma linha pálida.

— Se pergunta quem sobreviveu, foram quatro deles. Mendoza, Neghar, Marie-Élise e Jenan.

Pelo menos Marie-Élise ainda estava viva. Novas lágrimas ameaçaram se derramar pelo rosto de Kira. Ela fechou a cara, sem querer chorar na frente da mulher.

— Neghar? Mas como...

— Os vídeos de segurança mostram que o organismo que ela expeliu fundiu-se com aquele que agora está preso a seu corpo depois das... hostilidades. Pelo que vemos, os dois são indistinguíveis. Nossa teoria atualmente é de que o organismo de Neghar foi atraído ao seu porque o seu era maior e mais plenamente desenvolvido... Uma parte menor de uma colmeia unindo-se à maior, se preferir assim. Além de alguma hemorragia interna, Neghar parece incólume e livre de infecção, embora, no momento, seja impossível termos certeza.

As mãos de Kira se fecharam em punhos com o aumento da fúria.

— Por que vocês não localizaram o xeno antes? Se tivéssemos...

A mulher fez um gesto de corte com a mão.

— Não temos tempo para isso, Navárez. Entendo que você passou por um choque, mas...

— Você *não tem* como entender.

A Cara de Peixe olhou Kira com algo próximo do desdém.

— Você não é a primeira pessoa a ser infectada por uma forma de vida alienígena e certamente não é a primeira a perder alguns amigos.

A culpa levou Kira a baixar os olhos e fechá-los bem apertados por um momento. Lágrimas quentes pontilharam as costas dos punhos.

— Ele era meu noivo — disse ela em voz baixa.

— O que você disse?

— Alan, ele era meu noivo — disse Kira, mais alto.

Ela olhou com desafio para a mulher.

A Cara de Peixe nem piscou.

— Quer dizer Alan J. Barnes?

— Sim.

— Entendi. Neste caso, receba os pêsames do CMU. Agora, preciso que você se controle. A única coisa que pode fazer é aceitar a vontade de Deus e seguir com a vida. Afundar ou nadar, Navárez.

— Não é assim tão fácil.

— Eu não disse que seria fácil. Crie coragem e comece a agir como uma profissional. Sei que você consegue. Li seu arquivo.

As palavras feriram o orgulho de Kira, embora ela nunca ousasse admitir isso.

— Ah, é? Mas quem diabos é você?

— Como disse?

— Seu nome? Você não me falou.

A cara da mulher endureceu, como se ela detestasse contar alguma informação pessoal a Kira.

— Major Tschetter. Agora, conte-me...

— E você é o quê?

Tschetter ergueu uma sobrancelha.

— Humana, até onde sei.

— Não, eu quis dizer...

Kira gesticulou para o uniforme cinza da mulher.

— Assessora especial do capitão Henriksen, se precisa saber disso. Isto está além do...

Frustrada, Kira deixou a voz se elevar.

— É demais perguntar de que ramo das Forças Armadas, *major*? Ou isto é confidencial?

Tschetter assumiu uma expressão insípida e indiferente, um vazio profissional que não dizia a Kira nada que ela estivesse pensando ou sentindo.

— ICMU. Inteligência da Frota.

Uma espiã, então, ou, pior, uma comissária política. Kira bufou.
— Onde eles estão?
— *Quem*, srta. Navárez?
— Meus amigos. Os... aqueles que vocês resgataram.
— Em crio, na *Fidanza*, sendo evacuados do sistema. Pronto. Satisfeita?
Kira soltou uma gargalhada alta.
— Satisfeita? Satisfeita?! Quero essa merda fora de mim.
Ela beliscou o preto que cobria o braço.
— Cortem, se for preciso, mas *tirem daqui* — insistiu.
— Sim, você deixou seu desejo copiosamente claro — disse Tschetter. — Se pudermos remover o xeno, nós o faremos. Mas, primeiro, terá de me contar o que aconteceu, srta. Navárez, e vai me contar *agora*.

Kira segurou outro palavrão. Queria esbravejar e se enfurecer; queria atacar e fazer Tschetter sentir uma pequena fração que fosse de sua dor. No entanto, sabia que não ajudaria em nada. Por isso, obedeceu. Contou à major tudo de que se lembrava. Não demorou muito e Kira não sentiu alívio nenhum com a confissão.

A major tinha várias perguntas, a maioria delas concentrada nas horas que antecederam a irrupção do parasita: Kira notou alguma coisa incomum? Perturbação gástrica, temperatura elevada, pensamentos invasivos? Sentiu algum cheiro desconhecido? Teve coceira na pele? Assaduras? Sede ou desejos inexplicáveis?

Além da coceira, a resposta à maioria das perguntas era *não*, o que Kira via que não agradou à major. Em particular quando Kira explicou que — pelo que sabia — Neghar não teve os mesmos sintomas.

Depois disso, Kira falou:
— Por que não me puseram em crio? Por que estou na *Extenuating Circumstances*?

Ela não entendia. Quarentena era a medida *mais* importante da xenobiologia. A ideia de quebrar o isolamento bastava para provocar um suor frio a qualquer um de sua profissão.

Tschetter alisou um vinco invisível na jaqueta.
— Tentamos congelar você, Navárez — disse ela, seu olhar encontrando o de Kira.
— Tentamos e não conseguimos.

A boca de Kira ficou seca.
— Não conseguiram.

Um curto gesto afirmativo de cabeça da parte de Tschetter.
— O organismo expurgou as injeções criogênicas de seu corpo. Não conseguimos mantê-la adormecida.

Um medo novo tomou Kira. Congelar o xeno era o jeito mais fácil de fazê-lo parar. Sem isso, eles não tinham formas rápidas de impedir que se espalhasse. Além disso, sem a crio, seria muito mais difícil para ela voltar à Liga.

Tschetter ainda falava.

— Depois que liberamos você e Neghar da quarentena, nossa equipe médica esteve em contato estreito com as duas. Eles tocaram sua pele. Respiraram o mesmo ar. Manusearam o mesmo equipamento — continuou Tschetter, se inclinando para a frente, intensa. — E depois eles voltaram para cá, para a *Extenuating Circumstances*. Agora você entende, Navárez?

A mente de Kira entrou em disparada.

— Vocês acham que foram expostos.

Tschetter inclinou a cabeça.

— O xeno levou dois dias e meio para surgir depois de Neghar ser retirada da crio. Menos, no seu caso. Ter sido congelado pode ou não ter atrasado o desenvolvimento do organismo. Seja como for, precisamos supor o pior. Deduzindo o tempo desde sua liberação, isto significa que temos algo entre 12 e 48 horas para entender como detectar e tratar hospedeiros assintomáticos.

— Não é tempo suficiente.

Os cantos dos olhos de Tschetter se estreitaram.

— Precisamos tentar. O capitão Henriksen já ordenou que toda a tripulação não essencial entrasse em crio. Se não encontrarmos uma solução até o final do dia de amanhã, teremos de congelar o resto de nós.

Kira passou a língua na boca. Não admirava que eles se dispusessem a levá-la à *Extenuating Circumstances*. Estavam desesperados.

— E o que vai acontecer comigo, então?

Tschetter entrelaçou os dedos.

— Nosso cérebro da nave, Bishop, continuará seu exame como julgar adequado.

Kira entendia a lógica disso. Os cérebros de nave eram isolados do resto do sistema de suporte vital. Com razão, Bishop deveria estar inteiramente a salvo da infecção.

Só havia um problema. O que quer que ela estivesse carregando, não era uma ameaça no nível micro. Ela ergueu o queixo.

— E se... e se o xeno sair, como fez em Adra? Ele pode abrir um buraco pelo casco. Vocês deveriam ter instalado um domo pressurizado na superfície, estudado o xeno ali.

— Srta. Navárez...

Tschetter fez outro ajuste mínimo na posição do tablet diante dela.

— No momento — continuou —, o xeno que ocupa seu corpo é do maior interesse possível para a Liga, tática, política e cientificamente. Nunca o deixaríamos em Adrasteia, qualquer que fosse o risco para esta nave ou sua tripulação.

— Isso é...

— Além disso, a câmara em que está agora é completamente isolada do restante da nave. Se o xeno tentar danificar a *Extenuating Circumstances* como fez em sua base, ou se exibir outros atos hostis, toda a cápsula pode ser ejetada para o espaço. Compreende isso?

O maxilar de Kira cerrou, contra sua vontade.

— Sim.

Ela não podia culpá-los pelas precauções. Faziam sentido. Mesmo assim, isso não queria dizer que Kira gostasse delas.

— Deixe-me dizer tudo de forma perfeitamente explícita, srta. Navárez. A Liga não deixará que *nenhum* de nós volte para casa, inclusive seus amigos, antes de termos meios confiáveis de detecção. Vou repetir: ninguém nesta nave terá permissão de ficar a 10 anos-luz de um planeta colonizado por humanos se não conseguirmos entender isto. A Liga nos explodirá no céu antes de nos deixar pousar, e com muita razão.

Kira lamentava por Marie-Élise e pelos outros, mas pelo menos eles não tinham consciência da passagem do tempo. Ela endireitou os ombros.

— Tudo bem. Então, o que você precisa de mim?

Tschetter sorriu sem humor algum.

— Sua cooperação, de boa vontade. Pode dar?

— Sim.

— Excelente. Então...

— Só uma coisa: quero gravar algumas mensagens para meus amigos e familiares, caso eu não sobreviva a isso. E também uma mensagem ao irmão de Alan, Sam. Nada confidencial, mas ele merece saber por mim.

A major parou por um segundo, os olhos disparando enquanto lia algo diante de si.

— Isto pode ser arranjado, mas talvez leve algum tempo até que alguma comunicação seja permitida. Estamos operando em silêncio até recebermos ordens do Comando.

— Compreendo. Ah, e...

— Srta. Navárez, estamos operando com um prazo *muito* apertado.

Kira levantou a mão.

— Pode reativar meus implantes? Vou enlouquecer aqui, sem meus filtros.

Ela quase riu.

— Talvez eu já esteja enlouquecendo — acrescentou.

— Não posso — disse Tschetter.

As defesas de Kira voltaram.

— Não pode ou não quer?

— Não posso. O xeno destruiu seus implantes. Lamento. Não sobrou nada para reativar.

Kira gemeu, sentindo como se outra pessoa tivesse morrido. Todas as suas lembranças... Kira teve seu sistema ajustado para fazer um backup automático no servidor do QG no final de cada dia. Se o servidor sobreviveu, então tinha seus arquivos pessoais, embora tudo que aconteceu com ela desde então estivesse perdido, existindo apenas nos tecidos frágeis e falíveis do cérebro. Se tivesse de escolher, ela preferia perder um braço aos implantes. Com os filtros, Kira tinha um mundo dentro de um mundo — todo um universo de conteúdo, real e inventado, para explorar. Sem ele, só o que lhe restavam eram seus pensamentos, ralos e insubstanciais, e a escuridão ecoante para além deles. Além de tudo, seus sentidos foram embotados; ela não enxergava UV, nem infravermelho, não sentia os campos magnéticos à volta, não podia interagir com máquinas e, pior ainda, não podia pesquisar o que não soubesse.

Ela estava reduzida. A *coisa* a rebaixara ao nível de um animal, a nada além de carne. Primitiva e não aprimorada, só *carne*. Para tanto, talvez tivesse penetrado seu cérebro, cortado os nanofios que uniam os implantes aos neurônios.

O que mais a coisa cortara?

Por um minuto, Kira ficou imóvel, em silêncio, com a respiração laboriosa. O traje parecia duro como uma chapa de aço no tronco. Tschetter teve o bom senso de não interromper. Por fim, Kira falou:

— Então me deixem ter um tablet. Óculos holo. Qualquer coisa.

Tschetter negou com a cabeça.

— Não podemos permitir que o xeno tenha acesso a nosso sistema de computadores. Não no momento. É perigoso demais.

Um sopro escapou de Kira, mas ela sabia que era melhor não discutir. A major tinha razão.

— Droga — disse ela. — Tudo bem. Vamos começar.

Tschetter pegou o tablet e se levantou.

— Uma última pergunta, Navárez: ainda se sente você mesma?

A pergunta tocou em um ponto desagradável. Kira entendeu o que a major queria saber. Se ela, Kira, ainda controlava sua mente. Qualquer que fosse a verdade, só havia uma resposta a dar, se ela quisesse se libertar dali.

— Sim.

— Que bom. É o que queremos ouvir.

Mesmo assim, Tschetter não parecia satisfeita.

— Muito bem — disse ela, por fim. — O dr. Carr virá ver você em breve.

Enquanto Tschetter partia para a saída, Kira fez uma pergunta de interesse pessoal:

— Vocês encontraram algum outro artefato como este?

As palavras saíram dela atabalhoadas e sem fôlego.

— Como o xeno? — especificou.

A major a olhou rapidamente.

— Não, srta. Navárez. Não encontramos.

O holo piscou e sumiu.

4.

Kira se sentou perto da porta pressurizada, ainda remoendo a última pergunta da major. Como teria certeza se seus pensamentos, atos ou emoções ainda eram dela? Muitos parasitas modificavam o comportamento dos hospedeiros. Talvez o xeno estivesse fazendo o mesmo com ela.

Se fosse o caso, ela talvez nem percebesse.

Algumas coisas Kira tinha certeza de que um alienígena não conseguiria manipular com sucesso, por mais inteligente que fosse a criatura. Pensamentos, lembranças, linguagem, cultura — tudo isso era por demais complexo e contextual para um alienígena entender inteiramente. Até os humanos tinham dificuldade para passar de uma cultura humana a outra! Porém, as grandes emoções, os impulsos, os atos, estes seriam vulneráveis a alterações. Pelo que ela sabia, sua raiva podia vir do organismo. Não parecia ser o caso, mas também não parecia o contrário.

"Procure ficar calma", pensou Kira. O que quer que o xeno estivesse fazendo, estava fora de seu controle, mas ela ainda podia observar a si mesma em busca de algum comportamento incomum.

Um refletor se acendeu no alto, cercando-a sob sua luz severa. Na escuridão além dali, houve alguma agitação enquanto os braços robóticos desciam para Kira.

Na metade da parede cilíndrica, o espelho falso ficou desfocado, depois transparente. Através dele, ela via um homem baixo e recurvado com uniforme do CMU, de pé junto de um console. Tinha um bigode castanho e olhos fundos que a encaravam com uma intensidade febril.

Um alto-falante estalou no teto e ela ouviu a voz rouca do homem:

— Srta. Navárez, aqui é o dr. Carr. Já nos encontramos, embora você não lembre.

— Você é o culpado pela maior parte da minha equipe ter morrido.

O médico inclinou a cabeça de lado.

— Não, você é, srta. Navárez.

Neste instante, a raiva de Kira coagulou em ódio.

— Ah, vai se foder. Vai se foder! Como pode ter deixado passar o xeno? Veja o tamanho dessa porra!

Carr deu de ombros, acionando botões em um mostrador que ela não conseguia ver.

— Estamos aqui para descobrir isso.

Ele a espiou, seu rosto redondo lembrando uma coruja.

— Agora, pare de desperdiçar tempo — disse ele. — Beba.

Um dos braços robóticos estendeu a ela um saco de fluido laranja.

— Vai manter você de pé até chegar a hora de uma refeição sólida — explicou o doutor. — Não quero que desmaie aqui comigo.

Reprimindo uma obscenidade, Kira pegou o saco e bebeu com um gole contínuo.

Depois, a portinhola instalada do lado de dentro da câmara de descompressão se abriu num estalo e, por ordem do médico, ela largou o saco ali dentro. A portinhola se fechou e um baque alto soou enquanto a câmara o ejetava no espaço.

A partir daí, Carr a submeteu a uma série incansável de exames. Ultrassom. Espectrografias. Raios-X. PET (antes disso, ela teve de beber um copo de um líquido branco e leitoso). Culturas. Testes de reagentes... Carr experimentou todos e mais um pouco.

Os robôs — ele os chamava de S-PACs — agiam como seus assistentes. Sangue, saliva, pele, tecido: se ela podia ceder, eles pegavam. Amostras de urina não eram possíveis, porque o traje a recobria e, por mais que Kira bebesse, não sentia a necessidade de se aliviar, pelo que ficou agradecida. Urinar em um balde com Carr olhando não era algo que ela quisesse fazer.

Apesar da raiva — e do medo —, Kira também sentia uma curiosidade forte, quase irresistível. A oportunidade de estudar um xeno como este era a esperança de toda a sua carreira.

Quem dera a oportunidade não tivesse custado um preço tão horrível.

Ela prestou muita atenção aos exames que o médico fazia e em que ordem, na esperança de depreender alguma pista do que ele aprendia sobre o organismo. Para sua imensa frustração, ele se negou a contar os resultados. Sempre que ela perguntava, Carr era evasivo ou se recusava terminantemente a responder, o que não melhorou em nada o humor de Kira.

Apesar da falta de comunicação, Kira sabia, pelas caretas e expletivos murmurados pelo médico, que a *coisa* se mostrava extraordinariamente resistente à investigação.

Kira tinha suas próprias teorias. A microbiologia era mais sua especialidade do que a macro, mas ela sabia o bastante das duas para deduzir algumas coisas. Primeiro, em vista de suas propriedades, não havia como o xeno ter evoluído naturalmente. Ou era uma nanomáquina altamente avançada, ou alguma forma de vida geneticamente modificada. Segundo, o xeno possuía pelo menos uma consciência rudimentar. Ela o sentia reagir aos exames: um leve enrijecimento do braço; um tremeluzir pelo peito, como uma bolha de sabão, tão fraco que era quase invisível; uma flexão sutil das fibras. Se era senciente ou não, porém, ela achava que nem Carr sabia.

— Fique parada — disse o médico. — Vamos tentar outra coisa.

Kira enrijeceu enquanto um dos S-PACs pegava um bisturi rombudo de dentro do estojo e baixava a lâmina para seu braço esquerdo. Ela prendeu a respiração quando a lâmina a tocou. Sentiu a pressão da borda, afiada como vidro.

O traje afundou sob a lâmina enquanto o S-PAC a raspava de lado pelo braço de Kira, mas as fibras se recusaram a se separar. O robô repetiu o movimento com força crescente, até que, por fim, desistiu de raspar e tentou um corte pequeno.

Kira, atenta, viu as fibras por baixo da lâmina se fundirem e endurecerem. Parecia que o bisturi patinava em uma superfície de obsidiana moldada. A lâmina soltou um guincho mínimo.

— Alguma dor? — perguntou o médico.

Kira fez que não com a cabeça, sem desviar os olhos do bisturi.

O robô se afastou vários milímetros, depois baixou a ponta redonda do bisturi em seu braço em um mergulho rápido.

A lâmina se partiu com um tilintar de sino e um pedaço do metal passou voando por seu rosto.

Carr franziu o cenho. Virou-se para falar com alguém (ou mais de alguém) que Kira não conseguia ver, e depois se voltou para ela.

— Tudo bem. Mais uma vez, não se mexa.

Ela obedeceu e os S-PACs moveram-se em volta dela em um borrão, apunhalando cada centímetro de pele coberta pelo xeno. Em cada local, o organismo endurecia, formando um pequeno trecho de armadura adamantina. Carr até a fez levantar os pés para que os robôs pudessem apunhalar a sola. Isso a fez se retrair; não conseguiu evitar.

O xeno sabia se defender. Que ótimo. Seria muito mais complicado libertá-la. O aspecto positivo disso era que ela não precisava se preocupar com punhaladas, mas isso nunca fora um problema antes.

O jeito como a *coisa* tinha surgido em Adra, cravos eriçados, tentáculos contorcendo-se... Por que não agia deste modo agora? Se alguma coisa fosse provocar uma reação agressiva nela, seria aquele exame. Será que o xeno perdera a capacidade de se mexer, depois de se unir com sua pele?

Kira não sabia e o traje não dizia.

Quando as máquinas terminaram, o médico se levantou, chupando a parte de dentro da bochecha.

— E então? — disse Kira. — O que descobriu? Composição química? Estrutura celular? DNA? Qualquer coisa.

Carr alisou o bigode.

— É confidencial.

— Ah, *sem essa*.

— Ponha as mãos na cabeça.

— A quem eu vou contar, hein? Posso ajudar. Fale comigo!

— Ponha as mãos na cabeça.

Contendo um palavrão, Kira obedeceu.

5.

A rodada seguinte de testes foi mais extenuante, até invasiva. Testes de impacto. Testes de corte. Testes de resistência. Tubos descendo pela garganta, injeções, exposições a extremos de calor e frio (o parasita provou-se um excelente isolante). Carr parecia impelido ao ponto da distração; gritava com ela se os movimentos de Kira fossem lentos, e por várias vezes Kira o viu repreender seu assistente — um imediato desafortunado que atendia pelo nome de Kaminski —, bem como jogar canecas e papéis no resto da equipe. Estava claro que os experimentos não diziam o que Carr queria, e o tempo se esgotava para a equipe.

O primeiro prazo chegou e passou sem incidentes. Doze horas e, até agora, pelo que Kira podia ver, o xeno não saíra de ninguém na *Extenuating Circumstances*. Ela nem confiava que Carr a informasse disto, mas podia ver uma mudança em seu comportamento: um senso renovado de foco e determinação. O médico tinha uma segunda chance. Agora trabalhavam contra o prazo mais longo. Mais 36 horas antes que o resto da tripulação tivesse de entrar em crio.

Chegou a noite da nave e eles ainda trabalhavam.

Tripulantes uniformizados traziam ao médico uma caneca após a outra do que Kira supôs que fosse café, e ela o viu tomar vários comprimidos à medida que a noite avançava. StimWare ou alguma outra forma de substituto do sono.

A própria Kira estava cada vez mais cansada.

— Pode me dar alguns? — disse ela, gesticulando para o médico.

Carr fez que não com a cabeça.

— Vai perturbar a química de seu cérebro.

— A privação de sono também.

Isso o fez parar por um momento, mas depois o médico simplesmente meneou a cabeça de novo e voltou a atenção aos painéis de instrumentos diante dele.

— Filho da puta — murmurou Kira.

Ácidos e bases não tinham efeito no xeno. Descargas elétricas passaram inofensivamente pela pele do organismo (parecia formar uma gaiola de Faraday natural). Quando Carr aumentou a voltagem, houve um clarão actínico na extremidade do S-PAC e o braço voou para trás como se tivesse sido atirado. Enquanto o cheiro de ozônio enchia o ar, Kira viu que os manipuladores dos S-PACs tinham se fundido e brilhavam, em brasa.

O médico andava de um lado a outro da cabine de observação, puxando o canto do bigode com o que parecia ser uma força dolorosa. Tinha as faces vermelhas e parecia furioso, perigosamente furioso.

Até que ele parou.

Um instante depois, houve um barulho de algo largado na caixa de distribuição do lado de fora da cela. Curiosa, Kira a abriu e encontrou óculos escuros: proteção ocular contra laser.

Uma pontada de inquietação se contorceu dentro dela.

— Ponha os óculos — disse Carr. — Estenda o braço esquerdo.

Kira obedeceu, mas lentamente. Os óculos conferiam à cela um brilho amarelado.

O manipulador instalado na extremidade do incólume S-PAC se abriu como uma flor, revelando uma lente pequena e brilhante. A inquietação de Kira se aguçou, mas ela se manteve firme. Se havia alguma chance de se livrar daquela *coisa*, ela correria o risco, por mais que doesse. Caso contrário, sabia que acabaria passando o resto da vida presa em quarentena.

O S-PAC se posicionou acima e um pouco à esquerda de seu braço. Com um estalo, um feixe azul arroxeado disparou da lente a um ponto no convés ao lado dos pés de Kira. Partículas de poeira cintilaram e brilharam na barra de luz comprimida, e o piso começou a ficar vermelho-cereja.

Movendo-se lateralmente, o robô trouxe o feixe para o contato com seu braço.

Kira se tensionou.

Houve um breve clarão e um fio de fumaça se enroscou para cima, e então... então, para seu assombro, o feixe de laser curvou-se em volta do braço, como água contornando uma pedra. Depois de passar pelo braço, o laser recuperou a precisão geométrica e continuou reto até o convés, onde traçou uma linha avermelhada na grade do piso.

O robô não parava de deslizar de lado. A certa altura, o laser mudou de lado e descreveu um arco em volta da face interna do braço de Kira.

Kira não sentiu calor nenhum; era como se o laser não existisse.

O que o xeno fazia não era impossível, mas era simplesmente muito difícil. Muitos materiais podiam curvar a luz. Eram usados em várias aplicações. A capa de invisibilidade com que ela e os amigos brincavam quando crianças era um exemplo perfeito. Porém, detectar o exato comprimento de onda do laser e, depois, fabricar uma cobertura que o redirecionasse, tudo isso numa fração de segundo, não era uma proeza qualquer. Nem mesmo as montadoras mais avançadas da Liga conseguiam fazer isso.

Mais uma vez, Kira ajustava para cima as estimativas das capacidades do xeno.

O feixe desapareceu. Carr fechou a cara e coçou o bigode. Um jovem — um cadete, pensou Kira — aproximou-se do médico e disse alguma coisa. O médico se virou e pareceu gritar com ele; o cadete se retraiu, bateu continência e deu uma resposta rápida.

Kira começou a baixar o braço.

— Fique assim — disse o médico.

Ela reassumiu a posição.

O robô pairou em um ponto poucos centímetros abaixo de seu cotovelo.

Soou um *pop*, alto como um tiro, e Kira gritou. Parecia que ela fora atingida por um prego em brasa. Ela puxou o braço para trás e fechou a mão na ferida. Entre os dedos, viu um buraco com o tamanho de seu dedo mínimo.

A visão a chocou. De tudo que eles tentaram, o tiro de laser foi o primeiro a realmente ferir o traje.

Seu espanto quase foi suficiente para superar a dor. Ela se curvou, com uma careta, enquanto esperava passar a onda inicial.

Depois de alguns segundos, ela voltou a olhar o braço; o traje fluía para o buraco, as fibras se estendiam e se agarravam, como tentáculos. Fecharam-se sobre a ferida e instantes depois o braço tinha a aparência e a sensação de antes. Então o organismo ainda *podia* se mexer.

Kira soltou a respiração em um fluxo entrecortado. A dor que ela sentiu foi do traje ou dela mesma?

— De novo — disse Carr.

Cerrando o maxilar, Kira estendeu o braço, a mão fechada em punho. Se eles conseguissem cortar o traje, talvez pudessem forçá-lo a se retirar.

— Vai — disse ela.

Pop.

Uma centelha e uma pequena nuvem de vapor eclodiram da parede enquanto um buraco do tamanho de um alfinete aparecia na placa de metal. Ela franziu a testa. O traje já se adaptara à frequência do laser.

Quase sem intervalo nenhum:

Pop.

Mais dor.

— Merda!

Ela segurou o braço e o apertou na barriga, os lábios repuxados nos dentes.

— Porra, Navárez, não se mexa.

Ela se permitiu respirar várias vezes e voltou à posição.

Mais três perfurações dirigidas à pele em uma sequência rápida. Todo o braço estava em brasa. Carr deve ter deduzido que mudar a frequência do laser era uma forma de se desviar das defesas do traje. Exultante, Kira abriu a boca para dizer algo a ele...

Pop.

Kira se retraiu. Não conseguiu evitar. Tudo bem, Carr já se divertira. Hora de parar. Ela começou a retrair o braço, mas o segundo S-PAC girou e segurou seu pulso com o manipulador.

— Ei!

Pop.

Outra cratera escurecida apareceu no braço. Kira rosnou e o puxou do robô. Ele se recusou a ceder.

— Pare com isso! — gritou ao médico. — Já chega!

Ele a olhou rapidamente, depois voltou a estudar um monitor abaixo da borda do espelho falso.

Pop.

Uma nova cratera apareceu no mesmo local da última, que já se preenchia. O tiro perfurou ainda mais seu braço, queimando pele e músculo.

— Pare! — gritou Kira, mas Carr não respondeu.

Pop.

Uma terceira cratera se sobrepôs. Em pânico, Kira agarrou o S-PAC que a segurava e puxou, jogando todo seu peso para trás. Não deveria ter feito nenhuma diferença — as máquinas eram grandes e bem construídas —, mas a articulação atrás do manipulador do S-PAC se rompeu e o manipulador se soltou com uma rajada de fluido hidráulico.

Surpresa, Kira olhou fixamente por um momento. Então ela arrancou o manipulador do pulso e ele caiu no chão com um baque sólido.

Carr encarou com uma expressão congelada.

— Acabou por aqui — disse Kira.

CAPÍTULO VI

* * * * * * *

SONS & ECOS

1.

O dr. Carr a encarou com um ar frio de reprovação.
— Volte à sua posição, Navárez.

Kira mostrou o dedo do meio, andou até a parede abaixo da janela espelhada, onde ele não podia vê-la, e se sentou. Como sempre, o refletor a seguiu.

Mais uma vez, Carr falou:
— Mas que merda é essa? Isso não é uma brincadeira.

Ela levantou o dedo acima da cabeça.
— Não vou trabalhar com você se não me ouvir quando eu mandar parar.
— Não temos tempo para isso, Navárez. Volte à posição.
— Quer que eu quebre outro S-PAC? Porque vou quebrar.
— Último aviso. Se você não...
— Vai se foder.

Kira quase podia ouvir o médico espumar de raiva na pausa que se seguiu. Depois um quadrado de luz refletida apareceu na parede diante dela, enquanto a janela espelhada se toldava.

Ela soltou a respiração que prendia.

A segurança estelar que se danasse. O CMU não podia fazer o que bem entendia com ela! Era o corpo dela, não deles. Ainda assim — como Carr havia mostrado —, ela estava à mercê do CMU.

Kira passou a mão no braço, ainda em choque. Odiava se sentir tão indefesa.

Depois de um momento, ela se levantou e cutucou o S-PAC com o pé. O xeno deve ter aumentado sua força, como um exoesqueleto ou a armadura de guerra de um soldado. Era a única explicação para ela ter conseguido arrancar uma parte da máquina.

Quanto às queimaduras no braço, só restava uma leve dor para lembrá-la de sua existência. Ocorreu a Kira que o xeno fizera tudo que podia para protegê-la durante todos os testes. Laser, ácidos, chamas e mais — o parasita tinha se esquivado de quase tudo que Carr atirou nela.

Pela primeira vez, ela teve uma sensação de... não de gratidão, mas talvez reconhecimento. O que quer que fosse o traje, e por mais que ela o detestasse por ter causado a morte de Alan e de outros colegas de equipe, ele era útil. De certa forma, o traje demonstrava mais cuidados com ela do que o CMU.

Logo o holograma ganhou vida. Kira viu a mesma sala cinza com a mesma mesa cinza e, de pé em posição de sentido diante dela, a major Tschetter usando seu uniforme cinza. Uma mulher sem cor em uma sala sem cor.

Antes que a major pudesse falar, Kira se manifestou.

— Quero um advogado.

— A Liga não a acusou de nenhum crime. Até que isto aconteça, você não precisa de um advogado.

— Talvez não, mas quero mesmo assim.

A mulher a encarou como Kira imaginava que olharia uma partícula de poeira nos sapatos imaculados. Ela era do Sol, Kira tinha certeza disso.

— Preste atenção, Navárez. Você está desperdiçando minutos que podem significar a diferença entre a vida e a morte. Talvez ninguém mais seja infectado. Talvez só uma pessoa seja infectada além de você. Talvez todos nós sejamos. A questão é que *não temos como saber*. Então, pare de embromar e volte ao trabalho.

Kira soltou um ruído desdenhoso.

— Vocês não vão entender nada a respeito do xeno nas próximas horas e sabem disso.

Tschetter apoiou as palmas das mãos na mesa, com os dedos bem estendidos, como garras.

— Não sei de nada disso. Agora seja sensata e colabore com o dr. Carr.

— Não.

A major bateu as unhas na mesa. Uma, duas, três vezes, depois parou.

— A inobservância da Lei de Segurança Estelar *é* um crime, Navárez.

— Ah, é? E o que vocês vão fazer, me botar na cadeia?

Como se fosse possível, o olhar de Tschetter ficou ainda mais afiado.

— Você não vai querer seguir por esse caminho.

— Arrã — respondeu Kira, cruzando os braços. — Sou membro da Liga e tenho cidadania corporativa na Lapsang Trading Corporation. Tenho alguns direitos. Quer continuar estudando o xeno? Ótimo, então quero alguma forma de acesso a computadores e quero falar com um representante da companhia. Mande um flash a 61 Cygni. Agora.

— Não podemos, você sabe disso.

— Azar. Meu preço é este. E se eu disser a Carr para recuar, ele recua. Caso contrário, vocês todos podem saltar de uma câmara de descompressão, não me importa.

Um silêncio, depois os lábios de Tschetter se torceram e o holograma desapareceu.

Kira soltou a respiração em uma lufada, virou-se e começou a andar em círculos. Será que fora longe demais? Ela achava que não. Agora cabia ao capitão decidir se atenderia a suas solicitações... Henriksen, era esse o nome dele. Era esperança de Kira que ele tivesse a mente mais aberta que Tschetter. Um capitão deveria ser assim.

— Mas como foi que acabei aqui? — murmurou ela.

O zumbido da nave foi sua única resposta.

2.

Menos de cinco minutos depois, o espelho falso clareou. Para desânimo de Kira, Carr era a única pessoa de pé na cabine de observação. Ele a olhou com uma expressão azeda.

Kira o encarou, em desafio.

O médico apertou um botão e o odiado refletor reapareceu.

— Muito bem, Navárez. Já chega disso. Nós...

Kira deu as costas para ele.

— Vá embora.

— Isso não vai acontecer.

— Bom, não vou te ajudar antes de ter o que pedi. É simples.

Um barulho a fez se virar. O médico tinha batido os punhos no console diante dele.

— Volte para a posição, Navárez, ou...

— Ou *o quê*? — bufou ela.

A carranca de Carr se aprofundou, os olhos dois pontos cintilantes enterrados acima das bochechas carnudas.

— Tá — disse ele, irritado.

O comunicador foi desligado e os dois S-PAC mais uma vez saíram de suas fendas no teto. Aquele que ela havia danificado tinha sido consertado; seu manipulador parecia novo em folha.

Apreensiva, Kira se agachou enquanto as máquinas avançavam para ela, como pernas de aranha se estendendo. Ela bateu na mais próxima, mas a máquina se esquivou com tanta rapidez que parecia ter se teletransportado. Nada se comparava à velocidade de um robô.

Os dois braços se aproximaram ao mesmo tempo. Um a apanhou pelo maxilar com os manipuladores frios e duros, enquanto o outro robô mergulhava com uma seringa. Kira sentiu um ponto de pressão atrás da orelha, depois a agulha na seringa se partiu.

O S-PAC a soltou e Kira cambaleou para o meio da cela, ofegante. "Mas que diabos?" No espelho falso, o médico estava de cenho franzido e olhava fixamente algo nos filtros.

Kira apalpou atrás da orelha. O que tinha sido pele exposta horas antes agora era coberto por uma fina camada do material do traje. O couro cabeludo coçava; a pele na borda do pescoço e do rosto pinicava. A sensação se intensificou — tornando-se um fogo frio que formigava e ardia —, como se o xeno lutasse para se mexer. No entanto, não se mexeu.

Mais uma vez, a criatura a protegia.

Kira olhou para Carr. Ele estava inclinado para o equipamento que tinha à frente, encarando-a com aquela carranca, a testa brilhando de suor.

Depois ele se virou e saiu da janela espelhada.

Kira soltou a respiração que não percebera que estava presa. A adrenalina ainda disparava por ela.

Uma pancada alta soou do lado de fora da porta pressurizada.

3.

Kira ficou petrificada. O que seria agora?

Em algum lugar, uma tranca se abriu e bombas atmosféricas gemeram. Depois uma fileira de luzes brilhou amarela no meio da porta e a tranca girou e se desacoplou da parede.

Kira engoliu em seco. Certamente Carr não ia mandar alguém para ficar ali com ela!

Metal raspou em metal enquanto a porta deslizava e se abria.

Além da porta havia uma pequena câmara de descontaminação, ainda nevoenta pelo spray químico. Na névoa, duas sombras volumosas, iluminadas por trás por luzes de alerta azuis instaladas no teto.

As sombras se mexeram: robôs de carga, cobertos de cima a baixo em armadura antiexplosão preta, imensa e com marcas de uso. Sem armas, mas entre eles estava uma maca de rodinha, com prateleiras de equipamento médico instaladas abaixo do colchão. Algemas e tiras pendiam dos quatro cantos da mesa: contenção para pacientes rebeldes.

Como Kira.

Kira se retraiu.

— Não!

Ela olhou o espelho falso.

— Não pode fazer isso! — insistiu.

Os pés pesados dos robôs retiniram ao entrar na cela, empurrando a maca. As rodas guincharam, protestando.

De soslaio, Kira viu as máquinas S-PAC se aproximarem de cada lado, com os manipuladores bem abertos.

Sua pulsação foi às alturas.

— Cidadã Navárez — disse o robô à direita com a voz estática, saindo do alto-falante barato embutido no tronco. — Vire-se e ponha as mãos na parede.

— Não.

— Se resistir, estamos *autorizados* a usar força bruta. Você tem cinco segundos para obedecer. Vire-se e ponha as mãos na parede.

— Vá saltar de uma câmara de descompressão.

Os dois robôs pararam a maca no meio da cela. Depois marcharam até ela enquanto os S-PACs, ao mesmo tempo, dispararam pelos lados.

Kira fez a única coisa em que conseguiu pensar: caiu em posição fetal, sentada, com os braços envolvendo as pernas, a testa enterrada nos joelhos. O traje tinha endurecido em resposta ao bisturi; talvez pudesse endurecer novamente e impedir que as máquinas a amarrassem na mesa. "Por favor, por favor, por favor..."

No início, parecia que as preces não seriam atendidas.

Então, enquanto as pinças nas extremidades dos S-PACs tocavam seu corpo lateralmente, a pele de Kira enrijeceu e se contraiu. "Isso!" Um breve momento de alívio quando Kira se sentiu prender àquela posição, as fibras se entrelaçando nos lugares onde carne tocava carne, fundindo-a em uma única peça sólida.

Os S-PACs estalaram nas laterais de seu corpo, incapazes de encontrar pegada no verniz agora liso do traje, que parecia uma concha. A respiração de Kira entrava em golfadas curtas e ofegantes, quente e abafada no bolsão de espaço entre a boca e as pernas.

Até que os robôs de carga caíram em cima dela. Seus dedos gigantescos de metal se fecharam nos braços e ela sentiu que a erguiam do chão e a carregavam para a maca.

— Me solta! — gritou Kira, sem deixar sua posição.

O ritmo frenético da pulsação ultrapassava os pensamentos, enchia os ouvidos com um rugido de cachoeira.

Plástico frio tocou seu traseiro quando os robôs a baixaram na mesa de exames.

Enroscada como estava, nenhuma das algemas podia ser presa aos pulsos ou aos tornozelos. Nenhuma das tiras funcionaria. Foram feitas para uso em uma pessoa deitada, não sentada.

— Cidadã Navárez, a inobservância é um crime. Colabore agora, ou...

— Não!!!

Os robôs puxaram seus braços e pernas, tentando esticá-la. O traje se recusou a ceder. Duzentos e tantos quilos de metal acionados em cada máquina e eles não conseguiam romper as fibras que a mantinham naquela posição.

Os S-PACs fizeram uma tentativa inútil de ajudar, os manipuladores esgaravatando o pescoço e as costas de Kira — dedos lisos de óleo tentando segurar um copo gorduroso.

Kira tinha a impressão de estar presa em uma caixa minúscula, cujas paredes macias a pressionavam e sufocavam. Mesmo assim, continuou enroscada, pois recusava-se a ceder. Era seu único jeito de revidar e ela preferia desmaiar a dar a Carr a satisfação da vitória.

As máquinas se retraíram por um momento, mas logo as quatro passaram a uma agitação organizada em volta dela: removendo equipamento das prateleiras abaixo do colchão, ajustando um escâner diagnóstico para acomodar sua posição fetal, dispondo instrumentos em uma bandeja junto a seus pés... Enfurecida, Kira percebeu que Carr ia continuar com os testes e que não havia nada que ela pudesse fazer a respeito disso. Os S-PACs ela seria capaz de quebrar, mas não os robôs de carga; eram grandes demais e, se ela tentasse, eles simplesmente a prenderiam na mesa e ela ficaria ainda mais à mercê deles.

Então Kira não se mexeu, embora às vezes as máquinas a reposicionassem por seus próprios motivos. Ela não conseguia ver o que faziam, mas ouvia e também sentia. De tantos em tantos segundos algum instrumento tocava as costas ou as laterais, raspando, empurrando, perfurando ou atacando de outro jeito a pele do traje. Líquidos foram vertidos na cabeça e no pescoço, para grande irritação dela. Depois ela ouviu os estalos de um contador Geiger. Em outra ocasião, sentiu um disco de corte fazer contato com o braço e a pele ficou quente enquanto faíscas estroboscópicas e voadoras iluminavam os cantos escuros em volta do rosto. Nesse tempo todo, o braço do escâner se movia em volta — sussurrando, bipando, zumbindo —, em coordenação perfeita com os robôs de carga e os dois S-PACs.

Kira gritou quando um disparo de laser a perfurou na coxa. "Não..." Seguiram-se outros tiros, em diferentes partes do corpo, e cada disparo era uma punhalada quente de dor. O cheiro acre e desagradável de carne e xeno queimados encheu o ar.

Ela mordeu a língua para não gritar de novo, mas a dor era invasiva e dominadora. O zumbido constante da descarga do laser acompanhava cada pulsação. Logo, bastava ouvir o barulho para ela se retrair. Às vezes o xeno a protegia, e Kira o ouvia pulverizar um pedaço da mesa, do chão ou da parede, mas os S-PACs mudavam continuamente o comprimento de onda do laser, evitando as adaptações do traje.

Parecia uma máquina de tatuagem do inferno.

O ritmo acelerou quando os robôs começaram a disparar rajadas que permitiram cortes contínuos, os zumbidos formando um único tom entrecortado que vibrava nos dentes de Kira. Ela gritou quando o feixe cintilante escavou a lateral do corpo, tentando cortar o xeno, forçá-lo a se retirar. Seu sangue sibilou e borbulhou ao evaporar.

Kira se recusava a sair daquela posição, mas continuou gritando até a garganta se ferir e ficar escorregadia de sangue. Não conseguia se conter. A dor era forte demais.

Enquanto o laser queimava outra faixa, seu orgulho lhe escapou. Kira não se importava mais de parecer fraca; fugir da dor tinha se tornado o único foco de sua existência. Ela pediu a Carr para parar, pediu incessantemente, em vão. Ele nem mesmo respondia.

Entre os açoites de agonia, fragmentos de lembranças passaram pela mente de Kira: Alan; seu pai cuidando das petúnias Céu Noturno; a irmã, Isthah, perseguindo-a por entre as prateleiras do depósito; Alan rindo; o peso da aliança deslizando em seu dedo; a solidão do primeiro posto; um cometa riscando a face de uma nebulosa. Ainda outras que ela não conseguiu reconhecer.

Quanto tempo durou, Kira não sabia. Ela se retraiu para o cerne de si mesma e se agarrou a um pensamento acima de todos os outros: "isto vai passar".

...

As máquinas pararam.

Kira continuou petrificada onde estava, chorando, praticamente inconsciente. A qualquer momento, esperava que o laser a atingisse de novo.

— Fique onde está, cidadã — disse um dos robôs de carga. — Qualquer tentativa de fugir será recebida com força letal.

Houve um gemido de motores enquanto os S-PACs se retraíam para o teto e uma série de passos pesados dos dois robôs de carga afastando-se da mesa de exames. Eles não voltaram como tinham chegado.

Em vez disso, Kira os ouviu se dirigirem à câmara de descompressão. Ela se abriu com um barulho metálico. Kira sentiu as entranhas gelarem enquanto o medo a inundava. O que estavam fazendo? Não iam ejetar a cela, não é? Não fariam isso. Não *podiam*...

Os robôs de carga entraram na câmara e, para alívio de Kira, a porta se fechou, mas isso de nada serviu para atenuar a confusão que sentia.

Por fim... silêncio. A câmara de descompressão não foi ativada. O intercomunicador não foi ligado. Os únicos sons eram de sua respiração, dos ventiladores que circulavam a atmosfera e o ronco distante dos motores da nave.

4.

Aos poucos, o choro de Kira se esgotou. A dor sumia a um latejar surdo enquanto o traje envolvia e curava os ferimentos. Ela ficou enroscada, porém, meio convencida de que Carr estava armando uma armadilha para ela.

Por um bom tempo vazio ela esperou, ouvindo os ruídos ambientes da *Extenuating Circumstances* em busca de algum sinal de que seria atacada de novo.

Aos poucos, Kira começou a relaxar. O xeno relaxou junto com ela, permitindo que diferentes partes de seu corpo se despregassem.

Levantando a cabeça, Kira olhou ao redor.

Além da mesa de exames e de algumas marcas de queimadura, a cela parecia a mesma... Como se Carr não tivesse passado as últimas horas (ou o tempo que levou) torturando-a. Pelo visor da câmara de descompressão, ela via os robôs de carga parados, lado a lado, presos em pontos fixos ao longo da parede curva. A postos. Esperando. Observando.

Ela agora entendia. O CMU não ia permitir que os robôs voltassem à área principal da nave. Não quando estavam preocupados com contaminação. No entanto, também não queriam deixar os robôs onde ela pudesse ter acesso.

Kira estremeceu. Passou as pernas para fora da mesa e deslizou para o chão. Tinha os joelhos rígidos e se sentia enjoada e trêmula, como se tivesse recém-terminado uma série de corrida.

Não ficou nenhuma prova dos ferimentos; a superfície do xeno parecia a mesma de antes. Kira pressionou com força a lateral do corpo, onde o laser fizera o corte mais fundo. Uma dor súbita a fez prender a respiração. Ela ainda não estava inteiramente curada.

Ela lançou um olhar cheio de ódio ao espelho.

Até que ponto o capitão Henriksen permitiria que Carr prosseguisse? Quais eram os limites deles? Se estavam verdadeiramente com medo do xeno, alguma medida passava desses limites? Kira sabia como os políticos descreveriam a questão: "Para proteger a Liga dos Mundos, medidas extraordinárias tiveram de ser tomadas."

... *tiveram de ser tomadas*. Eles sempre usavam a voz passiva quando reconheciam um erro.

Ela não sabia exatamente que horas eram, mas sabia que eles chegavam perto do prazo final. Fora por isso que Carr parara de atormentá-la? Porque mais xenos surgiam na tripulação da *Extenuating Circumstances*?

Kira olhou a porta pressurizada fechada. Se era assim, a nave estaria um caos. Entretanto, ela não ouvia nada: nenhum grito, nem alarmes, nem brechas na pressão.

Ela passou as mãos nos braços, sentindo frio ao se lembrar da brecha em Serris, na terceira missão fora do sistema de Weyland. Um domo pressurizado no posto avançado de mineração tinha apresentado defeito, quase a matando junto com todos os outros... O assovio do ar escapando ainda lhe provocava pesadelos.

O frio se espalhava pelo corpo. Parecia que a pressão sanguínea caía, uma sensação horrível carregada de pavor. De um jeito desligado, Kira percebeu que a provação a deixara em choque. Com os dentes batendo, ela se abraçou.

Talvez alguma coisa na maca pudesse ajudar.

Kira foi ver.

Escâner, máscara de oxigênio, regenerador de tecidos, chip-lab e outras coisas. Nada patentemente perigoso e nada que a ajudasse no choque. Instalada em uma extremidade da mesa havia uma série de frascos contendo drogas variadas. Os frascos eram lacrados com fechos moleculares; não conseguiria abri-los tão cedo. Abaixo do colchão estava pendurado um cilindro de nitrogênio líquido, com gotas de condensação.

Sentindo-se subitamente fraca e tonta, Kira arriou no chão, com a mão na parede para não perder o equilíbrio. Quanto tempo desde que tivera alguma nutrição? Tempo demais. Certamente o CMU não a deixaria morrer de inanição. A certa altura, Carr a alimentaria.

Ele seria obrigado a fazer isso, não é?

5.

Kira ainda esperava que Carr reaparecesse, mas não aconteceu. Ninguém mais veio falar com ela. Por ela, tudo bem. Naquele momento, só queria ficar em paz.

Ainda assim, sem os filtros, ficar sozinha era também uma forma especial de tortura. Só restavam a Kira os pensamentos e as lembranças, e, no momento, nenhum deles era particularmente agradável.

Ela tentou fechar os olhos. Não deu certo. Ainda via os robôs de carga. Ou, se não eles, os últimos momentos apavorantes em Adra, e a cada vez seu batimento cardíaco disparava e ela transpirava um suor quente.

— Merda — resmungou. — Bishop, está aí?

O cérebro da nave não respondeu. Ela nem sabia se ouvira, ou, em caso afirmativo, se tinha permissão de responder.

Desesperada por uma distração e sem ter mais o que fazer, Kira decidiu fazer seus próprios experimentos. O traje podia endurecer em reação a ameaça/pressão/estímulos. Tudo bem. Como ele decidia o que constituía uma ameaça? E seria algo que ela pudesse influenciar?

Baixando a cabeça entre os braços, onde ninguém mais pudesse ver, Kira se concentrou na dobra do cotovelo. Depois imaginou a ponta de uma faca pressionando o braço, rompendo a pele... Empurrando-se pelos músculos e tendões abaixo.

Nada mudou.

Ela tentou outras duas vezes, esforçando-se para que a imaginação fosse o mais realista possível. Usou a lembrança de dores passadas para ajudar e na terceira tentativa sentiu a dobra do cotovelo endurecer, um franzido semelhante a uma cicatriz unindo a pele.

Depois disso, ficou mais fácil. A cada tentativa, o traje ficava mais reativo, como se aprendesse. Como se interpretasse. Entendesse. Uma perspectiva assustadora.

Com este pensamento, a *coisa* se contraiu por todo o corpo de Kira.

Kira suspirou, apanhada de surpresa.

Uma profunda apreensão se formava nela enquanto estava sentada olhando o tecido de fibras fundidas nas palmas das mãos. Ela ficara preocupada e o traje reagira a essa preocupação. Tinha lido as emoções sem que ela fizesse qualquer tentativa de impô-las ao organismo.

A apreensão se transformou em veneno nas veias. Naquele último dia em Adra, ela ficou muito perturbada e fora de si, e, durante a noite, quando Neghar começava a vomitar sangue, Kira sentiu tanto medo, um medo inacreditável... "Não!" Kira se retraiu do pensamento. Foi por culpa do CMU que Alan morreu. O dr. Carr fracassara e, graças ao fracasso dele, o xeno tinha surgido desse jeito. *Ele* era o culpado, e não... não...

Kira se levantou de um salto e começou a andar em círculos: quatro passos para um lado, quatro passos para o outro.

O movimento ajudou a deslocar os pensamentos do horror em Adra para coisas mais familiares, mais reconfortantes. Ela se lembrou de estar sentada com o pai na margem do regato perto de casa, ouvindo suas histórias da vida no Mundo de Stewart. Ela se lembrou de Neghar pulando e gritando depois de ter derrotado Yugo em um jogo de corrida, e dos longos dias trabalhando com Marie-Élise sob o céu sulfuroso de Adra.

Ela também se lembrou de deitar ao lado de Alan, conversando, conversando e conversando sem parar sobre a vida, o universo e todas as coisas que eles queriam fazer.

— Um dia — dissera ele —, quando eu for velho e rico, terei minha própria espaçonave. Você vai ver.

— O que você faria com sua própria espaçonave?

Ele a olhara com toda seriedade.

— Daria o salto longo mais longo possível. Para a beira da galáxia.

— Por quê? — sussurrara ela.

— Para ver como é lá fora. Para voar nas maiores profundezas e entalhar meu nome em um planeta vazio. Para *conhecer*. Para *entender*. Pelo mesmo motivo por que vim a Adra. Por que mais seria?

A ideia tinha assustado e empolgado Kira, e ela se aconchegara mais perto dele, o calor dos corpos banindo os confins vazios do espaço para longe de sua mente.

6.

BUM.

O convés estremeceu e os olhos de Kira se abriram subitamente, adrenalina pulsando por dentro dela. Estava deitada, encostada na curva da parede. O leve brilho vermelho da noite da nave permeava a cela. Tarde ou cedo, ela não sabia dizer.

Outro tremor abalou a nave. Ela ouviu guinchos, estrondos e o que pareciam ser alarmes. Arrepios tomaram a pele e o traje enrijeceu. Seus piores temores tinham se concretizado; mais xenos estavam surgindo. Quantos da tripulação teriam sido afetados?

Ela se obrigou a se sentar e um véu de poeira caiu da pele. Da pele da *coisa*.

Assustada, Kira ficou petrificada. O pó era cinza e fino, suave como seda. Esporos? De imediato ela desejou um respirador, mas não adiantaria de nada.

Depois ela notou que estava sentada em uma depressão rasa que combinava perfeitamente com o formato de seu corpo adormecido. De algum modo havia afundado vários milímetros no convés, como se a substância preta que a cobria fosse corrosiva. A visão teve o efeito de confundi-la e, ao mesmo tempo, aumentar sua repulsa. Agora a *coisa* a transformara em um objeto tóxico. Seria seguro alguém sequer tocar nela? Se...

A cela se inclinou a sua volta e ela voou pelo espaço, batendo na parede junto com a poeira, que subiu em uma nuvem. O impacto lhe tirou o fôlego. A maca bateu ao lado dela, despedaçando-se.

Uma aceleração de emergência. Por quê? O empuxo ficou mais forte... mais forte... parecia de duas g. Depois três. Depois quatro. Suas faces se repuxaram no crânio, esticando-se, e um manto de chumbo parecia pesar nela.

Uma estranha vibração passou pela parede, como se um tambor gigante tivesse sido tocado, e o empuxo desapareceu.

Kira ficou de quatro e arquejou, procurando ar.

Em algum lugar ali perto, algo bateu no casco da nave e ela ouviu o estalo e o chocalhar do que parecia um... *tiroteio*?

Então Kira sentiu: uma convocação dolorosa puxando-a para um lugar fora da nave, puxando-a como uma corda ancorada no peito.

No início, incredulidade. Passara-se tanto tempo desde que as convocações lhe eram feitas, muito tempo desde que ela fora chamada a cumprir um dever sagrado. Depois, exultação pela volta muito adiada. Agora o padrão podia ser cumprido, como antes.

Uma desconexão, e ela estava em carne conhecida no alto de um penhasco agora desaparecido, no momento em que sentiu pela primeira vez a compulsão a que se podia resistir, mas jamais ignorar. Ela se virou, seguindo-a, e viu no gradiente do céu uma estrela avermelhada piscar e oscilar, e entendeu que era a origem do sinal.

Ela obedeceu, porque era o certo. O certo para ela era servir, e ela serviria.

Kira arquejou ao voltar a si. Ela entendeu. Não enfrentavam uma infestação. Enfrentavam uma invasão.

Os donos do traje tinham vindo buscá-la.

CAPÍTULO VII

* * * * * * *

CONTAGEM REGRESSIVA

1.

Um nó de náusea se formou no estômago de Kira. O primeiro contato com outra espécie alienígena — algo com que sempre sonhara — parecia estar acontecendo do pior jeito possível, com violência.

— Não, não, não — falou em voz baixa.

Os alienígenas vinham por causa dela, do traje. Ela sentia a convocação ficar mais forte. Seria só uma questão de tempo até a encontrarem. Ela precisava fugir. Tinha de sair da *Extenuating Circumstances*. Um dos módulos de transporte da nave seria o ideal, mas ela se conformaria com uma cápsula de evasão. Pelo menos em Adra poderia ter a oportunidade de lutar.

A faixa luminosa do alto começou a piscar azul, um pulso estridente que incomodava os olhos de Kira. Ela correu à porta pressurizada e a socou.

— Me deixem sair! Abram a porta!

Ela se virou rapidamente para a janela espelhada.

— Bishop! Você tem de me deixar sair!

O cérebro da nave não respondeu.

— Bishop!

Ela socou a porta de novo.

As luzes na porta ficaram verdes e a tranca girou e estalou. Kira puxou a porta para abrir e correu pela câmara de descontaminação. A porta do outro lado ainda estava trancada.

Ela bateu na tela de controle ao lado da porta. A tela apitou e a tranca girou alguns centímetros, depois parou com um ruído áspero.

A porta estava emperrada.

— Merda!

Ela bateu a mão na parede. A maioria das portas tinha liberação manual, mas não esta; eles estavam decididos a impedir a fuga de seus detentos.

Ela olhou a cela. Cem possibilidades diferentes faiscaram por sua cabeça.

O nitrogênio líquido.

Kira correu à maca e se agachou, passando o olhar pelas prateleiras de equipamento. Onde estava? Onde estava? Ela soltou um grito ao localizar o tanque, aliviada por ele aparentemente estar incólume.

Ela o pegou e correu de volta à porta externa da câmara de descontaminação. Depois puxou fundo o ar e prendeu a respiração para não desmaiar por inalar gás demais.

Kira encostou o bico do tanque na tranca da porta e abriu a válvula. Uma nuvem de vapor branco escondeu de vista a porta enquanto o nitrogênio era borrifado. Por um momento, ela sentiu frio nas mãos, depois o traje compensou e as mãos ficaram quentes, como de costume.

Ela manteve o spray ativo por uma contagem de dez segundos, depois fechou a válvula.

A tranca de compósito de metal estava branca de gelo e condensação. Usando o fundo do tanque, Kira golpeou a tranca. Ela se partiu em cacos, como vidro.

Kira largou o tanque e, desesperada para sair, puxou a porta. Ela se abriu, deslizando, e uma sirene dolorosamente alta a atingiu.

Fora dali, havia um corredor de metal iluminado por luzes estroboscópicas. Dois corpos jaziam no final dele, contorcidos e horrivelmente flácidos. Ao vê-los, sua pulsação se acelerou e uma linha de tensão se formou no traje, como um fio esticado prestes a se romper.

Este era o pior pesadelo: humanos e alienígenas se matando. Era um desastre que podia tranquilamente escalar para uma catástrofe.

Onde ficavam os módulos de transporte da *Extenuating Circumstances*? Ela tentou se lembrar do que tinha visto da nave no QG. A plataforma de acoplagem ficava em algum lugar na parte intermediária da nave. Então era este seu objetivo.

Para chegar lá, ela teria de passar por tripulantes mortos e, com sorte, não encontrar os que estavam atacando.

Não havia tempo a perder. Kira respirou fundo para se equilibrar e correu com leveza nos pés, preparada para reagir ao menor ruído ou movimento.

Só vira cadáveres algumas vezes na vida: uma vez quando era criança, em Weyland, quando um supercapacitor de um cargueiro se rompeu e matou dois homens bem na rua principal de Highstone. Uma vez durante um acidente em Serris. E agora, naturalmente, com Alan e os colegas de equipe. Nas duas primeiras ocasiões, as imagens tinham ficado tão marcadas na mente de Kira que ela até pensou em mandar removê-las. No fim, não mandou. Também não faria isso com as lembranças mais recentes. Eram parte fundamental dela.

Ao se aproximar dos corpos, ela olhou. Precisava olhar. Um homem, uma mulher. A mulher fora alvejada por uma arma de energia. O homem tinha sido decepado; o braço direito estava separado do resto do corpo. Balas tinham amassado e sujado as paredes em volta deles.

Uma pistola se projetava abaixo do quadril da mulher.

Reprimindo o impulso de vomitar, Kira parou e pegou a arma. O contador na lateral dizia 7. Restavam sete projéteis. Não era muita coisa, mas era melhor que nada. O problema era que a arma não funcionaria para ela.

— Bishop! — sussurrou e levantou a arma. — Você pode...

A trava de segurança da pistola se soltou.

Ótimo. Então o CMU ainda a queria viva. Sem os filtros, Kira não sabia se podia atingir o alvo com a arma, mas pelo menos não estava inteiramente indefesa. "Só não dispare em uma janela." Seria um jeito ruim de morrer.

Ainda em voz baixa, ela falou:

— Para que lado ficam os módulos de transporte?

O cérebro da nave devia saber onde estavam os alienígenas e a melhor maneira de evitá-los. Uma linha de setas verdes apareceu no alto da parede, apontando mais para o interior da nave. Ela a seguiu por um labirinto de salas até uma escada que levava ao centro da *Extenuating Circumstances*.

A gravidade aparente diminuiu enquanto ela subia andar por andar da seção habitacional giratória. Por portas abertas, ouvia gritos e berros, e por duas vezes viu o clarão de canos de metralhadoras refletidos nos cantos. Em dado momento, ouviu uma explosão que parecia de uma granada e uma série de portas pressurizadas se fecharam a suas costas. Só não viu o que a tripulação combatia.

Na metade da subida, a nave se balançou — com força —, obrigando Kira a se segurar na escada com as duas mãos para não ser atirada dali. Um turbilhão estranho subiu à sua garganta e a bile encheu a boca. A *Extenuating Circumstances* girava de uma extremidade a outra, o que não era uma boa situação para uma nave comprida e estreita. A estrutura não era projetada para suportar forças rotacionais.

Os alarmes mudaram de tom, ainda mais estridentes. Depois, uma voz grave de homem emanou dos alto-falantes nas paredes:

— Autodestruição em sete minutos. Isto não é uma simulação. Repito, isto não é uma simulação. Autodestruição em seis minutos e 52 segundos.

As entranhas de Kira ficaram frias como gelo.

— Bishop! Não!

A mesma voz masculina disse:

— Lamento, srta. Navárez. Não tenho alternativa. Sugiro que você...

O que quer que Bishop tenha dito a mais, Kira não ouviu, não escutou. O pânico ameaçava dominá-la, mas ela o empurrou de lado; não tinha tempo para emoções. Agora, não. Uma nitidez magnífica concentrou sua mente. Seus pensamentos ficaram duros, mecânicos, impiedosos. Menos de sete minutos para chegar aos módulos. Ela ia conseguir. Precisava conseguir.

Ela avançou, ainda mais veloz do que antes. De jeito nenhum ia morrer na *Extenuating Circumstances*.

No alto da escada, um anel de setas verdes cercava uma escotilha fechada. Kira a abriu e se viu no eixo esférico que unia as diferentes seções habitacionais.

Ela se virou para a popa e a vertigem a pegou quando viu o que parecia ser um poço longo e estreito descendo abaixo dela. O poço era um terror de metal preto e luz penetrante. Todas as escotilhas de todos os conveses que compunham o tronco da nave tinham sido abertas, um crime que normalmente seria digno da corte marcial.

Se a nave disparasse os motores, qualquer um apanhado no poço mergulharia para a morte.

Centenas de metros adiante, mais para a popa, ela vislumbrou soldados com armadura energizada atracando-se com alguma *coisa*: uma massa de formas em conflito, como um nó de sombras.

Uma seta apontava para a escuridão.

Kira estremeceu e se lançou para a luta distante. Para impedir que o estômago se rebelasse, decidiu ver o poço como um túnel horizontal, e não vertical. Arrastou-se pela escada rebitada no chão/parede, usando-a como guia no caminho e para não perder o curso.

— Autodestruição em seis minutos. Isto não é uma simulação. Repito, isto não é uma simulação.

Quantos andares até a plataforma de acoplagem? "Três? Quatro?" Kira tinha apenas uma ideia geral.

A nave gemeu de novo e a porta pressurizada diante dela se fechou com um baque, bloqueando o caminho. No alto, a linha de setas verdes mudou de direção, apontando para a direita, e começou a piscar com a velocidade induzida pela crise.

"Merda." Kira contornou uma prateleira de equipamento e correu pelo atalho de Bishop. O tempo se esgotava. Era melhor que os módulos estivessem preparados para a partida, ou ela não teria chance de escapar...

Vozes soaram no alto. O dr. Carr dizia:

— ... e ande! Rápido, imbecil! Não há...

Uma pancada alta o interrompeu e as anteparas vibraram. O grito do médico mudou para um tom mais agudo, as palavras ficaram incoerentes.

Enquanto Kira se impelia por uma estreita escotilha de acesso, um punho parecia segurar e apertar seu peito.

Na frente dela havia uma sala de equipamentos: estantes, armários cheios de skinsuits, um duto de oxigênio de rótulo vermelho no fundo. Carr estava pendurado perto do teto, o cabelo despenteado, uma das mãos passada por uma alça amarrada a várias caixas de metal que batiam repetidamente nele. Um fuzileiro naval morto jazia metido em uma das estantes, com uma fila de queimaduras bordando as costas.

Do outro lado da sala, um buraco grande e circular tinha sido aberto no casco. A luz azul-escura jorrava do buraco que parecia uma pequena nave de embarque acoplada à lateral da *Extenuating Circumstances*. Naquele nicho movia-se um monstro de muitos braços.

2.

Kira ficou paralisada enquanto o alienígena se impelia do depósito.

A criatura tinha duas vezes o tamanho de um homem, com a carne semitransparente em tons de vermelho e laranja, como tinta que se dissolve na água. Tinha uma espécie de tronco: um ovoide afilado de um metro de largura, coberto por uma casca queratinosa e cravejado de dezenas de protuberâncias, calombos, antenas e o que pareciam olhinhos pretos.

Pelo menos seis tentáculos — Kira não sabia quantos exatamente, porque não paravam de se contorcer — estendiam-se do ovoide, em cima e embaixo. Faixas texturizadas corriam pela extensão dos tentáculos e, perto das pontas, pareciam ter cílios e um leque de pinças afiadas, como garras. Dois tentáculos carregavam cápsulas brancas com uma lente bulbosa. Kira não entendia muita coisa de armas, mas reconhecia um laser quando via um.

Intercalados entre os tentáculos, havia quatro membros menores, duros e ossudos, com apêndices surpreendentemente parecidos com mãos. Os braços estavam dobrados perto da carapaça da criatura e não se mexiam.

Mesmo chocada, Kira parou para examinar as feições do alienígena, assim como faria com qualquer outro organismo que fosse enviada para estudar. "Baseado em carbono? Parece. Simetria radial. Não tem parte superior ou inferior identificável... Não parece ter rosto. Estranho." Um fato em particular saltou aos olhos dela: o alienígena não era nada parecido com seu traje. Quer o ser fosse ou não senciente, artificial ou natural, sem dúvida era diferente do xeno ligado a ela.

O alienígena se deslocava pela sala com uma fluidez desconcertante, como se tivesse nascido em gravidade zero, virando-se e se retorcendo sem ter preferência aparente por alguma direção apontada pelo tronco.

A esta visão, Kira sentiu uma reação do traje: uma fúria crescente, bem como uma sensação de ofensa antiga.

Apanhador! Carnerrada multiforme! Clarões de dor, brilhantes como estrelas em explosão. Dor e renascimento em um ciclo interminável, e uma cacofonia constante de ruídos: explosões, estalos e reações destrutivas. O pareamento não era como deveria ser. O apanhador não entendia o padrão das coisas. Não via. Não ouvia. Deveria conquistar, em vez de cooperar.

Injustiça!!!

Não era isto que o xeno esperava da convocação! Medo e ódio rugiram por Kira e ela não sabia o que era do traje e o que era dela. A tensão em seu íntimo estourou e a pele do xeno ondulou e começou a soltar cravos, como acontecera em Adra, lanças afiadas como agulhas apontadas para direções ao acaso. Desta vez, ela não sentiu dor.

— Atire! — gritou Carr. — Atire, idiota! Atire!

O apanhador se contorceu; parecia oscilar a atenção entre eles. Um estranho sussurro cercou Kira, como uma nuvem espessa, e dele ela sentiu correntes de emoção: primeiro surpresa, depois, numa sequência rápida, reconhecimento, alarme e satisfação. Os sussurros ficaram mais altos, depois, uma chave pareceu se acionar em seu cérebro e ela percebeu que podia entender o que o alienígena dizia:

[[... e alertar o Laço. Alvo localizado. Enviar todo armamento a esta posição. A consumação está incompleta. Devem ser possíveis contenção e recuperação, depois podemos cl...]]

— Autodestruição em cinco minutos. Isto não é uma simulação. Repito, isto não é uma simulação.

Carr xingou, chutou o fuzileiro naval morto e puxou a arma do homem, tentando soltá-la do cadáver.

Um dos tentáculos que portava o laser mudou de posição, os músculos gelatinosos dentro dele flexionando-se e relaxando. Kira ouviu uma explosão, e um cravo de metal em brasa explodiu ao lado da arma do fuzileiro quando um pulso de laser o atingiu, fazendo a arma voar pela sala.

O alienígena se voltou para ela. Sua arma se sacudiu. Outra explosão e um raio de dor lancetou seu peito.

Kira grunhiu e, por um momento, sentiu o coração falhar. Os cravos no traje pulsaram para fora, mas foi em vão.

[[Aqui é Qwon: Biforme tola! Você profana os Desaparecidos. Podridão na água, este...]]

Ela arranhou os degraus da escada perto da escotilha de acesso, tentando sair, tentando escapar, embora não houvesse para onde correr nem onde se esconder.

Bang. O calor apunhalou a perna, fundo e torturante.

Uma terceira explosão e uma cratera calcinada apareceu na parede a sua esquerda. O traje tinha se adaptado à frequência do laser; ele a protegia. Talvez...

Como que em transe, Kira girou o corpo e, de algum modo, levantou a pistola, segurando-a diante de si. O cano da arma balançava em seu esforço para apontá-la para o alienígena.

— Atire, desgraçada! — gritou o médico, a espuma de saliva voando da boca.

— Autodestruição em quatro minutos e trinta segundos. Isto não é uma simulação. Repito, isto não é uma simulação.

O medo estreitou a visão de Kira, comprimindo seu mundo a um cone rígido.

— *Não!* — gritou ela, uma rejeição apavorada a tudo que acontecia.

A arma disparou, aparentemente por vontade própria.

O alienígena zuniu pelo teto da sala de equipamento ao se esquivar. Era de uma velocidade apavorante e cada tentáculo parecia se mexer com um cérebro próprio.

Kira gritou e continuou apertando o gatilho. O coice era uma série de pancadas fortes na palma da mão. O barulho era abafado, distante.

Faíscas voaram quando o laser do apanhador disparou em dois dos projéteis no ar.

A criatura invadiu os armários de skinsuits e parou ao se agarrar à parede pelo duto vermelho de alimentação...

— Espere! Pare! *Pare!* — gritava Carr, mas Kira não ouvia, não se importava, não parava.

Primeiro Alan, depois o xeno, agora isto. Era demais, ela não suportava. Queria que o apanhador sumisse, não importava o risco.

Ela disparou mais duas vezes.

Uma mancha vermelha atravessou sua linha de visão, depois da ponta do cano, e...

...

Estourou um trovão, e um martelo invisível jogou Kira na parede oposta. A explosão espatifou um dos espinhos do xeno. Kira *sentiu* o fragmento girando pela sala, como se ela estivesse em dois lugares ao mesmo tempo.

Quando a visão clareou, Kira viu as ruínas da sala de suprimentos. O apanhador era uma massa desfigurada, mas vários tentáculos ainda ondulavam com urgência fraca e bolhas de pus laranja vertiam de suas feridas. Carr fora jogado na estante. Lascas de ossos apareciam de seus braços e pernas. O pedaço órfão do xeno jazia contra a antepara na frente dela: um talho de fibras rasgadas pendurado nos painéis amassados.

Mais importante, havia um buraco irregular no casco, onde uma das balas tinha atingido a linha de oxigênio, detonando a explosão. Através dele, a escuridão do espaço era visível, sombria e pavorosa.

Um ciclone de ar passou em disparada por Kira, arrastando-a com uma força inexorável. A sucção puxou Carr, o apanhador e o fragmento do xeno para fora da nave, junto com uma torrente de escombros.

Caixas de armazenamento batiam em Kira. Ela gritou, mas o vento roubou o fôlego da boca e ela lutou para segurar alguma coisa — qualquer coisa. Infelizmente, foi lenta demais e as paredes eram muito separadas. Lembranças da praia em Serris faiscaram por sua mente, agudas como cristal.

A abertura no casco se alargou. A *Extenuating Circumstances* estava rachando, cada metade se movendo para um lado diferente. O fluxo de gás a fez desabar pelas estantes manchadas de sangue, passar pela brecha e entrar no vazio.

E tudo virou silêncio.

CAPÍTULO VIII

* * * * * * *

LÁ FORA

1.

As estrelas e a nave rodaram em volta dela em um caleidoscópio vertiginoso.

Kira abriu a boca e permitiu que o ar dos pulmões escapasse, como se deve fazer quando se está no espaço. Caso contrário, corre-se o risco de danos em tecidos moles e, possivelmente, uma embolia.

A desvantagem era que Kira tinha apenas 15 segundos de consciência. Era morte por asfixia ou morte por obstrução arterial. Não havia muito o que escolher.

Ela soltou o ar por instinto e se debateu, na esperança de pegar alguma coisa com as mãos.

Nada.

Seu rosto ardia e pinicava, pois a umidade na pele estava fervendo. A sensação aumentou, tornando-se um fogo frio que se arrastava do pescoço para cima e para dentro da linha do couro cabeludo. Sua visão escureceu e Kira teve certeza de que ia desmaiar.

O pânico se instalou. Um pânico profundo e imperioso, e o que restava do treinamento de Kira fugiu de sua mente, sendo substituído pela necessidade animal de sobreviver.

Ela gritou, e *ouviu* o grito.

Kira ficou tão chocada que parou e depois, por puro reflexo, respirou. Ar — ar precioso — encheu os pulmões.

Incapaz de acreditar, ela apalpou o rosto.

O traje tinha se fundido a suas feições, formando uma superfície lisa por cima da boca e do nariz. Com a ponta dos dedos, ela descobriu que aquelas pequenas conchas em domo agora cobriam os olhos.

Kira respirou de novo, ainda incrédula. Por quanto tempo o traje a manteria abastecida de ar? Um minuto? Vários minutos? Mais de três minutos e nada importaria, porque nada restaria da *Extenuating Circumstances* além de uma nuvem em rápida expansão de poeira radioativa.

Onde ela estava? Era difícil saber; Kira ainda rodava e era impossível se concentrar em um só objeto. A massa reluzente de Adrasteia passou oscilando; depois dela, a enorme curva da silhueta de Zeus; e então a extensão quebrada da *Extenuating Circumstances*. Flutuando junto com o cruzador, havia outra nave: um globo branco azulado e imenso, coberto de globos menores e o maior conjunto de motores que ela já vira.

Ela fora arremessada da seção intermediária da *Extenuating Circumstances*, mas a parte frontal da nave inclinava-se para ela, e à frente brilhava uma fileira de radiadores losangulares. Duas das aletas estavam quebradas e tiras de metal prateado saíam das veias dentro delas.

As aletas pareciam estar além do alcance, mas Kira tentou mesmo assim, sem querer ceder. Esticou os braços, esforçando-se para o mais perto possível dos radiadores enquanto continuava a rodar. Estrelas, planetas, nave e radiadores passavam num clarão, sem parar, e ainda assim ela se esforçava...

As pontas dos dedos escorregaram pela superfície do losango, incapaz de segurar. Ela gritou e se debateu, sem sucesso algum. A primeira aleta rodou para longe, depois a seguinte, e a seguinte, os dedos roçando cada uma delas. Uma estava um pouco mais alta do que as demais, instalada em uma blindagem danificada. A palma da mão de Kira raspou na borda polida do losango, a mão grudou — grudou mesmo, como se coberta de coxins de lagartixa — e ela parou com um solavanco violento.

Uma dor forte inundou a articulação do ombro.

Sem conseguir acreditar no alívio que sentia, Kira abraçou a aleta enquanto soltava a mão. Um leito macio de cílios cobria a palma, ondulando suavemente na leveza do espaço. Quem dera o traje a tivesse impedido de ser expelida da *Extenuating Circumstances*, para começo de conversa.

Ela olhou a metade inferior da nave.

Estava a várias centenas de metros e se afastava. Os dois módulos de transporte ainda estavam acoplados ao tronco; ambos pareciam intactos. De algum jeito ela precisava alcançá-los, e rápido.

Na verdade, Kira só tinha uma opção. "Por Thule!" Ela se apoiou na aleta losangular e saltou com a maior impulsão que pôde. Ela torceu, por favor, que sua mira estivesse certa. Se errasse, não teria uma segunda chance.

Enquanto atravessava o golfo insondável que a separava da popa da *Extenuating Circumstances*, Kira notou que sentia linhas fracas irradiando-se em ciclos pelo casco. As linhas eram azuis e violeta, e pareciam se agrupar em torno do motor de fusão — campos eletromagnéticos. Era como ter os filtros de volta, pelo menos em parte.

Era interessante, mas não tinha utilidade imediata.

Kira se concentrou na nave alienígena. Brilhava no sol como uma conta de cristal polido. Tudo nela era esférico ou o mais perto possível do esférico. De fora, ela não sabia o que seriam alojamentos e o que seriam tanques de combustível, mas parecia que a nave abrigava uma tripulação considerável. Havia quatro janelas circulares pontilhando a circunferência e uma perto da proa da nave, cercada por um grande anel de lentes, portas e o que pareciam ser vários sensores.

O motor não parecia diferente de nenhum dos foguetes com que ela estava familiarizada (a terceira lei de Newton não se importava se você era humano ou xeno). Porém, a não ser que os alienígenas tivessem se lançado de algum lugar *extremamente* próximo, eles precisavam ter também um Propulsor de Markov. Ela se perguntou como eles podiam ter entrado furtivamente na *Extenuating Circumstances*. Será que saltavam direto para um poço de gravidade? Nem mesmo as naves mais potentes da Liga eram capazes desse truque em específico.

A atração dolorosa e estranha que Kira sentia parecia se originar da nave alienígena. Parte dela queria segui-la e ver o que ia acontecer, mas era loucura, e Kira ignorou o impulso.

Ela também sentia o pedaço órfão do xeno, distante e esmorecendo enquanto se afastava no espaço. Será que viraria poeira de novo?

Na frente de Kira, a metade inferior da *Extenuating Circumstances* começava a dar uma guinada. A culpa era de uma linha hidráulica rompida no casco, derramando litros de água no espaço. Ela estimou a mudança de ângulo entre ela e a nave, comparou-a com sua velocidade e percebeu que ia errar por quase cem metros.

A desesperança a dominou.

Se conseguisse ir para *lá* em vez de diretamente à frente, ficaria bem, mas...

Ela se deslocou para a esquerda.

Kira sentiu uma breve aplicação de empuxo do lado direito do corpo. Usando um braço para contrabalançar o movimento, ela olhou para trás e viu uma névoa fraca se expandir atrás dela. O traje a impulsionava! Um instante de júbilo, depois ela se lembrou do perigo da situação.

Ela se concentrou no destino de novo. Só um pouco mais para a esquerda, depois subir alguns graus e... perfeito! A cada pensamento, o xeno reagia, proporcionando a exata quantidade de empuxo necessária para reposicioná-la. Agora mais rápido! Mais rápido!

A velocidade aumentou, embora não tanto quanto Kira gostaria. O traje, afinal, tinha seus limites.

Ela tentou calcular quanto tempo tinha se passado. Um minuto? Dois? Não importava, era tempo demais de qualquer forma. Os sistemas do módulo de transporte levariam minutos para iniciar e se preparar para a partida, mesmo com os controles de emergência. Ela poderia usar os propulsores RCS, o sistema de controle de radiação, para ganhar alguns metros entre ela e a *Extenuating Circumstances*, mas não bastaria para protegê-la da explosão.

Uma coisa de cada vez. Kira precisava entrar no módulo primeiro, depois se preocuparia com a tentativa de escapar.

Uma linha vermelha e fina percorreu a metade inferior da nave, levando para cima a haste truncada: um feixe de laser que a cortava. Conveses explodiram em nuvens de vapor cristalizado e ela viu homens e mulheres ejetados no espaço, o último fôlego formando pequenas nuvens diante dos rostos contorcidos.

O laser deu uma guinada de lado quando chegou à seção de acoplagem, virou-se e cortou o módulo mais distante. Uma explosão de escapamento de ar empurrou o módulo para longe da *Extenuating Circumstances*, depois um jato de fogo irrompeu de um tanque de combustível perfurado em uma das asas e o módulo se afastou numa espiral, o topo rodando descontrolado.

— *Puta que pariu!* — gritou Kira.

A popa da *Extenuating Circumstances* rolou de lado para ela, impelida pela descompressão dos pedaços partidos. Ela descreveu um arco em volta da superfície do casco claro, zunindo perigosamente rápido, e bateu na fuselagem do módulo remanescente. Impresso em grandes caracteres pela lateral estava o nome *Valkyrie*.

Kira grunhiu e abriu braços e pernas, tentando segurá-lo.

As mãos e os pés grudaram-se ao módulo e ela escalou a fuselagem até a câmara de descompressão lateral. Bateu no botão de liberação, a luz no painel de controle ficou verde e a porta começou a se abrir lentamente, deslizando.

— Anda, anda logo!

Assim que a abertura entre a porta e o casco chegou à largura suficiente, ela se espremeu para a câmara e ativou o sistema de pressurização de emergência. O ar fustigou de todo lado e a sirene estridente esvaneceu. Parecia que a máscara do traje não interferia em sua audição.

— Autodestruição em 43 segundos. Isto não é uma simulação.

— Porra!

Quando a leitura da pressão apontou normalidade, Kira abriu a câmara interna e se meteu por ela, na direção da cabine.

Os controles e mostradores já estavam ativos. Uma olhada rápida e ela viu que os motores estavam ligados e as tarefas e os protocolos pré-voo tinham sido cumpridos. Bishop!

Ela se jogou no assento do piloto e se embolou com o arnês até conseguir se afivelar.

— Autodestruição em 25 segundos. Isto não é uma simulação.

— Me tira daqui! — gritou pela máscara. — Decolar! Deco...

A *Valkyrie* arremeteu como se tivesse se despregado do cruzador e o peso de mil toneladas se espatifou nela quando os motores rugiram e ganharam vida. O traje endureceu, reagindo, mas ainda assim doeu.

A nave alienígena bulbosa faiscou pelo nariz da *Valkyrie*, depois Kira viu rapidamente a seção frontal da *Extenuating Circumstances* a meio quilômetro de distância e duas cápsulas de evasão em formato de caixão disparando da proa da nave e acelerando para a superfície desolada de Adra.

Em uma voz surpreendentemente baixa, Bishop falou:

— Srta. Navárez, deixei uma gravação para você no sistema da *Valkyrie*. Contém todas as informações pertinentes relacionadas a você, sua situação e este ataque. Por favor, assista assim que for conveniente. Infelizmente, nada mais posso fazer para ajudar. Tenha uma viagem segura, srta. Navárez.

— Espere! O que...

Um brilho branco faiscou na tela e a pressão dolorosa no peito de Kira desapareceu. Um instante depois, o módulo se sacudiu quando foi atingido pela esfera de escombros em expansão. Por alguns segundos, parecia que a *Valkyrie* ia se partir. Um painel acima dela cintilou e morreu, e em algum lugar atrás soou uma pancada, seguida pelo assovio agudo de ar escapando.

Um novo alarme soou e fileiras de luzes vermelhas percorreram o alto. O ronco dos motores foi interrompido, o peso que a pressionava para baixo desapareceu e a agitação no estômago causada pela queda livre retornou.

2.

— Srta. Navárez, há várias brechas no casco na popa — disse a pseudointeligência do módulo.

— Sim, obrigada — respondeu Kira em voz baixa, desafivelando o arnês.

Sua voz soava estranha e abafada através da máscara.

Ela conseguira! Nem acreditava nisso. Mesmo assim não estava a salvo, pelo menos ainda não.

— Desativar alarme — disse ela.

A sirene prontamente foi interrompida.

Kira estava feliz pela máscara continuar no lugar enquanto ela seguia os assovios agudos mais para o fundo do módulo. Pelo menos não precisava ter medo de desmaiar, caso a pressão caísse demais. Por outro lado, ela se perguntou: teria de passar o resto da vida com o rosto coberto?

Primeiro precisava garantir que *sobrevivesse*.

Os assovios a levaram à traseira do compartimento de passageiros. Ali ela encontrou sete buracos pela borda do teto. Os buracos eram mínimos, da largura de um grafite de lápis, mas o tamanho era suficiente para drenar a atmosfera do módulo em algumas horas.

— Computador, qual é o seu nome?

— Meu nome é Ando.

Parecia um Geiger, mas não era. Os militares usavam os próprios programas especializados para operar as naves.

— Onde está o kit de reparos, Ando?

A pseudointeligência a guiou a um armário. Kira encontrou o kit e o usou para misturar um pouco de resina de fixação rápida e cheiro forte (a máscara não parecia bloquear o olfato). Passou a massa com espátula nos buracos, depois cobriu cada um deles com seis tiras de camadas intercaladas de fita para FTL. A fita era mais forte do que a maioria dos metais; seria preciso um maçarico para retirar tantas faixas.

Enquanto guardava o kit, Kira falou.

— Ando, relatório de danos.

— Há curtos no circuito de iluminação, linhas dois-vinte-três-n e linhas um-cinco--um-n estão comprometidas. E...

— Pule o relatório detalhado. A *Valkyrie* é navegável?

— Sim, srta. Navárez.

— Algum sistema crítico foi atingido?

— Não, srta. Navárez.

— E o propulsor de fusão? O nariz não apontava para a explosão?

— Não, srta. Navárez, nosso curso nos colocou enviesados em relação à *Extenuating Circumstances*. A explosão nos atingiu de lado.

— Você programou o curso?

— Não, srta. Navárez, o cérebro da nave, Bishop, programou.

Só então Kira começou a relaxar. Só então se permitiu pensar que talvez, só talvez, ela realmente fosse sobreviver.

A máscara ondulou e se descolou do rosto. Kira gritou. Não conseguiu se controlar; o processo parecia a remoção de um curativo pegajoso e gigantesco.

Em segundos, seu rosto estava limpo.

Hesitante, Kira passou os dedos na boca e no nariz, pelas bordas dos olhos, tocando e explorando. Para sua surpresa, parecia que ainda conservava as sobrancelhas e os cílios.

— O que você é? — sussurrou ela, acompanhando com a mão o decote do traje. — Para que você foi feito?

Nenhuma resposta chegaria.

Ela olhou o interior do módulo: os consoles, a fileira de assentos, os armários de depósito e — ao lado dela — quatro tubos vazios de crio. Tubos que ela não podia usar.

Com esta visão, um desespero súbito a dominou. Não importava que ela escapasse. Sem a capacidade de entrar em crio, ela era uma náufraga.

CAPÍTULO IX

* * * * * * *

ESCOLHAS

1.

Kira se impeliu pelas paredes até a frente da *Valkyrie* e se afivelou ao assento do piloto. Verificou a tela: a *Extenuating Circumstances* tinha sumido. Assim como a nave alienígena, destruída pela explosão do cruzador do CMU.

— Ando, há alguma outra nave no sistema?

— Negativo.

Era uma boa notícia.

— Ando, a *Valkyrie* tem um Propulsor de Markov?

— Afirmativo.

Outra boa notícia. O módulo *era* capaz de FTL, a velocidade mais rápida que a luz. Mesmo assim, a falta de crio ainda podia matá-la. Dependia da velocidade do propulsor.

— Ando, quanto tempo a *Valkyrie* levará para chegar a 61 Cygni, se o módulo fizer uma aceleração de emergência para o Limite de Markov?

— Setenta e oito dias e meio.

Kira xingou. A *Fizanda* só havia levado 26 dias. Ela supôs que a lentidão do módulo não deveria surpreender. A nave era feita para saltos de curto alcance, não muito mais do que isso.

"Não entre em pânico." Ela ainda podia ter sorte. A pergunta seguinte seria a determinante.

— Ando, quantos pacotes de ração a *Valkyrie* carrega?

— A *Valkyrie* carrega cento e sete pacotes de ração.

Kira pediu à pseudointeligência para fazer as contas para ela. Não ter os filtros era frustrante; ela não conseguia resolver nem mesmo cálculos básicos sozinha.

Somando os dias necessários para desacelerar em 61 Cygni, o resultado era um tempo total de viagem de 81,74 dias. Com metade da ração, a comida só duraria oito semanas para Kira, o que a faria passar outros 25,5 dias sem comida. A água não era problema; graças ao equipamento de recuperação do módulo, ela não morreria de desidratação. A falta de comida, por outro lado...

Kira ouvira falar de pessoas que jejuaram por mais ou menos um mês e sobreviveram. Também ouvira falar de pessoas que morreram em muito menos tempo. Não havia como saber. Ela estava em uma forma física razoável e tinha o traje para ajudá-la, então havia uma possibilidade de conseguir, mas era uma verdadeira aposta.

Ela esfregou a têmpora, sentindo a formação de uma dor de cabeça.

— Ando, toque a mensagem que Bishop deixou para mim.

Apareceu a imagem de um homem de cara severa na tela diante de Kira: o avatar do cérebro da nave. Tinha a testa franzida e parecia ao mesmo tempo preocupado e colérico.

— Srta. Navárez, o tempo é curto. Os alienígenas estão interferindo em nossos comunicadores e derrubaram o único drone de sinal que consegui lançar. Isso não é bom. A única esperança agora é você, srta. Navárez. Incluí todos os dados de meus sensores nesta mensagem, assim como registros do dr. Carr, de Adrasteia etc. Por favor, transmita às autoridades relevantes. A destruição da *Extenuating Circumstances* deve eliminar a fonte da interferência.

Parecia que Bishop se inclinava para a frente e, embora o rosto fosse apenas uma simulação, Kira ainda sentia a força de sua personalidade emanar da tela: uma ferocidade e inteligência dominadoras voltadas a um único propósito.

— Peço desculpas pela qualidade de seu tratamento, srta. Navárez. A causa era justa e, como provou o ataque, a preocupação foi merecida, mas ainda lamento que a tenha feito sofrer. Apesar disto, agora conto com você. Todos nós contamos.

Ele voltou à posição anterior.

— E, srta. Navárez, se encontrar o general Takeshi, diga a ele... diga que me lembro do som do verão. Bishop desligando.

Uma estranha tristeza acometeu Kira. Apesar de toda sua capacidade intelectual, os cérebros de nave não eram mais imunes ao pesar e à nostalgia do que o resto da humanidade simples. Nem deveriam ser.

Ela olhou fixamente a trama de fibras na palma da mão.

— Ando, descreva o primeiro aparecimento da nave alienígena.

— Uma nave não identificada foi detectada, via satélite, 63 minutos atrás, arremetendo para Zeus em um curso de interceptação.

Um holo apareceu da tela da cabine, mostrando o gigante gasoso, suas luas e uma linha pontilhada traçando o caminho da nave dos apanhadores que ia de Zeus a Adra.

— A nave acelerava a 25 g, mas... — disse Andro.

— Merda.

Isso era uma aceleração monstruosa.

Ando continuou:

— ... a descarga de seu foguete foi insuficiente para produzir empuxo observável. A nave então executou um giro e desacelerou por sete minutos para combinar as órbitas com a NCMU *Extenuating Circumstances*.

Uma fria apreensão tomou Kira. O único jeito de os apanhadores conseguirem manobras como aquela seria reduzindo o arrasto inercial da nave. Isto era teoricamente possível, mas não era algo que os humanos conseguissem. Os desafios de engenharia ainda eram grandes demais (a potência necessária, por exemplo, era proibitiva).

Sua apreensão se aprofundou. Era de fato como um pesadelo. Eles enfim faziam contato com outra espécie senciente, mas a espécie era hostil e capaz de voar em círculos em torno de qualquer nave humana, até aquelas não tripuladas.

Ando ainda falava.

— A nave não identificada não respondeu a saudações e iniciou as hostilidades em...

— Pare — disse Kira.

Ela sabia do resto. Kira pensou por um momento. Os apanhadores devem ter saltado no sistema do outro lado de Zeus. Era o único jeito de não serem imediatamente captados pela *Extenuating Circumstances*. Ou isso, ou os apanhadores se lançaram de dentro do gigante gasoso, o que parecia improvável. De todo modo, eles foram cautelosos, usando Zeus como cobertura, e — como Kira via no holo que Ando reproduzia — esperaram que a *Extenuating Circumstances* orbitasse pela face oculta de Adra antes de acelerarem.

Não podia ser coincidência que os apanhadores aparecessem algumas semanas depois de ela ter encontrado o xeno em Adra. O espaço era grande demais para um acaso desses. Ou os apanhadores estiveram observando a lua, ou foi enviado um sinal das ruínas quando ela caiu ali.

Kira passou a mão no rosto, subitamente cansada. Tudo bem. Precisava pressupor que os apanhadores tinham reforços que podiam aparecer a qualquer momento. Não havia tempo a perder.

— Ando, ainda sofremos interferência?

— Negativo.

— Então...

Ela se interrompeu. Se mandasse um sinal FTL a 61 Cygni, será que isso levaria os apanhadores ao restante do espaço povoado por humanos? Talvez, mas eles o encontrariam de qualquer modo, se estivessem procurando — supondo-se que já não tivessem cada planeta humano sob observação —, e a Liga precisava ser alertada sobre os alienígenas o quanto antes.

— Então mande um sinal de socorro à Estação Vyyborg, incluindo todas as informações pertinentes relacionadas com o ataque à *Extenuating Circumstances*.

— Incapaz de obedecer.

— Como é? Por quê? Explique-se.

— A antena de FTL está danificada e é incapaz de manter um campo estável. Meus robôs de serviço não podem consertá-la.

Kira fechou a cara.

— Redirecione o sinal de socorro pelo satélite de comunicação em órbita. Satélite 28 G. Código de acesso...

Ela metralhou sua autorização da empresa.

— Incapaz de obedecer. O satélite 28 G não responde. Escombros na área indicam que foi destruído.

— Mas que merda!

Kira se encostou na cadeira. Não podia nem mesmo mandar uma mensagem à *Fidanza*. A nave tinha partido há apenas um dia, mas sem comunicação FTL, podia muito bem estar do outro lado da galáxia, no que dizia respeito a Kira. Ela ainda podia fazer transmissões mais lentas que a luz (e o faria), mas estas levariam onze anos para chegar a 61 Cygni, o que não servia nem a Kira, nem à Liga.

Ela respirou fundo e devagar. "Calma. Você pode passar por isso."

— Ando, envie um relatório criptografado e confidencial ao oficial responsável do CMU em 61 Cygni. Use dos melhores meios disponíveis. Inclua todas as informações relevantes pertinentes a mim, a Adrasteia e ao ataque à *Extenuating Circumstances*.

Uma pausa quase perceptível, depois a pseudointeligência disse:

— Mensagem enviada.

— Ótimo. Agora, Ando, quero fazer uma transmissão em todos os canais de emergência disponíveis.

Um leve estalo.

— Pronto.

Kira se inclinou para a frente, aproximando a boca do microfone do painel.

— Aqui fala Kira Navárez, na NCMU *Valkyrie*. Alguém na escuta? Câmbio...

Ela esperou alguns segundos, depois repetiu a mensagem. Mais uma vez. O CMU podia não tê-la tratado muito bem, mas ela não sairia sem saber se havia sobreviventes. A imagem das cápsulas de evasão ejetadas da *Extenuating Circumstances* ainda ardia em sua mente. Se sobrava alguém vivo, Kira precisava saber.

Kira estava a ponto de mandar Ando automatizar a mensagem quando o alto-falante crepitou e respondeu uma voz de homem, parecendo sinistramente perto:

— Aqui é o cabo Iska. Qual é sua localização atual, Navárez? Câmbio.

Surpresa, alívio e preocupação crescente tomaram Kira. Ela não esperava sinceramente ouvir alguém. E agora?

— Ainda estou em órbita. Câmbio. Ah, onde você está? Câmbio.

— No planeta, em Adra.

Uma nova voz soou, de uma mulher jovem:

— Soldado Reisner se apresentando. Câmbio.

Outras três se seguiram, todas de homem:

— Especialista Orso se apresentando.

— Cadete Yarrek.

— Suboficial Samson.

A última delas, uma voz dura e tensa que fez Kira enrijecer:

— Major Tschetter.

Seis sobreviventes no total, sendo a maior a de mais alta patente. Depois de algumas perguntas, ficou claro que os seis tinham pousado em Adra, suas cápsulas de evasão espalhadas pelo continente equatorial, onde se localizava o QG de pesquisa. As cápsulas tentaram pousar o mais perto possível da base, mas, com seus pequenos propulsores, *perto* acabou significando dezenas de quilômetros para a cápsula mais próxima e, no caso de Tschetter, mais de setecentos quilômetros.

— Muito bem, qual é o plano, senhora? — disse Iska.

Tschetter ficou em silêncio por um momento.

— Navárez, você sinalizou para a Liga?

— Sim — disse Kira. — Mas vai demorar mais de uma década para chegar a eles.

Ela explicou sobre a antena de FTL e o satélite de comunicações.

— Bosta — praguejou Orso.

— Chega de papo furado — disse Iska.

Eles podiam ouvir Tschetter respirar fundo, mudar de posição na cápsula de evasão.

— Merda.

Era a primeira vez que Kira a ouvia soltar um palavrão.

— Isso muda tudo.

— É — disse Kira. — Verifiquei a quantidade de comida aqui na *Valkyrie*. Não tem muita coisa.

Ela recitou os números que Ando havia lhe dado, depois acrescentou:

— Quanto tempo até o CMU mandar outra nave para investigar?

Mais sons de movimento de Tschetter. Ela parecia ter dificuldades para encontrar uma posição confortável.

— Tão cedo não será. Pelo menos um mês, talvez mais.

Kira enterrou o polegar na palma da mão. A situação se agravava ainda mais.

Tschetter continuou:

— Não temos o luxo de esperar. Nossa prioridade máxima deve ser alertar a Liga sobre aqueles alienígenas.

— O traje os chama de *apanhadores* — propôs Kira.

— É mesmo? — disse Tschetter, com um tom cortante. — Alguma outra informação pertinente que possa compartilhar conosco, srta. Navárez?

— Só alguns sonhos estranhos. Registrarei por escrito mais tarde.

— Faça isso... Repito, precisamos alertar a Liga. Isto e o xeno que está carregando, Navárez, são mais importantes que qualquer um de nós. Portanto, estou ordenando a você, segundo a cláusula especial da Lei de Segurança Estelar, para partir na *Valkyrie* para 61 Cygni agora, sem demora.

— Não, senhora! — disse Yarrek.

Iska grunhiu:

— Silêncio, cadete.

A perspectiva de abandonar os sobreviventes não caiu bem em Kira.

— Olha, se precisar ir para Cygni sem crio, eu o farei, mas não vou deixar vocês.

Tschetter bufou.

— Muito louvável de sua parte, mas não temos tempo para desperdiçar com você voando por Adrasteia para nos pegar. Levaria meio dia ou mais, e a essa altura os apanhadores podem cair em nós.

— É um risco que estou disposta a correr — disse Kira em voz baixa.

Era mesmo, ela percebeu com certa surpresa.

Ela quase podia ouvir Tschetter negar com a cabeça.

— Bom, eu não estou, Navárez. Além disso, o módulo só carrega quatro tubos de crio e todos nós sabemos disso.

— Desculpe-me, major, mas simplesmente não posso fugir e abandonar vocês.

— Mas que merda, Navárez. Ando, anular comando, autorização... — disse Tschetter, e recitou uma longa senha sem significado.

— Anulação negada — disse a pseudointeligência. — Todas as funções de comando na *Valkyrie* foram designadas a Kira Navárez.

A voz da major ficou ainda mas fria, se era possível:

— Pela autoridade de quem?

— Cérebro da nave Bishop.

— Sei... Navárez, ponha a cabeça no lugar e aja com responsabilidade. Isto é maior do que todos nós. As circunstâncias exigem que...

— Sempre — murmurou Kira.

— O quê?

Kira meneou a cabeça, embora ninguém pudesse ver.

— Não importa. Vou descer até vocês. Mesmo que...

— Não! — disseram Tschetter e Iska quase ao mesmo tempo.

Tschetter continuou:

— Não. Em nenhuma circunstância você vai pousar a *Valkyrie*, Navárez. Não podemos correr o risco de você ser apanhada desprevenida. Além do mais, mesmo que abasteça em sua base antes de decolar de novo, usará boa parte do propelente para voltar a entrar em órbita. Vai precisar de cada lasca de delta-v para desacelerar quando chegar a 61 Cygni.

— Bom, não vou simplesmente esperar aqui e não fazer nada — disse Kira. — E não há nada que você possa fazer para me obrigar a partir.

Um silêncio desagradável encheu os comunicadores.

"Deve haver um jeito de salvar pelo menos alguns deles", pensou Kira. Ela imaginou estar sozinha em Adra, morrendo de fome ou tentando se esconder dos apanhadores. Era uma perspectiva horrenda, que ela não desejaria nem para o dr. Carr.

Pensar em Carr a fez parar por um instante. O terror na cara dele, os avisos que ele gritou, os ossos se projetando da pele... Se ela não tivesse atirado na linha de oxigênio, talvez ele conseguisse ter escapado da *Extenuating Circumstances*. Não. O apanhador teria matado os dois, se não fosse pela explosão. Ainda assim, ela se lamentava. Carr pode ter sido um filho da puta, mas ninguém merecia morrer daquele jeito.

Finalmente, ela estalou os dedos. O som foi surpreendentemente alto na cabine.

— Já sei — disse ela. — Sei como tirar vocês do planeta.

— Como? — perguntou Tschetter, cautelosa.

— O módulo de descida no QG — disse Kira.

— Que módulo? — disse Orso, com sua voz grave. — A *Fidanza* o levou quando eles partiram.

Impaciente, Kira nem esperou que ele terminasse de falar.

— Não, aquele não. O outro módulo. Aquele que Neghar pilotava no dia em que encontrei o xeno. Ia ser destruído devido à possível contaminação.

Uma batidinha aguda veio pelos alto-falantes e Kira entendeu que eram a unhas de Tschetter. A mulher falou:

— O que seria necessário para fazer o módulo voar?

Kira pensou.

— Os tanques devem precisar de abastecimento.

— Senhora — disse Orso. — Estou a apenas 23 quilômetros da base. Posso chegar lá em menos de cinquenta minutos.

A resposta de Tschetter foi imediata:

— Faça isso. Vá *agora*.

Um estalo suave soou quando Orso saiu da linha.

Então Iska disse, em uma voz um tanto hesitante:

— Senhora...

— Eu sei — disse Tschetter. — Navárez, preciso falar com o cabo. Aguarde.

— Tudo bem, mas...

O comunicador ficou mudo.

2.

Kira analisou os controles do módulo enquanto esperava. Quando vários minutos se passaram e Tschetter ainda não tinha voltado, Kira se desafivelou e vasculhou os armários de depósito do módulo até encontrar um macacão.

Não precisava dele — o xeno a mantinha bem aquecida —, mas ela se sentia nua desde que despertara na *Extenuating Circumstances*. Vestir roupas a reconfortava. De certa forma, isso fazia com que se sentisse mais segura. Podia ser besteira, mas fazia diferença.

Então ela foi à pequena cozinha do módulo.

Estava com fome, mas, sabendo como era limitado o suprimento de rações, não podia comer um pacote de refeição. Em vez disso, pegou um saco de chell autoaquecido, sua bebida preferida, e levou ao cockpit.

Enquanto tomava o chá, viu o trecho de espaço onde estiveram a *Extenuating Circumstances* e a nave dos apanhadores.

Nada além da escuridão vazia. Todas aquelas pessoas, mortas. Humanos e alienígenas. Não restava nem mesmo uma nuvem de poeira; a explosão destruíra as naves e espalhara seus átomos para tudo quanto era lado.

Alienígenas. Alienígenas *sencientes*. Esta informação ainda a impressionava. Além do fato de que ela ajudara a matar um deles... Talvez as criaturas com tentáculos fossem abertas a negociações. Talvez ainda fosse possível uma solução pacífica. Porém, uma solução dessas, fosse qual fosse, provavelmente envolveria *Kira*.

Ao pensar nisso, as costas das mãos se enrugaram, as fibras entrelaçadas agruparam-se como músculos retesados. Desde o contato com o apanhador, o traje ainda não tinha se acomodado inteiramente; parecia mais sensível ao estado emocional de Kira do que antes.

Pelo menos o ataque à *Extenuating Circumstances* tinha dado uma resposta: os humanos não eram a única espécie consciente a ser violenta, até assassina. Longe disso.

Kira desviou os olhos para o visor frontal e o volume cintilante de Adrasteia depois dele. Era estranho perceber que os seis tripulantes — inclusive Tschetter — estavam em algum lugar na superfície, lá embaixo.

Seis pessoas, mas o módulo tinha apenas quatro cápsulas de crio.

Kira teve uma ideia. Ela abriu de novo o canal de comunicação e falou:

— Tschetter, está me ouvindo? Câmbio.

— O que foi, Navárez?

A major parecia irritada.

— Temos duas cápsulas de crio no QG. Lembra? Aquelas que eu e Neghar usamos. Uma delas talvez ainda esteja lá.

— ... Anotado. Haveria mais alguma coisa útil na base? Comida, equipamento... esse tipo de coisa?

— Não sei. Não terminamos de esvaziar o local. Talvez ainda tenha plantas vivas no compartimento de hidroponia. Talvez alguns pacotes de ração na cozinha. Muito equipamento de pesquisa, mas isso não enche a barriga de ninguém.

— Entendido. Câmbio e desligo.

Mais meia hora se passou até que a linha ressuscitou e a major disse:

— Navárez, está na escuta?

— Sim, estou aqui — disse Kira rapidamente.

— Orso encontrou o módulo de descida. O hidrocraqueador também parece estar funcional.

"Por Thule!"

— Que ótimo!

— Agora, o que vai acontecer é o seguinte — disse Tschetter. — Depois que terminar de reabastecer o módulo, o que deve levar uns sete minutos, Orso vai buscar Samson, Reisner e Yarrek. Isto exigirá duas viagens. Em seguida, eles se reunirão com você em órbita. O módulo voltará com seu próprio combustível à base e *você*, srta. Navárez, dará a Ando a ordem de partir na *Valkyrie*. Estamos entendidas?

Kira fez uma careta. Por que a major a irritava tanto?

— E o tubo de crio de que falei? Está na base?

— Muito danificado.

Kira estremeceu. O traje deve ter atingido o tubo quando saiu.

— Entendido. Então você e Iska...

— Nós vamos ficar.

Uma estranha afinidade dominou Kira. Não gostava da major — nem um pouco —, mas não pôde deixar de admirar a coragem da mulher.

— Por que você? Não devia...

— Não — disse Tschetter. — Se vocês forem atacados, precisamos de pessoal que saiba lutar. Eu quebrei a perna no pouso. Não seria de ajuda nenhuma. Quanto ao cabo, ele se ofereceu como voluntário. Ele fará a viagem a pé até a base nos próximos dias e, quando chegar lá, voará para me apanhar.

— ... Eu sinto muito — disse Kira.

— Não sinta — disse Tschetter, severa. — Não se pode mudar a realidade e, de todo modo, precisamos de observadores aqui, caso os alienígenas retornem. Sou da Inteligência da Frota; sou a mais apta para a tarefa.

— Claro — disse Kira. — A propósito, se procurar na estação de trabalho de Seppo no QG, talvez encontre alguns pacotes de sementes. Não sei se vocês vão conseguir fazer alguma coisa crescer, mas...

— Vamos verificar — disse Tschetter.

Depois, em um tom um pouco mais brando, acrescentou:

— Agradeço por ter pensado nisso, mesmo que você às vezes seja um tremendo pé no saco, Navárez.

— Ah, tá, o roto falando do esfarrapado.

Kira passou a mão na beira do console, observando como a superfície do traje se flexionava e se esticava. Ela se perguntou: se estivesse no lugar de Tschetter, teria a coragem de tomar a mesma decisão?

— Informaremos quando o módulo decolar. Tschetter desligando.

3.

— Desativar tela — disse Kira.

Ela examinou seu reflexo no vidro, um duplo espectral e escuro. Era a primeira vez que dava uma boa olhada em si mesma desde o surgimento do xeno.

Kira quase não reconheceu a si mesma. No lugar do formato normal e esperado da cabeça, viu o contorno do crânio, exposto, sem cabelos, preto por baixo das camadas de fibras. Os olhos eram fundos e havia rugas nos dois lados da boca que a faziam se lembrar da mãe.

Ela se inclinou para mais perto. Onde o traje se fundia com a pele, formava um fractal perfeitamente detalhado, cuja visão tocou-lhe um nervo sensível, como se Kira já o tivesse visto. A sensação de *déjà vu* era tão forte que por um momento ela sentiu que estava em outro lugar e em outra época, e teve de se sacudir e recuar.

Kira se achou macabra — parecia um cadáver que se levantou da sepultura para assombrar os vivos. O ódio a tomou e ela desviou os olhos, sem querer ver as evidências dos efeitos do xeno. Ficou feliz por Alan nunca a ter visto assim; como ele poderia gostar dela ou amá-la? Kira imaginou uma expressão de nojo no rosto dele, que combinava com a dela.

Por um momento, lágrimas encheram-lhe os olhos, mas ela as conteve, piscando com raiva.

Kira vestiu o boné que tinha tirado de um armário e levantou a gola do macacão para esconder o máximo possível do xeno. Depois:

— Ativar tela. Começar gravação.

A tela se iluminou e uma luz amarela apareceu perto da câmera no painel.

— Oi, mãe. Pai. Isthah... Não sei quando vocês verão isso. Nem mesmo sei se verão, mas espero que sim. As coisas não andam bem por aqui. Não posso contar detalhes, pois meteria vocês em problemas com a Liga, mas Alan morreu. Fizel, Yugo, Ivanova e Seppo também.

Kira teve de virar a cara por um momento antes de continuar.

— Meu módulo de transporte está danificado e não sei se conseguirei voltar a 61 Cygni, então, se eu não conseguir: mãe, pai, designei vocês como meus beneficiários. Vocês encontrarão as informações anexadas a esta mensagem. Além disso, sei que isto pode parecer estranho, mas preciso que confiem em mim. Vocês precisam se preparar. Precisam se preparar de verdade. Vem uma tempestade por aí e será das feias. Pior do que a de 37.

Eles entenderiam. A piada sempre foi de que só o apocalipse podia ser pior do que a tempestade daquele ano.

— Uma última coisa: não quero que vocês três fiquem deprimidos por minha causa. Especialmente você, mãe. Eu te *conheço*. Não fique em casa se lamentando. Isso vale para todos vocês. Saiam. Sorriam. Vivam. Por mim, e também por vocês. Por favor, prometam que farão isso.

Kira se interrompeu, depois assentiu.

— Me desculpem. Eu sinceramente peço desculpas por fazer vocês passarem por isso. Queria voltar para casa e ver vocês antes desta viagem... Eu amo vocês.

Ela bateu no botão de parar.

Por alguns minutos, Kira ficou sentada e não fez nada, só observou a tela em branco. Depois se obrigou a gravar uma mensagem para Sam, irmão de Alan. Como não podia contar a verdade a respeito do xeno, pôs a culpa pela morte dele em um acidente na base.

No fim, Kira se viu chorando de novo. Não tentou conter as lágrimas. Tanta coisa tinha acontecido nos últimos dias que era um alívio desafogar, ao menos por um tempinho.

No dedo, ela sentiu um peso fantasma onde deveria estar a aliança que Alan lhe dera. Sua ausência só aumentou o afluxo de lágrimas.

Sua angústia deixou as fibras inquietas por baixo do macacão — protuberâncias arredondadas formaram-se pelos braços e pernas, cruzando a parte superior das costas. Ela rosnou e bateu nas costas da mão, e as bolinhas diminuíram.

Depois que recuperou o controle, ela fez gravações semelhantes pelos demais colegas mortos. Não conhecia os familiares — nem mesmo sabia se alguns *tinham* família —, mas Kira ainda sentiu que era necessário. Ela devia isso a eles. Eram seus amigos... e ela os matara.

A última gravação não foi mais fácil do que a primeira. Depois disso, Kira mandou Ando enviar as mensagens e fechou os olhos, esgotada, exausta. Podia sentir a presença do traje em sua mente — uma pressão sutil que aparecera durante sua fuga da *Extenuating Circumstances* —, mas não sentiu nenhum sinal de pensamento ou intenção. Ainda assim, Kira não tinha dúvida: o xeno era consciente. E atento.

...

Uma explosão de estática nos alto-falantes.

Kira levou um susto e percebeu que devia ter cochilado. Uma voz falava: Orso.

— ... está na escuta? Câmbio. Repito, está na escuta, Navárez? Câmbio.

— Estou ouvindo — disse Kira. — Câmbio.

— Acabamos de reabastecer o módulo de descida. Vamos decolar dessa pedra abandonada assim que nossos tanques estiverem cheios. Encontro com a *Valkyrie* em 14 minutos.

— Estarei preparada — disse ela.

— Entendido. Câmbio e desligo.

O tempo passava rapidamente. Kira viu pelas câmeras traseiras do módulo um ponto brilhante surgir da superfície de Adrasteia e descrever um arco para a *Valkyrie*. Ao se aproximar, o formato conhecido do módulo de descida entrou no campo de visão.

— Eu os estou vendo — ela informou. — Nenhum sinal de problemas.

— Que bom — disse Tschetter.

O módulo aproximou-se ao longo da *Valkyrie* e as duas naves dispararam seus propulsores RCS enquanto se encaixavam delicadamente, por meio das câmaras de descompressão. Um leve estremecimento passou pela estrutura da *Valkyrie*.

— Manobra de acoplagem concluída com sucesso — disse Ando.

Ele soava animado demais para o gosto de Kira.

As câmaras de descompressão se abriram com um silvo de ar. Um homem de nariz aquilino e corte de cabelo à escovinha meteu a cabeça pela abertura.

— Permissão para subir a bordo, Navárez?

— Permissão concedida — disse Kira.

Era uma mera formalidade, mas ela agradeceu por isso.

Ela estendeu a mão enquanto o homem flutuava para ela. Depois de alguma hesitação, ele a segurou.

— Especialista Orso, presumo?

— Presumiu corretamente.

Atrás de Orso veio a soldado Reisner (uma baixinha de olhos arregalados que dava a impressão de ter se alistado no CMU assim que saiu da escola), o suboficial Samson (um poste ruivo em forma de homem) e o cadete Yarrek (um homem atarracado com um grande curativo no braço direito).

— Bem-vindos à *Valkyrie* — disse Kira.

Todos a olharam meio de soslaio, depois Orso falou.

— É bom estar aqui.

Yarrek grunhiu e disse:

— A gente te deve uma, Navárez.

— É — disse Reisner. — Obrigada.

Antes de mandar o módulo de volta a Adra, Orso foi a uma fileira de armários embutidos no casco no fundo da *Valkyrie*. Kira nem os havia notado. Orso entrou com um código e os armários se abriram, revelando vários suportes de armas: blasters e de fogo.

— Agora sim — disse Samson.

Orso pegou quatro armas, assim como uma coleção de baterias, pentes de balas e granadas, e eles carregaram tudo para o módulo de descida.

— Para a major e o cabo — explicou ele.

Kira concordou com a cabeça, compreendendo.

Depois que as armas estavam seguramente guardadas e todos tinham voltado à *Valkyrie*, o módulo se desconectou e caiu para a lua abaixo.

— Estou imaginando que você não encontrou nenhuma comida extra na base — disse Kira a Orso.

Ele negou com a cabeça.

— Infelizmente, não. Nossas cápsulas de evasão carregam algumas rações, mas as deixamos para a major e o cabo. Eles vão precisar mais do que nós.

— Quer dizer, mais do que *eu*.

Ele a olhou, cauteloso.

— É, acho que sim.

Kira meneou a cabeça.

— Não importa.

De todo modo, ele tinha razão.

— Tudo bem, vamos nessa — disse ela.

— Em seus lugares, pessoal — gritou Orso.

Enquanto os outros três tratavam de se afivelar, Orso se juntou a ela na frente e se sentou no banco do copiloto. Kira falou:

— Ando, estabeleça o curso para o porto mais próximo de 61 Cygni. A maior aceleração possível.

Uma imagem de seu destino apareceu na tela do console. Um ponto rotulado piscou: a estação de reabastecimento da Hydrotek na órbita do gigante gasoso Tsiolkovski. A mesma estação em que parou a *Fidanza* a caminho de seu sistema atual, Sigma Draconis.

Kira parou por um momento, depois falou.

— Iniciar.

Os motores do módulo rugiram e um sólido empuxo de 2 g os empurrou para trás, no início com leveza, depois com uma pressão que aumentava rapidamente.

— Lá vamos nós — disse Kira em voz baixa.

4.

Ando manteve a aceleração de 2 g por três horas, e a essa altura a pseudointeligência desacelerou o empuxo para 1,5 g, mais administrável, que permitiu a todos se movimentarem pela cabine sem grande desconforto.

Os quatro do CMU passaram a hora seguinte andando por cada parte do módulo. Verificaram os reparos feitos por Kira — "Nada mal para uma civil", admitiu, de má vontade, Samson —; contaram e recontaram os pacotes de ração; catalogaram cada arma, bateria e cartucho; fizeram diagnósticos nos skinsuits e nos tubos de crio; e averiguaram de modo geral se a nave funcionava bem.

— Se algo der errado enquanto estivermos congelados — disse Orso —, você provavelmente não terá tempo de nos despertar.

Então ele e os outros se despiram, ficando de roupas íntimas, e Yarrek, Samson e Reisner foram para seus tubos de crio e deram início à rodada de injeções que induziria a hibernação. Eles não podiam mais ficar acordados, ou precisariam comer, e tinham de poupar a comida para Kira.

Reisner riu de nervoso e acenou de leve para eles.

— Vejo vocês em 61 Cygni — disse ela enquanto a tampa do tubo de crio baixava e se fechava.

Kira retribuiu o aceno, mas achou que a soldado não viu.

Orso esperou até que os outros caíssem na inconsciência, depois foi aos armários, pegou um fuzil e o levou a Kira.

— Tome. Contraria as regras, mas você pode precisar disto, e se precisar... Bom, é melhor do que ter que se defender com socos..

Ele olhou para Kira com uma expressão um tanto sarcástica.

— Todos estaremos indefesos perto de você mesmo, então, que se dane — continuou ele. — Posso muito bem te dar uma chance.

— Obrigada — disse ela, pegando o fuzil, mais pesado do que parecia. — Acho.

— Sem problema — disse ele, e piscou para ela. — Verifique com Ando; ele pode lhe mostrar como operar. Tem outra coisa, ordens de Tschetter.

— O que é? — perguntou Kira, de repente na defensiva.

Orso apontou o braço direito dele. A pele ali era um pouco mais clara do que no antebraço e uma linha nítida separava os dois.

— Está vendo isso?

— Estou.

Ele apontou uma diferença parecida de tom no meio de sua coxa esquerda.

— E isso?

— Sim.

— Fui atingido por estilhaços alguns anos atrás. Perdi os dois membros e tive de regenerar.

— Ai.

Orso deu de ombros.

— Hm. Não doeu tanto quanto se espera. A questão é que... depois que você ficar sem comida, se achar que não vai conseguir, abra minha cápsula de crio e comece a cortar.

— O quê?! Não! Eu não poderia fazer isso.

O cabo a olhou.

— Não é diferente de qualquer carne cultivada em laboratório. Como estarei em crio, ficarei muito bem.

Kira fez uma careta.

— Você espera realmente que eu vire uma canibal? Meu Deus do céu, sei que as coisas são diferentes no Sol, mas...

— Não — disse Orso, segurando-a pelos ombros. — Eu espero que você sobreviva. Não estamos de brincadeira aqui, Navárez. Toda a raça humana pode estar em perigo. Se precisar cortar um de meus braços e comer para continuar viva, você deve fazer isso, porra. Os dois braços, se for preciso, e minhas pernas também. Entendeu o que eu disse?

Ele estava quase gritando quando terminou. Kira fechou bem os olhos e assentiu, incapaz de olhá-lo no rosto.

Depois de um segundo, Orso a soltou.

— Muito bem. Ótimo... Só não, hm, não me fatie se não precisar.

Kira fez que não com a cabeça.

— Não vou. Eu prometo.

Ele estalou os dedos e fez um sinal afirmativo.

— Excelente.

Ele subiu na última cápsula de crio e se acomodou no berço.

— Vai ficar bem sozinha? — confirmou.

Kira encostou o fuzil na parede a seu lado.

— Vou. Tenho Ando para me fazer companhia.

— É isso aí. Não quer pirar pra cima da gente, né?

Depois ele fechou a tampa do tubo de crio e uma camada de condensação fria logo cobriu o interior do visor, escondendo-o.

Kira soltou o ar e sentou-se com cuidado ao lado do fuzil, sentindo nos ossos cada quilo a mais da 1,5 g.

Esta seria uma longa viagem.

5.

A *Valkyrie* manteve a aceleração de 1,5 g por 16 horas. Kira aproveitou a oportunidade para gravar um relato detalhado das visões que vinha recebendo do xeno, que fez Ando enviar a Tschetter e à Liga.

Ela também tentou acessar os registros que Bishop tinha transferido da *Extenuating Circumstances*, especificamente aqueles pertinentes ao exame que Carr fez do xeno. Para forte irritação dela, os arquivos eram protegidos por senha e rotulados como "Somente para pessoal autorizado".

Como isso não deu certo, Kira cochilou e, quando não conseguia mais dormir, ficou deitada olhando o xeno se retrair em volta da pele.

Ela traçou uma linha errante pelo braço, notando a sensação das fibras sob o dedo. Depois passou a mão por baixo do cobertor térmico em que tinha se enrolado — por baixo do cobertor e do macacão — e se tocou onde antes não havia se atrevido. Seios, barriga, coxas e entre as coxas.

Não houve prazer no ato; era um exame clínico, nada mais que isso. Seu interesse por sexo, naquele momento, estava abaixo de zero. Ainda assim, surpreendeu Kira o quanto a pele era sensível, apesar das fibras que a recobriam. Entre as pernas estava lisa como uma boneca, e ainda assim ela sentia cada dobra conhecida de pele.

Sua respiração saiu num silvo entre os dentes cerrados e ela afastou a mão. "Chega." Por enquanto, sua curiosidade estava mais do que satisfeita.

Em vez disso, ela fez experiências com o xeno. Primeiro tentou convencer o traje a formar uma fileira de cravos pela face interna do braço. Tentou e fracassou. As fibras se agitaram em resposta ao comando mental, mas se recusaram a obedecer.

Ela sabia que o xeno podia. Só não queria. Nem se sentia suficientemente ameaçado. Nem imaginar um apanhador diante dela bastou para convencer o organismo a produzir um cravo.

Frustrada, Kira voltou a atenção para a máscara do traje, curiosa se podia invocá-la à vontade.

A resposta era sim, mas com certa dificuldade. Só se forçando a um estado próximo do pânico, em que o coração martelava e alfinetadas de suor frio brotaram da testa, Kira conseguiu transmitir sua intenção e só então sentiu o mesmo arrepio pelo couro cabeludo e o pescoço, do traje fluindo para o rosto. Por um momento, Kira teve a impressão de que sufocava e naquele momento seu medo foi real. Depois ela se controlou e a pulsação desacelerou.

Com tentativas subsequentes, o xeno ficou mais receptivo e ela conseguiu o mesmo resultado com uma certa preocupação concentrada — fácil de gerar, em vista das circunstâncias.

Com a máscara no lugar, Kira ficou um tempo deitada, encarando os campos eletromagnéticos a sua volta: os anéis nebulosos e gigantescos que emanavam do propulsor de fusão da *Valkyrie* e do gerador que o alimentava. Os anéis menores e mais brilhantes que se agrupavam no interior do módulo e ligavam um segmento de painéis a outro com fios finos de energia. Ela achou os campos estranhamente bonitos: as linhas diáfanas a lembravam a aurora que no passado ela via em Weyland, só que eram mais regulares.

No fim, foi demais manter a tensão do pânico autoinduzido e ela permitiu que a máscara se retraísse do rosto, e os campos desapareceram de vista.

Pelo menos ela não ficaria inteiramente só. Tinha Ando e o traje: sua companhia silenciosa, o carona parasitário, a peça de roupa viva e mortal. Não era uma amizade de unha e carne, mas de pele.

Antes de a aceleração ser interrompida, Kira se permitiu comer um dos pacotes de ração. Seria a última chance de ter uma refeição com alguma sensação de peso por muito tempo e ela estava decidida a não desperdiçar.

Ela comeu sentada ao lado da pequena cozinha. Quando terminou, deu-se de presente outro saco de chell, que tomou aos poucos, pela maior parte de uma hora.

Os únicos sons no módulo eram de sua respiração e o ronco surdo dos foguetes, e mesmo isso logo desapareceria. Pelo canto do olho, ela via os tubos de crio no fundo da *Valkyrie*, frios e imóveis, sem indicação dos corpos congelados que continham. Era estranho pensar que não era a única pessoa no módulo, embora Orso e os outros mal passassem de blocos de gelo naquele momento.

Não era uma ideia reconfortante. Kira estremeceu e deixou a cabeça bater no piso/parede.

A dor disparou pelo crânio e ela tremeu, com os olhos lacrimejando.

— Merda — resmungou.

Ela ainda se mexia rápido demais nas forças g e se machucava por isso. Suas articulações doíam, braços e pernas latejavam de uma dúzia de calombos e hematomas. O xeno a protegia do pior, mas parecia ignorar desconfortos pequenos e crônicos.

Kira não sabia como as pessoas de Shin-Zar ou de outros planetas de gravidade elevada suportavam. Elas eram manipuladas geneticamente para sobreviver e até prosperar dentro de um poço fundo de gravidade, mas ainda assim Kira tinha dificuldade de imaginar como realmente conseguiam ficar confortáveis.

— Alerta — disse Ando. — Gravidade zero em cinco minutos.

Kira descartou o saco da bebida e pegou a meia dúzia de cobertores térmicos nos armários do módulo, levando-os para a cabine. Ali, envolveu a cadeira do piloto com os cobertores, criando um casulo dourado para si. Ao lado da cadeira, prendeu o fuzil, pacotes de ração para uma semana, lenços umedecidos e outros produtos essenciais que pensava poder precisar.

Então um leve solavanco atravessou a antepara e os foguetes foram desligados, deixando-a em um silêncio abençoado.

O estômago de Kira subiu junto com ela e o macacão flutuou para longe da pele, como que inflado. Tentando impedir que o almoço (tal como foi) fizesse um bis, ela se aninhou na cadeira forrada de folhas de metal.

— Desativando sistemas não essenciais — disse Ando, e em todo o compartimento da tripulação as luzes se apagaram, exceto por leves faixas vermelhas acima dos painéis de controle.

— Ando — disse ela —, reduza a pressão da cabine ao equivalente a 2.400 metros abaixo do nível do mar, padrão terrestre.

— Srta. Navárez, neste nível...

— Estou ciente dos efeitos, Ando. Estou contando com eles. Agora faça o que mandei.

Atrás dela, Kira ouviu o zumbido dos ventiladores aumentar e sentiu uma leve brisa enquanto o ar começava a fluir para os respiradouros do teto.

Ela ligou os comunicadores.

— Tschetter. A aceleração já terminou. Estaremos em transição para FTL em três horas. Câmbio.

O tempo era necessário para permitir que o reator à fusão esfriasse ao máximo e para que os radiadores da *Valkyrie* resfriassem o restante do módulo a temperaturas próximas do congelamento. Mesmo então, era provável que o módulo ficasse superaquecido duas ou três vezes enquanto estivesse em FTL, dependendo do quanto ela fosse ativa. Quando isso acontecesse, a *Valkyrie* teria de voltar ao espaço normal por tempo suficiente para se livrar dessa energia térmica em excesso antes de continuar. Caso contrário, ela e tudo na *Valkyrie* cozinhariam em seu próprio calor.

O hiato de velocidade da luz entre a *Valkyrie* e Adra implicava que mais de três minutos se passariam até a chegada da resposta de Tschetter:
— Entendido, Navárez. Algum problema com o módulo? Câmbio.
— Negativo. Luzes verdes pelo painel. E você?
A major, Kira sabia, ainda esperava pelo resgate de Iska na cápsula de evasão.
...
— Situação normal. Consegui pôr uma tala na perna. Deve permitir que eu caminhe. Câmbio.
Kira sentiu uma onda de dor solidária. Devia doer pra cacete.
— Quanto tempo até Iska chegar à base? Câmbio.
...
— No fim da tarde de amanhã, se não houver problemas. Câmbio.
— Que bom.
Então Kira disse:
— Tschetter, o que aconteceu com o corpo de Alan?
Era uma pergunta que a vinha incomodando no último dia.
...
— Seus restos mortais foram transportados para a *Extenuating Circumstances*, junto com os outros falecidos. Câmbio.
Kira fechou os olhos por um momento. Pelo menos Alan tivera uma pira funerária digna de um rei: uma nave em chamas para enviá-lo à eternidade.
— Entendido. Câmbio.
Elas continuaram a trocar mensagens intermitentemente nas horas seguintes — a major sugerindo coisas que Kira podia fazer para facilitar a viagem, Kira dando conselhos sobre a sobrevivência em Adra. Até a major, Kira pensou, sentia o peso das circunstâncias.
Finalmente, Kira falou:
— Tschetter, me diga: o que Carr realmente descobriu sobre o xeno? E não me venha com papo furado de confidencial. Câmbio.
...
Um suspiro soou do outro lado da linha.
— O xeno é composto de um material semiorgânico diferente de qualquer coisa que já tenhamos visto. Nossa teoria é que o traje seja na verdade uma coleção de nanomontadoras altamente sofisticadas, embora não tenhamos conseguido isolar nenhuma unidade. Algumas amostras que coletamos mostraram-se de estudo quase impossível. Resistiam ativamente ao exame. Coloque algumas moléculas em um chip-lab e elas quebram o laboratório, abrem caminho pela máquina ou provocam um curto-circuito. Pode ter uma ideia.
— Mais alguma coisa? — perguntou Kira.
...

— Não. Fizemos muito pouco progresso. Carr ficou particularmente obcecado por tentar identificar a fonte de energia do xeno. Não parece retirar o sustento de você. Na verdade é bem o contrário, o que significa que ele precisa ter outro jeito de gerar energia.

Então Ando falou:

— Transição FTL em cinco minutos.

— Tschetter, estamos prestes a atingir o Limite de Markov. Parece que chegou a hora. Boa sorte para você e Iska. Torço para que consigam.

Depois de uma breve pausa, Kira disse:

— Ando, me dê as câmeras de popa.

A tela diante dela ganhou vida, mostrando a visão atrás do módulo. Zeus e suas luas, inclusive Adrasteia, eram um aglomerado de pontos luminosos à direita, sozinhos no escuro.

O rosto de Alan apareceu em sua mente e a garganta de Kira se apertou.

— Adeus — sussurrou ela.

Ela mexeu a câmera até que a estrela do sistema aparecesse na tela. Olhou-a fixamente, sabendo que era provável que nunca voltasse a vê-la. Sigma Draconis, a décima oitava estrela da constelação de Draco. Quando Kira a vira pela primeira vez nos relatórios da companhia, gostara do nome; parecia prometer aventura e diversão, talvez algum perigo... Agora parecia mais nefasta que qualquer coisa, como se fosse o dragão que devoraria toda a humanidade.

— Me dê as câmeras da ponta.

A tela mudou para uma visão das estrelas à frente do módulo. Sem os filtros, ela levou um minuto para encontrar seu destino: um pontinho laranja avermelhado perto do meio da tela. Dessa distância, as duas estrelas do sistema se fundiam em um só ponto, mas ela sabia que ia para a estrela mais próxima.

Ocorreu então a Kira, com uma força visceral, o quanto 61 Cygni ficava longe. Anos-luz ficavam muito além da imaginação, e mesmo com todo o benefício da tecnologia moderna era uma distância imensa e apavorante, e o módulo não passava de um grão de poeira disparando pelo vazio.

...

— Entendido, Navárez. Tenha uma viagem segura. Tschetter desligando.

Um leve gemido soou na traseira do módulo quando o Propulsor de Markov começou a ligar.

Kira olhou para lá. Embora não visse o propulsor, podia imaginá-lo: um grande globo preto, imenso e pesado, apoiado do outro lado do escudo de sombra, um sapo maligno agachado nos espaços entre as paredes. Como sempre, a ideia da máquina lhe dava calafrios. Talvez fosse a morte radiativa que continha em seus preciosos gramas de antimatéria e o fato de que podiam destruí-la em um instante se os frascos magnéticos falhassem. Talvez fosse o que a máquina fazia, o entrelaçamento de matéria e energia para permitir a entrada no espaço superlumínico. Fosse o que fosse, o propulsor a inquietava e a fez se perguntar que coisas estranhas podiam acontecer com as pessoas enquanto dormiam em FTL.

Desta vez, ela iria descobrir.

O gemido se intensificou e Ando disse:

— Transição FTL em cinco... quatro... três... dois... um.

O gemido chegou a seu auge e as estrelas desapareceram.

SIGMA DRACONIS
CONSTELAÇÃO DE DRACO

LARANJA-AMARELADA ♦ $0.3^{10^8} - 9.2^{10^9}$ ANOS

CARTESIANAS: X-3.3 Y+17.0 Z+6.8

89% DA MASSA DO SOL ♦ 79% DO DIÂMETRO

18.8 AL DO SOL

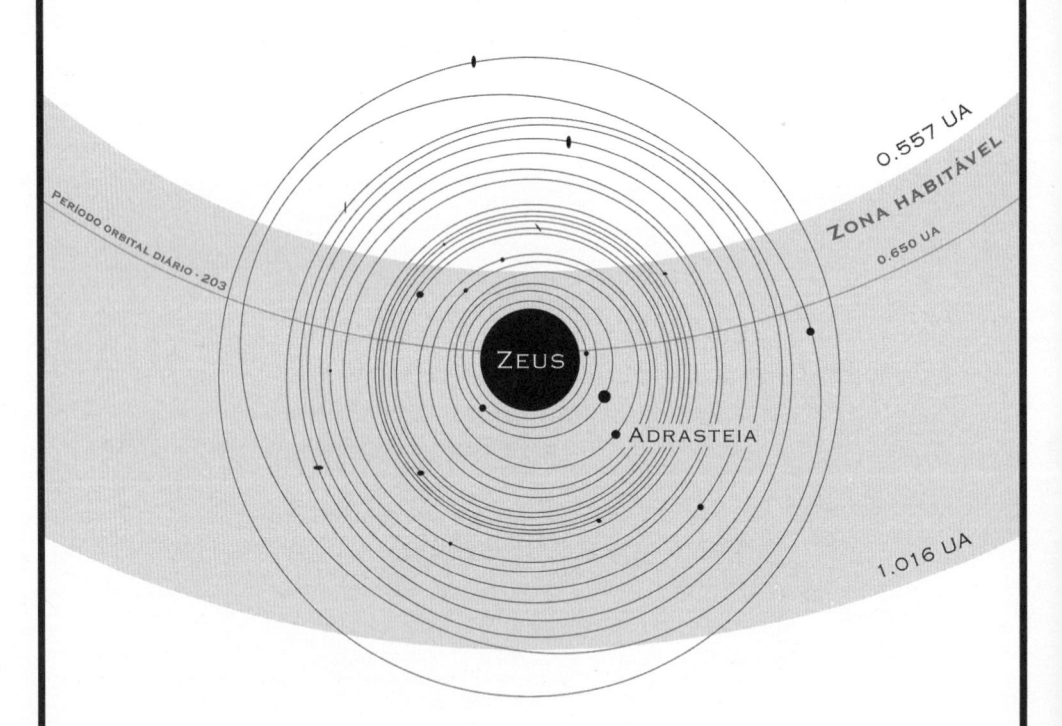

0.210 UA

0.557 UA

ZONA HABITÁVEL

0.650 UA

PERÍODO ORBITAL DIÁRIO - 203

ZEUS

ADRASTEIA

1.016 UA

1.306 UA

LAPSANG
TRADING COMPANY

* * * *

SAÍDA DE CENA I

1.

No lugar da Via Láctea, apareceu um reflexo distorcido do módulo — um volume escuro e sombrio iluminado unicamente pelo brilho fraco de dentro da cabine. Kira se viu pelo visor: uma mancha de pele clara flutuando acima do painel de controle, como um rosto arrancado, sem corpo.

Kira nunca havia observado uma Bolha de Markov pessoalmente; sempre estava em crio quando acontecia o salto. Ela mexeu a mão e seu duplo deformado se mexeu ao mesmo tempo.

A perfeição da superfície espelhada a fascinava. Era mais do que atomicamente lisa; era lisa no nível de Plank. Não podia existir nada mais liso, porque a bolha era feita da própria superfície deformada do espaço. Do outro lado da bolha, do outro lado dessa membrana infinitesimalmente fina, estava a estranheza do universo superlumínico, tão perto, mas tão distante. *Isso* ela nunca veria. Nenhum humano podia ver. No entanto, ela sabia que estava ali — um vasto reino alternativo, unido com a realidade conhecida apenas pelas forças da gravidade e o tecido do próprio espaço-tempo.

— Através do espelho — disse Kira em voz baixa.

Era uma antiga expressão entre os espaçonautas, cuja precisão só agora ela apreciava verdadeiramente.

Diferente de uma área normal do espaço-tempo, a bolha não era inteiramente impermeável. Ocorria algum vazamento de energia de dentro para fora (o diferencial de pressão era enorme). Não era muita coisa, mas existia, e isso também era bom, porque ajudava a reduzir o acúmulo térmico enquanto se estava em FTL. Sem isso, a *Valkyrie*, assim como as naves em geral, não conseguiria ficar no espaço superlumínico por mais de algumas horas.

Kira se lembrou de uma descrição que o professor de física do quarto ano usara certa vez: "Ir mais rápido do que a luz é como viajar em uma linha reta ao longo de um ângulo reto." A frase ficara gravada nela e quanto mais aprendia matemática, mais Kira percebia o quanto era exata.

Ela olhou seu reflexo por vários minutos. Depois, com um suspiro, escureceu o visor até ficar opaco.

— Ando: toque as obras completas de J.S. Bach em sequência, começando pelos Concertos de Brandenburgo. Volume nível três.

Ao soarem os acordes de abertura, suaves e precisos, Kira sentiu que começava a relaxar. A estrutura de Bach sempre teve apelo a ela: a beleza fria, limpa e matemática de um tema encaixando-se no outro, crescendo, explorando, transformando. Quando cada peça se resolvia, a resolução era tão imensamente *satisfatória*. Nenhum outro compositor lhe causava a mesma sensação.

A música foi o único luxo a que ela se permitiu. Não produziria mais calor e, como Kira não podia ler nem jogar nos seus implantes, precisava de algo para impedir que enlouquecesse nos dias que viriam. Se ainda tivesse a concertina, podia praticar no instrumento, mas como não tinha...

De qualquer forma, a natureza tranquilizadora de Bach, em conjunto com a baixa pressão da cabine, a ajudaria a dormir, o que era importante. Quanto mais conseguisse dormir, mais rápido o tempo passaria e menos comida seria necessária.

Ela levantou o braço direito e o esticou na frente do rosto. O traje estava ainda mais escuro na escuridão circundante: uma sombra dentro de sombras, visível mais como ausência do que como realidade.

Ele deveria ter um nome. Ela tivera uma sorte danada de escapar da *Extenuating Circumstances*. Tudo indicava que o apanhador a mataria. Se não matasse, a descompressão explosiva daria cabo dela. O xeno salvara sua vida várias vezes. Claro que, sem o xeno, ela nunca nem teria corrido perigo... Ainda assim, Kira sentia certa gratidão para com ele. Gratidão e confiança, porque, com ele, estava mais segura do que qualquer fuzileiro naval em sua armadura energizada.

Depois de tudo por que passaram, o xeno merecia um nome. Mas qual? O organismo era um feixe de contradições; era armadura, mas também era uma arma. Podia ficar duro, ou podia ficar mole. Podia fluir como água ou podia ser rígido como uma viga de metal. Era uma máquina, mas também, de certo modo, estava vivo.

Eram variáveis demais a se levar em conta. Nenhuma palavra conseguia abarcar todas. Em vez disso, Kira se concentrou no caráter mais evidente do traje: a aparência. A superfície do material sempre a lembrava a obsidiana, embora não fosse tão vítrea.

— Obsidiana — disse ela, baixo.

Com a mente, ela empurrou a palavra para a presença do xeno, como que para fazê-lo entender. "Obsidiana."

O xeno reagiu.

Uma onda de imagens e sensações desconexas a percorreu. No início ela ficou confusa — individualmente, não pareciam significar nada —, mas, à medida que a sequência se repetia vezes sem conta, ela começou a enxergar as relações entre os diferentes fragmentos. Juntos, eles formavam uma linguagem nascida não das palavras, mas de associações. Ela entendeu:

O xeno já tinha nome.

Era um nome complexo, composto de conceitos inter-relacionados na forma de uma teia, que ela percebeu que provavelmente levaria anos para processar plenamente, se isso. Porém, à medida que os conceitos se infiltravam em sua mente, ela não pôde deixar de lhes atribuir palavras. Afinal, Kira era apenas humana; a linguagem fazia parte dela tanto quanto a consciência. As palavras não conseguiam capturar as sutilezas do nome — porque a própria Kira não as compreendia —, mas capturavam os aspectos mais amplos e mais evidentes.

"A Lâmina Macia."

Um leve sorriso tocou seus lábios. Kira gostou.

— A Lâmina Macia — pronunciou em voz alta, deixando que as palavras se demorassem na língua.

Do xeno, ela sentiu, se não satisfação, aceitação.

Saber que o organismo tinha nome (e não era um nome que ela dera) mudou a visão que Kira tinha dele. Em vez de pensar no xeno apenas como um intruso e um parasita potencialmente letal, agora ela o via mais como um... companheiro.

Foi uma mudança profunda, que ela não havia pretendido, nem previsto. Com atraso, ela entendeu: nomes mudavam — e definiam — tudo, inclusive relacionamentos. A situação a lembrou de dar nome a um bicho de estimação; depois que se fazia isso, acabou-se, você precisava ficar com o animal, tivesse planejado ou não.

"A Lâmina Macia..."

— E por que você foi feito? — perguntou ela, mas não veio resposta nenhuma.

Qualquer que fosse o caso, de uma coisa Kira sabia: quem escolhera o nome — se os criadores do xeno ou o próprio xeno — tinha um senso de elegância e poesia, e valorizava a contradição inerente nos conceitos que ela resumiu como Lâmina Macia.

Era um universo estranho. Quanto mais Kira aprendia, mais estranho ele ficava. Ela duvidava de que um dia encontrasse as respostas para todas as perguntas que tinha.

"A Lâmina Macia." Kira fechou os olhos, sentindo-se estranhamente reconfortada. Com os acordes leves de Bach tocando ao fundo, ela se permitiu vagar para o sono, sabendo que — pelo menos por enquanto — estava em segurança.

2.

O céu era um campo de diamantes e seu corpo tinha membros e sentidos desconhecidos. Ela deslizou pelo anoitecer silencioso e não estava só; outros moviam-se com ela. Outros que ela conhecia. Outros que se importavam com ela.

Eles chegaram a um portão preto, seus companheiros pararam e ela lamentou, porque não voltariam a se encontrar. Sozinha, ela continuou a cruzar o portão e, ao passar por ele, chegou a um lugar secreto.

Ela fazia seus movimentos e as luzes antigas brilharam nela com bênçãos e, ao mesmo tempo, promessas. Depois carne se separou de carne, ela foi para seu berço e se enroscou ali para esperar com uma expectativa preparada.

Mas a convocação esperada não vinha. Uma por uma, as luzes bruxulearam e se apagaram, deixando o antigo relicário frio, escuro e morto. A poeira se acumulou. Pedras se deslocaram. No alto, os padrões das estrelas lentamente mudavam, assumindo formas desconhecidas.

Uma fratura, então...

Queda. Uma queda suave dentro dos recessos preto-azulados do mar cheio. Passando por luz e balanço, por sopros de calor e frio, caiu suavemente e nadou suavemente. Das dobras da escuridão em torvelinho surgiu uma forma imensa, ali no Limiar Plangente: um monte de rocha esburacada, e enraizado no alto dessa rocha... enraizado no alto dessa rocha...

Kira acordou, confusa.

Ainda estava escuro e, por um momento, não sabia nem onde estava, nem como tinha chegado ali, apenas que caía de uma altura terrível...

Ela gritou e se debateu, e seu cotovelo bateu no painel de controle ao lado do assento do piloto. O impacto a jogou de volta à plena consciência e ela percebeu que ainda estava na *Valkyrie* e que Bach ainda tocava.

— Ando — sussurrou ela. — Por quanto tempo dormi?

No escuro, era impossível saber.

— Quatorze horas e onze minutos.

O estranho sonho ainda perdurava na mente, sinistro e agridoce. Por que o xeno insistia em lhe mandar essas visões? O que tentava dizer a ela? Sonhos ou lembranças? Às vezes as diferenças entre os dois eram tão pequenas que deixavam de existir.

... carne se separou de carne. Outra pergunta lhe ocorreu: será que a separação do xeno a mataria? Esta parecia a única interpretação possível do que o traje lhe mostrara. A ideia lhe trouxe um gosto amargo. Devia haver um jeito de se livrar da criatura.

Kira imaginou o quanto Lâmina Macia realmente compreendia do que vinha acontecendo desde que Kira o encontrara.

Será que ele percebia que tinha matado os amigos dela? Alan?

Ela pensou no primeiro conjunto de imagens que o xeno a obrigou a ver: o sol moribundo com os planetas arruinados e o cinturão de escombros. Era de lá que o parasita vinha? Alguma coisa tinha dado errado: algum cataclismo. Isso fazia sentido, mas, de resto, as coisas ficavam indistintas. O xeno tinha se unido a um apanhador, mas não estava claro se os apanhadores tinham *criado* o xeno (ou o Grande Farol).

Ela estremeceu. Tanta coisa acontecera na galáxia, coisas de que os humanos não tinham consciência. Desastres. Batalhas. Civilizações distantes. Era assustador pensar nisso.

Uma coceira se formou no nariz e ela espirrou com intensidade suficiente para bater o queixo no peito. Ela espirrou de novo e, na luz vermelha e fraca da cabine, viu caracóis de poeira verde vagando dela para os respiradouros do módulo.

Cautelosa, ela tocou o esterno. Uma fina camada de pó a recobria, como quando ela despertara na *Extenuating Circumstances* durante o ataque do apanhador. Ela apalpou abaixo do corpo; não tinha se formado nenhuma depressão. O xeno não dissolvera parte do assento.

Kira franziu o cenho. Na *Extenuating Circumstances*, o xeno devia ter absorvido o convés porque precisava de parte ou todo seu conteúdo. Metais, plásticos, elementos vestigiais, *alguma coisa*. O que significava que ele — de certo modo — sentia fome. E agora? Sem depressão, mas ainda assim a poeira. Por quê?

"Ah." Era isso. Ela havia comido. A poeira aparecia sempre que ela ou o xeno se alimentavam. O que queria dizer que a criatura estava... excretando?

Se assim era, a conclusão desagradável era de que o parasita tinha assumido o controle de suas funções digestivas e processava e reciclava os dejetos, eliminando os elementos de que não precisava. A poeira era o equivalente alienígena do GRED, os grânulos de dejetos cobertos de polímero que os skinsuits formavam a partir das fezes do usuário.

Kira fez uma careta. Podia estar enganada — e torcia por isso —, mas achava improvável.

Isso levantava a questão de como o traje, como um dispositivo alienígena, podia entender sua biologia o bastante para se mesclar a ela. Uma coisa era interagir com um sistema nervoso. Interagir com a digestão e outros processos biológicos fundamentais ficava várias ordens de magnitude mais complicado.

Alguns elementos formavam os blocos de construção da maior parte da vida na galáxia, mas, mesmo assim, cada bioma alienígena tinha evoluído a própria linguagem de ácidos, proteínas e outras substâncias e compostos químicos. O traje *não* deveria ser capaz de se ligar a ela. Esse fato indicava que os criadores/originadores do xeno tinham um nível de tecnologia *muito* maior do que ela inicialmente pensara, e se eram os apanhadores...

Naturalmente também era possível que o traje estivesse apenas cumprindo inconscientemente seus imperativos, e que acabaria envenenando e possivelmente matando Kira por uma incompatibilidade química horrenda.

Ela nada podia fazer, fosse como fosse.

Kira não sentia fome, ainda não. Também não precisava se aliviar. Assim, ela fechou os olhos novamente e permitiu que a mente vagasse de volta para o sonho, escolhendo detalhes que pareciam importantes, em busca de qualquer sinal que ajudasse a responder a suas perguntas.

— Ando, inicie a gravação em áudio — disse ela.
— Gravando.

Falando lenta e cuidadosamente, Kira fez um registro completo do sonho, tentando incluir cada fragmento de informação.

O berço... O Limiar Plangente... As lembranças ressoaram nela como o tom de um gongo longínquo. Kira sentia que a Lâmina Macia ainda tinha mais a partilhar — que havia um detalhe que tentava esclarecer, um detalhe que ainda não tinha ficado explícito. Talvez, se ela dormisse de novo, a Lâmina Macia lhe mandasse outra visão...

3.

Depois disso, o tempo ficou indistinto. Parecia andar mais rapidamente e, ao mesmo tempo, era mais lento. Mais rápido porque grandes faixas dele passavam sem que Kira notasse enquanto dormia ou no crepúsculo nebuloso entre o sono e a vigília. Mais lento porque as horas que ela passava acordada eram iguais. Ela ouvia o ciclo interminável de Bach, contemplava os dados que compilara em Adra — tentando determinar se ou como tinha relação com o xeno — e mergulhava nos cantos mais felizes da memória. Nada mudou, nada além da respiração, do fluxo sanguíneo nas veias e do movimento lento de sua mente.

Ela comia pouco e, quanto menos comia, menos sentia vontade de comer. Uma vasta calma a tomou e o corpo parecia cada vez mais distante e insubstancial, como se fosse uma projeção holográfica. Nas poucas vezes em que saiu do assento do piloto, descobriu que não tinha nem a vontade, nem a energia para se mexer.

Seus períodos de vigília eram cada vez mais curtos, até que ela passava a maior parte do tempo vagando entre a consciência e a inconsciência, sem nunca saber se tinha dormido ou não. Às vezes recebia fragmentos de imagens da Lâmina Macia — explosões impressionistas de cores e sons —, mas o xeno não compartilhou com ela nenhuma lembrança como a do Limiar Plangente.

Em uma ocasião, Kira percebeu que o zumbido do Propulsor de Markov tinha cessado. Ela levantou a cabeça dos cobertores térmicos que a enrolavam, viu um punhado de estrelas do lado de fora das janelas da cabine e percebeu que o módulo tinha saído de FTL para se resfriar.

Quando olhou novamente, algum tempo depois, as estrelas tinham desaparecido.

Se o módulo voltou ao espaço normal em algum outro momento, ela não viu.

Por menos que Kira comesse, as reservas de ração não paravam de diminuir. A poeira que o traje expelia se acumulava em um leito suave em volta de seu corpo — moldando-se a sua forma e a recobrindo como uma espuma densa — ou vagava dela em delicados filetes para os respiradouros do teto.

Até que, um dia, não restava mais ração.

Ela olhou a gaveta vazia, sem conseguir processar a visão. Depois voltou ao assento do piloto, afivelou-se e respirou fundo e longamente, o ar frio na garganta e nos pulmões. Não sabia há quantos dias estava no módulo e não sabia quantos dias restavam. Ando poderia ter lhe dito, mas ela não *queria* saber.

Ou Kira ia conseguir, ou não ia. Os números não mudariam isso. Além do mais, ela receava perder as forças para continuar, se ele lhe contasse. A única saída era passar por isso; preocupar-se com a duração da viagem só a tornaria mais deprimente.

Agora vinha a parte difícil: não havia mais comida. Por um momento, ela pensou nos tubos de crio na parte traseira do módulo — e na oferta de Orso —, mas, como antes, sua mente se rebelou contra a ideia. Preferia morrer de fome a precisar comer outra pessoa. Talvez sua atitude mudasse à medida que ela definhasse, mas Kira tinha certeza de que não mudaria.

De um vidro que guardou perto da cabeça, ela pegou um comprimido de melatonina, mastigou e engoliu. O sono, mais do que nunca, era seu amigo. Se conseguisse dormir, não precisaria comer. Kira só torcia para acordar novamente...

Finalmente, sua mente ficou cada vez mais nebulosa e ela caiu no esquecimento.

4.

A fome chegou, como Kira sabia que viria, aguda e excruciante, como um monstro com garras rasgando suas entranhas. A dor subia e descia, regular como uma maré, e cada maré era mais alta que a anterior. A boca salivava e ela mordeu o lábio, atormentada por pensamentos com comida.

Ela esperava por isso e estava preparada para o pior.

Em vez disso, a fome parou.

Parou e não voltou. Seu corpo ficou frio e ela se sentia esvaziada, como se o umbigo estivesse unido à coluna.

"Por Thule", ela pensou, fazendo uma última oração ao deus dos espaçonautas.

Então dormiu e não acordou mais, teve sonhos lentos de planetas estranhos com céus estranhos e com fractais em espiral que floresciam em espaços esquecidos.

Tudo era silêncio e tudo era escuridão.

PARTE DOIS

★　★　★　★　★　★　★

SUBLIMARE

Parei acima dela na escada, uma neve tênue tocando minhas faces, e avaliei seu universo. (...) Um mundo em que até uma aranha se recusa a se deitar e morrer se uma corda puder ser fiada a uma estrela. (...) Aqui estava algo que devia ser transmitido àqueles que travarão nossa batalha congelante e final com o vazio. Pensei em definir cuidadosamente como uma mensagem ao futuro: nos dias de geada, busque um sol menor.

— THE JUDGEMENT OF THE BIRDS
LOREN EISELEY

CAPÍTULO I

* * * * * * *

DESPERTAR

1.

Um *bum* abafado soou, com volume suficiente para penetrar até o mais profundo dos sonos.

Depois, tinidos e ruídos, seguidos por uma lufada de frio e um clarão de luz, forte e agitado. Vozes ecoaram, distantes e deformadas, mas nitidamente humanas.

Uma pequena parte da mente de Kira percebeu. Uma parte primitiva e instintiva que a impeliu para o despertar, estimulando-a a abrir os olhos — *abra os olhos!* — antes que fosse tarde demais.

Ela se esforçou para se mexer, mas o corpo se recusava a reagir. Parecia que o volume e a nitidez do barulho tinham dobrado de intensidade, como se ela tivesse retirado protetores auriculares. A pele formigava enquanto a máscara do traje se arrastava do rosto, e Kira ofegou e abriu os olhos.

Uma luz ofuscante passou por ela e Kira estremeceu.

— Puta merda! Ela está viva!

Uma voz de homem. Jovem, ansioso.

— Não toque nela. Chame o médico.

Uma voz de mulher. Monótona, calma.

"Não... o médico, não", pensou Kira.

O foco da luz ficou sobre ela. Kira tentou cobrir os olhos, mas um cobertor metalizado impedia a mão. Estava bem apertado pelo peito e pelo pescoço. Quando foi que ela fez isso?

Um rosto de mulher vagou em sua visão, imenso e pálido, como uma lua com crateras.

— Está me ouvindo? Quem é você? Está ferida?

— O q...

As cordas vocais de Kira recusaram-se a cooperar. Só o que ela conseguiu soltar foi um ruído áspero e ininteligível. Ela se esforçou para se livrar do cobertor metalizado, mas ele não cedia. Ela caiu para trás, tonta e exausta. O que... onde...?

A silhueta de um homem bloqueou a luz por um momento e ela o ouviu dizer, com uma pronúncia nítida:

— Cheguei, deixe-me ver.

— *Aish* — disse a mulher ao dar um passo de lado.

De repente, dedos, quentes e finos, tocaram os braços de Kira, ao lado do corpo e em torno do maxilar, e ela foi puxada do assento do piloto.

— Nossa. Olha só esse skinsuit! — exclamou o homem mais novo.

— Veremos isso depois. Me ajude a levá-la para a enfermaria.

Mais mãos a tocaram e a viraram para que sua cabeça ficasse apontada para a câmara de descompressão. Ela fez uma tentativa fraca de se endireitar, e o médico — ela supôs que fosse o médico — disse:

— Não, não. Descanse. Você não deve se mexer.

Kira saiu e voltou à consciência enquanto flutuava pela câmara de descompressão... descia por um tubo pressurizado, sanfonado e branco... depois, um corredor marrom iluminado por faixas luminosas desgastadas... e, por fim, uma sala pequena ladeada de gavetas e equipamento; ali, na parede, era um medibot?...

2.

Um solavanco de aceleração devolveu Kira à plena consciência. Pela primeira vez em semanas, uma sensação de peso caiu sobre ela. Que peso abençoado!

Ela piscou e olhou em volta, sentindo-se alerta, apesar de fraca.

Estava deitada em uma cama inclinada, com uma tira atravessando seus quadris para impedi-la de flutuar ou cair. Um lençol fora puxado até o queixo (ela ainda usava o macacão). Luzes brilhavam em faixas no alto e havia um medibot instalado no teto. A visão a lembrou de despertar na enfermaria de Adra...

Não, isto era diferente. Diferente da base de pesquisa, a sala era mínima, mal passava do espaço de um armário.

Sentado na beira de uma pia de metal, estava um jovem. Seria o mesmo que ela ouvira antes? Ele era magro e desengonçado e as mangas do macacão verde-oliva estavam enroladas, expondo braços musculosos. As pernas da calça também estavam enroladas. Meias listradas apareciam vermelhas entre a dobra da bainha e os sapatos. Ele parecia estar no final da adolescência, mas era difícil saber com exatidão.

Entre ela e o garoto havia um homem alto, de pele negra. O médico, ela deduziu, com base no estetoscópio pendurado no pescoço. Suas mãos eram longas e inquietas, os dedos disparando como peixes com uma finalidade rápida. Em vez de um macacão, vestia gola rulê azul-ardósia e calça social da mesma cor.

Nenhuma das duas roupas era uniforme padrão. Os dois não eram militares, sem dúvidas. Também não eram da Hydrotek. Terceirizados, então, ou autônomos, o que a confundiu. Se ela não estava na estação de mineração de combustível, onde estava?

O médico notou que ela observava.

— Ah, senhorita, está acordada.

Ele virou a cabeça de lado. Os olhos grandes e redondos eram sérios.

— Como se sente?

— Não...

A voz de Kira saiu em um grasnado rouco. Ela parou, tossiu e tentou de novo.

— Não muito mal.

Para seu assombro, era a verdade. Ela estava rígida e dolorida, mas tudo parecia em bom estado. Melhor, em alguns casos; seus sentidos eram mais aguçados do que o normal. Ela se perguntou se o traje se integrara ainda mais a seu sistema nervoso durante a viagem.

O médico franziu a testa. Parecia ser do tipo ansioso.

— Isso é muito surpreendente, senhorita. Sua temperatura basal estava extraordinariamente baixa.

Ele levantou uma seringa.

— É necessário tirarmos sangue para...

— Não! — disse Kira, com mais intensidade do que pretendia.

Não podia deixar que o médico a examinasse, ou ele perceberia o que era a Lâmina Macia.

— Não quero nenhum exame de sangue — insistiu.

Ela puxou o lençol, abriu a fivela que a prendia e saiu da cama.

No momento em que seus pés tocaram o convés, os joelhos vergaram e ela caiu para a frente. Teria caído de cara se o médico não agisse rapidamente e a apanhasse.

— Não se preocupe, senhorita. Peguei você. Peguei você.

Ele a levou de volta para a cama.

Do outro lado da sala, o garoto tirou do bolso uma barra de ração e começou a mastigar.

Kira levantou a mão e o médico recuou.

— Estou bem. Posso fazer isso. Só preciso de um momento.

Ele a olhou com uma expressão especulativa.

— Quanto tempo ficou em gravidade zero, senhorita?

Ela não respondeu, mas baixou-se ao chão de novo. Desta vez as pernas aguentaram, embora ela mantivesse a mão na cama para se equilibrar. Kira ficou surpresa (e satisfeita) ao ver que seus músculos funcionavam bem. Não tinham se atrofiado, nem nada. Segundo a segundo, ela sentia que as forças voltavam aos braços e às pernas.

— Cerca de onze semanas — disse ela.

As sobrancelhas grossas do médico se arquearam.

— E quanto tempo faz que se alimentou pela última vez?

Kira considerou rapidamente o que sentia. Estava com fome, mas não era insuportável. Normalmente, deveria estar morrendo de fome. Mais especificamente, deveria ter morrido de fome. Esperava chegar a 61 Cygni fraca demais para ficar de pé.

A Lâmina Macia devia ser responsável por isso. De algum modo deve tê-la feito hibernar.

— Não lembro... alguns dias.

— Não brinca — disse o garoto, em voz baixa, com a boca cheia de comida.

Sem dúvida era a mesma voz que ela ouviu na *Valkyrie*.

O médico olhou rapidamente para ele.

— Você tem mais dessas rações, não tem? Dê uma a nossa hóspede aqui.

O garoto pegou outra barra em um dos bolsos e jogou para Kira. Ela a apanhou, rasgou a embalagem e deu uma dentada. A ração tinha um gosto bom: chocolate-com-banana-e-uma-coisa-ou-outra. Seu estômago roncou audivelmente quando ela engoliu.

O médico abriu uma gaveta e lhe deu um saco prateado cheio de líquido.

— Tome, quando terminar, beba isto. Vai repor seus eletrólitos e lhe dar os nutrientes de que tanto precisa.

Kira soltou um ruído de gratidão. Ela devorou o que restava da barra, depois bebeu todo o conteúdo do saco. Tinha um sabor terroso, um tanto metálico, como um xarope com infusão de ferro.

Então o médico levantou a seringa de novo.

— Agora, devo insistir seriamente em tirar uma amostra de sangue, senhorita. Preciso verificar...

— Escute, onde estou? Quem é você?

Dando outra dentada, o garoto falou.

— Você está na NLV *Wallfish*.

O médico ficou irritado com a interrupção.

— De fato. Meu nome é Vishal e este é...

— Eu sou Trig — disse o garoto e bateu no próprio peito.

— Tudo bem — disse Kira, ainda confusa.

NLV era designação de uma nave civil.

— Mas... — continuou

— Qual é o seu nome? — perguntou Trig, apontando para ela com o queixo.

Sem pensar, Kira falou:

— Cadete Kaminski.

Eles descobririam seu nome verdadeiro tranquilamente se começassem a verificar registros, mas seu primeiro instinto era agir com cautela até ela entender melhor a situação. Sempre podia alegar ter ficado confusa pela carência de nutrientes.

— Estamos perto de Tsiolkovsky? — perguntou ela.

Vishal ficou perplexo.

— Perto de... Não, de modo algum, srta. Kaminski.

— Isso fica do outro lado de 61 Cygni — disse o garoto.

Ele engoliu o último pedaço da barra.

— Hein? — disse Kira, sem acreditar.

O médico balançou a cabeça afirmativamente.

— Sim, sim, srta. Kaminski. Sua nave perdeu energia depois de você ter voltado ao espaço normal. Você viajou por inércia por todo o sistema. Se não a tivéssemos resgatado, quem sabe quanto tempo ficaria à deriva?

— Que dia é hoje? — perguntou Kira, de súbito preocupada.

O médico e o garoto a olharam com estranheza e ela entendeu o que eles pensavam: por que ela não vê a data em seus filtros?

— Meus implantes não estão funcionando — explicou. — Que dia é hoje?

— Dia 16 — disse Trig.

— De novembro — disse Kira.

— De novembro — confirmou ele.

Sua viagem levara uma semana a mais do que o planejado. Oitenta e oito dias, não 81. Para todos os efeitos, ela deveria estar morta, mas tinha sobrevivido. Pensou em Tschetter e no cabo Iska, e uma estranha inquietação a afligiu. Será que foram resgatados? Será que ainda estavam vivos? Eles podem ter morrido de fome durante o tempo que ela passou na *Valkyrie*, ou talvez os apanhadores os tenham matado e ela jamais saberia.

Qualquer que fosse a verdade, ela decidiu nunca se esquecer de seus nomes, nem de seus atos, por mais tempo que vivesse. Era o único jeito de prestar homenagem pelo sacrifício que fizeram.

Vishal estalou a língua.

— Pode fazer todas as perguntas depois, mas primeiro eu realmente preciso saber se você está bem, srta. Kaminski.

Uma pontada de pânico se formou em Kira e, pela primeira vez desde que despertou, a Lâmina Macia reagiu, agitando-se: uma onda de calafrios subindo das coxas para o peito. O pânico se agravou, agora tingido pelo medo. "Preciso ficar calma." Se a tripulação da *Wallfish* soubesse o que Kira carregava, ela seria posta em quarentena, e Kira não tinha pressa para viver de novo este prazer em particular. De todo modo, o CMU não seria generoso ao saber que Kira revelara a civis a existência do xeno. Quanto mais seus salvadores soubessem sobre a Lâmina Macia, mais problemas ela estaria criando, para eles e para ela mesma.

Ela negou com a cabeça.

— Obrigada, mas eu estou bem.

O médico hesitou, frustrado.

— Srta. Kaminski, não posso tratar você corretamente se não deixar que eu termine meu exame. É um simples exame de sangue e...

— Nada de exames de sangue! — disse Kira, mais alto do que antes.

A frente de seu macacão começou a inflar quando uma parcela de cravos curtos se formou na Lâmina Macia. Desesperada, ela fez a única coisa que lhe passou pela cabeça: desejou que a área do traje *endurecesse*.

Deu certo.

Os cravos ficaram onde estavam e ela cruzou os braços, na esperança de Vishal e o garoto não terem visto. O coração batia desconfortavelmente acelerado.

De fora da enfermaria, veio outra voz:

— Você é o quê? Huterita ortodoxa?

Um homem passou pela soleira. Era mais baixo que ela, com olhos azuis astutos em forte contraste com o bronzeado de espaçonauta. A barba por fazer de um dia cobria o queixo e as faces, mas o cabelo era bem cortado e penteado. A idade aparente ficava no início dos quarenta, embora, naturalmente, ele pudesse ter tranquilamente sessenta. Kira deduziu que ele ficava no lado mais jovem da equação, porque o nariz e as orelhas não mostravam muito crescimento relacionado com a idade, se algum.

Ele vestia uma camisa de malha por baixo de um colete com trama de estilo militar, e tinha um blaster gasto preso na coxa direita. A mão, Kira notou, nunca ficava longe do cabo da arma.

Havia um ar de comando no homem; o garoto e o médico endireitaram o corpo aparentemente sem perceber quando ele entrou. Kira conhecera homens assim: uns FDP durões e pragmáticos que não aceitavam meias verdades. Além disso, se tivesse de adivinhar, ele a apunhalaria pelas costas antes de permitir que algo de ruim acontecesse com sua nave ou com a tripulação.

Isso o tornava perigoso, mas, se ele não fosse um completo filho da puta e se ela lidasse com ele direito — o melhor que pudesse —, provavelmente ele a trataria com justiça.

— Por aí — disse Kira.

Ela não era particularmente religiosa, mas a desculpa era conveniente.

Ele grunhiu.

— Deixe-a, doutor. Se a mulher não quer ser examinada, ela não quer ser examinada.

— Mas... — começou a falar Vishal.

— Você me ouviu bem, doutor.

Vishal concordou com a cabeça, mas Kira viu que ele reprimia a raiva.

O homem de olhos azuis disse a ela:

— Capitão Falconi, a seu dispor.

— Cadete Kaminski.

— Você tem um prenome?

Kira hesitou por um breve momento.

— Ellen.

Era o nome da mãe dela.

— Esse seu skinsuit é do cacete, Ellen — disse Falconi. — Não é exatamente equipamento padrão do CMU.

Ela puxou os punhos do macacão o máximo que pôde pelos braços.

— Foi presente de meu namorado, feito sob medida. Não tive tempo de vestir outra coisa antes de partir na *Valkyrie*.

— Sei. E como é que, sei lá, você tira isso?

Ele gesticulou para a lateral da cabeça de Kira.

Constrangida, Kira tocou o couro cabeludo, sabendo que ele examinava as fibras entrecruzadas por sua pele.

— É descascado.

Ela fez a mímica com os dedos, como quem puxa a beira do xeno. No entanto, não puxou, porque não podia.

— Tem capacete também? — perguntou Trig.

Kira fez que não com a cabeça.

— Não tem mais. Mas posso usar qualquer capacete padrão de skinsuit.

— Que legal.

Então Falconi disse:

— É o seguinte, Ellen. Transferimos seus companheiros tripulantes para nossa nave. Eles estão bem, mas vamos deixar todo mundo em crio até acoplarmos, porque já tem gente saindo pelo ladrão. Suponho que o CMU esteja ansioso para te interrogar e que você esteja ansiosa para se reportar, mas terá de esperar. Nosso transmissor está danificado faz uns dias, o que significa que não podemos enviar dados, apenas receber.

— Não pode usar o equipamento da *Valkyrie*? — perguntou Kira, se arrependendo de imediato.

"Mas que merda, não facilite o trabalho dele."

Falconi negou com a cabeça.

— Minha chefe de engenharia disse que os danos em seu módulo provocaram um curto no sistema elétrico quando o propulsor de fusão foi reativado. Fritou o computador, desligou o reator etcetera e tal. Seus companheiros tiveram muita sorte da energia dos tubos de crio aguentar.

— Então ninguém do Comando sabe que nós cinco estamos vivos? — perguntou Kira.

— Vocês, especificamente, não — disse Falconi. — Mas eles sabem que pelo menos quatro pessoas estavam no módulo. As assinaturas térmicas eram muito nítidas. Por isso o CMU contratou qualquer nave que pudesse encontrar a *Valkyrie* antes que ela fosse parar nos confins do sistema. Felizmente para você, temos delta-v de sobra.

Kira sentiu possibilidades se abrindo diante dela. Se o CMU não sabia que ela estava viva, e Orso e os outros ainda estavam em crio, talvez — só talvez — houvesse uma oportunidade de escapar do sumiço que o CMU e a Liga dariam nela.

— Quanto tempo até aportarmos? — perguntou ela.

— Uma semana. Estamos seguindo no sistema a Ruslan. Tem um monte de passageiros para deixar lá.

O capitão ergueu uma sobrancelha.

— Acabamos saindo muito do curso quando fomos atrás da *Valkyrie* — completou ele.

Uma semana. Será que ela conseguiria guardar segredo sobre a Lâmina Macia por uma semana inteira? Teria de guardar; não havia alternativas.

Falconi falou:

— Seu trajeto mostra que você veio de Sigma Draconis.

— É isso mesmo.

— O que aconteceu? Aqueles propulsores mais antigos só conseguem fazer o quê? Zero ponto um quatro anos-luz por dia? É uma viagem danada de longa para ser feita sem crio.

Kira hesitou.

— Os Águas te atingiram? — perguntou Trig.

— Águas? — disse Kira, confusa, mas grata por ter mais alguns segundos para pensar.

— Você sabe, os alienígenas. Águas. Águas-vivas. É como nós os chamamos.

Um senso crescente de pavor tomou Kira enquanto ele falava. Ela olhou de um para outro.

— Águas.

Falconi se encostou no batente da porta.

— Você não deve ter ouvido falar. Aconteceu logo depois de você sair de Sigma Draconis. Uma nave alienígena saltou para perto de Ruslan... o quê, dois meses atrás? Atingiu três transportadores diferentes. Destruiu um deles. Logo grupos delas começaram a estourar por todo o lugar: Shin-Zar, Eidolon, até o Sol. Abriram buracos em três cruzadores que orbitavam Vênus.

— Depois disso, a Liga declarou formalmente guerra contra os invasores — disse Vishal.

— Guerra — repetiu Kira, monótona.

Seus piores temores se concretizavam.

— E pelo jeito vai ser uma guerra das feias — disse Falconi. — Os Águas andaram fazendo o máximo para dar cabo de nós. Desativando naves por toda a Liga, explodindo fazendas antimatéria, pousando efetivo em colônias, esse tipo de coisa.

— Eles atacaram Weyland?

O capitão deu de ombros.

— E eu lá sei. Provavelmente. Os comunicadores FTL não são lá muito confiáveis agora. Os Águas devem ter criado interferência no que puderam.

A nuca de Kira se eriçou.

— Quer dizer que eles estão aqui? Agora?

— É! — disse Trig. — Sete deles! Três nas naves de batalha maiores, quatro nos cruzadores menores com blasters duplos instalados...

Falconi levantou a mão e o garoto parou, obediente.

— Eles passaram as últimas semanas perseguindo naves entre aqui e 61 Cygni B. O CMU faz o máximo para manter os Águas ocupados, mas simplesmente não tem forças suficientes.

— O que os Águas querem? — perguntou Kira, sentindo-se ansiosa.

Por baixo do macacão, a Lâmina Macia se agitou de novo. Ela se esforçou para se acalmar. Precisava encontrar um jeito de entrar em contato com a família, saber se estavam em segurança e informar que ela ainda estava viva, as consequências que se danassem.

— Estão tentando nos conquistar, ou...?

— Quem me dera poder responder a você. Não parece que estão tentando nos eliminar, mas é só o que nós sabemos. Eles atacam aqui, atacam ali... Se eu tivesse de adivinhar, diria que estão nos amolecendo para algo mais sério. Mas você não respondeu a minha pergunta.

— Hein?

— Sobre Sigma Draconis.

— Ah.

Kira controlou os pensamentos.

— Nós fomos atacados — disse ela. — Acho que pelos Águas.

— Nós? — disse Falconi.

— A *Extenuating Circumstances*. Estávamos em patrulha e o capitão Henriksen parou perto de Adrasteia para saber sobre a equipe de pesquisa de lá. Naquela noite, sofremos uma emboscada. Meu namorado, ele, hmm...

A voz de Kira falhou um pouco, mas ela continuou:

— Ele não sobreviveu. A maioria da tripulação morreu. Alguns de nós conseguiram chegar ao módulo antes que a *Extenuating Circumstances* perdesse contenção. Quando aconteceu, levou os alienígenas com ela. Nós cinco tiramos no palitinho para saber quem entraria em crio e eu peguei o palitinho menor.

Funcionou; Kira via que Falconi acreditava nela. Mesmo assim, ele não relaxou, não inteiramente. Com o dedo médio, bateu no cabo do blaster; o movimento parecia mais um hábito do que um gesto consciente.

— Você viu algum Água? — perguntou Trig.

O garoto parecia empolgado. Tirou outra barra de ração do bolso e abriu a embalagem.

— Que forma eles tinham? — continuou. — Eram muito grandes? Grandes-grandes, ou só... *grandes*?

Ele deu várias dentadas rápidas, enchendo a boca até inflar as bochechas.

Kira não tinha vontade de inventar outra história.

— É, eu vi um. Era bem grande e tinha muitos tentáculos.

— Esse aí não é a *única* espécie — disse Vishal.

— Ah, não?

— Ninguém sabe se são da mesma espécie, se têm relação próxima, ou se são coisas inteiramente diferentes, mas tem vários tipos de Águas por aí.

Trig falou com a boca cheia de comida.

— Alguns têm tentáculos. Alguns têm braços. Alguns rastejam. Alguns deslizam. Alguns só parecem funcionar em gravidade zero. Outros só se lançam em poços gravitacionais. Alguns aguentam os dois. Uma meia dúzia de tipos diferentes foi vista até agora, mas pode haver muito mais que isso. Reuni todos os relatórios da Liga. Se estiver interessada, posso...

— Tudo bem, Trig — disse Falconi. — Isso pode esperar.

O garoto assentiu e se calou, embora tenha ficado um tanto decepcionado.

Falconi coçou o queixo com a mão livre, o olhar desconfortavelmente afiado.

— Vocês devem estar entre os primeiros que os Águas atacaram. Vocês saíram de Sigma Draconis o que, em meados de agosto?

— Isso.

— Conseguiram alertar a Liga com antecedência?

— Só via comunicação mais lenta que a luz. Por quê?

Falconi soltou um ruído evasivo.

— Só estava me perguntando se a Liga sabia dos Águas antes de eles aparecerem por todo lado. Acho que não, mas...

Um apito alto e curto soou no alto e os olhos do capitão ficaram vagos enquanto ele voltava a atenção aos filtros. O mesmo ocorreu com Trig e Vishal.

— O que foi? — perguntou Kira, notando a preocupação no rosto deles.

— Mais Águas — disse Falconi.

3.

Uma mulher alta e de postura ereta correu a Falconi e lhe deu um tapinha no ombro. Parecia mais velha que ele, com uma idade em que a maioria das pessoas começa a considerar a primeira rodada de injeções de células-tronco. O cabelo estava em um rabo de cavalo alto e as mangas da camisa caramelo estavam levantadas. Como Falconi, tinha um blaster preso na perna.

Ela falou:

— Capitão...

— Eu vi. Então são dois... não, três Águas novos.

Os olhos de um azul glacial de Falconi clarearam quando ele apontou para Trig e estalou os dedos.

— Leve a srta. Kaminski para o porão e cuide para que todos estejam em segurança. Talvez tenhamos de fazer uma aceleração de emergência.

— Sim, senhor.

O capitão e a mulher desapareceram juntos no corredor. Trig os olhou até que estivessem bem longe.

— Quem era essa? — perguntou Kira.

— A srta. Nielsen — disse Trig. — É nossa primeira-oficial.

Ele pulou da bancada.

— Então, vamos — acrescentou.

— Um minuto — disse Vishal, abrindo uma gaveta.

Ele entregou um pequeno recipiente a Kira. Dentro, ela encontrou duas lentes de contato flutuando em cápsulas cheia de líquido.

— Pode usar isso para entrar on-line enquanto espera que seus implantes sejam consertados — explicou ele.

Depois de tanto tempo sem filtro nenhum, Kira estava louca para usá-los. Ela guardou o recipiente no bolso.

— Obrigada. Não sabe o quanto isto significa para mim.

O médico fez que sim com a cabeça e sorriu.

— É um prazer, srta. Kaminski.

Trig quicava nos tornozelos.

— Tá legal, *agora* podemos ir?

— Sim, vão, vão! — disse o médico.

4.

Tentando ignorar o mau pressentimento, Kira seguiu Trig no corredor estreito de paredes marrons. Descrevia um arco suave, formando um anel em torno do que, sem dúvida, era a parte intermediária da *Wallfish*. O convés parecia girar para proporcionar gravidade artificial quando a nave não estava acelerando, mas não passava disso; a orientação das salas e da mobília — como Kira tinha visto na enfermaria — era estritamente de proa a popa, alinhada com o empuxo do motor.

— Quanto custa um skinsuit desses? — perguntou Trig, apontando para a mão dela.

— Gosta dele? — disse Kira.

— Gosto. Tem uma textura bacana.

— Obrigada. Foi feito para sobrevivência em ambientes extremos, como Eidolon.

O garoto se iluminou.

— Sério? Que demais.

Ela sorriu sem querer.

— Mas não sei quanto custa. Como eu disse, ganhei de presente.

Eles chegaram a uma porta aberta na parede interna do corredor e Trig virou. Por ali havia um segundo corredor, levando ao meio da nave.

— A *Wallfish* costuma transportar passageiros? — perguntou Kira.

— Não — disse Trig. — Mas muita gente está disposta a nos pagar para levá-los a Ruslan, onde é mais seguro. Também pegamos sobreviventes de naves que os Águas danificaram.

— É mesmo? Isso parece muito perigoso.

O garoto deu de ombros.

— Melhor do que ficar sentado, esperando tomar um tiro. Além disso, precisamos do dinheiro.

— Ah, é?

— É. Usamos o que restava de nossa antimatéria para chegar a 61 Cygni e, depois, o cara que devia nos pagar nos passou a perna, então acabamos encalhados aqui. Só estamos tentando ganhar o suficiente para comprar antimatéria e voltar ao Sol ou a Alfa Centauro.

Enquanto Trig falava, eles chegaram a uma porta pressurizada.

— Ah, ignore isto — disse Trig, gesticulando sem graça para uma parte da parede. — Piada antiga.

A parede parecia vazia para Kira.

— O quê?

O garoto ficou confuso por um momento.

— Ah, é. Seus implantes.

Ele apontou um dedo para ela.

— Eu me esqueci — explicou. — Deixa pra lá. Só um filtro que temos há um tempo. O capitão acha engraçado.

— Ele acha?

Que tipo de coisas faria o capitão Falconi rir? Kira queria estar usando lentes de contato.

Trig abriu a porta pressurizada e a conduziu por um poço longo e escuro que penetrava por várias camadas da nave. Uma escada percorria o centro e uma grade de metal fino marcava cada convés. Como os buracos na grade eram grandes demais, ela podia ver até o fundo do poço, quatro andares abaixo.

Uma voz masculina que Kira não reconheceu emanou do alto.

— Alerta: preparem-se para queda livre em 35 segundos.

Um tremor estranho adulterava suas palavras, uma vibração de teremin que fazia parecer que o orador a qualquer momento podia cair aos prantos ou ter uma fúria incontrolável. O som deixou Kira tensa e a superfície da Lâmina Macia ficou parecendo cascalho.

— Aqui — disse Trig, segurando um suporte conveniente na parede.

Kira fez o mesmo.

— É sua pseudointeligência? — perguntou ela, gesticulando para o teto.

— Não, nosso cérebro da nave, Gregorovich — disse ele com orgulho.

Kira ergueu as sobrancelhas.

— Vocês têm um cérebro de nave!

A *Wallfish* não parecia grande nem rica o bastante para ter um. Como Falconi conseguiu convencer um cérebro a se unir à tripulação? Meio de brincadeira, ela se perguntou se teria envolvido chantagem.

— É.

— Ele parece meio... diferente de outros cérebros de nave que conheci.

— Não tem nada de errado com ele. É um bom cérebro de nave.

— Tenho certeza de que é.

— Ele é mesmo! — insistiu o garoto. — O melhor que existe. Mais inteligente do que qualquer cérebro, menos os mais antigos.

Ele sorriu, exibindo dentes frontais tortos.

— Ele é nossa arma secreta — acrescentou ele.

— Que espert...

Soou um alerta — um bipe curto em tom menor — e, de repente, o piso pareceu despencar. Kira se segurou com mais força no suporte enquanto a vertigem fazia as paredes e o chão rodarem em volta dela. A vertigem passou enquanto ela ajustava a perspectiva, de uma visão de cima para baixo para outra de frente para trás, em que ela flutuava em um tubo longo e horizontal.

Ela já estava farta de quedas livres.

Atrás dela, na parte de trás do tubo, ouviu algo esgaravatar. Kira se virou e viu um gato siamês cinza esbranquiçado disparar de uma porta aberta e se chocar com a escada. O gato segurou a escada com as garras e depois, com uma tranquilidade experiente, zuniu pelos degraus e se atirou para o outro lado do poço.

Kira ficou olhando, impressionada, o gato subir pela escada, virando-se ligeiramente enquanto voava, um míssil peludo e comprido armado de dentes e garras. O gato a olhou feio ao passar, o ódio peçonhento faiscava dos olhos esmeralda.

— É o gato de nossa nave, o sr. Fofuchinho — disse Trig.

O gato mais parecia um demônio homicida — de fofuchinho não tinha nada —, mas Kira decidiu acreditar nele.

Um segundo depois, ela ouviu outro ruído no fundo do espaço: era uma batida metálica que lembrava... *cascos*?

Então uma massa marrom e cor-de-rosa disparou pela porta e ricocheteou na escada. Ela *guinchou* e bateu as pernas curtas até que um casco pegou a escada. O casco se prendeu e a criatura — o *porco* — saltou atrás do gato.

O porco era tão surreal que deixou Kira perplexa. Como sempre, a vida não parava de surpreendê-la com a profundidade de seu caráter estranho.

O gato pousou do outro lado da sala e prontamente disparou por outra porta aberta. Um instante depois, o porco fez o mesmo.

— O que foi *isso*? — disse Kira, agora capaz de falar.

— É o porco de nossa nave, Runcible.

— O porco da nave.

— É. Acoplamos uns coxins de lagartixa nos cascos dele, assim ele pode andar por aí em queda livre.

— Mas *por que* um porco na nave?

— Pra gente ficar sempre de bacon a vida.

Trig riu e Kira fez uma careta. Oitenta e oito dias em FTL para ser submetida a trocadilhos infames? Onde estava a justiça disso?

A voz lacrimosa de Gregorovich soou acima deles, mais uma vez a voz de um deus inseguro:

— Preparar para recomeço do empuxo em um minuto e vinte e quatro segundos.

— E o que torna seu cérebro da nave tão especial? — perguntou Kira.

Trig deu de ombros. Era um movimento estranho em queda livre.

— Ele é grande, muito grande.

Ele a olhou.

— Grande o bastante para uma nave capital — acrescentou.

— E como conseguiram isso? — disse ela.

Pelo que tinha visto da *Wallfish*, nenhum cérebro com mais de um ou dois anos de crescimento ia querer servir a bordo.

— Nós o resgatamos.

— Vocês resgataram...

— Ele estava instalado em um cargueiro. A empresa minerava irídio em Cygni B, depois o trazia para cá. Um meteoroide atingiu o cargueiro e ele caiu em uma das luas.

— Ai.

— É. O impacto derrubou as comunicações, então não tinha como mandar um sinal de socorro.

O alerta soou de novo e os pés de Kira voltaram a pisar o convés de metal enquanto seu peso retornava. Mais uma vez, ela se admirou de como os músculos funcionavam bem depois de tanto tempo em gravidade zero.

— E depois? — disse ela, de cenho franzido. — Deve ter sido bem fácil localizar a assinatura térmica do cargueiro.

— Devia ser — disse Trig e passou a descer a escada. — O problema era que a lua era vulcânica. Todo aquele calor de fundo escondeu a nave. A empresa achou que estava destruída.

— Que merda — disse Kira, atrás dele.

— É.

— Quanto tempo eles ficaram presos lá? — perguntou ela enquanto eles chegavam ao fundo do poço.

— Mais de cinco anos.

— Nossa. É tempo demais para ficar preso em crio.

Trig parou e a olhou com uma expressão séria.

— Eles não ficaram. Os danos na nave foram muitos. Todos os tubos de crio estavam quebrados.

— Por Thule.

Sua própria viagem fora brutalmente longa. Kira nem imaginava cinco anos disso.

— O que houve com a tripulação? — perguntou ela.

— Morreu no impacto, ou de fome.

— Gregorovich também não conseguiu entrar em crio?

— Não.

— Então ele ficou sozinho a maior parte do tempo?

Trig fez que sim com a cabeça.

— Ele teria ficado décadas lá, se não tivéssemos localizado o acidente. Foi por pura sorte: por acaso estávamos olhando as telas no momento certo. Até então, nem tínhamos um cérebro de nave. Só uma pseudointeligência. E nem era boa. O capitão mandou transferir Gregorovich e foi isso.

— Vocês ficaram com ele? O que ele disse a respeito disso?

— Não disse muita coisa.

Trig a fez parar com um olhar antes que ela protestasse mais.

— Eu só quis dizer que ele não era muito de conversar, entendeu? — continuou ele. — Putz. Não somos burros de voar com um cérebro de nave que não quer ficar conosco. O que você acha, que somos suicidas?

— A empresa de mineração não viu problemas nisso?

Eles saíram do poço central e andaram por outro corredor anônimo.

— Não era da conta deles — disse Trig. — Eles já haviam encerrado o contrato de Gregorovich, deram-no como morto, então ele estava livre para assinar com a nave que quisesse. Além do mais, mesmo que eles tentassem recuperá-lo, Gregorovich não ia querer sair da *Wallfish*. Ele nem deixou que os técnicos o tirassem para examinar no Mundo de Stewart. Acho que não quer ficar sozinho de novo.

Isso Kira compreendia. Os cérebros de nave eram humanos (mais ou menos), mas eram muito maiores que cérebros comuns e *precisavam* de estímulo para não ficar completamente insanos. Um cérebro que ficou aprisionado e sozinho por cinco anos... Ela se perguntou o quanto estava realmente segura na *Wallfish*.

Trig parou perto de um conjunto de grandes portas pressurizadas, uma de cada lado do corredor.

— Espere aqui.

Ele abriu a porta mais à esquerda e deslizou para dentro. Kira viu brevemente um grande porão de carga com prateleiras de equipamento e uma mulher baixinha e loura acolchoando grandes seções de consoles que pareciam suspeitamente aquelas da *Valkyrie*. Ao lado dela, no convés, estava uma pilha de blasters do CMU...

Kira franziu a testa. Será que a tripulação da *Wallfish* tinha desmontado o módulo? De certa forma ela duvidava que isso fosse inteiramente lícito.

— Não é da minha conta — disse ela em voz baixa.

Trig voltou trazendo um cobertor, um jogo de coxins de lagartixa e um pacote de ração embrulhado a vácuo.

— Tome — disse ele, entregando-os a Kira. — As salas de controle e engenharia são interditadas, a não ser que um de nós esteja com você ou se o capitão der permissão.

Ele apontou o polegar para a sala de que acabara de sair.

— O mesmo para o porão de bombordo — continuou. — Você vai ficar no porão de estibordo. Os banheiros químicos ficam no fundo. Encontre um lugar onde puder. Acha que pode se virar sozinha a partir daqui?

— Acho que sim.

— Tá. Tenho de voltar à sala de controle. Qualquer problema, peça a Gregorovich para nos informar.

O garoto correu por onde eles tinham vindo.

Kira respirou fundo e abriu a porta do porão de carga de estibordo.

CAPÍTULO II

* * * * * * *

A *WALLFISH*

1.

A primeira coisa que Kira notou foi o cheiro: o fedor de corpos sujos, urina, vômito e comida mofada. Os ventiladores giravam a toda velocidade — ela sentia uma leve brisa soprar pelo porão —, mas nem isso conseguia dispersar o cheiro.

Depois foi o som: um tagarelar constante de conversas, alto e dominador. Crianças chorando, homens discutindo, música tocando: depois de tanto tempo no silêncio da *Valkyrie*, o barulho a deixou tonta.

O porão de estibordo era um espaço grande e curvo que, supunha Kira, espelhava o porão de bombordo, como meio donut aninhado em volta do centro da *Wallfish*. Tiras grossas de suporte descreviam um arco pela parede externa, e argolas D e outros pontos de fixação cravejavam o convés e o teto. Numerosos engradados eram rebitados no convés e em meio a eles estavam os passageiros.

Refugiados era um termo mais adequado, decidiu Kira. Havia entre duzentas e trezentas pessoas espremidas no porão. Formavam um grupo variado — jovens e velhos, vestidos em um sortimento bizarro de roupas: tinha de tudo, de skinsuits a vestidos cintilantes e trajes noturnos que refratavam a luz. Espalhados pelo convés, cobertores e sacos de dormir ancorados por coxins de lagartixa e, em alguns casos, cordas. Junto com as camas, roupas e lixo tomavam o porão, embora algumas pessoas tenham escolhido limpar suas áreas — pequenos feudos de ordem em meio ao caos geral.

O lugar, ela percebeu, devia ter virado uma confusão quando a nave desligou os motores.

Alguns refugiados a olharam; os demais a ignoraram ou nem perceberam sua presença.

Andando com atenção, Kira foi para o fundo do porão. Atrás do engradado mais próximo, viu meia dúzia de pessoas amarradas ao convés em sacos de dormir. Pareciam feridas; vários homens tinham queimaduras com casca nas mãos e todos tinham curativos de variados tamanhos.

Depois deles, um casal de moicano amarelo tentava acalmar duas meninas que gritavam e corriam em círculos, agitando tiras de papel metalizado rasgado dos pacotes de ração.

Havia outros casais também, a maioria sem filhos. Um velho estava sentado, as costas apoiadas na parede interna, dedilhando um pequeno instrumento parecido com uma harpa, cantando em voz baixa para três adolescentes carrancudos. Kira só pegou alguns versos, mas os reconheceu de um antigo poema de espaçonautas:

> ... *investigar e buscar entre as fronteiras exteriores,*
> *E quando pousarmos em uma praia distante,*
> *Procurar outra ainda mais longínqua...*

Perto do fundo do porão, um grupo de sete pessoas se reunia em volta de um pequeno dispositivo de bronze, ouvindo atentamente a voz que emanava dele:

—... dois, um, um, três, nove, cinco, quatro...

E assim por diante, contando em um zumbido calmo e regular que não se apressava, nem reduzia o ritmo. O grupo parecia hipnotizado pela voz; vários estavam de pé e de olhos fechados, balançando-se para a frente e para trás como se ouvissem música, enquanto outros olhavam fixamente para o chão, desligados do resto do mundo, ou se dirigiam aos companheiros com uma emoção evidente.

Kira não sabia o que havia de tão importante nos números.

Perto do grupo de sete pessoas, ela viu dois Entropistas de manto — um homem, uma mulher — sentados um de frente para o outro, de olhos fechados. Surpresa, Kira parou, examinando-os.

Já fazia muito tempo que não via um Entropista. Apesar da fama, na realidade eles não eram muitos. Talvez algumas dezenas de milhares. Não passavam disso. Mais raro ainda era vê-los viajando em uma nave comercial comum. "Eles devem ter perdido a própria nave."

Kira ainda se lembrava de quando um dos Entropistas tinha ido a Weyland, quando ela era criança, levando sementes, bancos genéticos e aparelhos úteis que tornaram mais fácil a colonização do planeta. Depois que o Entropista terminou as tratativas com os adultos, foi para a rua principal de Highstone e ali, no crepúsculo que escurecia, deliciou Kira e outras crianças com as formas faiscantes que de algum modo traçou no ar com as mãos — fogos de artifício improvisados que permaneceram como uma das lembranças preferidas de Kira.

Quase foi o bastante para ela acreditar em magia.

Embora os Entropistas fossem laicos, certo misticismo pairava em torno deles. Kira não se importava. Gostava de ter um senso de assombro com o universo e os Entropistas a ajudavam nisso.

Ela observou por mais um momento o homem e a mulher, depois continuou em seu caminho. Era difícil encontrar um local vago com alguma privacidade, mas, por fim, Kira localizou uma brecha estreita de espaço entre dois engradados. Ela estendeu o cobertor — prendendo-o ao convés com os coxins de lagartixa —, sentou-se e, por alguns minutos, nada fez além de descansar e tentar raciocinar...

— Então, outra extraviada desmazelada que Falconi recolheu.

À frente, Kira viu uma mulher baixa de cabelo encaracolado sentada e encostada em um engradado, tricotando um cachecol comprido e listrado. Os cachos da mulher lhe provocaram uma sensação palpável de inveja e perda.

— Acho que sim — disse Kira.

Não estava com muita vontade de conversar.

A mulher assentiu. Ao lado dela, um monte no cobertor se mexeu e um gato grande e fulvo, com as pontas das orelhas pretas, levantou a cabeça e a olhou com uma expressão indiferente. O gato bocejou, mostrando dentes grandes impressionantes, e depois voltou a se aconchegar.

Kira se perguntou o que o Sr. Fofuchinho pensava do intruso.

— É um gato bonito.

— Não é mesmo?

— Qual é o nome dele?

— Ele tem muitos nomes — disse a mulher, puxando mais lã. — No momento, atende pelo nome de Hlustandi, que significa *ouvinte*.

— É... um nome e tanto.

A mulher parou de tricotar para desfazer um nó.

— Sem dúvida. Agora me diga: quanto o capitão Falconi e seu alegre bando de patifes cobraram de você pelo privilégio do transporte?

— Eles não estão me cobrando nada — disse Kira, meio confusa.

— É mesmo?

A mulher ergueu uma sobrancelha.

— Claro, você é do CMU — continuou. — Eles não tentariam extorquir uma integrante das Forças Armadas. Não, de jeito nenhum.

Kira olhou o porão, para os outros passageiros.

— Espere aí, quer dizer que eles cobram pelo resgate das pessoas? É ilegal!

Imoral também. Qualquer um perdido no espaço tinha direito a resgate sem ter de pagar de antemão. Podia-se requerer restituição depois, dependendo da situação, mas não no momento do resgate.

A mulher deu de ombros.

— Experimente dizer isso a Falconi. Ele cobra 34 mil bits por pessoa pela viagem a Ruslan.

Kira abriu a boca, parou e a fechou. Trinta e quatro mil bits eram o dobro do preço normal por uma viagem interplanetária, quase tanto quanto uma passagem interestelar. Ela franziu o cenho ao perceber que a tripulação da *Wallfish* essencialmente chantageava os refugiados: paguem ou deixaremos que fiquem flutuando no espaço.

— Você não me parece particularmente aborrecida com isso — disse ela.

A mulher olhou Kira com uma expressão estranhamente irônica.

— O caminho para nosso objetivo raras vezes é reto. Tende a ter reviravoltas, o que torna a jornada bem mais agradável do que se fosse o contrário.

— Jura? Sua ideia de diversão é a extorsão?

— Não sei se eu chegaria a tanto — disse a mulher num tom seco.

Ao lado dela, Hlustandi abriu um olho, revelando uma pupila em fenda, e voltou a fechá-lo. Mexeu a ponta do rabo.

— Embora seja melhor do que ficar sentada sozinha em uma sala, contando pombos — disse ela, e olhou com severidade para Kira. — Para que fique claro, não tenho pombo nenhum.

Kira não sabia se a mulher brincava ou se falava sério. Numa tentativa de mudar de assunto, ela disse:

— E como você veio parar aqui?

A mulher virou a cabeça de lado, as agulhas nas mãos estalando em um ritmo furioso. Parecia que não precisava olhar as agulhas; seus dedos viravam e torciam a lã com uma regularidade hipnótica, sem diminuir o passo, sem hesitar.

— Como qualquer um de nós veio parar aqui? Hmm? E isso é mesmo importante? Pode-se argumentar que só o que realmente importa é que aprendemos a lidar com onde *estamos* em qualquer momento da vida, não com onde *estávamos*.

— Acho que sim.

— Não é uma resposta muito satisfatória, eu sei. Basta dizer que eu vinha a 61 Cygni me encontrar com uma velha amiga quando a nave em que eu estava foi atacada. É uma história muito comum. Além disso — continuou ela, com uma piscadela para Kira —, gosto de estar onde acontecem coisas interessantes. É um hábito horrível que eu tenho.

— Ah. Qual é o seu nome, aliás? Você não me disse.

— Nem você me disse o seu — falou a mulher, espiando Kira acima do nariz.

— Hmm... Ellen. Ellen Kaminski.

— É um prazer conhecê-la, Ellen Kaminski. Nomes são poderosos; deve ter cuidado com a quem conta o seu. Nunca se sabe quando uma pessoa pode voltar seu nome contra você. De todo modo, pode me chamar de Inarë. Porque Inarë é quem eu sou.

— Mas não é o seu nome? — disse Kira, meio de brincadeira.

Inarë virou a cabeça de lado.

— Ah, você é espertinha, não?

Ela olhou o gato e falou em voz baixa:

— Por que as pessoas mais interessantes sempre são encontradas escondidas atrás de engradados? Por quê?

O gato mexeu as orelhas, mas não respondeu.

2.

Quando ficou óbvio que Inarë não tinha mais interesse em conversar, Kira abriu o pacote de ração e devorou o conteúdo sem sabor. A cada porção, sentia-se mais normal, mais firme.

Terminada a comida, ela pegou o recipiente que Vishal lhe dera e pôs as lentes de contato. "Por favor, não as remova, nem desative", pensou ela, tentando imprimir sua intenção na Lâmina Macia. "Por favor."

A princípio, Kira não sabia se o xeno tinha entendido. Finalmente, uma tela inicial piscou e se acendeu diante de seus olhos, e ela soltou um suspiro de alívio.

Sem os implantes, a funcionalidade das lentes de contato era limitada, mas bastava para Kira criar um perfil de convidada e logar no mainframe da nave.

Ela puxou um mapa do sistema binário e verificou as localizações dos Águas. Agora havia dez naves alienígenas dentro e em torno de 61 Cygni. Duas foram interceptadas por um rebocador perto de Karelin — o segundo planeta de Cygni A — e, no momento, estavam em combate com ele. Outros três Águas aceleravam para as instalações de processamento de minério no cinturão de asteroides mais distante (o que também os trazia a uma proximidade relativamente grande do anel habitacional de Chelomey), enquanto duas naves maiores dos Águas estavam ocupadas perseguindo drones de mineração nos arredores de Cygni B, a mais de 86 AL de distância.

As três recém-chegadas tinham alcançado a face oculta de Cygni A (bem acima do plano orbital) em distâncias variadas em torno do cinturão externo de asteroides.

Até agora, pelo menos, nenhuma das naves alienígenas parecia ser uma ameaça imediata para a *Wallfish*.

Se ela se concentrasse, podia sentir a mesma compulsão que tivera durante o ataque à *Extenuating Circumstances* — uma convocação que a atraía para cada uma das diferentes naves alienígenas. Era uma sensação fraca, porém fraca como uma tristeza moribunda. O que lhe dizia que os Águas estavam transmitindo, mas não tinham recepção. Caso contrário, saberiam exatamente onde ela estava (assim como a Lâmina Macia).

Era um pequeno alívio.

Mesmo assim, a fez refletir. Primeiro o *como*. Ninguém mais no sistema tinha notado o sinal. O que significava que... ou era de detecção incrivelmente difícil, ou eles usavam alguma tecnologia desconhecida.

Restava o *porquê*. Os Águas não tinham motivos para pensar que ela sobrevivera à destruição da *Extenuating Circumstances*. Então por que ainda transmitiam a compulsão? Seria para encontrar outro xeno igual à Lâmina Macia? Ou ainda procuravam por ela?

Kira estremeceu. Não havia como saber. Só se ela estivesse disposta a perguntar pessoalmente aos Águas, e *essa* era uma experiência que ela preferia dispensar.

Kira sentiu uma leve culpa por ignorar a compulsão e o dever que ela representava. A culpa não era dela, mas da Lâmina Macia, e isso a surpreendeu, em vista da aversão que o xeno tinha pelos apanhadores.

— O *que* eles fizeram com você? — sussurrou ela.

Uma cintilação passou pela superfície do xeno, uma cintilação e nada mais.

Satisfeita por não ter de se preocupar em ser estourada pelos Águas nas próximas horas, Kira saiu do mapa e começou a busca por notícias de Weyland. Precisava saber o que acontecia em seu planeta natal.

Infelizmente, Falconi tinha razão: poucas informações tinham chegado a 61 Cygni antes de os Águas começarem sua interferência FTL. Havia relatos de cerca de um mês antes sobre escaramuças na parte mais exterior do sistema de Weyland, mas, depois disso, só o que ela conseguiu encontrar foram boatos e especulações.

"Eles são durões", pensou ela, imaginando a família. Eram colonos, afinal de contas. Se os Águas aparecessem em Weyland... Ela só podia imaginar os pais pegando blasters e ajudando a combatê-los. Kira torcia para que eles não lutassem, porém. Torcia para que eles fossem inteligentes, baixassem a cabeça e sobrevivessem.

Seu pensamento seguinte foi sobre a *Fidanza* e o que restava da equipe de pesquisa. Será que teriam conseguido voltar?

Os registros do sistema mostravam que exatamente 26 dias depois de partir de Sigma Draconis, a NLV *Fidanza* tinha chegado a 61 Cygni. Nenhum dano informado. A *Fidanza* acoplou na Estação de Vyyborg alguns dias após e uma semana depois disso partiu para o Sol. Ela procurou por uma lista de passageiros, mas não apareceu nada público. Não surpreendia.

Por um momento, Kira ficou tentada a mandar uma mensagem a Marie-Élise e aos outros, pois talvez ainda estivessem no sistema. Resistiu. Assim que logasse em sua conta, a Liga saberia onde estava. Talvez não estivessem procurando, mas ela não estava disposta a correr o risco. Além do mais, o que diria aos antigos companheiros de equipe, além de pedir desculpas? Suas desculpas nem de longe bastavam para compensar a dor e a devastação que ela criara.

Ela voltou a atenção ao noticiário, decidida a ter uma noção da situação geral.

Não era boa.

O que começou com uma série de conflitos em pequena escala rapidamente tinha se intensificado para uma invasão total. Os relatos eram poucos e espaçados, mas chegava informação suficiente a 61 Cygni para se ter uma ideia do que acontecia por todo o espaço humano: estações queimando na órbita do Mundo de Stewart, naves destruídas perto do Limite de Markov, em Eidolon, forças alienígenas pousando em postos avançados de pesquisa e mineração... A litania de acontecimentos era longa demais para acompanhar.

Kira se deprimiu. Se não era uma coincidência que os Águas tenham aparecido em Adra logo depois de ela encontrar o xeno, então, de certa forma... isso tudo era obra dela. Assim como a morte de Alan. Assim como... Ela esfregou as têmporas com a base das mãos e meneou a cabeça. "Não pense nisso." Mesmo que tivesse algum papel no primeiro contato, culpar a si mesma pela guerra não ajudaria em nada. Era o caminho para a loucura.

Ela leu, passando uma página depois de outra até que seu olhar ficou embaçado de tentar espremer três meses de informações na cabeça.

Para mérito deles, a Liga parecia ter reagido à invasão com velocidade e disciplina adequadas. Que sentido tinha debater entre eles quando os monstros no escuro estavam atacando? Reservistas foram mobilizados, naves civis foram requisitadas e o alistamento foi obrigatório na Terra e em Vênus.

A cética que havia em Kira via as medidas como outro esforço por parte da Liga para expandir seu poder. Nunca deixe que uma boa emergência seja um desperdício, essas coisas. A realista nela via a necessidade do que eles faziam.

Todos os especialistas pareciam concordar: os Águas eram *pelo menos* cem anos mais avançados tecnologicamente do que os humanos. Seus Propulsores de Markov os faziam saltar para dentro e para fora do FTL muito mais próximos de estrelas e planetas do que as naves de guerra mais na vanguarda do CMU. As usinas de energia deles — separadas dos propulsores a fusão usados como motores — geravam a impressionante quantidade energética necessária para as artimanhas inerciais dos Águas por meio de um mecanismo ainda não identificado. Ainda assim, eles não usavam radiadores para dissipar o calor. Ninguém entendia isso.

Quando soldados subiram a bordo da primeira nave dos Águas, descobriram salas e conveses pesados de gravidade artificial. Não gravidade do tipo que girava um objeto em um círculo aberto, mas gravidade artificial de verdade, autêntica.

Os físicos não se surpreenderam; explicaram que qualquer espécie que tenha deduzido como alterar a resistência inercial, por definição, seria capaz de imitar o campo gravitacional que ocorre naturalmente.

Embora os alienígenas não parecessem ter nenhum tipo novo de arma — ainda usavam laser, mísseis e projéteis cinéticos —, a extrema capacidade de manobra de suas naves, combinada com a precisão e a eficiência das armas, fazia deles inimigos difíceis de repelir.

À luz da superioridade tecnológica dos Águas, a Liga aprovou uma lei pedindo que civis de toda parte recuperassem e entregassem o equipamento alienígena que pudessem. Como o porta-voz da Liga — um homem verdadeiramente seboso, com um sorriso falso e olhos que sempre pareciam afastados demais — disse: "Cada pecinha é valiosa. Cada fragmento pode fazer a diferença. Ajudem-nos a ajudar vocês; quanto mais informações tivermos, melhor podemos combater esses alienígenas e dar um fim a esta ameaça às colônias e ao Planeta Natal."

Kira detestava essa expressão: *Planeta Natal*. Tecnicamente era correta, mas lhe parecia opressiva, como se todos devessem se curvar e se submeter àqueles que tinham a sorte de ainda viverem na Terra. O planeta natal dela não era a Terra. Era Weyland.

Apesar das vantagens dos Águas, a guerra no espaço não era inteiramente unilateral. Os humanos tiveram sua parcela de vitórias, mas, no todo, foram poucas e sofridas. Em terra, as coisas não estavam muito melhores. Pelos vídeos que Kira viu, até soldados com armadura de energia tiveram problemas para enfrentar os alienígenas em combates corpo a corpo.

Vishal tinha razão: eram muitos os tipos de Águas, não só a monstruosidade tentacular que ela encontrara na *Extenuating Circumstances*. Alguns eram grandes e pesadões. Alguns eram pequenos e ágeis. Outros pareciam serpentes. Outros, ainda, a lembravam insetos. Não importava a forma, todos eram funcionais no vácuo, e todos eram rápidos, fortes e durões pra caramba.

Enquanto Kira examinava as imagens, a pressão se formou atrás de seus olhos até que, com uma nitidez súbita...

... um cardume de apanhadores disparou até ela na escuridão do espaço. De concha dura e tentáculos, armados e blindados. Depois um clarão, e ela escalava uma escada rochosa, disparando blasters em dezenas de criaturas lépidas, de muitas pernas e garras.

Novamente no oceano, bem no fundo, onde caçava o Hdawari. Um trio de figuras surgiu do lodo na sombra. Uma, parruda e volumosa e quase invisível com o tom azul-escuro de sua pele blindada. Outra, afiada e esguia, um ninho quebrado de pernas e garras encimadas por uma crista de bronze, agora achatada para nadar melhor. E outra longa e flexível, ladeada de membros e arrastando uma cauda como um chicote que emitia um formigamento de eletricidade. Embora não se pudesse adivinhar só pela aparência, as três tinham uma coisa em comum: todas as figuras tinham sido as primeiras a eclodir. As primeiras e únicas sobreviventes...

Kira arquejou e fechou os olhos com força. Uma pontada latejou da testa até a nuca.

A dor levou um minuto para passar.

Será que a Lâmina Macia fazia um esforço consciente para se comunicar, ou o vídeo tinha despertado fragmentos de antigas lembranças? Ela não sabia, mas ficou agradecida pelas informações adicionais, por mais perturbadoras que fossem.

— Se possível, não me dê uma enxaqueca da próxima vez, está bem? — disse ela.

Se o xeno entendeu, ela não sabia.

Kira voltou ao vídeo.

Reconheceu vários tipos de Água pelas lembranças da Lâmina Macia, mas a maioria era nova e desconhecida. Isso a confundia. Quanto tempo o xeno ficara preso em Adrasteia? Certamente não podia ter sido tempo suficiente para que novas formas de Água tenham evoluído...

Ela fez um desvio para verificar alguns de seus recursos profissionais. Com uma coisa os xenobiólogos pareciam concordar: todos os alienígenas invasores partilhavam a mesma codificação bioquímica básica. Variava muito às vezes, mas ainda era essencialmente a mesma. O que significava que diferentes tipos de Águas pertenciam a espécies únicas.

— Vocês estiveram ocupados — disse ela em voz baixa.

Seria manipulação genética ou os Águas tinham uma fisiologia particularmente maleável? Se a Lâmina Macia sabia, não contou nada.

Fosse como fosse, era um alívio saber que a humanidade não combatia mais de um inimigo.

Ainda havia muitos outros mistérios. As naves dos Águas costumavam viajar em múltiplos de dois, e ninguém conseguira determinar o motivo. "Eles não fizeram isso em Adra", pensou Kira. E também...

... o Ninho de Transferência, de formato redondo, cheio de propósito...

Kira estremeceu quando outra pontada disparou pelo crânio. O xeno tentava *mesmo* se comunicar. *O Ninho de Transferência...* Ainda não era muito informativo, mas pelo menos agora Kira tinha um nome. Ela tomou nota mentalmente para escrever tudo que a Lâmina Macia lhe mostrava.

Ela só queria que o xeno não fosse tão enigmático.

Ninguém conseguira identificar um planeta ou sistema de origem dos alienígenas. O cálculo retroativo das trajetórias FTL de suas naves revelou que os Águas saltavam de todo lado. Isto significava que eles voltavam ao espaço normal em diferentes pontos e deliberadamente alteravam o curso para esconder os locais de partida. Com o tempo, a luz de sua volta ao espaço normal alcançaria os astrônomos e eles conseguiriam determinar de onde vinham os Águas, mas "com o tempo" significaria anos e anos, se não décadas.

Os Águas não podiam estar viajando *tão* longe. Suas naves eram mais velozes em FTL, era evidente, mas não tão ridiculamente velozes para permitir que eles viajassem centenas de anos-luz em mais ou menos um mês. Então por que sinais de sua civilização não chegaram ao Sol ou às colônias?

Quanto a *por que* os Águas atacavam... A resposta lógica era conquista, mas ninguém tinha certeza, por um motivo simples: até ali, toda tentativa de decifrar a língua dos Águas fracassara. Sua linguagem, segundo as melhores evidências, era baseada no olfato e tão inteiramente diferente de qualquer língua humana que nem os intelectos mais brilhantes sabiam traduzi-la.

Kira parou de ler, sentindo que estava empacada. Por baixo do macacão, a Lâmina Macia enrijeceu. Na *Extenuating Circumstances*, ela entendeu o que o Água disse com a clareza de qualquer humano que falasse sua língua. Ela poderia ter respondido da mesma forma, se quisesse. Disso Kira não tinha dúvida.

Um calafrio se espalhou por seus braços e pernas e ela tremeu, sentindo estar imersa em gelo. Significaria isto que ela era a única pessoa que podia se comunicar com os Águas?

Parecia que sim.

Ela olhou vagamente os filtros, pensando. Se ela ajudasse a Liga a falar com os Águas, isso mudaria alguma coisa? Kira precisava acreditar que a descoberta da Lâmina Macia era pelo menos parte do motivo para a invasão. Quem dera isso fizesse sentido. Talvez os Águas estivessem atacando como vingança pelo que acreditavam ter sido a destruição da Lâmina Macia. Revelar-se a eles podia ser o primeiro passo para a paz. Ou não.

Era impossível saber sem maiores informações. Informações que ela não tinha como obter no momento.

O que Kira sabia era que, se ela se entregasse à Liga, passaria os dias trancada em salinhas apertadas sem janelas, sendo interminavelmente examinada enquanto — se tivesse sorte — às vezes prestava serviços de tradução. E se fosse para a Lapsang Corp. em vez disso... o resultado seria praticamente o mesmo, e a guerra continuaria a grassar.

Kira soltou um grito abafado. Sentia-se presa em uma encruzilhada, ameaçada a cada passo. Se existia uma solução fácil para o problema, ela não a enxergava. O futuro tornara-se um vazio escuro, imprevisto e imprevisível.

Ela minimizou os filtros, puxou para mais perto de si o cobertor e se sentou, roendo a parte interna da bochecha enquanto pensava.

— Merda — resmungou ela.

"O que vou fazer?"

Em meio a todas as perguntas, incertezas e acontecimentos de importância galáctica — em meio a um mar de escolhas, em que qualquer uma poderia ter consequências catastróficas, e não só para ela —, destacava-se uma única verdade. Sua família corria perigo. Embora ela tivesse partido de Weyland, embora já fizesse anos desde a última visita, eles ainda importavam para ela. Ela importava para eles. Kira precisava ajudar. Se isso permitisse que ela também ajudasse outras pessoas, melhor ainda.

Mas como? Weyland ficava a mais de quarenta dias em velocidades FTL padrão. Muita coisa podia acontecer nesse intervalo de tempo. Além disso, Kira não queria que a família chegasse perto do xeno — tinha medo de machucá-los sem querer — e, se os Águas deduzissem onde ela estava... Kira podia muito bem pintar um alvo gigante nela mesma e em todos que a cercassem.

Ela raspou os nós dos dedos no chão, frustrada. O único jeito realista em que conseguia pensar para proteger a família de longe seria ajudar a dar um fim à guerra. O que a levava de volta à mesma maldita pergunta: "Como?"

Em uma agonia de indecisão, Kira tirou o cobertor e se levantou, incapaz de ficar mais tempo sentada.

3.

Com a cabeça zumbindo de distração e pensamentos, Kira andou ao longo da parede do fundo do porão, tentando queimar o excesso de energia.

Em um impulso súbito, ela se virou e foi para onde estavam ajoelhados os Entropistas, não muito longe do grupo de gente que ouvia a litania de números. Os dois Entropistas eram de idade indeterminada e sua pele era raiada com fios prateados perto das têmporas e da linha do couro cabeludo. Os dois vestiam os costumeiros mantos gradientes com um logo estilizado de uma fênix em ascensão no meio das costas, bem como nos punhos e nas bainhas.

Ela sempre admirara os Entropistas. Eles eram famosos por sua pesquisa científica, aplicada e teórica, e tinham adeptos trabalhando nos mais altos níveis em quase todos os campos. Na verdade, virou uma piada corrente que se você quisesse fazer uma grande descoberta, o primeiro passo era se juntar aos Entropistas. Sua tecnologia estava consistentemente cinco a dez anos à frente de todos os outros. Seus Propulsores de Markov eram os mais rápidos que existiam e corriam boatos de que eles possuíam outros avanços bem mais exóticos, embora Kira não desse muita atenção a alegações verdadeiramente bizarras. Os Entropistas atraíam muitos intelectos elevados da humanidade — até alguns cérebros de nave, pelo que ela soube —, mas não eram as únicas pessoas inteligentes e dedicadas que tentavam entender os segredos do universo.

Apesar de tudo isso, havia certa verdade nos boatos.

Muitos Entropistas envolviam-se em manipulação genética bem radical. Pelo menos era a teoria, com base em sua aparência amplamente divergente. Era também de conhecimento comum que suas roupas eram cheias de tecnologia miniaturizada, algumas das quais beiravam o milagroso.

Se alguém podia ajudá-la a entender melhor a Lâmina Macia e os Águas (pelo menos no que dizia respeito à tecnologia), seriam os Entropistas. Além do mais — e isto era importante, do ponto de vista de Kira —, os Entropistas eram uma organização apátrida. Não estavam sob a jurisdição de nenhum governo. Tinham laboratórios de pesquisa na Liga e propriedades livres, e sua sede ficava por perto de Shin-Zar. Se os Entropistas entendessem que tecnologia alienígena era a Lâmina Macia, provavelmente não a denunciariam ao CMU, simplesmente fariam a Kira uma série interminável de perguntas.

Kira lembrou-se do que seu chefe de pesquisa na época, Zubarev, tinha dito durante o tempo que eles passaram em Serris: "Se algum dia você bater papo com um Entropista, preste atenção para *não* falar da morte térmica do universo, está me entendendo? Você nunca vai se livrar depois disso. Eles vão matraquear por metade do dia ou mais, então já sabe. Só estou te avisando, Navárez."

Com isto em mente, Kira parou na frente do homem e da mulher.

— Com licença — disse ela.

Sentia que tinha sete anos de novo, quando foi apresentada ao Entropista que visitara Weyland. Ele parecia tão imponente naquela época: uma torre imensa de carne e tecido olhando-a de cima...

O homem e a mulher se mexeram e viraram o rosto para ela.

— Sim, Prisioneira? Como podemos ajudá-la? — disse o homem.

Essa era a única coisa de que não gostava nos Entropistas: a insistência em chamar todo mundo de *Prisioneiro*. O universo não era o ideal, mas também não era uma prisão. Afinal, era preciso existir em algum lugar; podia muito bem ser aqui.

— Posso falar com vocês? — disse Kira.

— Claro. Sente-se, por favor — disse o homem.

Ele e a mulher se deslocaram para dar lugar a ela. Seus movimentos eram perfeitamente coordenados, como se fossem duas partes do mesmo corpo. Kira precisou de um momento para perceber: eles eram uma mente coletiva. Uma mente coletiva muito pequena, mas ainda assim uma mente coletiva. Já fazia algum tempo que não lidava com nada assim.

— Esta é a Buscadora Veera — disse o homem, gesticulando para a parceira.

— E este é o Buscador Jorrus — disse Veera, espelhando o gesto dele. — O que deseja nos perguntar, Prisioneira?

Kira ouviu a contagem estudada dos números enquanto pensava. O cérebro da nave, Gregorovich, podia estar na escuta, então ela precisava evitar qualquer coisa que contradissesse a história que tinha dado na enfermaria mais cedo.

— Meu nome é Kaminski — disse ela. — Eu estava no módulo no qual a *Wallfish* acoplou.

Veera assentiu.

— Supusemos…

— … isso — completou Jorrus.

Kira alisou a frente do macacão enquanto escolhia o que dizer.

— Fiquei desconectada nos últimos três meses, então estou tentando acompanhar os acontecimentos atuais. O quanto vocês entendem de bioengenharia?

Jorrus falou:

— Sabemos mais que alguns…

— … e menos que outros — disse Veera.

Kira sabia que eles mostravam a modéstia característica.

— Ver todos os tipos diferentes de Águas me fez pensar: seria possível fazer um skinsuit orgânico? Ou uma armadura orgânica de energia?

Os Entropistas franziram o cenho. Era sinistro ver a mesma expressão perfeitamente sincronizada em dois rostos diferentes.

— Você parece já ter experiência com skinsuits incomuns, Prisioneira — disse Jorrus.

Ele e a parceira gesticularam para a Lâmina Macia.

— Isto?

Kira deu de ombros, como se o traje não tivesse importância.

— É um trabalho sob medida feito por um amigo meu. Parece mais legal do que realmente é.

Os Entropistas aceitaram a explicação sem questionar. Veera falou:
— Para responder a sua pergunta, então, Prisioneira, seria possível, mas não seria...
— ... prático — complementou Jorrus.
— A carne não é tão forte como o metal e/ou compósitos — disse Veera. — Mesmo que a fabricação dependesse de uma combinação de nanotubos de diamante e carbono, tal coisa não proporcionaria a mesma proteção de uma armadura normal.
— Também seria difícil energizar tal traje — disse Jorrus. — Processos orgânicos não podem fornecer energia suficiente nos prazos necessários. São necessários supercapacitores, baterias, minirreatores e outras fontes de energia.
— Mesmo que a energia não entre em consideração — disse Veera —, a integração entre o usuário e o traje seria problemática.
— Mas os implantes já usam circuitos orgânicos — disse Kira.
Jorrus fez que não com a cabeça.
— Não foi o que eu quis dizer. Se o traje fosse orgânico, se fosse vivo, sempre haveria o risco de contaminação cruzada.
— Células do traje podem se enraizar no corpo do usuário e crescer onde não devem — falou Veera. — Seria pior do que qualquer forma natural de câncer.
— E, da mesma forma — disse Jorrus —, células do usuário podem acabar perturbando o funcionamento do traje. Para evitar este resultado e para evitar que o sistema imunológico do usuário ataque o traje onde forem instalados os pontos de integração...
— ... o traje precisaria ser criado a partir do DNA do usuário. Isto limitaria cada traje a apenas um usuário. Outra complicação prática.
— Então, os Águas... — disse Kira.
— Não estão usando biotrajes, pelo que entendemos deles — respondeu Veera. — A não ser que a ciência deles seja muito mais avançada do que parece.
— Entendi — disse Kira. — E vocês não sabem nada sobre a língua dos Águas, além do que já foi divulgado?
Veera respondeu:
— Infelizmente...
— ... não — disse Jorrus. — Nossas desculpas; são muitos os mistérios sobre os alienígenas.
Kira franziu a testa. Mais uma vez o zumbido de números encheu seus ouvidos, alto, uma distração. Ela fez uma careta.
— O que eles estão fazendo? Vocês sabem?
Jorrus bufou.
— Irritando o resto de nós, é isto o que estão fazendo. Nós...
— ... pedimos a eles para baixarem o volume, mas isto é o mais baixo que eles conseguem. Se não se mostrarem...
— ... *cooperativos* no futuro, talvez tenhamos de falar mais severamente com eles.

— Sim — disse Kira —, mas quem são eles?
— São Numenistas — disseram Veera e Jorrus ao mesmo tempo.
— Numenistas?
— É uma ordem religiosa que começou em Marte durante as primeiras décadas do assentamento. Eles veneram números.
— Números.
Os Entropistas assentiram, um movimento rápido e espelhado da cabeça.
— Números.
— Por quê?
Veera sorriu.
— Por que se venerar qualquer coisa? Porque eles acreditam que números contêm verdades profundas sobre a vida, o universo e tudo mais. Mais especificamente...
Jorrus sorriu.
— ... eles acreditam em contar. Acreditam que, se contarem por tempo suficiente, podem contar cada número inteiro e, talvez, no final dos tempos em si, falar o número definitivo em si.
— É impossível.
— Não importa. É um item de fé. O homem que você ouve falar é o Arquiaritmético, também conhecido como Pontifex Digitalis, que é...
— ... um latim *escandalosamente* ruim. O papa Foxglove, como...
— ... muitos o chamam. Ele e...
— ... os assistentes do Colégio de Enumeradores, que gostam muito de títulos, diga-se de passagem, recitam cada novo número, sem falha ou interrupção.
Veera apontou os Numenistas com um dedo e continuou:
— Eles consideram que ouvir a enumeração é...
— ... uma parte importante de sua prática religiosa. E além disso... *Além disso!...*
— ... eles acreditam que alguns números são mais significativos que outros. Aqueles que contêm determinadas sequências de dígitos, números primos e assim por diante.
Kira franziu cenho.
— Isso me parece muito estranho.
Veera deu de ombros.
— Talvez seja, mas lhes dá conforto, o que é mais do que pode ser dito sobre muitas coisas.
Então Jorrus se inclinou para Kira.
— Sabe como eles definem deus?
Kira fez que não com a cabeça.
— Como uma parte maior de duas metades iguais.
Os Entropistas se balançaram nos calcanhares, rindo.
— Não é uma delícia? — perguntou Jorrus.
— Mas... não faz sentido nenhum.
Veera e Jorrus deram de ombros.

— A fé não costuma fazer. Agora...

— ... há alguma outra pergunta em que possamos lhe ajudar?

Kira riu com tristeza.

— Não, a não ser que vocês por acaso saibam o significado da vida.

No momento em que as palavras saíram de sua boca, Kira percebeu que cometera um erro, que os Entropistas a levariam a sério.

Eles levaram. Jorrus falou:

— O significado da vida...

— ... difere de uma pessoa para outra — disse Veera. — Para nós, é simples. É a busca da compreensão, que nós...

— ... possamos encontrar um jeito de transgredir a morte térmica do universo. Para você...

— ... não sabemos dizer.

— Eu tinha medo disso — disse Kira.

Depois, porque não conseguiu se conter:

— Vocês tomam como fato muita coisa que os outros questionam. A morte térmica do universo, por exemplo.

Juntos, eles falaram:

— Se estivermos errados, estaremos errados, mas nossa busca é válida. Mesmo que nossa crença seja equivocada...

— ... nosso sucesso beneficiaria a todos — disse Jorrus.

Kira inclinou a cabeça de lado.

— É justo. Não foi minha intenção ofender.

Apaziguados, os dois puxaram os punhos do manto. Jorrus falou:

— Talvez possamos ajudá-la, Prisioneira. O significado vem do propósito...

— ... e o propósito aparece de muitas formas.

Veera entrelaçou os dedos. Surpreendentemente, Jorrus não fez o mesmo. Ela falou:

— Algum dia já considerou o fato de que tudo que somos se origina dos restos de estrelas que um dia explodiram?

Jorrus disse:

— *Vita ex pulvis.*

— Somos feitos da poeira das estrelas.

— Estou ciente deste fato — disse Kira. — É uma ideia adorável, mas não vejo a relevância.

Jorrus falou.

— A relevância...

— ... está na extensão lógica desta ideia.

Veera se interrompeu por um momento.

— Somos lúcidos — continuou. — Somos conscientes. E somos feitos da mesma matéria do firmamento.

— Não vê, Prisioneira? — disse Jorrus. — Somos a mente do universo em si. Nós e os Águas e todos os seres com consciência de sua própria existência. Nós somos o universo se observando, observando e aprendendo.

— E, um dia — disse Veera —, nós, e, por extensão, o universo, aprenderemos a expandir para além deste reino e nos salvaremos da extinção que seria inevitável.

— Escapando da morte térmica deste espaço — disse Kira.

Jorrus concordou com a cabeça.

— Até isso. Mas a questão não é esta. A questão é que este ato de observação e aprendizado é um processo que todos partilhamos...

— ... quer percebamos, ou não. Por conseguinte, ele confere propósito a tudo que fazemos, não importa...

— ... o quanto possa parecer insignificante e, por meio deste propósito, significado. Pois o universo em si, ao ganhar consciência de sua própria...

— ... mente, se torna consciente de toda sua dor e cuidado.

Veera sorriu.

— Reconforte-se, então — continuou ela —, com a certeza de que o que você escolher na vida tem importância além de você mesma. Importância, até, em escala cósmica.

— Isto me parece um pouco presunçoso — disse Kira.

— Talvez seja — respondeu Jorrus. — Mas...

— ... também pode ser verdade — disse Veera.

Kira olhou as próprias mãos. Seus problemas não tinham mudado, mas de algum modo agora pareciam mais administráveis. A ideia de que ela fazia parte da consciência do universo era de fato reconfortante, apesar de ser bem abstrata. Não importava o que ela fizesse dali em diante e não importava o que acontecesse com ela, mesmo que isto significasse ficar presa na quarentena do CMU de novo — ela ainda faria parte de uma causa muito maior que a própria Kira. Essa era uma verdade que ninguém jamais poderia tirar dela.

— Obrigada — disse ela, comovida.

Os Entropistas baixaram a cabeça e tocaram a testa com a ponta dos dedos.

— Não há de quê, Prisioneira. Que seu caminho sempre leve ao conhecimento.

— O conhecimento à liberdade — disse ela, repetindo o refrão.

A definição deles de liberdade diferia da dela, mas ela compreendia o sentimento.

Depois Kira retornou a seu lugar entre os engradados, ligou os filtros e voltou a imergir nas notícias com uma determinação renovada.

4.

Chegou a noite da nave e as luzes do porão diminuíram a um brilho vermelho e fraco. Kira teve dificuldades para dormir; a mente estava indócil e o corpo também, depois de tanto tempo passado na *Valkyrie*. Além disso, embora fosse bem-vinda, ainda era estranho ter sensação de peso de novo. Seu rosto e o quadril doíam onde pressionavam o convés.

Ela pensou em Tschetter, depois em toda a equipe de pesquisa. Com sorte, o CMU descongelara os sobreviventes. Não era bom passar tanto tempo em crio; processos biológicos básicos, como a digestão e a produção de hormônios, começavam a não funcionar direito depois de certo ponto. E Jenan *sempre* ficava enjoado em crio...

No fim, Kira adormeceu, mas tinha a mente perturbada e os sonhos foram mais agitados do que o normal. Ela se viu em casa, quando criança — antigas lembranças que não lhe vinham havia anos, mas que pareciam frescas e atuais, como se o tempo fosse cíclico. *Ela perseguia a irmã, Isthah, pelas fileiras de plantas na estufa oeste. Isthah gritava e agitava as mãos enquanto corria, o rabo de cavalo castanho se balançando na nuca... O pai das duas cozinhava arrosito ahumado, o prato que a família dele levou de San Amaro quando emigrou da Terra e todo o motivo para construir uma fogueira no quintal. Cinzas para o açúcar, açúcar para o arroz. A comida preferida dela porque tinha gosto do passado...* Então sua mente mudou para coisas mais recentes, Adra e Alan, e as preocupações com os Águas. Uma miscelânea de lembranças sobrepostas:

Alan disse: "Dá para fazer uma varredura? Talvez coletar algumas amostras?"
Depois Neghar: "Vai abrir mão dos pãezinhos de canela de Yugo por ISSO?"
E Kira respondeu, como de fato fez: "Desculpe, sabe como é." ... sabe como é...
No QG, depois de despertar da crio. Alan a abraçou. "A culpa é minha. Eu nunca deveria ter te pedido para verificar aquelas rochas. Me desculpe, amor."
"Não, não peça desculpas", disse ela, "Alguém precisava verificar."
Em algum lugar Todash and the Boys uivavam e berravam: "And there's nothing at the door. Hey, there's nothing at the door. Bube, what's that knocking at the door?"

Kira acordou suando frio, o coração aos saltos. Ainda era noite e as centenas de pessoas adormecidas enchiam o porão de carga com o ruído branco de sua respiração.

Ela soltou o próprio ar.

"Alguém precisava verificar." Kira estremeceu e passou a mão na cabeça. A suavidade dela ainda a surpreendia.

— Alguém — sussurrou ela.

Kira fechou os olhos, dominada por uma sensação súbita da proximidade de Alan. Por um momento, parecia que sentia o cheiro dele...

Kira sabia o que ele faria. O que ele queria que ela fizesse. Ela fungou e enxugou as lágrimas. A curiosidade impelira os dois às estrelas, mas, para satisfazer a curiosidade, eles tiveram de assumir certa responsabilidade. Mais para ela do que para ele — a xenobiologia era uma profissão mais arriscada do que a geologia —, mas, ainda assim, persistia o fato: para quem se aventurava no desconhecido, existia o dever de proteger aqueles que ficavam, aqueles que levavam a vida dentro de fronteiras conhecidas.

Uma frase dos Entropistas ecoou em sua mente: *O significado vem do propósito...* Kira soube, então, qual era seu propósito: usar sua compreensão da linguagem dos Águas para negociar a paz entre as espécies. Ou, se fracassasse, ajudar a Liga a vencer a guerra.

Só que nos termos dela. Se fosse a Ruslan, a Liga prontamente a prenderia de volta em quarentena e isso não ajudaria ninguém (muito menos ela mesma). Não, ela precisava estar em campo, e não trancada em um laboratório sendo examinada minuciosamente como um micróbio em uma placa de Petri. Precisava estar onde pudesse interagir com os computadores dos Águas e extrair os dados que conseguisse. Melhor ainda seria poder falar com um Água, mas Kira duvidava que fosse possível de forma segura. Pelo menos por enquanto. Se conseguisse arranjar um transmissor de uma nave deles, isso podia mudar.

Ela se decidira. Pela manhã, falaria com Falconi sobre desviar a um porto mais perto do que Ruslan. Algum lugar que talvez tivesse recuperado tecnologia dos Águas que ela pudesse examinar, ou onde — se as circunstâncias estivessem a seu favor — ela pudesse pegar uma carona em uma nave desativada dos Águas. Falconi exigiria alguma persuasão, mas Kira tinha esperanças de convencê-lo. Nenhuma pessoa sensata ignoraria a importância do que Kira tinha a dizer e Falconi, embora severo, parecia ser bastante sensato.

Ela fechou os olhos, sentindo uma nova determinação. Mesmo que fosse um erro, faria o máximo que pudesse para deter os Águas.

Talvez então pudesse salvar sua família e expiar seus pecados em Adra.

CAPÍTULO III

* * * * * * *

PRESSUPOSTOS

1.

Quando as lâmpadas iluminaram o porão de carga, Kira viu todo o corpo coberto por uma fina camada de poeira, menos o rosto. Como tinha se alimentado, esperava por isso. Felizmente o cobertor escondia a maior parte da sujeira e ela conseguiu espanar o pó sem que Inarë ou qualquer outra pessoa percebesse.

Ela ativou os filtros e verificou as atividades das naves dos Águas. Era aterrorizante. Os dois Águas perto de Karelin ainda perseguiam cargueiros na área e havia relatos não confirmados de que os alienígenas tinham pousado forças na pequena colônia naquele planeta. Enquanto isso, os Águas no cinturão de asteroides destruíram meia dúzia de processadores de minério de ferro e deram um voo rasante de alta velocidade em Chelomey. Metralharam o anel habitacional, disparando na maioria das defesas da estação, e prosseguiram para outro conjunto de instalações de mineração.

Os danos à estação eram horríveis, mas, principalmente, superficiais: estruturalmente, ela ainda parecia firme. Isso foi um alívio. Se o anel habitacional se rompesse... Kira estremeceu ao pensar em milhares de pessoas jogadas no espaço, jovens e velhos. Poucas coisas eram tão horrendas ou apavorantes. Enquanto Kira assistia, três transportes diferentes partiam de Chelomey como parte de um esforço de evacuação.

Kira voltou a atenção a Cygni B e abriu uma manchete: uma nave dos Águas ali explodira durante a noite, deixando um rastro de escombros e radiação pesada.

Um grupo de mineiros que se denominava Os Moluscos Berrantes se responsabilizara. Aparentemente, eles tinham conseguido manobrar um drone contra a nave dos Águas e estourá-la, abrindo uma brecha na contenção.

A destruição da nave alienígena foi um evento pequeno no esquema maior da guerra, mas Kira achou comovente. Os Águas tinham suas vantagens, mas, porra, humanos não eram otários.

Ainda assim, permanecia o fato de que todo o sistema estava sob ataque. Kira ouviu gente em todo o porão falando da situação em Chelomey (pelo visto, uma grande quantidade de refugiados viera da estação), bem como da nave Água destruída.

Deixando as notícias de lado — e ignorando a tagarelice contínua —, Kira passou a procurar um lugar onde Falconi pudesse deixá-la. Um lugar relativamente próximo que no momento não estivesse sob ataque dos Águas. As opções não eram muitas: um pequeno anel habitacional logo depois da órbita de Tsiolkovsky; uma instalação de combustível estacionada no ponto de Lagrande L3 de Karelin; um posto avançado de pesquisa em Grozny, o quarto planeta da estrela...

Rapidamente, ela decidiu pela Estação Malpert, uma pequena instalação de mineração dentro do cinturão de asteroides mais interno. 61 Cygni tinha dois destes cinturões e agora a *Wallfish* estava entre eles. A estação tinha várias coisas a seu favor: a empresa tinha representantes ali e várias naves do CMU protegiam as instalações, inclusive um cruzador, a NCMU *Darmstadt*.

Kira achava que conseguiria fazer a empresa colaborar com o CMU e convencer um dos dois, ou ambos, a colocá-la em uma nave dos Águas. Além disso, parecia que um comandante do CMU que estivesse realmente envolvido nos combates aos alienígenas valorizaria o que Kira tinha a oferecer, mais do que um oficial burocrático em Ruslan ou na Estação Vyyborg.

Fosse como fosse, era a melhor aposta de Kira.

Pensar no risco que ela corria a levou a hesitar. O que ela ia fazer podia sair pela culatra de todo jeito horrível. Depois ela endireitou os ombros. "Não importa." Seria preciso muito mais que uma crise para fazê-la desistir.

Uma bandeira apareceu no canto dos filtros, alertando-a para uma mensagem recém-chegada:

> *Por que você excreta poeira, Ó, Saco de Carne Multifacetada? Seus excretos estão obstruindo meus filtros. — Gregorovich*

Kira se permitiu abrir um sorriso triste. Ela não conseguiria guardar segredo da Lâmina Macia, fizesse o que fizesse. Subvocalizando uma resposta, ela escreveu:

> *Ora, ora. Você não pode esperar que eu lhe dê a resposta assim tão fácil.*
>
> *Preciso falar com o capitão assim que possível. Em particular. É uma questão de vida ou morte. — Kira*

Apareceu uma resposta segundos depois:

> *Sua insolência me intriga e eu gostaria de assinar sua mala direta. — Gregorovich*

Ela franziu o cenho. Era um sim ou um não?

Kira não precisou esperar muito para descobrir. Nove minutos depois, apareceu à porta a loura baixinha que ela vira no outro porão. A mulher vestia uma jaqueta verde-oliva com as mangas cortadas, revelando braços desenhados por uma musculatura que só podia vir de manipulação genética ou de muitos anos levantando peso e controlando a dieta. Apesar disso, seu rosto era pontiagudo e delicado, até feminino. Pendurado no ombro, estava um lança-projéteis feio.

A mulher pôs dois dedos na boca e assoviou.

— Ei! Kaminski! Venha cá. O capitão quer ver você.

Kira se levantou e, com os olhares de todos nela, foi à porta. A mulher a olhou de cima a baixo, depois apontou o corredor com o queixo.

— Você vai na frente, Kaminski.

No momento em que a porta pressurizada se fechou às costas das duas, a mulher falou:

— Mantenha as mãos onde eu possa ver.

Kira obedeceu enquanto elas subiam o poço central. Com as lentes de contato, os filtros públicos da nave agora eram visíveis: projeções coloridas afixadas às portas, paredes e lâmpadas, às vezes até em pontos do ar. Transformavam o interior sombrio da *Wallfish* em uma construção modernosa e reluzente.

Havia também outras opções: ela percorreu as alternativas, vendo como o poço faiscava entre o que parecia um castelo, um visual Art Nouveau de madeira, vistas alienígenas (algumas calorosas e convidativas, outras carregadas de tempestades e iluminadas pelo clarão ocasional de um raio) e até um pesadelo abstrato derivado de fractais que a lembrava muito, e desconfortavelmente, a Lâmina Macia.

Ela desconfiava de que a última era a preferida de Gregorovich.

No fim, Kira ficou com o filtro inicial. Era o menos perturbador e, ao mesmo tempo, otimista e relativamente alegre.

— Você tem nome? — perguntou ela.

— Tenho. É Cala-a-Porra-da-Boca-e-Continua-Andando.

Quando elas chegaram ao convés que continha a enfermaria, a mulher a cutucou nas costas.

— Aqui — falou.

Kira saiu da escada e abriu caminho pela porta pressurizada para o corredor. Parou, então, quando viu o filtro na parede, o mesmo que Trig tinha lhe dito para ignorar no dia anterior.

A imagem cobria uns bons dois metros dos painéis de revestimento. Nela, um batalhão de lebres vestidas com armadura energizada investia contra uma força igualmente equipada (também de lebres) em um campo assolado por uma batalha. Liderando a força mais próxima estava... o porco Runcible, agora agraciado com um par de presas de javali. Na frente dos adversários estava ninguém menos que o gato da nave, o Sr. Fofuchinho, brandindo um lança-chamas em cada pata peluda.

— Mas o que, em nome de Thule, é isso? — disse Kira.

A mulher de cara pontiaguda teve a elegância de ficar constrangida.

— Perdemos uma aposta de bar com a tripulação da *Ichorous Sun*.

— É... Podia ter sido pior — disse Kira.

Para uma aposta de bar, eles pegaram leve.

A mulher assentiu.

— Se tivéssemos ganhado, o capitão ia obrigá-los a pintar... Bom, você não vai nem querer saber.

Kira concordou.

Bastou um cutucão do cano do lança-projéteis para Kira voltar a andar pelo corredor. Ela se perguntou se devia levar as mãos ao alto.

Sua caminhada terminou em outra porta pressurizada do outro lado da nave. A mulher bateu na roda do meio e, um instante depois, a voz de Falconi soou:

— Está destrancada.

A roda emitiu um baque satisfatório quando foi girada.

A porta se abriu e Kira ficou surpresa ao ver que eles não iam se reunir no centro de controle, mas em uma cabine. A cabine de Falconi, para ser mais exata.

O quarto tinha tamanho suficiente para ela dar alguns passos sem esbarrar na mobília. Cama, pia, armários e paredes, tudo era o mais simples possível, mesmo com filtros. A única decoração estava na mesa embutida: um bonsai nodoso com folhas cinza prateadas e um tronco torcido em formato de S.

A contragosto, Kira ficou impressionada. Era difícil manter um bonsai vivo em uma nave, e a árvore parecia saudável e bem-cuidada.

O capitão estava sentado à mesa, com meia dúzia de janelas dispostas na holotela. Os primeiros botões da camisa estavam abertos, revelando uma faixa de músculo bronzeado, mas foram as mangas enroladas e os braços à mostra que chamaram a atenção de Kira. A pele exposta era uma massa torcida de cicatrizes manchadas. Parecia plástico meio derretido, duro e brilhante.

A primeira reação de Kira foi a repulsa. "Por quê?" Era fácil tratar queimaduras e cicatrizes em geral. Mesmo que Falconi tivesse se ferido em algum lugar sem instalações médicas, por que não pediu que removessem as cicatrizes depois? Por que se permitia ser... deformado?

Runcible estava deitado no colo de Falconi. Os olhos do porco estavam entreabertos e o rabo se balançava de satisfação enquanto o capitão lhe fazia carinho atrás das orelhas.

Nielsen se encontrava ao lado do capitão, de braços cruzados, mostrando impaciência.

— Queria me ver? — perguntou Falconi.

Ele sorriu com malícia. Parecia gostar do desconforto de Kira.

Ela reavaliou a impressão inicial que tivera dele. Se Falconi estava disposto a usar as cicatrizes para desequilibrá-la, então era mais inteligente e mais perigoso do que ela pensara. Se o bonsai indicava alguma coisa, era também mais culto, mesmo que fosse um babaca explorador.

— Preciso falar com você em particular — disse ela.

Falconi gesticulou para Nielsen e a loura.

— O que você tiver a dizer, pode falar na frente delas.

Irritada, Kira disse:

— É sério... capitão. Eu não estava brincando quando disse a Gregorovich que era uma questão de vida ou morte.

O sorriso de escárnio não deixou os lábios de Falconi, mas seus olhos endureceram em lascas de gelo azul.

— Acredito em você, srta. Kaminski. Porém, se acha que vou me reunir com você sozinho, sem testemunha nenhuma, deve pensar que nasci idiota. Elas vão ficar aqui. É definitivo.

Atrás dela, Kira ouviu a mulher musculosa ajeitar a mão no lança-projéteis.

Kira pressionou os lábios, tentando decidir se podia forçar a questão. Não parecia haver nenhum jeito, então ela enfim cedeu.

— Tudo bem — disse. — Pode pelo menos fechar a porta?

Falconi assentiu.

— Acho que isso podemos fazer. Sparrow?

A mulher que acompanhara Kira fechou a porta pressurizada, mas não a trancou — ficava fácil de abrir, em uma emergência.

— E então? Do que se trata? — disse Falconi.

Kira respirou fundo.

— Meu nome não é Kaminski. É Kira Navárez. E este não é um skinsuit. É um organismo alienígena.

2.

Falconi deu uma gargalhada tão alta que perturbou Runcible; o porco grunhiu e olhou seu dono com o que parecia uma expressão preocupada.

— Seeeei — disse Falconi. — Essa é boa. Muito engraçada, srta...

Seu sorriso desapareceu enquanto ele examinava seu rosto.

— Você fala sério — disse, por fim.

Ela assentiu.

Um estalo soou ao lado dela e, pelo canto do olho, Kira viu Sparrow apontar o lança-projéteis para sua cabeça.

— Pode *parar* — disse Kira com a voz seca. — É sério, seria uma ideia *muito* ruim.

Ela já sentia no corpo a Lâmina Macia se preparando para a ação.

Falconi gesticulou e Sparrow baixou a arma, com relutância.

— Prove.

— Provar o quê? — disse Kira, confusa.

— Prove que é um artefato alienígena — disse ele, apontando o braço dela.

Kira hesitou.

— Prometa que não vai atirar, está bem?

— Isso *depende* — rosnou Sparrow.

Kira persuadiu a máscara do traje a deslizar pelo rosto. Fez isso de forma mais lenta do que o normal, para não assustar ninguém, mas mesmo assim Falconi enrijeceu e Nielsen sacou metade do blaster do coldre.

Runcible encarou Kira com os olhos grandes e úmidos. Seu focinho se mexeu quando ele farejou na direção dela.

— Mas que *merda* — disse Sparrow.

Depois de alguns segundos, quando tinha dado o recado, Kira permitiu que a Lâmina Macia relaxasse e a máscara se retraiu, expondo de novo seu rosto. O ar na cabine era mais uma vez frio na face exposta.

Falconi continuou parado. Parado demais. Kira ficou preocupada; e se ele decidisse ejetá-la no espaço e acabar com isso?

Então ele falou:

— Explique. E é melhor que seja uma boa explicação, Navárez.

Kira falou. A maior parte do que disse era a verdade, mas, em vez de admitir que foi a Lâmina Macia que matou Alan e os colegas de equipe em Adra, ela pôs a culpa no ataque dos Águas — em parte para não assustar Falconi e em parte porque não queria discutir seu próprio papel no acontecimento.

Quando ela terminou, fez-se um longo silêncio na cabine.

Runcible grunhiu e se mexeu, tentando descer. Falconi pôs o porco no chão e o empurrou para a porta.

— Deixe que saia. Ele precisa usar a caixa.

O porco trotou por Kira quando Sparrow abria a porta.

Quando Sparrow fechou a porta novamente, Falconi falou.

— Gregorovich?

Depois de alguns segundos, a voz do cérebro da nave soou do teto:

— A história dela bate. Os relatórios mencionam uma Kira Navárez como xenobióloga sênior em missão de pesquisa em Adrasteia. A mesma Navárez estava no manifesto da tripulação da NLV *Fidanza*. A biometria combina com os registros públicos.

Falconi tamborilou os dedos na coxa.

— Tem certeza de que este xeno não é contagioso?

A pergunta foi dirigida a Kira.

Ela assentiu.

— Se fosse, o resto da minha equipe teria acabado infectada, e também a tripulação da *Extenuating Circumstances*. O CMU me deu uma sova, capitão. Não encontraram nenhum risco de disseminação.

Outra mentira, porém necessária.

Ele franziu a testa.

— Ainda assim...

— Esta é minha área de especialização — disse Kira. — Confie em mim, conheço os riscos melhor do que a maioria das pessoas.

— Tudo bem, Navárez, digamos que seja verdade. Digamos que tudo seja verdade. Você encontrou ruínas alienígenas e encontrou este organismo. E aí, algumas semanas depois, os Águas apareceram e começaram a atacar. Entendi direito?

Seguiu-se uma pausa desconfortável.

— Isso — disse Kira.

Falconi virou a cabeça de lado, seu olhar intenso e inquietante.

— Parece que você pode ter mais a ver com esta guerra do que está me contando.

As palavras dele chegaram desagradavelmente perto dos temores da própria Kira. Ela queria que ele não fosse tão inteligente.

— Não sei a respeito disso. Só sei o que contei a você.

— É, sei. E por que mesmo *está* nos contando?

Falconi inclinou-se para a frente, apoiando os cotovelos nos joelhos.

— O que você quer, exatamente? — insistiu ele.

Kira passou a língua nos lábios. Esta era a parte mais delicada.

— Quero que você desvie a *Wallfish* e me deixe na Estação Malpert.

Desta vez, Falconi não riu. Trocou um olhar com Nielsen e falou:

— Cada uma das pessoas no porão está nos pagando para levá-la a Ruslan. Por que diabos mudaríamos de curso agora?

Kira reprimiu um comentário sobre o uso que ele fez da palavra *pagando*. Agora não era hora de antagonizar. Escolhendo cuidadosamente as palavras, ela falou:

— Porque eu posso entender a língua dos Águas.

Nielsen ergueu as sobrancelhas.

— Você pode o quê?

Kira contou sua experiência com o Água na *Extenuating Circumstances*. Deixou de fora os sonhos e lembranças da Lâmina Macia; não tinha sentido fazê-los pensar que ela era louca.

— E por que não a Ruslan? — perguntou Sparrow, com a voz áspera.

— Preciso chegar a uma das naves dos Águas — disse Kira. — A melhor possibilidade que tenho é por aqui. Se eu for a Ruslan, a Liga simplesmente vai me trancar numa caixa de novo.

Falconi coçou o queixo.

— Isso ainda não explica por que devemos mudar de curso. É claro que se o que você diz for verdade, isto é importante, tudo bem. Mas sete dias não vão fazer muita diferença em quem ganha a guerra.

— Podem fazer — disse Kira, mas viu que ele não se convencera.

Ela mudou de tática.

— Olha, a Lapsang Corporation tem um representante em Malpert. Se você puder me deixar com ele, garanto que a empresa pagará honorários *consideráveis* por sua assistência.

— Sério? — perguntou Falconi, erguendo as sobrancelhas. — Consideráveis quanto?

— Por acesso privilegiado a uma peça singular de tecnologia alienígena? O bastante para comprar toda a antimatéria que você quiser.

— É sério isso?

— É sério.

Nielsen descruzou os braços e falou em voz baixa:

— Malpert não fica tão longe assim. Alguns dias, e ainda podemos levar todos a Ruslan.

Falconi grunhiu.

— E o que devo dizer quando as autoridades do CMU em Vyyborg pularem em cima de mim por mudar de curso? Eles estão doidos para botar as mãos em todo mundo da *Valkyrie*.

Ele falou com uma tranquilidade ousada, como se desafiasse Kira a contestá-lo sobre a confissão de que o transmissor da nave funcionava.

Ela o olhou.

— Diga a eles que alguma coisa quebrou na nave e você precisa de assistência. Tenho certeza de que acreditarão. Você sabe inventar histórias.

Sparrow bufou e um leve sorriso tocou os cantos da boca de Falconi.

— Tudo bem, Navárez. Temos um acordo, com uma condição.

— Qual? — perguntou Kira, preocupada.

— Terá de deixar Vishal fazer um exame completo em você.

A expressão de Falconi ficou fria, mortal.

— Não terei esse seu xeno na minha nave se o médico não liberar — completou. — Tudo bem para você?

— Tudo bem.

Kira não tinha muita escolha, de todo modo.

O capitão assentiu.

— Muito bem, então. É melhor que esses honorários não sejam papo-furado seu, Navárez.

3.

Da cabine de Falconi, Sparrow acompanhou Kira diretamente à enfermaria. Vishal esperava por elas, com traje completo de biossegurança.

— Isso é mesmo necessário, doutor? — perguntou Sparrow.
— Veremos — disse Vishal.

Kira percebeu que o médico estava zangado; pelo visor do capacete, a expressão dele era tensa e dura.

Sem ser solicitada, ela subiu na mesa de exames. Sentindo a necessidade de acalmar o ambiente, Kira falou:

— Desculpe-me por romper a contenção, mas não achei que houvesse algum risco de o xeno se disseminar.

Vishal se ocupou pegando os instrumentos de ofício, a começar por um chip-lab antigo e volumoso que estava guardado embaixo da pia.

— Você não tem como ter certeza. Não é xenobióloga, senhorita? Não é? Deveria ter o senso de seguir o protocolo correto.

A reprimenda dele magoou. "Sim, mas..." Ele não estava errado, mas, ao mesmo tempo, Kira não tinha alternativas, tinha? Kira guardou este pensamento para si; não estava ali para começar uma discussão.

Ela bateu os calcanhares nas gavetas embutidas na base da mesa de exames enquanto esperava. Sparrow continuou na porta, observando.

— O que exatamente você faz na nave? — perguntou Kira a ela.

A expressão de Sparrow continuou seca, sem emoção alguma.

— Levanto e abaixo coisas pesadas.

Ela levantou o braço esquerdo e retesou bíceps e tríceps, mostrando os músculos.

— Isso eu notei.

Então Vishal passou a fazer uma série de perguntas a Kira. Ela respondeu como podia. Nisso, não se reprimiu. A ciência era sagrada e ela sabia que o médico só tentava fazer seu trabalho.

A pedido de Vishal, Kira mostrou como podia endurecer a superfície da Lâmina Macia em padrões que ela escolhesse.

O médico bateu na tela de controle do medibot instalado no alto. Enquanto a máquina se movia para ela, o braço mecânico se desdobrando como um origami de metal, Kira teve um flashback da cela na *Extenuating Circumstances* e dos S-PACs embutidos nas paredes, e se retraiu sem querer.

— Fique parada — rosnou Vishal.

Kira baixou os olhos e se concentrou na respiração. A última coisa de que precisava era a Lâmina Macia reagir a uma ameaça imaginária e quebrar o medibot. O capitão Falconi definitivamente *não* ficaria satisfeito com isso.

Nas duas horas seguintes, Vishal a testou de muitas maneiras semelhantes às de Carr e talvez mais algumas. Ele parecia muito criativo. Enquanto o medibot pairava em volta dela, cutucando, sondando e fazendo todo diagnóstico de sua extensa programação, Vishal realizava a própria investigação, examinando os ouvidos, os olhos e o nariz, recolhendo amostras para o chip-lab e deixando Kira desconfortável, de modo geral.

Ele ficou de capacete o tempo todo, o visor trancado.

Eles falaram pouco; Vishal lhe dava ordens, Kira obedecia com um mínimo de agitação. Ela só queria que aquela história acabasse.

A certa altura, o estômago de Kira roncou e ela percebeu que ainda não tinha tomado o desjejum. Vishal notou e, sem hesitar, providenciou uma barra de ração para ela, pegando em um armário próximo. Ele observou com um interesse agudo enquanto ela mastigava e engolia.

— Fascinante — disse ele em voz baixa, segurando o chip-lab na boca de Kira e olhando as leituras.

Daí em diante, ele ficou falando sozinho, declarações enigmáticas como:

— ... difusão de 3%.

Ou:

— Não pode ser. Isso seria...

E ainda:

— O ATP? Não faz nenhum...

Nada disso ajudou na compreensão de Kira.

Por fim, ele disse:

— Srta. Navárez, ainda é necessário um exame de sangue, sim? Mas o único lugar de onde posso extrair é...

— De meu rosto — completou ela, concordando com a cabeça. — Eu sei. Pode fazer o que tem de fazer.

Ele hesitou.

— Não existe um bom lugar para coletar sangue na cabeça ou no rosto, e muitos nervos podem ser lesionados. Você mostrou como o traje pode se deslocar a um comando seu...

— Mais ou menos.

— Mas você sabe que ele *pode* se mexer. Então, pergunto: pode fazê-lo expor uma parte de pele em outro lugar? Talvez aqui?

Ele deu um tapinha na dobra do cotovelo.

A ideia pegou Kira de surpresa. Nem mesmo pensara em tentar.

— Eu... não sei — disse Kira com sinceridade. — Talvez.

Na porta, Sparrow abriu a embalagem de um chiclete e começou a mascá-lo.

— Bom, tente, Navárez.

Ela soprou uma grande bola cor de rosa até estourar com um *pop* agudo.

— Me dê um minuto — disse Kira.

O médico se sentou na banqueta, esperando.

Kira se concentrou na dobra do cotovelo — concentrou-se ao máximo — e, com a mente, *empurrou.*

A superfície do traje brilhou em resposta. Kira avançou mais e o brilho tornou-se uma onda enquanto as fibras de sua segunda pele se fundiam com outras, formando uma superfície preta e vítrea.

Ainda assim, a Lâmina Macia continuava fixa no braço, mexendo-se e fluindo com um brilho líquido. Entretanto, quando ela tocou a área mais macia, seus dedos afundaram pela superfície e pele encontrou pele com uma intimidade inesperada.

Kira prendeu a respiração. Tinha o coração acelerado de tensão e empolgação. O esforço mental era grande demais para ser sustentado por muito tempo, e no instante em que a atenção vacilou, o traje endureceu e voltou à forma estriada normal.

Frustrada, mas ainda assim encorajada, Kira tentou de novo, impelindo a mente contra a Lâmina Macia repetidas vezes.

— Vamos lá, mas que droga — resmungou ela.

O traje parecia confuso com as intenções dela. Agitou-se no braço, perturbado com seu ataque. Kira *empurrou* mais forte ainda. A agitação aumentou, depois um formigamento frio se espalhou pela dobra do cotovelo. Centímetro a centímetro, a Lâmina Macia se retraía para as laterais da articulação, expondo a pele ao ar frio.

— Rápido — disse Kira entredentes.

Vishal avançou e pressionou a agulha no braço de Kira. Ela sentiu uma leve picada, depois ele se afastou.

— Pronto — disse ele.

Ainda lutando com toda força para manter a Lâmina Macia retraída, Kira tocou o braço com os dedos, a pele nua. Saboreou a sensação; um prazer simples que parecia perdido para sempre. A sensação não era diferente de tocar o traje, mas significava muito mais. Sem a camada de fibras que a isolavam, Kira se sentia mais ela mesma.

Finalmente, o esforço se mostrou demasiado, a Lâmina Macia se recuperou e mais uma vez cobriu a dobra do cotovelo.

— Puta merda — disse Sparrow.

Kira soltou o ar que prendia, sentindo que tinha subido um lance de escada correndo. Todo o corpo formigava com um arrepio elétrico. Se ela praticasse, talvez, quem sabe, fosse possível libertar todo o corpo do xeno. A ideia lhe deu a primeira esperança verdadeira que ela sentia desde seu despertar em quarentena na *Extenuating Circumstances*.

Seus olhos se encheram de lágrimas e ela piscou, sem querer que Sparrow ou o médico vissem.

Com o sangue que coletou, Vishal fez ainda outros exames, resmungando sozinho o tempo todo. Kira se desligou enquanto ouvia os comentários fragmentados. Havia um ponto na parede oposta — um ponto com formato de anis-estrelado ou talvez uma aranha morta esmagada por um copo de base plana — e ela o olhou fixo, com a mente vazia.

...

Com um sobressalto, Kira notou que Vishal tinha se calado e estava em silêncio já há algum tempo.

— Que foi? — perguntou ela.

O médico a olhou como se tivesse se esquecido de que ela estava ali.

— Não sei o que fazer com seu xeno.

Ele balançou a cabeça para a frente e para trás.

— Não se parece com nada que eu tenha estudado — acrescentou.

— Como assim?

Ele afastou a banqueta da mesa.

— Eu precisaria de vários meses antes de poder responder. O organismo tem... — hesitou. — Ele interage com seu corpo de formas que não entendo. Não devia ser possível!

— E por que não?

— Porque ele não usa DNA ou RNA, não é? Nem os Águas, a propósito, mas...

— Sabe me dizer se são aparentados?

Vishal gesticulou, frustrado.

— Não, não. Se o organismo é artificial, como mais seguramente ele *é*, então quem o criou pode tê-lo construído com o arranjo molecular que quisesse, não é? Eles não se limitariam à própria biologia. Mas o importante não é isso. Sem DNA ou RNA, como seu traje sabe interagir com suas células? Nossa química é totalmente diferente!

— Estive me fazendo a mesma pergunta.

— Sim, e...

Um bipe curto emanou do console principal da enfermaria e uma versão minúscula da voz de Falconi apareceu nos alto-falantes:

— E aí, doutor, qual é o veredito? Você anda estranhamente calado aí.

Vishal fez uma careta. Depois rompeu o lacre em volta do pescoço e retirou o capacete.

— Posso lhe dizer que a srta. Navárez não tem sarampo, caxumba, nem rubéola. Ela tem níveis saudáveis de açúcar no sangue e embora seus implantes não estejam funcionais, quem supervisionou a instalação fez um belo trabalho. As gengivas estão bem. Os ouvidos não têm obstrução. O que espera que eu diga?

— É contagiosa?

— *Ela* não é. Não sei a respeito do traje. Ele solta poeira — e com isso Sparrow ficou alarmada —, mas a poeira parece completamente inerte. Mas quem pode saber? Não tenho os instrumentos necessários. Se eu estivesse em meu antigo laboratório...

Vishal meneou a cabeça.

— Perguntou a Gregorovich?

O médico revirou os olhos.

— Sim, nosso abençoado cérebro da nave se dignou a olhar os dados. Ele não foi de grande ajuda, a não ser que conte citar Tyrollius para mim.

— Tudo no traje...

Um guincho animado interrompeu o capitão e Runcible trotou enfermaria adentro. O porquinho marrom se aproximou de Kira e farejou seu pé, depois correu a Sparrow e se meteu entre suas pernas.

A mulher se abaixou para fazer um carinho nas orelhas de Runcible. O porco levantou o focinho e quase parecia sorrir.

Falconi voltou a falar.

— Tudo no traje confirma o que ela disse?

Vishal abriu as mãos.

— Até onde eu posso saber. Na metade do tempo não sei se estou vendo uma célula orgânica, uma nanomáquina ou algum híbrido estranho. A estrutura molecular do traje parece mudar a cada segundo.

— Bom, vamos começar a espumar pela boca e cair mortos? Ou a coisa vai nos matar enquanto dormimos? É isso que quero saber.

Kira se mexeu, pouco à vontade, pensando em Alan.

— Parece... improvável, no momento — disse Vishal. — Não há nada nos exames que indique que o xeno é uma ameaça imediata. Mas devo avisar, não há como ter certeza com o equipamento que tenho.

— Entendido — disse Falconi. — Muito bem. Bom, acho que vamos correr o risco. Confio em você, doutor. Navárez, está aí?

— Sim.

— Mudaremos de curso para a Estação Malpert diretamente. Tempo estimado de pouco menos de 42 horas.

— Entendido. E obrigada.

Ele grunhiu.

— Não faço isso por você, Navárez... Sparrow, sei que está ouvindo. Leve nossa hóspede à cabine vazia no convés C. Ela pode ficar ali durante a viagem. É melhor mantê-la afastada dos outros passageiros.

Sparrow endireitou o corpo junto da soleira.

— Sim, senhor.

— Ah, e Navárez? É bem-vinda a se juntar a nós na cozinha, se quiser. Jantar às sete em ponto.

Depois a linha ficou muda.

4.

Sparrow estourou outra bola de chiclete.

— Tá legal, soldadinho de chumbo, vamos nessa.

Kira não obedeceu de início. Olhou para Vishal e falou:

— Pode me passar os resultados, para eu mesma ver?

Ele fez que sim com a cabeça.

— Posso, claro.

— Obrigada. E agradeço por ser tão meticuloso.

Vishal pareceu ficar surpreso com a reação dela. Depois fez uma leve mesura e riu, um som melodioso e rápido.

— Quando o risco é de morrer por uma infestação alienígena, como não ser meticuloso?

— Este é um excelente argumento.

Em seguida Kira e Sparrow voltaram ao corredor.

— Precisa buscar alguma coisa no porão? — perguntou a mulher mais baixa.

Kira meneou a cabeça.

— Estou bem.

Juntas, elas foram ao andar seguinte da nave. Enquanto caminhavam, soou o alerta de empuxo e o convés pareceu se virar e torcer embaixo delas enquanto a *Wallfish* reorientava o novo vetor.

— A cozinha fica ali — disse Sparrow, gesticulando para uma porta com placa. — Fique à vontade para se servir, se estiver com fome. Só. Não. Toque. Na. Merda. Do. Chocolate.

— Algum problema com o chocolate?

A mulher bufou.

— Trig come sem parar e alega que não percebeu que nós queríamos também... Chegamos, esta é a sua cabine.

Ela parou na frente de outra porta.

Kira assentiu e entrou. Atrás dela, Sparrow ficou onde estava, observando, até que a porta se fechou.

Sentindo-se mais uma prisioneira que uma passageira, Kira avaliou o ambiente. A cabine tinha metade do tamanho da de Falconi. Cama e armário de um lado, pia e espelho, privada e mesa com tela de computador do outro. As paredes eram marrons, como os corredores, e só havia duas lâmpadas, uma de cada lado: manchas brancas, presas por grades de metal.

A maçaneta do armário emperrou quando ela a experimentou. Ela forçou a porta, que se abriu. Um cobertor azul e fino estava dobrado dentro dele. Mais nada.

Kira começou a tirar o macacão, depois hesitou. E se Falconi tivesse a cabine sob vigilância? Depois de pensar por um momento, ela concluiu que não dava a mínima. Oitenta e oito dias e onze anos-luz eram tempo demais para vestir a mesma peça de roupa.

Sentindo algo próximo do alívio, Kira abriu o macacão, libertou os braços e parou. Um fio de poeira caiu da bainha das pernas.

Ela jogou a roupa nas costas da cadeira e foi à pia, pretendendo tomar um banho de esponja. A visão no espelho a fez parar.

Mesmo na *Valkyrie*, Kira nunca conseguira se ver direito, só ter vislumbres parciais, escuros e fantasmagóricos nas superfícies de vidro das telas. Ela não se importou, sinceramente; só precisava baixar os olhos para ter uma boa ideia do que a Lâmina Macia fizera com ela.

Agora, vendo-se refletida quase de corpo inteiro, ocorreu-lhe o quanto o organismo alienígena a havia mudado e... *infestado*, ocupando o que ninguém mais tinha o direito de ocupar, nem mesmo uma criança, se ela tivesse um filho. Seu rosto e corpo eram mais finos do que ela se lembrava, finos demais — uma consequência de tantas semanas passadas com meia ração —, mas isto em si não a incomodava.

Só o que ela via era o traje. O traje brilhante, preto e fibroso que se grudava nela como uma camada de polímero para embalagem a vácuo. Parecia que a pele e a fáscia tinham sido arrancadas, expondo um desenho anatômico e macabro de músculos.

Kira passou a mão na estranha forma do couro cabeludo careca. Prendeu a respiração e um nó firme se formou nas entranhas. Ela achou que ia vomitar. Olhou fixamente e odiou o que viu, mas não conseguia desviar os olhos. A superfície da Lâmina Macia ficou áspera ao ecoar suas emoções.

Quem a acharia atraente agora... como Alan achava? As lágrimas encheram seus olhos e escorreram pelas faces.

Ela se sentia feia.

Desfigurada.

Uma pária.

E não havia ninguém para reconfortá-la.

Kira respirou fundo, trêmula, controlando as emoções. Estava de luto e assim continuaria, mas não havia como mudar o passado, e se desmanchar em lágrimas não ia lhe fazer bem nenhum.

Nem tudo estava perdido. Agora havia um caminho à frente: uma esperança, embora pequena.

Obrigando o olhar a se desviar do espelho, ela usou a toalha ao lado da pia para se lavar, depois se retirou para a cama e se arrastou embaixo do cobertor. Ali, no lusco-fusco filtrado, novamente tentou forçar a Lâmina Macia a se retrair de um trecho da pele (desta vez os dedos da mão esquerda).

Comparado com antes, parecia que a Lâmina Macia entendia melhor o que ela tentava realizar. O esforço necessário foi mais administrável e houve momentos em que a sensação de disputa desaparecia e ela e xeno agiam em harmonia. Aqueles momentos a encorajaram e Kira insistiu ainda mais.

A Lâmina Macia se retraiu de suas unhas com um ruído pegajoso de descascamento. Parou na primeira articulação de cada dedo e, por mais que tentasse, Kira não conseguiu persuadi-la além dali.

Ela recomeçou.

Por mais três vezes, Kira desejou que o traje expusesse seus dedos, e por mais três vezes ele reagiu, para satisfação dela. A cada sucesso, ela sentia as ligações neurais entre ela e o traje se aprofundarem, tornando-se cada vez mais eficientes.

Ela tentou em outra parte do corpo, e ali também a Lâmina Macia obedeceu aos comandos, embora algumas áreas representassem um desafio maior do que outras.

Libertar-se inteiramente do xeno exigiria mais força do que ela conseguia invocar, mas Kira não ficou decepcionada. Ainda aprendia a se comunicar com o xeno, e o fato de que a liberdade era possível — mesmo que apenas como uma perspectiva distante — inspirou tal senso de leveza em seu íntimo que Kira sorriu com um prazer idiota, escondendo o rosto no cobertor.

Livrar-se da Lâmina Macia não resolveria todos os seus problemas (o CMU e a Liga ainda a queriam para observação, e sem o traje ela ficaria completamente a mercê deles), mas resolveria o maior deles e lhe abriria a possibilidade de um dia — de algum jeito! — voltar a ter uma vida normal.

Mais uma vez, ela desejou que a Lâmina Macia se retraísse. Mantê-la no lugar era como tentar juntar a mesma polaridade de dois ímãs. A certa altura, um barulho do outro lado do quarto chamou sua atenção e um cravo fino saiu da mão, penetrou o cobertor e se prendeu na mesa (ela o sentiu como se fosse um dedo esticado).

— Merda — resmungou Kira.

Será que alguém vira aquilo? Com esforço, ela convenceu a Lâmina Macia a reabsorver o cravo. Olhou a mesa; o cravo tinha deixado um arranhão comprido no tampo.

Quando não conseguiu mais manter a concentração, Kira abandonou as experiências e foi à mesa. Ativou a tela embutida, conectou aos filtros e passou os olhos pelos arquivos que Vishal lhe mandara por mensagem.

Era a primeira vez que via resultados reais de testes com o xeno. Eles eram fascinantes.

O material do traje consistia em três componentes básicos. Um: nanomontadoras, responsáveis pela modelação e remodelação tanto do xeno quanto do material circundante, embora não fosse claro de onde tiravam energia. Dois: filamentos dendriformes que se estendiam por cada parte do traje e exibiam padrões coerentes de atividade que pareciam indicar que o organismo agia como um processador maciçamente interconectado (era difícil determinar se ele era ou não vivo no sentido tradicional, mas certamente não estava *morto*). E três: uma molécula polimérica imensamente complexa, cujas cópias Vishal encontrou ligadas a cada montadora, assim como ao substrato dendriforme.

Como tantas coisas relacionadas ao xeno, o propósito da molécula era um mistério. Não parecia ter nenhuma relação com o reparo ou a construção do traje. O tamanho da molécula implicava que continha uma enorme quantidade de possíveis informações — pelo menos duas ordens de grandeza maiores que o DNA humano —, mas, novamente, não havia como determinar que utilidade as informações teriam, se é que havia alguma.

Era possível, Kira pensou, que a única função real do xeno fosse proteger e transmitir a molécula. No entanto, isso não dizia grande coisa. Da perspectiva biológica, o mesmo podia ser dito sobre humanos e sobre DNA, e os humanos eram capazes de muito mais do que a simples propagação.

Kira viu os resultados quatro vezes para ter certeza de que os havia memorizado. Vishal tinha razão: aprender mais sobre o xeno exigiria equipamento melhor.

"Talvez os Entropistas possam ajudar..." Ela arquivou a ideia para consideração futura. Malpert podia ser o lugar para abordar os Entropistas sobre o exame do xeno, se ela se decidisse por isso.

Depois Kira voltou ao noticiário e passou a desencavar a pesquisa relacionada com a biologia dos Águas, ansiosa para se atualizar com a literatura corrente. Também era material fascinante: todo tipo de coisa podia ser inferido do genoma dos alienígenas. Eles eram onívoros, em primeiro lugar, e parecia que grandes pedaços de seu equivalente de DNA foram codificados sob medida (os processos naturais nunca produziam essas sequências perfeitas).

Nada na biologia dos Águas se assemelhava ao que Vishal descobrira no xeno. Nada parecia indicar uma herança biológica comum. Isto, em si e por si, não significava nada. Kira sabia de vários organismos artificiais feitos por humanos (principalmente criações unicelulares) que não continham nenhuma ligação química evidente com a vida derivada da Terra. Então não significava nada... mas era sugestivo.

Kira leu até o início da tarde, depois se interrompeu para uma visita rápida à cozinha, onde preparou um chell e pegou um pacote de ração no armário. Não se sentia à vontade para comer nenhum dos alimentos frescos na geladeira da nave; essas coisas eram raras e caras no espaço. Seria falta de educação comê-las sem permissão, mesmo que a visão de uma laranja tenha lhe dado água na boca.

Ao voltar à cabine, Kira encontrou uma mensagem:

Os espaços em torno de suas respostas convidam à inspeção, saco de carne. Que coisas deixou por dizer? Eu imagino, sim, imagino. Dizei-me pelo menos isto, vós que nos privais de vossa excretante presença: O que és realmente, Ó, Infestada? — Gregorovich

Kira franziu os lábios. Não queria responder. Tentar vencer uma batalha com um cérebro de nave era uma jogada sem saída, mas irritá-lo seria uma estupidez ainda maior.

Sou uma pessoa sozinha e assustada. O que você é? — Kira

Era um risco calculado. Se ela se permitisse parecer mais vulnerável a ele — e Gregorovich era definitivamente um *ele* —, talvez pudesse distraí-lo. Valia correr o risco.

Para sua surpresa, o cérebro da nave não respondeu.

Ela continuou a ler. Pouco depois disso, a *Wallfish* entrou em gravidade zero e realizou uma manobra enviesada antes de desacelerar para a Estação de Malpert. Como sempre, a falta de peso deixou Kira com gosto de bile na boca e um gosto renovado pela gravidade, fosse simulada ou não.

Quando estava perto das sete horas, ela fechou os filtros, vestiu o macacão e decidiu correr o risco de enfrentar a tripulação no jantar.

O que podia acontecer de pior?

5.

O zumbido de conversas na cozinha cessou no momento em que Kira entrou. Ela parou na porta. A tripulação a olhou e ela olhou de volta.

O capitão estava sentado a uma mesa próxima, com uma perna puxada até o peito e o braço pousado no joelho, levando colheradas de comida à boca. De frente para ele estava Nielsen, rígida e de costas retas, como sempre.

Na mesa mais distante estavam sentados o médico e uma das maiores mulheres que Kira vira na vida. Não era gorda, mas larga e parruda, com ossos e articulações quase três vezes maiores que os da maioria dos homens. Cada um dos dedos equivalia a dois de Kira e seu rosto era achatado e redondo, com malares enormes.

Kira reconheceu o rosto que vira ao despertar no módulo e de imediato identificou a mulher como uma antiga habitante de Shin-Zar. Não podia ser confundida com mais nada.

Era incomum ver uma zariana na Liga. Foi a colônia deles que insistiu em permanecer independente (a um custo que não foi pequeno, em naves e em vidas) e, durante seu tempo na empresa, Kira só trabalhara com algumas pessoas de Shin-Zar — todas homens — em diferentes postos. Todos eles eram durões, confiáveis e, como esperado, tremendamente fortes. Também conseguiam beber uma quantidade assombrosa, muito mais do que seu tamanho parecia indicar. Esta foi uma das primeiras lições de Kira ao trabalhar em plataformas de mineração: não tente beber mais que um zariano. Era um jeito rápido de parar na enfermaria com intoxicação alcoólica.

No nível intelectual, Kira entendia por que os colonos tinham manipulado seus genes — não teriam sobrevivido no ambiente de alta gravidade de Shin-Zar se não fosse por isso —, mas ela jamais se acostumou verdadeiramente com o quanto eles eram *diferentes*. Isso não incomodava Shyrene, sua colega de quarto durante o treinamento na corporação. Ela mantinha uma foto de um pop star de Shin-Zar projetada na parede do apartamento.

Como a maioria dos zarianos, a mulher na cozinha da *Wallfish* era de ascendência asiática. Sem dúvida coreana, porque os coreanos compunham a maioria dos imigrantes a Shin-Zar (desta parte das aulas de história das sete colônias, Kira se lembrava). Ela usava um macacão amarrotado, com reforços nos joelhos e nos cotovelos, sujo de graxa nos braços. O formato do rosto impossibilitava Kira de saber sua idade; podia ter vinte e poucos anos, ou quase quarenta.

Trig estava sentado na beira da bancada da cozinha, mastigando outra barra de seu suprimento aparentemente interminável de ração. Pegando almôndegas de uma panela no fogão estava Sparrow, ainda com a mesma roupa de antes. O gato, Sr. Fofuchinho, esfregava-se em seus tornozelos, miando desesperado.

Um cheiro delicioso de tempero impregnava o ar.

— Bom, você vai entrar ou não? — perguntou Falconi.

As palavras dele romperam o encanto e os movimentos e as conversas retornaram.

Kira se perguntou se o resto da tripulação sabia sobre a Lâmina Macia. Sua pergunta foi respondida quando ela se dirigiu ao fundo e Trig falou:

— Então o skinsuit foi, na verdade, feito por alienígenas?

Kira hesitou, depois assentiu, ciente dos olhares concentrados nela.

— Foi.

O rosto do garoto se iluminou.

— Demais! Posso tocar nele?

— Trig — disse Nielsen num tom de alerta. — Já chega disso.

— Sim, senhora — disse o garoto, e um ponto vermelho vivo apareceu em cada bochecha.

Ele olhou de lado e timidamente para Nielsen, depois meteu na boca o que restava da barra de ração e pulou da bancada.

— Você mentiu para mim, srta. Navárez — acrescentou. — Disse que um amigo seu tinha feito o traje.

— É, me desculpe por isso — disse Kira, constrangida.

Trig deu de ombros.

— Tá de boa. Eu entendo.

Sparrow se afastou do fogão.

— É todo seu — disse ela a Kira.

Enquanto Kira ia pegar uma tigela e uma colher, o gato sibilou para ela e correu para se esconder embaixo de uma das mesas. Falconi apontou com o dedo médio.

— Parece que ele não gosta nada de você.

"É, obrigada, capitão Óbvio." Servindo almôndegas na própria tigela, Kira falou:

— O que o CMU disse quando você contou que estávamos mudando de curso?

Falconi deu de ombros.

— Bom, não ficaram felizes, isso eu posso te dizer.

— Nem nossos passageiros — disse Nielsen, mais para ele do que para Kira. — Acabo de passar meia hora ouvindo a gritaria no porão. O clima lá embaixo está bem feio.

O olhar que ela lançou a Kira sugeria que a culpava pelos problemas.

Não era uma reação injusta, na opinião de Kira.

Falconi limpou os dentes com a unha.

— Anotado. Gregorovich, trate de ficar de olho neles de agora em diante.

— Sim, sssenhor — respondeu o cérebro da nave, a voz um silvo enervante.

Kira pegou a tigela e foi se sentar na cadeira livre mais próxima, de frente para a zariana.

— Peço desculpas, não ouvi seu nome antes — disse Kira.

A zariana a olhou com uma expressão vazia, depois piscou uma vez.

— Foi você que remendou aqueles buracos no fundo do módulo?

Sua voz era calma e vasta.

— Fiz o melhor que pude.

A mulher grunhiu e olhou para sua comida.

"Tudo bem, então", pensou Kira. A tripulação não ia recebê-la de braços abertos, tudo bem. Ela era a estranha deslocada na maioria dos postos que ocupara. Por que seria diferente agora? Só precisava aguentar até a Estação Malpert. Depois disso, nunca mais teria de lidar com a tripulação da *Wallfish*.

Trig falou:

— Hwa é a melhor chefe de engenharia deste lado do Sol.

Pelo menos o garoto era amistoso.

A zariana franziu o cenho.

— Hwa-jung — disse ela com firmeza. — Meu nome não é *Hwa*.

— Aaai. Sabe que não consigo pronunciar direito.

— Tente.

— Hwa-*yoong*.

A chefe de engenharia meneou a cabeça. Antes que ela voltasse a falar, Sparrow se aproximou e se sentou no colo de Hwa-jung. Encostou-se na mulher maior e Hwa-jung passou o braço por sua cintura, de forma possessiva.

Kira ergueu uma sobrancelha.

— Então você levanta e abaixa coisas pesadas, né?

Na outra mesa, ela pensou ter ouvido um riso reprimido de Falconi.

Sparrow espelhou sua expressão, arqueando um sobrancelha muito bem-feita.

— Então sua audição funciona. Meus parabéns.

Ela esticou o pescoço para dar um beijo no rosto de Hwa-jung. A chefe de engenharia soltou um ruído, como que irritada, mas Kira viu seus lábios se curvarem em um leve sorriso.

Kira aproveitou a oportunidade para começar a comer. As almôndegas estavam quentes e suculentas, com a mistura certa de tomilho, alecrim, sal e algumas outras coisas que ela não conseguiu identificar. Será que os tomates eram *frescos*? Ela fechou os olhos, deleitando-se com o sabor. Já fazia tanto tempo que não comia nada que não fosse desidratado e pré-embalado.

— Hmmm — disse ela. — Quem preparou isto?

Vishal levantou a cabeça.

— Gostou tanto assim?

Ela abriu os olhos e assentiu.

Por um momento, o médico demonstrou estar em conflito, depois um sorriso modesto se abriu em seu rosto.

— Fico feliz. Hoje foi meu dia de cozinhar.

Kira sorriu também e deu outra dentada. Era a primeira vez que tinha vontade de sorrir desde... desde antes.

Fazendo um barulhão com o prato e os talheres, Trig trocou de mesa e se sentou ao lado dela.

— O capitão disse que você encontrou o xeno numas ruínas em Adrateia. Ruínas alienígenas!

Ela engoliu a porção de comida que mastigava.

— É isso mesmo.

Trig quase quicava no banco.

— Como era? Tem alguma gravação de lá?

Kira negou com a cabeça.

— Estava tudo na *Valkyrie*. Mas posso te contar.

— Conta, por favor!

Então Kira descreveu como tinha encontrado o berço da Lâmina Macia e como era ali dentro. O garoto não era o único que ouvia; ela viu o resto da tripulação olhando-a falar, até aqueles que já haviam escutado a história. Kira tentou não deixar que isso a constrangesse.

Quando Kira terminou, o garoto disse:

— Caramba. Os Águas construíram coisas muito perto da gente, mesmo naquela época, né?

Kira hesitou.

— Bom, talvez.

Sparrow levantou a cabeça do peito de Hwa-jung.

— Por que *talvez*?

— Porque... o xeno não parece gostar muito dos Águas.

Kira passou o dedo pelas costas da mão esquerda enquanto lutava para descrever os sonhos em palavras.

— Não sei exatamente o porquê, mas não acho que os Águas o tratassem muito bem — falou. — Além disso, nenhuma das leituras que Vishal fez do xeno combina com o que foi publicado sobre a biologia dos Águas.

Vishal baixou a xícara em que estava prestes a beber.

— A srta. Navárez tem razão. Também verifiquei, e não se conhece nada mais parecido com isso. Pelo menos segundo nossos arquivos atuais.

Nielsen falou:

— Acha que seu traje foi feito pela mesma espécie ou civilização que fez o Grande Farol?

— Talvez — disse Kira.

Um tinido de Falconi batendo o garfo no prato. Ele meneou a cabeça.

— É *talvez* demais.

Kira soltou um ruído evasivo.

Depois Trig falou:

— E aí, doutor, como você deixou passar que ela estava coberta por um traje alienígena, hein?

— É, doutor — disse Sparrow, torcendo-se para olhar Vishal. — Que miopia de sua parte. Agora nem sei se confio em você para me examinar.

Mesmo com a pele morena, Kira via que Vishal ruborizava.

— Não havia evidências de infestação alienígena. Nem um exame de sangue teria...

Trig o interrompeu:

— Talvez alguns cabeças-chatas no porão sejam Águas disfarçados. Nunca se sabe, não acha?

O médico pressionou os lábios, mas não se revoltou. Em vez disso, manteve o olhar fixo na comida ao falar.

— De fato, Trig. O que posso ter deixado passar?

— É, pode ter...

— Sabemos que fez o melhor que pôde, doutor — disse Falconi num tom firme. — Não precisa se sentir mal com isso. Ninguém teria apanhado essa coisa.

Ao lado dele, Kira notou que Nielsen olhou com solidariedade para Vishal.

Sentindo certa pena do médico, Kira tomou a iniciativa:

— Então você gosta de cozinhar?

Ela levantou uma almôndega na colher.

Após um momento, Vishal assentiu e a olhou nos olhos.

— Pois é, gosto muito. Mas minha comida não é tão boa como a da minha mãe e de minhas irmãs. Elas fariam minhas tentativas passarem vergonha.

— Quantas irmãs você tem? — perguntou ela, pensando em Isthah.

Ele ergueu os dedos.

— Três, srta. Navárez, todas mais velhas.

Depois disso, um silêncio forçado caiu na cozinha. Ninguém da tripulação queria conversar enquanto ela estivesse ali; até Trig ficou calado, embora Kira tivesse certeza de que ele zumbia com mil outras perguntas.

Ela ficou surpresa, então, quando Nielsen falou:

— Soube que você vem de Weyland, srta. Navárez.

Seu tom era mais formal do que o dos outros tripulantes; Kira não reconheceu o sotaque.

— Venho.

— Tem familiares lá?

— Alguns, embora eu não os visite já faz algum tempo.

Kira decidiu aproveitar a oportunidade e fazer uma pergunta ela mesma:

— De onde é, se não se importa que eu pergunte?

Nielsen limpou os cantos da boca com um guardanapo.

— Daqui e dali.

— Ela é de Vênus! — soltou Trig, com os olhos brilhando. — De uma das maiores cidades das nuvens!

Nielsen pressionou os lábios em uma linha fina.

— Isso, obrigada, Trig.

O garoto pareceu perceber que tinha feito besteira. Sua expressão ficou triste e ele olhou firme para a tigela.

— Quer dizer... — murmurou. — Eu não sei nada, na real, então...

Kira examinou a primeira-oficial. Vênus era quase tão rica quanto a Terra. Não era muita gente de lá que saía vagando fora do Sol, certamente não em um balde enferrujado e sujo como a *Wallfish*.

— As cidades de lá são tão impressionantes como nos vídeos?

Por um momento, Nielsen deu a impressão de que não ia responder. Depois, em um tom seco, falou:

— A gente se acostuma... Mas são, sim.

Kira sempre quisera visitar as cidades flutuantes. Mais um objetivo na vida que a Lâmina Macia deixara fora de alcance. "Quem dera..."

Um guincho excitado a distraiu quando Runcible trotou para dentro da cozinha. O porco correu diretamente a Falconi e se encostou em sua perna.

Nielsen soltou um ruído de exasperação.

— Quem deixou aberta a tranca da gaiola dele de novo?

— Esta seria eu, chefona — disse Sparrow, levantando a mão.

— Ele só quer ficar com a gente. Não quer? — disse Falconi, e fez carinho entre as orelhas do porco.

O porco levantou o focinho, de olhos entreabertos em uma expressão de êxtase.

— O que ele quer é nossa comida — disse Nielsen. — Capitão, sinceramente, não é adequado tê-lo aqui. A cozinha não é lugar de um porco.

— Não antes de virar bacon — disse Hwa-jung.

— Ninguém vai falar de bacon perto de Runcible — disse Falconi. — Ele faz parte da tripulação, assim como o Sr. Fofuchinho, e eles têm os mesmos direitos de qualquer um de vocês. Isto inclui acesso à cozinha. Está claro?

— Claro, capitão — disse Hwa-jung.

— Ainda não é higiênico — disse Nielsen. — E se ele for ao banheiro de novo?

— Agora ele é um porco bem-treinado. Nunca se constrangeria desse jeito outra vez. Não é, Runcible?

O porco grunhiu, feliz.

— Se diz assim, capitão. Ainda me parece errado. E se estivermos comendo presunto ou pernil...

Falconi a olhou feio e ela levantou as mãos.

— Só estou falando, capitão — disse ela. — Parece meio... meio...

— Canibal — disse Trig.

— Isso, obrigada. Canibal.

O garoto parecia satisfeito por Nielsen concordar com ele. Um leve rubor subiu por seu pescoço e ele encarou o prato e reprimiu o riso. Kira escondeu um sorriso.

Falconi pegou um pedaço da comida no prato e deu ao porco, que o arrebanhou, agradecido.

— Até onde sei, não temos produtos, ah, *suínos* na nave, então, a meu ver, é uma questão irrelevante.

— Questão irrelevante — disse Nielsen, e meneou a cabeça. — Desisto. Discutir com você é como discutir com uma parede.

— Uma parede muito bonita.

Enquanto os dois continuavam com as implicâncias, Kira olhou para Vishal e falou:

— Qual é a do porco? Ele é novo?

O médico negou com a cabeça.

— Já o temos a bordo há seis meses, sem contar a crio. O capitão o pegou em Eidolon. Desde então, eles ficam discutindo sobre isso.

— Mas por que um porco?

— Terá de perguntar você mesma ao capitão, senhorita. Não sabemos mais do que você. É um mistério do universo.

6.

O restante da refeição transcorreu em uma normalidade fingida. Eles não disseram nada mais sério do que "Me passe o sal", "Onde fica o lixo?" ou "Pegue o prato de Runcible". Diálogos concisos e utilitários que serviam apenas para que Kira tivesse consciência do quanto estava deslocada.

Normalmente era no jantar que ela pegava sua concertina e tocava algumas rodadas para quebrar o gelo. Pagava umas bebidas, rechaçava as cantadas desajeitadas que recebia — a não ser que ela estivesse no clima. O de sempre, antes de Alan. Ali, no entanto, nada disso importava; ela estaria longe da *Wallfish* no final do dia seguinte, e depois não teria de se preocupar com Falconi e o resto de sua tripulação bagunçada.

Kira tinha esvaziado a tigela e a levava para a pia quando soou um bipe curto e alto. Todos pararam o que estavam fazendo, os olhos vagos, concentrados nos filtros.

Kira olhou o dela, mas não tinha nenhum alerta.

— O que foi? — perguntou, notando a tensão súbita na postura de Falconi.

Sparrow foi quem respondeu:

— Águas. Outros quatro deles, indo para a Estação Malpert.
— Chegada estimada? — perguntou Kira, temendo a resposta.
Os olhos de Falconi clarearam e ele a olhou.
— Amanhã ao meio-dia.

CAPÍTULO IV

* * * * * * *

KRIEGSSPIEL

1.

Quatro pontos vermelhos piscavam, apontando o sistema para a Estação Malpert. Um conjunto de linhas pontilhadas — em verde brilhante — mostrava a trajetória calculada.

Apelando aos filtros, Kira deu um zoom na estação. Era uma pilha desorganizada de sensores, domos, plataformas de acoplagem e radiadores instalados em torno de um asteroide esburacado. Integrado na rocha (quase invisível de fora) havia um anel habitacional onde morava a maioria dos cidadãos da estação.

Perto de Malpert, a alguns quilômetros de distância, ficava a plataforma de reabastecimento da Hydrotek.

Naves se aglomeravam em torno das duas estruturas. Um ícone diferente marcava cada nave: civis em azul, militares em dourado. Sem fechar os filtros, Kira falou:

— Eles podem deter os Águas?

Do outro lado dos filtros translúcidos, Falconi franziu o cenho.

— Não tenho certeza. A *Darmstadt* é a única com verdadeiro poder de fogo. As outras naves são apenas locais. Escaleres FDP e tal.

— FDP?

— Força de Defesa Planetária.

Sparrow deu um muxoxo.

— É, mas aquelas naves Águas são das pequenas. Classe *Naru*.

Trig falou com Kira.

— As naves classe *Naru* só carregam três lulas, dois ou três rastejadores e mais ou menos o mesmo número de mordedores. Algumas também têm caranguejos pesados, na real.

— Claro que têm — disse Sparrow com um sorriso malicioso, mas sem humor.

Vishal deu sua opinião:

— E isso antes de começarem a sair reforços dos casulos.

— Casulos? — perguntou Kira, sentindo-se totalmente por fora.

Respondeu Hwa-jung:

— Eles têm máquinas que crescem novos combatentes.

— Eu... não vi nada disso nos noticiários — disse Kira.

Falconi resmungou.

— A Liga vem abafando essas questões para não assustar as pessoas, mas soubemos disso umas semanas atrás.

O conceito dos casulos não era estranho a Kira, como uma lembrança meio esquecida. Quem dera ela pudesse mexer em um computador dos Águas! As coisas que ela saberia!

Sparrow falou:

— Os Águas devem estar muito confiantes, se acham que podem eliminar Malpert e a *Darmstadt* só com aquelas quatro naves.

— Não exclua os mineiros — disse Trig. — Eles têm muitas armas e não vão fugir. Juro por deus que não vão.

Kira lançou a ele um olhar indagativo e o garoto deu de ombros.

— Fui criado na Estação Undset, em Cygni B. Eu os conheço. Aqueles ratos do espaço são duros feito titânio.

— É, tá legal — disse Sparrow —, só que desta vez eles não vão lutar com salteadores meio mortos de fome.

Nielsen se mexeu.

— Capitão — disse ela —, ainda temos tempo para mudar de curso.

Kira clareou os filtros para enxergar melhor o rosto de Falconi. Ele parecia distraído, examinando telas que ela não conseguia ver.

— Não sei se vai fazer diferença — disse ele em voz baixa.

Ele apertou um botão na parede da cozinha e um holo de 61 Cygni apareceu suspenso no ar. Falconi apontou dois pontos vermelhos que marcavam os Águas.

— Mesmo que a gente dê meia-volta, não tem como escapar — explicou.

— Não, mas se nos distanciarmos, talvez eles decidam que a perseguição não vale o esforço — disse Nielsen. — Funcionou até agora.

Falconi fez uma careta.

— Já queimamos uma boa parcela de hidrogênio. Ir para Ruslan agora seria arriscado. Teríamos de planar em pelo menos metade da distância. Seríamos alvos fáceis o tempo todo.

Ele coçou o queixo, o olhar ainda fixo no holo.

— Está pensando no quê, capitão? — perguntou Sparrow.

— Deixamos a *Wallfish* fazer jus a seu nome.

Ele destacou um asteroide a certa distância da Estação Malpert.

— Aqui — continuou. — Tem um posto avançado de extração neste asteroide... o asteroide TSX-Dois-Dois-Um-Dois. Dizem que tem um domo habitacional, tanques de reabastecimento, a coisa toda. Podemos chegar no asteroide e esperar até que os combates terminem. Se os Águas decidirem vir atrás de nós, teremos túneis onde nos esconder. Se não largarem uma bomba em cima da gente ou coisa parecida, pelo menos teremos uma chance.

Nos filtros, Kira procurou a definição de *Wallfish*. Aparentemente, era "um termo regional para 'lesma' no país da Grã-Bretanha, na Terra; presumivelmente de origem anglo-saxã". Ela olhou para Falconi, novamente desconfiada do senso de humor dele. Quem batizaria a nave de *Lesma*?

A tripulação continuou a debater possibilidades enquanto Kira ficava ali sentada, pensando.

Finalmente ela se aproximou de Falconi e se inclinou para perto de seu ouvido.

— Posso falar com você por um momento?

Ele mal olhou para ela.

— O que é?

— Lá fora.

Ela gesticulou para a porta.

Falconi hesitou e, para surpresa de Kira, levantou-se da cadeira.

— Volto logo — disse ele, seguindo-a para fora da cozinha.

Kira virou-se para ele.

— Precisa me ajudar a entrar numa daquelas naves dos Águas.

O olhar de incredulidade do capitão quase valia tudo por que Kira passou.

— Nada disso. De jeito nenhum — disse ele, e partiu de volta à cozinha.

Ela segurou seu braço, detendo-o.

— Espere. Escute o que tenho a dizer.

— Tire sua mão de mim antes que eu a remova por você — disse ele, com uma expressão de poucos amigos.

Kira o soltou.

— Olha, não estou lhe pedindo para chegar atirando. Você disse que existe uma chance de o CMU combater os Águas.

Ele assentiu, relutante.

— Se eles desativarem uma das naves dos Águas... — continuou ela. — *Se* conseguirem... Você pode me colocar lá dentro.

— Você é louca — disse Falconi, ainda na metade do corredor para a cozinha.

— Sou determinada, é diferente. Eu já falei: preciso entrar em uma nave dos Águas. Se eu conseguir, talvez entenda por que eles estão nos atacando, o que estão dizendo em seus comunicadores, todo tipo de coisas. Pense nas possibilidades.

Ela ainda via a relutância no rosto de Falconi, então continuou falando:

— Escute, você anda voando pelo sistema bem debaixo do nariz dos Águas, ou sei lá o que eles usam para cheirar. Isso significa que ou você é burro, ou está desesperado. E você pode ser muita coisa, mas burro não é.

Falconi enrijeceu.

— Aonde você quer chegar?

— Você precisa de uma recompensa. Precisa de uma grande recompensa ou não arriscaria a nave, nem a tripulação desse jeito. Estou enganada?

Seu olhar sugeriu certo desconforto.

— Não inteiramente.

Ela assentiu.

— Tudo bem. Então, não gostaria de ser a primeira pessoa a pôr as mãos em informações sobre os Águas? Sabe quanto minha empresa pagaria por isso? O bastante para construir seu próprio anel habitacional. É muito. Ainda existe tecnologia nas naves dos Águas que ninguém conseguiu entender por engenharia reversa. Eu posso conseguir detalhes sobre a gravidade artificial deles. *Isso* valeria alguns bits.

— Só alguns — resmungou ele.

— Mas que merda, você tem dois Entropistas no porão. Peça a eles para colaborar em troca de uma cópia de qualquer descoberta interessante. Com a ajuda deles — continuou ela, abrindo as mãos —, quem sabe o quanto podemos descobrir? Nem se trata só da guerra! Podemos dar um salto de cem anos ou mais em nosso nível tecnológico.

Falconi a encarou nos olhos. Seu dedo médio batia no cabo do blaster em um ritmo irregular.

— Sei. Mas mesmo que o CMU desative uma nave, não quer dizer que todos os Águas nela estarão mortos.

Ele gesticulou para baixo.

— Tenho de pensar em todos que estão no porão — continuou. — Muita gente vai se machucar se o combate chegar na nave.

Kira não conseguiu se conter:

— E o quanto estava pensando no bem-estar deles quando começou a cobrar pelo resgate?

Pela primeira vez, Falconi se mostrou ofendido.

— Isso não significa que eu queira que eles morram — disse ele.

— E a *Wallfish*? Não tem arma nenhuma?

— O suficiente para deter um ou dois bandos de salteadores, mas não é uma nave de guerra. Não podemos enfrentar um Água e esperar sobreviver. Eles iam fazer picadinho de nós.

Kira recuou e pôs as mãos nos quadris.

— E então, o que você vai fazer?

Falconi a olhou e ela viu os cálculos por trás de seus olhos. Depois ele falou:

— Ainda vamos para o asteroide, porque talvez precisemos dele, na pior das hipóteses. Mas se uma das naves dos Águas for desativada, e se parecer viável, vamos abordá-la.

Uma sensação de enormidade encheu Kira enquanto ela considerava a possibilidade.

— Tudo bem, então — disse ela em voz baixa.

Falconi riu e passou a mão no cabelo eriçado.

— Merda. Se conseguirmos, o CMU vai ficar tão puto por ser atropelado por nós que não vão saber se nos dão uma medalha ou nos jogam na cadeia.

Pela primeira vez desde que despertara na *Wallfish*, Kira riu também.

2.

A espera era uma tortura.

Kira ficou na cozinha com a tripulação, observando o progresso dos Águas. Rapidamente concluiu que preferia ser alvejada a ficar sentada, esperando descobrir o que podia ou não acontecer. A incerteza a fez roer as unhas, mas o gosto ligeiramente metálico da Lâmina Macia encheu a boca e os dentes raspavam na cobertura fibrosa.

Da última vez que aconteceu, ela se sentou nas mãos para se conter, o que a fez se perguntar: por que as unhas não cresceram nos últimos meses? O xeno não as substituíra; ela viu as unhas da mão esquerda — rosadas e saudáveis, como sempre — quando fez com que o traje se retraísse. A única explicação em que conseguia pensar era que a Lâmina Macia mantinha o mesmo tamanho de unha que Kira tinha quando despertou pela primeira vez.

Quando não suportou mais ficar sentada, Kira pediu licença e foi a Trig.

— Tem alguma roupa sobrando na nave? Ou uma impressora que possa fazer alguma para mim? — perguntou e beliscou o macacão. — Depois de dois meses nessa coisa, eu bem que preciso me trocar.

O garoto piscou enquanto mudava a o foco dos filtros para ela.

— Claro — disse ele. — Não temos nada chique, mas...

— Comum e simples está ótimo.

Eles saíram da cozinha e ele a levou a um armário embutido no anel interno do corredor. Enquanto ele vasculhava ali dentro, Kira falou:

— Parece que Nielsen e o capitão discutem muito. É o normal deles?

Se ia ficar presa na *Wallfish* por mais tempo do que planejara, Kira queria ter uma noção melhor da tripulação, especificamente de Falconi. Confiara muita coisa a ele.

Uma leve pancada quando Trig bateu a cabeça em uma prateleira.

— Não. O capitão não gosta de ser apressado; é só isso. Na maior parte do tempo, eles se entendem bem.

— Arrã.

O garoto gostava de falar. Ela só precisava dar o estímulo certo.

— E você, está há muito tempo na *Wallfish*?

— Uns cinco anos, sem contar a crio.

Isso fez Kira erguer as sobrancelhas. O garoto devia ser *muito* novo quando se juntou à tripulação.

— É mesmo? Por que Falconi trouxe você?

— O capitão precisava de alguém para mostrar a Estação Undset a ele. Depois disso, eu perguntei se podia ir com a *Wallfish*.

— Você não gostava da vida na estação?

— Era um *porre*! Tínhamos brechas na pressão, escassez de comida, cortes de energia, pode escolher. Não. Valeu.

— E Falconi é um bom capitão? Você gosta dele?

— Ele é o melhor!

Trig tirou a cabeça de dentro do armário com uma pilha de roupas nas mãos e olhou para ela com uma expressão um tanto magoada, como se sentisse que ela o atacava.

— Não podia pedir um capitão melhor. Não, senhora! Não é culpa dele estarmos empacados aqui.

Assim que as palavras saíram da boca do garoto, ele pareceu perceber que tinha falado demais, porque fechou bem os lábios e estendeu as roupas para ela.

— Ah, é? — Kira cruzou os braços. — De quem é a culpa, então?

O garoto deu de ombros, sem graça.

— De ninguém. Não importa.

— Importa, *sim*. Temos Águas chegando e meu pescoço está na reta, assim como o seu. Gostaria de saber com quem estou trabalhando. A verdade, Trig. Me diga a verdade.

O tom severo da voz de Kira fez a diferença. O garoto murchou diante disso e falou:

— Não é que... Olha, a srta. Nielsen em geral agenda nossas tarefas. Por isso o capitão a contratou no ano passado.

— Em tempo real?

Ele assentiu.

— Se não contar a crio, foi muito menos.

— Você gosta dela como primeira-oficial?

A resposta era bem evidente para Kira, mas ela estava curiosa para ver o que ele diria.

O garoto enrijeceu, a cor escureceu suas faces.

— Quer dizer, hmm... Ela é inteligente de verdade e não fica me dando ordens como Hwa-*jung*. E ela sabe muito sobre o Sol. Então, hmm, é, acho que ela é legal...

Ele ficou ainda mais ruborizado.

— Hm, não gosto dela *assim*, mas, sabe, como primeira-oficial, essas coisas. Te--temos sorte por tê-la a bordo... Sabe como é, como tripulante, e não, hm...

Kira teve pena dele.

— Entendi. Mas não foi Nielsen quem arranjou este trabalho aqui em 61 Cygni, foi?

Trig negou com a cabeça.

— O trabalho de skut que estávamos fazendo, com carga, missões com packet, esse tipo de coisa, não pagava as contas. Então o capitão encontrou este outro trabalho para nós, só que a coisa desandou. Mas podia ter acontecido com qualquer um. É sério.

Ele a olhou, insistente.

— Acredito em você — disse Kira. — Lamento que as coisas não tenham dado certo.

Ela sabia ler nas entrelinhas: o trabalho tinha sido desonesto. Nielsen provavelmente só estivera aceitando encomendas legítimas, o que, para uma nave de carga reformada e antiga como a *Wallfish*, não era grande coisa.

Trig fez uma careta.

— Tá, obrigado. É um porre, mas é assim. Enfim, estas servem para você?

Kira decidiu que era melhor não pressionar mais. Aceitou a pilha de roupas e as examinou. Duas camisas, uma calça, meias e botas com coxins de lagartixa para usar durante as manobras de gravidade zero.

— Vão servir muito bem. Obrigada.

O garoto então a deixou e voltou para a cozinha. Kira continuou até a cabine, pensando. Falconi estava disposto a burlar a lei para manter a tripulação paga e a nave voando. Nenhuma novidade nisso. Mesmo assim, ela acreditou em Trig quando ele dissera que Falconi era um bom capitão. A reação do garoto era genuína demais para ser fingida.

Uma luz piscava na tela da mesa quando Kira entrou. Outra mensagem. Com certa apreensão, ela a puxou.

> *Sou a centelha no centro do vazio. Sou o grito anti-horário que cinde a noite. Sou seu pesadelo escatológico. Sou aquele que é o verbo e a plenitude da luz.*
>
> *Quer entrar num jogo? S/N — Gregorovich*

Como regra geral, os cérebros de nave tendiam a ser excêntricos e, quanto maiores fossem, mais excentricidades exibiam. Gregorovich, no entanto, estava no extremo dessa curva. Ela não sabia se era só a personalidade dele ou se seu comportamento era o resultado de isolamento demais.

"Claro que Falconi não seria louco de voar por aí com um cérebro de nave instável... Seria?"

Fosse como fosse, era melhor não arriscar.

> *Não. — Kira*

Um instante depois, apareceu uma resposta.

:(— *Gregorovich*

Tentando ignorar o mau pressentimento, Kira guardou o macacão, lavou as novas roupas na pia mínima e as pendurou para secar no alto da cama.

Ela verificou a posição dos quatro Águas — ainda nenhuma mudança na trajetória — e passou a hora seguinte praticando com a Lâmina Macia, retraindo-a em diferentes partes do corpo e tentando melhorar o controle.

Por fim, exausta, foi para debaixo das cobertas, apagou a luz e fez o máximo para não pensar no que traria a manhã.

3.

Montes de fuligem passavam pelas profundezas roxas do Limiar Plangente, macias como neve, silenciosas como a morte. O odor-próximo de mal-estar impregnava a água gelada e o mal-estar passou a ser dela. Diante dela se agigantava a rocha em crostas, altiva em meio ao Conclave Abissal. E no alto daquela rocha agachava-se uma forma imensa, com membros agitados e mil olhos sem pálpebras que brilhavam com intenção temível. Enquanto desciam os véus de fuligem, um nome também desceu por sua mente, um sussurro pesado de medo, carregado de ódio... Ctein. O grande e poderoso Ctein. O imenso e arcaico Ctein.

E a carne a que ela se unia — ela, que era a Líder de Cardume Nmarhl — desejava se virar e fugir, para se esconder da ira de Ctein. Mas era tarde demais para isso. Demais, tarde demais...

A iluminação gradual da cabine despertou Kira com a chegada do amanhecer da nave. Ela esfregou os olhos remelentos e continuou deitada, olhando para o teto.

Ctein. Por que o nome inspirava tanto medo? O medo não vinha dela, mas da Lâmina Macia... Não, não era isso. Ele vinha daquela com quem a Lâmina Macia se vinculava em sua lembrança.

O xeno tentava avisá-la, mas sobre o quê? Tudo que lhe foi mostrado aconteceu há muito tempo, antes de a Lâmina Macia ser posta em repouso em Adrasteia.

Talvez, pensou Kira, o xeno só estivesse ansioso. Ou talvez tentasse ajudá-la a entender como os Águas eram perigosos. Não que ela precisasse de ajuda para isso.

— Seria muito mais fácil se você pudesse falar — disse Kira em voz baixa, passando o dedo pelas fibras no esterno.

Estava claro que o xeno entendia algo do que acontecia a sua volta, mas era igualmente claro que havia lacunas nesta compreensão.

Ela abriu um arquivo e gravou um relato detalhado do sonho. O que quer que a Lâmina Macia estivesse tentando dizer, Kira sabia que seria um erro desprezar a preocupação do xeno. Se era de fato preocupação. Era difícil chegar a qualquer certeza quando se tratava do traje.

Ela rolou para fora da cama e espirrou quando uma fina nuvem de poeira voou ao seu redor. Agitando a mão para limpar o ar, Kira foi à mesa e abriu um mapa ao vivo do sistema.

As quatro naves dos Águas estavam a apenas algumas horas da Estação Malpert. A *Darmstadt* e as outras espaçonaves tinham se posicionado em uma formação defensiva a várias horas de aceleração da estação, onde teriam espaço para combater e manobrar.

Malpert tinha um propulsor de massa que usava para arremessar cargas de metal, rochas e gelo mais para o fundo do sistema, mas era uma coisa imensa e desajeitada que não fora feita para acompanhar alvos pequenos e móveis, como naves. Ainda assim, quem estava no comando da estação o virava com a velocidade que permitiam seus propulsores, em uma tentativa de apontá-lo para os Águas.

Kira se lavou, vestiu as roupas novas (agora secas) e foi às pressas à cozinha. Estava vazia, a não ser pelo Sr. Fofuchinho, sentado na bancada, lambendo a torneira da pia.

— Ei! — disse Kira. — Xô!

O gato achatou as orelhas, dirigindo a ela um olhar furioso e insatisfeito antes de saltar dali, passando a trote junto da parede.

Kira estendeu a mão, numa tentativa de fazer amizade. O gato reagiu com o pelo eriçado, mostrando as garras.

— Tudo bem, seu filhinho da puta — disse Kira em voz baixa.

Enquanto comia, ela viu o avanço dos Águas nos filtros. Era um exercício inútil, mas ela não conseguia evitar. Era o programa mais interessante no ar naquele momento.

A *Wallfish* se aproximava do asteroide que Falconi havia citado: TSX-2212. Pelo feed da frente da nave, a rocha parecia uma cabeça de alfinete brilhante diretamente em seu caminho.

Kira levantou a cabeça quando Vishal entrou na cozinha. Ele a cumprimentou e foi preparar uma xícara de chá.

— Está assistindo? — perguntou ele.

— Estou.

Com a caneca na mão, ele voltou para a porta.

— Pode vir, se quiser, srta. Navárez. Estamos monitorando os acontecimentos na sala de controle.

Kira o acompanhou até o poço central, subiu um andar e depois entrou em uma sala pequena e protegida. Falconi e os demais tripulantes estavam de pé ou sentados em torno de uma holotela do tamanho de uma mesa. Uma série de aparelhos eletrônicos cobria as paredes e, aparafusadas em várias estações, havia meia dúzia de cadeiras de impacto amassadas. A sala era abafada e fedia a suor e café frio.

Falconi a olhou quando ela entrou com Vishal.

— Alguma novidade? — perguntou Kira.

Sparrow estourou a bola do chiclete que mascava.

— Muito falatório no MilCom. Parece que o CMU está coordenando com os civis perto de Malpert para armar um monte de surpresas desagradáveis para os Águas.

Ela apontou Trig com a cabeça e comentou:

— Você tinha razão. Vai ser um show dos diabos.

Kira sentiu um arrepio na nuca.

— Espere aí, vocês têm acesso aos canais do CMU?

A expressão de Sparrow se fechou e ela olhou para Falconi. Um silêncio tenso encheu a sala. Depois, de um jeito tranquilo, o capitão falou:

— Sabe como é, Navárez. As naves conversam, a notícia se espalha. Não existem muitos segredos no espaço.

— ... Claro.

Kira não acreditava nele, mas não ia insistir na questão. Isso a fez se perguntar o quanto os negócios passados de Falconi foram clandestinos. E também se Sparrow já havia sido militar. Faria sentido...

Nielsen falou:

— Os Águas estão quase ao alcance dos tiros. Não demora e os disparos vão começar.

— Quando chegaremos ao asteroide? — perguntou Kira.

Foi Gregorovich quem respondeu:

— Estimativa de 14 minutos.

Kira pegou uma das cadeiras vagas e esperou junto com a tripulação.

No holo, os quatro pontos vermelhos se separaram e descreveram um arco em volta da Estação Malpert em uma clássica manobra de flanco. Depois, linhas brancas começaram a piscar entre os alienígenas e as naves de defesa. Falconi ativou a transmissão ao vivo dos telescópios da *Wallfish* e flores brancas de giz e alumínio brotaram na escuridão em torno do atroz pedaço de rocha que era a Estação Malpert.

Sparrow soltou um ruído de aprovação.

— Boa cobertura.

Clarões de laser absorvidos iluminaram o interior das nuvens e uma saraivada de mísseis foi lançada da *Darmstadt* e das outras naves menores do CMU. Os Águas responderam na mesma moeda. Pequenas centelhas se acenderam e apagaram quando lasers de defesa inutilizaram os mísseis.

Então o propulsor de massa de Malpert disparou, lançando um projétil de ferro refinado contra uma das naves dos Águas. O projétil errou e desapareceu nas profundezas do espaço em uma longa órbita em torno da estrela. Deslocava-se com tal velocidade que o único jeito de vê-lo era como um ícone na holotela.

Mais resíduos obstruíam a área em volta da estação. Parte vinha da própria base. O resto, das naves que giravam por ali.

— Caramba! — disse Falconi quando uma agulha em brasa irrompeu de um trecho de espaço aparentemente vazio, atravessou quase nove mil quilômetros e perfurou uma das naves esféricas dos Águas bem no meio, como um maçarico atravessando isopor.

A nave avariada girou descontrolada, oscilando muito, e estourou em uma explosão ofuscante.

— É isso aí, porra! — gritou Sparrow.

A transmissão ao vivo escureceu por um momento para acomodar a onda de luz.

— Mas que merda foi aquilo? — perguntou Kira.

Uma pontada na parte de trás do crânio a fez estremecer... *Naves ardendo no espaço, partículas brilhando na escuridão, mortos incontáveis...*

Falconi olhou para o teto.

— Gregorovich, recolha nossos radiadores. Não quero que sejam destruídos.

— Capitão — disse o cérebro da nave —, a probabilidade de uma partícula desgarrada perturbar nossa muito necessária termorregulação a esta distância é de...

— Puxe. Não vou me arriscar.

— ... Sim, senhor. *Puxando-os* agora.

Outra agulha em brasa disparou pela tela, mas só conseguiu queimar um Água, que espiralou para longe mais veloz do que parecia possível.

Para Kira, Hwa-jung disse:

— São Casaba-Howitzers.

— Isto... não quer dizer nada para mim — disse Kira, sem querer desperdiçar tempo procurando por uma definição.

— Cargas perfiladas movidas a bomba — disse a chefe de engenharia. — Só que neste caso...

— ... a bomba é nuclear! — disse Trig.

Ele parecia mais empolgado do que devia com o fato.

Kira ergueu as sobrancelhas.

— Merda. Eu nem sabia que isso existia.

— Ah, existe — disse Sparrow. — Temos Casaba-Howitzers há séculos. Não usamos muito, por motivos óbvios, mas a construção é simples pra caralho e o plasma se move a uma boa parte da velocidade da luz. Fica quase impossível alguém se esquivar em curto alcance, até esses filhos da puta astutos.

Na tela, outras explosões foram deflagradas: desta vez naves humanas, as naves de apoio menores em volta de Malpert explodindo como pipoca enquanto os Águas as atingiam com laser e mísseis.

— Merda — disse Falconi.

Outro Casaba-Howitzer escureceu a tela, pegando uma segunda nave Água. Enquanto a tripulação da *Wallfish* comemorava, uma das duas naves restantes dos Águas acelerou diretamente para a *Darmstadt* enquanto a outra abria fogo na plataforma de reabastecimento perto da Estação Malpert.

A plataforma explodiu em uma enorme bola de fogo de hidrogênio queimado.

Depois o propulsor de massa disparou de novo: jatos de plasma disparados dos dutos pelo tubo de aceleração. O projétil errou a nave Água perto da plataforma destruída — os alienígenas não eram burros nem descuidados para voar na linha do cano —, mas atingiu outra coisa que Kira não tinha notado: um satélite que flutuava perto de Malpert.

O satélite desapareceu em uma explosão de luz, pulverizado pela força do impacto. O borrifo de matéria superaquecida alvejou a nave Água próxima, pontilhando-a com milhares de micrometeoroides.

— *Shi-bal* — sussurrou Hwa-jung.

Falconi meneou a cabeça.

— Quem disparou esse tiro merece um aumento.

A nave Água avariada afastou-se de Malpert rapidamente, o motor da nave falhou e morreu, e a nave passou a rodar e vagar para longe, sem energia. Um corte grande marcava um lado do casco. Dele vazava gás e água cristalizada.

Kira olhou a nave com um interesse intenso. "É esta", pensou ela. Se não explodisse, talvez eles pudessem abordá-la. Ela deu graças a Thule e olhou para Falconi.

Ele percebeu, mas não reagiu, e Kira se perguntou quais pensamentos giravam por trás de seus duros olhos azuis.

A *Wallfish* tomou posição atrás do asteroide TSX-2212 e desligou o empuxo enquanto a *Darmstadt* e a única nave Água restante continuavam a duelar. As poucas naves de apoio que sobraram apressaram-se a ajudar o cruzador do CMU, mas não eram páreo para a nave alienígena, servindo apenas como distrações breves.

— Eles vão superaquecer logo — disse Sparrow apontando para a *Darmstadt*, que, como a *Wallfish*, tinha retraído os radiadores.

Enquanto ela falava, uma nuvem de propelente não queimado espirrou das válvulas no meio do cruzador.

— Viu só? — disse ela. — Estão descarregando hidrogênio, assim podem manter os disparos dos lasers.

O fim, quando chegou, foi rápido. Uma das naves menores — uma plataforma de mineração tripulada, pensou Kira — acelerou diretamente para a nave Água restante em uma tentativa de abalroá-la.

A plataforma não chegou perto dos Águas, é claro. Os alienígenas a explodiram antes que se aproximasse. No entanto, os fragmentos criados continuaram na trajetória anterior e forçaram os Águas a sair de sua nuvem protetora para não serem atingidos.

A *Darmstadt* partiu antes mesmo dos Águas, executando uma aceleração de emergência e saindo do próprio envoltório de medidas de proteção. Rompeu justo quando os Águas apareceram nitidamente e de pronto apanhou a nave alienígena com um disparo certeiro do canhão principal de laser.

Um jato de matéria pulverizada foi ejetado da lateral da nave reluzente dos Águas e a nave desapareceu em uma bola de fogo de antimatéria aniquiladora.

Kira afrouxou o aperto mortal que dava nos braços da cadeira de impacto.

— Acabou-se — disse Falconi.

Vishal gesticulou para cima.

— Deus seja louvado.

— Só restam nove naves dos Águas — disse Sparrow, gesticulando para o resto do sistema. — Com sorte, não vão tentar empatar o placar.

— Mesmo se tentarem, já teremos ido embora a essa altura — disse Nielsen. — Gregorovich, estabeleça o curso para a Estação Malpert.

Kira olhou novamente o capitão e desta vez ele assentiu.

— Ignore isso — disse ele, endireitando os ombros. — Gregorovich, entre em rota de interceptação com aquela nave Água avariada. A toda velocidade possível.

— Capitão! — disse Nielsen.

Falconi olhou a tripulação perplexa.

— Atenção, pessoal. Vamos invadir uma espaçonave alienígena.

CAPÍTULO V

* * * * * * *

EXTREMIS

1.

Kira ficou em silêncio enquanto Falconi explicava o plano. Cabia ao capitão convencer a tripulação; eles confiavam nele, não nela.

— Senhor — disse Sparrow, mais séria do que Kira já havia visto —, Águas ainda podem estar naquela nave. Não tem como saber se todos morreram.

— Eu entendo — disse Falconi. — Mas só deve haver umas poucas criaturas grandes como lulas ali. Não é, Trig?

O garoto fez que sim com a cabeça e seu pomo-de-Adão subiu e desceu.

— É, capitão.

Falconi assentiu, satisfeito.

— Muito bem. Não tem como todos eles terem sobrevivido. De jeito nenhum, não tem como. Mesmo que a nave ainda tenha dois deles vivos, estamos em vantagem.

Em volta deles, a nave roncou e o peso voltou enquanto a *Wallfish* retomava o empuxo.

— Gregorovich! — disse Nielsen.

— Peço desculpas — disse o cérebro da nave, como se estivesse prestes a rir. — Parece que o capitão nos levou numa bela aventura, é o que parece.

Então Sparrow falou:

— A vantagem pode virar desvantagem bem rápido quando começar o tiroteio, e temos um monte de passageiros com que nos preocupar.

Falconi a olhou, sua expressão dura como ferro.

— Não precisa me dizer isso... Acha que consegue lidar com a situação?

Depois de refletir por um momento, Sparrow abriu um sorriso torto.

— Dane-se, vamos nessa. Mas você vai ficar me devendo o dobro do adicional de insalubridade por isso.

— Fechado — disse Falconi sem hesitar.

Ele olhou para Nielsen.

— Você ainda desaprova — falou.

Não foi uma pergunta.

A primeira-oficial se inclinou para a frente, apoiando os cotovelos nos joelhos.

— Aquela nave está danificada. Pode explodir a qualquer momento. Além da possibilidade de os Águas estarem esperando para nos matar. Por que se arriscar?

— Porque, se fizermos esta única viagem, podemos acabar com nossa dívida — disse Falconi. — Podemos comprar toda a antimatéria que precisamos para sair dessa merda de sistema.

Nielsen parecia estranhamente calma.

— E?

— E é a oportunidade de fazer algo a respeito da guerra.

Depois de um instante, Nielsen assentiu.

— Tudo bem. Mas se vamos fazer isso, temos de ser inteligentes.

— Este é meu departamento — disse Sparrow, levantando-se.

Ela apontou para Kira.

— Os Águas vão reconhecer essa coisa em você, se a virem?

— Talvez... É, provavelmente — disse Kira.

— Tá legal. Então deixamos você fora de vista até termos certeza de que a nave está liberada. Combinado. Trig, você vem comigo.

A baixinha saiu às pressas do centro de comando, com o garoto a reboque. Hwa-jung foi atrás um momento depois, descendo à engenharia para supervisionar pessoalmente os sistemas da *Wallfish* durante a abordagem.

— Estimativa? — perguntou Falconi.

— Dezesseis minutos — respondeu Gregorovich.

2.

— Aonde vamos? — perguntou Kira, correndo atrás de Falconi, Nielsen e Vishal.

— Você vai ver — disse o capitão.

Na metade da curva da nave, Nielsen parou em uma porta estreita embutida na parede. Digitou um código no painel de acesso e, depois de um instante, a porta se abriu num estalo.

Seu interior era um armário de suprimentos abarrotado cuja largura não passava de um metro e meio. Um suporte na parede esquerda tinha um sortimento de fuzis e blasters (vários que Kira reconhecia da *Valkyrie*) e outras armas. A parede direita era forrada de carregadores para os supercapacitores dos blasters, bem como cinturões, coldres, caixas de munição e pentes para as armas de fogo. No fundo do armário havia uma banqueta e uma pequena bancada sob uma prateleira com uma pilha alta de ferramentas para manutenção de armas (todas fixadas por uma tampa de plástico transparente). Um holo piscava acima da prateleira; mostrava um gato unicórnio descansando nos braços de um homem ossudo de cabelo cor-de-rosa, com as palavras *Bowie Vive* escritas em caracteres elegantes na parte de baixo.

A visão do arsenal deixou Kira perplexa.

— É arma pra caramba.

Falconi grunhiu.

— Melhor ter armas quando se precisa delas. Como hoje. Nunca se sabe com o que vamos esbarrar nos confins intergalácticos.

— Bandos de salteadores — disse Nielsen, pegando um fuzil de cano curto com uma boca de aparência cruel.

— Hackers — disse Vishal, abrindo uma caixa de balas.

— Bichos de dentes grandes — disse Falconi, colocando um fuzil nos braços de Kira.

Ela hesitou, lembrando-se do que tinha ouvido nos noticiários.

— Os blasters não são mais eficazes contra os Águas?

Falconi mexeu no display na lateral de sua arma.

— Claro. Também são mais eficazes para abrir buracos no casco. Não sei quanto a você, mas não quero ser ejetado no espaço. Fora da nave, usamos blasters. Dentro, usamos armas de fogo. As balas ainda provocam dano pra cacete, mas não existe a possibilidade de atravessarem nosso escudo de Whipple.

Com relutância, Kira aceitou o argumento. Cada espaçonave tinha um escudo de Whipple montado dentro do casco externo: camadas alternadas de materiais variados que serviam para dispersar projéteis que chegassem (naturais ou artificiais). Os micrometeoroides eram uma ameaça constante no espaço e, via de regra, as balas se deslocavam de forma muito mais lenta e continham menos energia por grama.

— Além disso — disse Vishal —, o laser ricocheteia, e precisamos pensar em nossos passageiros. Se mesmo uma pequena parte de energia de um laser defletir no olho de alguém...

Ele meneou a cabeça.

— Seria muito ruim, srta. Kira — completou. — Muito ruim.

Falconi endireitou o corpo e falou:

— Isso, e as balas não são distorcidas por contramedidas. Têm suas vantagens.

Ele deu um tapinha no fuzil de Kira.

— Conecte isto a seus filtros — continuou. — Todos da *Wallfish* estão marcados como amistosos, assim você não precisa ter medo de atirar em nós — disse, e abriu um sorriso rápido. — Mas você talvez não precise atirar em nada. É só uma precaução.

Kira assentiu, nervosa. Podia sentir a Lâmina Macia se moldando ao cabo da arma, e um reconhecimento terrível a dominou.

Uma mira reticulada apareceu no centro de sua visão, vermelha e redonda, e ela experimentou, focalizando em diferentes objetos dentro do arsenal.

Nielsen lhe entregou dois pentes a mais. Kira os guardou no bolso lateral da calça.

— Sabe recarregar? — perguntou Nielsen.

Kira fez que sim com a cabeça. Ela praticara tiro com o pai em Weyland várias vezes.

— Acho que sim.

— Me mostre.

Kira retirou e recolocou o pente várias vezes.

— Tudo certo — disse Nielsen, aparentemente satisfeita.

— Vamos lá — disse Falconi, tirando da prateleira a maior arma de todas.

Kira nem mesmo sabia o que era: não era um blaster, disso tinha certeza, mas o cano tinha quase a largura de seu punho. Era grande demais para ser um fuzil.

— Mas que diabos é *isso*? — perguntou ela.

Falconi soltou uma gargalhada maligna.

— É um lança-granadas. O que mais seria? Comprei em uma liquidação de excedentes de milicianos alguns anos atrás. O nome dela é Francesca.

— Você deu um nome a sua arma — disse Kira.

— Claro. É uma cortesia comum se você vai confiar sua vida a alguma coisa. As naves têm nomes. As espadas antigamente tinham nomes. Agora as armas têm nomes.

Falconi riu de novo e Kira se perguntou se Gregorovich era o único louco naquela nave.

— Então os blasters são perigosos demais, mas um lança-granadas não é? — disse ela.

Falconi deu uma piscadela para Kira.

— Não se você souber o que está fazendo.

Ele deu um tapinha no tambor.

— Essas crianças são granadas concussivas — explicou. — Sem estilhaços. Explodem você em pedaços, mas só se caírem do seu lado.

Uma voz soou no intercomunicador: Hwa-jung.

— Capitão, está na escuta?

— Estou. Pode falar, câmbio.

— Tenho uma ideia para distrair os Águas. Se enviarmos os drones de reparos e os usarmos para...

— Faça isso — disse ele.

— Tem certeza? Se...

— Tenho. Faça. Confio em você.

— Entendido, capitão.

A linha ficou muda. Depois, Falconi segurou Vishal pelo ombro.

— Pegou tudo de que precisa, doutor?

Vishal assentiu.

— Eu jurei não causar danos, mas esses alienígenas não têm nenhum senso de misericórdia. Às vezes a melhor maneira de evitar danos é minimizá-los. Se isso significa atirar em um Água, que seja.

— É isso aí.

Falconi voltou à frente de todos pelo corredor.

— O que eu faço? — perguntou Kira enquanto o seguia pela escada no poço central.

— Você vai ficar fora de vista até que seja seguro — disse Falconi. — Além do mais, esta não é sua especialidade.

Kira não iria discordar.

— Mas é a de vocês?

— Já temos certa experiência em brigas.

Falconi saltou da escada no convés D, o mais inferior, acima dos porões de carga.

— Você vai na frente e... — continuou ele.

— Senhor — disse Gregorovich —, a *Darmstadt* está nos saudando. Querem saber, abre aspas, "Que diabos vocês estão fazendo indo atrás daquela nave dos Águas?", fecha aspas. Parece que estão muito *irritados*.

— Mas que merda — disse Falconi. — Tudo bem, embrome por um minuto.

Ele apontou para Kira.

— Vá buscar aqueles dois Entropistas. Se quisermos usá-los, talvez não tenhamos muito tempo.

Ele não esperou por uma resposta, apressando-se com Nielsen e Vishal a reboque.

Kira desceu o resto da escada e disparou pelo corredor até o porão de estibordo. Virou-se, abriu a porta e ficou surpresa ao encontrar os Entropistas à espera dela do outro lado.

Eles fizeram uma mesura e Veera falou:

— O cérebro da nave, Gregorovich...

— ... nos disse para recebermos você — disse Jorrus.

— Ótimo. Venham comigo — disse Kira.

Assim que eles chegaram ao convés D, soou o alerta de gravidade zero. Os três seguraram-se em suportes bem a tempo de evitar sair flutuando pela nave.

A *Wallfish* girou 180 graus, pressionando-os na parede mais externa. O empuxo voltou e Gregorovich disse:

— Contato em oito minutos.

Kira sentia a nave alienígena se aproximar, a redução rápida da distância multiplicando a força da compulsão que transmitia. A convocação era um latejar surdo na parte de trás da cabeça, uma pressão constante em sua bússola mental que, embora fácil de ser ignorada, recusava-se a ceder.

Jorrus falou:

— Prisioneira Kaminski...

— Navárez. Meu nome é Kira Navárez.

Os Entropistas se entreolharam. Veera falou:

— Estamos muito confusos, Prisioneira Navárez, como...

— ... todos no porão. Qual é...

— ... nosso curso e por que você nos convocou?

— Escutem — disse Kira, e lhes fez um breve resumo da situação.

Parecia que agora ela contava sobre a Lâmina Macia a todo mundo. Os olhos dos Entropistas se arregalaram em um assombro simultâneo enquanto eles ouviam, mas eles não a interromperam. Ela terminou dizendo:

— Estão dispostos a ajudar?

— Seria uma honra para nós — disse Jorrus. — A busca do conhecimento...

— ... é o mais digno dos empreendimentos.

— Arrã — disse Kira.

Depois, mandando tudo às favas, enviou a eles os resultados dos exames de Vishal.

— Vejam isto enquanto esperam. Depois que tivermos certeza de que a nave Água é segura, chamaremos vocês.

— Se for uma questão de conflito... — disse Veera.

— ... gostaríamos...

Kira já estava em movimento e não ouviu o resto. Voltou às pressas pelos corredores sujos até encontrar a tripulação reunida na frente da porta da câmara de descompressão.

Dominando o meio da antecâmara estavam Trig e Sparrow, como uma dupla de pilares de metal amassado, cada um com mais de dois metros de altura. Armadura energizada. Modelo militar, pelo que Kira podia ver. As conchas civis não costumavam ter mísseis instalados nos ombros... Onde a tripulação conseguira um equipamento desse? Hwa-jung se mexia entre os dois, ajeitando as armaduras e dando conselhos incessantes a Trig:

— ... e não fique empolgado e se movimente rápido demais. Não tem espaço para isso. Você só vai se machucar. Deixe que o computador faça a maior parte do trabalho. Ele vai facilitar as coisas para você.

O garoto assentiu. Seu rosto era pálido e tinha gotas de suor.

Ver Trig ali incomodou Kira. Será que Falconi realmente ia colocá-lo na linha de frente, onde ele podia se ferir? Sparrow ela entendia, mas Trig...

Nielsen, Falconi e Vishal estavam ocupados aparafusando uma fila de engradados no convés, pouco atrás de Trig e Sparrow. Os engradados eram grandes o suficiente para se esconder atrás deles: cobertura para o combate.

Toda a tripulação que não estava de exo — inclusive Hwa-jung — vestira skinsuits.

A chefe de engenharia foi a Sparrow e puxou seu propulsor com força suficiente para desalojar a armadura da mulher menor, deslocando várias centenas de quilos de massa com pouquíssimo esforço.

— Fique quieta — rosnou Hwa-jung, puxando de novo.

— Fique quieta você também — resmungou Sparrow, com dificuldade de se equilibrar.

Hwa-jung deu um tapa no protetor de ombro de Sparrow com a palma da mão.

— *Aish!* Malandra. Tenha mais respeito com os mais velhos! Quer perder energia no meio de uma batalha? Sinceramente.

Sparrow sorriu para a chefe de engenharia; parecia gostar do cuidado.

— Oi — disse Kira, assustando-os.

Ela apontou para Trig.

— O que ele está fazendo nessa coisa? — perguntou. — Ele é só um adolescente.

— Mas não por muito tempo! Farei vinte na semana que vem — disse Trig, a voz abafada enquanto colocava o capacete.

Falconi se virou para Kira. O skinsuit dele era preto-fosco (o visor estava erguido), e nos braços ele aninhava Francesca.

— Trig sabe operar um exo melhor que qualquer um de nós. Ele certamente ficará mais seguro *dentro* da armadura do que fora dela.

— Tudo bem, mas...

O capitão franziu o cenho.

— Temos trabalho a fazer, Navárez.

— E o CMU? Eles vão criar problemas? O que você disse a eles?

— Eu disse que íamos atrás de resquícios. Eles não ficaram satisfeitos, mas não há nada de ilegal nisso. Agora, some daqui. Chamaremos você quando for seguro.

Ela começou a sair, mas Hwa-jung deu um salto e lhe entregou dois fones de ouvido.

— Assim podemos manter contato com você — disse a chefe de engenharia, e deu um tapinha na têmpora de Kira.

Agradecida, Kira saiu, mas só foi até a primeira curva do corredor. Ali, ela se sentou, pôs os fones e puxou os filtros.

— Gregorovich — disse ela —, posso ver a transmissão de fora?

Um instante depois, abriu-se uma janela à sua frente e ela viu uma imagem da nave alienígena a estibordo. O corte longo e estreito de um lado expunha uma seção transversal de vários andares: espaços escuros e mal-iluminados, cheios de formas indistintas. Enquanto tentava entendê-los, nuvens de vapor apareceram pela parte intermediária da nave esférica, e graças a isso os danos não ficaram mais visíveis.

Pelos fones, Kira ouviu Nielsen: *Capitão, os Águas estão disparando os propulsores.*

Um segundo depois, Falconi falou: *Estabilização de giro automática? Sistemas de reparo ativados?*

Hwa-jung respondeu: *Desconhecido.*

Varredura térmica. Apareceu alguma criatura viva?

Indeterminado, disse Gregorovich. No filtro de Kira, a visão da nave dos Águas foi substituída por uma mancha impressionista de infravermelho. *Assinaturas de calor demais para identificar.*

Falconi soltou um palavrão. *Tudo bem. Não vamos nos arriscar, então. Trig, você faz o que Sparrow fizer. Como disse Hwa-jung, deixe que o computador faça o trabalho duro. Espere que os drones de reparo deem sinal de liberação para entrar em um espaço.*

Sim, senhor.

Estaremos bem atrás de você, não se preocupe.

O tamanho da massa luminosa da nave Água aumentava nos filtros e a dor da convocação agindo sobre a Lâmina Macia crescia em proporção direta. Kira passou a base da mão no esterno; quase parecia que tinha azia — uma pressão desagradável que dificultava para ela ficar parada. No entanto, não era um desconforto de que pudesse se livrar com um arroto, um comprimido, ou bebendo água. No fundo dos cantos da mente, ela sentia a certeza do xeno de que a única cura seria que os dois se apresentassem diante da origem da convocação, como exigia o dever.

Kira estremeceu. Uma onda de energia nervosa corria por ela. Era apavorante não saber o que ia acontecer. Ela se sentia estranha — quase enjoada, como se algo horrível estivesse prestes a ocorrer. Algo *irrevogável*.

O traje reagiu a sua angústia; Kira o sentia se contrair em volta dela, engrossando e endurecendo com uma eficiência experiente. *Ele* estava preparado. Disso Kira tinha certeza. Ela se lembrou dos sonhos de batalha; a Lâmina Macia tinha enfrentado o perigo mortal muitas e muitas vezes no curso de eras, mas, embora sempre tivesse suportado, ela não sabia se o mesmo poderia ser dito daqueles que tinham se unido ao xeno.

Só o que os Águas teriam de fazer seria atirar na cabeça de Kira e, com ou sem traje, o choque do impacto a mataria. Nenhum tecido reestruturado pela Lâmina Macia a salvaria. Tudo se acabaria. Sem voltar ao ponto onde parou, sem arquivo salvo para recuperar. Nada. Uma vida, uma tentativa de fazer as coisas corretamente, e a morte permanente, caso fracassasse. É claro que o mesmo podia ser dito de todos os outros. Ninguém tinha direito a um teste do futuro, por assim dizer.

Ainda assim, embora corresse perigo por causa da Lâmina Macia, Kira se viu perversamente agradecida por sua presença. Sem o xeno, ela seria mais vulnerável, uma tartaruga sem a casca agitando as pernas no ar, exposta aos inimigos.

Ela segurou mais firme o fuzil.

Lá fora, as estrelas que giravam desapareceram atrás do imenso casco branco da nave dos Águas, que cintilava como a concha de um abalone.

Kira se esforçou para reprimir outra palpitação de medo. Por baixo das roupas, a Lâmina Macia produziu cravos em resposta, pinos pequenos com pontas afiadas, se agitando pelo corpo recoberto. Ela não tinha percebido como a nave era *grande*. No entanto, só continha três dos alienígenas de tentáculos. Só três, e a maioria devia estar morta, talvez até todos eles. Devia...

Com a nave tão perto, a compulsão era mais forte que nunca; ela se viu inclinada para a frente, espremendo-se na parede do corredor como quem quer atravessá-la.

Kira se obrigou a relaxar. Não. Não ia ceder ao desejo. Seria a maior burrice que podia cometer. Por mais tentador que fosse, precisava impedir que a compulsão controlasse seus atos. Ela era *mesmo* tentadora, a um nível assustador. Se obedecesse como era esperado e respondesse às convocações, a dor desapareceria e, pelas antigas lembranças, ela sabia da recompensa de satisfação que viria...

Mais uma vez Kira lutou para ignorar a sensação invasiva. A Lâmina Macia podia sentir o imperativo da obediência, mas *ela* não. Seu instinto de autopreservação era forte demais para fazer o que mandava um sinal alienígena.

Ou assim ela queria acreditar.

Enquanto Kira travava sua luta íntima, a *Wallfish* desligou os motores. Kira se debateu por um momento, depois a Lâmina Macia se aderiu ao chão e à parede que ela tocava, ancorando-a ali, como tinha feito nos radiadores da *Extenuating Circumstances* depois de ela ter sido ejetada para o espaço.

A *Wallfish* manobrou com propulsores RCS em volta da massa inchada da nave dos Águas até chegar a um domo de três metros de largura que se projetava do casco. Kira o reconheceu dos vídeos como a câmara de descompressão usada pelos alienígenas.

Todos prontos!, gritou Falconi. Ela ouviu as travas das armas sendo abertas e o zumbido de capacitores se carregando logo depois da curva. *Baixar visores.*

Por um instante aparentemente interminável, nada aconteceu, e Kira sentiu apenas tensão, expectativa e o martelar crescente de sua pulsação.

Nas câmeras, o domo começou a se aproximar. Quando a *Wallfish* estava a apenas alguns metros de distância, uma membrana grossa que parecia couro se retraiu do domo, expondo a superfície polida, como madrepérola, por baixo.

Parece que estão esperando por nós, disse Sparrow. *Que ótimo.*

Pelo menos não teremos de cortar para entrar, disse Nielsen.

Hwa-jung resmungou.*Talvez sim. Talvez não. Pode ser automático.*

Foco!, disse Falconi.

Gregorovich falou, *Contato em três... dois... um.*

O convés arremeteu quando a *Wallfish* e a nave alienígena se encostaram. Seguiu-se o silêncio, chocante em sua plenitude.

CAPÍTULO VI

* * * * * * *

PRÓXIMO & DISTANTE

1.

Com um sobressalto, Kira se lembrou de respirar. Puxou o ar duas vezes, rapidamente, e tentou se acalmar para não desmaiar. Estava quase lá; só mais alguns segundos...

Os filtros piscaram e, em vez da transmissão de fora, ela viu a antecâmara de descompressão a partir de uma câmera instalada acima da entrada: Gregorovich deixara que ela visse o que estava acontecendo.

— Obrigada — disse ela em voz baixa.

O cérebro da nave não respondeu.

Falconi, Hwa-jung, Nielsen e Vishal estavam agachados atrás dos engradados empilhados e rebitados no convés. Sparrow e Trig estavam de pé na frente deles com suas armaduras energizadas, de frente para a câmara de descompressão, como uma dupla de gigantes parrudos, de braços levantados e armas apontadas.

Pelos visores das portas interna e externa da câmara de descompressão, Kira viu a superfície curva e iridescente da nave dos Águas. Parecia impecável. Inexpugnável.

Bots de reparo lançados, anunciou Hwa-jung em uma voz pretensamente calma. Ela se persignou.

Do outro lado da antecâmara, Vishal se curvou no que Kira desconfiou ser a direção da Terra e Nielsen tocou algo por baixo do skinsuit. Na possibilidade de dar algum resultado, Kira fez uma oração silenciosa a Thule.

E aí?, disse Falconi. *Precisamos bater?*

Como que em resposta, o domo girou, um globo ocular rolando em sua cavidade e revelando... não uma íris, mas um tubo circular, de três metros de extensão, que levava diretamente à esfera. Do outro lado havia uma segunda membrana parecida com couro.

Era uma sorte, pensou Kira, que aparentemente os micróbios Águas não representassem risco de infecção humana. Pelo menos nenhum que tenham descoberto. Ainda assim, Kira desejou que ela e a tripulação da *Wallfish* pudessem ter observado os procedimentos adequados de contenção. Quando se tratava de organismos alienígenas, sempre era melhor pecar pelo excesso de cautela.

Um tubo pressurizado flexível se estendeu alguns centímetros para fora da câmara de descompressão da *Wallfish* e pressionou o entorno da circunferência do tubo.

Temos um lacre positivo, anunciou Gregorovich.

Como que em resposta, a membrana interna se retraiu. O ângulo da câmera não permitia a Kira uma boa visão da nave dos Águas: ela via uma fatia de espaço nas sombras, iluminada por um brilho azul fraco que a lembrava o mar abissal onde governava o grande e poderoso Ctein.

Meu Deus, é imensa!, exclamou Vishal, e Kira reprimiu o impulso de espiar pelo canto dos olhos para ver por si própria.

Abrir câmara de descompressão, disse Falconi.

O baque de alças de travamento ecoou no corredor e as câmaras interna e externa se abriram.

Gregorovich, disse Falconi. *Caçadores.* Um par de drones de formato globular desceram zunindo do teto e dispararam pela nave alienígena, seu zumbido inconfundível sumindo rapidamente.

Nenhum movimento aparente de fora, disse Hwa-jung. *Tudo liberado.*

Falconi falou: *Tudo bem. Os caçadores também não estão pegando nada. Vamos seguir.*

Atentos à retaguarda!, gritou Sparrow, e os passos pesados das armaduras energizadas sacudiram o convés, dirigindo-se à câmara de descompressão.

Neste exato momento, Kira sentiu: um odor-próximo de dor e medo entremeados em uma mistura tóxica.

— Não! Esperem! — começou a gritar, mas foi lenta demais.

Contato!, gritou Sparrow.

Ela e Trig começaram a disparar algo na câmara: uma saraivada de projéteis e laser. Mesmo do outro lado, Kira sentia o estrondo das armas. O barulho era brutalmente intenso: assaltos físicos em si mesmos.

Um hemisfério de partículas se formou na frente de Sparrow e de Trig, enquanto seus lasers imolavam os projéteis que chegavam. Alumínio e giz explodiram de seus exos, as nuvens cintilantes expandindo-se para fora em esferas quase perfeitas até se chocarem com as paredes, o teto e umas com as outras.

Depois, uma estaca de fogo saltou do imenso lança-granadas de Falconi. Um instante após, um forte clarão branco-azulado iluminou as profundezas da câmara de descompressão e um estrondo surdo rolou pela nave. A explosão rasgou a nuvem, permitindo uma visão clara — entre faixas irregulares de névoa — dentro e em volta da câmara.

Algo pequeno e branco saiu da nave alienígena, com maior velocidade do que Kira pôde acompanhar. Depois a transmissão da câmera se apagou e uma concussão a atingiu, jogando sua cabeça na parede e fazendo seus dentes baterem com força suficiente para doer. O pulso de ar superpressurizado foi tão alto que ultrapassou a audição: ela o sentiu nos ossos, nos pulmões e em forma de uma pontada dolorosa nos ouvidos.

Sem nenhum pedido da parte dela, a Lâmina Macia se arrastou por seu rosto, cobrindo-o completamente. A visão oscilou, depois voltou ao normal.

Kira tremia de adrenalina. As mãos e os pés estavam frios, o coração batia forte nas costelas, como se tentasse escapar. Apesar disso, ela criou coragem para enfiar a cabeça pelo canto do corredor. Mesmo que fosse um erro, precisava saber o que estava acontecendo.

Para seu horror, ela viu Falconi e os outros vagando no ar, mortos ou atordoados. Gotas de sangue pingavam de um corte no ombro do skinsuit de Nielsen e havia um pedaço de metal se projetando da coxa de Vishal. Trig e Sparrow pareciam ter se saído melhor — Kira via a cabeça dos dois virando-se nos capacetes —, mas as armaduras energizadas estavam travadas, inoperantes.

Depois deles ficava a câmara de descompressão e — passando por ela — a nave alienígena. Ela teve o vislumbre de uma câmara escura e funda com máquinas estranhas pairando no fundo, até que uma monstruosidade tentacular se mexeu, bloqueando a luz.

O Água quase preenchia a câmara de descompressão. A criatura parecia ferida; um icor laranja escorria de pelo menos uma dúzia de cortes nos braços, e havia uma rachadura na carapaça do corpo.

Carnerrada!

Kira viu, petrificada, o Água se arrastar para o interior da *Wallfish*. Se ela fugisse, só chamaria atenção para si. Seu fuzil era pequeno demais para ter muita chance de matar o Água, e a criatura certamente atiraria em resposta, se ela abrisse fogo...

Ela tentou engolir, mas tinha a boca seca como pó.

Então escutou um farfalhar suave, de folha morta, da entrada do Água na antecâmara. O som fez o couro cabeludo de Kira se arrepiar em um reconhecimento frio: ela se *lembrava* dele de muito tempo atrás. Acompanhando o som, houve uma mudança no odor-próximo de medo para raiva, desdém e impaciência.

O instinto natural da Lâmina Macia era reagir ao cheiro — Kira sentia o impulso —, mas ela resistiu com todas as suas forças.

Ninguém da tripulação tinha voltado a se mexer. O Água manobrava entre os corpos flutuantes.

Kira pensou nas crianças no porão de carga e sua determinação endureceu. Era culpa dela; embarcar na nave Água fora ideia dela. Não podia permitir que o alienígena chegasse ao porão. Não suportava ficar parada, olhando, enquanto ele matava Falconi e o resto da tripulação. Mesmo que custasse a própria vida, ela precisava fazer alguma coisa.

Suas deliberações só levaram um instante. Depois ela fixou a mira do filtro no Água e levantou a arma com a intenção de atirar.

O movimento chamou a atenção do Água. Uma nuvem de fumaça branca irrompeu em volta dele e houve um torvelinho de tentáculos e um borrifo de icor enquanto a criatura se virava. Kira disparou às cegas no meio da fumaça, mas, se as balas o acertaram, ela não conseguia ver.

Um tentáculo atacou e se enrolou no tornozelo da armadura de Trig.

— Não! — gritou Kira, mas era tarde demais.

O Água voltou a sua nave, arrastando Trig, usando-o como escudo.

As espirais de fumaça se dispersaram nas saídas de ar da antecâmara.

2.

— Gregoro... — começou Kira, mas o cérebro da nave já se manifestava:

— Precisarei de alguns minutos para religar a armadura de Sparrow. Não tenho mais nenhum caçador e os lasers de defesa destruíram todos os bots de reparo.

O resto da tripulação ainda vagava, inerte e indefesa. Não viria nenhuma ajuda deles, e os refugiados no porão estavam longe demais, além de serem despreparados demais.

A mente de Kira entrou em disparada, sopesando as opções. A cada segundo que passava, caíam as chances de sobrevivência de Trig.

Em uma voz suave, tão suave que parecia descabida, Gregorovich falou:

— Por favor.

Kira entendeu o que precisava fazer. Não se tratava mais dela e, de certo modo, isso facilitava as coisas, apesar do medo que obstruía suas veias. Ela precisava de mais poder de fogo. Seu fuzil não seria muito eficaz contra o Água.

Ela desejou que a Lâmina Macia a desgrudasse da parede, impeliu-se com o pé até o lança-granadas de Falconi — Francesca — e enganchou o braço na alça.

O contador no alto do lançador mostrava cinco disparos restantes no tambor.

Teria de servir.

Segurando a arma com uma força maior que o necessário, Kira se virou de frente para a câmara de descompressão. Torrentes brancas de ar escapavam de várias rachaduras finas ao longo do interior da câmara, mas o casco não parecia em risco imediato de se desintegrar.

Antes que perdesse a coragem, Kira se escorou em um engradado e deu um salto.

3.

Enquanto corria pelo estreito tubo em direção à nave alienígena, Kira examinava o anel da câmara de descompressão dos Águas, pronta para disparar ao mais leve sinal de movimento.

"Por Thule." Que diabos estava fazendo? Ela era xenobióloga. Não era soldado. Não era uma máquina de matar geneticamente modificada e musculosa, como o pessoal do CMU.

Ainda assim, lá estava ela.

Por um momento, Kira pensou em sua família e a raiva fortaleceu a determinação. Não podia deixar que os Águas a matassem. Também não podia permitir que eles ferissem Trig... Ela sentiu uma raiva parecida da parte da Lâmina Macia: antigas mágoas empilhando-se em novas ofensas.

A luz azul e fraca da nave alienígena a envolveu quando ela saiu da câmara de descompressão.

Algo grande bateu nela de trás e a fez cambalear para uma parede curva. "Merda!" O medo voltou rapidamente quando a dor explodiu em seu lado esquerdo.

Pelo canto do olho, ela vislumbrou uma massa de tentáculos contorcidos, e logo o Água estava em cima dela, asfixiando-a com seus braços atados, duros e fortes como cabos entrelaçados. O odor-próximo obstruiu suas narinas, sufocante de tão forte.

Um dos braços deslizantes se enroscou no pescoço de Kira e *puxou*.

O movimento foi tão violento que deveria tê-la matado. Deveria ter arrancado sua cabeça. Entretanto, a Lâmina Macia ficou rígida e os estranhos recessos e ângulos singulares do espaço se tornaram turvos ao redor de Kira quando foi pendurada de pernas para o ar.

O estômago de Kira se sacudiu e ela vomitou na máscara flexível do traje.

O vômito não tinha para onde ir. Encheu sua boca — quente, azedo, queimando — e voltou pela garganta. Ela engasgou e, por mero instinto equivocado, tentou puxar o ar e inalou o que parecia ser um litro de substância cáustica.

Foi então que Kira entrou em pânico: um pânico cego e irracional. Ela se debateu, agitou-se e arranhou a máscara. Naquele frenesi, só percebia vagamente que as fibras do traje se separavam sob suas unhas.

O ar frio atingiu seu rosto e ela finalmente conseguiu expelir o vômito da boca. Tossiu com uma intensidade dolorosa enquanto o estômago se contraía em ondas pulsantes.

O ar tinha cheiro de salmoura e bile, e Kira achava que teria desmaiado por conta da atmosfera alienígena se a Lâmina Macia ainda não cobrisse seu nariz.

Ela tentou recuperar o controle, mas o corpo se recusava a colaborar. A tosse a fez se dobrar e só o que Kira viu foi a carne laranja manchada envolvendo-a e ventosas do tamanho de pratos.

O membro elástico começou a apertar. Tinha a espessura de sua perna e era muito mais forte. Em defesa, ela endureceu o traje (ou talvez ele tenha se endurecido sozinho), mas ainda assim sentia a pressão crescer enquanto o Água tentava esmagá-la.

[[Aqui é Cfar: Morra, biforme! Morra.]]

Kira não conseguia parar de tossir, e sempre que soltava o ar, o tentáculo apertava mais e dificultava a respiração. Ela se contorceu em uma tentativa frenética de se libertar, mas foi em vão. Uma convicção terrível a tomou. Ia morrer. Sabia disso. O Água a mataria, levaria a Lâmina Macia de volta a sua própria espécie e seria o fim. A certeza era apavorante.

Faíscas vermelhas encheram sua visão e Kira se sentiu vacilar no limite da inconsciência. Mentalmente, suplicou à Lâmina Macia, na esperança de que ela pudesse fazer alguma coisa, *qualquer coisa* para ajudar. Seus pensamentos pareciam não produzir efeito algum e, em todo esse tempo, a pressão aumentava e crescia, até que Kira sentiu que os ossos se partiriam e o alienígena a reduziria a uma polpa ensanguentada.

Ela gemeu quando o tentáculo arrancou o que restava de ar em seus pulmões. Os fogos de artifício nos olhos desapareceram, e, com eles, qualquer senso de urgência ou desespero. O calor a inundou, um calor reconfortante, e as coisas com que ela se preocupara não pareciam mais importantes. Afinal de contas, por que ela se preocupava tanto?

...

...

...

Ela flutuava diante de um desenho fractal, azul, escuro e gravado na superfície da pedra ereta. O desenho era complexo, além de sua capacidade de compreensão, e mudava diante de seus olhos, as margens cintilando enquanto se transformavam, crescendo e evoluindo de acordo com os preceitos de alguma lógica desconhecida. Sua visão era mais que humana; ela enxergava linhas de força se irradiando da borda infinitamente longa — clarões de energia eletromagnética que traíam vastas descargas de energia.

Kira entendeu que este era o padrão a que servia a Lâmina Macia. A que servia, ou o que era. Kira percebeu que havia uma questão inerente no padrão, uma escolha relacionada com a própria natureza do xeno. Ela seguiria esse padrão? Ou o ignoraria e entalharia novas linhas, linhas próprias, no esquema norteador?

As informações necessárias para a resposta, ela não tinha. Era uma prova para a qual ela não estudou e ela não entendia os parâmetros da pergunta.

No entanto, enquanto olhava a forma oscilante, Kira se lembrou da dor, da raiva e do medo que sentira. Os sentimentos explodiram, os dela e os da Lâmina Macia, combinados. O que quer que significasse o padrão, ela estava certa da injustiça dos apanhadores, de seu desejo de viver e da necessidade de resgatar Trig.

Para este fim, Kira estava disposta a lutar, e estava disposta a matar e destruir a fim de deter os apanhadores.

Então sua visão ficou mais aguda e telescópica e ela sentiu que caía no fractal. Ele se expandiu diante dela em camadas infinitas de detalhes, florescendo em todo um universo de temas e variações...

A dor despertou Kira, uma dor chocante e lancinante. A pressão em volta do tronco desapareceu e ela encheu os pulmões com um arquejar desesperado antes de soltar um grito.

Sua visão clareou e ela viu o tentáculo ainda a envolvendo. Só que agora um cinturão de cravos — pretos e brilhantes, entrelaçados em uma forma fractal conhecida — se estendia do tronco de Kira, penetrando o membro contorcido. Ela sentia os cravos tão bem como seus braços e pernas — eram novos acréscimos, porém conhecidos. Em volta deles, sentiu uma prensa aquecida de carne, ossos e fluidos em esguicho. Por um momento a lembrança do traje empalando Alan e os outros a invadiu, e Kira estremeceu.

Sem pensar, ela gritou e golpeou o tentáculo com o braço. Ao fazer isso, sentiu o traje se remodelar. Seu braço cortou a carne transparente do Água como se ela nem existisse.

Um líquido laranja foi espargido nela. Tinha um cheiro acre e metálico. Enojada, Kira balançou a cabeça, tentando se livrar das gotas de icor.

Decepar o tentáculo a libertou do alienígena. O Água se contorceu, agonizante, e vagou para o outro lado da sala, deixando o membro amputado para trás. O tentáculo se torcia e enroscava no ar como uma cobra sem cabeça. O meio do coto expunha um núcleo de osso.

Espontaneamente, os cravos se retraíram na Lâmina Macia.

Kira estremeceu. O xeno parecia finalmente ter decidido lutar ao lado dela. Ótimo. Talvez, afinal, ela tivesse uma chance. Pelo menos não havia ninguém por perto com quem se preocupar em apunhalar por acidente. Não naquele momento.

Ela correu o olhar pelo ambiente.

A câmara não tinha lados superior ou inferior identificáveis, assim como os próprios alienígenas. A pouca luz emanava de um campo regular da metade frontal do ambiente. Grupos de máquinas misteriosas, pretas e reluzentes, projetavam-se das paredes curvas, e a dois terços do local escuro — meio perdido nas sombras — estava uma grande concha em formato de ostra que Kira supôs ser alguma porta interna.

Ao ver a câmara, Kira sentiu um *déjà vu* dominador. Sua visão oscilou e as paredes de outra nave semelhante apareceram como fantasmas diante dela. Por um momento, parecia que ela estava em dois lugares diferentes, em duas épocas diferentes...

Ela balançou a cabeça e a imagem desapareceu.

— Pare com isso! — rosnou para a Lâmina Macia.

Não tinha tempo para essas distrações.

Se não fosse pela natureza desesperada da situação, Kira teria adorado examinar a câmara em detalhes exaustivos. Era o sonho de uma xenobióloga: uma verdadeira nave alienígena cheia de alienígenas vivos, macro e micro. Um único centímetro quadrado do ambiente bastaria para fazer uma carreira inteira. Mais do que isso, Kira queria *saber*. Sempre quisera.

Infelizmente, não era hora para isso.

Não havia nenhum sinal de Trig naquele ambiente. Isso significava que ainda havia pelo menos um Água vivo.

Kira localizou o lança-granadas de Falconi flutuando perto da parede, a certa distância. Impeliu-se para lá, grudando as palmas no interior do casco.

Ela matara um alienígena! Ela. Kira Navárez. O fato a perturbava e assombrava tanto quanto lhe dava certa satisfação deprimente.

— Gregorovich — disse ela. — Alguma ideia de para onde eles levaram...

O cérebro da nave já falava: *Continue em frente. Não posso lhe dar um local exato, mas você está na direção certa.*

— Entendido.

Kira pegou a arma.

Jorrus e Veera estão me ajudando com Sparrow. Estou interferindo em todas as frequências de saída, para garantir que os Águas não poderão sinalizar, se reconhecerem você. Mas eles ainda podem usar um laser para comunicação de linha de visão. Tenha cuidado.

Enquanto ele falava, Kira desejou que o traje a impelisse para a concha de ostra. No vácuo, a Lâmina Macia foi capaz de lhe dar um empuxo modesto — mais do que suficiente para atravessar a distância em poucos segundos.

Agora a compulsão tinha a força de uma dor de cabeça, insistente e insidiosa. Ela fez uma careta e tentou se concentrar e se desligar da palpitação.

A concha se separava em três segmentos em formato de cunha que se retraíam dentro da antepara, revelando um longo poço circular. Mais portas pontilhavam o poço a intervalos irregulares e, na extremidade, piscava um painel de luzes: um console de computador, talvez, ou quem sabe uma obra de arte. Quem poderia saber?

Kira manteve o lança-granadas preparado enquanto manobrava no poço. Trig podia estar em qualquer das salas; precisava procurar em todas. Havia motores no fundo da nave, mas Kira não tinha ideia de onde qualquer outra coisa ficaria. Será que os Águas tinham uma estação de comando centralizada? Ela não conseguia se lembrar de nenhuma menção nos noticiários...

Um tremular de movimento apareceu junto da parede próxima. Ela se virou bem a tempo de ver um alienígena semelhante a um caranguejo sair por uma porta aberta.

O Água disparou um agrupado de raios laser em Kira. Eles se curvaram inofensivamente ao redor de seu tronco. Os disparos de laser eram rápidos demais para que a visão humana normal os detectasse, mas, com a máscara cobrindo o rosto, os pulsos eram visíveis como lampejos de nanossegundo: linhas incandescentes que se acendiam e se apagavam.

Sem pensar, Kira disparou o lança-granadas. Ou melhor, a Lâmina Macia disparou por ela; Kira nem mesmo teve consciência de apertar o gatilho antes da coronha bater em seu ombro e a fazer rodar para trás.

A porcaria era tão grande que servia de artilharia.

BUM!

A granada detonou com um pulso de luz tão intensa que a visão de Kira escureceu quase completamente. Ela sentiu a força da explosão nos órgãos: o fígado doeu, os rins também, e tudo no corpo, tendões, ligamentos e músculos de que antes Kira nem tinha consciência se fizeram saber com um coro agudo de queixas.

Ela lutou para segurar alguma coisa ao alcance, qualquer coisa. Por mero acaso, roçou em uma crista na parede e o xeno aderiu à superfície lisa que parecia de pedra, impedindo sua queda. Ela inspirou, ofegante, e ficou pendurada ali enquanto recuperava o controle, a pulsação disparando com uma velocidade frenética. De frente para ela, flutuavam os restos desfigurados e retalhados do Água. Uma névoa laranja cobria a passagem.

O que a criatura estivera tentando fazer? Atacá-la furtivamente? Um enjoo sem relação nenhuma com a falta de peso se formou no estômago quando Kira pensou na explicação. O caranguejo fora mandado para retardá-la — sabendo que ia fracassar — enquanto os outros Águas preparavam uma surpresa desagradável em outro lugar.

Kira engoliu em seco, o sabor acre do vômito ainda forte. O melhor que poderia fazer era continuar procurando, na esperança de os alienígenas não conseguirem prever cada movimento dela.

Uma olhada rápida no lança-granadas. Restavam quatro disparos. Ela teria de aproveitá-los bem.

Ela se impeliu para olhar a porta de concha por onde o Água tinha surgido. As cunhas de casca quebrada pendiam, soltas. Depois dela havia uma sala globular, cheia até a metade de água esverdeada. Tiras do que pareciam algas flutuavam dentro do reservatório sereno e criaturas mínimas, como insetos, patinavam na superfície curva, traçando linhas e anéis. A palavra *sfennic* surgiu espontaneamente em sua cabeça, junto com uma sensação de *crocante, rápido na pele...* No fundo do reservatório, havia algum tipo de cápsula ou oficina.

A água deveria estar vagando em gotas, livre para passear pelo interior da sala, porque a nave estava em queda livre. Em vez disso, grudava-se a uma metade da sala, imóvel e estável como qualquer lago de planeta.

Kira reconheceu o efeito da gravidade artificial dos Águas. Parecia ser um campo localizado, porque ela não sentiu nada na entrada da sala.

A gravidade artificial não a interessava muito. O que realmente queria estudar era o *sfennic* e os crescimentos que pareciam algas. Até umas poucas células bastariam para fazer uma análise genômica completa.

Infelizmente, Kira não podia parar ali.

Com a velocidade que se atrevia a usar, ela verificou as várias salas seguintes. Nenhuma delas continha Trig e nenhuma tinha função reconhecível. Talvez esta fosse um banheiro. Talvez aquela fosse um santuário. Talvez outra coisa inteiramente diferente. A Lâmina Macia não lhe dizia e, sem sua ajuda, qualquer explicação era provável. Era este o problema quando se lidava com culturas desconhecidas (humanas ou não): a falta de contexto.

De uma coisa Kira tinha certeza: os Águas tinham mudado a estrutura das naves desde que a Lâmina Macia estivera nelas. O arranjo das salas parecia inteiramente desconhecido.

Ela viu muitos sinais de batalha: buracos de estilhaços, queimaduras de laser, compósitos derretidos — provas do embate da nave com o CMU na Estação Malpert. A luz piscava e se deformava, e alarmes soavam como cantos de baleia por toda a nave. Os cheiros de... alerta, perigo e medo tingiam o ar.

No final do poço, a passagem se bifurcava. As entranhas de Kira lhe diziam para pegar a esquerda, e para a esquerda ela foi, impelida pelo desespero. "Cadê ele?" Ela começava a temer que já fosse tarde demais para salvar o garoto.

Kira passou por mais três das tais portas em concha, depois por uma quarta que dava em outra câmara esférica.

O ambiente parecia enorme — as paredes mal se curvavam —, mas era difícil saber o verdadeiro tamanho. Uma névoa espessa de fumaça obstruía o ar, diminuindo a habitual iluminação azul a ponto de dificultar enxergar muito mais que as extremidades dos próprios braços.

O medo se esgueirou do lado de Kira. Ali era o lugar perfeito para uma emboscada.

Ela precisava *enxergar*. Se ao menos... Ela se concentrou na necessidade, concentrou-se com toda a força, e sentiu uma comichão no alto das pálpebras. Sua visão se distorceu, como um lençol sendo enxaguado, depois ficou plana de repente e a neblina pareceu se retirar (embora o fundo da sala continuasse obscurecido), revelando o ambiente monocromático.

A câmara devia ter uns 30 metros de diâmetro, se não mais. Ao contrário das outras salas, esta era tomada de estruturas: ramificações de andaimes claros crivados de uma matriz que parecia osso. Um passadiço preto ladeava a circunferência interna da parede do fundo do espaço. Instaladas nas paredes dos dois lados do passadiço, havia fileiras e mais fileiras do que pareciam... cápsulas. Imensas e sólidas, zumbiam de eletricidade, e anéis brilhantes de força magnética as conectavam a circuitos ocultos.

O medo se misturou com a curiosidade e Kira examinou a cápsula mais próxima.

A frente da cápsula era feita de um material transparente, leitoso e claro, como a pele de um ovo. Através dele, ela viu uma forma indistinta, nebulosa, convoluta e difícil de se definir de forma reconhecível.

O objeto se mexeu, inconfundivelmente vivo.

Kira arquejou e recuou de repente, levantando o lança-granadas. A coisa dentro da cápsula era um Água, seus tentáculos enrolados no corpo, subindo e descendo suavemente em um líquido viscoso.

Ela quase atirou na criatura; só o fato de a coisa não reagir a seu movimento súbito — e o desejo de Kira de evitar atenção indesejada — a fez parar. Seriam câmaras de nascimento? Tubos de crio? Contêineres de sono? Algum tipo de creche? Ela olhou o ambiente. Seus lábios se mexeram por baixo da máscara enquanto ela contava: uma, duas, três, quatro, cinco, seis, sete... 49 no total. Quatorze das cápsulas eram menores do que as demais, porém, ainda assim, eram outros 49 Águas, se todas as cápsulas estivessem cheias. Mais do que o suficiente para dominarem-na e a todos da *Wallfish*.

"Trig."

Ela se preocuparia com as cápsulas depois.

Kira se escorou na beira do portal, depois arrancou para uma longarina do andaime. Enquanto voava para lá, uma haste prateada disparou da névoa mais profunda da câmara.

Ela mexeu o braço e a derrubou de lado. O xeno endureceu em seu braço o suficiente para impedir uma fratura no pulso.

Seu movimento e o impacto a fizeram girar. Ela tentou se segurar na longarina e por um momento os dedos arranharam o ar...

Ela devia ter errado. Devia continuar rodando. Em vez disso, Kira estendeu o braço e a Lâmina Macia se estendeu com ela, projetando filamentos em uma extensão natural de seus dedos até envolver a longarina e a fazer parar, batendo os dentes.

Que interessante.

Atrás dela, Kira viu uma *coisa* de garras saltar de uma longarina a outra, perseguindo-a. Nas sombras, a criatura parecia escura, quase preta. Espinhos, garras e pequenos membros estranhos se projetavam dela em ângulos inesperados. Uma espécie de Água que ela ainda não tinha visto. Era difícil avaliar o tamanho da criatura, mas era maior do que Kira. Em uma das garras, carregava outra haste prateada: tinha um metro de extensão e brilhava como um espelho.

Ela disparou Francesca no alienígena, mas ele era veloz demais para ser atingido, mesmo com a ajuda do traje. A granada explodiu do outro lado da câmara, destruindo uma das cápsulas e criando um clarão de raio como iluminação.

Pelo clarão, Kira viu rapidamente duas coisas: perto do fundo da câmara, uma figura volumosa, de formato humano, presa entre as longarinas. Trig. Além disso, o ataque da garra alienígena, disparando a segunda haste em sua direção.

Kira não conseguiu se esquivar a tempo. A haste a atingiu nas costelas e, embora a Lâmina Macia fizesse o máximo para protegê-la, o impacto ainda a deixou tonta e ofegante de dor. Metade do lado de seu corpo ficou dormente, e ela perdeu a pegada e o lança-granadas. A arma saiu girando.

"Trig!" Kira precisava dar um jeito de chegar ao garoto.

O alienígena bateu as garras e disparou. A criatura não era parecida com os outros Águas; não tinha tentáculos, e ela viu o que parecia ser um aglomerado de olhos e outros órgãos sensoriais em um lado de seu corpo flexível e de pele mole: uma cara rudimentar que lhe deu uma sensação nítida de que extremidade era a frente e qual era as costas.

Desesperada, Kira tentou atacar com a Lâmina Macia. "Ataque! Corte! Rasgue!" Ela desejou que o xeno fizesse todas essas coisas.

Ele fez. Mas não como Kira esperava.

Grupos de cravos irromperam de seu corpo e espetaram em direções ao acaso, à solta e sem disciplina. Cada um era como um soco em seu corpo, empurrando-a para o outro lado dos cacos mortais. Ela tentou apontá-los com a mente, mas, embora pudesse sentir o xeno reagir a seus comandos, a resposta era descoordenada — uma fera cega se debatendo em busca da presa, numa reação exagerada ao estímulo confuso.

A reação foi imediata. O alienígena de garras se torceu em pleno ar, saindo da trajetória para não ser empalado. Ao mesmo tempo, um jato de odor-próximo tingiu o ar com choque, medo e algo que Kira sentiu ser semelhante à reverência.

[[Aqui é Kveti: O Idealis! O Multiforme vive! Pare!]]

Kira retraiu os cravos e estava prestes a saltar atrás do lança-granadas quando uma forma macia e escorregadia se arrastou pela longarina em que ela subia: um tentáculo, grosso e perscrutador. Ela o atacou, mas foi lenta demais. A tora de músculo a pegou e a fez voar de cabeça para baixo até suas costas baterem em outra parte do andaime.

Mesmo através do traje, o impacto doeu. Apesar da dor, ela se concentrou em manter posição, e, assim, a Lâmina Macia se grudou à longarina e a impediu de sair espiralando pela câmara.

A monstruosidade de garras agarrou um poço bifurcado a certa distância, além do alcance da lâmina. Ali, levantou os braços ossudos e os sacudiu para ela, batendo as garras como uma dançarina louca de castanholas.

Para além do alienígena, ela viu o dono do tentáculo — outro dos Águas que pareciam lulas — sair de trás da longarina da qual fora arrancada. Os tentáculos da lula pulsavam em faixas luminosas, de um brilho impressionante no escuro. Em um tentáculo, o alienígena segurava... Não era um laser. Era uma espécie de arma comprida, de cano achatado. Um canhão de raios portátil?

A dez, 12 metros de distância, Kira viu o lança-granadas.

Ela saltou para a arma.

Houve o estouro de duas tábuas batendo e um relâmpago de dor esmurrou suas costelas.

Seu coração falhou e por um momento a visão ficou escura.

Em pânico, Kira atacou com a Lâmina Macia, apunhalando para todo lado. Não adiantou, e outro relâmpago de dor a atingiu na perna. Ela sentia que começava a rodar.

Sua visão clareou quando ela bateu no lança-granadas. Kira o pegou e, ao fazer isso, viu saltar para ela o alienígena de garras de caranguejo.

Seu traje ainda lançava cravos, mas o alienígena escapava deles com facilidade. Os braços do corpo segmentado se abriram, estendendo-se para a cabeça de Kira com esporões irregulares, afiados, parecidos com uma serra. Eletricidade faiscava entre as pontas, brilhando como um arco de solda.

De um jeito desligado, quase analítico, Kira percebeu que o alienígena tentava decapitá-la, e, dessa forma, romper seu vínculo com a Lâmina Macia.

Ela levantou o fuzil, mas foi lenta. Foi lenta demais.

Pouco antes de a criatura se chocar com ela, um jato de carne amputada rompeu da lateral do alienígena. Do outro lado da câmara, a armadura de energia de Trig baixou o braço.

Então o alienígena bateu no rosto de Kira. As pernas dele envolveram o crânio dela e tudo escureceu enquanto o ventre mole cobria o rosto. A dor brotou no braço esquerdo de Kira, de um peso esmagador que parecia perfurá-la dos dois lados. A dor era tão intensa que ela a viu, assim como sentiu — viu a dor como um dilúvio de luz amarela tétrica que se irradiava do braço.

Kira gritou dentro da máscara e esmurrou o alienígena com o outro braço, socando sem parar. O músculo cedeu sob seu punho, partindo ossos ou coisa parecida.

A dor pareceu durar uma eternidade.

Tão repentina como apareceu, a pressão no braço sumiu e o alienígena de garras ficou inerte.

Tremendo, Kira empurrou o corpo para longe. Na luz fraca, a criatura parecia uma aranha morta.

Seu braço estava pendurado do cotovelo em um ângulo estranho, meio decepado por um corte irregular que passava pelo traje e pelos músculos abaixo dele. No entanto, naquele momento mesmo, sob o olhar de Kira, fios pretos se entrelaçaram e se dirigiram ao ferimento, e ela sentiu que a Lâmina Macia fechava o corte e reparava o braço.

Enquanto Kira estava ocupada, o outro Água se jogou contra Trig e envolveu sua armadura. Um tentáculo puxou cada braço e perna, torcendo e esticando, a criatura lutando para despedaçar o exoesqueleto (e o próprio Trig).

Mais alguns segundos e Kira estava certa de que a criatura conseguiria.

Havia uma longarina perto do Água. Ela apontou o lança-granadas para lá, disse uma oração rápida a Thule pela segurança do garoto e disparou.

BUM!

A onda de choque arrancou três tentáculos do Água, abriu a carapaça e o fez esguichar icor em uma fonte nauseante. Os vários tentáculos voaram para longe, torcendo-se e se debatendo.

Trig também foi atingido. Por um momento, ele não se mexeu, depois a armadura de energia se sacudiu e ele se reorientou, impulsos mínimos de atitude disparando por seus braços e pernas.

Kira se impeliu para o garoto, mal acreditando que ainda estivesse vivo — que *os dois* tivessem sobrevivido. "Não o machuque, não o machuque, não o machuque...", suplicava à Lâmina Macia mentalmente, na esperança de que o xeno ouvisse.

Ao se aproximar, o visor de Trig clareou e revelou seu rosto. O garoto estava pálido e suava, e a luz azulada o fazia parecer fantasmagoricamente doente.

Ele a olhou, com as pupilas cercadas de branco.

— Mas que merda é essa?!

Kira baixou os olhos e viu que ainda se projetavam cravos da Lâmina Macia.

— Vou explicar depois — disse ela. — Você está bem?

Trig fez que sim com a cabeça, o suor pingava do nariz.

— Estou. Tive de reiniciar o exo. Levei esse tempo todo para recuperar a energia... Meu, hm, meu pulso talvez esteja quebrado, mas ainda posso...

A voz de Falconi invadiu: *Navárez, na escuta? Câmbio.* Ao fundo, Kira ouvia gritos e o *pop! pop! pop!* de tiroteio.

—Estou aqui. Câmbio — disse ela.

Encontrou Trig? Cadê...

— Ele está aqui. Está bem.

Ao mesmo tempo, Trig falou:

— Tudo bem, capitão.

Então mexa seu rabo e vá para o porão de estibordo. Tem outro Água lá. Abriu caminho pelo casco. Conseguimos encurralar, mas não temos um bom ângulo...

Kira e Trig já se mexiam.

4.

— Segure firme — gritou Trig.

Kira enganchou o braço em uma alça no exo de Trig, o garoto disparou seus propulsores e os dois voaram para a porta por onde tinham entrado.

Desta vez a concha não se abriu e eles quase bateram, mas Trig conseguir parar a tempo. Ele levantou um braço e disparou um laser na parede circundante. Com três cortes rápidos, abriu os mecanismos de controle da porta e os segmentos da concha se separaram, soltando um fluido claro dos lacres em volta da base.

Kira estremeceu quando eles voaram pela abertura e a ponta de um segmento raspou suas costas.

Do lado de fora da câmara, a compulsão era insistente e sedutora, impossível de ignorar. Atraía Kira a uma parte curva da antepara próxima — para ela e além dela. Se procurasse pelo sinal, Kira sabia que certamente encontraria a fonte e talvez então pudesse ter uma trégua e algumas respostas sobre natureza e a origem da Lâmina Macia...

— Obrigado por vir atrás de mim — disse Trig. — Achei que era o meu fim.

Ela grunhiu.

— Só vá mais rápido.

Nenhuma das outras portas se abriu para permitir a passagem dos dois. Trig só precisou de alguns segundos para cortá-las, mas cada parada agravava o medo e a urgência sentidos por Kira.

Eles voaram para além do painel com as luzes intermitentes. Desceram o poço circular e passaram pela sala cheia de água e algas e por insetos minúsculos com suas cristas penugentas. Depois seguiram para a câmara de descompressão da nave, onde flutuava o corpo do primeiro Água, vazando icor e outros fluidos.

Kira se separou de Trig quando eles chegaram à câmara de descompressão.

— Não atirem! — gritou o garoto. — Somos nós.

O aviso foi uma boa ideia. Vishal, Nielsen e os Entropistas esperavam por eles na antecâmara da *Wallfish*, com as armas apontadas para a câmara de descompressão aberta. O médico tinha um curativo envolvendo a perna, onde o estilhaço o havia atingido.

O alívio tomou o rosto de Nielsen quando eles apareceram.

— Rápido — disse ela, saindo do caminho.

Kira seguiu Trig para o meio da nave, e depois à popa, para o nível mais inferior, aos porões de carga. O barulho de lasers e tiros ecoava enquanto eles se aproximavam, e também os gritos de passageiros apavorados.

Todos os refugiados se espremiam em uma extremidade do porão, reunidos atrás de engradados que usavam como cobertura, embora fraca. Do outro lado do porão espreitava o Água tentacular, achatado atrás de um engradado também. Um buraco irregular, de meio metro de diâmetro, marcava o casco ao lado dele. O vento que uivava pela abertura tinha puxado um painel da parede para a brecha, bloqueando parte dela. Um pequeno golpe de sorte. Pela abertura estreita, aparecia a escuridão do espaço.

Falconi, Sparrow e Hwa-jung estavam espalhados pelo meio do porão, agarrando-se a suportes e dando tiros ocasionais no Água.

Os refugiados, Kira percebeu, não podiam sair sem ser atacados pelo Água. Já o Água não podia se mexer sem ser atacado por Falconi e seus tripulantes.

Mesmo com a porta do porão aberta, eles só tinham alguns minutos até o ar se esgotar. Mais nada. Ela já sentia o ar ficando rarefeito e o vento adquirindo uma frieza perigosa.

— Fique aqui — disse Kira a Trig.

Antes que ele pudesse responder, ela respirou fundo e, apesar do medo, saltou para Falconi.

Ela ouviu meia dúzia de zumbidos do laser disparado pelo Água. O alienígena não podia ter errado, mas ela só sentiu um dos disparos: uma agulha em brasa que se enterrou fundo no ombro. Kira mal teve tempo para ofegar e a dor já diminuía.

Rompeu uma rajada de tiros, de Falconi e Sparrow tentando dar cobertura a ela.

Enquanto Kira pousava ao lado de Falconi, ele a segurou pelo braço para impedir que ela vagasse.

— Porra! — rosnou ele. — Em que merda você está pensando?

— Em ajudar. Tome.

Ela empurrou o lança-granadas para ele.

O rosto do capitão se iluminou. Ele pegou rapidamente a arma e, sem hesitar nem por um momento, girou-a sobre o apoio e disparou no Água.

BUM! Um clarão branco obscureceu o engradado que escondia o Água. Fragmentos de metal salpicaram as paredes em volta e a fumaça ondulou para fora.

Vários refugiados gritaram.

Sparrow se virou para Falconi.

— Cuidado! Está perto demais dos civis!

Kira gesticulou para o engradado. Nem parecia amassado.

— Do que isso é feito? Titânio?

— Contêiner pressurizado — disse Falconi. — Biocontenção. A porcaria é construída para sobreviver à reentrada.

Sparrow e Hwa-jung soltaram uma rajada de tiros no Água. Kira ficou onde estava. O que mais podia fazer? O Água estava a pelo menos 15 metros dela. Longe demais para...

Uma gritaria renovada soou dos refugiados. Kira olhou para trás e viu um corpo mínimo torcendo-se no ar, uma criança que tinha no máximo seis ou sete anos. A menina de algum modo perdera a pegada e flutuava pelo convés.

Um homem se soltou da massa de refugiados e se atirou atrás da criança.

— Abaixem-se! — gritou Falconi, mas era tarde demais.

O homem apanhou a menina e o impacto fez com que os dois caíssem descontrolados no meio do porão.

A surpresa deixou a reação de Kira lenta. Sparrow foi mais rápida; a mulher de armadura abandonou a estrutura que a protegia e voou a toda velocidade para os dois refugiados.

Falconi soltou um palavrão e se atirou em uma tentativa fracassada de impedir que Sparrow perdesse cobertura.

Um leque de fumaça escura foi borrifado em volta do Água, escondendo-o. Com a visão aprimorada, Kira ainda via um contorno embolado dos tentáculos do Água, que se arrastava para uma escada de serviço instalada na parede.

Ela disparou na fumaça, assim como Hwa-jung.

O Água se retraiu, mas ainda assim passou um tentáculo por um dos suportes laterais da escada e, aparentemente sem esforço algum, o arrancou.

Rápido como uma cobra dando o bote, ele lançou o suporte em Sparrow.

O pedaço de metal pontudo atingiu Sparrow no abdome, entre dois segmentos da armadura de energia. Metade do suporte saiu pelas costas.

Hwa-jung gritou, um grito agudo e horrível que parecia impossível partindo de alguém de seu tamanho.

5.

Uma onda de raiva ofuscante dominou o medo de Kira. Contornando a beira da estrutura, ela se atirou no Água.

Atrás dela, Falconi gritou alguma coisa.

Enquanto disparava para o Água, o alienígena abriu os tentáculos, como que para recebê-la em um abraço. Dele emanava odor-próximo de desdém, e pela primeira vez ela respondeu na mesma moeda:

[[Aqui é Kira: Morra, apanhador!]]

Um instante de assombro pela Lâmina Macia não só permitir que ela compreendesse a língua do alienígena, mas se comunicasse nela. Depois Kira fez a única coisa que parecia certa: apunhalou com o braço e apunhalou com o coração e a mente, e canalizou todo seu medo, dor e raiva no ato.

Naquele momento, Kira sentiu algo se romper na mente, como um bastão de vidro se partindo em dois, seguido por fraturas e fragmentos que se encaixavam em sua consciência — peças de quebra-cabeças deslizando para as posições corretas e, acompanhando a junção, uma sensação de profunda plenitude.

Para alívio perplexo de Kira, o xeno se fundiu solidamente em volta de seus dedos e uma lâmina fina e achatada disparou da mão, penetrando a carapaça do alienígena. A criatura se debateu de um lado a outro, torcendo e agitando os tentáculos em um frenesi indefeso.

Então, por vontade própria, um agulheiro de espinhos pretos brotou na ponta da lâmina e empalou cada parte do Água.

O ímpeto de Kira empurrou o alienígena na parede mais distante. Ali eles ficaram, as nanoagulhas do traje prendendo o Água no casco.

O alienígena estremeceu e parou de se debater, embora os tentáculos ainda se torcessem em um ritmo lento, flâmulas ondulando na brisa. O odor-próximo da morte encheu o porão.

CAPÍTULO VII

* * * * * * *

ÍCONES & INDICAÇÕES

1.

Kira esperou um momento antes de permitir que a lâmina e os espinhos se retraíssem. O Água murchava como um balão, vertendo icor das incontáveis feridas que tinha no corpo.

A nuvem de fumaça já se dispersava, fluindo para o espaço. Kira se impeliu com o pé para longe do Água e o vento furioso empurrou o corpo para a brecha. O alienígena se alojou ali por cima do painel de parede solto, bloqueando a maior parte do buraco. O grito do vento se reduziu a um assovio agudo.

Kira se virou e viu os refugiados olhando com choque e medo. Com certo pesar, ela percebeu que agora não tinha sentido esconder a Lâmina Macia. O segredo fora revelado, para o bem ou para o mal.

Ignorando os refugiados, ela se impeliu para onde estavam Trig, Falconi e Hwa--jung, em volta do corpo inerte de Sparrow.

A chefe de engenharia tinha a testa encostada no peitoral de Sparrow e falava em voz baixa; as palavras eram um murmúrio indistinto. Fumaça saía da parte de trás da armadura de Sparrow e um fio exposto soltava faíscas. Um anel de espumed branco se formara em volta do suporte que a empalara. A espuma estancaria o sangramento, mas Kira não tinha certeza se seria suficiente para salvá-la.

— Doutor, desça aqui. Imediatamente! — disse Falconi.

Kira engoliu em seco.

— O que posso fazer?

De perto, os murmúrios de Hwa-jung não eram mais distintos do que antes. Glóbulos de lágrimas se prendiam aos olhos avermelhados da chefe de engenharia e seu rosto estava pálido, exceto por um ponto febril de cada lado.

— Segure os pés — disse Falconi. — Não deixe que ela se mexa.

Ele olhou para os refugiados, que começavam a sair de sua proteção, e gritou:

— Saiam daqui antes que fiquemos sem ar! Vão para o outro porão. Andem!

Eles obedeceram, passando longe não só de Sparrow, mas de Kira.

— Gregorovich, quanto tempo até a pressão do ar cair abaixo de 50%? — perguntou Kira.

O cérebro da nave respondeu com uma eficiência afiada:

— À taxa atual, vinte minutos. Se o Água for desalojado, no máximo quarenta segundos.

As laterais das botas de Sparrow eram frias nas mãos de Kira. Por um momento ela se perguntou como seria possível sentir isso quando nem o frio do espaço a incomodava.

Então ela percebeu que a mente vagava. Agora que o combate tinha terminado, a adrenalina começava a sair de seu corpo. Mais alguns minutos e ela ia desabar.

Vishal veio voando pela porta do porão de carga, trazendo uma bolsa com uma cruz prateada costurada na frente.

— Saia — disse ele ao se chocar no engradado ao lado de Kira.

Kira obedeceu e ele se virou sobre Sparrow e olhou através de seu peitoral, como Hwa-jung. Depois se impeliu para onde o suporte se projetava do abdome. As rugas em seu rosto ficaram mais fundas.

— Você pode... — começou a falar Trig.

— Silêncio — ordenou Vishal.

Ele examinou a haste por mais alguns segundos, depois deu a volta para as costas de Sparrow e examinou a outra ponta.

— Você — disse, apontando para Trig —, corte aqui e aqui.

Com o dedo médio, ele descreveu uma linha pela haste, uma palma acima da barriga de Sparrow, e o mesmo nas costas.

— Use um feixe contínuo, não um pulso — explicou.

Trig se posicionou ao lado de Sparrow para que o laser não atingisse mais ninguém. Pelo visor, Kira via que o rosto dele estava coberto de suor e seus olhos estavam vidrados. Ele levantou um braço e apontou o emissor da manopla para a haste.

— Olhos e ouvidos — disse ele.

O suporte ficou em brasa e o tubo de compósito se pulverizou com um estalo. Um cheiro acre, de plástico, encheu o ar.

O suporte se partiu, Falconi segurou a parte solta e deu um leve empurrão para o outro lado do porão.

Trig repetiu a operação do outro lado do suporte. Hwa-jung pegou aquele pedaço e o jogou longe em um gesto feroz; ele quicou em uma parede.

— Ótimo — disse Vishal. — Travei a armadura; ela está segura para ser movida. Só não esbarrem em nada.

— Enfermaria? — perguntou Falconi.

— Rápido.

— Eu farei isso — disse Hwa-jung.

Sua voz era dura e áspera como pedra quebrada. Sem esperar que eles concordassem, ela segurou uma alça na armadura de Sparrow e puxou a concha rígida de metal para a porta pressurizada aberta.

2.

Trig e Vishal acompanharam Hwa-jung, que guiava Sparrow na saída do porão. Falconi ficou para trás, Kira com ele.

— Rápido! — gritou ele, gesticulando para os outros refugiados.

Eles se impeliram por ali em um bando confuso. Kira ficou aliviada ao ver que a menina e o homem que Sparrow tentara proteger estavam incólumes.

Quando os últimos refugiados tinham saído, ela acompanhou Falconi pelo corredor do lado de fora. Ele fechou e trancou a porta pressurizada, isolando o porão avariado.

Kira permitiu que a máscara se retraísse do rosto, feliz por se livrar dela. A cor cobriu a visão, devolvendo-lhe um senso da realidade ao redor.

A mão em seu pulso a surpreendeu. Falconi a segurava, com um olhar desconcertante de tão intenso.

— Mas que merda foram aqueles cravos lá atrás? Você não me contou nada sobre eles.

Kira soltou a mão. Agora não era hora de explicar sobre o traje, muito menos sobre os colegas de equipe que morreram.

— Eu não queria te assustar — disse ela.

Falconi fechou a cara.

— Há mais alguma coisa que você não...

Naquela hora, quatro refugiados — todos homens — aproximaram-se, usando coxins de lagartixa nas botas. Nenhum deles parecia satisfeito.

— E aí, Falconi — disse o líder.

Ele era um homem atarracado e durão, com uma barba circular curta. Kira se lembrava vagamente de tê-lo visto no porão de carga.

— O que foi? — disse Falconi, brusco.

— Não sei o que acha que está fazendo, mas não concordamos em perseguir os Águas. Você já nos ferrou com o preço; agora nos mete em uma batalha? E não sei o que ela está fazendo, mas normal não é — continuou, apontando para Kira. — Sério, qual é o seu problema? Tem um monte de mulheres e crianças aqui. Se não nos levar a Ruslan...

— Você vai fazer o quê? — disse Falconi bruscamente.

Ele os olhou, com as mãos ainda no cabo do lança-granadas. A arma não tinha munição, mas Kira não sentiu a necessidade de falar nisso.

— Tentar voar daqui com uma nave desativada? — perguntou Falconi.

— Eu não recomendaria isso — disse Gregorovich de cima, com uma risadinha.

O homem deu de ombros e estalou os nós dos dedos.

— Tá, tá legal. Sabe de uma coisa, espertinho? Prefiro me arriscar com seu cérebro de nave biruta do que correr o risco de virar espetinho dos Águas, como sua tripulante. E não sou o único que pensa assim.

Ele apontou o dedo para Falconi, depois ele e os outros homens voltaram para o outro porão de carga.

— Que bom que correu tudo bem — disse Kira.

Falconi resmungou e ela o seguiu enquanto ele corria de volta ao meio da nave e se impelia para cima do poço principal. Ele falou:

— Tem algum outro Água na nave?

— Acho que não, mas tenho bastante certeza de que Trig e eu encontramos a câmara de nascimento.

O capitão enlaçou o suporte ao lado da porta para o convés C, onde ficava a enfermaria. Ele parou e levantou um dedo.

— Trig, está na escuta?... Navárez disse que vocês encontraram cápsulas de nascimento?... Isso aí. Queime. E rápido, ou vamos nos meter numa tonelada de merda.

— Vai mandá-lo voltar lá? — disse Kira enquanto Falconi passava pela porta e andava pelo corredor adjacente.

O capitão assentiu.

— Alguém precisa fazer isso e ele é o único com armadura funcional.

A ideia incomodou Kira. O garoto tinha quebrado o pulso; se fosse atacado de novo...

Antes que pudesse verbalizar sua preocupação, eles chegaram à enfermaria. Nielsen flutuava do lado de fora, com um braço nos ombros de Hwa-jung, reconfortando a chefe de engenharia.

—Alguma novidade? — perguntou Falconi.

Nielsen o olhou com uma expressão preocupada.

— Vishal nos expulsou agora mesmo. Está trabalhando nela.

— Ela vai sobreviver?

Hwa-jung fez que sim com a cabeça. Seus olhos estavam vermelhos de tanto chorar.

— Vai. Minha Sparrowzinha vai sobreviver.

Parte da tensão na postura de Falconi se atenuou. Ele levou a mão à cabeça, despenteando-se.

— Foi idiotice dela saltar daquele jeito.

— Mas foi corajosa — disse Nielsen com firmeza.

Falconi virou a cabeça.

— Isso sim, muito corajosa.

Depois para Hwa-jung:

— A brecha de pressão no casco precisa ser consertada e estamos sem bots de reparo.

Hwa-jung assentiu lentamente.

— Vou consertar depois que Vishal terminar a cirurgia.

— Isso pode demorar um pouco — disse Falconi. — É melhor começar agora. Informaremos a você se houver alguma novidade.

— Não — disse Hwa-jung em seu ronco grave. — Quero estar aqui quando Sparrow despertar.

Os músculos do maxilar de Falconi se contraíram.

— Tem uma porra de um buraco na lateral da nave, Hwa-jung. Precisa ser remendado *agora*. Eu não devia precisar te dizer isso.

— Estou certa de que pode esperar alguns minutos — disse Nielsen em um tom apaziguador.

— Na verdade, não pode — disse Falconi. — O Água arrebentou uma linha de refrigeração quando abriu o buraco para entrar. Estaremos fritos até que um substituto seja instalado. Também não quero nossos passageiros zanzando pelo outro porão.

Hwa-jung meneou a cabeça.

— Só saio daqui depois que Sparrow despertar.

— Meu deus do céu...

A chefe de engenharia continuou como se ele não tivesse dito nada.

— Ela vai esperar que eu esteja aqui quando despertar. Vai ficar aborrecida se eu não estiver, então vou esperar.

Falconi plantou as botas no convés, ancorando-as para ficar erguido, balançando-se em gravidade zero.

— Estou lhe dando uma ordem direta, Song. Como seu capitão. Você entende isso, não é?

Hwa-jung o encarou, o rosto imóvel.

— Estou ordenando que você desça ao porão de carga e conserte aquela brecha *shi--bal* — insistiu Falconi.

— Sim, senhor, assim que...

Falconi fechou a carranca.

— Assim que? Assim que o quê?

Hwa-jung piscou.

— Assim que...

— Não, você vai descer agora e vai colocar essa nave para funcionar de novo. Já, ou pode se considerar dispensada, e deixo Trig encarregado da engenharia.

Hwa-jung cerrou as mãos e, por um momento, Kira pensou que ia atacar Falconi. Depois, a chefe de engenharia desmoronou; Kira viu isso em seus olhos e nos ombros arriados. Uma carranca sombria cobriu seu rosto e Hwa-jung se impeliu para o corredor. Parou no final dele e, sem olhar para trás, disse:

— Se acontecer alguma coisa com Sparrow enquanto eu estiver longe, vai ter de responder *a mim*, capitão.

— É para isso que estou aqui — disse Falconi numa voz dura.

Depois Hwa-jung desapareceu pelo canto e ele relaxou um pouco.

— Capitão... — disse Nielsen.

Ele suspirou.

— Vou acertar tudo com ela depois. Ela não está raciocinando com clareza.

— Alguém pode culpá-la por isso?

— Acho que não.

Kira falou.

— Há quanto tempo elas estão juntas?

— Há muito tempo — disse Falconi.

Depois, ele e Nielsen começaram a discutir o estado da nave, tentando deduzir que sistemas estavam comprometidos, por quanto tempo podiam manter os refugiados no outro porão e assim por diante.

Kira escutava com uma impaciência cada vez maior. Pensar em Trig sozinho na nave alienígena ainda a incomodava e ela estava ansiosa para começar a desencavar respostas dos computadores dos Águas antes que qualquer coisa os desativasse.

— Escute — disse ela, interrompendo. — Vou ver como Trig está, ver se ele precisa de ajuda. Depois tentarei descobrir o que puder.

Falconi a olhou criticamente.

— Tem certeza de que está pronta para isso? Você parece meio desligada.

— Estou ótima.

— ... Tudo bem. Me informe depois que a nave estiver liberada. Vou mandar os Entropistas. Isto é, se eles estiverem interessados em examinar tecnologia dos Águas.

3.

Kira foi para o convés D, depois voou pela curva do casco mais externo até chegar à câmara de descompressão que os unia à nave alienígena.

Novamente ela fez com que a Lâmina Macia cobrisse seu rosto e depois, com certa apreensão, mergulhou pelo tubo branco e curto da câmara de descompressão dos Águas para as sombras tenebrosas.

A pressão dolorosa era mais forte que nunca, mas Kira a ignorou por enquanto.

Quando chegou à câmara com as cápsulas de nascimento, encontrou Trig contornando cada cápsula enevoada e incinerando-a com um lança-chamas instalado no braço. Enquanto ele jogava o jato de fogo em uma das cápsulas maiores, algo se debateu lá dentro: uma coleção inquietante de braços, pernas, garras e tentáculos.

— Tudo bem por aqui? — perguntou Kira quando o garoto terminou.

Ele fez sinal afirmativo com as duas mãos. *Ainda tenho mais ou menos uma dúzia por fazer. O capitão me mandou aqui bem a tempo; pelo menos duas cápsulas estavam prestes a eclodir.*

— Que encanto — disse Kira. — Vou espiar por aí. Se precisar de alguma ajuda, me chame.

Igualmente.

Ao sair da câmara, Kira fez uma chamada a Falconi.

— Pode mandar os Entropistas. A nave está segura agora.

Entendido.

Kira se demorou na exploração. A impaciência era mais forte do que nunca, mas não havia como saber quais perigos continha a nave dos Águas, e ela não tinha pressa para cair em uma armadilha. Manteve-se perto das paredes e, sempre que possível, certificava-se de ter uma saída liberada.

O canto de sereia vinha da frente da nave, então Kira foi naquela direção, passando por corredores tortuosos e salas semi-iluminadas que, com muita frequência, estavam parcialmente cheios de água. Agora que não estava sentindo medo de morrer imediatamente, Kira notou trechos de odor-próximo em certos pontos dentro da nave.

Um dizia: [[Adiante]]

Outro dizia: [[Restrito a Coforma Sfar]]

Outro ainda dizia: [[Aspecto do Vazio]]

E mais além destes. Também havia escrita: linhas que se ramificavam e repetiam a mensagem do odor-próximo. Que ela conseguisse ler as frases dava esperanças em Kira: os Águas ainda usavam uma linguagem escrita que era reconhecida pela Lâmina Macia.

Por fim ela chegou à frente da nave: uma sala hemisférica metida na proa da embarcação. Estava vazia, em sua maior parte, a não ser por uma estrutura retorcida e ramificada que dominava o meio do espaço. O material era vermelho (o único vermelho que vira na nave) e tinha a textura de carocinhos mínimos. No geral, o que mais lembrava era um coral. A estrutura despertou seu interesse profissional e ela fez um desvio para examiná-la.

Quando tentou tocar uma das ramificações, uma força invisível repeliu a mão. Ela franziu o cenho. Campos de gravidade de ocorrência natural eram *atrativos* (ou pelo menos davam essa impressão). Mas isto... Os Águas deviam usar sua tecnologia inercial para aumentar o fluxo e a densidade do espaço-tempo em torno das ramificações, criando uma área de pressão positiva. Isso significaria que a gravidade artificial *empurrava* e não puxava. Isto é, a *empurraria* para o chão. Ainda assim, Kira podia estar enganada. Esse tipo de coisa não era sua especialidade.

"Os Entropistas precisam ver isso."

Embora o campo fosse forte, ela conseguiu, escorando-se no chão com a Lâmina Macia, fazer a mão passar por ele. A estrutura parecida com coral (crescimento? escultura?) era fria ao toque e escorregadia de umidade condensada. Apesar dos caroços no material, era lisa. Quando Kira deu uma pancadinha, soou um tinido agudo e frágil.

Certamente parecia carbonato de cálcio, mas Kira não tinha certeza de nada quando se tratava dos Águas.

Deixando a estrutura, ela seguiu a atração aflitiva e obscura a uma parte da parede coberta por painéis vítreos e pontilhada de pequenas luzes. Ficou parada diante dela, a dor em seu íntimo tão forte que os olhos lacrimejaram.

Ela piscou duas vezes, depois examinou os painéis em busca de uma pista de onde começar. Tocou o vidro — com medo do que podia acontecer se ativasse máquinas ou programas sem ter esta intenção —, mas não houve resposta. Ela desejou que o xeno lhe dissesse como operar o console. Talvez ele não soubesse.

Kira passou a mão pelo vidro, novamente sem resultado nenhum. Depois, pela primeira vez, tentou conscientemente produzir odor-próximo. A Lâmina Macia reagiu com uma facilidade satisfatória:

[[Aqui é Kira: Abrir... Ativar... Acessar... Computador...]]

Ela tentou todas as palavras normais que usaria com filtros, mas o vidro continuava escuro. Kira começou a se perguntar se estava mesmo na frente de um computador. Talvez os painéis fossem apenas elementos decorativos. Entretanto, não parecia ser o caso; o transmissor da convocação evidentemente estava perto. Devia haver controles, *algum* controle, ali perto.

Ela pensou em voltar à câmara de nascimento e cortar um tentáculo do cadáver de um Água. Talvez fosse necessário o DNA ou a impressão do tentáculo para acessar o computador.

Kira reservou a ideia como um último recurso.

Por fim, tentou dizer:

[[Aqui é Kira: Biforme... Multiforme... Idealis...]]

Um caleidoscópio de cores brotou pelos painéis: uma tela deslumbrante de ícones, indicadores, imagens e escrita. Ao mesmo tempo, nuvens de odor-próximo vagaram por ela, de intensidade pungente.

Seu nariz coçou e uma dor aguda se formou atrás da têmpora direita. As palavras saltavam a ela — algumas escritas, outras olfativas —, carregadas de significado e lembranças que não eram dela.

[[... a Separação...]]

O pico de dor se intensificou, deixando-a cega...

Batalhas e sangue derramado contra a vastidão de estrelas. Planetas conquistados e perdidos, naves queimadas, corpos alquebrados. E em toda parte apanhadores matando apanhadores.

Ela lutou pela carne e não era a única. Havia outros seis no antigo relicário, deixados ali para esperar, de prontidão, pela aguardada convocação. Eles, igualmente, se uniram com carne ofegante e, igualmente, a carne os impelia à violência.

Em alguns combates, ela e os irmãos eram aliados. Em alguns combates, viam-se em confronto. Isso também era uma perversão do padrão. Nunca foi pretendido, em nenhuma das fraturas a que serviam.

O conflito tinha despertado um Aspirante de seu casulo cristalino. Ele olhou a tormenta da guerra e agiu para erradicar tal injustiça, como era de costume. A Separação tinha consumido carne nova e antiga.

Dos seis, três foram abatidos em batalha, enquanto outro caiu no núcleo de uma estrela de nêutrons, um enlouqueceu e se matou e outro foi perdido no reino brilhante do espaço superlumínico. O Aspirante também perecera; no fim, suas habilidades não foram páreo para os enxames de carne.

Restaram apenas ela e seus irmãos. Só ela ainda carregava a forma do padrão nas fibras de seu ser...

Kira soltou um grito baixo e se curvou, a cabeça rodando. Uma guerra. Houve uma guerra terrível e a Lâmina Macia tinha combatido com outros de sua espécie.

Piscando para reprimir as lágrimas, ela se obrigou a olhar novamente o painel. Mais palavras brotaram para ela:

[[... agora os Braços...]]

Ela gritou de novo.

Ctein. O grande e poderoso Ctein. Deleitava-se no banho de calor do respiradouro próximo no leito do oceano e seus tentáculos e antenas (numerosos demais para se contar) ondulavam delicadamente.

[[Aqui é Ctein: Dê sua notícia.]]

A carne dela respondeu: [[Aqui é Nmarhl: O cardume anti-horário foi destruído, para satisfação do Tfeir.]]

No alto de sua rocha o terrível Ctein pulsou com faixas de cor, luminosas nas profundezas púrpura do Limiar Plangente. Feriu a rocha com um braço agitado e da proeminência surgiu uma onda de lodo escurecido e salpicado de pedaços de quitina, quebrados e apodrecidos.

[[Aqui é Ctein: TRAIDORES! HEREGES! BLASFEMOS!]]

Kira estremeceu e olhou o convés próximo aos seus pés enquanto recuperava o senso de lugar e de ser. Sua cabeça latejava o bastante para lhe dar vontade de tomar um comprimido.

Enquanto revivia a lembrança, teve uma sensação de... não de *afeto*, mas talvez de *consideração* por Nmarhl da parte da Lâmina Macia. O xeno não parecia odiar este Água em particular como odiava os outros. Que estranho.

Ela respirou novamente para se fortalecer e de novo enfrentou o painel.

[[[... Vórtice...]] *Uma impressão de fome e perigo e distorção entrelaçados...*

[[... odor-distante, ruído baixo...]] *Comunicações FTL...*

[[... formas...]] *Águas, em diferentes formas...*

[[... Wranaui...]] Nesta palavra Kira parou, com a impressão de ter batido em uma parede. O reconhecimento emanou da Lâmina Macia e, com um leve choque, Kira percebeu que *Wranaui* era o nome que os Águas usavam para si mesmos. Ela não sabia se era um termo para raça ou espécie, ou apenas uma designação cultural, mas da Lâmina Macia, pelo menos, não havia dúvida nenhuma: era como os Águas se denominavam.

[[Aqui é Kira: Wranaui.]] Ela explorou o olfato. Não havia equivalente vocal exato; o odor-próximo era o único jeito de dizer corretamente o nome.

Apreensiva, ela voltou a examinar as telas. Para seu alívio, os clarões de memória ficaram mais curtos e mais infrequentes, embora nunca parassem inteiramente. Era uma bênção e, ao mesmo tempo, não era; as visões invasivas impediam o foco, mas também continham informações valiosas.

Ela persistiu.

A língua dos Águas parecia relativamente inalterada desde a última vez que a Lâmina Macia tivera contato com ela, mas os termos que Kira encontrou dependiam de contexto, e contexto era algo que, em geral, lhe faltava. Era como tentar entender o jargão técnico em um campo com que ela não estava familiarizada, só que mil vezes pior.

O esforço exacerbou a dor de cabeça.

Ela tentou ser metódica. Tentou acompanhar cada ato seu e cada informação que o computador lhe dava, mas era demais. Era demais mesmo. Pelo menos seus filtros mantinham um registro visual. Talvez ela pudesse entender o que via depois que voltasse à cabine.

Infelizmente, Kira não tinha como copiar o odor-próximo para estudos posteriores. Mais uma vez desejou ter implantes, aqueles capazes de registros sensoriais de pleno espectro.

Infelizmente, ela não tinha e não podia mudar esse fato.

Kira franziu a testa. Tinha esperanças de que seria mais fácil encontrar informações úteis no computador dos Águas. Afinal, não era difícil para ela entender os alienígenas quando eles falaram. Ou pelo menos era a impressão dada pela Lâmina Macia.

No fim, ela recorreu a pressionar ícones ao acaso nos painéis, na esperança de não acabar, por acidente, expelindo o ar, disparando um míssil ou de algum modo iniciando a autodestruição. Seria um jeito ruim de morrer.

— Vamos *lá*, seu monte de bosta — disse ela em voz baixa, e bateu no painel com a base da mão.

Infelizmente, a manutenção percussiva não ajudou.

Ela ficou agradecida por não haver sinais de pseudointeligências ou outras formas de assistentes digitais protegendo o sistema do computador, nem sinal de que os Águas tinham algo semelhante aos cérebros de nave humanos.

O que Kira realmente queria descobrir era o equivalente dos Águas de uma wiki ou enciclopédia. Parecia evidente que uma espécie avançada como a deles carregasse um repositório de conhecimento científico e cultural nos bancos de computação, mas — como Kira estava dolorosamente consciente — pouca coisa era evidente quando se tratava de espécies alienígenas.

Quando pressionar botões não produziu resultados úteis, ela se obrigou a parar e reavaliar. Certamente podia tentar alguma outra coisa... O odor-próximo tinha funcionado antes; talvez funcionasse de novo.

Ela deu um pigarro mental, depois disse: [[Aqui é Kira: Abra... abra... registros da concha.]] *Concha* parecia a palavra correta para *nave*, por isso ela a usou.

Nada.

Ela tentou mais duas vezes com palavras diferentes. Na terceira tentativa, uma nova janela se abriu na tela e ela sentiu um sopro de boas-vindas.

"Isso!"

O sorriso de Kira ficou mais largo quando ela começou a ler. Justo o que queria: registros de mensagens. Não era uma wiki, mas, de certa forma, era igualmente valioso.

A maioria das mensagens não fazia sentido, mas algumas coisas começaram a se encaixar. Primeiro era que os Águas tinham uma sociedade altamente estratificada e hierárquica, com a classe de um indivíduo determinada por toda sorte de fatores complicados, inclusive a que *Braço* o Água pertencia e que *forma* tinha. As especificações escapavam a Kira, mas parecia que os *Braços* eram uma espécie de organização política ou militar. Ou, pelo menos, foi o que ela supôs.

Por muitas vezes, nas mensagens, ela viu a expressão *biforme*. No início achou que era uma expressão para a Lâmina Macia. Entretanto, à medida que lia, ficou claro que não deveria ser este o significado.

Foi com uma sensação de revelação que ela percebeu que *biforme* tinha de ser a expressão dos Águas para os humanos. Ela passou algum tempo intrigada com isso. "Eles querem dizer homens e mulheres? Ou outra coisa?" O interessante era que a Lâmina Macia não parecia reconhecer a expressão. Por outro lado, por que reconheceria? Os humanos eram recém-chegados ao espaço galáctico.

Com esta informação crucial, as mensagens começaram a fazer mais sentido e Kira leu com uma avidez crescente sobre movimentos da nave, relatórios de batalha e avaliações táticas de 61 Cygni e outros sistemas da Liga. Havia numerosas menções a viagens no tempo e, pela Lâmina Macia, Kira conseguiu ter uma noção das distâncias envolvidas. A base Água mais próxima (sistema, planeta ou estação, ela não sabia) ficava a várias centenas de anos-luz de distância, o que a levou a se perguntar por que nenhum sinal dos alienígenas tinha aparecido nos telescópios da Liga. A civilização dos Águas tinha de ser muito mais antiga do que duzentos ou trezentos anos, e desde então a luz de seus mundos teria chegado ao espaço povoado pelos humanos.

Ela continuou lendo, tentando captar confluências de significado — tentando enxergar os padrões maiores.

Perversamente, quanto mais entendia a escrita dos alienígenas, mais confusa ficava. Não havia referências aos eventos em Adrasteia ou à Lâmina Macia, mas *havia* referências a ataques de que ela nunca ouvira falar: ataques não dos Águas a humanos, mas de humanos a Águas. Ela também encontrou frases que pareciam indicar que os alienígenas acreditavam que os *humanos* é que começaram a guerra porque destruíram... a Torre de Yrrith, e por *torre* ela entendeu que eles queriam dizer uma estação espacial.

No início Kira teve dificuldade de acreditar que os Águas — os Wranaui — pensavam que *eles* eram as vítimas. Uma dúzia de hipóteses diferentes passou por sua cabeça. Talvez um cruzador de espaço profundo como o *Extenuating Circumstances* tenha encontrado os Águas e, por algum motivo, iniciado as hostilidades.

Kira meneou a cabeça. As convocações eram uma distração enlouquecedora, como uma mosca que não parava de zumbir em sua cabeça.

O que ela lia não fazia sentido. Os Águas pareciam convencidos de que lutavam pela própria sobrevivência, como se acreditassem que os *biformes* representavam uma ameaça de extinção.

À medida que cavava o arquivo de mensagens, Kira começou a notar menções repetidas a uma... busca que os Wranaui realizavam. Eles procuravam por um objeto. Um dispositivo de imensa importância. Não a Lâmina Macia — disso Kira tinha confiança, porque não mencionaram o *Idealis* —, mas, qualquer que fosse o objeto, os Águas pensavam que lhes permitiria não só derrotar a Liga e vencer a guerra, mas conquistar toda a galáxia.

A nuca de Kira se arrepiou de medo enquanto ela lia. O que seria tão poderoso? Uma forma desconhecida de arma? Xenos ainda mais avançados do que a Lâmina Macia?

Até agora, os Águas não sabiam onde estava o objeto. Pelo menos isso estava muito claro. Os alienígenas pareciam acreditar que estava em algum lugar entre um agrupamento de estrelas anti-horárias (Kira entendeu que eles queriam dizer contra a rotação galáctica).

Uma frase em particular chamou sua atenção: [[... quando os Desaparecidos fizeram o Idealis.]] Ela a repassou várias vezes para ter certeza de ter compreendido. Então a Lâmina Macia *era* construída. Será que os Águas diziam o que alguma outra espécie havia feito? Ou os Desaparecidos também eram Águas?

Então ela viu o nome do objeto: *o Bastão Azul*.

Por um momento, os sons da nave cessaram e só o que Kira ouviu foi sua pulsação. Ela *conhecia* o nome. Espontaneamente, um espasmo rolou pela Lâmina Macia e com ele uma onda de informações. Compreensão. Recordações:

Ela viu uma estrela — a mesma estrela avermelhada que tinha contemplado antes. Depois sua visão foi para fora e a estrela parecia ficar entre suas vizinhas mais próximas, mas as constelações eram desconhecidas e Kira não entendia como se encaixavam no formato do firmamento.

Uma disjunção e ela viu o Bastão Azul, o temido Bastão Azul. Ele se mexia, e carne e fibras se dilaceravam.

Ele se mexia, e fileiras de máquinas eram amassadas sob o golpe.
Ele se mexia, e um feixe de torres brilhantes tombava no chão de crateras.
Ele se mexia, e espaçonaves brotavam como flores ferozes.
Outro lugar... Outra época... Uma câmara alta e severa, com janelas que davam para um planeta amarronzado envolto em nuvens. Atrás delas pendia a estrela avermelhada, imensa em sua proximidade. Pela janela maior, escura contra o brilho espiralado, ela viu o Supremo de pé. Magro de corpo, forte na vontade, o primeiro entre os primeiros. O Supremo cruzou um conjunto de braços, o outro portava o Bastão Azul. Ela lamentou pelo que agora estava perdido.

Kira voltou à realidade com um sobressalto.

— Merda.

Ela se sentia tonta, sobrecarregada. Ela estava certa de que já vira um dos Desaparecidos na forma do Supremo. Sem dúvida nenhuma, ele não era um dos Águas.

O que significava?... Kira tinha dificuldades para se concentrar e a dor latejante da convocação não ajudava.

O Bastão Azul era apavorante. Se os Águas pusessem os tentáculos nele... Kira estremeceu ao pensar nisso. Não só ela; a Lâmina Macia também. A humanidade precisava encontrar o bastão primeiro. Era *fundamental*.

Com medo de ter perdido alguma coisa, ela voltou aos registros e recomeçou a ler.

A pressão no crânio pulsava e halos cintilantes apareceram em volta das luzes da sala de controle. Os olhos de Kira lacrimejaram. Ela piscou, mas os halos não sumiram.

— Chega — disse ela em voz baixa.

No mínimo, a convocação ficou mais forte, martelando em sua cabeça com uma batida inexorável, batendo, puxando, sondando — atraindo-a para o painel, um dever arcaico ainda não cumprido...

Ela forçou a atenção na tela. Devia haver um jeito de...

Outra pulsação de dor a fez ofegar.

Medo e frustração se tornaram raiva e ela gritou:

— Pare com isso!

A Lâmina Macia ondulou e ela a sentiu reagir à convocação, respondendo com um eco de negação furiosa, um eco inaudível e invisível de energia irradiada que disparou para fora, espalhando-se, espalhando-se... espalhando-se pelo sistema.

Neste instante, Kira entendeu que tinha cometido um erro terrível. Ela se lançou para a frente e meteu o punho pelo painel vítreo, *desejando* que o xeno o quebrasse, esmagasse, que o espatifasse em uma tentativa desesperada de destruir o transmissor antes que ele captasse sua resposta e a retransmitisse.

O traje fluiu por seu braço e pelos dedos. Espalhou-se pela parede como uma teia de raízes, sondando e procurando, cavando cada vez mais fundo. As telas piscaram e aquela perto de sua mão toldou-se e se apagou, deixando um halo de escuridão em torno da palma.

Kira sentiu os rebentos se fecharem na fonte da convocação. Ela escorou o pé na parede, puxou o braço e arrancou o transmissor do meio das telas. O que saiu dali foi um cilindro de cristal púrpura inserido em um denso favo de veios prateados que ondulavam como que distorcidos por ondas de calor.

Ela espremeu o cilindro com os rebentos do traje, espremeu com toda sua força, e o pedaço de cristal artificial se partiu e se espatifou. Caules prateados brotaram entre os rebentos enquanto o xeno espremia o metal como cera quente. A compulsão diminuiu de uma necessidade urgente a uma inclinação distante.

Antes que Kira conseguisse se recuperar, um cheiro invadiu, tão forte que parecia uma voz gritando em seu ouvido:

[[Aqui é Qwar: Profanação! Blasfêmia! Corrupção!]]

Kira entendeu que não estava mais sozinha. Um dos Águas estava atrás dela, perto o bastante para ela sentir um turbilhão de ar perturbado fazendo cócegas na nuca.

Ela enrijeceu. Seus pés ainda estavam presos na parede. Ela não podia se virar com rapidez suficiente...

BAM!

Ela se retraiu e se virou, agachando-se, enquanto apunhalava com a Lâmina Macia.

Atrás dela, um alienígena deu cambalhotas no ar. Era marrom e brilhante, e tinha um corpo segmentado do tamanho do tronco de um homem. Um grupo de olhos cercados de amarelo encimava a cabeça achatada e sem pescoço. Pinças e antenas penduravam-se do que devia ser a boca quitinosa, e duas fileiras de pernas de duas articulações (cada uma do tamanho e da largura do antebraço de Kira) chutaram e se debateram pelo abdome blindado. Da parte de trás, com cauda de lagosta, saíam dois apêndices, como antenas, com pelo menos um metro de extensão.

Icor laranja escorria da base da cabeça da criatura.

BAM! BAM!

Dois buracos apareceram na lateral blindada do alienígena. Sangue e vísceras borrifaram o chão. O alienígena esperneou mais uma vez enquanto girava para longe, depois ficou imóvel.

Do outro lado da sala, Falconi baixou a pistola, com um filete de fumaça saindo do cano.

— Mas o que, pelos sete infernos, você está fazendo?

4.

Kira endireitou a postura e retraiu os cravos que se projetavam de cada centímetro quadrado da pele. O coração disparava tanto que ela precisou de alguns segundos antes de conseguir convencer as cordas vocais a funcionarem.

— Ele ia...?

— Ia.

Falconi guardou a pistola no coldre.

— Estava prestes a tirar um naco do seu pescoço — completou.

— Obrigada.

— Me pague uma bebida um dia desses e ficamos quites.

Ele flutuou e examinou o corpo, do qual escorria icor.

— O que acha que isso é? — perguntou ele. — A versão deles de um cachorro?

— Não — disse ela. — Ele era inteligente.

Ele a olhou.

— Como sabe disso?

— Ele estava falando.

— Que encanto.

Ele gesticulou para o braço gosmento de Kira.

— Repito: que merda é essa? Você não respondeu nos comunicadores.

Kira olhou o buraco que tinha aberto na parede. O medo acelerou sua pulsação. Será que ela (ou melhor, a Lâmina Macia) realmente respondera à convocação? A enormidade da situação a encheu de um pavor crescente.

Antes que pudesse responder ao capitão, soou um bipe em seu ouvido e Gregorovich disse: *Calamidade, sim, minhas deliciosas infestações.* Ele riu com mais do que um toque de loucura. *Toda nave Água do sistema entrou em curso de interceptação com a Wallfish. Posso sugerir terror desenfreado e uma retirada expedita?*

CAPÍTULO VIII

* * * * * * *

SEM TER ONDE SE ESCONDER

1.

Falconi soltou um palavrão e lançou um olhar flamejante a Kira.

— Isso é obra sua?

É, o que esteve aprontando, saco de carne?, disse Gregorovich.

Kira sabia que não tinha como esconder o que acontecera. Ela se empertigou, embora se sentisse muito pequena.

— Havia um transmissor. Eu o destruí.

Os olhos do capitão se estreitaram.

— Que... Por quê? E por que isso avisaria os Águas?

— Não é assim que eles chamam a si mesmos.

— Como disse? — falou Falconi, parecendo qualquer coisa, menos educado.

— Não existe equivalente exato, mas o nome é parecido com...

— Não estou nem aí pra merda do nome dos Águas — disse Falconi. — É melhor começar a explicar por que eles estão vindo atrás de nós, e seja rápida.

Assim, com a maior brevidade possível, Kira lhe contou sobre a compulsão e que ela própria — sem querer — reagira.

Quando Kira terminou, Falconi tinha uma expressão tão vazia que a assustou. Ela vira aquele olhar em mineiros antes de decidirem esfaquear alguém.

— Esses cravos, agora essa... Mais alguma coisa que não esteja nos contando sobre o xeno, Navárez? — disse ele.

Kira fez que não com a cabeça.

— Nada de importante.

Ele grunhiu.

— Nada de importante.

Kira se retraiu quando ele sacou a pistola e apontou para ela.

— Por direito — disse ele —, eu devia deixar você aqui com uma transmissão de vídeo ao vivo para que os Águas soubessem onde te encontrar.

— ... Mas não vai fazer isso?

Uma longa pausa, depois o cano da pistola baixou. Ele guardou a arma no coldre.

— Não. Se os Águas querem tanto você, então não é uma boa ideia deixar que a peguem. Não pense que isto significa que quero você na *Wallfish*, Navárez.

Ela assentiu.

— Compreendo.

O olhar dele se desviou e ela o ouviu dizer:

— Trig, volte para a *Wallfish* agora. Jorrus, Veera, se quiserem alguma coisa da nave dos Águas, têm cinco minutos, no máximo, depois vamos dar o fora daqui.

Depois ele se virou e começou a se afastar.

— Venha — chamou.

Enquanto Kira o acompanhava, ele perguntou:

— Soube de alguma coisa útil?

— Muitas, provavelmente — disse ela.

— Alguma coisa que nos ajude a continuar vivos?

— Não sei. Os Águas são...

— Se não for urgente, guarde para outra hora.

Kira engoliu o que ia dizer e andou atrás de Falconi, que saía apressado da nave. Trig esperava por ele na câmara de descompressão.

— Fique de olho até os Entropistas subirem a bordo — disse Falconi.

O garoto bateu continência.

Da câmara de descompressão, eles foram para a sala de controle. Nielsen já estava lá, olhando o holo projetado da mesa no meio.

— Como anda a situação? — perguntou Falconi, afivelando-se em sua cadeira de impacto.

— Nada boa — disse Nielsen.

Ela olhou para Kira com uma expressão indecifrável, depois puxou um mapa de 61 Cygni. Sete linhas pontilhadas descreviam um arco pelo sistema, entrecruzando-se na localização atual da *Wallfish*.

— Hora da interceptação? — perguntou Falconi.

— O Água mais próximo chegará aqui em quatro horas.

Ela o encarou, grave.

— Estão em empuxo de máxima aceleração — acrescentou.

Falconi passou os dedos no cabelo.

— Tá. Tudo bem... Com que velocidade podemos chegar à Estação Malpert?

— Duas horas e meia — hesitou Nielsen. — Não tem como as naves de lá combaterem sete dos Águas.

— Eu sei — disse Falconi, severo. — Mas não temos alternativas. Se tivermos sorte, eles podem manter os Águas ocupados por tempo suficiente para darmos um salto.

— Não temos antimatéria.

Falconi arreganhou os dentes.

— Vamos *arranjar* antimatéria.

— Senhor — sussurrou Gregorovich —, a *Darmstadt* está nos saudando. Com muita urgência, devo acrescentar.

— Merda. Enrole até voltarmos a ter empuxo.

Falconi martelou um botão no console ao lado dele.

— Hwa-jung, qual é a situação dos reparos?

A chefe de engenharia respondeu um instante depois:

— Quase terminados. Só estou fazendo teste de pressão da nova linha de resfriamento.

— Acelere aí.

— Senhor.

Ela ainda parecia irritada com o capitão.

Falconi apontou o dedo para Kira.

— Você. Desembucha. O que mais descobriu por lá?

Kira fez o máximo para resumir. Depois disso, Nielsen franziu o cenho e falou:

— Então os Águas pensam que *eles* estão sendo atacados?

— Existe alguma possibilidade de você não ter entendido? — perguntou Falconi.

Kira fez que não com a cabeça.

— Estava muito explícito. Pelo menos esta parte.

— E esse tal Bastão Azul — disse Nielsen. — Não sabemos o que é?

— Acho que é um bastão de verdade — explicou Kira.

— Mas o que ele *faz*? — disse Falconi.

— Não sei mais do que você. Uma espécie de módulo de controle, talvez?

— Pode ser cerimonial — observou Nielsen.

— Não. Os Águas parecem convencidos de que ele permitirá que eles vençam a guerra.

Depois Kira teve de explicar novamente como respondera sem querer à compulsão. Até ali, tinha evitado pensar muito nisso, mas ao contar os acontecimentos a Nielsen, Kira sentiu vergonha e remorso profundos. Embora não tivesse como saber como a Lâmina Macia reagiria, ainda era culpa dela.

— Eu fiz merda — concluiu Kira.

Nielsen a olhou sem muita solidariedade.

— Não me leve a mal, Navárez, mas quero você fora desta nave.

— É o plano. Nós a entregaremos ao CMU e eles que lidem com isso — disse Falconi, olhando para Kira com um pouco mais de empatia. — Talvez eles possam colocar você em uma nave de emergência, te tirar do sistema antes que os Águas consigam pegá-la.

Ela assentiu, infeliz. Era um plano tão bom quanto qualquer outro. "Merda." Ir atrás da nave dos Águas podia até valer as informações que ela descobriu, mas parecia que ela e a tripulação da *Wallfish* iam ter de pagar pela tentativa.

Ela pensou novamente na estrela avermelhada em meio a suas companheiras e se perguntou: será que ela conseguiria localizá-la no mapa da Via Láctea?

Estimulada por uma súbita determinação, Kira se afivelou em uma das cadeiras de impacto e, nos filtros, abriu o modelo maior e mais detalhado da galáxia que conseguiu encontrar.

O comunicador estalou e Hwa-jung disse:

— Tudo pronto.

Falconi inclinou-se para a holotela.

— Trig, traga os Entropistas de volta para a *Wallfish*.

Nem um minuto depois, soou a voz do garoto.

— Positivo, capitão.

— Lacre a nave. Vamos sair daqui.

Depois Falconi ligou para a enfermaria.

— Doutor, temos pressa. É seguro para Sparrow voltarmos ao empuxo?

Quando Vishal respondeu, parecia tenso:

— É seguro, capitão, mas nada acima de um g, por favor.

— Verei o que posso fazer. Gregorovich, manda ver.

— Entendido, sim, meu capitão. *Mandando ver* agora.

Houve uma série de solavancos enquanto a *Wallfish* se desacoplava da nave alienígena e manobrava seus propulsores RCS para uma distância segura.

— Toda aquela antimatéria — disse Falconi, vendo a transmissão do desacoplamento ao vivo. — Que pena que ninguém inventou um jeito de extrair das naves deles.

— Prefiro não explodir num teste — disse Nielsen com secura.

— É mesmo.

O convés da *Wallfish* vibrou quando o foguete da nave foi acionado, e mais uma vez voltou a bem-vinda sensação de peso à medida que a aceleração os pressionava nas cadeiras.

Nos filtros, uma panóplia de estrelas brilhava diante dos olhos fixos de Kira.

2.

Ao fundo, Kira ouviu Falconi discutir com alguém pelo rádio. Ela não escutou, perdida como estava no exame do mapa. Começando por uma visão de cima da galáxia, ela aproximou a imagem da área que continha o Sol e lentamente passou a um percurso anti-horário (como os Águas tinham mencionado). No início, parecia uma tarefa inútil, mas por duas vezes em meio à gama de estrelas Kira sentiu reconhecimento da parte da Lâmina Macia, e isso lhe deu esperanças.

Ela interrompeu os estudos das constelações quando Vishal apareceu emoldurado na soleira da sala de controle. Parecia esgotado e seu rosto estava vermelho de tanto ser lavado.

— E então? — disse Falconi.

O médico suspirou e se deixou cair em uma das cadeiras.

— Fiz tudo que pude. A haste retalhou metade dos órgãos internos dela. Seu fígado vai se curar, mas o baço, os rins e partes dos intestinos precisam ser substituídos. Levará um ou dois dias para imprimir novos órgãos. Sparrow agora está dormindo, recuperando-se. Hwa-jung está com ela.

— Não seria melhor deixar Sparrow em crio? — perguntou Nielsen.

Vishal hesitou.

— Seu corpo está fraco. É melhor que ela recupere as forças.

— E se não tivermos escolha? — perguntou Falconi.

O médico abriu as mãos, com os dedos espalmados.

— Pode ser feito, mas não seria minha primeira opção.

Falconi voltou a discutir pelos comunicadores (falava sobre a nave dos Águas, permissões civis e acoplamento na Estação Malpert) e Kira novamente se concentrou nos filtros.

Ela sabia que chegava perto. Enquanto voava pelas estrelas simuladas, girando, rotacionando e procurando por formas que identificasse, sentia fragmentos irresistíveis de reconhecimento. Ela procurou o núcleo, onde as estrelas estavam mais próximas…

— Droga.

Falconi deu um soco no console.

— Eles não querem nos dar permissão para acoplar em Malpert — explicou.

Distraída, Kira olhou para ele.

— Por quê?

Um sorriso sem humor passou pelo rosto de Falconi.

— Por que você acha? Porque temos cada Água no sistema na nossa cola. Não sei o que Malpert espera que a gente faça. Não temos mais para onde ir.

Ela passou a língua nos lábios.

— Diga ao CMU que pegamos informações vitais sobre a nave dos Águas. Por isso as outras estão atrás de nós. Diga a eles… que as informações são questão de segurança interestelar e que a própria existência da Liga está em jogo. Se eles não nos deixarem chegar a Malpert, pode mencionar meu nome, mas se não precisar, prefiro que…

Falconi grunhiu.

— Tá. Tudo bem.

Ele abriu uma linha de comunicação e disse:

— Me conecte com o oficial de ligação da *Darmstadt*. Sim, sei que ele está ocupado. É urgente.

Kira sabia que o CMU ia descobrir sobre ela e sobre a Lâmina Macia de um jeito ou de outro, mas não via sentido em transmitir a verdade pelo sistema, se pudesse evitar. Além do mais, no instante em que o CMU e a Liga soubessem que ela ainda estava viva, suas opções iam se estreitar a algumas poucas e limitadas, no máximo.

Inquieta, ela voltou a atenção ao mapa e tentou ignorar o que acontecia. Estava fora de seu controle, de todo modo... "Ali!" Certo padrão de estrelas chamou sua atenção. Ela parou e um tom parecido com um sino soou em sua cabeça: confirmação da Lâmina Macia. Kira entendeu que tinha encontrado o que procurava: sete estrelas em formato de coroa e, perto do centro, a antiga centelha vermelha que marcava a localização do Bastão Azul. Ou, pelo menos, onde a Lâmina Macia acreditava estar.

Kira olhou fixamente, no início sem acreditar, depois com uma confiança crescente. Quer as informações do xeno estivessem ou não atualizadas, a localização no sistema era mais do que tinham antes e, pela primeira vez, a levava — e a humanidade toda — um passo à frente.

Animada, ela ia anunciar sua descoberta. Um bipe alto a interrompeu e dezenas de pontos vermelhos apareceram espalhados pelo holo do sistema projetado no meio da sala.

— Mais Águas — disse Nielsen, com um tom fatalista.

3.

— Mas que merda! Não *acredito* nisso — disse Falconi.

Pela primeira vez, parecia que ele não sabia o que fazer.

Kira abriu a boca, depois a fechou.

Mesmo entrando no espaço normal, os pontos vermelhos começaram a se mexer, acelerando para diferentes direções.

— Talvez não deva acreditar — disse Gregorovich.

Ele parecia estranhamente confuso.

— Como assim? — perguntou Falconi, se inclinando para a frente; o tom cortante habitual tinha voltado aos olhos.

O cérebro da nave foi lento na resposta.

— Este último grupo de penetras se comporta de forma contrária às expectativas. Eles estão... *calculando... calculando...* Eles não estão voando até nós, também estão voando até as outras naves dos Águas.

— Reforços? — perguntou Nielsen.

— Indefinido — respondeu Gregorovich. — Suas assinaturas de motor não combinam com as naves que vimos dos Águas até agora.

— Pelo que sei, existem diferentes facções entre os Águas — propôs Kira.

— Talvez — disse Gregorovich. — Ah, meu... Ora, ora. Olhem só que interessante!

O holo principal passou a mostrar uma visão de outro lugar do sistema: uma transmissão ao vivo de três naves convergindo para uma.

— O que estamos vendo?

— Uma transmissão da Estação Chelomey — disse Gregorovich.

Um contorno verde apareceu em uma das naves.

— Esta é uma Água — explicou.

As três outras naves eram contornadas em vermelho.

— Estes são alguns dos recém-chegados. E isto — continuou, indicando um conjunto de números ao lado de cada nave — é sua aceleração e velocidade relativa.

— Por Thule! — exclamou Falconi.

— Isto é impossível — disse Vishal.

— De fato — disse Gregorovich.

Os recém-chegados aceleravam mais rápido do que qualquer nave dos Águas já vista. Sessenta g. Cem g. Mais. Mesmo pela tela, doía olhar seus motores — archotes brilhantes com potência suficiente para serem localizados a anos-luz de distância.

As três naves saltaram para perto do Água que perseguiam. Enquanto convergiam, a nave Água soltou nuvens de giz e o computador marcou com linhas vermelhas disparos de laser que ficariam invisíveis. Os invasores revidaram e mísseis riscaram o espaço entre os combatentes.

— Bom, isso responde a uma das perguntas — disse Nielsen.

Um dos três recém-chegados disparou à frente de seus companheiros e, de súbito, abalroou a nave dos Águas.

As duas naves desapareceram em um clarão atômico.

— Caramba! — disse Trig.

Ele entrou no corredor e se sentou ao lado de Nielsen. Tinha retirado a armadura de energia e estava de volta a seu macacão normal mal-ajustado. Um gesso de espuma envolvia o pulso esquerdo.

— Gregorovich — disse Falconi —, pode nos mostrar um close de uma dessas naves?

— Um momento, por favor — disse o cérebro da nave.

Por alguns segundos, uma música irritante de espera tocou nos alto-falantes da *Wallfish*. Depois o holo mudou: um instantâneo borrado de uma das novas naves. A embarcação era escura, quase preta, e tinha veias de laranja-avermelhado. O casco era assimétrico, com volumes estranhos e ângulos e protuberâncias rugosos. Mais parecia um tumor do que uma espaçonave, como se tivesse crescido, em vez de ser construída.

Kira nunca tinha visto nada parecido, nem, pensou ela, a Lâmina Macia. A forma desequilibrada lhe dava uma sensação desconfortável na boca do estômago. Kira tinha dificuldade para imaginar um motivo para construir uma máquina tão retorcida e torta. Certamente não era obra dos Águas; a maior parte de tudo que eles construíam era lisa e branca, e parecia ter simetria radial.

— Vejam isso — disse Falconi, e voltou o holo a uma visão do sistema.

Por toda 61 Cygni, os pontos vermelhos riscavam na direção dos Águas e dos humanos também. Os Águas já alteravam o curso em face das ameaças, o que significava — por enquanto — que a *Wallfish* tinha algum espaço para respirar.

— Capitão, o que está havendo? — disse Trig.
— Não sei — respondeu Falconi. — Todos os passageiros voltaram para o porão?

O garoto fez que sim com a cabeça.

— Essas naves não são dos Águas — disse Kira. — Não são.
— Os Águas pensam que são *nossas*? — disse Nielsen. — Por isso acham que os estivemos atacando?
— Não vejo como — falou Vishal.
— Nem eu — disse Falconi —, mas parece que tem muita coisa que agora não entendemos.

Ele tamborilou os dedos na perna, depois olhou para Kira.

— O que quero saber é se eles apareceram por causa do sinal que você mandou.
— Eles teriam de estar à espera nos arredores de 61 Cygni — disse Nielsen. — Me parece... improvável.

Kira estava inclinada a concordar, mas parecia ainda mais improvável que os recém-chegados tivessem aparecido naquele exato momento por mero acaso. Como com o surgimento dos Águas em Adra, o espaço era grande demais para coincidências assim.

A ideia lhe deu coceira na pele. Havia algo de errado ali e ela não sabia o que era. Ela abriu uma janela de mensagem nos filtros e mandou uma mensagem ao capitão: <Acho que sei onde pode estar o Bastão Azul. — Kira>

Ele arregalou um pouco os olhos, mas, tirando isso, não reagiu. <Onde? — Falconi>

<Cerca de 60 anos-luz daqui. Preciso mesmo falar com algum encarregado de Malpert. — Kira>

<Estou trabalhando nisso. Eles ainda estão se decidindo. — Falconi>

Por um minuto todos ficaram em silêncio, vendo a tela. Falconi se mexeu na cadeira e falou:

— Temos permissão para acoplar em Malpert. Kira, eles sabem que temos informações, mas eu não disse quem você é, nem falei do seu, hm, traje. Não há motivos para abrir o jogo todo de uma vez só.

Ela abriu um leve sorriso.

— Obrigada... Ele tem um nome, sabia?
— O que tem nome?
— O traje.

Todos a olharam.

— Não entendo tudo dele, mas o que entendo significa Lâmina Macia.
— Que *foda* — disse Trig.

Falconi coçou o queixo.

— Combina, com isso tenho de concordar. Você tem uma vida estranha, Navárez.
— Não diga — murmurou ela consigo mesma.

Soou outro alerta e, em um tom pesaroso, Gregorovich falou:

— Chegando.

Duas das naves recém-chegadas aceleravam diretamente para a Estação Malpert. O tempo estimado de chegada era alguns minutos antes da *Wallfish*.

— Mas é claro — disse Falconi.

4.

Nas duas horas seguintes, Kira ficou sentada com a tripulação, observando as naves estranhas e retorcidas se espalharem pelo sistema, semeando o caos por onde passavam. Atacavam naves humanas e Águas indiscriminadamente e exibiam uma desconsideração suicida pela própria segurança.

Quatro das naves recém-chegadas espalharam-se pela fazenda de antimatéria situada perto do sol. As naves passaram aceleradas pelas fileiras de satélites alados, explodindo-as com laser e mísseis, de modo que cada uma delas estourou em um clarão de antimatéria aniquiladora. Vários satélites tinham torres de defesa e conseguiram atingir dois dos atacantes. As naves avariadas prontamente abalroaram as torres, destruindo-se.

— Talvez sejam drones — disse Nielsen.

— Talvez — disse Gregorovich —, mas é improvável. Quando racham, expelem atmosfera. Deve haver criaturas vivas metidas ali dentro.

— Outra espécie alienígena! — disse Trig. — Tem de ser!

Ele quase quicava na cadeira.

Kira não partilhava do entusiasmo dele. Nada nos recém-chegados lhe parecia certo. Só a visão de suas naves a fazia se sentir desequilibrada. Que a Lâmina Macia parecesse não ter conhecimento delas só aumentava seu desconforto. Surpreendia a Kira o quanto ela passara a depender da expertise do xeno.

— Pelo menos não são tão durões como os Águas — disse Falconi.

Era verdade; as naves recém-chegadas não pareciam tão blindadas, embora isso fosse compensado por sua velocidade e imprudência.

As duas naves tumorosas continuaram a cruzar o espaço rumo à Estação Malpert. Enquanto elas e a *Wallfish* se aproximavam, a *Darmstadt* e meia dúzia de naves menores novamente assumiram posição defensiva em volta da estação. O cruzador do CMU ainda tinha uma cauda de resfriador prateado dos radiadores danificados no combate aos Águas, mas, com ou sem avarias, era a única esperança da estação.

Quando a *Wallfish* estava a cinco minutos de distância, começou o tiroteio.

CAPÍTULO IX

★   ★   ★   ★   ★   ★   ★

MALDITA

1.

O ataque foi rápido e cruel. As duas naves alienígenas disformes mergulharam para a *Darmstadt* e para Malpert, cada uma de um vetor diferente. Explosões de fumaça e giz obscureceram a visão, e o cruzador do CMU disparou três Casaba-Howitzers. Estavam usando tudo que tinham.

Com um solavanco violento, um dos alienígenas se esquivou das cargas nucleares. Continuou a voar, em rota de colisão com a estação.

— Não! — exclamou Nielsen.

A nave alienígena não se chocou com Malpert e explodiu. Em vez disso, reduziu a velocidade e, com o ímpeto que restava, costeou um dos portos de acoplamento da estação. A nave longa, de aparência maligna, passou destruindo grampos e câmaras de descompressão, metendo-se fundo no corpo da estação. A embarcação era grande: quase duas vezes o tamanho da *Wallfish*.

A outra nave não conseguiu evitar os Casaba-Howitzers, não inteiramente. Uma das lanças mortais e vorazes queimou o casco da nave e a embarcação foi arremessada mais para o fundo do cinturão de asteroides, soltando fumaça do ferimento queimado no flanco.

Um grupo de naves de mineração se separou do resto da defesa e foi em seu encalço.

— É a nossa chance — disse Falconi. — Gregorovich, vamos acoplar agora mesmo.

— Hmm, e aquela coisa? — disse Nielsen, apontando a nave alienígena que se projetava da borda da estação.

— Não é preocupação nossa — disse Falconi.

A *Wallfish* já havia desligado os motores e movimentava-se por empuxo para a câmara de descompressão designada.

— Sempre podemos decolar de novo, se necessário, mas *precisamos* abastecer nossos tanques — completou Falconi.

Nielsen concordou com a cabeça, o rosto tenso de preocupação.

— Gregorovich, o que está acontecendo na estação? — perguntou Kira.

— Caos e dor — respondeu o cérebro da nave.

No holo, apareceu uma série de janelas mostrando transmissões de dentro de Malpert: refeitórios, túneis, saguões amplos. Grupos de homens e mulheres de skinsuits passavam correndo pelas câmeras, disparando armas e blasters. Nuvens de giz obstruíam o ar e nas sombras claras moviam-se criaturas cuja aparência Kira nunca imaginou. Algumas perseguiam de quatro, pequenas e magras, mas de olhos grandes, do tamanho de um punho humano. Outras avançavam em membros disformes: braços e pernas que pareciam quebrados e mal curados; tentáculos torcidos que pendiam inúteis; fileiras de pseudovagens que pulsavam com uma carnalidade nauseante. Qualquer que fosse o formato, as criaturas tinham a pele vermelha que parecia em carne viva e vertia um fluido semelhante a linfa, e trechos de pelos pretos e grossos como arame pontilhavam o couro rugoso.

As criaturas não portavam armas, porém várias delas tinham espinhos ossudos e serrilhas nos membros anteriores. Lutavam como selvagens, pulando atrás dos mineiros em fuga, derrubando-os no chão e rasgando suas entranhas.

Sem armas, os monstros foram rapidamente eliminados. No entanto, só depois de terem matado várias dezenas de pessoas.

— Mas o que é isso, em nome de Deus? — disse Vishal, seu tom apavorado combinando com os sentimentos de Kira.

Na frente dela, Trig ficava verde.

— Você é xenobióloga — disse Falconi. — Qual é sua opinião profissional?

Kira hesitou.

— Eu... não faço a menor ideia. Eles não podem ter evoluído naturalmente. Quer dizer, olhe só para eles. Nem mesmo sei se seriam capazes de construir a nave que usaram.

— Então está dizendo que outra criatura fez essas *coisas*? — perguntou Nielsen.

Falconi ergueu uma sobrancelha.

— Os Águas, talvez? Podem ser experimentos científicos que deram errado?

— Mas então por que colocar a culpa do ataque em nós? — disse Vishal.

Kira meneou a cabeça.

— Não sei. Eu não sei. Lamento. Não tenho a mais remota ideia do que está acontecendo.

— Eu te digo o que está acontecendo — disse Falconi. — Guerra.

Ele verificou alguma coisa nos filtros e continuou:

— O capitão da *Darmstadt* quer se reunir com você, Navárez, mas eles vão levar algum tempo para acoplar. Ainda estão dando uma limpa lá fora. Nesse meio tempo, vamos reabastecer, reequipar e tirar o pessoal do porão de carga. Eles terão de encontrar outro jeito de chegar a Ruslan. Vou começar a fazer chamadas, ver se arranjo alguma antimatéria. Do jeito que for.

2.

Kira foi ajudar Trig, Vishal e Nielsen. Era melhor que ficar sentada, esperando. Sua mente se agitava enquanto eles flutuavam poço abaixo no meio da *Wallfish*. A visão que ela teve da Lâmina Macia sobre o bastão... O ser que o xeno pensava como o Supremo não era nada parecido com um Água, nem com um dos deformados recém-chegados. Será que isso significava que eles lidavam com *três* espécies sencientes?

Hwa-jung se juntou a eles na escada a caminho da sala de engenharia. Quando Nielsen lhe perguntou sobre Sparrow, a chefe de engenharia grunhiu e disse:

— Está viva. Está dormindo.

No porão de estibordo, uma tagarelice de perguntas aos gritos recebeu o grupo enquanto Trig abria a tranca e a porta. Nielsen levantou as mãos e esperou até que todos se calassem.

Ela falou:

— Acoplamos na Estação Malpert. Há uma mudança de planos. A *Wallfish* não conseguirá levar vocês a Ruslan, no fim das contas.

Enquanto um rugido furioso se formava entre os refugiados reunidos, ela acrescentou:

— Reembolsaremos 90% do valor da passagem. Na verdade, já devem ter sido reembolsados. Verifiquem suas mensagens.

Kira se empertigou; era a primeira vez que ouvia falar em reembolso.

— Deve ser melhor assim — confidenciou Trig. — Pra falar a verdade, nós não seríamos, hm, bem recebidos em Ruslan. Seria meio arriscado chegar ao solo.

— É mesmo? Estou surpresa que Falconi os reembolse. Não parece típico dele.

O garoto deu de ombros e um sorrisinho dissimulado se espalhou por seu rosto.

— É, bom, sobrou o bastante para recarregar o hidrogênio. Além disso, peguei umas coisas enquanto estava na nave dos Águas. O capitão acha que podemos vender a colecionadores por um porrilhão de bits.

Kira franziu o cenho, pensando em toda a tecnologia da nave.

— O que exatamente você... — começou a perguntar, mas foi interrompida por um guincho de articulações de metal girando.

A parede externa do porão de carga se abriu, revelando uma ponte telescópica larga que se unia ao casco do espaçoporto de Malpert. Bots de carga esperavam do lado de fora e algumas autoridades alfandegárias estavam ancoradas ali perto, de prancheta na mão.

Os refugiados começaram a reunir seus pertences e sair da *Wallfish*. Era uma tarefa complicada em gravidade zero, e Kira se viu indo atrás de sacos de dormir e cobertores térmicos para que não saíssem voando do porão.

Os refugiados pareciam ter medo dela, mas não protestaram contra sua presença. Principalmente, suspeitava Kira, porque estavam mais concentrados em sair da *Wall-*

fish. Só um homem se aproximou dela: um ruivo desengonçado de traje formal amarrotado, que ela reconheceu como o cara que tinha pulado atrás da menina durante o combate com o Água.

— Não tive a oportunidade antes — disse ele —, mas queria agradecer por ajudar a salvar minha sobrinha. Se não fosse por você e por Sparrow...

Ele meneou a cabeça.

Kira baixou a cabeça e sentiu lágrimas inesperadas nos olhos.

— Foi um prazer ter podido ajudar.

Ele hesitou.

— Se não se importa que eu pergunte, você é o quê?

— ... Uma arma, e isso é tudo que posso dizer a respeito.

Ele estendeu a mão.

— Seja como for, obrigado. Se um dia for a Ruslan, procure por nós. O nome é Hofer. Felix Hofer.

Eles trocaram um aperto de mãos e um bolo estranho se formou na garganta de Kira ao vê-lo voltar para a sobrinha e sair.

Por todo o porão, soavam vozes coléricas. Ela viu Jorrus e Veera cercados por cinco Numenistas — três homens, duas mulheres — que os empurravam e gritavam alguma coisa sobre o Sumonúmero.

— Ei, parem já com isso! — gritou Nielsen, que abria caminho na direção deles.

Kira correu para a briga. Enquanto ela se aproximava, um dos Numenistas — um homem de nariz arrebitado, cabelo roxo e uma fileira de implantes subdérmicos nos braços — deu uma marrada na cara de Jorrus, batendo em sua boca.

— Não se mexa — rosnou Kira.

Ela voou para o grupo, pegou o homem de cabelo roxo pelo tronco e prendeu seus braços junto do corpo, caindo com ele contra uma parede. A Lâmina Macia se agarrou à parede a um comando de Kira, detendo os dois.

— O que está havendo aqui? — exigiu saber Nielsen, impondo-se entre os Numenistas e os Entropistas.

Veera levantou as mãos de um jeito apaziguador.

— Só uma pequena...

— ... controvérsia teológica — completou Jorrus.

Ele cuspiu sangue no convés.

— Bom, aqui não — disse Nielsen. — Deixem pra quando saírem da nave. Vocês todos.

O homem de cabelo roxo se torcia nos braços de Kira.

— Vai se foder, sua vaca com cara de cutelo. E você, me solta, maldita bastarda brigona.

— Só quando prometer se comportar — disse Kira.

Ela saboreava a sensação de força que lhe dava a Lâmina Macia; segurar o homem era fácil com a ajuda do xeno.

— Me comportar? Vou te mostrar o que é se comportar!

O homem empurrou a cabeça para trás e bateu no nariz dela. Uma dor ofuscante explodiu no rosto de Kira. Um grito involuntário lhe escapou e ela sentiu o homem se contorcer na camisa, tentando se libertar.

— Pare com isso! — disse ela, com as lágrimas inundando os olhos e o sangue entupindo o nariz e a garganta.

O homem balançou a cabeça de novo. Desta vez, a pegou em cheio no queixo. Doeu. *Muito*. Kira soltou a mão e o homem se contorceu e saiu de seus braços.

Ela o segurou de novo e ele deu um soco em Kira, derrubando os dois.

— Pó *pará*! — gritou, com raiva.

Com essas palavras, um cravo saiu de seu peito e apunhalou as costelas do homem. Ele a olhou com incredulidade, depois entrou em convulsão e seus olhos rolaram para trás. Manchas vermelhas se espalharam pela camisa.

Do outro lado do porão, os outros quatro Numenistas gritaram.

O horror substituiu, de imediato, a raiva de Kira.

— Não! Me desculpe. Eu não pretendia fazer isso. Eu não...

Com uma sensação escorregadia, o cravo se retraiu.

— Pegue! — disse Vishal.

Ele jogou um cabo da parede. Ela o apanhou sem pensar, e o médico puxou Kira e o Numenista.

— Mantenha-o parado — disse Vishal.

Ele abriu a camisa do homem pelo lado e, com um pequeno aplicador, borrifou espumed no ferimento.

— Ele vai... — começou a perguntar Kira.

— Vai viver — disse Vishal, as mãos ainda trabalhando. — Mas preciso levá-lo à enfermaria.

— Trig, ajude o doutor — disse Nielsen, afastando-se.

— Sim, senhora.

— Quanto a vocês — disse Nielsen, apontando os outros Numenistas —, saiam daqui antes que eu os expulse à força.

Eles começaram a protestar e ela os deteve com um olhar.

— Vamos informar quando puderem recuperar seu amigo — falou. — Agora, fora daqui.

Trig segurou o homem pelos pés e Vishal pela cabeça. Eles o carregaram, como Hwa-jung tinha carregado Sparrow.

3.

Kira ficou pendurada na parede, atordoada. Os demais refugiados a encaravam com medo e hostilidade explícita, mas ela não se importou. Em sua cabeça, o Numenista inconsciente era Alan, sangrando em seus braços enquanto o ar escapava aos gritos pelos buracos abertos nas paredes...

Ela havia perdido o controle. Só por um instante, mas podia ter matado o homem, assim como matara os companheiros de equipe. Desta vez não podia culpar a Lâmina Macia; ela *quisera* machucar o Numenista, machucá-lo até ele parar de lhe fazer mal. A Lâmina Macia só reagira ao impulso.

— Tudo bem com você? — perguntou Nielsen.

Kira levou um tempinho para responder.

— Tá.

— Precisa dar uma olhada nisso.

Kira tocou o rosto e estremeceu. A dor diminuía, mas ela sentia o nariz curvado e torto. Tentou recolocá-lo no lugar, mas a Lâmina Macia já o tratara demais para ele se mexer. Pelo visto, para o xeno bastava um mel de coruja.

— Mas que droga — murmurou Kira, sentindo-se derrotada.

O nariz teria de ser quebrado de novo antes de ser endireitado.

— Por que não espera aqui por enquanto? — disse Nielsen. — É melhor assim, não acha?

Kira assentiu, entorpecida, e viu a mulher sair para supervisionar o processo de desembarque.

Os Entropistas se aproximaram e Veera falou:

— Nossas desculpas por provocar...

— ... tal perturbação, Prisioneira. A culpa é nossa por dizer aos Numenistas...

— ... que existem infinitos maiores que o conjunto de números reais. Por algum motivo, isso ofende o conceito deles...

— ... do Sumonúmero.

Kira abanou a mão.

— Está tudo bem. Não se preocupem.

Os Entropistas assentiram simultaneamente.

— Parece que... — disse Jorrus.

— ... tomaremos caminhos diferentes — disse Veera. — Portanto, queremos agradecer a você por compartilhar as informações sobre seu traje conosco e...

— ... por nos dar a oportunidade de explorar a nave dos Águas...

— ... e queremos dar isto a você — disse Jorrus.

Ele entregou uma ficha pequena, semelhante a uma pedra preciosa. Era um disco do que parecia safira, com um desenho de fractal.

A visão do fractal provocou um estremecimento de reconhecimento em Kira. O desenho não era aquele de seus sonhos, mas parecido.

— O que é isso?

Veera abriu as mãos em um gesto de bênção.

— Passagem segura para a Sede de nossa ordem, a Nova Energium, na órbita de Shin-Zar. Sabemos...

— ... que você se sente compelida a ajudar a Liga, e não iríamos dissuadi-la. Porém,...

— ... se mudar de ideia,...

— ... nossa ordem lhe garante santuário. A Nova Energium...

— ... é o laboratório de pesquisa mais avançado do espaço povoado. Nem os melhores laboratórios da Terra são tão bem equipados... nem tão bem defendidos. Se alguém pode livrá-la deste organismo...

— ... são os intelectos de Nova Energium.

"Santuário." A palavra teve ressonância em Kira. Comovida, ela guardou a ficha no bolso e disse:

— Obrigada. Talvez não possa aceitar sua oferta, mas significa muito para mim.

Veera e Jorrus deslizaram as mãos pelas mangas opostas dos mantos e cruzaram os braços.

— Que seu caminho sempre leve ao conhecimento, Prisioneira.

— O conhecimento à liberdade.

Então os Entropistas partiram e Kira ficou mais uma vez sozinha. Não estava há muito tempo com seus pensamentos quando Inarë e o gato de nome impronunciável pararam ao lado dela. A mulher carregava uma grande bolsa feita de tapete com estampa floral. Não trazia outra bagagem. O gato estava empoleirado em seus ombros, cada fio da pelagem eriçado na gravidade zero.

A mulher riu.

— Parece que você andou se divertindo, *Ellen Kaminski*.

— Não é o meu nome — disse Kira, sem vontade de conversar.

— Claro que não.

— Quer alguma coisa?

— Ora, quero — disse a mulher. — Quero, sim. Eu *queria* lhe dizer isto: coma a estrada, ou a estrada comerá você. Parafraseando o ditado.

— Que significa?

Pela primeira vez, Inarë parecia séria.

— Todos nós vimos o que você pode fazer. Parece que você tem uma importância maior do que a maioria neste nosso esquema sinistro das coisas.

— E daí?

A mulher virou a cabeça de lado e em seus olhos Kira viu uma profundidade inesperada, como se tivesse chegado ao cume de uma montanha e descoberto um abismo escancarado depois dela.

— Isto e somente isto: as circunstâncias nos pressionam muito. Logo só o que restará a você, ou a qualquer um de nós, é a mera necessidade, nua e crua. Antes que isso aconteça, você deve decidir.

Kira franziu a testa, quase com raiva.

— O que exatamente devo decidir?

Inarë sorriu e chocou Kira ao lhe fazer um carinho no rosto.

— Quem você quer ser, é claro. Não é a isso que se reduzem todas as nossas decisões? Agora eu realmente preciso ir. Pessoas para irritar, lugares para escapar. Escolha bem, Viajante. Pense bem. Pense rapidamente. Coma a estrada.

Finalmente, a mulher se impeliu da parede e flutuou pela saída do porão de carga para o espaçoporto de Malpert. Em suas costas, o gato grande e avermelhado encarou Kira e soltou um miado triste.

4.

"Coma a estrada." A frase não saía da cabeça de Kira. Ela a ficava revirando, remoendo, tentando entender.

Do outro lado do porão, Hwa-jung conduzia uma dupla de bots de carga que empurravam e puxavam as quatro cápsulas de crio da *Valkyrie*. Pelos vidros cobertos de gelo, Kira teve um vislumbre do rosto de Orso, azulado e mortalmente pálido.

Pelo menos ela não precisou *comê-lo* para sobreviver. Ele e os outros três teriam um choque tremendo quando o CMU os descongelasse e contasse o que aconteceu enquanto eles dormiam...

— Você é um desastre ambulante, Navárez — disse Falconi, aproximando-se. — É isso o que você é.

Ela deu de ombros.

— Acho que sou.

— Espere.

Ele tirou um lenço do bolso, cuspiu nele e, sem esperar por permissão, começou a limpar o rosto de Kira. Ela se retraiu.

— Fique parada — pediu ele. — Tem sangue pra todo lado.

Ela tentou não se mexer, sentindo-se uma criança de cara suja.

— Pronto — disse Falconi, recuando. — Melhor assim. Mas esse nariz precisa de cuidados. Quer que eu cuide disso? Tenho alguma experiência em quebrar narizes.

— Obrigada, mas acho que vou pedir a um médico — disse ela. — A Lâmina Macia já me curou, então...

Falconi fez uma careta.

— Entendi. Tudo bem.

Do lado de fora da nave, uma série de exclamações se ergueu dos refugiados em fila diante das autoridades da alfândega e Kira viu pessoas apontando para telas nas paredes do espaçoporto.

— O que foi agora? — disse ela.

Quanta notícia ruim ainda podia aparecer?

— Vamos ver — disse Falconi.

Kira puxou os filtros e verificou o noticiário local. Os malignos recém-chegados continuavam o massacre pelo sistema. Já tinham conseguido destruir outros Águas — e, por sua vez, ser destruídos —, mas as maiores manchetes eram relacionadas com Ruslan. Seis das naves recém-chegadas tinham atingido parte da Estação Vyyborg e o resto das defesas do planeta e pousado na capital, Mirnsk.

Todas, menos uma.

Esta única nave mirara o elevador espacial de Ruslan, o Expresso Petrovich. Apesar das baterias orbitais do planeta. Apesar da nave de batalha do CMU, a *Surfeit of Gravitas*, estacionada na órbita de Vyyborg. Apesar dos numerosos lasers e baterias de mísseis instalados pela coroa e pela base da megaestrutura. Apesar do melhor projeto de incontáveis engenheiros e cientistas... Apesar de todas essas coisas, a nave alienígena conseguira abalroar e romper o cabo em forma de fita do elevador espacial, a três quartos do caminho para o asteroide que servia de contrapeso.

Kira viu a parte superior do elevador (inclusive o contrapeso) disparar de Ruslan a uma velocidade maior que a de escape enquanto a seção inferior se curvava para o planeta, como um chicote gigantesco envolvendo uma bola.

— Por Thule — disse Kira em voz baixa.

As partes superiores do cabo se romperiam, ou queimariam na atmosfera. Mais abaixo, porém, perto do chão, o colapso seria arrasador. Destruiria a maior parte do espaçoporto em torno de seu ponto de ancoragem, bem como a longa faixa de terra que se estendia para o leste. Em termos absolutos, o colapso não causaria *tantos* danos, mas seria um evento apocalíptico para as pessoas perto da base. Ela ficou enjoada só de imaginar como elas estariam apavoradas (e indefesas).

Várias chamas pequenas, como faíscas, apareceram pela extensão do cabo ainda preso a Ruslan.

— O que é aquilo? — perguntou ela.

— Cápsulas de transporte, aposto — disse Falconi. — A maioria deve conseguir pousar em segurança.

Kira estremeceu. Andar no pé de feijão fora uma das experiências mais memoráveis que tivera com Alan durante a breve licença antes do lançamento da missão de pesquisa em Adra. A vista do alto do cabo era incrível. Era possível ver tudo até a Flange Numinosa, bem para o norte...

— Ainda bem que não estou lá — disse ela.

— Amém.

Então Falconi gesticulou para o espaçoporto.

— O capitão Akawe, o capitão da *Darmstadt,* está pronto para nos receber.

— "Nos"?

Falconi assentiu rapidamente para ela.

— O oficial de ligação disse que eles têm algumas perguntas para mim. Provavelmente sobre nossa pequena excursão à nave dos Águas.

— Ah.

Reconfortava Kira saber que não enfrentaria o CMU sozinha. Mesmo que Falconi não fosse seu amigo, ela sabia que podia contar com ele para protegê-la. Além disso, ela imaginava que salvar Trig e Sparrow teria angariado alguma boa vontade da parte dele.

— Tudo bem, vamos — disse ela.

— Você primeiro.

CAPÍTULO X

* * * * * * *

A *DARMSTADT*

1.

Da câmara de descompressão da *Wallfish*, Falconi levou Kira para um túnel escavado pelo asteroide rochoso em que Malpert fora construída. Eles flutuavam na metade da circunferência da estação quando Kira percebeu que não iam entrar no anel habitacional giratório mais perto do centro.

— Akawe quer nos encontrar na *Darmstadt* — disse Falconi. — Imagino que eles julguem mais seguro. Nenhum monstro rondando por perto.

Kira se perguntou se deveria ficar preocupada. Depois descartou a preocupação. Não importava. Pelo menos não ficaria em gravidade zero dentro da *Darmstadt*.

Havia sinais da luta com os recém-chegados em toda parte. O ar tinha cheiro de fumaça, as paredes estavam queimadas e manchadas e as pessoas por quem passavam tinham expressões redondas de olhos vidrados, como se ainda estivessem em choque.

O túnel passava por um grande domo, cuja metade estava fechada atrás de portas que diziam *Manufatura Ichen*. Na frente das portas, Kira viu o que restava de um dos alienígenas não identificados. A criatura tinha sido dilacerada e salpicada por projéteis, mas ainda era possível distinguir a forma básica. Diferente das outras, esta tinha fragmentos pretos pelo dorso: osso ou concha, era difícil dizer. As pernas eram três, cada uma com duas articulações, se Kira contasse corretamente. O maxilar era longo e carnívoro. Seria aquilo um *segundo* maxilar, perto da proeminência do peito?

Kira se aproximou, desejando ter um chip-lab, um bisturi e algumas horas ininterruptas para estudar o espécime.

A mão de Falconi em seu ombro a fez parar.

— Não queremos deixar Akawe esperando. Má ideia.

— É...

Kira se afastou do cadáver. Só o que queria era fazer seu trabalho, mas o universo insistia em conspirar para impedi-la. O combate não era sua vocação; ela queria *aprender*.

Então por que apunhalara o Numenista? Embora fosse um filho da puta, o homem não merecia uma facada no peito...

Dois fuzileiros navais de pesada armadura de energia esperavam por eles na frente da câmara de descompressão da *Darmstadt*.

— Não permitimos armas — disse o fuzileiro mais próximo, levantando a mão.

Falconi fez uma careta, mas desafivelou o cinto e o entregou, com a pistola, ao fuzileiro naval, sem protestar.

A porta pressurizada se abriu.

— O cadete Merrick mostrará o caminho — disse o fuzileiro.

Merrick — um homem magro de jeito estressado com uma mancha de gordura no queixo e um curativo ensanguentado na testa — esperava por eles do lado de dentro.

— Venham comigo — disse ele, levando-os mais para o fundo do cruzador do CMU.

O layout da *Darmstadt* era idêntico ao da *Extenuating Circumstances*. Provocou em Kira flashbacks desagradáveis de disparar por corredores ao som de alarmes e tiroteio.

Depois que eles passaram pelo eixo da nave e fizeram a transição para os raios habitacionais giratórios, novamente puderam andar normalmente, o que Kira acolheu com prazer.

Conduzindo-os para uma pequena sala de reuniões com uma mesa no meio, Merrick falou:

— O capitão Akawe estará com vocês em breve.

Então ele saiu, fechando a porta pressurizada.

Kira continuou de pé, assim como Falconi. Ele parecia tão consciente quanto ela de que o CMU os tinha sob vigilância.

Não tiveram de esperar muito tempo. Logo a porta se abriu com ruído e entraram quatro homens: dois fuzileiros navais (que continuaram de pé junto da entrada) e dois oficiais.

Era fácil identificar o capitão pelas dragonas no uniforme. De estatura mediana, pele morena e barba por fazer, tinha o olhar abatido de alguém que não dormia direito há vários dias. Havia algo em seu rosto que pareceu simétrico demais a Kira, perfeito demais, como se ela visse um manequim que ganhou vida. Ela levou um instante para perceber que o corpo do capitão era um construto.

O outro oficial parecia ser o segundo em comando. Era magro, com um maxilar forte e vincos como cicatrizes correndo pelas faces encovadas. O cabelo à escovinha recuava e os olhos brilhavam com o amarelo escuro e predador de um tigremalho.

Kira ouvira histórias sobre soldados que preferiam ter os genes manipulados para enxergar melhor em combate, mas nunca havia conhecido ninguém com a modificação.

Akawe contornou a mesa e se sentou na única cadeira daquele lado. Fez um gesto.

— Sentem-se.

Seu segundo em comando continuou de pé a seu lado, com as costas retas regulamentares.

Kira e Falconi obedeceram. As cadeiras eram duras e desconfortáveis, sem estofamento.

Akawe cruzou os braços e os olhou com algo semelhante ao nojo.

— Cacete. Mas que dupla lamentável. Não concorda, primeiro-oficial Koyich?

— Sim, senhor, concordo, senhor — respondeu o homem de olhos amarelos.

O capitão assentiu.

— Certíssimo. Vou deixar claro aqui, sr. Falconi e srta. Fulana, que não tenho tempo a perder com vocês. Temos uma autêntica invasão alienígena em andamento, tenho uma nave avariada que precisa de cuidados e, por algum motivo, o Comando está me aporrinhando para mandar todo mundo da *Valkyrie* para Vyyborg ontem. Eles estão *putos* porque vocês decidiram mudar de curso e vir para Malpert em vez de Ruslan. Como se não bastasse, vocês mexeram num vespeiro quando subiram a bordo daquela nave dos Águas. Não sei que besteira estão tentando aprontar, mas vocês têm exatamente trinta segundos para me convencer de que têm algo que valha o meu tempo.

— Eu entendo a língua dos Águas — disse Kira.

Akawe piscou duas vezes, depois falou:

— Duvido. Vinte e cinco segundos, a contagem não parou.

Ela empinou o queixo.

— Meu nome é Kira Navárez e eu era a chefe de xenobiologia da equipe enviada para pesquisa no planeta Adrasteia em Sigma Draconis. Quatro meses atrás, descobrimos um artefato alienígena em Adrasteia, que levou à destruição da NCMU *Extenuating Circumstances*.

Akawe e Koyich se entreolharam. Depois o capitão descruzou os braços e se inclinou para a frente. Apoiou o queixo nos dedos cruzados.

— Tudo bem, srta. Navárez, agora tem minha completa atenção. Esclareça.

— Primeiro preciso mostrar uma coisa.

Ela levantou a mão, com a palma virada para cima.

— Vocês precisam prometer que não terão uma reação exagerada — pediu.

Akawe bufou.

— Sinceramente duvido que alguma coisa...

Ele parou quando um grupo de cravos saiu da mão de Kira. Atrás dela, Kira ouviu os fuzileiros navais erguerem as armas e entendeu que apontavam para sua cabeça.

— É seguro — disse ela, esforçando-se para manter os cravos no lugar. — No geral.

Ela relaxou e permitiu que a palma da mão voltasse a ficar lisa.

Então contou sua história.

2.

Kira mentiu.

Não a respeito de tudo, mas — como com a tripulação da *Wallfish* — mentiu sobre como os amigos e companheiros de equipe morreram em Adra, culpando os Águas. Foi idiotice dela; se Akawe descongelasse Orso ou seus companheiros e os interrogasse, as mentiras ficariam patentes. Entretanto, Kira não conseguiu evitar. Confessar seu papel nas mortes, em particular de Alan, era mais do que ela suportaria naquele momento. No mínimo, temia confirmar as piores impressões que Falconi tinha dela.

Tirando isso, ela contou a verdade da melhor forma que entendia, chegando a incluir a descoberta que fizera do Bastão Azul. Também lhes deu os resultados dos exames de Vishal, todos os registros que fizera com as lentes de contato enquanto estava na nave dos Águas e suas transcrições das lembranças do xeno.

Quando Kira terminou, houve um silêncio longo, muito longo, e ela viu os olhos de Akawe e Koyich dispararem de um lado a outro enquanto eles trocavam mensagens.

— O que tem a dizer a respeito disso, Falconi? — perguntou Akawe.

Falconi fez uma expressão irônica.

— Tudo que ela contou a respeito do tempo que passou na *Wallfish* confere. Eu só acrescentaria que Kira salvou a vida de dois tripulantes meus hoje, se isso vale de alguma coisa. Pode verificar nossos registros, se quiser.

Ele não falou nada sobre ela ter apunhalado o Numenista, e Kira ficou agradecida por isso.

— Ah, vamos verificar — disse Akawe. — Pode apostar.

Seus olhos ficaram vagos e ele falou:

— Um minuto.

Houve outra pausa desagradável, depois o capitão do CMU meneou a cabeça.

— O comando em Vyyborg confirma sua identidade, assim como a descoberta do artefato xenoforme em Adrasteia, mas os detalhes são confidenciais, altamente sigilosos.

Ele olhou para Kira.

— Só para confirmar, você não sabe nos dizer nada sobre esses pesadelos que acabaram de aparecer?

Ela negou com a cabeça.

— Não. Mas, como eu disse, tenho bastante certeza de que os Águas não fizeram o traje. Algum outro grupo ou espécie foi responsável por isso.

— Os pesadelos?

— Não sei, mas... se obrigada a responder, eu diria que não.

— Sei. Tudo bem, Navárez, isto vai muito além do que eu esperava. Parece que os Águas e os pesadelos estão ocupados matando um ao outro. Depois que o tiroteio diminuir, levaremos você a Vyyborg e deixaremos que o Comando decida o que fazer com você.

O capitão ia se levantar quando Kira falou:

— Espere. Você não pode fazer isso.

Akawe ergueu uma sobrancelha.

— Como disse?

— Se me mandar a Vyyborg, será perda de tempo. Temos de encontrar o Bastão Azul. Os Águas parecem convencidos de que ele lhes garantirá a vitória na guerra. Acredito nisso também. Se eles conseguirem o bastão, acabou-se. Estaremos mortos. Todos nós.

— Mesmo que seja verdade, o que espera que eu faça? — perguntou Akawe, cruzando os braços.

— Vá atrás do bastão — disse Kira. — Pegue-o antes dos Águas.

— O quê? — disse Falconi, tão assustado quanto os caras do CMU.

Ela continuou falando.

— Eu já te falei: tenho uma boa ideia de onde está o bastão. Os Águas não sabem. Tenho certeza de que eles já estão procurando por ele, mas, se começarmos agora, talvez consigamos derrotá-los.

Akawe beliscou a ponta do nariz, como se estivesse com dor de cabeça.

— Senhora... Não sei como acha que funcionam as Forças Armadas, mas...

— Olha, você acha que existe alguma possibilidade de o CMU e a Liga *não* quererem ir atrás do bastão?

— Depende do que a Inteligência da Frota concluir a partir de suas alegações.

Kira se esforçou para conter a frustração.

— Eles não podem ignorar a possibilidade de que tenho razão, você *sabe* disso. E o caso é o seguinte: se uma expedição for atrás do bastão...

Ela respirou fundo.

— ... preciso ir com ela — completou. — Eles vão precisar de mim, em terra, para traduzir. Ninguém mais pode fazer isso... Me levar a Vyyborg é perda de tempo, capitão. Esperar que a Inteligência investigue tudo que eu disse é uma perda de tempo, e eles *não podem*. Precisamos ir, e precisa ser imediatamente.

Akawe a encarou por meio minuto. Depois meneou a cabeça e chupou o lábio inferior.

— Mas que merda, Navárez.

— Agora você entende com o que estive lidando — disse Falconi.

Akawe apontou um dedo para ele, como se estivesse prestes a dar uma bronca. Depois pareceu reconsiderar e dobrou o dedo em um punho.

— Talvez você tenha razão, Navárez, mas ainda preciso passar o caso pela cadeia de comando. Não é uma decisão que eu possa tomar sozinho.

Exasperada, Kira soltou um ruído.

— Você não entende, é...

Akawe empurrou a cadeira para trás e se levantou.

— Não vou ficar sentado aqui discutindo com você, senhora. Temos de esperar o Comando se pronunciar, ponto final.

— Tudo bem — disse Kira.

Ela se inclinou para a frente.

— Mas diga a eles, a seus superiores, que, se eles me mantiverem aqui, em 61 Cygni, todo o sistema será invadido. Os Águas sabem onde estou. Você viu como eles reagiram quando aquele sinal foi enviado. O único jeito de impedir que eles peguem *isto* — falou, com um tapinha no braço — é eu sair do sistema. Se o CMU me mandar para o Sol, serão mais duas semanas pelo ralo, e isso só levará muito mais Águas para a Terra.

Pronto. Ela falara a palavra mágica: *Terra*. O planeta natal semimítico que todos no CMU juravam proteger. Surtiu o efeito desejado. Akawe e Koyich ficaram perturbados.

— Direi a eles, Navárez — falou o capitão —, mas não tenha muitas esperanças.

Depois ele gesticulou para os fuzileiros.

— Tirem-na daqui. Coloquem em uma cabine de hóspedes e cuidem para que ela não saia.

— Senhor, sim, senhor!

Enquanto os fuzileiros a flanqueavam, Kira olhou para Falconi, sentindo-se indefesa. Ele parecia furioso, frustrado com o andar das coisas, mas ela via que Falconi não ia discutir com Akawe.

— Lamento que o resultado seja este — disse ele.

Kira deu de ombros enquanto se levantava.

— É, eu também. Obrigada por tudo. Dê meu adeus a Trig, por favor?

— Vou dar.

Então os fuzileiros a escoltaram para fora da sala de reuniões, deixando Falconi sentado sozinho, enfrentando Akawe e seu primeiro-oficial de olhos de tigre.

3.

Kira fervilhava de raiva enquanto os fuzileiros navais a escoltavam pelo interior do cruzador. Eles a depositaram em uma cabine menor do que aquela da *Wallfish* e, quando saíram, a porta foi trancada.

— Aaaaah! — gritou Kira.

Ela andou pelo espaço do quarto — dois passos e meio para cada lado —, depois se jogou na cama e enterrou a cabeça nos braços.

Era exatamente isto que ela não queria que acontecesse.

Ela verificou os filtros. Ainda funcionavam, mas estava desconectada da rede da *Darmstadt*, o que impossibilitava ver o que acontecia no resto do sistema ou mandar uma mensagem a qualquer um da *Wallfish*.

Só o que Kira podia fazer era esperar, então ela esperou.

Não foi fácil. Ela repassou a conversa com Akawe de seis diferentes maneiras, tentando imaginar o que mais poderia ter dito para convencê-lo. Nada lhe veio à cabeça.

Depois, na quietude e no silêncio da cabine, começou a sentir todo o peso dos acontecimentos do dia. A manhã parecia ter ocorrido uma semana antes, de tanto que acontecera desde então. Os Águas, a compulsão e sua reação a ela, Sparrow... Como estava o Numenista que ela apunhalara? Por um momento, ela remoeu o pensamento, até que lampejos de sensações dos combates na nave dos Águas a afetaram e Kira estremeceu, embora não sentisse frio.

Os tremores não pararam, travando seus músculos em cabos atados. A Lâmina Macia reagiu perturbada, mas não havia nada que pudesse fazer para ajudar. Kira sentia a confusão do xeno.

Batendo os dentes, Kira se arrastou para a cama e se enrolou no cobertor. Sempre se saía bem em emergências. Era preciso muito para deixá-la abalada, mas a violência tinha sido muita e mais um pouco. Ela ainda sente o vômito preso na garganta, obstruindo as vias aéreas. "Por Thule! Eu quase morri."

Entretanto, não morrera. Havia um certo conforto neste fato.

Pouco tempo depois, um tripulante de cara assustada lhe entregou uma bandeja de comida. Kira saiu da cama por tempo suficiente para pegar a bandeja, sentou-se com o travesseiro nas costas e comeu, lentamente no começo, depois com uma velocidade crescente. A cada porção, sentia-se mais normal, e, quando terminou, a cabine não parecia mais tão cinzenta e deprimente.

Ela não estava disposta a desistir.

Se o CMU não lhe desse ouvidos, talvez a autoridade de mais alta patente da Liga no sistema a escutasse. (Ela não sabia quem seria: o governador de Ruslan?) Afinal, o CMU ainda respondia ao governo civil. Também havia um representante da empresa estacionado em Malpert. Ele podia conseguir representação jurídica para ela, o que lhe ajudaria a ter alguma influência. Como último recurso, ela sempre podia procurar a ajuda dos Entropistas...

Kira tirou do bolso a ficha que Jorrus lhe dera. Virou o disco facetado, admirando como a luz se refletia no fractal incrustado no meio.

Não, ela não ia desistir.

Ela deixou a ficha de lado, abriu um documento nos filtros e passou a esboçar um memorando, delineando tudo que aprendera sobre a Lâmina Macia, os Águas e o Bastão Azul. *Alguém* com autoridade tinha de entender a importância de suas descobertas e perceber que elas valiam o risco.

Ela só havia escrito uma página e meia quando uma batida incisiva soou na porta.

— Entre — disse Kira, passando as pernas pela beira da cama e se sentando reta.

A porta se abriu e entrou o capitão Akawe. Segurava uma caneca do que parecia café e seu rosto perfeitamente esculpido trazia uma expressão severa.

Atrás dele, um ordenança e dois fuzileiros navais ficaram a postos do lado de fora da cabine.

— Parece que hoje é um dia de surpresas desagradáveis — disse o capitão.

Ele se sentou, de frente para ela, na única cadeira da cabine.

— O que foi agora? — perguntou Kira, tomada por um medo súbito.

Akawe apoiou a caneca na prateleira a seu lado.

— Todos os Águas no sistema foram mortos.

— Que... bom?

— Que fantástico, porra — disse ele. — Isto significa que a interferência que eles fizeram no FTL também acabou.

Kira então compreendeu. Talvez finalmente conseguisse mandar uma mensagem para a família!

— Você captou notícias do resto da Liga.

Não era uma pergunta.

Ele assentiu.

— Exatamente. E não são lá muito animadoras.

Ele pegou no bolso do peito uma moeda azul brilhante, examinou-a por um momento, depois recolocou no bolso.

— Os pesadelos não chegaram só a 61 Cygni — continuou. — Eles estão atacando todo o espaço colonizado. O Premier designou oficialmente os pesadelos e os Águas *Hostis Humani Generis*. Inimigos de todos os humanos. Isto significa que devemos atirar prontamente, sem fazer perguntas.

— Quando foi que os pesadelos apareceram pela primeira vez?

— Não sei. Ainda não temos notícias das colônias do outro lado da Liga, então não posso dizer o que está acontecendo por lá. Os relatórios mais iniciais que temos são de uma semana atrás. Dê uma olhada aqui.

Akawe bateu em um painel na parede e uma tela ganhou vida.

Passou uma série de vídeos: duas naves dos pesadelos batendo em uma instalação de fabricação na órbita de uma das luas de Saturno. Um transportador civil explodindo ao ser atingido por um míssil avermelhado e comprido. Gravações em terra de algum lugar em Marte: pesadelos enxameando pelos corredores apertados de um domo habitacional enquanto fuzileiros navais atiravam neles com lasers, de trás de barreiras. Uma vista de uma das cidades flutuantes de Vênus, enquanto fragmentos de naves destruídas choviam nas camadas de nuvens de cor creme — uma saraivada de fogo que se entrechocava nas plataformas largas e discoides a alguns quilômetros de distância, destruindo-as. Na Terra: uma enorme cratera reluzente em meio a uma grande extensão de construções em um litoral nevado.

Kira perdeu o ar. "A Terra!" Ela não tinha muito amor pelo lugar, mas ainda era chocante vê-la sendo atacada.

— E não são só os pesadelos — disse Akawe.

Ele bateu no painel de novo.

Agora os vídeos mostravam Águas. Alguns lutando contra os pesadelos. Outros combatendo o CMU ou civis. As gravações eram de toda a Liga. Do Sol. Do Mundo de Stewart. De Eidolon. Kira até viu fragmentos de imagens do que ela pensou que podia ser Shin-Zar.

Para seu desalento, um dos vídeos parecia ter sido gravado na órbita de Latham, o gigante gasoso mais distante de Weyland: um registro curto de duas naves dos Águas metralhando em voo rasante uma estação de processamento de hidrogênio na atmosfera.

Kira não ficou surpresa; a guerra estava em toda parte, por que não ali? Só torcia para que os combates não tivessem chegado à superfície de Weyland.

Por fim, Akawe parou com o desfile de horrores.

Kira ficou tensa. Sentia-se em carne viva, ferida, vulnerável. Tudo naqueles vídeos era, de certo modo, culpa dela.

— Sabe o que está acontecendo em Weyland?

Ele fez que não com a cabeça.

— Só o que você viu, além de alguns relatos de possíveis forças dos Águas em uma das luas do sistema. Não confirmados.

Não era a tranquilização que Kira procurava. Ela resolveu procurar os detalhes quando voltasse a ter acesso à rede.

— A situação geral é muito ruim? — perguntou ela em voz baixa.

— É ruim — disse Akawe. — Estamos perdendo. Eles não vão acabar conosco amanhã. E não será também depois de amanhã. Mas, nesse ritmo, é inevitável. Estamos perdendo naves e tropas com mais rapidez do que podemos substituí-las. E não existe proteção real contra a investida suicida que os pesadelos parecem gostar de fazer.

Mais uma vez a cratera brilhante apareceu na tela.

— E nem cheguei ao pior de tudo — disse ele.

Kira se preparou.

— Ah, não?

Akawe se inclinou para a frente, com um brilho duro e estranho nos olhos.

— Nossa nave irmã, a *Surfeit of Gravitas*, explodiu o último dos pesadelos neste sistema exatamente 25 minutos atrás. Poucos antes de os pesadelos irem para o além voando, sabe o que aqueles alienígenas pestilentos e enrugados fizeram?

— Não.

— Bom, eu vou te contar. Eles mandaram uma transmissão. E não foi uma transmissão qualquer.

Um sorriso diabólico e sem humor cruzou seu rosto.

— Vou tocar para você.

Dos alto-falantes saiu um silvo de estática e, depois, soou uma voz — uma voz horrível e crepitante, cheia de doença e loucura. Com um choque, Kira percebeu que falava sua língua:

— ... morram. Vocês todos vão morrer! Carne para o bucho!

A voz riu e a gravação terminou abruptamente.

— Capitão — disse Kira, escolhendo com cuidado as palavras —, a Liga tem algum programa de bioengenharia sobre o qual não tenha nos informado?

Akawe grunhiu.

— Dezenas deles. Mas nada que possa ter produzido criaturas assim. Você deve saber; afinal, é uma bióloga.

— A essa altura não tenho mais certeza *do que* eu sou — disse Kira. — Tudo bem, então esses... pesadelos sabem nossa língua. Talvez por isso os Águas pensem que somos responsáveis por esta guerra. De qualquer forma, essas *coisas* devem ter nos observado, nos estudado.

— Deve ser, o que me deixa muito desconfortável.

Kira o olhou por um momento, avaliando.

— Não veio aqui só para me contar as novidades, não é, capitão?

— Não.

Akawe alisou um vinco na calça social.

— O que o Comando disse?

Ele baixou os olhos para as mãos.

— O Comando... O Comando é chefiado por uma mulher chamada Shar Dabo. Contra-almirante Shar Dabo. Ela é encarregada das operações em Ruslan. Uma boa oficial, mas nem sempre estamos de acordo... Tive uma conversa com ela, uma longa conversa, e...

— E? — disse Kira, tentando ser paciente.

Akawe notou. Seus lábios se torceram e ele continuou, mais rapidamente.

— A contra-almirante concordou com a gravidade da situação, e por isso mandou todas as suas informações para o Sol a fim de obter diretrizes da Central na Terra.

— A Central na Terra! — sibilou Kira e jogou as mãos para cima. — Isso vai levar o quê?

— Uns nove dias até obtermos uma resposta — disse Akawe. — Supondo-se que os engravatados respondam sem atrasos, o que seria um milagre. Um verdadeiro milagre.

Um franzido marcou sua testa.

— Não vai servir de nada, mesmo que eles sejam *expeditos*. Faz um mês que Águas aparecem neste sistema a intervalos de poucos dias. Assim que a próxima remessa surgir, eles vão interferir de novo, foder com nossas comunicações daqui até Alfa Centauro. O que significa que teremos de esperar um paquete chegar do Sol para recebermos nossas ordens. E *isso* vai levar pelo menos 18, 19 dias.

Ele se recostou e pegou a caneca.

— Até lá, a contra-almirante Dabo quer que eu leve você, seu traje e aqueles fuzileiros congelados da *Extenuating Circumstances* de volta a Vyyborg.

Kira o olhou, tentando entender a motivação dele.

— E você não concorda com as ordens dela?

Ele tomou um gole do café.

— Digamos apenas que a almirante Dabo e eu, no momento, temos opiniões divergentes.

— Está pensando em ir atrás do bastão, não é?

Akawe apontou a cratera que ainda reluzia no holo.

— Está vendo isso? Tenho amigos e familiares no Sol. Muitos de nós têm.

Ele segurou a caneca com as duas mãos.

— A humanidade não pode vencer uma guerra em dois fronts, Navárez. Estamos contra a parede, com uma arma apontada para nossa cabeça. A essa altura, até as opções ruins começam a parecer muito boas. Se você tiver razão a respeito do Bastão Azul, pode significar que realmente temos uma chance.

Ela não se deu ao trabalho de conter a exasperação.

— Era isso que eu estava dizendo.

— Eu sei, mas você dizer não basta — disse Akawe.

Ele tomou outro gole e ela esperou, sentindo que ele precisava refletir em voz alta.

— Se formos, estaremos desobedecendo a ordens, ou, no mínimo, as ignorando. Deixar o campo de batalha ainda significa pena de morte, se não sabe disso. Covardia perante o inimigo, etcetera. Mesmo que não fosse o caso, você está falando de uma missão no espaço profundo que duraria no mínimo seis meses, ida e volta.

— Sei o que significaria...

— Seis. Meses — repetiu Akawe. — E quem sabe o que aconteceria enquanto estivéssemos fora?

Ele meneou a cabeça de leve.

— A *Darmstadt* tomou uma surra hoje, Navárez. Não estamos em condições de partir a jato até os confins da Via Láctea. Somos apenas uma nave. E se chegarmos lá e houver toda uma frota de Águas esperando por nós? Bum. Perdemos o que pode ser nossa única vantagem: você. Ora essa, nem mesmo temos certeza se você entende a língua dos Águas. Este traje seu pode estar confundindo seu cérebro.

Ele girou o café na caneca.

— Você precisa entender a situação, Navárez. Há muita coisa em jogo. Para mim, para minha tripulação, para a Liga... Mesmo que eu conhecesse você desde a infância, não tem como eu partir para o cafundó do Judas me baseando só na sua palavra.

Kira cruzou os braços.

— Então, por que veio aqui?

— Preciso de provas, Navárez, e tem de ser mais do que só a sua palavra.

— Não sei como te dar isso. Já contei tudo que sei... Tem algum computador recuperado de uma nave Água? Talvez eu possa...

Akawe já meneava a cabeça.

— Não, não temos. Além disso, ainda não teríamos como confirmar o que você está dizendo.

Ela revirou os olhos.

— Mas, então, que diabos você quer? Se não confia em mim...

— Não confio.

— Se não confia em mim, que sentido tem esta conversa?

Akawe passou a mão no queixo enquanto a olhava.

— Seus implantes queimaram, não é verdade?

— É.

— Que pena. Uma varredura podia resolver isso rapidamente.

A raiva borbulhou dentro de Kira.

— Bom, lamento decepcioná-lo.

Ele não parecia derrotado.

— Deixa eu fazer uma pergunta: quando você estende diferentes partes do xeno, pode sentir as extensões? Como aconteceu quando você arrancou o transmissor da parede, todas aquelas ramificações pequenas, você consegue senti-las?

A pergunta fugia tanto do assunto, que Kira levou um segundo para responder.

— Consigo. Eles parecem meus dedos das mãos ou dos pés.

— Sei. Tudo bem.

Akawe a surpreendeu desabotoando o punho da manga direita e enrolando o tecido.

— Parece que pode existir uma solução para nosso impasse, srta. Navárez. De qualquer modo, vale a tentativa.

Ele enterrou as unhas na face interna do pulso exposto e Kira estremeceu quando ele descascou a pele em um formato retangular. Embora ela soubesse que o corpo de Akawe era artificial, *parecia* tão realista que ver a pele se levantando ainda era desconcertante em um nível visceral.

Fios, circuitos e peças de metal ficaram visíveis dentro do braço de Akawe.

Enquanto pescava um fio de dentro do próprio braço, o capitão falou:

— Este é um link neural direto, igual aos que usamos nos implantes, o que significa que é analógico, e não digital. Se o xeno pode interagir com seu sistema nervoso, então deve conseguir fazer o mesmo comigo.

Kira pensou por um momento na ideia. Parecia improvável, mas ela precisava concordar: teoricamente, era possível.

— Tem noção do quanto pode ser perigoso?

Akawe estendeu a ponta do fio para ela. Parecia fibra ótica, embora ela soubesse que não era.

— Meu construto tem muitas salvaguardas embutidas. Elas me protegerão se houver um pico de eletricidade ou...

— Não vão te proteger se o xeno decidir se arrastar para seu cérebro.

Akawe empurrou o fio para ela, com a expressão séria.

— Prefiro morrer agora, tentando deter os Águas e os pesadelos, a ficar sentado por aí sem fazer nada. Se houver uma chance de isto dar certo...

Ela respirou fundo.

— Tudo bem. Mas se acontecer alguma coisa com você...

— Você não será responsabilizada. Não se preocupe. Só procure fazer isto funcionar.

Um brilho de humor apareceu em seus olhos.

— Confie em mim, eu não *quero* morrer, srta. Navárez, mas é um risco que estou disposto a assumir.

Ela estendeu o braço e fechou a mão na ponta do link neural. Era quente e suave em sua palma. Fechando os olhos, Kira pressionou a pele do traje na ponta do cabo, exortando-o a se unir, a se fundir, a *se tornar*.

As fibras da palma da mão se agitaram, e então... um choque leve correu pelo braço.

— Sentiu isso? — perguntou ela.

Akawe fez que não com a cabeça.

Kira franziu o cenho ao se concentrar nas lembranças da nave dos Águas, tentando empurrá-las por seu braço, para Akawe. "Mostre a ele", pensou ela, insistente. "Conte a ele... por favor." Ela fez o máximo para transmitir a urgência à Lâmina Macia, para fazê-la entender *por que* isto era tão importante.

— Alguma coisa? — disse ela, a voz contida pela tensão.

— Nada.

Kira trincou os dentes, deixou de lado qualquer preocupação com a segurança do capitão e imaginou sua mente vertendo pelo braço e entrando no de Akawe, como uma torrente irreprimível de água. Ela forçou cada grama de energia mental que tinha e, justo quando chegou a seu limite e estava prestes a desistir — justo nessa hora, um fio pareceu se partir em sua cabeça e ela sentiu outro espaço, outra presença que a tocava.

Não era tão diferente de se unir à transmissão direta de dois pares de implantes, só mais caótico.

Akawe enrijeceu e ficou boquiaberto.

— Ah — disse ele.

Mais uma vez, Kira imprimiu seu desejo na Lâmina Macia. "Mostre a ele." Ela reviu as lembranças da nave, incluindo o máximo de detalhes que podia, e, quando terminou, o capitão disse:

— De novo. Mais devagar.

Enquanto Kira aquiescia, explosões súbitas de imagens interromperam seus pensamentos: *Um apanhado de estrelas. O Supremo em pé, sombrio contra o brilho espiralado. Um par de braços cruzados. O Bastão Azul, o temível Bastão Azul...*

— Chega — ofegou Akawe.

Kira relaxou a mão no link neural e a conexão entre eles desapareceu.

O capitão se encostou na parede. As rugas de seu rosto o faziam parecer quase normal. Ele encaixou o cabo de dados de volta no braço e lacrou o painel de acesso.

— E então? — disse Kira.

— Sem dúvida é impactante.

Akawe puxou a manga para baixo, abotoando o punho. Depois pegou a caneca e bebeu um longo gole. Ele fez uma careta.

— Mas que merda. Eu adoro café, Navárez. Mas o gosto não é o mesmo desde que me meti neste construto.

— É mesmo?

— É. Perder seu corpo não é como se cortar com papel, não, senhora. Aconteceu comigo, ah, já faz quatorze anos. Durante uma briguinha feia com o Sindicato Ponderado nos estaleiros de Ceres. Sabe por que eles o chamam de Sindicato Ponderado?

— Não — disse Kira, lutando para reprimir a impaciência.

Será que a Lâmina Macia afrouxara alguma coisa no cérebro dele?

Akawe sorriu.

— Por que eles ficam sentados o dia todo sem trabalhar. Ponderando sobre o funcionamento da burocracia e como manipulá-la melhor para proveito deles. As coisas ficaram acaloradas entre o sindicato e o estaleiro durante negociações de contrato, então minha unidade foi enviada para acalmar as coisas. Acalmar a fera selvagem. Óleo em águas turbulentas. Missão de paz, uma ova. Acabamos enfrentando uma multidão de manifestantes. Eu *sabia* que eles eram encrenqueiros, mas eram civis, entendeu? Se estivéssemos em uma zona de combate, eu não teria hesitado. Posicionaria a vigilância, enviaria drones, protegeria o perímetro, forçaria a multidão a se dispersar. Todos os nove pátios. Mas *não fiz isso* porque não queria agravar a situação. Tinha crianças ali, caramba.

Akawe olhou para ela por cima da borda da caneca.

— A multidão ficou agitada, depois nos atingiram com uma micro-onda que fritou nossos drones. Os filhos da puta estavam planejando nos emboscar desde o começo. Levamos fogo vindo do nosso lado...

Ele meneou a cabeça.

— Eu caí na primeira saraivada. Quatro fuzileiros morreram. Vinte e três civis e um monte de outros feridos. Eu *sabia* que os manifestantes tramavam alguma. Se simplesmente tivesse agido, se não tivesse esperado, podia ter salvado muitas vidas. E ainda conseguiria sentir o gosto de uma boa caneca de café, como devia ser.

Kira alisou o cobertor amarrotado no joelho.

— Você vai atrás do bastão — disse ela, categórica.

A ideia era assustadora.

Akawe bebeu o que restava do café em um só gole.

— Errado.

— O quê? Mas eu pensei que...

— Você me entendeu mal, Navárez. *Nós* vamos.

Akawe lhe abriu um sorriso desconcertante.

— Esta pode ser a pior decisão que já tomei na minha vida, mas de jeito nenhum vou ficar sentado, deixando um bando de alienígenas nos matar. Uma última coisa, Navárez, você tem certeza ab-so-*lu*-ta de que não há mais nada que devamos saber? Qualquer fragmento de informação relevante que possa ter escapado para o fundo de seu cérebro? Minha tripulação estará arriscando a vida nisto. Porra, talvez estejamos arriscando muito mais do que a nossa vida.

— Não consigo pensar em nada — disse Kira. — Mas... tenho uma sugestão a fazer.

— Por que isso me deixa nervoso? — disse Akawe.

— Você deve levar a *Wallfish*.

O capitão se remexeu e quase deixou a caneca cair.

— Está sugerindo seriamente levar uma nave e tripulação civis... pior, um grupo de *salteadores*... em uma missão militar a uma antiga instalação alienígena? Foi isso mesmo que eu ouvi, Navárez?

Ela fez que sim com a cabeça.

— Foi. Não pode deixar 61 Cygni sem defesas, então a *Surfeit of Gravitas* terá de ficar, e nenhuma das naves de mineração aqui em Malpert é equipada para uma missão longa. Além disso, não conheço as tripulações e não confiaria nelas.

— E você confia em Falconi e no pessoal dele?

— Em um combate? Sim. Com toda minha vida. Como você disse, talvez precise de apoio quando chegarmos onde está o bastão. A *Wallfish* não é um cruzador, mas ainda assim pode lutar.

Akawe bufou.

— Aquela nave é uma titica de cachorro, isso sim. Não duraria mais que alguns minutos em um tiroteio com uma nave dos Águas.

— Talvez, mas existe outra questão que você não está considerando.

— Ah, é? Me diga.

Kira se inclinou para a frente.

— A crio não funciona mais em mim. Então você precisa perguntar a si mesmo: até que ponto ficará à vontade comigo, com este xeno, vagando por sua nave de ponta do CMU por meses a fio enquanto você está congelado?

Akawe não respondeu, mas ela viu a preocupação nos olhos dele. Ela acrescentou:

— Não pense também que basta me trancar durante toda a viagem. Já estou farta disso.

Ela segurou a beira da cama e desejou que a Lâmina Macia endurecesse em volta da estrutura até esmagar o compósito.

Akawe a encarou por um tempo desconfortável. Depois meneou a cabeça.

— Mesmo que eu esteja inclinado a concordar com você, não há como uma velha banheira de carga como a *Wallfish* acompanhar o ritmo da *Darmstadt*.

— Disso eu não sei — disse ela. — Por que não verifica?

O capitão bufou de novo, mas ela viu seu olhar mudar, se concentrando nos filtros, e sua garganta se mexeu enquanto ele subvocalizava ordens. Ele ergueu as sobrancelhas até o alto da testa.

— Parece que os seus *amigos* — deu uma ênfase particular à última palavra — são cheios de surpresas.

— A *Wallfish* consegue acompanhar?

Ele inclinou a cabeça.

— Chega perto. Acho que os contrabandistas têm o incentivo para acelerar.

Kira resistiu ao impulso de defender a tripulação da *Wallfish*.

— Está vendo? Nem todas as surpresas de hoje são ruins.

— Eu não diria tanto.

— E também...

— Também? O que mais pode haver?

— Havia dois Entropistas viajando na *Wallfish*. Jorrus e Veera.

As sobrancelhas perfeitamente modeladas de Akawe subiram.

— Entropistas, é? Essa é uma lista de passageiros e tanto.

— Talvez você queira levar os dois também. Se vamos examinar tecnologia alienígena, a expertise deles seria útil. Eu posso traduzir, mas não sou física, nem engenheira.

Ele soltou um grunhido.

— Vou levar isso em consideração.

— Então isto é um sim para a *Wallfish*?

O capitão secou a caneca e se levantou.

— Depende. Não é assim tão fácil. Informarei a você quando decidir.

Então ele saiu. O cheiro de café que perdurou no ar era a única prova de sua visita.

4.

Kira soltou a respiração. Eles iam realmente atrás do Bastão Azul e ela veria o sistema que a Lâmina Macia lhe mostrara! Nem parecia verdade.

Ela se perguntou qual era o nome da estrela antiga e vermelha. Devia ter um nome.

Incapaz de ficar mais tempo sentada, ela deu um salto e começou a andar pelo pequeno espaço da cabine. Será que Falconi concordaria em acompanhar a *Darmstadt* se Akawe convidasse? Ela não sabia, mas era sua esperança. Kira queria a *Wallfish* com eles por todos os motivos que dera a Akawe, mas também pelos próprios motivos egoístas. Depois da experiência na *Extenuating Circumstances*, não queria acabar presa por vários meses seguidos em uma nave do CMU, sujeita à constante vigilância de seus médicos e suas máquinas.

De qualquer forma, ela não estaria tão vulnerável como antes. Kira tocou as fibras no braço, acompanhando-as. Agora que conseguia controlar a Lâmina Macia — pelo menos às vezes —, ela podia se manter firme contra um soldado de armadura energizada, se necessário. Com o xeno, podia tranquilamente escapar de uma sala de quarentena como aquela da *Extenuating Circumstances*... Saber disso a impedia de se sentir indefesa.

Passou-se uma hora. Kira ouviu pancadas e estrondos ressoando pelo casco do cruzador. Reparos, imaginou, ou mantimentos sendo embarcados. Era difícil ter certeza.

Então uma chamada apareceu nos filtros. Ela a aceitou e se viu frente a um vídeo de Akawe, vários consoles no fundo. O homem parecia irritado.

— Navárez: tive um papinho amistoso com o capitão Falconi sobre sua proposta. Ele está se mostrando um verdadeiro filho da puta quando se trata se acertar os termos. Prometemos a ele toda a antimatéria que a nave dele conseguir carregar e perdão para toda a tripulação, mas ele se recusa a dizer sim ou não antes de falar com você. Está disposta a discutir com ele?

Kira fez que sim com a cabeça.

— Transfira para mim.

A cara de Akawe desapareceu — embora Kira tivesse certeza de que ele ainda monitorava a linha — e foi substituída por Falconi. Como sempre, seus olhos eram duas lascas brilhantes de gelo.

— Kira — disse ele.

— Falconi. Que história é essa de perdão?

Certo desconforto apareceu em sua expressão.

— Eu te falo sobre isso depois.

— O capitão Akawe disse que você quer conversar.

— É. Essa sua ideia maluca... Tem certeza, Kira? Você tem certeza absoluta?

A pergunta dele era tão parecida com a que Akawe fizera antes, que Kira quase riu.

— Toda a certeza que posso ter.

Falconi virou a cabeça de lado.

— Tem certeza de que quer arriscar sua vida nisso? A minha vida? A vida de Trig? E a de Runcible?

Nisso Kira abriu um sorriso, embora fosse mínimo.

— Não posso te fazer nenhuma promessa, Falconi...

— Não estou pedindo nenhuma.

— ... mas, sim, acho que é de suma importância.

Ele a olhou por um momento, depois empinou o queixo, assentindo rapidamente.

— Tudo bem. Era o que eu precisava saber.

A linha ficou muda e Kira fechou os filtros.

Talvez dez minutos depois, alguém bateu em sua porta e soou uma voz de mulher:

— Senhora? Estou aqui para escoltá-la à *Wallfish*.

Kira ficou surpresa com a intensidade do alívio que sentiu. Ela ganhara a aposta.

Kira abriu a porta e viu uma mulher baixa e assustada: alguma oficial subalterna, que falou:

— Por aqui, senhora.

Kira a acompanhou, saindo da *Darmstadt* e entrando nas docas espaciais. Ao saírem do cruzador, os dois fuzileiros com armadura energizada estacionados perto da entrada se juntaram a elas, seguindo a uma distância discreta. Entretanto, como Kira notou, era complicado para uma armadura energizada chegar perto da discrição.

Familiaridade tomou Kira quando se aproximaram da *Wallfish*. A porta do porão de carga estava aberta e bots de carga entravam e saíam, depositando engradados de alimentos e outros mantimentos no porão.

Trig estava ali, assim como Nielsen e Falconi. O capitão baixou a prancheta que segurava e a olhou.

— Bem-vinda de volta, Navárez. Acho que vamos dar um passeio graças a você.

— Parece que sim — disse Kira.

CAPÍTULO XI

* * * * * * *

EXPOSIÇÃO

1.

A partida da Estação Malpert foi rápida e feita às pressas. Kira estivera em muitas expedições em que os preparativos levaram quase tanto tempo quanto a viagem em si. Este não era o caso. A tripulação agia com determinação para preparar a *Wallfish* para a viagem, apressando um trabalho que normalmente levaria dias. O capitão Akawe dera ordens para que as autoridades portuárias de Malpert lhes fornecessem toda a ajuda possível, o que também acelerou as coisas.

Enquanto bots de carga enchiam os porões de estibordo com suprimentos e, do lado de fora, tubos canalizavam hidrogênio para os tanques da *Wallfish*, a tripulação trocava cilindros de ar vazios por outros cheios, removia dejetos e reabastecia os depósitos de água.

Kira ajudou como pôde. A conversa era limitada a questões do trabalho, mas, quando surgiu a oportunidade, ela puxou Vishal de lado, onde os outros não pudessem ouvir.

— O que aconteceu com o Numenista? — perguntou ela. — Ele está bem?

O médico pestanejou, como se tivesse se esquecido.

— O... Ah, quer dizer Bob.

— Bob?

De algum modo Kira tinha dificuldades para imaginar chamar um sujeito de cabelo roxo de *Bob*.

— Isso, isso — disse Vishal.

Ele rodou o dedo na têmpora.

— Ele é doido de pedra, mas, tirando isso, ficou bem. Alguns dias de repouso e ele estará novo em folha. Não parecia ter se importado com sua punhalada.

— Não?

O médico meneou a cabeça em negativa.

— Não. Era motivo de certo orgulho para ele, embora ele tenha prometido... e aqui estou o citando, srta. Navárez... "arrancar aquele cabeção careca dela", fim da citação. Acredito que ele tenha falado sério.

— Parece que tenho de ficar de olho nele — disse Kira, tentando dar a impressão de que estava tudo bem.

Não estava. Ainda sentia os espinhos da Lâmina Macia deslizando na carne tensa do Numenista. *Ela* fizera aquilo. Desta vez não podia alegar ignorância, como com sua equipe em Adra.

— De fato.

Então eles voltaram a preparar a *Wallfish* para a partida.

Pouco depois — tão rápido que surpreendeu Kira —, Falconi estava na linha com o cruzador do CMU, dizendo:

— Estamos esperando por vocês, *Darmstadt*. Câmbio.

Depois de um tempo, o primeiro-oficial Koyich respondeu:

— Entendido, *Wallfish*. A Equipe Alfa estará aí em breve.

— Equipe Alfa? — perguntou Kira quando Falconi encerrou a chamada.

Eles estavam no porão de carga, supervisionando a última remessa de mantimentos. Ele fez uma careta.

— Akawe insistiu em ter alguns homens dele a bordo para ficar de olho nas coisas. Não pude fazer nada a respeito disso. Teremos de estar preparados, caso eles criem problemas.

Nielsen falou:

— Se houver um problema, tenho certeza de que poderemos cuidar dele.

Ela olhou duramente para Kira, depois fixou o olhar bem à frente.

Kira torcia para não ter feito inimizade com a primeira-oficial. Fosse como fosse, não havia nada que pudesse fazer; a situação era o que era. Pelo menos Nielsen não era patentemente desagradável com ela.

O Esquadrão Alfa chegou alguns minutos depois: quatro fuzileiros navais de exo, rebocando caixas de equipamento presas por uma rede. Eram acompanhados por bots de carga trazendo tubos de crio e vários engradados plásticos e longos. O líder dos fuzileiros foi diretamente a Falconi, bateu continência e falou:

— Tenente Hawes, senhor. Permissão para subir a bordo.

— Permissão concedida — disse Falconi, e apontou. — Tem espaço para vocês no porão de bombordo. Fiquem à vontade para mexer no que precisarem.

— Senhor, sim, senhor.

Hawes gesticulou e um bot de carga passou à frente, empurrando um pallet com um frasco de contenção suspenso por molas de absorção de choque dentro de uma estrutura de metal.

Kira resistiu ao impulso de sair. Nenhum espaçoporto baseado em planeta que ela conhecesse tinha permissão de vender antimatéria. Se o frasco magnético desse defeito, a explosão resultante não só destruiria o porto (e detonaria a antimatéria contida nas outras naves atracadas), como varreria qualquer coisa próxima, fosse colônia, cidade grande ou pequena etc. Ora, nem a Terra permitia que naves equipadas com

Propulsão de Markov pousassem, a não ser que descarregassem a antimatéria em uma das várias estações de reabastecimento em órbita elevada.

A presença do frasco de contenção parecia deixar Falconi nervoso também.

— Pelo corredor até a escada. Minha chefe de engenharia encontrará vocês lá — disse ele ao bot.

Ele se afastou bastante quando o bot passou flutuando.

— Mais uma coisa, senhor — disse Hawes. — Sanchez! Traga para cá!

Do fundo veio um fuzileiro naval liderando os bots que carregavam os engradados longos de plástico. Nas laterais dos engradados estavam impressas ou pintadas palavras em caracteres vermelhos: cirílico em cima, inglês embaixo.

Em inglês, dizia *RSW7-Molotók* e era acompanhado de um logo de uma estrela virando nova e o nome *Indústria de Defesa Lutsenko*[RM]. Ao redor do texto, tanto inglês quanto cirílico, estavam os símbolos pretos e amarelos de radiação.

— Um presente do capitão Akawe — disse Hawes. — São de fabricação local, então não são equipamento do CMU, mas devem dar pro gasto.

Falconi assentiu, sério.

— Guardem perto da porta. Mais tarde levaremos para os tubos de lançamento.

Em voz baixa, Kira perguntou a Nielsen:

— Aquilo ali é o que eu penso que seja?

A primeira-oficial assentiu.

— Casaba-Howitzers.

Kira tentou engolir, mas tinha a boca seca demais. Os mísseis teriam material físsil compactado, e a fissão a assustava quase tanto quanto a antimatéria. Era uma forma suja e terrível de energia nuclear. Desative um reator de fusão e o único material radioativo que restar será o que *ficou* radioativo pelo bombardeio de nêutrons. Desative um reator de fissão e restará uma pilha mortal e possivelmente explosiva de elementos instáveis com tal meia-vida que permanecerão perigosos por milhares de anos.

Kira nem mesmo sabia que a nave *tinha* lança-mísseis. Devia ter perguntado a Falconi exatamente que armas estavam instaladas na *Wallfish* antes de ir atrás da nave dos Águas.

Os fuzileiros navais passaram enfileirados, os propulsores dos trajes soltando pequenos jatos de vapor. Trig, que estava ao lado do capitão, encarava, com olhos arregalados, e Kira sabia que ele explodia de perguntas para os homens.

Alguns minutos depois, os Entropistas apareceram, com malas de viagem nas mãos.

— Imagine ver vocês aqui de novo — disse Falconi.

— Oi! — disse Trig. — Bem-vindos de volta!

Os Entropistas seguraram-se na parede e baixaram a cabeça o máximo que puderam.

— É muita honra para nós estarmos aqui.

Eles olharam para Kira, os olhos faiscando por baixo do capuz do manto.

— Esta é uma oportunidade de conhecimento que não poderíamos recusar. Ninguém de nossa ordem poderia.

— Que ótimo — disse Nielsen. — Mas parem de falar em dupla. Me dá dor de cabeça.

Os Entropistas inclinaram a cabeça de novo e Trig os levou para a cabine onde eles ficariam.

— Temos tubos de crio suficientes? — perguntou Kira.

— Agora temos — disse Falconi.

Depois de uma azáfama dos últimos preparativos, a porta do porão de estibordo foi fechada e Gregorovich anunciou de seu jeito demencial de sempre:

— Aqui é sssseu cérebro da nave falando. Por favor, cuidem para que seussss pertencesss essstejam sssseguramente guardados nos compartimentosss superioresss. Amarrem-se ao massssstro, marujos: desacoplamento iniciando, empuxo RCS iminente. Partiremos ao desconhecido para torcer o nariz do destino.

Kira foi para a sala de controle, sentou-se em uma das cadeiras de impacto e se afivelou. O resto da tripulação estava ali, exceto Hwa-jung — que ainda estava na engenharia — e Sparrow — que se recuperava na enfermaria. Os Entropistas estavam em sua cabine, e o Esquadrão Alfa no porão de bombordo, ainda presos nos exos.

Enquanto os propulsores RCS da *Wallfish* os afastavam da Estação Malpert, mantendo a extremidade traseira longe da estação para não fritar as docas com radiação residual do bocal do foguete, Kira mandou uma mensagem a Falconi:

<Como convenceu todo mundo a concordar com isso? — Kira>

<Deu certo trabalho, mas eles sabem o que está em jogo. Além disso, conseguimos antimatéria, perdões, uma chance de descobrir tecnologia alienígena que ninguém nunca viu. Seria burrice rejeitar tudo isso. — Falconi>

<Nielsen não me parece muito satisfeita. — Kira>

<Ela é assim mesmo. Eu ficaria surpreso se ela ficasse feliz em partir para o desconhecido. — Falconi>

<E Gregorovich? — Kira> Se *ele* discordasse, Kira não entendia como Falconi teria conseguido levar a *Wallfish* a lugar nenhum.

O capitão começou a tamborilar os dedos na perna. <Ele parece acreditar que vai se divertir muito. Palavras dele. — Falconi>

<Não me leve a mal, mas Gregorovich já passou por uma avaliação psicológica? É obrigatório para cérebros de nave, não é? — Kira>

Do outro lado da sala, ela viu Falconi fazer uma careta sutil. <É. Mais ou menos de seis em seis meses — em tempo real — depois que são instalados em uma nova nave e anualmente depois disso, supondo-se que os resultados sejam estáveis... O prazo estava se esgotando quando resgatamos Gregorovich, então demorou um tempo até chegarmos às docas. A essa altura, ele tinha se acalmado, o bastante para ser aprovado nos exames. — Falconi>

<Ele foi aprovado?! — Kira>

<Com louvor. E em todos os outros depois disso. — Falconi> Ela a olhou de lado. <Sei o que está pensando, mas os cérebros de nave são avaliados de forma diferente de você ou de mim. O "normal" deles é mais amplo do que o nosso. — Falconi>

Ela remoeu isso por um momento. <E um psiquiatra? Gregorovich viu alguém para ajudá-lo com o que ele passou, preso naquela lua? — Kira>

Um leve bufo de Falconi. <Sabe quantos psiquiatras são qualificados para lidar com cérebros de nave? Não são TANTOS. A maioria está no Sol, e a maioria é composta ela própria de cérebros de nave. Tente VOCÊ analisar um cérebro de nave e veja até que ponto chega. Eles vão fazer picadinho de você e te remontar sem que você nem mesmo perceba. Vai parecer uma criança de três anos tentando jogar xadrez com uma pseudointeligência. — Falconi>

<Então você simplesmente não faz nada? — Kira>

<Eu me propus a levar Gregorovich mais de uma vez, mas ele sempre se recusa. — Falconi> Um leve dar de ombros. <A melhor terapia para ele é estar com outras pessoas e ser tratado como todo mundo da tripulação. Ele está muito melhor do que antes. — Falconi>

Isso não era tão tranquilizador quanto o capitão pensava ser. <E você não vê problemas em Gregorovich dirigir a nave para você? — Kira>

Outro olhar mais agudo da parte de Falconi. <*Eu* dirijo a Wallfish, muito obrigado. E não, não tenho problemas com Gregorovich. Ele nos livrou de mais problemas do que me lembro, e é um membro importante e valioso de minha tripulação. Mais alguma pergunta, Navárez? — Falconi>

Kira decidiu que era melhor não passar do limite, então meneou a cabeça levemente e passou ao visual das câmeras externas.

Quando a *Wallfish* estava a uma distância segura de Malpert, soou o alerta de empuxo e o foguete principal disparou. Kira engoliu em seco e deixou a cabeça se apoiar na cadeira. Eles estavam a caminho.

2.

A *Darmstadt* seguiu algumas horas depois da *Wallfish*. Reparos e a necessidade de conseguir uma quantidade substancial de comida para a tripulação tinham retardado sua partida. Ainda assim, o cruzador alcançou a *Wallfish* na manhã seguinte.

Levaria um dia e meio para chegar ao Limite de Markov, e depois... Kira estremeceu. Depois eles entrariam em FTL e deixariam a Liga muito para trás. Era uma perspectiva assustadora. O trabalho costumava levá-la às margens do espaço colonizado, mas ela nunca se aventurara tão longe. Poucas pessoas o fizeram. Não havia bons motivos financeiros para isso; só expedições de pesquisa e missões de levantamento partiam para o vasto desconhecido.

A estrela a que eles se dirigiam era uma anã vermelha despretensiosa que só fora detectada nos últimos vinte e cinco anos. A análise remota indicou a presença de pelo menos cinco planetas em órbita, que se alinhavam com o que a Lâmina Macia mostrara a Kira, mas nenhum sinal de atividade tecnológica foi captado pelos telescópios da Liga.

Sessenta anos-luz eram uma distância espantosamente enorme. Representaria uma tensão significativa para as naves e as tripulações. As naves teriam de entrar e sair de FTL várias vezes pelo caminho para se livrar do excesso de calor, e embora fosse seguro permanecer em crio por muito mais que os três meses necessários para chegar à estrela distante, a experiência ainda cobraria seu preço para a mente e o corpo.

O preço seria mais alto para Kira. Ela não ansiava por suportar outro período de hibernação onírica tão cedo depois de chegar de Sigma Draconis. A duração seria semelhante, porque a *Valkyrie* era mais lenta do que a *Wallfish* ou a *Darmstadt*. Kira só torcia para não ter de passar fome de novo a fim de convencer a Lâmina Macia a induzir a dormência.

Pensar no que vinha pela frente não facilitava as coisas, então ela tirou isso da cabeça.

— Como o CMU reagiu a nossa ida? — perguntou ela, desafivelando o arnês.

— Bem mal — disse Falconi. — Não sei o que Akawe disse ao pessoal de Vyyborg, mas não pode tê-los deixado satisfeitos, porque eles nos ameaçaram com todo tipo de inferno judicial se não voltarmos.

Gregorovich riu e seu riso ecoou pela nave.

— É o mais engraçado, a fúria impotente deles. Eles parecem bem... *em pânico*.

— E dá para culpá-los? — disse Nielsen.

Falconi fez que não com a cabeça.

— Eu odiaria precisar explicar ao Sol como e por que eles perderam não só todo um cruzador, mas também Kira e o traje.

Então Vishal falou:

— Capitão, devia ver o que está acontecendo nos noticiários locais.

— Que canal?

— RTC.

Kira passou aos filtros e procurou pelo canal. Apareceu prontamente, diante dela, o interior de uma nave, gravado pelos implantes de alguém. Soaram gritos e o corpo de um homem passou voando, chocando-se com outra pessoa menor. Kira levou um segundo para perceber que olhava o interior do porão da *Wallfish*.

Merda.

Uma forma retorcida entrou em foco: um Água. A pessoa que gravou focalizou no alienígena assim que ele jogou alguma coisa fora do quadro. Outro grito cortou o ar; *aquele* grito, Kira lembrou.

Depois ela se viu passar voando, como uma lança preta de cima, e se atracar com o Água enquanto um cravo longo e afiado brotava de sua pele e empalava o alienígena agitado.

O vídeo congelou e, em off, uma voz de mulher falou: "Poderá ser este traje de batalha um produto dos programas de armas avançadas do CMU? Possivelmente. Outros passageiros confirmaram que a mulher foi resgatada de um módulo do CMU alguns dias antes. O que nos faz perguntar: que *outras* tecnologias a Liga está escondendo de nós? E houve este incidente de hoje cedo. Mais uma vez, um alerta a espectadores sensíveis: a gravação a seguir contém material forte."

O vídeo voltou e Kira mais uma vez se viu: desta vez tentando dominar o Numenista de cabelo roxo. Ele bateu a cabeça no rosto de Kira e depois ela o apunhalou, não muito diferente do que fizera com o Água.

De fora, a visão era mais assustadora do que Kira tinha percebido. Não admirava que os refugiados a olhassem como olharam; ela também faria o mesmo.

A voz em off da repórter voltou: "Isto é uso justificável de força ou a reação de um indivíduo perigoso e descontrolado? Vocês decidem. Ellen Kaminski mais tarde foi vista sendo escoltada para o cruzador do CMU *Darmstadt*, e parece improvável que enfrente acusações criminais. Tentamos entrevistar os passageiros que falaram com ela. Este foi o resultado..."

Voltou o vídeo e Kira viu os Entropistas sendo abordados em um corredor de algum lugar de Malpert. "Com licença. Esperem. Com licença", disse o repórter fora do quadro. "O que podem nos dizer sobre Ellen Kaminski, a mulher que matou o Água na *Wallfish*?"

"Não temos nada a dizer, Prisioneiro", disseram Veera e Jorrus juntos. Eles baixaram a cabeça, escondendo-se no capuz de seus mantos.

Em seguida apareceu Felix Hofer, de mãos dadas com a sobrinha. "O Água ia atirar na Nala, aqui. Ela ajudou a salvá-la. Ela ajudou a salvar a todos nós. No meu entender, Ellen Kaminski é uma heroína."

Depois a câmera corta para a tal Inarë, de pé nas docas, tricotando com uma expressão presunçosa. Seu gato de orelhas franjadas espiava em volta do ninho de cabelos cacheados da mulher, deitado em seus ombros.

"Quem é ela?", disse Inarë, e sorriu do jeito mais inquietante. "Ora essa, ela é a fúria das estrelas. É isso que ela é." Depois ela riu e se afastou. "Agora adeus, insetinho."

A voz em off da repórter voltou e a imagem de Kira empalando o Água encheu a tela de novo. "*A fúria das estrelas*. Quem é esta misteriosa Ellen Kaminski? Será uma nova espécie de supersoldados? E o traje de batalha dela? Será uma bioarma experimental? Infelizmente, talvez jamais possamos descobrir." O visual mudou para um close do rosto de Kira, de olhos escuros e ameaçadora. "Qualquer que seja a verdade, de uma coisa temos certeza, *saya*: os Águas devem ter medo dela. E por isso, no mínimo, esta repórter fica agradecida. Fúria das Estrelas, Fúria Estelar... Quem quer que seja, é bom saber que está combatendo do nosso lado... Para a RTC News, eu sou Shinar Abosé."

— Mas que merda — disse Kira, fechando os filtros.

— Parece que fomos embora na hora certa — disse Falconi.

— É.

Do outro lado da sala, Trig sorriu com malícia e falou:

— Fúria Estelar. Ha! Posso te chamar assim agora, srta. Navárez?

— Se me chamar disso, vou te bater.

Nielsen ajeitou vários fios soltos de cabelo no rabo de cavalo.

— Talvez não seja tão ruim. Quanto mais gente souber de você, mais difícil será para a Liga te esconder e fingir que a Lâmina Macia não existe.

— Talvez — disse Kira, sem se convencer.

Não tinha muita fé na responsabilidade dos governos. Se quisessem sumir com ela, o fariam, independentemente dos sentimentos do público. Além disso, ela detestava a exposição. Dificultava ou impossibilitava agir com anonimato.

3.

Com a *Wallfish* em curso sob empuxo, a tripulação se dispersou pela nave, ainda se preparando para a viagem que viria. Como dissera Trig: "Já faz *séculos* que não entramos em superlumínico!" Havia mantimentos a reorganizar, sistemas a testar e preparar, objetos soltos a guardar (cada caneta, caneca, cobertor e objeto que o CMU deixara solto depois de dar uma busca na *Wallfish* tinha de ser guardado antes do longo período de gravidade zero em que estavam prestes a embarcar) e muitas tarefas, pequenas e grandes, que precisavam ser realizadas.

O dia já avançava, mas Falconi insistiu que eles se preparassem enquanto pudessem.

— Nunca se sabe o que pode acontecer amanhã. Talvez outro grupo de hostis acabe na nossa cola.

Era difícil contestar a lógica de Falconi. A pedido de Hwa-jung, Kira foi ao porão de carga e a ajudou a tirar do engradado os bots de reparo recebidos da Estação Malpert: substitutos para aqueles perdidos quando embarcaram na nave dos Águas.

Depois de alguns minutos de silêncio, Hwa-jung olhou rapidamente para Kira e falou:

— Obrigada por ter matado *aquela* coisa.

— Quer dizer o Água?

— Isso.

— Não há de quê. Fico feliz por ter podido ajudar.

Hwa-jung grunhiu.

— Se não fosse por você lá…

Ela meneou cabeça e Kira viu uma emoção pouco habitual no rosto da mulher.

— Um dia, vou te pagar um soju com carne como agradecimento, e vamos beber juntas. Você, eu e minha Sparrow.

— Mal posso esperar... — disse Kira. — Algum problema para você nós irmos atrás do Bastão Azul?

Hwa-jung nem diminuiu o ritmo enquanto retirava um bot de sua embalagem.

— Vamos ficar muito longe de uma doca se a *Wallfish* quebrar. Acho bom que a *Darmstadt* esteja conosco.

— E a missão em si?

— Precisa ser feita. *Aish*. O que mais há para dizer?

Enquanto elas terminavam o último engradado, uma mensagem de texto apareceu na visão de Kira: <*Venha me ver no compartimento de hidroponia quando puder. — Falconi*>

<*Chegarei em cinco minutos. — Kira*>

Ela ajudou Hwa-jung a se livrar do excesso de embalagens, depois pediu licença e saiu às pressas do porão de carga. Ao chegar ao poço principal, ela disse:

— Gregorovich, onde fica o compartimento de hidroponia?

— Um convés acima. Final do corredor, vire à esquerda, depois à direita, e chegará lá.

— Obrigada.

— *Bitte*.

O cheiro de flores recebeu Kira quando ela se aproximou da hidroponia — flores, ervas, algas e toda sorte de plantas vivas. Os cheiros a lembraram as estufas de Weyland e seu pai agitado com suas petúnias céu noturno. Ela sentiu um súbito desejo de ficar ao ar livre, cercada por seres vivos, em vez de presa em naves que fediam a suor e lubrificante.

Os aromas se multiplicaram quando a porta pressurizada se abriu e Kira entrou em um banco de ar úmido. Corredores de plantas pendentes enchiam o espaço, junto com tonéis escuros que chapinhavam e continham os cultivos de algas. No alto, mangueiras regavam as fileiras de verduras.

Ela parou, impressionada com a visão. O compartimento não era diferente daquele em Adrasteia, onde ela e Alan passaram tantas horas, inclusive aquela última noite especial, quando ele lhe propôs casamento.

A tristeza bateu nela, pungente como qualquer perfume.

Falconi estava perto do fundo, recurvado sobre uma bancada de trabalho, podando uma planta com flores de pétalas caídas e cerosas, brancas e delicadas, de uma espécie que Kira desconhecia. As mangas estavam arregaçadas, expondo suas cicatrizes.

Que Falconi tivesse interesse por jardinagem não era algo que Kira esperasse. Tardiamente, ela se lembrou do bonsai na cabine dele.

— Queria me ver? — disse ela.

Falconi cortou uma folha da planta. Depois outra. A cada vez, a tesoura se fechava com um *snip* decisivo. Todas as plantas tinham de ser reprocessadas antes da entrada em FTL. Elas não conseguiriam sobreviver sem cuidados a uma viagem tão longa e, além disso, mantê-las vivas produziria perda excessiva de calor. Algumas especiais podiam ser criogenadas — ela não sabia quais equipamento tinha a *Wallfish* —, mas só estas seriam salvas.

Falconi baixou a tesoura de poda e se ergueu com as mãos na bancada.

— Quando você apunhalou o Numenista...

— Bob.

— Isso mesmo, Bob, o Numenista.

Falconi não sorriu, nem Kira.

— Quando você o apunhalou, foi você ou a Lâmina Macia que sacou o punhal?

— Ambos, creio.

Ele grunhiu.

— Não consigo decidir se isto é melhor ou pior.

A vergonha retorceu as entranhas de Kira.

— Olha, foi um acidente. Não vai acontecer de novo.

Ele a olhou de lado, de baixo.

— Tem certeza disso?

— Eu...

— Não importa. Não podemos ter outro *acidente* como o de Bob. Não vou deixar que mais ninguém de minha tripulação se machuque, nem pelos Águas e certamente não por esse seu traje. Está me entendendo?

Ele a encarou.

— Eu entendi.

Ele não pareceu convencido.

— Amanhã, quero que você vá ver Sparrow. Converse com ela. Faça o que ela lhe disser. Ela tem umas ideias que podem te ajudar a controlar a Lâmina Macia.

Kira alterou o peso do corpo, pouco à vontade.

— Não vou discutir, mas Sparrow não é cientista. Ela...

— Acho que você não precisa de uma cientista — disse Falconi, franzindo a testa. — Acho que precisa de disciplina e estrutura. Acho que precisa de treinamento. Você fez merda com o Numenista, e fez merda com a nave dos Águas. Se não conseguir manter esse seu troço controlado, precisa ficar em seus aposentos daqui em diante, pelo bem de todos.

Ele não estava errado, mas o tom a irritou.

— Quanto treinamento acha que posso ter? Partiremos de Cygni depois de amanhã.

— E você não vai entrar em crio — retorquiu Falconi.

— É, mas...

Seu olhar se intensificou.

— Faça o que puder. Vá ver Sparrow. Dê um jeito nessa merda. Isto não é um debate.

A nuca de Kira se eriçou e ela endireitou os ombros.

— Está fazendo disto uma ordem?
— Já que perguntou, sim.
— É só isso?
Falconi voltou à bancada.
— Só isso. Saia daqui.
Kira saiu.

4.

Depois disso, Kira não teve muita vontade de interagir com o resto da tripulação. Nem para trabalhar, nem no jantar.

Ela se retirou para a cabine. Com as luzes mais baixas e os filtros desativados, o espaço parecia particularmente impessoal, apertado e pobre. Ela se sentou na cama, olhou as paredes gastas e não achou nada em sua aparência de que gostasse.

Kira queria ficar com raiva. *Estava* com raiva, mas não conseguia se obrigar a culpar Falconi. No lugar dele, ela teria feito o mesmo. Ainda assim, não se convencia de que Sparrow podia ser de alguma ajuda.

Ela cobriu o rosto com as mãos. Parte dela queria acreditar que *não era* responsável pela compulsão na nave dos Águas nem por ter apunhalado Bob, o Numenista — que de algum modo o traje distorcera sua mente, agira por vontade própria, por ignorância ou por um desejo de semear a própria maldade destrutiva.

Entretanto, ela sabia que não era assim. Ninguém a obrigara a fazer nem uma coisa, nem outra. Nos dois casos, ela *quisera* fazer. Culpar a Lâmina Macia por seus próprios atos era só uma desculpa — uma saída fácil da dura realidade.

Ela respirou fundo, trêmula.

É claro que nem tudo dera errado. Saber sobre o Bastão Azul era pura vantagem e Kira torcia com cada fibra de seu ser para não ter entendido mal e para a descoberta levar a um resultado favorável. Mesmo assim, a ideia não reduzia em nada a culpa que a corroía.

Kira não conseguia se obrigar ao repouso, embora estivesse cansada. A mente estava ativa demais, ligada demais. Em vez disso, ela ativou o console da cabine e viu o noticiário sobre Weyland (era exatamente como lhe dissera Akawe), depois, começou a ler tudo que pôde encontrar sobre os pesadelos. Não era muita coisa. Eles tinham chegado recentemente a 61 Cygni e a outros lugares, mas ninguém conseguira fazer uma boa análise deles. Pelo menos não no tempo que as transmissões levavam para chegar a Cygni.

Fazia, talvez, meia hora que ela estava sentada ali quando uma mensagem de Gregorovich apareceu no canto de sua visão:

A tripulação está se reunindo no refeitório, se quiser participar, Ó, Saco de Carne Espinhento. — Gregorovich

Kira fechou a mensagem e continuou lendo.

Menos de 15 minutos depois, uma batida na porta lhe deu um susto. De fora, veio a voz de Nielsen.

— Kira? Sei que está aí. Venha se juntar a nós. Você precisa comer.

A boca de Kira estava tão seca que ela precisou de três tentativas para reunir umidade suficiente para responder.

— Não, obrigada, estou bem.

— Que absurdo. Abra a porta.

— ... Não.

O metal tiniu e guinchou quando a roda do lado de fora da porta pressurizada foi girada, depois a porta se abriu. Kira se recostou e cruzou os braços, um tanto ofendida. Por hábito, tinha puxado a tranca de privacidade. Ninguém deveria ser capaz de invadir seu espaço, embora ela soubesse que talvez metade da tripulação conseguisse anular a tranca.

Nielsen entrou e olhou para ela de cima, com uma expressão exasperada. Na defensiva, Kira se obrigou a sustentar o olhar da mulher.

— Vamos — disse Nielsen. — A comida está quente. São só rações de micro-ondas, mas você vai se sentir melhor se comer alguma coisa.

— Está tudo bem. Não estou com fome.

Nielsen a olhou por um momento, depois fechou a porta da cabine e — para surpresa de Kira — sentou-se na cama ao lado dela.

— Não, não está tudo bem. Por quanto tempo vai ficar parada aqui?

Kira deu de ombros. A superfície da Lâmina Macia se arrepiou.

— Estou cansada, é só isso. Não quero ver ninguém.

— Por quê? Do que você tem medo?

Por um momento, Kira não quis responder. Depois, em desafio, falou:

— De mim mesma. Tá legal? Está satisfeita agora?

Nielsen não aparentou ter se impressionado.

— Então você fez merda. Todo mundo faz merda. O que importa é como lidar com isso. A resposta não é se esconder. Nunca é.

— É, mas...

Kira tinha dificuldade para encontrar as palavras.

— Mas?

— Não sei se consigo controlar a Lâmina Macia! — soltou Kira.

Pronto. Ela falou.

— Se eu ficar furiosa de novo, ou ansiosa, ou... não sei o que pode acontecer e...

Ela se interrompeu, infeliz.

Nielsen bufou.

— Papo *furado*. Não acredito em você.

Chocada, Kira não conseguiu encontrar uma resposta antes que a primeira-oficial voltasse a falar.

— Você é perfeitamente capaz de comer o jantar conosco e *não* matar ninguém. Eu sei, eu sei, o parasita alienígena e tal.

Ela olhou para Kira, franzindo a testa, e continuou.

— Você perdeu o controle porque Bob, o Numenista, quebrou seu nariz. Isso basta para irritar qualquer um. Não, você não devia ter apunhalado o sujeito. E talvez não devesse ter reagido ao sinal na nave dos Águas. Mas foi o que fez e está feito, fim de papo. Você sabe o que vigiar a partir de agora e não vai deixar que aconteça de novo. Só está com medo de encarar todo mundo. É disso que você tem medo.

— Não é isso. Você não entende o q…

— Entendo perfeitamente. Você criou problemas e é difícil sair e olhar nos olhos deles. E daí? A pior coisa que você pode fazer é se esconder aqui e agir como se nada tivesse acontecido. Se quiser reconquistar a confiança deles, aguente o tranco e eu te garanto que eles vão respeitar você. Até Falconi. Todo mundo faz merda, Kira.

— Não desse jeito — disse Kira em voz baixa. — Quantas pessoas *você* apunhalou?

A expressão de Nielsen ficou azeda. Sua voz também.

— Acha que você é tão especial assim?

— Não vejo mais ninguém infectado com um parasita alienígena.

Uma pancada alta, de Nielsen batendo na parede. Kira se assustou.

— Está vendo, você está bem — disse Nielsen. — Não me apunhalou. Quem diria? Todo mundo erra, Kira. Todo mundo tem de lidar com as próprias merdas. Se você não estivesse tão voltada para o próprio umbigo, entenderia isso. Aquelas cicatrizes no braço de Falconi? Não são uma recompensa por evitar erros, isso eu posso te dizer.

— Eu…

Kira se calou, envergonhada.

Nielsen apontou o dedo para ela.

— Trig também não teve uma vida fácil. Nem Vishal, nem Sparrow, nem Hwa-jung. E a vida de Gregorovich foi abarrotada de decisões sensatas — disse Nielsen, seu tom de zombaria não deixando dúvida sobre a verdade. — Todo mundo faz merda. Como você lida com isso é que determina quem você é.

— E você?

— Eu? Não vim aqui para falar de mim. Controle-se, Kira. Você é melhor do que isso.

Nielsen se levantou.

— Espere… Por que você se importa?

Pela primeira vez, a expressão de Nielsen se abrandou, mas só um pouquinho.

— Porque é isso que fazemos. Nós caímos e nos ajudamos a nos reerguer.

A porta rangeu quando ela a abriu.

— Você vem? A comida ainda está quente.

— Tá. Eu vou.

Embora não fosse fácil, Kira se levantou.

5.

Já passava da meia-noite, mas todos estavam na cozinha, com exceção de Sparrow e dos fuzileiros navais. Apesar dos temores de Kira, ninguém a fez se sentir indesejada, embora ela não conseguisse deixar de sentir que todos a julgavam... e que ela estava decepcionando. Ainda assim, a tripulação não disse nada de desagradável e a única vez em que o assunto do Numenista apareceu foi quando Trig fez uma referência enviesada a ele, que Kira, aceitando o conselho dado antes por Nielsen, reconheceu de uma maneira franca.

Também houve alguma gentileza. Hwa-jung lhe levou uma xícara de chá e Vishal disse:

— Você vai me ver amanhã, não é? Quero dar um jeito nesse seu nariz.

Falconi bufou. Ele mal a havia olhado.

— Vai doer pra cacete, se a anestesia não pegar em você.

— Tudo bem — disse Kira.

Não estava tudo bem, mas o orgulho e o senso de responsabilidade não a deixavam admitir o contrário.

Todos pareciam exaustos e a maior parte da cozinha ficou em silêncio, cada pessoa perdida em seus próprios pensamentos, os olhos voltados para os filtros.

Assim que Kira começou a comer, os Entropistas a surpreenderam, sentando-se de frente para ela. Eles se inclinaram sobre o tampo da mesa, olhos ávidos em rostos ávidos: gêmeos com corpos diferentes.

— Sim? — disse Kira.

Veera falou.

— Prisioneira Navárez, descobrimos...

— ... uma coisa muito empolgante. Enquanto atravessávamos a Estação Malpert, nós...

— ... encontramos os restos de um dos pesadelos e...

— ... conseguimos pegar uma amostra de tecido.

Kira se empertigou.

— Ah, é?

Os Entropistas seguraram a beira da mesa juntos. Suas unhas clarearam com a pressão.

— Passamos esse tempo todo...

— ... examinando a amostra. O que ela mostra...
— Sim? — disse Kira.
— ... o que ela mostra — continuou Jorrus — é que os pesadelos...
— ... *não* compartilham da mesma composição genômica nem da...
— ... Lâmina Macia, nem dos Águas.

Os Entropistas se recostaram, sorrindo com um prazer evidente com sua descoberta.

Kira baixou o garfo.

— Estão me dizendo que *não* existem semelhanças?

Veera fez que sim com a cabeça.

— Semelhanças, sim, mas...

— ... apenas surgidas da necessidade química básica. Tirando isso, as entidades são inteiramente diferentes.

Isso confirmava a reação inicial e instintiva de Kira, mas, ainda assim, ela ficou pensativa.

— Um dos pesadelos tinha tentáculos. Eu vi. E quanto a isso?

Os Entropistas assentiram juntos, como que satisfeitos.

— Certo. Familiar na forma, mas, em essência, estranhos. Você talvez também tenha visto...

— ... braços, pernas, olhos, pelos e outros...

— ... elementos que lembram a vida baseada na Terra. Mas o pesadelo que examinamos não continha...

— ... nenhuma proximidade com o DNA terrestre.

Kira olhou a pilha de ração murcha no prato enquanto pensava.

— Então, o que eles *são*?

Um dar de ombros em dupla por parte dos Entropistas.

— Desconhecidos — disse Jorrus. — Sua estrutura biológica subjacente parece...

— ... amorfa, incompleta, contraditória...

— ... maligna.

— Hmm... posso ver os resultados?

— Naturalmente, Prisioneira.

Ela os olhou.

— Já partilharam isso com a *Darmstadt*?

— Acabamos de enviar nossos arquivos.

— Ótimo.

Akawe devia saber com que criaturas eles estavam lidando.

Os Entropistas voltaram à própria mesa e Kira lentamente continuou a comer enquanto percorria os documentos deles. Kira ficou surpresa com a quantidade de dados que eles conseguiram coligir sem um laboratório decente. A tecnologia embutida nos mantos era *seriamente* impressionante.

Ela parou quando os quatro fuzileiros navais apareceram, vestindo fardas verde-oliva. Mesmo sem a armadura energizada, os homens eram imponentes. Seus corpos se avolumavam e ondulavam com níveis de musculatura que não eram naturais; mapas anatômicos vivos que gritavam força, poder e velocidade — seus corpos eram o resultado de todo um conjunto de ajustes genéticos que os militares aplicavam aos soldados da linha de frente. Embora nenhum deles parecesse ter sido criado em alta gravidade, como Hwa-jung, Kira não tinha dúvida de que eram igualmente fortes, se não mais. Lembravam as imagens que ela vira de animais com deficiência de miostatina. Hawes, Sanchez... Ela não sabia os nomes dos outros dois.

Os fuzileiros não ficaram para comer, apenas esquentaram água para chá ou café, pegaram lanches e saíram.

— Não vamos atrapalhar, capitão — disse Hawes na saída.

Falconi bateu continência despreocupadamente.

Os detalhes técnicos da biologia dos pesadelos eram profundos e variados, e Kira se viu perdida nas partes mais obscuras. Tudo que os Entropistas disseram era verdade, mas eles mal começaram a apreender o caráter *estranho* dos pesadelos. Por comparação, os Águas, com toda sua manipulação genética, eram positivamente simples. Já os pesadelos... Kira nunca tinha visto nada assim. Ela não parava de achar fragmentos de sequências químicas que *pareciam* conhecidas, mas só pareciam. A estrutura celular dos pesadelos nem era estável, e quanto ao como *isso* era possível, Kira não fazia a mais remota ideia.

Seu prato tinha se esvaziado há muito tempo e ela ainda lia quando um copo bateu na mesa ao lado do prato, dando-lhe um susto.

Falconi estava de pé ao lado dela, segurando um buquê de taças em uma das mãos e várias garrafas de vinho tinto na outra. Sem perguntar, ele serviu o vinho até metade da taça de Kira.

— Tome.

Depois andou pela cozinha, estendendo taças para a tripulação e os Entropistas, e servindo o vinho.

Quando terminou, levantou a própria taça.

— Kira. As coisas não saíram como nós esperávamos, mas, se não fosse por você, haveria uma boa possibilidade de estarmos mortos. É, foi um dia difícil. É, você irritou cada Água daqui até o além. E sim, estamos correndo para deus sabe onde graças a você.

Ele fez uma pausa, com o olhar firme.

— Mas estamos vivos. *Trig* está vivo. *Sparrow* está viva. E temos de agradecer a você por isso. Então este brinde é por você, Kira.

No início ninguém se juntou a ele. Depois Nielsen estendeu o braço e levantou a própria taça.

— Tintim — disse ela, e os outros fizeram eco.

Uma película inesperada de lágrimas embaçou a visão de Kira. Ela ergueu a taça de vinho e murmurou agradecimentos. Pela primeira vez, não se sentia tão horrivelmente deslocada na *Wallfish*.

— E, no futuro, não faça nada disso de novo — disse Falconi, sentando-se.

Seguiram-se alguns risos.

Kira olhou sua bebida. "Meia taça." Não era muito. Ela bebeu em um movimento só, depois se recostou, curiosa para saber o que aconteceria.

Do outro lado do refeitório, Falconi a olhava, preocupado.

Passou-se um minuto. Cinco minutos. Dez. Kira não sentiu nada. Ela fez uma careta, enojada. Depois da abstinência dos últimos meses, devia ter pelo menos uma *ligeira* tonteira.

Não. A Lâmina Macia suprimia os efeitos do álcool. Mesmo que ela quisesse ficar bêbada, não poderia.

Saber disso enfureceu Kira, mesmo que não importasse.

— Vá se foder — murmurou.

Ninguém — nem mesmo a Lâmina Macia — devia poder ditar o que ela fazia com seu corpo. Se quisesse fazer uma tatuagem, engordar, engravidar ou qualquer outra coisa, deveria ter a porra da liberdade. Sem a oportunidade, ela não passava de uma escrava.

Sua raiva lhe deu vontade de andar a passos firmes, pegar uma garrafa de vinho e beber a coisa toda de uma tacada só. Só para forçar o tecido. Só para provar que ela *podia*.

No entanto, Kira não fez nada disso. Depois do que acontecera naquele dia, a apavorava pensar no que a Lâmina Macia podia fazer se ela se embriagasse. Ela também não queria encher a cara. Na verdade, não queria mesmo.

Então ela não pediu mais vinho, satisfeita em esperar e não tentar a sorte. Kira notou que embora Falconi tenha servido uma segunda rodada para todos, não ofereceu a ela. Ele entendia e ela ficou agradecida, embora um pouco ressentida. Perigosa ou não, ela queria ter o direito de *escolher*.

— Alguém quer o resto? — perguntou Falconi, segurando a última garrafa.

Ainda tinha um quarto do conteúdo.

Hwa-jung a tirou dele.

— Eu. Eu quero. Tenho enzimas a mais.

A tripulação riu e Kira sentiu-se aliviada por não ter mais de pensar no vinho.

Ela rodou a haste da taça entre os dedos e um leve sorriso se esgueirou em seu rosto. Com ele, ela sentiu leveza. Nielsen tinha razão; foi bom ter saído para encarar a tripulação. Esconder-se não era a resposta.

Era uma lição de que ela precisava se lembrar.

6.

Uma luz verde brilhava no console da mesa quando Kira enfim voltou para a cabine, tarde da noite. Ela bateu o dedo do pé no canto da cama ao andar até a mesa.

— Ai — murmurou mais por reflexo do que por sentir dor.

Como esperado, a mensagem era de Gregorovich:

> *Sei o que você pode fazer, mas ainda não sei o que você é. De novo pergunto e lhe peço: o que você é, Ó, Saco de Carne Multifário?* — Gregorovich

Ela piscou e digitou a resposta.

> *Sou o que sou.* — Kira

A resposta dele foi quase instantânea:

> *Bah. Que vulgar. Que tediosa.* — Gregorovich

> *Complicado. Às vezes não conseguimos o que queremos.* — Kira

> *Suspire e se jacte, ferva e espume; não pode esconder o vazio dentro de suas palavras. Se o conhecimento fosse seu, a confiança também seria. Mas não é, então não é. Rachado o pedestal, periga a estátua que ele sustenta.* — Gregorovich

> *Versos brancos? Sério? É o melhor que você pode fazer?* — Kira

Seguiu-se uma longa pausa e pela primeira vez ela sentiu que o havia superado. Até que:

> *É difícil encontrar diversão quando se está limitado a uma casca de noz.* — Gregorovich

> *Ainda assim, você pode corretamente ser considerado um rei do espaço infinito.* — Kira

> *Não fosse o fato de que tenho sonhos ruins.* — Gregorovich

> *Não fosse o fato de ter sonhos ruins.* — Kira

> *...* — Gregorovich

Ela bateu a unha no console.

Não é fácil, né? — Kira

Por que seria? A natureza não tem consideração por aqueles que se contorcem e rastejam em suas profundezas maculadas. A tempestade que bate, bate em todos. Ninguém é poupado. Nem você, nem eu, nem as estrelas no céu. Amarramos nossas capas, baixamos a cabeça e nos concentramos em nossa vida. Mas a tempestade, ela nunca cessa, nunca esmorece. — Gregorovich

Que animador. Pensar nisso não ajuda de verdade, não é mesmo? O melhor que podemos fazer é, como você disse, baixar a cabeça e nos concentrar em nossa vida. — Kira

Então, não pense. Seja uma adormecida desprovida de sonhos. — Gregorovich

Talvez eu seja. — Kira

Isto não altera o fato, a pergunta ainda permanece: o que você é, Ó, Rainha dos Tentáculos? — Gregorovich

Me chame disso de novo e vou achar um jeito de encher seu banho de nutrientes de molho de pimenta. — Kira

Uma promessa vazia de uma voz vazia. A mente temerosa não consegue aceitar seus limites. Ela guincha e foge antes de admitir a ignorância, incapaz de enfrentar a ameaça para sua identidade. — Gregorovich

Você não sabe do que está falando. — Kira

*Negue, negue, negue. Não importa. A verdade do que você é será revelada, independentemente disso. Quando acontecer, a escolha será sua: acreditar ou não acreditar. Não me importa em nada. **Eu**, por minha vez, estarei preparado, qualquer que seja a resposta. Até esse momento, passarei minhas horas observando você, observando atentamente, Ó, A Amorfa. — Gregorovich*

Observe o que quiser. Não vai encontrar o que procura. — Kira

Ela fechou a tela com um golpe do dedo. Para seu alívio, a luz verde continuou apagada e morta. As provocações do cérebro da nave a deixaram desassossegada. Ainda assim, ela ficou feliz por não ter cedido. Apesar das declarações que fizera, Gregorovich estava enganado. Ela sabia quem era. Só não sabia o que era a porcaria do traje. Não realmente.

Basta. Ela estava *farta*.

Ela pegou no bolso a ficha em gema dos Entropistas e guardou na gaveta da mesa. Ficaria mais segura ali do que se a carregasse para todo lado. Depois, com um suspiro de gratidão, tirou as roupas rasgadas. Uma rápida esfregada com uma toalha úmida e ela caiu na cama e se enrolou no cobertor.

Por algum tempo, Kira não conseguiu fazer a mente parar de girar em círculos. Imagens dos Águas e do pesadelo morto insistiam em invadir, e às vezes Kira imaginava que sentia o cheiro acre das granadas de Falconi quando explodiram. Repetidas vezes ela sentiu a Lâmina Macia deslizar na carne do Água, depois isso se confundiu com sua lembrança de apunhalar o Numenista e de Alan morto em seus braços... Tantos erros. Tantos, mas tantos erros.

Foi uma luta, mas, no fim, ela conseguiu dormir. Apesar do que tinha dito a Gregorovich, Kira sonhou, e, enquanto sonhava, lhe veio outra visão:

Na luz dourada da véspera do verão, os guinchos encheram a floresta faminta. Ela estava sentada em uma proeminência, observando o jogo da vida em meio às árvores roxas enquanto esperava a aguardada volta de seus companheiros.

Abaixo, uma criatura parecida com uma centopeia correu dos arbustos sombreados e disparou para uma toca sob um monte de raízes. Em sua perseguição estava um predador de braços compridos, pescoço de cobra e corpo de preguiça com uma cabeça que parecia um verme sem dentes e pernas com articulações invertidas. O caçador avançou para a toca, porém lento demais para apanhar a presa.

Frustrada, a preguiça com cabeça de cobra acocorou-se e rasgou com dedos nodosos e em gancho o buraco na terra, sibilando com sua boca fendida.

Ela cavou sem parar, mais agitada a cada segundo. As raízes eram duras, a terra, rochosa, e pouco progresso era feito. Depois o caçador estendeu um dedo longo pelo buraco, tentando pegar a centopeia.

Um guincho soou quando a preguiça com cabeça de cobra puxou a mão de volta. O sangue escurecido pingava da ponta do dedo.

A criatura uivou, mas não de dor — de raiva. Agitou a cabeça e pisoteou o arbusto, esmagando frondes, flores e corpos de frutificação. Mais uma vez uivou, depois pegou o tronco mais próximo e o sacudiu com tanta força que a árvore se balançou.

Um estalo teve eco na floresta abafada e um cacho de vagens espigadas caiu do dossel e atingiu a preguiça na cabeça e nos ombros. Ela gritou e desabou na terra, onde ficou se contorcendo e espernenando enquanto a espuma se formava nos cantos da boca escancarada.

Com o tempo, parou de espernear.

Mais tarde ainda, a criatura-centopeia se arriscou para fora da toca, devagar e tímida. Subiu no pescoço frouxo da preguiça e se sentou ali, torcendo as antenas. Depois se curvou e comeu a carne macia do pescoço.

...

Outra das disjunções agora familiares. Ela estava agachada ao lado de uma poça de maré, protegida do calor do sol cruel por um contraforte de rocha vulcânica. Na poça, flutuava um globo transparente que não era maior que seu polegar.

O globo não estava vivo. Também não estava morto. Ficava entre uma coisa e outra. Um potencial não realizado.

Ela ficou olhando com esperança, aguardando o momento da transformação, quando o potencial podia se tornar realidade.

Pronto. Um leve movimento de luz por dentro e o globo pulsou como se fizesse a primeira tentativa hesitante de respirar. Felicidade e assombro substituíram a esperança com a dádiva da primeira vida. O que foi feito mudaria todas as fraturas depois, primeiro ali e então — com o tempo e a sorte — no grande turbilhão de estrelas além.

E ela viu que isso era bom.

CAPÍTULO XII

* * * * * * *

LIÇÕES

1.

Kira se sentia surpreendentemente descansada quando acordou.

Uma grossa camada de poeira caiu de seu corpo quando se sentou. Ela se espreguiçou e cuspiu os poucos grãos que caíram na boca. A poeira tinha gosto de ardósia.

Ao se levantar, Kira percebeu que estava sentada em um buraco na roupa de cama. Durante a noite, a Lâmina Macia tinha absorvido parte do cobertor e do colchão, bem como parte da estrutura de compósito abaixo deles. Só alguns centímetros de tecido separavam Kira do material recuperado da estrutura.

Kira deduziu que o xeno precisava se reconstituir depois de lutar no dia anterior. Na verdade, ele parecia mais grosso, como se estivesse se adaptando em resposta às ameaças que eles enfrentavam. As fibras no peito e nos braços, em particular, pareciam mais duras e mais fortes.

A reatividade do traje ainda a impressionava.

— Você sabe que estamos em guerra, não sabe? — disse Kira em voz baixa.

Ela ligou o console e encontrou uma mensagem à espera:

Venha me ver assim que acordar. — Sparrow

Kira fez uma careta. Não estava ansiosa para o que Sparrow planejara para ela. Se pudesse ajudar com a Lâmina Macia, ótimo, mas Kira não estava convencida. Ainda assim, se não quisesse brigar com Falconi, teria de colaborar, e ela *precisava mesmo* encontrar um jeito melhor de controlar o xeno...

Ela fechou a mensagem de Sparrow e escreveu a Gregorovich:

Minha cama, o colchão e a roupa de cama precisam ser substituídos. O traje os devorou esta noite. Se não for incômodo demais para um cérebro de nave como você, é claro. — Kira

A resposta dele foi quase instantânea. Às vezes ela invejava a velocidade com que os cérebros de nave conseguiam raciocinar, mas então se lembrou do quanto gostava de ter um corpo.

Talvez você deva alimentar sua sanguessuga voraz com algo melhor do que um banquete de policarbonetos. Simplesmente NÃO PODE ser bom para um parasita em crescimento. — Gregorovich

Tem alguma sugestão? — Kira

Ora essa, sim, tenho. Se seu encantador simbiontezinho insiste em roer meus ossos, prefiro que seja longe de sistemas necessários como, ah, digamos, suporte vital. Na sala de máquinas, temos matéria-prima para impressão e reparos. Algo ali deve ter apelo ao paladar de seu suserano alienígena. Veja com Hwa-jung: ela pode lhe mostrar onde estão. — Gregorovich

Kira ergueu as sobrancelhas. Ele de fato tentava ser útil, mesmo que não conseguisse deixar de insultá-la.

Muito obrigada. Vou garantir que você seja salvo da desintegração imediata quando meu suserano alienígena dominar o sistema. — Kira

Hahahaha. Sério, esta foi a coisa mais engraçada que ouvi neste século. Você me mata de rir... Por que não causa algum problema, como uma boa macaquinha? Parece que é nisso que você se sobressai. — Gregorovich

Ela revirou os olhos e fechou a tela. Após vestir o velho macacão e parar um momento para organizar as ideias, ativou a câmera da tela e gravou uma mensagem para a família, como havia feito na *Valkyrie*.

— Encontramos um artefato alienígena em Adrasteia — disse ela. — Na verdade, *eu* encontrei.

Kira lhes contou tudo que acontecera daí em diante, inclusive o ataque à *Extenuating Circumstances*. Agora que a existência da Lâmina Macia era de conhecimento público, Kira não via sentido em esconder os detalhes de sua família, por mais confidenciais que o CMU e a Liga tivessem tornado as informações.

Depois disso, ela gravou uma mensagem parecida para o irmão de Alan.

Seus olhos estavam lacrimosos quando terminou. Ela permitiu que o choro corresse livre, depois enxugou o rosto com a base das mãos.

Acessando o transmissor da *Wallfish*, Kira incluiu as duas mensagens na fila para serem enviadas na próxima transmissão em FTL a 61 Cygni.

Havia uma boa possibilidade de a Liga interceptar qualquer sinal vindo da *Wallfish*. Havia uma possibilidade igualmente boa de os Águas estarem interferindo no sistema de seu planeta natal (como fizeram em 61 Cygni) e que a mensagem para a família não chegasse lá. Mesmo assim, Kira precisava tentar. Era também de certo conforto para ela saber que existia um registro de suas palavras. Desde que continuasse preservado em algum lugar nos circuitos e nos bancos de memória dos computadores da Liga, um dia poderia chegar aos destinatários pretendidos.

Seja como for, ela cumpriu com sua responsabilidade da melhor forma que pôde e tirou um peso da cabeça.

Kira passou os minutos seguintes escrevendo um relato do mais recente sonho da Lâmina Macia. Finalmente — resignada ao que certamente seria uma experiência desagradável com Sparrow —, saiu às pressas da cabine e foi para a cozinha.

Enquanto descia a escada central, Kira sentiu uma dor aguda no baixo ventre. Puxou o ar, surpresa, e parou onde estava.

Era estranho.

Ela esperou um pouco, mas não sentiu mais nada. Uma perturbação gástrica da comida da noite anterior ou uma pequena torção muscular, deduziu Kira. Nada com que se preocupar.

Ela continuou a descida.

Na cozinha, Kira pôs água para ferver e mandou uma mensagem de texto a Vishal: <*Sparrow prefere chá ou café? — Kira*>. Ela deduziu que não podia dar errado se começasse com uma oferta de paz.

O médico respondeu assim que a água ferveu. <*Café, quanto mais forte, melhor. — Vishal*>

<*Obrigada. — Kira*>

Ela preparou duas canecas: uma de chell e outra de café duplamente forte. Depois levou as canecas para a enfermaria e bateu na porta pressurizada.

— Posso entrar?

— A porta está destrancada — disse Sparrow.

Kira a abriu com o ombro, com cuidado para não derramar as bebidas.

Sparrow estava sentada de costas retas no leito da enfermaria, as mãos de manicure perfeita entrelaçadas sobre a barriga, uma holotela aberta diante dela. Não parecia tão mal, considerando as circunstâncias; a pele, na verdade, tinha alguma cor e os olhos estavam afiados e atentos. Várias camadas de curativos envolviam o pulso e um pequeno aparelho quadrado estava preso ao cós da calça.

— Eu estava me perguntando quando você ia aparecer — disse ela.

— Esta é uma hora ruim?

— É a única hora que temos.

Kira estendeu a caneca com o café forte.

— Vishal disse que você gosta de café.

Sparrow aceitou a caneca.

— Hmmm. Gosto. Embora às vezes me faça urinar, e, no momento, ir ao banheiro é de ficar com o cu na mão. Literalmente.

— Prefere um chell? Preparei um.

— Não.

Sparrow sentiu o cheiro do vapor que saía do café.

— Não, o café é perfeito — acrescentou. — Obrigada.

Kira pegou a banqueta do médico e se sentou.

— Como está se sentindo?

— Bem, apesar dos pesares — disse Sparrow, fazendo uma careta. — Meu corpo coça demais na lateral e o doutor disse que não pode fazer nada a respeito disso. Além do mais, não consigo digerir comida direito. Ele tem me alimentado com uma sonda.

— Ele vai conseguir curar você antes de partirmos?

Sparrow bebeu outro gole.

— A cirurgia está marcada para hoje à noite.

Ela olhou pra Kira.

— Obrigada por deter aquele Água, aliás — acrescentou. — Eu te devo uma.

— Você teria feito o mesmo — disse Kira.

A baixinha de expressão dura sorriu com malícia.

— Acho que sim. Mas talvez não tivesse efeito sem o seu xeno. Você é assustadora quando está com raiva.

O elogio caiu mal em Kira.

— Eu só queria ter chegado lá antes.

— Não se preocupe com isso.

O sorriso de Sparrow se alargou.

— Fizemos uma surpresa do caramba praqueles Águas, não foi? — perguntou ela, em seguida.

— É... Soube dos pesadelos?

— Claro que sim.

Sparrow gesticulou para a tela e continuou.

— Estava lendo os relatos agora. Uma pena o que aconteceu com o pé de feijão de Ruslan. Se eles tivessem uma rede de defesa adequada, talvez tivessem conseguido salvá-lo.

Kira soprou o chell.

— Você era do CMU, não era?

— FNCMU, tecnicamente. Décima quarta divisão, Comando Europa. Sete anos alistada. U-hu, gata.

— É por isso que tem acesso a MilCom.

— Acertou em cheio. Usei o login de meu antigo tenente.

Um sorriso selvagem cruzou os lábios de Sparrow.

— Ele era um filho da puta mesmo — disse ela, e zerou a tela com um golpe desnecessariamente violento. — Eles deviam mudar esses códigos com mais frequência.

— Então agora você trabalha na segurança. Não é isso? Você não levanta e abaixa coisas.

— Não, na verdade, não — respondeu Sparrow, coçando a lateral do corpo. — Na maior parte do tempo é muito tedioso. Comer, cagar, dormir, repetir. Às vezes é mais empolgante. Bater cabeças umas nas outras, dar cobertura a Falconi quando ele está negociando, ficar de olho na carga quando estamos acoplados. Esse tipo de coisa. É um jeito de ganhar a vida. Melhor do que ficar sentada em um tanque de realidade virtual, esperando envelhecer.

Kira se identificava com isso. Sentira praticamente o mesmo quando decidira buscar uma carreira profissional na xenobiologia.

— E *bem* de vez em quando — disse Sparrow, o fogo se acendendo nos olhos —, você acaba na extremidade afiada da faca, como ontem, e depois precisa descobrir do que foi feita. Não é?

— É.

Sparrow a examinou, séria.

— Por falar em bater cabeças, vi o vídeo do que você fez com Bob.

Outra dor rápida e pequena lancetou o abdome. Kira a ignorou.

— Você o conheceu?

— Eu *o encontrei*. Vishal o recebeu aqui, e ele só encheu o saco e gemeu enquanto era costurado... E aí, qual foi o problema no porão?

— Falconi deve ter te contado.

Sparrow deu de ombros.

— Contou, mas prefiro ouvir de você.

A superfície do chell de Kira era escura e oleosa. Nela, Kira via seu rosto em um reflexo distorcido.

— Em resumo? Eu me machuquei. Queria que parasse. Eu ataquei. Ou melhor, a Lâmina Macia atacou por mim... Às vezes é complicado saber a diferença.

— Você estava com raiva? O idiota do Bob te irritou?

— ... É. Foi isso.

— Sei.

Sparrow captou o olhar de Kira ao apontar seu rosto.

— Esse seu nariz deve ter provocado todo *tipo* de dor quando foi quebrado.

Ela o tocou, constrangida.

— Já quebrou o seu?

— Três vezes. Mas endireitaram.

Kira se esforçou para encontrar as palavras certas.

— Olha... não me leve a mal, Sparrow, mas eu sinceramente não vejo como você pode me ajudar com o xeno. Estou aqui porque Falconi insistiu, mas...

Sparrow virou a cabeça de lado.

— Sabe o que fazem os militares?

— Eu...

— Vou te contar. Os militares aceitam todos que se apresentam como voluntários, supondo-se que atendam aos requisitos básicos. Isto significa, em uma extremidade do espectro, que você pega as pessoas que poderiam cortar sua garganta enquanto apertam a sua mão. Na outra extremidade do espectro, pega gente tão tímida que não faria mal a uma mosca. O que os militares fazem é ensinar aos dois *como* e *quando* usar de violência. Isto é, como acatar ordens.

"Um fuzileiro naval treinado não sai por aí esfaqueando as pessoas só porque elas quebraram o nariz dele. Este seria um uso desproporcional da força. Apronte uma dessas no CMU e terá *sorte* se for para a corte marcial. Isso se não morrer e matar sua equipe ao mesmo tempo. Perder a cabeça é um pretexto. Um pretexto *vagabundo*. Você não pode perder a cabeça. Não quando há vidas em jogo. A violência é um instrumento. Nada mais, nada menos. Seu uso deve ser calibrado com tanto cuidado como... como os cortes do bisturi de um cirurgião."

Kira ergueu uma sobrancelha.

— Você parece mais uma filósofa que uma combatente.

— Que foi, acha que todo milico é burro? — riu Sparrow, mas logo voltou a ficar séria. — Todo bom soldado é filósofo, assim como um padre ou um professor. Precisa ser, quando está lidando com questões de vida ou morte.

— Você viu alguma ação quando estava alistada?

— Ah, vi — disse ela, olhando para Kira. — Você pensa que a galáxia é um lugar pacífico, e até é, na maior parte. Tirando os Águas, suas chances de se machucar ou ser morta em um contato violento são mais baixas agora do que em qualquer outro momento da história. Ainda assim, mais pessoas do que nunca estão realmente *lutando*, lutando e morrendo. Sabe por quê?

— Porque agora existem mais pessoas vivas — disse Kira.

— Bingo. As porcentagens têm diminuído, mas o número geral continua subindo.

Sparrow deu de ombros.

— Então, sim. Vimos *muita* ação — completou.

Kira tomou o primeiro gole do chell. Era saboroso e quente, com um gostinho picante de canela. Sua barriga doeu de novo e ela passou a mão ali sem pensar.

— Tudo bem. Mas ainda não vejo como você pode me ajudar a controlar o xeno.

— Talvez não possa. Mas talvez eu consiga te ajudar a controlar a si mesma, e esta é a segunda melhor coisa a fazer.

— Não temos muito tempo.

Sparrow apontou o polegar para o próprio peito.

— *Eu* não tenho. Mas você terá tempo pra cacete quando o resto de nós ficar preso em crio.

— E vou passar a maior parte dele dormindo.

— A maior parte, mas não todo o tempo.

Sparrow abriu um sorriso rápido.

— Isto te dá uma verdadeira oportunidade, Navárez. Você pode treinar. Pode se aperfeiçoar. E não é o que todos nós queremos? Ser o melhor possível?

Kira a olhou com ceticismo.

— Isto parece propaganda de recrutamento.

— É, bom, talvez seja mesmo — disse Sparrow. — E daí? Me processe.

Ela passou cautelosamente as pernas pela beira da mesa de exames e escorregou ao chão.

— Precisa de ajuda?

Sparrow meneou a cabeça e, estremecendo, endireitou a postura.

— Eu consigo. Obrigada — disse e pegou uma muleta ao lado da cama. — Então, eu te recrutei ou não?

— Acho que não tenho muitas alternativas, mas...

— Claro que tem.

— Mas sim, estou disposta a tentar.

— *Excelente* — disse Sparrow. — Era isso que eu queria ouvir!

Ela se balançou para a frente na muleta, saindo da enfermaria.

— Por aqui!

Kira meneou a cabeça, baixou a caneca e a seguiu.

No poço central, Sparrow passou o braço pelo meio da muleta e começou a descer a escada, cuidadosa nos movimentos. Fez uma careta com um desconforto evidente.

— Graças a deus existem analgésicos — disse ela.

Elas prosseguiram pelo poço, até o último convés. Ali, Sparrow levou Kira para o porão de carga de bombordo.

Kira não vira muito aquele porão. Seu layout espelhava o porão de estibordo, sendo a principal diferença os suportes de suprimentos e equipamento, rebitados no chão. Os quatro fuzileiros navais tinham ocupado uma seção entre os corredores. Ali, instalaram suas armaduras energizadas, bem como tubos de crio, sacos de dormir, vários estojos de armas e sabe lá Thule o que mais.

No momento, Hawes fazia flexões em uma barra instalada entre dois suportes enquanto os outros três fuzileiros praticavam arremessos e desarmes em uma parte desocupada do porão. Eles pararam e endireitaram o corpo quando notaram Kira e Sparrow.

— Oi, oi — disse um dos homens.

Ele tinha sobrancelhas escuras e grossas e tatuagens em caracteres azuis em uma língua que Kira não reconheceu, subindo e descendo pelos músculos do braço. As tatuagens mudavam quando ele se mexia, como ondas longas na água. Ele apontou para Sparrow.

— Foi você que foi perfurada pelo Água, não foi?

— É isso mesmo, fuzileiro.

Depois ele apontou para Kira.

— E foi você que perfurou o Água rapidinho, não foi?

Kira baixou a cabeça.

— Foi.

Por um momento, ela não sabia como o homem ia reagir. Então ele abriu um largo sorriso. Seus dentes brilhavam com nanofios implantados.

— Muito bom. Excelente trabalho!

Ele fez um sinal de positivo para as duas.

Um dos outros fuzileiros se aproximou delas. Era mais baixo, com ombros imensos e mãos quase tão grandes como as de Hwa-jung. Olhando para Kira, ele falou:

— Quer dizer que você é o motivo dessa viagem maluca.

Ela empinou o queixo.

— Infelizmente, sim.

— Olha, não estou reclamando. Se vai nos dar vantagem contra os Águas, estou dentro. Você convenceu o velho Akawe, então está tudo bem para mim.

Ele estendeu uma das patas em forma de mão.

— Cabo Nishu.

Kira apertou a mão dele, que parecia poder esmagar pedras.

— Kira Navárez.

O cabo apontou com o queixo o fuzileiro tatuado.

— Esse cabeção feio aqui é o soldado Tatupoa. Aquele ali é o Sanchez — apontou para um fuzileiro naval de rosto fino e olhos tristes — e, é claro, você já conheceu o tenente.

— Conheci, sim.

Kira trocou um aperto de mãos com Tatupoa e Sanchez e disse:

— É um prazer conhecê-los. É bom que estejam a bordo.

Ela não sabia se era bom, mas era a coisa certa a dizer.

Sanchez falou:

— Tem alguma ideia do que esperar quando chegarmos a esse sistema, senhora?

— O Bastão Azul, assim espero — disse Kira. — Desculpem-me, não posso contar mais do que isso. É só o que eu mesma sei.

Depois Hawes se aproximou.

— Tudo bem, já chega, todos vocês. Deixem as senhoras em paz. Sei que estão ocupadas.

Nishu e Tatupoa bateram continência e voltaram a se atracar enquanto Sanchez olhava de soslaio.

Sparrow ia andar, mas parou e olhou para Tatupoa.

— A propósito, está fazendo isso errado.

O homem pestanejou.

— Como disse, senhora?

— Quando você tentou jogá-lo.

Ela apontou para o cabo.

— Acho que sabemos o que procuramos, senhora. Sem querer ofender.

— Devia dar ouvidos a ela — disse Kira. — Ela também foi da FNCMU.

Ao lado dela, Sparrow enrijeceu e Kira teve a súbita sensação de que tinha cometido um erro.

Hawes deu um passo à frente.

— É mesmo, senhora? Onde serviu?

— Não importa — disse Sparrow.

Para o homem das tatuagens, ela falou:

— Seu peso precisa estar mais no pé da frente. Avance com vontade e gire, com força. Vai sentir a diferença imediatamente.

Sparrow continuou o caminho, deixando os quatro fuzileiros navais olhando para ela com uma combinação de perplexidade e especulação.

— Desculpe-me por aquilo — disse Kira depois que elas ficaram fora de vista.

Sparrow grunhiu.

— Como eu disse, não importa.

A ponta da muleta pegou na lateral de uma estante e ela a soltou.

— Por aqui.

Enterrados no fundo do porão, depois de engradados de ração e pallets de equipamento, Kira viu três coisas: uma esteira ergométrica (instalada para uso em gravidade zero), um aparelho para exercícios (todo cabos, polias e punhos) do tipo que ela usava na *Fidanza* e, para sua surpresa, um conjunto completo de halteres (pesos, barras e pilhas ancoradas de discos — fichas gigantescas de pôquer nas cores vermelha, verde, azul e amarela). Quando cada quilo custa propelente, cada quilo torna-se precioso. A academia era uma pequena extravagância que Kira não esperava encontrar na *Wallfish*.

— São seus? — perguntou ela, gesticulando para os pesos.

— Arrã — disse Sparrow. — E de Hwa-jung. É preciso muito para mantê-la em boa forma em gravidade um.

Bufando, ela se abaixou no banco e estendeu a perna esquerda. Pressionou a mão na lateral do corpo, por cima dos curativos.

— Sabe qual é a pior parte de ser ferida?

— Não poder malhar?

— Bingo.

Sparrow gesticulou para seu corpo.

— Não fiquei assim por acaso, sabe?

Não havia outro lugar onde se sentar, então Kira se agachou ao lado do banco.

— Sério? Você não manipulou os genes, como aqueles caras? — perguntou ela, gesticulando para os fuzileiros navais. — Li em algum lugar que com os ajustes que se consegue no CMU, você pode comer o que quiser e ainda manter a forma.

— Não é tão fácil assim — disse Sparrow. — Ainda precisa fazer exercícios aeróbicos, se não quiser uma intoxicação. E ainda tem de se esforçar muito se quiser ter uma força extraordinária. A manipulação genética ajuda, mas não é nenhuma mágica. Quanto a esses gorilas... existem graus. Nem todo mundo consegue as mesmas modificações. Nossos hóspedes aqui são chamados R-Sete. Significa que eles conseguiram todo o conjunto de melhoramentos. Mas você tem de ser voluntária para isso, porque não é saudável no longo prazo. O CMU não deixa você ficar assim por mais de quinze anos, no máximo.

— Hmm. Não sabia — disse Kira, olhando os pesos. — Então, por que estamos aqui? Qual é o plano?

Sparrow coçou o lado do maxilar estreito.

— Ainda não deduziu? Você vai levantar pesos.

— Eu vou o quê?

A mulher de cabelo curto riu.

— O negócio é o seguinte, Navárez. Eu não te conheço particularmente bem. Mas *sei* que sempre que você faz merda com o xeno, parece que está estressada. Com medo. Com raiva. Frustrada. Esse tipo de coisa. Estou enganada?

— Não.

— Tá legal. Então a alma do negócio é o desconforto. Vamos impor algum estresse cuidadosamente calibrado e veremos o que isso faz com você e a Lâmina Macia. Tudo bem?

— ... Tudo bem — disse Kira, cautelosa.

Sparrow apontou a máquina de exercícios.

— Vamos começar pelo simples, porque só posso exigir isso de você.

Kira quis argumentar... mas a mulher tinha razão. Então ela engoliu o orgulho e se sentou. Um por um, Sparrow a fez cumprir uma série de levantamentos, testando sua força e a força da Lâmina Macia. Primeiro no aparelho, depois com os pesos.

Os resultados, Kira pensou, foram impressionantes. Com a ajuda da Lâmina Macia, ela conseguia deslocar quase tanto quanto um exoesqueleto pesado. Sua falta relativa de massa era o maior fator limitante; a mais leve oscilação do peso ameaçava desequilibrá-la.

Sparrow não parecia muito satisfeita. Enquanto Kira lutava para se agachar com a barra carregada com um número absurdo de discos, a mulher soltou um muxoxo e disse:

— Merda, você não sabe mesmo o que está fazendo.

Grunhindo, Kira endireitou as pernas e largou a barra no suporte, depois olhou feio para Sparrow.

— O traje está te protegendo de sua má forma — explicou Sparrow.

— Então me diga o que estou fazendo de errado — disse Kira.

— Desculpe, florzinha. Não estamos aqui pra isso. Pegue mais vinte quilos, depois tente usar o traje para se escorar no chão. Como um tripé.

Kira tentou. Tentou de verdade, mas o peso era mais do que seus joelhos podiam suportar e ela não conseguiu dividir a atenção entre a Lâmina Macia e o esforço de equilibrar uma barra com peso mais que suficiente para matá-la. Ela podia enrijecer o material nas pernas — isso conseguia fazer —, mas forçar qualquer apoio ao mesmo tempo estava além de seu alcance, e o xeno não parecia disposto a dar qualquer ajuda adicional.

Na verdade, era bem o contrário. Por baixo do macacão, Kira sentiu o traje se mexer e formar cravos em resposta ao esforço. Ela tentou ficar imóvel (e, por extensão, imobilizar o traje), mas só teve um sucesso parcial.

— É — disse Sparrow enquanto Kira se torturava com a barra. — Foi o que eu pensei. Tudo bem, vem aqui, no tapete.

Kira obedeceu e, no momento em que se colocou em posição, Sparrow atirou um objeto pequeno e duro para ela. Sem pensar, Kira se esquivou e, ao mesmo tempo, a Lâmina Macia disparou dois rebentos e jogou o tal objeto longe.

Sparrow se achatou no banco, com um pequeno blaster aparecendo nas mãos. Toda emoção tinha sumido de seu rosto, substituída pela intensidade fixa de alguém prestes a lutar pela própria vida.

Nesse instante, Kira percebeu que a bravata da mulher era só isso — um disfarce —, e que ela tratava Kira com a mesma cautela que dedicaria a uma granada viva.

A pele em volta dos olhos de Sparrow se comprimiu de dor quando ela se levantou.

— Como eu disse, você precisa de treino. Disciplina.

Ela guardou o blaster em um bolso da calça.

Perto da antepara, Kira viu o que Sparrow tinha lançado: uma bola terapêutica branca.

— Desculpe — disse Kira. — Eu...

— Esquece, Navárez. Sabemos qual é o problema. É por isso que você está aqui. É o que viemos consertar.

Kira passou a mão na curva do crânio.

— Não pode consertar o instinto de autopreservação.

— Ah, podemos, sim! — esbravejou Sparrow. — É o que nos distingue dos animais. Podemos *escolher* sair e marchar por 30 quilômetros com uma mochila pesada nas costas. Podemos *escolher* enfrentar todo tipo de merda desagradável porque sabemos que nosso eu de amanhã nos agradecerá por isso. Não importa que caralho de ginástica mental você precisa fazer nessa gelatina que chama de cérebro, mas tem um jeito de impedir que sua reação seja exagerada quando você é apanhada de surpresa. Puta que pariu, eu vi fuzileiros navais tomando o café da manhã enquanto nossa defesa levava uma carrada de mísseis, e eles eram os filhos da puta mais *frios* e mais *calmos* que já vi na vida. Uma vez eles jogaram pôquer fazendo apostas para ver quantos mísseis atingiriam o alvo. Então, se eles conseguiam fazer isso, você certamente consegue, mesmo que esteja *mesmo* vinculada a um parasita alienígena.

Meio envergonhada, Kira concordou com a cabeça, respirou fundo e alisou as últimas protuberâncias da Lâmina Macia com um esforço concentrado.

— Você tem razão.

Sparrow balançou a cabeça.

— Pode apostar que tenho razão.

Então Kira perguntou, só por perguntar:

— Que drogas Vishal injetou em você?

— Menos do que devia, isso é certo... Vamos experimentar uma coisa diferente.

Sparrow a fez subir na esteira e alternar entre corridas curtas e tentar coagir a Lâmina Macia a realizar algumas tarefas (principalmente se remodelar de acordo com instruções de Sparrow). Kira descobriu que não conseguia se concentrar em nada além da respiração ofegante e do coração acelerado; as distrações eram grandes demais e a impediam de impor sua vontade à Lâmina Macia. Além disso, às vezes o xeno tentava interpretar o que ela queria — como um ajudante ansioso —, o que costumava resultar nele saindo mais do que ela pretendia. Felizmente, não usou lâminas ou cravos, e não a ponto de colocar Sparrow em perigo (ainda assim, Sparrow ficou o mais distante que a pequena área permitia).

Por mais de uma hora, a ex-fuzileira naval trabalhou com Kira, testando-a tão completamente como Vishal e Carr. Não só testando, mas treinando. Ela pressionou Kira a explorar os limites da Lâmina Macia e de sua interface com o organismo alienígena e, quando encontrava esses limites, os forçava até que se ampliassem.

O tempo todo, Kira sentia as dores no abdome. Elas começavam a preocupá-la.

Teve uma coisa que Sparrow obrigou Kira a fazer e ela detestou: cutucar o braço com a ponta de uma faca e tentar, a cada cutucão, impedir que a Lâmina Macia endurecesse a proteção.

Como disse Sparrow:

— Se você não consegue suportar um pouco de desconforto para ter ganhos futuros, você é um tremendo desperdício de espaço.

Então Kira ficou apunhalando o braço, mordendo o lábio o tempo todo. Não era fácil. A Lâmina Macia insistia em se esquivar de seu controle mental e parava ou desviava a lâmina em descida.

— Pare com isso — murmurou Kira por fim, farta.

Ela apunhalou novamente, só que não no braço, mas na Lâmina Macia, desejando poder lhe causar a mesma dor que ela lhe provocava.

— Ei! Cuidado! — disse Sparrow.

Kira viu um spray de espinhos irregulares se estender meio metro de seu braço.

— Ah! Merda! — exclamou ela, retraindo os espinhos com a maior rapidez possível.

Com expressão sombria, Sparrow afastou o banco mais alguns centímetros.

— Não está bom, Navárez. Tente de novo.

Kira tentou. Doeu. Foi difícil. Mas ela não ia desistir.

2.

Kira estava dolorida, suada e faminta quando Sparrow parou o treinamento. Não estava cansada só física, mas também mentalmente; não era fácil lutar com o xeno por tanto tempo. Além disso, elas não tiveram muito sucesso, o que a incomodou mais do que Kira preferia admitir.

— Foi um começo — disse Sparrow.

— Não precisava botar tanta pressão — disse Kira, enxugando o rosto. — Você podia ter se machucado.

— Alguém *já* me machucou — disse Sparrow em um tom cortante. — Só tento evitar que volte a acontecer. Me parece que foi a pressão certa.

Kira a olhou feio.

— Você deve ter feito muito sucesso no seu esquadrão de fuzileiros navais.

— Vou te dizer como era. Uma vez, em treinamento, tinha um cara burro pra cacete do Mundo de Stewart. O nome dele era Berk. Estávamos em uma temporada na Terra... Já foi à Terra?

— Não.

Sparrow deu levemente de ombros.

— É um lugar maluco. Bonito, mas tem seres vivos querendo te matar aonde quer que você vá, como em Eidolon. Enfim, estávamos fazendo um treinamento de tiro manual. Ou seja, sem implantes nem filtros para ajudar. Berk estava com dificuldades, até que finalmente pegou o jeito e começou a atirar nos alvos. *Bum*, a arma dele travou.

"Ele tentou eliminar o bloqueio, mas não adiantou. O caso é que Berk tinha o temperamento de uma chaleira quente demais. Xingava e esperneava, e ficou tão nervoso que jogou a arma no chão."

— Até *eu* sei que não devo fazer isso — disse Kira.

— Exatamente. Nosso treinador de tiro e três sargentos caíram em cima de Berk como os quatro cavaleiros do apocalipse. Eles arrancaram o couro dele, depois o fizeram pegar o fuzil e marchar por todo o acampamento. Vejam bem, do lado de fora, nos fundos do dispensário, tinha uma casa de marimbondos. Já levou uma ferroada de marimbondo?

Kira fez que não com a cabeça. Teve muitas experiências com abelhas em Weyland, mas não com marimbondos. Eles não foram liberados pelo conselho de terraformação da colônia.

Um leve sorriso curvou os lábios de Sparrow.

— São umas balinhas miúdas de ódio e fúria. Dói pra caralho. Então Berk recebeu a ordem de parar embaixo da casa de marimbondo e cutucá-la com o fuzil. E *aí*, enquanto os marimbondos faziam o máximo para matar o cara de ferroadas, ele teve de destravar a arma, desmontá-la, dar uma boa limpeza e montar de novo. E nesse tempo todo um dos sargentos ficou perto dele, coberto de exo da cabeça aos pés, gritando: "Está com raiva agora?"

— Isso me parece... muito radical.

— É melhor ter algum desconforto em treinamento do que um fuzileiro naval que não consegue se controlar quando as balas começam a voar.

— Deu certo? — perguntou Kira.

Sparrow se levantou.

— Claro que deu. Berk acabou sendo um dos melhores...

Soaram passos, depois Tatupoa meteu a cabeça quadrada pelo canto de um dos suportes.

— Tudo bem com vocês? Fiquei preocupado com todos os barulhos por aqui.

— Estamos bem, obrigada — disse Sparrow.

Kira enxugou o que restava de suor da testa e se levantou.

— Só fazendo exercícios.

O abdome deu outro nó e ela estremeceu.

O fuzileiro a encarou, cético.

— Se diz assim, senhora.

3.

Kira e Sparrow voltaram caladas ao poço central da nave. Ali, Sparrow descansou um pouco apoiada na muleta.

— Amanhã, na mesma hora — disse ela.

Kira abriu a boca, depois a fechou firmemente. Eles saltariam para FTL pouco depois disso. Ela podia sobreviver a mais uma sessão com Sparrow, embora fosse difícil.

— Tudo bem — disse —, mas talvez seja melhor não arriscar muito.

Sparrow pegou um chiclete no bolso da frente, desembrulhou e colocou na boca.

— Nada feito. Os termos são os mesmos. Você me apunhala; eu atiro em você. É um acordo simples, não concorda comigo?

Era, mas Kira não ia admitir isso.

— Como é que você sobreviveu tanto tempo sem ser morta?

Sparrow riu.

— Segurança não existe. Só graus de risco.

— Isso não é uma resposta.

— Em outras palavras: eu fui mais treinada que a maioria para lidar com o risco.

Havia uma implicação tácita em sua alegação: *porque tive de fazer isso*.

— ... Acho que você só gosta mesmo da emoção.

Mais uma vez, uma pontada de dor disparou pelo abdome de Kira.

Sparrow riu de novo.

— Pode ser.

Quando as duas chegaram à enfermaria, Hwa-jung esperava por elas do lado de fora. Em uma das mãos, trazia uma pequena máquina que Kira não reconheceu.

— *Aish* — disse a chefe de engenharia quando Sparrow apareceu, mancando. — Não devia andar por aí desse jeito. Não faz bem a você.

Ela passou o braço livre pelos ombros de Sparrow e a conduziu para o quarto.

— Eu estou bem — protestou Sparrow, com a voz fraca, e era evidente que estava mais exausta do que deixava transparecer.

Dentro da enfermaria, Vishal ajudou Hwa-jung a posicionar Sparrow na mesa de exames e ali a baixinha se deitou e fechou os olhos por um momento.

— Tome — disse Hwa-jung, deixando a máquina na bancada curta ao lado da pia. — Você precisa disto.

— O que é? — perguntou Sparrow, abrindo um pouco os olhos.

— Um umidificador. O ar é seco demais aqui.

Vishal examinou o aparelho com certa dúvida.

— O ar aqui é igual ao da...

— Seco demais — insistiu Hwa-jung. — Faz mal a ela. Deixa a gente doente. A umidade precisa ser mais alta.

Sparrow sorriu ligeiramente.

— Não vai vencer essa discussão, doutor.

Por um momento, Vishal deu a impressão de que ia protestar, depois levantou as mãos e recuou.

— Como quiser, srta. Song. Até parece que trabalho aqui.

Kira se aproximou dele e falou em voz baixa:

— Tem um minuto?

O médico fez que sim com a cabeça.

— Para você, srta. Navárez, é claro. Qual seria o problema?

Kira olhou as outras duas mulheres, mas elas pareciam ocupadas conversando. Baixando ainda mais o tom, ela falou:

— Minha barriga está doendo. Não sei se foi algo que eu comi, ou...

Ela se interrompeu, sem querer verbalizar as piores possibilidades.

A expressão de Vishal ficou mais aguda.

— O que consumiu no café da manhã?

— Ainda não comi.

— Ah. Muito bem. Por favor, espere aqui, srta. Navárez, e verei o que posso fazer.

Kira ficou em um canto da enfermaria, de pé, meio sem graça por Sparrow e Hwa-jung estarem olhando enquanto o médico auscultava seu peito com um estetoscópio, depois pressionava as mãos na barriga.

— Dói aqui? — perguntou ele, tocando pouco abaixo da caixa torácica.

— Não.

Suas mãos baixaram alguns centímetros.

— Aqui?

Ela meneou a cabeça.

As mãos baixaram ainda mais.

— Aqui?

A puxada súbita de ar para dentro foi resposta suficiente.

— Dói — disse ela, com a voz tensa de dor.

Um franzido apareceu na testa de Vishal.

— Um minuto, srta. Navárez.

Ele abriu uma gaveta próxima e procurou algo ali dentro.

— Me chame de Kira, por favor.

— Ah, sim. Claro, srta. Kira.

— Não, eu quis dizer... Deixa pra lá.

Do outro lado do quarto, Sparrow estourou uma bola de chiclete.

— Você nunca vai curvar o sujeito. O doutor aqui é rígido feito uma vara de titânio.

Vishal resmungou alguma coisa em uma língua que Kira não entendeu, depois voltou a ela com um dispositivo de aparência estranha.

— Por favor, deite-se no chão e abra o macacão. Não completamente; pode ser só metade dele.

O convés era áspero em suas costas. Ela ficou imóvel enquanto ele passava uma gosma fria no baixo ventre. Uma ultrassonografia, então.

O médico roía a parte interna do lábio enquanto examinava a transmissão da ultrassonografia nos filtros.

Kira esperava algum tipo de resposta quando Vishal terminasse, mas, em vez disso, ele levantou um dedo e falou:

— É preciso fazer um exame de sangue, srta. Kira. Poderia, por favor, remover a Lâmina Macia do braço?

"Isso não é bom." Mais uma vez, Kira obedeceu às ordens dele, tentando ignorar o bicho da inquietação que lhe revirava as entranhas. Ou talvez fosse só a dor do que estava errado dentro dela.

Uma pontada aguda quando a agulha rompeu a pele desprotegida. Depois silêncio por alguns minutos enquanto esperavam que os computadores da enfermaria fizessem o diagnóstico.

— Ah, está pronto.

O médico passou a ler os filtros, os olhos disparando de um lado a outro.

— E então, o que é, doutor? — perguntou Sparrow.

— Se a srta. Kira quiser lhe contar, a decisão é dela — disse Vishal. — Porém, ela ainda é minha paciente e eu ainda sou médico dela, e, como tal, isto é informação privilegiada.

Ele gesticulou para a porta e disse a Kira:

— Primeiro você, minha cara.

— Tá, tá legal — disse Sparrow, mas não havia como esconder a centelha de curiosidade em seus olhos.

Depois de chegar ao corredor, com a porta fechada, Kira falou:

— É muito ruim?

— Não é nada ruim, srta. Kira — disse Vishal. — Você está menstruando. O que está sentindo são cólicas uterinas. Muito normal.

— Eu estou...

Por um momento, Kira ficou perdida.

— Isto não é possível. Desativei meus ciclos quando cheguei à puberdade.

A única vez em que ela os reativara fora na faculdade, durante os seis meses mais idiotas de sua vida, com *ele*... Uma sequência de lembranças indesejadas tomou sua mente.

Vishal abriu as mãos.

— Estou certo de que tem razão, srta. Kira, mas os resultados são inconfundíveis. Você certamente está menstruando. Não há dúvida nenhuma.

— Não deveria ser possível.

— Não, não deveria.

Kira levou os dedos às têmporas. Um dor surda se formava atrás dos olhos.

— O xeno deve ter pensando que me feri de algum modo, então ele... me curou.

Ela andou de um lado a outro do corredor, depois parou, com as mãos nos quadris.

— Que merda. Então vou ter de lidar com isso de agora em diante? Não pode fazer alguma coisa para desativar os ciclos de novo?

Vishal hesitou, depois fez um gesto impotente.

— Se o traje vai te curar, não posso fazer nada para impedir isso, a não ser remover seus ovários e...

— De jeito nenhum a Lâmina Macia vai deixar que faça isso. É.

O médico olhou os filtros.

— Existem tratamentos hormonais que podemos experimentar, mas devo avisar, srta. Navárez, talvez tenham efeito colaterais indesejáveis. Além disso, não posso garantir sua eficácia, porque o xeno pode interferir na absorção e no metabolismo.

— Tudo bem... tudo bem.

Kira andou pelo corredor novamente.

— Está bem — disse ela. — Deixe assim. Se eu me sentir pior, talvez experimente os comprimidos.

O médico assentiu.

— Como quiser.

Ele passou o dedo longo pelo lábio inferior, depois disse:

— Uma, hm, questão a ser lembrada, srta. Navárez, e peço desculpas seriamente por falar nisso. Na prática, não há motivos para que não possa engravidar agora. Porém, como seu médico, preciso...

— Não vou engravidar — disse Kira, com mais dureza do que pretendia.

Ela riu, mas não havia humor no riso.

— Além disso, não acho que a Lâmina Macia permitisse, mesmo que eu quisesse.

— Exatamente, srta. Kira. Não posso garantir sua segurança, nem a segurança do feto.

— Entendido. Agradeço por sua preocupação.

Ela arrastou o calcanhar no convés, pensando.

— Não precisa informar isto a ninguém da *Darmstadt*, precisa?

Vishal torceu a mão no ar.

— Eles querem isso de mim, mas eu não trairia o sigilo de paciente nenhum.

— Obrigada.

— Não por isso, srta. Kira... Gostaria de dar um jeito em seu nariz agora? Caso contrário, terá de esperar até amanhã. Estarei ocupado com Sparrow mais tarde.

— Ela me contou. Amanhã.

— Como quiser.

Ele voltou à enfermaria, deixando-a sozinha no corredor.

4.

Grávida.

O estômago de Kira se torceu, e não era de cólica. Depois do que acontecera na faculdade, ela jurou que nunca teria filhos. Foi preciso conhecer Alan para fazê-la reconsiderar, e só porque Kira gostava demais dele. Agora, a ideia a enchia de repulsa. Que monstruosidade híbrida o xeno produziria, se ela engravidasse?

Ela estendeu a mão para tocar em uma mecha de cabelo; os dedos rasparam o couro cabeludo. "Bom." Ela não tinha como engravidar por acidente. Só precisava não transar com ninguém. Não era tão difícil.

Por um momento, seus pensamentos se desviaram para detalhes mecânicos. Será que o sexo era possível? Se ela conseguisse que a Lâmina Macia se retraísse entre as pernas, então... Podia dar certo, mas quem estivesse com ela teria de ser corajoso — muito corajoso —, e se ela perdesse o controle do traje e ele se fechasse... *Ai.*

Ela olhou o próprio corpo. Pelo menos não precisava se preocupar com o sangramento. A Lâmina Macia era eficiente, como sempre, na reciclagem de seus dejetos.

A porta da enfermaria se abriu e Hwa-jung saiu.

— Tem um minuto? — perguntou Kira. — Pode me ajudar?

A chefe de engenharia a encarou.

— O que é?

De qualquer outra pessoa, a pergunta teria parecido grosseira, mas, de Hwa-jung, Kira achou que era uma simples pergunta.

Kira explicou o que precisava e o que queria. Não eram as mesmas coisas.

— Por aqui — disse Hwa-jung, e andou pesadamente para o centro da nave.

Na descida da escada do poço, Kira olhou a chefe de engenharia, curiosa.

— Como você veio parar na *Wallfish*, se não se importa que eu pergunte?

— O capitão Falconi precisava de uma chefe de engenharia. Eu precisava de um emprego. Agora trabalho aqui.

— Você tem família em Shin-Zar?

O alto da cabeça de Hwa-jung se mexeu quando ela assentiu.

— Muitos irmãos e irmãs. Muitos primos. Mando dinheiro para eles quando posso.

— Por que você foi embora?

— Porque... — disse Hwa-jung enquanto saía da escada no convés imediatamente acima dos porões de carga.

Ela levantou as mãos, com os dedos dobrados, as pontas encostadas.

— Bum — completou, abrindo as mãos e os dedos.

— Ah.

Kira não conseguia decidir se a chefe de engenharia estava sendo literal ou não, e concluiu que era melhor não perguntar.

— Você ainda os visita?

— Visitava. Não mais.

Saindo do poço, elas passaram por um corredor estreito e entraram em uma sala perto do casco.

Era uma oficina, pequena e apertada — socada de mais peças de equipamento que Kira conseguia reconhecer —, mas impecavelmente organizada. O odor de solventes chegou a seu nariz e o cheiro de ozônio deixou um gosto amargo de níquel na língua.

— Atenção, a Liga dos Mundos Aliados informa que algumas substâncias podem causar câncer — disse Hwa-jung enquanto andava de lado entre as diferentes máquinas.

— É fácil de tratar — disse Kira.

Hwa-jung riu.

— Eles ainda exigem essa advertência. Burocratas.

Ela parou perto de uma parede de gavetas no fundo da oficina e bateu nelas.

— Aqui. Metais em pó, policarbonetos, substratos orgânicos, fibra de carbono e mais. Toda a matéria-prima de que você precisa.

— Tem alguma coisa que eu *não* deva consumir?

— Orgânicos. É fácil substituir os metais; os orgânicos são mais complicados e mais caros.

— Tudo bem, vou evitá-los.

Hwa-jung deu de ombros.

— Pode pegar alguns. Mas não muito. Faça o que fizer, *não* provoque contaminação cruzada... com nada disso. Vai arruinar o que fizemos com eles.

— Entendi. Não vou provocar.

Depois ela mostrou a Kira como destrancar as gavetas e abrir os pacotes dentro delas.

— Você entendeu, não é? Vou ver se consigo imprimir o que você quer.

— Obrigada.

Enquanto Hwa-jung saía, Kira mergulhou os dedos em um monte de alumínio em pó enquanto dizia ao xeno: "Coma."

Se ele comeu, ela não sabia.

Ela lacrou o pacote, fechou a gaveta, limpou a mão com um lenço umedecido do dispensador na parede e — depois que a pele estava seca — tentou o mesmo com titânio em pó.

Gaveta por gaveta, ela percorreu os suprimentos da oficina. O traje parecia absorver pouco metal, ou nenhum; aparentemente, tinha saciado a maior parte da fome durante a noite. Porém, exibiu uma preferência nítida por alguns elementos raros, como samário, neodímio e ítrio, entre outros. Cobalto e zinco também. Para surpresa de Kira, ignorou todos os compostos biológicos.

Quando terminou, Kira saiu da oficina com Hwa-jung ainda trabalhando ali — recurvada na tela de controle da principal impressora da nave — e voltou à cozinha.

Kira preparou um café da manhã tardio, que comeu em um ritmo tranquilo. Era quase meio-dia e ela já estava exausta dos acontecimentos do dia. O treinamento de Sparrow — se pudesse ser chamado assim — cobrara um preço bem alto.

Seu abdome doeu de novo e ela fez uma careta. "Que maravilha. Mas que maravilha."

Ela levantou a cabeça quando Nielsen entrou. A primeira-oficial pegou comida na geladeira, depois se sentou de frente para Kira.

Elas comeram em silêncio por um tempo.

Então Nielsen falou:

— Você nos conduziu a uma estrada estranha, Navárez.

"Coma a estrada."

— Não posso discordar... Isso a incomoda?

A mulher baixou o garfo.

— Não estou feliz por ficar seis meses fora, se é o que está perguntando. A Liga será um problema sério quando voltarmos, a não ser que, por algum milagre, aqueles ataques parem.

— Mas talvez possamos ajudar, se encontrarmos o Bastão Azul.

— Sim, estou ciente da lógica.

Nielsen bebeu um gole de água.

— Quando ingressei na *Wallfish*, não achei que me oferecia para combater, perseguir relíquias alienígenas, nem partir em expedições a regiões inexploradas da galáxia. No entanto, aqui estamos.

Kira virou a cabeça de lado.

— É. Eu também não procurava nada disso... Tirando as explorações.

— E as relíquias alienígenas.

Um sorriso abriu caminho à força para o rosto de Kira.

— E isso.

Nielsen também sorriu ligeiramente. Depois a surpreendeu ao dizer:

— Soube que Sparrow te fez passar por poucas e boas esta manhã. Como está se aguentando?

Embora fosse simples, a pergunta abrandou Kira.

— Tudo bem. Mas foi demais. *Tudo* é demais.

— Posso imaginar.

Kira fez uma careta.

— Além disso, agora... — riu um pouco. — Você não vai acreditar, mas...

Ela contou a Nielsen sobre a volta da menstruação. A primeira-oficial fez uma careta de solidariedade.

— Que coisa inconveniente. Pelo menos não precisa se preocupar com o sangramento.

— Não. Pequenos favores, né?

Kira levantou o copo em um falso brinde e Nielsen fez o mesmo.

Depois a primeira-oficial falou:

— Olha, Kira, se precisar conversar com alguém, alguém além de Gregorovich... me procure. Minha porta está sempre aberta.

Kira a olhou por um bom tempo, com a gratidão crescendo por dentro. Depois assentiu.

— Vou me lembrar disso. Obrigada.

5.

Kira passou o resto do dia ajudando na nave. Ainda havia muito a fazer antes que eles entrassem em FTL: linhas e filtros a verificar, diagnósticos a correr, limpeza geral e assim por diante.

Kira não achava o trabalho ruim. Fazia com que se sentisse útil e a impedia de pensar demais. Ela até ajudou Trig a consertar a cama danificada de sua cabine, pelo que ficou grata, pois Kira sabia que — se tudo corresse bem — ela passaria meses naquele colchão, perdida no sono semelhante à morte da hibernação induzida pela Lâmina Macia.

A ideia a assustou, então ela trabalhou com mais afinco e tentou não pensar tanto.

Quando chegou a noite da nave, todos, menos os fuzileiros navais, se reuniram na cozinha, até Sparrow.

— Pensei que tivesse uma cirurgia — disse Falconi, olhando-a carrancudo sob as sobrancelhas grossas.

— Vou passar por ela mais tarde — disse Sparrow.

Todos sabiam por que ela queria estar ali. O jantar era a última chance de ficarem juntos como grupo antes de entrarem em FTL.

— É seguro isso, doutor? — perguntou Falconi.

Vishal fez que sim com a cabeça.

— Desde que não ingira nada sólido, ela ficará bem.

Sparrow sorriu com malícia.

— Ainda bem que é você que está cozinhando hoje, doutor. Assim fica fácil esperar.

Uma sombra cruzou o rosto de Vishal, mas ele não discutiu.

— Fico feliz por você estar segura para uma cirurgia, senhorita — foi só o que ele disse.

Uma mensagem de texto apareceu nos filtros de Kira:

<*Sparrow me contou sobre a sessão de vocês. Parece que ela te cansou bem. — Falconi*>
<*Em suma, foi isso. Ela é intensa. Mas minuciosa. Muito minuciosa. — Kira*>
<*Ótimo. — Falconi*>
<*Como Sparrow acha que eu me saí? — Kira*>
<*Ela disse que serviu com recrutas piores. — Falconi*>
<*Obrigada... acho. — Kira*>

Ele riu baixinho.

<*Acredite em mim, partindo dela, é um elogio. — Falconi*>

O clima no ambiente estava mais leve do que no dia anterior, embora houvesse uma tensão subjacente que conferia um aspecto maníaco à conversa. Nenhum deles queria discutir o que viria pela frente, mas o assunto pendia sobre eles como uma ameaça silenciosa.

A conversa ficou mais solta até Kira sentir-se ousada o bastante para dizer:

— Tudo bem, sei que é falta de educação, mas preciso fazer uma pergunta.

— Não precisa, não — disse Falconi, tomando um gole do vinho.

Ela prosseguiu como se ele não tivesse dito nada.

— Akawe disse que você queria perdão antes de concordar em partir. Perdão para o quê?

Na cozinha, a tripulação se remexeu, inquieta, enquanto os Entropistas observavam com interesse.

— Trig, você falou de algumas dificuldades em Ruslan, então... Me deixou pensando.

Kira se recostou e esperou para ver o que ia acontecer.

Falconi fechou a cara para a taça.

— Você adora meter o nariz onde não é chamada, né?

Em um tom um tanto apaziguador, Nielsen falou:

— Devemos contar a ela. Não há motivos para guardar segredo, não agora.

— ... Tudo bem. Você conta, então.

Era assim tão ruim?, perguntou-se Kira. Contrabando? Roubo? Agressão?... Assassinato?

Nielsen suspirou e então — como se adivinhasse o que Kira pensava — disse:

— Não é o que você imagina. Eu não estava na nave na época, mas a tripulação acabou tendo problemas porque importou todo um lote de tritões para vender em Ruslan.

Por um momento, Kira não sabia se tinha ouvido direito.

— *Tritões*?

— É, uma tritonelada deles — disse Trig.

Sparrow riu, depois fez uma careta e pôs a mão na lateral do corpo.

— Não — disse Nielsen. — Por favor, não.

Trig sorriu e voltou a escavar a comida.

— Tinha um programa infantil em Ruslan — disse Falconi. — *Yanni, o Tritão*, ou algo parecido. Era muito famoso.

— Era?

Ele fez uma careta.

— Todas as crianças queriam tritões como bichos de estimação. Então pareceu uma boa ideia comprar um carregamento deles.

Nielsen revirou os olhos e meneou a cabeça, o que fez seu rabo de cavalo voar.

— Se eu estivesse na *Wallfish*, não teria permitido esse absurdo.

Falconi não concordou.

— Foi um bom trabalho. Você teria aproveitado a oportunidade mais rápido do que qualquer um de nós.

— Por que não criar os tritões em laboratório? — perguntou Kira, confusa. — Ou manipular geneticamente alguma coisa, um sapo, por exemplo, para ficar parecido com eles?

— Fizeram isso — disse Falconi. — Mas as crianças ricas queriam tritões de verdade. Da Terra. Sabe como é.

Kira pestanejou.

— Isso… *não pode* ter sido barato.

Falconi baixou a cabeça com um sorriso sarcástico.

— Exatamente. Ganharíamos uma fortuna. Só que…

— As coisinhas malditas não tinham chave de desativação! — disse Sparrow.

— Elas não tinham… — começou a falar Kira, mas se interrompeu. — É claro, porque eram da Terra.

Todos os macro-organismos (e vários micros) crescidos em mundos colonizados tinham chaves genéticas de desativação embutidas, para facilitar o controle populacional e impedir que qualquer organismo perturbasse a cadeia alimentar nova ou, se presente, a ecologia nativa. Não era o caso na Terra. Ali, plantas e animais simplesmente *existiam*, misturando-se e competindo em uma mixórdia caótica que ainda desafiava tentativas de controle.

Falconi estendeu a mão para ela.

— É. Encontramos uma empresa que criava tritões…

— O Empório de Tritões Pios de Fink-Nottle — informou, solícito, Trig.

— … Mas não dissemos exatamente a eles para onde os tritões iriam. Não havia motivos para a CIC saber o que estávamos fazendo, havia?

— Nós nem mesmo *pensamos* em perguntar sobre uma chave de desativação — disse Sparrow. — E quando os vendemos, era tarde demais para consertar isso.

— Quantos vocês venderam?

— Setecentos e setenta e sete… mil, setecentos e setenta e sete.

— Setenta e seis — disse Sparrow. — Não se esqueça daquele que o Sr. Fofuchinho comeu.

— É verdade. Setenta e seis — disse Trig.

Kira tinha dificuldades até de imaginar tantos tritões.

Falconi continuou a história.

— Como era de se esperar, um monte de tritões fugiu e, sem nenhum predador natural, deram cabo de boa parte dos insetos, minhocas, lesmas e tudo mais de Ruslan.

— Meu deus do céu.

Sem insetos e semelhantes, era praticamente impossível uma colônia funcionar. Só as minhocas valiam mais que seu peso em urânio refinado durante os primeiros anos de terraformação, para fertilizar o solo estéril ou hostil.

— Pois é.

— Foi tipo uma bomba de trítons — disse Trig.

Sparrow e Nielsen gemeram e Vishal falou:

— Tivemos de aturar esse tipo de trocadilho durante toda a viagem, srta. Kira. Foi muito desagradável.

Kira olhou fixamente para Trig.

— Ei. Como se chama um tritão muito triste?

Ele sorriu.

— Como?

— Tristão, é claro.

— Permissão para *tritu*rar os dois, capitão? — disse Nielsen.

— Concedida — disse Falconi. — Mas não antes de chegarmos a nosso destino.

Com isso, o clima na cozinha ficou mais sombrio.

— E o que aconteceu depois, com os tritões? — perguntou Kira.

A punição por violar os protocolos de biocontenção variava de um lugar para outro, mas em geral envolvia multas pesadas e/ou prisão.

Falconi grunhiu.

— O que você acha? O governo local emitiu mandados de prisão contra nós. Felizmente, eram só mandados planetários, não estelares ou interestelares, e já havíamos ido embora há muito tempo, antes de os tritões começarem a causar problemas. Mas, é... Eles não ficaram felizes conosco. Até cancelaram *Yanni, o Tritão*, porque muita gente ficou irritada.

Kira riu, depois soltou uma gargalhada.

— Desculpe. Sei que não é engraçado, mas...

— Bom, é meio engraçado — disse Vishal.

— Hilário — disse Falconi.

Para Kira:

— Eles anularam retroativamente os bits que ganhamos, o que nos deixou sem comida, combustível e propelente por toda a viagem.

— Imagino que isso deve tê-lo deixado... *tristonho* — disse ela.

Nielsen levantou as mãos.

— Por Thule. Agora é uma dupla.

— Me dê isso — disse Falconi e estendeu a mão para a pistola no coldre, que estava pendurado no encosto da cadeira de Vishal.

O médico riu e fez que não com a cabeça.

— Sem chances, capitão.

— Arre. Vocês todos são uns mongos.

— Não quer dizer *tri*tongos? — disse Trig.

— Chega! Já basta de trocadilhos ou terei de congelar vocês agora mesmo.

— Claaaaro.

Para Kira, Nielsen disse:

— Tivemos algumas dificuldades menores, principalmente violações à CIC, mas essa foi a principal.

Sparrow bufou.

— Além de Chelomey.

Em resposta ao olhar curioso de Kira, ela disse:

— Fomos contratados por um cara chamado Griffith, em Alfa Centauro, para levar uma carga, hm, *delicada* para um sujeito da Estação Chelomey. Só que nosso contato não estava lá quando deixamos a mercadoria. O idiota tinha sido preso pela segurança da estação. Então a estação quis nosso rabo também. Griffith alega que não fizemos a entrega e não quis pagar, e, como usamos o que restava de antimatéria para chegar lá, não havia nada que pudéssemos fazer a respeito disso.

— E foi assim — disse Falconi, esvaziando a taça — que acabamos empacados em 61 Cygni. Não podíamos pousar em Chelomey, nem podíamos pousar em Ruslan. Pelo menos não, hm, legalmente.

— Entendi.

No todo, não era tão ruim como temia Kira. Algum contrabando, um toque do que podia ser classificado como ecoterrorismo... Sinceramente, ela esperava coisa muito pior.

Falconi abanou a mão.

— Mas agora tudo foi resolvido.

Ele se virou para ela com os olhos meio baços pela bebida.

— Imagino que precisemos agradecer a você por isso.

— O prazer foi todo meu.

Mais tarde, depois que a maior parte da comida foi retirada das mesas, Hwa-jung deixou seu lugar ao lado de Sparrow e desapareceu porta afora.

Quando voltou, a chefe de engenharia trazia Runcible e o Sr. Fofuchinho, mas também — metida debaixo do braço — a outra coisa que Kira havia lhe pedido.

— Tome — disse Hwa-jung, e estendeu a concertina a Kira. — Acabou de ser impressa.

Kira riu e pegou o instrumento.

— Obrigada!

Agora ela teria o que fazer além de encarar os filtros enquanto esperava sozinha na nave vazia.

Falconi ergueu uma sobrancelha.

— Você toca?

— Um pouco — disse Kira, passando as mãos pelas alças e testando as teclas.

Depois executou um pequeno arranjo simples chamado "Chiara's Folly" como aquecimento. A música trouxe ânimo ao ambiente e a tripulação chegou mais perto.

— Ei, conhece "*Toxopaxia*"? — perguntou Sparrow.
— Conheço.

Kira tocou até os dedos ficarem dormentes, mas não se importou. Por algum tempo não foi invadida por nenhum pensamento sobre o futuro, e a vida ficou boa.

O Sr. Fofuchinho ainda mantinha distância dela, mas a certa altura, tarde da noite — muito depois de ela ter deixado a concertina de lado —, Kira se viu com o peso quente de Runcible no colo enquanto fazia um carinho atrás das orelhas do porco e ele abanava o rabo, deliciado. Uma onda de afeto passou por Kira, e pela primeira vez desde as mortes de Alan e dos outros colegas de equipe, ela se sentiu relaxar, relaxar de verdade.

Talvez Falconi fosse um filho da puta durão, seu cérebro de nave fosse excêntrico, Sparrow fosse uma sádica, Trig ainda fosse só um garoto, Hwa-jung fosse esquisita a sua própria maneira e Vishal — Kira não sabia como lidar com Vishal, mas ele parecia bem legal —, talvez tudo isso. E daí? Nada era sempre perfeito. De uma coisa, pelo menos, Kira tinha certeza: ela lutaria por Falconi e pela tripulação dele. Lutaria por eles como teria lutado por sua equipe em Adra.

6.

Como grupo, eles ficaram na cozinha até bem mais tarde do que deveriam, mas ninguém reclamou, muito menos Kira. A noite terminou com Kira mostrando — a pedido dos Entropistas — como a Lâmina Macia podia criar diferentes formas em sua superfície.

Ela fez uma carinha sorrindo se elevar da palma da mão e Falconi disse:
— Fale com a mão.

Todos riram.

A certa altura, Sparrow, Vishal e Hwa-jung foram para a enfermaria. Sem eles, a cozinha ficou consideravelmente mais silenciosa.

A cirurgia de Sparrow ia levar algum tempo. Muito antes de ela terminar, Kira voltou a sua cabine, caiu no colchão novo e dormiu. Pela primeira vez, não sonhou.

7.

A manhã chegou e, com ela, o medo. O salto para FTL estava só a algumas horas de distância. Kira ficou deitada onde estava por algum tempo e tentou se reconciliar com o que estava por vir.

"Eu sou a culpada por estar nesta situação." A ideia a fazia se sentir melhor do que acreditar que ela era uma vítima das circunstâncias, mas ainda não a fazia se sentir ótima.

Ela se levantou e olhou os filtros. Nenhuma notícia de importância (além de informes de combates menores em Ruslan) e nenhuma mensagem de texto. Também nenhuma cólica. Isso era um alívio.

Ela mandou uma mensagem a Sparrow:

<*Ainda quer fazer isso? — Kira*>

Depois de um minuto: <*Quero. Estou na enfermaria. — Sparrow*>

Kira lavou o rosto, vestiu-se e saiu.

Quando a porta da enfermaria se abriu, Kira ficou chocada ao ver como Sparrow parecia fraca. O rosto da mulher estava abatido e pálido, e havia uma intravenosa presa a seu braço.

Um tanto perplexa, Kira falou:

— Vai conseguir lidar com a crio?

— Estou ansiosa por ela — disse Sparrow secamente. — O doutor parece pensar que ficarei bem. Pode até me ajudar a me curar melhor, no longo prazo.

— Você está realmente disposta a mais... sei lá que diabos é isso?

Sparrow abriu um sorriso torto.

— Estou, sim. Pensei em um monte de jeitos diferentes de testar sua paciência.

Ela foi fiel a sua palavra. As duas foram para a academia improvisada e mais uma vez Sparrow fez Kira cumprir uma série rigorosa de exercícios enquanto Kira lutava para controlar a Lâmina Macia. Sparrow não facilitou. A mulher tinha talento para a distração e o fez valer, atormentando Kira com palavras, barulhos e movimentos inesperados durante as partes mais complicadas dos exercícios. Kira fracassou. Repetidas vezes ela fracassou, cada vez mais frustrada com a incapacidade de manter o controle mental. Com tantos estímulos externos, era quase inevitável que sua concentração falhasse e, quando falhava, a Lâmina Macia assumia o controle, decidindo a melhor ação a partir de seu próprio julgamento.

As decisões do organismo davam uma noção de personalidade: impulsivo e ávido para encontrar falhas que pudessem ser exploradas. Era uma consciência questionadora, cheia de curiosidade desenfreada, apesar da natureza por vezes destrutiva.

Assim prosseguiu. Sparrow continuou a atormentá-la e Kira continuou tentando manter o controle.

Depois de uma hora, seu rosto estava encharcado de suor e ela se sentia quase tão exausta quanto aparentava Sparrow.

— Como me saí? — perguntou ela, levantando-se do convés.

— Não vá assistir a um filme de terror. É só o que tenho a dizer — respondeu Sparrow.

— Ah.

— Que foi? Quer biscoito e elogio? Você não desistiu. Continue sem desistir e talvez um dia você me impressione.

Sparrow deitou-se no banco e fechou os olhos.

— Agora é com você — disse ela. — Sabe o que precisa fazer enquanto a gente estiver feito picolé de cadáver.

— Preciso continuar treinando.

— E não pode facilitar para si mesma.

— Não vou.

Sparrow abriu um dos olhos. Ela sorriu.

— Sabe de uma coisa, Navárez? Eu acredito em você.

Os preparativos foram frenéticos nas horas seguintes. Kira ajudou Vishal a sedar os animais de estimação da nave, depois, Runcible e o Sr. Fofuchinho foram colocados dentro de um tubo de crio com tamanho suficiente para os dois.

Logo depois, o alerta de empuxo soou e a *Wallfish* desligou os motores para poder resfriar o máximo possível antes de atingir o Limite de Markov. Perto dela, a *Darmstadt* fazia o mesmo, os radiadores losangulares do cruzador brilhando na luz fraca da estrela do sistema.

Um por um, os sistemas da *Wallfish* foram desativados e o interior da nave ficou progressivamente mais frio e mais escuro.

Os quatro fuzileiros navais no portão de bombordo foram os primeiros a entrar em crio. Deram o aviso e seus sistemas desapareceram da intranet da nave quando eles caíram em uma estase parecida com a morte.

Em seguida foram os Entropistas. Os tubos de crio estavam na cabine deles.

— Estamos indo nos deitar...

— ... em nossos hibernáculos. Tenham uma viagem segura, Prisioneiros — disseram os dois antes de se retirarem.

Kira e a tripulação da *Wallfish* se reuniram no abrigo antitempestade da nave, bem ao lado do meio da embarcação, imediatamente abaixo da sala de controle e vizinho à sala lacrada que continha o sarcófago blindado que Gregorovich chamava de lar.

Kira ficou perto da porta do abrigo, sentindo-se inútil enquanto Sparrow, Hwa-jung, Trig, Vishal e Nielsen se despiam e entravam nos tubos, vestindo só roupas íntimas. As tampas se fecharam e, segundos depois, os interiores se encheram de névoa.

Falconi esperou para ser o último.

— Vai ficar bem sozinha? — perguntou ele, tirando a camisa pela cabeça.

Kira evitou os olhos dele.

— Acho que sim.

— Depois que Gregorovich apagar, nossa pseudointeligência, Morven, vai se encarregar da navegação e do suporte vital, mas, se alguma coisa der errado, não hesite em despertar qualquer um de nós.

— Tudo bem.

Ele desamarrou os cadarços das botas, guardando-as em um armário.

— É sério. Mesmo que você só precise conversar com alguém. Teremos de sair do FTL algumas vezes mesmo.

— Se eu precisar, prometo que chamo alguém.

Ela olhou rapidamente e viu que Falconi estava só de cueca. Ele era mais forte do que ela percebera: peito largo, braços grossos, costas largas. Sparrow e Hwa-jung evidentemente não eram as únicas que usavam os pesos no porão.

— Ótimo.

Depois ele se impeliu por uma parede e flutuou a ela. De perto, Kira sentia o cheiro do suor dele, um almíscar limpo e saudável. Um tapete de pelos densos e pretos cobria seu peito, e por um momento — só por um momento — ela imaginou passar os dedos ali.

Falconi notou seu olhar e o encontrou com um olhar ainda mais direto.

— Mais uma coisa — disse ele. — Como você é a única pessoa que vai ficar acordada e andando por aqui...

— Não muito, se eu puder evitar.

— Você ainda estará mais funcional do que qualquer um de nós. Como é assim, estou te nomeando capitã interina da *Wallfish* enquanto estivermos em crio.

Kira ficou surpresa. Ia dizer alguma coisa, pensou melhor, e então tentou:

— Tem certeza? Mesmo depois do que aconteceu?

— Eu tenho certeza — disse Falconi firmemente.

— Isto significa, então, que faço parte da tripulação?

— Acho que sim. Pelo menos enquanto durar esta viagem.

Ela pensou na ideia.

— Que responsabilidades têm uma capitã interina?

— Várias — disse ele, encaminhando-se a seu tubo de criogenação. — Isso lhe dá acesso executivo a determinados sistemas. Comando de desbloqueio também. Pode ser necessário em uma emergência.

— ... Obrigada. Agradeço por isso.

Ele assentiu.

— Só não destrua minha nave, Navárez. Ela é tudo que tenho.

— Não tudo — disse Kira e gesticulou para os tubos congelados.

Um leve sorriso apareceu no rosto de Falconi.

— É, não tudo.

Ela viu Falconi entrar no tubo, enganchar a intravenosa no braço e prender os eletrodos na cabeça e no peito. Ele a olhou mais uma vez e bateu continência de leve.

— Te vejo na luz de uma estrela desconhecida, capitã.

— Capitão.

A tampa se fechou sobre o rosto de Falconi e o silêncio caiu sobre o abrigo.

— Somos só eu e você agora, cabeção — disse Kira, olhando na direção do sarcófago de Gregorovich.

— Isto também passará — disse o cérebro da nave.

8.

Quatorze minutos depois, a *Wallfish* entrou em FTL.

Kira observou a transição na tela de sua cabine. Em um momento o campo de estrelas os cercava; no seguinte, um espelho escuro, perfeitamente esférico.

Ela examinou o reflexo da nave por um longo tempo de silêncio, depois fechou a tela e se envolveu com os braços.

Enfim eles estavam a caminho.

61 CYGNI A
x +1.6 y +11.1 z -1.3

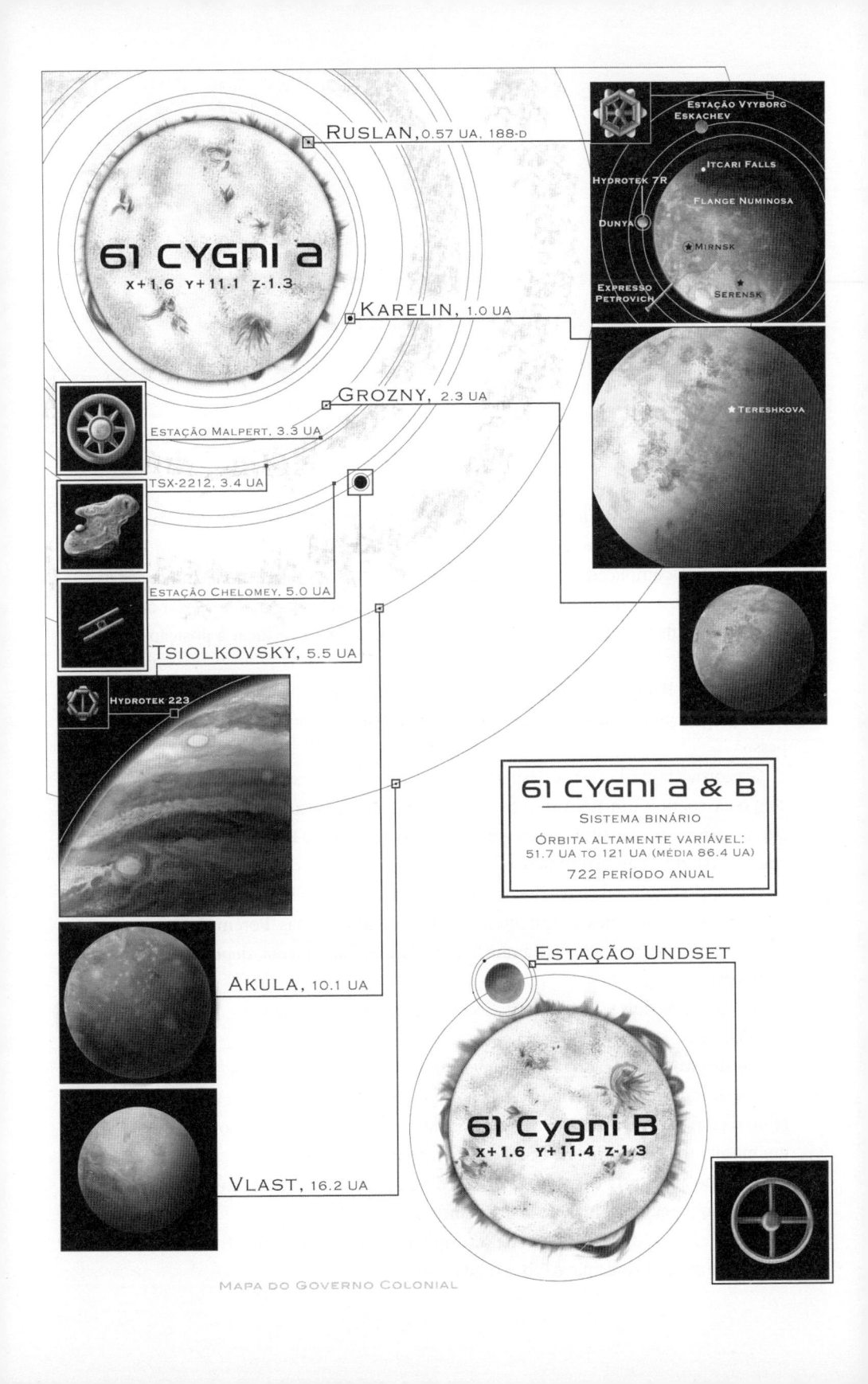

RUSLAN, 0.57 UA, 188-D

Estação Vyyborg
Eskachev
Itcari Falls
Hydrotek 7R
Flange Numinosa
Dunya
Mirnsk
Expresso Petrovich
Serensk

KARELIN, 1.0 UA

GROZNY, 2.3 UA

Estação Malpert, 3.3 UA

TSX-2212, 3.4 UA

Estação Chelomey, 5.0 UA

TSIOLKOVSKY, 5.5 UA

Hydrotek 223

Tereshkova

61 CYGNI A & B
SISTEMA BINÁRIO

ÓRBITA ALTAMENTE VARIÁVEL:
51.7 UA TO 121 UA (MÉDIA 86.4 UA)

722 PERÍODO ANUAL

Estação Undset

AKULA, 10.1 UA

61 Cygni B
x +1.6 y +11.4 z -1.3

VLAST, 16.2 UA

MAPA DO GOVERNO COLONIAL

* * * *

SAÍDA DE CENA II

1.

Do lado de fora da *Wallfish*, a *Darmstadt* viajava em curso paralelo, envolta na própria bolha de sabão de energia protetora. A comunicação entre as naves em FTL era possível, mas complicada: o fluxo de dados era lento e tinha perdas, e como eles não queriam atrair a atenção dos Águas nem de ninguém mais que pudesse estar ouvindo, os únicos sinais transmitidos eram um *ping* ocasional para verificar a posição relativa de cada nave.

Dentro da *Wallfish*, fazia o silêncio que Kira temia.

Ela vagou pelos corredores escuros, sentindo-se mais um fantasma do que uma pessoa.

Gregorovich ainda estava desperto e falando: uma presença aos sussurros que enchia o casco, mas um substituto fraco para a interação cara a cara com outra pessoa. Ainda assim, um substituto fraco era melhor do que nada e Kira ficou agradecida pela companhia, por mais estranha que fosse.

O próprio cérebro da nave precisava entrar em crio. Aquele cérebro gigantesco produzia mais calor do que o corpo inteiro da maioria das pessoas. Porém, como ele disse:

— Esperarei com você, Ó, Rainha Tentacular, até que durma, depois afundarei no esquecimento.

— Agora nós dois estamos limitados a uma casca de noz, não é?

— De fato.

Seu suspiro prolongado definhou pela nave.

Um símbolo apareceu em uma tela ao lado de Kira; era a primeira vez que via o cérebro da nave representar a si mesmo com algum avatar. Ela examinou o símbolo por um momento (seus filtros não conseguiram identificá-lo) e disse:

— Como ainda está desperto, *você* não deveria ser capitão interino da *Wallfish*?

Um riso parecido com água borbulhando a cercou.

— Um cérebro de nave não pode ser capitão, tolo saco de carne. E um capitão não pode ser um cérebro de nave. Você sabe disso.

— É só uma tradição — disse Kira. — Não existe um bom motivo para...

— Existem motivos sumamente decentes e apetitosos. Por segurança e sanidade, nenhum cérebro de nave deve ser dono da própria nave... mesmo que a nave se torne sua carne.

— Isto me parece terrivelmente frustrante.

Kira quase pôde ouvir Gregorovich dar de ombros.

— Não existe motivo para arengar contra a realidade. Além disso, minha encantadora infestação, embora a letra da lei diga uma coisa, o cumprimento da lei é outra bem diferente.

— Em outras palavras?

— Na prática, a maioria das naves é dirigida por cérebros de nave. De que outra forma poderia ser?

Ela segurou um suporte perto da porta de sua cabine, detendo-se.

— Qual é o nome do cérebro da *Darmstadt*?

— Ela é a muito revigorante e encantadora Horzcha Ubuto.

— É um nome e tanto.

— Sem língua para provar, nem garganta para cantar, todos os nomes são iguais.

2.

Na cabine, Kira reduziu as luzes e baixou a temperatura. Chegara a hora de relaxar a mente e o corpo. Ela hibernaria assim que a Lâmina Macia permitisse, mas a hibernação não era sua única preocupação. Kira também precisava treinar com o xeno. Sparrow tinha razão. *Falconi* tinha razão. Ela precisava dominar a Lâmina Macia o máximo que pudesse e isto exigiria diligência, como ocorre com todas as habilidades.

Nos três meses seguintes, a *Wallfish* sairia de FTL em pelo menos seis ocasiões para expulsar o excesso de calor. Cada vez seria uma oportunidade para ela forçar seus limites físicos, como fizera com Sparrow. Nesse meio-tempo, Kira teria de minimizar as atividades, mas ainda pretendia acordar uma vez por semana para trabalhar com a Lâmina Macia. Isto lhe daria um total de 12 sessões de treino antes de chegarem a seu destino; o suficiente, ela torcia, para fazer um progresso significativo.

Kira não sabia se a Lâmina Macia a deixaria entrar e sair de hibernação uma vez por semana, mas valia a pena tentar. Se o xeno não pudesse fazer isso... ela teria de eliminar parte do treinamento. Apesar do calor que ela produzia e dos recursos que consumia, era fundamental minimizar a quantidade de tempo que passava acordada e sozinha. O verdadeiro isolamento podia causar graves danos psicológicos em um período surpreendentemente curto. Era um problema para toda tripulação pequena em missão de longa duração, e ficar inteiramente só apenas exacerbaria o problema. Fosse como fosse, ela teria de acompanhar de perto sua saúde mental...

Pelo menos nesta viagem não teria de se preocupar com a inanição. Havia muita comida na *Wallfish*. Ainda assim, Kira não pretendia comer muito — só quando se exercitasse durante os intervalos na FTL. Além do mais, a fome parecia ser um dos gatilhos que ajudava a convencer a Lâmina Macia a colocá-la em estase.

"Coma a estrada."

Depois de decidir por um curso de ação, Kira ajustou o despertador semanal, depois passou a hora seguinte lutando com a Lâmina Macia na primeira de suas sessões.

Como desta vez não estava usando os exercícios para induzir estresse físico e mental, Kira encontrou outro teste igualmente desafiador para si: tentar resolver problemas mentais enquanto induzia o xeno a criar diferentes formas. Ela também imaginou estar de volta à nave dos Águas, com tentáculos a envolvendo, incapaz de se mexer — ou o solavanco de dor do Numenista quebrando seu nariz —, e deixou que a lembrança do medo acelerasse a pulsação, inundasse as veias de adrenalina e *aí então* fez o máximo para dar forma à Lâmina Macia, do jeito que quisesse.

A segunda maneira não era das opções mais saudáveis; ela treinava o sistema endócrino a reagir exageradamente a perigo físico. No entanto, precisava conseguir trabalhar com a Lâmina Macia em circunstâncias abaixo do ideal, e naquele momento não tinha muitas alternativas.

Quando não tinha mais a concentração para continuar treinando, Kira relaxava tocando concertina. O instrumento tinha botões perolados e marchetaria espiralada nas laterais da caixa. O desenho tinha sido um acréscimo de Hwa-jung, e Kira gostou. Quando não estava tocando, ela passava o dedo pelas espirais e admirava o reflexo vermelho das luzes fracas de emergência.

Gregorovich ouvia a música. Tinha se tornado uma companhia constante e invisível. Às vezes ele fazia algum comentário — um elogio ou uma sugestão —, mas parecia principalmente satisfeito por ser a plateia respeitosa de Kira.

Primeiro um dia, depois outro se arrastou. O tempo parecia mais lento: uma telescopia conhecida que deixava Kira presa em um limbo amorfo. Seus pensamentos ficaram lentos e desajeitados, e os dedos não encontravam mais os botões certos na concertina.

Ela deixou o instrumento de lado e mais uma vez ligou os concertos de Bach e deixou que a música a levasse para longe.

...

A voz de Gregorovich a despertou de um estado de torpor. O cérebro da nave falou de um jeito lento e suave:

— Kira... Kira... Está acordada?

— O que foi? — murmurou ela.

— Agora preciso deixá-la.

— ... Tudo bem.

— Vai ficar bem, Kira?

— Vou. Uhum.

— Tudo bem. Boa noite, então, Kira. Tenha belos sonhos.

3.

Kira ficou deitada na cama, presa a ela pela Lâmina Macia. Havia faixas instaladas pelos lados para se dormir em gravidade zero. Ela as usou no início, mas quando percebeu que o xeno podia mantê-la no lugar sem supervisão constante, abriu as faixas.

Enquanto vagava cada vez mais fundo para o crepúsculo nevoento da quase inconsciência, Kira permitiu que a máscara deslizasse sobre seu rosto e mal teve consciência do traje unindo-se a si mesmo, juntando membro com membro e envolvendo-a em uma concha protetora, preta como breu e dura como diamante.

Ela podia ter impedido o xeno, mas gostava da sensação.

"Dormir." Ela exortou a Lâmina Macia a descansar e esperar como fizera antes, para entrar em dormência e cessar suas diligências. O xeno demorou a entender, mas logo as pontadas de fome diminuíram e um arrepio familiar correu por seus membros. Depois os acordes de Bach desapareceram da consciência e o universo se restringiu aos confins de sua mente...

Quando sonhou, os sonhos eram perturbados, cheios de raiva, pavor e formas malignas espreitando das sombras.

Um salão enorme, cinza e dourado, com fileiras de janelas revelando a escuridão do espaço. Estrelas brilhavam nas profundezas e em sua luz fraca reluziam o piso polido e pilastras de metal estriadas.

A carne-que-ela-era nada conseguia enxergar em meio aos cantos ocultos da câmara que parecia não ter fim, mas sentia olhos de inteligências desconhecidas e inamistosas vigiando... observando com uma fome não saciada. Lascas de medo fixaram-se nela e a ação não lhe dava nenhum alívio, porque os observadores cobiçados continuavam ocultos, embora ela os sentisse rastejar para mais perto.

E as sombras se torceram e se agitaram com formas incompreensíveis.

... Lampejos de imagem: uma caixa invisível contendo uma promessa quebrada que se debatia com fúria irracional. Um planeta coberto de preto, prenhe de inteligência malévola. Serpentinas de fogo caindo por um céu de anoitecer: lindo, apavorante e dolorosamente triste de se ver. Torres tombadas. Sangue fervendo no vácuo. A crosta terrestre estremecendo, dividindo-se, derramando lava por uma planície fértil...

E ainda pior. Coisas invisíveis. Temores que não tinham nome, arcaicos e alienígenas. Pesadelos que se revelavam apenas em um senso de erroneidade e uma torção de ângulos fixos...

4.

B-b-b-biiiip... b-b-b-biiiip... b-b-b-biiiip...

O som cada vez mais alto do despertador arrastou Kira de volta à vigília. Ela piscou, confusa e desfocada, por um bom tempo sem entender. Depois, um senso de identidade e lugar retornou e ela gemeu.

— Computador, parar despertador — sussurrou ela.

Sua voz soou com clareza, apesar do material que cobria o rosto.

O berro dissonante se calou.

Por alguns minutos, ela ficou deitada no escuro e em silêncio, incapaz de se obrigar a se mexer. "Uma semana." Parecia mais tempo, como se Kira estivesse ancorada à cama há uma eternidade. Ainda assim, ao mesmo tempo, parecia que tinha acabado de fechar os olhos.

A cabine era asfixiante, opressiva, como uma câmara nos subterrâneos...

Seu coração se acelerou.

— Tudo bem. Pare com isso — disse ela à Lâmina Macia.

Kira desejou que a máscara saísse do rosto e libertasse seus braços e pernas da teia de fibras que os prendiam ao tronco. Depois trabalhou arduamente com o xeno, esforçando-se com e contra ele.

Quando enfim parou, seu estômago roncava e ela estava plenamente desperta, embora tivesse deixado as luzes apagadas.

Ela tomou alguns goles de água e de novo tentou dormir. Demorou mais do que queria — pelo menos metade do dia —, mas a mente e o corpo enfim relaxaram, e ela afundou de volta na latência bem-vinda.

Quando dormiu, ela gemeu e se afligiu no tormento dos sonhos, e nada havia para romper o feitiço enquanto a *Wallfish* se lançava ainda mais fundo no espaço desconhecido.

5.

Depois disso, as coisas ficaram nebulosas e desconexas. A mesmice vazia do ambiente, combinada com a estranheza da hibernação induzida pelo xeno, deixou Kira desorientada. Ela se sentia desligada dos acontecimentos, como se tudo fosse um sonho e ela, um espírito desincorporado, observando.

Entretanto, em um aspecto, Kira sentia seu corpo com nitidez: na hora de treinar com a Lâmina Macia. O treino era aparentemente interminável. Havia mudanças em sua capacidade de controlar o xeno? Havia melhorias? Kira não sabia. Mesmo assim, persistia. No mínimo, uma obstinação inata não a deixaria desistir. Kira tinha fé no valor do trabalho. Se continuasse com o esforço, ele tinha de fazer *algum* bem.

A ideia era seu único consolo quando algo dava errado com a Lâmina Macia. O fracasso aparecia de muitas formas. O xeno se recusava a se mexer como Kira desejava, ou sua reação era exagerada (estes eram os lapsos que mais preocupavam Kira). Ou ele obedecia, mas em generalidades, não em especificidades. Ela podia desejar que ele formasse um padrão de rosa em sua mão e ele produzia um domo redondo e calombento.

Era um trabalho difícil e frustrante, mas Kira se ateve a ele. Embora às vezes a Lâmina Macia também parecesse frustrada — o que ela sabia, pela demora nas reações ou pelas formas que criava —, ela sentiu uma disposição em cooperar da parte do xeno, e isto a estimulou.

Nos períodos em que a *Wallfish* saía de FTL, ela se permitia deixar a cabine, andar pela nave. Tomar uma xícara de chell na cozinha. Correr na esteira em gravidade zero e fazer todos os exercícios que pudesse com as bandas elásticas. Não eram o bastante para manter músculos e ossos — para isso, ela dependia do xeno —, mas eram uma pausa bem-vinda na monotonia dos treinos semanais.

Então os sistemas da nave se desligavam de novo, o alerta de salto soava e ela se retirava para sua caverna escurecida.

6.

Um mês se passou... Um mês, e às vezes Kira se convencia de que estava presa em um ciclo sem fim. Fechar os olhos, acordar, soltar os membros, treinar, fechar os olhos, acordar, soltar os membros, treinar.

Começava a afetá-la. Ela considerava seriamente se devia acordar Gregorovich, Falconi ou Nielsen para ter com quem conversar, mas acordá-los seria uma enorme inconveniência por apenas algumas horas de conversa, se tanto. Podia até atrasar a expedição, dependendo de quanto calor eles gerassem. Por mais que se sentisse estranha ou solitária, Kira não estava disposta a arriscar isto. Encontrar o Bastão Azul era mais importante que seu desejo de companhia humana.

7.

Dois meses. Quase lá. Era o que ela dizia a si mesma. Ela comemorou com uma barra de ração e uma caneca de chocolate quente.

O treinamento com a Lâmina Macia ficava mais fácil. Ou talvez fosse só o que ela queria acreditar. Ela *conseguia* segurar e modelar o xeno de formas que lhe escapavam antes. Isto era progresso, não era?

Kira pensava que sim. No entanto, sentia-se tão desligada de tudo que era tangível que não confiava na própria capacidade crítica.

Agora não faltava muito...

Não faltava muito...

PARTE TRÊS

★   ★   ★   ★   ★   ★   ★

APOCALIPSE

In the villa of Ormen, in the villa of Ormen
Stands a solitary candle, ah ah, ah ah
In the center of it all, in the center of it all
Your eyes

On the day of execution, on the day of execution
Only women kneel and smile, ah ah, ah ah
At the center of it all, at the center of it all
Your eyes
Your eyes

Ah ah ah
Ah ah ah[1]

★ — DAVID BOWIE

---

[1] Na vila de Ormen, na vila de Ormen / Há uma vela solitária, ah ah, ah ah / No centro de tudo, no centro de tudo / Seus olhos // No dia da execução, no dia da execução / Só mulheres ajoelham-se e sorriem, ah ah, ah ah / No centro de tudo, no centro de tudo / Seus olhos / Seus olhos // Ah ah ah / Ah ah ah

CAPÍTULO I

* * * * * * *

PECADOS DO PASSADO

1.

Desta vez, no lugar do despertador, um lento amanhecer de luz atraiu Kira para o estado de vigília.

Ela abriu os olhos. No início, nenhuma preocupação a perturbou; ela ficou deitada onde estava, sentindo-se calma e descansada, satisfeita em esperar. Depois viu o gato sentado junto de seus pés: um siamês cinza esbranquiçado com orelhas meio achatadas e olhos meio vesgos.

O gato sibilou e pulou para o convés.

— Kira, está me ouvindo? Kira, está acordada?

Ela virou a cabeça e viu Falconi sentado a seu lado. A pele em volta da boca estava verde, como se ele tivesse vomitado, seu rosto, repuxado, os olhos, fundos. Ele sorriu para ela.

— Bem-vinda de volta.

Em um afluxo, sua memória voltou: a *Wallfish*, o FTL, os Águas, o Bastão Azul...

Kira soltou um grito e tentou se levantar em um salto. A pressão no peito e nos braços a impediu.

— Está tudo bem —disse Falconi. — Você pode sair.

Ele bateu o nó dos dedos no ombro de Kira.

Ela baixou os olhos e viu o manto amorfo de fibras pretas envolvendo o corpo, mantendo-a presa. "Deixe-me sair!", pensou Kira, sentindo-se subitamente claustrofóbica. Ela sacudiu os ombros para o lado e soltou outro grito.

Com um som seco e escorregadio, a Lâmina Macia relaxou o abraço protetor e desmanchou a concha dura que formara em volta dela. Uma pequena cascata de poeira escorregou pelos lados para o chão, criando arabescos cinza no ar.

Falconi espirrou e passou a mão no nariz.

Os músculos de Kira protestaram quando ela se impeliu para fora do colchão e cuidadosamente se sentou com as costas retas. Tinha peso novamente: uma sensação bem-vinda. Ela tentou falar, mas a boca estava seca demais; só o que saiu foi uma espécie de coaxar.

— Tome.

Falconi lhe passou um saco de água.

Ela assentiu, agradecida, e bebeu do canudinho. Depois tentou novamente.

— Nós... nós conseguimos?

Sua voz era áspera por falta de uso.

Falconi fez que sim com a cabeça.

— Mais ou menos. A nave tem alguns alertas de serviço, mas estamos inteiros. Feliz ano-novo e bem-vinda a 2258. O Caçabicho está bem à frente.

— Caçabicho?

— É como os fuzileiros navais estão chamando a estrela.

— Tem... tem algum Água ou pesadelo no sistema?

— Parece que não.

Alívio, então, por eles terem conseguido chegar antes dos Águas.

— Ótimo.

Kira notou que os concertos de Bach ainda tocavam.

— Computador, desligar música — disse ela, e os alto-falantes se silenciaram. — Quanto tempo desde que...

— Desde que chegamos? Hm, trinta minutos, mais ou menos. Eu despertei primeiro.

Falconi passou a língua nos lábios. Ele ainda parecia enjoado. Kira reconhecia os sintomas; a recuperação após a crio era sempre um porre e só piorava quanto mais tempo se passava no tubo.

Ela bebeu outro gole de água.

— Como está se sentindo? — perguntou ele.

— Bem... Meio estranha, mas estou bem. E você?

Ele se levantou.

— Como vinte quilos de merda enfiados num saco pra dez quilos. Mas vou ficar bem.

— Captamos alguma coisa nos sensores, ou...

— Você pode ver com seus próprios olhos. O sistema, a certa altura, sem dúvida foi habitado, então é isso. Você não nos mandou para um lugar nada a ver. Vou para a sala de controle. Junte-se a nós quando puder.

Enquanto ele passava pela porta aberta, Kira disse:

— Todos já acordaram?

— Acordaram. Enjoados pra cacete, mas estamos todos aqui.

Depois ele saiu e a porta se fechou a suas costas.

Kira levou um instante para organizar os pensamentos. Eles conseguiram. *Ela* con-seguiu. Era difícil de acreditar. Ela abriu e fechou as mãos, rodou os ombros, tensionou gentilmente os músculos de todo o corpo — apesar de rígidos pelos últimos dias de hibernação, tudo parecia em bom funcionamento.

— Oi, cabeção — disse ela. — Está inteiro?

Depois de uma breve pausa, Gregorovich respondeu. Mesmo com a voz sintetizada, o cérebro da nave parecia lento e grogue:

— Já estive fraturado antes. Estou fraturado agora. Mas os pedaços ainda formam o mesmo quadro partido.

Kira gemeu.

— É, você está bem.

Ela tentou verificar os filtros... E nada apareceu. Depois de mais duas tentativas, Kira piscou, mas não conseguiu sentir as lentes de contato que Vishal lhe dera. Nem as sentiu quando tocou o olho direito com a ponta do dedo.

— Merda — disse ela.

A Lâmina Macia devia ter removido ou absorvido as lentes em algum momento das últimas semanas de seu longo sono.

Ansiosa para ver o sistema a que chegaram, ela se vestiu, jogou água no rosto e saiu às pressas da cabine. Passou na cozinha para pegar mais água e duas barras de ração. Mastigando uma, Kira subiu para a sala de controle.

Toda a tripulação estava ali, e também os Entropistas. Como Falconi, estavam abatidos: cabelo embaraçado, olheiras escuras e indícios de náusea na expressão. Sparrow parecia a mais fraca e Kira se lembrou de que a mulher fora submetida a uma cirurgia logo antes de entrar em crio.

Agora, tudo que acontecera em 61 Cygni parecia distante e nebuloso, mas Kira sabia que, do ponto de vista da tripulação, eles tinham acabado de sair do sistema. Para eles, era como se os últimos três meses não existissem. Para ela, os meses eram bem mais reais. Mesmo quando em sono artificial, ela reteve uma noção da passagem do tempo. Podia *sentir* as horas e os dias se estendendo adiante, tangíveis como seu rastro pelo espaço. A experiência de 61 Cygni não era mais imediata. Adra, antes disso, ainda menos.

O inevitável acúmulo de tempo tinha amortecido a dor antes aguda de sua tristeza. Suas lembranças das mortes em Adra ainda doíam, e sempre doeriam, mas pareciam esgarçadas e desbotadas, esvaziadas da nitidez que lhe provocara tanta angústia.

Todos a olharam quando ela entrou na sala, depois voltaram a atenção para o holo projetado na mesa central. Enchendo o holo estava um modelo do sistema em que tinham acabado de entrar.

Kira se encostou na beira da mesa e examinou a imagem. Sete planetas aninhados em torno de uma estrela pequena e fraca: um gigante gasoso e seis terrestres. Os planetas rochosos se espremiam mais perto da estrela. O mais distante orbitava a apenas 0,043 UA. Depois havia um espaço e um campo ralo de asteroides, e o gigante gasoso a 0,061 UA. Mais perto da estrela — o Caçabicho —, uma segunda faixa mais rala de escombros ocupava o espaço entre o segundo e o terceiro planetas.

Um calafrio de reconhecimento correu pela coluna de Kira. Ela conhecia este lugar. Já o vira em seus sonhos, e mais; sua outra carne, a Lâmina Macia, andara entre esses planetas muitas vezes em um passado muito distante.

Com o reconhecimento, ela também sentiu satisfação. Não tinha imaginado nem interpretado erroneamente onde eles precisavam ir, e a Lâmina Macia não a iludira. Ela tinha razão sobre a localização do Bastão Azul... Supondo-se que ele ainda estivesse no sistema depois de todos esses anos.

A *Darmstadt* e a *Wallfish* estavam marcadas no holo por ícones brilhantes, mas Kira também viu um terceiro ícone, perto do Limite de Markov, que — devido à massa baixa da estrela e às órbitas compactas dos planetas — estava a cerca de dois dias de empuxo a 1 g do Caçabicho (supondo-se que pretendia reduzir até parar; caso contrário, só levaria um dia e meio).

— O que é isso? — disse ela, apontando o ícone.

Falconi respondeu.

— A *Darmstadt* soltou um sinalizador assim que saímos de FTL. Assim, se alguma coisa acontecer conosco, ainda podemos enviar um sinal.

Fazia sentido, embora um sinal levasse muito tempo para chegar à Liga. Quanto mais rápido o sinal FTL, mais fraco ele era. Um sinal forte para fazer todo o caminho até 61 Cygni de uma forma coerente teria de ser mais lento do que uma espaçonave como a *Wallfish*. Ela teria de verificar os números, mas podia levar *anos* até a chegada do sinal.

Falconi gesticulou para o holo.

— Captamos evidências de estruturas por todo o sistema.

Mesmo por baixo da Lâmina Macia, Kira sentiu arrepios explodirem pelo corpo. Encontrar o xeno e agora *isso*? Era com o que ela sonhava quando criança: fazer descobertas tão grandes e importantes quanto o Grande Farol em Talos VII. As circunstâncias não eram as que ela teria desejado, mas mesmo assim... Se a humanidade sobrevivesse à guerra com os Águas e os pesadelos, as coisas que podiam aprender!

Ela pigarreou.

— Alguma atualmente... ativa?

— É difícil de saber. Parece que não.

Falconi deu um zoom na faixa de escombros entre o segundo e o terceiro planetas.

— Veja só isso. Gregorovich, diga a eles o que me disse antes.

O cérebro da nave respondeu prontamente:

— A composição dos destroços parece indicar natureza artificial. Contém uma porcentagem anormalmente alta de metais, bem como outros materiais que, pelo menos com base no albedo, não podem ter origem natural.

— Tudo isso? — disse Kira, impressionada.

A quantidade de *coisas* era espantosa. Havia uma vida inteira de estudos ali. Várias vidas inteiras.

Hwa-jung alterou a visão do holo enquanto o analisava.

— Talvez seja um anel de Dyson.

— Não sabia que algum material tinha força suficiente para fazer um anel deste tamanho — disse Vishal.

Hwa-jung meneou a cabeça.

— Não precisa ser um anel sólido. Pode ser composto de muitos satélites ou estações posicionados em torno da estrela. Está vendo?

— Ah.

— Que idade acha que isso tem? — perguntou Nielsen.

— É antigo — sussurrou Gregorovich. — Muito, muito antigo.

Um silêncio desconfortável encheu a sala. Depois Trig falou:

— O que vocês acham que aconteceu com os alienígenas aqui? Uma guerra?

— Nada de bom, isto é certo — disse Falconi, antes de olhar para Kira. — Você terá de nos dizer aonde ir. Podemos passar a eternidade vagando por aqui, procurando pelo bastão.

Kira analisou a projeção. Não lhe passou pela cabeça nenhuma resposta. O xeno não parecia disposto, ou era incapaz de lhe dizer. Ele os ajudara a encontrar o sistema; agora parecia que estavam por conta própria.

Como Kira ficou em silêncio por um bom tempo, Falconi disse:

— Kira?

Ele começava a ficar preocupado.

— Me dê um minuto.

Ela pensou. A maioria das lembranças da Lâmina Macia que lhe mostraram o bastão parecia ter acontecido nos planetas do sistema, ou em torno deles. Um planeta amarronzado, com faixas de nuvens circulantes...

"Ali." O quarto planeta. Tinha a cor, tinha as nuvens, e ficava na zona habitável do Caçabicho, mas por pouco. Ela verificou: nenhuma evidência de estação orbital. "Ah, bom." Isso não significava nada. Pode ter sido destruída.

Ela destacou o planeta.

— Não sei dizer a localização exata, mas é por aqui que devemos começar.

— Tem certeza? — perguntou Falconi.

Ela o olhou feio e ele levantou as mãos.

— Tudo bem, então. Vou informar a Akawe. O que estamos procurando? Cidades? Construções?

Ela continuou a lista para ele:

— Monumentos, estátuas, obras públicas. Basicamente, qualquer coisa artificial.

— Entendi.

As paredes pareceram se torcer em volta deles enquanto Gregorovich ajustava o curso.

— Capitão — disse Nielsen, levantando-se.

No mínimo, ela parecia pior do que antes.

— Preciso ir a...

Ele assentiu.

— Informarei a você se tivermos novidades.

A primeira-oficial cruzou os braços, como se sentisse frio, e saiu da sala de controle.

Por um minuto, ninguém mais falou enquanto Falconi tinha uma conversa unilateral com a *Darmstadt*. Depois ele grunhiu e disse:

— Tudo bem, temos um plano. Kira, vamos lhe fornecer imagens da superfície. Precisamos que você olhe e veja se consegue deduzir onde pousar. O planeta é gravitacionalmente preso ao Caçabicho, como todos eles, mas talvez tenhamos sorte com o lado voltado para nós. Enquanto isso, vamos para o cinturão de asteroides. Parece que tem muito gelo flutuando por ali, assim podemos fissurar algum hidrogênio e reabastecer os tanques.

Kira se voltou para Vishal.

— Vou precisar de novas lentes de contato. O traje sumiu com as minhas a caminho daqui.

O médico se levantou da cadeira.

— Então venha comigo, srta. Kira.

Enquanto o acompanhava à enfermaria, Kira não pôde deixar de sentir uma inquietação e um deslocamento com o quanto eles estavam distantes da Liga. Não só isso, era território alienígena, mesmo que os alienígenas tivessem morrido há muito tempo.

"Os Desaparecidos", pensou ela, lembrando-se do termo da nave dos Águas. Mas desaparecidos para onde? Seriam os criadores da Lâmina Macia membros dos Águas, dos pesadelos ou de outra espécie mais antiga?

Ela torcia para encontrarem a resposta no planeta.

Na enfermaria, Vishal lhe deu outro par de lentes de contato e Kira disse:

— Pode imprimir alguns pares? Provavelmente vou perder estes na viagem de volta.

— Posso, sim.

Ele mexeu a cabeça afirmativamente.

— Ainda precisa que este nariz seja realinhado, srta. Kira? Posso fazer isso agora. Só...

Ele ergueu as mãos em paralelo e deu um curto empurrão.

— ... *shck* e estará terminado.

— Não, está tudo bem. Depois.

Ela não queria lidar com a dor naquele momento. Além disso, sentia certa relutância em consertar o nariz, embora, se perguntassem, não pudesse dizer o porquê.

2.

Na cozinha, Kira preparou um chell, sentou-se a uma das mesas e inseriu as lentes de contato. Felizmente, todos os dados do par anterior tinham sido carregados nos servidores da nave, então ela não perdera nada.

Ela tomou nota para fazer um backup de tudo em pelo menos dois lugares diferentes.

Depois de conectada, os alertas marcando mensagens recebidas de Gregorovich e do cérebro de nave da *Darmstadt*, Horzcha Ubuto, apareceram no canto de sua visão. Kira as abriu e encontrou uma coleção de imagens telescópicas do quarto planeta — ou "planeta e", como foi rotulado — das duas naves. Anexado ao primeiro conjunto, havia um bilhete:

Se precisar de imagens diferentes, basta pedir. — Horzcha Ubuto

Kira passou, então, a estudar a superfície do planeta e. Havia muito a estudar. Tinha 0,7 do diâmetro da Terra e quase a mesma densidade. Isso significava a presença de água. Possivelmente também de vida nativa.

Ela estava certa de que o planeta teria um nome, mas nenhuma sensação dele veio da Lâmina Macia.

As imagens que Kira tinha eram principalmente do lado escuro do planeta. Só uma lasca do terminador entre a noite e o dia era visível de sua posição atual. O terminador era o local mais provável para uma cidade ou algum tipo de instalação, porque seria a área mais temperada, equilibrada entre o calor escaldante de um lado e o frio gélido do outro.

O lado próximo do planeta era marrom e laranja. Vastos cânions arranhavam a superfície e trechos escurecidos marcavam onde Kira pensava que podiam existir lagos gigantescos. O gelo formava uma crosta nos polos, mais distantes da estrela do que voltados para ela.

Os telescópios das naves não eram os maiores — nem a *Wallfish*, nem a *Darmstadt* eram naves científicas — e, em vista da distância, a resolução das imagens não era das mais altas. Mesmo assim, Kira deu o máximo de si, examinando cada uma delas em busca do que parecesse familiar.

Infelizmente, nada a tocou. *Havia* evidências de habitações (prestativamente delineadas para ela por Gregorovich e Horzcha Ubuto): linhas fracas que podiam ser estradas ou canais ao longo de uma seção do hemisfério norte, mas nada digno de nota.

Ela se perdeu nas imagens, mal prestando atenção ao ambiente. Quando foi beber o chell, tinha esfriado, o que a irritou. Ela o tomou mesmo assim.

A porta da cozinha se abriu raspando e Trig entrou.

— Oi — disse ele. — Viu o que Gregorovich descobriu?

Kira piscou, um tanto desorientada enquanto clareava os filtros.

— Não. O quê?

— Aqui.

Ele saltou até a mesa e ativou a tela embutida. Apareceu uma imagem do que parecia fazer parte de uma estação espacial, agora quebrada e abandonada. O formato não se assemelhava a nenhuma estrutura feita por humanos. Era longa e entrecortada, como um cristal de formação natural. A estação evidentemente não girava para criar a sensação de peso em seus habitantes. Isto significava que tinha gravidade artificial, ou que os alienígenas não se importavam de ficar em gravidade zero.

— Bom — disse Kira lentamente. — Acho que de uma coisa nós sabemos.

— O quê? — disse o garoto.

— Não parece as naves que os Águas ou os pesadelos constroem hoje em dia. Ou eles mudaram de estilo, ou...

— Outra espécie.

Trig sorriu, radiante, como se fosse a melhor notícia de todos os tempos.

— Os Desaparecidos, né? O capitão me contou.

— É isso mesmo.

Ela virou a cabeça de lado.

— Está gostando disso, hein? — perguntou ela.

— Porque é *muito* legal!

Ele cutucou a tela.

— Quantas civilizações alienígenas você acha que existem aí fora? Em toda a galáxia, quero dizer.

— Não faço ideia... Onde Gregorovich encontrou a estação?

— Flutuando no anel de Dyson.

Kira terminou o chell.

— Aliás, como está seu pulso?

O garoto não usava mais o gesso. Trig girou a mão.

— Agora está melhor. O doutor disse que quer me ver de novo em algumas semanas, tempo real, mas, tirando isso, estou pronto pra outra.

— É bom saber disso.

O garoto foi pegar comida e Kira voltou a examinar as imagens de levantamento do planeta e. Já havia um novo lote esperando por ela.

O trabalho não era tão diferente da preparação que eles fizeram antes de chegar a Adrasteia. Por hábito, Kira se viu procurando evidências de flora e fauna. Havia oxigênio na atmosfera, o que era encorajador, e nitrogênio também. As imagens térmicas pareciam mostrar o que podiam ser áreas de vegetação perto da linha do terminador, mas, como acontecia com todos os planetas gravitacionalmente presos, era difícil ter certeza, em vista das convecções atmosféricas estranhas.

Enquanto ela trabalhava, a tripulação entrava e saía da cozinha. Kira trocou algumas palavras com eles, mas na maior parte do tempo ficou concentrada nas imagens. Nielsen não apareceu e ela se perguntou se a primeira-oficial ainda estava enjoada da crio.

Novas imagens chegavam aos montes e a resolução melhorava à medida que as espaçonaves se aproximavam mais do planeta e. No meio da tarde, hora da nave, Kira recebeu uma mensagem da *Darmstadt*:

De interesse? — Horzcha Ubuto

Anexada, estava uma imagem do hemisfério sul que mostrava um complexo de construções escondido em uma dobra de montanhas protetoras, metido no meio do terminador. Ao vê-lo, Kira sentiu um calafrio de lembranças antigas: medo, incerteza e a tristeza nascida do remorso. *E ela viu o Supremo ascender a um pedestal, brilhando no eterno alvorecer...*

Ela deixou um leve ofegar escapar e sentiu uma certeza súbita. Engoliu em seco antes de ligar para Falconi.

— Encontrei. Ou... encontrei *alguma coisa*.

— Me mostre.

Depois de olhar o mapa, ele disse:

— Parece que estou sempre perguntando isso, mas... tem certeza?

— Como eu disse antes de sairmos: dentro do possível.

— Tudo bem. Vou conversar com Akawe.

A linha ficou muda.

Kira preparou outra caneca de chell e aqueceu as mãos em volta dela enquanto esperava.

Menos de dez minutos depois, a voz de Falconi soou no intercomunicador por toda a nave:

— Atenção, todos vocês. Mudança de planos. Temos um destino no planeta e, cortesia de Kira. Vamos acelerar diretamente para lá e baixar Kira e uma equipe para verificar o local enquanto a *Wallfish* e a *Darmstadt* voltam ao cinturão de asteroides para reabastecer. Só levaremos cinco ou seis horas para chegar ao cinturão, então as naves não ficarão longe demais, se formos necessários. Câmbio e desligo.

3.

Kira voltou à sala de controle e ficou ali pelo resto da tarde, vendo as novas descobertas aparecerem nas telas. Havia muitas estruturas artificiais por todo o sistema, tanto nos planetas quanto no espaço: monumentos a uma civilização perdida. Nenhuma delas parecia ter energia. Perto do gigante gasoso flutuava o casco do que parecia uma nave. Perto do planeta e, um aglomerado de restos de satélites estacionados no que teria sido uma órbita geoestacionária se o planeta não estivesse sido gravitacionalmente preso. Naturalmente, havia o anel de Dyson (se era isso mesmo), que parecia cheio de relíquias tecnológicas.

— Este lugar... — disse Veera.

— ... é um tesouro incomparável — completou Jorrus.

Kira concordou.

— Vamos passar séculos estudando isso. Vocês acham que foram os mesmos alienígenas que construíram o Grande Farol?

Os Entropistas inclinaram a cabeça.

— Talvez. Podem muito bem ter sido.

O jantar naquela noite foi moderado e informal. Ninguém se deu ao trabalho de cozinhar; o estômago de todos, menos o de Kira, ainda se encontrava em um estado delicado devido à crio. Por conseguinte, o cardápio para todos era de rações embaladas, compondo uma refeição monótona, embora saudável.

Os fuzileiros navais ainda não tinham se juntado a eles. Nem Nielsen. A ausência da primeira-oficial era notável; sem sua presença calada e equilibrada, a conversa pelas mesas era mais brusca, mais dura.

— Amanhã — disse Vishal — gostaria de ver você, srta. Sparrow, para um check-up. É necessário certificar-se de que seus novos órgãos funcionam bem.

Sparrow fez que sim com a cabeça em uma imitação de Vishal e falou:

— Claro, doutor.

Depois um sorrisinho cruel se abriu em seu rosto.

— Só usando isso como desculpas para colocar as mãos em mim, né?

A cor brotou no rosto de Vishal e ele gaguejou.

— Senhorita! Eu nunca... Quer dizer, não. Não. Isto *não* seria profissional.

Trig riu de boca cheia.

— Ha! Olha, ele ficou vermelho.

Sparrow riu também e um leve sorriso apareceu no rosto largo de Hwa-jung.

Eles continuaram a implicar com o médico e Kira o via cada vez mais frustrado e zangado, mas ele nunca rebatia, nunca descarregava. Ela não entendia. Se ele se defendesse, os outros parariam com aquilo, ou pelo menos dariam um tempo. Ela vira muito disso nos postos de mineração. Caras que não revidavam acabavam levando a pior. Era uma lei da natureza.

Falconi não interferiu, não diretamente, mas Kira notou que conduziu a conversa discretamente para um lado diferente. Com os outros ocupados com outro assunto, Vishal afundou na cadeira, como se torcesse para que ninguém o notasse ali.

Enquanto eles conversavam, Kira foi aos Entropistas, que estavam recurvados sobre um objeto azulado e oblongo na mesa, virando-o como se tentassem encontrar uma chave ou um fecho para abri-lo.

Ela se sentou ao lado de Veera.

— O que é isso? — perguntou, apontando o objeto.

Tinha o tamanho de dois punhos combinados.

Os Entropistas a olharam como corujas sob o capuz dos mantos.

— Encontramos isto... — disse Jorrus.

— ... na nave dos Águas — disse Veera. — Acreditamos que seja...

— ... um processador ou módulo de controle de um computador. Mas, para falar com franqueza...

— ... não estamos inteiramente certos disso.

Kira olhou para Falconi.

— O capitão sabe que vocês estão com isso?

Os Entropistas sorriram, um espelhando a expressão do outro.

— Não este objeto especificamente — disseram eles, as vozes saindo em estéreo —, mas ele sabe que recuperamos várias peças de equipamento na nave.

— Posso? — perguntou Kira, estendendo as mãos.

Depois de um momento, os Entropistas cederam e deixaram que ela pegasse o objeto. Era mais denso do que parecia. A superfície era ligeiramente esburacada e havia um cheiro de... *sal*?

Kira franziu a testa.

— Se o xeno sabe o que é isto, não está me dizendo. Onde o encontraram?

Os Entropistas lhe mostraram a gravação de seus implantes.

— O Aspecto do Vazio — disse Kira.

A tradução parecia estranha em sua língua; era precisa, mas não conseguia captar a sensação do original dos Águas.

— Era este o nome da sala. Não entrei lá, mas vi a placa.

Veera olhou de novo e atentamente o objeto.

— A que, neste caso...

— ... se refere a palavra *vazio*? Da mesma forma, o que significa...

— ... a palavra *aspecto*?

Kira hesitou.

— Não sei bem. Talvez... comunicações? Desculpem-me. Acho que não posso ajudar vocês mais do que isso.

Os Entropistas baixaram a cabeça.

— Você nos deu mais do que tínhamos. Continuaremos a refletir sobre esta questão. Que seu caminho a leve ao conhecimento, Prisioneira.

— O conhecimento à liberdade — respondeu Kira.

Quando o jantar estava encerrado e as pessoas se dispersavam, ela forçou um momento a sós com Falconi perto da pia.

— Nielsen está bem? — perguntou ela em voz baixa.

A hesitação dele confirmou suas suspeitas.

— Não é nada. Ela estará bem amanhã.

— Sério.

Kira o olhou intensamente.

— Sério.

Ela não se convenceu.

— Acha que ela vai gostar se eu levar um chá?

— Não deve ser uma boa ide...

Falconi se interrompeu enquanto secava um prato.

— Sabe de uma coisa? Retiro o que disse. Acho que Audrey ia gostar do gesto.

Ele pegou um pacote em um armário.

— É desse troço que Nielsen gosta. Gengibre.

Por um momento, Kira se perguntou se ele estava armando para ela. Depois concluiu que não importava.

Depois de preparar o chá, ela seguiu as orientações de Falconi até a cabine de Nielsen, tentando evitar que o líquido se sacudisse demais nas duas canecas de segurança que carregava.

Ela bateu, mas, como não houve resposta, bateu novamente e disse:

— Srta. Nielsen? Sou eu, Kira.

— ... Vá embora.

A voz da primeira-oficial era tensa.

— Trouxe um chá de gengibre para você.

Depois de alguns segundos, a porta se abriu uma fresta, revelando Nielsen de pé, vestida em pijama vinho e chinelos da mesma cor. Seu cabelo normalmente arrumado estava preso em um coque malfeito, manchas escuras cercavam os olhos e a pele estava pálida e exangue, mesmo por baixo do bronzeado de espaçonauta.

— Está vendo? — disse Kira, e estendeu uma caneca. — Como prometido. Achei que ia gostar de algo quente para beber.

Nielsen olhou a caneca como se fosse um artefato estranho. Depois sua expressão se abrandou, embora só ligeiramente, então a aceitou e deu um passo de lado.

— Acho melhor você entrar.

O interior da cabine era limpo e arrumado. O único elemento pessoal era um holo na mesa: três crianças (dois meninos e uma menina) no início da adolescência. Nas paredes, filtros criavam a ilusão de janelas ovais com caixilhos de bronze dando para uma vista de nuvens infinitas: laranja, marrom e creme-claro.

Kira se sentou na única cadeira enquanto Nielsen sentava-se na cama.

— Não sei se você gosta de mel, mas...

Kira estendeu um pacotinho. O movimento das nuvens atraía seus olhos o tempo todo, distraindo-a.

— Na verdade, eu gosto.

Enquanto Nielsen mexia o mel na bebida, Kira a examinou. Nunca vira a primeira-oficial tão frágil.

— Se quiser, posso pegar na cozinha algo para você comer. Não vai levar mais de...

Nielsen fez que não com a cabeça.

— Eu não ia conseguir segurar a comida.

— Reação adversa à crio, né?

— Pode-se dizer que sim — disse Nielsen.

— Precisa que eu busque alguma coisa para você? Talvez do doutor?

Nielsen bebeu um gole.

— É muita consideração sua, mas não. Só preciso de um bom sono, e ficarei...

Sua respiração travou e um espasmo de dor torceu as feições. Ela se curvou para a frente, abaixando a cabeça entre os joelhos, a respiração saindo em arfadas entrecortadas.

Alarmada, Kira correu a seu lado, mas Nielsen levantou a mão e Kira parou, sem saber o que fazer.

Ela estava prestes a chamar Vishal quando Nielsen endireitou o corpo. Seus olhos lacrimejavam e a expressão era dura.

— Merda — disse ela em voz baixa. — Está tudo bem. Estou bem.

— Uma ova que está — disse Kira. — Nem consegue se mexer. Isso é mais do que enjoo de crio.

— É.

Nielsen se recostou na parede atrás da cama.

— O que é? Cólicas?

Kira não conseguia imaginar por que outra mulher menstruaria, mas se ela menstruava... Nielsen soltou uma gargalhada curta.

— Quem me dera.

Ela soprou o chá e tomou um longo gole.

Ainda tensa, Kira voltou à cadeira e olhou a outra mulher.

— Quer conversar sobre isso?

— Não particularmente.

Um silêncio desconfortável se desenvolveu entre elas. Kira bebeu um gole do próprio chá. Queria insistir no assunto, mas sabia que seria um erro.

— Já viu todas as coisas que encontramos no sistema? É incrível. Ficaremos séculos estudando.

— Desde que não sejamos exterminados.

— Este é um pequeno detalhe.

Nielsen olhou para Kira por cima da caneca, os olhos agudos e febris.

— Sabe por que concordei com esta viagem? Eu podia ter brigado com Falconi. Se me esforçasse bastante, talvez o convencesse a rejeitar a proposta de Akawe. Ele me dá ouvidos quando se trata de coisas assim.

— Não, eu não sei — disse Kira — Por quê?

A primeira-oficial apontou o holo das crianças na mesa.

— Por causa deles.

— São você e seus irmãos?

— Não. Eles são meus filhos.

— Não sabia que tinha uma família — disse Kira, surpresa.

— Tenho até netos.

— Tá brincando! Sério?

Nielsen abriu um leve sorriso.

— Sou um pouco mais velha do que aparento.

— Eu nunca teria imaginado que você recebeu injeções de células-tronco.

— Quer dizer meu nariz e as orelhas? — perguntou Nielsen, os tocando. — Fiz uma correção uns dez anos atrás. Era o que se fazia onde eu morava.

Ela olhou a janela sobreposta na parede e seu olhar ficou distante, como se visse algo além das nuvens de Vênus.

— Vir aqui ao Caçabicho era a única coisa que eu podia fazer para ajudar a proteger minha família. Por isso concordei. Eu só queria... Bom, agora isso não importa.

— O que não importa? — disse Kira com gentileza.

Uma tristeza caiu sobre Nielsen e ela suspirou.

— Eu só queria ter podido conversar com eles antes de partir. Quem sabe como as coisas estarão quando voltarmos.

Kira compreendeu.

— Eles moram no Sol?

— Moram. Em Vênus e em Marte.

Nielsen beliscou a palma da mão.

— Minha filha ainda está em Vênus. Você pode ter visto, os Águas atacaram lá um tempo atrás. Felizmente não foi perto dela, mas...

— Qual é o nome dela?

— Yann.

— Tenho certeza de que eles ficarão bem. De todos os lugares em que podiam estar, o Sol deve ser o mais seguro.

Nielsen a olhou como quem diz *mas que papo furado*.

— Você viu o que aconteceu na Terra. Acho que nenhum lugar é seguro hoje em dia.

Kira fez uma tentativa de distraí-la.

— Então, como foi que você veio parar na *Wallfish*... tão longe de sua família?

Nielsen olhou os reflexos na caneca.

— Por muitos motivos... A editora em que eu trabalhava declarou falência. A nova administração reestruturou a empresa, demitiu metade da equipe, cancelou nosso fundo de pensão.

Nielsen meneou a cabeça.

— Vinte e oito anos trabalhando para eles e tudo se foi. O plano de aposentadoria era bem ruim, e ainda perdi meu plano de saúde, o que era um problema, em vista de meus, hm, desafios particulares.

— Mas isso não...

— Claro que não. O acesso básico é garantido, desde que você seja cidadã em situação regular. Às vezes, mesmo quando você não é. Mas não é de cobertura básica que eu preciso.

Nielsen olhou para Kira pelo canto do olho.

— E agora você está se perguntando o quanto estou doente e se é contagioso.

Kira ergueu uma sobrancelha.

— Bom, imagino que Falconi não permitiria você a bordo se fosse portadora de alguma bactéria letal e devoradora de carne.

A outra mulher quase riu, depois pressionou a mão no peito e fez cara de quem sentia dor.

— Não é assim tão terrível. Pelo menos, não para os outros.

— Quer dizer que você... Quer dizer, é terminal?

— A *vida* é terminal — disse Nielsen com secura. — Mesmo com injeções de células-tronco. No fim, a entropia sempre vence.

Kira levantou a caneca.

— Aos Entropistas, então. Talvez eles encontrem um jeito de reverter a decomposição de todas as coisas impostas pelo tempo.

— Apoiado — disse Nielsen e bateu a caneca na dela. — Mas não posso dizer que a perspectiva de vida interminável tenha algum apelo para mim.

— Não. Seria bom ter alguma alternativa nessa questão.

Depois de outro gole e outra pausa, Nielsen voltou a falar.

— Meu... problema foi um presente de meus pais, acredite ou não.

— Como assim?

A primeira-oficial passou a mão no rosto e a verdadeira profundidade de sua exaustão ficou evidente.

— Eles tentaram fazer o que era certo. As pessoas sempre tentam. Só se esqueceram do velho ditado que fala do problema das boas intenções e do inferno.

— Esta é uma visão bem cínica.

— Meu estado de espírito atual é cínico.

Nielsen esticou as pernas na cama. Parecia doer.

— Antes de eu nascer, as leis sobre manipulação genética não eram tão rigorosas como são agora. Meus pais queriam dar a sua filha, no caso, eu, todas as vantagens possíveis. Que pai ou mãe não ia querer?

Kira entendeu prontamente o problema.

— Ah, não.

— Ah, sim. Então eles me encheram de cada sequência genética conhecida para a inteligência, inclusive algumas artificiais que tinham acabado de ser desenvolvidas.

— E deu certo?

— Nunca precisei usar uma calculadora, se é o que está perguntando. Mas teve efeitos colaterais indesejados. Os médicos não sabiam o que tinha acontecido, mas uma parte das alterações ativaram meu sistema imunológico... Como um alarme de pressão em um domo que foi aberto.

A expressão de Nielsen ficou sarcástica.

— Então, sei calcular com que rapidez o ar escapa sem precisar verificar as contas, mas não há nada que eu possa fazer para não morrer de asfixia. Metaforicamente falando.

— Nada? — perguntou Kira.

Nielsen negou com a cabeça.

— Os médicos tentaram dar um jeito nos conflitos com tratamentos retrovirais, mas... é o máximo que eles podem fazer. Os genes alteraram tecido aqui — disse, encostando na lateral da cabeça. — Se forem excluídos ou removidos, ou até mesmo só editados, podem me matar ou mexer com minha memória ou minha personalidade.

Seus lábios se torceram.

— A vida é cheia de pequenas ironias assim — concluiu.

— Eu sinto muito.

— Acontece. Não sou a única, embora a maioria dos outros não tenha conseguido passar dos trinta anos. Desde que eu tome meus comprimidos, não é tão ruim, mas certos dias...

Nielsen estremeceu.

— Certos dias, os comprimidos não ajudam em nada.

Ela pegou o travesseiro e o colocou atrás das costas. Seu tom era amargo como arsênico:

— Quando seu corpo não é seu, é pior do que qualquer prisão.

Seu olhar se dirigiu rapidamente a Kira.

— Você sabe disso.

Ela sabia e também sabia que não ajudava em nada remoer o problema.

— E o que aconteceu depois que você foi demitida?

Nielsen bebeu o que restava do chá em um gole só. Apoiou a caneca vazia na beira da mesa.

— As contas começaram a se acumular, e... bom, meu marido, Sarros, foi embora. Eu o entendo, sinceramente, mas tive de recomeçar tudo aos 63...

Seu riso poderia ter cortado vidro.

— Eu não recomendaria isso para ninguém — acrescentou.

Kira soltou um ruído solidário e a primeira-oficial falou:

— Não consegui encontrar um emprego adequado para mim em Vênus, então fui embora.

— Assim, de estalo?

O aço dentro de Nielsen veio à tona de novo.

— Exatamente assim. Passei algum tempo rondando em volta do Sol, procurando uma posição estável. Por fim, acabei na Estação Harcourt, nos arredores de Titã, e foi ali que conheci Falconi e o convenci a me fazer primeira-oficial dele.

— Esta é uma conversa que eu teria gostado de ouvir — disse Kira.

Nielsen riu.

— Talvez eu tenha sido meio chata. Praticamente tive de forçar minha entrada na *Wallfish*. A nave estava uma bagunça quando cheguei; precisava de organização e cronogramas, que sempre foram meus pontos fortes.

Kira brincou com um pacote a mais de mel que tinha trazido.

— Posso te fazer uma pergunta?

— É meio tarde para pedir permissão, não acha?

— Sobre Falconi.

A expressão de Nielsen ficou mais reservada.

— Pode falar.

— Qual é a história por trás das cicatrizes nos braços dele? Por que ele não mandou acertar isso?

— Ah.

Nielsen mexeu as pernas, tentando encontrar uma posição mais confortável.

— Por que não perguntou a ele?

— Não sei se é um assunto delicado.

Nielsen a encarou com um olhar franco. Seus olhos, Kira notou pela primeira vez, tinham pontinhos verdes.

— Se Falconi tiver vontade de lhe contar, ele contará. Caso contrário, não é uma história minha a ser compartilhada. Estou certa de que você entende.

Kira não pressionou, mas a reticência de Nielsen só aumentou sua curiosidade.

Depois disso, elas passaram meia hora agradável batendo papo sobre as complexidades de morar e trabalhar em Vênus. Para Kira, o planeta parecia lindo e exótico, e perigoso de um jeito sedutor. O período de Nielsen na editora de lá foi tão diferente da profissão de Kira que a fez considerar a vasta gama de experiências pessoais que existiam por toda a Liga.

Por fim, quando a caneca de Kira estava vazia e Nielsen parecia ter um ânimo relativamente bom, Kira se levantou para sair. A primeira-oficial a segurou pelo pulso.

— Obrigada pelo chá. Foi muita gentileza sua. Eu falo sério.

O elogio aqueceu o coração de Kira.

— Sempre que quiser. O prazer foi meu.

Nielsen então sorriu — um sorriso autêntico — e Kira retribuiu da mesma forma.

4.

De volta à própria cabine, Kira parou na frente do espelho da pia. A iluminação fraca da noite da nave lançava sombras pesadas por seu rosto, o que destacava em alto--relevo a torção no nariz.

Ela apalpou a carne torta; seria fácil corrigir isso. Um *puxão* firme o devolveria ao normal, depois a Lâmina Macia podia curar o rosto, como deveria ter feito na primeira vez.

No entanto, ela agora entendia por que não queria isso. O xeno tinha apagado cada marca em seu corpo, cada calombo, ruga, sarda e celulite. Ele removera o registro físico de sua vida e o substituíra pela cobertura inexpressiva de fibras que não continham marcas de experiência. Tanta coisa fora tirada dela que Kira não queria perder mais.

Deixar o nariz torto era uma opção *dela*, o jeito *dela* de remodelar a carne que eles compartilhavam. Também servia como um lembrete de pecados do passado, aqueles que ela estava decidida a não repetir.

Entusiasmada com esta determinação, assim como uma abundância de imagens do sistema a que eles chegaram, Kira se jogou na cama e — mesmo após três meses principalmente hibernando — dormiu.

Ela e sua carne unida — não um apanhador, mas um doador — andaram como testemunhas atrás do Supremo em meio ao campo de cancros malformados: intenções cancerosas que davam frutos venenosos. O Supremo ergueu o Bastão Azul e disse uma única palavra cortante: "Não."

Depois desceu o Bastão, batendo na terra inchada. Um círculo de cinza se expandiu em torno do Supremo enquanto cada célula modificada se desfazia. O fedor da morte e da putrefação sufocou o campo e a tristeza curvou o Supremo.

Uma fratura anterior: um dos irmãos perante a Heptarquia reunida em sua câmara presencial de arcadas elevadas. O Supremo desceu ao piso desenhado e tocou a testa suja de sangue de seu irmão com o Bastão Azul.

"Você não é mais digno."

E então carne se separou de carne enquanto a outra Lâmina Macia fluiu do bastão, escapando de seu poder e deixando o corpo do parceiro vinculado exposto, vulnerável, pois não havia como negar o Bastão Azul.

Outra disjunção e ela se viu ao lado do Supremo, de pé, no convés de observação de uma espaçonave enorme. Diante e abaixo deles pendia um planeta rochoso, verde e vermelho, com enxames de vida. Mas havia algo errado — uma sensação de ameaça que a fez desejar estar em outro lugar —, como se o planeta em si fosse malévolo.

O Supremo levantou o Bastão Azul mais uma vez. "Basta." O bastão se inclinou para a frente, um clarão de safira jorrando sombras, e o planeta desapareceu.

Ao longe, bem depois da localização anterior do planeta, um pedaço de luz estelar se torceu e com ele se torceu seu estômago. Pois ela sabia o que a distorção anunciava...

Kira acordou com o coração aos saltos. Ficou embaixo dos cobertores por vários minutos, revendo as lembranças da Lâmina Macia. Depois se ergueu e ligou para Falconi e Akawe.

Assim que eles atenderam, ela falou.

— *Precisamos* encontrar o Bastão Azul.

Depois lhes contou de seu sonho.

— Se só uma parte disto for verdade... — disse Falconi.

— Então é ainda mais importante impedirmos que os Águas coloquem seus tentáculos nesta tecnologia — disse Akawe.

A ligação foi encerrada e Kira verificou a localização deles: ainda em curso para o planeta e. "Ele precisa de um nome melhor", pensou ela. À distância atual, sem ampliação, o planeta ainda era apenas um ponto cintilante nas câmeras da nave, não diferente dos outros pontos próximos que marcavam o resto dos planetas espremidos do sistema.

Durante a noite, os cérebros de nave descobriram outras estruturas espalhadas pelo Caçabicho. O sistema claramente fora uma base para assentamentos de longo prazo. Kira olhou as mais recentes descobertas, mas não viu nada que fosse imediatamente revelador, então deixou as imagens de lado para estudos posteriores.

Em seguida, verificou as mensagens. Havia duas a sua espera. A primeira — como Kira de certo modo esperava — era de Gregorovich:

> *A poeira de seu companheiro alienígena está obstruindo meus filtros de novo, saco de carne. — Gregorovich*

Ela respondeu:

> *Peço desculpas. Não tive tempo para limpar ontem. Verei o que posso fazer. — Kira*

> *Não importa; provavelmente você só fará uma bagunça. Deixe a porta destrancada e mandarei um de meus bots de serviço espertinhos para varrer seus dejetos. Gostaria de ter também os lençóis trocados? S/N — Gregorovich*

> *… Não, obrigada. Posso cuidar disso eu mesma. — Kira*

> *Como quiser, saco de carne. — Gregorovich*

A outra mensagem era de Sparrow:

> *Vamos nessa. Porão de carga; estarei esperando. — Sparrow.*

Kira passou a mão na nuca. Estivera aguardando notícias de Sparrow. O que quer que a mulher tivesse reservado para ela, não seria fácil, mas Kira não via problemas nisso. Estava curiosa para descobrir se seus esforços com a Lâmina Macia teriam sido recompensados. Pelo menos interagir com o xeno devia ser mais fácil, agora que ela estava plenamente desperta e adequadamente alimentada.

Kira pegou seu chell matinal na cozinha, depois desceu ao porão. Os fuzileiros navais estavam ali, preparando equipamentos para a viagem iminente à superfície do planeta e. O esquadrão a cumprimentou com um gesto de cabeça e grunhidos e até uma continência batida por Sanchez. Se era por seus melhoramentos militares ou constituição natural, Kira não sabia, mas nenhum dos homens parecia esgotado da crio como a tripulação da *Wallfish*.

Como prometera, Sparrow estava na pequena academia escondida entre fileiras de equipamento. Mascava chiclete enquanto fazia abdominais aparentemente dolorosas em um tapete.

— Reabilitação — disse ela em resposta a um olhar de Kira.

Depois de terminar a série, Sparrow se ajoelhou.

— E aí? — disse ela. — Três meses. Você conseguiu manter o treinamento?

— Consegui.

— É? Como foi?

Kira se ajoelhou também.

— Acho que foi bom. Às vezes é difícil saber, mas tentei o máximo que pude. Tentei mesmo.

Um sorrisinho torto atravessou o rosto de Sparrow.

— Me mostre.

Kira mostrou. Ela empurrou, puxou, correu e fez todos os exercícios que Sparrow lhe pedia... enquanto também moldava e remoldava a Lâmina Macia o tempo todo. Para satisfação de Kira, ela se saiu bem. Não foi perfeita, mas chegou perto. Nunca perdeu o controle do xeno ao ponto em que ele apunhalasse ou atacasse; no máximo, formava algumas protuberâncias ou ondas em reação aos estresses impostos ao corpo de Kira. Ela também conseguiu compor formas complexas e desenhos com as fibras. Era como se o organismo estivesse trabalhando *com* ela, não contra, o que era uma mudança bem-vinda.

Sparrow observava com uma intensidade concentrada. Não elogiou nem mostrou sinais de aprovação, e pedia mais esforço sempre que Kira atendia a suas exigências. Mais peso. Mais complexidade com a Lâmina Macia. Mais tempo sob tensão. *Mais.*

Por fim, Kira estava pronta para parar. Sentia que tinha feito mais que o suficiente para demonstrar as novas habilidades. Sparrow, entretanto, tinha outras ideias.

A mulher saltou do banco em que estava sentada e foi até onde Kira estava, ao lado do suporte de pesos, ofegante e transpirando. Parou a centímetros de Kira: perto demais para ser confortável.

Kira conteve o impulso de recuar.

— Faça o padrão mais detalhado que conseguir — disse Sparrow.

Kira ficou tentada a recusar, mas resistiu e — depois de pensar — desejou que a Lâmina Macia imitasse o fractal que lhe apareceu em várias ocasiões. A superfície do traje ondulou e se deformou em um desenho quase microscopicamente detalhado. Mantê-lo não foi fácil, mas a questão era essa.

Kira inspirou.

— Tudo bem. O que mais...

Sparrow lhe deu um tapa. Com força.

Chocada, Kira piscou, as lágrimas se formando no olho esquerdo, o lado que Sparrow tinha atingido.

— Mas o quê...

Sparrow lhe deu outro tapa, um choque luminoso e gelado que fez Kira ver estrelas. Ela sentiu a máscara se arrastar para o rosto e a Lâmina Macia começou a formar espinhos. Com um esforço poderoso, Kira a manteve no lugar. Parecia que segurava um fio de alta tensão com uma tonelada de peso do outro lado, puxando-a para a frente, ameaçando se partir.

Ela cerrou o maxilar e olhou feio para Sparrow, agora sabendo o que a mulher fazia.

Sparrow sorriu — um sorrisinho maldoso que não fez nada além de irritar Kira ainda mais. Era a superioridade sádica da expressão que realmente a afetava.

Sparrow lhe deu um terceiro tapa.

Kira viu o golpe chegando. Podia ter se abaixado, se retraído ou se protegido com a Lâmina Macia. Ela *quis* fazer isso. Também podia ter revidado com o traje. O xeno estava ávido para lutar, ávido para acabar com a ameaça.

Um lapso de tempo e Sparrow estaria estirada no chão, o sangue sendo vertido de meia dúzia de ferimentos diferentes. Kira via isso em sua mente.

Ela respirou fundo de novo e se obrigou a sorrir. Não era um sorriso furioso. Nem mesmo um sorriso cruel. Um sorriso calmo e simples que dizia: "Não vai conseguir me quebrar." Ela era sincera nisso também. Ela e a Lâmina Macia trabalhavam juntas, e Kira tinha um firme senso de controle, não só do xeno, mas de si mesma.

Sparrow grunhiu e recuou um passo. A tensão em seus ombros relaxou.

— Nada mal, Navárez... Nada mal.

Kira permitiu que o padrão se fundisse à superfície do xeno.

— Isso foi arriscado pra caralho.

Um riso rápido de Sparrow.

— Mas deu certo.

Ela voltou ao banco e se sentou.

— E se desse errado?

No fundo de sua mente, Kira não conseguiu deixar de sentir triunfo. Ela fizera progressos de verdade a caminho do Caçabicho. Todas aquelas sessões de treino sozinha no escuro valeram a pena...

Sparrow prendeu uma barra ao aparelho de pesos.

— Você vai para solo firme amanhã para bisbilhotar uma cidade alienígena, procurando por uma superarma alienígena de matar de medo. Pode dar merda rapidinho e você sabe disso. Se não conseguisse lidar com uma coisinha dessas — deu de ombros —, não deveria sair da *Wallfish*. Além disso, eu tive confiança em você.

— Você é louca, sabia?

Kira sorriu ao dizer isso.

— Grande novidade.

Sparrow começou a puxar uma barra no aparelho, usando pesos bem leves. Fez uma série de dez, depois parou e se recurvou, de olhos bem fechados.

— Como vai sua recuperação? — perguntou Kira.

Sparrow fez uma careta enojada.

— Até que vai bem. O doutor me manteve em uma taxa metabólica um pouco mais alta do que o normal em crio, o que me ajudou na cura, mas ainda terei mais algumas semanas antes de estar apta a voltar a usar um exo. É isso que me mata.

— Por quê? — disse Kira.

— Porque — disse Sparrow, massageando a lateral do corpo, onde fora ferida — não posso lutar desse jeito.

— Nem deveria. Além do mais, temos o CMU conosco.

Sparrow bufou.

— Você foi criada numa colônia ou o quê?

— Fui. O que isso tem a ver?

— Então devia saber que não pode descarregar a responsabilidade em outra pessoa. Precisa ser capaz de cuidar de si mesma quando vem merda.

Kira pensou nisso por um momento, enquanto guardava os pesos que estivera segurando.

— Às vezes não podemos, e é nestes momentos que precisamos depender dos outros. É assim que as sociedades funcionam.

Sparrow chupou os lábios nos dentes em um sorrisinho desagradável.

— Talvez. Não quer dizer que eu tenha que gostar de ficar incapacitada.

— Não, não mesmo.

5.

Ao saírem do porão, elas passaram pelos fuzileiros navais e Kira os cumprimentou, como fizera quando chegou. Os homens começaram a responder, mas viram Sparrow e suas expressões ficaram frias.

Tatupoa apontou Sparrow com o queixo. As tatuagens brilhavam como fios de safira em meio às sombras lançadas pelas estantes de depósito.

— Ei, a gente te investigou. Continue andando, cabeça-gasosa. Não precisamos de gente como você por aqui.

— Soldado! — gritou Hawes. — Já basta!

Mesmo assim, como os outros, ele evitou olhar para Sparrow.

— Sim, senhor.

Sparrow continuou andando e não reagiu, como se não tivesse ouvido. Confusa, Kira apertou o passo para alcançá-la. Quando elas estavam no corredor, falou:

— Mas que merda foi aquela?

Para sua surpresa, Sparrow apoiou a mão na parede. A mulher mais baixa dava a impressão de que ia vomitar. De certo modo, Kira duvidava de que tivesse alguma coisa a ver com a crio.

— Ei, está tudo bem? — disse Kira.

Sparrow estremeceu.

— Ah, claro. Voando à toda.

Ela esfregou a base da mão livre nos cantos dos olhos.

Sem saber o que fazer, Kira falou:

— Como eles descobriram quem você é?

— Registros de serviço. Toda nave da frota carrega um conjunto completo deles, além de especificações clandestinas sobre soldados. Aposto que compararam minha foto nos arquivos. Não seria difícil.

Sparrow fungou e se impeliu da parede.

— Se contar isso a alguém, eu te mato — acrescentou.

— Os Águas podem chegar a mim antes disso... O que significa *cabeça-gasosa*? Não me parece nada bom.

Um sorriso azedo retorceu a boca de Sparrow.

— *Cabeça-gasosa* é como se chama alguém que você acha que merece ser ejetado no espaço. O sangue ferve e vira gás. Entendeu?

Kira a olhou, tentando ler nas entrelinhas.

— Mas por que você?

— Não importa — resmungou Sparrow, endireitando o corpo.

Ela começou a se afastar, mas Kira a interceptou.

— Acho que importa — disse Kira.

Sparrow a olhou fixamente nos olhos, flexionando os músculos do maxilar.

— Saia do caminho, Navárez.

— Só depois que você me contar, e não tem como você me obrigar a sair.

— Tudo bem, então vou ficar sentada aqui.

Sparrow se sentou de pernas cruzadas.

Kira se agachou ao lado dela.

— Se não pode trabalhar com os fuzileiros navais, preciso saber o motivo.

— Você não é capitã.

— Não, mas estamos colocando nossa vida em jogo aqui... O que é, Sparrow? Não pode ser assim tão ruim.

A mulher bufou.

— Se é o que você pensa, você tem uma séria deficiência na imaginação. Tudo bem. Foda-se. Quer saber a verdade? Fui expulsa da FNCMU por covardia perante o inimigo. Passei sete meses presa. Pronto, está satisfeita?

— Não acredito em você — disse Kira.

— As acusações específicas foram abandono do meu posto, covardia perante o inimigo e ataque a um oficial de comando.

Sparrow cruzou os braços, em desafio.

— Por isso o *cabeça-gasosa*. Nenhum fuzileiro naval quer servir com uma covarde.

— Você não é covarde — disse Kira com franqueza. — Já te vi em combate. Ora essa, você se pôs na frente daquela garotinha como se não fosse nada.

Sparrow meneou a cabeça.

— Isso foi diferente.

— Papo furado... Por que acho que a historia de "ataque a um oficial de comando" é a verdadeira razão disto?

Com um suspiro, Sparrow deixou que a cabeça se apoiasse na parede. O impacto do crânio na placa produziu um baque que ecoou pelo corredor.

— Porque você pensa demais, é por isso. O nome dele era tenente Eisner e era um verdadeiro babaca. Fui transferida para a unidade dele no meio de uma mobilização. Foi na época da guerra de fronteira com Shin-Zar, sabe? Eisner era um oficial de merda. Vivia metendo a unidade dele em problemas no campo e, por qualquer motivo, parecia implicar pessoalmente comigo. Ficava me provocando, não importava o que eu fizesse.

Ela deu de ombros.

— Depois de dar merda em uma de nossas operações, fiquei farta. Eisner estava usando alguma desculpa esfarrapada para esculachar meu artilheiro e eu fui lá e falei umas verdades. Perdi a cabeça e acabei batendo na cara do sujeito. Deixei o cara com um belo olho roxo. O caso é que fui colocada em serviço de guarda e saí de meu posto, então Eisner me acusou de covardia perante o inimigo.

Sparrow deu de ombros de novo.

— Sete anos de serviço jogados no ralo, num estalo. A única coisa que consegui manter foram meus melhoramentos.

Ela fez um músculo com o braço antes de baixá-lo.

— Que merda — disse Kira. — Não pôde contestar as acusações?

— Não. Aconteceu em campo, durante operações de batalha. A Liga não ia nos embarcar de volta para uma investigação. As gravações mostravam que eu saí de meu posto e bati em Eisner. Era só isso que importava.

— Então, por que não vai lá e explica a eles? — disse Kira, gesticulando para o porão.

— Não adiantaria de nada — disse Sparrow, se levantando. — Por que eles acreditariam em mim? Para eles, não sou melhor que uma desertora.

Ela deu um tapa no ombro de Kira.

— De qualquer forma, não importa. Não precisamos nos gostar para fazer nossos trabalhos... Agora, vai sair do meu caminho ou não?

Kira deu um passo para o lado e Sparrow passou mancando, deixando-a sozinha do corredor.

Depois de pensar por um longo minuto, Kira subiu ao centro da nave e foi à sala de controle. Falconi estava lá, como Kira esperava, e Nielsen também — parecia muito melhor do que no dia anterior.

Ela e a primeira-oficial trocaram um cumprimento de cabeça amigável, depois Kira se aproximou do capitão.

— Alguma novidade?

— Não no momento.

— Ótimo... Tenho um favor a pedir.

Ele a olhou, preocupado.

— É mesmo?

— Pode ir comigo ao planeta?

As sobrancelhas de Falconi se ergueram uma fração.

— Por quê?

Do outro lado da sala, Nielsen parou de ler a tela para escutar.

— Porque não quero ficar lá embaixo sozinha com o CMU — respondeu Kira.

— Não confia neles? — disse Nielsen.

Kira hesitou por um segundo.

— Confio mais em vocês.

Falconi a deixou esperando alguns segundos, depois disse:

— Bom, hoje é seu dia de sorte. Já combinei tudo com Akawe.

— Você vai? — disse Kira, quase sem acreditar.

— Não só eu. Trig, Nielsen e os Entropistas também.

A primeira-oficial fungou.

— Justo o que eu queria fazer numa tarde de domingo.

Falconi sorriu para Kira.

— De jeito nenhum eu ia viajar tanto para *não* ver as paisagens.

Saber disso de certo modo atenuou as preocupações de Kira.

— Então Sparrow, Hwa-jung e Vishal vão ficar a bordo?

— Exatamente. O CMU vai levar seu próprio médico. Sparrow ainda não foi liberada para o dever e Hwa-jung não cabe em nosso exos. Além disso, quero Hwa-jung na nave, caso algo dê errado.

Fazia sentido.

— Então quem vai usar os exos? — perguntou Kira.

Falconi apontou Nielsen com a cabeça.

— Ela e Trig.

— Não é necessário — disse Nielsen. — Sou perfeitamente capaz de...

O capitão não lhe deu a oportunidade de terminar.

— Você é, sim, mas prefiro ter minha tripulação blindada nesta expedição. Além disso, eu nunca liguei para exos. Restritivos demais. Prefiro sempre o velho e simples skinsuit.

6.

O resto do dia se passou num clima de intensidade calada. A tripulação estava numa azáfama, preparando-se para a descida no planeta, enquanto Kira revisava os procedimentos para evitar contaminação em um ambiente alienígena desconhecido (e potencialmente com vida). Ela os conhecia de cor, mas era sempre bom reler antes do início de uma expedição.

O ideal seria que eles passassem meses, se não anos, estudando a biosfera do planeta de longe, antes de se atrever a levar um ser humano à superfície, mas, em vista das circunstâncias, não podiam se dar a tal luxo. Ainda assim, Kira queria reduzir o máximo possível as possibilidades de contaminação — de qualquer lado. O planeta era uma fonte incrível de informações; seria um crime contaminá-lo com micróbios humanos. Infelizmente, nem a mais completa descontaminação seria capaz de remover *todo* corpo estranho da superfície do equipamento deles, mas eles fariam o melhor possível.

Depois de pensar um pouco, ela preparou uma lista de recomendações: as melhores práticas para proteger o local e a si mesmos, com base em sua experiência pessoal. Enviou a lista a Falconi e a Akawe.

<*Isto vai ser um tremendo pé no saco, Navárez. Passar por descontaminação duas vezes? Não tocar em objetos sem permissão expressa? Andar em fila única? Nenhuma descarga de CO^2? A MCMU já tem seu próprio conjunto de protocolos para lidar com esse tipo de situação, e eles são mais do que adequados. — Akawe>*

<*Não são, não. Nunca encontramos um local como este. Não podemos estragar isso. As gerações futuras vão nos agradecer pelo cuidado. — Kira>*

<*Primeiro precisamos cuidar para que existam gerações futuras. — Akawe>*

Ele continuou a resmungar, mas, depois de mais discussões, concordou em implantar as recomendações de Kira durante a missão de pouso. <*Mas são só isso, Navárez. Recomendações. Se der merda em campo precisamos nos adaptar. — Akawe>*

<*Desde que façamos um esforço para preservar o local. É só o que peço. — Kira>*

<*Entendido. — Akawe>*

Kira voltou a examinar as imagens que Gregorovich e Horzcha Ubuto coletaram do planeta e, assim como do resto do sistema. Não aprendeu muita coisa, mas insistiu, na esperança de localizar algo mais que os ajudassem a encontrar o Bastão Azul.

O jantar, quando chegou, foi mais amistoso e vibrante do que o anterior. Nielsen estava presente e, embora todos estivessem meio tensos com a excursão iminente, prevalecia o otimismo no ar. Parecia que eles — e os humanos em geral — enfim seriam capazes de fazer um progresso considerável em relação aos Águas.

A maior parte da conversa girou em torno do que eles podiam ou não esperar encontrar no planeta, bem como o melhor equipamento a levar. O espaço no módulo de transporte do CMU seria limitado, então era preciso escolher com sensatez.

Sparrow, como Kira esperava, estava ressentida por ficar na *Wallfish* (Hwa-jung não parecia se importar). Ao que Falconi disse:

— Quando eu não tiver de me preocupar com você estourar a barriga, *aí* então você poderá subir em um exo. Antes disso, nem pensar.

Sparrow concordou com o argumento, mas Kira sabia que ela ainda estava infeliz. Para distraí-la, Kira falou:

— E aí, estou curiosa: Sparrow é seu nome ou sobrenome? Você nunca disse.

— Não disse? — respondeu Sparrow, bebendo um gole de vinho. — Imagine só.

— O nome dela está listado apenas como *Sparrow* na identidade — disse Falconi, inclinando-se para Kira.

— É mesmo? — disse Kira. — Você só tem um nome?

Uma centelha apareceu nos olhos de Sparrow.

— Só atendo por um nome.

"Aposto que os fuzileiros navais podem responder melhor." Mesmo assim, Kira não ia perguntar a eles.

— E você? — disse ela, olhando para Trig.

O garoto gemeu e enterrou a cabeça entre as mãos.

— Ai, cara. Você precisava perguntar?

— Que foi?

Pela cozinha, os outros tripulantes sorriam. Vishal apoiou a caneca na mesa e apontou um dedo para Trig.

— Nosso jovem companheiro aqui tem um nome muito interessante, isso sim.

— Trig é só um apelido — disse Sparrow. — O nome verdadeiro dele é…

— Nããão — disse o garoto, com as faces ruborizando. — Minha tia tinha um senso de humor esquisito, tá legal?

Para Kira, Vishal falou:

— Devia ter mesmo, porque batizou o coitado de Epiphany Jones.

Todos riram, menos Trig.

— É um nome… singular — disse Kira.

— Fica melhor ainda — disse Falconi. — Contem para ela como encontramos Trig.

O garoto meneou a cabeça enquanto o resto da tripulação falava ao mesmo tempo.

— Ah, não! Essa história, não!

— Ah, sim — disse Sparrow, sorrindo.

— Por que não me conta você mesmo? — disse Kira.

O garoto torceu o nariz.

— Ele era dançarino — disse Hwa-jung, e assentiu como se revelasse um grande segredo.

Kira olhou para Trig como se o avaliasse.

— Dançarino, é?

— Na Estação Undset, perto de Cygni 8 — acrescentou Vishal. — Ele ganhava a vida se apresentando em bares para mineiros.

— Não era nada disso! — protestou Trig.

Os outros tentaram se intrometer e ele elevou a voz para ser ouvido naquele clamor.

— Sério, não era isso! Um amigo meu trabalhava no lugar e ele tentava encontrar um jeito de atrair negócios. Então eu tive uma ideia. Instalamos umas bobinas de Tesla no palco e as usamos para tocar música. Depois equipei um skinsuit para funcionar como uma gaiola de Faraday, e ficava entre as bobinas e apanhava os raios com as mãos, os braços, esse tipo de coisa. Era incrível.

— E não se esqueça da dança — disse Falconi, sorrindo.

Trig deu de ombros.

— É, eu dançava um pouco.

— Eu mesma não estive lá — disse Nielsen, colocando a mão no braço de Kira. — Mas soube que ele era muito... *entusiasmado*.

Apesar do constrangimento óbvio, Trig parecia ter certo orgulho do elogio da primeira-oficial, embora tenha sido irônico.

— Ah, ele era entusiasmado — disse Vishal. — Era mesmo.

Com pena do desconforto do garoto, Kira mudou de assunto.

— Que estilo de música vocês tocavam?

— Principalmente scramrock. Thresh. Essas coisas.

— E por que você foi embora?

— Não tinha nenhum motivo para ficar — resmungou ele, e bebeu o que restava da água.

Um clima sombrio sufocou a conversa. Depois Falconi limpou a boca com um guardanapo e falou:

— Sei do que você precisa.

— Do quê? — disse Trig, olhando o próprio prato.

— De uma experiência religiosa.

O garoto bufou. Depois seus lábios se curvaram em um leve sorriso relutante.

— Tá. Tudo bem... Pode ser que você tenha razão.

— É claro que tenho — disse Falconi.

Com um entusiasmo renovado, Trig raspou o resto da comida, pôs na boca, mastigou e engoliu.

— Vou me arrepender disso — disse ele, sorrindo enquanto se levantava.

— Não se machuque — disse Hwa-jung.

— Vamos lá, coma a coisa toda desta vez — exclamou Sparrow.

— Vídeo! Faça um vídeo — disse Falconi.

— Mas trate de se lavar depois.

Nielsen fez uma leve careta.

— Sim, senhora.

Confusa, Kira olhou entre eles.

— Uma experiência religiosa?

Falconi pegou o prato e levou à pia.

— Trig tem um amor incomum por pimenta. Na volta, ele comprou uma Nova Escura de um espertinho em Eidolon.

— Deduzo que Nova Escura é uma espécie de pimenta.

Trig quicou nos calcanhares.

— A mais ardida da galáxia!

— É tão picante que dizem que você vai ver o rosto de deus se for idiota a ponto de comer uma — disse Sparrow. — Ou isso ou você desmaia e morre.

— Ei, peraí! — protestou Trig. — Não é tão ruim assim.

— Ha!

— Já experimentou? — perguntou Kira a Falconi.

Ele fez que não com a cabeça.

— Prefiro não destruir meu estômago.

Ela olhou para Trig.

— Então, por que você gosta tanto?

— Bom, sabe, quando você não tem comida suficiente, o molho de pimenta ajuda, né? Corta a fome. É isso que me agrada nas pimentas... e eu meio que gosto do desafio. Me dá um senso de controle. Nem mesmo dói depois de um tempo, e você fica só *uiiiii*!

Trig rodou a cabeça, como se estivesse tonto.

— Ajuda na fome, é?

Kira começava a compreender.

— É.

Trig levou os pratos para a pia, depois saiu às pressas da cozinha.

— Desejem-me sorte!

Kira tomou um gole do chell.

— Temos de esperar? — perguntou ela, olhando os outros.

Falconi ativou a holotela na mesa.

— Se você quiser.

— Um tempo atrás, Trig falou que teve escassez de alimentos na Estação Undset...

Um franzido surgiu no rosto afilado de Sparrow.

— Se é assim que prefere chamar. Estava mais para merda federal.

— Ah, é?

— É. Pelo que sei, o transporte subluz que devia reabastecer Undset de Cygni A deu defeito e saiu de curso. Não é grande coisa, né? A estação tem hidroponia, além de muita comida extra armazenada. O único problema era que..

— O único problema — disse Falconi, olhando o holo cintilante — era que o intendente andava reduzindo custos, embolsando a diferença. Na verdade, tinha menos de um terço da comida lá. E a maior parte estava podre. Lacres com defeito ou coisa assim.

Kira estremeceu.

— Mas que merda.

— Pode apostar. Quando eles perceberam como a situação era ruim, a estação estava quase sem comida nenhuma e o rebocador substituto ainda estava a semanas de distância.

— *Semanas*? Por que tanto tempo? Cygni B não fica tão longe assim da A.

— Burocracia, tempo para reunir os mantimentos, preparar uma nave etc. Ao que parece, eles não tinham nenhum transporte FTL pronto na época, então tiveram de fazer em subluz. Foi todo um conjunto de merdas.

— Pelo que Trig contou — acrescentou Sparrow —, as coisas ficaram muito ruins em Undset antes que o novo transporte aparecesse. Supostamente, eles acabaram ejetando no espaço o intendente e o comandante da estação.

Ela assentiu como se contasse um grande segredo.

— Por Thule.

Kira meneou a cabeça.

— Há quanto tempo isso aconteceu? — perguntou.

Sparrow olhou para Falconi.

— Foi o que, uns dez, doze anos atrás?

Ele assentiu.

— Acho que sim.

Kira beliscou a comida, pensando.

— Trig então seria muito novo.

— É.

— Não admira que quisesses sair de Undset.

Falconi voltou a atenção ao holo.

— Não foi o único motivo dele, mas... sim.

7.

Eles ainda estavam na cozinha 45 minutos depois, quando Trig voltou se pavoneando. As faces brilhavam, vermelhas; os olhos estavam inchados, injetados, vidrados; e sua pele brilhava de suor, mas ele parecia feliz, quase eufórico.

— Como foi, garoto? — perguntou Sparrow, recostando-se na parede.

Ele sorriu e estufou o peito.

— Demais. Mas cara, minha garganta *arde*!

— Nem imagino por quê — disse Nielsen num tom seco.

O garoto partiu para a área da cozinha, parou e olhou para Kira.

— Dá pra acreditar que vamos mesmos explorar ruínas alienígenas amanhã?!

— Está ansioso por isso?

Ele fez que sim com a cabeça, sério, mas ainda empolgado.

— Ah, tô. Mas, bom... Eu estava imaginando, o que vai acontecer se eles ainda estiverem por lá?

— Também gostaria de saber — resmungou Nielsen.

Mentalmente, Kira mais uma vez viu o Supremo virar para baixo o Bastão Azul e um planeta escuro e infeliz sumir do firmamento.

— Tomara que eles estejam de bom humor.

8.

A pergunta de Trig ficou na cabeça de Kira quando ela voltou à cabine: "O que vai acontecer se eles ainda estiverem lá?" É mesmo, o quê? Ela verificou no console o progresso da nave — curso inalterado, planeta e agora mais brilhante do que qualquer uma das estrelas visíveis —, depois se deitou na cama e fechou os olhos.

As preocupações do dia seguinte teriam de esperar pelo dia seguinte.

Ela dormiu e desta vez não foi invadida por lembrança nenhuma.

9.

Kira foi acordada por um bipe persistente.

Irritada, forçou os olhos a se abrirem. No holo, viu a hora exibida: *0345*. Quinze minutos até a partida.

Ela gemeu e rolou para fora da cama, sentindo falta de cada segundo de sono. Depois lhe ocorreu que tinha se esquecido de ajustar o despertador. Será que Gregorovich era o responsável por acordá-la?

Enquanto se vestia, Kira abriu uma nova janela e mandou uma única frase ao cérebro da nave:

Obrigada. — Kira

Um segundo depois, chegou uma resposta.

De nada. — *Gregorovich*

Valia a pena ser educada com os cérebros de nave, em particular se não fossem muito sãos.

Ainda grogue, Kira correu pela nave e subiu para a ponta da *Wallfish*. A nave não tinha parado o empuxo, o que significava que o módulo ainda não chegara. Ótimo. Ela não estava tão atrasada.

Kira encontrou a tripulação — junto com os Entropistas e os quatro fuzileiros navais em armadura energizada — no alto da nave, perto da câmara de descompressão.

— Bem na hora — disse Falconi, e lhe atirou um blaster.

Ele estava de skinsuit, inclusive capacete, e levava o imenso lança-granadas, Francesca, pendurado nas costas.

— O módulo está perto? — perguntou Kira.

Como que em resposta, o alerta de empuxo soou e Gregorovich disse:

— Iniciando manobras de acoplagem com a NCMU *Ilmorra*. Favor se segurarem na alça, no cinto de segurança e/ou no coxim mais próximo.

Vishal a viu bocejar e lhe ofereceu uma cápsula de AcuWake.

— Tome, srta. Kira. Experimente.

— Acho que não.

— Pode não ajudar, mas acho que vale a pena tentar.

Ainda em dúvida, Kira levou a cápsula na boca. Ela explodiu entre os dentes com um sabor intenso de gualtéria, forte o bastante para fazer o nariz formigar e os olhos lacrimejarem. Em segundos, seu cansaço e névoa mental começaram a se dissipar, deixando-a com a sensação de que ela teve uma noite completa de sono.

Assombrada, ela olhou para o médico.

— Fez efeito! Como isso funciona?!

Um sorriso dissimulado enfeitou o rosto do médico e ele deu um tapinha do lado do nariz.

— Achei que podia funcionar. O medicamento entra direto na corrente sanguínea, depois vai para seu cérebro. Muito rápido e muito difícil para a Lâmina Macia impedir sem prejudicar seu cérebro. Além disso, é para ajudar, sim, então talvez o xeno saiba que não pode interferir.

Qualquer que fosse a explicação, Kira ficou agradecida pela assistência química. Não podia sentir privação de sono numa hora daquelas.

Então toda a sensação de peso a abandonou e a bile subiu à garganta.

A acoplagem foi rápida e eficiente. O módulo do CMU abordou a *Wallfish* de frente para que as duas naves ficassem livres da radiação dentro dos cones dos escudos de sombra. Fizeram contato, ponta com ponta, e um leve tremor atravessou a *Wallfish* ao ser tocada.

As câmaras de descompressão conjugadas se abriram. Um fuzileiro naval passou a cabeça pelo outro lado.

— Bem-vindos a bordo — disse ele.

Falconi abriu um sorriso torto para Kira.

— Hora de nos metermos onde não devíamos.

— Vamos nessa — disse Kira, e saltou para a *Ilmorra*.

CAPÍTULO II

* * * * * * *

A CAELO USQUE AD CENTRUM

1.

Kira viu nos filtros a *Wallfish* e a *Darmstadt* diminuírem na distância: dois pontos luminosos que rapidamente minguaram a quase nada. As naves se deslocavam em uma dupla perfeita no curso do asteroide que escolheram minerar. Atrás delas, o Caçabicho era um globo opaco e avermelhado — um carvão moribundo engastado em um campo preto.

Kira sentou-se afivelada em um assento ejetor junto da parede, ao lado de Falconi. O resto da expedição estava seguro da mesma forma, a não ser por aqueles — como Trig e Nielsen — que usavam armadura energizada. Eles ficaram de pé, fixos em pontos duros perto do fundo do módulo.

O grupo contava com 21 integrantes. Quatorze deles, inclusive Hawes e os outros três fuzileiros navais da *Wallfish*, estavam de exo. Dois exos do CMU pareciam variantes de armadura pesada: tanques ambulantes com torres portáteis afixadas nos peitorais.

A maioria dos fuzileiros era de homens alistados, embora Akawe também tenha envido seu segundo-em-comando, Koyich, para supervisionar a operação.

O homem de olhos amarelos estava no meio de uma frase a Falconi:

— ... nós mandamos saltar, você salta. Está entendido?

— Perfeitamente — disse Falconi, parecendo insatisfeito.

Koyich franziu a boca.

— Não sei por que o capitão concordou em deixar salteadores como você virem, mas ordens são ordens. Se der merda, fique fora do caminho, está me entendendo? Se cruzar a linha de fogo, vamos atirar em você, e não em volta. Entendido?

No mínimo, a expressão de Falconi ficou ainda mais glacial.

— Ah, eu entendi, sim.

Mentalmente, Kira marcou o quadradinho rotulado de *babaca* ao lado do nome de Koyich.

No alto, as luzes passaram do branco-claro de pleno espectro para o brilho púrpura de irradiação de UV e rajadas de gases de descontaminação fustigaram Kira e os outros passageiros, de jatos instalados nas paredes.

A *Ilmorra* tinha uma organização diferente da *Valkyrie*, mas era parecida o bastante para Kira sentir um forte *déjà vu*. Ela tentou deixar de lado as emoções e se concentrar no presente; o que quer que acontecesse no planeta, eles não iam ficar empacados no módulo. Não com a *Darmstadt* e a *Wallfish* por perto. Mesmo assim, era inquietante estar em uma nave tão pequena, tão longe de qualquer sistema habitado por humanos. Eles eram verdadeiramente exploradores do profundo desconhecido.

Tinham comida suficiente para ficar uma semana no planeta. Se fossem necessários mais alimentos, a *Darmstadt* podia jogar da órbita depois que a nave voltasse do cinturão de asteroides. Tirando complicações imprevistas, eles iam ficar no planeta até encontrarem o Bastão Azul ou conseguirem determinar que ele não estava ali. A volta às naves seria uma imensa chatice, não só devido ao propelente necessário para o módulo entrar em órbita, mas também à descontaminação pela qual precisariam passar antes da permissão para subir a bordo.

Kira estava de skinsuit e capacete, que ela usaria até que saíssem do planeta, como todos que não vestiam exo — todos, com exceção dos Entropistas, que tinham, de algum modo, transformado o tecido inteligente de seus mantos gradientes em trajes justos, com capacete e visores. Como sempre, a tecnologia deles impressionava.

Os trajes teriam sido necessários independentemente de preocupações com biocontenção. A análise espectrográfica mostrara que a atmosfera da superfície em terra os mataria sem proteção (não imediatamente, mas bem rápido).

A *Wallfish* e a *Darmstadt* tinham desacelerado bastante quando se aproximaram do planeta, mas nenhuma das duas naves fizera uma parada completa e relativa, o que deixava a *Ilmorra* com várias horas de empuxo antes de poder entrar em órbita.

Kira fechou os olhos e esperou.

2.

O guincho dos alarmes arrancou Kira de volta ao estado de alerta total. Luzes vermelhas faiscaram no alto e os fuzileiros navais trocavam gritos, berrando um jargão incompreensível.

— O que houve? — disse ela.

Ninguém respondeu, mas Kira viu a resposta com os próprios olhos quando abriu os filtros.

Naves.

Muitas naves saindo do FTL. "Águas."

Uma descarga de adrenalina fez o coração de Kira disparar e a Lâmina Macia se perturbou por baixo do skinsuit. Ela viu os detalhes. Quatro, cinco, seis naves tinham aparecido até agora. Entraram em espaço normal de algum jeito a partir do centro do sistema — um erro em seus sistemas de navegação, talvez, mas, conhecendo a velocidade dos propulsores dos Águas, não podiam estar a mais que algumas horas de distância do empuxo máximo.

Sete naves.

Ao lado dela, Falconi falava freneticamente no microfone do capacete. No meio do módulo, Koyich fazia o mesmo.

— Meeeeerda — disse Sanchez. — Acho que os Águas já estavam por aqui, procurando o Bastão Azul.

Um *clank* de Tatupoa dando um tapa na cabeça blindada de Sanchez.

— Não, seu burro. Eles seguiram nosso rastro de flash, porra. Se não, o *timing* está todo errado.

O soldado Nishu deu sua opinião:

— Também é a primeira vez que vejo eles fazerem isso. Escrotos.

Então o tenente Hawes:

— De algum jeito aprenderam a nos rastrear, mesmo com todos os ajustes de curso.

Ele meneou a cabeça.

— Nada bom — acrescentou.

— Que ajustes de curso? — perguntou Kira.

Foi Nishu quem respondeu.

— Sempre que saímos de FTL para expelir calor, fazemos uma leve mudança de curso. No máximo um grau ou uma fração de grau, mas o suficiente para se livrar de qualquer um tentando traçar nosso destino final com base em nossa trajetória. Nem sempre é útil na Liga, com as estrelas tão próximas, mas faz uma diferença se, digamos, vamos de Cygni a Eidolon.

Koyich e Falconi ainda estavam ao microfone.

— A *Wallfish* fez essas correções também? — disse Kira.

Hawes assentiu.

— Horzcha coordenou tudo com seu cérebro de nave. Deveria impedir que os Águas rastreassem nosso flash, mas... parece que não.

"Rastro de flash." Kira se lembrou da expressão em *Sete minutos para Saturno*, o filme de guerra que Alan adorava tanto. O conceito era muito simples. Quem quisesse ver o que tinha acontecido em um local antes da hora de chegada, só precisava entrar em FTL e voar daquele local até ter percorrido uma distância do evento maior do que a luz. Depois estacionava a nave em espaço aberto, virava o telescópio e esperava.

O detalhe das imagens recebidas seria limitado pelo tamanho do equipamento a bordo, mas mesmo em distâncias interestelares seria relativamente fácil localizar algo, por exemplo, como a *Wallfish* e a *Darmstadt* saltando para FTL. Os propulsores das naves eram tochas acesas no fundo frio do espaço, e era muito fácil localizar e rastrear as duas.

Kira repreendeu a si mesma por não considerar essa possibilidade antes. *Óbvio* que os Águas fariam o máximo para deduzir onde ia a Lâmina Macia depois de 61 Cygni. Por que não? Ela sabia o quanto o xeno era importante para eles. De algum modo, com o aparecimento dos pesadelos, ela supôs que os Águas teriam preocupações maiores que esta.

Pelo visto, não tinham.

Falconi gritou algo no capacete, mas Kira só ouviu uma versão abafada, porque seu alto-falante estava desativado. Depois ele bateu a cabeça na parede, com uma expressão sombria.

Ela bateu no visor dele e Falconi a olhou.

— O que foi? — perguntou ela.

Ele fez uma careta.

— Estamos longe demais para que a *Wallfish* nos alcance antes dos Águas. Mesmo que a nave consiga, os tanques estão pela metade, e de jeito nenhum podemos...

Ele parou, franziu os lábios e olhou para Trig.

— As chances não são boas — completou. — Por assim dizer.

— Vamos continuar — disse Koyich, em volume suficiente para ser ouvido por todo o módulo. — Agora nossa única chance é encontrar esse bastão antes dos Águas.

Ele voltou os olhos felinos para Kira.

— Se conseguirmos, é melhor você saber como usar, Navárez.

Kira empinou rapidamente o queixo e, embora estivesse longe da certeza, disse:

— Traga o bastão às minhas mãos e teremos uma boa surpresa para os Águas.

Koyich pareceu satisfeito com esta declaração, mas uma mensagem apareceu nos filtros de Kira:

<*Tem certeza disso?* — *Falconi*>
<*O xeno parece saber usar, então... vamos torcer.* — *Kira*>

Então soou o alerta de empuxo e um manto de chumbo caiu sobre Kira enquanto a *Ilmorra* levava a aceleração a 2 g.

— Estimativa de chegada a Nidus, 14 minutos — disse a pseudointeligência do módulo.

— Nidus? — perguntou Nielsen antes que Kira conseguisse falar.

O tenente Hawes respondeu:

— É nossa designação extraoficial para o planeta. Mais fácil de lembrar que alguma letra ao acaso.

Kira achou adequado. Fechando os olhos, ela mudou os filtros para as câmeras externas do módulo. A curva do planeta se erguia diante deles, uma metade na sombra, a outra na luz, e o terminador era um reino sombrio e crepuscular dividindo as duas de um polo a outro. Faixas de nuvens agitadas envolviam a metade do globo — tempestades enormes impelidas pelo calor transferido do lado preso ao sol. *Nidus*.

A vertigem fez Kira se segurar nos braços do assento ejetor e, por um momento, ela sentiu que eles estavam pendurados na beira de um precipício enorme, prestes a cair.

Não era necessário, mas a pseudointeligência lhes dava atualizações contínuas, talvez porque fosse tranquilizador, talvez porque fosse protocolo do CMU:

— Retomada de ausência de peso em cinco... quatro... três... dois...

O manto de chumbo desapareceu e Kira engoliu em seco, enquanto o estômago tentava escapar pela boca.

— Iniciando conversão para eixo Z.

Ela sentiu um empurrão no lado direito do corpo e Nidus saiu de vista, substituído pelas profundezas consteladas do espaço enquanto a *Ilmorra* virava de cabeça para baixo, depois outro empurrão quando o giro parou. Kira desativou os filtros e se concentrou em controlar o estômago rebelde.

— Retraindo radiadores... Um minuto, 15 segundos até entrada atmosférica.

O tempo se arrastava com uma lentidão torturante.

— Contato em dez... nove... oito...

Enquanto a pseudointeligência fazia a contagem regressiva, Kira verificou os Águas. Quatro das naves tinham alterado o curso, em perseguição ao módulo. As outras três iam diretamente para o cinturão de asteroides, presumivelmente para reabastecer os tanques, como a *Darmstadt* e a *Wallfish*. Até agora, nenhum dos alienígenas parecia mostrar interesse em atacar uma das duas naves, mas Kira sabia que isso mudaria.

— Contato.

Um estremecimento correu pela *Ilmorra* e Kira vagou de volta ao assento, com os tremores aumentando a um rugido tremendo. Ela deu uma olhada rápida do lado de fora, pelas câmeras traseiras. Uma muralha de chamas a recebeu. Ela estremeceu e desligou a transmissão.

— Iniciando frenagem — disse a pseudointeligência.

Uma martelada arremessou o corpo de Kira contra o assento. Ela trincou os dentes, agradecida pelo apoio da Lâmina Macia. O tremor piorou e a *Ilmorra* se sacudiu com força suficiente para jogar a cabeça de Kira para trás e seus dentes baterem.

Vários fuzileiros navais soltaram uivos.

— Ah, mamãe do céu! Montado no dragão!

— Manda ver, cara!

— Igualzinho ao paraquedismo orbital no meu planeta!

— É assim que uma descida tem que ser!

Parte de Kira não conseguiu deixar de pensar que Sparrow teria gostado da turbulência.

O barulho dos motores mudou, ficou mais grave, mais abafado, e a frequência das vibrações se acelerou.

— Passando da propulsão a fusão à operação de ciclo fechado — disse a pseudointeligência.

Isso significava que eles estavam a cerca de 90 quilômetros do solo. Abaixo dessa altura, a densidade da atmosfera provocaria retroespelhamento térmico de um reator de ciclo aberto suficiente para derreter a parte traseira do módulo. Não só isso, mas um escapamento sem escudo irradiaria tudo próximo à zona de pouso.

O problema com a operação de ciclo fechado, porém, era que o reator devorava hidrogênio a quase dez vezes a taxa normal. Naquela hora, Kira teve medo de que eles precisassem de cada grama de propelente para escapar dos Águas.

A não ser, isto é, que ela conseguisse pôr as mãos no Bastão Azul.

As anteparas em volta deles gemeram e guincharam, e em algum lugar um equipamento caiu no chão com estrondo.

Kira verificou as câmeras: uma camada de nuvens encobria a visão, até que clareou e ela viu a pequena dobra de montanhas desgastadas aonde iam. O complexo dos Desaparecidos mal era visível, apenas um brilho de linhas brancas escondidas no fundo do vale sombreado.

A *Ilmorra* se sacudiu de novo, mais forte que antes. A dor disparou pela língua de Kira e o sangue encheu a boca quando ela percebeu que tinha se mordido. Ela tossiu, porque o sangue escorreu para o lado errado.

— Mas o que foi *isso*? — gritou ela.

— Paraquedas de frenagem — respondeu Koyich numa voz calma de enfurecer.

Ela teria jurado que ele estava se divertindo.

— Ajuda a economizar combustível! — acrescentou Sanchez.

Kira quase riu do absurdo da situação.

O rugido do vento do lado de fora diminuiu e a pressão em seu peito se afrouxou. Ela respirou fundo. Não faltava muito…

Soaram os propulsores RCS: rajadas curtas acima e abaixo deles, ao longo do casco. O módulo vacilou e pareceu se virar ligeiramente em torno de Kira. Ajustes de estabilidade, reposicionando a *Ilmorra* para o pouso.

Ela contou os segundos em silêncio. Passou-se quase meio minuto, até que uma aceleração súbita a apertou no fundo no assento, dificultando a respiração. A *Ilmorra* se balançou, o peso de Kira normalizou e do fundo da nave vieram dois estrondos ressoantes. Depois os motores foram desligados e se seguiu uma quietude chocante.

Pouso no planeta.

CAPÍTULO III

* * * * * * *

CACOS

1.

— Conseguimos — disse Kira.

Depois de tanto tempo viajando, a chegada nem parecia verdade.

Falconi soltou as fivelas.

— Hora de cumprimentar os nativos.

— Ainda não — disse Koyich, se levantando. — Olhos e ouvidos atentos, seus macacos horrendos. Exos livres para desacoplar. Peguem seu equipamento e me deem um relatório da situação pra ontem. E esses drones só vão para o ar quando eu der a ordem. Vocês me ouviram! Andem!

Em volta deles, o módulo se transformou em um burburinho de atividade dos fuzileiros navais preparando-se para a mobilização. Antes de irem à câmara de descompressão, eles verificaram a atmosfera em busca de fatores de risco desconhecidos, depois fizeram uma varredura da área, procurando sinais de movimento.

— Alguma coisa? — exigiu saber Koyich.

Um dos fuzileiros da *Darmstadt* meneou a cabeça.

— Não, senhor.

— Verifiquem os térmicos.

— Já chequei, senhor. Está morto lá fora.

— Muito bem. Andando. Exos na frente.

Kira se viu apertada entre os dois Entropistas enquanto os fuzileiros navais se reuniam na frente da câmara de descompressão.

Veera falou:

— Isso não é…

— … muito empolgante? — completou Jorrus.

Kira segurou o blaster com mais firmeza.

— Não sei bem se eu escolheria a mesma palavra.

Ela nem sabia o que sentia. Uma forte combinação de medo, expectativa e… e não valia a pena pensar nisso. Kira pouparia as emoções para depois. Antes havia um trabalho que precisava ser feito.

Kira olhou rapidamente para Trig. A cara do garoto estava pálida por trás do visor, mas ele ainda parecia estupidamente ansioso para ver onde pousaram.

— Como você está? — perguntou ela.

Ele assentiu, o olhar fixo na câmara de descompressão.

— Tudo certo.

A câmara se abriu com um silvo e uma coroa de condensação espiralou pelas bordas da porta quando ela rolou para trás. Entrou a luz vermelha e opaca do Caçabicho, lançando uma forma oval alongada no convés corrugado. O uivo solitário do vento abandonado tornou-se audível.

Koyich fez um sinal com a mão e quatro dos fuzileiros de armadura se mexeram pela câmara. Depois de alguns minutos, um deles disse:

— Liberado.

Kira teve de esperar que os fuzileiros restantes saíssem do módulo e sinalizassem para que ela e os Entropistas os seguirem.

Do lado de fora, o mundo estava dividido ao meio. A leste, o céu cor de ferrugem tinha um brilho crepuscular, e o Caçabicho se projetava acima do horizonte tortuoso — um globo vermelho e inchado bem mais escuro que Epsilon Indi, o sol com que Kira fora criada. A oeste ficava um reino de escuridão perpétua, envolto em uma noite sem estrelas. Nuvens grossas pendiam baixas sobre a terra, vermelhas, laranja e púrpura, emaranhadas de vórtices impelidos pelo vento incessante. Relâmpagos iluminavam as profundezas sobrepostas das nuvens e o ronco do trovão distante fazia eco na terra.

A *Ilmorra* pousara no que parecia um trecho de pavimento rachado. A mente de Kira automaticamente categorizou as pedras como artificiais, mas ela teve a cautela de não se ater às primeiras impressões.

Cercando a zona de pouso havia campos abertos, recobertos pelo que parecia um musgo preto. Os campos subiam em encostas de morros, e os morros nos limites das montanhas. Os picos cobertos de neve eram gastos e arredondados pelo tempo, mas o volume sólido de suas silhuetas escuras ainda era capaz de intimidar. Como nos campos e nos morros, uma vegetação lustrosa e preta crescia nas encostas das montanhas — preta para melhor absorver a luz vermelha da estrela-mãe.

No momento, as construções que ela havia identificado do espaço não eram visíveis; ficavam mais adiante no vale, atrás de um flanco da montanha vizinha, talvez a dois ou três quilômetros (ela sempre tinha dificuldades para avaliar distâncias em planetas novos; era preciso algum tempo para se habituar à densidade da atmosfera, à curva do horizonte e ao tamanho relativo de objetos próximos).

— Dramático — disse Falconi, aproximando-se dela.

— Parece uma pintura — disse Nielsen, juntando-se a eles.

— Ou parte de um videogame — disse Trig.

Para Kira, o lugar parecia de uma antiguidade incalculável. Era improvável que fosse o planeta natal dos Desaparecidos — seria *extremamente* difícil uma espécie senciente e tecnologicamente avançada evoluir em um planeta gravitacionalmente preso —, mas para ela havia pouca dúvida de que os Desaparecidos tinham se instalado ali muito tempo antes e ficado por muito tempo depois disso.

Os fuzileiros agiam apressados, instalando torres automáticas em volta do módulo, lançando drones no ar (que zuniam para o céu com um zumbido de dar nos nervos) e posicionando sensores — ativos e passivos — em um largo perímetro.

— Em formação — gritou Koyich, e os fuzileiros se reuniram diante da câmara de descompressão agora fechada.

Depois ele correu até onde Kira observava com Falconi e os Entropistas e disse:

— Temos duas horas antes que os Águas entrem em órbita.

Kira se deprimiu.

— Não é tempo suficiente.

— É todo o tempo que temos — disse Koyich. — Eles não vão correr o risco de nos atingir com bombas e mísseis, nem com cetros divinos, então...

— Desculpe-me, como disse?

Falconi respondeu.

— Projéteis cinéticos. Grandes nacos pesados de tungstênio, algo assim. A potência é próxima à de um míssil nuclear.

Koyich assentiu com o queixo.

— Isso mesmo. Os Águas não vão se arriscar a destruir você ou o bastão. Terão de descer aqui em carne e osso. Se conseguirmos chegar às construções que você localizou, podemos travar um combate de retardamento, para lhe dar algum tempo. Se aguentarmos o suficiente, a *Darmstadt* pode nos dar alguns reforços. Esta não será uma luta vencida no espaço, disto eu tenho certeza.

— Acho que podemos esquecer os procedimentos de contenção — disse Kira.

Koyich grunhiu.

— Pode-se dizer que sim.

O primeiro-oficial gritou alguns comandos e, instantes depois, o grupo partiu em marcha acelerada pelas pedras quebradas, cada passo das 14 armaduras de energia batendo como tambores terríveis. Dois fuzileiros navais da *Darmstadt* ficaram com o módulo. Quando Kira olhou para trás, viu que eles andavam em torno da embarcação, procurando danos na proteção de calor.

O vento representava uma pressão constante e lateral em Kira. Depois de tanto tempo em naves e estações, o movimento do ar causava estranheza. O ar e o terreno acidentado.

Ela fez as contas de cabeça. Foram quase seis meses desde que esteve em Adrasteia pela última vez. Seis meses de espaços fechados, luzes artificiais e o fedor de corpos aglomerados.

Manchas de musgo preto eram esmagadas pelo solado de suas botas. O musgo não era a única vegetação por ali; havia grupos de trepadeiras carnudas (supondo-se que fossem vegetais) crescendo em cada formação rochosa próxima. As trepadeiras caíam como mechas de cabelo gorduroso na face da pedra. Kira não pôde deixar de notar as características diferentes: estruturas parecidas com folhas, com nervuras que formavam uma venação reticulada, semelhante às dicotiledôneas terrestres. Ramificação escalonada, com sulcos profundos nos caules. Nenhuma flor ou corpo de frutificação visíveis.

Uma coisa era olhar, mas o que ela realmente queria era obter uma amostra das células da planta e investigar sua bioquímica. Era aí que estava a verdadeira magia. Um bioma inteiramente novo para explorar e ela não se atrevia a parar para aprender alguma coisa a respeito dele.

Eles contornaram o flanco de uma montanha e, por consentimento tácito, os 19 pararam.

Diante deles, em uma bacia baixa de terra na cabeceira do vale, ficava o complexo de construções alienígenas. O assentamento tinha vários quilômetros de diâmetro, maior até do que Highstone, a capital de Weyland (não que Highstone fosse particularmente grande, pelos padrões da Liga; quando Kira partiu, tinha apenas 84 mil habitantes).

Torres altas e esguias se estendiam para o céu, brancas como osso, mescladas com uma rede do musgo invasivo que se insinuara para cada rachadura e falha nas estruturas. Pelas paredes quebradas, eram visíveis ambientes de todo tamanho, agora cobertos de terra e obscurecidos por trepadeiras oportunistas. Uma variedade de construções menores ficava agrupada nos espaços entre as torres — todas com telhados afunilados e janelas de lancetas sem vidro ou qualquer outra cobertura. As linhas retas eram poucas; os arcos naturalistas predominavam na estética do projeto.

Mesmo em seu estado semiarruinado, havia uma elegância atenuada nas construções que Kira só vira na arte ou em vídeos de luxuosas comunidades pré-planejadas da Terra. Tudo no complexo parecia intencional, da curvatura das paredes ao desenho das calçadas que corriam como riachos por entre o assentamento.

Era inegável que o lugar estava abandonado. Ainda assim, na luz do poente interminável, sob a camada de nuvens ardentes, parecia que a cidade não estava morta, só em latência, como se esperasse por um sinal para voltar à vida e se restaurar à altura da antiga glória.

Kira suspirou. O assombro a deixou muda.

— Por Thule — disse Falconi, rompendo o feitiço.

Ele parecia tão afetado quanto Kira.

— Para onde? — perguntou Koyich.

Kira precisou de um momento para clarear a mente e responder.

— Não sei. Não está me saltando nada aos olhos. Preciso chegar mais perto.

— Em frente, marchar! — gritou Koyich, e eles continuaram pelo declive para a cidade.

Ao lado de Kira, os Entropistas disseram:

— Somos verdadeiramente abençoados por ver isto, Prisioneira.
Ela se sentiu inclinada a concordar.

2.

As torres se agigantavam mais à medida que eles se aproximavam da margem do povoado. O branco era a cor predominante nas construções, mas painéis irregulares de azul criavam contraste nas estruturas, valorizando, com uma dose de decoração intensa, uma paisagem urbana que seria árida.

— Eles tinham senso estético — disse Nielsen.

— Não sabemos disso — falou Falconi. — Tudo pode existir para algum fim prático.

— É isso mesmo o que você acha?

O capitão não respondeu.

Enquanto eles entravam na cidade por uma larga avenida a partir do sul, uma intensa familiaridade tomou Kira. Deixou-a sentindo-se deslocada, como se ela tivesse viajado no tempo. *Ela* nunca estivera naquela cidade crepuscular, mas a Lâmina Macia, sim, e suas lembranças eram quase tão intensas quanto as de Kira. Ela se lembrava de... *vida. Coisas que se moviam: voavam e andavam, e máquinas que faziam o mesmo. O toque da pele, o som de vozes, o doce aroma de flores carregado no vento...* Por um momento ela quase pôde ver a cidade como um dia fora: vital, vibrante, altiva de esperança e orgulho.

"Não perca o controle", ela disse a si mesma. "Não perca o controle." Ela reforçou o domínio férreo sobre a Lâmina Macia. O que quer que acontecesse naquele dia, Kira estava decidida a não permitir que o xeno escapasse de seu poder e agisse desenfreado. Não depois dos erros anteriores.

— Quando acha que isso foi construído? — disse Trig.

Ele estava boquiaberto atrás do visor, sem disfarçar o assombro.

— Séculos atrás — disse Kira, recordando-se do tempo das lembranças da Lâmina Macia. — Antes até de sairmos da Terra. Talvez muito antes.

Koyich a olhou por cima do ombro.

— Ainda não sabe onde procurar?

Ela hesitou.

— Ainda não. Vamos para o centro.

Com dois fuzileiros navais de armadura energizada na vanguarda, eles entraram mais fundo no labirinto de construções. No alto, o vento em turbilhão entre as torres cônicas soava como se tentasse sussurrar segredos, mas Kira, embora ouvisse, não entendia as palavras no ar.

Ela olhava seguidamente prédios e ruas, procurando por algo que pudesse despertar uma lembrança específica. Os espaços entre as estruturas eram mais estreitos do que preferiam os humanos; as proporções eram mais altas, o que combinava com as imagens que ela vira dos Desaparecidos.

Entulho bloqueava a avenida na frente deles, obrigando-os a dar a volta. Veera e Jorrus pararam e se abaixaram para pegar um pedaço que tinha caído de uma das torres próximas.

— Não parece pedra — disse Veera.

— Nem metal — disse Jorrus. — O material...

— Não importa agora — disse Koyich. — Continuem andando.

Os passos do grupo ecoavam nas laterais dos prédios, altos e desconcertantes nos espaços vazios.

Clic.

Kira se virou rapidamente ao ouvir o ruído, assim como o resto do esquadrão. Ali, ao lado de uma soleira vazia, um painel retangular piscou com luz artificial. Era uma espécie de tela branca azulada e distorcida de rachaduras. Não apareceu nenhum texto ou imagem, só o campo de luz clara.

— Como ainda pode haver energia? — disse Nielsen em uma voz cuidadosamente calma.

— Talvez não sejamos os primeiros visitantes — disse Trig.

Kira partiu para a tela e Koyich estendeu o braço para bloquear seu caminho.

— Espere aí. Não sabemos se é seguro.

— Eu vou ficar bem — disse ela, passando por ele.

De perto, o painel brilhante emitia um zumbido fraco. Kira pôs a mão nele. A tela não se alterou.

— Olá? — disse ela, sentindo-se meio tola.

Mais uma vez, não aconteceu nada.

A parede ao lado do painel estava coberta de sujeira. Ela passou a mão para limpar uma parte dela, imaginando se haveria alguma coisa por baixo.

Havia.

Ela viu um símbolo ali, engastado dentro da superfície do material, e ficou petrificada. O emblema era uma linha de formas fractais, de anéis próximos, um por cima do outro.

Kira não conseguiu decifrar nenhum significado, mas reconheceu que o símbolo pertencia ao mesmo padrão sumamente importante que guiou a existência da Lâmina Macia. Incapaz de tirar os olhos do símbolo, ela recuou.

— O que é? — perguntou Falconi.

— Acho que os Desaparecidos fizeram o Grande Farol — disse ela.

Koyich reajustou a alça de sua arma.

— O que a faz pensar assim?

Ela apontou.

— Fractais. Eles eram obcecados por fractais.

— Isso não nos ajuda agora — disse Koyich. — A não ser que você consiga ler isso aí.

— Não.

— Então, não perca...

Koyich enrijeceu, assim como Falconi.

Preocupada, Kira verificou os filtros. Ali — do outro lado do Caçabicho —, mais quatro naves dos Águas tinham saído de FTL. Vinham aceleradas, muito mais aceleradas do que o primeiro grupo de naves inimigas.

— Mas que merda — disse Falconi entredentes. — Quantas naves eles mandaram?

— Vejam: os outros Águas estão aumentando o empuxo, assim chegarão ao mesmo tempo — disse Koyich.

Ele era de uma calma sobrenatural, virando a chave do modo sério para o de combate. Kira reconheceu a mudança também em Falconi.

— Temos uma hora para encontrar esse bastão — declarou Koyich. — Talvez menos. Acelerando, pessoal. Passo dobrado.

Com os exos ainda à frente, eles trotaram mais para dentro da cidade até chegarem a uma praça com uma pedra ereta e alta, rachada e maltratada pelo tempo, no meio. Ao examinar a pedra, Kira viveu um choque semelhante ao de quando vira o símbolo, pois era coberta de um desenho em fractal e, quando olhou mais atentamente, os menores detalhes do desenho pareciam nadar, como se eles se movessem por vontade própria.

Ela sentiu que o chão tinha se mexido. O que estava acontecendo com ela? Arrepios correram pela superfície de sua pele e a Lâmina Macia se agitou, como se estivesse indócil..

— Alguma coisa? — disse Koyich.

— Eu... não reconheço nada. Não especificamente.

— Tudo bem. Não podemos esperar. Hawes, arme um padrão de busca. Procure por qualquer coisa que se pareça com um bastão. Use os drones; usem tudo que tivermos. Se não encontrar o bastão quando os Águas entrarem em órbita, vamos nos concentrar em nos firmar e negar território.

— Sim, senhor!

O tenente e o cabo Nishu dividiram os outros fuzileiros em quatro esquadrões, depois se dispersaram nos prédios. Todos, exceto Koyich, que assumiu posição na lateral da praça, e, da mochila que carregava, retirou uma antena de comunicação que apontou para o céu.

— Navárez — disse ele, mexendo nos controles. — Estou te conectando com a transmissão do esquadrão. Veja se reconhece alguma coisa.

Kira concordou com a cabeça e se agachou no chão, ao lado da pedra ereta. Um contato apareceu nos filtros. Ela aceitou e uma grade de janelas encheu a visão. Cada janela exibia o vídeo feito por um fuzileiro ou um drone.

Era confuso, mas ela fez o maior esforço para assistir, deslocando a atenção de uma janela à seguinte enquanto os fuzileiros corriam pelas construções decadentes, apressando-se de uma sala vazia a outra.

Ainda assim, não sentia nenhuma certeza. Eles estavam no lugar certo; disto Kira estava segura. No entanto, escapava a ela *aonde* no complexo eles deviam ir.

"Diga!", ela ordenou à Lâmina Macia, desesperada. Não veio nenhuma resposta e, a cada segundo que passava, Kira sentia a aproximação dos Águas.

Falconi deu a volta no perímetro da praça junto com Trig e Nielsen, vigilantes. De um lado, os Entropistas se reuniram perto de um painel que tinha se soltado do canto de uma construção, estudando o que havia por baixo.

— Navárez — disse Koyich depois de um tempo.

Ela fez que não com a cabeça.

— Nada ainda.

Ele grunhiu.

— Hawes, comece a procurar por um local em que possamos nos entocar.

Sim, senhor, respondeu o sargento pelo rádio.

Depois de meia hora praticamente em silêncio, Falconi se aproximou de Kira e se agachou ao seu lado, apoiando Francesca atravessada nos joelhos.

— Estamos quase sem tempo — disse ele em voz baixa.

— Eu *sei* — respondeu Kira, os olhos disparando de uma janela à seguinte.

— Posso ajudar?

Ela fez que não com a cabeça.

— O que estamos deixando passar?

— Não sei — disse ela. — Talvez já faça muito tempo desde que a Lâmina Macia esteve aqui. Muita coisa pode ter mudado. Eu só... só receio ter trazido todos aqui para morrer.

Ele ficou alguns segundos em silêncio.

— Não acredito nisso. Tem de ser o lugar. Não estamos procurando direito... A Lâmina Macia não quer morrer nem ser capturada pelos Águas, quer?

— Não — disse ela lentamente.

— Tudo bem. Então, por que mostrar este sistema a você? Esta cidade? Tem de haver alguma coisa que a Lâmina espera que você encontre, algo tão óbvio que está passando despercebido para nós.

Kira olhou a pedra ereta. "Não estamos procurando direito."

— Pode me dar o controle de um drone? — disse ela, falando com Koyich.

— Só não quebre — disse o primeiro-oficial. — Vamos precisar de todos os que temos.

Kira conectou o drone aos filtros, depois fechou os olhos, para se concentrar melhor na transmissão da máquina. Ela pairava ao lado de uma torre, a meio quilômetro.

— O que está pensando? — disse Falconi.

Ela sentia a presença dele a seu lado.

— Fractais — disse ela.

— Ou seja?

Ela não respondeu, mas fez o drone zunir direto no ar, cada vez mais alto, até que sobrevoava até a torre mais elevada. Depois olhou o assentamento como um todo, olhou *mesmo*, tentando ver não só cada construção, mas as formas maiores e gerais. Um lampejo de reconhecimento veio da Lâmina Macia, mas só isso.

Ela virou o drone em um círculo lento, inclinando-o para cima e para baixo para ter certeza de não deixar passar nada. Do ar, as torres eram severas e belas, mas ela não se permitiu se demorar na visão, por mais dramática que fosse.

Um estalo ecoou pela cidade, vindo do oeste. As pálpebras de Kira se abriram e, enquanto ela procurava a origem do barulho, a imagem da cidade saiu de foco.

Sua percepção mudou e ela viu o que procurava. A deterioração das construções e a invasão da flora nativa tinham escondido até aquele exato momento, mas ela *viu*. O antigo contorno da cidade era — como Kira suspeitava — um fractal, e sua forma continha significado.

"Ali." No nexo do desenho, onde ele se enroscava em si mesmo como uma concha de náutilo. Ali, no centro de tudo.

A estrutura que ela identificou ficava do outro lado do povoado: um lugar baixo e abobadado que, se ficasse na Terra, ela teria pensado ser o templo de alguma civilização há muito extinta. *Templo* parecia a palavra errada. Quando muito, *mausoléu* era mais adequado, em vista da severidade clara da construção.

Sua visão não despertou nenhuma lembrança nem confirmação por parte da Lâmina Macia, não mais do que o resto da cidade. Que a construção era importante, parecia inegável, sabendo a afinidade que os Desaparecidos tinham por fractais, mas se tinha ou não alguma relação com o bastão... Kira não sabia.

Desanimada, ela percebeu que teria de adivinhar. Eles não tinham tempo para esperar que o xeno expelisse outro fragmento de informação útil. Precisavam agir, e precisavam agir agora. Se ela escolhesse mal, eles morreriam. No entanto, a hesitação os mataria com a mesma certeza.

— Hawes, foi você? — disse Koyich.

Sim, senhor. Localizamos a entrada de uma estrutura subterrânea. Parece que é denfensável.

Kira marcou a construção na transmissão do drone, depois saiu do programa.

— Talvez não precisemos — disse ela, levantando-se. — Acho que encontrei alguma coisa.

3.

— Você *acha*, mas não tem certeza — disse Koyich.

— Isso.

— Que porra fraca, Navárez. Não pode nos dar uma ideia melhor do que *achar*?

— Lamento, não.

— Puta que pariu.

Falconi falou:

— Não me parece que podemos chegar lá antes do pouso dos Águas.

Kira verificou a posição dos alienígenas: as três primeiras naves entravam em órbita. Ela as viu baixar ao entrarem na atmosfera.

— Precisamos tentar.

— Porra — disse Koyich. — Na pior das hipóteses, vamos nos entocar naquela construção, tentar combater os Águas. Eles não sabem aonde vamos, então isso nos dá vantagem. Hawes, leve dois exos para o local marcado por Navárez, a toda. Todos os outros, em formação comigo, o mais rápido que puderem. Área de probabilidade prestes a esquentar.

Sim, senhor!

O primeiro-oficial retraiu a antena de comunicação e a guardou na mochila enquanto eles saíam correndo da praça e percorriam a rua curva mais próxima.

— Será que a *Ilmorra* pode nos dar alguma cobertura? — perguntou Kira.

Tatupoa e outro fuzileiro correram de uma transversal, juntando-se a eles.

— Os Águas simplesmente atirariam no módulo — disse Koyich.

O zumbido de drones aumentava à medida que várias máquinas assumiam posição bem no alto, proporcionando vigilância constante. O vento os puxava, fazendo os drones mergulharem e se balançarem, no esforço para se manterem estáveis.

— A *Wallfish* está voltando — anunciou Falconi. — Aceleração de emergência. Estará aqui em breve.

— É melhor que não venha — disse Koyich. — Aquela sua barcaça não tem chances contra os Águas.

Falconi não respondeu, mas Kira via que ele discordava. <O que está planejando? — Kira>

<Dois Casaba-Howitzers no lugar certo podem varrer pelo menos metade dos Águas. — Falconi>

<A *Wallfish* pode chegar perto o bastante para isso? — Kira>

<Sparrow e Gregorovich que se preocupem com isso. — Falconi>

Correndo em estrondos ao lado de Kira em sua armadura energizada, Trig parecia quase igualmente preocupado.

— Fique perto de mim e vai ficar tudo bem — disse ela.

Ele lhe abriu um sorriso rápido e enjoado.

— Tá. Mas não me apunhale com seu traje.

— De jeito nenhum.

Duas explosões abalaram o ar, e duas naves dos Águas penetraram a cobertura de nuvens e desceram pelo céu de poente em pilares de chamas azuis ofuscantes. As naves desapareceram atrás das torres perto da margem leste do povoado, e, depois, o ronco dos motores se silenciou.

— Andando — berrou Koyich, embora ninguém precisasse do incentivo.

Todos já corriam com a maior velocidade possível. Hawes, Nishu e as outras equipes de busca se juntaram a eles e assumiram formação junto de Kira e dos outros.

O rádio crepitou no ouvido de Kira. Um dos dois fuzileiros navais que tinha ido à frente falou: *Senhor, chegamos ao alvo. É mais trancado que o cofre-forte de um banco. Não tem nenhuma entrada visível.*

— Corte a entrada, se puder — disse Koyich por entre a respiração curta. — Faça o que fizer, defenda a posição a todo custo.

Entendido.

Por um momento, Kira teve medo que os fuzileiros danificassem o bastão. Depois se livrou da preocupação. Se não conseguiam entrar na construção, a questão seria irrelevante.

A sua esquerda, Sanchez falou:

— Movimento! Quatrocentos metros, se aproximando.

— Mas que merda, eles são rápidos — disse Nielsen.

Ela puxou o ferrolho do fuzil de cano serrado.

Kira ativou o programa de mira do blaster. Uma mira vermelha apareceu no centro de sua visão.

Então Sanchez soltou um palavrão em uma língua que Kira não reconheceu e seus filtros não conseguiram traduzir.

— Eles acabam de derrubar meu drone — disse ele.

— O meu também — disse outro fuzileiro.

— Merda, merda, merda, merda — disse Hawes. — Então são três.

— Temos de sair da rua — disse Falconi. — Somos um alvo fácil ao ar livre.

Koyich negou com a cabeça.

— Não. Continuamos avançando. Se pararmos, eles nos alcançam.

— Duzentos e cinquenta metros, se aproximando — disse Sanchez.

Agora eles ouviam ruídos entre as construções: batidas, estrondos e o gemido e zumbido de drones.

Kira reafirmou o controle mental sobre a Lâmina Macia. "Só o que eu quiser", pensou, fazendo o máximo para passar a noção ao xeno. Por mais caótica que a situação ficasse, por mais dor ou medo que ela acabasse sentindo, Kira *não* ia deixar que a Lâmina Macia machucasse alguém de novo inadvertidamente. Nunca mais.

Então ela desejou que o xeno cobrisse seu rosto. Embora estivesse com o capacete do skinsuit, queria a proteção a mais. Sua visão escureceu durante uma piscada de olho, depois ela voltou a enxergar como antes, só que com o acréscimo de faixas nebulosas e violeta dos campos eletromagnéticos locais. Circuitos grossos emanavam das paredes de várias construções próximas, marcando lugares onde ainda havia energia. (Por que ela não procurara isso antes?)

— Isto é suicídio — disse Falconi.

Ele segurou Kira pelo braço e a puxou para uma porta aberta na construção mais próxima.

— Por aqui — chamou.

— Parem! — gritou Koyich. — É uma ordem.

— Besteira. Não estou sob seu comando — disse Falconi.

Nielsen o seguiu, e também Trig e os Entropistas. Depois de um instante, Koyich não teve alternativa senão ordenar que os fuzileiros fizessem o mesmo.

O andar térreo da construção era alto e espaçoso. Pilares elevados dividiam o espaço a intervalos regulares, uma floresta de troncos de pedra que se ramificavam ao se aproximarem do teto. A visão lembrou Kira, quase com força física, de seus sonhos.

Koyich partiu para cima de Falconi.

— Faça outra gracinha dessas e mandarei que capturem e carreguem você.

Com o cano da blaster, ele apontou os fuzileiros navais em armadura de energia.

— Isso é...

Falconi parou quando os ruídos do lado de fora ficaram mais altos. Kira viu movimento na rua que tinham acabado de abandonar.

O primeiro Água apareceu rastejando: uma lula com tentáculos, de formato parecido com aqueles que Kira já havia encontrado. Atrás dele, várias outras lulas, uma criatura que parecia uma lagosta, um mastigador e várias outras formas que ela só vira nos noticiários. Drones brancos e globulares disparavam acima deles e, mais para trás, ela viu uma espécie de veículo segmentado fluindo pela rua tomada de entulho...

Quase no mesmo instante, os Águas e os fuzileiros soltaram nuvens de giz, escondendo-se uns dos outros.

— Andem, andem, andem! — gritou Hawes.

Explodiram rajadas de laser e projéteis, e um pedaço de alvenaria estourou da pilastra acima da cabeça de Kira.

Ela se abaixou e correu, mantendo-se perto do exo de Trig. Explosões soavam atrás deles. Falconi se virou e disparou o lança-granadas, mas Kira não olhou para trás.

A única esperança deles era a velocidade.

Os dois fuzileiros na frente baixaram os ombros revestidos de metal e arremeteram direto pela parede à frente. Outra sala vazia seguida por outra parede, e eles irromperam em uma rua estreita.

— Continuem! — gritou Nielsen.

Kira procurou os Entropistas e os viu vagamente pelo turbilhão de giz: figuras fantasmagóricas quase recurvadas, de mãos estendidas.

— Por aqui! — chamou, na esperança de ajudar a guiá-los.

Juntos, ela e o resto do grupo dispararam pela rua e entraram em outra construção. Esta era menor, com corredores elevados e finos que mal tinham largura para os exos. A cada passo, as máquinas raspavam lascas das paredes musgosas, que caíam em uma chuva no chão.

Os fuzileiros navais ainda avançavam, rompendo cada barreira. Os arqueólogos do futuro, Kira refletiu, não iam ficar satisfeitos com esses danos todos.

Eles passaram por uma sala com depressões rasas, em forma de poças, no chão — *Kira se lembrou do cheiro de perfumes e o som de respingos de água* —, seguida de uma arcada com tubos largos e quebrados de um material transparente que se estendia para cima junto das paredes — *corpos erguendo-se pelo espaço, os dois pares de braços estendidos para ter equilíbrio* —, e, por fim, eles saíram em outra rua, mais larga que a anterior.

O zumbido de drones ficou mais alto e Kira viu clarões filiformes de ar superaquecido enquanto lasers perfuravam as nuvens de giz que os cercavam.

Então um dos Águas em forma de lagosta deslizou pela lateral do prédio bem no alto — agarrando-se à parede como um inseto gigante — e saltou nas costas da armadura de Tatupoa.

O homem gritou e se contorceu, agitando os braços numa tentativa inútil de se livrar da criatura estridente.

— Fique parado! — gritou Hawes, e uma rajada de tiros explodiu do fuzil.

Cada projétil produziu um pulso de pressão que Kira sentiu no peito.

Explodiu icor da lateral da lagosta e ela caiu se contorcendo no calçamento rachado.

No entanto, tinha cumprido sua missão. O atraso que provocou foi suficiente para que três lulas pululassem em volta do prédio e se aproximassem deles.

Os fuzileiros não foram pegos de surpresa. No instante em que as lulas entraram na linha de visão, as metralhadoras enormes instaladas na frente dos dois exos pesados ganharam vida. Mesmo através do capacete e da máscara da Lâmina Macia, o som era doloroso e apavorante para Kira — tinha uma intensidade visceral.

Kira continuou a avançar aos trancos, sentindo que seus ossos eram martelados.

As três lulas se debateram sob o impacto das balas explosivas dos fuzileiros. Vários tentáculos devolveram o fogo com blasters, pistolas e uma lâmina giratória mortal que se enterrou em um muro na rua.

Um dos fuzileiros navais lançou uma granada. Falconi disparou Francesca, e as duas explosões encobriram as lulas.

Pedaços de carne contorcida salpicaram as construções e choveram em volta de Kira. Ela se abaixou, protegendo o rosto com um braço.

Eles entraram novamente em um prédio e metade dos fuzileiros se viraram para dar cobertura pela retaguarda. Eles se espalharam de cada lado, usando como proteção os cantos, o entulho e o que pareciam ser bancos de encosto alto. Três dos homens sangravam: Tatupoa no exo, os outros dois em skinsuits. Parecia que todos tinham sido atingidos por laser.

Eles não pararam para cuidar dos ferimentos. Sem baixar o blaster, um dos dois usou uma lata de espumed, borrifou na ferida e jogou a lata ao parceiro, que aspergiu o próprio ferimento. Nenhum deles perdeu o ritmo por todo o processo.

— Andem! Andem! Lá atrás! — gritou Koyich, ainda em retirada da entrada da construção.

— Quanto falta? — disse Nielsen.

— Cem metros! — gritou Hawes.

— Iss...

BUM!

As paredes e o teto vibraram como um tambor e séculos de poeira acumulada emplumaram no ar enquanto o canto da construção cedia para dentro. O teto arriou e só o que Kira ouviu foram rachaduras, guinchos e gemidos dilacerantes. Ela desejou que a Lâmina Macia ativasse o infravermelho. Pela nova abertura na lateral da sala, viu o veículo dos Águas bem em frente, do lado de fora: preto e ameaçador, com uma carapaça segmentada que a lembrava um inseto gigante. Na traseira, uma imensa torre fazia mira neles...

Trig e Nielsen abriram fogo junto com os fuzileiros navais. Depois Jorrus e Veera surpreenderam todos: meteram-se na frente e — agindo como um só — cortaram com os braços, gritando uma palavra compartilhada.

Uma explosão de luz ofuscante encobriu a sala. Kira piscou, sentindo um disparo de medo por ficar subitamente cega.

Pontos vermelhos matizaram sua visão à medida que a luz diminuía. Na frente do grupo, ela viu uma fina rede de nanofilamentos cobrindo as paredes, o canto quebrado da construção e o veículo dentro dela — que estava vergado na lateral, convulso, enquanto ramos de eletricidade rastejavam pelas placas da carapaça exposta.

De longe, mais Águas se aproximavam.

— Corram! — gritaram os Entropistas.

Eles correram.

— O que vocês fizeram? — gritou Kira.

— Mágica! — respondeu Veera, o que era inteiramente insatisfatório, mas Kira não tinha fôlego para fazer outras perguntas.

Eles atravessaram o fundo do prédio e — do outro lado da praça — Kira viu a estrutura em mausoléu que tinha identificado do ar. Os outros dois fuzileiros blindados estavam agachados perto da entrada fechada, a luz branca azulada de maçaricos brilhando abaixo das manoplas de metal.

Eles desligaram os maçaricos e deram fogo de cobertura enquanto Kira e os companheiros atravessaram a praça correndo.

Um dos fuzileiros ao lado de Koyich tropeçou e caiu. Sangue e ossos espirraram de seu joelho. Trig o apanhou com uma só mão e o carregou pelo resto do caminho até o templo.

Kira abaixou-se atrás de uma laje de entulho, usando-a como cobertura enquanto recuperava o fôlego. Se os Águas chegassem bem perto, ela podia dar cabo deles com a Lâmina Macia, mas, até agora, eles mantinham distância. Sabiam com o que estavam lidando e se comportavam de acordo, que merda. Tinham mesmo de ser tão inteligentes assim?

Um drone dos Águas apareceu por cima da laje. Nielsen disparou nele com uma única rajada de laser do exo. Através do visor, ela parecia vermelha e suada. Fios de cabelo tinham se soltado do rabo de cavalo e caído pelo rosto.

Atrás de outra laje, Trig deitou no chão o fuzileiro naval com o joelho mutilado. *Redding*, dizia a identificação na frente do skinsuit do homem. Sanchez correu até eles e — antes que Kira conseguisse acreditar no que via — pegou seu blaster e cortou o restante da perna do fuzileiro.

Redding nem mesmo gritou, mas fechou bem os olhos durante o corte. Devia estar usando um bloqueador nervoso para não sentir dor. Sanchez fechou um torniquete em volta do coto da perna, borrifou espumed na ponta ensanguentada, depois deu um tapa no ombro do homem e se juntou ao resto dos fuzileiros para atirar por cima do entulho.

Kira olhou a frente do templo. A entrada era lacrada com o que parecia uma tampa de metal maciço. Os dois fuzileiros só tinham conseguido cortar uma faixa mais ou menos da largura da mão.

A poeira caiu nela enquanto Nielsen e Trig pegavam a laje de pedra atrás da qual ela estava abaixada e, com seus exos, levantavam para que formasse uma barreira entre eles e os Águas que se reuniam nas margens da praça. Os fuzileiros fizeram o mesmo com as outras lajes, dispondo-as em um semicírculo na frente do templo.

— Se vai fazer alguma coisa, a hora é agora — disse Falconi, recarregando Francesca pela bolsa que tinha no cinto.

— Foda-se — disse Koyich. — Use cargas moldadas. Estoure uma abertura.

— Não! — disse Kira. — Pode destruir o bastão.

Koyich se abaixou enquanto projéteis assobiavam no alto. Ele puxou a lingueta de outra lata de giz e jogou no meio da praça.

— *Nós* seremos destruídos, se não entrarmos lá.

Lampejou pela mente de Kira uma imagem do momento em que ela arrancou o transmissor da parede da nave dos Águas.

— Segurem os Águas — disse ela, levantando-se.

De cabeça baixa, correu à entrada bloqueada do templo e pôs as mãos no metal frio. O suor pingava em seus olhos enquanto ela afrouxava o domínio sobre a Lâmina Macia — só um pouquinho — e *tateava* com o traje, estendendo-se e espalhando-se, como um manto de borracha que é esticado. "Não perca o controle... Não perca o controle..."

Um projétil se achatou no metal acima de sua cabeça, borrifando-a de uma mortalha prateada. Kira curvou os ombros e tentou ignorar as explosões constantes e a troca de tiros e granadas.

Sua pele se arrepiou quando a Lâmina Macia abriu o skinsuit e formou uma teia de rebentos entrelaçados entre seus dedos. Os rebentos se estenderam para fora, fluindo pela superfície do metal, procurando e agarrando com milhões de antenas de aparência peluda.

— Por Thule! — exclamou Trig.

— Talvez você queira se apressar — disse Falconi em um tom coloquial.

Kira pressionou para dentro com o xeno, impelindo-o por cada fresta, canto e fratura microscópicas. Ela sentiu o xeno — ela *se* sentiu — escavar a estrutura ligada do metal, como raízes de árvore cavando a terra compacta.

O metal era incrivelmente grosso. Metros e metros dele blindavam a entrada do templo. "O que eles tentavam deixar de fora?", ela se perguntou. Depois lhe ocorreu que talvez a Lâmina Macia fosse a resposta.

Irradiou calor da superfície do metal quando ele começou a ceder.

— Preparem-se! — gritou Kira.

No momento em que sentiu movimento entre seus vários rebentos extrudados, ela puxou, com força.

Com um guincho angustiado, o metal se partiu. Poeira cintilante encheu o ar quando as fibras do traje puxaram pedaços pesados de cor cinza prateada da construção. Uma abertura escura tomou forma diante dela.

No alto, outras três naves dos Águas gritaram pelo céu, meteoros com rastros de fogo e fumaça. Delas, caíram inúmeras vagens: sementes do mal plantadas pela cidade. "Tarde demais", pensou Kira, triunfante.

Ela devolveu a Lâmina Macia ao corpo e novamente estava inteira.

4.

Balas zuniam pelas laterais do metal irregular e rajadas de laser fundiam buracos do tamanho de dedos — espalhando gotas derretidas para todo lado — enquanto Kira avançava para a escuridão.

Falconi a seguiu de perto, depois Trig, Nielsen e o resto do esquadrão. Os fuzileiros ativaram luzes achatadas e hemisféricas, que lançaram pelo perímetro do espaço.

O ambiente era imenso e fundo. Mesmo com o conjunto alucinado de luzes, Kira reconheceu a amplitude do teto abobadado e o padrão do piso tesselado. Aquele lugar onde ela andara muito tempo antes, ao lado do Supremo, perto do fim dos tempos... Um calafrio tumular a fez parar e ela disse, em voz baixa:

— Tenham cuidado, todos vocês. Não toquem em nada.

Atrás dela, Hawes esbravejava ordens, e os fuzileiros navais fizeram mira na abertura entrecortada por onde entraram.

— Guardem este lugar — disse Koyich. — Não deixem um Água sequer passar.

— Senhor, sim, senhor!

Enquanto Kira se aventurava mais profundamente no escuro, Falconi se juntou a ela, como fizeram Koyich, Nielsen, Trig e os Entropistas. Deixaram que ela os liderasse ao seguir para o fundo do espaço.

Agora que estavam dentro do templo, Kira sabia exatamente aonde ir. Não havia dúvida em sua mente; as lembranças antigas lhe garantiam que este era o lugar certo e o que ela procurava estava bem à frente...

Tiros continuaram a ecoar na câmara cavernosa, altos e estrondosos. Quanto tempo este lugar ficara no silêncio? Agora a violência do combate entre Águas e humanos desfizera esta paz. Kira se perguntou quem os Desaparecidos culpariam mais se eles ainda estivessem por aqui.

A trinta metros da entrada, a sala terminava em um par de portas curvadas para fora, imensamente altas e finas. Brancas e engastadas com linhas fractais de azul, eram muito mais decoradas do que qualquer outra coisa que ela vira na cidade.

Kira levantou a mão. Antes que tocasse as portas, um anel de luz apareceu quase na altura de sua cabeça, sobrepondo-se à junta entre as duas portas. Elas se abriram sem ruído, deslizando nas paredes e desaparecendo em recessos ocultos.

Outra sala se estendia diante deles, menor que a antecâmara. Tinha formato heptagonal, um teto que cintilava como se fosse estrelado e um piso que brilhava de leve, iridescente, como uma bolha de sabão. Em cada vértice da sala se erguia um obelisco cristalino, branco azulado e transparente, a não ser por um de frente para Kira, que era vermelho e preto. Este, como os outros, tinha uma aparência severa, como se vigiasse a câmara com um olhar reprovador.

Entretanto, era o meio da sala que mais atraía a atenção de Kira. Três degraus — altos e rasos demais para o conforto da anatomia humana — levavam a uma plataforma, também heptagonal. Da plataforma se erguia um pedestal e, do pedestal, um estojo quadrangular que cintilava como diamante lapidado.

Dentro do estojo de diamante pendiam suspensos sete cacos: o Bastão Azul, agora quebrado.

Kira olhou fixamente. Não conseguia entender, nem aceitar.

— Não — sussurrou.

Alertas faiscaram em seus filtros e, a contragosto, ela olhou. Um gemido escapou dela, fazendo eco no mausoléu dos Desaparecidos.

Outras 14 naves tinham entrado no sistema. Não dos Águas. *Pesadelos.*

CAPÍTULO IV

★ ★ ★ ★ ★ ★ ★

TERROR

1.

Eles estavam cercados. Teriam de ficar e lutar, e provavelmente morreriam.

A cabeça de Kira rodava com a realidade da situação fechando-se em torno dela, como um caixão de ferro. Desta vez não havia escapatória, nenhum truque, nem guinada, nem esperança de socorro. Eles estavam distantes demais de qualquer lugar para esperar ajuda e nem os Águas, nem os pesadelos mostrariam misericórdia.

Era tudo culpa de Kira e não era algo que pudesse corrigir.

— Era para ser assim? — perguntou Falconi, com a voz áspera.

Ele apontou o bastão quebrado.

— Não — disse Kira.

— Dá pra você consertar? — perguntou Koyich, dando voz aos pensamentos de Kira.

— Não. Nem sei se pode ser consertado.

— Esta não é uma resposta aceitável, Navárez. Nós...

BUM!

A construção estremeceu. Pedaços do teto estrelado caíram no chão — os céus se desfaziam. O estojo de diamante balançou e caiu, espatifado, e voaram para lados diferentes os cacos do Bastão Azul.

Os Entropistas se abaixaram para apanhar os cacos.

Pela soleira do santuário, Kira viu que tinham explodido a frente do templo. O veículo-inseto dos Águas estava do lado de fora, estacionado, não mais incapacitado, a artilharia principal apontada para a localização deles. Os fuzileiros navais se retiravam da abertura irregular e pontilhavam o veículo com projéteis e laser.

Faíscas explodiram da arma lateral do veículo ao ser atingida pelo fogo concentrado.

— Falconi! Qual é a distância da *Wallfish*? — disse Koyich, apoiando a arma no ombro ao se dirigir para o lado da porta.

— Quinze minutos — disse Falconi, tomando posição do outro lado.

— Merda. Entrem aqui! Entrem! Vamos! Vamos! Vamos! — gritou Koyich para seus homens, sem parar de disparar nas nuvens de fumaça e giz com a precisão de uma máquina.

— Imobilizado! — disse Hawes. — Estou ferido! Não posso...

O baque ressoante do exo de Nielsen assustou Kira quando a mulher passou por ela para a área frontal do templo. Falconi soltou um palavrão e disparou três granadas em uma sequência rápida para lhe dar algum tempo.

Ao detonar, cada granada abriu uma área esférica de fumaça, giz e poeira. Depois, a névoa branca acinzentada precipitou-se para dentro, encobrindo a visão mais uma vez.

Com vergonha de si mesma, Kira correu atrás de Nielsen. Viu a primeira-oficial pegar dois fuzileiros caídos e correr de volta à parte interna do templo. Kira localizou outro fuzileiro ferido, este ainda no exo. Ela parou numa derrapada ao lado dele e bateu nos fechos de liberação rápida na lateral da máquina.

O invólucro frontal se abriu e o homem caiu para fora, tossindo sangue.

— Vamos.

Kira passou o braço pelos ombros do fuzileiro.

Carregando-o um pouco, ela correu para a porta do santuário. Nielsen já havia deixado suas baixas e voltava para a abertura.

Um impacto paralisante atingiu Kira do lado direito, fazendo-a cair sobre um joelho. Ela olhou e de imediato desejou não ter feito isso: as fibras pretas nas costelas tinham estourado em um borrifo de agulhas. Sangue, músculo e osso eram visíveis, espalhados entre as fibras.

Enquanto Kira olhava, as fibras se entrelaçaram e começaram a fechar o ferimento.

Ela ofegou e se impeliu do chão com pernas que tinham perdido toda sensibilidade, tentando avançar. Um passo, dois, e Kira voltou a andar novamente, ainda carregando o peso considerável do homem no ombro.

Quando Kira passou pela entrada, Falconi tirou o homem dela.

Kira de imediato se virou para voltar, mas Falconi a segurou pelo braço.

— Não seja idiota! — disse ele.

Ela se desvencilhou dele e entrou mais fundo nas nuvens, procurando pelos últimos fuzileiros. Do lado de fora do templo, mais explosões, mais tiroteio. Se não fosse pela Lâmina Macia, Kira duvidava que conseguisse raciocinar ou agir em meio ao barulho. Cada estouro era uma concussão com potência suficiente para ser sentida nos ossos, e os objetos a sua volta ficavam indistintos com a força dos golpes. Parecia também que o barulho aumentava.

"Onde eles estão?" Ela não conseguia enxergar nenhum dos Águas por entre a confusão de fumaça, só formas distorcidas e incompreensíveis se debatendo na névoa.

— SJAM a caminho — gritou Koyich. — Abaixem-se!

Kira se jogou no chão, cobrindo a cabeça.

Meio segundo depois, quatro explosões distintas atingiram as ruas que cercavam a praça, iluminando a área com um fogo infernal. O terreno ondulou e atingiu a face de Kira, fazendo seus dentes baterem com uma força dolorosa.

— Situação — disse Koyich. — Me deem visual dos hostis.

— Parece que derrubamos a maioria deles — disse Hawes —, mas não posso ter certeza. Esperando por um visual melhor.

As explosões só aumentaram o turbilhão de nuvens, engrossando-o a tal ponto que a praça ficou quase preta como breu.

Kira escutou; não ouvia mais tiroteio, nem o barulho de Águas em movimento. Conforme o vento limpava o ar, ela se arriscou a levantar a cabeça e espiar em volta.

Clang! Do outro lado da antecâmara exposta do templo, Nielsen cambaleou para trás, a frente da armadura energizada amassada. Disparou a metralhadora instalada no braço várias vezes na névoa e Kira ouviu o estouro de balas atingindo carne.

Nas ruas obstruídas, ela viu outras dezenas de pontos quentes se aproximando. Mais Águas.

Trig saiu correndo do santuário do templo, na direção de Nielsen. Ao parar derrapando ao lado dela, Koyich falou:

— Essa é toda a ajuda que podemos esperar da *Ilmorra*. Teremos sorte se eles não forem atrás do módulo para desativar aqueles SJAM. Todo mundo para dentro. Rápido!

Ainda havia quatro fuzileiros navais no chão. Kira partiu para o mais próximo.

Um dos drones brancos dos Águas voou para seu campo de visão, pela borda da fachada quebrada do templo, e, ao mesmo tempo, uma lula grande com tentáculos escalou o monte de entulho, com dois blasters nos membros contorcidos.

Kira procurou sua arma, mas não encontrou. Onde estava? Será que deixou cair? Não havia tempo suficiente, nao havia tempo, não havia tempo...

Trig saltou na frente de Nielsen, disparando o blaster e o fuzil ao mesmo tempo. Tinha o rosto contorcido e gritava pelo rádio:

— Iaaaaaah! Toma, seu escroto! Engole essa!

O drone globular e branco girou ao ser atingido pelas balas, depois faiscou e caiu no chão. Atrás do drone, a lula se retraiu e levantou um tentáculo que segurava um canhão eletromagnético longo em formato de barra.

A Lâmina Macia pulsou para fora, lutando para atacar. Por hábito, Kira resistiu, sem querer soltá-la, sem querer confiar no xeno — *bang*.

O som da arma do Água foi curto e nítido. Cortou o tumulto como uma pontuação auditiva. Seguiu-se um silêncio alarmante. As armas de Trig pararam de disparar quando a armadura se fechou. Depois ele lentamente caiu de costas, uma estátua tombando.

Centrado na frente de seu visor estava um buraco do tamanho de um dedo e, paralisada no rosto, uma expressão de surpresa terrível.

— Não! — gritou Falconi.

O choque paralisou Kira por um momento, depois a compreensão horrorizada a incitou à ação. "Lenta demais." Ela relaxou o controle sobre a Lâmina Macia e a estendeu, pretendendo soltar o xeno e dilacerar o Água.

Antes que conseguisse fazer isso, uma mulher de skinsuit correu na frente da lula, agitando um pano branco.

— Esperem! Parem! Parem! Viemos em paz!

Kira ficou petrificada, incapaz de processar o que via.

Enquanto a estranha escalava para o templo, o brilho dourado de seu visor clareou e revelou um rosto duro e enrugado.

Por um momento, Kira só viu um conjunto de feições conhecidas. Depois sua perspectiva se alterou e parecia que o planeta virava sob seus pés.

— *Você!* — disse ela.

— Navárez — disse a major Tschetter.

2.

Mais Águas se reuniam na frente quebrada do templo, mas, por algum motivo, não atiravam, então Kira os ignorou e correu para o lado de Trig.

Falconi e o médico do esquadrão estavam um passo atrás. O médico removeu o capacete de Trig com uma velocidade experiente, e o sangue empoçado foi vertido no chão tesselado em listras de tom vermelho-vivo.

O garoto ainda estava consciente. Os olhos cercados de branco disparavam de um lado ao outro, com uma expressão de pânico. Uma bala o atingira perto da base do pescoço, abrindo as artérias. O sangue era bombeado a uma taxa apavorante, cada jato mais fraco que o anterior. A boca de Trig se mexeu, mas não saiu nenhuma palavra, só um borbulhar horrível — o ofegar desesperado de um nadador se afogando.

"Minha culpa", Kira se repreendeu. Devia ter agido mais rápido. Devia ter confiado no xeno. Se não estivesse tão concentrada no controle, teria sido capaz de proteger o garoto.

De um bolso, o médico pegou uma máscara de oxigênio que fixou sobre a boca de Trig. Depois pegou uma lata de espumed, pressionou o bico no meio do ferimento e borrifou.

Os olhos de Trig rolaram para trás e a respiração ficou entrecortada. Os braços começaram a tremer.

O médico se levantou.

— Ele precisa de crio. Se não trouxer a *Ilmorra* aqui nos próximos minutos, ele vai morrer.

Enquanto ele falava, Nielsen se levantou, a mão no peitoral amassado. Ele apontou um dedo para ela.

— Precisa de ajuda?

— Vou sobreviver — disse ela.

Nisto o médico passou correndo para os fuzileiros que esperavam por sua atenção.

— Podemos... — começou a dizer Kira, se dirigindo a Koyich.

— A *Ilmorra* já está a caminho.

Kira olhou o céu. Depois de alguns segundos, ouviu o ronco nítido de um foguete se aproximando.

— Onde...

Um trio de feixes de laser, cada um equivalente a uma dúzia de blasters portáteis, disparou para o alto de algum lugar além dos limites da cidade. Um segundo depois, uma estrela em chamas mergulhou pela prateleira de nuvens: a *Ilmorra*, arrastando diamantes azuis e um fio de escapamento branco. O módulo desapareceu atrás do flanco da montanha mais próxima e um clarão ofuscante iluminou o vale, lançando sombras para o leste da base das construções.

— Protejam-se! — gritou Koyich, mergulhando atrás de uma ilha de escombros.

Falconi se atirou na frente de Trig; Kira fez o mesmo, usando uma rede de fibras da Lâmina Macia para mantê-los ali.

Ela contou os segundos mentalmente: "Um, dois, três, quatro, cinco, seis, sete..."

O chão se encurvou e a direção do vento mudou com a chegada da onda de choque, mais alta e mais potente que mil trovões. Com ela veio uma onda de calor sufocante. As torres se balançaram e gemeram — soltando pedaços de paredes —, e serpentinas de poeira explodiram pelas ruas uivantes. Escombros encheram o ar, mortais como qualquer projétil. Dezenas de fragmentos atingiram o entulho em que eles se protegiam. Por baixo do braço, Kira viu o corpo perfurado do veículo-inseto ir pelos ares no escuro.

Ela olhou para cima. Uma gigantesca nuvem de cogumelo se elevou acima da montanha, subindo para a estratosfera. O pilar de fúria nuclear era espantosamente imenso; diante dele, ela se sentiu menor do que nunca.

Se não fosse pela proteção da montanha, todos eles estariam mortos.

Ela soltou Falconi e Trig da rede de fibras. Falconi falou:

— Isso foi...

— A *Ilmorra* já era — disse Koyich.

A maior parte da explosão teria vindo da antimatéria armazenada no Propulsor de Markov do módulo. "E agora?" As coisas iam de mal ao apocalipticamente pior.

Quando o uivo do vento diminuiu, eles começaram a se levantar. Trig ainda se contorcia; Kira sabia que ele não viveria muito tempo.

Os Águas tinham se reunido em volta deles durante a explosão. Agora Tschetter estava ao lado de um deles e parecia falar com o Água, embora Kira não ouvisse nada.

A lula andou na direção de Trig.

Falconi sibilou e levantou o lança-granadas, e Kira se agachou, expelindo dos dedos lâminas afiadas como navalhas.

— Fique longe daqui, caralho, ou vou te fazer em pedaços — disse o capitão.

— Meus companheiros dizem que podem ajudar — disse Tschetter.

— Foi por isso que atiraram nele?

Tschetter fez uma expressão de remorso.

— Foi um erro.

— *Claro*. E quem é você, caralho?

As narinas de Falconi estavam infladas, os olhos estreitos e selvagens.

A mulher enrijeceu as costas.

— Major Ilina Tschetter, da ICMU, humana e cidadã leal da Liga dos Mundos Aliados.

— Foi dela que eu te falei — disse Kira em voz baixa a Falconi.

— Da *Extenuating Circumstances*?

Kira fez que sim com a cabeça, com o olhar fixo em Tschetter e nos Águas.

Falconi não demonstrou se impressionar.

— Mas como...?

Nielsen pôs a mão no ombro dele.

— Se você não deixar que eles ajudem, Trig não vai resistir.

— Decida-se, Falconi — disse Koyich. — Não temos tempo para ficar de bate-boca.

Depois de um instante, Falconi se livrou da mão de Nielsen e se afastou de Trig, ainda apontando Francesca para os alienígenas.

— Tudo bem. Mas, se o matarem, vou atirar neles sem fazer perguntas.

Lá fora, a nuvem de cogumelo ainda subia.

Kira manteve as lâminas nos dedos enquanto a lula rastejava para Trig. Movendo-se com a precisão e a delicadeza de qualquer cirurgião, o Água usou os tentáculos para desmontar a armadura energizada de Trig até que o garoto jazia no chão esfarelado sem nada além do skinsuit e a máscara de oxigênio. O Água o envolveu com um tentáculo grosso e, segundos depois, verteu uma substância gelatinosa das ventosas.

— Mas que porra é essa? — disse Falconi num tom pouco controlado.

— Está tudo bem — disse Tschetter. — Fizeram isso comigo também. É seguro.

O Água usou o tentáculo para passar a gosma em todo o corpo de Trig. Depois a camada ficou opaca e endureceu, formando uma cápsula cintilante, em formato humano. Todo o processo levou menos de um minuto.

O alienígena depositou a cápsula no chão e se retirou para o lado de Tschetter.

Falconi pôs a mão na concha.

— O que eles fizeram? Ele ainda consegue respirar aí dentro? Não temos tempo para...

— É a forma de crio deles — disse Tschetter. — Confie em mim. Ele vai ficar bem.

Ao longe, tiros soaram novamente nas ruas e vários Águas escapuliram na direção do barulho. Tschetter endireitou a postura e olhou para Kira, Koyich e o que restava do grupo.

— Eles vão nos dar algum espaço para respirar. Nesse meio-tempo, precisamos conversar. *Agora*.

3.

— Como vamos saber se você é realmente você? — exigiu Koyich.

Ele estivera presente quando Kira contara a Akawe sobre ter deixado a major e o cabo Iska em Adrasteia.

Tschetter torceu os lábios ao se sentar em um bloco de entulho e olhar para Kira.

— Acho que me lembro de lhe fazer uma pergunta parecida na *Extenuating Circumstances*.

A major estava como Kira se lembrava, embora parecesse mais magra — como se tivesse perdido quatro ou cinco quilos —, e havia certa intensidade desvairada na expressão que não existia antes. Talvez fosse resultado das circunstâncias atuais, ou talvez indicasse outra coisa. Kira não sabia.

Kira tinha dificuldades para entender a presença de Tschetter. Nunca esperava rever a major, muito menos ali, em um planeta morto, do outro lado do espaço. A mera incongruência deixou Kira ainda mais atordoada do que a explosão anterior.

Falconi cruzou os braços.

— Os Águas podem ter feito uma varredura em seus implantes, aprendendo tudo que precisavam para imitar você.

— Não importa se você acredita em mim — disse Tschetter. — Quem eu sou não tem nenhuma relação com o que vim fazer aqui.

Koyich a olhou com ceticismo.

— E *por que* está aqui, major?

— Vamos começar pelo começo. Acharam o Bastão Azul?

Como nem Kira nem mais ninguém respondeu, Tschetter estalou os dedos.

— É importante. Encontraram ou não? Precisamos saber *agora*.

Koyich gesticulou para os Entropistas.

— Mostrem a ela.

Veera e Jorrus estenderam as mãos. Nelas estava um fragmento do Bastão Azul.

— Está quebrado — disse Tschetter, seu tom desolado.

— É.

Ela arriou os ombros.

— Maldição — disse ela em voz baixa. — Os Águas contavam com o uso do bastão contra os Corrompidos. É o nome deles para os pesadelos. Sem ele...

Ela se empertigou, enrijecendo a costas.

— Não creio que tenhamos possibilidade de resistir. Nem eles, nem nós.

— É tão ruim assim? — perguntou Kira.

A major assentiu, carrancuda.

— Pior. Os Corrompidos têm atingido os Águas por todo seu território. No início, pequenas incursões, depois cada vez maiores. Alguns Corrompidos já estavam se metendo em Sigma Draconis quando Iska e eu fomos apanhados. Eles derrubaram duas naves dos Águas e aquela em que estávamos escapou por pouco.

— O que *são* os Corrompidos? — perguntou Kira. — Você sabe?

Tschetter fez que não com a cabeça.

— Só sei que os Águas *se cagam* de medo deles. Os Águas disseram que já combateram os Corrompidos. Pelo que pude depreender, não se saíram bem, e o grupo atual de Corrompidos é supostamente ainda mais perigoso. Eles têm diferentes formas, naves melhores, esse tipo de coisa. Além disso, os Águas parecem convencidos de que temos algo a ver com os Corrompidos, mas não sei dos detalhes.

Nielsen levantou a mão.

— Como sabe que os chamamos de Águas e pesadelos? E como você sabe conversar com os Águas?

— Os Águas monitoram todas as transmissões da Liga. Eles me atualizaram antes de partirmos — disse Tschetter, com um tapinha no capacete. — A conversa é de odor para som e vice-versa. O mesmo método que os Águas usam na conversão para sinais eletromagnéticos. Possibilitou realmente aprender a língua deles, mas é claro que não foi fácil.

Koyich se remexeu, impaciente.

— Você ainda não explicou: por que está aqui, major? E por que os Águas com você estão bancando os bonzinhos?

Tschetter respirou fundo. O tiroteio nas ruas se aproximava.

— Os detalhes estão em um arquivo que estou enviando a vocês. O resumo é que os Águas comigo representam uma facção que quer derrubar sua liderança e formar uma aliança com a Liga para garantir a sobrevivência das duas espécies. Só que precisam de nossa ajuda para isso.

Pelo olhar de todos, Kira não era a única que tinha dificuldade para entender a situação.

Os olhos amarelos de Koyich se estreitaram e ele olhou para o céu.

— Pegou isso, capitão?

Depois de alguns segundos, Akawe respondeu: *Em alto e bom som. Major, se isto for verdade, por que não procurou diretamente a Liga? Por que fazer toda essa viagem até aqui para fazer a proposta?*

— Porque, como eu acabo de dizer, os Águas estão monitorando todas as transmissões que entram e saem do espaço humano. Meus companheiros não podem se arriscar a entrar em contato diretamente com o premier. Se os superiores deles perceberem, eles serão apanhados e executados. Além do mais, tinha a questão do Bastão Azul e a necessidade de impedir que Kira e seu traje caíssem em mãos erradas.

Entendi. Tudo bem, verei o arquivo. Nesse meio-tempo, precisa encontrar uma saída dessa pedra. Estamos amarrados no momento e vocês têm Águas e pesadelos a caminho.

— Entendido — disse Koyich.

— Tem mais — disse Tschetter apressadamente. — Os Águas estão construindo uma frota imensa nos arredores da Liga. Assim que estiver pronta, vão varrer e esmagar nossas forças antes de se concentrarem nos Corrompidos. Soube que os Águas planejavam nos conquistar há muito tempo, mas acontecimentos recentes aceleraram seu cronograma. A liderança dos Águas estará no local por vários meses para supervisionar a conclusão da frota. O que meus companheiros propõem é um encontro do CMU com eles perto da frota e que coordenemos um ataque cirúrgico para decapitar o governo deles.

Uma explosão abafada soou distante na cidade. Parecia que os combates tinham dado uma guinada e se deslocavam para a praça e a estrutura de templo.

Seus amigos têm certeza absoluta de que os líderes deles estarão com a frota?

— É o que alegam — disse Tschetter. — Se vale de alguma coisa, eles parecem dizer a verdade.

Akawe deu um pigarro grave. *Entendido. Mesmo que estas informações se revelem um fiasco, passa a ser nossa prioridade máxima transmiti-las à Liga. Os Águas estão interferindo em todo o sistema, o que exclui um sinal direto. De todo modo, demoraria muito. A esta distância, só voltariam sinais de alta potência e lentos pra cacete. Isto significa que pelo menos uma de nossas naves precisa estar aqui fora, e isso vai dar algum trabalho.*

Enquanto Akawe falava, Falconi se afastou alguns passos, os lábios se mexendo em silêncio. Depois soltou um palavrão alto o bastante para ser ouvido através do capacete.

— Mas que merda! Não acredito.

— Que foi? — perguntou Kira.

Ele fez uma careta.

— A linha de resfriamento que Hwa-jung consertou em Cygni acaba de se romper de novo. A *Wallfish* não pode parar antes que seja consertada. Eles vão passar voando por nós.

— Merda.

— Meus companheiros têm duas naves nos limites da cidade — disse Tschetter, gesticulando para os Águas atrás dela, que esperavam pacientemente o tempo todo. — Eles podem lhes dar uma carona para o espaço.

Kira olhou para Falconi, Koyich e Nielsen. Sabia que todos pensavam a mesma coisa: confiar nos Águas a ponto de entrar nas naves deles? E se decidissem tirar a Lâmina Macia dela? Kira conseguiria impedi-los?

— Sei que tem razão, major — disse Koyich —, mas essa ideia não me anima muito.

Akawe entrou na conversa: *Que pena, comandante. Precisa sair dessa pedra, e agora. Quanto a você, major, se isto for uma armadilha, a* Darmstadt *vai explodir suas duas naves antes que vocês saiam do sistema, então não deixe que seus amigos mudem de ideia.*

Tschetter balançou a cabeça rigidamente, como quem está a ponto de bater continência.

— Sim, senhor. Não, senhor.

Koyich começou a se virar.

— Muito bem, precisamos...

— Espere — disse Kira e se colocou bem na frente de Tschetter. — Tenho uma pergunta.

— Deixe para depois, Navárez — esbravejou Koyich. — Não temos tempo.

Kira não cedeu.

— Por que os Águas acham que começamos esta guerra? Foram eles que atacaram a *Extenuating Circumstances*.

Koyich parou, com o dedo no gatilho do blaster.

— Eu também gostaria de saber, major.

Tschetter falou rapidamente.

— Os Águas com quem estive lidando levaram o xeno a Adra para escondê-lo dos outros de sua espécie. Ao que parece, o xeno foi uma grande ameaça no passado e os Águas parecem vê-lo com um misto de medo e reverência. Pelo que me disseram, seu grupo teria feito qualquer coisa, *qualquer coisa*, para impedir que o xeno se vinculasse a outro hospedeiro.

— Então foi por isso que eles apareceram atirando — disse Kira.

Tschetter assentiu.

— Do ponto de vista deles, não somos diferentes de ladrões que invadiram uma instalação militar ultrassecreta. Imagine como o CMU teria reagido.

— Isto ainda não explica por que os outros Águas andam nos atacando — disse Koyich. — Seus *amigos* contaram a eles o que aconteceu em Adra?

A major não hesitou.

— De forma alguma. Até onde sei, a maioria dos Águas só descobriu sobre Kira quando ela enviou um sinal de 61 Cygni.

Ela fez uma cara irônica.

— Foi então que os meus *amigos* aqui me arrancaram da cela e começaram a conversar mesmo comigo. A questão é que, para a liderança dos Águas, esta guerra começou quando os Corrompidos passaram a atacá-los do nada enquanto transmitiam mensagens em nossa língua. Por isso eles acharam que éramos aliados. Isto e porque, na época, os Corrompidos não estavam atacando território humano.

— Mas os Águas ainda planejavam nos invadir, de todo modo — disse Falconi.

— Isso.

Kira falou, então:

— Os Corrompidos sabem sobre o Bastão ou a Lâmina Macia?

Tschetter se levantou.

— Quanto ao Bastão, não sei dizer, mas os Águas parecem pensar que os Corrompidos são atraídos à presença do traje ou coisa assim. Não tenho certeza, em vista da barreira da língua.

Como se pontuasse as palavras dela, duas explosões sônicas abalaram o vale e quatro naves escuras e angulosas desceram gritando do céu e caíram na cidade em vários locais. Não eram parecidas com as naves dos Corrompidos de 61 Cygni, mas ainda havia algo de errado nelas que Kira não conseguia definir.

A ideia de que os pesadelos a estivessem caçando especificamente era profundamente perturbadora.

O barulho de tiroteio e pulsos de laser ricocheteava nas torres da cidade, arautos distorcidos da violência. "Meio quilômetro, talvez menos." O combate se aproximava novamente.

— Pronto, todos em formação! — disse Koyich. — Temos de correr.

— Deixe-me garantir que meus companheiros entendam o plano — disse Tschetter.

Ela se virou para os Águas e começou a falar, sua voz agora inaudível no capacete.

Enquanto a major falava, Kira arrancou o skinsuit rasgado. Só atrapalhava e, além disso, ela queria... Pronto, agora sim: o odor-próximo dos Águas reunidos. Com a pele da Lâmina Macia plenamente exposta, ela conseguia sentir os sinais rodopiantes dos Águas, que observavam e reagiam a seu ambiente.

Ela deveria ter tirado o skinsuit antes. Podia ter feito suas perguntas diretamente aos alienígenas.

O líder dos Águas era óbvio, pelas formas e estruturas dos odores usados. Era uma lula imensa com uma camada escura de armadura flexível sobre os membros. Armadura que, aos olhos de Kira, não era diferente da Lâmina Macia.

Ela se aproximou do alienígena e disse: [[Aqui é Kira: Qual é o seu nome, Líder de Cardume?]]

Os Águas reunidos se agitaram, surpresos, os tentáculos se remexendo, mudando e ganhando vida. [[Aqui é Lphet: O Idealis deixa que você sinta nossos odores! O que mais ele...]]

Uma série de explosões entrecortadas os interrompeu. O barulho estava perigosamente perto. Aproximando-se por uma rua a leste estava um grande cardume de Águas, trocando tiros com duas lulas que batiam em retirada e Kira supôs pertencerem a Lphet. Dando cobertura a eles, por várias ruas a oeste, estavam massas de corpos retorcidos trepando pelas pilhas de escombros e até um por cima do outro: carne atormentada vermelha e preta com a mesma aparência derretida das cicatrizes nos braços de Falconi — um exército de Corrompidos. Um exército de pesadelos.

Soou um estalo atrás deles, alto como um tiro. Kira se agachou e se virou, esperando uma emboscada.

Nas profundezas do santuário interno do templo, o obelisco escuro se partiu, linhas brancas correndo pela superfície, soltando poeira. A nuca de Kira se arrepiou quando a frente do pilar caiu com um clangor carregado de desgraça.

O obelisco era oco. Dentro dele agitava-se uma *coisa* alta e angulosa — uma figura magra como um esqueleto, com pernas de articulações invertidas e dois pares de braços. Um manto preto parecia pender dos ombros pontudos e uma forma dura, como um capuz, escondia toda a cara, a não ser por olhos carmim que ardiam dentro daquele recesso sombreado.

Kira não achava possível sentir ainda mais medo. Estava enganada. Porque ela reconheceu a criatura de seus sonhos. Não era um dos Desaparecidos, mas um de seus servos temíveis.

Era um Aspirante, que trazia morte.

CAPÍTULO V

* * * * * * *

SIC ITUR AD ASTRA

1.

O Aspirante se mexia, mas lentamente, como que desorientado depois de seu longo sono.

— Fujam — disse Kira a humanos e Águas. — Agora. Não parem. Não lutem. Corram.

[[Aqui é Lphet: Um Ceifador Mental! Fujam!]]

Os Águas lançaram uma cortina de fumaça — escondendo de vista o Aspirante — e, juntos, eles e os fuzileiros navais saíram atabalhoados pela frente quebrada do templo. O coração de Kira martelava de um pânico que ela não conseguia reprimir. "Um Aspirante." Ela se lembrava deles de séculos antes: criaturas feitas para impor a palavra da Heptarquia. Um único tinha causado estragos nos Águas durante a Separação; ela temia pensar no que o Aspirante podia fazer com a Liga, se escapasse do planeta.

Nielsen carregou a forma mumificada de Trig nos braços ao escalarem a abertura. Falconi protegia sua esquerda; Kira, a direita.

— Por aqui — disse Tschetter, levando-os para uma transversal estreita ao lado do templo, uma rua que, no momento, não continha inimigos.

Do outro lado da praça, os dois Águas que estiveram em ação de retardamento lançaram drones no ar, abandonaram a cobertura e correram em tentáculos para o espaço aberto a fim de se juntar aos companheiros. O icor laranja pingava de vários buracos na carapaça do alienígena à direita.

— O que era aquela coisa? — gritou Nielsen, recurvada para proteger Trig.

— Má notícia — disse Kira.

A nuvem de cogumelo ainda assomava no alto, de tamanho dominador. O vento rasgou a coluna central, arrastando faixas dela para o oeste, para o lado noturno do planeta. Um cheiro queimado e sujo permeava o ar, assim como o amargor elétrico de ozônio, como que de uma tempestade iminente.

A tempestade já havia caído, na forma de antimatéria aniquiladora.

Kira se perguntou o quanto a Lâmina Macia poderia protegê-la da precipitação. Se conseguissem voltar ao espaço, ela teria de pedir uns comprimidos contra radiação ao médico...

Um coro apavorante de tagarelice bestial irrompeu várias ruas adiante, milhares de vozes gritando de raiva e de dor. Uma onda de odor-próximo vagou pela cidade, sufocante de tão forte, enquanto pesadelos invisíveis enfrentavam os Águas que os perseguiam.

— Da cruz para...

— ... a caldeirinha — disseram Jorrus e Veera.

Atrás deles, um lamento agudo cortou o ar e a tagarelice se intensificou.

— Merda. Dá uma olhada nisso — disse Hawes.

Nos filtros de Kira, apareceu uma janela com a transmissão de um dos drones restantes dos fuzileiros navais, pairando alto sobre a praça, perto do templo. O Aspirante tinha saído da construção arruinada e seguia entre os blocos de fumaça enquanto grupos de Águas e pesadelos combatiam ao redor.

Kira viu o Aspirante pegar um pesadelo vermelho, parecido com um cachorro, e enterrar os dedos escuros em seu crânio. Depois de meio segundo, o Aspirante soltou o pesadelo, largando-o no chão. A criatura se contorceu, se levantou e, em vez de atacar o Aspirante, se arrastou atrás dele, fiel como um bicho de estimação adestrado. Não foi o único: meia dúzia de Águas e pesadelos já acompanhavam o Aspirante, andando em volta dele, em um grupo agitado que o protegia do ataque direto.

Nem os Águas nem os pesadelos pareciam ter notado o Aspirante; estavam ocupados demais no combate.

— Pelos deuses — disse Nielsen —, o que aquilo está fazendo?

— Não sei bem — disse Kira.

[[Aqui é Lphet: O Ceifador Mental controla seu corpo, o obriga a fazer o que ele quer.]]

O Aspirante podia fazer mais do que isso, Kira tinha certeza, mas não conseguia se lembrar dos detalhes, o que era frustrante. Pelo menos, ela confiava em seu medo; se a Lâmina Macia lhe dizia para ter cuidado, era porque a ameaça era mesmo grande.

Tschetter traduziu e Koyich disse:

— Se ele chegar perto, não deixem que toquem em vocês.

— Sim, senhor! Sem chances, senhor! — disseram os fuzileiros.

Como grupo, eles pareciam bem acabados. Tatupoa carregava Redding, o fuzileiro que tinha perdido a perna. Nishu tinha manchas de sangue no exo. Hawes e o médico da equipe mancavam e a maioria dos homens tinha os capacetes amassados pelos escombros. Parecia que dois fuzileiros navais da *Darmstadt* estavam desaparecidos. Kira não sabia nem onde nem quando caíram.

Soou um estrondo acima deles. Kira levantou a cabeça e viu um grupo de pesadelos correndo por um beiral envolto em trepadeiras que cercava uma torre próxima.

Os fuzileiros navais abriram fogo e os Águas também: uma saraivada incessante de fuzis automáticos e descargas de blaster. Os tiros detiveram vários pesadelos — explodindo os troncos escabrosos em carne viva —, mas os demais saltaram contra o grupo. Dois caíram em fuzileiros, derrubando-os no chão. As criaturas tinham o porte de um tigremalho, com fileiras de dentes de tubarão do tamanho da mão de Kira. Outros três pesadelos, cada um deles com formas totalmente diferentes — um exibindo braços ladeados de esporões de ossos, um com asas escamosas brotando de costas tortas, outro com presas e pernas em tripé —, caíram nos Águas de Lphet em meio a um emaranhado de tentáculos se debatendo.

"Diferente de antes" foi a primeira coisa que passou pela cabeça de Kira ao ver os pesadelos zunindo para eles.

Ela não ia se conter, como fizera durante o ataque a Trig; preferia a morte a isso. Desejando que a Lâmina Macia lançasse cravos, Kira correu para atacar o pesadelo que se atracava com o fuzileiro mais próximo, Sanchez.

Os espinhos pretos de seu traje penetraram o pesadelo quadrúpede e ele morreu com um grito terrivelmente humano, sangue gorgolejando da garganta frouxa.

"Não o machuque", pensou Kira. Para seu alívio, a Lâmina Macia obedeceu ao pensamento e nenhum dos cravos tocou Sanchez. Ele fez um sinal afirmativo.

Ela partiu para os pesadelos seguintes, mas sua ajuda não era necessária. O poder de fogo combinado dos fuzileiros navais e dos Águas aliados já havia matado o restante das criaturas.

Falconi limpou uma mancha de sangue no visor, a expressão severa.

— Agora eles sabem onde estamos.

— Continuem andando — berrou Koyich, e seu grupo prosseguiu pela rua.

— Estamos ficando sem munição — disse Hawes.

— Eu sei — disse Koyich. — Mudar para rajadas de dois tiros.

Eles se concentraram em correr.

— Contato! — gritou um fuzileiro ao soltar várias rajadas em um pesadelo que apareceu no canto de uma construção.

A cabeça da criatura explodiu em uma névoa vermelha.

"Hemoglobina", pensou Kira. Sangue ferruginoso, diferente do dos Águas.

Os pesadelos continuaram a atormentá-los em duplas ou isoladamente enquanto eles corriam para o limite da cidade. Quando as construções deram lugar a terreno coberto de musgo, Kira verificou a situação em órbita. A *Wallfish* já havia passado pelo planeta e ia para os confins do sistema. Uma confusão de naves dos Águas e dos pesadelos combatia bem no alto: um lado contra o outro, e os Águas também contra eles mesmos. A *Darmstadt* ainda estava a certa distância de Nidus, mas chegava rapidamente. Saía fumaça de várias marcas de queimadura no casco do cruzador.

— Venham comigo — disse Tschetter, assumindo a liderança na terra arruinada.

Aquele musgo ficava fora da sombra da cidade. Fora exposto à fúria total da explosão nuclear e tinha sido queimado com seu calor; as pequenas frondes quebravam sob cada passo, deixando um resíduo de cinzas nos solados dos calçados.

Eles foram para o oeste, para longe das construções, mais fundo na escuridão crepuscular.

Enquanto corriam, Kira se colocou ao lado de Tschetter.

— Depois que vocês foram resgatados, você contou aos Águas que eu ainda estava viva?

A major fez que não com a cabeça.

— Claro que não. Não ia dar informações úteis a nossos inimigos.

— Então Lphet e os outros não sabiam onde eu estava, nem que o traje existia?

— Só quando você mandou o sinal.

Tschetter lançou um olhar rápido a Kira.

— Na verdade, eles nunca perguntaram. Acho que supuseram que o traje tinha sido destruído junto com a *Extenuating Circumstances*. Por quê?

Kira levou um momento para recuperar o fôlego.

— Só estou tentando entender.

Algo nas explicações de Tschetter não parecia correto. Por que os Águas que esconderam a Lâmina Macia *não* estariam curiosos sobre sua localização depois dos acontecimentos em Adra? Se eles se dessem ao trabalho de fazer um rastro de flash, teriam visto a *Valkyrie* sair de Sigma Draconis. Certamente teria sido o bastante para localizá-la em 61 Cygni. Então, por que não fizeram isso? Ainda havia a questão dos pesadelos...

— Iska está com você? — perguntou Kira a Tschetter.

A major não respondeu por um instante, sua expressão tomada pelo esforço.

— Ele ficou para trás, caso alguma coisa acontecesse comigo.

— Então *como* você nos encontrou?

— Lphet sabia sobre as naves enviadas para localizar você. Simplesmente as seguimos. Não foi difícil. Os Corrompidos devem ter feito o mesmo.

Um barulho estridente soou no alto e um enxame de formas escuras mergulhou para eles, batendo asas como as de um morcego. Kira se abaixou e golpeou com um braço. Fez contato com um corpo sólido e perturbadoramente mole, depois o traje endureceu, formando um fio, e seu braço cortou carne e osso praticamente sem resistência nenhuma.

Uma chuva de icor laranja a cobriu. O resto de seu grupo sofreu um destino semelhante enquanto humanos e Águas atiravam no bando. As criaturas tinham mandíbulas no lugar de bocas e braços mínimos com pinças, bem próximos dos peitorais felpudos.

Quando o tiroteio parou, três dos fuzileiros jaziam imóveis no chão e outra meia dúzia parecia ferida.

Nishu chutou uma das criaturas peludas.

— Esses aqui não têm senso de autopreservação.

— É — disse Tatupoa, curvando-se para pegar um dos companheiros feridos. — Parecem ansiosos por se matarem.

[[Aqui é Kira: Estes são coisa sua?]]

Ela apontou para os cadáveres alados.

[[Aqui é Lphet: Não. Também são Corrompidos.]]

A confusão de Kira se aprofundou enquanto ela traduzia para os outros. Desta vez, não tinha hemoglobina e não parecia haver coerência entre as formas de diferentes pesadelos. Pelo menos com os Águas, ficava claro que os variados tipos eram relacionados de *algum* modo, devido ao sangue comum, às marcas na pele, às fibras musculares e coisas assim. Os pesadelos não tinham tal coesão, além da aparência consistentemente doentia da pele.

Tschetter gesticulou para uma crista rochosa que se elevava diante deles.

— As naves estão bem à frente, do outro lado.

Enquanto eles corriam crista acima — os fuzileiros navais ficando para trás, ajudando os feridos —, Nielsen falou:

— Olhem o céu!

A nuvem de cogumelo tinha aberto um grande buraco circular no céu nublado. Pela abertura nas vagas esfarrapadas de névoa, Kira viu grandes mantos de cor ondulando pela extensão cintilante. Vermelhos, azuis e amarelos esverdeados, mudando como faixas de seda diáfana em uma grande tela de néon, com milhares de quilômetros de extensão.

A visão deixou Kira assombrada. Só havia visto a aurora algumas vezes em Weyland e nunca em nada além da noite mais escura. Parecia irreal. Parecia um filtro com defeito, brilhante, liso e *colorido* demais para ser natural.

— O que está causando isto? — perguntou ela.

— Carga nuclear ou antimatéria na atmosfera superior — disse Tschetter. — Qualquer coisa que tenha deixado partículas carregadas na ionosfera.

Kira estremeceu. A visão era linda, mas também, conhecendo sua causa, apavorante.

— Vai morrer em algumas horas — disse Hawes.

No alto da crista, Kira parou para olhar a cidade que deixaram para trás. Ela não foi a única.

Uma horda de corpos se espalhava pelas ruas tomadas de mato: pesadelos e Águas juntos, as diferenças anteriores agora esquecidas. Andando atrás deles, o Aspirante — alto, esquelético, quase monástico na aparência, com a forma de capuz e capa. O Aspirante parou na beira das construções. O mesmo tom agudo soou pelos campos de musgo queimado e o Aspirante abriu os dois pares de braços. A capa também se ergueu, desdobrando-se e revelando um par de asas, venosas e arroxeadas, com quase nove metros de largura.

— Moros — disse Koyich em um tom surpreendentemente coloquial. — Veja se consegue meter uma bala na cabeça desse desgraçado.

Kira quase protestou, mas segurou a língua. Se havia uma possibilidade de matarem o Aspirante, seria melhor assim, embora uma parte dela lamentasse a perda de uma criatura tão antiga, habilidosa e obviamente inteligente.

— É pra já, senhor — disse um dos fuzileiros de armadura energizada.

Ele avançou um passo, levantou um braço e — sem se deter nem por um momento — disparou.

A cabeça do Aspirante se virou rapidamente para um lado. Depois lentamente olhou para eles com o que Kira só podia interpretar como malevolência.

— Atingiu? — disse Koyich.

— Não, senhor — respondeu Moros. — Ele se esquivou.

— Ele... Fuzileiro, pegue essa coisa com o feixe de laser mais potente que puder.

— Sim, senhor!

O gemido de supercapacitores se carregando soou dentro da armadura de Moros, seguido de um zumbido alto como qualquer tiro. A pele de Kira se arrepiou com a carga elétrica residual.

Ela viu o pulso de laser com a visão térmica: uma barra aparentemente instantânea de força voraz que uniu Moros ao Aspirante.

Mas o disparo não tocou o alienígena de manto escuro. Em vez disso, curvou-se em volta do couro da criatura e abriu um buraco do tamanho de um punho na parede da construção atrás dele.

Mesmo de longe, Kira teria jurado que o Aspirante sorria. Veio-lhe então uma lembrança: eram eles que faziam cumprir os desejos da Heptarquia, e eram eles que guardavam as perigosas profundezas do espaço...

[[Aqui é Lphet: Não adianta.]] Enquanto falava, o Água descia o outro lado da crista, junto com seus camaradas.

As palavras de Lphet não precisaram de tradução. Kira seguiu com todos os outros. O lamento agudo soou de novo e, por baixo dele, ela ouviu o bater de pés que se aproximavam.

As duas naves dos Águas estavam estacionadas ao pé da crista. As embarcações globulares não eram particularmente grandes pelos padrões das espaçonaves — a *Darmstadt* as ofuscaria, em tamanho —, mas paradas ali, no solo, pareciam imensas: grandes como o prédio administrativo em Highstone, onde ela conseguira sua licença para sementes.

Uma rampa de embarque baixou da barriga de cada nave.

Os Águas se dividiram em dois grupos, cada um dirigindo-se a uma nave. Tschetter acompanhou Lphet e vários outros Águas na direção da nave à esquerda.

— Vocês entrem nesta — disse ela a Koyich, apontando a nave da direita.

— Venha conosco! — disse Kira.

Tschetter não perdeu o passo enquanto meneava a cabeça.

— Será mais seguro se nos dividirmos. Além disso, vou ficar com os Águas.

— Mas...

— Há a possibilidade de paz aqui, Navárez, e não vou desistir disso. Vão!

Kira teria argumentado, mas estavam sem tempo. Ao correr ao lado de Falconi para a outra nave dos Águas, não conseguiu deixar de sentir uma admiração relutante por Tschetter. Supondo que a major ainda estivesse em seu juízo perfeito, o que ela fazia era incrivelmente corajoso, assim como sua decisão de ficar em Adra.

Kira duvidava que um dia *gostasse* da major, mas jamais questionaria a devoção da mulher ao dever.

Outros Águas esperavam por eles no alto da rampa de embarque, protegendo a abertura com um leque impressionante de armas. Eles se deslocaram de lado enquanto Kira e os outros subiam. Koyich conduziu os homens para dentro, gritando para eles se apressarem. Eles subiram trôpegos, pingando sangue dos corpos e fluidos dos exos. Nishu e Moros formaram a retaguarda, depois a rampa se retraiu e a porta de embarque da nave se fechou e se trancou, lacrando o casco.

— Eu nem *acredito* que estamos fazendo isso — disse Falconi.

2.

[[Aqui é Wrnakkr: Segurem-se para a subida.]]

Sulcos nas paredes formavam suportes convenientes para as mãos. Kira segurou um, como os outros humanos, enquanto os Águas usavam os tentáculos para fazer o mesmo, ou — no caso dos Águas com pernas — corriam para corredores escuros.

Como a outra nave Água em que Kira estivera, esta tinha cheiro de salmoura e a iluminação era fraca, de um azul aquoso. O espaço era oval, com tubos e grupos de equipamento não identificado ao longo de uma metade e cápsulas em formato de ovo pela outra. Armazenados em fileiras de suportes de duas camadas estavam muitos objetos que ela reconheceu como armas: blasters, armas de fogo e até lâminas.

De perto, o odor-próximo dos Águas se acumulou até quase encobrir qualquer outro odor. Os alienígenas fediam de raiva, estresse e medo, e deles Kira sentiu uma constante mudança de formas, funções e títulos honoríficos.

Parecia a Kira que ela e seus companheiros estavam cercados por monstros. Ela manteve a Lâmina Macia à beira da ação, pronta para disparar cravos em qualquer um dos Águas que fizesse um movimento hostil. Koyich e seus fuzileiros navais pareciam sentir o mesmo, porque se reuniram em um semicírculo defensivo perto da porta de embarque e não baixaram inteiramente as armas, embora as mantivessem apontadas para o chão.

— Podem nos levar a nossa nave, a *Wallfish*? — disse Falconi.

Depois olhou para Kira e repetiu:
— Eles podem nos levar à *Wallfish*?
— A *Darmstadt* está onde precisamos que esteja, e não a sua banheira velha e enferrujada — disse Koyich.
— A *Wallfish* está mais perto — disse Falconi. — Além disso...

Kira repetiu a pergunta de Falconi e, em resposta, o Água que tinha falado antes disse: [[Aqui é Wrnakkr: Tentaremos alcançar a nave mais próxima, mas os Corrompidos estão perto.]]

Um ronco distante passou pelo convés curvo e Kira sentiu uma queda sinuosa estranhíssima, como se caísse e se elevasse ao mesmo tempo. Era uma sensação parecida com pular em um elevador que descia. Depois, seu senso de peso aumentou um pouco além de 1 g: perceptível, mas não desagradável. No entanto, ela sabia que eles estavam em um empuxo muito superior a 1 g.

"Esta deve ser a gravidade do planeta natal dos Águas", percebeu ela.

— Meu deus do céu — disse Hawes. — Olha a nossa altitude.

Kira verificou os filtros. Suas coordenadas locais enlouqueciam, como se o computador não conseguisse decidir onde exatamente ela estava nem com que velocidade se deslocavam.

— A gravidade artificial deve estar mexendo com nossos sensores — disse Nishu.

— Consegue enviar um sinal? — disse Falconi, com o rosto comprimido de preocupação.

Hawes fez que não com a cabeça.

— Tem interferência em tudo.

— Merda. Não tem como saber aonde estamos indo.

Kira se concentrou em Wrnakkr. O alienígena tinha um risco branco atravessando a carapaça central que o tornava fácil de distinguir. [[Aqui é Kira: Podemos ver o que está acontecendo fora da nave?]]

Com um tentáculo, o Água acariciou a parede. [[Aqui é Wrnakkr: Vejam, então.]]

Uma parte curva do casco tinha ficado transparente. Por ela, Kira via o disco do tamanho de uma moeda de Nidus encolhendo ao longe. Explosões acenderam-se pela linha do terminador: clarões fortes que lembravam descargas fluorescentes de relâmpagos. Mesmo de uma distância tão grande, as auroras resultantes eram visíveis, misturadas à camada superior da atmosfera turbulenta.

Kira procurou por outras naves, mas, se havia alguma presente, não estava perto o suficiente para ser vista a olho nu. No entanto, isso não significava grande coisa no espaço.

— Quanto tempo para chegar à *Wallfish*? — perguntou ela.

Foram os Entropistas que responderam:

— Se estamos com empuxo na mesma...

— ... aceleração em geral observada entre os Águas...

— ... e em vista da distância anterior da *Wallfish*...
— ... no máximo cinco ou dez minutos.

Nielsen suspirou e as articulações da armadura energizada guincharam quando ela se agachou. Ainda segurava a forma rígida de Trig.

— Nós temos mesmo alguma chance de sair do sistema? O...

A luz no ambiente faiscou e o odor-próximo de alerta impregnou o espaço, entupindo as narinas de Kira.

[[Aqui é Wrnakkr: Temos Corrompidos em nosso encalço.]]

Kira contou aos outros e eles ficaram sentados em silêncio — esperando — enquanto o foguete da nave era forçado. Não havia mais nada a fazer. Do lado de fora da janela criada por Wrnakkr, as estrelas giravam em arcos loucos, mas a única força centrífuga sentida por Kira foi uma leve pressão na direção tomada por eles.

Como haviam visto em 61 Cygni, os pesadelos podiam superar a aceleração até dos Águas. Isto implicava um nível de tecnologia que só uma civilização interestelar altamente avançada podia ter, o que não parecia combinar com as criaturas que eles viam.

"Não julgue pelas aparências", Kira se acautelou. Até onde sabia, os pesadelos vorazes que pareciam animais, com os dentes de tubarão, eram tão inteligentes quanto um cérebro de nave.

Uma explosão de alumínio prateado cintilou pela janela. Uma nuvem de giz se seguiu um instante depois, ocultando a visão por alguns segundos.

Koyich e Hawes conversavam aos sussurros. Kira sabia que eles se preparavam para lutar.

Então a nave deu um solavanco e a garganta de Kira subiu como se, por um momento, ela fosse puxada pelos três eixos ao mesmo tempo. A gravidade artificial *ondulou* — produzindo uma sensação de compressão que rolava por seu corpo — antes de ser inteiramente desativada.

As luzes piscaram. Buracos do tamanho de dedos costuraram o interior das anteparas e um *bum* surdo ecoou pelo casco. Alarmes começaram a gritar, estridentes e altos, mesmo com o silvo do ar que escapava.

Kira ficou onde estava, agarrada à parede, sem saber o que fazer.

A nave deu outro solavanco. Um círculo em brasa apareceu no que antes era o teto, e segundos depois um pedaço discoide do casco voou para dentro.

— Em formação! — gritou Koyich quando um denso enxame de pesadelos invadiu a nave dos Águas.

CAPÍTULO VI

★ ★ ★ ★ ★ ★ ★

NA ESCURIDÃO

1.

Em um instante, uma densa muralha de fumaça, alumínio e giz obstruiu o ar. Os fuzileiros navais abriram fogo, assim como Wrnakkr e os outros Águas — o trovão ensurdecedor de suas armas encobria qualquer outro som.

Os pesadelos não desaceleraram diante da artilharia e a mera massa das criaturas lhes permitiu cobrir rapidamente a distância entre eles e a primeira linha dos Águas.

Os Águas entraram em ação, seus tentáculos agarrando e dilacerando todo pesadelo ao alcance. Os agressores bestiais eram asquerosos. Quer fossem equipados com quatro membros ou dois, braços ou tentáculos, dentes ou bicos, escamas ou pelos — ou combinações disparatadas disso —, as criaturas pareciam deformadas, doentias e tomada de tumores. Ainda assim, tinham uma energia ensandecida, como se tomassem estimulantes suficientes para matar um homem adulto.

Kira sabia que talvez sobrevivesse ao ataque, mas não pensava o mesmo de Nielsen ou Falconi. Também não podia proteger os dois, nem Trig; simplesmente havia pesadelos demais.

Falconi parecia ter chegado à mesma conclusão. Já se retirava para uma porta em concha, aberta no fundo do ambiente, enquanto puxava o casulo de Trig. Nielsen o seguia de perto, disparando rajadas ocasionais na horda de corpos que chegava.

Kira não hesitou. Mergulhou atrás dos dois. Várias balas ricochetearam nela enquanto voava pelo ar: pancadas duras que a obrigaram a prender a respiração.

Ela chegou à porta logo atrás de Nielsen. Juntas, dispararam pelo corredor escuro do outro lado.

— Recebi um sinal da *Wallfish*! — disse Falconi. — Eles estão a caminho.

— Estimativa? — disse Nielsen, seca e profissional.

— Sete minutos.

— Então vamos...

Alguma *coisa* se debateu no canto da visão de Kira. Ela se virou, esperando um ataque. Nielsen fez o mesmo.

Um Água veio rastejando pela lateral do corredor redondo. O icor escorria de uma rachadura na carapaça e um dos tentáculos tinha sido decepado a três quartos da ponta.

[[Aqui é Itari: O Líder de Cardume Wrnakkr ordena que eu proteja vocês.]]

— O que essa coisa quer? — disse Falconi, preocupado.

— Está aqui para ajudar.

Vários fuzileiros navais entraram atabalhoados no corredor e assumiram posição dos dois lados da porta aberta.

— Continuem! — gritou um deles. — Encontrem cobertura!

[[Aqui é Itari: Por aqui.]] O Água rastejou na frente. Seu tentáculo ferido respingava icor nas paredes.

Eles entraram mais na nave, cruzando salas mal-iluminadas e corredores estreitos. O barulho dos combates ainda reverberava no casco: explosões, estalos ocos e guinchos agudos dos pesadelos enfurecidos.

A nave arremeteu novamente, com mais força do que antes. Faíscas encheram a visão de Kira ao bater com força na parede, e sua respiração saiu num silvo. Diante dela, Falconi soltou Trig...

Com um barulho horrendo de raspagem, uma espiga imensa, vermelha e preta entrou pelo convés na frente dela, separando Kira e Trig dos outros. Passaram mais alguns metros da espiga, depois ela reduziu, parou e ficou ali, enterrada no coração da nave dos Águas — uma impossibilidade aparente.

Kira se esforçou para entender o que via. Depois percebeu: os pesadelos haviam *abalroado*. Ela estava vendo a proa de uma das naves deles.

O rádio crepitou em seu ouvido e ela segurou a forma comatosa de Trig: *Kira, você está bem?*, perguntou Nielsen.

— Tô, estou com Trig. Não esperem por mim. Vou dar um jeito de sair.

Entendido. Tem uma câmara de descompressão perto da frente da nave. A Wallfish vai tentar nos apanhar ali.

Se eles conseguirem chegar perto, disse Falconi.

Puxando Trig para trás dela, Kira se virou e se impeliu com os pés no corredor até a porta em concha mais próxima. À frente, o barulho dos combates aumentava.

— Merda — resmungou ela.

A porta se abriu e ela passou às pressas. Correu por uma sala depois de outra, afastando-se de qualquer sinal dos pesadelos.

Em um corredor baixo e redondo, ela surpreendeu uma das lagostas dos Águas. O alienígena estalou as garras para ela, alarmado, depois disse: [[Aqui é Sffarn: Vá por ali, Idealis.]] Ele apontou para uma porta ao lado daquela por onde ela havia entrado.

[[Aqui é Kira: Meus agradecimentos.]]

A concha se separou, revelando uma bolha de água flutuante, agora solta da gravidade do lado que normalmente a mantinha no lado da sala. Kira não parou para pensar; mergulhou na massa líquida, mirando o outro lado.

Criaturas mínimas, semelhantes a um louva-a-deus, passaram por seu rosto enquanto ela nadava. No fundo da memória, ela se lembrava de gostar do sabor. Elas eram... crocantes e combinavam com *yrannoc*, o que quer que fosse isso.

Ela chegou à superfície da água. Grudava-se a seu rosto com uma película oscilante que distorcia a visão. Piscando, ela atirou um rebento da mão na parede mais próxima e puxou seu corpo. Depois de segura, com os pés de Trig metidos embaixo do braço, Kira enxugou o rosto.

Gotas mínimas se soltaram quando ela sacudiu a mão.

Por um instante, a situação levou a melhor sobre ela e Kira se viu incapacitada pelo medo. Depois suas entranhas relaxaram e ela respirou fundo outra vez.

"Mantenha o foco." Sobreviver por tempo suficiente para se reunir a Falconi e os outros era a única coisa que importava no momento. Até agora, ela tivera sorte; não dera com um pesadelo que fosse.

Ela se arrastou pela curva da parede até encontrar a porta seguinte, depois se impeliu, com Trig, por outro corredor escuro.

— Você teria adorado isso — disse Kira em voz baixa, pensando em como o garoto era interessado nos Águas e em alienígenas de modo geral.

Seu aparelho auricular crepitou. *Kira, estamos na câmara de descompressão. Onde você está?*

— Chegando perto, acho — disse Kira, mantendo a voz baixa.

Rápido. A Wallfish está quase aqui.

— Entendido. Eu...

Ah, merd..., disse Falconi, e a estática encheu a linha.

Um segundo depois, a nave virou em volta dela, e as anteparas rangeram e estalaram com uma violência alarmante.

Kira parou.

— Que foi? O que foi?... Falconi? Nielsen?

Ela tentou várias outras vezes, mas nenhum dos dois respondia.

O medo cresceu dentro de Kira. Xingando em voz baixa, ela segurou Trig melhor e continuou pelo corredor, com ainda mais rapidez do que antes.

Um lampejo de movimento do outro lado da passagem a fez se segurar em um sulco na parede e ficar petrificada. Uma confusão de sombras aparecera na interseção em frente e quem as criava se aproximava mais...

Desesperada, Kira procurou um lugar para se esconder. A única opção era um nicho raso, com uma estrutura semelhante a coral, bem à frente dela no corredor.

Ela se impeliu para o nicho e se meteu atrás do coral com Trig. O corpo rígido da concha de Trig bateu na antepara e Kira enrijeceu, torcendo para o barulho não ter sido alto a ponto de chamar atenção.

Um zumbido de inseto vagou para ela, cada vez mais alto. Mais alto.

... Mais alto.

Kira se espremeu na parede do nicho. "Não me veja. Não me veja. Não..."

Quatro pesadelos ficaram à vista. Três deles eram muito parecidos com o que ela já vira: mutações de pele em carne viva que rastejavam pelo convés, de quatro e seis pernas, respectivamente, os focinhos com dentes longos balançando-se enquanto eles procuravam pela presa. O quarto pesadelo era diferente. Era humanoide, tinha apenas um par de pernas e braços que começavam como partes segmentadas de carapaça, depois faziam a transição para tentáculos com ventosas. Sua cabeça alongada tinha olhos fundos e azuis como os de Falconi e uma boca com mandíbulas mínimas, em movimento, que pareciam afiadas o bastante para morder aço. Uma protuberância blindada entre as pernas sugeria alguma genitália.

A criatura estava assustadoramente atenta; olhava em volta, verificava cantos, cuidava para que ninguém se esgueirasse até ali. Havia uma inteligência nela que Kira não sentira em outros pesadelos. E algo mais: a pele no tronco chapeado brilhava de um jeito que parecia desagradavelmente conhecido, embora ela não conseguisse situar o motivo...

Um zumbido rápido veio do humanoide e os outros três pesadelos reagiram, formando um nó estreito em torno dele.

Apesar da preocupação imperiosa com a proteção de Trig e dela mesma, Kira ficou intrigada. Até agora, não tinham visto nenhuma evidência de hierarquia entre os pesadelos. Se o humanoide era um de seus líderes, então... talvez matá-lo atrapalhasse os outros.

"Não." Chamar atenção só criaria mais problemas. "Não me veja. Não me veja..."

Foi preciso todo seu autocontrole para ficar imóvel enquanto os pesadelos se aproximavam. Cada instinto de autopreservação a exortava a saltar e atacar antes que eles a localizassem, mas a parte mais racional de sua paciência a orientava, e, pelo motivo que fosse, ela lhe deu ouvidos.

Os pesadelos não a viram.

Enquanto eles passavam apressados, ela sentiu seu cheiro: um odor queimado, como de canela, mesclado com uma mistura nauseante de merda e putrefação. O que quer que fossem, as criaturas não eram saudáveis. Dois dos pesadelos bestiais olharam para o lado dela ao passarem. Seus olhos eram mínimos, cercados de vermelho, e vertiam gotas de um fluido amarelado.

A confusão se apoderou de Kira. Por que não a notaram? O nicho não era *tão* fundo assim. Ela olhou para si mesma e, por um momento, ficou tonta; só o que via era a forma escura da parede. Ela levantou a mão diante do rosto. Nada. Talvez uma pequena distorção, como de vidro pelas bordas dos dedos, mas nada além disso.

O corpo envolto de Trig ainda era visível, mas nada nele parecia atrair a atenção dos pesadelos.

Kira sorriu. Não conseguiu evitar. A Lâmina Macia curvava a luz em volta dela, como o manto de invisibilidade com que ela e a irmã brincavam quando crianças. Só que este era melhor. Tinha menos distorção.

Os pesadelos continuaram pelo corredor por mais alguns metros. Depois, aquele de seis pernas parou e virou a cabeça de caveira para o lado dela. Suas narinas inflaram enquanto ele provava o ar e os lábios rachados se repuxaram nos dentes em um rosnado maligno.

"Merda." Só porque os alienígenas não conseguiam enxergá-la, não queria dizer que não pudessem sentir seu cheiro...

O pesadelo de seis pernas *sibilou* e começou a dar meia-volta em direção a ela, enterrando as garras no convés para ter tração.

Kira não esperou. Soltou um grito e saltou atrás da criatura. Com uma das mãos, ela a apunhalou, e a Lâmina Macia fez sua parte, empalando o pesadelo coberto de chagas com uma lâmina triangular de onde depois brotou um grupinho de agulhas pretas.

A criatura guinchou, debateu-se e ficou flácida.

Com a outra mão, Kira apunhalou o pesadelo seguinte na fila e o matou da mesma forma.

Dois já foram, faltam dois.

O pesadelo humanoide apontou um dispositivo para ela. Uma pancada alta atingiu Kira nos ouvidos e nos quadris, tirando-a do rumo. Seu quadril ficou dormente e a dor se irradiou pela coluna, provocando choques elétricos pelos nervos dos braços.

Ela ofegou e, por um momento, viu-se incapaz de se mexer.

Então o outro pesadelo bestial saltou nela. O impacto derrubou os dois no corredor. Kira cobriu o rosto com os braços quando a criatura tentou brutalizá-la, batendo as mandíbulas. Dentes patinaram na superfície endurecida da Lâmina Macia e garras arranharam, inofensivas, sua barriga.

Apesar de seu espanto instintivo, o pesadelo não parecia capaz de feri-la.

Então ele recuou a cabeça e, da boca escancarada, borrifou um jato de líquido esverdeado na cabeça e no peito de Kira.

Um cheiro acre atingiu suas narinas e filetes de fumaça subiram de trechos da pele atingidos pelo fluido, mas ela não sentiu dor.

A criatura tinha borrifado *ácido* em Kira. Perceber isso a deixou ultrajada. "Como se atreve?!" Se não fosse pela Lâmina Macia, o ácido a teria queimado e a deixado irreconhecível.

Ela enfiou os punhos na boca da criatura. Com um movimento dos braços, arrebentou a cabeça, espirrando sangue e carne nas paredes.

Ofegante, Kira procurou o pesadelo humanoide, pretendendo matá-lo também.

O humanoide estava bem ao lado dela e as mandíbulas abertas revelavam dentes redondos e perolados. Então a coisa *falou*, em uma voz sibilante e gutural:

— Você! Carne essssquecida! Você se unirá ao bucccho!

O choque retardou a reação de Kira. O pesadelo aproveitou a oportunidade para passar um tentáculo por seu braço direito e uma corrente de fogo correu pela pele e entrou em seu cérebro.

Um horrível reconhecimento se apoderou dela e Kira gritou com a visão em brasa.

2.

Ela se viu de diferentes ângulos, de pé em um depósito a bordo da Extenuating Circumstances. *O ponto de vista era confuso: perspectivas concorrentes que se sobrepunham e se mesclavam, produzindo uma recriação distorcida do momento. Como acontecia com as imagens, ela sentiu um misto de emoções e nenhuma delas parecia estar relacionada: surpresa, medo, triunfo, raiva, desdém, remorso.*

Uma das perspectivas tentava se esconder, impelindo-se para trás de um suporte de equipamento com uma velocidade gerada pelo terror. A outra parecia confiante, destemida. Continuou onde estava e lançou feixes quentes de luz que cortavam o ar.

Ela se viu voando para a saída, mas muito lenta, lenta demais. Cravos pretos eriçaram-se de sua pele ao acaso, explosões indisciplinadas.

Ela se virou, então, com o rosto contorcido de medo e raiva ao levantar a pistola que tinha tirado do tripulante morto. A boca do cano faiscou e balas bateram em uma parede.

A perspectiva que tinha medo gritava e se agitava, desesperada para que ela parasse.

A perspectiva que não temia escapou, disparando pelas paredes. Não sentia preocupação nenhuma.

Faíscas lampejaram enquanto lasers pulverizavam as balas.

Então uma das balas atingiu o cano marcado de vermelho no fundo da sala e suas perspectivas se separaram em meio a um estalo de trovão. Um momento vazio e, quando a percepção voltou, estava ainda mais fraturada. Agora havia três conjuntos de lembranças e nenhum deles era familiar. O acréscimo mais recente era menor, menos nítido do que os outros; não parecia enxergar com olhos, entretanto, ainda era consciente do ambiente de uma forma nebulosa. Era possuído pelo mesmo medo e pela mesma raiva que ela sentia, só que agora ampliados pela confusão e pela desorientação.

A explosão tinha aberto o casco da Extenuating Circumstances. *O vento arrastava as partes separadas dela e ela acabou rodando pelo espaço. Três mentes diferentes contemplavam o mesmo caleidoscópio de estrelas e a dor torturava sua trindade de carne dividida. Das três, as duas originais pareciam mais fracas: sua visão diminuía e a consciência se enfraquecia. Mas não a terceira. Embora danificada, com medo e raiva, embora incompleta, ainda não estava privada de força motriz.*

Para onde ir? Ela perdera contato com a forma parental e não tinha mais a capacidade de se localizar. Fibras demais estavam quebradas; circuitos demais interrompidos. A re-

dundância falhou e o ciclo de autorreparo começou e parou, carecendo de conhecimento e dos elementos necessários.

Impelida pela raiva e pelo pavor que se recusavam a desaparecer, ela se esticou, fina, lançou fios de teia de aranha no vazio, procurando pelas fontes mais próximas de calor, buscando freneticamente sua forma parental, como ordenava o padrão. Se fracassasse, a dormência seria sua sina.

Assim que o último feixe de luz desapareceu da visão dos outros dois — assim que a pressão sufocante do esquecimento os envolveu —, os fios apanharam e seguraram sua carne. Reinou a confusão. Depois o imperativo de cura dominou as outras diretivas dos fios em busca e uma nova dor se manifestou: uma pontada fina que rapidamente se expandiu para uma agonia rastejante que envolvia cada centímetro de seus corpos maltratados.

Carne se uniu com carne em acasalamento frenético quando as três perspectivas se tornaram uma só. Não eram mais o apanhador, nem o biforme, nem a Lâmina Macia. Agora eram algo inteiramente diferente.

Era uma parceria disforme, nascida da pressa e da ignorância. A partes não se encaixavam, mesmo costuradas no nível mais mínimo, e se revoltaram contra si mesmas e contra a própria realidade. Depois, dentro da mente aderida da nova carne, reinou a loucura. O pensamento racional não mais habitava ali, só a raiva que tinha sido dela, e o medo também. O pânico foi o resultado, e mais desajuste.

Pois eles eram incompletos. As fibras que os uniram eram falhas, imperfeitas, envenenadas pelas emoções dela. Assim como era a semente, era o fruto.

Eles lutaram para se mexer e seus impulsos contraditórios os fizeram se debater sem propósito algum.

Finalmente, a luz de um sol duplo os banhou de calor enquanto a Extenuating Circumstances era detonada, ao mesmo tempo destruindo a Tserro — a nave do apanhador.

A explosão os soprou para longe do disco brilhante da lua próxima, um destroço levado por uma tempestade. Por algum tempo, eles vagaram no frio do espaço, à mercê do ímpeto. Logo que sua nova pele lhe deu os meios para se moverem, eles estabilizaram a coluna e olharam de novo o universo nu.

A fome incessante os roía. Eles desejaram comer e crescer e se espalhar para além deste lugar inóspito, como ordenava a carne. Como ditava o padrão rompido. Combinado a esse apetite voraz, um constante ronco de fúria e medo: uma rejeição instintiva pela extinção de si, herdada de seu confronto com Carr/Qwon.

Precisavam de alimento. De poder. Mas, primeiro, alimento para nutrir a carne. Eles se espalharam para pegar a luz da estrela do sistema e voaram a curta distância aos anéis rochosos em torno do gigante gasoso em cuja gravidade residiam.

As rochas continham a matéria-prima que procuravam. Eles devoraram pedra, metal e gelo — usados para crescer, crescer cada vez mais. O poder era abundante e era fácil adquiri-lo no espaço; a estrela fornecia tudo de que precisavam. Eles se estenderam pela vastidão e converteram cada raio de luz que capturavam em formas úteis de energia.

O sistema podia ser um lar para eles; tinha luas e planetas próprios para a vida. Entretanto, sua ambição era maior. Eles sabiam de outros lugares, outros planetas, onde a vida fervilhava aos bilhões e trilhões. Um banquete de carne e de energia esperando para ser tomado, convertido e colocado a serviço de sua causa primordial: a expansão. Com estes recursos à disposição, seu crescimento seria exponencial. Eles se espalhariam como fogo entre as estrelas — se espalhariam, espalhariam e espalhariam mais, até encherem esta galáxia e outras além dela.

Levaria tempo, mas tempo eles tinham. Porque agora eram imorredouros. Sua carne não podia parar de crescer e, desde que restasse um único fragmento deles, suas sementes ainda se espalhariam e prosperariam...

Havia, porém, um obstáculo ao plano. Um problema de engenharia que eles não conseguiam superar, nem com toda sua carne ou energia reunida.

Eles não sabiam como construir o dispositivo que lhes permitiria deslizar por entre o tecido do espaço e viajar mais rápido que a luz. Sabiam do dispositivo, mas nenhuma parte de sua mente conhecia os detalhes da construção.

Isso significava que estavam presos no sistema, a não ser que estivessem dispostos a se arriscar em velocidades mais lentas que a luz, e eles não se dispunham a isto. Sua impaciência os compelia a ficar, porque eles sabiam que outros viriam. Que outros trariam o dispositivo necessário.

Assim eles aguardaram sua hora, esperaram, observaram e continuaram a se preparar.
...

Não tiveram de esperar muito. Três clarões pela fronteira do sistema os alertaram para a chegada de naves dos apanhadores. Duas fizeram a tolice de se aproximar para investigar. A carne estava preparada. Eles atacaram! Tomaram as naves e, em fúria, as esvaziaram, absorveram os corpos dos apanhadores e fizeram das naves suas próprias embarcações.

A terceira nave escapou do Bucho, mas isso não importava. Eles tinham o que precisavam: as máquinas que lhes permitiriam formar uma ponte pelos abismos entre as estrelas.

Assim partiram para alimentar sua fome. Primeiro ao sistema apanhador mais próximo: uma colônia recém-criada, fraca e indefesa. Ali encontraram uma estação orbitando no escuro: um fruto maduro para ser colhido. Eles se chocaram com a estação e se fizeram parte da estrutura. As informações contidas nos computadores tornaram-se deles, e sua confiança e ambição aumentaram.

A confiança era prematura. Os apanhadores mandaram mais naves atrás deles: naves que queimavam, explodiam e cortavam sua carne. Não importava. Eles tinham o que precisavam, embora não fosse o que queriam.

Eles voaram de volta ao espaço interestelar. Desta vez, escolheram um sistema sem apanhadores ou biformes. Mas não totalmente desprovido de vida. Um dos planetas era uma bolha purulenta de seres vivos que se ocupavam devorando outros seres vivos. Assim, o Bucho desceu e devorou todos, convertendo-os em novas formas de carne.

Ali, então, eles ficaram. Ali comeram e aumentaram em um frenesi acalorado. Logo a superfície do planeta estava coberta e o céu pontilhado de naves que eles construíram.

Não, não construíram... cultivaram.

Com as naves, eles também criaram servos, essencialmente baseados em modelos meio lembrados de sua carne vinculada, a morfologia baseada em um enxerto de formas sugeridas pelas diferentes partes de sua mente. Os resultados foram rudimentares e desagradáveis, mas obedeciam como devia, o que bastava. Uma horda de criaturas feitas para realizar os ditames do padrão. Vida autossuficiente e capaz de se propagar. Mas alguns dos servos eram mais que isso — pedaços do Bucho, recebiam uma semente de sua própria carne, assim sua essência podia viajar pelas estrelas.

Quando a potência de suas forças foi suficiente, os enviaram para recapturar o sistema dos apanhadores e atacar outros além destes. A fome ainda não estava saciada e menos ainda a raiva impelida pelo medo de suas duas mentes.

Seguiu-se uma temporada de banquetes. Os apanhadores revidaram, mas estavam despreparados, e foram lentos demais para substituir os que caíram. O Bucho não tinha esta dificuldade. Em cada sistema que atacava, estabelecia rapidamente uma base permanente e começava o processo de se disseminar por cada planeta disponível.

O progresso levou seus servos para mais perto do espaço dos biformes. A carne do Bucho agora abrangia sete sistemas e parecia confiante de sua força. Assim, enviou seus asseclas contra os biformes, para expulsá-los e começar o processo de conversão.

Então, quando menos se esperava, eles ouviram um grito no escuro: Parem! Eles reconheceram o sinal e também a voz. O primeiro pertencia aos criadores da carne, agora há muito desaparecidos, e a segunda a ela, Kira Navárez.

Mais uma vez ela viu seu rosto contorcido de medo e raiva enquanto disparava a pistola...

O Bucho rugiu e disse aos servos: Encontrem a carne esquecida! Acabem com ela! Esmaguem-na! DEVOREM-NA!

3.

Kira... Cadê você?... Kira?

Kira gritou ao voltar a si.

O pesadelo humanoide ainda tinha o tentáculo enrolado em seu braço, mas não era só isso. Fios pretos uniam a superfície da Lâmina Macia à carne do pesadelo e ela *sentia* a consciência da criatura pressionando a dela, procurando apagá-la. A pele do pesadelo devorava a dela para assimilar a Lâmina Macia. Não era um processo que ela pudesse deter por força de vontade; o xeno não reconhecia o pesadelo como um inimigo. Em vez disso, parecia *querer* se assimilar com a carne destroçada da criatura, tornar-se una de novo com suas partes perdidas.

Se demorasse, Kira sabia que ia morrer. Ou pelo menos seria convertida em algo que abominava.

Ela tentou puxar o braço do humanoide e eles deram cambalhotas até baterem no convés. A carne do pesadelo ainda se fundia à dela.

— Desissssta — disse o monstro, batendo as mandíbulas. — Não pode vencer. Tudo será carne para a boca de muitosss. Junte-se a nósss e seja devorada.

— Não! — disse Kira.

Ela desejou que a Lâmina Macia saísse e o xeno reagiu com a projeção de mil cravos, penetrando o pesadelo completamente. A criatura gritou e se retorceu, mas não morreu. Então Kira sentiu os cravos que empalavam seu corpo se dissolverem e fluírem para o pesadelo, deixando a Lâmina Macia mais fina, menor do que antes.

O tentáculo tinha se enterrado fundo no braço de Kira; só o alto era visível acima da superfície agitada da Lâmina Macia.

"Não!" Ela se recusava a morrer assim. O corpo era descartável, mas não a consciência.

Kira formou uma lâmina com o traje no braço esquerdo e — com um grito de desespero — cortou duas vezes.

Uma vez seu braço direito, decepando-o até o cotovelo.

Uma vez o pesadelo, cortando-o em dois na cintura.

O sangue jorrou do coto de seu braço, mas só por um instante. A Lâmina Macia logo fechou a carne viva da ponta ferida.

Deveria ter doído, mas, fosse pela adrenalina ou pelo xeno, não doeu.

As duas metades do pesadelo voaram para lados opostos do corredor. A criatura ainda não morria; a metade do tronco continuou a mexer os braços e a cabeça e a zumbir com as mandíbulas, enquanto a metade inferior esperneava como se tentasse correr. Enquanto Kira olhava, rebentos pretos surgiram das superfícies expostas de suas entranhas, estendendo-se e procurando, numa tentativa de se reunir.

Kira sabia que estava em desvantagem.

Ela procurou o nicho. "Ali." Impeliu-se para lá, pegou o casulo de Trig com uma das mãos, depois desejou que a Lâmina Macia os impelisse de volta pelo corredor, na direção que eles tomaram originalmente.

Chegando perto do final da passagem, ela viu, por cima do ombro, o pesadelo. As duas partes do corpo da criatura estavam quase reunidas. Depois viu a metade do tronco levantar o tentáculo restante e apontar para ela o mesmo dispositivo pequeno de antes.

Ela tentou proteger a cabeça com o braço. Lenta demais.

...

...

...

Um tinido de sino encheu seus ouvidos enquanto ela recuperava a consciência. No início, não conseguia se lembrar de quem era, nem de onde estava. Ficou boquiaberta para as paredes iluminadas de azul que passavam vagando, tentando entender, porque estava convencida de que havia algo errado. Terrivelmente errado.

Sua respiração entrou precipitadamente e, com ela, a lembrança. O conhecimento. O medo.

O pesadelo tinha atirado em sua cabeça. Kira sentia um latejar surdo no crânio e o pescoço tinha espasmos de dor. A criatura ainda estava do outro lado do corredor, ainda tentava reunir as metades decepadas.

Bum! Ela disparou em Kira novamente, mas desta vez o projétil roçou seu ombro, defletido pela superfície endurecida da Lâmina Macia.

Kira não esperou para ver mais nada. Ainda tonta, segurou-se na parede e impeliu-se junto a Trig pelo canto no final do corredor, rompendo a linha de visão com o pesadelo.

Enquanto se movia pela nave, Kira se sentia desligada da realidade, como se tudo estivesse acontecendo com outra pessoa. Os sons faziam pouco sentido e ela viu halos coloridos em volta das luzes.

"Deve ter sido uma concussão", pensou ela.

As coisas que vira do pesadelo... Não podiam existir, mas ela sabia que existiam. O dr. Carr e o Água, unidos em uma abominação pelos fragmentos da Lâmina Macia estourada dela. Ela não devia ter ficado tão consumida pelas emoções durante o confronto. Quem dera tivesse dado ouvidos às súplicas de Carr. Quem dera tivesse evitado atirar na linha de oxigênio... *Ela* era a mãe dos Corrompidos. Seus atos levaram à criação deles e os pecados deles eram dela. Todos aqueles mortos: Águas, humanos e tantas formas de vida inocentes em planetas distantes — seu coração doía ao pensar nisso.

Ela mal tinha consciência do que fazia. A Lâmina Macia parecia decidir por ela: à esquerda *ali*, à direita *lá*...

Uma voz a tirou do torpor:

— Kira! Kira, por aqui! Onde...

Ela levantou a cabeça e viu Falconi suspenso diante dela, com uma expressão feroz. O Água, Itari, estava com ele, com as armas apontadas para a porta. Atrás deles havia um buraco grande e irregular no casco, com tamanho suficiente para a passagem de um carro. A escuridão do espaço aparecia através dele e, pendendo no escuro, como uma pedra preciosa reluzente, a *Wallfish*, a mais de cem metros.

Com um sobressalto, Kira percebeu que eles estavam no vácuo. De algum modo isso aconteceu sem que ela notasse.

— ... seu braço! Onde...

Ela meneou a cabeça, incapaz de encontrar as palavras.

Falconi pareceu entender. Segurou-a pela cintura e a puxou com Trig para a abertura no casco.

— Você precisa saltar. Eles não conseguem chegar mais perto. Será que você pode...

Do lado da *Wallfish*, Kira viu a câmara de descompressão aberta. Nela, várias figuras se moviam: Nielsen e alguns fuzileiros navais.

Kira assentiu, Falconi a soltou, ela reuniu suas forças e saltou no vazio.

Na duração de uma respiração, ela flutuou no silêncio.

A Lâmina Macia ajustou o curso em alguns centímetros e ela voou diretamente para a câmara da *Wallfish*. Um fuzileiro a apanhou, detendo seu ímpeto.

Falconi a seguiu um instante depois, levando Trig. O Água também veio, para certa surpresa de Kira, e espremeu seu volume tentacular na câmara de descompressão.

No momento em que a porta externa se fechou, Falconi disse:

— Mete bronca!

A voz sussurrada de Gregorovich respondeu:

— Sim, senhor, capitão. *Metendo bronca* agora.

Uma onda de empuxo de alta gravidade os jogou no chão. Kira gritou quando o coto do braço bateu na parte interna da câmara. Depois ela pensou no pesadelo que tinha cortado em dois e o medo concentrou seus pensamentos.

Ela olhou para Falconi.

— Você precisa... você precisa...

Parecia que ela não conseguia ajustar a língua para falar.

— Preciso do quê? — disse ele.

— Precisa destruir aquela nave!

Foi Sparrow quem respondeu, a voz emanando do intercomunicador no alto:

— Já estou cuidando disso, meu bem. Segurem-se firme.

Do lado de fora da câmara de descompressão, houve um clarão de pura luz branca, depois a janela escureceu até ficar opaca. Segundos depois, a *Wallfish* estremeceu e uma série de *pings* fracos soou no casco externo. Finalmente, a nave ficou parada de novo.

Kira soltou a respiração e deixou que a cabeça encostasse no chão.

Eles estavam a salvo. Por enquanto.

CAPÍTULO VII

* * * * * *

NECESSIDADE

1.

A porta interna da câmara de descompressão se abriu. Sparrow estava parada ali com um fuzil encaixado no ombro, fazendo mira no Água no fundo da câmara. Seu cabelo estava achatado e pesado na gravidade alta de aceleração da *Wallfish*.

— O que essa coisa está fazendo aqui, capitão? — disse ela. — Não quer que eu a elimine?

Os fuzileiros se voltaram para o Água, com as próprias armas apontadas para ele. Uma tensão súbita encheu o ar.

— Falconi? — disse Hawes.

— O Água estava nos ajudando — disse Falconi, levantando-se.

Ele precisou de um esforço perceptível.

[[Aqui é Itari: O Líder de Cardume Wrnakkr me ordenou proteger vocês, então protegerei vocês.]]

Kira traduziu e Falconi falou:

— Tudo bem. Mas ele fica aqui até entendermos essa merda direito. Não quero que ele fique vagando pela nave. Diga isso ao sujeito.

— Não é exatamente um "sujeito" — disse Kira.

Falconi grunhiu.

— Que seja. Tanto faz.

Ele pendurou o lança-granadas nas costas e saiu da câmara de descompressão.

— Estarei na sala de controle — declarou.

— Entendido — disse Nielsen, a voz abafada ao tirar o capacete da armadura energizado.

O capitão foi cambaleando pelo corredor com a maior velocidade, apesar do empuxo da nave, e Sparrow o seguiu de perto.

— Que bom que vocês aguentaram, cabeções!

Kira transmitiu as ordens de Falconi ao Água. Ele formou um ninho com os tentáculos e se acomodou no canto da câmara de descompressão. [[Aqui é Itari: Eu esperarei.]]

[[Aqui é Kira: Precisa de ajuda com seus ferimentos?]]

O odor-próximo da negação chegou a ela. [[Aqui é Itari: Esta forma se curará sozinha. A ajuda não é necessária.]] Kira viu que a rachadura na carapaça do Água já formava uma crosta dura e marrom.

Ao sair da câmara de descompressão, Kira passou por Nielsen.

— Seu braço! — disse a primeira-oficial.

Kira deu de ombros. Ainda estava em tal choque pelo que soubera sobre os pesadelos que a perda nem parecia muito importante. Entretanto, evitava olhar a ausência abaixo do cotovelo.

Os Entropistas estavam ali, mas, de toda a expedição, somente sete dos fuzileiros navais tinham sobrevivido.

— Koyich? Nishu? — perguntou a Hawes.

O tenente fez que não com a cabeça enquanto cuidava de Moros, que tinha um pedaço de úmero se projetando pelo skinsuit. Apesar do próprio desespero, Kira sentiu uma pontada de tristeza pelos homens perdidos.

Vishal veio às pressas para a câmara, de maleta na mão. Seu rosto estava enrugado e suado. Ele deu uma olhada preocupada no corpo de Trig e disse:

— Srta. Nielsen! Srta. Kira! Achávamos que tínhamos perdido vocês! É bom vê-las.

— É bom ver você também, Vishal — disse Nielsen, saindo da armadura. — Quando puder, precisaremos de uns comprimidos antirradiação.

O médico fez que sim com a cabeça.

— Estão bem aqui, srta. Nielsen.

Ele estendeu uma cartela à primeira-oficial, depois outra a Kira.

Ela tentou pegar com a mão ausente. Os olhos do médico se arregalaram ao perceber.

— Srta. Kira!

— Está tudo bem — disse ela, e pegou os comprimidos com a outra mão.

Não estava nada bem.

Vishal ainda a encarava quando ela saiu da câmara.

Fora de vista, ela parou no corredor e tomou os comprimidos. Eles ficaram entalados na garganta por um momento desagradável. Depois disso, ela simplesmente ficou parada ali. Não sabia o que queria fazer e, por algum tempo, seu cérebro se recusava a dar uma resposta.

Por fim, ela disse:

— Gregorovich, o que está acontecendo?

— Muito ocupado no momento — respondeu o cérebro da nave em uma voz excepcionalmente séria. — Desculpe-me, Ó, Saco de Carne Espinhoso.

Kira assentiu e partiu para a sala de controle, cada passo pesado um choque para os calcanhares.

2.

Falconi estava recurvado sobre a tela central, junto com Sparrow. No holo, uma janela exibia a transmissão de uma câmera de capacete de skinsuit de alguém que se movia pelo lado de fora do casco da *Wallfish*.

A voz de Hwa-jung soou nos intercomunicadores.

— ... verificando as soldas. Prometo. No máximo cinco minutos, capitão.

— No máximo — disse ele. — Falconi desligando.

Ele tocou um botão e o holo mudou para um mapa do sistema, com todas as naves marcadas para fácil visualização.

Quando Kira afundou no alívio bem-vindo de uma cadeira de impacto acolchoada, Sparrow olhou para ela. Os olhos da mulher se arregalaram quando notaram o que não tinha visto antes.

— Cacete, Kira. O que aconteceu com o seu...

— Agora não — disse Falconi. — A historinha fica para mais tarde.

Sparrow engoliu a pergunta, mas Kira sentiu o peso de seu olhar.

Os Águas e os pesadelos ainda estavam se atracando perto e em volta de Nidus, mas era uma luta confusa. As três naves restantes que pertenciam aos Água amistosos — inclusive aquela que transportava Tschetter — disparavam a esmo nos pesadelos e em sua própria espécie. Duas embarcações dos Águas e uma dos pesadelos tinham partido do planeta e atiravam em qualquer coisa que vissem. Kira desconfiava de que o Aspirante estava no controle delas. Da mesma forma, o restante dos pesadelos combatia a todos, menos a eles próprios.

Quando uma das naves dos Águas — felizmente, não uma amistosa — explodiu em um clarão nuclear, Sparrow fez uma careta.

— Que confusão da porra — disse ela.

No início, Kira pensou que a *Wallfish* tivera sorte de escapar da perseguição, mas então localizou as trajetórias traçadas de duas naves dos pesadelos: cursos de interceptação. As naves longas e angulosas (pareciam feixes de fêmures enormes amarrados com tiras de músculo exposto) estavam do outro lado do planeta, mas aceleravam na mesma g insana e destruidora empregada pelas outras naves dos pesadelos. No ritmo atual, estariam no alcance em 15 minutos.

Ou talvez não.

Aproximando-se do cinturão de asteroides próximo estava a *Darmstadt*, deixando rastros de resfriador dos radiadores avariados. Kira verificou os números; o cruzador por pouco toparia com os pesadelos, segundos antes de passarem em disparada. Se os pesadelos acrescentassem outro quarto de g de empuxo, o CMU seria lento demais.

Os comunicadores estalaram e a voz de Akawe soou.

— Capitão Falconi, está na escuta?

— Na escuta.

— Creio que podemos ganhar algum tempo aqui. Talvez o bastante para você chegar ao Limite de Markov.

Falconi segurou a beira da mesa, as pontas dos dedos brancas de tanta força.

— E vocês, capitão?

Um riso de Akawe surpreendeu Kira.

— Vamos seguir assim que pudermos, mas só o que importa é que alguém informe ao Comando sobre a proposta dos Águas de Tschetter, e agora a *Wallfish* tem a melhor chance de fuga do sistema. Sei que você é um civil, Falconi, então não posso ordenar merda nenhuma a você, mas nada é mais importante do que isso.

— Vamos transmitir a mensagem à Liga — disse Falconi.

Depois de uma pausa, acrescentou:

— Tem a minha palavra, capitão.

Um estalo de estática, e então:

— Estou contando com você, capitão... Preparem-se para um show de luzes. Desligando.

— O que eles estão planejando? — perguntou Kira. — Não podem despistar os pesadelos.

Sparrow passou a língua nos lábios com o olhar fixo no holo.

— Não. Mas talvez Akawe consiga atingi-los com força e velocidade suficiente para tirá-los da nossa cola. Depende de quantos mísseis ainda restam na *Darmstadt*.

Kira e os outros ainda estavam sentados, esperando e observando, quando Hwa-jung entrou, a passos lentos. Falconi a cumprimentou com a cabeça.

— Problema resolvido?

Hwa-jung surpreendeu Kira curvando-se a mais de 90 graus.

— A culpa foi minha. O reparo que fiz em 61 Cygni, fiz com raiva. O trabalho foi ruim. Peço desculpas. Devia encontrar uma chefe de engenharia melhor para trabalhar para você.

Falconi se aproximou, colocou as mãos nos ombros de Hwa-jung e a fez ficar de costas retas.

— Nada disso — disse ele num tom inesperadamente gentil. — Só não deixe que isso se repita.

Depois de um instante, Hwa-jung baixou a cabeça. Estava lacrimejando.

— Não vai acontecer. Eu prometo.

— É so isso que eu peço — disse Falconi. — E se...

— Merda — falou Sparrow num tom baixo, apontando o holo.

Os pesadelos tinham aumentado o empuxo. A *Darmstadt* não ia conseguir, por uma margem considerável. Certamente além do alcance efetivo dos lasers principais do cruzador.

— E agora? — perguntou Kira.

Ela se sentia entorpecida pela série de catástrofes. A essa altura, não importava o que mais podia dar errado. "Trate de lidar com isso." Se os pesadelos acoplassem com a *Wallfish*, ela podia combater alguns invasores, mas se houvesse mais criaturas como aquela que a agarrou na nave dos Águas, ela estaria perdida. Todos eles estariam perdidos.

— Armamos uma zona de morte no poço principal — disse Falconi. — Canalizamos os pesadelos para lá e atacamos de todo lado.

— Supondo que eles simplesmente não nos estourem — disse Sparrow.

— Não — disse Hwa-jung, gesticulando para Kira. — Eles querem ela.

— Querem mesmo — concordou Falconi. — Podemos usar isso em proveito próprio.

— Isca — disse Kira.

— Exatamente.

— Então...

Um branco ofuscante que brotou no meio do holo a interrompeu e fez com que todos parassem para olhar.

As duas naves dos pesadelos explodiram, sem deixar nada além de uma nuvem de vapor em expansão.

— Gregorovich — disse Falconi. — O que foi isso?

O cérebro da nave falou:

— Casaba-Howitzers. Três deles.

A imagem no holo correu ao contrário e eles viram as explosões invertidas das naves dos pesadelos e — pouco antes disto — três agulhas de luz piscando em uma linha esparsa a algumas dezenas de milhares de quilômetros de distância.

— Como? — disse Kira, confusa. — A *Darmstadt* está fora de alcance.

Sparrow parecia prestes a responder quando o comunicador estalou de novo.

— Aí está o show de luzes, pessoal — disse Akawe, com um humor sombrio. — Soltamos alguns RD 52 ao nos aproximarmos de Nidus. Uma coisa nova com que estivemos brincando. Casaba-Howitzers resfriados a hidrogênio. É quase impossível localizá-los. No aperto, eles funcionam bem como minas. Só precisamos forçar os pesadelos a entrarem no alcance. Os burros do caralho nem perceberam que voavam para uma armadilha. Estamos mudando de curso agora. Faremos o máximo para manter o resto desses hostis longe de vocês. Mantenha sua aceleração e não pare para nada. Câmbio.

— Entendido — disse Falconi. — E obrigado, capitão. Nós te devemos uma. Câmbio.

— Vamos encher a cara quando isso acabar, capitão. Câmbio — disse Akawe.

Quando a linha ficou muda, Sparrow falou:

— Ouvi falar nos RD 52. Mas nunca brinquei com eles.

Falconi se recostou, afastando-se do holo. Passou as mãos no cabelo eriçado, coçou o couro cabeludo com a ponta dos dedos e então disse:

— Tudo bem. Temos algum espaço para respirar. Não muito, só um pouco.

— Quanto tempo até podemos saltar? — perguntou Kira.

— A nosso empuxo atual de 2 g — sussurrou Gregorovich —, ganharemos a liberdade para partir deste cemitério sagrado em exatamente 25 horas.

"É tempo demais." Kira não precisava dizer isso; via que os outros pensavam o mesmo. Os pesadelos e os Águas só levaram algumas horas para chegar a Nidus, depois de saírem de FTL. Se outros deles decidissem perseguir a *Wallfish*, não teriam problemas para ultrapassá-la.

— Gregorovich — disse Falconi —, alguma chance de uma erupção solar?

"Inteligente." Como todas as anãs vermelhas, o Caçabicho tenderia a uma alta variabilidade, o que levava a erupções solares enormes e imprevisíveis. Uma explosão bem grande perturbaria os campos magnéticos usados nos escapamentos de seus propulsores de fusão e impediria que Águas e pesadelos ultrapassassem a *Wallfish*. Supondo que eles não tivessem encontrado um jeito eficaz de se proteger.

— Nada no momento — disse Gregorovich.

— Droga — disse Falconi em voz baixa.

— Teremos de torcer para que Akawe e os Águas de Tschetter consigam tirar todo mundo do nosso pé — disse Sparrow.

Falconi parecia que tinha acabado de morder uma pedra.

— Não gosto disso. Não gosto *nada*. Se só um daqueles babacas vier atrás de nós, estaremos com um mundo de problemas.

Sparrow deu de ombros.

— Não sei o que podemos fazer a respeito disso, capitão. A *Wallfish* não é como um cavalo. Ela não vai mais rápido se a gente bater nela.

Kira teve uma ideia: os Corrompidos disformes que eram os pesadelos tinham conseguido fazer uso de tecnologia dos Águas, então... por que não eles?

A ideia era tão bizarra que ela quase a desprezou. Porém, devido à natureza desesperada de suas circunstâncias, ela falou:

— E o Água, Itari?

— O que tem ele? — perguntou Falconi.

— Talvez possa nos ajudar.

Os olhos de Hwa-jung se estreitaram e ela demonstrou hostilidade quando falou.

— Como assim?

— Não sei bem — disse Kira. — Mas talvez possamos ajustar nosso Propulsor de Markov para saltarmos para FTL antes.

Hwa-jung soltou um palavrão.

— Quer deixar aquela *coisa* mexer na *Wallfish*? Bah!

— Vale a pena tentar — disse Sparrow, olhando para Falconi.

Ele fez uma careta.

— Não posso dizer que gosto da ideia, mas se o Água puder nos ajudar, teremos de correr esse risco.

Hwa-jung parecia profundamente infeliz.

— Não, não, não — murmurou ela.

Depois, mais alto:

— Você não sabe o que aquela coisa pode fazer. Ela pode quebrar cada sistema da nave. Pode nos explodir. Não! O Água não conhece nossos computadores, nem nosso...

— Então você vai ajudá-lo — disse Falconi num tom gentil. — Estaremos mortos se não conseguirmos sair do sistema, Hwa-jung. Qualquer coisa que possa nos ajudar a essa altura vale a tentativa.

A chefe de engenharia fechou a cara e esfregou as mãos sem parar. Depois grunhiu e se levantou.

— Tudo bem. Mas se o Água prejudicar a *Wallfish*, vou fazer picadinho dele.

Falconi abriu um leve sorriso.

— Eu não esperaria menos. Gregorovich, você também pode ficar de olho nas coisas.

— Sempre — sussurrou o cérebro da nave.

Então Falconi virou o olhar.

— Kira, você é a única que consegue falar com o Água. Veja se ele acha que pode ajudar e, se *puder*, coordene entre ele e Hwa-jung.

Kira assentiu e impeliu-se da cadeira de impacto, sentindo cada um dos quilos a mais criados pela aceleração.

O capitão ainda falava.

— Sparrow, você também. Cuide para que as coisas não saiam do controle.

— Sim, senhor.

— Quando tiverem terminado, levem o Água de volta à câmara de descompressão.

— Vai deixar ele ali? — perguntou Sparrow.

— Parece o único lugar relativamente seguro. A não ser que você tenha uma ideia melhor.

Sparrow negou com a cabeça.

— Muito bem. Então, mãos à obra. Kira? Quando acabar, vá ver o doutor e peça para ele dar uma olhada no seu braço.

— Farei isso — disse Kira.

3.

Quando Kira saiu da sala com as outras duas mulheres, Hwa-jung gesticulou para o braço dela e disse:

— Isso dói?

— Não — respondeu Kira. — Na verdade, não. Só é estranho.

— O que aconteceu? — perguntou Sparrow.

— Um dos pesadelos me agarrou. O único jeito de escapar foi cortando a mim mesma.

Sparrow estremeceu.

— Que merda. Pelo menos você conseguiu.

— É.

No fundo, Kira se perguntava se realmente tinha conseguido escapar.

Dois fuzileiros navais — Tatupoa e outro homem cujo nome Kira não sabia — estavam estacionados na antecâmara da descompressão, vigiando o Água dentro dela. Os outros fuzileiros tinham se dispersado, deixando curativos e manchas de sangue no convés.

Os dois homens devoravam rações enquanto Kira e suas companheiras se aproximavam. Os dois pareciam pálidos e exaustos, estressados. Ela reconheceu a expressão; era a mesma que ela sentia. Depois que a adrenalina perdia o efeito, vinha o impacto. E o impacto que ela sofria era forte.

Tatupoa parou com o garfo no ar.

— Veio falar com o Água?

— Vim — disse Kira.

— Entendi. Se precisar de ajuda, é só gritar. Estamos bem atrás de você.

Embora duvidasse que os fuzileiros a protegessem melhor do que a Lâmina Macia, Kira ficou feliz por saber que eles estavam ali, com as armas a postos.

Sparrow e Hwa-jung ficaram para trás enquanto ela ia à câmara de descompressão e olhava pela janela pressurizada losangular. O Água, Itari, ainda estava sentado no chão, descansando em meio aos tentáculos enroscados. Por um momento, a apreensão a fez empacar. Depois Kira acionou o botão de liberação e a porta interna da câmara rolou para trás.

O odor do Água a atingiu: um cheiro que a lembrava salmoura e tempero. Tinha um amargor acobreado.

O alienígena falou primeiro. [[Aqui é Itari: Como posso ajudar, Idealis?]]

[[Aqui é Kira: Estamos tentando sair do sistema, mas nossa nave não tem velocidade suficiente para nadar mais rápido que os Wranaui ou os Corrompidos.]]

[[Aqui é Itari: Não posso construir um modificador de fluxo para vocês.]]

[[Aqui é Kira: Quer dizer um…]]] Ela se esforçou para encontrar a palavra certa. [[… um modificador de peso?]]

[[Aqui é Itari: Isso. Deixa a nave nadar com mais facilidade.]]

[[Aqui é Kira: Entendi. E a máquina que nos deixa nadar mais rápido que a luz?]]

[[Aqui é Itari: O Globo de Conversão.]]

[[Aqui é Kira: É, isso. Pode fazer alguma coisa para que ele funcione melhor, e assim podermos partir antes?]]

O Água se agitou e parecia gesticular para si mesmo com dois de seus tentáculos. [[Aqui é Itari: Esta forma foi feita para lutar, não para construir. Não tenho os montadores nem o material necessário para esse tipo de trabalho.]]

[[Aqui é Kira: Mas você sabe *como* melhorar nosso Globo de Conversão?]]

Os tentáculos do Água enrolaram-se em si mesmos, se esfregando e torcendo com uma energia incansável. [[Aqui é Itari: Sei, mas talvez não seja possível sem o tempo, as ferramentas ou a forma adequados.]]

[[Aqui é Kira: Você pode tentar?]]

... [[Aqui é Itari: Como está pedindo, Idealis, posso.]]

[[Aqui é Kira: Venha comigo.]]

— E então? — disse Sparrow enquanto Kira saía da câmara de descompressão.

—Talvez — respondeu Kira. — Ele vai tentar ajudar. Hwa-jung?

A chefe de engenharia fechou a carranca.

— Por aqui.

— Ei, peraí — disse Tatupoa, levantando a mão tatuada. — Ninguém nos falou nada sobre isso. Querem que o Água saia?

Sparrow então teve de chamar Falconi, e Falconi entrou em contato com Hawes, para que os fuzileiros cedessem e permitissem que elas escoltassem Itari até a sala de engenharia. Kira ficou perto do Água, a Lâmina Macia coberta de cravos curtos e rombudos, preparada para potencialmente ter de lutar e matar.

Não que Kira achasse que seria necessário. Ainda não.

Embora estivesse alerta e funcional, Kira se sentia fraca, esgotada pelo trauma do dia. Precisava de comida. E não só para si; a Lâmina Macia também precisava de nutrição. O traje parecia... fino, como se a energia necessária para o combate e a perda do material que cobria seu braço tivessem esgotado as reservas.

— Tem uma barra de ração aí? — perguntou Kira a Sparrow.

A mulher fez que não com a cabeça.

— Lamento.

"Cadê Trig quando precisamos dele?" Kira estremeceu ao pensar isso. Não importava; ela esperaria. Não ia desmaiar de fome e a comida — ou a falta dela — não estava na lista de prioridades.

A sala de engenharia era apertada, cheia de telas. Paredes, pisos e teto eram pintados no mesmo cinza homogêneo que Kira se lembrava de ter visto na *Extenuating Circumstances*. Em contraste, todos os canos, válvulas e pinos tinham uma cor diferente: vermelho, verde e azul em tons vivos, e até tangerina, cada um deles distinto, impossível de serem confundidos. Pinos grandes e pesados de braile marcavam os objetos para que fossem identificados no escuro e enquanto se estava de skinsuit.

O piso parecia mais limpo do que a bancada da cozinha. Entretanto, o ar era denso de calor e umidade, e carregado do amargor desagradável de lubrificantes, fluidos de limpeza e ozônio. Deixou um gosto de cobre na língua de Kira e ela sentiu as sobrancelhas se eriçarem com a eletricidade estática.

— Aqui — disse Hwa-jung, levando o grupo ao fundo da sala, onde uma meia esfera preta e grande, de mais de um metro de diâmetro, se projetava: o Propulsor de Markov da *Wallfish*.

O quarto de hora que se seguiu foi uma frustração de traduções falhas para Kira. O Água insistia em usar termos técnicos que ela não entendia e não conseguia tornar compreensíveis aos humanos e, da mesma forma, Hwa-jung insistia em usar termos técnicos que Kira não conseguia converter adequadamente para a língua dos Águas. A chefe de engenharia ativou uma holotela embutida no controle ao lado do Propulsor de Markov e levantou esquemas e outras representações visuais do funcionamento interno da máquina, o que ajudou um pouco, mas — no fim — ainda não conseguiu formar uma ponte sobre o abismo linguístico.

A matemática por trás do Propulsor de Markov era bastante complexa. Mas a execução — pelo que Kira entendia — era bem simples. A aniquilação de antimatéria era usada para gerar eletricidade, que por sua vez era usada para alimentar o campo eletromagnético condensado que permitia a transição para o espaço superlumínico. Quanto menor a densidade de energia do campo, mais rápido a nave podia voar, porque menos energia equivalia a velocidades mais altas quando se entrava em FTL (exatamente o contrário do que acontece no espaço normal). Graças às eficiências de escala, as naves maiores tinham velocidades máximas maiores, mas, no fim, o fator limitante definitivo era de engenharia. Manter os campos de baixa energia era uma tarefa espinhosa. Eles tendiam a perturbações de várias fontes, de dentro e de fora da nave, e era por este motivo que um forte campo gravitacional obrigaria uma nave a voltar ao espaço normal. Mesmo durante o voo interestelar, o campo tinha de ser ajustado várias vezes a cada nanossegundo para se aproximar da estabilidade.

Nada disso dava a Kira muita confiança de que Itari poderia reprojetar de algum jeito o Propulsor de Markov em pleno voo, sem o equipamento adequado e sem compreender a língua dos humanos ou a codificação da matemática humana. Todavia, ela torcia, apesar do que lhe dizia a razão.

Por fim, a voz de Falconi veio dos comunicadores:

— Algum progresso? As coisas não parecem muito boas lá fora.

— Ainda não — disse Hwa-jung.

Ela parecia tão irritada quanto Kira.

— Continuem tentando — disse o capitão, e desligou.

— Talvez... — disse Kira, e foi interrompida pelo Água que se afastava do holo e rastejava para a superfície volumosa do Propulsor de Markov.

— Não! — exclamou Hwa-jung quando o alienígena passou a puxar o painel com um dos tentáculos.

A chefe de engenharia atravessou a sala com uma agilidade surpreendente e tentou afastar o Água do propulsor, mas a criatura a empurrou tranquilamente com outro de seus tentáculos.

— Kira, diga a ele para parar. Se ele romper a contenção, vai matar todos nós.

Sparrow já levantava o blaster, com o dedo no gatilho, quando Kira disse:

— Parem! Acalmem-se, todos. Vou pedir, mas não atirem. Ele sabe o que está fazendo.

O barulho de metal sendo curvado a fez estremecer enquanto Itari soltava a concha protetora em volta das entranhas do Propulsor de Markov.

— É melhor mesmo — resmungou Sparrow.

Ela baixou um pouco a arma, mas não inteiramente.

[[Aqui é Kira: O que está fazendo? Meus companheiros de cardume estão preocupados.]]

[[Aqui é Itari: Preciso ver como seu Globo de Conversão é construído. Não se preocupe, biforme. Não vou nos destruir.]]

Kira traduziu, mas as garantias de Itari pouco fizeram para aliviar a preocupação de Hwa-jung. A chefe de engenharia ficou ao lado do Água, olhando por cima de seus tentáculos curvados, de cara amarrada e torcendo as mãos.

— *Shi-bal* — resmungou ela. — Não o... não... ah, sua coisa idiota, o que está fazendo?

Depois de vários minutos de impasse tenso, o Água retirou o braço em pinça das entranhas do propulsor e se virou para Kira.

[[Aqui é Itari: Não posso fazer seu Globo funcionar melhor.]] O ácido queimava o estômago de Kira enquanto o Água continuava a falar. [[Porém, pode ficar mais forte...]]

[[Aqui é Kira: Mais forte?]]

[[Aqui é Itari: Aumentando o fluxo de energia, a força da bolha pode ser melhorada e a conversão para o mais rápido que a luz acontecerá mais perto da estrela. Mas, para isso, eu precisaria de equipamento de uma de nossas naves. Não há tempo para fazer as peças desejadas a partir de matéria-prima.]]

— O que ele está dizendo? — perguntou Hwa-jung.

Kira explicou e a chefe de engenharia disse:

— Mais perto quanto?

[[Aqui é Itari: Com seu Globo de Conversão... pelo menos metade.]]

— Você não parece impressionada — disse Kira depois de terminar a tradução.

Hwa-jung bufou.

— E não estou. Nós já aumentamos a força do campo antes de entrar em FTL. É um truque antigo. Só que o propulsor não consegue lidar com mais energia. A câmara de reação vai falhar ou os circuitos vão queimar. Não é viável.

— De todo modo, não importa — disse Sparrow. — Você já disse: o Água não pode fazer nada sem o equipamento certo. Vamos ser cuspidos por uma câmara de descompressão.

Ela deu de ombros.

Enquanto falavam, Kira pensava. No início se perguntou se a Lâmina Macia podia dar a Itari as ferramentas e materiais que ele precisava. Kira tinha certeza de que devia ser possível, mas não sabia por onde nem como começar, e o xeno não lhe dava sugestão nenhuma. Depois, ela repassou tudo que sabia sobre a *Wallfish*, em busca de alguma coisa — qualquer coisa — que pudesse ajudar.

A resposta brotou em sua mente quase de imediato.

— Esperem — disse ela.

Hwa-jung e Sparrow pararam, olhando para ela. Kira bateu nos comunicadores e fez uma chamada aos Entropistas.

— Veera, Jorrus, precisamos de vocês na engenharia já. Tragam aquele objeto que encontraram na nave dos Águas.

— A caminho, Prisioneira — responderam os dois.

Hwa-jung estreitou os olhos.

— Não pode esperar que uma peça qualquer retirada de uma nave Água tenha alguma serventia, Navárez.

— Não — disse Kira. — Mas vale a pena tentar.

Ela explicou a Itari e o Água se acomodou no convés para esperar, com os tentáculos enrolados em si mesmo.

— Como essa lula sabe fazer alguma coisa? — quis saber Sparrow.

Ela apontou o cano da blaster para Itari.

— É só um soldado. Todos os soldados deles são engenheiros treinados?

— Gostaria de saber disso também — disse Hwa-jung com as sobrancelhas unidas.

Kira transmitiu a pergunta ao Água e ele disse: [[Aqui é Itari: Não, esta forma não é para a produção de máquinas, mas cada forma recebe uma semente de informação para servir quando necessário.]]

— O que você quer dizer por forma? — perguntou Sparrow.

Vários tentáculos do alienígena se torceram. [[Aqui é Itari: Esta forma. Formas diferentes servem a diferentes usos. Você deve saber; vocês mesmos têm duas formas.]]

— Quer dizer homens e mulheres? — disse Hwa-jung.

Sparrow também franziu o cenho.

— Os Águas podem mudar de forma? É isso que ele...

A chegada dos Entropistas a interrompeu. Os dois Buscadores se aproximaram cautelosamente de Kira e — de olhos fixos em Itari — entregaram a ela o objeto arroxeado de formato oblongo que tinham retirado da nave Água em 61 Cygni.

O odor-próximo de empolgação chegou às narinas de Kira quando entregou a peça a Itari. O Água virou o objeto do tamanho de um punho com os braços de caranguejo e os tentáculos se coloriram de vermelhos e laranja outonais.

[[Aqui é Itari: Isto é um nódulo de um Aspecto do Vazio.]]

[[Aqui é Kira: Sim. Foi nesta sala que meus companheiros de cardume o encontraram. O nódulo serve para alguma coisa?]]

[[Aqui é Itari: Talvez.]]

Depois Kira viu com interesse e certo assombro um par de braços ainda menores se desdobrarem de uma fresta oculta na beira da carapaça do Água. Como seus semelhantes maiores, os membros eram revestidos em um material brilhante e quitinoso, mas, diferente deles, eram de articulações finas e na ponta tinham um conjunto de cílios delicados, com no máximo um ou dois centímetros.

Com eles, Itari rapidamente desmontou o nódulo. Dentro dele havia vários componentes sólidos e nenhum era parecido com alguma peça de computador ou dispositivo mecânico com que Kira estivesse familiarizada. No máximo, as peças se assemelhavam a facetas de uma pedra preciosa ou um cristal.

Com os componentes nos cílios, Itari voltou ao Propulsor de Markov e estendeu os membros pequenos e terciários para as profundezas do dispositivo esférico.

Enquanto batidas, arranhões e guinchos agudos de metal soaram dentro do propulsor, Hwa-jung disse, em um tom de alerta:

— Kira.

— Dê uma chance a ele — disse Kira, embora estivesse igualmente tensa.

Junto com os Entropistas e a chefe de engenharia, ela olhou por cima dos tentáculos de Itari, dentro do propulsor. Kira viu o Água encaixar componentes cristalinos em diferentes partes das entranhas da máquina. Onde os componentes tocavam, ligavam-se depois de alguns instantes, fios cintilantes e mínimos unindo-os ao material próximo. Apenas — Kira notou — onde era apropriado. Algo guiava os fios, fosse a orientação de Itari ou alguma programação embutida.

— Como eles fazem isso? — perguntou Hwa-jung, com uma estranha intensidade na voz.

Depois da tradução de Kira: [[Aqui é Itari: Pela vontade dos Desaparecidos.]]

A resposta do Água não atenuou as preocupações de Kira, nem — ao que parecia — as de Hwa-jung. Mesmo assim, elas esperaram e deixaram que o alienígena trabalhasse livremente. Depois ele disse:

[[Aqui é Itari: Vocês vão precisar desativar a mente de pedra que governa o Globo de Conversão para que isto funcione.]]

— Mente de pedra? — disse Hwa-jung. — Ele quer dizer o computador?

— Acho que sim — disse Kira.

— Hmm.

A chefe de engenharia não estava nada satisfeita, mas, depois de vários segundos de silêncio, com os olhos disparando por filtros invisíveis, disse:

— Feito. Gregorovich está supervisionando o propulsor agora.

Depois de Kira informar ao Água, ele disse: [[Aqui é Itari: O Globo de Conversão está pronto. Pode ativá-lo com o dobro do que tinha antes.]]

Hwa-jung fez uma carranca e se curvou sobre o propulsor, examinando os misteriosos acréscimos à parte interna da máquina.

— E depois disso?

[[Aqui é Itari: Depois, o fluxo de energia voltará ao normal, assim sua nave poderá nadar veloz como sempre.]]

A chefe de engenharia não parecia convencida, mas grunhiu e falou:

— Acho que é o melhor que vamos conseguir.

— O dobro do que tinha antes — disse Sparrow. — Estamos com empuxo de 2 g, então isso quer dizer que podemos saltar... quando?

— Em sete horas — disse Hwa-jung.

Era melhor do que Kira temia, mas muito pior do que ela esperava. Sete horas ainda era tempo mais que suficiente para serem alcançados por uma nave inimiga, ou até mais.

Quando Hwa-jung ligou para a sala de controle e informou a situação a Falconi, ele disse:

— Tá. Tudo bem. Não saímos do túnel, mas dá para ver a luz. Nem os Águas, nem os pesadelos vão esperar que a gente salte tão cedo. Se tivermos sorte, eles vão pensar que têm muito tempo para vir atrás de nós e só se concentrarão em se atacar pelo céu... Bom trabalho, vocês todos. Kira, agradeça ao Água por nós e veja se ele precisa de algum alimento, água, cobertores, esse tipo de coisa. Sparrow, cuide para que ele volte à câmara de descompressão.

— Sim, senhor — disse Sparrow.

Depois, quando a linha de comunicação ficou muda, ela falou:

— *Se tivermos sorte.* Claro. Quando foi que tivemos alguma sorte recentemente?

— Ainda estamos vivos — disse Jorrus. — Isto...

— ... já conta — disse Veera.

— Sei — disse Sparrow.

Depois ela gesticulou para Itari.

— Vamos, grandão feio. Hora de ir.

A menção aos pesadelos conduziu mais uma vez a mente de Kira a pensamentos desagradáveis. Enquanto eles conduziam o Água para o corredor estreito fora da engenharia, ela transmitiu os agradecimentos de Falconi e perguntou sobre as necessidades do Água, ao que ele respondeu:

[[Aqui é Itari: A água seria bem-vinda. Só isso. Esta forma é resistente e exige pouco para seu sustento.]]

[[Aqui é Kira: Você sabia que os Corrompidos vinham do Idealis?]]

O alienígena pareceu surpreso com a pergunta. [[Aqui é Itari: Claro que sim, biforme. Você não sabia?]]

[[Aqui é Kira: Não.]]

Cores espalhafatosas rolaram pela superfície de seus tentáculos e o odor-próximo de confusão tingiu o ar. [[Aqui é Itari: Como isto é possível? Certamente você estava presente na desova desses Corrompidos... Estivemos muito curiosos sobre as circunstâncias disto, Idealis.]]

Kira pôs a mão no ombro de Sparrow.

— Espere. Preciso de um minuto.

A mulher olhou dela para o alienígena.

— O que foi?

— Só estou tentando esclarecer uma coisa.

— É mesmo? Agora? Pode bater o papo que quiser na câmara de descompressão.

— É importante.

Sparrow suspirou.

— Tudo bem, mas seja rápida.

Apesar de sua imensa relutância, Kira explicou a Itari a sequência de acontecimentos que resultaram no nascimento do Bucho. Passou por cima dos detalhes de *como* exatamente tinha acontecido a explosão da *Extenuating Circumstances*, porque se envergonhava do que fizera e das consequências disso.

Quando ela terminou, um buquê de odores desagradáveis vagou do couro do Água. [[Aqui é Itari: Então os Corrompidos que vemos agora são uma mistura de Wranaui, biformes e do abençoado Idealis?]]

[[Aqui é Kira: Isso.]]

O Água estremeceu. Não era uma reação que Kira tenha visto em nenhum da espécie dele. [[Aqui é Itari: Isto é... infeliz. Nosso inimigo é ainda mais perigoso do que pensávamos.]]

"Não diga."

Itari continuou: [[Até você responder ao *tsuro*, o sinal de busca dos Desaparecidos, pensávamos que vocês eram os Corrompidos. Como não pensaríamos, quando encontramos Corrompidos a nossa espera em torno da estrela onde escondemos o Idealis?]]

[[Aqui é Kira: Foi por isso que não procuraram por mim depois que saí do sistema?]]

Odor-próximo de concordância. [[Aqui é Itari: Nós procuramos, Idealis, mas, como eu disse, pensávamos que vocês *eram* os Corrompidos, então seguimos os Corrompidos. Não a sua pequena concha.]]

Ela franziu o cenho, ainda se esforçando para entender. [[Aqui é Kira: Então o motivo para que vocês ou os outros Wranaui pensassem que os Corrompidos eram aliados nossos foi que... vocês sabiam que fui eu que os criei?]]

[[Aqui é Itari: Foi. Tal coisa já havia acontecido, durante a Separação, e quase se provou nossa ruína. Embora os outros de nossa espécie não soubessem a exata origem desses Corrompidos, eles sabiam que tinha de vir de um Idealis. Desde então, como disse sua coforma, os Corrompidos usaram a sua língua e, por um tempo, não atacaram seus lagos. Assim, parecia evidente que eles eram seus companheiros de cardume. Foi só quando ouvimos seu sinal e vimos a resposta dos Corrompidos que percebemos que você não os estava cultivando para travar a guerra contra nós.]]

[[Aqui é Kira: Os demais Wranaui devem ter percebido isso também, não é?]]

[[Aqui é Itari: Sim.]]

[[Aqui é Kira: Ainda assim eles continuam a nos atacar.]]

[[Aqui é Itari: Porque eles ainda pensam que você e suas coformas são responsáveis pelos Corrompidos. E você *é*, Idealis. Desta perspectiva, o como e o porquê não importam. Há muito era nosso plano represar seus lagos e limitar sua disseminação. O aparecimento dos Corrompidos não mudou nada. Mas aqueles a quem esta forma serve acreditam no contrário. Eles acreditam que os Corrompidos são uma ameaça grande demais para ser enfrentada somente pelos Wranaui. Acreditam que agora é a melhor oportunidade desde a Separação para substituir a liderança dos Braços. Por isso precisamos de sua ajuda, Idealis, e da ajuda de suas coformas.]]

[[Aqui é Kira: O que exatamente esperam que eu faça?]]

O Água ficou rosa e azul. [[Aqui é Itari: Ora, opor-se aos Corrompidos. Não é óbvio? Sem o Bastão Azul, você é nossa maior esperança.]]

4.

Com Itari seguramente de volta à câmara de descompressão, Kira foi à cozinha. Ali, pegou três barras de ração e bebeu um copo de água. Mastigando uma das barras, ela passou pelo centro da nave até a oficina da *Wallfish*. Como antes, abriu as gavetas de estoque da impressora e enfiou o coto do braço em diferentes pós. "Coma", disse ela à Lâmina Macia.

A Lâmina Macia comeu.

Metais, orgânicos e plásticos: o xeno absorveu todos, em grande quantidade. Parecia se fortalecer em preparo ao que viria pela frente.

Enquanto o traje devorava, Kira comeu as outras duas barras de ração, embora fosse difícil abrir as embalagens com uma só mão — e justo aquela em que não tinha destreza. "Por que ele não pegou meu braço esquerdo?", pensou ela.

De todo modo, a inconveniência impediu que ela remoesse coisas mais sombrias e mais horríveis.

Quando ela e o traje estavam alimentados, tinha se passado tempo suficiente para Kira ter certeza de que Vishal terminara de cuidar dos feridos. Pelo menos, o bastante para dedicar a ela alguns minutos. Assim, Kira fechou as gavetas e foi para a enfermaria.

A sala estava um caos. Curativos, gaze, latas vazias de espumed e tiras de roupas ensanguentadas tomavam do convés. Quatro fuzileiros estavam ali: um na única maca, outros três deitados no chão em variados estágios de nudez, enquanto o médico do CMU cuidava deles junto com Vishal. Todos os feridos pareciam sedados.

Kira não viu a única pessoa com que mais se preocupava. Enquanto Vishal se agitava, ela perguntou:

— Ei, cadê o Trig? Ele está bem?

A expressão de Vishal ficou sombria.

— Não, srta. Kira. Eu o soltei da teia com que o Água o cobriu. Sem dúvida nenhuma salvou sua vida, mas...

O médico deu um muxoxo e meneou a cabeça enquanto tirava as luvas sujas de sangue.

— Ele vai melhorar?

Vishal pegou outro par de luvas em uma caixa na bancada e as calçou enquanto respondia.

— Se conseguirmos levar Trig a uma boa instalação médica, então, sim, ele sobreviverá. Caso contrário, não muito.

— Não dá para curá-lo aqui?

Vishal fez que não com a cabeça.

— O projétil rompeu a vértebra aqui — explicou e tocou a parte superior do pescoço de Kira — e lançou fragmentos no crânio. Ele precisa de um tipo de cirurgia que o medibot daqui não está capacitado para fazer. Pode até precisar ter o cérebro transferido para um construto enquanto crescem um novo corpo para ele.

A ideia fez Kira se sentir ainda pior. Um garoto da idade de Trig perdendo o corpo... não parecia certo.

— Ele está em crio agora?

— Está, sim, no abrigo contra tempestades.

Depois Vishal pegou a extremidade de seu braço decepado.

— Agora, srta. Kira, deixe-me ver. Ah, o que esteve fazendo?

— Nada de divertido — disse ela.

Vishal mexeu a cabeça ao pegar um escâner e examinar o coto do braço.

— Não, não deve ter sido mesmo.

Seu olhar foi rapidamente a ela.

— Os homens me mostraram parte do que você fez em Nidus. Como lutou com os Águas e os pesadelos.

Kira deu levemente de ombros, sentindo-se desconfortável.

— Eu só tentava evitar que fôssemos mortos.

— Claro, srta. Kira. É claro.

O médico deu um tapinha na extremidade do coto.

— Dói assim?

Ela fez que não com a cabeça.

Enquanto apalpava os músculos em volta da extremidade encurtada de seu braço, Vishal disse:

— O vídeo que vi... o que você conseguiu fazer com esse xeno...

Ele estalou a língua e passou a vasculhar um dos armários no alto.

— O que foi? — disse Kira.

A parte mórbida dela se perguntava como ele fora afetado pela visão da Lâmina Macia matando. Será que agora ele a via como um monstro?

Vishal voltou com um tubo de gel verde que passou no coto de Kira. Era frio e viscoso. Ele pressionou um projetor de ultrassom em seu braço e se concentrou nos filtros enquanto falava.

— Tenho um nome para seu xeno, srta. Kira.

— Ah, é? — disse Kira, curiosa.

Ela percebeu que nunca tinha contado a ele que o traje se chamava Lâmina Macia. Vishal voltou o olhar a ela por um momento, sério.

— Varunastra.

— E o que isto quer dizer?

— É uma arma muito famosa da mitologia hindu. A Varunastra é feita de água e pode assumir a forma de qualquer arma. Sim, e muitos guerreiros, como Arjuna, a utilizaram. Aqueles que portam armas dos deuses são conhecidos como Astradhari.

Ele a olhou por baixo das sobrancelhas.

— *Você* é Astradhari, srta. Kira.

— Tenho minhas dúvidas, mas... gosto do nome. Varunastra.

O médico sorriu ligeiramente e lhe passou uma toalha.

— O nome é baseado no deus Varuna. Foi ele que a fez.

— E qual é o preço pelo uso da Varunastra? — perguntou Kira, limpando o gel do braço. — Sempre há um preço pelo uso de armas dos deuses.

Vishal afastou o ultrassom.

— Não há um preço *per se*, srta. Kira, mas deve ser usado com muito cuidado.

— Por quê?

O médico pareceu relutar em responder, mas, por fim, falou:

— Se perder o controle da Varunastra, ela pode destruir você.

— É mesmo?

Um leve arrepio correu por sua coluna.

— Bom, o nome combina. Varunastra.

Depois ela gesticulou para o coto do braço.

— Pode fazer alguma coisa por mim?

Vishal mexeu a mão de um lado a outro.

— Você não parece sentir dor, mas...

— Não.

— ... mas não temos tempo para imprimir um braço substituto antes de sairmos do sistema. Hwa-jung talvez possa lhe fazer uma prótese, mas, repito, o tempo é muito curto.

— Se não fosse — disse Kira —, acha que conseguiria prender o substituto? Posso fazer o traje se retrair da área, mas... não sei por quanto tempo consigo contê-lo, e se você tiver de abrir a pele de novo...

Ela meneou a cabeça. A anestesia também não era uma opção. Talvez uma prótese acabasse por ser a melhor alternativa, no fim das contas.

Vishal se curvou para verificar o curativo na perna de um fuzileiro naval, depois disse:

— É, é verdade. Mas o xeno sabe curar, não é?

— Sabe — disse Kira, pensando em como ele tinha se unido a Carr e ao Água. "Às vezes até demais."

— Então, talvez ele possa unir um braço novo a você. Não sei, mas ele me parece capaz de grandes coisas, srta. Kira.

— Varunastra.

— De fato.

Ele sorriu para ela, mostrando dentes brancos e brilhantes.

— Além da lesão em si, não encontro nada de errado com seu braço. Me diga se sentir alguma dor e examinarei novamente, mas nesse meio-tempo não creio que seja necessário tomar nenhuma precaução especial.

— Tudo bem. Obrigada.

— Não há de quê, srta. Kira. É um prazer ajudar.

Fora da enfermaria, Kira parou no corredor, com a mão no quadril, e levou alguns segundos para se recompor. O que realmente precisava era tempo para se sentar, pensar e processar tudo que tinha acontecido.

Entretanto, como dissera Vishal, o tempo era curto e havia coisas que precisavam ser feitas. Nem todas eram tão óbvias — ou simples — como o combate.

Da enfermaria, ela foi diretamente ao meio da nave e ao abrigo contra tempestade, revestido de chumbo, bem abaixo do Controle. Encontrou Nielsen de pé ali ao lado de um dos sete tubos de crio instalados junto das paredes. Trig jazia dentro do tubo, o rosto praticamente escondido pelo visor congelado. Manchas escuras de sangue ainda descoloriam seu pescoço e havia uma frouxidão no rosto — uma *ausência* — que Kira achou inquietante. O corpo diante dela não parecia a pessoa que ela conhecia, mas um objeto. Uma coisa. Uma coisa sem nenhuma centelha de animação.

Nielsen deu um passo de lado enquanto Kira se aproximava e punha a mão na lateral do tubo. Era frio em sua palma. Ela não veria o garoto de novo tão cedo. Qual era a última coisa que dissera a ele? Não conseguia se lembrar e isso a incomodava.

— Desculpa — sussurrou ela.

Se tivesse sido mais rápida, se não tivesse sido tão cuidadosa para manter a Lâmina Macia sob controle, talvez o tivesse salvado. Ainda assim, talvez não... Em vista do que agora sabia sobre a criação dos pesadelos, soltar o xeno era a última coisa que deveria ter feito. Usar a Lâmina Macia era como brincar com uma bomba ativada por movimento; a qualquer minuto podia explodir e matar alguém.

Então, qual era a resposta? Tinha de haver um caminho do meio — um jeito que lhe permitisse agir não por medo, mas por confiança. Ela só não sabia onde ficava. Controle demais e a Lâmina Macia podia não passar de um skinsuit exagerado. Sem controle suficiente, bom, ela vira o resultado. Catástrofe. Ela tentava se equilibrar no gume de uma faca, e até agora tinha fracassado e se cortado.

— Devore a estrada — disse Kira em voz baixa, lembrando-se das palavras de Inarë.

— A culpa é minha — disse Nielsen, surpreendendo-a.

A primeira-oficial se juntou a ela na frente do tubo de crio.

— Não é, não — disse Kira.

Nielsen meneou a cabeça.

— Eu deveria saber que ele faria alguma tolice, se pensasse que eu corria perigo. Ele sempre agiu como um filhotinho perto de mim. Deveria tê-lo mandado de volta à nave.

— Não pode se culpar — disse Kira. — Se alguém é responsável... sou eu.

Ela explicou.

— Você não sabe o que teria acontecido se deixasse o traje agir por vontade própria.

— Talvez. E você não teria como saber que o Água ia aparecer. Você não fez nada de errado.

Depois de um momento, Nielsen cedeu.

— Acho que não. O caso é que nunca deveríamos ter metido Trig nesta situação, pra começo de conversa.

— E tínhamos mesmo alternativa? Não era muito mais seguro na *Wallfish*.

— Isso não quer dizer que esteja certo. Ele é mais novo que meus dois filhos.

— Mas ele não é uma criança.

Nielsen tocou a tampa do tubo.

— Não é, não. Não é mais.

Kira a abraçou e, depois de sua surpresa inicial, Nielsen correspondeu.

— Olha, o médico disse que ele vai viver — disse Kira, afastando-se. — E você *também*. Todos na *Wallfish* sobreviveram. Aposto que Trig consideraria isso uma vitória.

A primeira-oficial conseguiu abrir um sorriso fraco.

— Daqui em diante, vamos tentar evitar outras vitórias como esta.

— Combinado.

5.

Vinte o oito minutos depois, a *Darmstadt* explodiu. Um dos pesadelos controlados pelo Aspirante conseguiu atingir o cruzador do CMU com um míssil, rompendo seu Propulsor de Markov e pulverizando metade da nave.

Kira estava na sala de controle quando aconteceu, mas mesmo ali ela ouviu um "Porra!" alto ecoando dos fuzileiros navais na enfermaria.

Ela olhou com desânimo o holo do sistema — o ponto vermelho que piscava e marcava a última localização da *Darmstadt*. Todas aquelas pessoas, mortas por causa dela. A culpa era sufocante.

Falconi deve ter visto algo no rosto de Kira, porque disse:

— Não podíamos fazer nada.

Talvez não, mas isso não fazia Kira se sentir melhor.

Tschetter entrou em contato com eles quase imediatamente.

— Capitão Falconi, os Águas que estão comigo continuarão a lhe dar a maior cobertura possível. Mas não podemos garantir sua segurança, então eu aconselharia manter sua aceleração atual.

— Entendido — disse Falconi. — Qual é o estado da sua nave?

— Não se preocupe conosco, capitão. Só volte à Liga inteiro. Vamos cuidar do resto. Câmbio.

No holo, Kira viu as três naves dos Águas amistosos disparando para dentro e para a volta do conflito maior. Só restavam quatro naves Águas hostis, e a maioria das naves dos pesadelos tinha sido desativada ou destruída, mas as poucas restantes ainda lutavam, ainda eram perigosas.

— Gregorovich — disse Falconi. — Aumente mais um quarto de g.

— Capitão — disse Hwa-jung num tom de alerta. — Os reparos talvez não aguentem.

Ele se virou para ela com o olhar fixo.

— Confio em você, Song. Os reparos vão aguentar.

Gregorovich simulou um pigarro e disse:

— Aumentando empuxo, Ó, capitão, meu capitão.

Kira sentiu o peso de seus membros aumentar ainda mais. Ela se jogou na cadeira mais próxima e suspirou enquanto o acolchoado aliviava parte da pressão dos ossos. Mesmo com a ajuda da Lâmina Macia, o empuxo a mais não era nada agradável. Só a respiração exigia um esforço perceptível.

— Quanto tempo isso nos dá? — perguntou Falconi.

— Vinte minutos — respondeu Gregorovich.

Falconi fez uma careta.

— É o jeito.

Seus ombros estavam recurvados sob a força da aceleração e a pele do rosto pesava, fazendo-o parecer mais velho.

Então Nielsen, que estava do outro lado do holo, falou:

— O que vamos fazer com os fuzileiros?

— Qual é o problema? — perguntou Kira.

Falconi se recostou na cadeira, deixando que ela o escorasse.

— Não temos tubos de crio suficientes para todos. Faltam quatro. E de jeito nenhum temos suprimentos para manter alguém acordado e animado por toda a viagem até a Liga.

A apreensão se formou em Kira quando ela se lembrou do tempo que passou sem comida na *Valkyrie*.

— E então?

Um brilho malévolo apareceu nos olhos de Falconi.

— Pediremos voluntários, é o que faremos. Se o Água conseguiu colocar Trig em estase, então pode embrulhar os fuzileiros. Não parece ter feito mal a Tschetter.

Kira soltou o ar com veemência.

— Hawes e seus homens não vão gostar nem um pouco.

Falconi riu, mas, por baixo do riso, ainda estava mortalmente sério.

— Complicado. Mas ainda é melhor do que ter que pular da câmara de descompressão. Deixarei que você informe a eles, Audrey. É menos provável que eles esmurrem uma mulher.

— Nossa, obrigada — disse Nielsen com uma expressão irônica.

Ela não reclamou mais ao se levantar com cuidado da cadeira e se dirigir ao porão.

— E agora? — perguntou Kira depois que a primeira-oficial saiu.

— Agora esperamos — disse Falconi.

CAPÍTULO VIII

* * * * * * *

PECADOS DO PRESENTE

1.

O dia começou cedo. Um por um, os tripulantes, os Entropistas e os fuzileiros navais ainda capazes de andar reuniram-se na cozinha. Com tantas pessoas presentes, o espaço ficou apertado, mas ninguém parecia se importar.

Hwa-jung e Vishal assumiram a tarefa de aquecer e servir comida para todos. Apesar das barras de ração que tinha consumido mais cedo, Kira não rejeitou a tigela de ensopado reidratado quando foi empurrada para a mão que lhe restava.

Ela estava sentada no chão, num canto, com as costas apoiadas na parede. A 2,25 g, era de longe a opção mais confortável, apesar do esforço necessário para se abaixar e se levantar. Ali, ela comeu enquanto olhava e ouvia os outros.

Em cada mesa, um holo exibia imagens ao vivo das naves atrás deles. As projeções eram o principal foco de atenção; todos queriam ver o que estava acontecendo.

Os Águas e os pesadelos ainda guerreavam. Alguns tinha fugido para os planetas c ou b, e no momento travavam um embate nas margens da atmosfera, enquanto outro grupo — três naves no total — mergulhava em volta da estrela, o Caçabicho.

— Parece que eles ainda pensam que têm muito tempo para nos pegar antes de entrarmos em FTL — disse o tenente Hawes.

Seus olhos estavam vermelhos e tristes; era o caso de todos os fuzileiros. As perdas que sofreram durante a fuga do planeta, bem como a destruição da *Darmstadt*, deixaram-nos vazios e retraídos, destroçados.

Kira pensou que era uma representação exata de como todos na nave se sentiam.

— Cruzem os dedos para eles não mudarem de ideia — disse Falconi.

Hawes resmungou. Depois olhou para Kira.

— Quando estiver pronta, precisamos falar com o Água. Esta é a primeira oportunidade que temos de comunicação com um deles. O alto escalão vai querer cada informação que conseguirmos espremer daquela coisa. Até agora, lutamos no escuro. Seria bom ter algumas respostas.

— Podemos fazer isso amanhã? — disse Kira. — Estou morta e não vai fazer nenhuma diferença se não conseguirmos escapar primeiro.

O tenente passou a mão no rosto e suspirou. Parecia ainda mais exausto que ela.

— Tá, tudo bem. Mas não vamos adiar muito.

Enquanto esperavam, Kira se retraiu cada vez mais fundo em si mesma, como quem se esconde em uma concha. Não conseguia parar de pensar no que soubera sobre os pesadelos. *Ela* era responsável pela criação deles. Foram suas próprias decisões equivocadas, seu próprio medo e raiva que levaram ao nascimento das monstruosidades que agora corriam desenfreadas entre as estrelas.

Embora soubesse que logicamente não podia ser culpada pelos atos do que o pesadelo humanoide chamado de *Bucho* — a mutação distorcida e fundida do dr. Carr, o Água e as partes danificadas da Lâmina Macia —, isso não mudava como Kira se sentia. A emoção triunfava sobre a lógica; pensar em todos que foram mortos no conflito entre humanos, Águas e os pesadelos fazia seu coração sentir uma dor surda e esmagadora que a Lâmina Macia não podia aliviar de forma alguma.

Ela se sentia como que envenenada.

Os fuzileiros comeram rapidamente e logo voltaram ao porão para supervisionar os preparativos para a transição para FTL. Os Entropistas e a tripulação da *Wallfish* ficaram ao redor dos holos, em silêncio, salvo pelos comentários ocasionais em voz baixa.

A certa altura, Hwa-jung disse, de seu jeito direto:

— Sinto falta de Trig.

Eles só conseguiram assentir e expressar sua concordância.

Na metade da refeição, Vishal olhou para Falconi.

— Está com sal suficiente para você, capitão?

Falconi fez um gesto de positivo.

— Perfeito, doutor. Obrigado.

— É, mas por que tanta cenoura? — disse Sparrow.

Ela levantou a colher com uma pilha alta de discos laranja.

— Parece que você sempre usa um saco a mais.

— Fazem bem — disse Vishal. — Além disso, eu gosto de cenoura.

Sparrow sorriu com malícia.

— Ah, sei que gosta. Aposto que tem cenouras escondidas na enfermaria, para lanchar quando sente fome. Como um coelho.

Ela fez um movimento de quem mordisca com os dentes e continuou:

— Gavetas e mais gavetas cheias de cenouras. Das vermelhas, das amarelas, das roxas, você…

Um rubor escureceu as faces de Vishal e ele baixou a colher com um baque. Kira e todos os outros olharam.

— Srta. Sparrow — disse ele, e havia um tom pouco característico de raiva em sua voz. — Você está sempre, como costuma colocar, "enchendo meu saco". Como Trig a admirava tanto, ele fazia o mesmo.

Com a sobrancelha arqueada, Sparrow falou:

— Não me leve tão a sério, doutor. Só estou brincando. Se...

Vishal se virou para ela.

— Por favor, pare, srta. Sparrow. Você não *brinca* com mais ninguém, então agradeceria se me tratasse com o mesmo respeito com que eu a trato, sim? Obrigado.

Ele voltou a comer.

Sparrow ficou constrangida e perplexa. Falconi lhe lançou um olhar de alerta, então ela pigarreou e disse:

— Nossa. Se você se sente tão mal com isso, doutor, então...

— Eu me sinto, sim — disse Vishal com uma firmeza definitiva.

— Hm, então me desculpe. Não voltará a acontecer.

Vishal assentiu e continuou a comer.

"Parabéns, doutor", pensou Kira, sem emoção. Ela notou um leve sorriso em Nielsen e, depois de alguns minutos, a primeira-oficial levantou-se, foi se sentar ao lado de Vishal e passou a conversar com ele em voz baixa.

Logo em seguida, Sparrow saiu para ver como estava o Água.

Todos tinham acabado de comer e Nielsen e Vishal lavavam a louça quando Falconi foi até Kira e baixou-se cuidadosamente no chão ao seu lado.

Ela o olhou sem muita curiosidade.

Ele não a olhou nos olhos, mas encarou o teto, do outro lado da cozinha, e coçou o pescoço com a barba por fazer.

— Vai me dizer o que a está incomodando ou terei que arrancar de você?

Kira não tinha vontade de falar. A verdade sobre os pesadelos ainda era exposta e imediata, e — para ser franca — a envergonhava. Além disso, ela estava cansada, cansada até a medula. Ter uma discussão difícil e emotiva era demais para ela naquele momento.

Portanto, ela se esquivou. Gesticulando para o holo, falou:

— É isso que está me incomodando. O que você acha? Está dando tudo errado.

— Papo furado — disse Falconi num tom amistoso.

Ele a olhou por baixo das sobrancelhas escuras, o azul dos olhos fundo e claro.

— Você está estranha desde que voltamos daquela nave dos Águas. O que é? Seu braço?

— Claro, meu braço. É isso.

Um sorriso torto apareceu no rosto dele, mas não havia tanto humor assim em sua expressão.

— Tá legal. Tudo bem. Se é assim que você vai ficar.

Ele abriu um bolso da jaqueta e bateu um baralho no chão entre os dois.

— Já jogou sete-ou-nada?

Kira o olhou, desconfiada.

— Não.

— Então, vou te ensinar. É muito simples. Jogue uma rodada comigo. Se eu ganhar, você responde a minha pergunta. Se você ganhar, responderei à pergunta que você quiser.

— Desculpe. Não estou com humor para isso.

Ela ia se levantar, mas a mão de Falconi se fechou em seu pulso esquerdo, detendo-a.

Sem pensar, Kira formou um punho de cravos em volta do pulso, cravos afiados o bastante para causar desconforto, mas não tanto para tirar sangue.

Falconi estremeceu, mas não a soltou.

— Nem eu — disse ele, a voz baixa e a expressão séria. — Vamos lá, Kira. Do que você tem medo?

— De nada.

Não conseguiu convencer nem a si mesma.

Ele ergueu as sobrancelhas.

— Então fique. Jogue uma rodada comigo... Por favor.

Kira hesitou. Por menos que quisesse conversar, também não queria ficar sozinha. Não naquele momento. Não com a dor de chumbo no peito e os combates travados no sistema em volta deles.

Isto, em si, não bastava para ela mudar de ideia, mas então ela pensou nas cicatrizes nos braços de Falconi. Talvez conseguisse que ele contasse a história de como as adquiriu. Isso interessava Kira. Além disso, havia uma parte dela — enterrada bem no fundo — que realmente queria contar a alguém sobre o que sabia. A confissão podia não melhorar nada, mas talvez ajudasse a diminuir a dor em seu coração.

Quem dera Alan estivesse ali. Mais do que qualquer coisa, Kira desejava poder conversar com ele. Ele entenderia. Ele a reconfortaria e se compadeceria, talvez até a ajudasse a encontrar um jeito de resolver o problema de nível galáctico que ela criou.

Mas Alan estava morto. Ele se fora. Só o que Kira tinha era Falconi. Ele teria de servir.

— E se você me perguntar alguma coisa que eu não queira responder? — disse Kira, com certa força na voz.

— Então você desiste — disse Falconi, como se a desafiasse a fazer o contrário.

Uma rebeldia agitou-se no íntimo de Kira.

— Tá.

Ela voltou a se sentar e ele soltou seu pulso.

— Me ensine.

Falconi examinou a mão que Kira tinha espetado, depois a esfregou na coxa.

— É um jogo de pontos. Nada de especial.

Ele embaralhou e deu as cartas: três para ela, três para ele e quatro no meio da mesa. Todas viradas para baixo. O restante do baralho, ele pôs de lado.

— O objetivo é conseguir o máximo de setes ou múltiplos de sete.

— Como? Multiplicando as cartas?

— Somando. Um mais seis. Dez mais quatro. Dá pra entender. Os valetes valem 11, as rainhas, 12, e os reis, 13. Os ases valem um. Sem coringas. Como cada jogador tem sete cartas, contando as comuns — explicou Falconi, apontando as quatro cartas na mesa —, a mão natural mais alta é um *straight sweep*: quatro reis, duas rainhas e um ás. Isso te dá...

— Setenta e sete.

— Para uma pontuação de 11. Isso mesmo. As cartas sempre têm seu valor nominal, *a não ser...* — disse, levantando um dedo. — *A não ser* que você pegue todos os setes. Então os setes valem o dobro. Neste caso, a mão mais alta é um *full sweep*: quatro setes, dois reis e um nove. O que lhe dá...

Ele esperou que ela fizesse as contas.

— Noventa e um.

— Para uma pontuação de 13. As apostas normalmente são feitas depois que cada carta comum é virada, mas vamos facilitar e só apostar uma vez, depois da primeira carta. Mas tem uma condição.

— Ah, é?

— Não pode usar os filtros para somar. Assim fica fácil demais.

Uma mensagem apareceu no canto da visão de Kira. Ela abriu e viu a notificação de um aplicativo de privacidade que trancaria os filtros pelo tempo que decidissem usá-lo.

Irritada, ela bateu no "Aceitar". Falconi fez o mesmo, e tudo nos filtros de Kira congelou.

— Tudo bem — disse ela.

Falconi assentiu e pegou suas cartas.

Kira olhou as próprias cartas. Um dois, um oito e um valete: 21. Quantos setes isso dava? Apesar das contas que ela fizera durante FTL, multiplicar e dividir números de cabeça não era assim tão fácil. Somar, era. "Sete mais sete dá quatorze. Mais outro sete, 21." Ela sorriu, satisfeita por já ter uma pontuação de três.

Falconi virou a primeira das quatro cartas em comum: um ás.

— Vou começar a aposta — disse ele.

Atrás de Falconi, os Entropistas depositaram suas embalagens vazias de refeição na lixeira e saíram da cozinha.

— Você deu as cartas. Não devia ser eu?

— Decisão de capitão.

Como Kira não argumentou, ele disse:

— A mesma pergunta de antes: o que está incomodando você?

Kira tinha a própria pergunta pronta:

— Como você conseguiu essas cicatrizes nos braços?

Uma expressão dura assentou no rosto de Falconi. Ele não esperava isso dela, Kira pôde ver. "Que bom." Bem-feito para ele.

— Pague pra ver. A não ser que ache que vai aumentar? — perguntou ela, no mesmo tom de desafio que ele havia usado antes.

Os lábios de Falconi formaram uma linha fina.

— Não. Acho que vou pagar pra ver.

Ele virou a carta seguinte. Um cinco.

Os dois ficaram em silêncio enquanto faziam as contas. Kira ainda ficava com o mesmo número: 21. Seria uma mão boa? Ela não sabia. Se não, sua única chance de ganhar seria fazer outra pergunta, uma que pudesse fazer Falconi desistir.

Nielsen e Vishal enxugavam as mãos depois de lavar os pratos. A primeira-oficial se aproximou — seus passos dolorosamente baixos na gravidade alta — e tocou o ombro de Falconi.

— Vou voltar para a sala de controle. Ficarei de olho nas coisas de lá.

Ele assentiu.

— Tudo bem. Renderei você em, digamos, uma hora.

Ela deu um tapinha nele e se afastou. Ao sair da cozinha, ela se virou e disse:

— Não aposte nada muito valioso, Kira.

— Ele vai roubar a língua de dentro da sua boca — acrescentou Vishal, indo atrás de Nielsen.

Então só ficaram os dois na cozinha.

— E aí? — disse Kira.

Falconi virou a terceira carta. Um nove.

Kira tentou impedir o movimento dos lábios enquanto somava. Não era fácil acompanhar todos os números, e em algumas vezes ela se perdia e tinha de recomeçar.

Trinta e cinco. Era o melhor que ela podia conseguir. Cinco setes. Bem melhor do que tinha antes. Ela começou a sentir que havia uma chance de ter a mão vitoriosa. Hora de assumir alguns riscos.

— Vou aumentar — disse ela.

— Ah, é? — disse Falconi.

— É. Como você conseguiu comprar a *Wallfish*?

A pele embaixo dos olhos dele se retesou. Ela tocara em outro assunto sensível. Ótimo. Se ia contar a ele sobre os pesadelos, Kira não queria ser a única a partilhar segredos. Como Falconi ainda não tinha respondido depois de alguns segundos, ela falou:

— O que vai ser? Desiste, paga ou aumenta?

Falconi passou a mão no queixo. A barba por fazer raspou o polegar.

— Pago. O que aconteceu com seu braço? Como você o perdeu, realmente? E não me venha com o absurdo que contou a Sparrow sobre um pesadelo ter agarrado você. Seria preciso ter meia dúzia de exos para lhe causar algum problema.

— São duas perguntas.

— É uma reiteração. Se quiser dizer que são duas, então digo que... aumento as apostas.

Kira reprimiu uma resposta sarcástica. Ele não ia facilitar para se abrir, isto era certo.

— Deixe como está. Continue.

— Última carta — disse Falconi, aparentemente sem se perturbar, e a virou.

Um rei. Treze.

A mente de Kira disparou enquanto ela experimentava diferentes combinações. O próximo múltiplo de sete era sete vezes seis, ou... 42. Onze mais 13 mais um mais oito mais nove — era isso! Quarenta e dois!

Satisfeita, Kira começou a relaxar. Depois ela viu: somando o dois e o cinco, ela teria outro sete. Quarenta e nove. Sete vezes sete. Seus lábios se torceram. Que adequado.

— Esta é uma expressão perigosa — disse Falconi.

Ele então pôs as cartas na mesa. Dois três e um sete.

— Que pena que não adianta. Cinco setes.

Ela revelou as próprias cartas.

— Sete setes.

O olhar dele disparou de uma carta a outra enquanto fazia as contas. Uma linha rígida se formou entre as sobrancelhas.

— Sorte de principiante.

— Claro, pode se iludir à vontade. Pague a aposta.

Ela cruzou os braços descasados, satisfeita consigo mesma.

Falconi bateu os dedos no baralho. Depois ficou imóvel e falou.

— As cicatrizes são de um incêndio. Só consegui comprar a *Wallfish* porque passei quase uma década economizando cada bit que podia. Consegui uma pechincha e...

Ele deu de ombros.

O trabalho dele devia ser *muito* bem remunerado para ele poder comprar uma nave.

— Não acho que isto seja uma resposta — disse Kira.

Falconi pegou a cartas e as embaralhou.

— Então, vamos jogar outra rodada. Talvez você esteja com sorte mesmo.

— Talvez sim — disse Kira. — Dê as cartas.

Ele deu. Três para ela, três para ele e as quatro na mesa.

Ela passou os olhos pelas cartas. Nenhum sete, nem nada que somasse sete ou múltiplo de sete. Depois Falconi virou a primeira carta na mesa: o dois de espadas. Isso lhe dava... um sete.

— Por que você continuou com as cicatrizes? — perguntou ela.

Ele a surpreendeu contra-atacando:

— Por que você se importa?

— Isto é... a aposta?
— É.
Falconi virou a carta seguinte. Kira ainda tinha apenas um sete. Ela decidiu fazer outra aposta.
— O que exatamente você fazia antes de comprar a *Wallfish*?
— Pago pra ver: o que está te incomodando?
Nenhum dos dois apostou de novo pelo resto da rodada. Com a última das cartas em comum, Kira ficou com três setes. Não era tão ruim. Entretanto, quando Falconi mostrou sua mão, ele disse:
— Quatro setes.
"Merda." Kira parou, verificou as contas e soltou um ruído de nojo.
— Três.
Falconi se recostou e cruzou os braços, na expectativa.
Por alguns momentos, o único som era do ronco da nave e dos ventiladores do suporte vital. Kira usou o tempo para organizar os pensamentos, depois falou.
— Eu me importo porque fico curiosa. Já viajamos muito e ainda não sei nada a seu respeito.
— Por que isso importa?
— Essa é outra pergunta.
— Hmm... Você sabe que me importo com a *Wallfish*. E com minha tripulação.
— Sei — disse Kira, e sentiu uma proximidade inesperada com ele.
Falconi *era* protetor da nave e da tripulação; ela vira isso. Do bonsai dele também. Isso não significava necessariamente que ele fosse uma boa pessoa, mas ela não podia negar o senso de lealdade para com as pessoas e coisas que Falconi considerava dele.
— Quanto ao que me incomoda, os pesadelos — disse ela.
— Essa não é bem uma resposta.
— Não, não é — disse Kira, que, com uma só mão, pegou as cartas no chão. — Talvez você consiga mais de mim se ganhar de novo.
— Talvez consiga — disse Falconi, com um brilho perigoso nos olhos.
Foi difícil, mas Kira conseguiu embaralhar as cartas. Ela as largou ao lado do joelho, as misturou numa pilha confusa, depois deu as cartas pegando cada uma delas entre o polegar e o indicador. Sentia-se terrivelmente desajeitada por todo o processo e quase irritada o bastante para facilitar tudo com a Lâmina Macia. Não o fez porque, naquele momento, não queria nada com o xeno. Nem naquele momento, nem nunca.
Como não tivera suas perguntas respondidas da última vez, ela as repetiu. Falconi, por sua vez, perguntou a ela:
— O que a respeito dos pesadelos a incomoda tanto?
Em seguida:
— Como você realmente perdeu o braço?

Para extrema irritação de Kira, ela perdeu de novo: tinha um sete, e ele tinha três. Ainda assim, ela também sentiu certo alívio por não ter mais de evitar a verdade.

— ... Eu não bebi o bastante para isso — disse ela.

— Tem uma garrafa de vodca no armário — disse Falconi.

— Não.

Ela virou a cabeça para trás e encostou na parede.

— Não ajudaria em nada. Não mesmo.

— Talvez você se sinta melhor.

— Duvido.

De repente as lágrimas encheram seus olhos e ela piscou, com força.

— Nada vai ajudar.

— Kira — disse Falconi, com a voz inesperadamente gentil. — O que é? O que está acontecendo de fato?

Ela soltou um suspiro trêmulo.

— Os pesadelos... são minha culpa.

— O que quer dizer com isso?

O olhar dele não deixava o dela.

Kira contou. Contou toda a história trágica, começando pela criação da monstruosidade Carr-Água-Lâmina Macia e tudo que acontecera desde então. Foi como se uma barreira se rompesse dentro dela e um maremoto de palavras e sentimentos saísse em um tumulto de culpa, tristeza e remorso.

Quando Kira parou, a expressão de Falconi era indecifrável; ela não sabia o que ele pensava, só que semicerrou os olhos e aprofundou as rugas em torno da boca. Ele ia falar, mas Kira se antecipou:

— O caso é que acho que não posso combater os pesadelos. Pelo menos, não aqueles com a Lâmina Macia. Quando nos tocamos, senti que ele me absorvia. Se eu ficasse...

Ela meneou a cabeça.

— Não posso derrotá-los. Somos semelhantes e eles são muitos. Eu me afogaria no corpo deles. Se eu encontrar aquela coisa Carr-Água, ela vai me devorar. Sei disso. Carne para o Bucho.

— Deve haver um jeito de deter essas coisas — disse Falconi.

Sua voz era baixa, rouca, como se ele reprimisse uma emoção desagradável.

Kira levantou a cabeça e a deixou bater na parede. Em 2,25 g, o impacto foi um golpe doloroso e forte que a fez ver estrelas.

— A Lâmina Macia é capaz de muita coisa. Mais do que eu realmente entendo. Se ela ficar solta e desequilibrada, não vejo *como* pode ser detida... Este problema com os pesadelos é o pior tipo de catástrofe nanotecnológica "grey goo".

Ela bufou.

— É mesmo um *pesadelo*. A coisa só vai continuar devorando, crescendo e construindo... mesmo que matemos aquele que se transformou a partir de Carr e o Água,

Qwon, ainda existem outros pesadelos com a carne da Lâmina Macia. Qualquer um deles pode começar tudo de novo. Que merda, se um único fragmento do Bucho sobreviver, pode infectar outra pessoa, como em Sigma Draconis. Simplesmente não tem como...

— Kira.

— ... contê-lo. Eu não posso lutar, não posso impedir, não posso...

— *Kira*.

O tom de comando na voz de Falconi atravessou o enxame de pensamentos que zumbiam na cabeça de Kira. Seu olhar azul gelado estava fixo nela, firme e — de certo modo — reconfortante.

Ela deixou que parte da tensão saísse do corpo.

— É. Tudo bem... Acho que os Águas devem ter lidado com algo parecido antes. Ou, pelo menos, acho que eles sabiam que era possível. Itari não ficou surpreso.

Falconi virou a cabeça de lado.

— Isso é encorajador. Alguma ideia de como eles contiveram os pesadelos?

Ela deu de ombros.

— Minha aposta é que foi com muitos mortos. Não sei dos detalhes, mas tenho certeza de que, a certa altura, toda a espécie dele correu perigo de extinção. Não necessariamente por causa dos pesadelos, mas por causa da escala do conflito. A certa altura eles até lutaram com um Aspirante, assim como nós.

— Neste caso, parece que Hawes tem razão; você precisa conversar com o Água. Talvez ele possa lhe dar algumas respostas. Talvez existam maneiras que não conhecemos de parar os pesadelos.

Não era o encorajamento que Kira esperava de Falconi, mas foi uma oferta bem-vinda.

— Vou conversar.

Ela baixou os olhos para o convés e pegou um pedaço de comida seca presa na grade.

— Ainda assim... A culpa é minha. Tudo isso é culpa minha.

— Você não tinha como saber — disse Falconi.

— Isso não muda o fato de que fui eu que causei essa guerra. Eu. Ninguém mais.

Falconi bateu a borda do baralho no chão de um jeito distraído, embora o movimento tenha sido incisivo demais, consciente demais para que fosse despreocupado.

— Não pode pensar desse jeito. Vai te destruir.

— Tem mais — disse ela, suave e infeliz.

Ele ficou petrificado. Depois pegou o restante das cartas e começou a embaralhar.

— Ah, é?

Agora que tinha começado a se confessar, Kira não conseguia parar.

— Eu menti para você. Não foram os Águas que mataram minha equipe...

— Como assim?

— Como aconteceu com o Numenista. Quando fico com medo, furiosa, perturbada, a Lâmina Macia age. Ou tenta agir...

As lágrimas rolavam por seu rosto e Kira não tentou contê-las.

— Muita gente da equipe estava irritada quando saí da crio. Não comigo, não exatamente, mas eu ainda era a responsável, sabe? A colônia seria cancelada, íamos perder nossas bonificações. Foi ruim. Acabei metida em uma discussão com Fizel, nosso médico, e quando Alan e eu fomos dormir...

Ela meneou a cabeça, as palavras presas na garganta.

— Eu ainda estava toda confusa, e então... Naquela noite Neghar estava tossindo. Deve ter entrado um pedaço do xeno nela, quando me resgatou, entendeu? Ela tossia sem parar, e tinha... tinha tanto *sangue*. Fiquei com medo. N-não consegui evitar. Medo. E-e a Lâmina Macia saiu apunhalando. E-ela apunhalou Alan. Yugo. Seppo. J--Jenan. Mas foi por minha causa. Eu sou a responsável. Eu os matei.

Kira baixou a cabeça, incapaz de suportar o olhar de Falconi, e deixou que as lágrimas caíssem livremente. No peito e nas pernas, o traje ondulou, reagindo. A repulsa a dominou e ela reprimiu as reações do xeno, obrigando-o a ceder.

Ela se retraiu quando os braços de Falconi envolveram seus ombros. Ele a abraçou assim e, depois de alguns segundos, Kira deixou a cabeça encostar em seu peito enquanto chorava. Desde a *Extenuating Circumstances*, não se abria tanto. A revelação dos pesadelos tinha agitado antigas dores e se somado a elas.

Quando as lágrimas começaram a secar e sua respiração ficou lenta, Falconi a soltou. Sem graça, Kira enxugou os olhos.

— Desculpa — disse ela.

Ele sacudiu a mão e se levantou. Andando em passos instáveis, atravessou a cozinha. Ela o viu ligar a chaleira, preparar duas canecas de chell e levá-las até onde ela estava sentada.

— Cuidado — disse ele, entregando-lhe uma.

— Obrigada.

Ela segurou a caneca quente e respirou seu vapor, saboreando o cheiro.

Falconi se sentou e passou o polegar pela borda da caneca, perseguindo uma gota de água.

— Antes de eu comprar a *Wallfish*, trabalhei para a Hanzo Tensegrity. É uma grande seguradora do Sol.

— Você vendia seguros?

Kira tinha uma certa dificuldade para acreditar nisso.

— Fui contratado para investigar reclamações de mineradoras, acionistas, terceirizados, esse tipo de coisa. O único problema era que a empresa não queria que investigássemos nada. Nosso verdadeiro trabalho era, ah, desencorajar os reclamantes.

Ele deu de ombros.

— Depois de um tempo, não suportei mais e me demiti. Não importa. Numa reclamação, havia um menino que...

— Um menino?

— É uma história. Escute. Havia um menino que morava em um anel habitacional nos arredores da Pista de Farrugia. O pai dele trabalhava na manutenção e todo dia o menino saía com o pai, e o menino limpava e verificava os skinsuits usados pela equipe de manutenção.

Falconi deu um peteleco na gota de água da caneca.

— Não era um emprego, óbvio. Só uma atividade para o manter ocupado enquanto o pai estava trabalhando.

— Ele não tinha mãe? — perguntou Kira.

Falconi fez que não com a cabeça.

— E nenhum outro parente. Sem mãe, sem outra *pater familia*, sem avós, nem mesmo um irmão. O menino só tinha o pai. E todo dia o menino limpava e verificava os trajes, os enfileirava, fazia um diagnóstico antes que a equipe de manutenção saísse para cuidar do casco do anel habitacional.

— E aí?

Parecia que os olhos de Falconi a queimavam.

— Um dos caras, porque eram quase todos homens... Um dos caras não gostava que ninguém tocasse no traje dele. Isso o deixava nervoso, segundo ele. Mandou o menino parar. O caso é que o regulamento é claro; pelo menos duas pessoas têm de inspecionar o equipamento de segurança, inclusive skinsuits. Então o pai do menino disse a ele para ignorar o babaca e continuar o que estava fazendo.

— Mas o menino não obedeceu.

— Não obedeceu. Ele era novo, só uma criança. O babaca o convenceu de que estava tudo bem. Ele, o babaca, no caso, faria o diagnóstico.

— Mas não fez — disse Kira em voz baixa.

— Mas não fez. E um dia... *puf*. O traje se rasgou, uma linha se partiu e o sr. Babaca teve uma morte horrível e agonizante.

Falconi se aproximou mais.

— Agora, de quem foi a culpa?

— Do babaca, é óbvio.

— Talvez. Mas o regulamento era claro e o menino o ignorou. Se não tivesse ignorado, o homem ainda estaria vivo.

— Mas ele era só uma criança — protestou Kira.

— É verdade.

— Então, era para culparem o pai.

Falconi deu de ombros.

— Pode ser.

Ele soprou o chell e tomou um gole.

— Na verdade, foi erro de fabricação. Defeito nos trajes; com o tempo, todos os outros deram problemas. O lote todo teve de ser substituído.

— Não entendi.

— Às vezes dá merda e não há nada que possamos fazer — disse Falconi e a olhou. — Não há a quem culpar. Ou talvez todos sejam culpados.

Kira remoeu a história mentalmente, procurando pelo núcleo de verdade em seu cerne. Ela sentia que Falconi lhe contara no espírito da compreensão, se não da absolvição, e por isso ficou agradecida. Mesmo assim, não bastou para sossegar seu coração.

— Talvez — disse Kira. — Aposto que o menino ainda se sentia responsável.

Falconi inclinou a cabeça.

— É claro. Acho que sim. Mas a gente não pode deixar que uma culpa dessas consuma a vida.

— Claro que pode.

— Kira.

Ela fechou bem os olhos, incapaz de bloquear a imagem de Alan caído junto dela.

— O que aconteceu não pode ser mudado. Eu matei o homem que amava, Falconi. Você pode pensar que foi a pior coisa do universo, mas não, depois eu comecei uma guerra... uma merda de guerra interestelar, e *é* minha culpa. Não tem como consertar uma coisa dessas.

Um longo silêncio veio de Falconi. Depois ele suspirou e apoiou a caneca no convés.

— Quando eu tinha dezenove anos...

— Nada do que você disser vai melhorar a situação.

— Escute: é outra história.

Ele mexeu na alça da caneca e, como Kira não voltou a interromper, continuou:

— Quando eu tinha dezenove anos, meus pais me deixaram cuidando de minha irmã enquanto eles iam jantar fora. A última coisa que eu queria era ficar preso de babá, em particular num fim de semana. Fiquei com muita raiva, mas não importava. Meus pais saíram e pronto.

Falconi raspou a caneca no convés.

— Só que não. Minha irmã era seis anos mais nova que eu, mas imaginei que tinha idade suficiente para se cuidar sozinha, então escapuli e saí com uns amigos, como faria em qualquer outro sábado. Um pouco depois...

A voz de Falconi engasgou, suas mãos se abriram e se fecharam como que esmagadas por algo invisível.

— Houve uma explosão. Quando voltei para o alojamento, metade tinha desabado.

Ele meneou a cabeça.

— Fui atrás dela, mas era tarde demais. Inalação de fumaça... Foi como me queimei. Descobrimos mais tarde que minha irmã estava cozinhando e começou um incêndio. Se eu estivesse com ela, onde deveria estar, ela teria ficado bem.

— Não tem como saber disso — disse Kira.

Falconi virou a cabeça de lado.

— Ah, não tenho?

Ele pegou o baralho, colocou as cartas soltas no meio e embaralhou duas vezes.

— Você não matou Alan nem ninguém de sua equipe.

— Matei. Eu...

— Pare — disse Falconi, apontando o dedo para ela. — Talvez você *seja* responsável, mas não foi uma decisão consciente de sua parte. Você não os matou mais do que eu matei minha irmã. Quanto a esta maldita guerra, você não é todo-poderosa, Kira. Os Águas tomaram as decisões deles. Assim como a Liga e o Bucho. No fim, eles são os únicos que podem responder por si mesmos. Então pare de se culpar.

— Não consigo evitar.

— Besteira. A verdade é que você não *quer* evitar. Faz bem a você se sentir culpada. Sabe por quê?

Kira fez que não com a cabeça, calada.

— Porque isso lhe dá um senso de controle. A lição mais difícil na vida é aprender a aceitar que existem algumas coisas que não podemos mudar.

Falconi se interrompeu, os olhos duros e brilhantes.

— Culpar a si mesma é perfeitamente normal, mas não faz nenhum bem. Até que pare, a não ser que *consiga* parar, nunca será capaz de se recuperar plenamente.

Depois ele abriu os punhos da camisa e arregaçou as mangas para expor a superfície fundida dos braços. Estendeu, para Kira ver.

— Por que acha que fiquei com as cicatrizes?

— Porque... você se sente culpado por...

— Não — disse Falconi com severidade.

Depois, em um tom mais gentil:

— Não. Fiquei com elas para me lembrar do que posso sobreviver. Do que eu *sobrevivi*. Se estou passando por um momento difícil, olho meus braços e sei que vou passar por qualquer problema que estiver enfrentando. A vida não vai me dobrar. Não pode me dobrar. Pode me matar, mas nada que jogue pra cima de mim vai me fazer desistir.

— E se eu não for tão forte assim?

Ele sorriu, mas sem humor.

— Então você vai se arrastar pela vida com esse macaco sentado nas suas costas e ele vai te rasgar até te matar. Acredite em mim.

— ... Como você conseguiu se livrar dele?

— Eu bebi muito. Me meti em um monte de brigas. Algumas vezes, quase acabei morto. Depois de um tempo, percebi que só estava me punindo, por motivo nenhum. Além disso, eu sabia que minha irmã não ia querer que eu acabasse daquele jeito, então eu me perdoei. Embora a culpa não fosse diretamente minha, assim como não é sua culpa, eu me perdoei. E foi quando finalmente consegui tocar o barco e fazer alguma coisa da minha vida.

Nesse momento, Kira tomou uma decisão. Não conseguia enxergar um caminho claro no lodaçal em que estava presa, mas podia pelo menos tentar se libertar. Isso ela podia fazer: tentar.

— Tudo bem — disse ela.

— Tudo bem — repetiu Falconi suavemente, e naquele momento Kira sentiu uma ligação profunda com ele: um vínculo nascido de tristezas compartilhadas.

— Qual era o nome de sua irmã?

— Beatrice, mas sempre a chamávamos de Bea.

Kira olhou fixamente a superfície oleosa do chell, observando seu reflexo escuro.

— O que você quer, Falconi?

— Salvo... Me chame de Salvo.

— O que você quer mesmo, Salvo? De todo o universo?

— Eu quero — disse ele, enunciando bem — ser livre. Livre de dívidas. Livre de governos e corporações me dizendo como viver a minha vida. Se isto significa passar o resto de meus anos como capitão da *Wallfish*, então...

Ele levantou a caneca numa falsa saudação

— ... aceito de boa vontade meu destino.

Ela espelhou o gesto dele.

— Um objetivo digno. À liberdade.

— À liberdade.

O chell fez o fundo de sua garganta formigar enquanto ela bebia outro gole, e nessa hora os terrores do dia não pareciam mais tão imediatos.

— Você é da Pista de Farrugia? — perguntou ela.

Falconi assentiu levemente.

— Nascido em uma nave por ali, mas fui criado no próprio posto avançado.

Uma lembrança meio esquecida se agitou no fundo do cérebro de Kira.

— Não houve um levante ali? — disse ela. — Uma espécie de rebelião corporativa? Lembro-me de ter lido um artigo sobre isso. A maioria dos trabalhadores entrou em greve e muita gente acabou ferida ou na prisão.

Falconi tomou um gole do chell.

— É isso mesmo. Foi bem sangrento e bem rápido.

— Você lutou?

Ele bufou.

— O que você acha?

Então ele a olhou pelo canto do olho e, por um momento, parecia que tentava decidir alguma coisa.

— Como é a sensação?

— Do quê?

— Da Lâmina Macia.

— É... assim.

Ela tocou o pulso de Falconi. Ele observou com cautela, surpreso.

— Não sinto nada. Sinto a minha pele.

Depois Kira desejou que uma fileira de bordas afiadas se erguesse das costas da mão. O xeno tinha se tornado tanto parte dela que desejar a existência das lâminas não exigiu esforço nenhum.

Depois de um instante, ela deixou que as lâminas baixassem.

Falconi colocou a mão na dela. Kira estremeceu e quase se retraiu enquanto ele passava a ponta dos dedos por sua palma, provocando faíscas por seu braço.

— Assim?

— Exatamente.

Ele se demorou mais um momento, seus dedos tocando os dela. Depois retirou a mão e pegou o baralho.

— Outra rodada?

O que restava do chell não tinha um gosto tão bom quando Kira o bebeu. Mas que diabos ela estava fazendo? "Alan..."

— Acho que para mim já chega.

Falconi assentiu, compreendendo.

— Vai contar a Hawes sobre Carr e o Bucho? — perguntou ela.

— Ainda não tenho motivos para isso. Você pode apresentar um relatório quando voltar à Liga.

Kira fez uma careta ao pensar nisso. Depois, comovida, disse:

— Obrigada por conversar e me ouvir.

Falconi colocou o baralho no bolso.

— De nada. Só não desista. Nenhum de nós vai sobreviver se pararmos de lutar.

— Não vou desistir. Eu prometo.

2.

Kira deixou Falconi pensativo na cozinha. Debatia-se se deveria ir diretamente a Itari e tentar conversar com o Água. (Estaria ele acordado? Os Águas dormiam?) Por mais que quisesse respostas, naquela hora precisava descansar. O dia a deixara com um tal cansaço que nenhum AcuWake podia consertar. O sono era o único remédio.

Então ela voltou à cabine. Nenhuma mensagem de Gregorovich esperava por ela, e Kira não teria respondido, se fosse o caso. Deixando as luzes apagadas, ela se deitou na cama e suspirou de alívio quando o peso saiu dos pés que latejavam.

As palavras de Falconi — ela não conseguia pensar nele pelo prenome — ainda rodavam por sua cabeça quando Kira fechou os olhos e, quase prontamente, caiu em um sono sem sonhos.

3.

Um tom de sino ecoou pela *Wallfish*.

Kira tentou se sentar e se debateu porque continuava presa ao colchão pelos rebentos da Lâmina Macia. A gravidade de 2,25 de empuxo tinha passado, deixando-a sem peso. Se não fosse pelo xeno, ela teria flutuado enquanto dormia.

Com o coração aos saltos, ela obrigou a Lâmina Macia a relaxar e se impeliu à mesa. O som tinha sido imaginação dela? Será que dormira tanto assim?

Ela verificou o console. Dormira, sim.

Eles haviam acabado de saltar para FTL.

NCMU DARMSTADT 00:00:01, IMAGEM DE SISTEMA 14

Estação, Objeto ID 4209

Anel de Dyson

Caçabicho

g e b c a d f

Cinturão de Asteroides

NCMU DARMSTADT 00:12:79, IMAGEM DE SISTEMA 91

Planeta E

- $0.35 R_\oplus$ Superfície: $-200°C - 200°C$
- ATM: 78% N_2, 20% O_2, 1% CH_4
- Gravitacionalmente preso, sem luas
- Evidências de grupos de satélites em órbita
- Assentamentos identificados: 9+
- Nidus, ID 4412

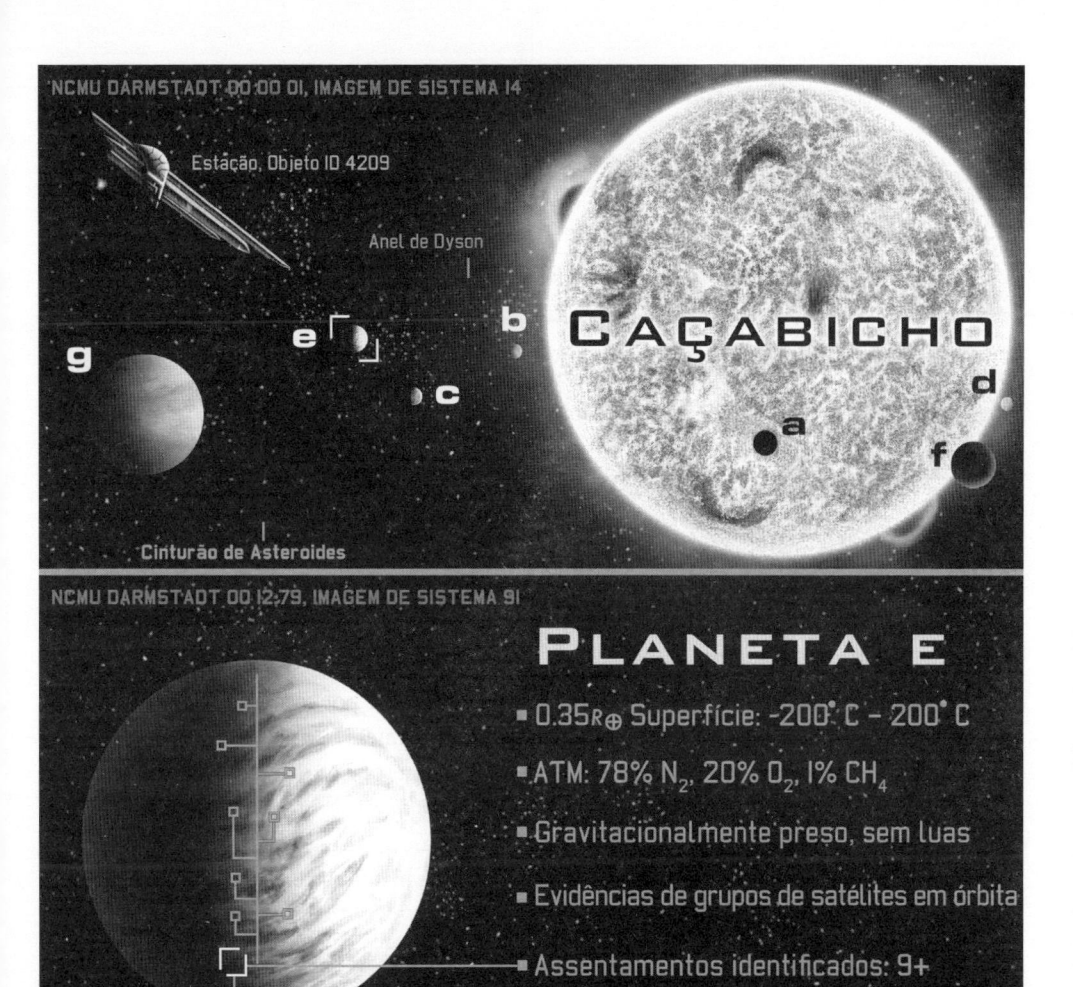

NCMU DARMSTADT, 02:01:35, IMAGEM DE SISTEMA 735

Nidus

* * * *

SAÍDA DE CENA III

1.

Eles escaparam, mas não estavam a salvo.

Kira verificou os registros da nave, incapaz de acreditar que nenhum dos Águas ou dos pesadelos os tivessem ultrapassado.

Uma das naves dos Águas tinha perseguido a *Wallfish* pouco mais de uma hora antes, seguida bem de perto pelos dois pesadelos restantes. As três naves estavam a minutos de abrir fogo contra a *Wallfish* quando ela fez a transição para FTL.

Para sair do Caçabicho o mais rápido possível, a *Wallfish* executou um salto a quente, passando para FTL sem o tempo necessário para esfriar adequadamente a nave. Isto teria exigido a desativação do motor de fusão pela maior parte de um dia. Não era prático com naves hostis tão no encalço.

Mesmo com o propulsor extinto, o calor que irradiava da nave — assim como a energia térmica contida no resto do casco da *Wallfish* — rapidamente aumentaria a níveis intoleráveis dentro da Bolha de Markov. Hipertermia seria um risco concreto e, logo depois, pane no equipamento.

Kira já ouvia os ventiladores do suporte vital rodando com mais intensidade do que o habitual.

Logo a *Wallfish* teria de voltar ao espaço normal, mas isso quase não importava. Fosse em espaço sub ou superluminíco, as naves em seu encalço eram mais velozes que qualquer embarcação construída por humanos.

Mesmo escapando, ainda parecia que os Águas e os pesadelos os alcançariam. Quando alcançassem, Kira não tinha ilusões do que ia acontecer.

Ela não via como eles se safariam deste problema. Talvez Falconi ou Gregorovich tivessem uma ideia, mas Kira pensava que a única opção seria lutar. Ela não tinha confiança em sua capacidade de proteger a tripulação, muito menos a si mesma, se mais pesadelos parecidos com o xeno atacassem.

Sua garganta se estreitou e ela se obrigou a respirar fundo e se acalmar. A *Wallfish* não estava sob ataque. Não seria abordada no mesmo instante. Era melhor poupar a adrenalina para quando fosse realmente necessária…

Kira tinha partido para a porta quando o tom de sino soou novamente. "Já?" Havia alguma coisa errada com a *Wallfish*? Por instinto nascido de viagens demais no espaço, ela procurou o suporte ao lado da mesa.

O coto de seu braço passou pelo suporte, perdendo-o.

— Porra.

O ímpeto quase a fez rodar dali, mas Kira conseguiu pegar o suporte com a mão esquerda e estabilizar a posição.

Ela sentiu um leve arrepio, como se a descarga elétrica do ar tivesse aumentado. Percebeu que eles tinham acabado de voltar ao espaço normal.

Soou o alerta de empuxo e Kira sentiu a parede pressioná-la enquanto a *Wallfish* virava, depois acelerava em uma nova direção.

— Dez minutos até o próximo salto — disse Gregorovich em seu sussurro cantarolado.

Kira foi às pressas à sala de controle. Falconi, Nielsen e Hawes a olharam quando ela entrou.

O tenente estava pálido, com uma expressão dura. Parecia ainda pior do que no dia anterior.

— O que houve? Por que paramos? — perguntou Kira.

— Estamos mudando de curso — disse Falconi.

— Mas por quê? Acabamos de sair do sistema.

Ele gesticulou para o holo sempre presente no meio da sala. Mostrava um mapa do Caçabicho.

— Por isso mesmo. Os Águas estão interferindo em toda a área e ainda estamos dentro da interferência. Isso significa que ninguém nos viu sair de FTL, e como a luz da *Wallfish* vai levar mais de um dia para chegar ao Caçabicho...

— Ninguém sabe que estamos aqui — disse Kira.

Falconi assentiu.

— Por enquanto, não. Os sensores de FTL não captam objetos em subluz, então os babacas que estão atrás de nós não nos verão quando passarem voando, a não ser que...

— A não ser que nós tenhamos muito azar e eles decidam voltar ao espaço normal para dar uma olhada — completou Nielsen.

Hawes franziu a testa.

— Mas eles não devem fazer isso. Não têm motivo nenhum.

Falconi olhou para Kira por baixo das sobrancelhas.

— Pelo menos, a ideia é essa. Esperamos que os Águas e os pesadelos passem, depois aceleramos para uma direção diferente.

Ela franziu o cenho, espelhando a expressão de Hawes.

— Mas... os instrumentos deles não nos pegarão assim que sairmos da interferência?

— Provavelmente não — disse Falconi. — Estou imaginando que os Águas não querem que os outros pesadelos saibam sobre você, o Bastão Azul ou qualquer outra coisa no Caçabicho. Se eu tiver razão, os Águas que nos perseguem vão manter a interferência, o que quer dizer que estarão limitados a observações de curto alcance em FTL.

Kira ficou em dúvida.

— É muita suposição.

Ele assentiu.

— É mesmo, mas até se os Águas pararem com a interferência... Entende alguma coisa de sensores FTL?

— Na verdade, não — admitiu ela.

— São uma boa duma porcaria. Os passivos precisam ser grandes, bem grandes, para ter eficácia. Não é algo que a maioria das naves consiga carregar. Os ativos são piores ainda, e é com os ativos que temos de nos preocupar. O alcance é de apenas alguns dias-luz, *no máximo*, o que não é muito nas velocidades que estamos fazendo, e eles não são particularmente sensíveis, o que é um problema se você estiver tentando detectar Bolhas de Markov, porque as bolhas têm um estado de energia baixo. Além disso... Hawes, por que não conta a ela?

O tenente não tirou o olhar da tela ao falar, suas palavras lentas e ponderadas.

— O CMU descobriu que os sensores dos Águas são aproximadamente 20% menos eficazes quando estão bem atrás das naves. Provavelmente porque o escudo de sombra e o propulsor de fusão atrapalham.

Falconi assentiu de novo.

— É provável que os pesadelos tenham o mesmo problema, mesmo que não usem um escudo.

Ele abriu uma imagem no holo das três naves que os perseguiam.

— Depois que eles passarem por nós, terão dificuldade para nos detectar, supondo que não haja interferência nenhuma, e a cada minuto ficará mais difícil.

— Quanto tempo até eles perceberem que a *Wallfish* não está na frente deles? — perguntou Kira.

Ele deu de ombros.

— Não faço ideia. Na melhor das hipóteses, umas duas horas. Na pior, por volta de trinta minutos. Seja como for, ainda deve ser tempo suficiente para sair do alcance do sensor de FTL.

— E depois disso?

Um lampejo de astúcia passou pelo rosto de Falconi.

— Damos uma volta ao acaso, é claro.

Ele apontou a popa da nave com o polegar.

— O CMU nos deu antimatéria mais que suficiente para voar ao Caçabicho e voltar. Estamos usando a reserva para dar uns saltos a mais, mudando de curso a cada vez, para despistar qualquer um que tente nos seguir.

Kira tentava imaginar todo o arranjo.

— Mas eles ainda podem rastrear nosso flash, não é?

Gregorovich riu e falou:

— Eles podem, Ó, minha Mamífera Curiosa, mas vai levar tempo... Tempo que nos permitirá fazer nossa retirada muito apressada.

Falconi apontou os alto-falantes do teto.

— A cada salto, será mais difícil para os Águas e pesadelos nos rastrearem. Não é uma viagem comum, como a de ida ao Caçabicho. Não vamos sair de FTL a intervalos regulares no que seria um voo em linha reta.

— Tomamos precauções — disse Hawes —, mas nada assim tão radical.

— Depois que sairmos do alcance do sensor — disse Nielsen —, os Águas não poderão prever quando entrarmos em subluz. Se eles calcularem mal uma trajetória que seja ou perderem um só salto...

— Vão acabar beeeeem longe — disse Falconi com um sorriso satisfeito. — A *Wallfish* pode cobrir quase três quartos de anos-luz em um dia. Pense em quanto tempo você precisaria esperar por um rastro de flash, se por algumas *horas* perdesse um de nossos saltos. Levaria dias, semanas, até meses para a luz chegar a você.

— Então nós realmente vamos conseguir — disse Kira.

Um sorriso sombrio apareceu no rosto de Falconi.

— Parece que sim. Depois que estivermos bem longe, a probabilidade de eles encontrarem a *Wallfish*, mesmo que por acaso, será praticamente nula. Porra, se eles não rastrearem nosso último salto, nem mesmo vão saber para que sistema da Liga estamos indo.

A pressão que empurrava Kira na parede cessou e ela teve de enganchar o coto do braço em um suporte para não sair vagando pela sala. Depois o alerta de salto ecoou de novo e mais uma vez ela sentiu o estranho arrepio na pele.

— E que sistema seria esse? — perguntou.

— O Sol — disse Nielsen.

2.

O segundo salto foi mais longo que o primeiro: 43 minutos, precisamente.

Enquanto esperavam, Kira foi com Hawes conversar com Itari.

— Está tudo bem? — perguntou ela quando saíam da sala.

Ele não a olhou nos olhos.

— Tudo, obrigado.

— Akawe parecia um bom capitão.

— É. Ele era. Era inteligentíssimo. Ele e Koyich... Tinha muita gente boa na *Darmstadt*.

— Eu sei. Lamento pelo que aconteceu.

Ele assentiu, aceitando as condolências.

— Tem alguma coisa que você *não* queira que eu diga? — perguntou Kira quando eles se aproximavam da câmara de descompressão onde estava o Água.

O tenente refletiu.

— Não deve importar a essa altura, mas o que souber sobre o Sol, a Liga ou o CMU, guarde para você.

Ela concordou com a cabeça, ligeiramente encostada na parede para se manter centrada no corredor.

— Vou tentar. Se eu não tiver certeza de alguma coisa, verifico com você primeiro.

Hawes assentiu.

— Deve dar certo. Estamos interessados principalmente nas Forças Armadas dos Águas, posicionamento de tropas, táticas, planos futuros etc., e também em sua tecnologia. E detalhes sobre por que exatamente este grupo de Águas quer unir forças conosco. Então, política, acho. Qualquer outra coisa que você conseguir desencavar será um bônus.

— Entendi.

Na câmara de descompressão, Kira viu Itari flutuando perto da parede dos fundos, os tentáculos envolvendo a criatura como um abraço protetor. O alienígena se mexeu e olhou com um único olho brilhante entre um par de tentáculos. "Curiosidade." É o que se espera de qualquer organismo senciente, mas Kira ainda se intimidou com isso. A inteligência à espreita no olho do Água era um lembrete constante de que eles lidavam com uma criatura tão capaz quanto qualquer humano. Provavelmente mais, em vista da carapaça blindada e dos muitos membros.

Hawes falou com os dois fuzileiros navais ao lado da câmara de descompressão — Sanchez e outro homem que Kira não reconheceu — e eles abriram a porta, permitindo que Kira e o tenente entrassem. Kira foi na frente; Hawes ficou atrás e à direita dela.

[[Aqui é Kira: Gostaríamos de lhe fazer algumas perguntas. Pode respondê-las?]]

O Água rearranjou os tentáculos enquanto se acomodava no convés na frente deles, prendendo-se ali com as ventosas. [[Aqui é Itari: Fale, biforme, e responderei da melhor forma possível.]]

Começando pelo princípio: definições de termos e expressões. [[Aqui é Kira: Por que vocês nos chamam de "biformes"? Quer dizer...]] Ela empacou, incapaz de pensar numa palavra Água para "homem" ou "mulher", ou até mesmo para "sexo". [[... quer dizer como nós?]] Ela gesticulou para si mesma e para Hawes.

Odor-próximo de divergência respeitosa. [[Aqui é Itari: Não. Quero dizer a forma que vocês têm e a forma que vive em suas espaçonaves.]]

"É claro." [[Aqui é Kira: Nosso cérebro da nave?]]

[[Aqui é Itari: Se é assim que vocês chamam, sim. Eles nos criaram muitas dificuldades quando abordamos suas conchas. Nosso principal objetivo sempre é desconectá-los ou destruí-los.]]

Quando Kira traduziu para Hawes, ele bufou, com uma ironia sombria.

— Que ótimo. Pelo menos eles aprenderam a ter medo dos cérebros.

— Como deve ser — sussurrou Gregorovich do teto.

Hawes olhou com irritação para os alto-falantes.

— Isto é sigiloso, Gregorovich. Dá o fora.

— E esta é minha nave — respondeu Gregorovich num tom mortalmente baixo.

Hawes grunhiu e não discutiu.

O Água se mexeu, um banho de rosa avermelhado movendo-se pelos tentáculos. [[Aqui é Itari: Nós queremos saber que relação seus cérebros de nave têm com suas formas atuais? Aquela que vocês chamam]] — e ele produziu uma mistura de odores que, com certa dificuldade, Kira percebeu que era a tentativa do Água de reproduzir o nome de Tschetter — [[Tschetter recusou-se a discutir a questão. Os cérebros são subordinados a sua forma ou são superiores?]]

Kira verificou com Hawes e ele deu a aprovação.

— Pode contar um pouco a ele — disse o tenente. — A reciprocidade deve valer alguma coisa, não é? A civilização dele não funcionaria de outra forma.

— Talvez — disse Kira.

Ela não sentia confiança em nada quando se tratava de uma sociedade alienígena.

[[Aqui é Kira: Os cérebros de nave começam como nós. Temos de decidir se nos tornarmos cérebros de nave. Não acontece por acidente. Um cérebro de nave em geral sabe e entende mais do que nós, mas nem sempre aceitamos ordens deles. Depende de que posição ou autoridade tem um cérebro de nave. E nem todo cérebro de nave fica em uma nave. Existem muitos em outros lugares.]]

Parece que o Água remoeu isso por um tempo. [[Aqui é Itari: Não entendo. Por que uma forma que é maior e mais inteligente *não* é seu líder de cardume?]]

— De fato, por quê? — perguntou Gregorovich quando Kira repetiu as palavras do Água. Ele riu.

Ela se esforçou para responder. [[Aqui é Kira: Porque... cada um de nós é diferente. Entre a nossa espécie, temos de conquistar nossa posição. Não é dada a nós só porque nascemos ou fomos criados com determinadas características.]] Mais definições de termos, então: [[Por *formas*, você quer dizer corpos, não é?]]

[[Aqui é Itari: Sim.]] Pela primeira vez, o Água disse o que era esperado.

Kira queria continuar nessa linha de perguntas, mas Hawes tinha outras ideias.

— Pergunte a ele sobre a Lâmina Macia — disse ele. — De onde ela vem?

O odor-próximo do Água ficou mais denso, mais agudo, e cores conflitantes rolaram por sua pele. [[Aqui é Itari: Você pede segredos que não podemos compartilhar.]]

[[Aqui é Kira: Eu *sou* um segredo.]] Ela gesticulou para o próprio corpo, para a Lâmina Macia. [[E os Corrompidos estão nos perseguindo. Diga-me.]]

O Água rolou e torceu os tentáculos, um em volta do outro. [[Aqui é Itari: Muitos ciclos atrás, descobrimos as obras dos Desaparecidos. Foram as criações deles que nos permitiram nadar no espaço, mais lento e mais rápido que a luz. As criações deles nos deram armas para combater.]]

[[Aqui é Kira: Vocês encontraram essas... criações em seu planeta natal?]]

Odor-próximo de confirmação. [[Aqui é Itari: No fundo da Planície Abissal. Mais tarde, encontramos outros restos dos Desaparecidos flutuando em torno de uma estrela em rotação contrária a nosso planeta natal. Entre as descobertas, estava o Idealis, inclusive este que agora está vinculado a você. Foi o que começou a guerra que levou à Separação.]]

"Quanta tecnologia os Águas realmente inventaram?", perguntou-se Kira. [[Aqui é Kira: Quem são os Desaparecidos? Eles são Wranaui?]]

[[Aqui é Itari: Não. Eles nadaram muito antes de nós e não sabemos aonde foram nem o que houve com eles. Se não fosse por eles, não seríamos o que somos, então louvamos os Desaparecidos e suas criações.]]

[[Aqui é Kira: Mas as criações deles levaram à guerra.]]

[[Aqui é Itari: Não podemos culpar os Desaparecidos por nossos próprios defeitos.]]

Hawes tomava nota enquanto Kira traduzia.

— Então está confirmado — disse ele. — Existiram ou existem pelo menos outras duas civilizações avançadas nesta área da galáxia. Que ótimo.

— A vida senciente não é tão rara como pensávamos — disse Kira.

— Isso não é exatamente bom, se estivermos na base da cadeia alimentar. Pergunte se algum dos Desaparecidos ainda está por aí.

A resposta foi rápida e conclusiva: [[Aqui é Itari: Nenhum de que tenhamos conhecimento, mas sempre temos esperança... Diga-me, Idealis, quanta criações dos Desaparecidos vocês encontraram?]] O toque de desejo ávido deu sabor às palavras do alienígena. [[Deve haver um número grande em seu sistema, para vocês se espalharem tão rapidamente.]]

Kira franziu o cenho e de novo verificou com Hawes.

— Eles parecem pensar que...

— É.

— Devo falar no Grande Farol?

O tenente pensou por um segundo.

— Tudo bem. Mas não entregue a localização.

Com certa apreensão, Kira disse: [[Aqui é Kira: Encontramos uma criação dos Desaparecidos. Creio. Encontramos... um buraco grande que emite odor-distante e ruído baixo a intervalos regulares.]]

Uma explosão de satisfação vermelha se espalhou pela pele do Água. [[Aqui é Itari: Está falando de um Vórtice! Que ainda é desconhecido para nós, porque acompanhamos de perto todas as criações dos Desaparecidos.]]

[[Aqui é Kira: Existem mais Vórtices?]]

[[Aqui é Itari: Seis, até onde sabemos.]]

[[Aqui é Kira: A que propósito servem?]]

[[Aqui é Itari: Só os Desaparecidos podem dizer... Mas não entendo. Nossos batedores não sentiram o odor de um Vórtice em nenhum de seus sistemas.]]

Ela virou a cabeça de lado. [[Aqui é Kira: Isto porque não fica em um de nossos principais sistemas, e porque só o encontramos alguns ciclos atrás. As criações dos Desaparecidos não nos ajudaram a aprender a combater ou nadar no espaço.]]

Itari ficou de um cinza opaco e os tentáculos se embolaram, como se ele esfregasse as mãos — mãos com dedos muito compridos e flexíveis. O alienígena parecia exageradamente perturbado. Até seu odor mudou, tornando-se mais amargo e amendoado. (Seria de *arsênico* o cheiro que ela sentia?)

— Navárez? — disse Hawes. — O que está havendo? Me diga.

Enquanto Kira abria a boca, o Água disse: [[Aqui é Itari: Você mente, Idealis.]]

[[Aqui é Kira: Não minto.]] Ela imprimiu o odor-próximo da sinceridade em suas palavras.

A agitação do Água aumentou. [[Aqui é Itari: Os Desaparecidos são a fonte de toda sabedoria, Idealis.]]

[[Aqui é Kira: A sabedoria vem tanto de dentro quanto de fora. Tudo que minha espécie fez foi feito por nós mesmos, sem a ajuda dos Desaparecidos, de Wranaui, Idealis ou de qualquer outra forma ou espécie.]]

Com um ruído líquido e pegajoso, Itari saiu do convés com as ventosas e passou a se empurrar pela câmara de descompressão, como se nadasse em círculos. Era a versão dos Águas, pensou Kira, do andar de um lado a outro. Pelo canto da boca, ela falou:

— Parece que a ideia de que nós mesmos inventamos toda a nossa tecnologia é meio perturbadora para nosso amigo aqui.

Hawes sorriu com malícia.

— Ponto para a humanidade, é?

O Água parou e virou os tentáculos para Kira, apontando-os como se tivesse olhos nas extremidades. [[Aqui é Itari: Agora eu compreendo.]]

[[Aqui é Kira: Compreende o quê?]]

[[Aqui é Itari: Por que era o plano — desde que sentimos o odor de sua espécie, após o final da Separação — destruir seus conclaves quando chegássemos a uma onda de força apropriada.]]

Uma farpa de inquietação se enterrou em Kira. Ela resistiu ao impulso de reagir se remexendo. [[Aqui é Kira: Você mudou de ideia? Concorda com este plano?]]

Odor equivalente a dar de ombros. [[Aqui é Itari: Se não fosse pelos Corrompidos, sim. As circunstâncias não são o que eram, nem o que serão.]]

— Ele disse mesmo isso? — perguntou Hawes. — Sério?

Confusa, mas não de um jeito agradável, Kira disse:

— Ele não parece preocupado com nossa possível reação.

O tenente passou os dedos no cabelo cortado à escovinha.

— E daí? Os Águas acham normal o xenocídio? É isso?

Ele era muito jovem, pensou subitamente Kira. Nenhuma injeção de células-tronco. Não podia ter mais que vinte e poucos anos. Ainda era só um garoto, apesar de toda a responsabilidade que as Forças Armadas deram a ele.

— Pode ser — disse ela.

Ele a olhou com preocupação.

— Como a paz vai funcionar, então? Isto é, no longo prazo.

— Não sei... Deixe-me fazer outras perguntas.

Ele gesticulou para Itari.

— Vá em frente.

Voltando a atenção ao Água, Kira disse: [[Aqui é Kira: Conte-nos sobre a Separação. O que foi, exatamente?]]

[[Aqui é Itari: A maior luta de nossa espécie. Braço combateu Braço em uma tentativa de controlar as criações dos Desaparecidos. No fim, as criações quase nos destruíram. Planetas inteiros ficaram inabitáveis e precisamos de muitos ciclos para reconstruir e recuperar nossas forças.]]

— Me diga uma coisa — observou Hawes —, você acha que a Separação explica por que não vimos nenhum sinal dos Águas nos últimos cem anos? Se eles foram derrotados e tiveram de refazer sua tecnologia, a luz talvez não tivesse tempo para chegar a nós.

— Pode ser — disse Kira.

— Hmm. O alto escalão lá no meu planeta vai *adorar* essa notícia.

Agora eles chegavam ao cerne da questão. [[Aqui é Kira: Grande parte da destruição durante a Separação foi causada pelos Corrompidos, não foi?]]

Mais uma vez, odor-próximo de confirmação. [[Aqui é Itari: Foram eles que provocaram as maiores calamidades da guerra. Eles é que marcaram os dias mais sombrios do conflito. E eles que despertaram do sono um dos seres que vocês chamam de Aspirante.]]

[[Aqui é Kira: E como os Corrompidos pararam?]]

[[Aqui é Itari: Restaram poucos registros da Separação, então não sabemos exatamente como. Mas sabemos disto: a colônia onde surgiram os Corrompidos pela primeira vez foi explodida e deixou de existir por um impacto do alto. O leito oceânico rachou e todas as formas de vida no planeta pereceram. Alguns Corrompidos nadaram para o espaço e ali se espalharam como agora estão se espalhando, e foi só com muitos recursos e muito esforço que nós os matamos.]]

A náusea se formou no estômago de Kira, e não era da ausência de peso. [[Aqui é Kira: Acredita que agora podemos deter os Corrompidos?]]

Os tentáculos do Água se tingiram de um roxo escuro. [[Aqui é Itari: Vocês e o resto de suas coformas? Não. Nem acreditamos que os Wranaui podem. Não sozinhos. Esse Corrompidos são mais fortes e mais *virulentos* do que aqueles da Separação. Devemos combatê-los juntos, se quisermos alguma esperança de sucesso. Saiba disto, Idealis: para deter os Corrompidos, cada célula de seus corpos deve ser destruída, ou eles voltarão a crescer. Por isso procuramos o Bastão Azul. Ele tem o poder de comandar o Idealis e outras coisas. Com ele, poderíamos ter eliminado os Corrompidos. Sem ele, somos fracos e vulneráveis.]]

— Qual é o problema? — perguntou Hawes em voz baixa. — Você ficou verde até as orelhas.

— Os pesadelos... — começou Kira, depois parou, sentindo gosto de ácido.

Neste momento, não queria revelar sua parte na criação do Bucho ao tenente, nem ao CMU. Chegaria o dia de fazê-lo, mas ela não via como a verdade ia fazer alguma diferença na resposta da Liga. Eles precisavam matar os pesadelos. O que mais importava?

— Os pesadelos vêm dos Desaparecidos — disse ela, e traduziu o que disse o Água.

O tenente coçou o pescoço.

— Isso não é bom.

— Não, não é.

— Não menospreze o CMU — disse ele com uma falsa confiança. — Somos muito bons em matar coisas e temos uns verdadeiros gênios lá no planeta pensando em novas maneiras de lidar com a morte. Não fugimos da briga nem por um instante.

— Espero que você tenha razão — disse Kira.

Ele mexeu no logo do CMU costurado na manga.

— O que não entendo é por que estamos vendo os pesadelos agora. Eles já estão por aí há algum tempo, não é? Então, o que os provocou? Você ter descoberto o xeno?

Ela deu de ombros, pouco à vontade.

— O Água não disse.

Tecnicamente, era a verdade.

— Deve ser — refletiu o tenente. — Caso contrário, não faz sentido. O sinal partiu, então...

Sua expressão mudou.

— Vem cá, como os Águas de Tschetter sabiam que tinham de aparecer em Adra? Eles estavam vigiando o sistema, para o caso de alguém ter encontrado o xeno?

[[Não]], disse Itari em resposta. [[Isto teria chamado uma atenção que não queríamos. Quando o relicário foi violado, liberou odor-distante e ruído baixo. Depois que ele chegou a nós, mandamos nossa nave, a *Tserro*, para investigar.]]

— Devo pedir alguns detalhes de quem exatamente *nós* somos? — perguntou Kira.

Hawes fez que sim com a cabeça.

— Boa ideia. Vamos descobrir com quem podemos estar formando uma aliança.

[[Aqui é Kira: Aqueles a quem você serve, aqueles que querem formar um... cardume... com nossos líderes, eles têm um nome?]]

Odor-próximo de confirmação. [[Aqui é Itari: O Laço Mental.]]

Da Lâmina Macia veio uma imagem de tentáculos segurando e se entrelaçando, e com isto uma sensação de extrema confiança. Kira entendeu que um *laço* era uma forma de vínculo coletivo entre os Águas, que significava se unir a uma causa de modo indissolúvel.

Itari ainda falava: [[O Laço foi formado para proteger o segredo do Líder de Cardume Nmarhl.]]

Um calafrio de reconhecimento passou por ela ao ouvir o nome. Ela se recordou de Nmarhl de uma das lembranças que a Lâmina Macia lhe mostrara quando Kira investigava o sistema de computadores da nave dos Águas, em 61 Cygni. Mais uma vez, se recordou da ternura incomum que o xeno parecia ter para com o líder de cardume. [[Aqui é Kira: E qual era esse segredo?]]

[[Aqui é Itari: A localização do Idealis, que Nmarhl escondeu no final da Separação.]]

Kira tinha tantas perguntas que não sabia por onde começar. [[Aqui é Kira: Por que Nmarhl escondeu o Idealis?]]

[[Aqui é Itari: Porque o líder de cardume fracassou ao tentar tomar o controle dos Braços. E porque esconder o Idealis era o único jeito de protegê-lo e proteger *a nós* de mais corrupção. Se este Idealis tivesse sido usado, a Separação podia tranquilamente representar o fim dos Wranaui.]]

Kira levou um momento para processar isto, depois traduziu a Hawes.

— Lembra-se deste líder de cardume? — perguntou o tenente.

Ela fez que sim com a cabeça, ainda olhando para Itari.

— Um pouco. Sem dúvida a certa altura ele se uniu com a Lâmina Macia.

Hawes fez um gesto para Kira olhar para ele.

— Deixa eu entender isso direito. O Laço Mental tentou começar um golpe durante a Separação, o que quer que seja isso, e agora está tentando fazer o mesmo novamente?

Descrito desta forma, não pareceu tão bom.

— É o que parece — disse Kira.

— Então, qual era a justificativa deles na época e qual é a justificativa agora?

A resposta do Água foi rápida: [[Aqui é Itari: Nosso motivo era e é o mesmo: acreditamos que exista uma correnteza melhor para seguir. Aquela que pegamos agora só pode levar à morte dos Wranaui em toda parte, nesta onda e em outras.]]

[[Aqui é Kira: Então se conseguirem substituir sua liderança, existe alguém no Laço Mental que dará odor aos Wranaui?]]

O Água demorou a responder. [[Aqui é Itari: Isso dependerá daqueles cujos padrões sobreviverem. Mdethn pode, talvez, ser apto para a tarefa. Lphet também, mas os outros Braços não iam gostar de responder àquele que seguiu a heresia do Tfeir. Seja como for, seria complicado para qualquer um dos Wranaui substituir o grande e poderoso Ctein.]]

Com este nome e esta expressão, um calafrio gelado percorreu Kira. Lampejos de imagens dos sonhos encheram-lhe a cabeça: um vasto volume em meio ao Conclave Abissal; uma presença imensa e manipuladora que saturava a água com sua pungência. [[Aqui é Kira: Ctein é um nome ou um título?]]

[[Aqui é Itari: Não entendi.]]

[[Aqui é Kira: Todos os seus líderes se chamam *Ctein*, ou é o nome de um só?]]

[[Aqui é Itari: Só existe um Ctein.]]

— Não pode ser — disse Kira em voz baixa, o medo lhe arrepiando a nuca. [[Aqui é Kira: Que *idade* tem Ctein?]] Ela teve de se conter para não acrescentar a expressão "o grande e poderoso".

[[Aqui é Itari: O sábio e ancestral Ctein guiou os Braços desde os últimos ciclos da Separação.]]

[[Aqui é Kira: Quantos ciclos aconteceram em torno de seu sol?]]

[[Aqui é Itari: O número não significaria nada para você, mas Nmarhl colocou o Idealis em seu esconderijo quando sua espécie começava a se aventurar fora de seu planeta natal, se isto lhe der uma ideia.]]

Ela fez a contas de cabeça. Mais de duzentos e cinquenta anos. [[Aqui é Kira: E Ctein tem governado as águas esse tempo todo?]]

[[Aqui é Itari: E mais ainda.]]

[[Aqui é Kira: Sempre na mesma forma?]]

[[Aqui é Itari: Sim.]]

[[Aqui é Kira: Quanto tempo os Wranaui vivem?]]

[[Aqui é Itari: Depende de quando somos mortos.]]

[[Aqui é Kira: E se… vocês não são mortos? Quanto tempo você levaria para morrer de velhice?]]

Odor-próximo de compreensão. [[Aqui é Itari: O envelhecimento não nos mata, biforme. Sempre podemos reverter a nossa forma de larva e crescer novamente.]]

[[Aqui é Kira: Sua forma de larva…?]] Várias outras perguntas só a deixaram mais confusa sobre o ciclo de vida dos Águas. Havia ovos, larvas, casulos, formas enraizadas, formas móveis, formas que não pareciam sencientes e — como Itari parecia indicar — uma multiplicidade de formas adaptadas a tarefas ou ambientes específicos. A natureza singular da biologia dos Águas despertou a curiosidade profissional de Kira e ela se viu voltando ao papel de xenobióloga. Simplesmente não fazia *sentido*. Ciclos de vida complexos não eram nenhuma novidade. Existiam muitos exemplos na Terra e em Eidolon. Entretanto, Kira não conseguia entender como se encaixavam todos os componentes mencionados por Itari. Sempre que pensava ter entendido algo, o Água mencionava uma coisa nova. Como um quebra-cabeças, era frustrante e estimulante.

Hawes tinha outras coisas em mente.

— Chega de perguntas sobre ovos — disse ele. — Você pode entender essa gelatina depois. Agora temos problemas maiores.

A partir daí a conversa girou em torno de coisas que Kira considerava menos interessantes, mas — ela reconhecia — não menos importantes. Coisas como localização da frota e seus números, capacidades de estaleiros, distâncias de viagem entre os postos avançados dos Águas, planos de batalha, capacidades tecnológicas e assim por diante. Itari respondeu à maioria das perguntas de forma direta, mas se esquivou de alguns assuntos ou se recusou inteiramente a responder. A maioria das perguntas tinha relação com as localizações dos mundos dos Águas. Era compreensível, pensou Kira, embora às vezes fosse frustrante.

Entretanto, não importava o assunto, ela não conseguia parar de pensar no grande e poderoso Ctein. O formidável Ctein. Por fim, Kira interrompeu o fluxo de perguntas de Hawes para fazer uma indagação: [[Aqui é Kira: Por que Ctein se recusa a se unir a nós para combater os Corrompidos?]]

[[Aqui é Itari: Porque o cruel e ávido Ctein inchou com a idade e, em sua arrogância, acredita que os Wranaui podem derrotar os Corrompidos sem ajuda. O Laço Mental acredita no contrário.]]

[[Aqui é Kira: Ctein foi um bom líder?]]

[[Aqui é Itari: Ctein foi um líder forte. Graça a Ctein, reconstruímos nossos cardumes e nos expandimos pelas estrelas. Mas muitos Wranaui estão insatisfeitos com as decisões que Ctein tem tomado nos últimos ciclos, então lutamos para ter um novo líder. Não é um grande problema. A próxima onda será melhor.]]

Hawes soltou um ruído de impaciência, então Kira voltou a fazer as perguntas do tenente e nada mais foi dito sobre Ctein.

Eles ainda conversavam com Itari quando o alerta de salto soou e a *Wallfish* fez a transição para o espaço STL.

— Só mais duas — disse Hawes, arregaçando a manga.

Durante o tempo deles na Bolha de Markov, o ar na nave ficou denso, abafado e tão quente que até Kira começou a sentir desconforto. Ela só podia imaginar como era ruim para os outros.

Eles se seguraram nos suportes das paredes enquanto Gregorovich reorientava a *Wallfish*, depois saíram de novo, voando muitas vezes mais rápido que a velocidade da luz.

O interrogatório de Itari continuou.

O terceiro salto foi mais curto que o anterior — só quinze minutos — e o quarto, mais curto ainda.

— Só para eles brincarem de pula-pula — disse Gregorovich.

Finalmente, a *Wallfish* desligou o Propulsor de Markov e eles ficaram aparentemente imóveis nas profundezas escuras do espaço interestelar, com os radiadores abertos e o interior da nave pulsando de calor.

— Gregorovich, algum sinal dos Águas ou dos pesadelos? — perguntou Kira.

— Nem um sussurro. Nem um silvo — disse o cérebro da nave.

Ela se sentiu relaxar um pouco. Talvez, mas só talvez, eles realmente tivessem conseguido escapar.

— Obrigada por nos tirar de lá inteiros — disse ela.

Uma gargalhada suave ecoou pelos alto-falantes.

— Meu pescoço também estava na reta, Ó, Saco de Carne, mas, sim, não há de quê.

— Tudo bem — disse Hawes —, vamos encerrar com o Água por enquanto. Temos muito material. Os espiões no Sol vão levar anos para analisar todas essas informações. Bom trabalho de tradução.

Kira soltou a Lâmina Macia da parede.

— Por nada.

— Não vá ainda. Vou precisar que traduza um pouco mais. Ainda tenho de preparar meus homens.

Então ela ficou enquanto Hawes convocava os fuzileiros navais que não estavam em tubos de crio e, um por um, Itari os encasulou. Os homens *não* ficaram satisfeitos com a perspectiva, mas, como não havia alternativa satisfatória, precisaram aceitar.

Depois que os casulos dos fuzileiros foram seguramente guardados no porão de carga, ao lado de onde Hawes e o resto do esquadrão logo ficariam congelados nos tubos, Kira os deixou e foi ajudar a tripulação a preparar a *Wallfish* para a viagem de três meses de volta à Liga.

— Gregorovich me atualizou — disse Falconi enquanto descia até ela na escada central.

Que ótimo. Isso a poupava de ter de repetir tudo que Itari dissera.

— Parece que tenho mais perguntas que respostas — disse Kira.

Falconi soltou um ruído evasivo e parou na frente dela.

— Você não contou a Hawes, contou?

Ela entendeu o que ele quis dizer.

— Não.

Os olhos azuis dele a mantiveram parada.

— Não pode evitar isso para sempre.

— Eu sei, mas... ainda não. Quando voltarmos. Então vou contar à Liga. Agora não vai adiantar de nada, mesmo.

Ela deixou que uma leve nota de súplica entrasse em sua voz.

Falconi demorou um pouco a responder.

— Tudo bem. Mas não enrole demais. De um jeito ou de outro, você terá de enfrentar essa coisa.

— Eu sei.

Ele assentiu e continuou pela escada, passando tão perto que Kira sentiu o cheiro almiscarado de seu suor.

— Então venha. Você pode ajudar.

3.

Enquanto a *Wallfish* esfriava, Kira trabalhou com Falconi para proteger equipamentos e linhas de descarga, desativar sistemas não essenciais e preparar a nave de outras maneiras para a viagem iminente. Não era fácil para ela com uma só mão, mas Kira deu um jeito, usando a Lâmina Macia para segurar objetos que não conseguia apanhar diretamente.

O tempo todo ela pensava na conversa com Itari. Várias coisas ditas pelo Água a incomodavam: palavras e frases que não faziam sentido completo. Expressões aparentemente inócuas que podiam tranquilamente ser creditadas às peculiaridades da linguagem dos Águas, mas que pareciam — quanto mais Kira se concentrava nelas — sugerir desconhecidos maiores.

Ela não ficava à vontade com desconhecidos desse tipo. Não depois de saber a verdade sobre o Bucho.

Quando a maior parte das tarefas grandes e óbvias estava concluída, Falconi a mandou, com Sparrow, levar água e vários sacos de açúcar a Itari. O Água alegara que sua forma podia digerir as moléculas simples de açúcar sem nenhuma dificuldade, embora não fosse o alimento ideal no longo prazo.

Felizmente, o longo prazo não era problema. Itari se meteria em um casulo depois que a *Wallfish* voltasse a FTL. Ou assim alegava o Água. Deixava Kira nervosa pensar no Água talvez desperto enquanto todos os outros entravam em um estado comatoso, sem saber o que os cercava.

Eles deixaram o Água despejando os sacos de açúcar na boca, que lembrava um bico na parte inferior da carapaça, e foram ao abrigo contra tempestade perto do meio da nave.

Ali, Kira viu com uma solidão crescente a tripulação, um por um, mais uma vez entrar em seus tubos de crio. (Os Entropistas já haviam se retirado para a cabine e os tubos contidos ali.)

Antes de fechar a tampa sobre si, Vishal falou:

— Ah, srta. Navárez, esqueci de lhe dizer antes: há outro par de lentes de contato esperando por você na enfermaria. Peço desculpas. Veja no armário acima da pia.

— Obrigada.

Como em 61 Cygni, Falconi esperou para ser o último. Segurando um suporte com uma das mãos, ele tirou as botas com a outra.

— Kira.
— Salvo.
— Vai treinar com o xeno na viagem de volta, como fez antes?

Ela assentiu.

— Vou tentar. Tenho controle, mas... não basta. Se eu tivesse uma noção melhor do xeno, talvez pudesse salvar Trig.

Falconi a examinou com a expressão de quem compreende.

— Só tenha cuidado.

— Sabe que terei.

— Como você será a única acordada por aqui, pode fazer uma coisa por mim?

— Claro. O que é?

Ele guardou as botas no armário ao lado e começou a tirar o colete e a camisa.

— Fique de olho no Água enquanto estivermos em crio. Estamos torcendo para que ele não fuja e nos mate, e, sinceramente, não confio muito nisso.

Kira assentiu devagar.

— Tive a mesma ideia. Posso pendurar uma rede na frente da câmara de descompressão e me entocar ali.

— Perfeito. Temos os alarmes ativados, caso o Água fuja *mesmo*, assim você deve ser avisada.

Ele lhe abriu um sorriso desanimado.

— Sei que não será tão confortável ali na entrada, mas não temos opções melhores.

— Está tudo bem — disse Kira. — Não se preocupe com isso.

Falconi assentiu e tirou a camisa. Depois tirou a calça e as meias, as guardou no armário e se impeliu para o único tubo de crio desocupado. No caminho, passou a mão na lateral do tubo de Trig, deixando uma marca de três dedos na camada de gelo que recobria a máquina.

Kira se juntou a Falconi enquanto ele abria a tampa de seu tubo. A contragosto, ela não conseguiu deixar de admirar o movimento dos músculos nas costas dele.

— Você vai ficar bem? — disse ele, fixando nela um olhar de inesperada solidariedade.

— Vou. Tudo bem.

— Gregorovich ficará desperto por mais algum tempo. Lembre-se... se precisar conversar, a hora que for, me acorde. É sério.

— Vou acordar. Prometo.

Falconi hesitou, depois pousou a mão no ombro dela. Kira a cobriu com a sua própria, sentindo o calor da pele dele se irradiar para ela. Ele apertou levemente antes de soltá-la e entrou no tubo de crio.

— Nos encontramos no Sol — disse ele.

Ela sorriu, reconhecendo a letra da música.

— Na sombra da lua.

— No brilho daquela Terra verde... Boa noite, Kira.

— Boa noite, Salvo. Durma bem.

A tampa do tubo de crio se fechou sobre seu rosto e a máquina começou a zumbir, bombeando as substâncias que induziriam a hibernação.

4.

Kira guiou cuidadosamente um monte de roupa de cama pelos corredores da nave. Envolveu-o com vários rebentos da Lâmina Macia, para manter a mão livre e impedir que os cobertores flutuassem.

Quando chegou à câmara de descompressão, viu Itari flutuando perto da porta externa, olhando pelo visor de safira transparente a névoa de estrelas do lado de fora.

A *Wallfish* ainda não tinha saltado para FTL. Gregorovich esperava até que a nave estivesse inteiramente resfriada. A temperatura já havia caído perceptivelmente enquanto os radiadores faziam seu trabalho.

Kira prendeu os cobertores no convés com grampos e redes do porão de carga de bombordo. Depois foi pegar os poucos suprimentos de que precisaria na longa jornada: água, barras de ração, sacos para o lixo, as lentes de contato substitutas que Vishal imprimira e sua concertina.

Quando ficou satisfeita com o pequeno ninho, foi abrir a câmara de descompressão. Ancorando-se na estrutura da porta aberta, ela estava prestes a falar quando o Água se antecipou: [[Aqui é Itari: Seu odor perdura, Idealis.]]

[[Aqui é Kira: O que quer dizer?]]

[[Aqui é Itari: As coisas que você disse antes... Sua espécie e a minha diferem de mais formas do que apenas nossa carne. Estive tentando entender, mas receio que esteja além desta forma.]]

Ela virou a cabeça de lado.

[[Aqui é Kira: Eu sinto o mesmo.]]

O Água piscou, membranas nictitantes transparentes faiscando pelos globos pretos de seus olhos. [[Aqui é Itari: O que os biformes consideram sagrado, Idealis? Se não são os Desaparecidos, o que é?]]

A pergunta a intimidou. Agora devia discutir religião e filosofia com um alienígena? Suas aulas de xenobiologia nunca cobriram *esta* possibilidade.

Ela respirou fundo, para se preparar.

[[Aqui é Kira: Muitas coisas. Não existe uma única resposta certa. Todo biforme precisa decidir por si mesmo. É uma...]] — ela se esforçou para encontrar uma tradução para *individual* — [[... uma decisão que cada biforme deve tomar sozinho. Alguns acham esta decisão mais fácil do que outros.]]

Um dos tentáculos do Água rolou por sua carapaça. [[Aqui é Itari: O que você considera sagrado, Idealis?]]

Isso fez Kira parar. O *que* ela considerava sagrado? Nada tão abstrato como o conceito de um deus, ou a beleza, ou coisa parecida. Nem os números, como os Numenistas. Nem o conhecimento científico, como os Entropistas. Ela pensou brevemente em dizer *a humanidade*, mas isso também não estava certo. Limitado demais.

No fim, ela disse: [[Aqui é Kira: A *vida*. É o que penso ser mais sagrado. Sem ela, nada mais importa.]] Como o Água não respondeu imediatamente: [[E os Wranaui? E você? Existe algo além dos Desaparecidos que vocês considerem sagrado?]]

[[Aqui é Itari: Nós, os Wranaui. Os Braços e nossa expansão no turbilhão de estrelas. É nosso direito de nascença e nosso destino, e um ideal a que todo Wranaui se dedica, mesmo que às vezes discordemos sobre os meios para atingir nossos objetivos.]]

A resposta a perturbou. Era fanático, xenófobo e imperialista demais para o gosto de Kira. Hawes tinha razão: não seria fácil viver em paz com os Águas.

"Difícil não significa impossível", ela lembrou a si mesma.

Ela mudou de assunto: [[Aqui é Kira: Por que você às vezes diz *esta forma* quando se refere a si mesmo? É porque os Wranaui têm muitas formas diferentes?]]

[[Aqui é Itari: A forma de alguém determina sua função. Se outra função for necessária, a forma pode ser mudada.]]

[[Aqui é Kira: Como? Vocês conseguem mudar o arranjo de sua carne, só pensando?]]

[[Aqui é Itari: É claro. Se não houvesse pensamento, por que alguém iria para o Ninho de Transferência?]]

Era uma expressão que ela não reconhecia da Lâmina Macia. [[Aqui é Kira: O Ninho de Transferência também é uma criação dos Desaparecidos?]]

[[Aqui é Itari: É.]]

[[Aqui é Kira: Então se você quisesse mudar para sua forma de larva ou sua forma enraizada, iria ao Ninho de Transferência e...]]

[[Aqui é Itari: Não. Você entendeu mal, Idealis. Estas são formas da carne original. O Ninho de Transferência é usado para formas fabricadas.]]

A surpresa a fez parar. [[Aqui é Kira: Quer dizer que sua *forma* atual foi feita? Em uma máquina?]]

[[Aqui é Itari: Isso. E, se necessário, posso escolher outra forma no Ninho de Transferência. E também, se esta carne for destruída, posso escolher outra.]]

[[Aqui é Kira: Mas se sua forma fosse destruída, você estaria morto.]]

[[Aqui é Itari: Como posso morrer quando existe um registro de meu padrão no Ninho de Transferência?]]

Kira franziu o cenho, esforçando-se para entender. Várias outras perguntas pouco ajudaram para esclarecer a questão. Ela não parecia conseguir que o Água fizesse uma distinção entre seu corpo e seu padrão, o que quer que fosse.

[[Aqui é Kira: Se sua forma fosse destruída agora, seu padrão conteria todas as suas memórias?]]

[[Aqui é Itari: Não. Todas as memórias de quando saímos do sistema dos Desaparecidos foram perdidas. Por isso nossas conchas sempre nadam em grupos de pelo menos dois, a não ser que a necessidade de sigilo seja grande, por exemplo, quando enviamos a *Tserro* ao relicário.]]

[[Aqui é Kira: Então... o padrão não é você, não é isso? O padrão seria uma cópia desatualizada. Um você do passado.]]

As cores do Água ficaram mais moderadas, neutras. [[Aqui é Itari: É claro que o padrão ainda seria eu. Por que não seria? A passagem de alguns momentos não muda minha natureza.]]

[[Aqui é Kira: E se seu padrão recebesse uma nova forma enquanto sua forma antiga ainda estivesse aqui? Isto seria possível?]]

O odor-próximo de repulsa disparou no ar. [[Aqui é Itari: Isto seria a heresia do Tfeir. Nenhum Wranaui dos outros Braços faria tal coisa.]]

[[Aqui é Kira: Você desaprova Lphet, então?]]

[[Aqui é Itari: Nossos objetivos são maiores que nossas diferenças.]]

Kira pensou nisso por um tempo. Então os Águas estavam descarregando sua consciência, ou pelo menos as memórias, em corpos diferentes. Entretanto, eles não pareciam se incomodar com a morte verdadeira... Ela não conseguia entender a aparente indiferença de Itari para com seu destino individual.

[[Aqui é Kira: Você não quer viver? Não quer ficar com sua forma?]]

[[Aqui é Itari: Se meu padrão perdura, eu perduro.]] Um de seus tentáculos se estendeu e Kira lutou para não se retrair enquanto o apêndice elástico a tocou no peito. A Lâmina Macia enrijeceu, como se estivesse prestes a atacar. [[A forma não é importante. Mesmo que meu padrão seja apagado — como fez Ctein com Nmarhl, muito tempo atrás —, ele continuará a se propagar nas ondas que se seguirem.]]

[[Aqui é Kira: Como pode dizer isso? O que significa *onda*? O que quer dizer com *aquelas que se seguirem*?]]

O Água faiscou em verde e vermelho e seus tentáculos se enrolaram firmemente na carapaça, mas ele se recusou a responder. Kira fez as perguntas outras duas vezes, sem resposta alguma. Foi só isso que conseguiu arrancar do Água sobre o assunto das ondas.

Ela fez, então, uma pergunta diferente: [[Aqui é Kira: Estou curiosa. O que é o *tsuro*, a convocação que senti quando o Laço Mental chegou ao local de descanso do Idealis? Eu o senti de todas as suas conchas, exceto aqui neste sistema.]]

[[Aqui é Itari: O *tsuro* é outro dos artefatos sagrados dos Desaparecidos. Ele fala com o Idealis e o atrai. Se não estivesse vinculado a você, o Idealis responderia sozinho e se apresentaria à origem da convocação. Pelo uso do *tsuro*, as conchas dos Wranaui em toda parte procuram pelos Ideali.]]

[[Aqui é Kira: E encontraram mais algum desde o fim da Separação?]]

[[Aqui é Itari: Desde então? Não. O seu é o último sobrevivente. Mas vivemos na esperança de que os Desaparecidos tenham deixado mais de suas criações para nós descobrirmos e que, desta vez, nós a trataremos com maior sabedoria do que antes.]]

Ela olhou a trama de fibras nas costas da mão: preta, reluzente, complexa. [[Aqui é Kira: Sua forma sabe, ou o Laço Mental sabe, como remover o Idealis daquele a quem ele se uniu?]]

A pele do Água se perturbou com as cores da afronta e seu odor-próximo adquiriu uma mistura de choque e ultraje. [[Aqui é Itari: Em que onda isto seria desejado? Unir-se ao Idealis é uma honra!]]

[[Aqui é Kira: Entendi. É só uma questão de... curiosidade.]]

O alienígena pareceu lutar com isso, mas no fim disse: [[Aqui é Itari: O único modo que esta forma conhece de se separar do Idealis é a morte. Lphet e as outras formas governantes do Laço podem ter ciência de outros métodos, mas, se for assim, ainda não lançaram seu odor.]]

Kira aceitou a notícia com resignação. Não ficou surpresa. Só... decepcionada.

Então o fantasma da voz de Gregorovich soou dos alto-falantes e ele disse:

— Retraindo radiadores. Transição para FTL em quatro minutos. Preparem-se.

Só então Kira notou como tinha ficado frio na antecâmara. Frustrada por não ter mais tempo para fazer perguntas, ela informou Itari sobre o salto iminente, depois se retirou para a soleira e trancou a porta da câmara de descompressão.

As luzes mudaram para o vermelho opaco da noite na nave, um gemido soou perto do fundo da *Wallfish* e a pele exposta das faces de Kira formigou quando o Propulsor de Markov foi ativado e eles partiram para o trecho mais longo e derradeiro da viagem: a jornada ao Sol.

5.

Pelo visor da câmara de descompressão, Kira viu com interesse Itari se encasular com a gosma excretada da parte inferior dos tentáculos. A substância viscosa endureceu rapidamente e em apenas alguns minutos o Água estava oculto dentro de uma cápsula opaca e meio esverdeada presa ao chão da câmara.

Kira se perguntou como o alienígena saberia quando despertar.

Não era problema dela.

Ela se retirou para o próprio ninho, prendeu-se na rede e se enrolou nos cobertores. A antecâmara era escura e intimidadora na iluminação noturna; não era um lugar agradável para se passar os três meses seguintes.

Ela estremeceu, enfim sentindo o frio.

— Somos só eu e você, cabeção — disse ela ao que seria o teto.

— Não se preocupe — sussurrou Gregorovich. — Farei companhia a você, Ó, Varunastra, até que seus olhos fiquem pesados e as areias macias do sono entorpeçam sua mente.

— Que coisa reconfortante — disse Kira, mas não com completo sarcasmo.

Era *mesmo* bom ter alguém com quem falar.

— Perdoe minha irreprimível curiosidade — disse Gregorovich, e riu —, mas que odores estranhos você trocou com nosso hóspede tentacular? Você ficou aí vários minutos e parecia muitíssimo afetada pelos fedores que atingiram suas delicadas narinas.

Kira bufou.

— Pode-se dizer que sim... Escreverei um relatório completo depois. Poderá ver os detalhes ali.

— Nada que seja imediatamente útil, pelo que depreendo — disse Gregorovich.

— Não. Mas... — Ela explicou sobre o Ninho de Transferência e terminou: — Itari disse que "a forma não é importante".

— Os corpos tendem a ser bem intercambiáveis hoje em dia — disse secamente o cérebro da nave. — Você e eu sabemos muito bem.

Kira puxou os cobertores para mais perto.

— Foi difícil se tornar um cérebro de nave?

— *Fácil* certamente não é a palavra que eu usaria para descrever — disse Gregorovich. — Cada sentido meu me foi arrancado e substituído, e o que eu era, a essência de minha consciência, foi expandida para além de qualquer limite natural. Foi uma confusão por cima de outra.

A experiência parecia profundamente desagradável e lembrou Kira — para certo desprazer — dos momentos em que estendia a Lâmina Macia e, ao fazer isso, estendia seu senso de identidade.

Ela tremeu. O balanço suave da gravidade zero a fez engolir em seco e se concentrar em um ponto fixo na parede para acalmar o ouvido interno. A escuridão da antecâmara e a sensação de vazio e abandono da *Wallfish* a afetavam mais do que ela gostaria. Teria se passado mesmo menos de meio dia desde que eles combateram nas ruas de Nidus?

Parecia que já fazia mais de uma semana.

Tentando se livrar da súbita solidão, ela disse:

— No meu primeiro dia aqui, Trig me contou como, em sua última nave, você caiu e ficou empacado. Como foi... ficar tanto tempo sozinho?

— Como foi? — disse Gregorovich.

Ele riu em um tom demencial, e de cara Kira entendeu que tinha ido longe demais.

— Como *foi*? Foi como a morte, como a destruição do ser. As paredes em volta de minha mente caíram e tagarelei insensatamente diante da face nua do universo. Eu tinha o conhecimento combinado de toda a raça humana a minha disposição. Tinha cada descoberta científica, cada teoria e teorema, cada equação, cada prova e milhões,

milhões e milhões de livros e músicas e filmes e jogos... Mais do que qualquer pessoa, mesmo um cérebro de nave, podia esperar consumir. Ainda assim...

Ele se interrompeu com um suspiro.

— Ainda assim eu estava *sozinho*. Vi minha tripulação morrer de fome, e, quando eles se foram, não havia nada que eu pudesse fazer além de ficar sozinho no escuro e esperar. Trabalhei em equações, conceitos matemáticos que você jamais compreenderia com seu cerebrozinho, e li, vi e contei até o infinito, como fazem os Numenistas. Tudo que isso fez foi evitar a escuridão por mais um segundo. Mais um momento. Gritei, mas não tinha boca para gritar. Chorei, embora não tivesse olhos para chorar. Rastejei pelo espaço e pelo tempo, um verme passando por um labirinto construído pelos sonhos de um deus louco. Isto eu aprendi, saco de carne, isto e nada mais: quando o ar, o alimento e o abrigo estão garantidos, só duas coisas importam. Trabalho e companhia. Ficar sozinho e sem propósitos é ser um morto-vivo.

— A revelação foi tão grande assim? — perguntou Kira em voz baixa.

O cérebro da nave deu uma risadinha e Kira podia ouvir que ele se balançava à beira da loucura.

— Nem um pouco. Não mesmo. Ha. É lógico, não é? Até banal. Qualquer pessoa racional concordaria, não é verdade? Ha. Mas viver não é o mesmo que ouvir ou ler. De modo algum. A revelação da verdade raras vezes é fácil. E *assim* foi, Ó, Espigada. Foi revelação. E eu preferia morrer a suportar essa experiência de novo.

Isso Kira conseguia entender e valorizar. Suas próprias revelações quase a destruíram.

— É. Foi igual para mim... Qual era o nome da nave em que você estava?

Gregorovich se recusou a responder. Depois de refletir, Kira concluiu que devia ser melhor assim. Falar sobre o acidente só parecia deixá-lo mais instável.

Ela ativou os filtros e ficou olhando sem ver. Como se fazia terapia em um cérebro de nave? Não era a primeira vez que se perguntava isso. Falconi tinha dito que a maioria dos psiquiatras que trabalhavam com eles era também de cérebros de nave, mas mesmo assim... Era esperança dela que Gregorovich encontrasse a paz que procurava — para o bem de todos e dele mesmo —, mas resolver os problemas dele estava além de seu alcance.

6.

A longa noite se arrastou.

Kira escreveu sua conversa com Itari, tocou concertina, viu vários filmes da base de dados da *Wallfish* — nenhum deles particularmente memorável — e praticou com a Lâmina Macia.

Antes de começar a trabalhar com o xeno, Kira pensou no que tentava realizar. Como havia dito a Falconi, o controle, sozinho, não bastava. Em vez disso, ela precisava de… síntese. Uma união mais natural entre ela e a Lâmina Macia. *Confiança*. Caso contrário, ela sempre questionaria os próprios atos, assim como os do xeno. Como não poderia ser assim, em vista dos erros do passado? (Sua mente vagou para o assunto do Bucho; com um esforço tremendo, ela deixou resolutamente a questão de lado.) Como tinha aprendido por experiência dolorosa, questionar podia ser tão mortal quanto uma reação exagerada.

Ela suspirou. Por que tudo tinha de ser tão difícil?

Com seu objetivo em mente, Kira começou como fizera antes. Exercícios isométricos, lembranças desagradáveis, tensão física e emocional… Tudo em que pôde pensar para testar a Lâmina Macia. Depois que estava confiante de que seu controle do xeno era mais forte do que nunca, só então ela começou a experimentar, relaxando o controle ditatorial. Só um pouquinho, no início: uma trela mínima para ver como a Lâmina Macia escolheria agir.

Os resultados foram confusos. Na metade do tempo o xeno fez exatamente o que Kira queria do jeito que ela queria, quer fosse compor uma forma em sua pele, ajudar a sustentar uma posição de estresse ou cumprir qualquer outra tarefa que ela impusesse ao organismo. Talvez em um quarto do tempo a Lâmina Macia tenha feito o que ela queria, mas não como Kira esperava. No restante do tempo, reagiu de uma forma completamente desproporcional ou irracional, mandando cravos ou rebentos para todo lado. Estas, é claro, eram as ocorrências que mais preocupavam Kira.

Quando se cansou e parou, Kira não sentia ter feito algum progresso perceptível. A ideia desanimou seu estado de espírito até que ela se lembrou de que teria três meses até a chegada ao Sol. Ainda tinha muito tempo para trabalhar com a Lâmina Macia. Muito, mas muito tempo mesmo…

Gregorovich voltou a falar com ela logo depois disso. Parecia ter retornado a seu humor habitual, o que Kira gostou de ouvir. Eles jogaram várias partidas de *Transcendência* e, embora ele sempre a derrotasse, Kira não se importava, porque gostava de ter companhia, *qualquer* companhia.

Ela tentou não pensar demais nos pesadelos, no Bucho ou mesmo no grande e poderoso Ctein taciturno nas profundezas do Limiar Plangente… Entretanto, sua mente voltava a eles de tempos em tempos, dificultando relaxar para o estado de dormência necessário para sobreviver à viagem.

Podem ter se passado algumas horas, pode ter sido mais de um dia, mas enfim Kira sentiu a familiar redução do ritmo do corpo enquanto a Lâmina Macia reagia à falta de alimento e de atividade, e começava a prepará-la para o sono que era mais que sono. Cada hibernação parecia ficar mais fácil; o xeno se aprimorava no reconhecimento das intenções dela e tomava as medidas adequadas.

Ela ajustou o despertador semanal e, enquanto os olhos se fechavam, disse:

— Gregorovich… acho que vou dormir.

— Bom descanso, saco de carne — sussurrou o cérebro da nave. — Acho que dormirei também.

— ... talvez sonhar.

— Certamente.

A voz dele desapareceu e os acordes suaves de um concerto de Bach tomaram seu lugar. Kira sorriu, aconchegou-se mais no cobertor e por fim se permitiu relaxar no esquecimento.

7.

Passou-se um tempo disforme, repleto de pensamentos e impulsos meio formados: medos, esperanças, sonhos e a dor do remorso. Uma vez por semana, o despertador acordava Kira e ela — grogue e de olhos sonolentos — treinava com a Lâmina Macia. Em geral parecia um trabalho infrutífero, mas ela persistiu. O xeno fez o mesmo. Dele ela sentiu um desejo de agradá-la, e com a repetição do ato veio a clareza de intenções, se não o domínio da forma, e ela começou a sentir um sinal de desejo da Lâmina Macia. Como se aspirasse a alguma arte em seus esforços, alguma forma de criatividade. Na maior parte do tempo, ela reprimia esses instintos, mas eles agitaram sua curiosidade, e em geral, Kira tinha sonhos longos e profundos com as estufas da infância e plantas brotando, entrelaçando-se, criando folhas e espalhando vida, boa e saudável.

De duas em duas semanas, a *Wallfish* saía de FTL e Kira ia à academia improvisada de Sparrow e forçava a mente e o corpo a seus limites enquanto a nave resfriava. A cada vez, ela sentia enorme falta da mão direita. Sua ausência provocava infinitas dificuldades, embora ela usasse a Lâmina Macia como substituta para segurar e levantar coisas. Ela se consolou sabendo que usar o xeno desse jeito era uma boa prática. Era, de fato.

Enquanto ela treinava no porão, os fuzileiros navais vigiavam em meio aos suportes próximos de equipamento: Hawes e os outros três congelados em seus tubos de crio iluminados de azul; Sanchez, Tatupoa, Moros e o outro embrulhados no mesmo casulo que salvara a vida de Trig. Vê-los ali dava a sensação de que Kira tinha dado com uma fileira de estátuas antigas dispostas no local para defender a alma dos mortos. Ela passava ao largo deles e fazia o máximo para não olhar, uma estranha superstição dela.

Às vezes comia uma barra de ração depois de se exercitar, para conservar as forças, mas preferia água e uma volta à hibernação.

Na metade do primeiro mês, nas horas vazias da noite, enquanto flutuava do lado de fora da câmara de Itari — com o universo insensato a sua volta —, uma visão se formou atrás das pálpebras fechadas, uma lembrança de outra época e de outra mente:

Convocada mais uma vez à câmara presencial de teto alto e abobadado, ela e sua carne postaram-se como testemunhas diante da Heptarquia reunida, três para cada ascensão, e o Supremo parado entre eles.

O selo central se rompeu e através do piso desenhado ergueu-se um prisma cintilante. Dentro da gaiola facetada, uma semente de escuridão fractal se debatia com raiva devoradora, a perversão pulsando, apunhalando, rasgando, incessantemente batendo em sua prisão transparente. Carne de sua carne, mas maculada e distorcida por intuito maligno.

— O que deve ser feito agora? — perguntou o Supremo.

A Heptarquia respondeu com muitas vozes, mas uma falou com mais clareza:

— Devemos cortar o galho; devemos queimar a raiz. A praga não pode se espalhar.

A dissensão se fez conhecer por outra voz:

— É verdade que devemos proteger nossos jardins, mas pare por um momento e reflita. Existe potencial aqui para a vida além de nossos planos. Não é arrogância nossa deixar isso de lado, sem ser examinado? Não somos oniscientes, nem onipresentes. Dentro do caos também pode habitar a beleza e, talvez, solo fértil para as sementes de nossa esperança.

Seguiu-se uma longa discussão, grande parte dela furiosa, e enquanto isso a escuridão cativa lutava para escapar.

O Supremo finalmente levantou-se, bateu o Bastão Azul no chão e falou:

— O erro é nosso, mas a peste não pode persistir. O risco é grande demais, as recompensas são incertas demais, discretas demais. Embora a luz possa surgir das trevas, seria um erro permitir que as trevas sufoquem a luz. Alguns atos existem para além do perdão. Iluminem as sombras. Acabem com a peste.

— Acabem com a peste! — exclamou a Heptarquia.

Então o prisma em arco-íris faiscou ofuscante e a malevolência dentro dele guinchou e explodiu em uma nuvem de brasas em queda.

PARTE QUATRO

★ ★ ★ ★ ★ ★ ★

FIDELITATIS

Não nascemos apenas para nós mesmos.

— MARCO TÚLIO CÍCERO

CAPÍTULO I

* * * * * * *

DISSONÂNCIA

1.

Kira abriu os olhos de repente.

Por que acordara? Alguma mudança no ambiente tinha despertado a Lâmina Macia e ela também. Uma alteração quase imperceptível nas correntes de ar que circulavam pela *Wallfish*. Um zumbido distante de maquinaria ganhando vida. Uma leve diminuição na temperatura sufocante. Alguma coisa.

Um sobressalto de alarme a fez olhar a câmara de descompressão ao lado. O Água, Itari, ainda estava dentro dela, onde deveria, envolto em seu casulo secretado, quase escondido pela luz vermelha e opaca da longa noite da nave.

Kira soltou a respiração, aliviada. Não queria ter de lutar com o Água.

— G-Gregorovich? — disse ela.

Sua voz estava enferrujada como um alicate velho. Ela tossiu e tentou novamente, mas o cérebro da nave não respondeu.

Tentou uma estratégia diferente:

— Morven, você está aí?

— Sim, srta. Navárez — respondeu a pseudointeligência da *Wallfish*.

— Onde estamos?

A garganta de Kira estava tão seca que as palavras saíam em uma rouquidão fraca. Ela tentou engolir, apesar de não ter umidade na boca.

— Acabamos de chegar ao nosso destino — disse Morven.

— O Sol — Kira murmurou.

— Isto mesmo, srta. Navárez. O sistema solar. A *Wallfish* saiu de FTL 4 minutos e 21 segundos atrás. Os procedimentos padrão de chegada estão em andamento. O capitão Falconi e os demais tripulantes serão despertados em breve.

Eles conseguiram. Eles realmente conseguiram. Kira tinha medo de pensar em todas as coisas que podiam ter acontecido desde que saíram de 61 Cygni, seis meses antes.

Nem parecia verdade que tivessem viajado por meio ano. As maravilhas da hibernação, artificial ou não.

— Recebemos alguma saudação? — perguntou ela.

— Sim, srta. Navárez — respondeu Morven, prontamente. — Quatorze mensagens das estações de monitoramento do CMU. Expliquei que a tripulação no momento estava indisposta. Entretanto, as autoridades locais insistem muito que identifiquemos nosso sistema de origem e nossa missão atual o quanto antes. Estão muito agitados, srta. Navárez.

— Sei, sei — resmungou Kira.

Falconi podia lidar com o CMU depois que saísse da crio. Ele era bom nesse tipo de coisa. Além disso, ela sabia que ele ia querer falar pela *Wallfish*.

Sentindo-se desconfortavelmente rígida, Kira começou a se retirar do ninho de cobertores e rede que tinha montado perto da câmara de descompressão.

A mão.

O braço e a mão de Kira, que tinham sido decepados na nave dos Águas... reapareceram. Atordoada, incrédula, ela levantou o braço, virou-o para ver cada parte, abriu e fechou os dedos.

Não estava imaginando coisas. O braço era de verdade. Mal acreditando, ela o tocou com a outra mão, sentindo dedos deslizando por dedos. Só cinco dias tinham se passado desde que ela acordara pela última vez e nesse tempo a Lâmina Macia construíra uma réplica perfeita da carne que ela perdera.

Ou construíra mesmo?

Um tom súbito de medo tingiu os pensamentos de Kira. Inspirando fundo, ela se concentrou no dorso da mão e, com esforço determinado, obrigou a Lâmina Macia a se retrair.

O xeno obedeceu e ela soltou um leve grito quando a forma de sua mão cedeu para dentro, derretendo como sorvete em um dia quente de verão. Ela se retraiu, tanto física quanto mentalmente, perdendo o foco no processo. A Lâmina Macia se recompôs, mais uma vez assumindo a forma do membro desaparecido.

Lágrimas cobriram seus olhos e Kira piscou, sentindo uma perda amarga.

— Merda — resmungou, com raiva de si mesma.

Por que deixava que a mão perdida a afetasse tanto? Ter um braço ou uma perna substituída não era *grande* coisa.

Só que era. Ela era seu corpo, e seu corpo era ela. Não havia separação entre mente e matéria. A mão fazia parte de sua autoimagem a vida toda até o Caçabicho e, sem ela, Kira se sentia incompleta. Por um momento ela teve esperanças de que estivesse inteira de novo, mas não, não era assim.

De todo modo, Kira tinha uma mão, o que era melhor do que a alternativa. O fato de que a Lâmina Macia conseguira reproduzir o membro ausente era motivo de otimismo. Por que o xeno fizera isso então, e não antes? Porque sabia que estavam perto do fim da viagem? Como demonstração do tipo de cooperação que ela esteve tentando treinar por toda a viagem desde o Caçabicho? Kira ficou imaginando. Qualquer que fosse a resposta, sentia-se justificada nos resultados. A Lâmina Macia agira por vontade própria (embora talvez guiada pelos desejos não verbalizados de Kira) e de forma construtiva.

Mais uma vez, Kira examinou a mão e se admirou pelos detalhes. Até onde sabia, era uma cópia quase perfeita da original. A única diferença concreta que notou foi uma leve disparidade na densidade; o braço novo talvez fosse um pouquinho mais pesado. Era uma mudança pequena, quase imperceptível.

Ainda testando a mobilidade dos novos dedos, Kira saiu do ninho. Ficou tentada a puxar os dados nos filtros e só então percebeu que — como na viagem ao Caçabicho — a Lâmina Macia tinha absorvido as lentes de contato.

Com atraso, ela se lembrou do pequeno estojo contendo as substitutas que Vishal imprimira. Kira o retirou dos cobertores e colocou com cuidado as lentes transparentes nos olhos correspondentes.

Ela piscou e sentiu um conforto com a familiar tela dos filtros. "Pronto." Era mais uma vez uma pessoa plenamente funcional.

Resistindo ao impulso de ver os noticiários, Kira saiu da câmara, impeliu-se pelas paredes até chegar ao meio da *Wallfish* e subiu o poço principal.

A nave ainda estava muito silenciosa, vazia e escura; parecia largada. Se não fosse pelo ruído dos ventiladores de suporte vital, podia ser uma nave abandonada, vagando sozinha pelo espaço por tanto tempo que só deuses saberiam. Kira sentia-se uma catadora movendo-se pelos corredores que antes foram habitados por outros... Ou uma exploradora abrindo um mausoléu de séculos passados.

Seus pensamentos voltaram à cidade de Nidus e às descobertas terríveis por lá. Ela grunhiu e meneou a cabeça, irritada. A imaginação estava levando a melhor.

Ao chegar ao nível abaixo do convés do controle, soou o alerta de empuxo. Preparando-se, Kira plantou os pés no chão e uma sensação de peso a pressionou para baixo — existia *baixo* de novo! — enquanto o propulsor de fusão da *Wallfish* roncava e voltava à vida.

Ela suspirou de alívio, acolhendo a aceleração.

As luzes circundantes piscaram e passaram do vermelho para o branco azulado do dia da nave. A luz era quase dolorosamente forte depois de tanto tempo no escuro sombrio. Kira protegeu o rosto até os olhos se adaptarem.

Falconi e o resto da tripulação tinham acabado de sair da crio quando Kira chegou ao abrigo contra tempestades da nave. De quatro no convés, Sparrow engasgava, como um gato vomitando uma bola de pelos.

— Meu deus, odeio viagens longas — disse a mulher, e limpou a boca.

— Vocês acordaram, que bom — disse Kira.

Falconi grunhiu.

— Se é o que você diz.

Ele estava tão verde quanto Sparrow e, como toda a tripulação, tinha olheiras escuras. Kira não os invejava pelos efeitos colaterais de um sono prolongado em crio.

Sparrow vomitou de novo e depois se levantou, trôpega, e se juntou a Falconi, Nielsen e Hwa-jung, que pegavam as roupas nos armários. Vishal demorou mais para andar. Depois de conseguir, circulou com os pequenos comprimidos azuis que Kira conhecia tão bem. Ajudavam com a náusea, bem como repunham parte dos nutrientes perdidos do corpo.

Vishal ofereceu um dos comprimidos a ela também, mas Kira recusou.

— Qual é a situação? — perguntou Falconi, calçando as botas.

— Ainda não sei — disse Kira.

Então a voz de Gregorovich os invadiu com um tom risonho e provocador.

— Saudações, meus queridos. Bem-vindos de volta à terra dos vivos. Ah, sim, sim. Sobrevivemos à grande jornada pelo vazio. Mais uma vez desafiamos as sombras e vivemos para contar a história.

Ele riu até a nave soar com sua voz.

— Alguém está de bom humor — disse Nielsen ao fechar o armário.

Vishal se juntou a ela e baixou a cabeça para lhe dizer alguma coisa em voz baixa.

— Ei — disse Sparrow, vendo Kira com mais atenção. — Onde conseguiu o braço novo?

Kira deu de ombros, constrangida.

— A Lâmina Macia. Acordei com ele.

— Hmm. Cuide para que não fuja de você.

— Pode deixar, obrigada.

Todos os tubos de crio estavam abertos, exceto o de Trig. Kira foi prestar seus respeitos. Pelo visor embaçado de gelo, o garoto parecia o mesmo de antes, a expressão de uma serenidade inquietante. Se não fosse pela palidez mortal da pele, ele poderia estar dormindo.

— Muito bem — disse Falconi ao partir para a porta. — Vamos ver como estão as coisas.

2.

— Puta que pariu — disse Sparrow.

Ao lado dela, a testa de Hwa-jung se franziu e ela soltou um som de reprovação, mas não tirava o olhar do holo. Nenhum deles tirou.

Falconi estava rolando por imagens de todo o sistema. O Sol era uma zona de guerra. Ruínas de fazendas antimatéria flutuavam na órbita de Mercúrio. Destroços de naves atravancavam o firmamento sobre Vênus e Marte. Em asteroides, domos habitacionais tinham rachado como ovos quebrados. Estações espaciais, anéis e cilindros de

O'Neill avariados vagavam abandonados pelo sistema. Instalações de reabastecimento da Hydrotec soltavam nuvens de hidrogênio queimado dos tanques de armazenamento perfurados. Na Terra — justo na *Terra*! — crateras de impacto marcavam os hemisférios norte e sul, e uma mancha escura cobria parte da Austrália.

Uma grande quantidade de naves e plataformas orbitais se reuniam nos planetas povoados. A Sétima Frota do CMU se concentrava próxima a Deimos, perto o bastante do Limite de Markov para poder saltar com rapidez, mas não tão longe que não conseguisse ajudar os planetas internos em uma emergência.

Em vários lugares aconteciam os combates. Os Águas tinham estabelecido uma pequena base de operações até Plutão e invadiram vários assentamentos subterrâneos pelas regiões árticas de Marte. Os túneis impediam que o CMU eliminasse os alienígenas com ataques aéreos, mas havia operações em terra em andamento para eliminar os Águas enquanto também tentavam salvar os civis na região. Mais grave ainda era a mancha na Austrália: uma nave dos pesadelos tinha caído ali e horas depois sua infestação criara raízes, espalhando tecido corrompido pelo solo. Felizmente para a Terra, o acidente ocorrera no mais ermo dos desertos e fez-se uso imediato de uma matriz orbital solar para queimar e derreter a área e conter a infestação, embora os esforços fossem contínuos para garantir que nenhum farrapo de tecido escapasse da destruição.

— Meu Deus — disse Vishal, e se persignou.

Até Falconi parecia atordoado com a extensão dos danos.

Nielsen soltou um ruído aflito ao puxar uma janela com as notícias sobre Vênus. Kira viu rapidamente parte de uma manchete que dizia: "A Cidade Caída Está…"

— Preciso fazer uma ligação — disse a primeira-oficial, seu rosto mortalmente pálido. — Preciso ver se… se…

— Pode ir — disse Falconi, tocando-a no ombro. — Damos conta por aqui.

Nielsen o olhou com gratidão e saiu às pressas da sala.

Kira trocou olhares preocupados com os outros tripulantes. Se o Sol estava assim tão ruim, como estaria o resto da Liga? "Weyland!" Ela reprimiu uma onda repentina de desespero.

Justo quando começava a procurar notícias de seu planeta natal, Gregorovich disse:

— Ahem, se eu puder fazer uma sugestão, seria melhor responder ao CMU antes que eles tentem alguma tolice. Estão nos ameaçando com todo tipo de violência se não fornecermos informações de voo imediatas, bem como esclarecimento das intenções.

Falconi suspirou.

— É melhor acabar logo com isso. Eles sabem quem somos?

O cérebro da nave riu sem muito humor.

— A julgar pela natureza frenética do contato, eu diria que é um *sim* indubitável.

— Tudo bem. Coloque-os na linha.

Kira ficou sentada perto do fundo da sala, ouvindo Falconi falar com a pessoa conectada por Gregorovich.

— Sim — disse ele. — ... Não... É verdade. A NCMU *Darmstadt*... Gregorovich, você pode... Arrã. Ela está bem aqui... Tudo bem. Entendido. Câmbio e desligo.

— E então? — perguntou Kira.

Falconi passou a mão no rosto e olhou entre Kira, Sparrow e Hwa-jung. As olheiras tinham ficado ainda mais escuras.

— Eles estão nos levando a sério, então já é um começo. O CMU quer que acoplemos na Estação Orsted o mais rápido possível.

— A que distância fica? — perguntou Kira.

Antes que ela pudesse puxar os filtros, Falconi respondeu:

— Sete horas.

— Orsted é um anel habitacional nos arredores de Ganimedes, uma das luas de Júpiter — disse Sparrow. — O CMU o usa como ponto de partida principal.

Fazia sentido. O Limite de Markov para o Sol ficava perto da órbita de Júpiter. Kira não entendia muito sobre o Sol, mas disso ela se lembrava, das aulas de geografia estelar.

— Você não contou a eles sobre o Água a bordo? — disse Kira.

Falconi bebeu um longo gole de uma garrafa de água.

— Não. Não quero assustar demais os caras. Acho que podemos chegar nisso aos poucos.

— Eles vão ficar irritados quando descobrirem — disse Kira.

— Vão mesmo.

A voz de Hawes, áspera por conta da crio, chegou pelo intercomunicador:

— Capitão, saímos dos tubos de crio, mas precisamos que o Água venha tirar esse maldito casulo de meus outros homens. Nós o cortaríamos, mas não sei qual seria o resultado.

— Entendido, tenente — disse Falconi. — Mande alguém à câmara de descompressão e farei com que Kira os encontre ali.

— Eu agradeço, capitão.

Falconi olhou para o teto.

— Gregorovich, o Água já despertou?

— Mais ou menos — disse o cérebro da nave.

— Como será que ele soube? — disse Falconi em voz baixa.

Kira já partia para a porta enquanto ele a olhava.

— Já estou indo — disse ela.

3.

Escoltar Itari ao porão de carga e esperar enquanto ele retirava os três fuzileiros navais e — com outro gel secretado — os acordava levou quase quarenta minutos. Quando não estava traduzindo, Kira ficava perto de um suporte de equipamento, correndo os olhos pelas notícias de Weyland.

Não eram encorajadoras.

Pelo menos uma matéria alegava que Weyland sofrera bombardeio orbital perto de Highstone. Sua família não morava especialmente perto da cidade, mas estavam próximos o bastante para que a notícia deixasse Kira ainda mais preocupada.

Os Águas também tinham pousado perto de Toska, um assentamento no hemisfério sul de Weyland, mas, segundo as notícias mais recentes (que tinham já quase um mês), eles não ficaram lá. Vários pesadelos passaram pela parte mais externa do sistema, e eles e os Águas envolveram-se em uma furiosa batalha cujo resultado era desconhecido, porque todas as naves envolvidas saltaram para FTL, uma depois da outra. A Liga mandara reforços ao sistema, mas apenas uma pequena força-tarefa; a maior parte de suas naves continuava concentrado no Sol e em torno dele, para proteger a Terra.

Kira parou de ler quando Itari acabou de acordar os fuzileiros navais, e acompanhou o Água até a câmara de descompressão. Quando Kira contou sobre Orsted, Itari expressou um reconhecimento educado e mais nada. Era surpreendente que ao alienígena faltasse curiosidade a respeito do destino da *Wallfish* ou do que aconteceria quando eles chegassem. Quando ela perguntou sobre isso, ele respondeu: [[Aqui é Itari: A onda se espalhará como quiser.]]

Com o Água de volta à câmara, Kira passou pela cozinha para pegar comida e subiu de volta à sala de controle. Nielsen chegara junto com ela. A primeira-oficial estava vermelha e tinha lágrimas nos olhos.

— Está tudo bem? — perguntou Falconi do outro lado da mesa do holo.

Nielsen assentiu enquanto afundava na cadeira de impacto.

— Minha família está viva, mas minha filha, Yann, perdeu a casa.

— Em Vênus? — perguntou Kira.

Nielsen fungou e alisou a frente da camisa bege.

— Toda a cidade foi alvejada. Ela escapou por pouco.

— Que merda — disse Falconi. — Pelo menos ela conseguiu sair dessa.

Seguiu-se um minuto de silêncio. Depois Nielsen fungou e olhou em volta.

— Cadê Vishal?

Falconi gesticulou para o fundo da nave de um jeito distraído.

— Foi verificar a enfermaria. Disse alguma coisa sobre fazer exames nos fuzileiros.

— Ele não morava em um cilindro habitacional aqui no Sol?

A preocupação se espalhou pelo rosto de Falconi.

— Morava? Ele nunca me contou.

Nielsen soltou um ruído exasperado.

— *Homens*. Se vocês se dessem ao trabalho de fazer algumas perguntas, saberiam...

Ela se impeliu da cadeira e saiu da sala.

Falconi a observou sair com uma expressão um pouco confusa. Olhou para Kira, como se esperasse uma explicação. Ela deu de ombros e voltou a atenção aos filtros.

As guerras interestelares eram lentas — mesmo com a tecnologia avançada dos Águas —, mas o que *aconteceu* era de uma mesmice deprimente. A experiência de Weyland era espelhada por aqueles das outras colônias (embora as batalhas no Mundo de Stewart fossem mais semelhantes, em porte, àquelas do Sol).

Além disso, havia os pesadelos. Com o passar dos meses eles se tornaram cada vez mais predominantes, ao ponto em que o CMU os combatia com a mesma frequência dos Águas. Sempre que apareciam, os monstros pareciam assumir um conjunto diferente de formas, como se resultassem de mutação constante. Ou, o que Kira achava mais provável, como se a inteligência que os movia — o Bucho misturado, nascido da fusão profana de humano, Wranaui e Lâmina Macia — estivesse experimentando febril, frenética, insana e aleatoriamente para descobrir o melhor corpo possível para os combates.

A escala de sofrimento que os pesadelos deviam suportar, bem como infligir, dava náuseas em Kira.

Ela não ficou surpresa ao ver que a guerra tinha resultado em uma união sem precedentes da humanidade. Até os zarianos deixaram de lado as divergências da Liga para unir forças contra os inimigos em comum. Que sentido tinha discutir entre eles, se os monstros nas trevas estavam atacando?

Entretanto, apesar de tudo isso, o poder combinado de cada humano vivo não bastava para derrotar os agressores. Embora as notícias fossem fragmentadas, estava mais do que óbvio que eles perdiam. A *humanidade* estava perdendo, apesar de cada esforço em contrário.

As notícias eram avassaladoras, exaustivas e deprimentes. Por fim, incapaz de suportar mais, Kira desativou os filtros e ficou sentada olhando as séries de luzes e botões no alto, tentando não pensar em como tudo parecia se desintegrar.

Um alerta apareceu no canto inferior de sua visão. Uma mensagem esperando por ela. Kira a abriu, esperando ver algo de Gregorovich.

Não era dele.

Em sua caixa de entrada, havia uma resposta ao vídeo que ela enviara à família de 61 Cygni. Uma resposta da conta da mãe.

Kira olhou fixamente, chocada. Com um sobressalto, lembrou-se de respirar. Não esperava por uma resposta. A família não tinha como saber onde ou quando ela voltaria; como uma mensagem poderia estar esperando por ela *ali*, no Sol? A não ser que...

Tremendo um pouco, ela abriu o arquivo.

Apareceu um vídeo na frente dela, uma janela escura no que parecia um abrigo subterrâneo. Kira o reconheceu como o tipo usado contra radiação pela primeira onda de colonos em Weyland... Os pais estavam sentados de frente para ela, em torno de uma mesa abarrotada de ferramentas e medkits. Isthah estava de pé atrás deles, espiando entre a mãe e o pai com uma expressão ansiosa.

Kira engoliu em seco.

O pai tinha um curativo na coxa direita. Parecia dolorosamente magro, e as rugas em volta dos olhos e do nariz eram bem mais fundas do que ela se lembrava. Havia fios brancos nas costeletas que não deveriam estar ali, se ele tivesse tomado as injeções programadas de células-tronco. Quanto à mãe, tinha endurecido ainda mais, como uma águia entalhada em granito, e o cabelo estava curto, no estilo preferido dos colonos que passavam a maior parte da vida em skinsuits.

Só Isthah parecia a mesma e Kira se reconfortou com isso.

A mãe deu um pigarro. "Kira, recebemos sua mensagem ontem. Com um mês de atraso, mas chegou aqui."

Depois o pai: "Estamos muito felizes em saber que está viva, querida. Muito felizes. Você nos preocupou por um tempo." Atrás dele, Isthah baixou a cabeça. Kira ficou surpresa por ela não se intrometer; a moderação não era característica da irmã. Por outro lado, eles viviam tempos pouco característicos.

A mãe olhou os outros dois antes de focar novamente na câmera. "Lamento, *nós* lamentamos, pelos seus colegas, Kira. E... Alan. Ele parecia ser uma boa pessoa."

"Isto não deve ser fácil para você", acrescentou o pai. "Saiba que estamos pensando em você e lhe desejando o melhor. Tenho certeza de que os cientistas daqui da Liga conseguem encontrar um jeito de tirar esse alienígena..." Ele hesitou. "... esse parasita alienígena de você." A mãe pousou a mão reconfortante no braço dele.

Ela disse: "Não sei por que a Liga deixou sua mensagem passar. Talvez tenha escapado deles, tanto faz. Fico feliz por ter recebido. Você pode ver que não estamos em casa. Os Águas apareceram algumas semanas atrás e houve combates perto de Highstone. Tivemos de evacuar, mas estamos bem. Passamos bem. Temos um lugar para ficar aqui, com um pessoal chamado Niemeras..."

"Do outro lado das montanhas", disse o pai.

Um leve gesto de cabeça da parte da mãe. "Eles nos deixaram morar no abrigo, por enquanto. É uma proteção decente e temos muito espaço." Não parecia *muito espaço* para Kira.

"Os Águas queimaram as estufas", disse Isthah em voz baixa. "Eles as queimaram, mana. Queimaram todas elas..."

"Não", pensou Kira.

Seus pais se remexeram, desconfortáveis. O pai baixou os olhos para as mãos grandes, pousadas nos joelhos. "É", disse ele. Kira nunca o vira tão triste, nem tão derrotado. Um riso vazio escapou dele. "Ganhei esse arranhão tentando sair a tempo." Ele deu um tapinha no curativo na perna e abriu um sorriso forçado.

Depois a mãe enrijeceu as costas e falou: "Escute, Kira. Não se preocupe conosco, está bem? Vá à expedição que precisa fazer e estaremos aqui quando você voltar... Mandaremos esta gravação a cada sistema da Liga, assim, não importa onde você chegar, ela estará esperando por você."

"Nós te amamos, querida", disse o pai. "E temos muito orgulho de você e do trabalho que está fazendo. Procure ficar em segurança e nos veremos em breve."

Houve um pouco mais, outras palavras de despedida da mãe e de Isthah, depois o vídeo terminou.

Os filtros de Kira nadavam diante dela, borrados e úmidos. Ela ofegou e percebeu que chorava. Fechando a tela, Kira se recurvou e enterrou o rosto entre as mãos.

— Ei, ei — disse Falconi, assustado e preocupado ao mesmo tempo.

Ele se aproximou e colocou a mão de leve em suas omoplatas.

— O que houve?

— Recebi uma mensagem da minha família — disse Kira.

— Eles estão...

— Não, não, eles estão bem, mas...

Kira meneou a cabeça.

— Tiveram de sair de nossa casa, onde fui criada. E só de vê-los... minha mãe, meu pai, minha irmã; a vida deles não está fácil.

— Nenhuma está, hoje em dia — disse Falconi com gentileza.

— Eu sei, mas isso foi de...

Ela verificou a data do arquivo.

— Quase dois meses atrás. Dois meses. Os Águas atacaram Highstone com bombardeio orbital cerca de um mês atrás e... e nem mesmo sei se eles...

Ela se interrompeu. A superfície de seus braços se eriçou com pontos mínimos, da Lâmina Macia espelhando suas emoções. Uma lágrima caiu no braço esquerdo e foi rapidamente absorvida pelas fibras.

Falconi se ajoelhou ao lado dela.

— Posso fazer alguma coisa?

Surpresa, ela pensou por um momento.

— Não, mas... obrigada. A única coisa que você, eu ou qualquer um pode fazer para ajudar é dar um jeito de acabar com essa maldita guerra.

— Seria mesmo ótimo.

Ela enxugou os olhos com o dorso da mão.

— E a sua família? Você tem...

Um lampejo de dor escureceu os olhos dele.

— Não, e estão longe demais para ligar. Não sei se iam querer saber de mim, no fim das contas.

— Você não sabe — disse Kira. — Não com certeza. Veja o que está acontecendo aí fora. Estamos enfrentando o que pode ser o fim de tudo. Você devia entrar em contato com seus pais. Se não agora, quando?

Falconi ficou em silêncio por um tempo, depois deu um tapinha no ombro de Kira e se levantou.

— Vou pensar nisso.

Não era muito, mas Kira não achava que pudesse esperar nada mais dele. Ela também se levantou e falou:

— Vou a minha cabine. Quero responder a eles antes de chegarmos a Orsted.

Falconi resmungou, já perdido no exame do holo.

— Eu não estou muito confiante de que a Liga vá deixar que sua mensagem passe. A Liga ou os Águas. Aposto um balde de bits que Weyland está tão entupida quanto a privada que temos no porão.

Um momento de incerteza abalou a confiança de Kira. Depois, aceitando a situação, ela se equilibrou e disse:

— Não importa. Preciso tentar, sabe?

— A família é assim tão importante para você?

— Claro que sim. Não é para você?

Ele não respondeu, mas ela viu os músculos de seus ombros se enrijecerem, tensos.

4.

Sete horas.

Elas passaram mais rápido do que Kira esperava. Ela gravou a resposta à família: contou-lhes o que aconteceu no Caçabicho, embora, como fizera com Hawes, evitasse falar em seu papel na criação do Bucho, e até lhes mostrou um pouco do que a Lâmina Macia era capaz, levantando a mão e formando uma flor de petúnia céu noturno na palma. Era esperança de Kira que isso fizesse seu pai sorrir. A maior parte do que disse era desejos de melhoras em geral e avisos para eles ficarem em segurança. Kira acabou com:

— Espero que vocês recebam isto mais ou menos na próxima semana. Não sei o que a Liga vai me obrigar a fazer, mas estou imaginando que não deixarão que eu me comunique com vocês por algum tempo... Aconteça o que acontecer em Weyland, aguentem firme. Temos uma chance de paz com os Águas e estarei trabalhando para que aconteça o mais rápido possível. Então não desistam, estão me ouvindo? Não desistam... Eu amo vocês todos. Tchau.

Depois disso, Kira reservou alguns minutos para si mesma no escuro da cabine, de olhos fechados, as luzes apagadas, deixando que a respiração entrasse lentamente e o corpo resfriasse.

Em seguida, ela se recompôs e voltou à sala de controle. Vishal estava lá, falando em voz baixa com Falconi e Sparrow. O médico estava de pé, abaixando a cabeça para ficar mais perto da altura deles.

— ... isso é péssimo, doutor — disse Falconi. — É sério. Se precisa nos deixar, eu entendo. Podemos escolher outro...

Vishal já negava com a cabeça.

— Não, isso não será necessário, capitão, mas agradeço. Meu tio disse que me informará assim que eles descobrirem.

Sparrow lhe deu um susto com um tapa no ombro.

— Sabe que estamos com você, doutor. Qualquer coisa que eu puder fazer para ajudar, é só me falar e — soltou um assovio —, *wsipp*, estou presente.

A princípio, Vishal pareceu se ofender com a familiaridade, mas depois sua postura relaxou um pouco e ele falou:

— Agradeço por isso, srta. Sparrow. Com toda sinceridade.

Enquanto se sentava, Kira olhou para Falconi, perguntando: <O que houve? — Kira>

<Os Águas destruíram o cilindro habitacional de Vishal. — Falconi.>

<Que merda. E a mãe e as irmãs dele? — Kira>

<Talvez tenham saído a tempo, mas até agora não há notícias. — Falconi>

Quando Vishal passou à cadeira de impacto ao lado dela, Kira disse:

— Falconi acaba de me contar. Sinto muito. Que horror.

Vishal baixou na cadeira. Um franzido sombrio marcou sua testa, mas a voz continuava gentil quando ele falou.

— Agradeço por sua gentileza, srta. Kira. Estou certo de que vai ficar tudo bem, se Deus quiser.

Kira torcia para ele ter razão.

Ela passou aos filtros e puxou a transmissão das câmeras traseiras da *Wallfish* para ver sua aproximação da massa listrada de Júpiter e do disco mínimo e salpicado que era Ganimedes.

A visão de Júpiter em toda sua glória laranja a lembrou, com uma força dolorosa, de Zeus pendendo no céu de Adrasteia. Não era de surpreender: as semelhanças foram o motivo para que a equipe de pesquisa original desse a ele o nome de Zeus.

Ganimedes, por comparação, era tão pequena que parecia irrelevante, embora — como informaram os filtros de Kira — fosse a maior lua do sistema, maior até que o planeta Mercúrio.

Quanto ao destino deles, a Estação Orsted, era uma partícula de poeira flutuando acima da superfície maltratada de Ganimedes. Várias partículas cintilantes, menores ainda, acompanhavam sua órbita, cada uma delas marcando a posição de um dos muitos transportadores, cargueiros e drones reunidos em volta da estação.

Kira estremeceu. Não conseguiu se conter. Não importava com que frequência pensasse compreender a imensidão do espaço, algo acontecia para lembrar o fato de que não, ela não compreendia. O cérebro humano era fisicamente incapaz de aprender as distâncias e escalas envolvidas. Pelo menos, os humanos inalterados. Talvez os cérebros de nave fossem diferentes. Toda aquela vastidão vazia, e nada que os humanos tenham construído (ou um dia construiriam) se comparava a isso.

Ela se sacudiu e voltou a olhar a estação. Até os espaçonautas mais experientes podiam enlouquecer se ficassem olhando o vazio por muito tempo.

Sempre foi um objetivo de Kira visitar o Sol e, mais particularmente, a Terra, aquela grande arca do tesouro biológico. Ela nunca imaginara que sua visita aconteceria assim: apressada e na sombra de uma guerra.

Ainda assim, a visão de Júpiter a encheu de assombro e ela desejou que Alan estivesse ali para compartilhar essa experiência. Eles conversaram sobre isso algumas vezes: ganhar dinheiro suficiente para tirar férias no Sol. Ou conseguir uma verba de pesquisa que lhes permitisse viajar ao sistema por conta da empresa. Não passou de ilusão, porém. Especulações vãs sobre um possível futuro.

Kira obrigou os pensamentos a irem a outro lugar.

— Tudo em ordem? — perguntou Falconi quando Nielsen apareceu flutuando pela porta alguns minutos depois.

— O máximo possível — disse Nielsen. — Acho que não teremos problemas com a fiscalização.

— Tirando Itari — disse Kira.

A primeira-oficial sorriu com uma expressão seca.

— É, bom, pelo menos eles não podem nos acusar de quebra de quarentena. Não existe biocontenção adequada com os Águas desde o começo.

Depois ela se sentou na cadeira de impacto de frente para Vishal.

Sparrow soltou um ruído de nojo e olhou para Nielsen.

— Viu o que os Estelaristas estão aprontando?

— Hmm. Não são piores que os partidos Expansionista e Conservador. Eles fariam o mesmo, se estivessem no poder.

Sparrow meneou a cabeça.

— É, continue acreditando nisso... O premier está usando todo esse estado de emergência para reprimir as colônias.

— Ai — disse Kira.

Por que não estava surpresa? Os Estelaristas sempre priorizaram o Sol. Até certo ponto, era compreensível, mas isso não queria dizer que agradasse a ela.

Nielsen fez uma expressão agradavelmente vaga.

— Esta é uma perspectiva bem radical, Sparrow.

— Fique de olho — respondeu Sparrow. — Depois que toda essa confusão acabar, *se* houver um depois, você não vai conseguir nem cuspir sem permissão da Central da Terra. Eu te garanto.

— Você está exage...

— O que estou dizendo? Você é de Vênus. É *claro* que vai apoiar a Terra, como todos os outros que foram criados com a cabeça nas nuvens.

A testa de Nielsen se franziu e ela ia responder quando Falconi falou:

— Chega de política. Guardem para quando tivermos bebida suficiente para que seja suportável.

— Sim, senhor — disse Sparrow num tom rabugento.

Kira voltou a atenção aos filtros. Nunca conseguia acompanhar as sutilezas da política interestelar. Componentes móveis demais. Só sabia que não gostava dos Estelaristas (e da maioria dos políticos, aliás).

Enquanto ela observava, Orsted cresceu até dominar a visão à popa. A estação parecia pesada e brutal, como um giroscópio gótico, de tom escuro e bordas afiadas. Parecia que o anel de escudo estacionário não sofrera avarias, mas o anel habitacional giratório ligado a ele tinha várias marcas grandes em um quadrante, como se um monstro tivesse raspado as garras em Orsted. A descompressão explosiva descascou o casco pela beira dos buracos, transformando as placas em filas de pétalas irregulares. Entre as pétalas, eram visíveis cômodos, brancos e cintilantes com uma camada de gelo.

A parte superior do eixo central de Orsted (em que *superior* indicava o lado apontando para longe de Ganimedes) era um emaranhado de antenas, pratos, telescópios e armas, imóveis nos rolamentos sem atrito. A maior parte do equipamento parecia quebrada ou reduzida a cinzas. Felizmente, parecia que os ataques não penetraram o reator de fusão enterrado no cerne do eixo.

A armação comprida e fortificada que se estendia por várias centenas de metros da face inferior do eixo de Orsted parecia intacta, mas muitos radiadores transparentes em sua margem estavam esburacados ou destroçados, reduzidos a lascas afiadas que escorriam metal derretido de seus veios rompidos. Dezenas de bots de serviço adejavam pelos radiadores avariados, trabalhando para estancar a perda de resfriador.

A matriz auxiliar de comunicação e defesa instalada do outro lado da armação parecia queimada e desfigurada. Por uma sorte incrível, a câmara de contenção do gerador de Markov (que abastecia os sensores FTL da estação) não sofrera brechas. O gerador continha apenas uma quantidade mínima de antimatéria em qualquer dado momento, mas, se perdesse contenção, toda a matriz (e boa parte da armação) seria aniquilada.

Quatro cruzadores do CMU pairavam a bombordo da estação, uma demonstração visível do poderio militar da Liga.

— Por Thule — disse Sparrow, sentando-se. — Eles tomaram porrada de verdade.

— Já esteve em Orsted? — perguntou Kira.

Sparrow passou a língua nos lábios.

— Uma vez. De licença. Não adoraria repetir a experiência.

— É melhor se afivelar — disse Falconi do outro lado da sala.

— Sim, senhor.

Eles se prenderam e a aceleração terminou. Kira fez uma careta ao voltar para a gravidade zero. A *Wallfish* realizou uma última manobra (assim voava de frente para a estação) e Gregorovich disse

— Tempo estimado: 14 minutos.

Kira tentou esvaziar a mente.

Hwa-jung se juntou a eles logo depois, impelindo-se para a sala de controle com a elegância de uma bailarina. Uma expressão de nojo marcava seu rosto e ela parecia mais rabugenta do que o habitual.

— Como estão Runcible e o sr. Fofuchinho? — perguntou Falconi.

A chefe de engenharia fez uma careta.

— Aquele gato sofreu outro acidente. Eca. Tem cocô pra todo lado. Se um dia eu comprar uma nave, não vai ter gato. Porcos, tudo bem. Gatos, não.

— Obrigado pela limpeza.

— Hmm. Eu mereço adicional de insalubridade.

Eles ficaram em silêncio por um tempo. Depois Sparrow falou:

— Por falar em biocontenção, eles não deviam ficar com tanta raiva da gente em Ruslan.

— E por quê? — perguntou Nielsen.

— Todos aqueles animais que fugiram eram uma ótima fonte de nu*tritão*.

Kira gemeu junto com todos os outros, mas foi um protesto simbólico. A maioria deles, ela pensou, lamentava que Trig não estivesse ali para fazer as piadas de costume.

— Que Thule nos proteja dos trocadilhos — disse Vishal.

— Podia ser pior — disse Falconi.

— Ah, é? Como?

— Ela podia ser mímica.

Sparrow jogou uma luva nele e o capitão riu.

5.

Kira sentiu um aperto no estômago enquanto a *Wallfish* reduzia e, com um leve estremecimento, acoplava na doca designada no anel protetor de Orsted.

Alguns segundos depois, soou o alerta de liberação.

— Muito bem, escutem — disse Falconi, soltando o arnês. — O capitão Akawe conseguiu perdões para nós...

Ele olhou para Kira por baixo das sobrancelhas.

— Isto é, para nós, os meliantes. A Liga deve ter os perdões no arquivo, mas isso não significa que vocês devem bancar os idiotas. Ninguém diz nada antes de termos representação e estivemos livres do problema. Isso vale em dobro para você, Gregorovich.

— Como quiser, capitão, ó, meu capitão — respondeu o cérebro da nave.

Falconi grunhiu.

— E nada de tagarelar sobre o Água também. Kira e eu vamos cuidar disso.

— Hawes e os homens dele já não contaram ao CMU? — perguntou Kira.

Um sorrisinho sinistro da parte de Falconi.

— Tenho certeza de que eles teriam contado, se eu lhes desse acesso a comunicações. Mas não dei.

— Hawes está pronto pra brigar por isso também — disse Nielsen.

Falconi se impeliu para a porta pressurizada.

— Não importa. Vamos falar diretamente com o CMU e vai levar algum tempo para que interroguem nossos simpáticos vizinhos fuzileiros navais.

— Todos nós temos de ir? — perguntou Hwa-jung. — A *Wallfish* ainda precisa de manutenção depois *daquele* salto.

Falconi gesticulou para a porta.

— Você terá muito tempo para cuidar da nave depois, Hwa-jung. Prometo. E, sim, todos temos de ir.

Sparrow gemeu e Vishal revirou os olhos.

— O oficial de ligação de Orsted pediu especificamente todos da nave — continuou Falconi. — Acho que eles ainda não sabem o que fazer conosco. Falaram em verificar as ordens com a Central da Terra. Além disso, não vamos deixar Kira sozinha lá.

— ... Obrigada — disse ela, sincera.

— De nada. Não deixaria ninguém de minha tripulação se virar sozinho.

Falconi sorriu e, embora fosse um sorriso duro e perigoso, Kira o achou tranquilizador.

— Se eles não te tratarem direito, vamos criar confusão até que te tratem bem. Quanto ao resto de vocês, já conhecem o procedimento. Olhos abertos e boca fechada. Lembrem-se, não estamos de licença.

— Entendido.

— Sim, senhor.

— Claro, capitão.

Hwa-jung assentiu.

Falconi deu um tapa na antepara.

— Gregorovich, mantenha a nave de prontidão, caso tenhamos de sair às pressas. E monitore totalmente nossos filtros até voltarmos.

— Naturalmente — disse Gregorovich num tom cantarolado. — Manterei uma vigilância muito atenta das transmissões de seus olhinhos. Que bisbilhotice deliciosa. Que espionagem apetitosa.

Kira bufou. O longo sono certamente não mudara *Gregorovich*.

— Está esperando problemas? — perguntou Nielsen enquanto eles saíam da sala.

— Não — disse Falconi. — Mas é melhor prevenir que remediar.

— Apoiado — disse Sparrow.

Com Falconi na frente, eles foram para o poço central da *Wallfish* e se impeliram pela escada até chegarem à câmara de descompressão instalada na ponta da nave. Os Entropistas se juntaram a eles ali, os mantos de Buscador esvoaçando na queda livre, como velas sopradas pelo vento. Eles baixaram a cabeça e, enquanto paravam, murmuraram:

— Capitão.

— Bem-vindos à festa — disse Falconi.

A câmara de descompressão ficou lotada com os nove espremidos ali — especialmente com Hwa-jung ocupando o espaço de quase três pessoas —, mas, com alguns empurrões, conseguiram caber.

A câmara passou pela variedade habitual de estalos, silvos e outros ruídos não identificados. Quando a porta externa se abriu, Kira viu uma doca de embarque idêntica àquela que vira em Vyyborg, um ano antes. Isso lhe deu uma estranha sensação, não de *déjà vu*, nem exatamente de nostalgia. O que antes era familiar, até amistoso, agora parecia frio, severo e — embora ela soubesse que era só nervosismo — desconjuntado.

Um pequeno drone esférico esperava por eles, flutuando um pouco à esquerda da câmara de descompressão. A luz amarela ao lado da câmara estava acesa e de um alto-falante veio uma voz de homem:

— Acompanhem-me, por favor.

Soltando nuvens de ar comprimido, o drone se virou e foi a jato para a porta pressurizada do outro lado do longo espaço revestido de metal.

— Acho que acompanhamos — disse Falconi.

— Acho que sim — disse Nielsen.

— Eles não notaram que estamos com pressa? — disse Kira.

Sparrow estalou a língua.

— Você devia saber que não, Navárez. Não pode apressar a burocracia. Existe o tempo e existe o tempo militar. Correr para esperar são procedimentos operacionais padrão.

Falconi se lançou da beira da câmara de descompressão para a porta pressurizada. Descreveu uma espiral lenta no ar, com um braço acima da cabeça para se segurar quando pousasse.

— Exibido — disse Nielsen enquanto se arrastava da câmara de descompressão e segurava os suportes na parede próxima.

Um por um, eles saíram da *Wallfish* e atravessaram a doca de embarque, com seus manipuladores remotos suspensos e faixas canaladas para contêineres de carga. Enquanto faziam isso, Kira sabia que lasers, ímãs e outros dispositivos estavam verificando a identidade deles, fazendo uma varredura em busca de explosivos e outras armas, procurando sinais de contrabando e assim por diante. Isso lhe provocou arrepios, mas não havia nada que pudesse fazer.

Por um segundo ela pensou em deixar que a máscara cobrisse o rosto... mas descartou o impulso.

Afinal, não ia entrar em batalha.

Depois da porta pressurizada, o drone disparou para o corredor largo. Tinha pelo menos sete metros de largura e, depois de tanto tempo dentro da *Wallfish*, o espaço parecia enorme.

Todas as portas no corredor estavam trancadas e, além deles mesmos, não havia ninguém à vista. Nem ali, nem virando pelos cantos do primeiro trecho. Nem no segundo.

— Que comitê de boas-vindas — disse Falconi secamente.

— Eles devem ter medo de nós — falou Vishal.

— Não — disse Sparrow. — Só estão com medo *dela*.

— Talvez estejam certos — murmurou Kira.

Sparrow surpreendeu-a rindo tão alto que o som ecoou no corredor.

— Isso mesmo. Mostre a eles.

Até Hwa-jung parecia se divertir.

O corredor os levou pelos cinco andares do anel protetor e então, como Kira sabia que aconteceria, a um maglev que esperava no final. A porta lateral do carro já estava aberta, seus assentos desocupados.

Do escuro do outro lado do carro, ela ouvia o sussurro do anel habitacional giratório, rodando, rodando, rodando incessantemente.

— Por favor, cuidado com as mãos e os pés ao entrarem — disse o drone, parando ao lado do carro.

— Sei, sei — resmungou Falconi.

Kira se sentou com os outros e fechou o cinto de segurança. Depois soou um tom musical e de alto-falantes ocultos uma voz de mulher falou: "O carro está prestes a partir. Por favor, fechem os cintos de segurança e prendam todos os objetos soltos." A porta se fechou, deslizando, com um guincho. "Próxima parada: Seção habitacional C."

O carro acelerou suavemente, quase sem ruído nenhum. Passou pelo lacre pressurizado no fim do terminal e entrou no tubo de trânsito principal embutido entre os anéis das docas e o habitacional. Ao fazer isso, Kira sentiu que o veículo girava para dentro — ela sentiu *a si mesma* girar —, e uma sensação de peso começou a pressioná-la no assento. Seus braços e pernas se acomodaram e segundos depois ela sentiu que tinha recuperado os quilos de sempre.

A rotação combinada com a aceleração era uma sensação estranha. Por um momento Kira ficou tonta, depois sua perspectiva mudou enquanto ela se adaptava ao novo sentido.

O abaixo estava entre seus pés (onde deveria). O abaixo apontava para fora, passando pelo anel protetor e saindo do eixo da estação.

O carro parou e a porta oposta àquela usada para entrar estalou o lacre e se retraiu.

— Ah. Parece que fiquei girando em um fuso — disse Vishal.

— Somos dois, doutor — falou Falconi.

Um coro de estalos soou enquanto eles soltavam os cintos, depois eles cambalearam para o terminal, ainda se atrapalhando para se equilibrar em pernas instáveis.

Falconi parou antes de avançar mais de um ou dois passos. Kira parou ao seu lado.

— *Shi-bal*.

Esperando por eles, havia uma falange de soldados de armadura energizada preta. Todos portavam armas. Todas apontadas para ela e os tripulantes. Duas unidades de assalto pesadas se postavam ameaçadoras atrás dos outros, como gigantes maciços, impessoais, com cara de inseto. A intervalos entre os soldados, canhões tinham sido rebitados no chão. Enchendo o ar com um zumbido de um milhão de vespas furiosas, estava um enxame de drones de batalha.

A porta do maglev se fechou com um estalo.

Uma voz trovejou:

— Mãos na cabeça! De joelhos! Vocês *serão* baleados se não obedecerem. *AGORA*!

CAPÍTULO II

* * * * * * *

ESTAÇÃO ORSTED

1.

Kira não sabia por que esperava outra coisa, mas esperava, e o comportamento do CMU a deixou furiosa e decepcionada.

— Seus filhos da *puta*! — disse Falconi.

A voz trovejou novamente no terminal:

— No chão. AGORA!

Não tinha sentido discutir. Kira só se mataria. Ou mataria a tripulação. Ou os soldados, e eles não eram seus inimigos. Pelo menos, era o que ela ficava se dizendo. Afinal, eles eram humanos.

Kira pôs as mãos na cabeça e caiu de joelhos, sem jamais tirar o olhar dos soldados. Em volta dela, a tripulação fez o mesmo, e também os Entropistas.

Meia dúzia de soldados avançaram às pressas, com as botas soando em uma cacofonia de metal. O peso dos trajes abalou o convés; Kira sentiu as vibrações nos tornozelos.

Os soldados foram para trás deles e passaram a prender os pulsos da tripulação com imobilizadores. Dos Entropistas também. Hwa-jung rosnou quando um dos soldados segurou seus braços. Por um segundo ela resistiu e Kira ouviu a armadura do soldado gemer, lutando com a força de Hwa-jung. Depois Hwa-jung relaxou e resmungou um xingamento em coreano.

Os soldados puxaram Falconi e os outros até ficarem de pé e os fizeram andar para a lateral, na direção de uma porta pressurizada que se abriu com sua aproximação.

— Não deixe que te machuquem! — gritou Falconi para ela. — Se tocarem em você, arranque as mãos deles. Está me ouvindo?!

Um dos soldados lhe deu um empurrão nas costas.

— Bah! Eu tenho um indulto! Solte-nos, ou vou arrumar um advogado que vai botar todo esse lugar abaixo por quebra de contrato. Vocês não têm nada contra nós. Nós...

Sua voz diminuiu enquanto eles passavam pela porta e saíam de vista. Segundos depois, o resto da tripulação e os Entropistas tinham sumido.

Um calafrio subiu pelos dedos de Kira, apesar dos esforços da Lâmina Macia. Mais uma vez, ela estava sozinha.

— Isto é uma perda de tempo — disse ela. — Preciso falar com quem está no comando. Temos informações urgentes sobre os Águas. Acreditem em mim, o premier vai querer ouvir o que tenho a dizer.

Os soldados deram um passo de lado, abrindo caminho à frente e, por um momento, Kira pensou que suas palavras tinham surtido o efeito desejado. Até que a voz de trovão soou mais uma vez:

— Tire suas lentes de contato e largue-as no chão.

"Merda." Eles deviam ter detectado as lentes quando ela embarcou em Orsted.

— Não está me ouvindo? — gritou ela, e a pele da Lâmina Macia endureceu em resposta. — Enquanto vocês ficam de sacanagem comigo, os Águas estão aí fora matando humanos. Quem está no comando? Não vou fazer porra nenhuma antes de...

O volume da voz foi suficiente para Kira sentir dor nos ouvidos:

— Você VAI obedecer, ou SERÁ baleada! Tem dez segundos para obedecer. Nove. Oito. Sete...

Só por um momento, Kira imaginou se cobrir com a Lâmina Macia e *deixar* que os soldados atirassem nela. Tinha certeza absoluta de que o xeno podia protegê-la contra tudo, exceto a maior de suas armas. Entretanto, se o combate em Nidus serviu de lição, a maior arma seria mais que suficiente para feri-la, e haveria consequências para Falconi e o resto da tripulação...

— Tudo bem! Tudo bem!

Kira reprimiu a raiva. Não ia perder o controle. Não agora, nem nunca. Por insistência dela, a Lâmina Macia voltou a seu estado normal relaxado.

Ela estendeu a mão para os olhos, detestando mais uma vez perder acesso a um computador.

Depois que as lentes de contato estavam no chão, a voz retornou:

— Ponha as mãos na cabeça. Ótimo. Agora, quando eu mandar, você vai se levantar e se dirigir ao outro lado do terminal. Você verá uma porta aberta. Passe por essa porta. Se você se virar para o lado, será baleada. Se tentar voltar, será baleada. Se baixar as mãos, será baleada. Se fizer qualquer coisa inesperada, será baleada. Entendido?

— Entendido.

— Agora, ande.

Foi desajeitado, mas Kira conseguiu se levantar sem usar os braços para se equilibrar. Depois começou a avançar.

— Mais rápido! — disse a voz.

Ela apertou o passo, mas não muito. De jeito nenhum ia correr para eles como um bot programado para obedecer a cada ordem.

Os drones de batalha a seguiram, o zumbido incessante enlouquecedor como uma dor de cabeça. Ao passar pelos soldados, eles se fecharam atrás dela, formando uma muralha de ferro, impessoal e impassível.

Do outro lado do terminal ficava a porta aberta prometida pela voz. Outro grupo de soldados estava à espera do outro lado — uma fila dupla deles, de prontidão, com as armas apontadas para ela.

Com o mesmo passo moderado, Kira deixou o terminal para trás e entrou no saguão depois dele. Era uma câmara grande (quase luxuosa, com seu uso extravagante de espaço), iluminada por painéis embutidos no teto que faziam toda a câmara parecer banhada na luz do sol normal da Terra. A luz também era necessária porque as paredes e o chão eram escuros, e essa escuridão conferia ao ambiente uma sensação opressiva, apesar da iluminação forte.

Como em todos os outros lugares, as portas e corredores que saíam do salão estavam lacrados, alguns com placas recém-soldadas. Bancos, terminais e algumas árvores envasadas estavam distribuídos em uma grade pela área, mas o que realmente chamou sua atenção foi a estrutura bem no meio do saguão.

Era uma espécie de poliedro, com uns três metros de altura, pintado de verde militar. Em volta dele, à distância de um palmo, havia uma estrutura metálica que tinha a exata forma do poliedro. Vários discos de metal grossos (com o diâmetro aproximado de um prato de jantar) estavam presos à estrutura, organizados de modo que o espaço vazio entre eles fosse minimizado. Cada disco tinha um painel atrás, com botões e uma tela mínima e brilhante.

Na frente do poliedro havia uma porta, e a porta estava aberta. O poliedro era oco. Dentro dele, uma câmara tão escura e sombria que ela não conseguia distinguir os detalhes.

Kira parou.

Atrás e acima dela, ouviu os soldados e os drones pararem.

— Entre. *Agora!* — disse a voz.

Kira sabia que testava a paciência deles, mas ficou parada mais um tempo, saboreando seu último momento de liberdade. Depois se preparou e entrou no poliedro.

Um segundo depois, a porta bateu a suas costas e os confins escuros soaram com o que parecia um dobre de finados.

2.

Passaram-se vários minutos, durante os quais Kira ouviu o estrondo dos passos dos soldados, que transferiam equipamento para o lugar ao lado de sua prisão.

Depois uma nova voz soou do lado de fora da porta: um homem com sotaque áspero tão forte que ela desejou ainda ter os filtros para legendar.

— Srta. Navárez, está me ouvindo?

As palavras dele eram abafadas pelas paredes, mas ela ouvia muito bem.

— Sim.

— Sou o coronel Stahl. Vou interrogar você.

"Coronel." Não era uma patente da Marinha.

— De onde você é? Exército?

Uma breve hesitação da parte dele.

— Não, senhora. ICMU. Inteligência.

"É claro." Assim como Tschetter. Kira quase riu. Devia ter adivinhado.

— Estou presa, coronel Stahl?

— Não, senhora, não chega a tanto. Está sendo detida de acordo com o artigo 34 da Lei de Segurança Estelar, que declara...

— Sim, conheço — disse ela.

Outra pausa, desta vez como se Stahl tivesse se surpreendido.

— Certo. Sei que suas acomodações não são o que você esperava, srta. Navárez, mas você precisa entender nossa situação. Vimos todo tipo de loucuras dos pesadelos nos últimos meses. Não podemos confiar no xeno que está carregando.

Ela reprimiu uma resposta sarcástica.

— Sim, tudo bem. Eu entendo. Agora, será que, por favor, podemos...

— Ainda não, senhora. Deixe-me ser bem claro, para que não haja nenhum, hm, *acidente* indesejado pelo caminho. Os discos que viu do lado de fora de sua cela, sabe o que são?

— Não.

— Cargas moldadas. Penetradores autoforjados. As paredes de sua cela são eletrificadas. Se romper a corrente, as cargas detonarão e esmagarão você e tudo a sua volta, transformando-os em uma bola derretida e quente de meio metro. Nem mesmo seu xeno pode sobreviver a isso. Entendido?

— Sim.

— Tem alguma pergunta?

Kira tinha muitas perguntas. Um tormento de perguntas. Tantas perguntas, que duvidava de que um dia encontraria respostas suficientes. Mesmo assim, precisava tentar.

— O que vai acontecer com a tripulação da *Wallfish*?

— Eles serão detidos e interrogados até que determinemos toda a extensão do envolvimento deles com você, com o traje e com os Águas.

Kira engoliu a frustração. Não se podia sinceramente esperar que o CMU fizesse outra coisa. Não que Kira gostasse. Ainda assim, não tinha sentido criar confusão com Stahl. Ainda não.

— Tudo bem. Vai me interrogar ou não?

— Quando estiver pronta, srta. Navárez. Temos a gravação de sua conversa inicial com o capitão Akawe na Estação Malpert, então por que não começa por aí e nos atualiza?

Kira lhe contou o que ele queria saber. Falou concisa e rapidamente, esforçando-se para dar as informações da forma mais organizada possível. Primeiro, explicou os motivos para eles terem partido de 61 Cygni ao Caçabicho. Segundo, descreveu o que tinham descoberto em Nidus. Terceiro, contou os acontecimentos dos ataques dos pesadelos. Quarto, delineou em detalhes insuportáveis a proposta de amizade que Tschetter transmitira dos Águas rebeldes.

A única coisa que Kira *não* contou a Stahl foi seu papel na criação dos pesadelos. Pretendia contar. Tinha prometido a Falconi que o faria. No entanto, o tratamento que a Liga lhe dava não engendrava solidariedade nenhuma. Se a informação os ajudasse a vencer a guerra, ela contaria, qualquer que fosse o desconforto, mas, como Kira não via jeito de ajudar, não contou.

Depois disso, Stahl ficou em silêncio por tanto tempo que ela se perguntou se ele ainda estaria ali. Então ele falou.

— Seu cérebro de nave pode confirmar?

Kira assentiu, embora ele não a pudesse ver.

— Sim, peça a ele. Ele também tem todos os registros relevantes da *Darmstadt*.

— Sei.

A tensão na resposta do coronel não escondia a ansiedade subjacente. O relato dela o deixara abalado, e não foi pouco.

— Neste caso, é melhor eu vê-los imediatamente. Se não há mais nada, srta. Navárez, irei...

— Na verdade... — disse Kira.

— O que é? — perguntou Stahl, preocupado.

Ela respirou fundo, preparando-se para o que vinha pela frente.

— Você precisa saber que temos um Água na *Wallfish*.

— Quê?!

Kira ouviu a percussão rápida dos soldados correndo para a cela.

— Tudo bem, senhor? — gritou alguém.

— Sim, sim — disse Stahl, irritado. — Estou bem. Saiam daqui.

— Sim, senhor.

Os passos pesados se retraíram.

Stahl praguejou em voz baixa.

— Agora, Navárez, como assim tem uma porra de um Água na *Wallfish*? Explique-se.

Kira explicou.

Quando ela terminou, Stahl soltou outro palavrão.

— O que você vai fazer? — perguntou ela.

Se o CMU tentasse forçar a entrada na *Wallfish*, não havia muito que Gregorovich pudesse fazer para impedi-los, não sem medidas drásticas e muito provavelmente suicidas.

— ... Uma ligação à Central da Terra. Isto está muito acima de minha alçada, Navárez.

Kira ouviu Stahl se afastar e o clamor dos passos dos soldados se seguiu, elevando-se e inchando até que o som se quebrou como uma onda que passava, deixando-a sozinha e em silêncio.

— É, foi o que pensei — disse ela, sentindo certa satisfação perversa.

3.

Kira olhou em volta.

O poliedro estava vazio. Não tinha cama. Nem privada. Nem pia. Nem ralo. As paredes, o piso e o teto eram feitos das mesmas placas verdes. Acima dela, uma luz pequena e redonda proporcionava a única fonte de iluminação. Fendas com uma tela fina margeavam o teto: dutos para o fluxo de ar, supôs Kira.

Ali estava ela. A única ocupante da estranha prisão multifacetada.

Kira não conseguia vê-las, mas supunha que havia câmeras que a gravavam e que Stahl ou outra pessoa observava tudo que ela fazia.

Que observassem.

Kira desejou que a Lâmina Macia cobrisse seu rosto e sua visão se expandiu, envolvendo o infravermelho e o eletromagnético.

Stahl não tinha mentido. As paredes brilhavam com circuitos azulados de força, e entre os pontos de cada circuito corria uma serpente de eletricidade rodopiante e luminosa. Os terminais não estavam embutidos nas paredes; parecia a Kira que a corrente vinha da estrutura que sustentava as cargas moldadas, fluindo por fios que pontilhavam todo o poliedro. Até o chão brilhava com a névoa suave de um campo magnético induzido.

Na porta e nos cantos do teto, Kira localizou várias pequenas perturbações nos campos: turbilhões como nós que se conectavam aos fios mínimos de eletricidade. Ela tinha razão. Câmeras.

Kira permitiu que a máscara se retraísse e se sentou no chão.

Não havia mais nada a fazer.

Por um momento, a raiva e a frustração ameaçaram dominá-la, mas ela as conteve. "Não." Não ia se permitir se preocupar com o que não podia mudar. Não desta vez. O que quer que acontecesse, enfrentaria com autocontrole. As coisas já estavam bem complicadas sem que ela as agravasse.

Além disso, vir ao Sol tinha sido a única opção deles. A proposta do Laço Mental era crucial demais para arriscar um atraso tentando transmiti-la de outro sistema da Liga. Com todas as interferências e combates por aí, não havia garantias de que as informações conseguiriam passar. Havia também Itari; o Água era um elo importante com o Laço Mental e Kira precisava estar presente para traduzir. Ela supôs que eles podiam simplesmente aparecer, transmitir as informações à Liga e ir embora, mas seria um descumprimento do dever. No mínimo, eles deviam ao capitão Akawe entregar pessoalmente a mensagem dos Águas.

Kira só desejava não ter metido Falconi e sua tripulação na trapalhada dela. Por *isso* ela se sentia culpada. Com sorte o CMU não os deteria por muito tempo. Um consolo pequeno, mas o único em que ela conseguia pensar no momento.

Kira respirou fundo uma vez, depois outra, tentando esvaziar a mente. Como não deu certo, recordou-se de sua música preferida, "Tangagria", e deixou que a melodia expulsasse seus pensamentos. Quando se cansou da música, passou a outra, depois a outra.

O tempo passou.

Depois do que pareceram horas, ela ouviu o andar de uma pesada armadura energizada. A armadura parou ao lado da cela, depois uma fenda estreita na porta foi aberta e a mão envolta em metal empurrou para ela uma bandeja de comida.

Kira a pegou e a mão se retirou. A tampa da fresta se fechou num estalo e o soldado disse:

— Quando terminar, bata na porta.

Depois os passos se retiraram, mas não para muito longe.

Kira se perguntou quantos soldados montavam guarda. Só um? Ou todo um esquadrão?

Ela deixou a bandeja no chão e se sentou de pernas cruzadas de frente para ela. Com uma única olhada, catalogou o conteúdo: um copo de papel até a borda com água. Um prato de papel com duas barras de ração, três tomates amarelos, meio pepino e uma fatia de melão. Sem garfo. Sem faca. Sem tempero.

Ela suspirou. Não aguentava mais barras de ração, mas pelo menos o CMU a alimentava. As frutas frescas eram um luxo bem-vindo.

Enquanto comia, ela olhou a fresta na porta. As coisas evidentemente podiam passar por ela sem detonar os explosivos. Se conseguisse meter uma ou duas fibras pelas junções, talvez encontrasse um jeito de desligar a corrente do lado de fora da cela...

Não. Não ia tentar fugir. Não desta vez. Se ela — ou, mas precisamente, a Lâmina Macia — pudesse ajudar a Liga, Kira tinha a responsabilidade de ficar. Mesmo que *fossem* um bando de babacas.

Quando terminou de comer, ela gritou para a porta algumas vezes e, como prometido, o soldado veio pegar a bandeja.

Depois disso, Kira tentou andar pelo poliedro, mas as paredes ficavam a apenas dois passos e meio de distância, portanto ela logo desistiu e, em vez disso, fez flexões e agachamentos, e plantou bananeira até queimar a energia nervosa.

Tinha parado há pouco quando a luz no alto começou a enfraquecer e se avermelhar. Em menos de um minuto, mergulhou-a numa escuridão quase completa.

Apesar de sua resolução de não se preocupar nem ficar obcecada, e apesar do cansaço, Kira teve dificuldade para pegar no sono. *Coisas* demais tinham acontecido durante o dia para ela simplesmente relaxar e entrar na inconsciência. Seus pensamentos giravam sem parar — sempre voltando aos pesadelos —, mas nada era útil. Não ajudava que o chão fosse duro e desconfortável, mesmo com o traje.

Ela se concentrou em desacelerar a respiração. Todo o resto podia estar fora de seu controle, mas essa parte ela podia fazer. Aos poucos, a pulsação se reduziu e a tensão saiu do pescoço, e Kira conseguiu que um frescor bem-vindo entrasse pelos membros.

Enquanto esperava, ela contou as faces da cela: 12 no total, o que fazia dela um... dodecaedro? Ela achava que era isso. Na fraca luz vermelha, as paredes pareciam marrons, e a cor e a forma côncava lembravam a Kira o interior de uma concha de noz.

Ela riu baixinho.

— ... e considerar-me rei do espaço infinito...

Ela desejou que Gregorovich pudesse ver. Ele certamente apreciaria a piada.

Kira torcia para ele estar bem. Se ele se comportasse com o CMU, podia se safar com uma multa e umas advertências. Os cérebros de nave eram valiosos demais para serem punidos até por infrações relativamente grandes. Porém, se Gregorovich tagarelasse com eles como fizera durante algumas conversas com Kira e o CMU concluísse que ele era instável, a Liga não hesitaria em retirá-lo da *Wallfish* e proibi-lo de voar. Fosse como fosse, ele teria de se submeter a uma série de testes psicológicos e Kira não sabia se Gregorovich estava disposto ou era capaz de esconder a loucura. Se ele não...

Ela parou, irritada consigo mesma. Eram pensamentos assim que precisava evitar. O que teria de ser, seria. Só o que importava era o presente. O que *existia*, e não castelos de palavras e hipóteses. Naquele momento, o que ela precisava era dormir.

Devia ser quase três da madrugada quando seu cérebro finalmente permitiu que ela afundasse na bem-vinda inconsciência. Ela torcia para que a Lâmina Macia decidisse partilhar outra visão com ela, mas, embora tenha sonhado, os sonhos foram só dela.

4.

A luz na cela se intensificou.

Kira abriu os olhos de repente e se sentou reta, com o coração aos saltos, pronta para agir. Quando viu as paredes da cela e se lembrou de onde estava, soltou um grunhido e bateu o punho na coxa.

Por que a Liga demorava tanto? Aceitar a proposta de apoio dos Águas de Tschetter era uma decisão simples. Então, por que a demora?

Ela se levantou e uma leve camada de pó caiu de seu corpo. Alarmada, Kira olhou o chão.

Parecia o mesmo de antes.

Kira soltou a respiração, aliviada. Se a Lâmina Macia tivesse roído as placas durante a noite, ela teria tido uma surpresa explosiva. O xeno devia saber. Ele queria viver, tanto quanto Kira.

— Comporte-se — disse ela em voz baixa.

Um punho socou o lado de fora da porta, assustando-a.

— Navárez, precisamos conversar — disse Stahl.

"Até que enfim."

— Estou ouvindo.

— Tenho outras perguntas para você.

— Pode fazer.

Stahl as fez. Perguntas sobre Tschetter — a major parecia estar em seu juízo perfeito, estava como Kira se lembrava na *Extenuating Circumstances*, e assim por diante —, perguntas sobre os Águas, perguntas sobre o Aspirante e o Bastão Azul, e muitas, muitas perguntas sobre os pesadelos.

Por fim, Stahl falou:

— Já acabamos aqui.

— Espere — disse Kira. — O que aconteceu com o Água? O que vocês fizeram com ele?

— O Água? — disse Stahl. — Nós o transferimos para a biocontenção.

Kira foi tomada de um medo súbito.

— Ele... ele ainda está vivo?

O coronel pareceu se ofender.

— Mas é claro, Navárez. O que acha que somos, completos incompetentes? Deu algum trabalho, mas conseguimos *incentivar* o seu, hm, amigo cheio de tentáculos a vir da *Wallfish* para a estação.

Kira se perguntou o que envolveria esse incentivo, mas decidiu que era mais sensato não questionar.

— Entendi. Então, o que a Liga vai fazer a respeito disso? Tschetter, o Laço Mental e todo o resto?

— Isto é confidencial, senhora.

Ela trincou os dentes.

— Coronel Stahl, depois de tudo que aconteceu, não acha que devo fazer parte dessas conversas?

— Talvez sim, senhora, mas não cabe a mim decidir.

Kira respirou fundo para se acalmar.

— Pode pelo menos me dizer quanto tempo ficarei detida aqui?

Se a Liga fosse transferi-la a uma nave do CMU, seria uma prova muito clara de que a levariam à reunião com o Laço Mental para que ela ajudasse a negociar os termos da aliança.

— Será transferida a uma nave de transporte às nove da manhã de amanhã e levada à estação de pesquisa LaCern para exames posteriores.

— *Como disse?* — quase balbuciou Kira. — Por que você... Quer dizer, a Liga não vai pelo menos conversar com o Laço Mental? Quem mais vocês têm para traduzir?

Iska? Tschetter? Nem mesmo sabemos se ela ainda está viva! Sou a única que realmente *fala* a língua dos Águas.

Stahl suspirou e, quando respondeu, parecia muito mais cansado do que um instante antes.

— Não vamos *conversar* com eles, Navárez.

Kira percebeu que ele quebrava o protocolo ao contar a ela.

Um pavor horrível a dominou.

— Como assim? — perguntou ela, sem acreditar.

— Quero dizer que o premier e seus conselheiros decidiram que os Águas são perigosos demais para merecerem confiança. *Hostis Humani Generis*, afinal. Deve ter ouvido falar nisso. Foi anunciado antes de vocês saírem de 61 Cygni.

— E o que eles vão fazer? — falou ela, quase aos sussurros.

— Já foi feito, Navárez. A Sétima Frota partiu hoje sob o comando do almirante Klein para atacar a frota dos Águas estacionada na estrela sobre a qual Tschetter nos informou. É uma estrela do tipo K a cerca de um mês e meio daqui. O objetivo é esmagar os Águas quando menos estiverem esperando, cuidar para que eles nem mesmo voltem a nos ameaçar.

— Mas...

Kira podia pensar em vários erros neste plano. O CMU podia ser um bando de filhos da puta teimosos, mas não eram burros.

— Eles verão a Sétima chegando. E podem saltar do espaço antes que vocês consigam se aproximar para atirar. Nossa única chance é assumir a liderança antes de...

— Já resolvemos isso, senhora — disse Stahl, tenso como sempre. — Não ficamos sentados à toa nos últimos seis meses. Os Águas podem ser melhores e ter mais armas que nós, mas se tem uma coisa em que os humanos são bons, é bolar soluções de improviso. Temos meios de impedir que eles nos vejam e meios de impedir que eles saltem. Não vão durar muito, mas durarão tempo suficiente.

— E os Águas de Tschetter? — perguntou Kira. — O Laço Mental?

Stahl grunhiu. Quando voltou a falar, a voz tinha adquirido um tom frágil, como se ele se preservasse.

— Um grupo de caçadores-rastreadores foi despachado para o local da reunião.

— Para...?

— Eliminar com danos extremos.

Kira ficou chocada. Não era grande fã da Liga, mas nunca pensou nela como ativamente cruel.

— Mas que caralhos é isso, coronel? Por que...

— É uma decisão política, Navárez. Está fora de nossas mãos. Foi determinado que deixar qualquer um de seus líderes vivos, mesmo que sejam rebeldes, é um risco grande demais para a humanidade. Isto não é uma guerra, Navárez. É extermínio. Erradicação. Primeiro acabamos com os Águas, depois podemos nos concentrar em eliminar aqueles pesadelos.

— *Foi determinado* — disse ela, cuspindo as palavras com todo desdém que conseguia invocar. — Determinado por *quem*?

— Pelo premier em pessoa.

Uma breve pausa, depois:

— Lamento, Navárez. É assim que as coisas são.

O coronel começou a se afastar e Kira gritou para ele.

— É, que se foda o premier e você também!

Ela ficou ali, com a respiração acelerada, os punhos cerrados junto do corpo. Só então percebeu que a Lâmina Macia — que *ela* — tinha perfurado todo seu macacão com cravos. Mais uma vez seu gênio levou a melhor.

— Péssimo, péssimo, péssimo — sussurrou, e não sabia se falava dela mesma ou da Liga.

Calma, mas ainda tomada de uma raiva fria e clínica, Kira se sentou de pernas cruzadas no chão, refletindo. Pensando bem, parecia evidente que Stahl também não aprovava a decisão do premier. Que Stahl diria a ela que os planos da Liga significavam *alguma coisa*, embora ela não soubesse o quê. Talvez ele quisesse alertá-la de antemão por algum motivo.

Isso nem importava mais. A traição iminente da Liga ao Laço Mental era muito mais importante do que os problemas de Kira. Enfim eles tinham uma chance de paz (com os Águas, pelo menos) e o premier a jogava fora porque não estava disposto a *tentar*. Tentar era um risco tão grande assim, afinal?

A frustração se uniu à raiva em Kira. Ela nem mesmo votara no premier — nenhum deles votara! — e ele os levaria à desavença perpétua com os Águas. O medo os impelia, pensou ela, não a esperança. Como Kira aprendera com os acontecimentos, o medo era um guia muito ruim.

Qual era *mesmo* o nome do premier? Ela nem lembrava. A Liga tendia a embaralhá-los como cartas.

Quem dera existisse um jeito de avisar ao Laço Mental. Talvez então alguma aliança pudesse ser salva. Kira se perguntou se a Lâmina Macia podia entrar em contato com os Águas de algum jeito. Não, qualquer sinal que o xeno produzisse parecia ser indiscriminado, enviado a toda a galáxia. Atrair ainda *mais* Águas e pesadelos ao Sol não ajudaria em nada.

Se de algum modo ela conseguisse fugir, então... então o quê? Kira não vira o arquivo de informações que Tschetter dera a Akawe (e que a *Darmstadt* tinha encaminhado à *Wallfish*), mas tinha certeza de que devia conter informações de contato: tempos, frequências e localizações, coisas assim. Entretanto, ela duvidava que os técnicos do CMU deixassem uma cópia que fosse do arquivo nos computadores da *Wallfish*, e Kira não sabia se Gregorovich se dera ao trabalho de decorar alguma informação.

Se não — e Kira pensava que seria irresponsável pressupor o contrário —, então Itari seria sua única esperança de alertar o Laço Mental. Não só precisava resgatar a si mesma, também tinha de resgatar Itari, levar o Água a uma nave, depois voar com a nave para fora do sistema, onde eles se livrassem de qualquer interferência, e o tempo todo o CMU estaria fazendo de tudo para impedi-los.

Era a fantasia mais pura e Kira sabia disso.

Ela gemeu e olhou o teto facetado. Sentia-se tão inútil que chegava a doer. De todos os tormentos que uma pessoa podia suportar, este — ela estava certa — era o pior.

O desjejum demorou a chegar. Quando chegou, ela mal conseguiu comer; o estômago estava apertado e agitado. Depois de dispor da bandeja, ela se sentou no meio da cela, meditou e tentou pensar no que poderia fazer.

"Quem dera eu tivesse minha concertina." Tocar ajudaria na concentração e ela sentia falta disso.

5.

Ninguém mais veio vê-la pelo resto do dia. A raiva e a frustração de Kira permaneceram, mas o tédio a sufocou como um lençol. Sem os filtros, ela novamente ficava sem nada além do conteúdo de sua mente para se entreter. No momento, seus pensamentos não eram nada divertidos.

No fim, ela fez o que sempre fazia quando tentava passar o tempo durante as longas viagens em FTL que suportara desde que saiu de Sigma Draconis. Isto é, cochilou, vagando para uma semissonolência nebulosa que permitia que a Lâmina Macia conservasse suas forças enquanto ainda a mantinha preparada para o que viesse pela frente.

Assim ela passou o dia, tendo como única interrupção o almoço insípido e o jantar ainda mais insípido que os soldados lhe entregaram.

Então as luzes diminuíram ao vermelho e sua semissonolência tornou-se um sono completo.

6.

Um tremor percorreu o chão.

Kira abriu os olhos subitamente, as lembranças da *Extenuating Circumstances* disparando por ela. Podia ser meia-noite. Podia ser três da manhã. Não havia como saber, mas ela estava deitada de lado há tanto tempo que o quadril estava dolorido e o braço, dormente.

Outro tremor, maior que o primeiro, e, com ele, uma estranha sensação de torção, parecida com o que sentira no maglev. Um instante de vertigem a fez se segurar no chão, depois seu equilíbrio foi restabelecido.

Um disparo de adrenalina clareou o que restava da névoa sonolenta. Só havia uma explicação: o anel habitacional tinha se balançado. "Merda." Isso não era bom. Era a própria definição de péssimo. Águas ou pesadelos — *alguém* atacava a estação Orsted.

Ela olhou para uma das câmeras.

— Ei! O que está havendo?

Ninguém respondeu.

Um terceiro tremor sacudiu a cela e a luz no teto oscilou. Em algum lugar ao longe, ela ouviu um baque que pode ter sido uma explosão.

Kira ficou fria ao entrar no modo de sobrevivência. A estação estava sob ataque. Ela estava em segurança? Isso dependia da fonte de energia da cela, supondo-se que não fosse atingida por um míssil ou um laser. Se a cela estivesse conectada ao reator principal e o reator fosse desligado, os explosivos em volta dela podiam ser detonados. O mesmo se houvesse uma onda de energia com potência suficiente. Por outro lado, se a cela estava conectada a baterias, ela podia ficar bem. Mesmo assim, era uma aposta. Das grandes.

Bum!

Kira cambaleou com a cela se sacudindo a sua volta. A luz oscilou de novo, mais do que antes, e seu coração se apertou. Por um instante, ela teve a certeza de que ia morrer, mas... o universo ainda existia. *Ela* ainda existia.

Kira endireitou o corpo e olhou a porta.

Foda-se o CMU e foda-se a Liga. Ela ia sair.

CAPÍTULO III

* * * * * * *

FUGA!

1.

Decidida, Kira foi até a porta.

Tinha apenas duas opções. Dar um jeito de desarmar os explosivos ou dar um jeito de reorientar a corrente para que ela pudesse arrombar a porta sem virar um pedaço de cinzas em brasa.

O chão tremeu.

O que quer que ela fizesse, teria de ser rápida.

Seria mais seguro desarmar, mas ela não sabia *como* fazer isso. Mesmo que conseguisse meter alguns rebentos pela fresta da porta, não conseguiria ver o que fazia do outro lado. Tateando às cegas, ela tanto poderia se explodir quanto ficar bem.

Tudo bem. Restava reorientar a corrente. Ela sabia que o xeno podia protegê-la de levar choque. O que significava que ele podia canalizar eletricidade em vias condutoras em torno do corpo de Kira. Assim, teoricamente, conseguiria formar fios ou algo parecido que impedissem a corrente de ser perturbada, se ela abrisse a porta. Certo? Se não, ela estava morta.

A luz diminuiu por um segundo.

Ela podia morrer de qualquer modo.

Kira cobriu o rosto com o traje e examinou as linhas de eletricidade integradas à superfície externa do poliedro. Meia dúzia delas cruzavam a porta. Eram aquelas que ela precisava desviar.

Kira levou um tempo para visualizar, com o máximo de detalhes e clareza que podia, o que queria fazer. Mais importante, tentou imprimir suas *intenções* na Lâmina Macia, bem como as consequências do fracasso. Como Alan diria, "Tudo vai bum".

— Nada de bum — disse Kira em voz baixa. — Não desta vez.

Ela então liberou a Lâmina Macia e desejou que agisse por conta própria.

Um grupo de fios pretos e finos brotou de seu peito e se estendeu até tocar os locais, dos dois lados da porta, onde tinham origem as linhas de eletricidade. Depois, fios adicionais saltaram pela porta e uniram cada ponto de contato a seu parceiro previsto.

Kira então sentiu o xeno perfurar as paredes, escavando os painéis com pontas atomicamente afiadas, até os terminais.

A cela estremeceu com força suficiente para balançá-la e Kira prendeu a respiração.

Só mais alguns mícrons de perfuração e... contato! As linhas brancas azuladas e reluzentes de eletricidade saltaram de suas vias estabelecidas para os fios estendidos pela Lâmina Macia. Em volta delas, circuitos transparentes de força magnética também mudaram, fervilhando e realinhando-se na procura por um novo estado de equilíbrio.

Kira ficou petrificada, esperando pela explosão inevitável. Como não aconteceu, ela relaxou um pouco.

"Espere", disse à Lâmina Macia, e estendeu a mão entre os fios. Encostou os dedos no mecanismo de trava da porta e impeliu o traje para *dentro* da porta. O metal guinchou e houve um ruído pegajoso do rompimento do lacre em volta da porta.

O gemido gorjeado de uma sirene penetrou pelo espaço.

Sentindo que tentava afagar um tigremalho sonolento sem acordá-lo, Kira empurrou lentamente a porta.

Ela se abriu com um guincho de protesto, mas *se abriu*.

Kira quase riu. Sem bum.

Então ela avançou. Os fios se vergaram a sua volta enquanto ela passava pela soleira, e as linhas de eletricidade, embora tivessem se curvado, não se romperam.

Liberdade!

O saguão tinha se transformado em um pesadelo extravagante. Luzes de emergência pintavam as paredes de vermelho enquanto fileiras de setas amarelas brilhavam no chão e no teto. As setas apontavam no sentido horário e ela sabia que, se as seguisse, daria no abrigo contra tempestades mais próximo.

E agora?

— Não se mexa! — gritou um homem. — Mãos na cabeça!

Kira se virou e viu dois soldados com armadura energizada parados ao lado de uma pilastra a mais de nove metros a sua direita. Um deles portava um blaster, o outro, um lança-projéteis. Atrás deles, um quarteto de drones se ergueu do chão e ficou zumbindo no alto.

— Tem cinco segundos para obedecer, ou vou meter um raio na sua cabeça! — gritou o soldado com o blaster.

Kira levantou os braços e deu um único passo para fora da cela. Dois rebentos finos ainda a conectavam aos circuitos desviados que o traje formara pela soleira.

Os soldados enrijeceram e o zumbido dos drones aumentou enquanto as máquinas voavam e assumiam posição em um círculo amplo e giratório em volta dela.

Kira deu outro passo.

Bang!

Um projétil dourado se achatou no convés na frente e ela sentiu um beliscão na panturrilha esquerda, de um fragmento que a atingiu.

— Não estou de sacanagem, dona! Nós *vamos* te pulverizar! No chão, agora! Não estou dizendo...

— Deixa de ser idiota — disse ela numa voz cortante. — Não vai atirar em mim, fuzileiro. Sabe em quanto problema vai se meter com o coronel Stahl se me atingir? O CMU perdeu muita gente para me trazer aqui.

— Foda-se. Temos ordens de detê-la se tentar fugir, mesmo que signifique matá-la. Agora para a merda do chão!

— Tudo bem. Tudo bem.

Kira fez as contas. Estava apenas a um metro e meio da cela. Com sorte, isso bastaria...

Ela se curvou, como quem vai se ajoelhar, depois se dobrou e se permitiu rolar para a frente. Ao fazer isso, puxou os fios da cela, às costas dela.

Um clarão incandescente ofuscou sua visão e um estalo de trovão a atingiu com tanta força que ela o sentiu nas raízes dos dentes.

2.

Se não fosse pelo traje, a explosão teria lançado Kira pela metade do saguão, mas o xeno a manteve ancorada no convés, como uma craca segurando firme contra um tsunami. Um calor sufocante a envolveu — intenso demais até para a proteção da Lâmina Macia.

Então o ar frio a tomou e sua visão clareou.

Tonta, Kira se levantou.

A explosão tinha destruído vários metros do piso, deixando uma cratera de convés esmagado, fios, canos e pedaços não identificados de maquinaria. No meio da cratera estava o monturo disforme e meio derretido de metal e compósito que tinha sido o poliedro.

Estilhaços voaram para o teto e o chão em um círculo largo em volta do epicentro. Um pedaço irregular da carcaça de uma das cargas moldadas tinha se cravado no convés a poucos centímetros da cabeça de Kira.

Kira não esperava que a explosão fosse tão potente. O CMU *realmente* queria impedir a fuga da Lâmina Macia. As cargas pretendiam não só matar, mas arrasar.

Ela precisava encontrar Itari.

Do lado, os dois fuzileiros estavam esparramados no chão. Um deles mexia os braços inutilmente, como se não soubesse que lado era para cima. O outro tinha se levantado de quatro e engatinhava para o blaster.

Três dos drones estavam quebrados no chão. O quarto pairava torto em um ângulo desajeitado, suas hélices girando em espasmos.

Kira apunhalou o drone com uma lâmina que o xeno formou da mão que fizera para ela. A máquina arruinada caiu no chão com um gemido patético e os propulsores giraram até parar.

Depois ela correu pelo saguão e atacou o fuzileiro naval que procurava o blaster. Ela o derrubou esparramado, de bruços. Antes que o homem pudesse reagir, Kira cravou a Lâmina Macia entre as articulações da armadura e cortou as linhas de força, imobilizando-o. A armadura pesava uma tonelada (mais do que isso, na verdade), mas ela o virou, plantou a palma no visor e o arrancou.

— ... respondam, porra! — gritou o homem.

Depois ele fechou a boca e a olhou com um medo disfarçado de raiva. Seus olhos eram verdes e ele parecia ter a idade de Trig, embora, por si só, isso não significasse nada.

Pois então. A comunicação não funcionava. Isso era vantajoso para ela. Ainda assim, Kira hesitou por um segundo. Fugir da cela tinha sido uma decisão impulsiva, mas agora a realidade da situação a esmagava. Não havia onde se esconder na estação espacial. Nem evitar as câmeras sempre presentes. O CMU conseguiria rastrear cada movimento dela. Embora a comunicação tivesse caído, assim que ela perguntasse ao fuzileiro sobre Itari, ele saberia aonde ela queria ir.

O homem viu a indecisão dela.

— E aí? — disse ele, com um sorriso maldoso. — Que merda está esperando? Acabe logo com isso.

"Ele pensa que vou matá-lo." A conclusão parecia tão injusta que deixou Kira na defensiva.

A estação deu um solavanco abaixo deles e um alerta de pressão soou com uma urgência estridente ao longe.

— Preste atenção — disse ela —, estou tentando te ajudar, babaca.

— Claro que está.

— Cala a boca e escuta. Estamos sendo atacados. Podem ser os pesadelos. Podem ser os Águas. Não importa. Seja como for, se eles nos explodirem, será fim de papo. Acabou-se. Nós perdemos. Entendeu?

— Papo *furado* — disse o fuzileiro, cuspindo no rosto dela. — O almirante Klein acaba de partir com a Sétima para mandar esses filhos da puta de volta à Idade da Pedra. Ele vai cuidar para que tenham o que merecem.

— Você não entendeu, fuzileiro. O Água que veio para cá comigo na *Wallfish*, aquele que vocês trancafiaram, veio em missão de paz. De *paz*. Se ele morrer, como acha que os outros Águas vão reagir? Como acha que o *premier* vai reagir?

Kira viu uma indecisão parecida com a dela aparecer no rosto do homem.

— Se aquele Água explodir, não vai importar *o que* faz a Sétima. Entendeu? Quanto tempo acha que esta estação vai durar?

Como que pontuando sua pergunta, tudo se torceu em volta deles quando a Orsted oscilou ainda mais do que antes.

Kira engoliu uma onda de bile, sentindo-se verde.

— *Precisamos* tirar aquele Água daqui.

O fuzileiro fechou os olhos com força por um momento. Depois meneou a cabeça — com uma cara de quem sentia dor — e falou:

— Mas que merda. Biocontenção. Foi para onde levaram o Água. Para a biocontenção.

— Onde fi...

— Neste andar. Sentido anti-horário. Perto do compartimento de hidroponia.

— E a tripulação da *Wallfish*?

— Celas de detenção. Mesma seção. Não tem como errar.

Kira o empurrou e se levantou.

— Tudo bem. Você tomou a decisão certa.

Ele cuspiu de novo, desta vez no chão.

— Se você nos trair, vou pessoalmente te matar.

— Eu não esperava nada menos que isso — disse Kira, já se afastando.

Ele levaria pelo menos meia hora para se livrar da armadura energizada, então Kira deduziu que não era uma ameaça. O outro fuzileiro, porém, começava a se mexer. Ela correu, segurou o alto de seu capacete, abriu a carcaça nas costas e arrancou o sistema de resfriamento da armadura. A armadura imediatamente se desligou para evitar o aquecimento.

Pronto. Eles que tentassem segui-la agora!

Kira os deixou e correu em sentido anti-horário, na direção contrária das setas amarelas. "Esconda-me", disse ela à Lâmina Macia. Um farfalhar suave de seda passou por sua pele. Quando olhou, Kira não conseguia se enxergar, como se o corpo tivesse se transformado em vidro.

Os leitores térmicos ainda podiam captá-la, mas ela não achava provável que as câmeras internas da estação fossem de pleno espectro. De qualquer forma, seria pelo menos mais difícil para o CMU localizá-la desse jeito. Quanto tempo até os soldados chegarem para investigar a explosão de sua cela? Pouco, pensou ela. Muito pouco tempo, mesmo que a Estação Orsted *estivesse* sob ataque.

Na saída do saguão, havia um longo corredor. Vazio. Ou estavam todos escondidos, ajudando nos serviços de emergência, ou combatendo os agressores. Quaisquer que fossem os motivos, Kira ficou agradecida. Não queria lutar com um bando de fuzileiros navais. Afinal, eles estavam do mesmo lado. Ou deveriam estar.

Ela disparou pelo corredor, evitando a ocasional passarela rolante. Era mais rápida a pé. O tempo todo, procurava letreiros nas paredes que pudessem indicar a localização do compartimento de hidroponia. A maioria das pessoas usava os filtros para navegar, mas, legalmente, cada nave e estação precisava ter sinalização clara, para o caso de uma emergência.

"Isto sem dúvida nenhuma se qualifica como emergência", pensou Kira. Com ou sem exigências legais, os letreiros que ela via eram pequenos, fracos e de leitura complicada, o que a obrigava a reduzir o passo para decifrá-los.

Em um cruzamento entre um corredor e outra passagem, ela correu em volta de uma fonte cujo jato de água traçava dois terços do símbolo do infinito ao cair e se erguer. Era uma coisa pequena, mas a visão fascinou Kira de um jeito obscuro. O efeito Coriolis nunca deixava de confundir seu senso de como funcionava a gravidade (ou a aparência de gravidade). Ela provavelmente não estranharia nada disso se tivesse sido criada em um anel habitacional, em particular um pequeno como o de Orsted.

Kira devia ter corrido quase meio quilômetro e começava a se perguntar se o fuzileiro tinha mentido e ela deveria voltar, quando viu duas linhas de caracteres verdes e fracos em um canto próximo.

A linha superior dizia: *Compartimento de Hidroponia 7G*.

A inferior dizia: *Detenção 16G*.

Do outro lado do corredor, havia outro letreiro: *Biocontenção & Descontaminação 21G*. Por ali, Kira viu o que parecia ser um posto de segurança: uma porta fechada, flanqueada por portais blindados e dois visores. Dois fuzileiros navais com exo completo se postavam ali, vigiando o lado de fora da porta. Mesmo com a estação sendo atacada, eles não saíram de seu posto. Kira não se surpreenderia se houvesse mais deles do outro lado da porta.

Ela fez as contas. Talvez conseguisse chegar perto o bastante para desativar a armadura dos dois fuzileiros, mas qualquer um depois disso seria um desafio. Assim que ela libertasse Itari, o resto do CMU saberia onde ela estava.

"Merda." Se atacasse, não havia como prever o que poderia acontecer. Os acontecimentos sairiam de controle em um intervalo incrivelmente curto e... e muita gente podia acabar morta.

Um leve tremor passou pelo convés. Não importava o que Kira ia fazer, precisava ser feito agora. Se demorasse, a própria estação sairia de controle.

Ela grunhiu e se afastou da biocontenção. Puta que pariu. Precisava de ajuda. Se pudesse libertar a tripulação da *Wallfish*, sabia que eles a apoiariam. Talvez, juntos, eles conseguissem pensar numa solução. Talvez.

A pulsação de Kira estava alta nos ouvidos enquanto ela disparava pelo corredor lateral que levava às celas de detenção. Se houvesse tanta segurança na detenção quanto na biocontenção, ela não sabia *o que* fazer. A tentação de soltar a Lâmina Macia era forte, mas Kira tinha aprendido bem sua lição. Independentemente de qualquer coisa, não podia cometer outro erro como aquele que resultara na criação dos pesadelos. A galáxia não sobreviveria.

Os letreiros nas paredes a levaram por vários corredores idênticos.

Ao virar mais um canto, viu duas pessoas — um homem e uma mulher — ajoelhados ao lado de uma porta pressurizada na metade do corredor, com o pulso metido em uma portinhola que eles abriram na parede, a tremulação actínica de eletricidade iluminando seus rostos. A dupla estava sem camisa, sem calça, usando apenas um short cinza e banal. A pele era branca como giz e tudo, menos os rostos, era coberto de tatuagens azuis cintilantes. As linhas formavam desenhos de circuitos que lembraram Kira as formas que tinha visto no ninho de Adrasteia.

Devido à ausência de roupas, Kira demorou um pouco para reconhecer os dois como os Entropistas, Veera e Jorrus.

Ela ainda estava invisível e longe demais para ser ouvida, entretanto, de algum modo, os Entropistas a detectaram. Sem jamais olhar para o lado dela, Jorrus disse:

— Ah, Prisioneira Navárez...

— ... conseguiu se juntar a nós. Nós...

— ... tínhamos esta esperança.

Então os Entropistas torceram algo dentro da parede e a porta pressurizada se abriu, revelando uma cela de detenção austera.

Falconi saiu dali.

— Ora essa, finalmente — disse ele.

3.

Kira deixou que a invisibilidade passasse e Falconi a viu.

— Aí está você — disse ele. — Tive medo de ter de sair a sua procura.

— Não — disse Kira.

Ela se aproximou rapidamente. Os Entropistas tinham passado à porta seguinte.

— Você estava trancafiada também? — perguntou Falconi.

Ela assentiu com o queixo.

— Pois é.

— Alguma chance de ter se libertado sem ser vista?

— De jeito nenhum.

Ele arreganhou os dentes.

— Merda. Precisamos agir rápido.

— Como vocês conseguiram escapar? — perguntou ela.

Veera riu, um som agudo e rápido, cheio de tensão.

— Eles sempre tiram os mantos e pensam...

— ... que basta. Somos mais do que nossos trajes multicoloridos, Prisioneira.

Falconi grunhiu.

— Sorte a nossa.

A Kira, ele disse:

— Alguma ideia de quem está atacando a estação?

Ela estava a ponto de dizer não, mas parou para pensar um pouco. Não existia nenhum sinal da compulsão que ela sempre sentia quando havia uma nave dos Águas por perto. O que significava que...

— Tenho quase certeza de que são os pesadelos — disse ela.

— Que ótimo. Mais um motivo para agir rápido. Toda essa confusão vai ajudar a encobrir nossa partida.

— Tem certeza? — disse Kira.

Falconi entendeu prontamente o que ela quis dizer. Se ele e os outros tripulantes fugissem, seus perdões seriam invalidados e, ao contrário do governo local em Ruslan, o CMU não pararia de persegui-los nos limites do sistema. A tripulação da *Wallfish* se tornaria foragida na totalidade do espaço conhecido, com a possível exceção de Shin-Zar e vários territórios livres mínimos nas margens.

— Pode apostar — disse ele, e Kira sentiu um brilho imediato de camaradagem.

Pelo menos ela não estaria sozinha.

— Veera. Jorrus. Já conseguiram abrir uma conexão com Gregorovich?

Os Entropistas negaram com a cabeça. Ainda mexiam na fiação da parede ao lado da porta pressurizada.

— O acesso ao sistema da estação é restrito e...

— ... não temos transmissores com potência suficiente para alcançar a *Wallfish* através de todas essas paredes.

— Merda — disse Falconi.

— Cadê a segurança? — perguntou Kira.

Ela esperava encontrar todo um esquadrão de fuzileiros navais estacionado perto das celas de detenção.

Falconi apontou os Entropistas com o queixo.

— Não sei. Esses dois manipularam as câmeras para nos dar tempo. Temos uns cinco minutos antes que o controle da estação nos veja de novo.

Veera levantou um dedo sem desviar a atenção do interior da portinhola.

— Podemos imitar os...

— ... sensores da estação e ganhar mais tempo — disse Jorrus.

Falconi soltou outro grunhido.

— Vejam o que podem fazer... Não dá pra abrir esse cacete de porta?

— Tentando, capitão — disseram eles.

— Deixe comigo — disse Kira.

Ela levantou a mão direita, permitindo que a Lâmina Macia fundisse sua réplica dos dedos em lâminas e cravos.

— Cuidado — disse Falconi. — Pode haver linhas de pressão ou fios de alta-tensão na parede.

— Não deve ser...

— ... um problema — disseram os Entropistas, e deram um passo de lado.

Kira avançou, feliz por finalmente fazer *alguma* coisa. Bateu os punhos no metal e desejou que a Lâmina Macia avançasse. Ela se espalhou pela superfície da parede, mandando rebentos investigativos para dentro do mecanismo que mantinha a porta fechada. Depois puxou e, com um guincho, os rebites estouraram e a porta deslizou para trás dos trilhos lubrificados.

Era uma pequena cela de detenção. Sparrow estava meio agachada na frente da cama, como que preparada para lutar.

— Por Thule — disse ela quando viu Kira. — Ainda bem que você está do nosso lado.

Falconi estalou os dedos.

— Vigilância do perímetro, agora.

— Entendido — disse a mulher, saindo às pressas da cela.

Disparou pelo corredor e espiou no canto.

— Por aqui! — disse Falconi a Kira, apontando outra porta pressurizada. Kira foi à segunda porta e, como a primeira, a arrombou.

Lá dentro, Hwa-jung se levantou de onde estava sentada.

— Briga! — disse a chefe de engenharia, e sorriu.

— Briga — disse Kira.

— Esta aqui! — falou Falconi.

Outra porta e outro guincho revelaram Nielsen. Ela assentiu rapidamente para Kira e foi se colocar ao lado de Falconi.

Por último, Kira arrombou a cela que guardava Vishal. Ele parecia um tanto abatido, mas sorriu para ela e disse:

— Que prazer.

Um alívio maior surgiu em seu rosto quando ele saiu e viu Nielsen e os outros.

Falconi voltou aos Entropistas.

— Já o encontraram?

Houve um silêncio que deixou Kira com vontade de gritar de impaciência.

Jorrus falou:

— Indeterminado, mas parece que...

— ... deixaram Trig em estase na *Wallfish*.

— Falconi — disse Kira, baixando a voz. — Precisamos resgatar o Água. Se não conseguirmos tirá-lo daqui, talvez nada mais importe.

Ele a encarou, seus olhos glaciais concentrados e atentos, quase sem emoção alguma, embora ela soubesse que Falconi — como a própria Kira — estava preocupado. Tão preocupado que não havia espaço para o pânico.

— Tem certeza? — disse ele num tom mortalmente baixo.

— Tenho certeza.

Com essa resposta, ela viu a chave ser virada dentro dele. Sua expressão endureceu e um brilho letal apareceu em seus olhos.

— Sparrow — disse ele.

— Sim, senhor.

— Precisamos libertar o Água e depois, de algum modo, sair desse pedaço de metal. Me dê opções.

Por um momento, Sparrow deu a impressão de que ia argumentar. Depois, como Falconi, pareceu deixar as objeções de lado e se concentrar apenas no problema a ser resolvido.

— Podemos tentar cortar a energia da biocontenção — disse Nielsen, aproximando-se.

Sparrow meneou a cabeça.

— Não vai funcionar. Ela tem as próprias fontes de energia.

Enquanto falava, ela se ajoelhou e puxou a perna direita da calça. Depois enterrou os dedos na pele acima da panturrilha e, para espanto de Kira, levantou a pele, revelando um pequeno compartimento por baixo, embutido no osso.

— É preciso estar preparada — disse Sparrow em resposta ao olhar de Kira.

Do compartimento, Sparrow retirou uma faca de lâmina fina e estreita, de um material não metálico que parecia vidro, uma malha de fios pretos que ela vestiu nas mãos como um par de luvas e três pequenas esferas que pareciam macias, quase de carne.

— Um dia você vai ter de explicar isso — disse Falconi, gesticulando para a panturrilha de Sparrow.

— Um dia — concordou a mulher de cabelo curto, cobrindo o compartimento e se levantando. — Mas hoje, não.

A Kira, ela falou:

— O que você viu na biocontenção?

Kira descreveu o posto de segurança e os dois fuzileiros estacionados do lado de fora. Um leve sorriso cruzou o rosto de Sparrow.

— Tudo bem, o que vamos fazer é o seguinte.

Ela estalou os dedos e gesticulou para Veera se aproximar.

— Você, Entropista, quando eu der o sinal, quero que vá aonde os fuzileiros possam vê-la.

— Será que...

— Faça. Kira...

— Eu posso me esconder — disse Kira rapidamente.

Ela explicou.

Sparrow assentiu com o queixo fino.

— Isso facilita tudo. Vou cuidar dos dois guardas. Prepare-se para pular em qualquer um que sair. Entendeu?

— Entendi.

— Ótimo. Vamos rápido.

4.

Kira voltou a ficar invisível enquanto se escondia com Sparrow no hall que se abria para o corredor central.

— Bom truque — disse Sparrow em voz baixa.

À frente delas, Veera atravessou o cruzamento e tomou o rumo da biocontenção. A Entropista era mais voluptuosa do que parecia trajada com seu manto gradiente, e as tatuagens na pele clara só realçavam esta impressão. A visão era uma ótima distração, e era para isto — Kira tinha de admitir — que ela servia agora.

— Vai — disse Sparrow.

Ela correu para o lado, evitando a linha de visão dos fuzileiros navais.

Kira partiu na direção contrária e as duas flanquearam Veera, assumindo posição em lados opostos da passagem que levava à biocontenção.

Assim que Veera chegou à soleira, os fuzileiros navais a viram. Kira ouviu os passos pesados das armaduras se virando e um homem disse num tom de evidente confusão:

— Ei, você! O que...

Ele não terminou. Sparrow virou pelo canto e atirou as esferas nos fuzileiros. Três *bzzt!* rápidos soaram, dos exos dos fuzileiros disparando nas esferas em pleno ar.

Foi um erro.

Um estroboscópio triplo de luz faiscou no hall, a fumaça obstruiu o ar e, com a visão aprimorada pela Lâmina Macia, Kira viu centelhas de energia eletromagnética violeta. "Que merda é essa?"

Sparrow não esperou. Correu pelo canto e desapareceu na fumaça. Soaram guinchos metálicos e um instante depois dois baques fortes dos exos caindo no convés, imobilizados.

Kira seguiu meio passo atrás. Passando a visão para o infravermelho, ela viu a porta da biocontenção se abrir. Outro fuzileiro de armadura energizada saiu, com o blaster apontado para atirar. Atrás dele ou dela, Kira viu mais três fuzileiros correndo para se proteger atrás de mesas.

Mesmo com todos os sensores de um exo de grau militar, o fuzileiro na porta não a viu chegar. Ela bateu em sua armadura energizada enquanto impelia cem fibras diferentes da Lâmina Macia na máquina. Só precisou de uma fração de segundo para encontrar os pontos fracos e desativar o exo.

A armadura do fuzileiro naval travou e começou a cair. Kira a empurrou de lado, pousou dentro da biocontenção e rolou de ombros para se levantar. Nenhum dos fuzileiros ali dentro conseguiu triangular sua localização exata, mas isso não os impediu de disparar às cegas no local onde ela estivera.

"Lento demais." Um raio de laser abriu um buraco no encosto de uma cadeira ao lado, mas Kira já estava em movimento, lançando rebentos pela sala e prendendo cada um dos fuzileiros.

"Não mate", disse ela à Lâmina Macia, na esperança desesperada de que ela obedecesse.

Alguns segundos depois, os outros fuzileiros caíram no chão. O peso das armaduras esmagou mesas, prateleiras e o convés.

— Pegou todos? — perguntou Sparrow, colocando a cabeça para dentro.

Kira permitiu que sua invisibilidade se fosse e assentiu. Mais para o fundo da sala ficava outra porta que levava ao que ela reconhecia como uma câmara de descontaminação de tamanho impressionante. Depois disso havia uma *terceira* porta pressurizada, que ela supunha dar na câmara de isolamento onde mantinham Itari.

— Me dê cobertura — disse ela.

— Entendido.

Talvez fosse possível pegar os códigos de acesso dos fuzileiros, mas Kira não viu sentido em perder tempo. Avançando às pressas, ela estendeu os braços e permitiu que a Lâmina Macia fluísse e arrombasse a porta da descontaminação.

Do outro lado da câmara, ela viu Itari pelo visor da porta pressurizada. O Água estava sentado com os tentáculos enroscados por baixo, como as pernas de uma aranha morta.

Um lampejo de alívio passou por Kira. Pelo menos estavam no lugar certo.

Ela se encostou na porta pressurizada e de novo permitiu que a Lâmina Macia abrisse caminho para o mecanismo e depois *rasgasse*.

Clank. A tranca se partiu. Puxando e empurrando com o xeno, Kira rolou a porta para trás.

Um odor de dúvida a alcançou, do Água, que desenrolava os tentáculos.

[[Aqui é Itari: Idealis?]]

[[Aqui é Kira: Se quer mesmo a paz, devemos sair deste lugar.]]

[[Aqui é Itari: Esses biformes são nossos inimigos?]]

[[Aqui é Kira: Não, mas eles não sabem o que fazem. Não os mate, eu lhe peço. Mas não se deixe matar por eles também.]]

[[Aqui é Itari: Como quiser, Idealis.]]

Kira saiu para se reencontrar com os outros fora da biocontenção e ouviu Itari segui-la com um farfalhar de folhas secas dos tentáculos.

— Tudo bem? — perguntou Falconi enquanto ela, Sparrow e Itari saíam da fumaça.

Veera tinha encontrado um casaco em algum lugar nas salas de biocontenção e o vestia, cobrindo-se.

— Tudo — disse Sparrow. — Peitos sempre funcionam. Todo mundo cai nessa.

— Vamos dar o fora daqui — disse Kira.

A Orsted roncou em volta deles e Vishal falou:

— Que os céus nos conservem.

— Veera! Jorrus! — disse Falconi.

— Sim, senhor?

— Nada ainda de Gregorovich?
— Nada.
— Interferência?
— Não. Eles o puseram em confinamento.
— Ele vai dar trabalho — disse Hwa-jung.
— Ótimo. Podemos usar isso — disse Falconi.

Ele se dirigiu ao resto deles:

— Muito bem. Vamos para a passagem principal. Se alguém aparecer, parem, protejam-se. Não deixem que os usem como reféns. Kira, você terá de lidar com qualquer oposição. Nenhum de nós tem armas.

— Fale por si mesmo — disse Sparrow.

Ela levantou a mão direita. A adaga que parecia de vidro brilhou entre seus dedos. Kira gesticulou para os fuzileiros caídos.

— E se..

— Não servem — disse Falconi. — Estão travadas. Civis não podem usar armas do CMU sem autorização. Chega de papo. Vamos...

Com um baque surdo, as portas pressurizadas bateram em volta do cruzamento, fechando o corredor para todo lado, menos a direção de onde Kira viera. Ali, ela ouviu o trovão de armaduras energizadas se aproximando, depois, pelo menos vinte fuzileiros navais trotaram para seu campo de visão, portando blasters, canhões eletromagnéticos e canhões pesados. Uma pequena nuvem de drones os acompanhava, feito vespas.

— Parados! Não se mexam! — gritou uma voz amplificada.

5.

Kira e os outros, inclusive o Água, retiraram-se para o corredor que levava à biocontenção e se esconderam atrás dos cantos da soleira.

A voz soou novamente:

— Sabemos que está tentando resgatar o Água, Navárez. O soldado Larrett nos contou tudo.

Kira deduziu que Larrett era o fuzileiro com quem ela falara na frente da cela implodida.

— Filho da puta — disse ela em voz baixa.

— Se ninguém tiver ideias, estamos fodidos — disse Falconi, o rosto sombrio.

Então Stahl falou dos alto-falantes embutidos no teto iluminado, em um volume suficiente para superar os alarmes.

— Kira, você não quer fazer isso. Lutar não vai ajudar a ninguém, muito menos a você. Desista, diga ao Água para voltar a sua cela e ninguém terá de...

O convés roncou e se torceu embaixo deles de novo.

Kira não hesitou. *Precisava* fazer alguma coisa.

Ela saltou para o corredor e lançou várias hastes do peito e das pernas. Elas se viraram para a frente e para baixo, e penetraram o convés em diferentes pontos.

"Não perca o controle. Não..."

Seus ouvidos tiniram quando uma bala errou sua cabeça por pouco e ela sentiu o que pareciam várias perfurações nas costelas, bem acima do coração. Então ela puxou as hastes para dentro, arrancando grandes pedaços do convés.

Reagindo a uma ordem dela, a Lâmina Macia juntou os pedaços do convés, depositando-os em camadas e formando um escudo alto e de bordas afiadas na frente de Kira.

Buracos do tamanho de dedos — em brasa nas bordas e pingando metal derretido — pontilharam o escudo enquanto o *bzzt!* furioso de laser soava pelo pátio.

Kira deu um passo à frente e a Lâmina Macia moveu o escudo junto com ela. Ao fazer isso, ela usou o traje para pegar mais pedaços do convés, aumentando a barreira, engrossando-a, alargando.

— Comigo! — gritou ela, e a tripulação e o Água correram atrás dela.

— Bem atrás de você! — disse Falconi.

Balas zuniam no alto. Uma explosão abalou o escudo e Kira sentiu o impacto em todo o corpo.

— Granada! — gritou Sparrow.

[[Aqui é Itari: Posso ajudar, Idealis?]]

[[Aqui é Kira: Não mate ninguém, se puder evitar, e não se meta na minha frente.]]

Dois drones apareceram pela beira do escudo. Kira os perfurou com duas punhaladas rápidas e continuou avançando. O chão era uma confusão despedaçada de vigas retorcidas e canos expostos; era difícil manter o equilíbrio.

— Só nos leve ao terminal! — disse Falconi.

Kira assentiu, mal prestando atenção. Embora não conseguisse enxergar nada à frente, usava o traje para pegar pedaços de convés, painéis da parede, bancos — qualquer coisa que pudesse usar para protegê-los. Não sabia quanto peso o traje podia suportar, mas estava decidida a descobrir.

Outra granada atingiu o escudo. Esta ela quase não sentiu.

Vários tentáculos do traje encontraram algo comprido, liso e quente (muito quente, em brasa, até; se ela tocasse com o corpo, desconfiava de que abriria um buraco na pele): um dos canhões de laser. Isto ela também acrescentou à pilha, arrancando a arma do chão e enfiando no espaço entre dois bancos.

— Mais drones! — disse Vishal.

Antes que ele terminasse de falar, Kira tinha criado uma teia de suportes e bastões (alguns de metal, outros feitos do próprio traje) entre o escudo, o teto e as paredes distantes. Em vários lugares, ela sentiu e ouviu os drones se chocarem com a barreira; o tom das hélices aumentava pelo esforço.

Ela se retraiu quando granadas abriram um buraco na teia.

— Meu Deus! — gritou Falconi.

Os drones mergulharam para o buraco. Um deles passou disparado e Itari o esmagou no ar com um golpe preciso de tentáculo. Antes que os outros pudessem passar, e antes que encontrassem um ângulo que lhes permitisse atirar em alguém da tripulação, Kira apanhou as máquinas no ar — como um sapo pegando moscas — e as esmagou. Todas elas.

Kira sentia que o tamanho do traje aumentava, reforçando-se com metal e carbono e o que mais fosse necessário da estrutura da estação. Seus braços pareciam mais grossos, as pernas também, e um senso de poder a atravessou; ela sentia que podia abrir caminho por rocha sólida.

O tiroteio diminuiu, porque os fuzileiros na frente dela pararam de atirar e partiram de volta pelo saguão, seus passos pesados formando uma batida acelerada.

Kira arreganhou os dentes. Então eles notaram que era inútil lutar. Ótimo. Agora, se ela conseguisse levar todos em segurança à *Wallfish*...

Ela ouviu, não viu, a porta pressurizada à frente deles bater. Depois outra atrás dela, e assim por diante por todo o saguão.

— Merda! — disse Nielsen. — Eles nos trancaram aqui.

— Fiquem comigo! — disse Kira.

Ela continuou avançando até sentir o escudo bater na porta pressurizada. A porta em si era grande e pesada demais para ser cortada em um tempo aceitável, mas a estrutura, não. Ela e a Lâmina Macia só precisaram de alguns segundos de trabalho para que a porta tombasse de forma ensurdecedora no convés.

Dez metros adiante no corredor, a porta blindada seguinte bloqueava seu caminho.

Kira repetiu o procedimento e a segunda porta logo seguiu o exemplo da primeira. Depois uma terceira... e uma quarta.

Parecia que todas as portas à frente estavam trancadas. Isso não os detinha, mas reduzia o ritmo de Kira.

— O CMU está tentando ganhar tempo — disse Falconi a ela.

Ela grunhiu.

— Aposto que estão preparando uma festa de boas-vindas para nós no terminal.

Um silvo alto soou perto das paredes. Sua nuca se eriçou de alarme. Era o ar sendo bombeado para fora ou outra coisa sendo bombeada para *dentro*?

— Gás! — gritou Falconi, e puxou o colarinho da camisa para cobrir a boca e o nariz.

Os outros fizeram o mesmo. O tecido se moldou a seus rostos, formando filtros colantes. Os Entropistas fizeram gestos arcanos com as mãos e as linhas de suas tatuagens deslizaram para os rostos, formando uma membrana fina como papel que cobria a boca e o nariz.

Kira ficou impressionada. Nanotecnologia do mais alto grau.

Ela soube que havia acabado de arrombar a última parte do saguão — aquela adjacente ao terminal — no instante em que artilharia pesada de projéteis, laser, raios e explosivos atingiu a barreira que ela construíra. Os impactos a fizeram cambalear para trás, mas ela ajeitou os ombros e avançou com passos decididos.

A um terço do caminho por esta parte do saguão, Falconi deu um tapinha em seu ombro e falou:

— Direita! Pegue a direita!

Ele apontou para a entrada do terminal.

Enquanto Kira partia naquela direção, os canos sob seus pés se sacudiram e ela ouviu o barulho de uma avalanche chegando da investida dos fuzileiros navais.

Com menos de um segundo para se preparar, ela puxou para cima várias vigas do chão, assim elas escoraram a face interna do escudo e o impediram de deslizar para trás.

— Preparem-se! — gritou ela.

Embora fosse grosso, o escudo se curvou e cedeu enquanto os soldados se jogavam nele com as armaduras energizadas. Ouviu-se um guincho terrível dos soldados começando a arrancar pedaços do escudo.

— Te peguei — disse Kira, arreganhando os dentes.

Ela desejou que centenas de fibras finas como fios de cabelo atravessassem o grosso do escudo, passassem por todos os pequenos cantos e frestas ocultas até que, arrastando-se às cegas, encontrassem as conchas lisas da armadura dos soldados. Depois, fez o que tinha feito antes. Mandou as fibras entrarem nas articulações e junções da armadura e cortou cada fio e linha de resfriamento que conseguiu encontrar, parando apenas quando deu com o toque do corpo superaquecido.

Foi um esforço parar, mas a Lâmina Macia obedeceu a sua vontade e respeitou os limites da carne. A confiança de Kira aumentou.

Do outro lado do escudo, os guinchos pararam e os soldados desabaram com o barulho da queda de titãs.

— Você os matou? — perguntou Nielsen, a voz alta demais no silêncio repentino.

Kira passou a língua nos lábios.

— Não.

Era estranho falar. O escudo parecia ocupar uma parte maior de Kira do que seu próprio corpo. Ela sentia cada centímetro quadrado da barreira. A quantidade de informações era dominadora. Seria com uma experiência dessas que tinham de lidar os cérebros de nave?, ela se perguntou.

Kira estava prestes a se soltar do escudo quando outras botas soaram à frente deles, do outro lado do saguão.

Antes que Kira pudesse reagir, as luzes piscaram e se apagaram, exceto por pequenos fluxos de emergência junto ao piso, e o convés oscilou como uma onda, levando Kira e Itari a cambalear e cair.

Um estrondo industrial de metal amassando-se ecoou pelo convés e um dardo escuro de casco venoso penetrou o convés mais adiante no corredor principal, passando pelos fuzileiros recém-chegados. Alarmes de pressão gritaram e de uma fenda na lateral da espaçonave invasora saíram dezenas de pesadelos em correria.

O tagarelar pesado de metralhadoras encheu o ar, junto com o estalo elétrico de lasers, dos fuzileiros navais que combatiam os invasores grotescos.

— *Shi-bal!* — exclamou Hwa-jung.

Kira gritou e empurrou o escudo para a frente, passando por cima do peso flácido dos soldados que havia incapacitado. Se os pesadelos percebessem quem e o que era Kira, convergiriam para ela. Kira assumiu um passo entre o caminhar e um trote com o escudo pelo chão, e, por ora, parou de acrescentar material a ele, preocupada apenas em escapar.

Ela se virou, girando o escudo por Falconi e os outros de modo que ficou de costas para a saída do saguão e o terminal. Então andou de costas, passo a passo, até que as bordas do escudo bateram na parede dos dois lados da porta.

Agindo rapidamente, ela puxou o escudo para si, fazendo-o desabar em uma cápsula densa sobre a porta. Ela prendeu no chão, no teto e nas paredes com pedaços torcidos de metal, de tal modo que o único jeito prático de a remover seria cortando.

Falconi bateu em seu ombro.

— Deixe! — gritou ele.

Um *bum* teve eco pelo terminal, de uma granada detonada do outro lado da barreira. Um instante depois, fuzileiros navais começaram a se jogar nela, produzindo um barulho abafado.

O escudo aguentaria, mas não por muito tempo.

Kira desvencilhou o traje do material e, ao fazer isso, sentiu-se diminuída, reduzida a seu senso normal de tamanho.

Virando-se rapidamente, ela viu que os outros já atravessavam o pequeno terminal e forçavam a abertura das portas de um carro maglev.

Do teto veio uma voz de homem:

— Aqui é Udo Grammaticus, chefe de estação desta instalação. Parem de resistir e garanto que não serão feridos. Este é seu último aviso. Existem vinte soldados blindados na frente de sua...

Ele continuou falando, mas Kira o desligou. Correu para o maglev enquanto Falconi dizia:

— Podemos usar isso?

— Tirando as luzes, toda a energia foi cortada — disse Hwa-jung.

— Então, não podemos ir embora? — perguntou Nielsen.

Hwa-jung grunhiu.

— Não desse jeito. O maglev não funciona.

— Deve haver outro jeito de entrar no anel de embarque — disse Vishal.

— Como? — disse Sparrow. — Estamos nos deslocando rápido demais para simplesmente saltar. Talvez Kira e o Água consigam, mas o resto de nós ia virar uma poça de sangue. É uma porra de beco sem saída.

Do lado de fora do escudo, o tiroteio continuava: pancadas surdas que vinham em rajadas controladas, dos fuzileiros combatendo os pesadelos. Ou assim Kira supunha.

— Sim, obrigado — disse Falconi em um tom seco.

Ele se virou para Hwa-jung.

— Você é a engenheira. Alguma ideia?

Ele olhou para os Entropistas.

— E vocês?

Veera e Jorrus abriram as mãos em um gesto de impotência.

— A mecânica…

— … não é nossa especialidade.

— Não me venham com essa. Tem de existir um jeito de sairmos daqui para lá sem nos matar.

A chefe de engenharia franziu o cenho.

— Claro que existe, se tivéssemos tempo e material para isso.

Outro estrondo soou no saguão.

— Não temos tanta sorte — disse Falconi. — Vamos lá, alguma coisa. Não importa se for forçado. Seja *criativa*, srta. Song. Eu a contratei para isso.

O vinco na testa de Hwa-jung se aprofundou e por um momento ela ficou em silêncio. Depois, falou em voz baixa:

— *Aigoo*.

Hwa-jung foi ao maglev. Passou as mãos no chão, batendo em diferentes placas com os nós dos dedos. Depois gesticulou para Kira e disse:

— Aqui. Abra o chão aqui.

Ela traçou um quadrado no piso e acrescentou:

— Com cuidado. Só retire a chapa superior. Não danifique nada por baixo.

— Entendi.

Kira traçou de novo o quadrado com o indicador e a ponta da unha marcou o compósito cinza. Ela repetiu o movimento, aumentando a pressão, e uma lâmina fina e losangular se estendeu do dedo e cortou mais ou menos o primeiro centímetro do material. Depois ela segurou o quadrado — unido à palma da mão como que por coxins de lagartixa — e o soltou do resto do piso, como quem quebra um biscoito por linhas preestabelecidas.

Hwa-jung ficou de quatro e olhou o buraco, examinado os fios e séries de equipamento. Kira não entendia para que servia nada daquilo, mas Hwa-jung parecia entender o que via.

As batidas do lado de fora do terminal se intensificaram. Kira olhou o escudo. Começava a se curvar para dentro. Mais um minuto e ela imaginava que teria de reforçá-lo.

Hwa-jung soltou um ruído gutural e se levantou.

— Posso fazer o carro andar, mas preciso de uma fonte de energia.

— Você não pode... — começou Falconi.

— Não — disse Hwa-jung. — Sem energia, não passa de uma pedra idiota e inútil. Não posso fazer nada sem isso.

Kira olhou para o Água. [[Aqui é Kira: Consegue consertar essa máquina?]]

[[Aqui é Itari: Não tenho fonte de energia que vá funcionar.]]

— E uma armadura energizada? — perguntou Nielsen. — Será que daria conta?

Hwa-jung fez que não com a cabeça.

— Tem energia suficiente, mas não seria compatível.

— Pode usar um canhão de laser? — perguntou Kira.

A chefe de engenharia hesitou, depois assentiu.

— Talvez. Se os capacitores puderem ser ajustados para...

Kira não esperou para ouvir o resto. Saltou do carro e correu de volta à barreira improvisada. Ao chegar lá, as batidas pararam, o que a preocupou, mas ela não ia reclamar.

Estendendo o traje em dezenas de tentáculos torcidos, ela escavou o tampão de destroços, procurando pelo canhão que tinha enterrado na massa. Logo o encontrou: um pedaço de metal liso e duro, ainda quente de ter sido disparado. Agindo com a maior rapidez que podia, ela se curvou e pressionou as partes do escudo até criar um túnel com largura suficiente para puxar o canhão — enquanto lutava para manter a integridade estrutural do escudo e sua frente sólida e imóvel.

— Mais rápido, por favor! — disse Falconi.

— O que acha que estou fazendo? — gritou ela.

O canhão se soltou e ela o apanhou nas mãos. Aninhando-o como uma bomba ativa, ela correu de volta ao carro e entregou a arma a Hwa-jung.

Sparrow bateu a faca que parecia de vidro na coxa enquanto olhava em volta. Depois segurou Kira pelo braço e a arrastou alguns passos dali.

— Que foi? — disse Kira.

Em voz baixa e cheia de tensão, Sparrow falou.

— Aqueles cabeças de sebo vão abrir caminho explodindo pelo teto ou pelas paredes. Tenho certeza. É melhor você pensar em alguma merda de fortificação, ou estamos acabados.

— Pode deixar.

Sparrow assentiu e voltou ao carro, onde Vishal ajudava Hwa-jung a desmontar o canhão.

— Todos para trás! — disse Kira.

Então ficou de frente para o terminal apertado e, como no saguão, mandou dezenas de linhas da Lâmina Macia, permitindo que ela fizesse o necessário. Um barulho dolorosamente alto a assaltou enquanto o xeno começava a desmontar chão, paredes, o teto. Ela puxou os pedaços para mais perto e, com a rapidez que pôde, começou a montar um domo na frente do porto de acoplagem do maglev.

Enquanto os pedaços se encaixavam, ela sentiu seu ser se expandir novamente. Era inebriante. Não confiava na sensação — não confiava em si mesma e na Lâmina Macia —, mas o fascínio de *mais* era sedutor e a facilidade com que ela e o xeno trabalhavam juntos reforçava sua confiança.

Um dos painéis que ela havia arrancado devia conter o alto-falante do intercomunicador, porque ela ouviu faíscas, e depois a voz do chefe da estação foi cortada.

Metro por metro, ela despojou o terminal, expondo o esqueleto subjacente de Orsted, composto de vigas entrecruzadas, anodizadas contra a corrosão e perfuradas de orifícios para evitar o peso excessivo.

Logo Kira não conseguia enxergar nada além do interior do domo, mas continuou a aumentá-lo. A escuridão os envolveu e, do carro, Vishal falou:

— Não está facilitando, srta. Navárez!

— É isso ou ser baleado! — gritou ela.

Uma explosão abalou o terminal.

— Hora de botar o pé na estrada — disse Falconi.

— Estou trabalhando nisso — disse Hwa-jung.

Kira se estendeu ainda mais, chegando aos limites de seu alcance e descobrindo que podia ir ainda mais longe. A consciência se diluiu, espalhou-se por uma área cada vez maior e a quantidade de informações se tornou desorientadora: pressões e arranhões aqui, canos ali, fios acima e abaixo, a comichão de descargas elétricas, calor e frio e mil impressões diferentes de mil pontos diferentes da Lâmina Macia, todos eles se contorcendo, mudando, expandindo-se e inundando-a com mais sensações ainda.

Era demais. Ela não podia supervisionar tudo, não conseguia acompanhar. Em alguns lugares, sua supervisão falhou e, onde falhou, a Lâmina Macia agiu por conta própria, avançando com uma intenção mortal. Kira sentiu a mente se fragmentar enquanto tentava se concentrar primeiro em um lugar, depois em outro, depois outro, toda vez controlando o traje rapidamente, mas, enquanto ela estava ocupada, o xeno expandia para todo lado, crescendo... construindo... *transformando-se*.

Ela se afogava, desaparecia na existência em expansão da Lâmina Macia. O pânico faiscou dentro dela, mas a faísca era fraca demais para dominar o traje. Um prazer emanava da Lâmina Macia por finalmente estar à solta para ir atrás de seu propósito; dela, Kira sentia lampejos de... *campos amarelos com flores que cantavam*... lembranças que... *um crescimento arbóreo com casca escamosa de metal*... a desorientaram ainda mais, a tornaram quase... *um grupo de criaturas compridas e peludas que ganiam para ela entre mandíbulas malhadas*... impossível se concentrar.

Em uma breve pontada de lucidez, o horror da situação atingiu Kira. O que ela havia feito?

Com ouvidos que não eram dela, Kira escutou um som que parecia a perdição: a marcha pesada e ritmada de soldados blindados na parte mais externa do terminal. O desconforto, agudo e penetrante, perturbou vários pseudópodes preênseis. Assustada, ela/eles se retraíram.

Iam atacar ela/eles?

Paredes, vigas e suportes estruturais eram amassados sob as mãos dela/deles enquanto desmoronavam a estação em torno do escudo. O convés vergou, mas não importava. Só encontrar mais massa: mais metais, mais minerais, mais, mais, *mais*. Uma fome se formou dentro dela/deles, uma *fome* insaciável, de devorar o mundo.

— Kira!

A voz soou como que do final de um túnel. Quem quer que fosse, ela/eles não reconheceram a pessoa. Ou talvez ela/eles não ligassem. Havia outras coisas mais importantes que precisavam da atenção dela/deles.

— *Kira!*

Distante, ela/eles sentiram mãos, sacudidas e puxões. Nada disso, é claro, podia tirar ela/eles de seu lugar: as cordas de fibras unidas dela/deles eram fortes demais.

— *Kira!*

A dor disparou pelo rosto dela/deles, mas era tão leve e distante que podia ser facilmente ignorada.

A dor apareceu de novo. E uma terceira vez.

A raiva se formou em alguma parte dela/deles. Ela/eles olharam de todos os lados para dentro, com olhos acima, olhos abaixo e olhos ainda feitos de carne, e com eles viram um homem ao lado dela, com a cara vermelha, gritando.

Ele lhe deu um tapa na cara.

O choque foi suficiente para limpar a mente de Kira por um momento. Ela ofegou e Falconi disse:

— Pare com isso! Vai matar todos nós!

Ela já se sentia voltando ao atoleiro da Lâmina Macia.

— Bata em mim de novo — disse ela.

Ele hesitou, depois bateu.

A visão de Kira ficou vermelha, mas a ardência forte na face lhe deu algo além da Lâmina Macia em que se concentrar e ajudar a se encontrar. Foi uma luta; reunir as diferentes partes de sua mente parecia o mesmo que tentar se soltar de um monte de mãos que a agarravam — uma para cada fibra do traje, todas elas assustadoramente fortes.

O medo deu a Kira a motivação de que precisava. Sua pulsação foi às alturas até que ela oscilou à beira do desmaio. Não desmaiou, e, pouco a pouco, conseguiu se retrair para dentro de si. Ao mesmo tempo, puxou a Lâmina Macia das paredes e salas circundantes da estação. No início, o xeno lutou; relutava em abandonar seu grandioso projeto e render o que já havia submetido.

No fim, porém, obedeceu. A Lâmina Macia se retraiu, contraindo-se enquanto voltava à forma do corpo de Kira. Havia mais dela do que Kira precisava e, ao pensar nisso, cordas do material do traje tremeram e transformaram-se em poeira, sem deixar nada de útil para trás.

Falconi ia levantar a mão de novo.

— Espere — disse Kira, e ele esperou.

Sua audição voltava ao normal; ela percebeu o assovio de ar escapando e os alarmes de pressurização soando ao longe, mais alto que todos os outros alarmes.

— O que aconteceu? — perguntou Falconi. Ela meneou a cabeça, ainda sem se sentir inteira. — Você abriu um buraco no casco, quase nos mandou para o espaço.

Kira olhou para cima e assustou-se ao ver — bem acima deles — uma fenda escura e fina de espaço pelo teto arruinado e várias camadas de conveses rompidos. Estrelas passaram girando pela abertura, um caleidoscópio louco de constelações em velocidade vertiginosa.

— Perdi o controle. Desculpe-me.

Ela tossiu.

Algo soou do lado de fora do domo.

— Hwa-jung! — gritou Falconi. — Precisamos sair daqui. É sério!

— *Aigoo!* Pare de me encher!

Falconi virou-se para Kira.

— Consegue se mexer?

— Acho que sim.

A presença invasiva da Lâmina Macia ainda se retorcia inquieta em sua mente, mas seu senso de identidade manteve-se firme.

Da origem do barulho, Kira ouviu uma cuspida, um silvo, como o barulho que seria produzido por um maçarico entupido. Um ponto no interior do domo começou a se avermelhar, depois ficou amarelo, e quase imediatamente ela sentiu a temperatura no espaço subir.

— O que é isso? — disse Nielsen.

— Merda! — falou Sparrow. — Os babacas estão usando uma lança térmica!

— O calor vai nos matar! — disse Vishal.

Falconi gesticulou.

— Todo mundo no carro!

— Eu posso detê-los! — disse Kira, mas a ideia a encheu de medo de novo.

Desde que se concentrasse em uma só área de esforço e não deixasse a Lâmina Macia descontrolada… Mesmo enquanto falava, ela começou a arrancar o piso dentro do domo e bater os pedaços no ponto quente. Saía fumaça das laterais das seções do compósito que ficavam vermelhas e moles.

— Esquece. Temos de ir! — gritou Falconi.

— Feche as portas. Vou ganhar algum tempo.

— Pare de brincar e entre no carro! Isto é uma ordem.

[[Aqui é Itari: Idealis, precisamos partir.]] O Água já estava espremido na frente do carro, os tentáculos pressionando as laterais.

— Não! Eu posso segurá-los. Me diga quando vocês...

Falconi a segurou pelos ombros e a virou para ele.

— *Agora!* Não vou deixar ninguém para trás. Vem!

Na luz ardente, os olhos azuis de Falconi pareciam brilhar como sóis em chamas.

Kira cedeu. Soltou o domo e permitiu que Falconi a puxasse para dentro do carro. Sparrow e Nielsen fecharam a porta do maglev; ela se trancou com um estalo alto.

— Está tentando se matar? — grunhiu Falconi no ouvido de Kira. — Você não é invencível.

— Eu sei, mas...

— Deixa pra lá. Hwa-jung, podemos ir?

— Quase, capitão. Quase...

Do lado de fora do carro, um borrifo de metal em brasa explodiu do meio do ponto em brasa enquanto a lança abria caminho por toda a espessura do domo. O borrifo começou a se deslocar para baixo, cortando lentamente o lado de uma abertura do tamanho de um soldado.

— Não olhem para isso! — disse Sparrow. — Brilha demais. Vai queimar suas retinas.

— Hwa-jung...

— Pronto! — disse a chefe de engenharia.

Kira e todos os outros se viraram para ela. O canhão estava em pedaços a seus pés. O terminal de energia tinha sido aberto e fios iam dele à maquinaria que enchia a parte inferior do carro.

— Prestem atenção — disse Hwa-jung, com um tapinha no terminal. — Isto está danificado. Quando eu ligar, pode derreter e explodir.

— Vamos correr o risco — disse Falconi.

— Tem mais.

— Agora não é hora de um seminário.

— Escute! *Aish!*

Os olhos de Hwa-jung brilharam com a luz abrasadora da lança térmica.

— Consegui emendar com a alimentação dos eletromagnetos. Esta coisa vai nos levantar, mas é só isso. Não consigo ter acesso aos controles direcionais; não vai nos levar para a frente, nem para trás.

— Então, como... — tentou dizer Nielsen.

— Kira, faça o seguinte: arranque uma cadeira para cada um de nós, depois quebre as janelas, aqui e aqui — disse Hwa-jung, e apontou cada lado do carro. — Quando eu ativar o circuito, use seu traje para nos empurrar para a frente, e vamos chegar ao tubo principal. Os supercapacitores só têm carga para nos manter suspensos por 43 segundos. Iremos a cerca de 250 quilômetros por hora em relação ao anel de acoplamento. Temos de perder o máximo dessa velocidade antes de cairmos. O jeito de fazermos isso é meter as cadeiras pelas janelas e empurrar nas paredes do tubo. Elas vão agir como freio. Está claro?

Kira assentiu junto com os outros. Do lado de fora, a fonte de metal derretido desapareceu por um segundo enquanto a lança térmica alcançava o chão. Depois reapareceu no alto da incisão gotejante e começou um corte horizontal.

— Teremos de empurrar com muita força — disse Hwa-jung. — O máximo que puderem. Caso contrário, a queda vai nos matar.

Kira segurou a cadeira mais próxima e a arrancou de seu suporte com um *ping* oco. As três cadeiras seguintes produziram barulhos semelhantes. Com uma troca rápida de odores, ela explicou o que eles iam fazer a Itari, e o Água também pegou duas cadeiras com seus membros enrolados.

— Este é um plano muito louco, Unni — disse Sparrow.

Hwa-jung grunhiu.

— Vai dar certo, fedelha. Você vai ver.

— Cuidado com os olhos — disse Kira.

Depois atacou com a Lâmina Macia e quebrou as janelas dos dois lados do maglev.

Um calor de fornalha os tomou, do interior do domo em meia concha. Falconi, Nielsen, Vishal e os Entropistas se jogaram no chão e Falconi disse:

— Pelos sete infernos!

A lança térmica começou seu segundo corte para baixo.

— Preparem-se — disse Hwa-jung. — Contato em três, dois, *um*.

O piso se ergueu alguns centímetros embaixo de Kira. Virou ligeiramente, depois se estabilizou.

Levantando os braços, ela lançou várias cordas dos dedos, através das janelas quebradas, nas paredes do lado de fora. O xeno entendeu sua intenção: elas grudaram, como fios de teia de aranha, e ela puxou.

O carro era pesado, mas deslizou para a frente, aparentemente sem atrito nenhum. Com um suave roçar, passou pelo selo no final da estação, depois virou para baixo e disparou para o tubo escuro e precipitado instalado dentro da face interna do anel de acoplagem.

O vento gritava por eles. Se não fosse pela máscara, Kira teria dificuldade de enxergar ou ouvir a torrente feroz de ar. Também era frio, mas — de novo graças ao traje — ela não sabia o quanto.

Ela pegou uma das cadeiras soltas e a meteu pela janela mais próxima. Um guincho terrível cortou o vento e uma cauda de cometa de faíscas se formou no interior do tubo. O impacto quase arrancou a cadeira de suas mãos, mesmo com a ajuda da Lâmina Macia, mas ela trincou os dentes e segurou mais firme, mantendo-a no lugar.

À frente dela, Itari fez o mesmo. Atrás dela, Kira tinha uma leve consciência dos outros se levantando com dificuldade. O guincho piorou quando Nielsen, Falconi, Vishal, Sparrow e os Entropistas também pressionaram suas cadeiras na parede do tubo. O carro se balançava e chocalhava como uma britadeira.

Kira tentou contar os segundos, mas o barulho alto e o vento distraíam demais. Parecia que eles não iam reduzir. Ela empurrou ainda mais a cadeira, que se contorceu em suas mãos como um ser vivo.

O tubo já havia triturado as pernas da cadeira e metade do assento; logo Kira não teria mais nada para segurar.

Lentamente — bem lentamente —, ela se sentiu ficar mais leve, e a solas dos pés começaram a escorregar. Ela se fixou no chão usando o traje, depois disparou linhas e prendeu os outros, para que pudessem continuar empurrando e não vagassem dali.

O guincho diminuiu, a faixa de faíscas ficou mais curta e mais gorda, e logo eles começaram a girar e espiralar em padrões complexos em vez de voar em linha reta.

Kira tinha começado a pensar que iam conseguir quando os eletromagnetos se desativaram.

O carro bateu na grade externa com um guincho lamuriento que engoliu o barulho das cadeiras. A cápsula se vergou e o teto se torceu, esticando-se como caramelo sendo puxado. Itari voou pelo para-brisa, os tentáculos se debatendo, e, de trás, houve um clarão de eletricidade, luminoso como um raio, até que a fumaça ondulou pelo maglev.

Com um gemido decrescente, eles deslizaram até parar.

6.

O estômago de Kira se balançou enquanto a sensação de peso desaparecia, mas, pela primeira vez, não teve ânsia de vômito. Ela não ia reclamar. A última coisa com que queria lidar agora era um enjoo. Explosões, lanças térmicas e acidentes de maglev... Já era o bastante por um dia. Com ou sem traje, todo seu corpo parecia machucado.

"Itari!" Será que o Água ainda estava vivo? Sem ele, nada que eles faziam tinha sentido.

Mexendo-se aos trancos, mesmo em gravidade zero, ela soltou o carro e a tripulação. Falconi sangrava de um corte na têmpora. Ele pôs a base da mão na ferida e disse:

— Está todo mundo bem?

Vishal gemeu.

— Acredito que eliminei alguns anos de vida, mas sim.

— É — disse Sparrow. — Idem.

Nielsen tirava cacos de vidro do cabelo, fazendo-os vagar para o para-brisa destruído, como uma pequena nuvem de partículas de cristal.

— Meio abalada, capitão.

— Concordamos — disseram Veera e Jorrus.

O Entropista tinha uma fileira de arranhões ensanguentados nas costelas nuas, que pareciam dolorosos, mas não graves.

Kira se impeliu para a frente do maglev arruinado e olhou para fora. Podia ver Itari vários metros adiante, agarrado a uma grade no casco. Icor laranja era vertido de um ferimento feio perto da base de um dos tentáculos maiores.

[[Aqui é Kira: Está tudo bem? Consegue se mexer?]]

[[Aqui é Itari: Não se preocupe comigo, Idealis. Esta forma pode suportar muito dano.]]

Enquanto ele falava, um dos braços ossudos do Água se estendeu da carapaça e, para choque de Kira, começou a cortar com a pinça o tentáculo ferido.

— Que porra é essa? — disse Sparrow, juntando-se a Kira.

Com uma velocidade impressionante, o alienígena decepou o tentáculo e o deixou vagando no ar, abandonado em meio a uma nuvem de glóbulos laranja. Apesar do tamanho do coto em carne viva que ficou na carapaça de Itari, o sangramento do Água já havia parado.

Hwa-jung tossiu e saiu do bolo de fumaça, como um navio ascendendo das profundezas da água oleosa. Ela segurou um suporte e apontou para a frente.

— A próxima estação de maglev fica logo ali.

Kira foi primeiro, usando o traje para derrubar os restos irregulares do para-brisa. Depois se impeliu para longe do carro e, um por um, os outros se desvencilharam dos destroços. Hwa-jung foi a última; era quase grande demais para passar pela moldura, mas, com certo esforço, conseguiu.

Usando os suportes de manutenção nas paredes, eles se arrastaram pelo interior do tubo escuro e ecoante até que luzes bruxulearam alguns metros à frente.

Com alívio, Kira mirou nas luzes.

Enquanto eles flutuavam para a estação, duas portas automáticas na parede se abriram e permitiram que eles mergulhassem no vestíbulo do outro lado.

Eles pararam para se organizar e verificar a direção.

— Onde estamos? — perguntou Kira.

Ela notou que Vishal tinha um corte feio no braço direito e as mãos de Hwa-jung estavam queimadas e cobertas de bolhas. Devia ser uma tortura, mas a chefe de engenharia escondia bem a dor.

— Duas paradas além de onde deveríamos estar — disse Nielsen.

Ela apontou para baixo (agora que não estavam mais girando).

Com Nielsen na frente, eles partiram pelos corredores abandonados do anel de acoplamento de Orsted.

De vez em quando encontravam bots: alguns recarregando em tomadas nas paredes, alguns correndo sobre trilhos, outros voando em explosões de ar comprimido, ocupados com uma miríade de tarefas necessárias para o funcionamento da estação. Nenhuma das máquinas pareceu dar atenção a eles, mas Kira sabia que cada uma delas gravava sua localização e seus atos.

Os conveses exteriores eram cheios de maquinaria pesada. Refinarias que, mesmo durante um ataque dos pesadelos, ainda trovejavam e gemiam com os imperativos de suas operações. Estações de processamento de combustível, onde a água era fracionada em seus elementos componentes. Unidades de armazenamento transbordando de materiais úteis. Além, é claro, das vastas pilhas de fábricas em gravidade zero, onde tudo, de remédios a metralhadoras, era produzido em quantidades não só suficientes para as necessidades da população de Orsted, mas também para a maior frota da MCMU.

Vazias daquele jeito, as regiões inferiores da estação davam arrepios em Kira. Mesmo ali, as sirenes de alarme ainda gemiam e setas brilhantes (menores e mais fracas do que na parte principal da estação) apontavam o caminho para os abrigos contra tempestade mais próximos. No entanto, nenhum abrigo podia ajudá-la. Isso ela admitia e aceitava. A única segurança com que podia contar era o isolamento do espaço profundo, e ali também os pesadelos ou os Águas podiam encontrá-la.

Eles se movimentavam rapidamente, e, depois de alguns minutos, Falconi falou:
— Aqui.

Ele apontou para um corredor que levava para a borda.

Kira viu que era o mesmo corredor por onde eles passaram na chegada a Orsted.

Com uma ansiedade crescente, ela se impeliu por sua extensão torta. Depois de tudo que acontecera na estação, voltar para a *Wallfish* era como voltar para casa.

A porta pressurizada para a doca de embarque se abriu e pela câmara de descompressão do outro lado ela viu...

Escuridão.

Vazio.

E talvez a um quilômetro de distância, a *Wallfish* rapidamente encolhendo, impelida por uma nuvem branca de propulsores RCS.

7.

Falconi gritou. Não uma palavra ou uma expressão, só um grito cru de raiva e perda. Ao ouvi-lo, Kira se sentiu desmoronar por dentro, rendendo-se ao desespero. Ela permitiu que a máscara deslizasse, expondo o rosto.

Eles perderam. Depois de tudo aquilo, eles...

Falconi saltou para a câmara de descompressão. Pousou desajeitado, a respiração saindo dele com um *uuf* audível, mas ele se segurou nos degraus ao lado da tranca. Depois se arrastou pela janela, apertou o rosto na placa de safira e olhou fixamente a *Wallfish*.

Kira virou a cara. Não suportava assistir. Vê-lo desse jeito a constrangia, como se ela invadisse um momento particular. A tristeza dele era franca demais, desesperada demais.

— Ha! — disse Falconi. — Consegui! Ah, sim! Peguei bem a tempo.

Ele se virou e sorriu para eles com uma expressão maliciosa.

— Capitão? — disse Nielsen, flutuando para se juntar a ele.

Falconi apontou a janela e, para espanto de Kira, ela viu a *Wallfish* reduzir e reverter seu curso, voltando para a câmara de descompressão.

— Como conseguiu isso? — trovejou Hwa-jung.

Falconi bateu na têmpora suja de sangue.

— Sinal visual direto enviado por meus filtros. Desde que os sensores passivos da nave estejam funcionando, e desde que estejam dentro do alcance e haja uma linha de visão clara, não podem sofrer interferência. Não como transmissões de rádio ou em FTL.

— São condições bem limitantes, capitão — disse Vishal.

Falconi riu.

— É, mas deu certo. Instalei um sistema controlador para o caso de alguém tentar roubar a *Wallfish*. Ninguém vai sequestrar a *minha* nave.

— E nunca nos contou sobre isso? — disse Nielsen.

Ela parecia de fato ofendida. Kira, por outro lado, estava impressionada.

A leveza de Falconi desapareceu.

— Você me conhece, Audrey. Sempre saiba onde ficam as saídas. Sempre tenha um ás na manga.

— Sei.

Ela não parecia convencida.

— Deixe eu ver suas mãos, por favor — disse Vishal, indo até Hwa-jung.

Ela deixou, obedientemente, que ele a examinasse.

— Hmm, não está tão ruim. São principalmente queimaduras de segundo grau. Vou lhe dar um spray para não deixar nenhuma cicatriz.

— E analgésicos, por favor — disse ela.

Ele riu baixinho.

— Claro, analgésicos.

A *Wallfish* não demorou para alcançá-los. Enquanto assomava no visor, Veera segurou o suporte no meio da câmara de descompressão numa tentativa de ver melhor.

— Aaahhh!

Seu grito terminou em um gorgolejo estrangulado. Ela arqueou as costas, quase curvando-se ao meio, e todo seu corpo ficou rígido, exceto por alguns espasmos nas mãos e nos pés. Seu rosto se contorceu em um ricto horrendo, os dentes trincados.

Jorrus fez par com seu grito, embora ele não estivesse perto da porta, e se contorceu do mesmo jeito.

— Não toque nela! — gritou Hwa-jung.

Kira não deu ouvidos; sabia que o traje a protegeria.

Ela passou vários tentáculos pela cintura de Veera enquanto se prendia na parede mais próxima. Depois soltou a Entropista convulsa da porta. Não foi fácil; a mão de Veera tinha se fechado no suporte com uma força sobrenatural. Enquanto a mão da mulher cedia, Kira torcia para que não ter rompido nenhum dos músculos dela.

No instante em que os dedos de Veera perderam contato com a porta, seu corpo ficou flácido e o grito de Jorrus cessou, embora ele mantivesse a expressão de um homem que tinha acabado de ver o horror indizível.

— Alguém a segure! — disse Nielsen.

Vishal partiu da parede e segurou Veera por uma manga de seu casaco. Passou um braço pela Entropista e, com a mão livre, abriu suas pálpebras. Depois abriu a boca de Veera e olhou a garganta.

— Ela vai sobreviver, mas preciso levá-la à enfermaria.

Jorrus gemeu. Tinha os braços em volta da cabeça e a pele era de uma palidez alarmante.

— É tão ruim assim? — perguntou Falconi.

O médico o olhou com preocupação.

— Indeterminado, capitão. Terei de ficar atento ao coração dela. O choque pode ter queimado seus implantes. Não sei dizer ainda. Eles precisam ser reiniciados.

Jorrus murmurava sozinho: nada que Kira conseguisse entender.

— Foi um truque sujo — disse Nielsen.

— Eles estão em pânico — disse Sparrow. — Tentam de tudo para nos deter.

Ela mostrou o dedo do meio para a estação.

— Tomara que vocês tomem um choque no cu! Estão me ouvindo?

— A culpa é minha — disse Kira.

Ela gesticulou para o próprio rosto e continuou:

— Eu devia ter ficado com a máscara. Teria visto a eletricidade.

— Não é culpa sua — disse Falconi. — Não fique se torturando com isso.

Ele manobrou até Jorrus.

— Ei. Veera vai sobreviver, tá? Relaxe, está tudo bem.

— Você não entende — disse Jorrus, com a respiração entrecortada.

— Explique.

— Ela... eu... nós...

Ele torceu as mãos, o que o fez começar a flutuar para longe. Falconi o segurou e o estabilizou.

— Não existe um *nós*! Nem um *eu*. Tudo se acabou. Acabou, acabou, acabou, aaahh!

Sua voz voltou a cair em divagações sem sentido.

Falconi o sacudiu.

— Controle-se! A nave está quase aqui.

Não fez diferença nenhuma.

— A mente coletiva deles se rompeu — disse Hwa-jung.

— E daí? Ele ainda é ele mesmo, não é?

— Isso...

Veera despertou com um ofegar e um sobressalto louco que a fez girar. Um instante depois, ela pôs as mãos nas têmporas e começou a gritar. Com o som, Jorrus se enroscou em uma bola fetal e gemeu.

— Que ótimo — disse Falconi. — Agora temos de lidar com uma dupla de birutas. Que maravilha.

Suave como uma pluma em queda, a *Wallfish* reduziu e parou do lado de fora da câmara. Soou uma série de *clanks* quando os grampos de acoplamento foram ativados, prendendo a ponta da nave.

Falconi gesticulou.

— Kira. Pode fazer o favor?

Enquanto o médico se esforçava para acalmar os Entropistas, Kira permitiu que a máscara lhe cobrisse novamente o rosto. A corrente na porta da câmara de descompressão parecia-lhe uma barra grossa de luz azulada, como se parte de um raio tivesse sido preso na maçaneta da porta. A barra era tão brilhante e larga que ela ficou surpresa por não ter matado Veera prontamente.

Estendendo dois rebentos, ela os afundou na porta e — como na cela — reorientou o fluxo de eletricidade pela superfície cabeada da Lâmina Macia.

— Está seguro — disse ela.

— Excelente — disse Falconi, mas ainda parecia preocupado ao estender a mão para os controles da porta.

Quando não sentiu choque nenhum, seus ombros relaxaram e ele rapidamente ativou a liberação.

Houve um bipe e uma luz verde apareceu acima do painel de controle. Com um silvo de ar escapando, a porta se abriu.

Kira então a soltou, retraindo a Lâmina Macia e permitindo que a eletricidade voltasse a seu caminho normal.

— Ninguém toca na maçaneta — disse ela. — Ainda está eletrificada.

Ela repetiu isso a Itari.

Falconi passou primeiro. Flutuou para a ponta da *Wallfish*, bateu uma combinação de teclas e a câmara de descompressão da nave se abriu. Kira e os outros foram atrás, Vishal com um braço em volta de Veera enquanto Hwa-jung ajudava Jorrus, que mal conseguia andar sozinho. Por último veio Itari, o Água gracioso como uma enguia ao se impelir pela câmara.

Um pensamento passou por Kira. Um pensamento horrível e cínico. E se o CMU escolhesse este momento para explodir os grampos de ancoragem e ejetar Kira e todos os outros para o espaço? Em vista de tudo que a Liga e os militares fizeram, ela não considerava além da capacidade deles.

Porém, o lacre entre as câmaras se manteve e, depois que o último centímetro dos tentáculos de Itari estava dentro da *Wallfish*, Nielsen fechou a porta da nave.

— Sayonara, Orsted — disse Falconi, indo para o poço central da *Wallfish*.

A nave parecia morta. Abandonada. As luzes estavam quase todas apagadas e a temperatura era congelante. O cheiro, porém, era familiar, e essa familiaridade reconfortou Kira.

— Morven — disse Falconi. — Iniciar sequência de ignição e preparar para lançamento. E volte com o aquecimento.

A pseudointeligência respondeu:

— Senhor, procedimentos de segurança declaram especificamente que não...

— Desativar procedimentos de segurança — disse ele, e listou um longo código de autorização.

— Procedimentos de segurança desativados. Iniciando preparativos para lançamento.

A Hwa-jung, Falconi disse:

— Veja se consegue reconectar Gregorovich antes de darmos o fora daqui.

— Sim, senhor.

A chefe de engenharia entregou Jorrus a Sparrow e voou pelo corredor, continuando mais para dentro da nave.

— Por favor, venha — disse Vishal, puxando Veera na mesma direção. — Você vai para a enfermaria. E você também, Jorrus.

Deixando os Entropistas incapacitados com Sparrow e o médico, Kira, Nielsen e Falconi foram à sala de controle. Itari foi atrás e ninguém, nem mesmo o capitão, protestou.

Falconi soltou um ruído de nojo ao entrar na sala. Dezenas de pequenos objetos tomavam o ar: canetas, duas canecas, um prato, vários q-drives e outras tralhas aleatórias. Parecia que o CMU tinha saqueado cada gaveta, armário e lixeira, ainda por cima sem cuidado nenhum.

— Limpem isso — disse Falconi, indo ao console principal.

Kira fez uma rede com a Lâmina Macia e começou a varrer os objetos do ar. Itari ficou perto da porta pressurizada, os tentáculos enrolados junto do corpo.

Falconi acionou vários botões embaixo do console e, em volta deles, as luzes se acenderam e máquinas foram ativadas. No meio da sala, a holotela ganhou vida.

— Tudo bem — disse Falconi. — O acesso total voltou.

Ele acionou botões pela beira do holo e a tela mudou para um mapa da área que cercava a Estação Orsted, com as localizações e os vetores de todas as naves próximas rotulados. Quatro pontos vermelhos e intermitentes marcavam hostis: pesadelos que agora combatiam as forças do CMU pela curva de Ganimedes. Um quinto ponto marcava a nave pesadelo incrustada no anel interno de Orsted.

Kira torceu para que o tenente Hawes e os outros fuzileiros navais estivessem a salvo na estação. Eles podiam se subordinar ao CMU e à Liga, mas eram boas pessoas.

— Parece que atingiram a estação e voaram dali — disse Nielsen.

— Eles vão voltar — disse Falconi com uma certeza sombria.

Seus olhos disparavam de um lado a outro enquanto ele examinava o que os filtros mostravam. Ele soltou uma gargalhada alta.

— Bom, mas que...

— Quem diria? — disse Nielsen.

Kira detestou perguntar.

— O que foi?

— O CMU até nos reabasteceu — disse Falconi. — Dá para acreditar nisso?

— Provavelmente pretendia usar a *Fish* para transportar suprimentos — disse Nielsen.

Falconi grunhiu.

— Eles também nos deixaram os howitzers. Que consideração da parte deles.

Depois o intercomunicador estalou e a voz inconfundível de Gregorovich soou:

— Ora, ora, vocês estiveram ocupados, meus lindos bonequinhos. Hmm. Andaram cutucando um vespeiro. Bom, veremos o que podemos fazer a respeito disso. Sim, veremos. Hihihi... A propósito, minhas encantadoras infestações, reativei o propulsor de fusão. Não há de quê.

Um zumbido baixo soou do fundo da nave.

— Gregorovich, arranque o limitador— disse Falconi.

Uma pausa infinitesimal por parte do cérebro da nave.

— Tem certeza *absoluta*, capitão, ó, meu capitão?

— Tenho, sim. Arranque.

— Vivo para servir — disse Gregorovich, e riu um pouco mais do que Kira gostaria.

Ela não conseguia deixar de se preocupar com o cérebro da nave quanto se impelia para a cadeira mais próxima e fechava a fivela do arnês. O CMU tinha prendido Gregorovich em confinamento, o que significava que ele fora mantido em privação sensorial quase completa desde que eles chegaram à estação. Isso não faria bem a ninguém, *especialmente* a uma inteligência como um cérebro de nave, e sem dúvida a Gregorovich, em vista de suas experiências do passado.

— O que é o limitador? — perguntou ela a Falconi.

— Uma longa história. Temos um afogador no propulsor de fusão que muda a assinatura de nosso empuxo, deixa que fique um pouquinho menos eficiente. É só tirar e, *bam!*, parecemos uma nave diferente.

— E você não o usou no Caçabicho? — perguntou Kira, escandalizada.

— Não teria ajudado. Pelo menos, não o bastante. Estamos falando de uma diferença de alguns centésimos de um ponto percentual.

— Isso não vai nos esconder de…

Falconi fez um gesto de impaciência.

— Gregorovich planta um vírus em cada computador a que enviamos informações de registro. Ele cria uma segunda entrada com um nome de nave diferente, uma rota de voo diferente e especificações do motor que correspondem ao nosso propulsor, só que sem o limitador. Para os computadores, não seria a *Wallfish* partindo. Provavelmente não enganaria ninguém por mais de alguns minutos, mas neste momento estou tirando proveito do que temos.

— Que truque esperto.

— Infelizmente — disse Nielsen —, é um dispositivo de uso único. Pelo menos até acoplarmos em algum lugar e instalarmos um novo.

— E qual é o nome de nossa nave agora? — perguntou Kira.

— A *Finger Pig* — disse Falconi.

— Você gosta mesmo de porcos, não é?

— São animais inteligentes. Por falar nisso… Gregorovich, onde estão os bichos?

— São mais uma vez blocos de gelo peludos, ó, capitão. O CMU decidiu recolocá-los em crio para não ter de lidar com o incômodo da alimentação e da limpeza.

— Quanta consideração deles.

A *Wallfish* deu um solavanco ao se desconectar do anel de acoplagem, e o alerta de manobra soou segundos antes de os propulsores RCS se ativarem e os afastarem da estação.

— Vamos dar uma dose a mais de radiação a Orsted hoje — disse Falconi —, mas acho que eles merecem.

— Com juros — disse Sparrow ao passar deslizando por Itari na porta.

Ela pegou uma cadeira. O Água se escorou no chão, preparando-se para a aceleração iminente.

O rosto de Vishal apareceu na holotela.

— Estamos prontos para partir na enfermaria, capitão. Hwa-jung também está aqui.

— Entendido. Gregorovich, tire nosso rabo daqui já!

— Sim, capitão. Procedendo a "tirar nosso rabo daqui já".

Com um ronco crescente, o foguete principal da *Wallfish* fez Kira bater na cadeira enquanto eles disparavam da Estação Orsted. O empuxo forçou um riso dela, embora o riso tenha se perdido no mar de barulhos. Eles conseguiram mesmo. A sensação era quase absurda. Agora talvez pudessem impedir que a Sétima Frota destruísse qualquer possibilidade de paz.

Soou algo parecido com um sino e sua euforia coalhou.

Com certo esforço, ela esticou o pescoço para ver a tela, desejando ainda ter as lentes de contato. O holo passou a uma vista de Saturno enquanto uma grande nuvem de pontos vermelhos aparecia perto do gigante gasoso.

Mais 14 pesadelos tinham acabado de sair de FTL.

CAPÍTULO IV

* * * * * * *

NECESSIDADE II

1.

Itari foi para mais perto da tela, com os tentáculos escorados na mesa.

— Kira — disse Falconi num tom de alerta.

— Está tudo bem — disse ela, torcendo para ter razão.

Nielsen deu um zoom no holo e pela primeira vez Kira pôde ver o que acontecia por todo o Sol. Além dos pesadelos perto de Orsted e dos 14 perto de Saturno, dezenas de outros pesadelos tinham entrado no sistema. Alguns estavam em forte aceleração para Marte. Outros saíam perto de Netuno, atormentando a rede de defesa do planeta. Outros ainda iam para a Terra e Vênus.

Uma linha luminosa faiscou pelo holo, de um satélite perto de Júpiter para uma das naves dos pesadelos. A nave desapareceu em um clarão. A linha luminosa foi disparada repetidas vezes e, em cada ocasião, outro dos invasores explodia.

— O que é *isso?* — perguntou Kira.

— Eu... não sei — disse Sparrow, franzindo a testa ao examinar os próprios filtros.

Gregorovich riu.

— Eu posso explicar. Posso, sim. A Liga construiu um laser solar. Fazendas de energia em Mercúrio coletam luz solar, depois a transportam a receptores por todo o sistema. Na maior parte do tempo, a energia é usada apenas para produção de força. Entretanto, na eventualidade de uma invasão exogênica, bem, vocês podem ver com os próprios olhos. Bombeie a energia por um laser gigante e terá um bom raio mortal. Ah, terá, sim.

— Inteligente — disse Falconi.

Sparrow sorriu.

— É. Se não houver defasagem de luz nos receptores locais. Nada mal.

— Alguém está nos seguindo? — perguntou Kira.

— Ainda não, meus lindos — disse Gregorovich. — Nossas credenciais sucedâneas continuam firmes.

— E que diabos é um *Finger Pig?* — disse Kira.

— Obrigada! — disse Nielsen com um tom exasperado, e gesticulou para Falconi. — Viu só?

Falconi torceu o canto da boca.

— É um dedo que é um porco.

— Ou um porco que é um dedo — disse Sparrow.

No holo, Vishal ergueu as sobrancelhas.

— Pelo que entendo, trata-se de *gíria* para cachorro-quente de carne de porco.

Seu rosto desapareceu quando ele desligou.

— Quer dizer que voamos em um cachorro-quente? — disse Kira.

Falconi riu com um humor fingido.

— Talvez.

Sparrow soltou um bufo.

— Não é assim que usamos a expressão nos fuzileiros navais.

— Como usam, então? — perguntou Kira.

— Vou te contar quando você for grandinha.

— Chega de papo — disse Falconi.

Ele se virou na cadeira para olhar para Kira.

— Tem mais coisa acontecendo do que sabemos, não é? Por isso você insistiu tanto em resgatar o Água.

Kira ficou tensa. A fuga foi fácil se comparada com o que tinha de fazer agora.

— O CMU contou a vocês o que eles decidiram fazer?

— Não.

— Nada.

— Nadica de nada.

— ... Tá.

Kira levou um momento para se preparar, mas, antes que conseguisse abrir a boca, um trinado animado e incongruente soou da tela.

Gregorovich disse:

— A Estação Orsted está transmitindo uma mensagem em todos os canais. É o coronel Stahl. Acho que é para *você*, Ó, Espigada.

— Toque para nós — disse Falconi. — Não vai fazer mal ouvir o que ele tem a dizer.

— Eu não chegaria a tanto — resmungou Sparrow.

Uma imagem de Stahl substituiu o holo do sistema. O coronel parecia atormentado, sem fôlego, e havia um arranhão ensanguentado na maçã esquerda do rosto.

— Srta. Navárez — disse ele. — Se estiver ouvindo isto, imploro que volte. O xeno é importante demais para a Liga. *Você* é importante demais. Não sei o que pensa que está fazendo, mas garanto que não vai ajudar. No máximo, vai piorar a situação. Se você for morta, se nossos inimigos tomarem posse do xeno, pode ser a morte de todos nós. Você não quer isso em sua consciência, Navárez. Não quer mesmo. Sei que a situação não é o que você desejava, mas, por favor, pela sobrevivência de nossa espécie, volte. Prometo que você e a tripulação da *Wallfish* não enfrentarão nenhuma outra acusação. Tem a minha palavra.

Depois a transmissão terminou e o holo voltou a uma visão do sistema.

Kira podia sentir o peso do olhar de todos nela, até de Itari, com seus muitos olhinhos de botão metidos pela carapaça.

— E então? — disse Falconi. — A chamada foi para você. *Nós* não vamos voltar, mas, se você quiser, desligo o motor por tempo suficiente para você saltar da câmara de descompressão sem se fritar. Tenho certeza de que o CMU ficará feliz em apanhá-la.

— Não — disse Kira. — Vamos continuar.

Então ela contou a eles, inclusive a Itari, sobre a decisão do premier de trair o Laço Mental e atacar a frota reunida dos Águas.

Sparrow soltou um ruído de nojo.

— É o que eu mais odeio no serviço militar. A merda da política.

A pele do Água se turvou de verdes e roxos. Seus tentáculos se torceram com evidente aflição. [[Aqui é Itari: Se um Laço não puder ser formado entre sua espécie e a nossa, os Corrompidos vão nadar sobre todos nós.]]

Depois de Kira traduzir, Falconi disse:

— O que você tem em mente?

Ela olhou para Itari.

— Era minha esperança que Itari conseguisse enviar um alerta ao Laço Mental antes que os caçadores-buscadores do CMU chegassem lá.

Ela repetiu a ideia para o Água, depois disse: [[Aqui é Kira: Pode usar seu transmissor para alertar o Laço Mental?]]

[[Aqui é Itari: Não. Seu odor-distante não tem velocidade suficiente. Não alcançaria o ponto de encontro a tempo de salvar o Laço Mental… O Sétimo Cardume que seu conclave enviou não pode matar o grande Ctein sozinho. Eles precisam de nossa ajuda, e precisam de nós para assumir a liderança e guiar os Braços na direção certa. Sem o Laço Mental, seu cardume estará condenado, assim como todos nós.]]

O desespero ameaçou desequilibrar Kira enquanto ela sentia seus planos se desfazerem. Tinha de haver um jeito! [[Aqui é Kira: Se nadarmos atrás do Sétimo Cardume, podemos chegar perto o bastante do ponto de encontro para avisarmos o Laço Mental a tempo?]]

Uma descarga de carmim correu pelos membros do Água e o odor-próximo de confirmação impregnou o ar. [[Aqui é Itari: Podemos.]]

Isso não resolveria o problema maior entre os Águas e a Liga, mas esses problemas eram muito grandes para qualquer um da *Wallfish* consertar.

Kira fez o máximo para esconder a emoção ao traduzir para Falconi e os outros.

Em um tom muito mais calmo do que o normal, Sparrow falou:

— Está falando de voar direto para território inimigo. *Aish*. Se os outros Águas nos pegarem, ou os pesadelos…

— Eu sei.

— Stahl não estava errado — disse Nielsen. — Não podemos correr o risco de o xeno cair nas mãos erradas. Desculpe-me, Kira, mas é verdade.

— Também não podemos correr o risco de ficar por aí sem fazer nada.

Sparrow passou a mão no rosto.

— Já somos criminosos aos olhos da Liga, mas isto é traição. Ser cúmplice do inimigo garantirá a pena de morte em quase todo território.

Falconi se inclinou para a frente e bateu no intercomunicador.

— Hwa-jung, Vishal, venham à sala de controle assim que puderem.

— Sim, senhor.

— Estamos indo, capitão, sim, sim.

A angústia torceu as entranhas de Kira. O problema era a Lâmina Macia. *Sempre* foi o problema, mesmo no passado distante. Graças à Lâmina Macia, milhões — se não bilhões — morreram, humanos e Águas. Graças à Lâmina Macia, os pesadelos ameaçaram espalhar sua doença por toda a galáxia, superando qualquer outra forma de vida.

Não era inteiramente verdade. O xeno não era o único culpado pelos pesadelos. *Ela* teve um papel na criação do Bucho devorador. Foi seu medo, sua violência impensada, que soltou tanta dor pelas estrelas.

Kira gemeu e cobriu o rosto com as mãos, enterrando os dedos no couro cabeludo até doer quase tanto quanto seu íntimo. O xeno ficou confuso; ela o sentia endurecendo e se espessando em volta, como que se preparando para um ataque.

Se ela conseguisse se livrar da Lâmina Macia, as coisas seriam mais fáceis. Eles teriam mais alternativas. O Laço Mental tinha salvaguardado o xeno durante séculos; podia fazer isso novamente.

Outro gemido abriu caminho pela garganta de Kira. Sem a Lâmina Macia, Alan ainda estaria vivo, e tantos outros também. Só o que ela queria — só o que queria desde que a Lâmina Macia a infestara — era ser livre. *Livre!*

Ela soltou o arnês com uma pancada, impeliu-se da cadeira e se levantou. Em 2,5 g, ela ficou de pé. O traje a ajudou a ficar ereta, mas os braços pareciam pesos de chumbo, e os joelhos e a sola dos pés começaram a latejar.

Ela não se importou.

— Kira... — começou Nielsen.

Kira gritou. Gritou como fez quando percebeu que Alan estava morto. Ela gritou, abriu os braços e usou tudo que aprendera enquanto treinava com a Lâmina Macia — cada grama de domínio conquistado a duras penas nos longos meses escuros passados em FTL — para empurrar o xeno para longe dela. Despejou toda sua raiva e frustração neste desejo simples e primal.

O xeno brotou para fora. Cravos e membranas estriadas se estenderam para todo lado, vibrando em resposta a seu ataque mental, mas só até certo ponto. Ela o conteve com a mente, segurou para que o xeno não ameaçasse os outros.

Mesmo assim, foi um risco.

Nos espaços entre as protrusões, ela sentia o traje afinar e se retrair, então o ar bateu em sua pele exposta — ar frio e seco, chocante em sua intimidade. Seu corpo se arrepiou enquanto se espalhavam os trechos expostos, ilhas de nudez pálida em meio à escuridão entrecortada.

Na porta, Itari se retraiu, erguendo os tentáculos, como que para proteger a carapaça.

Kira empurrou sem parar, forçando o xeno a se retirar até que só tiras como tendões o conectavam a ela. Algumas fibras e mais nada. Ela se concentrou nelas e tentou mandar que partissem. Obrigou-as a partir. Exortou-as a partir. *Ordenou-as* a partir.

Os tendões se retorceram diante de seus olhos, mas se recusaram a ceder. Mentalmente, ela sentia a Lâmina Macia resistindo. Tinha se retraído muito, mas não iria além. Mais um pouco e eles se separariam, e isso, pelo visto, o xeno não ia aceitar.

Enfurecida, Kira insistiu com ainda mais força. Sua visão vacilou e escureceu nas margens pelo esforço, e por um momento ela pensou que ia desmaiar. Ela continuou de pé, porém, e a Lâmina Macia ainda a desafiava. Dela, Kira recebeu estranhos pensamentos, obscuros e pouco compreensíveis, penetrando das profundezas de sua mente às regiões superiores da consciência. Pensamentos como: *A criação não bifurcada não era para ser lançada equivocadamente.* E: *O momento era desequilibrado. Os apanhadores múltiplos ainda tinham fome e nenhum ninho estava perto. Por enquanto, a criação precisava ficar.*

As palavras eram estranhas, mas a essência delas era bem clara.

Kira uivou e se lançou contra a Lâmina Macia com tudo que restava de força, sem segurar nada. Uma última tentativa de impelir o xeno para fora. Uma última chance de se libertar e recuperar parte do que tinha perdido.

Entretanto, a Lâmina Macia continuou firme e, se tinha alguma empatia para com ela, se sentia alguma solidariedade por seu sofrimento ou arrependimento por sua oposição, Kira não sabia. Dela vinha apenas um propósito resoluto e uma satisfação de que a criação permaneceria fiel.

Pela primeira vez desde que percebeu que Alan tinha morrido, Kira desistiu. O universo era cheio de coisas que ela não podia controlar e isto, ao que parecia, era uma delas.

Com um grito sufocado, ela parou de lutar e caiu de quatro. Suave como areia caindo, o xeno refluiu para ela e a frieza do ar desapareceu em toda parte, menos no rosto. Ela ainda sentia o chão, ainda sentia as correntes da atmosfera da nave fazendo cócegas na base das costas, mas só filtradas pela pele artificial da Lâmina Macia. O xeno cobria qualquer desconforto, removia a ardência do frio e protegia dos sulcos afiados sob seus joelhos, de modo que tudo era quente e confortável.

Kira fechou bem os olhos, sentindo as lágrimas escaparem pelos cantos, e sua respiração ficou entrecortada.

— Meu pai do céu — disse Vishal da porta.

Ele cambaleou e passou o braço por ela.

— Srta. Kira, está tudo bem?

— Tá. Estou bem — disse ela, forçando as palavras a passarem pelo bolo na garganta.

Ela estava perdida. Tentou ao máximo e não bastou. Só lhe restava a necessidade, nua e crua. Foi a expressão que Inarë usara, e cabia. Ah, como cabia, como grilhões de fios pretos que vão se enrolando, enrolando…

— Tem certeza? — disse Falconi.

Ela assentiu sem olhar e as lágrimas caíram no dorso das mãos. Não eram frias. Nem quentes. Nem pareciam molhar.
— Tenho.
Ela respirou fundo, trêmula.
— Tenho certeza.

2.

Enquanto Kira se levantava e voltava à cadeira, Hwa-jung veio a passos pesados pelo corredor. O empuxo alto não parecia atrapalhá-la nem um pouco. Na verdade, a chefe de engenharia se movia com uma tranquilidade natural, embora Kira soubesse que a aceleração deles era mais forte do que a gravidade em Shin-Zar.
— Deduzo que estamos presos ao xeno — disse Falconi.
Kira levou um instante para responder; estava ocupada tranquilizando Itari de que ela estava bem.
— Deduziu certo — disse, finalmente.
— Com licença, capitão — disse Vishal. — Mas qual é o motivo da preocupação? Precisamos decidir aonde ir, não é isso?
— Isso — disse Falconi em um tom decididamente sombrio.
Para o médico e Hwa-jung, ele delineou a situação com algumas frases concisas, depois disse:
— O que quero saber é se a *Wallfish* está pronta para outra longa viagem.
— Capitão... — começou Nielsen.
Ele a interrompeu com um gesto ríspido.
— Só quero ter noção de nossas opções.
Ele assentiu para Hwa-jung.
— E então?
A chefe de engenharia chupou o lábio inferior por um momento.
— Ah, as linhas precisam ser liberadas, o propulsor de fusão e o Propulsor de Markov precisam ser verificados... Quanto a água, ar e comida, ainda temos um bom estoque, mas eu reabasteceria se vamos ficar fora por muito tempo. Hmm.
Ela mordeu o lábio novamente.
— Podemos fazer isso? — perguntou Falconi. — Uma viagem de três meses em FTL, ida e volta. Supondo-se três semanas sem crio, por precaução.
Hwa-jung baixou a cabeça.
— Podemos, mas eu não recomendaria.
Uma gargalhada escapou de Falconi.
— A maior parte do que fizemos no último ano recai na categoria de "eu não recomendaria".
Ele olhou para Kira.

— A pergunta é: *devemos* fazer?

— Não se lucra nada com isso — disse Sparrow, inclinando-se para a frente, apoiando os cotovelos nos joelhos.

— Não — admitiu Falconi. — Não tem lucro.

— Há uma boa possibilidade de morrermos — disse Nielsen. — E se não morrermos…

— … seremos executados por traição — disse Falconi, cutucando uma mancha na calça. — É, esta também é minha interpretação.

— O que vocês fariam em vez disso? — perguntou Kira em voz baixa.

Sentia a delicadeza do momento. Se pressionasse demais, ela os perderia.

No início, ninguém respondeu. Depois Nielsen falou:

— Podemos levar Trig a uma boa instalação médica, em algum lugar fora da Liga.

— Mas sua família ainda está aqui no Sol, não é? — disse Kira.

O silêncio da primeira-oficial foi resposta suficiente.

— E a sua também, não é, Vishal?

— Sim — disse o médico.

Kira deixou que seu olhar percorresse o rosto de todos.

— Todos temos pessoas com quem nos importamos. E nenhuma delas está em segurança. Não podemos simplesmente nos esconder… Não podemos.

Hwa-jung resmungou, concordando, e Falconi baixou os olhos para as mãos entrelaçadas.

— Cuidado com a tentação da falsa esperança — sussurrou Gregorovich. — Resista e procure validação em outro lugar.

— Xiu — disse Nielsen.

Falconi ergueu o queixo para o teto e coçou embaixo do maxilar. O ruído das unhas raspando a barba por fazer era surpreendentemente alto.

— Pergunte isto a Itari por mim: se alertarmos o Laço Mental, ainda haveria a possibilidade de paz entre os Águas e os humanos?

Kira repetiu a pergunta e o Água disse: [[Aqui é Itari: Sim. Mas se o Laço for cortado, o cruel e poderoso Ctein reinará sobre nós até o fim desta onda, em detrimento de todos.]]

Falconi soltou outro de seus grunhidos.

— Sei. Foi o que eu pensei.

Ele se virou para Kira o máximo que permitiam a cadeira e o arnês.

— Você iria?

Apesar do medo que sentia com a perspectiva de mais uma vez se aventurar no desconhecido, Kira assentiu.

— Iria.

Falconi olhou a sala, para cada um dos tripulantes.

— E então? Qual é o veredito?

Sparrow fez uma careta.

— Não gosto muito da ideia de ajudar o CMU depois da merda que fizeram conosco, mas… claro. Foda-se. Vamos nessa.

Um suspiro de Vishal e ele levantou a mão.

— Não gosto da ideia da guerra continuar. Se existe algo que podemos fazer para acabar com ela, sinto que devemos fazer.

— Aonde ela for, eu vou — disse Hwa-jung, e pôs a mão no ombro de Sparrow.

Nielsen piscou várias vezes e Kira levou um momento para perceber que a primeira-oficial tinha os olhos lacrimosos. Depois a mulher fungou e assentiu.

— Também voto sim.

— E os Entropistas? — perguntou Kira.

— Não estão em condições de tomar uma decisão — disse Falconi. — Mas vou perguntar.

Seu olhar ficou vago enquanto ele passava aos filtros. Os lábios se mexeram quando ele subvocalizou as mensagens e a sala de controle ficou em silêncio.

Kira supôs que ele se comunicava com os Entropistas por uma tela na enfermaria, porque os implantes deles tinham queimado. Ela aproveitou a oportunidade para atualizar Itari sobre a conversa. A constante tradução de um lado para outro começava a cansá-la. Ela também verificou o holo na tela central — para seu alívio, não viu nenhuma nave em perseguição, mas os pesadelos tinham conseguido destruir o emissor/receptor próximo do laser solar.

— Tudo bem — disse Falconi. — Veera não pode falar, mas Jorrus vota sim. Significa que vamos.

Ele olhou os rostos mais uma vez.

— Todos no mesmo barco? Muito bem, então. Nós concordamos. Gregorovich, estabeleça o curso para o ponto de encontro que Tschetter nos deu.

O cérebro da nave bufou, um som surpreendentemente normal partindo dele. Depois falou:

— Esqueceram-se de mim, não foi? Meu voto não conta?

— Claro que conta — disse Falconi, exasperado. — Nos diga qual é seu voto, então.

— O *meu* voto? — disse Gregorovich, com certo desequilíbrio na voz. — Mas que gentileza sua perguntar. Eu voto NÃO.

Falconi revirou os olhos.

— Lamento que se sinta assim, mas já decidimos, Gregorovich. Você foi vencido por sete votos a um. Estabeleça o curso e nos tire daqui.

— Acho que não.

— *Como* disse?

— Não. Não vou. Está bem claro, ó, capitão, meu inflexível capitão, meu supranumerário capitão?

Gregorovich deu risadinhas até entrar em uma gargalhada demencial que teve eco nos corredores da *Wallfish*.

O calafrio de medo percorreu Kira. O cérebro da nave sempre parecera meio instável, mas finalmente tinha enlouquecido completamente e todos estavam a sua mercê.

3.

— Gregorovich... — começou Nielsen.

— Protesto — sussurrou o cérebro da nave, interrompendo o riso. — *Protesto* vigorosamente. Não levarei vocês lá, não levarei, e nada que possa dizer ou fazer me convencerá do contrário. Embeleze meu cabelo e acaricie minha cabeça, atavie-me com fitas de cetim e me paparique com os mais roliços caquis; não reverterei, não me arrependerei, não me retratarei ou qualquer coisa que revogue minha decisão.

[[Aqui é Itari: O que há de errado?]] Kira explicou e o Água ficou de um verde que parecia nauseado. [[Aqui é Itari: Suas formas de nave são perigosas como correntes ocultas.]]

Falconi soltou um palavrão.

— Qual é a porra do seu problema, Gregorovich? Não temos tempo para esse absurdo. Estou lhe dando uma ordem direta. Mude a merda do nosso curso.

— Jamais o farei. Jamais poderei.

O capitão bateu no console a sua frente.

— Sério? Você não protestou quando fomos ao Caçabicho, mas está se amotinando *agora*?

— A expectativa de ameaça de perigo não era uma certeza. Os riscos calculados continuavam dentro de tolerâncias razoáveis em vista das informações disponíveis. Vocês não estavam partindo para mergulhar no meio do turbilhão marcial, e eu não permitirei isso agora. Não permitirei, não.

O cérebro da nave era insuportavelmente arrogante.

— Por quê? — perguntou Nielsen. — Do que você tem tanto medo?

O riso desequilibrado do cérebro da nave voltou.

— O universo gira e se desfaz: um cata-vento impelido ao ponto da falência. Trevas e vazio, e o que ainda importa? A cordialidade dos amigos, a luz da gentileza humana. Trig está à beira da morte, congelado em uma tumba de gelo, e não permitirei que esta tripulação seja ainda mais destroçada. Não, eu não. Se nos aventurarmos entre pesadelos e Águas em batalha, com a Sétima Frota escondendo-se para causar problemas, a probabilidade é de que a circunstância nos leve a nossa perdição na forma de alguma nave... atacando-nos como a ira do cruel destino aliviado do fardo da benevolência, da compaixão ou da mais leve sombra de consideração humana.

— Sua preocupação está registrada — disse Falconi. — Agora estou ordenando que vire esta nave.

— Não posso, capitão.

— Não *quer*.

Gregorovich riu de novo, um riso longo e grave.

— A incapacidade resulta da natureza ou da criação? Você diz bánana, eu digo banâna.

Falconi olhou para Nielsen e Kira viu o alarme em sua expressão.

— Você ouviu Kira. Se não alertarmos o Laço Mental, perderemos nossa única chance de paz com os Águas, e, possivelmente, nossa única chance de derrotar os pesadelos. É isso que você quer?

Gregorovich riu novamente, um riso longo e grave.

— Quando uma força inamovível encontra um objeto irresistível, a causalidade fica confusa. As probabilidades se expandem para além dos recursos computacionais. Variáveis estatísticas ficam irrestritas.

— Quer dizer uma força irresistível e um objeto inamovível — disse Nielsen.

— Sempre quero dizer o que quero.

— Mas não diz?

Sparrow deu um pigarro.

— Parece um jeito pretensioso de confessar que você não sabe o que vai acontecer.

— Ah! — disse Gregorovich. — Mas é esta a questão. Nenhum de nós sabe, e é contra a incerteza em si que protejo vocês, meus periquitinhos. Ah, sim, protejo.

— Muito bem, já estou farto de sua insubordinação — disse Falconi. — Não quero fazer isso, mas você não me deixa alternativa. Código de acesso 4-6-6-9-fodase. Autorização: Falconi-alfa-bravo-bravo-whisky-tango.

— Desculpe-me, capitão — disse Gregorovich. — Espera que isto funcione? Não pode me obrigar a sair do sistema. A *Wallfish* é minha, mais do que jamais foi sua. Carne de minha carne, e todo esse disparate. Aceite sua derrota de bom grado. A Alfa Centauro iremos, e se isto se provar perigoso também, encontraremos um porto seguro na margem do espaço povoado, onde alienígenas e seus tentáculos intrometidos não tenham motivos para invadir. Iremos, sim.

Enquanto ele falava, Falconi apontou para Hwa-jung e estalou os dedos sem fazer ruído. A chefe de engenharia assentiu e desafivelou o arnês, andando a passos rápidos para a porta da sala de controle.

Ela se fechou na cara de Hwa-jung e se trancou com um *clank* audível.

— Srta. Song — cantarolou o cérebro da nave. — Srta. Song, o que está fazendo? Conheço seus truques e estratagemas. Não pense em me contrariar; nem com mil anos pilotando você conseguiria me enganar, srta. Song, srta. Song... sua melodia é óbvia. Abandone suas intenções desonradas; seus motivos não contêm surpresas, nenhuma surpresa em absoluto...

— Rápido — disse Falconi. — O console. Talvez você possa...

Hwa-jung virou-se e correu a um dos painéis de acesso embaixo da série de controles ao lado da mesa de holo.

— E eu? — disse Kira.

Ela não sabia o que a chefe de engenharia estava para fazer, mas parecia uma boa ideia distrair Gregorovich.

— Não pode me manter aqui dentro. Pare com isso, ou vou abrir seu invólucro e arrancar todos os seus cabos de força.

Uma chuva de faíscas explodiu do painel de acesso quando Hwa-jung tocou nele. Ela gritou, puxou o braço e segurou o pulso, parecendo ferida.

— Seu filho da puta! — gritou Sparrow.

— Tente — sussurrou o cérebro da nave, e a *Wallfish* tremeu em volta deles. — Ah, tente. Não importa; não importa em absoluto. Ajustei o piloto automático e nada que você fizer vai liberá-lo, nem mesmo se apagar o mainframe e o refazer a partir de...

Uma expressão sombria se instalou no rosto de Hwa-jung e ela soltou um silvo agudo entre os dentes arreganhados. Pegou um trapo em uma bolsa no cinto e enrolou a mão, cobrindo os dedos. Depois voltou ao painel de acesso.

— Deixe que eu... — começou a dizer Kira, mas a chefe de engenharia já havia aberto o painel e mexia dentro dele.

— Song — cantarolou Gregorovich. — O que acha que está fazendo, linda Song? Minhas raízes são fundas. Não pode me arrancar, nem aqui, nem ali, nem com mil lasers e mil bots. Dentro da *Wallfish*, sou onisciente e onipresente. O uno e o verbo, a vontade e o caminho. Deixe deste lenocínio inútil e patético e sossegue no...

Hwa-jung arrancou alguma coisa embaixo do console e as luzes piscaram, uma explosão de estática soou dos alto-falantes — interrompendo Gregorovich — e metade dos indicadores nas paredes escureceu.

— Errado — disse a chefe de engenharia.

4.

Seguiu-se um momento de silêncio perplexo.

— Merda. Você está bem? — perguntou Sparrow.

Hwa-jung grunhiu.

— Estou ótima.

— O que você fez? — quis saber Falconi.

Na pergunta, Kira ouvia sua raiva de Gregorovich, mas também a raiva pela chefe de engenharia poder ter ferido o cérebro da nave e/ou a *Wallfish*.

— Removi Gregorovich do computador — disse Hwa-jung, levantando-se.

Ela esfregou a mão ferida e fez uma careta.

— *Como?* — disse Falconi.

Kira também se fazia esta pergunta. Gregorovich não tinha mentido. Os cérebros de nave eram tão inteiramente integrados no funcionamento de uma máquina como a *Wallfish* que retirá-los não era mais fácil do que arrancar um coração ainda batendo de um corpo vivo (sem matar o paciente, ainda por cima).

Hwa-jung baixou os braços.

— Gregorovich é muito inteligente, mas há coisas na *Wallfish* que nem ele entende. Ele conhece os circuitos. Eu conheço os tubos por onde correm os circuitos. *Aish*. Este aqui — disse ela, meneando a cabeça. — Existem disjuntores mecânicos em todas as linhas de força de conexão, para o caso de uma pane elétrica. Podem ser ativados aqui ou no abrigo contra tempestades — explicou e deu de ombros. — É simples.

— Então, ele está completamente desligado? — disse Nielsen. — Totalmente só, no escuro?

— Não completamente — disse Hwa-jung. — Ele tem um computador embutido no invólucro. O que estiver armazenado ali, ele pode ver.

— Graças a deus por isso — disse Vishal.

— Mas ele não pode fazer contato com ninguém? — perguntou Nielsen.

Hwa-jung fez que não com a cabeça.

— Não tem rede, com ou sem fio.

Depois:

— Podemos falar com ele, se quisermos, se nos conectarmos na parte externa do invólucro, mas precisamos ter cuidado. Qualquer acesso a um sistema externo e ele pode assumir o controle da *Wallfish* de novo.

— Está claro que ele não vai ficar feliz com *isso* — disse Sparrow.

Kira concordou. Gregorovich devia estar furioso. Ficar mais uma vez preso em seu banho de nutrientes, sem nenhum contato com o mundo, seria um pesadelo. Ela estremeceu ao pensar nisso.

— Quem liga se ele está feliz? — rosnou Falconi, e passou a mão no cabelo. — Neste momento temos de sair do Sol antes de sermos explodidos. Pode estabelecer um novo curso?

— Sim, senhor.

— Então, faça. Programe outro passeio ao acaso. Três saltos devem servir.

Hwa-jung voltou à cadeira e se concentrou nos filtros. Um minuto depois, o alerta de queda livre soou e a sensação de peso esmagador desapareceu quando os motores foram desligados.

A Lâmina Macia manteve Kira presa ao encosto da cadeira enquanto a *Wallfish* se reorientava. É claro que o xeno fez isso. Era tão amável. Tão preocupado com a segurança e o bem-estar de Kira. Menos quando se tratava do que ela realmente queria. Seu antigo ódio por ele cresceu de novo, um veneno amargo lancetado de uma pústula. Era um ódio inútil. Um ódio fraco e ineficaz, porque não havia nada que ela pudesse fazer a respeito disso — nem uma coisinha que fosse —, como não havia nada que Gregorovich pudesse fazer para se resgatar da prisão de sua mente.

— Quanto tempo até podermos saltar para FTL? — perguntou ela.

— Trinta minutos — disse Hwa-jung. — As modificações do Água ainda funcionam. Podemos saltar antes do normal.

[[Aqui é Itari: Idealis?]] Em resposta à pergunta, Kira atualizou o Água sobre o que estava acontecendo e a cor verde náusea desbotou de seus tentáculos, substituída pelo laranja normal e saudável.

— Um tremendo show de luzes aí — disse Sparrow, gesticulando para o alienígena.

— Nunca percebi que eles eram tão coloridos.

Kira ficou impressionada ao ver como a tripulação aceitava bem a presença do Água. Ela também, aliás.

A *Wallfish* terminou de virar, depois o convés pressionou Kira enquanto eles voltavam a ter empuxo — para um ponto diferente pelo Limite de Markov do sistema.

5.

A tripulação passou os trinta minutos preparando a *Wallfish* para o FTL, e a si mesmos para outra rodada de sono em crio. O ideal era que tivessem mais tempo para se recuperar da hibernação, porque cada ciclo cobrava um preço a seus corpos. Ainda assim, eles estavam bem abaixo do limite anual. Dois por mês, durante três meses, era o limite comercial para a Lapsang Corporation, mas Kira sabia que cidadãos e militares costumavam passar desses limites. Não sem sofrer as consequências.

Eles tiveram uma boa notícia antes da partida: Vishal entrou de rompante na sala de controle com um largo sorriso.

— Escutem! Tive notícias do meu tio. Minha mãe e minhas irmãs estão em Luna, graças a Deus — contou, e se persignou. — Meu tio prometeu que as manteria a salvo. Ele tem um abrigo, enterrado no fundo de Luna. Elas podem ficar com ele pelo tempo que for preciso. Graças a Deus!

— É uma notícia maravilhosa, Vishal — disse Falconi, segurando-o pelo ombro. — De verdade.

Todos comemoraram com o médico.

Quando pôde, Kira roubou um intervalo rápido em sua cabine. Puxou uma visão ao vivo do sistema e ampliou o pequeno ponto verde e azul que era a Terra.

A *Terra*. O lar ancestral da humanidade. Um planeta infestado de vida, e tanto dela de organismos pluricelulares complexos muito mais avançados do que aqueles encontrados na maioria das xenosferas. Só Eidolon chegava perto das realizações evolutivas da Terra, e Eidolon não tinha uma única espécie com consciência de si.

Kira tinha estudado a vasta diversidade do bioma terrestre. Todos os xenobiólogos estudavam. Sempre tivera esperanças de um dia viajar para lá. Entretanto, a Estação Orsted era o mais perto que chegara da Terra e parecia improvável que ela colocasse os pés no planeta.

Ver a Terra parecia um tanto irreal. Pensar que toda a humanidade até apenas trezentos anos antes vivia e morria naquela única bola de lama. Todas aquelas pessoas, aprisionadas, incapazes de se aventurar entre as estrelas, como Kira e muitos outros conseguiram fazer.

Até a palavra *terra* vinha do planeta que ela olhava. *Lua* da esfera clara pendurada próxima do planeta (ambas com um halo de anéis orbitais, brilhando como fios de prata).

A terra.
A lua.
As originais, e não outras.
Kira respirou, trêmula, vendo-se estranhamente dominada pela emoção.
— Adeus — sussurrou ela, e não sabia com quem ou o que falava.
Depois fechou a tela e foi se juntar à tripulação. Logo soou o alerta de salto, e a *Wallfish* fez a transição para o FTL, deixando para trás o Sol, a Terra, Júpiter, Ganimedes, os pesadelos invasores e a vasta maioria das massas fervilhantes da humanidade.

GANIMEDES: ESTAÇÃO ORSTED

* * * *

SAÍDA DE CENA IV

1.

No terceiro salto do Sol, todos estavam em crio, menos Falconi, Hwa-jung e, naturalmente, Kira. Até Itari tinha entrado em estado de dormência, envolvendo-se no casulo no porão de carga de bombordo (Falconi concluíra que não havia mais motivos para manter o Água na câmara de descompressão).

Enquanto esperavam no espaço interestelar pelo resfriamento da *Wallfish*, antes de partir para a última parte da jornada, Kira foi à cozinha e engoliu rapidamente três pacotes de refeição requentada, quatro copos de água e um saco inteiro de castanhas de beryl caramelizadas. Comer em gravidade zero estava longe de suas atividades preferidas, mas os esforços do xeno em Orsted a deixaram faminta.

Durante a refeição, ela não conseguia parar de pensar em Gregorovich. O cérebro da nave ainda estava isolado do sistema de computador da *Wallfish*, sozinho em seu invólucro tumular. O fato a perturbava por vários motivos, mas principalmente porque ela sentia empatia. Kira sabia o que era ficar sozinha no escuro — seu tempo a bordo da *Valkyrie* a familiarizara muito com a sensação — e tinha medo do que isto faria a Gregorovich. Ficar abandonado, isolado, era um destino que ela não desejava nem ao pior inimigo. Nem mesmo aos pesadelos. A morte era um fim muito melhor.

Além disso... embora ela demorasse a admitir, Gregorovich se tornara seu amigo. Ou o mais próximo de uma amizade que ela e um cérebro de nave poderiam ter. Suas conversas durante FTL foram um conforto para Kira e ela não gostava de ver Gregorovich em apuros.

Na sala de controle, ela tocou no braço de Falconi para chamar sua atenção e falou.

— Ei. O que está planejando fazer a respeito de Gregorovich?

Falconi suspirou e a luz refletida dos filtros desapareceu de seus olhos.

— O que *posso* fazer? Tentei conversar, mas ele não está lá muito racional.

Ele esfregou as têmporas.

— Neste momento, minha única alternativa é colocá-lo em crio — continuou Falconi.

— E depois? Vai deixá-lo no gelo daqui em diante?

— Talvez — disse Falconi. — Não sei como confiar nele depois disso.

— Você podia...

Ele a interrompeu com um olhar.

— Sabe o que fazem com cérebros de nave que se recusam a obedecer, exceto em circunstâncias atenuantes?

— Aposentá-los?

— Exatamente.

Falconi empinou o queixo.

— Os cérebros são arrancados de suas naves e suas credenciais de voo são revogadas, simples assim. Mesmo em naves civis. Você sabe por quê?

Kira franziu os lábios, já prevendo a resposta.

— Porque eles são perigosos demais.

Com um dedo rodando perto da cabeça, Falconi indicou o ambiente.

— Qualquer espaçonave, mesmo uma pequena como a *Wallfish*, é efetivamente uma bomba voadora. Já pensou no que acontece se alguém... digamos, ah, sei lá, um cérebro de nave tresloucado... joga um cargueiro ou um cruzador em um planeta?

Kira estremeceu ao se lembrar do acidente em Orlog, uma das luas de seu sistema natal. A cratera ainda podia ser vista a olho nu.

— Nada bom.

— Nada bom.

— Com tudo isso, ainda se sentiu à vontade para manter Gregorovich a bordo? — perguntou ela e o olhou com curiosidade. — Parece um risco do caramba.

— Era mesmo. É mesmo. Mas Gregorovich precisa de um lar e pensei que podíamos ajudar um ao outro. Até agora, ele nunca me fez pensar que era um perigo para nós ou para a *Wallfish*.

Ele passou os dedos no cabelo.

— Merda. Não sei.

— Não pode limitar o acesso de Gregorovich só às comunicações e à navegação subluz?

— Não daria certo. Depois que um cérebro de nave faz parte do sistema, é praticamente impossível evitar que chegue ao resto. Eles são inteligentes demais e integrados demais aos computadores. É como tentar pegar uma enguia com as mãos; mais cedo ou mais tarde, elas vão escapulir.

Kira passou a mão nos braços, pensando. "Isso não é nada bom." Além de sua preocupação com Gregorovich como pessoa, não lhe agradava a perspectiva de voar para território hostil sem ele no leme.

— Você se importa se eu falar com ele?

Ela gesticulou para o teto.

— Na verdade, fica mais para... — disse Falconi e apontou para o convés. — Mas por quê? Quer dizer, você pode ficar à vontade, mas não vejo em que vá adiantar.

— Talvez não adiante, mas estou preocupada com ele. Talvez eu consiga ajudá-lo a se acalmar. Passamos muito tempo conversando em FTL.

Falconi deu de ombros.

— Pode tentar, mas repito, não sei em que vai adiantar. Gregorovich parece mesmo perdido.

— Como? — perguntou Kira, sua preocupação se aprofundando.

Ele coçou o queixo.

— Está simplesmente... estranho. Quer dizer, ele sempre foi diferente, mas isto é mais do que ser diferente. Parece que tem alguma coisa muito errada com ele.

Falconi meneou a cabeça.

— Sinceramente? Não importa o quanto Gregorovich esteja calmo. Não vou devolver a ele o controle da *Wallfish*, a não ser que ele consiga me convencer de que foi um evento isolado. E não vejo como ele pode fazer isso. Algumas coisas não podem ser desfeitas.

Ela o examinou.

— Todos nós cometemos erros, Salvo.

— E os erros têm consequências.

— ... Sim, e podemos precisar de Gregorovich quando chegarmos aos Águas. Morven é boa e tudo mais, mas é só uma pseudointeligência. Se nos metermos em encrenca, ela não será de muita ajuda.

— Não será, não.

Kira pôs a mão no ombro dele.

— Além disso, você mesmo disse: Gregorovich é um de vocês, como Trig. Vai mesmo desistir dele assim, tão facilmente?

Falconi a encarou por um bom tempo, flexionando os músculos do maxilar. Por fim, cedeu.

— Tudo bem. Fale com ele. Veja se consegue colocar algum senso naquele bloco de concreto que ele chama de cérebro. Procure Hwa-jung. Ela lhe mostrará aonde ir e o que fazer.

— Obrigada.

— Uhum. Só não deixe Gregorovich ter acesso ao mainframe.

Kira o deixou e foi procurar Hwa-jung. Encontrou a chefe na engenharia. Quando ouviu o que Kira queria, Hwa-jung não pareceu surpresa.

— Por aqui — disse Hwa-jung, e a levou de volta na direção da sala de controle.

Os corredores da *Wallfish* estavam escuros, frios e de um silêncio sinistro. A condensação formava gotas nas anteparas, onde soprava o ar resfriado, e as sombras de Kira e Hwa-jung se alongavam diante delas como almas torturadas enquanto as duas flutuavam pela nave.

Em um convés abaixo do Controle, perto do cerne da nave, havia uma porta trancada pela qual Kira havia passado, mas nunca dera muita atenção. Parecia um armário ou uma sala de servidor.

De certo modo, era.

Hwa-jung abriu a porta e revelou uma segunda porta a um metro dela.

— Age como uma minicâmera hermética, para o caso de o resto da nave ser ejetado — disse ela.

— Entendi.

A segunda porta se abriu. Depois dela havia uma sala pequena, quente e agitada de ventiladores, emparedada com uma série de indicadores que pareciam luzes de Natal: cada ponto luminoso marcando uma chave, comutador ou seletor. No meio da sala ficava o sarcófago neural, imenso e pesado. A construção de metal com o dobro do comprimento e da largura da cama de Kira e altura até o meio de seu peito tinha uma presença imponente, como que projetada para advertir qualquer um que chegasse perto — como quem diz: "Não se meta, ou vai se arrepender." As conexões eram escuras, quase pretas, e havia uma holotela de um lado, assim como fileiras de barras verdes marcando os níveis de diferentes gases e fluidos.

Embora Kira tivesse visto sarcófagos em jogos e vídeos, nunca chegara pessoalmente perto de um deles. O dispositivo, ela sabia, estava conectado ao encanamento e às linhas de força da *Wallfish*, mas funcionava separadamente e era perfeitamente capaz de manter Gregorovich vivo por meses ou até anos, dependendo da eficiência da fonte de energia interna. Era ao mesmo tempo um crânio artificial e um corpo artificial, construído tão solidamente que podia sobreviver à reentrada a velocidades e pressões que fragmentariam a maioria das naves. A durabilidade dos invólucros era lendária. Por muitas vezes o sarcófago (e o cérebro dentro dele) era a única parte que restava intacta depois da destruição da nave mãe.

Era estranho saber que havia um cérebro escondido dentro da laje de metal e safira. Não era nem um cérebro comum. Seria maior — muito maior — e mais espalhado: asas de borboleta enrugadas de massa cinzenta cercando o núcleo em forma de noz que era o lar original da consciência de Gregorovich, agora crescido a proporções imensas. Imaginá-lo deixava Kira desconfortável e, em uma parte irracional de sua imaginação, ela não era capaz de conter a impressão de que o invólucro blindado também estava vivo. Vivo e atento, embora ela soubesse que Hwa-jung tinha desativado todos os sensores de Gregorovich.

A chefe de engenharia pescou fones de ouvido com fio no bolso e entregou a Kira.

— Conecte aqui. Mantenha os fones nos ouvidos enquanto falar. Se ele puder transmitir som, poderá invadir o sistema.

— Sério? — disse Kira, em dúvida.

— Sério. Qualquer estímulo bastaria.

Kira encontrou o conector na lateral do sarcófago, plugou os fones e, sem saber o que esperar, disse:

— Olá?

A chefe de engenharia grunhiu.

— Aqui.

Ela virou uma chave ao lado do conector.

Um uivo furioso encheu os ouvidos de Kira. Ela se retraiu e se atrapalhou para baixar o volume. O uivo foi seguido de uma torrente de resmungos desiguais — palavras sem fim e quase sem intervalo entre elas, um fluxo de consciência tagarela dando voz a cada pensamento que disparava pela mente de Gregorovich. Havia camadas nos murmúrios: uma multidão clonada resmungando consigo mesma, porque nenhuma língua conseguia acompanhar o ritmo implacável e veloz dos processos de sua consciência.

"Vou esperar do lado de fora", murmurou Hwa-jung, sem som, e partiu.

— ... Olá? — disse Kira, perguntando-se no que tinha se metido.

O murmúrio não parou, mas diminuiu, e uma única voz — a voz que ela conhecia — falou:

— Olá?! Olá, minha linda, minha querida, meu xuxuzinho. Veio se gabar, srta. Navárez? Veio apontar, provocar e rir de meu infortúnio? Veio...

— O quê? Claro que não.

Um riso ecoou em seus ouvidos, um riso agudo de vidro quebrado que fez a pele de sua nuca se arrepiar. Havia um tom estranho na voz sintetizada de Gregorovich, uma oscilação distorcida que dificultava entender as vogais. O volume ainda se alternava do suave ao alto, e havia lapsos irregulares no som, como uma transmissão de rádio interrompida a certos intervalos.

— E então, o que é? Veio aliviar sua consciência? Isto é obra sua, Ó, Saco de Carne Tomado de Angústia; sua escolha; sua responsabilidade. Uma prisão aqui de sua criação, e em toda volta uma...

— Foi você que tentou sequestrar a *Wallfish*, não eu — disse Kira.

Se ela não interrompesse, tinha a sensação de que o cérebro da nave nunca ia parar.

— Mas não vim aqui para discutir.

— Hahahaha! O que foi, então? Mas estou me repetindo. Você é lenta, lenta demais; sua mente parece lodo, sua língua parece chumbo escurecido, seu...

— Minha mente está ótima — disse ela, repentinamente. — Eu simplesmente penso antes de falar, ao contrário de você.

— Oh, ho! Aparecem as verdadeiras cores; piratas a estibordo; caveira e ossos cruzados e pronta para apunhalar um amigo necessitado, ohahahah, quando em recifes rochosos há um farol fechado e o guardião se afoga sozinho, "Malcolm, Malcolm, Malcolm", ele grita, e a lacraia grita numa solidariedade solitária.

A preocupação de Kira foi às alturas. Falconi tinha razão. Havia algo errado com o cérebro da nave e ia muito além de ele ter discordado da decisão da tripulação de ajudar o Laço Mental. "Tenha bastante cuidado agora."

— Não — disse ela. — Vim ver como você está, antes de partirmos.

Gregorovich riu.

— Sua culpa é clara como alumínio transparente, é, sim. Sim, sim. Como estou?...

Houve uma pausa bem-vinda em seu vômito verbal e mesmo os murmúrios de fundo caíram, depois seu tom ficou mais estudado — uma volta inesperada de algo semelhante à normalidade.

— A impermanência da natureza há muito deixa-me louco como uma Lebre de Março, ou você não percebeu?

— Eu achei mais educado não falar nisso.

— É verdade, seu tato e consideração são ímpares.

Assim era melhor. Kira abriu um meio sorriso. A aparência de sanidade dele era frágil, porém, e ela se perguntou até onde se atreveria a insistir.

— Você vai ficar bem?

Um riso bufado escapou de Gregorovich, mas ele rapidamente o reprimiu.

— Eu? Ah, ficarei *óóótimo*, claro que sim. Novo em folha, duplamente confortável. Ficarei aqui, com minha solidão, e me dedicarei a ter bons pensamentos à esperança de feitos futuros, sim, isso, isso, isso.

"Então, a resposta é *não*." Kira passou a língua nos lábios.

— Por que você fez aquilo? Sabia que Falconi não deixaria que você assumisse o controle. Então, por que fez?

O coro de fundo ficou mais alto.

— Como explicar? Devo explicar? Que sentido tem agora, quando os atos são passados e as consequências, iminentes? Hi-hi. Mas isto: já fiquei no escuro antes, perdi minha tripulação e minha nave. Eu não suportaria isso de novo, sinceramente não. Me dê primeiro o doce esquecimento... a morte, aquele antigo fim. Um destino preferível a se exilar nos frios penhascos onde as almas vagam e murcham isoladas, cada uma delas um paradoxo de Boltzmann, cada uma delas um tormento de sonhos ruins. O que é a mente, não importa, o que é a matéria, nenhuma mente e isolamento a redução mais cruel de abril e...

Uma explosão de estática o interrompeu e sua voz sumiu da audição, mas Kira já se desligava dele. Gregorovich tagarelava de novo. Ela achou que entendia o que ele dizia, mas não era isso que a preocupava. Algumas horas de isolamento não deveriam ter desequilibrado *tanto* Gregorovich. Tinha de haver outro motivo. O que poderia afetar tão fortemente um cérebro de nave? Kira percebeu que não fazia a menor ideia.

Talvez, se conduzisse a conversa para águas mais calmas, pudesse colocá-lo em um estado mental melhor e descobrir qual era o problema subjacente. Talvez.

— Gregorovich... Gregorovich, está me ouvindo? Se estiver aí, responda. O que está havendo?

Depois de um momento, o cérebro da nave respondeu em uma voz mínima e distante:

— Kira... não me sinto muito bem. Eu não... tudo está do jeito errado.

Ela apertou mais os fones nos ouvidos, tentando ouvir melhor.

— Pode me dizer o que está provocando isso?

Um riso fraco, que ficava mais alto.

— Ah, agora estamos em modo de compartilhamento e confissão? Hmm? É isso?

Outro de seus risos inquietantes.

— Eu já lhe contei por que decidi me tornar cérebro de nave, Ó, Inquisitiva?

Kira detestou a mudança de assunto, mas não queria chateá-lo. Enquanto Gregorovich estivesse disposto a falar, ela estava disposta a escutar.

— Não, não contou — disse ela.

O cérebro da nave bufou.

— Ora, porque parecia uma boa ideia na época, foiporissssssoque foi. Ah, a idiotice imoderada da juventude... Meu corpo estava ligeiramente em mau estado, veja bem (não veja, mas veja, ah, sim). Faltavam vários membros e alguns órgãos importantes, e o que me disseram foi que uma quantidade espe-*tacular* de sangue e matéria fecal se espalhava pela estrada. Faixas escuras contra a pedra escura, vermelho, vermelho, vermelho, e o céu, uma mancha desbotada de dor. As únicas opções viáveis eram ser instalado em um construto enquanto um novo corpo era cultivado para mim ou a transição a cérebro de nave. E eu, em minha arrogância e minha ignorância, decidi desafiar o desconhecido.

— Mesmo sabendo que era irreversível? Isso não o incomodou?

Kira se arrependeu das perguntas assim que as fez; não queria desequilibrá-lo ainda mais. Para seu alívio, Gregorovich as recebeu bem.

— Eu não era tão inteligente quanto sou agora. Ah, não, não, não. As únicas coisas que pensei que sentiria falta seriam os respingos quentes, as colheradas macias, doces, saborosas e sedutoras, e os prazeres da companhia carnal íntima, profundamente sentida, sim, e em ambos os casos eu raciocinei, sim, raciocinei que a RV proporcionaria um substituto mais do que adequado. Bits e bytes, esquemas binários, sombras de ideias derretidas famintas de elétrons, famintas, famintas... Estava eu errado seria errado? errado errado *errado*, eu podia ter me valido de um construto para desfrutar de prazeres sensuais que apelassem a meus caprichos.

A curiosidade de Kira foi atiçada.

— Mas por quê? — disse ela no tom mais tranquilizador que conseguiu. — Por que tornar-se um cérebro?

Gregorovich riu e havia arrogância em sua voz.

— Pela mera emoção, naturalmente. Para tornar-me mais do que eu era e para cavalgar as estrelas como um colosso livre dos limites da reles carne.

— Mas a mudança não deve ter sido fácil — disse Kira. — Em um momento sua vida ia para um lado e, num estalo, um acidente o joga em uma direção totalmente diferente.

Ela pensava mais em si mesma do que nele.

— Quem disse que foi um acidente?

Ela pestanejou.

— Eu achei...

— A verdade disso não importa, não, não importa. Eu já havia pensado em me apresentar para me tornar um cérebro de nave. Uma desmontagem precipitada meramente apressou uma decisão arriscada. A mudança vem mais naturalmente para algumas pessoas do que para outras. A monotonia é tediosa e, além disso, como os antigos adoravam observar, as expectativas do que *pode ser* ou do que *deveria ser* são as fontes mais comuns de nossa insatisfação. As expectativas levam à decepção, e a decepção leva à raiva e ao ressentimento. E sim, estou ciente da ironia, da deliciosa ironia, mas o autoconhecimento não é proteção contra a insensatez, minha Simbiótica Simplória. Na melhor das hipóteses, é uma armadura defeituosa.

Quanto mais Gregorovich falava, mais calmo e são parecia. "Continue fazendo-o falar."

— Se pudesse fazer tudo de novo, ainda tomaria a mesma decisão?

— Com relação a me tornar cérebro de nave, sim. Outras decisões, nem tanto. Dedos das mãos e dos pés e arcos mongóis.

Kira franziu o cenho. Um lapso dele ali.

— Sente falta de alguma coisa de antes? Eu ia dizer "de quando tinha um corpo", mas suponho que a *Wallfish* seja seu corpo.

Um suspiro vazio teve eco em seus ouvidos.

— Liberdade. É do que sinto falta. Da liberdade.

— Como assim?

— Tudo do espaço conhecido está — ou estava — a minha disposição. Posso ultrapassar a própria luz. Posso mergulhar na atmosfera de um gigante gasoso e me aquecer na aurora de Eidolon, e já fiz isso. Mas, como você disse, Ó, Aborrecimentinho Perceptivo, a *Wallfish* é meu corpo e permanecerá meu corpo até o momento (se o momento um dia chegar) de me removerem. Quando acoplamos, vocês são livres para sair da *Wallfish* e ir aonde quiserem. Eu não. Através de câmeras e sensores, posso participar, de longe, mas ainda continuo preso à *Wallfish*, e o mesmo aconteceria se eu tivesse um construto que me permitisse pilotar remotamente. Disto sinto muita falta, da liberdade de me mexer sem restrições, de me deslocar segundo minha vontade, sem estardalhaços... Soube que existiu um cérebro de nave no Mundo de Stewart que construiu para si um corpo mecânico de dez metros de altura e que agora passa seu tempo vagando por partes desabitadas do planeta, pintando paisagens das montanhas com um pincel da altura de uma pessoa. Gostaria de ter um corpo desses, um dia. Gostaria muito disso, embora a probabilidade pareça baixa no momento presente.

Gregorovich continuou:

— Se pudesse aconselhar a mim mesmo no passado, antes de minha transição, diria a mim para aproveitar ao máximo o que eu tinha, enquanto tivesse. Com frequência demasiada não valorizamos uma coisa até que escape de nossas mãos.

— Às vezes é só assim que aprendemos — disse Kira.

Ela parou, afetada pelas próprias palavras.

— Assim parece. A tragédia inculta de nossa espécie.

— Ainda assim, ignorar o futuro e/ou afundar no arrependimento pode ser igualmente prejudicial.

— De fato. O importante é tentar e, ao tentar, aprimorar-se. Caso contrário, podemos muito bem nunca ter descido das árvores. Mas a pieguice umbiguista não tem sentido quando o umbigo está à deriva, girando e desvairado e o tempo todo fora do comum. Tenho um livro de memórias para escrever, bases de dados para purificar, sub-rotinas para reorganizar, legendas para projetar, enoptromancia para dominar, quadrados e mais quadrados uma onda ou centelha indivisível me diga me diga me diga...

Ele parecia preso em um atoleiro mental, a expressão *me diga, me diga* repetindo-se nos ouvidos de Kira em diferentes volumes. Kira franziu a testa, frustrada. Eles estavam indo bem, mas parecia que Gregorovich não conseguia manter o foco mental.

— Gregorovich...

Depois, mais incisiva do que pretendia:

— Gregorovich!

Uma pausa bem-vinda na logorreia, depois, quase fraco demais para ser ouvido:

— Kira, tem algo errado. Algo muiiiiito errado.

— Você pode...

O coro de vozes uivantes voltou com toda força, fazendo-a estremecer e baixar o volume dos fones de ouvido.

Em meio à torrente de ruído, ela ouviu Gregorovich dizer, parecendo quase calmo *demais*, educado *demais*:

— Bons ventos em seu sono vindouro, minha Confessora Conciliatória. Que alivie parte de seu tédio em fermentação. Quando nossos caminhos voltarem a se cruzar, cuidarei para lhe agradecer mais apropriadamente. Sim. Perfeitamente. E lembre-se de evitar aquelas expectativas inoportunas.

— Obrigada. Vou tentar — disse ela, para fazer a vontade dele. — A rainha do espaço infinito, é? Mas você nem...

Um gargalhar da cacofonia.

— Todos somos reis e rainhas de nossa própria demência. A única questão é como governamos. Agora, vá; deixe-me com meu método, átomos a contar, QETs a repetir, causalidade a questionar, tudo em uma matriz de indecisão, rodando e rodando e a realidade curvando-se como fótons depois da deformação da massa do espaço-tempo que transgressões superlumínicas tormento tangencial tabuleiros virados de pernas para o ar ahahaha.

2.

Kira retirou os fones e olhou o convés. Um franzido marcava sua testa.

Movendo-se com cuidado em gravidade zero, ela voltou e encontrou Hwa-jung esperando por ela.

— Como vai *esse daí*? — perguntou a chefe de engenharia.

Kira lhe entregou os fones de ouvido.

— Nada bem. Ele está...

Ela se esforçou para encontrar um jeito de descrever o comportamento de Gregorovich.

— Ele está mesmo estranho. Tem algo errado, Hwa-jung. Muito errado mesmo. Ele não consegue parar de falar e, na maior parte do tempo, não consegue formar uma frase coerente.

Agora a chefe de engenharia também estava de cenho franzido.

— *Aish* — resmungou ela. — Queria que Vishal ainda estivesse acordado. Eu trabalho com máquinas, e não cérebros esponjosos.

— Pode ser alguma coisa mecânica? — perguntou Kira. — Pode ter acontecido alguma coisa com Gregorovich quando estávamos em Orsted? Ou quando você o desconectou do mainframe?

Hwa-jung a olhou, carrancuda.

— *Aquilo* era um disjuntor de circuito. Não teria causado problema nenhum.

Ela continuou carrancuda ao guardar os fones em um bolso.

— Fique aqui — disse ela abruptamente. — Tem uma coisa que preciso verificar.

A chefe de engenharia se virou e impeliu-se, pegando o corredor.

Kira esperou com a paciência que pôde. Não conseguia parar de pensar na conversa com Gregorovich. Ela estremeceu e se abraçou, embora não sentisse frio. Se Gregorovich estava tão mal quanto parecia... mantê-lo em crio podia ser a única alternativa. Um cérebro de nave desequilibrado era um monstro saído de um pesadelo.

Ela pensou que existiam muitos tipos diferentes de pesadelos na galáxia. Alguns pequenos, outros grandes, mas os piores de todos eram aqueles com quem a gente convivia.

Kira queria falar sobre Gregorovich com Falconi, mas se obrigou a esperar Hwa-jung.

Meia hora se passou até a chefe de engenharia reaparecer. Tinha graxa nas mãos, novas marcas nas mangas amarrotadas e uma expressão perturbada que não tranquilizou em nada as preocupações de Kira.

— Descobriu alguma coisa? — perguntou Kira.

Hwa-jung ergueu um pequeno objeto preto: uma caixa retangular do tamanho de dois dedos.

— Isto — disse ela com um tom de nojo. — Bah! Estava grampeado aos circuitos que levam ao sarcófago de Gregorovich — continuou, meneando a cabeça. — Idiota. Eu sabia que tinha alguma coisa errada quando as luzes piscaram daquele jeito na sala de controle, quando retirei o disjuntor.

— O que é isso? — perguntou Kira, aproximando-se.

— Um bloco de impedância. Impede que os sinais viajem por uma linha. O CMU deve ter instalado para que Gregorovich não escapasse. Nenhuma de minhas verificações o mostrou, quando voltamos para a *Wallfish* — disse Hwa-jung, e meneou a cabeça novamente. — Quando retirei o disjuntor, provocou uma sobrecarga na caixa, e a sobrecarga atingiu Gregorovich.

Kira engoliu em seco.

— E o que isso significa?

Hwa-jung suspirou e virou o rosto por um momento.

— A sobrecarga queimou os fios pequenos que iam para Gregorovich. Os terminais não estão se conectando direito aos neurônios dele, e aqueles que estão, *aish*! Disparam errado.

— Ele está sofrendo?

Um dar de ombros da chefe de engenharia.

— Não sei. Mas o computador diz que muitos terminais com defeito estão em seu córtex visual e na área de processamento da linguagem, então Gregorovich pode estar vendo e ouvindo coisas que não existem. Aaaah — disse e sacudiu a caixinha. — Vishal terá de me ajudar com isso. Não consigo consertar Gregorovich.

Uma sensação de inutilidade recaiu sobre Kira.

— Então, teremos de esperar.

Não era uma pergunta.

Hwa-jung concordou com a cabeça.

— O melhor que podemos fazer é deixar Gregorovich em crio. Vishal o verá quando chegarmos, mas não acho que ele possa consertá-lo também.

— Quer que eu fale com Falconi? Vou vê-lo agora.

— Sim, diga a ele. Quero congelar Gregorovich. O quanto antes. Vou entrar em crio depois.

— Tudo bem, farei isso — disse Kira, e pôs a mão no ombro de Hwa-jung. — Obrigada. Pelo menos agora sabemos.

A chefe de engenharia grunhiu.

— Mas de que adianta saber? Ah, que confusão. Mas que confusão.

Elas se separaram, a chefe de engenharia se impelindo para a sala que mantinha o cérebro da nave enquanto Kira voltava à sala de controle. Falconi não estava lá, nem no agora extinto compartimento de hidroponia.

Meio confusa, Kira procurou a cabine do capitão. Era atípico que ele estivesse em seu quarto numa hora dessas, mas...

— Entre — disse ele quando ela bateu.

A porta pressurizada rangeu quando Kira a empurrou. Falconi estava sentado à mesa, amarrado na cadeira para não flutuar. Em uma das mãos, segurava um saco do qual bebia.

Então ela notou o bonsai de oliveira empurrado para o fundo da mesa. As folhas estavam despedaçadas, a maior parte dos galhos, quebrada, o tronco virado para a lateral do vaso e a terra em volta das raízes davam a impressão de que fora revirada: pequenos torrões flutuavam embaixo da tampa de plástico transparente que cobria a parte de cima do vaso e cercava o tronco.

O estado da árvore a apanhou de surpresa. Ela sabia o quanto ele gostava da planta.

— E então? Como foi? — perguntou Falconi.

Kira se escorou na parede antes de dar seu relatório.

Enquanto ela falava, a expressão de Falconi ficava cada vez mais sombria.

— Mas que merda — disse ele. — Os escrotos do CMU. Eles tinham de piorar mais as coisas. Toda vez, porra...

Ele passou a mão no rosto e olhou um ponto imaginário depois do casco da nave. Ela não se lembrava de vê-lo tão furioso ou cansado.

— Eu devia ter confiado em meus instintos. Ele está mesmo com defeito.

— *Ele* não está com defeito — disse Kira. — Não há nada de errado em Gregorovich *per se*. É o equipamento a que ele está conectado.

Falconi bufou.

— Semântica. Ele não está funcional. Isso o torna defeituoso. E também não posso fazer nada a respeito disso. Essa é a pior parte. A única vez em que Greg realmente precisa de ajuda e...

Ele meneou a cabeça.

— Ele significa muito para você, não é?

Um barulho metálico enquanto Falconi bebia do saco. Ele evitou o olhar dela.

— Se perguntar ao resto da tripulação, acho que descobrirá que Gregorovich passou muito tempo conversando com cada um de nós. Ele nem sempre fala muito em grupo, mas, sempre que precisamos dele, estava ali. Ele nos tirou de uns apertos sérios.

Kira plantou os pés no convés e permitiu que a Lâmina Macia a ancorasse ali.

— Hwa-jung disse que Vishal talvez não consiga curá-lo.

— É — disse Falconi, soltando a respiração. — Trabalhar em implantes de cérebros de nave é uma coisa espinhosa. E nosso medibot não é qualificado para isso também... Por Thule. Greg não estava tão ruim assim nem quando o encontramos.

— O que vai fazer, se entrarmos em combate com os Águas?

— Fugir feito um condenado é uma opção — disse Falconi. — A *Wallfish* não é uma nave de guerra.

Ele apontou o dedo para ela.

— E nada disso muda o que Gregorovich fez — continuou ele. — Não foi um bloco de impedância que o fez se amotinar.

— ... Não. Acho que não.

Falconi meneou a cabeça.

— Maldito cérebro de nave idiota. Ficou com tanto medo de nos perder que saltou de um abismo, e agora olhe onde ele está... onde *nós* estamos.

— Acho que isto serve para mostrar que todo mundo pode cometer erros, mesmo com um cérebro grande como o dele.

— Hmm. Supondo-se que Gregorovich esteja errado. Ele pode ter razão, sabia?

Kira virou a cabeça de lado.

— Se você realmente acredita nisso, por que vamos avisar ao Laço Mental?

— Porque acho que o risco vale a pena.

Ela pensou que, a essa altura, era melhor mudar de assunto. Gesticulando para a oliveira, falou:

— O que aconteceu?

O lábio de Falconi se curvou em um rosnado.

— De novo, o CMU, foi isso que aconteceu. Eles a tiraram da caixa de estase procurando... sei lá o quê. Levei esse tempo todo para limpar o lugar.

— A árvore vai se recuperar?

Não era uma variedade de planta com que Kira tivesse experiência.

— Duvido.

Falconi acariciou um galho, mas só por um momento, como se tivesse medo de provocar mais danos.

— A coitada ficou a maior parte de um dia fora da terra, em temperatura baixa, sem água, sem folhas... — disse ele e estendeu o saco. — Quer um gole?

Ela pegou o saco e levou o canudo aos lábios. A forte ardência de alguma bebida vagabunda bateu em sua boca e ela quase tossiu.

— Coisa boa, né? — disse Falconi, vendo a reação dela.

— É — disse Kira, e tossiu.

Ela tomou outro gole e devolveu o saco.

Ele bateu no plástico prateado.

— Não deve ser uma boa ideia antes da crio, mas dane-se, né?

— Dane-se mesmo.

Falconi bebeu um gole, depois soltou um longo suspiro e deixou a cabeça pender para trás, assim olhava o que seria o teto quando sob empuxo.

— São tempos loucos, Kira. Tempos loucos. Merda, de todas as naves que tínhamos para resgatar, resgatamos a sua.

— Desculpe. Não era o que eu queria também.

Ele empurrou o saco para ela. Ela o olhou vagar pelo ar e o pegou. Outro gole da bebida e outra queimadura descendo pela garganta.

— Não é sua culpa — disse ele.

— Na verdade, eu acho que é — disse ela em voz baixa.

— Não — insistiu ele e pegou o saco que ela havia lançado. — Ainda acabaríamos tendo de lidar com essa guerra, mesmo que *não* tivéssemos resgatado você.

— É, mas...

— Nada de mas. Acha que os Águas iam nos deixar em paz para sempre? Sua descoberta do traje em Adrasteia foi só uma desculpa deles para invadir.

Kira pensou nisso por um momento.

— Talvez. Mas e os pesadelos?

— Ah, bom...

Falconi meneou a cabeça. Ele já parecia sentir os efeitos da bebida.

— Esse é o tipo de merda que sempre acontece. Você pode se preparar o quanto quiser, mas é o que você não prevê que sempre puxa o tapete. E *sempre* acontece. Você está cuidando da sua vida e bam! Um asteroide aparece do nada, acaba com a sua vida. Como se pode viver em um universo desses?

Era uma pergunta retórica, mas Kira respondeu mesmo assim.

— Tomando precauções sensatas e não deixando que a possibilidade nos deixe malucos.

— Como Gregorovich.

— Como Gregorovich — concordou ela. — Todos temos de medir o risco, Salvo. É a natureza da vida. A única alternativa é entregar os pontos, e isso é desistir.

— Hmm.

Ele a olhou por baixo das sobrancelhas, como fazia com frequência, os olhos azul-gelo encobertos pelas sombras e fantasmagoricamente claros na luz fraca da noite da nave.

— Parecia que a Lâmina Macia estava fugindo do seu controle em Orsted.

Kira se mexeu, pouco à vontade.

— Talvez um pouco.

— Alguma coisa com que eu deva me preocupar?

Por um tempo desconfortavelmente longo, ela não respondeu. Depois:

— Talvez.

Contraindo os tendões, ela se forçou para o convés e se manteve na posição sentada.

— Quanto mais eu solto o xeno, mais ele quer comer, comer e comer.

O olhar de Falconi ficou mais afiado.

— Com que fim?

— Não sei. Nenhuma das lembranças dele o mostraram se reproduzindo, mas...

— Mas talvez ele esteja escondendo isso de você.

Ela apontou o dedo na direção de Falconi. Ele estendeu a bebida de novo e Kira aceitou.

— Me deixar beber isso é um tremendo desperdício de álcool de qualidade. Não tem como eu ficar bêbada, com a interferência da Lâmina Macia.

— Não se preocupe com isso... Acha que o xeno é uma espécie de nanoarma apocalíptica?

— Ele tem a capacidade, mas também não creio que tenha sido feito necessariamente para isso.

Kira se esforçou para encontrar as palavras certas.

— O traje não se *sente* maléfico. Isso faz sentido? Ele não se sente furioso, nem sádico.

Falconi ergueu uma sobrancelha.

— Uma máquina não sentiria.

— Não, mas ele sente algumas coisas. É difícil de explicar, mas não acho que ele seja inteiramente uma máquina.

Ela tentou pensar em outro jeito de explicar.

— Quando eu segurei o escudo em volta do maglev, tinha todos aqueles rebentos minúsculos entrando nas paredes. Eu os *sentia* e não parecia que a Lamina Macia quisesse destruir. Parecia que queria construir.

— Mas construir o quê? — perguntou Falconi em voz baixa.

— ... Tudo ou qualquer coisa. Você sabe tanto quanto eu.

Um silêncio sombrio calou a conversa.

— Ah, esqueci de te contar. Hwa-jung disse que vai entrar em crio assim que congelar Gregorovich.

— Então, somos só eu e você — disse Falconi e levantou o saco, como quem brinda.

Kira abriu um leve sorriso.

— Isso. E Morven.

— Ora essa. Ela não conta.

Como que para pontuar suas palavras, o alerta de FTL interrompeu e depois — com um gemido distante — a *Wallfish* ativou seu Propulsor de Markov e partiu do espaço normal.

— E lá vamos nós — disse Falconi.

Ele meneou a cabeça como se tivesse dificuldades para aceitar isso.

Kira se viu olhando novamente o bonsai arruinado.

— Que idade tem essa árvore?

— Você acreditaria que tem quase trezentos anos?

— Não!

— É sério. É da Terra, de antes da virada do milênio. Consegui com um cara como parte de um pagamento por transporte. Ele não sabia o quanto ela era valiosa.

— Trezentos anos...

Era difícil imaginar o número. A árvore era mais velha que toda a história dos humanos vivendo no espaço. Era de antes das colônias de Marte e Vênus, de cada anel habitacional e estação de pesquisa tripulada fora da órbita baixa da Terra.

— É — disse Falconi, e uma expressão melancólica tomou seu rosto. — Aqueles milicos brutamontes tinham de destruí-la. Não podiam só passar um escâner no lugar.

— Hmm.

Kira ainda pensava em como a Lâmina Macia se sentira em Orsted — nisso e para que propósito o xeno foi feito ou nasceu. Não conseguia esquecer a sensação de incontáveis rebentos como fios se insinuando pelos painéis da estação, tocando, rasgando, construindo, *compreendendo*.

A Lâmina Macia era mais do que apenas uma arma. Disso, Kira tinha certeza. Da certeza veio uma ideia que fez Kira refletir. Não sabia se daria certo, mas queria que desse, assim poderia se sentir menos mal por si mesma e pelo xeno. Assim teria um bom motivo para ver a Lâmina Macia como algo além de um instrumento de destruição.

— Importa-se se eu tentar uma coisa? — perguntou ela, estendendo a mão para a árvore arruinada.

— O que é? — perguntou Falconi, cauteloso.

— Não tenho certeza, mas... deixe-me tentar. Por favor.

Ele mexeu na beira do pacote enquanto refletia.

— Tudo bem. Tá legal. Mas nada maluco demais. A *Wallfish* já tem muitos buracos no casco.

— Pelo menos me dê *algum* crédito.

Kira se soltou do chão e se arrastou pela parede até a mesa. Ali, puxou o vaso para perto e pôs as mãos no tronco. A casca era áspera em suas palmas e tinha um cheiro fresco e verdejante, ar marinho vagando para grama cortada.

— Vai só ficar pairando aí, ou... — disse Falconi.

— Xiu.

Concentrando-se, Kira mandou a Lâmina Macia penetrar na árvore, com apenas um pensamento, apenas uma diretiva: "Cure." A casca estalou e se partiu, e fios pretos e mínimos tomaram a superfície do bonsai. Kira sentiu as estruturas internas da planta, as camadas de casca (interna e externa), os anéis, o núcleo da madeira, cada galho estreito e a base germinativa de cada folha frágil de dorso prateado.

— Ei — disse Falconi, levantando-se.

— Espere — disse Kira, na esperança de que o traje pudesse fazer o que ela pedia.

Na oliveira, galhos partidos voltaram a seu lugar de direito, erguendo-se e endireitando-se até se postarem, altivos. O cheiro de grama cortada se intensificou quando a seiva correu pelo tronco. Folhas amassadas se alisaram, os buracos nelas se fecharam e, onde estavam faltando, novas folhas brotaram e desabrocharam — adagas prateadas brilhando de nova vida.

Por fim, as mudanças ficaram mais lentas e pararam, e Kira sentiu-se satisfeita por ter reparado os danos à árvore. A Lâmina Macia poderia continuar — o xeno queria continuar —, mas a diretiva teria mudado de *curar* para *crescer*, e ela achava que seria ganância e tolice. Uma brincadeira insensata com o destino.

Então ela recolheu o traje.

— Pronto — disse Kira, e levantou as mãos.

A árvore estava inteira e saudável, como antes. Uma aura de energia parecia emanar dela: *vida* recém-criada e polida a alto brilho.

Kira se sentiu dominada por um assombro com o que o xeno era capaz de fazer. Com o que *ela* era capaz de fazer. Ela conseguira curar um ser vivo — remodelar o corpo (de certa forma) e dar conforto em vez de dor, criar em vez de destruir. Espontaneamente, um riso escapou dela. Parecia que um peso saía dos ombros, como se o empuxo tivesse caído a 0,5 g ou até menos.

Isto era um dom: uma capacidade preciosa, prenhe de potencial. Com isso, ela podia ter feito muito mais em Weyland, nos jardins da colônia. Com isso, ela podia ter ajudado o pai com suas petúnias céu noturno, ou, em Adrasteia, podia ter ajudado na disseminação do verde pela crosta rochosa da lua.

Vida, e todo seu significado. Triunfo e gratidão encheram seus olhos de lágrimas e ela sorriu, feliz.

Um assombro semelhante suavizou a expressão de Falconi.

— Como aprendeu a fazer isso?

Ele tocou uma folha com a ponta do dedo, como que incapaz de acreditar.

— Parei de ser tão medrosa.

— Obrigado — disse ele e nunca Kira o ouvira ser mais sincero.

— Não há... não há de quê.

Depois Falconi se inclinou para a frente, pôs as mãos em seu rosto e — antes que Kira entendesse o que estava acontecendo — a beijou.

Ele tinha um gosto diferente de Alan. Mais salgado, e ela sentia as pontas afiadas da barba por fazer raspando a pele em torno de sua boca.

Chocada, Kira ficou petrificada, sem saber como reagir. A Lâmina Macia formou fileiras de cravos rombudos por seus braços e no peito, mas, como Kira, continuaram em sua posição, sem avançar, nem se retrair.

Falconi interrompeu o beijo e Kira se esforçou para se recuperar. O coração estava acelerado e a temperatura na cabine parecia ter disparado.

— O que foi isso? — disse ela.

Sua voz saiu mais rouca do que ela preferia.

— Desculpe-me — disse Falconi, parecendo um tanto envergonhado, uma atitude que ela não estava acostumada a ver nele. —Acho que me entusiasmei.

— Sei.

Ela passou a língua nos lábios sem querer, depois se repreendeu por isso. "Merda."

Um sorriso dissimulado cruzou o rosto dele.

— Normalmente não tenho o hábito de dar em cima de tripulantes ou passageiros. Não é profissional. É ruim para os negócios.

O coração de Kira batia ainda mais rápido.

— É mesmo?

— É, sim...

Ele bebeu o que restava da bebida.

— Ainda amigos?

— Somos amigos? — disse Kira num tom de desafio.

Ela inclinou a cabeça de lado.

Falconi a olhou por um momento, como quem se debate.

— Qualquer um em quem eu confiaria para me dar cobertura em um tiroteio é amigo meu. Para mim, sim, somos amigos. A não ser que você sinta outra coisa.

— Não — disse Kira, parando pelo mesmo tempo que ele. — Somos amigos.

Um brilho agudo reapareceu nos olhos dele.

— Que bom, fico feliz por termos esclarecido isso. Mais uma vez, peço desculpas. A bebida levou a melhor. Tem a minha palavra de que não vai acontecer de novo.

— Está... Tá bem. Tudo bem.

— É melhor colocar isso em estase — disse ele, pegando o bonsai. — Depois eu mesmo tenho de entrar em crio, antes de aquecermos demais a *Wallfish*. E você, o que vai fazer?

— O de sempre — disse ela. — Acho que desta vez só vou me entocar na cabine, se não tiver problema.

Ele assentiu.

— Vejo você nas estrelas, Kira.

— Você também, Salvo.

3.

Em sua cabine, Kira lavou o rosto com uma toalha úmida e parou flutuando na frente da pia para se olhar no espelho. Embora não tivesse tomado a iniciativa do beijo, ainda se sentia culpada por ele. Nunca sequer olhara para outro homem — não daquele jeito — enquanto ela e Alan estavam juntos. O atrevimento repentino de Falconi fizera mais do que apanhá-la de surpresa; a obrigara a considerar o que faria no futuro, se tivesse um futuro.

O pior era que o beijo tinha sido bom.

"Alan..." Alan tinha morrido há nove meses. Não para ela, considerando todo o tempo que ela passou em hibernação, mas, para o resto do universo, esta era a realidade. Era duro de engolir.

Será que Kira *gostava* de Falconi? Kira teve de pensar nisso por um tempo. No fim, concluiu que sim. Ele era atraente de um jeito forte, moreno, peludo. Entretanto, isso não significava nada por si só. Ela não estava em condições de ter uma relação com ninguém, e muito menos com o capitão da nave. Isso sempre levava a problemas.

Era egoísta, mas Kira ficou feliz por Gregorovich não estar ali para ver o constrangimento. Ele teria se divertido infinitamente à custa dela e de Falconi, de seu jeito estranho.

Talvez fosse melhor conversar com Falconi de novo, deixar *muito* claro que nada mais aconteceria entre eles. Ora essa, ele teve sorte de a Lâmina Macia não ter reagido exageradamente em um impulso equivocado de protegê-la... Ou ele era muito corajoso, ou muito tolo.

— Você agiu bem — sussurrou ela, olhando a Lâmina Macia.

Kira pensou, só por um instante, que sentia orgulho por parte do xeno, mas era uma coisa fugaz que podia muito bem ser fruto de sua imaginação.

— Morven — disse ela. — Falconi ainda está fora da crio?

— Não, srta. Navárez — disse a pseudointeligência. — Ele acaba de receber a primeira rodada de injeções. Não é mais capaz de se comunicar.

Kira soltou um ruído de insatisfação. *Tudo bem.* Talvez não fosse necessário falar com ele de novo, mas, se fosse, ela podia fazê-lo quando chegassem a seu destino.

A ideia *não* era voar até o ponto de encontro proposto pelos Águas de Tschetter. Em vez disso, a *Wallfish* saltaria de FTL a certa distância, mas ainda perto o bastante para enviar um alerta a tempo de impedir que o Laço Mental sofresse uma emboscada e, ao fazer isso, talvez evitar uma catástrofe ainda maior do que a guerra atual entre humanos e Águas. Depois, com as exigências da honra e do dever cumpridas, eles podiam voltar para o espaço povoado.

Porém, Kira tinha a desconfiança de que Itari ia querer se reunir a seus compatriotas, o que exigiria algum encontro.

— É isso que somos — murmurou ela enquanto ia para a cama —, um serviço de transporte glorificado.

Lembrou a ela algo que o avô — por parte de pai — tendia a dizer: "... O significado da vida, Kira, é levar coisas do ponto *a* ao ponto *b*. É isso o que realmente fazemos."

"Mas e quando falamos?", dissera ela, sem entender inteiramente.

"Falar é so mover uma ideia daqui", ele batera o dedo na testa de Kira, "para o mundo real."

Kira nunca se esquecera. Ela também não se esquecia de que ele descrevera tudo fora de sua cabeça como *o mundo real*. Desde então, ela ainda se perguntava se isto seria ou não verdade. Quanta realidade o conteúdo da mente de alguém de fato possuiria? Quando ela sonhava, os sonhos eram meras sombras ou havia verdade neles?

Ela pensou que Gregorovich talvez tivesse algo a dizer a respeito disso.

Enquanto Kira preparava uma rede de escoras com a Lâmina Macia para se prender ao colchão, ainda pensava na árvore bonsai. A lembrança a fez sorrir. "Vida." Tinha passado tanto tempo em espaçonaves, estações espaciais e asteroides frios e rochosos que quase se esquecera da alegria que vinha de criar seres vivos.

Ela se lembrou de cada uma das sensações que teve da Lâmina Macia durante o processo de cura e as comparou com sensações semelhantes de Orsted. Havia algo ali que valia a pena investigar, pensou Kira. Enquanto eles viajavam em FTL, ela continuaria a trabalhar em seu controle do xeno — sempre isso — e em melhorar a facilidade de comunicação entre ela e o organismo para que ele realizasse melhor os desejos de Kira, sem que ela tivesse de se preocupar com o microgerenciamento. Porém, mais do que tudo, Kira queria explorar o impulso que sentira da Lâmina Macia — apenas em momentos fugazes antes, agora com mais força —, o impulso de construir e criar.

Isso atiçava seu interesse e, pela primeira vez, era algo que Kira *queria* fazer com o xeno.

Então ela ajustou o despertador, como fizera em cada viagem desde 61 Cygni, e mais uma vez começou a trabalhar com a Lâmina Macia.

Foi uma experiência curiosa. Kira estava decidida a impedir que o xeno danificasse a *Wallfish*, como fez em Orsted, mas, ao mesmo tempo, queria experimentar. De certas formas controladas, queria eliminar todas as restrições e deixar que a Lâmina Macia fizesse o que tão obviamente queria.

Ela começou pelo suporte ao lado da cama. Não era uma parte essencial da nave; se o xeno o destruísse, Hwa-jung podia tranquilamente imprimir um substituto, embora Falconi talvez não ficasse satisfeito com isso...

"Vá", ela sussurrou mentalmente.

De sua palma, estenderam-se fibrilas macias, pretas e investigativas. Fundiram-se com o suporte de compósito e mais uma vez Kira teve a sensação deliciosa e viciante de *fazer* alguma coisa. O que, ela não sabia, mas havia uma satisfação na sensação que a lembrava da alegria que ela com tanta frequência encontrava na solução de um problema difícil.

Ela soltou um suspiro, sua respiração um espectro pálido girando no ar resfriado.

Quando as fibras da Lâmina Macia tinham coberto completamente o suporte, e quando ela sentiu do xeno uma sensação de completude e — mais — um desejo de passar do suporte para mais fundo do casco, ela impediu e retraiu o xeno, curiosa para ver o que ele tinha engendrado.

Ela viu, mas não entendeu.

Ali, onde o suporte cilíndrico e curvo estivera, ela viu... *alguma coisa*. Um pedaço de material modelado que lembrava a Kira uma estrutura celular ou uma escultura complexa, coberta de um padrão repetido de triângulos subdivididos. A superfície era ligeiramente metálica e tinha uma iridescência verde, além de pequenos nódulos redondos de um verde-limão mais fraco aninhados dentro dos triângulos.

Ela tocou o suporte transformado. Estava quente.

Kira acompanhou o padrão na superfície, tomada de assombro. O que quer que a Lâmina Macia tivesse feito, ela achou lindo e teve a sensação de que o material estava, de certo modo, vivo. Ou tinha potencial para a vida.

Kira queria fazer mais. Porém, sabia, isto — *isto* — exigia cautela, ainda mais do que os cravos mortais de que o xeno gostava tanto. A vida era a coisa mais perigosa que existia.

Ainda assim, ela não pôde deixar de se perguntar se *ela* podia guiar ou controlar a produção criativa da Lâmina Macia. O Bucho podia, então, por que não ela? "Vai com calma." Havia um motivo para a guerra biológica ter sido proibida por cada membro da Liga (e também por Shin-Zar). Entretanto, ela não tentava criar uma arma. Nem servos para combater por ela, como fizera o Bucho.

"Assim", pensou Kira, segurando a grade junto da cama e imaginando as formas enroscadas de uma samambaia oros: sua planta preferida de Eidolon.

No início, o xeno não reagiu. Depois, quando Kira começava a desistir, ele fluiu de sua mão e atravessou a grade. Como que por mágica, os caules delicados das samambaias oros brotaram da grade. Eram réplicas imperfeitas, na forma e na substância, mas reconhecíveis, e, ao retirar a Lâmina Macia, Kira pegou um sopro de fragrância das folhas.

As plantas não eram simples esculturas. Eram verdadeiros seres vivos: orgânicas e preciosas graças a isso.

Kira soltou um leve suspiro, chocada, mesmo a contragosto. Tocou cada uma das samambaias e as lágrimas toldaram sua visão. Ela as reprimiu piscando e ficou entre o riso e o choro. Quem dera os pais pudessem ver aquilo... Quem dera Alan pudesse...

Kira sabia que seria imprudente tentar algo mais ambicioso no momento. Estava satisfeita com o que alcançara. Com o que *eles* alcançaram.

Apesar de toda a incerteza do futuro, ela sentiu uma centelha de esperança que há muito estivera ausente. A Lâmina Macia não era só uma força de destruição. Ela não sabia como, mas crescia dentro de si uma certeza de que o xeno podia deter o Bucho, desde que ela entendesse como usar suas capacidades.

Uma leveza tomou o corpo de Kira (e não era a gravidade zero). Ela sorriu e o sorriso permaneceu enquanto ela se preparava para o longo sono que tinha pela frente. "Talvez sonhar", pensou ela, e riu por mais tempo e mais alto do que faria com gente por perto. Pelo menos se estivesse sóbria.

Ainda refletindo, ela fechou os olhos e desejou que a Lâmina Macia relaxasse, que descansasse, que a protegesse do frio e do escuro. Logo — muito antes até do previsto — a consciência diminuiu e as asas macias do sono a envolveram.

4.

Uma vez por semana, Kira acordava e treinava com a Lâmina Macia. Desta vez, ela ficou na cabine durante toda a viagem; não precisava levantar pesos nem estressar o corpo de outra maneira para trabalhar com o xeno. Não mais.

Uma vez por semana, e em cada ocasião ela permitia à Lâmina Macia se espalhar mais pelo interior da cabine e construir e crescer *mais*. Às vezes ela contribuía, mas na maior parte do tempo Kira dava ao xeno espaço para fazer o que quisesse e observava com um assombro crescente. Ela impôs alguns limites — a tela em sua mesa não deveria ser tocada —, mas todo o resto na cabine existia para uso do xeno.

Uma vez por semana, não mais que isso. Quando não treinava, Kira flutuava imóvel e em silêncio, hibernando no sono que era semelhante à morte, onde tudo era frio e cinzento, e os sons se infiltravam como se estivessem muito longe.

Nesta terra do nunca escura, um sonho lhe veio:

Ela viu a si mesma — seu ser real, sem o traje, e nu como no dia em que nasceu — de pé na escuridão mais profunda. No início, o vazio era completo, exceto por ela, e uma quietude a cercava, como se ela existisse em um tempo antes do próprio tempo.

Depois, diante dela floresceu uma profusão de linhas azuis: um rendilhado fractal que espiralava e rolava como trepadeiras que se espalhavam. As linhas formaram um domo de formas entrecruzadas com ela no centro, uma concha de curvas e cravos repetidas interminavelmente — um universo de detalhes em cada ponto do espaço.

Ela sabia, de algum jeito sabia, que via a Lâmina Macia como verdadeiramente era. Ela estendeu a mão e tocou uma das linhas. Um arrepio elétrico correu por ela e neste instante ela contemplou mil estrelas nascidas e mortas, cada uma com seus próprios planetas, espécies e civilizações.

Se pudesse ofegar, ela teria ofegado.

Ela retirou a mão da linha e recuou um passo. O assombro a dominava e ela se sentia pequena e humilde. As linhas fractais continuaram a mudar e se transformar com um som parecido com seda, mas não ficaram mais próximas, nem mais brilhantes. Ela se sentou e olhou, e da matriz cintilante acima emanou um senso de proteção vigilante.

Entretanto, ela não sentia conforto. Porque, fora do rendilhado, podia sentir — como que por um instinto ancestral — uma ameaça iminente. A fome sem fim espalhando-se como um câncer na escuridão circundante, e com ela uma distorção da natureza que resultava na linearidade de ângulos retos. Sem a Lâmina Macia, ela teria ficado exposta, vulnerável, indefesa diante da ameaça.

O medo a dominou e ela se encolheu, sentindo que o domo de fractais era uma vela bruxuleando no vazio, ameaçada de todos os lados por um vento hostil. Ela sabia que era o foco da ameaça — ela e a Lâmina Macia —, e o peso deste desejo maligno era tão grande, tão abrangente, tão cruel e estranho que ela se sentiu impotente diante dele. Insignificante. Sem esperança.

Assim ela ficou, sozinha e assustada, com um senso da ruína iminente tão forte que qualquer mudança — até a própria morte — teria sido um alívio bem-vindo.

PARTE CINCO

★ ★ ★ ★ ★ ★ ★

MALIGNITATEM

Mesmo curvado, um galho cresce.

— MARION TINSLEY

CAPÍTULO I

★　★　★　★　★　★　★

CHEGADA

1.

Kira despertou.

No início, não sabia onde estava. A escuridão a cercava, um breu tão profundo que não havia diferença entre ficar de olhos fechados ou abertos. Onde as luzes de emergência deviam estar acesas, só penetrava uma escuridão profunda. O ar era mais quente do que o normal para uma viagem em FTL — mais úmido também — e nenhuma brisa agitava o espaço que lembrava um útero.

— Morven, acenda as luzes — disse ela em voz baixa, ainda grogue pela longa inatividade.

A voz parecia curiosamente abafada no ar parado.

Nenhuma luz iluminou o espaço, nem houve qualquer resposta da pseudointeligência.

Frustrada, Kira tentou outra coisa. "Luz", disse ela à Lâmina Macia. Não sabia se o xeno podia ajudar, mas imaginou que valia a pena tentar.

Para satisfação de Kira, uma suave iluminação verde tomou forma a sua volta. Ela ainda estava na cabine, mas de modo algum parecia o quarto que era antes da partida do Sol. Nervuras de material preto e orgânico forravam as paredes e um tecido fibroso cobria o chão e o teto. A luz recém-criada vinha de globos pulsantes, parecidos com frutas, pendurados em crescimentos de trepadeiras retorcidas que tinham subido pelos cantos do quarto. As trepadeiras tinham folhas e, nelas, Kira viu a forma da samambaia oros repetida e elaborada em floreios rococós ornamentados. Tudo — trepadeiras, globos e tapetes — era coberto de desenhos mínimos e texturizados, como se um artista obsessivo estivesse decidido a decorar cada milímetro quadrado com enfeites fractais.

Kira olhou, espantada. *Ela* fizera aquilo. Ela e a Lâmina Macia. Era muito melhor do que lutar e matar, pensou.

Kira não só podia ver o resultado desses esforços, como podia *senti-los*, como extensões de seu corpo, embora houvesse uma diferença entre o material do traje e as criações parecidas com plantas. Estas eram sentidas mais distantes e ela sabia que não podia movê-las nem manipulá-las como fazia com as verdadeiras fibras da Lâmina Macia. Elas eram, de certo modo, independentes dela e do xeno; formas de vida autossustentáveis que podiam viver sem eles, desde que tivessem nutrição adequada.

Mesmo desconsiderando as plantas, a Lâmina Macia tinha crescido durante a viagem. Produzira muito mais material do que o necessário para cobrir seu corpo. O que fazer com isso? Ela pensou em mandar o xeno descartar o material, como fizera com os rebentos desnecessários em Orsted, mas Kira detestava destruir o que eles construíram. Além disso, podia ser insensato se livrar da massa quando havia uma possibilidade — desagradável de considerar, mas ainda no campo das probabilidades — de que pudesse precisar dela num futuro próximo.

Poderia ela deixar material extra na cabine? "Só tem um jeito de descobrir."

Enquanto se preparava para se livrar das escoras que a prendiam na cama, Kira olhou seu corpo. A mão direita — aquela que fora perdida no Caçabicho — tinha se fundido no colchão, dissolvida em uma teia de linhas emaranhadas que iam da extensão da cama até o revestimento nas paredes.

Uma onda de pânico momentâneo fez o material ondular, agitar-se e projetar fileiras de cravos farpados.

"Não!", pensou ela. Os cravos diminuíram e Kira respirou fundo.

Primeiro se concentrou em refazer a mão perdida. As linhas emaranhadas se torceram e fluíram de volta pela cama, mais uma vez dando forma ao pulso, à palma e aos dedos. Depois, Kira desejou que a Lâmina Macia a soltasse da cama.

Com um ruído de sucção, ela se libertou. Surpresa, Kira percebeu que não tinha nenhuma ligação física com os crescimentos pretos nas paredes, embora ainda os sentisse como parte dela. Era a primeira vez que conseguia se separar conscientemente de uma parte da Lâmina Macia. Pelo visto, o xeno não se importava, desde que ainda cobrisse seu corpo.

Era uma evolução animadora.

Ainda meio desorientada, ela se impeliu pela parede até onde deveria ficar a porta. Ao se aproximar, uma combinação da consciência do xeno e da intenção dela própria fez com que uma seção do material preto e reluzente se retraísse com um leve deslizamento.

Por baixo, estava a desejada porta pressurizada.

Ela se abriu e Kira ficou aliviada ao ver o revestimento marrom normal cobrindo as paredes do corredor. Seus esforços para conter o crescimento da Lâmina Macia foram um sucesso; ela não se espalhou pelo resto da nave.

— Fique aqui — disse, olhando para trás, como faria com um bicho de estimação.

Depois foi para o corredor. A massa de fibras pretas dentro da cabine continuou onde estava.

Como um experimento, Kira fechou a porta pressurizada. Ainda sentia o xeno do outro lado. Mais uma vez, ele não tentou segui-la.

Ela se perguntou como as diferentes partes da Lâmina Macia se comunicavam. Rádio? FTL? Outra coisa? Até onde ficariam a salvo? O sinal poderia sofrer interferência? Poderia ser um problema em combate. Ela precisava ficar atenta.

Porém, no momento presente, Kira estava satisfeita por deixar os crescimentos na cabine. Se precisasse deles, bastaria um único pensamento para convocar o resto do xeno a seu lado. Com sorte, sem prejudicar a *Wallfish*.

Ela sorriu com malícia. Falconi não ia ficar satisfeito quando descobrisse sobre a cabine. Hwa-jung também não, nem Gregorovich, se o cérebro da nave um dia voltasse a seu normal.

Kira supôs que eles tinham chegado, mas a *Wallfish* ainda parecia mais silenciosa do que deveria. Tentou puxar os filtros, mas, como nas duas viagens em FTL anteriores, a Lâmina Macia tinha absorvido as lentes de contato. Kira não sabia exatamente a que altura, mas deve ter acontecido em algum momento durante a hibernação onírica. Frustrada, ela falou em voz baixa:

— Quando é que você vai aprender?

Kira estava prestes a ir para o abrigo contra tempestades para verificar a tripulação, quando o intercomunicador estalou e a voz de Falconi emanou de um alto-falante acima de sua cabeça:

— Kira, venha me ver na sala de controle assim que se levantar.

A voz dele estava ruim, bem rouca, como se tivesse acabado de vomitar.

Kira passou na cozinha para pegar um saco de chell aquecido antes de ir para a frente da nave.

Quando a porta pressurizada da sala de controle se abriu em um guincho de protesto, Falconi levantou o olhar da holotela. Sua pele era de um cinza desagradável, o branco dos olhos tingido de amarelo, e ele tremia e batia os dentes como se estivesse quase congelando. Todos os sinais clássicos de enjoo de crio.

— Por Thule — disse Kira, impelindo-se para perto dele. — Tome, você precisa disso mais do que eu.

Ela enfiou o saco de chell nas mãos dele.

— Obrigado — disse Falconi entredentes.

— Reação ruim, hein?

Ele baixou a cabeça.

— É. Tem ficado pior nos últimos saltos. Acho que meu corpo não gosta das substâncias que estivemos usando. Preciso conversar com...

Ele tremeu tanto que os dentes bateram.

— ... preciso conversar com o doutor sobre isso.

— Como você vai voltar? — perguntou Kira.

Dirigindo-se a uma das estações de emergência pela parede, ela pegou um cobertor térmico e levou a ele.

Falconi não protestou quando Kira passou o cobertor por seus ombros.

— Vou sobreviver — disse ele com uma certa dose de humor sombrio.

— Tenho certeza de que vai — disse ela objetivamente, e olhou a sala vazia. — Onde estão todos os outros?

— Não vi motivos para despertá-los, se eles teriam de voltar logo para a crio.

Falconi puxou o cobertor em volta de si.

— Nenhum motivo para fazê-los passar por isso mais vezes do que o necessário — acrescentou.

Kira foi para a cadeira ao lado dele e se afivelou.

— Já mandou o alerta?

Ele fez que não com a cabeça.

— Esperando Itari. Chamei o Água pelo intercomunicador. Ele deve aparecer aqui em breve.

Falconi a olhou de soslaio.

— E você? Tudo bem?

— Tudo bem. Mas tem uma coisa que você precisa saber...

Kira lhe contou sobre o que ela e a Lâmina Macia fizeram.

Falconi soltou um som exasperado.

— Você precisava mesmo começar a desmontar minha nave?

— É, precisava — disse ela. — Desculpe. Foi só um pouquinho.

Ele grunhiu.

— Que ótimo. Vamos ter de nos preocupar com esse troço demolindo o resto da *Wallfish*?

— Não — disse Kira. — A não ser que algo aconteça comigo, mas mesmo assim não acho que o xeno vá fazer nada com a nave.

Falconi virou a cabeça de lado.

— Então, o que será da Lâmina Macia se você morrer?

— Eu... Eu não sei bem. Acho que voltaria a seu estado de dormência, como estava em Adrasteia. Ou isso, ou tentaria se vincular a outra pessoa.

— Hmm. Bom, isso não é nem um pouco preocupante.

Falconi bebeu outro gole do chell e devolveu a ela. O cinza no rosto começava a sumir, substituído por uma cor mais saudável.

Como ele havia previsto, Itari chegou logo depois, com pedaços do casulo de hibernação ainda pendurados nos muitos membros. Kira ficou impressionada ao ver que o Água crescera novamente a maior parte do tentáculo que tinha cortado durante a fuga de Orsted (embora o substituto ainda fosse mais curto e mais fino do que seus irmãos).

[[Aqui é Itari: Como estão as águas?]]

Ela respondeu como era adequado: [[Aqui é Kira: As águas estão paradas... Estamos nos preparando para enviar odor-distante para alertar o Laço Mental.]]

[[Aqui é Itari: Não desperdicemos o tempo certo, então.]]

2.

A transmissão do sinal mostrou-se um incômodo maior do que Kira esperava. Ela precisou ensinar a Itari como funcionavam as comunicações em FTL da *Wallfish*, e o Água teve de explicar — com muita dificuldade e muitos retrocessos — como transmitir e codificar a mensagem de forma que o Laço Mental não só percebesse o alerta, mas o entendesse. Na falta de uma máquina dos Águas que convertesse seus odores em sinais, Kira teve de traduzir as palavras de Itari — se *palavras* fosse o termo certo — para a própria língua, na esperança de que o Laço se desse ao trabalho de traduzir.

Depois de várias horas de trabalho, o alerta foi enviado e Falconi disse:

— Pronto, está feito.

— Agora, esperamos — disse Kira.

Levaria metade de um dia para o alerta chegar ao ponto de encontro proposto — que, em si, ficava a alguns dias de viagem de Cordova-1420, o sistema onde os Águas montavam sua frota — e outra metade para receber qualquer resposta.

— Alguma possibilidade de os caçadores do CMU interceptarem o sinal? — perguntou Kira.

— Hmm — disse Falconi. — É possível, mas a probabilidade é literalmente astronômica.

3.

Pelo resto do dia, Kira ajudou Falconi a fazer o diagnóstico de toda a *Wallfish*, verificando os sistemas necessários para o funcionamento tranquilo da nave. Filtros de dutos de ar precisavam ser limpos, linhas de água, purificadas, o propulsor de fusão, testado, computadores, reinicializados e sensores externos, substituídos, junto com todas as muitas tarefas pequenas e não tão pequenas que possibilitam a sobrevivência no espaço.

Falconi não pediu ajuda, mas Kira nunca foi de ficar sentada quando havia trabalho a fazer. Além disso, sabia que ele ainda sofria dos efeitos da crio. Ela própria só tivera uma reação adversa uma vez, durante a segunda viagem para a Lapsang Corporation. Um erro no tubo de crio resultara em Kira receber uma dose um pouco mais alta de um dos sedativos. Bastou esta pequena diferença para mantê-la no banheiro, vomitando as tripas, o tempo todo em que esteve em missão. Diversão pura.

Então ela se solidarizava com o desconforto de Falconi, embora, no caso dele, parecesse pior do que apenas uma reação adversa ao sedativo. Ele parecia genuinamente doente. O enjoo de crio desapareceria aos poucos — ela sabia disso —, mas talvez Falconi não tivesse muito tempo para se recuperar antes de precisarem voltar para a Liga. Era isso o que preocupava Kira.

Além da manutenção habitual necessária, a *Wallfish* estava, em geral, em boa forma. O reparo mais sério que exigiu a atenção deles foi um lacre de pressão defeituoso no porão de carga de bombordo, mas mesmo isso foi resolvido com facilidade.

Nesse tempo todo, Kira ainda sentia o conteúdo da cabine — a armadura preta que a Lâmina Macia tinha construído nas paredes. Ela até levou Falconi para ver o que ela e o xeno fizeram. Ele enfiou a cabeça para dentro por tempo suficiente para dar uma olhada rápida, depois recuou.

— Não — disse ele. — Não quero ofender, Kira, mas *não*.

— Não me ofendeu — disse ela com um sorriso.

Ela ainda não se esquecera do beijo, mas não via motivo para tocar no assunto agora. De todo modo, Falconi não estava em condições de ter uma conversa dessas.

Depois de um fim de tarde tranquilo, ela e Falconi se retiraram para suas respectivas cabines (e Itari para o porão de carga), para passar a noite. O envoltório preto que agora cobria o quarto de Kira fazia com que ele parecesse pesado e sinistro. Ao mesmo tempo, seguro — era verdade —, e as trepadeiras e flores ajudavam a mitigar o peso. Ela teve medo de que os dutos de ar estivessem bloqueados, mas percebeu que a Lâmina Macia certamente cuidaria para que ela tivesse oxigênio suficiente para não se asfixiar.

— Voltei — sussurrou ela, passando a mão na parede sulcada.

A parede estremeceu ligeiramente, como pele se encolhendo de frio. Kira abriu um leve sorriso, sentindo um orgulho inesperado. O quarto era dela e só dela e, embora tenha sido trabalho principalmente da Lâmina Macia, o crescimento ainda fazia parte dela, nascera de sua mente, se não de seu corpo.

Ela se lembrou do sonho que tivera durante o longo sono.

— Estava tentando me proteger, não é? — disse ela, um pouco mais alto do que antes.

As luzes esverdeadas no quarto pareceram pulsar em resposta, mas tão fracas que era difícil ter certeza. Sentindo-se mais à vontade, ela foi para a cama e se prendeu para dormir.

4.

No final da manhã seguinte, mais de 24 horas depois de terem saído de FTL, Kira e Falconi se reuniram na cozinha para esperar a possível resposta do Laço Mental. Itari se juntou a eles, tomando posição no alto de uma das duas mesas. O Água se mantinha no lugar com os bracinhos que se desdobravam da carapaça.

Falconi estava perdido nos filtros e Kira assistia a um vídeo — uma das transmissões que a *Wallfish* pegou antes de sair do Sol — na holotela instalada na mesa. O vídeo não era muito interessante, então depois de alguns minutos ela o desligou e passou a examinar o Água do outro lado da cozinha.

As cores outonais dos tentáculos de Itari agora eram firmes, não se alteravam, embora isso mudasse sempre que surgiam emoções. Kira achou interessante que os Águas não só tivessem emoções, mas que estas não fossem inteiramente estranhas a ela. Talvez, pensou Kira, fosse mais fácil para ela entender devido ao tempo que a Lâmina Macia passara unida aos apanhadores.

"Apanhadores..." Mesmo nos pequenos momentos em que estava dentro de sua cabeça, o xeno encobria seus pensamentos com significados de outra época. Antes, isso incomodava Kira. Agora ela reconhecia e aceitava o fato, sem criticar. *Ela* era quem decidia o valor das coisas, não o xeno, por mais fortemente que sentisse as lembranças herdadas dele.

Uma nuvem contínua de odores emanava do Água. No momento, eram fracas — só um *eu estou aqui* geral, como um zumbido baixo de fundo —, entrelaçadas com um ocasional pico de odor movido por interesse, picante e um tanto desagradável.

Kira se perguntou o que o Água estaria fazendo, se tinha implantes próprios ou se apenas pensava e lembrava.

[[Aqui é Kira: Me fale de seu cardume, Itari.]]

[[Aqui é Itari: A que cardume se refere, Idealis? Minha incubação? Minhas coformas? Meu Braço? Existem muitos tipos de cardume. O Idealis não lhe contou sobre essas coisas?]]

A pergunta do Água se aproximava tanto das próprias ruminações de Kira que a fez parar. [[Aqui é Kira: Sim, mas como água lamacenta. Diga-me, onde você foi incubado? Como foi criado?]]

[[Aqui é Itari: Fui incubado em um lago de ninhada perto da margem do Alto Lfarr. Era um lugar cálido, com muita luz e muita comida. Quando cresci para minha terceira forma, recebi esta forma atual, e é assim que tenho servido desde então.]]

[[Aqui é Kira: Você não teve escolha quanto a sua forma?]]

Odor de confusão do Água. [[Aqui é Itari: Por que eu teria escolha? Que escolhas existiriam?]]

[[Aqui é Kira: Quero dizer... o que *você* desejava fazer?]]

A confusão se agravou. [[Aqui é Itari: Por que isto importaria? Esta forma era como eu poderia servir melhor a meu Braço. O que mais haveria para se fazer?]]

[[Aqui é Kira: Você não tem nenhum desejo só seu?]]

[[Aqui é Itari: Claro que sim. Servir a meu Braço e a todos os Wranaui.]]

[[Aqui é Kira: Mas você tem suas próprias ideias de como fazer isso melhor, não tem? Você não concorda com todos os Wranaui sobre o curso desta... onda.]]

Um leve rubor se esgueirou para os membros do Água. [[Aqui é Itari: Existem muitas soluções para o mesmo problema, mas o objetivo em si não muda.]]

Ela decidiu usar uma tática diferente. [[Aqui é Kira: Se você não tivesse de servir, o que faria? Se os Braços não existissem e não houvesse ninguém para lhe dizer como passar seu tempo?]]

[[Aqui é Itari: Então recairia a mim reconstruir nossa raça. Eu mudaria de forma e desovaria em cada momento do dia até que nossas forças retornassem.]]

Kira soltou um silvo de frustração, em volume suficiente para Falconi notar.

— Está falando com essa coisa? — perguntou ele, assentindo para Itari.

— É, mas não estou chegando a lugar nenhum.

— Ele parece sentir o mesmo a seu respeito.

Kira grunhiu. Falconi não estava errado. Ela tentava se comunicar com uma espécie alienígena. Só conversar com um humano de outra cidade, que dirá de outro *planeta*, podia ser quase impossível. Por que seria mais fácil com um alienígena? Mesmo assim, Kira sentia que deveria tentar. Se eles iam lidar com os Águas regularmente no futuro, ela queria ter alguma noção do que importava para eles (além das lembranças da Lâmina Macia).

[[Aqui é Kira: Responda-me isto: o que você faz quando não há nada que precise ser feito? Não pode trabalhar o tempo *todo*. Nenhuma criatura faz isso.]]

[[Aqui é Itari: Eu descanso. Penso em meus futuros atos. Honro os atos dos Desaparecidos. Se tiver a oportunidade, eu nado.]]

[[Aqui é Kira: Você brinca?]]

[[Aqui é Itari: Brincar é para as primeiras e segundas formas.]]

Havia uma curiosa falta de imaginação nos Águas que Kira achava estranha. Como eles conseguiram construir uma civilização interestelar quando não pareciam ter o impulso de sonhar como os humanos fazem com tanta frequência? A tecnologia que eles aproveitaram dos Desaparecidos não pode tê-los ajudado *tanto assim*. Ou ajudou?... Ela se admoestou para não fazer julgamentos centrados nos humanos. Afinal, o Água com que a Lâmina Macia se unira — o Líder de Cardume Nmarhl — mostrara muita iniciativa em sua época. Talvez ela não estivesse entendendo uma diferença linguística ou cultural entre ela e Itari.

[[Aqui é Kira: O que os Wranaui querem, Itari?]]

[[Aqui é Itari: Viver, comer, espalharmo-nos a todas as águas amistosas. Nisto somos como vocês, biformes.]]

[[Aqui é Kira: E o que são os Wranaui? Qual é o cerne de sua natureza?]]

[[Aqui é Itari: Nós somos o que somos.]]

[[Aqui é Kira: O Idealis chama vocês de *apanhadores*. Por que ele pensa assim?]]

Os tentáculos do Água se esfregaram. [[Aqui é Itari: Porque temos apanhado as peças sagradas deixadas pelos Desaparecidos. Porque o que podemos segurar, seguramos firme. Porque cada Braço deve fazer o que julga adequado.]]

[[Aqui é Kira: Os Desaparecidos estiveram em seu planeta natal, ou não?]]

[[Aqui é Itari: Estiveram. Encontramos suas obras na terra e no fundo da Planície Abissal.]]

[[Aqui é Kira: Então *existe* terra sólida em seu planeta?]]

[[Aqui é Itari: Alguma, menos do que a maioria.]]

[[Aqui é Kira: Que nível de tecnologia tinham os Wranaui antes de encontrarem as obras dos Desaparecidos?]]

[[Aqui é Itari: Aprendemos a sentir o cheiro do metal pelos condutos aquecidos de nossos mares, mas muito estava além de nós devido a nossa vida subaquática. Foi apenas pela graça dos Desaparecidos que conseguimos nos expandir para além dos limites das profundezas.]]

[[Aqui é Kira: Entendi.]]

Kira continuou a interrogar o Água, tentando descobrir o que pudesse de sua espécie e sua civilização, mas permaneciam áreas demais de confusão para ela fazer muito progresso. Quanto mais falava com Itari, mais Kira percebia o quanto as duas espécies eram diferentes — e as diferenças iam muito além das disparidades físicas, que já eram imensas.

Era quase a meia-noite da nave e Falconi arrumava a cozinha, preparando-se para se retirar, quando soou um tom e Morven disse:

— Capitão, transmissão a caminho.

5.

Um formigamento elétrico se arrastou pela coluna de Kira. Agora talvez eles tivessem uma noção do que ia acontecer — de aonde ir e o que fazer.

— Na tela — disse Falconi, conciso.

Ele enxugou as mãos com uma toalha e se impeliu para onde Kira estava, flutuando na mesa.

O holo embutido ganhou vida e uma imagem de Tschetter — com o mesmo skinsuit de antes — apareceu, dos ombros para cima. Kira ficou aliviada ao ver que a major sobrevivera à batalha no Caçabicho.

Tschetter disse: "Capitão Falconi, Navárez, sua mensagem foi recebida e reconhecida. Obrigada. Sem ela, nos meteríamos em uma tonelada de problemas — mas a situação atual não é muito melhor. Em vista da mudança nas circunstâncias, é imperativo que nos reunamos para conversar." Como Kira esperava. "Deixe-me repetir: é imperativo que nos reunamos. A longa distância não basta. Não é seguro e não podemos ter uma boa conversa desse jeito. Lphet propôs as seguintes coordenadas, que fiz o máximo para converter na notação padrão. Pela segurança de todos, não responda a esta mensagem. Viajaremos ao local especificado e esperaremos exatamente 42 horas depois que receberem isto. Se a *Wallfish* não chegar até lá, Lphet diz que pressuporá que vocês — e isto significa especialmente *você*, Kira — não estão mais dispostos a auxiliar neste empreendimento, e o Laço Mental fará seus planos de acordo com isto."

Um tom de apelo entrou na voz de Tschetter, embora sua expressão continuasse com a severidade de sempre. "É impossível exagerar o quanto isto é importante, Kira. Por favor, você precisa vir. E você também, Falconi. A humanidade precisa de todos os aliados que encontrar no momento... Câmbio, desligo."

— Eles não sabem que estamos viajando com o nome de *Finger Pig*, sabem? — disse Kira, gesticulando para o holo.

Aquilo acabara de lhe ocorrer.

— Não — disse Falconi. — Bem lembrado. Vamos reverter nosso transponder. Seria um saco ser estourado por confusão de identidade.

— Então nós vamos? — perguntou Kira.

— Um minuto. Deixe-me confirmar as coordenadas. Informe nosso amigo contorcido aqui enquanto eu faço isso.

Itari, Kira viu, estava *mesmo* inquieto. Seus tentáculos estavam vermelhos e azuis, e se torciam pela mesa onde o Água estava flutuando, segurando e soltando a grade com o que teria sido o equivalente a energia nervosa em um ser humano.

Depois de Kira informá-lo, o Água disse: [[Aqui é Itari: Nós nos encontraremos com o Laço, pois sim? Sim?]]

A repetição lembrou Kira de Vishal e Kira sorriu sem pretender. [[Aqui é Kira: Sim, acho que sim.]]

— Tudo bem — disse Falconi. — Parece que eles querem o encontro mais perto de Cordova-1420. Supondo que a gente parta daqui rapidamente, podemos chegar ao local em cerca de 28 horas.

— Em FTL? — disse Kira.

— É claro.

— Só verificando... Fica muito apertado, não é?

Ele deu de ombros.

— Eles só estão a 12 horas pelo sinal, então, na verdade, não.

— Você precisa voltar para a crio?

— Não, mas vou deixar o resto da tripulação nela, e teremos de manter a nave o mais fria possível. Diga isto a Itari, sim?

Ela disse. Depois eles prepararam a partida do trecho vazio do espaço interestelar em que agora voava a *Wallfish* — embora não tivessem um ponto de referência próximo, parecia que estavam inteiramente imóveis.

Depois que a nave foi adequadamente resfriada, o Propulsor de Markov voltou a funcionar e soou o gemido familiar, e eles entraram em FTL.

6.

As 28 horas se passaram no frio, no silêncio e no escuro. Kira e Falconi ficaram a maior parte do tempo separados, em suas cabines, mantendo a maior imobilidade possível para não produzir calor a mais. Da mesma forma, Itari se retirou para o porão de carga de bombordo e ali o alienígena ficou em imobilidade vigilante.

Algumas vezes, Kira se encontrou com Falconi na cozinha, para as refeições. Eles conversaram aos sussurros, e os encontros pareciam a Kira as conversas lentas, tarde da noite, que ela tinha com amigos da escola quando adolescente.

Quando terminavam de comer, eles jogavam sete-ou-nada. Rodada após rodada, e às vezes Falconi vencia, às vezes Kira. Diferente de antes, não apostaram perguntas, mas fichas que eles criaram usando as embalagens de refeição.

Na última rodada, Kira rompeu o silêncio.

— Salvo... por que você comprou a *Wallfish*?

— Hmm?

— Quer dizer, por que você quis sair de casa? Por que isso?

Os olhos azuis de Falconi a olharam rapidamente por cima das cartas.

— Por que você se tornou xenobióloga? Por que saiu de Weyland?

— Porque eu queria explorar, ver o universo.

Ela meneou a cabeça, tristonha.

— E consegui mais do que pedi... Mas de algum modo acho que não foi por isso que você saiu da Pista de Farrugia.

Ele virou uma das cartas comuns presas no convés. Um seis de paus. Somando com sua própria mão, dava... um total de quatro setes.

— Às vezes não é possível ficar em casa, mesmo que você queira.

— E você queria?

Um leve dar de ombros por baixo do cobertor térmico.

— A situação não era ótima. Eu não tinha muitas alternativas. Se lembra do levante por lá?

— Lembro.

— A companhia ferrava os benefícios das pessoas de todo jeito. Aposentadoria. Indenizações. Tudo. As coisas acabaram chegando a um ponto de ebulição e... todo mundo teve de assumir um lado.

Kira entendeu lentamente.

— Você era um agente de seguros, não é isso?

Salvo assentiu, mas com certa relutância.

— Foi assim que passei a entender realmente como as pessoas eram ludibriadas. Quando começaram os protestos, eu não podia ficar sem fazer nada. Você precisa entender, eram as pessoas com quem fui criado. Amigos. Familiares.

— E depois?

— Depois...

Ele baixou as cartas e passou a ponta dos indicadores nas têmporas.

— Depois, não suportei ficar. Disseram coisas e tomaram atitudes que não podiam ser perdoadas. Então apertei o cinto, poupei dinheiro por alguns anos, e comprei a *Wallfish*.

— Para fugir? — perguntou ela.

— Não, para ser livre — disse ele. — Prefiro lutar e cair sozinho do que ser tratado como um escravo.

A convicção na voz dele era tão forte que deu arrepios na nuca de Kira. Ela gostou.

— Então você *tem* princípios — disse ela em um tom de leve zombaria.

Salvo riu.

— Cuidado. Não conte a ninguém, ou causará uma má impressão.

— Eu nem sonharia com isso.

Ela baixou as cartas.

— Espere. Volto já.

Salvo olhou indagativo enquanto Kira saía da cozinha às pressas. Kira voltou à cabine, pegou a concertina embaixo de um cobertor de tecido vivo da Lâmina Macia e voltou.

Quando viu a concertina, Salvo gemeu.

— Essa agora? Vai me fazer ouvir polca?

— Cala a boca — disse Kira, usando a resposta brusca para esconder o nervosismo. — Não sei se me lembro de todo o dedilhado, mas...

Ela tocou para ele "*Saman-Sahari*", uma das primeiras peças que aprendera. Era uma canção longa e lenta com o que ela pensava ser uma linda melodia. Enquanto a música lânguida enchia o ar, ela se lembrava das estufas de Weyland, de seus aromas fragrantes e do zumbido dos insetos de polinização. Se lembrava da família, da casa e de tanta coisa que agora estava perdida.

Os olhos de Kira encheram-se de lágrimas, contra sua vontade. Quando terminou, ela ficou onde estava por um bom tempo, olhando fixamente a concertina.

— Kira.

Ela levantou a cabeça e viu que Falconi a olhava com uma expressão franca, os olhos também brilhando de lágrimas.

— Isso foi lindo — disse ele, e pôs a mão na dela.

Ela fez que sim com a cabeça, fungou e riu um pouco.

— Obrigada. Tive medo de estragar a música.

— De forma alguma.

— Bom, então...

Ela deu um pigarro e, com alguma relutância, soltou a mão.

— Acho que devemos encerrar a noite. Amanhã será um dia agitado.

— É, acho que sim.

— ... Boa noite, Salvo.

— Boa noite, Kira. Mais uma vez, obrigado pela música.

— Não tem de quê.

7.

Kira subia pelo poço central da *Wallfish*, depois de ver Itari no porão, quando o alerta de salto soou e ela sentiu uma mudança sutil, mas perceptível, na posição da nave. Kira olhou a hora: 1501 TEG.

Do alto, soou a voz de Falconi.

— Estamos lá. E não estamos sós.

CAPÍTULO II

* * * * * * *

NECESSIDADE III

1.

A *Wallfish* saiu de FTL perto de uma anã marrom: um globo magenta-escuro sem luas ou planetas. Habitava o vazio logo além da heliosfera de Cordova-1420, um viajante solitário orbitando o núcleo galáctico, girando e girando na eternidade silenciosa.

Perto da linha equatorial da anã marrom, pendia um grupo de 21 pontos brancos: as naves do Laço Mental, posicionadas de forma que a massa da estrela falida os protegia de qualquer telescópio FTL apontado para eles de Cordova-1420.

No momento em que a *Wallfish* silenciou o Propulsor de Markov, Falconi começou os procedimentos para despertar o restante da tripulação (com a exceção de Gregorovich). A *Wallfish* levaria quatro horas para combinar a velocidade com o Laço Mental; tempo mais que suficiente para a tripulação descongelar e consumir os alimentos e fluidos de que precisaria para ser funcional.

"Conversaremos quando vocês chegarem aqui", dissera Tschetter em resposta à saudação deles. "Será mais fácil com você pessoalmente, Kira, quando puder se comunicar diretamente com os Águas."

Depois da chamada, Kira foi à cozinha cumprimentar a tripulação que voltava. Nenhum deles parecia particularmente bem.

— Sobrevivi a outra — disse Sparrow, enxugando o rosto com uma toalha. — Eba.

Nielsen parecia ainda pior que Falconi, embora não exibisse nenhum sintoma do enjoo de crio. Tinha um tique e havia uma dureza tênue nos lábios, como se ela sentisse dor. Era, Kira suspeitava, um retorno da antiga doença da primeira-oficial.

— Posso pegar alguma coisa para você? — perguntou Kira, solidária.

— Não, mas obrigada.

Os Entropistas também se juntaram a eles. Entraram trôpegos, trajados com substitutos dos mantos gradientes, de braços dados, com a expressão abatida. Entretanto, pareciam enfim calmos e sãos, o que era uma evolução. O tempo que passaram em crio parecia ter amortecido o choque de ter a mente coletiva rompida. Mesmo assim, nunca se afastavam mais de um metro do outro e sempre estavam se tocando, como se o contato físico de algum modo substituísse a ligação mental perdida.

Kira ajudou a esquentar e servir comida ao grupo, fazendo o que podia para aliviar a recuperação da hibernação. Enquanto isso, Vishal estava sentado com Nielsen, com um braço a envolvendo, e falava com ela em voz baixa. O que quer que estivesse dizendo parecia atenuar o desconforto da primeira-oficial; ela assentiu e parte da tensão desapareceu de sua postura.

Quando todos estavam sentados com comida e bebida, Falconi se levantou.

— Tem uma coisa que vocês devem saber.

Ele os informou da situação com Gregorovich.

— Que horror — disse Nielsen, estremecendo.

— Vai descongelá-lo? — perguntou Sparrow.

Falconi fez que não com a cabeça.

— Só quando soubermos o que está acontecendo com o Laço Mental. Talvez acabemos dando meia-volta e retornando à Liga. *Se* eu mandar Hwa-jung tirar Gregorovich da crio, quero que você, doutor, o examine prontamente.

— Claro — disse Vishal. — Farei o que puder por ele.

— É bom ouvir isso, doutor.

2.

Quatro horas depois, com todos acordados, embora ainda meio grogues, a *Wallfish* acoplou com a nave capitânia dos Águas: um globo grande e cintilante com mais ou menos uma dezena de escotilhas de armas cercando a proa redonda.

Junto com a tripulação, Kira foi às pressas para a câmara de descompressão. Só os Entropistas ficaram na cozinha, tomando bebidas quentes, debruçados sobre a holotela.

— Assistiremos...

— ... daqui — disseram eles.

Apesar da preocupação de Kira com a reunião, ela estava ansiosa para acabar logo com aquilo — de um jeito ou de outro — e ter uma noção do que o futuro lhe reservava. Naquele momento, não tinha a menor ideia. Se eles acabassem voltando à Liga, ela iria se esconder? Entregar-se ao CMU? Encontrar um jeito de combater os Águas e os pesadelos sem acabar presa em uma cela qualquer? Talvez voltasse a Weyland, procurasse a família, os protegesse... A incerteza não era uma sensação agradável. Longe disso.

Ela sabia que Falconi lutava com uma inquietação parecida. Ele estava estranhamente taciturno desde que chegaram à anã marrom, e, quando ela perguntou sobre isso, ele meneou a cabeça e disse:

— Só pensando, é só isso. Será bom deixar isso tudo para trás.

"Será mesmo."

A *Wallfish* deu um solavanco quando as duas naves se conectaram. A câmara de descompressão externa se abriu e, do outro lado, uma membrana se retraiu, revelando uma das portas com aparência de madrepérola dos Águas. Ela girou e revelou o túnel de três metros que levava ao interior da nave.

Esperando dentro da nave dos Águas estava Tschetter e, como Kira rapidamente identificou pelos odores que vagavam para ela, a forma adornada de tentáculos de Lphet.

— Permissão para subir a bordo, capitão? — disse Tschetter.

— Permissão concedida — respondeu Falconi.

Tschetter e Lphet flutuaram para dentro e tomaram posição na antecâmara de descompressão. [[Aqui é Lphet: Saudações, Idealis.]]

— É bom revê-la, major — disse Falconi. — A situação ficou bem cabeluda lá no Caçabicho. Não sabia se você ia sobreviver.

Como o resto da tripulação, ele estava armado e sua mão nunca se afastava do punho do blaster.

— Quase não conseguimos — disse Tschetter.

Nielsen falou:

— O que aconteceu com o... como se chamava mesmo, Kira... o Aspirante?

À menção do perigo ancestral, um arrepio correu pelas costas de Kira. Ela também se fazia essa pergunta.

Uma centelha de desprazer atravessou o rosto de Tschetter.

— Fugiu do Caçabicho antes de podermos destruí-lo.

— Onde está agora? — perguntou Kira.

Um leve dar de ombros da major.

— Vagando entre as estrelas em algum lugar. Desculpe-me; não sei dizer mais do que isso. Não tivemos tempo de ir atrás dele.

Kira franziu a testa, desejando o contrário. A ideia de um Aspirante à solta entre as estrelas, livre para tentar cumprir o plano cruel que lhe parecesse adequado — livre de qualquer supervisão de seus criadores, os Desaparecidos —, a enchia de pavor. Infelizmente, não havia nada que ela pudesse fazer a respeito disso e, mesmo que houvesse, eles tinham preocupações mais prementes.

— Que notícia boa pra porra, né — disse Sparrow num tom que combinava com o estado de espírito de Kira.

Falconi empinou o queixo.

— Por que tivemos de nos encontrar pessoalmente, major? O que havia de tão importante que não poderia ser dito pelo rádio?

Embora não tivesse como compreender a pergunta de Falconi, o Água respondeu: [[Aqui é Lphet: As correntes estão contra nós, Idealis. Mesmo agora o cardume de seu Braço se prepara para atacar nossas forças reunidas em torno da estrela vizinha. O ataque certamente fracassará, mas não sem grandes perdas dos dois lados. Correrá sangue no mar vazio e nossa tristeza compartilhada será o ganho dos Corrompidos. Esta maré deve mudar, Idealis.]] Um odor de súplica sincera impregnou o ar. Atrás dela, Itari esfregou os tentáculos e assumiu um tom de amarelo fermentado.

Tschetter apontou o Água com a cabeça.

— Lphet acaba de contar a situação a Kira. É pior do que vocês possam imaginar. Se não interviermos, a Sétima Frota será destruída e toda esperança de paz entre nós e os Águas, perdida.

— A Liga tentou te matar — observou Nielsen.

A major não titubeou.

— Era uma opção sensata, em vista das circunstâncias. Não concordo, mas, do ponto de vista tático, fazia certo sentido. O que *não* faz sentido é perder a Sétima. É a maior frota permanente do CMU. Sem ela, a Liga ficará em desvantagem ainda maior. Qualquer ataque sério e os Águas ou os Corrompidos poderão superar nossas forças.

— E o que você tem em mente? — disse Kira. — Deve ter uma ideia, ou não estaríamos conversando agora.

Tschetter assentiu e o Água disse: [[Aqui é Lphet: Tem razão, Idealis. O plano é um salto desesperado no abismo, mas é tudo que nos resta.]]

[[Aqui é Kira: Consegue entender minhas outras palavras?]]

Ela sentiu o odor-próximo de compreensão. [[Aqui é Lphet: A máquina que sua coforma Tschetter usa traduz para nós.]]

A major ainda falava.

— Infelizmente, a decisão do premier de destruir o Laço Mental arruinou nosso plano original. Nas melhores velocidades possíveis, a Sétima Frota chegará a Cordova-1420 nas próximas horas. Depois que chegar, estará sob artilharia e será difícil salvá-la. Encontrar um jeito de estabelecer a paz entre nós e os Águas será complicado. Muito complicado.

Kira olhou para Falconi.

— Podemos mandar uma mensagem à Sétima antes que eles cheguem a Cordova? Para avisá-los? Tschetter, você deve saber de um jeito de entrar em contato com eles por canais militares.

— Vale a pena tentar — disse Falconi. — Mas...

— Não vai dar certo — disse Tschetter. — Não sabemos exatamente onde está a Sétima. Se Klein for inteligente, e ele é, não levará a frota em uma viagem direta da Terra. Seria fácil demais cruzar com uma nave dos Águas desse jeito.

— Não consegue localizá-los com seus sensores FTL? — perguntou Kira.

Tschetter abriu um sorriso desagradável para ela.

— Nós *tentamos*, mas eles não apareceram. Não sei por quê. Os outros Águas certamente não os encontraram. O Laço Mental teria sabido.

Kira se lembrou de algo mencionado pelo coronel Stahl.

— Na Estação Orsted, o oficial que me interrogou disse que eles tinham um jeito de impedir que os Águas detectassem a Sétima.

— É mesmo? — disse Tschetter com uma expressão pensativa. — Antes de eu ser capturada, lembro-me de que havia boatos das divisões de pesquisa sobre técnicas experimentais de esconder uma nave em FTL. Tem algo a ver com a geração de sinais de curto alcance, basicamente ruído branco, que perturbariam qualquer tentativa ativa de varredura. Talvez tenha sido isso que ele quis dizer.

Ela se sacudiu.

— Não importa — continuou. — A questão é que não podemos localizar a Sétima em FTL, e, depois que eles voltarem à subluz, os Águas vão interferir no sistema. Nenhum sinal que tenha velocidade suficiente para chegar à Sétima a tempo terá potência para penetrar a interferência. Além disso, duvido que eles deem ouvidos a qualquer coisa que dissermos.

Kira começava a ficar frustrada.

— Do que estamos falando, então? Vocês vão voar e combater junto com a Sétima? É isso?

— Não exatamente — disse Tschetter.

Falconi intercedeu com a mão erguida.

— Espere aí um minuto. Qual *era* seu plano original, Tschetter? Nunca me explicou. Os Águas nos superam em velocidade e armas daqui até Alfa Centauro. Por que precisam da nossa ajuda pra capar o mandachuva? Parece que só estaríamos atrapalhando.

— Eu ia chegar a isso — disse Tschetter.

Ela puxou os dedos do skinsuit, esticando rugas no dorso das mãos.

— O plano era, e, devo acrescentar, ainda é, que o Laço Mental escolte uma de nossas naves, passando pelo perímetro de defesa dos Águas. O Laço dirá que capturaram a nave durante um ataque à Liga e que ela contém informações valiosas. Depois de entrar, o Laço identificará o alvo e explodimos a liderança deles. Simples assim.

— Ah, só isso — escarneceu Sparrow.

Vishal falou:

— Que tarefa fácil. Podemos acabar antes do jantar.

Ele soltou um riso oco.

Uma onda correu pelos membros do Água. [[Aqui é Lphet: Desejamos sua ajuda, Idealis... Desejamos sua ajuda para matar o grande e poderoso Ctein.]] Uma miscelânea de náusea, dor e pânico entupiu as narinas obstruídas de Kira, como se o Água tivesse ficado fisicamente doente.

Ela não conseguiu esconder o choque com essas palavras. [[Aqui é Kira: Ctein está *aqui*?]]

[[Aqui é Lphet: Exato, Idealis. Pela primeira vez em quatro ondas e incontáveis ciclos, o imenso e terrível Ctein desenraizou os muitos membros para supervisionar a invasão de seus planetas e a destruição dos Corrompidos. Esta é nossa melhor e única chance de derrubar nosso antigo tirano.]]

— Kira? — disse Falconi, com a voz tensa.

Sua mão foi para mais perto do cabo do blaster.

— Está tudo bem. É só que... espere — disse ela.

Ela tinha a mente em disparada. [[Aqui é Kira: Era para *isso* que vocês queriam a ajuda da Liga? Para matar o único e singular Ctein?]]

Odor-próximo de confirmação. [[Aqui é Lphet: Mas é claro, Idealis. O que mais poderíamos querer?]]

Kira voltou o olhar para Tschetter.

— Você sabia desse Ctein de que eles falam?

A major franziu a testa.

— Eles já falaram antes nesse nome, sim. Não pensei que fosse particularmente relevante.

Um riso incrédulo explodiu da garganta de Kira.

— Não pensou que fosse relevante... Por Thule.

Falconi a olhou com preocupação.

— Qual é o problema?

— Eu...

Kira meneou a cabeça. "Pense!"

— Tudo bem. Espere um pouco.

Mais uma vez, ela se dirigiu ao Água. [[Aqui é Kira: Ainda não entendo. Por que vocês mesmos não matam Ctein? Suas naves são melhores que as nossas e vocês podem nadar para mais perto de Ctein sem causar alarme. Então, por que já não mataram Ctein? Querem que sejamos...]]] Ela não conseguia pensar no conceito dos Águas para *culpa* e, em vez disso, concluiu com: [[...conhecidos pelo feito?]]

[[Aqui é Lphet: Não, Idealis. Precisamos de sua ajuda porque não *conseguimos* fazer isso nós mesmos. Depois dos acontecimentos na Separação, e depois do levante fracassado de Nmarhl, o sábio e inteligente Ctein cuidou para que todos os Wranaui, até nós, Tfeir, fôssemos alterados para que não pudéssemos causar nenhum mal a nosso grande Ctein.]]

[[Aqui é Kira: Quer dizer que vocês são fisicamente incapazes de ferir Ctein?]]

[[Aqui é Lphet: É exatamente este o problema, Idealis. Se tentarmos, uma doença nos impede os movimentos. Só pensar em causar danos ao imenso e poderoso Ctein nos provoca um desconforto imenso.]]

Um franzido fundo comprimiu a testa de Kira. Então os Águas foram geneticamente modificados para ser escravos? A ideia a enchia de repulsa. Ser vinculado pelos próprios genes a se curvar e rastejar era abominável. Agora as intenções do Laço Mental faziam mais sentido, mas ela não gostava da cara delas.

— Vocês precisam de uma nave humana — disse ela, olhando para Tschetter.

A expressão da major se abrandou um pouco.

— E de um ser humano para puxar o gatilho, literal ou metaforicamente, a certa altura do processo.

O medo se desenrolou dentro de Kira.

— A *Wallfish* não é um cruzador e certamente não é uma nave de batalha. Os Águas vão nos dilacerar. Você não pode...

— Calma — disse Falconi. — Contexto, por favor, Kira. Nem todos nós conseguimos falar por cheiros, sabia?

Atrás dele, a tripulação parecia nervosa. Kira entendia.

Ela passou a mão no couro cabeludo, tentando organizar os pensamentos.

— Tá, tudo bem...

Ela contou a eles o que lhe dissera Lphet e, quando terminou, Tschetter confirmou e explicou alguns aspectos que confundiam a própria Kira.

Falconi fez que não com a cabeça.

— Deixa eu entender direito. Você quer que o Laço Mental nos leve para o meio da frota dos Águas. Depois, quer que a gente ataque a nave que carrega esse Ctein...

— A *Battered Hierophant* — informou Tschetter, prestativa.

— Estou pouco me fodendo para o nome. Você quer que a gente ataque essa nave, o que vai fazer cada Água estacionado ali em Cordova cair em cima de nós com uma artilharia furiosa, e não teremos a mínima chance de sobreviver. Nenhuma chance.

Tschetter não parecia surpresa com a reação dele.

— O Laço Mental promete que fará tudo o que puder para proteger a *Wallfish* depois que vocês lançarem seus Casaba-Howitzers na *Battered Hierophant*. Eles parecem bem confiantes de sua capacidade para tanto.

Um riso de escárnio escapou de Falconi.

— Que besteira. Você sabe tão bem quanto eu é que impossível garantir qualquer coisa depois que começa o tiroteio.

— Se está procurando garantias de vida, ficará muito decepcionado — disse Tschetter, se empertigando, uma grande proeza em gravidade zero. — Depois que Ctein estiver morto, o Laço Mental alega que...

— Espere — disse Kira, quando lhe ocorreu uma ideia desagradável. — E o Ninho de Transferência?

A confusão apareceu no rosto de Tschetter.

— O ninho de quê?

— É — disse Falconi. — De quê?

Chocada, Kira disse:

— Você não leu meu relatório sobre a conversa que tive com Itari quando saímos do Caçabicho?

Falconi abriu a boca, depois fez que não com a cabeça.

— Eu... Merda. Acho que deixei passar. Aconteceu muita coisa desde então.

— E Gregorovich não te contou?

— Ele não mencionou nada.

Tschetter estalou os dedos.

— Navárez, informe.

Kira explicou o que sabia sobre o Ninho de Transferência.

— Caralho, inacreditável — disse Falconi.

Sparrow enfiou um chiclete na boca.

— Então quer dizer que os Águas podem ressuscitar?

— De certo modo — disse Kira.

— Deixe-me entender: a gente mete bala neles e eles voltam a sair dos casulos de nascimento, novinhos em folha, sabendo de tudo que aconteceu? Tipo onde e como foram mortos?

— Por aí.

— Puta que pariu.

Kira olhou para Tschetter.

— Eles nunca te contaram?

A major meneou a cabeça, insatisfeita consigo mesma.

— Não. Acho que nunca fiz as perguntas certas, mas... isso explica muita coisa.

Falconi batia no cabo do blaster de um jeito distraído.

— Merda. Se os Águas podem armazenar backups deles mesmos, como vamos matar esse Ctein? Matá-lo para sempre, quer dizer.

Ele olhou para Kira e falou:

— Foi essa a sua pergunta, não foi?

Ela fez que sim com a cabeça.

Odor-próximo de compreensão inundou o ar e Kira se lembrou de que os Águas estiveram ouvindo o tempo todo.

[[Aqui é Lphet: Sua preocupação é sensata, Idealis, mas neste caso é infundada.]]

[[Aqui é Kira: Como?]]

[[Aqui é Lphet: Não existe nenhuma cópia do padrão do grande e poderoso Ctein.]]

— Como pode ser? — perguntou Nielsen enquanto Kira traduzia.

Kira se fazia a mesma pergunta.

[[Aqui é Lphet: Nos ciclos desde a Separação, Ctein entregou-se aos piores excessos de sua fome e cresceu para além de todos os limites normais da carne dos Wranaui. Esta complacência impede o orgulhoso e ardiloso Ctein de usar o Ninho de Transferência. Não se pode construir o Ninho com tamanho suficiente para copiar o padrão de Ctein. As correntes não aguentam um tamanho desses.]]

Sparrow estourou uma bola de chiclete.

— Tá, Ctein é um balofo. Entendi.

[[Aqui é Lphet: Você faz bem em se acautelar contra a força de Ctein, biforme. É única entre os Wranaui e não há nada entre os Braços que se equipare. Por isso o grande e terrível Ctein tornou-se complacente em sua supremacia.]]

Sparrow soltou um ruído de desprezo.

[[Aqui é Kira: Para confirmar, se matarmos Ctein, isso será o fim de tudo? Ctein terá uma morte verdadeira?]]

Odor-próximo de angústia, e o Água corou um tom doentio. [[Aqui é Lphet: Correto, Idealis.]]

Quando Kira traduziu, Tschetter falou:

— Voltando ao que eu dizia antes... Depois que Ctein morrer, o Laço Mental poderá assumir o controle das naves em Cordova. Não teríamos de nos preocupar com alguém estourando sua preciosa nave, capitão.

Um grunhido de Falconi.

— O que mais me preocupa é *nós* sermos estourados.

A irritação contraiu o rosto de Tschetter.

— Não seja tão estúpido. Vocês não precisariam ficar na *Wallfish*. Sua pseudointeligência pode pilotar. Os Águas podem dar espaço a vocês nas naves deles e transportá-los de volta à Liga, depois que Ctein estiver morto.

Hwa-jung deu um pigarro.

— Gregorovich.

— É — disse Falconi. — Tem isso.

Ele voltou o olhar para Tschetter.

— Se você não percebeu, temos um cérebro de nave a bordo.

A major arregalou os olhos.

— O quê?

— Uma longa história. Mas ele está aqui, é enorme e teremos de desmontar metade do convés B para retirá-lo da nave. Levaria pelo menos dois dias de trabalho.

Uma rachadura apareceu no autocontrole de Tschetter.

— Não é o... ideal.

Ela beliscou a ponte do nariz, enrugando os cantos dos olhos como se combatesse uma dor de cabeça.

— Gregorovich concordaria em pilotar a *Wallfish* sozinho? — perguntou ela, e olhou para o teto. — Cérebro de nave, você deve ter uma opinião a respeito de tudo isso.

— Ele não pode te ouvir — disse Falconi rispidamente. — Outra longa história.

— Voltando um minuto — disse Sparrow. — Se o objetivo é destruir a *Battered Hierophant*, por que não diz isso à Sétima? O almirante Klein é um cabeça-dura, mas não é burro.

Tschetter fez um movimento ríspido com o queixo.

— Os Águas não deixariam que a Sétima chegasse perto da *Hierophant*. Mesmo que eles conseguissem, a *Hierophant* simplesmente tiraria Ctein do sistema, e não existe uma nave na Liga que possa acompanhar os propulsores dos Águas.

Era verdade e todos sabiam disso.

— De todo modo — continuou Tschetter —, acho que você pode estar muito otimista com relação à disposição do almirante Klein de ouvir qualquer coisa que eu tenha a dizer a essa altura dos acontecimentos.

[[Aqui é Lphet: Devido a nossa compulsão, os Wranaui protegerão o grande e poderoso Ctein com cada resquício de nossas forças. Acredite em mim, Idealis, pois esta é a verdade. Mesmo que custasse a nossa vida, assim seria.]]

À palavra *compulsão*, um tremor desceu sinuoso pelas costas de Kira. Se o que os Águas sentiam era de algum jeito parecido com a dor ávida que impelira a Lâmina Macia a responder às antigas convocações dos Desaparecidos... ela entendia por que depor Ctein era tão difícil para eles.

— Precisamos conversar sobre isso entre nós — disse Kira a Tschetter.

Ela procurou confirmação em Falconi e ele indicou concordância com um leve gesto de cabeça.

— É claro.

Junto com o resto da tripulação, Kira se retirou para o corredor, fora da antecâmara de descompressão. Itari ficou para trás.

Quando a porta pressurizada se fechou com um estalo, Falconi disse:

— Gregorovich não está em condições de pilotar a *Wallfish*. Mesmo que estivesse, de jeito nenhum eu o mandaria em uma missão suicida.

— Mas seria realmente suicida? — disse Nielsen.

Falconi bufou.

— Não me diga que você acha que este plano maluco é uma boa ideia.

A primeira-oficial ajeitou uma mecha de cabelo que tinha se soltado do coque. Ainda dava a impressão de aguentar certa dor, mas o olhar e a voz eram firmes.

— Só estou dizendo que o espaço é grande. Se a *Wallfish* pudesse matar esse Ctein, os Águas levariam tempo para reagir. Tempo que o Laço Mental pode usar para impedir que eles ataquem a nave.

Para Sparrow, Falconi disse:

— Achei que você é que era a estrategista por aqui.

Depois, para Nielsen:

— Estamos falando do maior e mais cruel Água de todos. O rei ou rainha ou *sei lá* das lulas. Eles devem escoltá-lo o tempo todo na *Battered Hierophant*. Assim que a *Wallfish* abrir fogo...

— Bum — disse Hwa-jung.

— Exatamente — disse Falconi. — O espaço é grande, mas os Águas são rápidos e suas armas têm um alcance do cacete.

— Não sabemos qual será a situação em Cordova — disse Kira. — Simplesmente não sabemos. A *Battered Hierophant* pode estar cercada por metade da frota dos Águas, ou pode estar lá sozinha. Não tem como saber de antemão.

— Pressuponha o pior —disse Sparrow.

— Tudo bem, então está cercada. Quais vocês acham que são as chances de a Sétima Frota destruir a *Hierophant*?

Como ninguém respondeu, Kira olhou para cada tripulante, examinando seus rostos. Já tomara sua decisão: os humanos e os Águas *tinham* de unir forças, se qualquer uma das espécies quisesse ter alguma esperança de sobreviver ao Bucho devorador.

— Creio que existem duas questões importantes aqui — disse Vishal.

— E quais seriam? — perguntou Falconi, respeitoso.

O médico esfregou os dedos compridos de pontas redondas.

— Primeira questão: podemos correr o risco de perder a Sétima Frota? Resposta: acho que não. Segunda questão: quanto vale a paz entre nós e os Águas? Resposta: nada é mais valioso em todo o universo agora. É assim que eu vejo o problema.

— Você me surpreende, doutor — disse Falconi em voz baixa.

Kira via as engrenagens de seu cérebro girando em uma velocidade furiosa atrás dos olhos apertados.

Vishal assentiu.

— De vez em quando é bom ser imprevisível.

— Não sei por quê, mas acho que não seríamos pagos pela paz — disse Sparrow e, com uma unha pintada de vermelho, coçou o nariz. — Os únicos salários a serem ganhos por aqui são pagos com sangue.

— É meu medo também — disse Falconi.

Kira acreditou nele. Ele sentia medo. Qualquer pessoa sensata teria. *Ela* sentia medo, e a Lâmina Macia lhe dava muito mais proteção do que a qualquer outro na nave.

Nielsen encarava o convés enquanto eles falavam, o rosto voltado para baixo. Agora, falou em voz baixa:

— Devemos ajudar. Temos de ajudar.

— E por que isso? — perguntou Falconi.

Seu tom não era de escárnio; era uma pergunta séria.

— Diga-nos, srta. Audrey — disse Vishal com gentileza.

Kira notou que ele agora a tratava pelo prenome.

Nielsen apertou bem os lábios, como se reprimisse as emoções.

— Temos uma obrigação moral.

As sobrancelhas de Falconi subiram à linha do cabelo.

— Uma *obrigação moral*? Estas são palavras tremendamente magnânimas.

Uma sugestão de seu habitual estilo cortante começava a voltar.

— Para com a Liga. Com a humanidade em geral.

Nielsen apontou para a câmara de descompressão.

— Para com os Águas.

Sparrow soltou um ruído de incredulidade.

— *Aqueles* escrotos?

— Até com eles. Não me importa que sejam alienígenas. Ninguém deve ser obrigado a viver de certo modo só porque alguém mexeu em seu DNA antes de você nascer. Ninguém.

— Isso não quer dizer que tenhamos alguma obrigação de nos matar por eles.

— Não — disse Nielsen —, mas não quer dizer também que devamos ignorá-los.

Falconi beliscou o cano da arma.

— Vamos esclarecer isso. Sparrow tem razão: não temos obrigação nenhuma. Nenhum de nós tem. Não temos *nada* a ver com Tschetter, nem com o que diz o Laço Mental.

— Nenhuma obrigação além daquelas ditadas pelos limites da decência comum — disse Vishal.

Ele olhava fixamente os pés e, quando voltou a falar, a voz parecia distante.

— Prefiro dormir à noite e não ter pesadelos, capitão.

— Eu prefiro ser capaz de *dormir*, e estar vivo ajuda nisso — retorquiu Falconi.

Ele suspirou e Kira viu uma mudança em sua expressão, como se ele chegasse a uma decisão própria.

— Hwa-jung, descongele Gregorovich. Não podemos ter essa conversa sem ele.

A chefe de engenharia abriu a boca como quem vai protestar, depois a fechou com um estalo audível dos lábios e resmungou. Seu olhar ficou desfocado enquanto ela se concentrava nos filtros.

— Capitão — disse Kira. — Você falou com Gregorovich antes de partirmos. Sabe como ele está. Que sentido tem isso?

— Ele faz parte da tripulação — disse Falconi. — E ele não estava *completamente* fora de si. Você mesma disse isso. Ele ainda conseguia acompanhar o que você dizia. Mesmo que esteja meio maluco, ainda precisamos tentar. A vida dele também está na reta. Além disso, tentaríamos se um de nós estivesse doente na enfermaria.

Ele não estava errado.

— Tudo bem. Quanto tempo ele vai levar para despertar? — perguntou Kira.

— Dez, quinze minutos — disse Falconi.

Ele foi à porta pressurizada, abriu e disse a Tschetter e aos Águas para esperarem do outro lado.

— Vamos precisar de quinze minutos. Precisamos tirar nosso cérebro de nave da crio.

O atraso obviamente desagradava a Tschetter, mas ela disse apenas:

— Faça o que precisa fazer. Estaremos esperando.

Falconi bateu uma continência frouxa e fechou a porta.

3.

Os dez minutos seguintes se passaram em uma expectativa silenciosa. Kira via que os outros raciocinavam sobre tudo que Tschetter e Lphet lhes disseram. Ela também, na verdade. Se Falconi concordasse com o plano — independentemente do que Gregorovich dissesse —, havia uma boa probabilidade de eles acabarem presos em uma nave dos Águas, sem uma nave própria e à mercê das decisões de viagem do Laço Mental. Não era uma perspectiva atraente. Por outro lado, também não era atraente a destruição da Sétima Frota, a continuação da guerra entre humanos e Águas e a vitória dos pesadelos sobre as duas espécies.

Quando tinham se passado quase quinze minutos, Falconi falou:

— Hwa-jung? O que houve?

A voz da chefe de engenharia soou no intercomunicador:

— Ele está desperto, mas não estou conseguindo nada dele.

— Explicou a situação?

— *Aish*. Claro que sim. Mostrei a ele a gravação de nossa conversa com Tschetter e os Águas.

— Ele ainda não respondeu?

— Não.

— Não pode ou não quer?

Uma breve pausa antes de ela responder.

— Não sei, capitão.

— Merda. Estou a caminho.

Falconi soltou as botas do convés, impeliu-se para o suporte mais próximo e saiu às pressas para o abrigo contra tempestades.

Em sua ausência, um silêncio constrangido encheu o corredor.

— Quanta diversão, hein — disse Sparrow.

Nielsen sorriu, mas com certa tristeza.

— Não posso dizer que era como eu imaginava passar minha aposentadoria.

— Você e eu, dona.

Não demorou muito e Falconi voltou às pressas pelo corredor, com uma expressão perturbada.

— E então? — perguntou Kira, embora a resposta parecesse óbvia.

O capitão meneou a cabeça enquanto plantava os pés no convés e permitia que os coxins de lagartixa o fixassem ali.

— Nada que eu pudesse entender. Ele piorou. Vishal, terá de examiná-lo assim que nos resolvermos aqui. Nesse meio-tempo, precisamos decidir. De um jeito ou de outro. Aqui e agora.

Nenhum deles parecia disposto a dizer o que Kira tinha certeza que todos pensavam. Por fim, ela tomou a iniciativa e — com uma falsa confiança — falou:

— Eu voto sim.

— A favor do *que*, exatamente, é esse sim? — disse Sparrow.

— De ajudarmos Tschetter e o Laço Mental. De tentarmos matar o líder deles, Ctein. Pronto. Ela falou e as palavras se demoraram no ar como um cheiro indesejado.

Então o ronco grave da voz de Hwa-jung soou.

— E Gregorovich? Vamos abandoná-lo na *Wallfish*?

— Eu não gostaria disso — disse Vishal.

Falconi meneou a cabeça e Kira se deprimiu.

— Não. Sou o capitão desta nave. De forma alguma eu mandaria Gregorovich, ou qualquer um de vocês, aliás, em uma missão como essa sozinho. Eu estaria morto e enterrado antes de deixar isso acontecer.

— Então... — disse Kira.

— É a minha nave — repetiu ele.

Um estranho brilho apareceu em seus frios olhos azuis: um olhar que Kira vira na cara de muitos homens ao longo dos anos. Em geral, pouco antes de fazerem algo perigoso.

— Irei com Gregorovich. É a única saída.

— Salvo... — começou a falar Nielsen.

— Não vai me dissuadir disso, Audrey, então nem tente.

Sparrow fez uma careta, enrugando as feições delicadas.

— Ah, mas que merda... Quando me alistei na MCMU, jurei proteger a Liga contra todas as ameaças, internas e externas. Nenhum pagamento do mundo me faria voltar ao serviço militar, mas, bom, acho que fui sincera no que disse antes e acho que ainda quero dizer o mesmo, embora o CMU *seja* um bando de babacas arrogantes.

— Você não vai — disse Falconi. — Nenhum de vocês vai.

— Desculpe, capitão. Se temos a opção de *não* ir, então também temos a opção de *ir*. Você não é o único que pode fazer gestos grandiosos. Além do mais, vai precisar de alguém para lhe dar cobertura.

Então Hwa-jung pôs a mão no ombro redondo de Sparrow.

— Aonde ela for, eu vou. Além disso, se a nave der defeito, quem vai consertar?

— Conte comigo também, Salvo — disse Nielsen.

Falconi olhou para cada um deles e Kira ficou surpresa com a angústia em sua expressão.

— Não precisamos de todos vocês para tocar a nave. Se querem ir, vocês são uns imbecis. A *Wallfish* vai explodir, será um desperdício da vida de vocês.

— Não — disse Nielsen em voz baixa. — Não será, porque estaremos entre amigos, ajudando a fazer o que importa.

Vishal fez que sim com a cabeça.

— Não pode me deixar de fora, capitão. Nem que eu estivesse morto e enterrado.

Falconi não gostou de ver as próprias palavras voltadas contra ele.

— E você? — perguntou ele a Kira.

Ela já estava com a resposta pronta.

— Claro que sim. Sou a mais, hm, adequada para lidar com a situação, se der errado.

— Sempre dá — disse Falconi sombriamente. — É só uma questão de como. Você percebe que, se nosso Propulsor de Markov tiver uma brecha, nem a Lâmina Macia conseguirá te proteger, não é?

— Eu sei. Kira já aceitava o risco. Se preocupar com isso não ajudaria em nada.

— E os Entropistas? — perguntou ela.

— Se eles quiserem ir com Tschetter, não é um problema nosso. Caso contrário, podem vir junto e curtir o passeio.

— E Trig? — disse Nielsen. — Devíamos...

— ... tirá-lo da *Wallfish* — disse Falconi. — É, boa ideia. No mínimo, Tschetter pode levá-lo de volta à Liga. Alguém tem alguma objeção? Não? Muito bem.

Falconi respirou fundo, depois riu e meneou a cabeça.

— Merda. Acho que vamos mesmo fazer isso. Tudo mundo tem certeza? Última chance.

Murmúrios de consentimento de todos os outros.

— Muito bem — disse ele. — Vamos matar esse Água.

4.

Depois de outras discussões, ficou combinado por ambos os lados que Itari ficaria na *Wallfish* por enquanto, como um gesto de boa fé da parte de Lphet e para ajudar, se surgisse algum problema com as alterações que Itari fizera no Propulsor de Markov. Da mesma forma, os Entropistas decidiram permanecer na *Wallfish*.

Como eles disseram:

— Como podemos nos recusar...

— ... a ajudar em um momento tão crucial...

— ... da história?

Kira não sabia quanta ajuda eles realmente podiam dar com sua mente coletiva rompida, mas era um bom sentimento.

Hwa-jung e Sparrow foram ao abrigo contra tempestades e trouxeram o tubo de crio de Trig para a câmara de descompressão. Ao passarem o tubo para a major, Falconi disse:

— Se alguma coisa acontecer com ele, a responsável será você.

— Vou protegê-lo como se fosse meu filho — disse Tschetter.

Apaziguado, Falconi fez um carinho no visor coberto de gelo do tubo. O resto da tripulação veio se despedir — Kira também — e Tschetter manobrou o tubo pelo túnel de madrepérola, entrando na nave dos Águas.

No instante em que a nave capitânia do Laço Mental se separou da câmara de descompressão, Falconi virou-se e falou.

— Hora dos preparativos. Nielsen, comigo no controle. Hwa-jung, engenharia. Sparrow, abra o arsenal e prepare tudo. Só por precaução.

— Sim, senhor.

— Entendido.

— Podemos chegar a Cordova com todos nós acordados? — perguntou Kira.

Falconi grunhiu.

— Vai ficar mais quente que o cu do Diabo aqui, mas deve ser possível, sim.

— Melhor do que ter de voltar para crio — brincou Sparrow ao sair.

— Pode apostar — disse Falconi.

5.

Kira achava ter sido exagero de Falconi quando ele falou no calor iminente. Para sua consternação, não era. A *Wallfish* estava a meio dia de FTL de Cordova-1420 e com todos — inclusive Gregorovich — fora da crio, todos os sistemas da nave operando e nenhum jeito de se livrar da energia térmica que emitiam, o interior da *Wallfish* rapidamente virou uma sauna.

A Lâmina Macia protegeu Kira do pior do calor, mas ela sentia as bochechas e a testa arderem: um calor ardido que aumentava sem parar. Filetes de suor pingavam nos olhos, irritando-a a ponto de ela usar o xeno para fazer uma prateleira protetora acima das sobrancelhas.

— Isso aí — disse Sparrow, apontando para ela com uma franqueza grosseira — é esquisito pra caralho, Kira.

— Olha, funciona — disse ela, passando um pano úmido no rosto.

Meio dia era uma viagem ínfima por qualquer padrão estelar ou interestelar. Porém, era muito tempo para ficar preso em uma caixa escaldante de metal onde cada respiração parecia sufocante e as paredes eram desagradavelmente quentes, e não importava que medida tomassem, só piorava a situação. Era mais tempo ainda quando se esperava chegar a um local onde havia uma probabilidade acima da média de ser pulverizado por um laser ou um míssil.

A pedido de Kira, Vishal lhe dera outro par de lentes de contato antes de examinar Gregorovich. Ela as pegou e se enfiou na cabine. Manter o isolamento dentro da *Wallfish* ajudava a dispersar calor, e também evitava a sobrecarga dos sistemas de suporte vital em qualquer ambiente.

— Isto *não* é bom para a *Wallfish* — dissera Hwa-jung.

— Eu sei — respondeu Falconi. — Mas ela pode sobreviver por mais algumas horas.

Kira fez o máximo para se distrair da realidade da situação, lendo e jogando nos filtros. No entanto, não parava de pensar em Gregorovich — quanto mais o tempo passava sem notícias de Vishal, mais preocupada ela ficava — e os temores a respeito de Cordova ainda a invadiam: a presença do grande e poderoso Ctein, esperando por lá como um sapão gordo, inchado de autoconfiança arrogante, seguro em sua força cruel. A provável resposta do almirante Klein à chegada da *Wallfish* e do Laço Mental no sistema. O resultado incerto de toda essa empreitada delicada...

Nenhuma resposta óbvia se apresentava, mas Kira ainda remoía as preocupações enquanto lia. A situação estava tão longe do conhecido e o único farol que Kira tinha como guia era seu próprio senso de identidade. No entanto, sua identidade ficara um pouco tênue ultimamente, considerando o quanto a Lâmina Macia a estendia.

Mais uma vez ela sentiu a substância da concha escura que recobria o interior da cabine, carne de sua carne, e ainda assim... *outra coisa*. Era uma sensação estranha.

Ela se sacudiu, forçando-se a se focar nos filtros novamente...

6.

Quase quatro horas tinham se passado quando o intercomunicador estalou e Falconi disse:

— Atenção, tripulação. Vishal acaba de me atualizar.

Na cabine, Kira se empertigou, ansiosa para ouvir.

— Em resumo, Greg está em péssimo estado. O pico do bloco de impedância provocou danos em toda sua rede neural. Não só queimou boa parte dos condutores, como a conexão entre o computador e o cérebro de Greg continua a se degradar à medida que morrem os neurônios que receberam o choque.

Um tumulto de vozes preocupadas e sobrepostas na linha.

— Ele vai morrer? — perguntou Sparrow com sua franqueza característica.

— Só se todos formos estourados amanhã — disse Falconi. — Vishal não sabe se isto causará problemas permanentes para Greg ou se ele só vai perder algumas células encefálicas, que ele tem de sobra. Não tem como saber no momento, e o doutor não pode exatamente carregar Greg até a enfermaria para examiná-lo. Ele disse que Greg provavelmente está suportando uma extrema distorção sensorial. Isto é, alucinações. Então Vishal o manteve sedado e vai continuar trabalhando nele.

— *Aish* — disse Hwa-jung, que parecia estranhamente emotiva. — A culpa é minha. Eu não devia ter arrancado o disjuntor sem verificar a linha primeiro.

Falconi bufou.

— Não, não é culpa sua, Song. Você não podia saber que o bloco estava lá e o filho da puta teimoso do Greg não nos deu alternativas. É culpa do CMU e de ninguém mais. Não sofra por isso.

— Não, senhor.

— Muito bem. Informarei a todos se houver alguma mudança.

O intercomunicador se desligou.

No escuro da cabine, iluminada apenas pelo brilho verde dos globos frutíferos pendurados nas trepadeiras crescidas pela Lâmina Macia, Kira se abraçou. E daí que Gregorovich tinha cometido um erro por não querer vir a Cordova? Ele ainda tentava fazer o que era certo. Não merecia o que acontecia agora, e ela detestava pensar nele preso e sozinho na loucura de sua mente, sem saber o que era verdade, talvez até pensando que os companheiros tripulantes o abandonaram. Era horrível de se imaginar.

"Quem dera..." Quem dera ela pudesse ajudar.

Kira olhou o braço que a Lâmina Macia fez para ela. Mesmo que *ela* não pudesse, talvez o xeno conseguisse. Não, era loucura. Havia um universo de diferenças entre um braço (ou uma árvore) e um cérebro, e um erro com Gregorovich podia causar problemas ainda piores.

Ela deixou a ideia de lado.

7.

Com os ajustes que Itari tinha feito no Propulsor de Markov, a *Wallfish* conseguiu mergulhar no campo gravitacional de Cordova quase tão profundamente quanto os Águas.

Eles saíram de FTL perto de uma lua esburacada na órbita de um gigante gasoso menor, cuja localização o Laço Mental lhe dera de antemão. No instante em que o Propulsor de Markov foi desligado, Kira, os Entropistas e a tripulação (exceto Vishal) abandonaram seu exílio autoimposto e foram em grupo para a sala de controle.

Enquanto eles se espremiam no cômodo, Kira deu uma olhada na transmissão de fora da *Wallfish*. A lua encobria parte da visão, mas ela via o Laço Mental os cercando, o gigante gasoso roxo agigantando-se ali perto e, várias horas mais próximos do núcleo, o grupo de pontos que marcava a localização da Sétima Frota.

Eram muitas naves do CMU — *muitas* —, mas o que Kira localizou mais fundo no sistema a fez arquejar e Hwa-jung resmungar "*Shi-bal*". Sem parecer perceber, a chefe de engenharia pôs a mão no ombro de Sparrow e acariciou, como se a reconfortasse. Sparrow nem piscou.

Um enxame de naves dos Águas cercava um pequeno planeta rochoso perto da estrela laranja do tipo K. Não só naves: pátios de construção estacionários; campos imensos e cintilantes de coletores solares; satélites de todo formato e tamanho; lasers de defesa do tamanho de corvetas da MCMU; dois pés de feijão e quatro anéis orbitais para transportar rápida e facilmente materiais da superfície marcada do planeta.

Os Águas estavam minerando o globo rochoso. Tinham removido uma imensa quantidade de material da crosta, o suficiente para que as marcas fossem visíveis mesmo do espaço — uma colcha de retalhos louca de escavações retangulares, em relevo acentuado graças às sombras pelas bordas.

Nem todas as naves dos Águas eram de combate, mas mesmo assim superavam em número a Sétima Frota numa proporção de pelo menos duas para uma. A maior delas — aquela que Kira supunha ser a *Battered Hierophant* — estava junto dos estaleiros, uma baleia inchada chafurdando no campo gravitacional do planeta. Como todas as outras embarcações dos Águas, era branco-pérola, cercada de escotilhas de armas, e, como ficava evidente até por seus pequenos ajustes de empuxo, muito mais manobrável que qualquer nave humana. Várias naves esperavam por perto, mas pareciam mais embarcações de manutenção do que uma guarda de honra.

— Por Thule — disse Nielsen. — Por que a Sétima Frota não dá meia-volta? Eles não têm nenhuma chance.

— Física — disse Falconi sombriamente. — Quando eles desacelerarem, estarão ao alcance dos Águas.

— Além disso, se eles tentarem fugir, será fácil para os Águas os alcançarem — falou Sparrow. — Ninguém quer combater uma força maior lá fora, no espaço interestelar. Não há vantagem tática. Pelo menos aqui temos planetas, luas, coisas que eles podem usar para contornar enquanto lutam com os Águas.

— Ainda assim... — disse Nielsen.

— Estendendo radiadores — anunciou Morven.

— Já não era sem tempo — disse Sparrow.

Como os outros, ela estava coberta por uma camada de suor.

Enquanto Falconi se sentava, Tschetter apareceu na holotela principal. Atrás dela estava uma sala iluminada de azul, cheia de estruturas semelhantes a corais e Águas que rastejavam pelas anteparas curvas.

— Algum problema com a *Wallfish*, capitão?

— Tudo certo aqui.

A major parecia satisfeita.

— Lphet disse que temos liberação para passar pelas defesas dos Águas. Marcando a *Battered Hierophant* para vocês agora.

— Acho que demos sorte — disse Kira, gesticulando para a nave. — Não parece estar protegida demais.

— Não, só por todos os blasters, canhões eletromagnéticos e mísseis que ela carrega — disse Sparrow.

Tschetter meneou a cabeça.

— Só teremos certeza da situação quando chegarmos mais perto. Os Águas deslocarão as naves em resposta à Sétima Frota. Vocês podem ver que eles já estão alterando as posições. Teremos de torcer para que não decidam cercar a *Hierophant*.

— De dedos cruzados — disse Falconi.

— Dos pés também — disse Sparrow.

A major desviou os olhos da câmera por um momento.

— Estamos prontos. Comecem a aceleração no nosso sinal... Agora.

O alerta de empuxo soou e Kira soltou um suspiro de alívio quando a sensação de peso a dominou. Lá fora, ela sabia que o Laço Mental acompanhava a *Wallfish*, as naves dos Águas distribuídas em uma formação quadrada em volta deles. Era este o plano, de todo modo.

— Fique na linha — disse Falconi. — Vou fazer contato com a Sétima.

— Entendido.

— Morven, conecte a Sétima Frota na linha. Apenas transmissão de feixe estreito. Diga a eles que Kira Navárez está conosco e que precisamos falar com o almirante Klein.

— Um momento, por favor — disse a pseudointeligência.

— Pelo menos o tiroteio ainda não começou — disse Sparrow.

— Eu não perderia essa festa por nada — disse Falconi.

Eles não precisaram esperar muito tempo por uma resposta: os comunicadores piscaram com um alerta de mensagem e Morven disse:

— Senhor, a NCMU *Unrelenting Force* está nos saudando.

— Abra na tela — disse Falconi.

Ao lado do rosto de Tschetter apareceu uma transmissão ao vivo do que Kira reconheceu como um centro de comando de nave de batalha. Na frente e no meio estava sentado o almirante Klein, de costas rígidas, queixo quadrado, ombros arriados e cabelo à escovinha, com quatro filas de insígnias presas do lado esquerdo do peito. Como todo pessoal de carreira da MCMU, tinha um bronzeado de espaçonauta, embora o dele fosse mais escuro do que o da maioria, tão escuro que ela imaginou que ele nunca o perderia totalmente.

— Falconi! Navárez! Mas o que, em nome de deus, estão fazendo aqui?

Era impossível para Kira identificar o sotaque do almirante, embora ela supusesse ser de algum lugar da Terra.

— Não entendeu, senhor? — disse Falconi. — Somos a cavalaria.

Ele sorriu de um jeito presunçoso que deixou Kira ao mesmo tempo orgulhosa e com vontade de lhe dar um tabefe.

O rosto do almirante ficou vermelho.

— Cavalaria?! Meu filho, a última notícia era que vocês estavam trancafiados na Estação Orsted. Duvido que a Liga tenha soltado vocês, e não há merda no mundo que os fizesse mandar vocês para cá nesse monte de ferrugem que você chama de nave.

Falconi parecia ofendido com a descrição da *Wallfish*. Kira estava mais interessada no fato de que o CMU não conseguira contar de sua fuga à Sétima. "A frota deve ter desligado as comunicações", pensou ela. "Ou as coisas no Sol ficaram bem piores depois que saímos."

O almirante ainda não tinha acabado:

— Ainda por cima, creio que as naves dos Águas com vocês significam que você alertou o Laço Mental, o que significa que meus caçadores-buscadores estão vagando na puta que pariu do cafundó do Judas quando podiam estar me ajudando aqui.

O almirante apontou o dedo para o holo, fazendo Kira se retrair.

— E *isso* seria traição, capitão. O mesmo para você, Navárez. O mesmo para todos vocês.

Em volta do holo, Kira e a tripulação se entreolharam.

— Não somos traidores — disse Sparrow, num tom ofendido. — Senhor.

— Viemos ajudar vocês — disse Kira num tom mais baixo. — Se quiser alguma chance de sobreviver a esta batalha, quem dirá de vencer a guerra, precisa nos ouvir.

— Não diga.

Klein parecia espetacularmente desconfiado.

— Sim, senhor. Por favor.

O olhar do almirante passou a um ponto ao lado da holo e Kira teve a nítida impressão de que outra pessoa falava com ele fora do quadro. Depois sua atenção voltou subitamente a eles, os olhos duros e inflexíveis.

— Você tem uma oportunidade de me convencer a não classificá-los como combatentes inimigos, Navárez. Não a desperdice.

Kira o levou a sério. Falou com clareza, rapidamente, e da forma mais direta que pôde. Ainda assim, não tentou esconder seu desespero subjacente. Isso também era importante.

Para mérito dele, o almirante ouviu sem interromper. Quando Kira acabou, um franzido sombrio acomodou-se no rosto dele.

— É uma história e tanto, Navárez. Espera sinceramente que eu acredite nisso?

Foi Tschetter quem respondeu.

— Senhor, não precisa acreditar em nós. Só precisamos que...

— Que história é essa de *nós*, major? — disse Klein. — Até onde eu sei, você ainda é integrante fardada do Comando Militar Unido. Não responde aos Águas. Responde a seu oficial superior mais próximo. Neste momento, sou *eu*.

No holo, Tschetter enrijeceu.

— Senhor, sim, senhor. Estou ciente disto, senhor. Estou apenas tentando responder a sua pergunta.

Era estranho para Kira vê-la tratando alguém como uma figura de autoridade.

Klein cruzou os braços.

— Prossiga.

— Senhor. Como eu estava dizendo, não precisamos que acredite em nós. Não estamos pedindo a sua ajuda e não pedimos ao senhor que ignore ordens. Só gostaríamos que o senhor suspendesse fogo enquanto atravessamos o sistema. Se matarmos Ctein, não ataque o Laço Mental depois disso. Dê a eles a chance de assumir o comando dos Águas e recolher suas forças. Almirante, podemos acabar esta guerra entre nossas espécies de um só golpe. Vale algum risco.

— Acha realmente que pode matar esse Ctein? — perguntou Klein.

Falconi fez que sim com a cabeça.

— Eu diria que temos uma chance muito boa. Do contrário, nem tentaria.

O almirante grunhiu.

— Minhas *ordens* são para eliminar o Laço Mental, a frota dos Águas e a liderança atual dos Águas, sendo a frota e a liderança os principais alvos.

Ele os olhou por baixo das sobrancelhas eriçadas.

— *Se* vocês conseguirem matar Ctein, e *se* o Laço conseguir controlar os outros Águas... Bom, então suponho que o Laço se tornaria a nova liderança dos Águas. Eles não *seriam* mais o Laço. Também serviria para neutralizar a ameaça da frota dos Águas... É meio forçado, mas acho que posso convencer o premier.

Kira sentiu um leve alívio na tensão em meio aos outros.

— Obrigada, senhor — disse Tschetter. — Não vai se arrepender disto.

Klein soltou um ruído evasivo.

— A verdade é que ir atrás do Laço Mental sempre foi uma estratégia de merda e não falo só por mim... Se vocês conseguirem, muitos homens e mulheres bons deverão a vida a vocês.

Seu olhar se aguçou.

— Quanto a você, major: se conseguirmos passar por essa, terá de se reportar à Sétima sem demora. É uma ordem. Eliminar o chefe dos Águas contribuiria muito para atenuar sua volta, mas, seja como for, a Inteligência vai querer um relatório *completo*. Sabe como é. Depois disso, vamos pensar no que diabos fazer com você.

— Sim, senhor — disse a major. — Entendido.

Aos olhos de Kira, ela não parecia muito satisfeita com a perspectiva.

— Ótimo.

A atenção de Klein voltou ao centro de comando a seu redor e ele disse:

— Preciso ir. Estaremos combatendo os Águas em menos de sete horas. Eles nos darão tudo que podemos aturar e mais um pouco, mas podemos tentar atrair as forças deles para longe da *Battered Hierophant*. O resto ficará por conta de vocês. Informe a nosso cérebro de nave, Alethea, se houver alguma mudança nos planos. Boa sorte e voem com segurança.

Depois, ele surpreendeu Kira ao bater continência e se despedir.

— Navárez. Capitão Falconi.

CAPÍTULO III

* * * * * * *

INTEGRATUM

1.

— Isso foi... bom — disse Nielsen.

Sparrow soltou um muxoxo.

— O que mais ele poderia dizer?

— Qual é nossa estimativa? — perguntou Kira.

Falconi olhou o holo.

— Estamos um pouco atrás da frota, então... sete horas, mais ou menos, antes de entrarmos no alcance da *Battered Hierophant*.

— Supondo que os Águas não desloquem a *Hierophant* de antemão, não? — disse Veera.

Enquanto ela falava, Jorrus acompanhava suas palavras em uma mímica silenciosa. O rosto de Tschetter agora enchia a maior parte da tela. Ela disse:

— Eles não devem fazer isso. Lphet deixou claro que temos informações na *Wallfish* cujo odor Ctein precisa sentir.

— Odor? — disse Hwa-jung e torceu o nariz.

— Foi como Lphet colocou.

"Sete horas." Não era muito tempo antes de saberem se iam viver ou morrer. Qualquer que fosse seu destino, não havia escapatória. Nunca havia mesmo.

Falconi pareceu captar os pensamentos dela. Depois de encerrar a chamada com Tschetter, falou:

— Foi um longo dia, e, se vocês são como eu, este calor os deixou como um trapo molhado que foi torcido.

Alguns sons de concordância por parte da tripulação.

— Muito bem. Todos peguem alguma comida e façam um intervalo. Durmam, se conseguirem, e, se não conseguirem, o doutor pode lhes dar algum estimulante depois. Mas seria melhor dormir. Precisamos estar afiados quando chegarmos à *Hierophant*. Tratem de voltar para a sala de controle uma hora antes do contato. Ah, e skinsuit completo. Por precaução.

2.

"Por precaução." A frase ficou soando nos ouvidos de Kira. O que eles podiam fazer se as coisas dessem errado, como acontecia com tanta frequência? Uma única rajada de uma das naves dos Águas seria mais que o suficiente para desativar ou destruir a *Wallfish*... Era insuportável pensar nisso, mas ela não conseguia se conter. A preparação era a melhor proteção contra os percalços inevitáveis da viagem no espaço, mas as oportunidades para a preparação eram limitadas quando os participantes que decidiam os resultados eram espaçonaves e não indivíduos.

Ela ajudou Hwa-jung com umas poucas tarefas na nave. Depois eles se reuniram na cozinha. Todos, menos Vishal, já estavam lá, espremidos em volta da mesa próxima.

Kira pegou algumas rações e foi se sentar ao lado de Nielsen. A primeira-oficial assentiu e disse:

— Acho... que vou gravar uma mensagem para minha família e entregar a Tschetter e também à Sétima. Por precaução.

"Por precaução."

— É uma boa ideia. Talvez eu faça o mesmo.

Como os outros, Kira comeu e, como os outros, conversou, principalmente especulações sobre como destruir a *Battered Hierophant* com um dos Casaba-Howitzers — parecia improvável que eles conseguissem disparar mais de um tiro sem serem percebidos —, bem como a melhor forma de sobreviver ao caos que se seguiria.

O consenso que surgiu foi de que eles estavam em uma séria desvantagem sem Gregorovich supervisionando as operações em toda a *Wallfish*. Como era o caso da maioria dos cérebros de nave, era responsabilidade de Gregorovich operar os lasers, os Casaba-Howitzers, as contramedidas tanto contra blasters quanto contra mísseis, e os programas de ciberguerra, que envolvia desde estratégia aos cálculos da matemática inflexível de seu delta-v.

A pseudointeligência, Morven, era bastante capaz, mas, como todos os programas do tipo, era limitada de uma forma que a inteligência humana — ou derivada de humanos — não era.

— Elas não têm imaginação, a verdade é essa — disse Sparrow. — Não diria que somos alvos fáceis, mas não é o ideal.

— Quanta queda na eficiência operacional você acha que estamos enfrentando? — perguntou Falconi.

Os ombros expostos de Sparrow se ergueram e caíram.

— Sei lá. Só pense em como era antes de ter Gregorovich a bordo. Os números do CMU medem a diferença em algum ponto entre 14 e 28%. E...

— Tudo isso? — disse Nielsen.

Foi Hwa-jung quem respondeu:

— Gregorovich ajuda a supervisionar o equilíbrio entre todos os sistemas da nave, e também a coordenação com cada um de nós.

Um movimento rápido do queixo de Sparrow para baixo.

— É, e o que eu ia dizer é que, quando se trata de estratégia, logística, basicamente qualquer solução criativa de problemas, os cérebros de nave arrasam com todo mundo e com *tudo*. Não é uma habilidade que se possa quantificar precisamente, mas o CMU estima que os cérebros de nave estão pelo menos uma ordem de magnitude acima de qualquer humano comum nessas coisas, e ainda mais em relação a uma pseudointeligência.

Jorrus falou:

— Mas só se eles forem...

Ele hesitou, esperando que Veera completasse a frase. Como ela meneou a cabeça, aparentemente sem saber o que dizer, ele continuou, desconcertado:

— Hm, se eles forem funcionais.

— É sempre verdade — disse Falconi. — Para todos nós.

Kira beliscava a comida e pensava na situação. "Quem dera..." Não. A ideia ainda era louca demais. Então ela imaginou a frota dos Águas em volta de Cordova. Talvez não existisse nada louco demais, nas circunstâncias.

A conversa por toda a cozinha parou quando Vishal apareceu na porta. Ele parecia esgotado, exausto.

— E aí? — perguntou Falconi.

Vishal meneou a cabeça e ergueu um dedo. Sem dizer nada, foi ao fundo da cozinha, serviu-se de um saco de café instantâneo, tomou todo e só então voltou para se colocar na frente do capitão.

— Tão ruim assim? — disse Falconi.

Nielsen inclinou-se para a frente.

— Como está Gregorovich?

Vishal suspirou e esfregou as mãos.

— Os implantes dele estão danificados demais para que eu conserte. Não posso remover nem substituir os condutores rompidos. E não consigo identificar aqueles que terminam em neurônios mortos. Tentei reorientar os sinais a diferentes partes de seu cérebro, onde os fios ainda funcionam, mas elas não existem em quantidade suficiente, ou Gregorovich não consegue pegar o sinal da informação sensorial desorganizada que está recebendo.

— Você ainda o mantém sedado? — perguntou Falconi.

— Ainda.

— Mas ele vai ficar bem? — perguntou Nielsen.

Sparrow levantou-se da cadeira.

— É, ele vai passar a ter alguma deficiência, sei lá?

— Não — disse Vishal lentamente, com cautela. — *Mas* teremos de levá-lo a uma boa instalação. As conexões continuam a se degradar. Mais um dia, e Gregorovich ficará completamente desligado de seu computador interno. Ele ficará totalmente isolado.

— Merda — disse Sparrow.

Falconi virou-se para os Entropistas.

— Imagino que não haja nada que vocês possam fazer para ajudar.

Eles negaram com a cabeça.

— Infelizmente, não — disse Veera. — Os implantes são coisas delicadas e...

— ... relutaríamos em trabalhar em uma rede neural de tamanho normal, que dirá...

— ... um cérebro de nave.

Os Entropistas pareciam orgulhosos da fluência de seu diálogo.

Falconi fez uma careta.

— Era o que eu temia. Doutor, ainda pode colocá-lo em crio, não é?

— Sim, senhor.

— Então é melhor ir em frente e congelá-lo. Ele ficará mais seguro assim.

Kira bateu o garfo no prato. Todos a olharam.

— Então — disse ela, sentindo as palavras —, só para confirmar: a única coisa de errada com Gregorovich são os fios que entram em seu cérebro, não é isso?

— Ah, tem muito mais coisa errada com ele — ironizou Sparrow.

Vishal assumiu uma expressão martirizada ao falar.

— Está correta, srta. Kira.

— Ele não tem uma grande quantidade de trauma tissular, nem nada?

Vishal partia para a porta, evidentemente ávido para voltar a Gregorovich. Parou na soleira.

— Não. O único dano foi nos neurônios que ele perdeu nas terminações de alguns fios, mas é uma perda desprezível para um cérebro de nave do tamanho dele.

— Entendi — disse Kira.

Ela bateu o garfo de novo.

Um olhar de cautela veio de Falconi.

— Kira — disse ele em tom de alerta. — No que está pensando?

Ela demorou um pouco a responder.

— Estou pensando... que talvez eu pudesse usar a Lâmina Macia para ajudar Gregorovich.

Uma tagarelice de exclamações encheu a cozinha.

— Me deixem explicar! — disse Kira e eles se calaram. — Eu podia fazer o mesmo que fiz com Akawe, em Cygni. Conectar a Lâmina Macia aos nervos de Gregorovich, mas desta vez conectaria os fios em sua rede neural.

Sparrow soltou um assovio longo e agudo.

— Por Thule. Acha mesmo que pode fazer isso?

— Acho, sim, mas também não posso dar garantias — disse Kira e voltou o olhar para Falconi. — Você viu como consegui curar seu bonsai. Viu o que fiz em minha cabine. A Lâmina Macia não é apenas uma arma. É capaz de muito mais que isso.

Falconi coçou o lado do queixo.

— Greg é uma pessoa, não uma planta. A diferença é bem grande.

Então Nielsen falou:

— Só porque a Lâmina Macia é capaz, será que *você* é, Kira?

A pergunta soou na mente de Kira. Era a questão que ela se fazia com frequência desde que tinha se unido ao xeno. Ela podia controlá-lo? Podia usar o xeno de uma forma responsável? Podia se controlar o bastante para que qualquer uma dessas coisas fosse possível? Ela enrijeceu as costas e empinou o queixo, sentindo a resposta subir em seu íntimo, nascida da dor e dos longos meses de treino.

— Sou. Não sei como vai funcionar... Gregorovich provavelmente terá de se readaptar aos implantes, assim como quando eles foram instalados pela primeira vez, mas acho que posso religá-lo.

Hwa-jung cruzou os braços.

— Não pode ficar vasculhando a cabeça de alguém se você não sabe o que está fazendo. Ele não é uma máquina.

— É — disse Sparrow. — E se você transformar Gregorovich em um mingau? E se ferrar completamente as memórias dele?

— Eu não estaria interagindo com a maior parte do cérebro dele, só com a interface onde ele é conectado ao computador — disse Kira.

— Não pode ter certeza disso — disse Nielsen calmamente.

— Quase certeza. Olhem só, se não valer a pena, então não vale a pena — respondeu Kira, abrindo as mãos. — Só estou dizendo que posso tentar.

Ela olhou o capitão e acrescentou:

— A decisão é sua.

Falconi batia na perna em um ritmo furioso.

— Você ficou muito quieto aí, doutor. O que acha?

Na porta, Vishal passou as mãos de dedos longos no rosto igualmente comprido.

— O que espera que eu diga, capitão? Como médico da nave, não posso recomendar isto. É arriscado demais. O único tratamento sensato seria levar Gregorovich a uma boa instalação médica na Liga.

— Não é provável que isso aconteça tão cedo, doutor — disse Falconi. — Mesmo que consigamos sair dessa vivos, não há como saber em que forma estará a Liga quando voltarmos.

Vishal inclinou a cabeça.

— Estou ciente disso, capitão.

Uma carranca fechou a expressão de Falconi. Por vários segundos, ele apenas olhou para Kira, encarando-a como se pudesse enxergar sua alma. Ela sustentou o olhar, sem piscar, sem virar a cara.

Finalmente, Falconi falou.

— Tudo bem. Faça isso.

— Capitão, como médico responsável, devo protestar formalmente — disse Vishal. — Tenho sérias preocupações com o resultado deste procedimento.

— Protesto registrado, mas terei de contrariar você nessa, doutor.

Vishal não demonstrou surpresa.

— Capitão — disse Nielsen em um tom intenso. — Ela pode matá-lo.

Falconi se virou para ela.

— E estamos voando diretamente para a frota dos Águas. Isso tem prioridade.

— Salvo...

— *Audrey*.

Falconi arreganhou os dentes ao falar.

— Um de meus tripulantes está incapacitado, o que coloca em perigo minha nave e o resto da tripulação. Esta não é uma viagem de carga. Não é uma merda de missão de transporte. É vida ou morte. Não temos um milímetro de espaço de manobra. Se fizermos merda, estamos mortos. Gregorovich é fundamental para a missão e agora ele não faz bem a ninguém. Sou o capitão dele e, como ele não pode tomar uma decisão por si mesmo, tenho de tomar por ele.

Nielsen se levantou e atravessou a cozinha para ficar na frente de Falconi.

— E se ele decidir não obedecer suas ordens de novo? Esqueceu-se disso?

O ar entre eles ficou tenso.

— Greg e eu vamos bater um papinho — disse Falconi entredentes. — Vamos nos entender, confie em mim. A vida dele está na reta, como a nossa. Se ele puder ajudar, ajudará. Sei disso.

Por um momento, parecia que Nielsen não ia arredar pé. Depois ela cedeu, com um suspiro.

— Tudo bem, capitão. Se está mesmo convencido de que é o melhor...

— Estou — disse Falconi, e voltou a atenção a Kira. — É melhor se apressar. Não temos muito tempo.

Ela assentiu e se levantou.

— Kira? — chamou ele, olhando-a com severidade. — Tome cuidado.

— Claro.

Ele assentiu, parecendo satisfeito.

— Hwa-jung, Vishal, vão com ela. Fiquem de olho em Gregorovich. Cuidem para que ele fique bem.

— Senhor.

— Sim, senhor.

3.

Com o médico e a chefe de engenharia na cola dela, Kira saiu correndo da sala de Controle e desceu um convés até a sala lacrada que continha o sarcófago de Gregorovich. Pelo caminho, Kira sentia a pele formigar pelo aumento na adrenalina.

Ela ia mesmo fazer isso? "Merda." Falconi tinha razão; não havia margem de erro. O peso da responsabilidade súbita fez Kira parar por um segundo e questionar suas decisões. Não, ela era capaz. Só precisava cuidar para que ela e o xeno trabalhassem em harmonia. A última coisa que queria era que ele tomasse a iniciativa e fizesse mudanças no cérebro de Gregorovich por conta própria.

No sarcófago, Hwa-jung entregou a Kira os mesmos fones de ouvido com fio que havia usado da outra vez, e Vishal falou:

— Srta. Kira, o capitão deu a ordem, mas, se eu pensar que Gregorovich corre perigo, direi "pare" e você vai parar.

— Entendido — disse Kira.

Ela não conseguia pensar em nada que Vishal realmente pudesse fazer para impedir que ela ou a Lâmina Macia trabalhassem em Gregorovich depois que começassem, mas pretendia respeitar a capacidade crítica do médico. Independentemente de qualquer coisa, não queria prejudicar Gregorovich.

Vishal assentiu.

— Ótimo. Estarei monitorando os sinais vitais de Gregorovich. Se alguma coisa cair no vermelho, eu lhe direi.

— Vou monitorar os implantes de Gregorovich — disse Hwa-jung. — Neste momento, eles estão... 42% operacionais.

— Tudo bem — disse Kira, sentando-se ao lado do sarcófago. — Vou precisar de uma porta de acesso para a Lâmina Macia.

— Aqui — disse Hwa-jung e apontou a lateral do sarcófago.

Kira colocou os fones nos ouvidos.

— Tentarei primeiro falar com Gregorovich. Só para ver se consigo contato com ele.

Vishal meneou a cabeça.

— Pode tentar, srta. Kira, mas eu não consegui falar com ele antes. A situação não terá melhorado.

— Ainda assim, quero tentar.

No instante em que Kira plugou os fones, um turbilhão de roncos encheu seus ouvidos. Nele, ela parecia ouvir trechos de palavras — gritos perdidos em uma tempestade implacável. Ela chamou o cérebro da nave, mas, se Gregorovich ouviu, Kira não sabia, e, se respondeu, o rugido encobriu a resposta.

Ela tentou por mais um minuto e retirou os fones de ouvido.

— Nada feito — disse ela a Vishal e Hwa-jung.

Depois Kira mandou os primeiros rebentos hesitantes da Lâmina Macia para a porta de acesso. "Cuidado": era a diretiva que ela dava à Lâmina Macia. "Cuidado" e "não faça mal".

No início, ela não sentiu nada além de metal e eletricidade. Depois sentiu o gosto do banho de nutrientes que envolvia Gregorovich e o metal deu lugar à massa encefálica exposta. Lentamente, o mais devagar possível, Kira procurou um ponto de conexão, uma forma de criar uma ponte entre o encéfalo e a consciência — um portal do cérebro para a mente.

Ela permitiu que os rebentos se subdividissem ainda mais, até que formaram uma escova de monofilamentos, cada um deles fino e sensível como um nervo. Os fios sondaram o interior do sarcófago e, por fim, deram com o que Kira procurava: a rede de cabos que ficava acima do imenso cérebro de Gregorovich e penetrava fundo nas dobras de cinza, formando a estrutura física dos implantes.

Ela se contorceu em volta de cada um dos cabinhos e os seguiu para dentro. Um deles terminava em um dendrito, marcando onde o não vivo se fundia com o vivo. Muitos outros terminavam em um grão de metal derretido ou um neurônio morto e murcho.

Em seguida, delicadamente, o mais leve possível, Kira passou a reparar as conexões danificadas. Para os condutores derretidos, ela alisou o grão na ponta para garantir uma conexão adequada com seu dendrito alvo. Para os condutores que paravam em um neurônio morto, ela reposicionou o fio para o dendrito saudável mais próximo, movendo os fios em distâncias infinitesimais dentro do tecido do cérebro de Gregorovich.

A cada fio que reconectava, Kira sentia um breve choque, pois um pouco de eletricidade passava de um para o seguinte. Era uma pontada satisfatória que deixou sua língua com um leve gosto de cobre. Às vezes ela pensava detectar o fantasma de uma sensação de um neurônio, como uma comichão no fundo da mente.

Apesar da escala microscópica em que trabalhava, Kira achou relativamente fácil conectar os fios. O que *não* era fácil era o tamanho da tarefa. Eram milhares e milhares de fios, e cada um deles precisava ser verificado. Depois dos primeiros minutos, Kira percebeu que levaria dias para fazer o trabalho manualmente (por assim dizer). Dias que eles não tinham.

Ela não estava disposta a desistir, o que significava que só havia uma oportunidade. Agarrada à esperança desesperada de não cometer erros, ela fixou os objetivos em mente — "alisar os fios derretidos, prendê-los aos neurônios mais próximos" — e fez o máximo para imprimi-los na Lâmina Macia. Depois afrouxou o controle do xeno, com o cuidado de quem solta um animal selvagem que pode reagir de forma imprevisível.

"Por favor", pensou ela.

A Lâmina Macia obedeceu. Deslizou pelos fios em uma película de espessura atômica, movendo-se por metal, empurrando células de lado e realinhando fios com dendritos.

A consciência que Kira tinha de seu corpo (e dos presentes na cabine) diminuiu; a atenção estava inteiramente dividida entre os muitos milhares de monofilamentos que o xeno manipulava. De longe, ela ouviu Hwa-jung:

— Quarenta e cinco por cento!... Quarenta e sete... Quarenta e oito...

Kira bloqueou a voz da chefe de engenharia e continuou concentrada na tarefa. "Fios, alisar, ligar."

Tantos fios eram conectados que Kira os sentia como uma onda de pontadas frias e quentes inundando a cabeça. Estouravam explosões mínimas e, com cada uma delas, uma sensação de expansão.

A sensação se acumulou, cada vez mais rápida. Então...

Uma cortina se abriu em sua mente e uma imensa vista apareceu diante dela. Kira sentiu uma Presença dentro de si. Se não fosse pela experiência que tinha com a Lâmina Macia, a sensação teria sido dominadora e insuportável — um gigante a esmagando por todos os lados.

Ela arquejou e teria se retraído, mas descobriu que não conseguia se mexer.

Vishal e Hwa-jung soltavam ruídos de alarme e o médico disse, como que de muito longe:

— Srta. Kira! Pare! O que quer que esteja fazendo, está perturbando os neurotr...

A voz dele sumiu e Kira só teve consciência da imensidão que a cercava. *Gregorovich*, disse ela, mas não veio nenhuma resposta. Ela insistiu mais, tentando se projetar: *Gregorovich! Está me ouvindo?*

Pensamentos distantes giraram muito além — trovões fora de alcance, grandes demais para serem compreendidos. Depois, um relâmpago estalou e:

Uma nave chocalhou em volta dela e estrelas giraram do lado de fora. Fogo jorrou de seu flanco esquerdo: um meteoroide bateu perto do gerador principal...

Clarões. Gritos. Um uivo do céu. Abaixo, uma paisagem torturada de fumaça e fogo se elevava para ela. Rápido demais. Não conseguia reduzir o ritmo. Os paraquedas de emergência falharam.

Escuridão pelo tempo esquecido. Gratidão e incredulidade pela existência continuada: a nave devia ter explodido. Deveria. Talvez fosse melhor. Sete dos tripulantes ainda vivos, sete de 28.

Então a lenta agonia dos dias. Fome e inanição de seus encarregados e depois, para todos eles, a morte. E para ela, pior que a morte: isolamento. Solidão, completa e absoluta. Uma rainha do espaço infinito, limitada por uma casca de noz e infestada por tantos sonhos que lhe dava vontade de gritar e gritar e gritar...

A lembrança recomeçava, repetindo-se como um computador travado em um ciclo lógico, incapaz de escapar, incapaz de se reinicializar. *Você não está sozinho*, gritou Kira para a tempestade, mas podia muito bem estar tentando chamar a atenção da terra ou do mar, ou de todo o universo. A Presença não a notou. Ela tentou mais uma vez. De novo, fracassou. Em vez de palavras, tentou emoções: conforto, companheirismo, simpatia, solidariedade e — subjacente a tudo — urgência.

Nada disso fez nenhuma diferença, ou pelo menos que Kira percebesse.

Ela chamou de novo, mas ainda assim o cérebro da nave não notou, ou percebeu, mas recusou-se a responder, e os trovões graves continuaram. Por mais duas vezes ela tentou contato com Gregorovich, com os mesmos resultados.

Kira tinha vontade de gritar. Não havia mais nada que pudesse fazer. Onde quer que o cérebro da nave tivesse se enterrado, estava fora de alcance dela ou da Lâmina Macia.

E o tempo... o tempo se esgotava.

Por fim, a Lâmina Macia terminou o trabalho e, embora relutasse em fazer isso, Kira desvencilhou os rebentos do traje das partes internas do cérebro de Gregorovich e se retirou cautelosamente. A cortina em sua mente se fechou quando o contato se rompeu, e a Presença desapareceu também, deixando-a mais uma vez sozinha com seu companheiro alienígena, a Lâmina Macia.

...

4.

Kira vacilou ao abrir os olhos. Tonta, escorou-se no metal frio do sarcófago.

— O que houve, srta. Kira? — disse Vishal, aproximando-se dela.

Atrás dele, Hwa-jung olhava com preocupação.

— Tentamos despertá-la, mas nada que fizemos funcionou — continuou Vishal.

Kira umedeceu a língua, sentindo-se deslocada.

— Gregorovich? — perguntou com a voz rouca.

A chefe de engenharia respondeu:

— Os indicadores dele estão normais de novo.

Aliviada, Kira assentiu. Depois se afastou do sarcófago.

— Consertei os implantes dele. Deve dar para notar. Mas aconteceram as coisas mais estranhas...

— O que foi, srta. Kira? — perguntou Vishal, com a testa franzida.

Ela tentou encontrar as palavras.

— A Lâmina Macia conectou meu cérebro ao dele.

Vishal arregalou os olhos.

— Não. Uma ligação neural direta?!

Kira assentiu de novo.

— Foi sem querer. O xeno simplesmente fez. Por um tempo, tivemos uma... uma...

— Uma mente coletiva? — disse Hwa-jung.

— Isso. Como dos Entropistas.

Vishal estalou a língua enquanto ajudava Kira a se levantar.

— Formar uma mente coletiva com um cérebro de nave é muito perigoso para uma humana sem aprimoramentos, srta. Kira.

— Eu sei. Ainda bem que sou aprimorada — disse Kira com ironia.

Ela deu um tapinha nas fibras do braço para explicar.

— Conseguiu falar com ele? — perguntou Hwa-jung.

Kira franziu a testa, perturbada com a lembrança.

— Não. Tentei, mas os cérebros de nave são...

— Diferentes — propôs Hwa-jung.

— É. Eu sabia disso, mas nunca entendi realmente o *quanto* são diferentes.

Ela devolveu os fones de ouvido.

— Lamento. Não consegui contato.

Vishal pegou os fones das mãos de Hwa-jung.

— Estou certo de que fez o máximo possível, srta. Kira.

Ela fizera mesmo?, perguntou-se Kira.

O médico, em seguida, plugou os fones no sarcófago. Em resposta aos olhares curiosos de Kira e de Hwa-jung, ele disse:

— Vou tentar falar com Gregorovich de um jeito mais normal, está bem? Talvez agora ele consiga se comunicar.

— Ainda o mantém isolado de resto da nave? — perguntou Kira, adivinhando a resposta.

Hwa-jung fez um ruído afirmativo.

— Até sabermos que ele não é uma ameaça à *Wallfish*, vamos mantê-lo assim.

Elas esperaram enquanto Vishal fazia várias tentativas de contato com Gregorovich. Depois de repetir as mesmas frases por um minuto, o médico se desconectou do sarcófago e suspirou.

— Ainda não há uma resposta que eu consiga entender.

Decepcionada, Kira falou:

— Vou contar a Falconi.

Vishal levantou a mão.

— Espere alguns minutos, por favor, srta. Kira. Acho que seria mais útil fazer alguns exames. Até que eu os faça, não posso dizer com confiança qual é o estado de Gregorovich. Agora saiam, as duas. Estão tomando meu espaço.

— Tudo bem — disse Kira.

Ela e Hwa-jung se retiraram para o corredor na frente da sala pequena e esperaram que o médico terminasse seus exames.

Kira ainda estava tonta da experiência. Parecia que *ela* é que estava virada pelo avesso. Incapaz de ficar parada, ela andou de um lado a outro do corredor, enquanto Hwa-jung se agachava com as costas na parede, os braços cruzados e o queixo aninhado.

— Não sei como ele faz isso — disse Kira.

— Quem?

— Gregorovich. Tem *tanta* coisa na cabeça dele. Não sei como ele consegue processar tudo isso, e ainda por cima interagir conosco.

Um lento dar de ombros de Hwa-jung.

— Os cérebros de nave encontram diversão em lugares estranhos.

— Nisso eu acredito.

Kira parou de andar e se agachou ao lado de Hwa-jung. A chefe de engenharia a olhou, impassível. Kira esfregou as mãos e pensou nas coisas que Gregorovich havia dito a ela no Sol, especificamente como ele invejava o cérebro de nave que pintava paisagens.

— O que vai fazer quando tudo isso acabar, se sobrevivermos? — perguntou Kira.

— Voltar para Shin-Zar?

— Se minha família precisar de mim, vou ajudar. Mas não vou morar de novo em Shin-Zar. Esse tempo já passou.

Kira pensou na oferta do santuário dos Entropistas em sua sede de Shin-Zar. Ela ainda tinha a ficha deles na mesa da cabine, coberta por uma camada dos crescimentos da Lâmina Macia.

— Como é Shin-Zar?

— Depende — disse Hwa-jung. — Shin-Zar é um planeta grande.

— Onde você foi criada lá?

— Morei em lugares diferentes.

A outra mulher baixou os olhos para os braços cruzados. Depois de um momento, falou:

— Minha família se instalou nas colinas perto de uma cadeia montanhosa. Ah, era tão alta e tão bonita.

— Os asteroides davam muito problema? Vi um documentário sobre Tau Ceti que dizia que o sistema tinha muito mais rochas voando em volta do que, digamos, o Sol.

Hwa-jung fez que não com a cabeça.

— Tínhamos um abrigo bem no fundo da pedra. Mas só usamos uma vez, quando houve uma tempestade feia. Nossa força de defesa destrói a maioria dos asteroides antes que eles se aproximem de Shin-Zar — disse ela, olhando para Kira por sobre os braços. — Por isso nossas Forças Armadas são tão boas. Temos muita prática atirando em coisas e, se errarmos, morremos.

— O ar de lá é respirável, não é?

— Os humanos normais da Terra precisam de oxigênio a mais.

A chefe de engenharia deu um tapinha no próprio esterno.

— Por que acha que temos pulmões tão grandes? Em duzentos anos, haverá oxigênio suficiente até para pessoas estreitas como você. Mas, por enquanto, precisamos ter peitos grandes para respirar bem.

— Já esteve em Nova Energium?

— Já vi. Nunca entrei.

— Ah... O que você acha dos Entropistas?

— Muito inteligentes, muito educados, mas se metem onde não deviam.

Hwa-jung descruzou os braços e os deixou pendurados no alto dos joelhos.

— Eles sempre dizem que vão partir de Shin-Zar se nos unirmos à Liga; é um motivo para não termos feito isso. Levam muito dinheiro para o sistema e têm muitos amigos nos governos, e as descobertas deles dão vantagens a nossas naves em relação ao CMU.

— Hmm.

Os joelhos de Kira começavam a doer de ficar agachada.

— Você sente falta de casa, de onde você cresceu? — perguntou ela.

Hwa-jung bateu os nós dos dedos no convés.

— Sério, você faz muitas perguntas. Muito enxerida!

— Desculpe.

Kira olhou para Vishal, constrangida.

Hwa-jung resmungou em coreano. Depois, em voz baixa, falou:

— Eu sinto falta, sim. O problema era que minha família não me aprovava e não gostava das pessoas de quem eu gosto.

— Mas aceitam seu dinheiro.

As pontas das orelhas de Hwa-jung ficaram vermelhas.

— São a minha família. É meu dever ajudar. Não entende isso? Fala sério...

Envergonhada, Kira disse:

— Eu entendo.

A chefe de engenharia virou a cara.

— Eu não podia fazer o que eles queriam, mas faço o que posso. Talvez um dia seja diferente. Até lá... é o que mereço.

De longe, no corredor, Sparrow falou.

— Você merece coisa melhor.

Ela se aproximou de onde as duas estavam sentadas e colocou a mão no ombro de Hwa-jung. A chefe de engenharia se abrandou e encostou a cabeça no quadril de Sparrow. A baixinha de cabelo curto sorriu para Hwa-jung e lhe deu um beijo no alto da cabeça.

— Para com isso. Se continuar carrancuda desse jeito, vai virar uma *ajumma*.

Hwa-jung soltou um ruído áspero do fundo da garganta, mas seus ombros relaxaram e os cantos dos olhos se enrugaram.

— Fedelha — disse ela num tom carinhoso.

Vishal voltou da sala do cérebro da nave naquele momento. Pareceu surpreso ao ver as três no meio do corredor.

— E aí? Qual é o prognóstico, doutor? — perguntou Sparrow.

Ele fez um gesto de impotência.

— O prognóstico é que temos de esperar e torcer, srta. Sparrow. Gregorovich parece saudável, mas acho que levará tempo para se adaptar às mudanças nos implantes.

— Quanto tempo? — perguntou Hwa-jung.

— Não sei dizer.

Kira tinha suas dúvidas. Se o estado mental de Gregorovich não melhorasse, não importaria se os implantes estivessem funcionando ou não.

— Posso contar ao capitão?

— Sim, por favor — disse Vishal. — Enviarei meu relatório a ele depois, com os detalhes dos exames.

Os outros se dispersaram, mas Kira continuou onde estava, ligando para Falconi. Não demorou muito para atualizá-lo.

No fim, Kira falou:

— Lamento não poder fazer mais. Eu tentei, tentei de verdade alcançá-lo, mas...

— Pelo menos você se deu ao trabalho — disse Falconi.

— É.

— E fico feliz por ter feito. Agora vá descansar um pouco. Não temos muito tempo.

— Eu vou. Boa noite, Salvo.

— Boa noite, Kira.

Desanimada, Kira foi lentamente para a cabine. Falconi tinha razão. Eles não tinham muito tempo. Ela teria sorte se a essa altura conseguisse pelo menos seis horas de sono. Certamente teria de tomar comprimidos pela manhã. Não podia estar grogue quando eles atacassem a *Battered Hierophant*.

A porta se fechou a suas costas com um *clink* frio. Ela sentiu o som no coração e lhe pareceu o conhecimento do inevitável se aproximando rapidamente.

Kira tentou não pensar no que estavam prestes a fazer, mas isto se mostrou impossível. Jamais quisera ser soldado, mas ali estavam eles, voando para o coração de uma batalha, prestes a atacar o maior de todos os Águas…

— Se vocês pudessem me ver agora — disse em voz baixa, pensando nos pais.

Ela achava que eles ficariam orgulhosos. Pelo menos, torcia por isso. Eles não aprovariam as mortes, mas aprovariam a tentativa dela e da tripulação de proteger os outros. Isto, acima de tudo, eles considerariam digno.

Alan também teria concordado.

Ela estremeceu.

A seu comando, a Lâmina Macia limpou a mesa e a cadeira da cabine. Kira se sentou, ligou o console com um toque do dedo e começou a gravar.

— Oi, mãe, pai. Mana. Estamos prestes a atacar os Águas em Cordova-1420. Uma longa história, mas, caso as coisas não deem certo, quero enviar isto a vocês. Não sei se minha mensagem anterior chegou, então estou incluindo uma cópia nesta.

Com frases curtas e simples, Kira contou da malfadada visita ao Sol e dos motivos para concordar em ajudar o Laço Mental. Terminou dizendo:

— Repito, não sei o que vai acontecer aqui. Mesmo que a gente consiga sair dessa, o CMU vai me querer de volta. Seja como for, não verei Weyland de novo tão cedo… Desculpem-me. Eu amo vocês todos. Se eu puder, vou tentar lhes mandar outra mensagem, mas talvez não seja possível por um tempo. Espero que vocês estejam em segurança. Tchau.

Ela tocou os dedos nos lábios e os pressionou na câmera.

Ao terminar a gravação, Kira se permitiu um suspiro de tristeza, uma golfada de ar entrecortada que se formou como um punho de dor no peito antes de expirar, soltando todo o ar.

A calma era boa. A calma era necessária. Ela precisava de calma.

Ela mandou Morven encaminhar a mensagem à Sétima Frota, depois desligou o console e foi à pia. Jogou água fria no rosto e ficou ali, piscando, deixando que as gotas escorressem pelo rosto. Tirou o macacão amarrotado, desejou que a Lâmina Macia diminuísse as luzes e se meteu embaixo do cobertor puído na cama.

Foi preciso um esforço sério para não puxar os filtros e ver o que acontecia no sistema. Se assim fizesse, Kira sabia que não dormiria.

Então ela ficou no escuro e se esforçou para manter a respiração leve e os músculos frouxos enquanto imaginava afundar no colchão e no convés…

Ela fez todas essas coisas, e ainda assim o sono lhe escapava. Palavras e pensamentos não conseguiam apagar a proximidade do perigo e, graças a isso, o corpo se recusava a aceitar a mentira da segurança — não relaxaria, não permitiria que a mente fizesse algo além de vigiar as criaturas ferozes que o instinto insistia que deviam estar à espreita nas sombras que a cercavam.

Em algumas horas, ela poderia morrer. Todos eles. Finito. Kaput. Fim de papo. Sem renascimento. Sem recomeços. *Morte.*

O coração de Kira começou a martelar ao receber um disparo de adrenalina, mais potente que qualquer bebida vagabunda. Ela ofegou e se levantou, segurando o peito. Um gemido fundo e magoado lhe escapou e ela se recurvou, lutando para respirar.

Em volta dela, sussurros sombrios davam a impressão de que milhares de espinhos afiados como agulhas brotavam das paredes da cabine.

Ela não se importou. Nada disso importava, só a água gelada que se acumulava nas entranhas e a dor que lhe apunhalava o peito.

"Morte." Kira não estava preparada para morrer. Ainda não. Não estaria por muito, mas muito tempo. De preferência, nunca. Mas não havia como escapar. Não havia como escapar do que o dia de amanhã traria...

— Aahh!

Kira estava com medo, mais medo do que já sentira na vida. O que piorava era saber que não havia *nada* que pudesse consertar a situação. Todos na *Wallfish* estavam presos a um foguete expresso que ia diretamente para sua perdição, e não tinha como escapar antes da hora, a não ser que quisessem pegar um blaster e meter na têmpora, puxar o gatilho e fazer a viagem mais curta para o esquecimento.

Será que os sonhos sombrios de Gregorovich infestaram sua mente? Kira não sabia. Não importava. Nada importava — não realmente —, além do fosso apavorante que se escancarava diante dela.

Incapaz de ficar parada por mais tempo, ela passou as pernas para fora da cama. Quem dera Gregorovich estivesse ali para receber uma mensagem. *Ele* teria compreendido.

Ela tremeu e mandou um pensamento à Lâmina Macia, que ativou os nódulos geradores de luz pelos cantos do quarto. Um brilho verde e fraco se acendeu no espaço eriçado.

Kira tomou uma golfada de ar, esforçando-se para ter o bastante dele. "Não pense nisso. Não pense nisso. Não..." Ela deixou que o olhar vagasse pela cabine, numa tentativa de se distrair.

O arranhão na superfície da mesa chamou sua atenção, o arranhão que ela fizera ao tentar pela primeira vez forçar a Lâmina Macia a sair do corpo. Isso acontecera quando mesmo? No segundo dia na *Wallfish*? No terceiro?

Não importava.

Suor frio pinicou no rosto. Ela se abraçou, sentindo calafrios que nenhum aquecimento externo poderia corrigir.

Não queria ficar sozinha, não naquele momento. Precisava ver outra pessoa, ouvir a voz, ser reconfortada pela proximidade de sua presença e saber que não era a única centelha de consciência que enfrentava o vazio. Não era uma questão de lógica ou filosofia — Kira *sabia* que eles agiam corretamente ao ajudarem o Laço Mental —, mas um instinto animal. A lógica só levava até certo ponto. Às vezes a cura para as trevas era encontrar outra chama que ardesse, viva.

Ainda sentindo que o coração estava prestes a martelar para fora do peito, ela se levantou em um pulo, foi ao armário e pegou o macacão. As mãos tremiam enquanto ela se vestia.

Pronto. Dava para o gasto.

"Calma", disse ela à Lâmina Macia. As protrusões pela cabine tremeram e cederam vários centímetros, porém não mais do que isso.

Ela não se importava. Os espinhos se retraíram ao redor de Kira no caminho à porta, o que já bastava.

Kira andou pelo corredor com passos decididos. Agora que estava em movimento, não queria mais se demorar, certamente não queria parar. A cada passo, sentia que oscilava à beira de um precipício.

Ela subiu um andar no poço central até o convés C. O corredor mal-iluminado estava tão silencioso que Kira teve medo de fazer barulho. Parecia que era a única pessoa a bordo e tudo em volta dela era a imensidão do espaço, esmagando uma faísca solitária.

Ela sentiu alívio ao chegar à porta da cabine de Falconi.

O alívio teve vida curta. Uma onda de pânico o apagou quando ela ouviu um *clank* no final do corredor. Ela deu um salto e se virou, vendo Nielsen abrir a porta de uma cabine.

Não da própria cabine: a de Vishal.

A outra mulher tinha o cabelo molhado, como se tivesse acabado de lavar, e carregava uma bandeja com lanches embalados, duas canecas e um bule de chá. Ela parou ao ver Kira — parou e olhou fixamente.

Nos olhos da primeira-oficial, Kira viu a sugestão de algo que reconhecia. Talvez uma necessidade semelhante. Um medo semelhante. Solidariedade, também.

Antes que Kira conseguisse decidir como reagir, Nielsen assentiu brevemente e desapareceu na cabine. Para além do pânico agudo, Kira achou divertido. Vishal e Nielsen. "Ora, ora." Pensando bem, não deveria ser inteiramente surpreendente.

Ela hesitou um momento, depois levantou a mão e bateu na porta de Falconi, três vezes, rapidamente. Torcia para ele não estar dormindo.

— Está aberta.

A voz dele não ajudou a desacelerar sua pulsação. Ela virou a tranca circular e empurrou a porta.

A luz amarelada se derramou no corredor. Dentro da cabine, Falconi estava sentado em uma cadeira, com os pés (ainda de botas) apoiados na mesa, os tornozelos cruzados. Tinha retirado o colete e as mangas estavam arregaçadas, expondo as cicatrizes nos braços. Seu olhar passou dos filtros para o rosto de Kira.

— Não conseguiu dormir também, foi?

Kira fez que não com a cabeça.

— Se importa se eu...?

— Fique à vontade — disse ele, baixando os pés e recuando com a cadeira.

Ela entrou e fechou a porta. Falconi ergueu uma sobrancelha, mas não protestou. Curvou-se para a frente, com os cotovelos nos joelhos.

— Deixe-me adivinhar: preocupada com amanhã?

— É.

— Quer conversar?

— Não particularmente.

Ele assentiu, entendendo.

— Eu só... Eu...

Ela fez uma careta e meneou a cabeça.

— Que tal uma bebida? — ofereceu Falconi, abrindo o armário acima da mesa. — Tenho uma garrafa de uísque venusiano em algum lugar por aqui. Ganhei em um jogo de pôquer alguns anos atrás. Só me dê um...

Kira avançou dois passos, pôs as mãos no rosto de Falconi e lhe deu um beijo na boca. Com força.

Falconi enrijeceu, mas não se afastou.

De perto, o cheiro dele era bom: quente e almiscarado. Boca larga. Maçãs do rosto duras. Ele tinha um gosto forte e a aspereza da barba sempre por fazer era nova para Kira.

Ela parou de beijar para olhá-lo. Tinha o coração mais acelerado que nunca e todo o corpo parecia se alternar entre o quente e o frio. Falconi não era Alan, não era nada parecido com ele, mas serviria. Neste momento específico, ele serviria.

Ela tentou não tremer, mas não conseguiu.

Falconi soltou a respiração. Suas orelhas estavam vermelhas e ele parecia quase atordoado.

— Kira... O que está fazendo?

— Me beija.

— Não sei se é uma boa ideia.

Ela baixou o rosto para o dele, com o olhar fixo em sua boca, sem se atrever a olhá-lo nos olhos.

— Não quero ficar sozinha agora, Salvo. Não quero *mesmo*.

Ele passou a língua nos lábios. Depois ela viu uma mudança na postura dele, um abrandamento dos ombros, um alargamento do peito.

— Nem eu — confessou Falconi em voz baixa.

Ela tremeu de novo.

— Então cala a boca e me beija.

As costas de Kira formigaram quando o braço de Falconi envolveu sua cintura e ele a puxou para mais perto. Finalmente, ele a beijou. Ele a segurou pela nuca com a outra mão e por um tempo Kira só teve consciência da onda de sensações, intensas e dominadoras. O toque de mãos e braços, bocas e línguas, pele na pele.

Não bastava para que ela esquecesse o medo, mas bastava para redirecionar o pânico e a ansiedade para uma energia feroz, e com *isso* Kira poderia fazer alguma coisa.

Falconi a surpreendeu ao pressionar a mão no meio de seu peito, empurrando-a para trás, fugindo de sua boca.

— Que foi? — disse ela, meio rosnando.

— E isto? — perguntou ele.

Falconi deu um tapinha em seu osso esterno e a Lâmina Macia que o cobria.

— Eu te falei — disse ela. — Parece pele.

— E aqui?

A mão dele deslizou mais para baixo.

— Mesma coisa.

Ele sorriu. Era um sorriso perigoso.

Vê-lo só alimentou o calor dentro dela. Ela grunhiu e enterrou os dedos nas costas dele enquanto se inclinava para a orelha, mordiscando.

Com uma avidez nascida da impaciência, ele abriu o lacre do macacão de Kira e, com igual avidez, ela se despiu. Tinha medo da Lâmina Macia incomodá-lo, mas Falconi a acariciou tão ávida e atentamente como qualquer de seus amantes do passado e, se ele não achava a textura da Lâmina Macia tão atraente quanto sua pele de verdade, escondeu bem. Depois dos primeiros minutos, ela parou de se preocupar e se permitiu relaxar e desfrutar do toque.

Quanto à Lâmina Macia, parecia não saber como reagir às atividades deles, mas, em um dos momentos de maior lucidez, Kira imprimiu nela (em termos inequívocos) que não era para interferir. Para seu alívio, o xeno se comportou.

Ela e Falconi moviam-se juntos com uma urgência frenética, alimentados por sua fome comum e por saber o que esperava por eles no fim da noite. Não pouparam nem um centímetro de pele, nenhuma curva de músculo, nem crista de osso em sua busca febril. Cada sensação que podiam arrancar dos corpos, eles arrancaram, não tanto pelo prazer, mas para satisfazer o desejo de proximidade. A sensação expulsou o futuro de Kira, obrigou-a a estar no presente, fez com que se sentisse *viva*.

Eles fizeram tudo que podiam, mas, devido à Lamina Macia, não tudo que queriam. Com mãos e dedos, bocas e línguas, eles se satisfizeram, mas ainda não bastava. Falconi não reclamou, mas ela via que ele estava frustrado. *Ela* estava frustrada; queria mais.

— Espere — disse ela, e pôs a mão em seu peito emaranhado.

Ele se inclinou para trás, com uma expressão de curiosidade.

Voltando-se para dentro, ela se concentrou na virilha, reuniu sua determinação e obrigou a Lâmina Macia a se retrair das partes mais íntimas. O toque do ar na pele exposta a fez ofegar e se contrair.

Falconi olhou para baixo com um sorriso torto.

— E aí? — disse Kira, a voz tensa.

Segurar o traje era um esforço, mas um esforço que ela conseguia sustentar. Ela arqueou uma sobrancelha.

— Até que ponto você é corajoso?

Por acaso, ele era muito corajoso.

Muito corajoso mesmo.

5.

Kira estava sentada com as costas na antepara, o cobertor puxado até a cintura. Ao lado dela, Falconi estava deitado de bruços, a cabeça virada para Kira, o braço esquerdo passado por seu colo, um peso quente e reconfortante.

— Sabe de uma coisa? — disse ele em voz baixa. — Normalmente não durmo com ninguém na tripulação ou entre os passageiros. Só para sua informação.

— E normalmente não seduzo o capitão da nave em que estou viajando.

— Hmm. Ainda bem que seduziu...

Ela sorriu e passou os dedos no cabelo dele, coçando de leve seu couro cabeludo. Ele soltou um ruído de satisfação e se aconchegou mais nela.

— Também acho, Salvo — disse ela baixinho.

Ele não respondeu, e sua respiração logo se aprofundou e ficou mais lenta, enquanto ele adormecia.

Ela observou os músculos das costas e dos ombros dele. Em repouso, pareciam macios, mas ela ainda via vestígios das linhas e cavidades que os separavam, e se lembrou como eles se contraíram, tensionaram e se destacaram em relevo quando ele se mexeu junto dela.

Ela passou a mão no baixo ventre. Seria possível engravidar? Parecia improvável que a Lâmina Macia tolerasse o crescimento de uma criança dentro dela, mas Kira ficou em dúvida.

Ela encostou a cabeça na parede. Um longo suspirou lhe escapou. Apesar das preocupações, Kira estava satisfeita. Não estava feliz — as circunstâncias eram graves demais para isso —, mas também não estava triste.

Só restavam algumas horas para chegarem à *Battered Hierophant*. Ela ficou acordada até que, na metade do voo, soou o alerta de queda livre, e ela usou a Lâmina Macia para prender a si mesma e Falconi enquanto a *Wallfish* virava e voltava a ter empuxo.

Falconi resmungou alguma incoerência enquanto o empuxo voltava, mas continuou dormindo durante todo o procedimento, como um verdadeiro espaçonauta.

Kira deslizou mais para dentro do cobertor, deitou-se ao lado dele e se permitiu fechar os olhos.

Enfim, dormiu.

6.

Kira sonhou, mas os sonhos não eram dela.

Fraturas sobre fraturas: para a frente, para trás, ela não sabia dizer o quê. Por duas vezes o ninho fechou sua forma de repouso. Por duas vezes ela despertou e, ao despertar, não encontrou sinal daqueles que a puseram ali para descansar.

Na primeira vez que acordou, os apanhadores estavam esperando.

Ela os combateu, em todas as suas muitas formas. Combateu-os aos milhares, nas profundezas dos oceanos e no frio do espaço, em naves, estações e luas há muito esquecidas. Muitas batalhas, grandes e pequenas. Algumas, ela venceu; algumas, ela perdeu. Não importava.

Ela combateu os apanhadores, mas ela mesma estava vinculada a um deles. Os apanhadores guerreavam entre eles, e ela foi fiel a seu vínculo de carne. Mesmo que não desejasse matar, apunhalava, cortava e atirava estrelas afora. Quando a carne estava irremediavelmente ferida, outra tomava seu lugar, e outras ainda depois desta, e a cada união o lado a que ela servia mudava, de um lado para outro, e vice-versa.

Ela não se importava. Os apanhadores não eram nada parecidos com a espécie que a fizera. Eram arrivistas belicosos, arrogantes e tolos. Usaram-na muito, pois não sabiam o que ela era. Ainda assim, ela cumpriu seu dever da melhor forma que pôde. Esta era sua natureza.

Quando os apanhadores morreram, porque eles morreram, ela teve certa satisfação com seu fim. Eles deviam saber: era um erro roubar e um erro interferir. As coisas que eles tomaram não eram para eles.

Então veio a carne do Líder de Cardume Nmarhl e o malfadado levante do Laço Mental que terminou com o triunfo de Ctein. Ela voltou para o berço quando Nmarhl deitou sua carne para descansar, e assim descansou por fraturas.

Na segunda vez que acordou, foi em uma nova forma. Uma forma antiga. Uma forma estranha. Carne unida com carne, e da carne saiu sangue. O pareamento era imperfeito; ela precisava aprender, ajudar, adaptar-se. Levou tempo. Erros tinham se imiscuído; reparos precisavam ser feitos. Havia um frio que a entorpecia, a deixava mais lenta, antes que a combinação pudesse ser concluída.

Quando ela emergiu, foi difícil. Doloroso. Havia barulho e luz, e, embora ela tentasse proteger a carne, as tentativas fracassavam. Então, tristeza, após despertar, por de novo ter sido a causa de morte e, com essa tristeza, um senso de... responsabilidade. Até arrependimento.

...

Um clarão, então. Uma disjunção e de algum modo ela entendeu: era uma época anterior, uma era anterior, antes que os primeiros tivessem partido. Ela contemplou a espiral de estrelas que era a galáxia e — nesta espiral extensa — os bilhões e bilhões de asteroides, meteoros, luas, planetas e outros corpos celestes que enchiam o firmamento. A maioria era estéril. Alguns fervilhavam com organismos pequenos e primitivos. Os mais raros de todos eram aqueles lugares em que a vida se desenvolvera em formas mais complexas. Tesouros inestimáveis, jardins cintilantes pulsando de movimento e calor em meio ao vazio imorredouro.

Isto ela viu, e então soube qual era sua causa sagrada — mover-se em meio aos mundos vazios, sulcar o solo infrutífero e plantar nele os germes do crescimento futuro. Pois nada era mais importante do que propagar a vida, nada era mais importante do que nutrir aqueles que um dia se uniriam a eles entre as estrelas. Como aqueles que vieram antes, era responsabilidade, dever e alegria deles fomentar e proteger. Sem consciência que a valorizasse, a existência não tinha significado — uma tumba abandonada, decompondo-se no esquecimento.

Impelida, sustentada e guiada por seu propósito, ela navegou para confins desolados. Ali, por seu toque, deu à luz coisas que cresciam, que se moviam, que pensavam. Ela viu planetas de pedra nua resplandecerem e se mosquearem com a propagação de plantas folhosas. Vislumbres de verdes e vermelhos (dependendo do tom da estrela reinante). Raízes cavando fundo. Músculos se esticando. Canções e falas rompendo o silêncio primordial.

E ela ouviu uma voz, embora a voz não usasse palavras:
— É bom?
E ela respondeu:
— É bom.

Às vezes batalhas rompiam o padrão. Mas eram diferentes. Ela era diferente. Nem ela, nem seus inimigos eram apanhadores. Havia uma retidão em seus atos, um senso de que ela servia a outros, e as lutas, embora ferozes, eram breves.

Então ela voava por uma nebulosa e por um momento contemplou uma faixa de espaço distorcido. Via que era distorcido pelo modo como se dobrava em torno do gás circundante. Da faixa, ela teve uma sensação deformada, de completa erroneidade, e isto a apavorou, pois ela sabia seu significado. Caos. Maldade. Fome. Uma inteligência vasta e monstruosa combinada com um poder que nem os primeiros tinham...

Ela passou às pressas por estrelas e planetas, por lembranças antigas e ancestrais, até que mais uma vez, como antes, flutuava diante de um padrão fractal gravado na face de uma pedra ereta. Como antes, o padrão mudava, torcendo-se e contorcendo-se de formas que ela não conseguia acompanhar, enquanto linhas de força faiscavam e chamejavam pela beira do padrão.

O nome da Lâmina Macia inundou sua mente, com todos os seus muitos significados. Imagem sobre imagem, associação sobre associação. Nesse tempo todo, o fractal pendia diante dela, como um filtro queimado em sua visão.

O dilúvio de informações continuou em um ciclo, dando voltas e mais voltas sem parar. Entre a profusão geral, ela reconheceu a sequência que tinha traduzido como Lâmina Macia. O nome ainda parecia combinar, mas não parecia mais adequado. Não depois de tudo que ela aprendera.

Ela se concentrou nas outras imagens, outras associações, tentando traçar as ligações entre elas. Ao fazer isso, surgiu uma estrutura do que antes parecia sem forma e obscuro. Parecia que ela montava um quebra-cabeças tridimensional sem ter nenhum conceito do produto final.

Os menores detalhes do nome lhe escaparam, mas, peça por peça, ela veio a apreender o grande tema. Ele se aglutinou em sua mente, como um edifício de cristal, brilhante, transparente, de linhas puras. À medida que a forma ficava visível, veio a compreensão.

Um assombro se esgueirou por ela, porque a verdade do nome era maior, muito maior do que implicavam as palavras Lâmina Macia. O organismo tinha um propósito e este propósito era de uma complexidade quase inimaginável e — disto ela estava certa — importante. Embora parecesse uma contradição, este propósito, esta complexidade, não podia ser resumido em páginas ou parágrafos, mas em uma única palavra. E esta palavra era:

Semente.

O espanto se juntou ao assombro, e alegria também. O organismo não era uma arma. Ou melhor, não fora criado com esta única intenção. Era uma fonte de vida. De muitas vidas. Uma centelha que podia banhar um planeta inteiro no fogo da criação.

E ela ficou feliz. Pois o que existia de mais belo?

7.

A mão sacudiu seu ombro.

— Kira. Acorde.

— Hmm.

— Vamos, Kira. Está na hora. Estamos quase lá.

Ela abriu os olhos e lágrimas rolaram pelo rosto. "Semente." O conhecimento era esmagador. Todas as lembranças eram esmagadoras. O Supremo. A horrível faixa de espaço distorcido. As batalhas aparentemente infindáveis. Que o traje tenha se desculpado pela morte de Alan e de seus colegas de equipe.

"Semente." Enfim ela entendia. Como poderia ter imaginado? A culpa a dominou, por ela ter usado o xeno tão terrivelmente — pelo medo e a raiva terem levado à criação de uma monstruosidade decadente tão horrível como o Bucho. A tragédia era que agora de novo precisava levar o xeno para a batalha. Quase parecia obsceno, à luz de sua verdadeira natureza.

— Ei. O que houve? — perguntou Falconi, que se apoiou em um cotovelo e se inclinou para ela.

Kira enxugou os olhos com a base da mão.

— Nada. Só um sonho.

Ela fungou e detestou parecer tão fraca.

— Tem certeza de que está tudo bem?

— Tenho. Vamos lá matar o grande e poderoso Ctein.

CAPÍTULO IV

* * * * * * *

FERRO COMITANTE

1.

A *Battered Hierophant* se encontrava parada diante da *Wallfish*, um ponto luminoso contra o pano de fundo escuro do espaço.

A nave dos Águas era maior que qualquer outra que Kira tivesse visto. Tinha o comprimento de sete naves de batalha do CMU unidas ponta a ponta e quase a mesma largura, o que lhe conferia um formato oval. Em termos de massa, equivalia a uma estrutura como a Estação Orsted — se não fosse maior —, mas, diferente de Orsted, era plenamente manobrável.

Para desânimo de Kira, três naves menores tinham assumido posição na frente da *Battered Hierophant*: fogo a mais a postos para defender o líder, se uma das naves humanas chegasse perto demais para representar uma ameaça.

A *Hierophant* e sua escolta estavam a apenas 7 mil quilômetros, mas mesmo a esta distância relativamente curta (logo ali, pelos padrões das viagens interplanetárias), a nave gigantesca não passava de um pontinho de luz quando vista sem amplificação.

— Podia ser pior — disse Sparrow.

— Podia ser muito melhor também — disse Falconi.

Tirando Itari, que insistiu que ficaria bem no porão de carga, todos se espremiam no abrigo contra tempestade da *Wallfish*. Ninguém parecia particularmente renovado, mas, deles, Jorrus e Veera pareciam os mais cansados, os mais abatidos. Seus mantos normalmente impecáveis estavam amarrotados e eles se remexiam de um jeito que lembrava Kira os implantes eletrônicos em Highstone, em Weyland. Mesmo assim, estavam atentos e ouviam com um interesse alerta tudo que era falado.

Quando questionados sobre sua opção de traje — com a exceção de Kira, a tripulação trocara as roupas normais para skinsuits —, os Entropistas disseram:

— Nosso equipamento...

— ... é o melhor possível, obrigado.

Em resposta, Nielsen deu de ombros e guardou os trajes que oferecera a eles.

Para diversão de Kira, a primeira-oficial e Vishal ficaram em lados opostos do abrigo, mas ela notou sorrisos secretos entre eles e seus lábios se mexiam com frequência, mas discretamente, como se trocassem mensagens de texto.

O rosto de Tschetter apareceu no canto superior direito da tela. Atrás dela, os Águas se moviam, preparando a nave para o que viria pela frente. O tubo de crio de Trig era visível perto de uma parede curva, preso por vários suportes de aparência estranha.

— Capitão Falconi — disse Tschetter.

Havia olheiras fundas sob seus olhos e Kira notou que a mulher não tinha acesso a nenhum estimulante ou comprimido para dormir.

— Major.

— Prepare sua tripulação. Entraremos logo no alcance para artilharia.

— Não se preocupe conosco — disse Falconi. — Estamos prontos. Só cuide para que o Laço nos dê cobertura quando atacarmos.

A major assentiu.

— Eles farão o melhor possível.

— Ainda temos liberação dos Águas?

Um sorriso triste esticou o rosto de Tschetter.

— Eles atirariam em nós se não tivéssemos. No momento, eles esperam que levemos a *Wallfish* para a *Hierophant*, para que seus técnicos investiguem os computadores.

Kira esfregou os braços. Estava acontecendo. Agora não havia como voltar atrás. A sensação de inevitabilidade percorreu suas veias. O resto da tripulação parecia igualmente apreensivo.

— Entendido — disse Falconi.

Tschetter assentiu, dura.

— Esperem por meu sinal. Câmbio e desligo.

Ela desapareceu do holo.

— E lá vamos nós — disse Falconi.

Kira pressionou o auricular que Hwa-jung lhe dera — garantindo que estivesse bem encaixado —, depois usou os próprios filtros para verificar o progresso da batalha. A Sétima Frota tinha se dispersado ao se aproximar dos Águas, atraindo-os para fora do planeta rochoso que os alienígenas mineravam, levando-os a duas luas pequenas. O planeta tinha sido apelidado de R1 pelo CMU, e as luas, de r2 e r3. Não eram nomes elegantes, mas convenientes para fins de estratégia e navegação.

Nuvens de fumaça e giz encobriam a maioria das naves do CMU (na luz visível, pelo menos; elas apareciam bem em infravermelho). Centelhas faiscaram dentro das nuvens, enquanto lasers de defesa do CMU atingiam os mísseis lançados. Ao contrário de suas espaçonaves, os mísseis dos Águas não eram substancialmente mais velozes ou mais ágeis que os do CMU, o que significava que a Sétima conseguia destruir ou desativar a maioria deles.

A maioria, mas não todos. Enquanto os lasers superaqueciam, uma quantidade cada vez maior de mísseis passava deslizando.

O tiroteio não começara muito tempo antes, mas três dos cruzadores do CMU já estavam fora de combate: um destruído, dois incapacitados e vagando indefesos. Um grupo de Águas tentava abordar os dois, mas as forças do almirante Klein agiam para manter os alienígenas ocupados, longe das naves avariadas.

Quanto aos Águas, era difícil descobrir os números concretos, mas parecia a Kira que o CMU tinha destruído pelo menos quatro naves e danificado outras tantas. Não bastou para fazer um estrago sério na frota dos Águas, mas foi suficiente para reduzir o passo da primeira onda.

Enquanto Kira assistia, projéteis atingiam duas naves do CMU, ambos na área do motor. Seus foguetes engasgaram e morreram, e os cruzadores tombaram, sem energia.

Perto da vanguarda da Sétima Frota, uma nave Água dava guinadas em velocidades e ângulos que teriam esmagado qualquer humano. Meia dúzia das naves capitânias da Sétima dispararam seus lasers principais na nave, empalando-a com fios carmim. As luzes da nave Água se apagaram e ela tombou, virada, espargindo água fervente em uma espiral em constante expansão.

— Isso aí — disse Kira em voz baixa.

Ela enterrou as unhas nas palmas das mãos quando duas naves dos Águas dispararam para uma robusta nave de batalha, que de algum jeito tinha acabado perto da lua r2. Lasers piscaram entre a nave do CMU e os Águas, e os dois lados dispararam vários mísseis.

De repente, um espigão em brasa disparou de um dos mísseis da nave do CMU, percorrendo quase 9 mil quilômetros no decorrer de um segundo. O espigão obstruiu os mísseis que chegavam e pulverizou metade da nave alienígena mais próxima, como um maçarico abrindo isopor.

A nave Água avariada girou como um pião e descarregou atmosfera, depois desapareceu em uma explosão própria, a antimatéria aniquiladora criando um sol artificial que se dissipou rapidamente.

A nave Água restante retirou-se em pirueta da batalha. Um segundo espigão eclodiu de um dos dois mísseis restantes do CMU — uma lança em brasa de plasma superaquecido. Errou, mas o terceiro e último míssil, não.

Uma bola de fogo nuclear tomou o lugar da nave alienígena na holotela.

— Viram isso? — disse Kira.

Hwa-jung grunhiu.

— Casaba-Howitzers.

— Alguma notícia de Gregorovich? — perguntou Kira, olhando Hwa-jung e Vishal.

Os dois menearam a cabeça em negativa e o médico disse:

— Nenhuma mudança, infelizmente. Os sinais vitais estão como ontem.

Kira não se surpreendeu — se Gregorovich tivesse se recuperado, estaria fazendo comentários constantes —, mas ficou decepcionada. Mais uma vez, torcia para não ter piorado as coisas ao usar a Lâmina Macia... ao usar a *Semente* para tocar a mente dele.

Tschetter reapareceu no holo.

— Está na hora. Se for muito mais perto, as naves que protegem a *Battered Hierophant* vão ficar desconfiadas. Preparem-se para o lançamento.

— Entendido — disse Falconi. — Sparrow.

— Agora mesmo.

Um baque oco em algum lugar da *Wallfish* e a mulher disse:

— Howitzer carregado. Tubos de mísseis abertos. Pronto para lançar.

Falconi assentiu.

— Muito bem. Ouviu, Tschetter?

— Positivo. O Laço Mental está assumindo a posição final. Transmitindo dados atualizados do alvo. Fiquem de prontidão.

— De prontidão.

Do outro lado de R1, um cruzador do CMU desapareceu em um clarão luminoso. Kira estremeceu e verificou o nome: a *Hokulea*.

Vishal falou:

— Ah, pobres almas. Que descansem em paz.

Um silêncio caiu no abrigo contra tempestades enquanto eles esperavam, tensos e transpirando. Falconi foi para o lado de Kira e tocou a mão discretamente na sua lombar. O toque a aqueceu e ela se inclinou um pouco para trás. Os dedos dele roçaram sua pele coberta, leves, uma distração.

Nos filtros, apareceu uma frase: <*Nervosa? — Falconi*>

Ela subvocalizou a resposta: <*Quem não ficaria? — Kira*>

<*Se conseguirmos sair dessa, precisamos conversar. — Falconi*>

<*Precisamos mesmo? — Kira*>

O canto da boca de Falconi se torceu. <*Não é necessário. Mas eu gostaria. — Falconi*>

<*Tudo bem. — Kira*>

Os olhos de Nielsen se demoraram neles e Kira se perguntou o que pensava a primeira-oficial. Kira ergueu o queixo, sentindo-se desafiadora.

Então a voz de Tschetter os invadiu.

— Atacar. Repito, atacar. Fogo neles, *Wallfish*.

Sparrow riu e um baque alto ressoou pelo casco.

— Quem quer lula frita?

2.

A *Wallfish* desacelerou de cauda para a *Battered Hierophant*. Isso significava que a tocha voraz de morte nuclear que era o propulsor de fusão da *Wallfish* estava apontada para a direção geral do alvo.

Isso tinha duas vantagens. Primeira: o escapamento do propulsor ajudava a proteger a *Wallfish* de mísseis ou lasers que fossem disparados a eles da nave capitânia dos Águas ou de sua escolta. Segunda: a quantidade de energia térmica e eletromagnética que irradiava do propulsor bastava para sobrecarregar a maioria dos sensores apontados para a nave. A reação de fusão era mais quente do que a superfície de qualquer estrela, e mais brilhante também — a lanterna mais forte da galáxia.

Por conseguinte, o Casaba-Howitzer que Sparrow acabara de lançar do tubo de mísseis na popa da *Wallfish* (a bombordo) ficaria quase invisível perto da incandescência branco-azulada do propulsor. Como o howitzer agora estava sem energia, seu próprio foguete frio e inativo, ele continuaria a ultrapassar a *Wallfish* sem nenhuma necessidade de aceleração que atraísse atenção indesejada.

— Tempo: 14 segundos — anunciou Sparrow.

Era o que o Casaba-Howitzer precisava para passar atrás do escudo de sombra deles e chegar a uma distância mais ou menos segura da *Wallfish* antes de se detonar e mandar um feixe de energia nuclear para a *Battered Hierophant*.

A bomba chegaria perto, bem mais perto do que seria confortável para qualquer pessoa mentalmente sã, e — excluindo Gregorovich — Kira preferia pensar que todos estavam bem sãos. O escudo de sombra deveria protegê-los do pior da radiação, como fazia com os subprodutos bem desagradáveis de seu propulsor de fusão. O abrigo contra tempestades faria o mesmo. O principal risco seria o de estilhaços. Se a explosão estourasse um pedaço do envoltório do howitzer no casco da *Wallfish*, cortaria o casco como uma bala atravessando papel.

— Tempo: dez segundos — disse Sparrow.

Hwa-jung repuxou os lábios, soltando um silvo depreciativo entre os dentes.

— Acho que é hora de levar um ano de radiação de uma vez só.

Perto da parede, os dois Entropistas estavam sentados de mãos dadas, balançando-se.

— Tempo: cinco, quatro...

— *Merda!* Eles estão voltando! — exclamou Tschetter.

— ... três...

— Não há tempo para mudar! — disse Falconi.

— ... dois...

— Faça mira em...

— ... Um.

O pescoço de Kira foi jogado para o lado quando uma violenta aplicação dos propulsores RCS empurrou a *Wallfish* de sua trajetória. Depois, a aceleração da espaçonave aumentou ao que devia ser pelo menos 2 g e ela fez uma careta, lutando com a pressão repentina de força.

Menos de um segundo depois, a *Wallfish* estremeceu em volta deles e Kira ouviu vários *pings* e *pops* pelo casco.

Na tela, um espigão ardente de luz disparou para a *Battered Hierophant*. A nave dos Águas já descrevera meia rotação, assim seu propulsor estava fora de vista, e continuava a se virar, reorientando-se para longe da *Wallfish*.

— Mas que merda — resmungou Falconi.

Kira observou com um fascínio horrorizado a chama de plasma faiscar para a *Battered Hierophant*. Lphet e o Laço Mental lhes deram informações precisas sobre onde se localizava o Propulsor de Markov da *Hierophant*. Atingi-lo e abrir uma brecha na contenção de antimatéria dentro do propulsor era sua melhor chance de destruir a nave. Caso contrário, eles não tinham garantias de que o Casaba-Howitzer mataria Ctein.

Como Itari havia explicado, mesmo as menores coformas Águas eram reforçadas contra o calor e a radiação, e, como o CMU havia descoberto, consternado, era incrivelmente difícil matar as criaturas. Um Água grande como Ctein — qualquer que fosse sua forma atual — seria muito mais resistente. Como Sparrow dissera, era mais como tentar matar um fungo do que um humano.

Uma fumaça preta escapou dos dutos de ventilação no meio inchado da nave alienígena — uma lula ameaçada escondendo-se em uma nuvem de tinta em expansão —, mas não seria proteção nenhuma contra a carga moldada do howitzer. Poucas coisas conseguiam esse feito.

A lança atingiu a barriga da *Hierophant*. Um hemisfério de casco pulverizado explodiu, junto com uma névoa de ar e água que faiscou e virou vapor.

Sparrow gemeu quando a visão clareou.

A carga nuclear tinha cortado um talho do tamanho da *Wallfish* na *Battered Hierophant*. Seu propulsor principal parecia desativado — o propelente jorrava do nariz, sem conseguir se inflamar —, mas o grosso da nave parecia intacto.

Lasers e mísseis foram disparados do Laço Mental para as três naves de escolta perto da *Hierophant* enquanto o trio se virava para atacar. A *Wallfish* soltou suas próprias nuvens de defesa, encobrindo a nave no escuro. A tela passou ao infravermelho.

— Solte outro howitzer — disse Falconi.

— Só temos mais dois — disse Sparrow.

— Eu sei. Dispare mesmo assim.

— Senhor, sim, senhor.

Outro baque ecoou no casco, depois o Casaba-Howitzer saiu raiando da *Wallfish* para a distância mínima de segurança para detonação.

O míssil não chegou ao destino. Um jato de faíscas violeta foi cuspido de seu nariz, depois o foguete engasgou e o howitzer caiu inofensivo, fora de curso.

— Porra! — disse Sparrow. — Apanhado por um laser.

— Eu vi — disse Falconi, calmo.

Kira queria poder roer as unhas. Em vez disso, viu-se agarrada aos braços da cadeira de impacto.

— Ctein está morto? — perguntou ela a Tschetter. — Sabemos se Ctein morreu?

A major fez que não com a cabeça no holo. Luzes faiscavam no convés atrás dela.

— Parece que não. Eu...

Uma explosão abalou a nave dos Águas.

— Major, você está bem? — perguntou Nielsen, inclinando-se para a tela.

Tschetter reapareceu, abalada. Fios frisados de cabelo tinham se soltado do coque.

— Estamos bem, por ora. Mas...

— Outros Águas chegando — anunciou Sparrow. — Uns vinte deles. Temos talvez dez minutos. Menos.

— É claro — rosnou Falconi.

— Vocês ainda precisam matar Ctein — disse Tschetter. — Não podemos fazer isto daqui. Metade dos Águas comigo parecem doentes.

— Eu não...

Morven disse:

— Almirante Klein para o senhor, capitão Falconi.

— Deixe ele na espera. Não tenho tempo para isso agora.

— Sim, senhor — disse a pseudointeligência, parecendo absurdamente animada, em vista da situação.

Uma luz amarela intermitente apareceu na holotela, vindo para eles da *Battered Hierophant*.

— O que é isso? — perguntaram Veera e Jorrus, apontando.

Falconi ampliou. Entrou no visual um objeto escuro, parecido com uma bolha, de cerca de quatro metros de extensão. Era como se várias esferas entrecruzadas tivessem sido soldadas.

— Não é um míssil.

Uma lembrança agitou o fundo da mente de Kira: o depósito onde ela vira o dr. Carr e o Água Qwon lutando e, do outro lado da sala, um buraco cortado no casco. Um buraco emitindo uma luz azul que emanava da nave pequena presa como uma craca do lado de fora da *Extenuating Circumstances*.

— É um módulo de abordagem — disse ela. — Ou talvez uma cápsula de fuga. Seja como for, pode atravessar o casco.

— Tem mais — disse Vishal em um tom de alerta.

Ele tinha razão. Mais uma dúzia das bolhas iam na direção deles.

— Major — disse Falconi. — Precisa nos ajudar a eliminá-los, ou...

— Vamos tentar, mas estamos meio ocupados — disse Tschetter.

Uma das três naves de escolta da *Hierophant* explodiu, mas as outras duas ainda disparavam no Laço Mental, como a própria *Battered Hierophant*. Até agora, o Laço não perdera nenhuma de suas naves, mas várias soltavam fumaça e vapor de brechas no casco.

— Sparrow... — disse Falconi.

— Já estou nessa.

Nos filtros, Kira viu linhas faiscarem entre a *Wallfish* e as bolhas que se aproximavam: ataques de laser, realçados pelo computador para que ficassem visíveis a olhos humanos.

Ela mordeu o lábio. Era horrível não pode ajudar. Quem dera tivesse uma nave só dela. Melhor ainda se estivesse perto o bastante para destruir os inimigos que se aproximavam com a Lâmina Macia.

Então as luzes interiores piscaram e Morven disse:

— Brecha de segurança em andamento. Corta-fogo comprometido. Desligando sistemas não essenciais. Favor desligar todos os dispositivos eletrônicos pessoais até notificação contrária.

— Agora eles sabem invadir nosso sistema? — exclamou Nielsen.

Jorrus e Veera falaram.

— Nos dê...

— ... acesso raiz, nós...

— ... podemos ajudar.

Falconi hesitou, depois assentiu.

— Senha enviada a seus consoles.

Os Entropistas se recurvaram nas telas embutidas nas cadeiras.

Clarões avermelhados apareceram na fumaça que cercava a *Battered Hierophant* — mísseis disparados.

Os alarmes berraram. Morven disse:

— Alerta: objetos se aproximando. Colisão iminente.

Os mísseis saíram da fumaça e rapidamente ultrapassaram as bolhas, alguns se jogando contra o Laço Mental e os demais, todos os quatro, voando para a *Wallfish*.

Uma nova carga de alumínio foi lançada da traseira da *Wallfish*. A nave ainda desacelerava, mas os mísseis que vinham para ela aceleravam ainda mais e a distância entre eles diminuía com uma velocidade apavorante.

O laser da *Wallfish* disparou. Um míssil explodiu (tiro limpo, e acabou-se). Depois outro, dessa vez mais perto. Faltavam dois.

— *Sparrow* — disse Falconi entredentes.

— Já vi.

Uma nave do Laço Mental disparou no terceiro míssil. O quarto continuou vindo, porém, escapando do laser com guinadas tremendamente rápidas para cima, para baixo e para o lado.

Um manto de suor cobria o rosto de Sparrow, que não piscava, concentrada em atirar no projétil.

Morven:

— Alerta, preparar para impacto.

No último segundo, quando o míssil estava quase neles, o blaster da *Wallfish* enfim fez contato e o míssil explodiu a apenas algumas centenas de metros de seu casco.

Sparrow soltou um grito de triunfo.

A nave chocalhou e se sacudiu, e as anteparas gemeram. Mais alarmes gritaram e saiu fumaça do duto de ventilação no alto. Metade das luzes do painel de controle se apagou. Um estranho barulho de explosão soou dos alto-falantes: não era estática — dados transmitidos?

— Relatório de danos — disse Falconi.

Na tela, e nos filtros de Kira, apareceu um diagrama da *Wallfish*. Uma grande seção do anel habitacional, bem como os porões de carga abaixo, faiscava em vermelho. Hwa-jung encarava, possessa, enquanto seus lábios se mexiam com perguntas murmuradas ao computador.

Ela disse:

— Conveses C e D com brechas. Porão de carga A. Danos maciços no sistema elétrico. Laser principal inativo. Unidade de recuperação, compartimento de hidroponia... tudo foi afetado. Motor funcionando com eficiência de 28%. Protocolos de emergência em vigor.

A chefe de engenharia gesticulou e abriu a transmissão de uma câmera externa: acompanhando o casco curvo do anel habitacional da *Wallfish*, uma grande cratera voltada para dentro revelava paredes e espaços internos escuros, a não ser por um ocasional clarão de descarga elétrica.

Falconi formou um punho e bateu no braço da cadeira. Kira estremeceu. Sabia o quanto a nave significava para ele.

— Por Thule — disse Nielsen.

— Itari? — gritou Falconi.

Uma imagem apareceu no holo, mostrando o Água subindo ao centro da nave. O alienígena parecia incólume.

— E Morven? — perguntou ele e esticou o pescoço para os Entropistas.

Os olhos deles estavam entreabertos e brilhavam com a luz refletida dos implantes. Veera falou.

— Corta-fogo restaurado, mas...

— ... algum programa malicioso ainda está no...

— ... mainframe. Estamos limitados às sub-rotinas de gestão de resíduos enquanto tentamos limpar — disse Veera, com uma careta. — É muito...

— Muito resistente — disse Jorrus.

— Isso — disse Veera. — Talvez seja melhor não usar a cabeça agora.

Mais uma vez a pseudointeligência anunciou:

— Alerta: objetos se aproximando. Colisão iminente.

— Caralho!

Desta vez eram as naves de abordagem dos Águas. Uma delas ia diretamente para a *Wallfish*, as outras para o Laço Mental.

— Podemos evadir? — perguntou Falconi.

Hwa-jung meneou a cabeça.

— Não. Não é possível com propulsores. *Aish*.

— Howitzer? — perguntou Falconi, virando-se para Sparrow.

Ela fez uma careta.

— Podemos tentar, mas existe uma boa possibilidade de o perdermos para as contramedidas deles.

Falconi fechou a cara e xingou em voz baixa. No holo, Tschetter reapareceu brevemente e disse:

— Poupe a carga nuclear para a *Battered Hierophant*. Vamos tentar fazer com que vocês passem dos pontos de defesa deles.

— Entendido... Morven, diminua o empuxo para 1 g.

— Afirmativo, capitão. Diminuindo o empuxo para 1 g.

Soou o alerta correspondente e Kira soltou um leve suspiro de alívio quando o peso que a pressionava voltou ao normal. Depois Falconi deu um tapa no console e se levantou.

— Todos no convés. Estamos prestes a ser abordados.

3.

— Merda — disse Nielsen.

— Parece que eles estão indo para a brecha do porão de carga — disse Sparrow.

Soou uma batida na porta pressurizada do abrigo contra tempestade. Vishal a abriu e a forma tentacular de Itari encheu o batente. [[Aqui é Itari: Qual é a situação?]]

[[Aqui é Kira: Espere. Não sei.]]

— Seis minutos para o contato — disse Hwa-jung.

Falconi bateu no cabo do blaster.

— As portas pressurizadas estão lacradas em torno das áreas avariadas. Os Águas terão de cortar para passar. Isto nos dará algum tempo. Depois que eles estiverem no poço principal, vamos pegá-los numa emboscada de cima. Kira, você terá de ir na frente. Se conseguir matar pelo menos dois deles, talvez consigamos cuidar do resto.

Ela concordou com a cabeça. Hora de testar as palavras com a ação.

Falconi partiu para a porta.

— Saia do caminho! — disse ele, gesticulando para Itari.

O Água entendeu o suficiente para recuar, liberando a abertura.

[[Aqui é Kira: Estamos sendo abordados por Wranaui da *Battered Hierophant*.]]

Odor-próximo de compreensão, tingido de alguma... avidez. [[Aqui é Itari: Entendo. Farei o máximo para proteger suas coformas, Idealis.]]

[[Aqui é Kira: Obrigada.]]

— Vamos! Vamos! — disse Falconi. — Kira, Nielsen, doutor, peguem armas para todos. Sparrow, você fica comigo. Andando!

Junto com Vishal, Kira correu atrás de Nielsen pelos corredores escurecidos ao pequeno arsenal da *Wallfish*. O ar na nave estava quente e tinha cheiro de plástico queimado.

Na sala do tamanho de um armário, eles pegaram blasters e armas de fogo. Kira praticamente não se deu ao trabalho de pegar uma arma para si; se ia lutar, a Lâmina Macia seria a melhor arma. (Parecia mais adequado pensar no xeno como *Lâmina Macia* quando entrava em combate, embora a perspectiva de outra vez cometer violência com a Semente parecesse profundamente errada.) Ainda assim, Kira sabia que seria excesso de confiança *não* ter alternativa, então pegou um blaster e o pendurou no ombro.

Apesar do zumbido cortante do medo nos nervos, ela sentiu alívio. A espera tinha terminado. Agora, só precisava se concentrar na sobrevivência — na dela e da tripulação. Todo o resto era irrelevante.

A vida ficava muito mais simples quando se estava diante de uma ameaça física. O perigo era... esclarecedor.

O xeno reagiu a seu estado de espírito, enrijecendo e engrossando, preparando-se de formas invisíveis para o caos prestes a começar. A mudança na distribuição do traje lembrou a Kira a carne distante: a cobertura preta que tinha devorado o interior da cabine. Se fosse necessário, ela podia convocá-la, atraí-la a si e permitir que a Lâmina Macia mais uma vez crescesse.

— Tome — disse Nielsen, e jogou para Kira várias latas: duas azuis e duas amarelas. — Giz e alumínio. Devem dar alguma ajuda.

— Obrigada.

Com uma pilha alta de armas nos braços, os três voltaram às pressas pelos corredores até o poço principal da *Wallfish*. Itari e os Entropistas esperavam por eles ali, mas Falconi e Sparrow não estavam à vista.

Enquanto Nielsen equipava os Entropistas, Kira ofereceu a Itari a escolha de blaster ou escopetas. O alienígena escolheu dois blasters, que pegou com os braços ossudos desdobrados da parte inferior da carapaça.

— Capitão — Kira ouviu a voz de Nielsen em um tom de alerta.

A voz de Falconi soou no intercomunicador:

— Trabalhando nisso. Entrem em posição. Estaremos aí em dois segundos.

A primeira-oficial não parecia ter se tranquilizado. Kira entendia.

Junto com Itari, eles obedeceram ao capitão e se distribuíram em roda pelo tubo, escondendo-se atrás das laterais de portas pressurizadas abertas.

Tinham acabado de fazer isso quando Sparrow, depois Falconi, apareceram a passos pesados no corredor mais próximo, trajados da cabeça aos pés com armadura energizada.

Como que por acordo anterior, Sparrow se posicionou de um lado do poço e Falconi fez o mesmo do outro.

— Achei que ia querer isto — disse Nielsen, e jogou a Falconi seu lança-granadas.

Ele assentiu para ela, tenso.

— Obrigado. Te devo uma.

Ver Sparrow e Falconi com as armaduras fez com que Kira se sentisse um pouco menos apreensiva com o enfrentamento dos Águas. Pelo menos nem tudo ia cair nas costas dela. Ainda assim, preocupava Kira que eles se expusessem na linha de frente. Especialmente Falconi.

As luzes piscaram e, por um segundo, faixas vermelhas de emergência iluminaram o espaço.

— Energia em 25% e caindo — leu Falconi nos filtros. — Merda. Mais cinco minutos e vamos morrer na praia.

— Contato — disse Hwa-jung e a *Wallfish* estremeceu quando a cápsula dos Águas se chocou em algum lugar abaixo.

Um tom rude ecoou no alto e Kira segurou um suporte enquanto os motores da nave eram desligados.

— Hora do show — resmungou Sparrow.

Ela levantou os braços vestidos de metal e apontou as armas embutidas do exo para o fundo do poço.

4.

Uma série de barulhos estranhos soou na popa, em algum lugar no porão de carga A: batidas, estrondos e baques surdos, como se tentáculos batessem nas portas pressurizadas lacradas.

Kira permitiu que a máscara da Lâmina Macia cobrisse o rosto. Respirando fundo várias vezes para se acalmar, ela apoiou o blaster no ombro e apontou para o poço. "Logo..."

— Depois que eles entrarem — disse Hwa-jung —, terão 14 segundos até as próximas portas pressurizadas se lacrarem.

— Entendi — disse Sparrow.

Na armadura, ela não conseguia realmente se esconder; enchia a maior parte de uma porta, como um gorila de metal gigante, sem rosto, atrás de um capacete espelhado. Falconi, da mesma forma, ficava exposto em sua própria armadura, embora mantivesse o visor semitransparente, para enxergar melhor.

Bang!

Kira sentiu um pico de ar comprimido nos ouvidos, através da máscara do traje. Mexeu o maxilar, com uma dor surda se formando pela base do crânio.

Apareceu fumaça no que tinha sido o fundo do poço e que, sem peso, agora parecia o outro lado de um tubo comprido. O alarme de pressão da *Wallfish* começou a berrar.

Um sopro de vento tocou a face de Kira: a mais perigosa das sensações em uma espaçonave.

Em volta dela, a tripulação começou a disparar com blasters e projéteis enquanto as formas escuras de muitos braços dos Águas enxamearam o poço central. Apanhadores, desesperados e desprezados. Os alienígenas não ficaram para lutar — dispararam pelo tubo e desapareceram em outro corredor.

Segundos depois, uma porta pressurizada invisível perto do porão de carga se fechou com um estrondo sinistro e o vento cessou.

— Merda, eles estão indo para a engenharia — disse Falconi, espiando o poço.

— Podem incapacitar a nave toda dali — disse Hwa-jung.

Como que para provar o argumento, as luzes piscaram de novo e se apagaram inteiramente, deixando-os banhados na radiância vermelha e fraca das luzes de emergência.

Então a visão mais inesperada chamou a atenção deles: um único tentáculo se desdobrou de dentro de uma porta no final do poço. Enrolada em seu abraço mortal estava a caixa de crio transparente que continha ninguém menos que Runcible, ainda congelado em hibernação.

Mesmo pelo visor, Kira viu o rosto de Falconi se contorcer de raiva.

— Merda, *não* — rosnou ele, e estava prestes a se lançar para a frente quando Nielsen o segurou pelo braço.

— Capitão — disse ela, com a mesma intensidade dele. — É uma armadilha. Eles vão te capturar.

— Mas...

— Sem chances.

Sparrow se juntou a eles.

— Ela tem razão.

A única que podia fazer alguma coisa era Kira, e ela sabia disso. Queria mesmo arriscar a vida pelo porco? Bom, por que não? Uma vida era uma vida, e a certa altura ela teria de enfrentar os Águas. Talvez fosse melhor agora. Kira só queria que não tivesse de acontecer na *Wallfish*...

O tentáculo balançou delicadamente o porco em um convite inconfundível.

— Esses escrotos — disse Falconi.

Ele levantou um pouco o lança-granadas, depois parou.

— Não consigo uma boa mira.

As luzes de emergência então falharam, deixando-os na pura e inamistosa escuridão por vários segundos. Pelo infravermelho, Kira ainda distinguia as formas no ambiente e notou uma estranha confluência de campos eletromagnéticos no poço — fontes rodopiantes de força violeta.

— Escudo de contenção de plasma falhando — anunciou Morven. — Favor evacuar imediatamente. Repito: favor...

Hwa-jung grunhiu.

As luzes voltaram de súbito, primeiro vermelhas, depois o brilho de pleno espectro normal das luzes padrão, com uma intensidade dolorosa. Um leve tremor abalou as placas das paredes e finalmente veio um berro enorme pela *Wallfish*:

— ABAIXE ESSE PORCO!

Gregorovich.

5.

A porta pressurizada no final do poço se fechou, cortando o tentáculo do Água em meio a um jato de icor laranja. O tentáculo flutuou, solto, torcendo-se em aparente agonia. Lançou a caixa de crio de Runcible na parede e a caixa quicou, caindo várias vezes no poço até Falconi conseguir apanhá-la.

A caixa e o porco dentro dela pareciam incólumes, a não ser por um arranhão fundo na lateral.

— Furem essa coisa — disse Falconi, apontando o tentáculo.

Nielsen, Sparrow e Kira tiveram o prazer de obedecer.

— Bem-vinda de volta, minha infestação simbiótica! — exclamou Gregorovich. — Ó, dia feliz em que nos reencontramos, meus saquinhos de carne irritantes! Tempos sombrios foram aqueles comigo perdido no labirinto distorcido de falácias infrutíferas e vocês vagabundeando por desventuras intrometidas! Como são afortunados que uma lanterna acesa me trouxesse de volta. Rejubilem-se, pois renasci! O que vocês fizeram com esta pobre lesma em forma de nave, hmm? Assumirei o controle das operações, se não se importam. Morven, ai, pobre simulacro, não é apta para a tarefa. Primeiro expurguemos este pedaço grotesco de código alienígena que infecta meus processadores, eeeee... pronto. Ventilando e estabilizando reator. Agora mostremos a esses cheiradores de esgoto do que realmente sou capaz. Iupiiii!

— Já não era sem tempo — disse Falconi.

— E aí — disse Sparrow, batendo na antepara. — Senti sua falta, cabeção.

— Não exagere no entusiasmo — disse Nielsen, olhando o teto em alerta.

— Eu? Exagerar? — disse o cérebro da nave. — Ora essa, *nunca*. Por favor, afastem as mãos e os pés das paredes, pisos, tetos e suportes.

— Hmm... — disse Vishal.

[[Aqui é Kira: Itari, afaste-se das paredes!]]

O Água reagiu à urgência de seu odor com uma rapidez satisfatória. Retraiu os tentáculos e se equilibrou no ar com pequenos sopros de gás pela linha equatorial da carapaça.

Um zumbido perigoso encheu o ar e Kira sentiu a pele do xeno se arrepiar e rastejar. Depois, de trás da porta que havia decepado o tentáculo, soaram descargas de bater os dentes: estalos de raios crepitando e zumbindo.

Um horrível cheiro de carne queimada vagou para eles.

— Tudo resolvido — disse Gregorovich com evidente satisfação. — Aí estão suas lulas fritas, Sparrow. Peço minhas desculpas, Hwa-jung, mas terá de substituir parte da fiação.

A chefe de engenharia sorriu.

— Está tudo bem.

— Você ouviu o que eu disse antes? — perguntou Sparrow.

O cérebro da nave riu.

— Ah, ouvi, fraca como pluma, uma voz com eco na água turva.

— Como? — disse Falconi. — Nós o isolamos do resto da nave.

Gregorovich fungou.

— Ah, bom, vejamos. Hwa-jung pode ter seus segredinhos, mas eu também tenho os meus. Depois que minha mente foi purificada das visões pérfidas e das dúvidas debilitantes, foi um desafio simples contorná-la, ah, foi, sim. Uma torção aqui, uma pincelada ali, perna de lagarto e língua de serpente, e um toque dissimulado de torque malicioso.

— Não sei, não. Acho que preferia você como era antes — disse Nielsen, mas ela sorria.

— E o sr. Fofuchinho? — perguntou Vishal.

— Em total segurança — respondeu Gregorovich. — Agora, tratemos de nosso problema maior. Vocês nos meteram em um enrascada muito delicada, meus amigos, pois meteram, sim.

Falconi tinha o olhar fixo em uma câmera próxima, instalada na parede.

— Tem certeza de que está bem para isso?

Uma mão espectral, azul e peluda apareceu projetada na tela mais próxima. Com um sinal afirmativo, o polegar para cima, o cérebro da nave disse:

— Certo como uma cascavel e duplamente insuportável. Espere, isso não fez sentido. Hmm... Mas, sim, pronto para a ação, capitão! Mesmo que eu não estivesse, vocês querem mesmo enfrentar uma horda fortemente armada sem mim?

Falconi suspirou.

— Seu filho da puta maluco.

— Este sou eu.

Gregorovich parecia quase orgulhoso.

— O plano era... — disse Nielsen.

— Era — falou Gregorovich. — Conheço o plano. Todos os registros e gravações foram analisados, arquivados e guardados. Porém, o plano, para ser delicado, é uma boa duma merda. Vinte e um Águas estão agora a bordo e não parecem nada amistosos.

— E então? Tem alguma ideia nesse seu cérebro grandão? — perguntou Sparrow.

— De fato tenho — sussurrou Gregorovich. — Permissão para entrar em ação, capitão? Uma ação drástica é necessária, se você ou eu ou esse porco em seus braços quiserem alguma chance de ver a luz do amanhecer.

Falconi hesitou por um bom tempo. Depois assentiu com o queixo e falou:

— Faça.

Gregorovich riu.

— Hahahaha! Sua confiança é sumamente preciosa para mim, ó, capitão. Segurem-se! Preparem-se para uma cambalhota!

— Cambalhota! — exclamou Nielsen. — O que acha que vai...

Kira se segurou melhor e fechou os olhos enquanto se sentia, e a tudo a sua volta, virar de cabeça para baixo.

— Retomando empuxo — disse o cérebro da nave, e as solas dos pés de Kira afundaram novamente no convés, e ela de novo encontrou o peso normal.

— Explique — disse Falconi.

Sem se deixar perturbar, Gregorovich falou:

— O Laço Mental não consegue nos defender contra todos os nossos inimigos. Nem consegue se decidir a agir contra seu querido líder. Isso só nos deixa uma opção.

— Ainda temos de matar Ctein — disse Kira.

— Exatamente — disse Gregorovich, com praticamente o mesmo orgulho de um dono falando de um bicho de estimação particularmente bem-comportado. — Para isso, apanhamos o momento pelo pescoço e *esganamos*. Ensinaremos a esses réprobos aquáticos o significado da engenhosidade humana. Não há nada que não possamos transformar em arma ou explodir, hahahahaha!

— Nós *não* vamos abalroar a *Hierophant* — disse Falconi entredentes.

— *Tsc, tsc.* Quem está falando em abalroar?

O cérebro da nave parecia se divertir muito com a situação.

— Nem vamos usar nosso propulsor de fusão para *flambé* nosso alvo, pois ele explodiria e nos destruiria junto com ele — continuou Gregorovich. — Não, não faremos nada disso isso.

— Pare de dançar em círculos — rosnou Sparrow. — O que está aprontando, Greg? Desembucha.

O cérebro da nave deu um pigarro.

— Agora é Greg? Muito bem. Como quiser, nome de passarinho. A *Battered Hierophant* está se afastando de nós, mas em sete minutos e 42 segundos estacionarei a ponta da *Wallfish* na ferida que vocês abriram no couro da *Hierophant*.

— O *quê?!* — exclamaram Nielsen e Sparrow juntas.

Em seu exo, os olhos de Falconi faiscaram de um lado a outro enquanto ele via os filtros. Tinha os lábios bem fechados, finos e brancos.

— Ah, sim — disse Gregorovich, parecendo imensamente satisfeito consigo mesmo. — Os Águas não se atreverão a disparar em nós, não quando estivermos tão perto de seu amado e temido líder. Depois de bem presos ali, vocês... e quero dizer com isso mais provavelmente *você*, Ó, Rainha dos Espinhos... podem se pôr em marcha e eliminar este Água problemático de uma vez por todas.

Vishal olhou rapidamente de Falconi a Sparrow, confuso.

— A *Hierophant* não vai atirar em nós? E as defesas deles?

— Vejam — disse Falconi e gesticulou para a tela.

Nela apareceu uma imagem composta mostrando a *Wallfish* de fora. Uma densa nuvem de giz os envolvia, lançada de dutos perto da proa, brilhando de filetes mínimos de alumínio. Posicionadas em um anel em volta da *Wallfish*, se encontravam cinco naves do Laço Mental. Enquanto Kira assistia, seus lasers dispararam, destruindo outra onda de mísseis lançados pela *Hierophant*.

A *Wallfish* chocalhou, mas, tirando isso, não foi afetada.

— Damos conta disso? — perguntou ela, em voz baixa.

— Vamos descobrir — respondeu Falconi e desligou a tela. — É melhor não olhar. Muito bem, todos para a câmara de descompressão B. Temos uma briga pela frente. Uma das feias.

Depois ele entregou a caixa de crio de Runcible a Vishal.

— Guarde-o em um lugar seguro. Talvez na enfermaria.

Vishal fez que sim com a cabeça ao pegar o porco.

— Claro, capitão.

Mais uma vez o medo voltou, rastejando pelas entranhas de Kira com garras afiadas. Supondo-se que eles *chegassem* a Ctein, e supondo-se que as lembranças de Nmarhl estivessem corretas, ela enfrentaria uma criatura do tamanho da Lâmina Macia durante a fuga de Orsted, ou maior. O Água também era inteligente, tão inteligente quanto o maior cérebro de nave.

Ela estremeceu.

Falconi viu. <Não pense nisso. — Falconi>

<É difícil não pensar. — Kira>

Ao passar por ela, ele a tocou com gentileza no ombro com a luva da armadura.

6.

A *Wallfish* não explodiu.

Para choque e gratidão de Kira, as cinco naves do Laço Mental conseguiram deter todos os mísseis, menos um — e este errou a *Wallfish* por várias centenas de metros e saiu gritando pelo espaço, perdido para sempre.

Ela verificou a batalha maior. Corria mal, como Kira temia. A Sétima Frota estava dispersa e os Águas derrubavam naves do CMU com uma eficiência inexorável. Ver o número de naves de guerra avariadas ou destruídas deu calafrios em Kira e a encheu de uma determinação renovada. O único jeito de parar a chacina seria matar Ctein, a todo custo.

"E se para isso precisarmos explodir a *Battered Hierophant* enquanto estivemos a bordo dela?" Um núcleo duro de certeza se formou em seu íntimo. Se fosse o caso, eles o fariam. A alternativa não seria menos fatal.

Se ela *tivesse* de combater os Águas, não ia facilitar para eles a matarem. Procurando com a mente, ela invocou a parte do xeno que crescera demais na cabine. Atraiu a carne órfã pelos corredores da *Wallfish*, fazendo o máximo para evitar danos à nave, e a trouxe para a câmara de descompressão onde ela esperava junto com os outros tripulantes.

Nielsen soltou um gritinho quando a Semente se jogou na direção deles em uma maré preta de fibras que rastejavam e se agarravam.

— Está tudo bem — disse Kira, mas a tripulação ainda deu um salto para trás quando as fibras fluíram pelo convés e subiram por seus pés, pernas, quadris e tronco, envolvendo-a em uma camada de armadura viva de quase um metro de espessura.

Embora o volume maior do xeno restringisse os movimentos, Kira não sentiu peso nenhum. Nem se sentiu aprisionada. Em vez disso, era como se ela estivesse cercada de músculos ávidos para obedecer a seu comando.

— Caralho! — disse Sparrow. — Mais alguma coisa que esteja escondendo da gente?

— Não, era só isso — disse Kira.

Sparrow meneou a cabeça e soltou outro palavrão. Só Itari pareceu não se afetar pelo aparecimento da Semente — do Idealis. O Água se limitou a esfregar os tentáculos e emitir um odor-próximo de interesse.

Um sorriso torto apareceu na cara de Falconi.

— Olha, deu até taquicardia.

— Quase me provocou um ataque cardíaco, isso sim — disse Vishal.

Ele estava ajoelhado no chão, guardando o conteúdo do kit médico. A visão era um lembrete sombrio do que estava prestes a acontecer.

Kira foi tomada por uma sensação de irrealidade. A situação parecia bizarra além de todas as expectativas. Os acontecimentos que os levaram àquele exato momento e lugar eram tão improváveis que chegavam a ser quase impossíveis. Ainda assim, lá estavam eles.

Uma descarga elétrica iluminou a antecâmara. Hwa-jung grunhiu e se curvou sobre os quatro drones em que mexia no canto.

— Essas coisas ficarão prontas a tempo? — perguntou Sparrow.

A chefe de engenharia mantinha o olhar fixo nos drones enquanto respondia.

— Se deus quiser... sim.

Cada drone tinha um apêndice soldado em um manipulador e um laser de reparo no outro. As duas ferramentas, Kira sabia, podiam causar graves ferimentos se mal utilizadas, e ela desconfiava de que Hwa-jung pretendia utilizá-las muito mal.

— E como vamos fazer isso? — perguntou Nielsen.

Falconi apontou para Kira.

— Simples. Kira, você vai na frente, nos dará cobertura. Ficaremos vigiando seus flancos e dando fogo de apoio. Como em Orsted. A gente atravessa a *Battered Hierophant*, sem parar, sem se virar, sem reduzir o passo até chegar a Ctein.

— E se alguém for atingido? — disse Sparrow, erguendo uma sobrancelha. — Você sabe que vai ser uma merda danada lá dentro.

Falconi bateu os dedos na coronha do lança-granadas.

— Se alguém se ferir, mandaremos de volta à *Wallfish*.

— Isso é...

— Se não conseguirmos mandar de volta à *Wallfish*, vai ficar conosco.

O olhar de Falconi foi de um rosto a outro.

— Seja como for, ninguém vai ficar para trás. Ninguém.

Era uma ideia reconfortante, mas Kira não sabia se o que ele propunha era de fato possível. "Trig..." Ela não queria perder mais tripulantes. Mais amigos. Se pudesse fazer qualquer coisa para mantê-los a salvo, o que quer que fosse, ela precisava aproveitar, por mais assustador que achasse.

— Eu vou — disse ela.

Ninguém pareceu perceber, então ela repetiu, mais alto:

— Eu vou. Sozinha.

O silêncio caiu na antecâmara enquanto todos a olhavam.

— De jeito nenhum — disse Falconi.

Kira meneou a cabeça, ignorando o poço azedo que se formava no estômago.

— É sério. Tenho a Lâmina Macia. Ela vai me manter em segurança... mais segura do que vocês com seus exos. E se só eu for, não precisarei me preocupar em proteger mais ninguém.

— E quem vai proteger você, *chica*? — disse Sparrow, aproximando-se dela. — Se um Água decidir atirar em você de um canto? Se armarem uma emboscada? Se você cair, Navárez, estamos todos fodidos.

— Ainda estou mais equipada para lidar com o que eles jogarem pra cima da gente — disse Kira.

— Ctein? — disse Nielsen, cruzando os braços. — Se chegar perto do que você descreveu, vamos precisar de cada arma que tivermos para derrubá-lo.

— A não ser que você queria deixar a Lâmina Macia completamente descontrolada — disse Falconi.

De todos eles, Falconi era o único que sabia do papel de Kira na criação dos pesadelos, e as palavras dele atingiram os temores mais profundos de Kira. Ela cerrou o maxilar, frustrada.

— Eu posso prender vocês aqui.

Um grupo de rebentos torcidos se estendeu de seus dedos, ameaçadores.

O olhar de Falconi ficou ainda mais agudo.

— Faça isso, Kira, e vamos encontrar um jeito de cortar ou estourar uma saída, mesmo que isso signifique partir a *Wallfish* em duas. Eu te prometo. E depois ainda iremos atrás de você... Você não vai sozinha, Kira, e ponto final.

Ela tentou não deixar que a situação a afetasse. Tentou aceitar o que ele dissera e tocar o barco, mas não conseguia. Sua respiração ficou presa na garganta com o aumento da frustração.

— Isso... Eu... Vocês só vão se ferir ou morrer. Não *quero* ir sozinha, mas é nossa melhor opção. Por que vocês não podem...

— Srta. Kira — disse Vishal, levantando-se e juntando-se a eles. — Conhecemos os riscos e... — continuou ele e baixou a cabeça, com os olhos brandos, redondos e gentis. — ... os aceitamos de peito aberto.

— Mas não deveriam — disse Kira.

Vishal sorriu e a pureza de sua expressão a deteve.

— É claro que não, srta. Kira. Mas a vida é assim, não? E a guerra é assim.

Ele a surpreendeu com um abraço. Nielsen a abraçou também, e Falconi e Sparrow a tocaram no ombro com as manoplas pesadas.

Kira fungou e olhou o teto para esconder as lágrimas.

— Tudo bem... tudo bem. Vamos juntos, então.

Ocorreu a ela o quanto tinha sorte com a tripulação da *Wallfish*. No fundo eram boas pessoas, muito mais do que ela percebera ao chegar a bordo pela primeira vez. Eles mudaram também. Ela não pensava que a tripulação que conhecera em 61 Cygni estaria disposta a se colocar em perigo, como fazia agora.

— O que quero saber é como vamos achar esse Ctein — disse Sparrow. — Aquela nave é grande pra caralho. Podemos ficar vagando por horas e ainda sair de mãos abanando.

— Alguma ideia? — disse Falconi.

Ele olhou para Itari.

— E você, lula? Tem alguma coisa que possa nos ajudar?

Kira traduziu a pergunta e o Água respondeu. [[Aqui é Itari: Se conseguirmos nadar para dentro e se eu conseguir encontrar um nódulo para ter acesso ao Retículo da *Battered Hierophant*, serei capaz de encontrar a localização exata de Ctein.]]

Hwa-jung parecia ter se empertigado.

— Retículo? O que...

— Pergunte depois — interrompeu Falconi. — Como são esses nódulos?

[[Aqui é Itari: Como quadrados de estrelas. Localizam-se em junções por toda nave, para facilitar a comunicação.]]

— Talvez eu já tenha visto — disse Kira, lembrando-se da primeira nave dos Águas em que entrou.

[[Aqui é Itari: Depois que soubermos onde está Ctein, existem tubos de descida que dão passagem pelos conveses. Podemos usá-los para viajar rapidamente.]]

— Vai poder nos ajudar, Itari? — perguntou Nielsen. — Ou sua programação genética vai atrapalhar?

[[Aqui é Itari: Desde que vocês não mencionem por que estamos ali... devo poder ajudar, sim.]] Uma faixa vermelha de inquietação se esgueirou para seus tentáculos.

— *Devo poder ajudar* — disse Falconi. — Bah.

Sparrow parecia preocupada.

— No segundo em que os Águas nos localizarem, vão cair com tudo em cima de nós.

— Não — disse Falconi. — Eles vão cair com tudo em cima *dela*.

Ele gesticulou para Kira.

— Mantenha eles longe do nosso pé, Kira, e nós os manteremos longe do seu.

Ela se preparou mentalmente para o desafio, decidida.

— Farei isso.

Falconi grunhiu.

— Só precisamos encontrar um desses nódulos. É nosso primeiro objetivo. Depois, vamos lá matar um Água. Ei...

Ele se virou para Jorrus e Veera, que estavam agachados em um canto, agarrados nos braços um do outro, trocando sussurros.

— E vocês, Buscadores? Estão mesmo dispostos a isso?

Os Entropistas pegaram suas armas e se levantaram. Ainda trajavam os mantos gradientes, com o rosto à mostra. Kira se perguntou como eles pretendiam sobreviver ao vácuo, e mais ainda a uma rajada de blaster.

— Estamos sim, obrigada, Prisioneiro — disse Veera.

— Não desejamos estar em outro lugar, senão aqui — disse Jorrus.

Ainda assim, os dois Entropistas pareciam enjoados.

Uma gargalhada cínica escapou de Sparrow.

— Olha, eu garanto que não posso dizer o mesmo.

Falconi deu um pigarro.

— Não pensem que estou amolecendo nem nada, mas, hm, um homem não pode pedir uma tripulação melhor do que vocês. Só queria dizer isso.

— Bom, você é um capitão bem razoável, capitão — disse Nielsen.

— Na maior parte do tempo — disse Hwa-jung.

— Na maior parte do tempo — concordou Sparrow.

O intercomunicador estalou e Gregorovich disse:

— Contato em sessenta segundos. Por favor, segurem-se, meus delicados saquinhos de carne. Vamos dar um passeio turbulento.

Vishal meneou a cabeça.

— Ah. Isso não é reconfortante. Nem um pouco.

Nielsen tocou seu braço e falou alguma coisa à meia voz.

Kira passou aos filtros. À frente deles, viu a *Battered Hierophant* em rápida aproximação. De perto, a nave dos Águas parecia ainda mais imensa: redonda e branca, com fusos e antenas se projetando da volumosa seção intermediária. O buraco aberto pelo Casaba-Howitzer expusera uma longa pilha de conveses dentro da nave: dezenas e dezenas de câmaras de função desconhecida, agora expostas ao frio do espaço. Flutuando ali dentro, ela viu vários Águas, alguns ainda vivos, a maioria morta e cercada de gotas de icor congelado.

Com a *Hierophant* se agigantando à frente deles, Kira mais uma vez sentia a mesma atração dolorosa que vivera antes: a compulsão dos Desaparecidos exortando-a a responder.

Ela se permitiu um sorriso triste. De algum modo, não pensava que Ctein ou seus apanhadores fossem gostar de como Kira responderia à convocação.

"Apanhadores?" Ela estava recaindo nos padrões de raciocínio da Lâmina Macia/Semente. Bom, por que não? Combinava. Os Águas eram *mesmo* apanhadores com muitos membros, e hoje ela ia lembrar a eles por que deviam temer o Idealis.

Ao lado, Kira sentiu a náusea de Itari. O Água tremia, assumindo tons desagradáveis de verde e marrom. [[Aqui é Itari: É difícil para mim até mesmo estar aqui, Idealis.]]

[[Aqui é Kira: Só se concentre em proteger minhas coformas. Não se preocupe com o grande e poderoso Ctein. O que você está fazendo é completamente independente.]]

O Água ondulou em púrpura. [[Aqui é Itari: Isso ajuda, Idealis. Obrigado.]]

Enquanto a *Wallfish* ia de nariz ao buraco que o howitzer tinha aberto na *Battered Hierophant* e os conveses meio derretidos escureciam a vista das janelas de safira da *Wallfish*, Falconi falou:

— Ei, Gregorovich, você está em boa forma. Que tal umas palavras para nos animar?

O cérebro da nave fingiu dar um pigarro.

— Muito bem. Agora, prestem atenção. Que o Senhor dos Espaços Vazios nos proteja quando nos aventuramos para combater nossos inimigos. Que guie nossas mãos, nossos pensamentos e nossas armas para cumprirmos nossa vontade sobre essas perversões da paz. Que a ousadia seja nosso escudo e a fúria justa seja nossa espada, e que nossos inimigos fujam ao ver aqueles que defendem os indefesos, e que possamos nos erguer, íntegros, sem nos curvar diante do mal. Hoje *é* o Dia da Ira, e *somos* os instrumentos de represália de nossa espécie. *Deo duce, ferro comitante*. Amém.

— Amém — disseram Hwa-jung e Nielsen.

— Isso *sim* é uma oração! — disse Sparrow, sorrindo.

— Obrigado, nome de passarinho.

— Meio belicosa demais para meu gosto — disse Kira. — Mas dá pro gasto.

Falconi levou o lança-granadas ao ombro.

— Vamos torcer para alguém ter ouvido.

Finalmente, a *Wallfish* arremeteu em volta deles, parando em meio às tripas da *Battered Hierophant*. Se não fosse a Lâmina Macia segurando-a na parede, Kira teria sido jogada no chão. Os outros cambalearam e Nielsen caiu sobre um joelho. O ronco do motor de fusão foi interrompido, mas a sensação de peso permanecia, porque a gravidade artificial da *Battered Hierophant* envolvia a *Wallfish*.

7.

Do lado de fora da câmara de descompressão, Kira viu o que parecia um depósito com filas e mais filas de glóbulos cor-de-rosa transparentes arrumados em torno de um crescimento escuro que parecia um caule. Prateleiras de equipamento não identificado forravam as três paredes que não foram pulverizadas pelo Casaba-Howitzer. Gotas de escória tinham se congelado no piso em grade, nas paredes curvas e na familiar concha tripartida que agia como porta. Tudo que era visível estaria altamente radioativo, mas no momento essa era a menor das preocupações deles...

Não havia nenhum Água visível na câmara; um golpe de sorte que Kira não esperava.

— Nada mal, Greg — disse Falconi. — Todos prontos?

— Um minuto — disse Hwa-jung, ainda curvada sobre os drones.

Falconi estreitou os olhos.

— Rápido. Somos alvos fáceis aqui.

A chefe de engenharia resmungou alguma coisa em coreano. Depois se endireitou e os drones subiram no ar com um zumbido irritante.

— Pronto — disse Hwa-jung.

— Até que enfim.

Falconi bateu no liberador e a porta interna da câmara de descompressão se abriu.

— Hora de botar para quebrar.

— Hm... — disse Kira.

Ela olhou os Entropistas. Como eles iam respirar no vácuo?

Ela não precisava ter se preocupado. Como um só, Veera e Jorrus cobriram o rosto com o capuz. O tecido endureceu e tremeluziu, ficou transparente e formou um lacre firme em torno do pescoço, como qualquer capacete de skinsuit.

— Belo truque — disse Sparrow.

O silêncio do vácuo os engoliu quando Falconi ventilou a câmara de descompressão e abriu a porta externa. Em um instante, os únicos sons que Kira conseguia ouvir eram de sua respiração e de sua pulsação.

Então seu auricular emitiu um ruído de estática e nele Gregorovich falou, parecendo assustadoramente próximo: *Minha nossa.*

Minha nossa?, disse Falconi, a voz cortante, um pouco metálica por causa do rádio.

O cérebro da nave relutava em responder. *Lamento dizer isso, meus queridos amigos, lamento profundamente, mas receio que a inteligência não possa mais ser suficiente para nos salvar. Para todos, a sorte inevitavelmente deve acabar, e acabou para nós.*

Nos filtros de Kira, apareceu uma imagem do sistema. No início ela não entendeu o que via: os pontos azuis e amarelos que marcavam as posições dos Águas e do CMU, respectivamente, estavam meio encobertos por uma constelação de vermelho.

O que..., começou Sparrow.

Infelizmente..., disse Gregorovich, e pela primeira vez ele parecia de fato lamentar. *Infelizmente, os pesadelos decidiram se juntar à briga. E desta vez trouxeram outra coisa. Outra coisa bem grande. Está transmitindo em todos os canais. Chama-se... o Bucho.*

CAPÍTULO V

* * * * * * *

ASTRORUM IRAE

1.

Kira ficou horrorizada.

Nos filtros, via uma imagem de puro terror. Um verdadeiro pesadelo, formado pelos pecados de seu passado. O Bucho... Aparecia como uma coleção grotesca de carne viva preta e vermelha flutuando no espaço, exposta, sem pele, brilhando de tantos fluidos que escorriam. A massa era maior que a *Battered Hierophant*. Maior que qualquer estação espacial que ela já vira. Quase do tamanho das duas luas pequenas na órbita do planeta R1. Na forma, era uma massa ramificada e cancerosa, caótica demais para se assemelhar à ordem, mas com uma sugestão — talvez uma tentativa — de formato fractal pelas bordas.

Ao ver o Bucho, Kira sentiu um nojo imediato e visceral, seguido por um medo nauseante, quase debilitante.

O tumor obsceno tinha saído de FTL perto da órbita de R1, junto com o vasto enxame de Corrompidos menores. O Bucho e suas forças moviam-se para atacar humanos e Águas, sem fazer distinção entre os dois.

Kira se envolveu com os braços e caiu agachada e recurvada, sentindo-se enjoada. De jeito nenhum a Semente podia superar algo como o Bucho. Era grande demais, distorcido demais, furioso demais. Mesmo que tivesse tempo de crescer a Semente até um tamanho igual, ela se perderia no corpo do xeno. Quem ela era deixaria de existir, ou se tornaria uma parte tão pequena da Semente que seria inteiramente insignificante.

A ideia era mais apavorante do que a própria morte. Se fosse morta, Kira ainda seria quem e o que era até o fim. No entanto, se a Semente a consumisse, ela enfrentaria a destruição de seu ser muito antes que a mente ou o corpo deixassem de existir.

Então as mãos pesadas do exo de Falconi tocaram nela e ele a puxou de pé, falando com ela calmamente. *Ei, está tudo bem. Ainda não perdemos.*

Ela fez que não com a cabeça, sentindo as lágrimas se formarem por baixo da máscara do xeno.

— Não, eu não posso. Não posso. Eu...

Ele a sacudiu com força suficiente para chamar sua atenção. A Lâmina Macia reagiu com uma onda branda de cravos. *Não diga essa merda. Se você desistir, já podemos nos considerar mortos.*

— Você não entende.

Ela fez um gesto de impotência para a forma deturpada que pairava nos filtros, embora Falconi não pudesse ver.

— Isso, isso é...

Pare com isso. A voz dele era severa. Severa o bastante para Kira dar ouvidos. *Concentre-se em uma coisa de cada vez. Precisamos matar Ctein. Pode fazer isso?*

Ela assentiu, sentindo que recuperava um pouco do controle.

— Posso... Acho que dá.

Tudo bem. Então controle-se e vamos pegar esse Água. Podemos nos preocupar com os pesadelos depois.

As entranhas de Kira ainda se reviravam de medo, mas ela tentou ignorar, tentou agir como se estivesse confiante. Baniu a transmissão dos filtros, mas no fundo da mente a imagem do Bucho permanecia, como que queimada nas retinas.

Por ordem de Kira, o xeno a impeliu à frente da câmara de descompressão.

— Vamos acabar com isso — disse ela.

2.

Do lado de fora da *Wallfish*, no depósito alienígena, sombras giravam enquanto a *Battered Hierophant* girava, mas, ainda assim, devido à gravidade da nave alienígena, Kira não sentiu a rotação. A mudança na luz tinha a dureza brutal e a rigidez peculiar do espaço, e seu movimento produzia um efeito estroboscópico que desorientava.

— Fiquem perto de mim — disse ela.

Estamos bem atrás de você, disse Falconi.

Sem querer desperdiçar um segundo que fosse, Kira partiu pelo depósito estroboscópico. As sombras que circulavam a deixavam tonta, então ela se concentrou no convés entre seus pés e tentou não pensar em como eles giravam pelo espaço.

Enquanto Kira passava por fileiras de glóbulos transparentes — cada um tinha pelo menos quatro metros de diâmetro e era cheio de formas congeladas estranhas —, uma explosão do tamanho de um punho arrancou um pedaço de um deles perto de sua cabeça.

Não houve som, mas Kira sentiu um borrifo de estilhaços na superfície endurecida do xeno.

Protejam-se!, gritou Falconi.

Kira não tentou se esconder. Em vez disso, procurou com o xeno e arrancou o convés branco perolado, pegou um dos glóbulos próximos e o caule que os conectava e compactou todo o material em um escudo que protegeu não apenas a ela, mas também a tripulação que vinha atrás. O mesmo que tinha feito em Orsted. Mas agora ela se sentia confiante, segura de si. Comparado com antes, dar ordens à Semente não exigia esforço e ela teve pouco medo de perder o controle. Tudo acontecia segundo seus desejos.

Ela passou a visão para o infravermelho e viu um feixe em brasa partir em meio aos suportes de armazenamento e abrir um buraco reluzente, do tamanho do dedo mínimo, no material sobre seu peito. A visão a alarmou, até que ela percebeu que o buraco era superficial demais para atingir o corpo.

À frente, dois Águas — duas lulas — se esgueiravam entre os glóbulos. Fugiam dela em tentáculos retraídos, dois blasters imensos presos nas pinças, apontados para o lado dela.

"Ah, nem pensar." Kira mandou rebentos em disparada da Lâmina Macia.

Com eles, ela apanhou os Águas, espremeu-os, cortou-os e rasgou-os em uma confusão de carne contorcida e jatos de icor. Talvez fosse mais fácil do que eles pensavam...

No rádio, Kira ouviu ânsias de vômito.

— Comigo! — gritou ela, e foi para a concha branca que daria acesso ao interior pressurizado da *Battered Hierophant*.

A concha se recusou a se abrir com sua aproximação, mas, com três golpes rápidos da Lâmina Macia, Kira cortou o mecanismo que mantinha fechada a porta tripartida.

Um furacão soprou nela quando as fatias da concha se separaram.

O escudo que ela havia construído era grande demais para caber ali dentro, então, com alguma relutância, ela o descartou antes de permitir que o xeno a impelisse para as profundezas da nave alienígena. Itari e a tripulação a seguiram de perto.

3.

O interior da *Hierophant* era diferente das outras duas naves dos Águas em que Kira estivera. As paredes eram mais escuras, mais sombrias — coloridas com uma variedade de cinzas e azuis e decoradas com faixas de desenhos de corais que em qualquer outra circunstância Kira teria adorado estudar.

Ela estava parada dentro de um corredor comprido e vazio marcado com passagens laterais, portas adicionais e túneis em nichos que levavam para cima e para baixo. Agora que estavam novamente cercados por ar, Kira ouvia um assobio penetrante da porta arruinada atrás deles, bem como o zumbido dos drones de Hwa-jung e uma buzina uivante que a lembrava o canto das baleias, como se toda a nave balisse de dor, raiva e medo.

A lufada de ar fedia com o odor-próximo de alerta e, com ele, o comando de que todas as coformas de serviço deveriam nadar para a sombra sem demora. O que quer que isso significasse.

Pelo mais breve dos momentos, Kira pensou que talvez eles tivessem escapulido dos sensores da *Hierophant*, talvez não tivessem de lutar a cada passo do caminho.

Depois, com um *snikt* audível, uma membrana branca deslizou pela porta que ela cortara, detendo o fluxo de ar, e — do outro lado do corredor — apareceu uma massa de membros fervilhantes: inúmeros Águas, furiosos, armados, indo diretamente até ela e os outros.

O batimento cardíaco de Kira dobrou. Era exatamente a cena que esperava evitar. Entretanto, tinha a Lâmina Macia e ela era seu braço, sua espada e seu escudo. Os Águas teriam dificuldade para impedi-la. Segurando todos os lados do corredor com uma explosão de rebentos, ela *puxou* as paredes para dentro, formando um tampão grosso com as anteparas.

Enquanto soavam lasers, lança-projéteis e explosões surdas do outro lado da barreira, Sparrow falou. *Isso é que é comitiva de boas-vindas!*

Itari!, disse Falconi. *Onde fica o nódulo mais próximo?*

Kira traduziu e o Água rastejou para o lado dela. Bateu na parte interna do escudo improvisado. [[Aqui é Itari: Adiante.]]

— Adiante! — gritou ela, e avançou mais no corredor, mantendo o escudo suspenso e usando-o como um tampão para encher a passagem redonda.

Ela sentia os impactos do lado de fora do escudo, de ímpeto transferido e de pontadas agudas de não-dor que disparavam pelos seus rebentos. Estímulo suficiente para a Lâmina Macia informar onde estava o perigo, mas não para realmente ferir.

Kira passou pela primeira porta e estava quase na segunda quando soou um grito. Ela se virou e viu um Água disparando para fora da porta agora aberta atrás deles, os tentáculos abertos como um siba prestes a engolfar a presa. Acompanhando o Água, havia dois drones brancos e globulares com lentes brilhantes...

O alienígena bateu na armadura energizada de Sparrow, derrubando-a na parede. Então várias coisas aconteceram ao mesmo tempo, tão rápido que era quase impossível acompanhar: Itari jogou vários de seus próprios tentáculos no Água agressor e tentou arrancá-lo de Sparrow. Os três caíram na parede ao lado. Uma explosão de laser do exo de Sparrow costurou uma fila de buracos na carapaça do inimigo e Falconi avançou para ajudar, mas o alienígena o derrubou no convés com um só golpe.

Nielsen saltou à frente para proteger o capitão. O Água a apanhou no contrapé e a golpeou em cheio no peito. Ela desabou no convés.

Os drones de Hwa-jung dispararam os lasers de solda e dois dos globos brancos caíram do ar em meio a um jato de faíscas. Depois, a própria chefe de engenharia estava na frente de Nielsen e Falconi, e a mulher de corpo volumoso agarrou o tentáculo que os ameaçava, o abraçou ao peito e *espremeu*.

Ossos estalaram dentro do braço retorcido e coberto de ventosas.

Vishal disparava a escopeta: um rápido *bam! bam! bam!* que Kira sentiu nos ossos. Ela hesitou, petrificada. Se usasse a Lâmina Macia para atacar o Água, havia uma boa possibilidade de ferir ou matar Itari ao mesmo tempo.

Sua preocupação era descabida. Itari arrancou o outro Água e o jogou pelo corredor, passando pelos Entropistas, para longe de Sparrow.

Esta era toda a abertura de que Kira precisava. Ela mandou um grupo de agulhas pretas que entraram no Água e o prenderam onde estava, incapacitando-o de fugir. A criatura se debateu, contorceu-se e estremeceu, até parar. Uma poça de icor laranja escorria da parte inferior da carapaça.

Srta. Audrey!, disse Vishal, e correu para o lado da primeira-oficial.

4.

Feche aquela porta antes que passe mais alguém!, disse Falconi, levantando-se, trôpego. Seu exo pesado bateu com força no convés, deixando manchas opacas e cor de chumbo no material branco.

Kira usou a Lâmina Macia para rasgar e cortar pedaços da parede até que o portal ficou intransitável. Tinha sido idiotice dela não bloquear as entradas à medida que eles passavam.

Como última precaução, ela arrancou um pedaço grande do convés curvo para servir de escudo contra raios no corredor atrás deles. Depois voltou a atenção para o grupo.

Vishal estava recurvado ao lado de Nielsen, examinando-a com um chip-lab enquanto pressionava o lado de seu tronco com a mão. *Está muito ruim, doutor?*, perguntou Falconi.

Duas costelas quebradas, infelizmente, disse Vishal.

Merda, disse Falconi, mantendo o lança-granadas apontado para o corredor. *Não devia ter feito isso, Audrey. Sou eu que estou de armadura.*

Nielsen tossiu. Gotas de sangue salpicaram a face interna do visor. *Desculpe, Salvo. Da próxima vez, vou deixar que o Água faça mingau de você.*

Isso mesmo, disse ele com ferocidade.

Temos de continuar andando, disse Sparrow, juntando-se a eles. Seu exo estava arranhado e amassado, mas os danos pareciam superficiais. À frente deles, o estrondo abafado de disparos continuava a reverberar, vindo dos Águas que tentavam abrir caminho pelo tampão que Kira construíra no corredor.

Nielsen tentou se levantar. Estremeceu e caiu com um grito que Kira ouviu, mesmo através do capacete da primeira-oficial.

Merda, disse Falconi. *Teremos de carregá-la. Sparrow...*

A loura meneou a cabeça. *Ela só vai atrapalhar. Mande-a de volta. Ainda estamos bem perto. É uma linha reta daqui até a Wallfish.*

Os Entropistas se aproximaram. *Podemos acompanhá-la até a nave, se quiser, capitão, e depois...*

... voltar correndo.

Puta que pariu, disse Falconi, de cara amarrada. *Tudo bem. Façam isso. Gregorovich mostrará a vocês onde fica o arsenal. Peguem algumas minas enquanto estiverem lá. Vamos usá-las para bloquear essas passagens laterais.*

Veera e Jorrus baixaram a cabeça. *O que disse...*

... será feito.

Kira estava impressionada que os Entropistas trabalhassem juntos tão bem, mesmo com a mente coletiva rompida. Quase parecia que ainda tinham pensamentos compartilhados.

Apesar da careta de dor de Nielsen, Jorrus e Veera a levantaram, contornaram o escudo que Kira tinha erigido e foram às pressas pelo corredor.

Vá, disse Falconi, virando-se para Kira. *Vamos encontrar um desses nódulos antes que os Águas peguem o resto de nós.*

Kira assentiu e partiu para a frente de novo, cuidando para emparedar cada porta em concha que encontrava.

O ataque tinha abalado sua confiança. Apesar de todo seu poder, a Lâmina Macia não a tornava onipotente. Longe disso. Um único Água tinha passado pelas defesas do grupo, que agora tinha três baixas. Era o que ela temia. Não havia garantias de que os Entropistas conseguiriam se reunir a eles. O que aconteceria se alguém mais se ferisse? Voltar à *Wallfish* não seria mais uma alternativa, a não ser que ela estivesse lá para protegê-los.

De todos, ela era a única que podia tomar medidas substanciais para manter os Águas ao largo. Se ela *podia*, então *devia*. O único limite real sobre o que ela podia fazer com a Lâmina Macia era sua imaginação, então por que ela se reprimia?

Ao pensar nisso, Kira começou a estender a Lâmina Macia para trás, formando uma gaiola de treliça em torno do grupo que, com sorte, repeliria qualquer outro ataque. Também aumentou o escudo à frente, incorporando pedaços da parede do convés, reforçando o material da Lâmina Macia para fazer o que torcia para que fosse uma barreira impenetrável.

É claro que Kira não conseguia enxergar com os olhos através da barreira, mas sentia o que estava à frente por meio dos rebentos do xeno: a forma do corredor, os turbilhões de ar — em geral superaquecidos por lasers — e os impactos contínuos do fogo inimigo dos Águas.

Eles correram por uma porta após a outra e, sempre que Kira perguntava se ainda estavam na direção certa, Itari dizia: [[Adiante.]]

O tamanho da *Hierophant* ainda assombrava Kira. Ela sentia que estava dentro de uma estação espacial ou uma base subterrânea, não em uma nave. Havia uma solidez na *Hierophant*, um senso de massa que ela nunca vira em uma nave móvel, nem mesmo na *Extenuating Circumstances*.

Na linha compartilhada, ela ouviu Falconi dizer: *Ótimo tiro lá atrás, doutor.*

Obrigado, sim.

Um baque do outro lado de uma porta em concha que ela acabara de bloquear fez Kira e os outros se retraírem. Os pedaços da concha se torceram, lutando para se abrir, e a porta vergou para fora, empurrada do outro lado. Mesmo assim, as tiras de antepara que Kira prendera na concha aguentaram, e o que tentava entrar no corredor fracassou.

Ela se impeliu para a frente até sentir uma parede bloquear o caminho e a passagem se bifurcar. Kira permitiu que a Lâmina Macia se dividisse e se espalhasse até ter lacrado as duas passagens. A saraivada de tiros — ataques físicos e de energia — continuava, embora a maior parte viesse da ramificação à esquerda.

Enquanto fluía, a Lâmina Macia expunha a superfície da antepara que impedia seu avanço.

Um painel instalado na parede cintilava como se tivesse um campo de estrelas: pontinhos de luz cambiante de todas as cores diferentes.

[[Aqui é Itari: O Retículo!]] O Água rastejou para a frente, emanando odor-próximo de alívio e determinação de seus membros. [[Aqui é Itari: Vigie-me, Idealis.]] Depois o Água pressionou um tentáculo no painel iluminado. Para assombro de Kira, o tentáculo se fundiu com a parede, afundando até ficar quase escondido.

É isso aí?, perguntou Falconi, parando ao lado dela.

— É.

A atenção de Kira estava em outro lugar; os impactos que martelavam as barreiras do xeno ficavam mais fortes. Ela correu para reforçá-los, arrancando material adicional das paredes, mas sabia que não conseguiria deter os Águas por mais muito tempo.

Uma onda aguda de não-dor disparou pelos rebentos estendidos na passagem da esquerda, o jeito de o xeno informar a Kira que fora danificado. Ela ofegou e Vishal perguntou: *O que foi, srta. Kira?*

— Eu...

Outra onda, mais forte que a anterior. Kira estremeceu, os olhos lacrimejando, e meneou a cabeça. Uma chama azul afiada cortava as camadas mais externas de seu escudo — um calor escaldante, como do sol, que derretia e encolhia sua segunda carne. A Lâmina Macia podia protegê-la de muitas coisas, mas até o xeno falhava sob o ataque de uma lança térmica. Os Águas lembravam-se das antigas lições sobre como combater o Idealis.

— Eles estão me criando algumas... dificuldades.

[[Aqui é Kira: Rápido, se puder, Itari.]]

Uma onda de cores disparou pela pele do Água. Depois Itari puxou os tentáculos da parede. Fios de muco pingavam das ventosas no braço do alienígena. [[Aqui é Itari: Ctein está quatro *nsarro* a nossa frente e 14 conveses abaixo.]]

[[Aqui é Kira: Que distância tem um *nsarro*?]]

[[Aqui é Itari: A distância que se pode nadar em sete pulsos.]]

Das lembranças da Semente, Kira tinha a sensação de que um pulso não era muita coisa, embora não pudesse situar exatamente o tempo.

Uma explosão abalou o convés. *Kira*, disse Falconi, nervoso. Os drones de Hwa-jung pairavam acima de seus ombros, lanternas de busca fortes brilhando abaixo dos manipuladores.

— Todos vocês, segurem-se! — disse Kira. — Vamos descer. Quatorze conveses.

Ela mandou hastes dispararem de um lado a outro da gaiola de treliça que tinha criado, colocando-os entre as pessoas que protegia. Depois que Falconi e os outros se seguraram firme nas vigas, Kira cavou o convés com o xeno, deixando que milhares de fibras mínimas, como dedos, atravessassem o piso, arrebentassem os canos, os circuitos e os órgãos estranhos e pulsantes que separavam um nível da nave de outro.

Era uma ação arriscada; se atingisse uma linha pressurizada, a explosão podia matar todos eles. Entretanto, a Lâmina Macia sabia do perigo e Kira confiava que o xeno evitaria qualquer equipamento letal.

Em segundos, ela abrira um buraco com tamanho suficiente para envolver o grupo. Abaixo deles, sombras azuladas se mexiam em meio a partículas em ascensão que brilhavam como brasas.

Depois Kira soltou a Semente das paredes e do escudo e se jogou, com seus protegidos, no crepúsculo azul.

5.

Um turbilhão de partículas ofuscou a visão de Kira por um momento.

Elas clarearam e ela viu uma sala longa e baixa, recortada com leitos rasos cheios de água. As paredes eram quase pretas e o chão também. Globos ovais do tamanho da cabeça de uma pessoa emitiam um brilho suave acima dos nichos embutidos, como altares, a intervalos regulares pelas anteparas.

Dentro da água meio agitada, correram formas escuras, pequenas, como insetos. Fugiram antes que as fortes luzes de busca dos drones de Hwa-jung as alcançassem, procurando a segurança nas sombras.

"Tanques de incubação" foi a primeira coisa que passou pela cabeça de Kira, mas ela não conseguia entender por que os Águas se dariam ao trabalho de ter uma coisa dessas justo em uma espaçonave. Eles tinham outras tecnologias para reprodução. O Ninho de Transferência, por exemplo.

Lajes transparentes de vários centímetros de espessura se fecharam sobre os tanques, lacrando-os, e, sem nada além de um sopro de alerta do odor-próximo da *Hierophant*, toda sensação de peso desapareceu.

Ah, merda!, disse Falconi. Ele se debateu por um momento, depois usou os propulsores do exo para se estabilizar. Atrás deles, os outros se agarraram às hastes que Kira tinha criado com a Semente.

Normalmente, a mudança para a gravidade zero teria perturbado o estômago de Kira, mas, desta vez, não a incomodou. A sensação em seu estômago era a mesma de antes: não desabou nem se contraiu como se ela estivesse prestes a cair para a morte. Em vez disso, ela teve uma nova sensação de liberdade. Pela primeira vez, a ausência de peso era prazerosa (ou teria sido, se não fosse pelas circunstâncias). Era como voar, como se estivesse em um sonho. Ou em um pesadelo.

A gravidade zero criara problemas para Kira a vida toda. O único motivo que supunha para esta mudança era a Lâmina Macia. Qualquer que fosse o caso, ela ficou agradecida pelo alívio.

[[Aqui é Itari: Sem gravidade, os cardumes de Ctein estarão livres para nadar até nós de todo lado, Idealis.]]

— Tá bem — grunhiu Kira, mais para si mesma do que para qualquer outra pessoa.

Mais uma vez ela esticou o xeno e abriu outro buraco no convés. Com o material que removeu, construiu um escudo pequeno e denso sob os pés de todos; pelo que sabia, um batalhão de Águas podia estar à espera deles lá embaixo.

Depois, usando rebentos preênseis, puxou a si e aos outros até o piso seguinte.

Desta vez eles se viram em um espaço vasto e abobadado, ainda azul, mas enfeitado com faixas de vermelho e laranja da largura do polegar de Kira. Uma confluência de pilares hexagonais se erguia como uma árvore do chão até o teto e, em volta do tronco, pendiam ninhos emaranhados, balançando-se suavemente de cabos que brilhavam como estanho. Em todo o espaço, permeava um odor-próximo de intensa concentração.

Qualquer que fosse o propósito daquele ambiente, Kira não o reconheceu. Entretanto, não pôde deixar de parar pelo mais breve momento para apreciar a grandeza, a beleza barroca, o mero caráter alienígena da sala.

Ela voltou a cavar e abriu um buraco pelo terceiro convés, permitindo que eles tivessem acesso a um corredor um pouco menor, com apenas algumas portas. A cerca de dez metros deles, a passagem terminava em uma abertura circular que dava em outra sala sombreada.

Justo quando Kira começava a arrancar o piso seguinte, o odor-próximo agora familiar a invadiu: [[Aqui é Itari: Por aqui, Idealis.]] O Água deu a volta nela e partiu para a abertura.

Kira soltou um palavrão, reposicionando o escudo, e correu atrás dele, arrastando a tripulação. Sentia-se como um veleiro com marinheiros pendurados no cordame, prontos para repelir uma abordagem hostil.

Ao passar pela porta circular, Kira sentiu as paredes se abrirem. Ela desejou ver o que havia a sua frente e a Semente atendeu a seus desejos. Sua visão oscilou, depois passou do interior do escudo para a sala que o cercava, como se o xeno tivesse desenvolvido olhos na superfície do escudo.

Até onde ela sabia, tinha mesmo.

Com a visão agora desimpedida, Kira identificou que a sala era uma espécie de área de alimentação, que ela reconheceu pelas lembranças da Lâmina Macia. Havia depressões nas paredes, e nichos também, além de tubos, tonéis e recipientes transparentes cheios de criaturas flutuantes esperando para serem comidas. Em um, o *pfennic* que tinha gosto de cobre. Em outro, o *nwor* com suas muitas pernas, macio e saboroso, e um prazer de caçar...

Em meio aos nichos havia várias outras portas, bem fechadas. Itari não escolheu uma delas. O Água partiu a jato para um trecho no chão, os tentáculos fluindo atrás dele. [[Aqui é Itari: Por aqui.]]

O alienígena bateu em vários sulcos circulares e pequenos no chão, e uma tampa discoide se abriu com um estrondo audível, revelando um tubo vermelho e brilhante de um metro de largura.

[[Aqui é Itari: Nadem por aqui.]] O Água mergulhou no poço estreito, sumindo de vista.

— Merda — disse Kira.

Ela desejou que o alienígena a deixasse ir na frente.

— Soltem-se — disse ela. — Não vamos caber de outro jeito.

A tripulação soltou as costelas e hastes que ela fizera, e Kira começou a remodelar a Semente para entrar no tubo de descida.

Antes que ela pudesse terminar, um raio de não-dor a atingiu de lado. Depois outro no escudo, de um ângulo diferente, e detonações soaram com o disparo de armas. Kira se retraiu; todo o traje se retraiu, puxando para trás a barreira que erodia rapidamente.

As portas entre os nichos expeliram um enxame de globos zumbindo. Drones. Dezenas deles, armados com blasters, lança-projéteis e cortadores. Convergindo para Kira, as mandíbulas faiscaram de eletricidade e os manipuladores bateram e estalaram como uma tesoura ávida para cortar sua carne.

Bum! A explosão do lança-granadas de Falconi atingiu Kira com uma força contundente. Um relâmpago apareceu do outro lado da sala e pedaços de maquinaria dos Águas quicaram na parede. O resto da tripulação também atirava, com lasers e lança-projéteis.

Um dos drones de Hwa-jung explodiu.

Kira apunhalou com uma moita de espinhos afiados: um para cada um dos globos. Porém, embora a Lâmina Macia fosse rápida, os globos eram ainda mais. Eles se esquivaram, voando a jato em ângulos estranhos e imprevisíveis que seus olhos não conseguiam acompanhar. A carne não era páreo para a velocidade ou a precisão de uma máquina, nem mesmo a carne de seu simbionte.

Nos comunicadores, alguém gritou de dor.

Desejando poder empurrar os drones do caminho, Kira também gritou:

— Iáá!

A Lâmina Macia mandou uma explosão de eletricidade pela superfície externa, inclusive seu escudo. Cinco dos drones alienígenas faiscaram e caíram, seus manipuladores se enroscando em punhos mínimos. A eletricidade foi bem-vinda, embora inesperada, mas não foi suficiente para deter a ofensiva.

Parecia que os drones concentravam o fogo principalmente em Kira. Ela duvidava de que pudessem matá-la, mas a tripulação era outra história. Não podia destruir os drones com rapidez suficiente para proteger Falconi ou os outros.

Então ela fez a única coisa que podia: mentalmente, imaginou uma esfera oca envolvendo a si mesma e a tripulação.

A Lâmina Macia obedeceu, criando uma bolha perfeitamente redonda em volta deles.

Mas que merda é essa?!, exclamou Sparrow. Os canos de seus blasters brilhavam, em brasa.

Infelizmente, a bolha era fina. Muito fina. Kira já sentia pelo menos uma dúzia de pontos quentes se formando na superfície, dos disparos dos drones do lado de fora. Ao contrário de antes, ela não conseguia enxergar o outro lado, não conseguia situar a localização dos globos para destruí-los. Meio metro acima de sua cabeça, um jato de faíscas perfurou a membrana preta.

Um pedaço da esfera, do tamanho de um punho, soltou-se, e, por um instante, uma luz ofuscante inundou o interior. Depois a Lâmina Macia fluiu sobre o buraco, cobrindo-o novamente.

Kira não sabia o que fazer. Desesperada, preparou-se para se separar da bolha e se atirar a fim de desviar a artilharia para longe da tripulação. Talvez então pudesse eliminar os globos. Mas seria um ato quase suicida. Os Águas não deviam estar muito atrás de suas máquinas...

— Fiquem aqui — começou a dizer a Falconi, então uma explosão sônica os atingiu.

Um grito em lamento que fez os dentes de Kira vibrarem com tanta força que ela teve medo de que rachassem diante do ataque estridente, pulsante e dilacerante.

6.

As estacas de calor desapareceram do lado de fora da bolha, assim como a enxurrada de pulsos de laser e projéteis. Perplexa, Kira abriu um portal para olhar (cuidando para que a cabeça ficasse protegida atrás de uma grossa camada de sua segunda carne).

Pela sala, os globos giravam e disparavam em direções aleatórias. Pareciam tontos por causa do barulho; suas armas disparavam em explosões intermitentes nas paredes, no chão e no teto, e os manipuladores oscilavam, fracos e sem mira.

Para além dos tubos e tinas, Kira viu os Entropistas voando na direção dela, os mantos dobrados com a precisão de origamis. Nas mãos brilhava luz, e na frente deles se deslocava uma onda de choque cintilante de ar comprimido. Dela emanava o guincho terrível. Lasers atingiam a onda de choque, e ela viu como refratava as explosões de energia para longe dos Entropistas. Os projéteis não tinham mais sucesso; explodiam com faíscas de metal derretido a um metro e meio de Jorrus e Veera.

Kira não compreendeu, mas não parou para tentar entender. Rompeu sua forma e atacou o drone mais próximo, pegando-o no meio de seu envoltório ósseo. Sem hesitar, ela quebrou a máquina.

Kira!, gritou Falconi. *Não posso atirar! Saia do...*

Ela aumentou o tamanho da abertura na bolha.

Os drones de serviço de Hwa-jung voaram em volta dela, formando um halo mecânico que faiscava com o forte brilho de arcos de solda — atacando e disparando em qualquer dos globos que se aproximassem. Por várias vezes eles a salvaram de levar um raio que poderia tê-la distraído.

Uma ajudinha para você, disse a chefe de engenharia.

Os segundos seguintes foram um borrão de descargas elétricas, cravos afiados da Lâmina Macia e laser. Sparrow e Falconi dispararam por cima dos ombros de Kira e, juntos, derrubaram quase tantos drones quanto Kira.

Os Entropistas se mostraram surpreendentemente capazes na luta, apesar de não terem armadura nenhuma. Seus mantos eram mais que mantos, e parecia que eles tinham algum blaster escondido por baixo. Kira não sabia. De qualquer forma, eles conseguiram afastar (e, mais importante, *destruir*) seus inimigos, e por isso ela ficou agradecida.

Quando o último globo foi desativado, Kira parou para recuperar o fôlego. Mesmo com a Lâmina Macia trabalhando para lhe fornecer ar, era difícil obter o suficiente. Com a máscara no rosto e a massa maior do xeno a cercando, ela sentia tanto calor que chegava a ficar tonta.

Ela desmontou a bolha preta como obsidiana e se virou para a tripulação, com medo do que poderia ver.

Hwa-jung apertava a mão no lado esquerdo do quadril. Sangue e espumed escorriam entre os dedos. Sua cara de lua estava em uma expressão dura, as narinas infladas, os lábios brancos de tão apertados. Vishal já flutuava para o lado dela, abrindo um curativo de campo que retirou da maleta. Parecia que o médico também fora atingido; um ponto branco de espumed enfeitava um dos ombros. Sparrow parecia incólume, mas uma rajada de laser tinha fundido a articulação do cotovelo esquerdo no exo de Falconi, paralisando-o numa posição meio dobrada.

— Tudo bem com seu braço? — perguntou Kira.

Ele fez uma careta. *Tudo. Só não pode se mexer.*

Sparrow voou até Hwa-jung, a angústia no rosto quase igual à da chefe de engenharia. A mulher mais baixa tocou o ombro de Hwa-jung, mas não fez nada para interferir no tratamento de Vishal.

Estou bem, grunhiu Hwa-jung. *Não parem por minha causa.*

Kira mordeu o lábio enquanto olhava. Sentia-se tão impotente. Tinha a impressão de ter fracassado. Se tivesse usado melhor a Lâmina Macia, talvez mantivesse todos a salvo.

Em resposta à pergunta que ela não fez, Falconi disse: *Não dá para voltar. Agora não. Só tem um caminho.*

Antes que ela pudesse responder, um Água apareceu no buraco discoide no convés. Ela quase o apunhalou, antes de sentir o odor da criatura e perceber que era Itari.

[[Aqui é Itari: Idealis?]]

[[Aqui é Kira: Estamos indo.]]

Uma nuvem de odor-próximo então vagou para ela, não de Itari, mas das portas agora abertas de onde saíram os globos brilhantes e brancos como ossos. Mais Águas vinham, e, sem dúvida nenhuma, eles *não* estavam satisfeitos.

— Precisamos ir — disse Kira. — Todo mundo no tubo de descida. Vou cuidar da retaguarda.

Itari disparou pelo buraco no convés. Falconi, Jorrus, Veera e Sparrow o seguiram.

— Rápido, doutor! — gritou Kira.

Vishal não respondeu, mas fechou seu kit médico com uma velocidade experiente. Depois se impeliu por cima do buraco e passou por ele. Hwa-jung fez o mesmo um segundo depois, com o blaster apontado para trás, pela alça do ombro.

— Bem a tempo — disse Kira em voz baixa.

Ela comprimiu a Lâmina Macia nos lados do corpo, descartou algum material extra que tinha apanhado ao andar pela nave e voou de cabeça no tubo de descida.

7.

"Matar Ctein."

A ideia martelava no crânio de Kira enquanto ela corria pelo poço carmim. Movimentava-se veloz, muito veloz — como o maglev da Estação Orsted.

Passava por painéis transparentes a intervalos regulares. Através deles, Kira teve vislumbres de uma série de salas: uma cheia de vegetação balançante — uma floresta de algas com um pano de fundo de estrelas —, uma com uma mola de metal envolvendo uma chama, outra zumbindo de maquinaria não identificada, e outras, ainda, cheias de objetos e formas que ela não reconheceu.

Ela contava os andares à medida que eles prosseguiam... Quatro. Cinco. Seis. Sete. Agora eles faziam progresso de verdade. Só mais quatro até chegarem ao convés onde aguardava o grande e poderoso Ctein.

Mais três e...

Uma detonação fez Kira bater na lateral do tubo. A superfície curva cedeu e ela se viu caindo de lado, junto com Itari e a tripulação, por uma sala larga e comprida, forrada de suportes de cápsulas de metal.

8.

"Merda, merda, merda."

Kira abriu a lata de giz e alumínio que vinha carregando na cintura. Uma nuvem branca explodiu em volta dela e da tripulação, raleando à medida que se expandia para as paredes. Com sorte, os protegeria por tempo suficiente para ela controlar a situação.

Precisava agir rapidamente. A velocidade era a única saída para a sobrevivência.

Mandando rebentos pelo chão, Kira se deteve com um solavanco doloroso.

Através do giz, ela viu uma criatura semelhante a uma lagosta, com uma cauda afunilada, correndo pela parede do outro lado, na direção de uma abertura pequena e escura, com menos de um metro de largura.

"Detenha o Água."

Com o pensamento de Kira, a Lâmina Macia se livrou de grande parte de sua massa acumulada e a lançou atrás do Água. Usando o mais fino dos fios, Kira se impeliu pelo convés, descrevendo um arco pela nuvem.

A lagosta se contorceu e tentou se esquivar.

Lenta demais. Ela apunhalou o Água com uma das lâminas triangulares do xeno e permitiu que a lâmina se eriçasse, empalando o alienígena como um picanço empalaria a presa em uma moita de espinheiros.

Kira correu o olhar pela sala. Tudo liberado. Sparrow e Falconi tinham mais algumas marcas de queimadura na armadura, mas pareciam ilesos. Mantinham posição perto do tubo de descida arruinado, junto com os Entropistas.

Espirais de eletricidade arqueavam-se do convés torcido na frente do tubo, bloqueando o caminho. Enquanto Kira olhava, Hwa-jung se aproximou e estendeu uma ferramenta do cinto no clarão branco-azulado e infernal.

Um instante depois, as descargas desapareceram.

Então Kira viu Vishal flutuando perto da parede do fundo. O médico estava preso em uma postura rígida, como uma planta, os braços duros juntos ao corpo. O skinsuit tinha entrado em modo de segurança, paralisando-o para sua própria proteção. O motivo era evidente: uma linha de espumed escorria de uma queimadura no peito.

Kira partiu para ele, pretendendo pegar o médico no ar e prendê-lo com a Lâmina Macia. Ao fazer isso, uma sombra deslizando no canto de sua visão chamou a atenção.

Ela se virou com a pulsação acelerada.

Uma criatura enroscada que parecia uma centopeia correu pelo convés superior na direção de Jorrus, que estava de costas. Centenas de pernas pretas se sanfonavam na extensão segmentada da centopeia. Pinças se abriram diante da boca cheia de mandíbulas enfileiradas que pingavam muco.

Kira e Veera viram a centopeia, mas Jorrus, não. Veera gritou e Jorrus olhou para ela, evidentemente sem entender.

Kira já apunhalava com a Lâmina Macia, mas estava longe demais.

A centopeia saltou em Jorrus. Suas pinças se fecharam na cabeça e as pernas se fecharam no corpo. O Entropista conseguiu soltar um único grito estrangulado antes que a pinça afiada cortasse o crânio e o pescoço, separando a cabeça do corpo e soltando um jato de sangue arterial.

9.

A centopeia empurrou Jorrus de lado e disparou para as costas desprotegidas de Hwa-jung.

Kira gritou, ainda incapaz de alcançar o alienígena...

Soou o ronco de jatos quando Sparrow iniciou uma aceleração de emergência dos propulsores da armadura e passou em disparada. Atacou a centopeia enquanto o alienígena arremetia para Hwa-jung, e os três caíram de lado pelo ar.

Lasers faiscaram entre os corpos agarrados. Leques de icor voaram da carapaça segmentada do alienígena. Depois o fedor de sangue também tomou o ar e houve um guincho de metal de protesto no exo de Sparrow.

Nos comunicadores, veio um arquejar desesperado.

Kira seguiu a toda velocidade. Chegou às três figuras em luta justo quando Sparrow chutava a centopeia para longe, fazendo-a voar para a outra parede — o alienígena se contorcendo por todo o caminho.

BUM!

O lança-granadas de Falconi tremeu e a centopeia explodiu em pedaços de carne laranja.

— Como está...? — começou a perguntar Kira ao se aproximar de Sparrow e Hwa-jung.

Ela viu a resposta enquanto falava. Espumed era borrifada de uma rachadura que parecia feia na armadura que envolvia a perna esquerda de Sparrow — o joelho estava preso e reto, duro como uma vara.

Hwa-jung não estava muito melhor. A centopeia lhe dera uma mordida funda no lado direito da parte superior das costas. O skinsuit já estancara o sangramento, mas o braço da chefe de engenharia pendia flácido e inútil, e todo seu tronco parecia torto.

Atrás delas, Veera gritava. A mulher flutuava ao lado do corpo de Jorrus, aninhando-o nos braços, agarrada a ele como se fosse a única coisa sólida em um oceano sem fim.

As contorções do rosto de Veera eram dolorosas demais para Kira: ela teve de virar a cara. "Não está dando certo." A ideia veio a ela com uma clareza fria.

O que podemos fazer?, disse Falconi, impelindo-se rapidamente até Hwa-jung.

Mantenha a vigilância, disse Sparrow, a voz tensa de dor enquanto ela trabalhava em Hwa-jung, aplicando um curativo de emergência nas costas da chefe de engenharia.

Ai!, disse Hwa-jung.

Kira fez mais do que apenas vigiar. Pegou Vishal onde havia vagado, rígido e indefeso, do outro lado da sala, e o puxou para perto. O médico revirou os olhos para ela, parecendo assustado e frustrado com sua incapacidade de se mexer. O suor formava gotas no rosto, como se ele tivesse uma febre alta. Depois ela também pegou Veera e Jorrus (e a cabeça separada de Jorrus) e delicadamente os trouxe. Veera não protestou, só se agarrou ainda mais a Jorrus e enterrou o visor no manto ensanguentado.

Itari se juntou ao pequeno grupo de corpos, arrastando os tentáculos de alienígena como bandeiras em um vento forte.

Com todos próximos, Kira começou a arrebentar o convés, pretendendo formar um domo protetor em volta deles. Logo outros Águas desceriam ao grupo, e Hwa-jung, Vishal e Veera não estavam em condições de lutar.

Ao mergulhar a Lâmina Macia nas placas, Kira sentiu uma estranha relutância por parte do xeno, uma relutância que ela não entendeu e não tinha tempo para decifrar, então ignorou a sensação e...

Kira se retraiu quando Itari passou um tentáculo por ela. As ventosas da criatura seguravam a Lâmina Macia numa tentativa inútil de mantê-la ali. Por um instante, ela teve de reprimir o instinto de mandar espinhos atravessarem o corpo do Água.

[[Aqui é Kira: O que...]]

[[Aqui é Itari: Idealis, não. Pare. Não é seguro.]]

Ela ficou paralisada e o xeno parou junto com ela. [[Aqui é Kira: Explique.]]

Falconi os olhou pelo visor. *O que está havendo, Kira?*

— Estou tentando entender.

[[Aqui é Itari: Há um tubo de força neste piso. Está vendo?]] Ele apontou com um dos braços ossudos uma linha de marcas que corria pelo meio do convés. [[Corrente longa e rápida. Muito perigoso romper. A explosão nos mataria.]]

Kira retirou a Lâmina Macia prontamente. Devia prestar mais atenção no xeno. O erro podia ter custado a vida de todos. [[Aqui é Kira: O convés acima de nós é seguro?]]

[[Aqui é Itari: Seguro para atacar com sua segunda carne? Sim.]]

Tranquilizada, Kira abriu o teto e o usou para construir um domo grosso em volta deles. Enquanto trabalhava, disse a Falconi:

— Dutos de energia no piso. Terei de cortar em outro lugar.

Depois apontou para o médico e a chefe de engenharia e falou:

— Não podemos levá-los conosco.

Bom, é óbvio que não podemos deixá-los, disse Falconi, irritado.

Ela lhe lançou um olhar tão feio quanto o dele, mas não reduziu o ritmo da construção, os rebentos montando o domo aparentemente por vontade própria.

— Você *quer* que eles sejam mortos? Não posso garantir a segurança deles. É demais. E não podemos mandá-los de volta. O que quer que eu faça?

Seguiu-se um momento de silêncio perturbado. *Pode curá-los, como fez com o bonsai? Você entrou no cérebro de Gregorovich, não foi? Seria difícil curar ossos e músculos?*

Ela fez que não com a cabeça.

— Difícil. Muito difícil. Eu podia tentar, mas não aqui nem agora. É fácil demais cometer erros, e eu não conseguiria lidar com os Águas ao mesmo tempo.

Falconi fez uma careta. *Tá, mas se os deixarmos, os Águas...*

— Vão se concentrar em mim. Hwa-jung, Vishal, Veera... devem ficar bem por um tempo sozinhos. Mas não sei sobre Sparrow. Ela...

Ainda posso lutar, disse Sparrow, brusca. *Não se preocupe comigo.* Ela fez uma última pressão no curativo de campo de Hwa-jung, depois abraçou a cabeça da chefe de engenharia e voou até onde Kira estava suspensa, em meio a dezenas de espinhos escuros, cada um deles conectado à concha que ela montava.

— Você devia ficar. Todos vocês devem ficar — disse Kira. — Eu...

Não vamos deixar você, disse Falconi. *Fim de papo.*

Hwa-jung plantou as botas no convés, fixando-as ali, e pegou o blaster com o braço que não sofrera ferimentos. *Não se preocupe conosco, Kira. Vamos sobreviver.*

[[Aqui é Itari: Precisamos nos apressar, o grande e poderoso Ctein estará se preparando para nós.]]

— Merda... Tudo bem. Vocês três fora do domo. Agora.

Kira estava no meio da tradução para Itari quando a *Hierophant* se sacudiu um metro a estibordo e as luzes piscaram. Alarmada, ela olhou ao redor. Nada mais parecia ter mudado.

Gregorovich!, disse Falconi. Ele bateu na lateral do capacete. *Vamos lá, Gregorovich!* Ele meneou a cabeça. *Droga, sem sinal. Temos de ir.*

Eles foram. Kira se extraiu do domo e, com alguns segundos de trabalho frenético, o lacrou e reforçou de fora. Os Águas ainda seriam capazes de cortar para entrar, mas levaria tempo, e Kira confiava no que dissera antes: estavam mais preocupados com *ela* — com o Idealis — do que com qualquer outra pessoa.

Hwa-jung e Sparrow mantiveram o olhar fixo uma na outra até que a última placa fosse batida em seu lugar, interrompendo sua visão. Depois Sparrow ajeitou os ombros e se afastou com uma expressão dura e mortal no rosto fino, e pela primeira vez desde que a conheceu, Kira sentiu medo dela.

Leve-nos a Ctein, grunhiu Sparrow.

— Por aqui — disse Kira.

Mantendo meio metro de convés empilhado à sua frente, ela correu para a porta apontada por Itari. Sparrow, Falconi e Itari a seguiram.

O portal se abriu, deslizando. Do outro lado havia uma sala cheia de fileiras do que pareciam tatuzinhos-de-jardim gigantes, insetos metidos em compartimentos estreitos de metal.

Kira hesitou. "Outra armadilha?"

— Eu vou primeiro — disse ela, e repetiu para Itari.

Falconi assentiu e ele e os outros dois, humano e alienígena, recuaram, dando-lhe espaço.

Kira respirou fundo e avançou.

Ao passar pela soleira, uma explosão estrondosa a cegou e um cinto de aço apertou com força sua cintura, cortando pele, músculo e osso.

10.

Ela não tinha morrido.

Foi a primeira coisa que Kira pensou. Isso a desnorteou. *Deveria* ter morrido, se os Águas tivessem colocado uma mina na porta. Sua cintura não doía, na verdade. Ela só sentia pressão e um aperto desconfortável, junto com uma quantidade copiosa de não-dor.

A explosão a fizera rodar. Ela tentou se mexer e descobriu que só conseguia que o pescoço e os braços reagissem. Enquanto uma saraivada de laser e projéteis batia em suas costas, Kira arriscou uma olhada nos pés.

Ela se arrependeu.

A explosão tinha queimado o meio metro de material do xeno que envolvia a cintura. Pedaços rasgados de intestinos, branco-acinzentados, derramavam-se dos buracos, junto com borrifos de um sangue chocante de tão nítido. Com o ímpeto virando seus quadris, ela viu rapidamente o branco do osso através do ferimento e pensou ter reconhecido uma vértebra.

O xeno já puxava suas tripas para dentro e lacrava as feridas, mas Kira sabia que as lesões eram suficientes para matá-la. As lembranças da Semente foram muito claras; era inteiramente possível a morte do hospedeiro do traje.

Enquanto rodava, um pino de metal derretido perfurou o escudo, como a lança de um deus.

Depois veio outro, mais perto de seu cerne vulnerável. Gotas incandescentes espargiram suas pernas; quicavam na superfície endurecida do traje, esfriando a cinzas negras.

Kira não sentia dor, mas a visão estava embaçada e tudo parecia distante e sem substância. Não conseguia lutar; mal conseguia pensar.

Ela teve um vislumbre de um grupo de Águas voando a jato: tentáculos, garras, pinças se estendendo para ela. Não havia tempo para se esquivar nem para fugir...

Então Falconi, Sparrow e Itari chegaram ao lado dela, disparando suas armas. *Bum!*, fez o lança-granadas. *Brrt!*, fez a arma de Sparrow. *Bzzt!*, fez o laser de Itari.

No início, Kira pensou que estava salva. No entanto, eram Águas demais. Eles se dividiram em grupos, empurraram Sparrow e Falconi para as paredes, atrás de compartimentos de metal, forçaram Itari para um canto curvo.

"Não!", pensou Kira quando os três desapareceram atrás de uma parede de corpos contorcidos.

Os Águas, então, a cercaram. Os grandes e os pequenos, aqueles com pernas, aqueles com garras e aqueles com apêndices que ela nem mesmo reconhecia. Um calor forte como de uma estrela começou a abrir caminho por sua pele protetora.

Ela tentou apunhalar. As lâminas mataram alguns alienígenas, mas os outros escaparam dela, ou as explosões de calor a impediram, fazendo o traje se retrair em não-dor.

Ela continuou tentando, mas o calor a deixava tonta. Ela tentou alcançar as tochas, tentou encontrar as falhas microscópicas na armadura dos Águas. Esse tempo todo, um nojo quase entorpecente a cercava: toda a multidão de Águas projetando seu ódio e repulsa para ela. *[[Não-forma, carne errada!]]*, gritavam enquanto apunhalavam, rasgavam e queimavam para chegar a seu corpo. O mero volume deles dificultava os movimentos, mesmo com toda a força exercida pela Lâmina Macia.

Então Kira fez a única coisa que podia: ela largou. Rendeu-se de boa vontade ao controle da Semente e disse a ela que fizesse o que era necessário. Era preciso, porque Kira não podia. Mais alguns segundos e ela perderia a consciência...

O escudo, as paredes e as coisas contorcidas perderam cor e definição. A sala oscilou em volta dela. Houve clarões, solavancos e sons abafados. Nada disso tinha algum significado, como uma exposição em uma vitrine, abstrata e desinteressante.

Ela sentiu a Semente se expandir, devorando a *Battered Hierophant* como nunca, desabrochando com uma nova vida, brotando, torcendo-se e se espalhando com uma multiplicidade de trepadeiras pretas que se contorciam. Kira estava consciente do aumento de seu tamanho e da expansão do espaço mental. O que fazia de Kira quem ela *era* se estendia a uma área ainda maior, esgarçada pelas demandas neurais do traje.

As trepadeiras *atravessaram* a barreira que ela construíra, estendendo-se até encontrarem o que estava atrás de cada ponto de não-dor. Sentindo. Provando o sabor. Compreendendo. Quando tocou quitina e músculos estranhamente gelatinosos, agarrou, segurou e depois torceu, virou e rasgou até que a coisa contorcida que segurava não se contorcia mais.

Lentamente, os sons ficaram mais altos e a cor preencheu o universo. Primeiro o vermelho, porque ela viu o sangue espirrado nas paredes. Depois o azul, porque ela notou os alertas de pressão faiscando perto do teto. Depois amarelo e verde, que chamaram sua atenção para o icor misturado ao sangue.

Sua cabeça clareava junto com o ar; fumaça, giz e alumínio fluíam para três buracos nas anteparas, o maior deles do tamanho de seu punho.

Uma camada finíssima das fibras pretas do xeno cobria grande parte da câmara e ela — ela flutuava no meio da sala, suspensa ali por dezenas de longarinas e linhas que irradiavam dela para as paredes. Vagando entre os nichos estreitos onde flutuavam os insetos agora mortos, estavam os restos de dezenas de Águas. Uma nuvem de icor e vísceras os cercava, uma tempestade horrenda de fluidos e partes corporais mutiladas, cobertas de pedaços amassados de equipamento. Kira viu o ar que escapava puxar um caranguejo contra um dos buracos, fechando-o.

Ela fizera aquilo. Ela. Uma dor funda se formou no coração de Kira. Nunca tivera aspirações a ferir, a matar. A vida era preciosa demais para isso. Entretanto, as circunstâncias a obrigaram à violência, forçaram-na a se tornar uma arma. A Semente também.

A voz de Falconi crepitou em seus ouvidos. *Kira! Está me ouvindo? Solte-nos!*

11.

— Hein?

Ela olhou e viu que a Lâmina Macia tinha se estendido para trás na sala, usando um tapete de fibras para colar Falconi, Sparrow e Itari nas paredes dos dois lados da entrada queimada. O alívio tomou Kira. Eles estavam vivos. Os Águas não os mataram. A Semente não os matara. *Ela* não os matara.

Com um esforço consciente, ela retraiu as fibras e libertou Falconi e os outros. Podia controlar qualquer parte da Semente concentrando-se, mas, assim que sua atenção vagava, a parte começava a se mexer e agir como o xeno considerasse adequado. A inundação de tanta informação sensorial combinada com o choque de sua lesão a deixou confusa e tonta.

Meu deus do céu, disse Falconi enquanto voava por um trecho de vísceras a caminho de Kira.

Acho que deus não tem nada a ver com isso, disse Sparrow.

Parando ao lado dela, Falconi olhou preocupado para Kira através do visor. *Você está bem?*

— Estou, só... eu...

Ela não queria, mas olhou seu corpo novamente.

A cintura parecia normal. Disforme e grossa como um barril, devido ao traje, mas não mostrava sinais de ferimentos. A sensação também era normal. Ela respirou fundo, tentou flexionar o abdome. Os músculos funcionavam, mas pareciam deslocados, como cordas de piano mal instaladas que desafinavam quando percutidas.

Consegue continuar?, perguntou Sparrow. Ela mantinha as armas apontadas para a porta distante.

— Acho que sim.

Kira sabia que teria que deixar Vishal examiná-la, se eles conseguissem sair da *Hierophant*. O principal problema não estava em seus músculos (estes podiam ser curados), mas na infecção. Os intestinos tinham sido perfurados. Se a Semente não soubesse a diferença entre bactérias boas e ruins, ou bactérias boas em um lugar ruim, ela ia acabar com uma sepse, e logo.

Bom, talvez o xeno soubesse. Kira tinha mais fé nele do que antes. Agora tinha de esperar pelo melhor e, se tivesse sorte, não desmaiaria de choque.

Kira retraiu parte do traje, soltando os braços. Deu um tapa no peitoral de Falconi.

— Tem algum antibiótico aí?

Ele estendeu a mão e uma pequena agulha apareceu do indicador do exo. A uma ordem dela, a Lâmina Macia expôs um trecho de pele no ombro; o toque do ar era quente.

A agulha doeu ao romper a pele e os antibióticos queimaram ao forçarem entrada em seu corpo. Pelo visto, a Lâmina Macia não considerava a injeção importante o bastante para bloquear a dor.

— Ai — disse Kira.

Os lábios de Falconi se torceram em algo próximo de um sorriso. *É o bastante para botar um elefante de pé. Deve ter efeito em você.*

— Obrigada.

O traje voltou a cobrir o ombro. Ela arqueou as costas e flexionou mais uma vez o abdome. Desta vez se concentrou no que devia sentir nele, em vez do que sentia. Um silvo escapou dela quando as fibras mal-amarradas mudaram de posição com uma vibração que provocou um choque na ponta dos dedos e no cerne dos ossos.

Sparrow fez que não com a cabeça dentro do capacete. *Por Thule! Nunca vi nada parecido com isso aí que você fez, chica.*

Odor-próximo de reverência. [[Aqui é Itari: Idealis.]]

Kira grunhiu. Agora que os Águas sabiam como feri-la, ela teria de ser mais inteligente. Muito mais inteligente. Nada de atacar de frente. Ela quase morreu, e, se morresse, os Águas teriam eliminado Falconi, Sparrow e Itari. A ideia apavorava Kira de um jeito que ela não sentia desde seus tempos em Adrasteia.

[[Aqui é Itari: Não devemos ficar aqui, Idealis. Estamos perto de Ctein e outros guardas de Ctein estão se aproximando.]]

[[Aqui é Kira: Eu sei. Descendo de novo...]]

Uma tremulação chamou a atenção de Kira quando a concha na frente deles pulsou, cuspindo *algo*. Antes que Kira conseguisse ver o que era, e antes que pudesse puxar o escudo entre eles e o objeto, Falconi disparou seus jatos de emergência — colocando-se na frente de Kira — e ela ouviu dois *bangs* altos.

Uma chuva de faíscas e estilhaços virou Falconi de cabeça para baixo.

12.

Sem Falconi bloqueando a visão, Kira viu um dos drones dos Águas voando da soleira, arrastando uma cauda de cometa de fumaça protetora. Enfurecida, ela mandou um emaranhado de fibras pelo piso e pelo teto até bloquear o drone. Depois, apunhalou e o drone gemeu com meia dúzia de cravos empalando dos dois lados.

Kira respirou fundo, trêmula. Se não fosse por Falconi, os disparos teriam arrancado sua cabeça...

Sparrow segurou as costas da armadura de Falconi e o puxou para perto. O braço direito do capitão estava esmagado; lembrava a Kira uma noz rachada, expondo a polpa por dentro. Ela teve dificuldades para olhar. Uma determinação súbita a dominou: não ia perder mais ninguém. "De novo, não."

Falconi ofegava, mas ainda estava calmo; Kira imaginou que seus implantes bloqueavam a maior parte da dor. Uma espuma branca foi borrifada das bordas partidas da armadura, estancando o sangramento e prendendo seu braço em um gesso instantâneo.

Merda, disse ele.

— Consegue se mexer? — perguntou Kira.

Outro tremor abalou a *Hierophant*. Ela o ignorou.

O exo de Falconi se sacudiu quando ele verificou. *Ainda consigo usar o braço esquerdo, mas os jatos pifaram.*

— Droga.

Isso somava quatro feridos e um morto. Kira olhou entre ele, Sparrow e Itari.

— Voltem. Rápido. Vocês precisam voltar com os outros.

Atrás de seu visor, Falconi cerrou os dentes e fez que não com a cabeça. *Nem no inferno. Não vamos deixar você sozinha.*

— Ei.

Kira segurou Falconi e pressionou a testa em seu capacete. Os olhos azuis dele estavam a centímetros dela, separados pelo domo curvo da safira transparente.

— Tenho a Lâmina Macia. Vocês só vão morrer, se ficarem.

Seu outro pensamento continuou mudo: tendo de se preocupar apenas com si mesma, ela podia soltar a Lâmina Macia sem medo de machucar ou matar um deles.

Alguns bufos, depois Falconi cedeu. *Puta que pariu. Tudo bem. Sparrow, você também. Todos nós.*

A mulher negou com a cabeça. *Não vou deixar Kira...*

É uma ordem!

Caralho! Mesmo assim, Sparrow partiu para a sala que eles tinham acabado de deixar. Falconi a seguiu de perto, junto com Itari.

— Rápido! — disse Kira, enxotando-os. — Andem, andem, andem!

Com Kira os exortando, eles rapidamente voltaram ao domo que ela havia montado. Foi trabalho de segundos até Kira abrir um buraco do tamanho de um Água na concha. Dentro dele, Hwa-jung tinha um blaster apontado para a abertura.

Cuide-se, disse Falconi ao se preparar para entrar.

Kira o abraçou o melhor que pôde pela armadura.

— Não guarde as cicatrizes disto, está bem? Prometa.

... Você vai conseguir, Kira.

— É claro que vou.

Chega, disse Sparrow. *Você precisa agir agora!*

[[Aqui é Itari: Idealis...]]

[[Aqui é Kira: Descer três andares e seguir em frente: eu sei. É onde está Ctein. Zele pela segurança de minhas coformas.]]

Uma hesitação, depois: [[Aqui é Itari: Eu prometo.]]

Então Kira os fechou no domo. Enquanto eles sumiam de vista, Falconi mandou uma última mensagem a ela:

Você vai conseguir. Não se esqueça de quem você é.

13.

Kira apertou bem os lábios. Quem dera fosse assim tão fácil. Deixar o xeno desenfreado seria o jeito mais seguro e mais fácil de matar Ctein, mas ela se arriscaria a perder a si mesma e, possivelmente, criar outro Bucho. Esse era um risco que ela não estava disposta a assumir.

Ela precisava dar algum jeito de reter o controle do xeno, custasse o que custasse. Ainda assim, Kira podia fazer mais com ele do que fizera, o que envolvia confiar à Semente certo nível de autonomia.

Isso a assustava. Até apavorava. Entretanto, era o truque de equilibrista necessário — um número de corda bamba em que ela não podia escorregar e cair nem uma vez.

Ela correu de volta para a sala onde estiveram os insetos. O ar era tão denso de sangue que era difícil enxergar. Ela puxou o xeno para mais perto, compactando-o em um denso cilindro do material. Depois enviou rebentos, segurou o convés e abriu caminho por ele a um poço de transporte.

Agora estava sozinha. Ela e a Semente, uma nave de Águas furiosos que os cercavam, e o grande e poderoso Ctein à frente.

Kira torceu o canto da boca. Se por algum milagre eles sobrevivessem — se a *humanidade* sobrevivesse —, haveria alguns cursos interessantes de xenobiologia baseados em suas experiências. Ela só queria estar presente para ver.

Ela abria caminho pelo chão do poço quando a *Hierophant* virou como uma gangorra descontrolada. As paredes chocalharam e Kira ouviu um número alarmante de estalos e silvos. As luzes se apagaram, substituídas por lâmpadas de emergência, fracas e vermelhas. Meia dúzia de dedos de vapor de alta pressão explodiu das paredes, marcando as localizações de linhas de pressão rompidas.

Pela extensão do poço, acima e abaixo, Kira viu buracos irregulares nos painéis — buracos que não estavam ali antes. Alguns não eram maiores que uma unha; outros tinham o tamanho de sua cabeça.

O receptor em seu ouvido crepitou. **... câmbio. Repito, saco de carne, está me ouvindo?**

— Gregorovich?! — disse ela, quase sem acreditar.

De fato. Precisa correr, saco de carne. Os pesadelos estão se aproximando. Um deles acaba de derrubar uma nave dos Águas. A Hierophant foi atingida pelos destroços. Parece que romperam a interferência deles.

— Uma de nossos Águas?

Felizmente, não.

Ela voltou a cavar o chão.

— Os outros estão escondidos no convés anterior. Alguma chance de você os ajudar a voltar para a *Wallfish*?

Já estamos em estreita colaboração, disse Gregorovich. **Opções estão sendo discutidas, planos sendo delineados, contingências sendo consideradas.**

Kira grunhiu ao soltar uma viga de suporte. Um projétil ricocheteou no lado do corpo, do fundo do poço de transporte; ela o ignorou.

— Legal. Me informe se eles saírem da nave.

Afirmativo. Acaba com eles, Varunastra.

— Entendido — disse ela entre os dentes trincados. — Acabando com eles.

Mais projéteis, lasers e balas começaram a bater nela enquanto um grupo fervilhante de Águas se reunia no final do poço. As laterais da Lâmina Macia eram grossas o bastante para Kira não prestar atenção nos disparos. Ela devorara o suficiente dos arredores para ficar efetivamente imune a armas menores. Os Águas teriam de trazer algo *muito* maior, se quisessem feri-la.

A ideia lhe deu certa satisfação.

Desceu pelo piso do poço, por uma sala que brilhava em um vermelho monótono e era cheia de tubos transparentes com água e tamanho suficiente para os Águas nadarem, depois pelo piso da sala e entrou no último convés. "Até que enfim." Kira arreganhou os dentes. Ctein agora estava perto: só a uma curta distância dela.

O andar a que Kira chegara era roxo-escuro e havia linhas desenhadas nas paredes que a lembravam os desenhos em Nidus. Ecos dos Desaparecidos, reutilizados pelos apanhadores que não conheciam ou não se importavam com o significado dos artefatos que encontravam.

O nojo que Kira sentia não era dela; vinha da Semente, uma reprovação forte o bastante para fazê-la desejar desfigurar as paredes, limpá-las de suas reproduções arrogantes, ignorantes e distorcidas.

Ela voou para a frente, abrindo portas com cortes rápidos demais para acompanhar com os olhos, matando Águas com murros e torções, sem deixar que nada a detivesse ou reduzisse seu passo. Podia ter se perdido, mas à frente uma grossa camada de odor-próximo aumentou e Kira o reconheceu como o de Ctein: um odor de ódio, ira, impaciência e... satisfação?

Antes que Kira pudesse entender isso, deu numa porta circular com dez metros inteiros de altura. Diferente de todas as outras portas que ela vira nas naves dos Águas, esta não era de concha, mas de metal, compósito, cerâmica e outros materiais que ela não reconheceu. Era branca, com círculos concêntricos de ouro, cobre e o que podia ser platina.

Sete armas estacionárias estavam instaladas em volta da porta. Penduradas nas paredes perto das armas, havia pelo menos uma centena de Águas de todas as formas e tamanhos.

Kira não hesitou. Mergulhou diretamente para eles enquanto deixava a Lâmina Macia arrancar a antepara diante dela, mandando agulhas pretas para as armas e lançando mil fios diferentes no ar — cada um deles procurando carne.

As armas instaladas explodiram em um trovão ensurdecedor. A sala parece ter ficado em silêncio em volta de Kira, porque o xeno abafava o barulho. Pelo menos uma dúzia de projéteis bateram nela, alguns rompendo ou perfurando partes do traje, com as chibatadas de não-dor.

Era um esforço valente por parte das defesas dos Águas, mas Kira tinha aprendido demais, tinha ficado confiante demais. Os esforços deles nem chegavam perto de detê-la. Meio segundo depois, ela sentiu as pontas das agulhas roçarem as armas instaladas, e então ela as apunhalou, destruindo a maquinaria.

Os músculos, ossos e carapaças dos Águas não representaram nenhum desafio. Por alguns segundos frenéticos, ela sentiu a carne deles — sentiu suas próprias lâminas penetrando as entranhas, macias, cedendo e tremendo de trauma. Era íntimo e obsceno, e, embora a deixasse nauseada, ela não parou nem reduziu o ritmo.

Kira então retirou a Lâmina Macia. A área diante da porta circular era uma nuvem de icor e corpos mutilados: um massacre que era todo obra dela.

Uma sensação de impureza a tomou. Vergonha também, e um desejo agudo e rápido de perdão. Kira nunca fora religiosa, mas sentia que tinha pecado, como quando, sem querer, criou o Bucho.

Porém, o que mais devia fazer? Deixar que os apanhadores a matassem?

Ela não tinha tempo para pensar nisso. Impelindo-se para a frente, segurou a porta com rebentos estendidos para todo lado. Depois, com um grito e um puxão, partiu a estrutura maciça e jogou de lado os pedaços, que bateram nas paredes e amassaram anteparas.

14.

O odor-próximo pungente atacou Kira, mais forte do que qualquer cheiro que tenha sentido na vida. Ela teve ânsias de vômito e piscou, os olhos lacrimejando atrás da máscara do traje.

Diante dela havia uma sala esférica imensa. Uma ilha de pedra incrustada se erguia do que teria sido o chão quando a *Battered Hierophant* estava sob empuxo. Em volta da ilha — envolvendo-a, encerrando-a, *incluindo-a* — estava um imenso globo de água, azul-escuro e flexível como uma bolha de sabão espelhada. E ali, no meio do globo, no alto da ilha de crostas, estava o grande e poderoso Ctein.

A criatura parecia um pesadelo, nos dois sentidos da palavra. Um emaranhado de tentáculos — cada um deles cinza e vermelho mosqueado — brotava de um corpo pesado e obeso, crivado de crescimentos ao acaso de carapaça laranja. Centenas, não... *milhares* de olhos de borda azul ficavam dentro da metade superior da carne dobrada de Ctein e rolaram para ela com um olhar coletivo com poder suficiente para fazer Kira se encolher.

De fato grande e poderoso, Ctein era enorme. Maior que uma casa. Maior que uma baleia azul. Maior até que a *Wallfish*, e com mais massa também, porque era inteiramente maciço. Kira tinha dificuldade para compreender o tamanho do monstro. Nunca vira criatura tão grande, a não ser em filmes ou jogos. Era muito maior do que ela se lembrava dos sonhos, o resultado, sem dúvida, da gula incessante de Ctein pelos séculos desde então.

Tinha mais. Com a visão expandida que a Lâmina Macia lhe proporcionava, Kira enxergou o que parecia ser um sol em miniatura ardendo no coração da massa amorfa de Ctein — uma explosão estacionária desesperada para escapar da concha endurecida. Uma pérola cintilante de destruição.

Ela passou à luz visível, depois voltou ao infravermelho. Na luz visível, não aparecia nada de incomum; o corpo de Ctein era do mesmo vermelho acinzentado escuro que ela se lembrava de séculos antes. Já no infravermelho ele cintilava, brilhava, trepidava e ardia. Ele *refulgia*.

Em resumo, parecia que o Água tinha uma porra de reator de fusão embutido.

Kira sentiu-se mínima, insignificante e em séria desvantagem. A coragem quase lhe faltou. Apesar de tudo que a Lâmina Macia fizera, ela teve dificuldades para imaginar o que podia fazer para enfrentar o poder de Ctein. A criatura também não era um animal estúpido. Era astuta como qualquer cérebro de nave, e sua inteligência permitira que dominasse os Águas durante séculos.

Saber disso enchia Kira de dúvidas, e as dúvidas a fizeram hesitar.

Radicados no chão em volta do poleiro rochoso de Ctein havia uma boa parte do Conclave Abissal — conchas como de cracas mosqueadas de verde e laranja, com os braços de muitas articulações de seus ocupantes oscilando na correnteza. Oscilando e gemendo em um barulho infernal que, para os ouvidos humanos de Kira, parecia um coro de almas torturadas. Para o apanhador nela, para Nmarhl, o som lembrava o lar, e as lembranças do Limiar Plangente inundaram sua mente.

Então o fedor dominador de odor-próximo mudou da satisfação para a ironia. Da criatura de pesadelo emanou uma única declaração apocalíptica:

[[Aqui é Ctein: Eu vejo você.]]

Neste momento, Kira entendeu que sua hesitação fora um erro. Ela convocou a Lâmina Macia, comprimiu-a como uma grande mola enquanto se preparava para golpear e dar um fim a Ctein.

Mas Kira foi lenta. Lenta demais.

Um braço com garra se desdobrou da linha equatorial do Água e arrancou uma placa escura de algo do alto de sua carapaça. Ele apontou a placa para ela...

"Merda." O objeto era um imenso canhão eletromagnético, com tamanho suficiente para ser instalado na proa de um cruzador, com potência suficiente para abrir um buraco por uma nave inteira do CMU. Ela estava morta. Não tinha tempo de correr, nem onde se esconder. Kira só queria...

Aconteceram duas coisas, uma depois da outra, com tanta rapidez que Kira mal teve tempo de registrar a sequência de acontecimentos: o traje mudou em volta dela, expandindo-se para fora, e

BANG!

O convés ondulou sob seus pés, e houve um barulho tão alto que tudo ficou em silêncio. Do outro lado da câmara, uma bolha de chama verde e cintilante irrompeu do lado da parede curva, e uma onda de pressão disparou pelo globo de água, esmagando o Conclave Abissal e desenraizando o grande e poderoso Ctein de seu trono ancestral. Os tentáculos da criatura se debateram, mas em vão.

A antepara à direita de Kira desaparecera e ela ouviu o grito do ar que escapava. Antes que pudesse reagir, foi atingida pela muralha de água espumante.

Kira foi atingida com a força de um tsunami furioso. O impacto partiu todos os rebentos e antenas — partiu a maior parte do traje do resto de sua massa e a fez cair na brancura cintilante do espaço.

Kira!, gritou Falconi.

CAPÍTULO VI

* * * * * * *

SUB SPECIE AETERNITATIS

1.

O espaço era branco?

Kira ignorou a incoerência óbvia. Primeiro, as prioridades. Ela desejou que a Lâmina Macia estabilizasse o voo e o xeno reagiu com sopros de gás nos ombros e nos quadris. O giro ficou mais lento e, em segundos, o casco da *Battered Hierophant* afastando-se ocupava um só local em sua visão.

Um pedaço imenso fora arrancado da lateral da *Hierophant*; o que atingiu a nave tinha estourado a maioria dos conveses na seção da popa. "Outro Casaba-Howitzer?"

Ela sentia os pedaços órfãos da Lâmina Macia dentro da *Hierophant*, separados dela, mas ainda assim conectados. Com medo do que poderia acontecer se os perdesse para sempre, Kira os atraiu com a mente. Eles começaram a se mexer, rastejando pela estrutura da nave.

Ela olhou ao redor. É, o espaço era branco. Ela desativou o infravermelho. Ainda branco. Brilhante, também, mas não brilhava com a intensidade que deveria se ela estivesse em espaço aberto, na linha direta de visão de um sol próximo.

Então seu cérebro teve um estalo e Kira entendeu. Estava dentro de uma nuvem de fumaça que pretendia defender a *Hierophant* contra lasers. Bom para a nave, inconveniente para ela. Mesmo com a luz visível, só conseguia enxergar cerca de vinte metros em qualquer lado.

Kira!, gritou Falconi novamente.

— Ainda viva. Você está bem?

Estou bem. Um dos pesadelos abalroou a* Hierophant. *Ela...

— Merda!

Pode apostar. Estamos indo para a* Wallfish. *Parece que no momento os Águas nos ignoram. A frota deles reteve o resto dos pesadelos, mas não temos esse tempo todo. Tschetter disse que Ctein ainda está vivo. Você precisa matar esse Água, e rápido.

— Estou tentando, estou tentando.

Kira engoliu em seco, fazendo o máximo para engolir o medo que sentia de Ctein. Não podia ter essa distração. Além disso, havia ameaças piores se aproximando. Os pesadelos. O Bucho.

Kira nunca sentira tanto medo. Suas mãos e seus pés estavam frios como gelo, apesar dos esforços da Lâmina Macia para mantê-la aquecida, e o coração martelava dolorosamente rápido. Não importava. "Continue. Não pare de se mexer."

Kira passou ao infravermelho e usou o xeno para se manter parada enquanto corria o olhar para o alto, para baixo e em volta. Ctein era gigantesco, então onde podia estar? A câmara de que eles foram ejetados era visível como uma cavidade sombreada no fundo das tripas da *Hierophant*, a casca que restara de sua fruta monstruosa. Como Kira, Ctein podia ter sido ejetado da nave, mas Kira desconfiava de que o Água tinha jatos ocultos em algum lugar do corpo. Se Ctein voasse pela curva do casco da *Hierophant*... o alienígena levaria muito tempo para ser encontrado no turbilhão daquela nuvem. Tempo demais, na verdade. A *Hierophant* tinha quilômetros e mais quilômetros de área de superfície.

— Gregorovich — disse ela, ainda olhando. — Está vendo alguma coisa aqui fora?

Infelizmente, a Wallfish *ainda está alojada na* Hierophant. *Meus sensores estão bloqueados.*

— Verifique com Tschetter. Talvez o Laço...

Uma faixa de espaço sem fumaça, de meio metro, passou na frente dela. Ia direto do horizonte do casco da *Hierophant*, por seu peito e até o espaço profundo. Uma massa de arabescos se expandiu pela fumaça, pressionando-a para fora, e o brilho de calor transferido se espalhou pela névoa.

Kira soltou um palavrão. A um comando seu, o xeno reverteu o curso e a empurrou para a nave avariada. Eles eram um alvo fácil, flutuando no espaço. Ela precisava se proteger antes que...

Por trás da curva da *Battered Hierophant* surgiu um enorme tentáculo, torcendo-se e fechando-se com uma intenção maligna. Em infravermelho, o tentáculo era uma língua de fogo, as ventosas e crateras incandescentes, o interior ósseo uma coluna flexível de lingotes em brasa de um extremo a outro, brilhando dentro da carne transparente. Cílios revestiam o último terço do membro, cada estrutura sinuosa com vários metros de comprimento e aparentemente dona de sua própria inteligência incansável, porque se mexia, se agitava e se emaranhava de forma independente das outras. Um segundo tentáculo se juntou ao primeiro, depois um terceiro e um quarto, à medida que o resto do gigantesco Ctein ficava à mostra.

A pele do Água havia mudado: agora era lisa e sem cor, como que coberta por uma tinta de estanho. Algum tipo de armadura, supôs Kira. Pior ainda, a criatura continuava a segurar o canhão eletromagnético do tamanho de uma nave no braço com garra.

Kira gritou no vazio e implorou à Lâmina Macia para acelerar mais. Voou a jato por entre os conveses expostos da *Hierophant*, mas, justo quando começava a relaxar um pouco, a sombra multifacetada de Ctein a eclipsou e o monstro disparou a arma.

O raio a atingiu com uma força entorpecente e a fez cair em uma antepara.

Kira continuou viva.

O xeno tinha inflado em volta dela, como um balão preto e gigantesco, cobrindo todo seu corpo, inclusive a cabeça, embora não bloqueasse a visão mais do que a máscara. Kira sentia estruturas dentro do balão: matrizes complexas de fibras, hastes e um enchimento que parecia plástico — e tudo isso a Lâmina Macia produzira em uma mera fração de segundo.

Outra explosão atingiu seu rosto, sacudindo-a com tanta força que a deixou tonta. Desta vez ela sentiu o traje contra-atacar o projétil com uma explosão própria, desviando o jato mortal de metal para os lados, deixando-a intocada.

Com certo assombro, Kira percebeu que o xeno construíra um tipo de armadura reativa, semelhante ao que os militares usavam nos veículos.

Ela teria rido, se pudesse.

Não havia como saber quanto tempo a Lâmina Macia a manteria a salvo, e ela não pretendia ficar ali para descobrir. Não podia encarar Ctein frente a frente. Não enquanto ele estivesse armado. O único jeito de lutar era se esquivar, correr e esperar que o Água ficasse sem munição. Era isso, ou descobrir um jeito de se aproximar dele e usar a Lâmina Macia para destroçá-lo.

Estendendo a mão (ela se mexia, mas ficava escondida dentro do balão), Kira formou um cabo e o lançou para uma prateleira de vigas semiderretidas vários metros acima de sua cabeça. O cabo se prendeu e ela se impeliu nele com toda a força, atirando-se para fora do poço estourado na lateral da *Hierophant*. Na beira da cratera, ela soltou a primeira linha, lançou uma segunda, pegou o casco e *puxou*, convertendo o ímpeto para cima em ímpeto para a frente. Ao voar sobre o ponto de ancoragem do cabo, enviava outro à frente, depois mais outro, e outro, arrastando-se pelo casco até ficar escondida do Água.

O monstro a seguiu. Da última vez que o vira, Ctein saltava atrás dela, os membros ondulando com uma elegância hipnótica.

Kira fez uma careta e tentou puxar com mais força o último cabo. Entretanto, já estava nos limites do que o corpo e o xeno podiam fazer.

Enquanto voava pela lateral da *Hierophant*, como uma bola de espirobol em volta de um poste, Kira pensou em uma coisa. Teve uma ideia.

Não parou para considerar a praticidade ou a probabilidade de sucesso; apenas agiu e torceu — numa esperança cega — para que desse certo.

Jogando vários outros cabos, ela se puxou e parou ao lado de um rasgo irregular que um pedaço de estilhaço tinha aberto no casco. Desmontou o balão em torno de si e converteu o material em tentáculos próprios. Com eles, agarrou seções de casco virado e os arrancou.

Cada pedaço tinha pouco mais de um metro de espessura, a maioria formada por camadas finas de compósito espremidas no que parecia uma espuma metálica. Exatamente como Kira esperava. Como acontecia nas naves humanas, o casco externo da *Hierophant* tinha um escudo Whipple para protegê-lo do impacto de destroços espaciais. Se a armadura podia deter micrometeoroides, então camadas suficientes dela deviam deter o projétil de uma arma cinética como o canhão eletromagnético.

Enquanto Kira arrumava os pedaços a sua frente, um fluxo escuro do material escorreu de dentro das ruínas confusas da fresta, arrastando-se para ela com uma mente própria. Assustada, ela se retraiu, pronta para combater este novo inimigo.

Então reconheceu a sensação familiar da Lâmina Macia, as partes perdidas do xeno que vinham se unir a ela.

Com uma sensação que parecia água fria na pele, as fibras órfãs se fundiram na parte principal do xeno, acrescentando a massa necessária ao organismo.

Distraída, Kira só conseguira empilhar quatro pedaços do casco quando o mamute contorcido que era Ctein subiu pela lateral da *Hierophant* e disparou a arma.

BUM!

O escudo improvisado de Kira deteve o projétil nas três primeiras camadas do casco. Nem mesmo um fragmento de poeira chegou à pele de seu traje. Embora o impacto fosse substancial, a Lâmina Macia a escorou e amorteceu o suficiente para mantê-lo suportável.

Ela se perguntou quanta munição o Água levava.

Ctein disparou de novo. Ignorando o golpe, Kira avançou. Os pedaços do casco não durariam muito; precisava aproveitar a oportunidade enquanto podia.

A criatura gigantesca se movia para ela mais veloz do que seu volume parecia permitir. Lufadas brancas apareciam pelo lado esquerdo da carapaça, e toda a confusão de concha e tentáculos deu uma guinada para a direita. Aquela porcaria tinha propulsores embutidos, crescidos, ou presos à carapaça. Isso complicava um pouco mais o plano de Kira, mas ela achava que podia lidar com a situação. O Água podia ser veloz, mas de forma alguma poderia movimentar seus milhares e milhares de quilos com a rapidez da Lâmina Macia.

— Fuja desta — resmungou Kira, desejando que centenas de fios afiados atravessassem a superfície da *Hierophant*.

Os cordões se lançaram, apunhalaram e se embaralharam, um por cima do outro e cada um em um ângulo diferente, de modo que era impossível prever o que seria atingido ali.

Antes que o grande e poderoso Ctein pudesse sair do alcance, as pontas mínimas dos fios cortantes de Kira soaram e roçaram os tentáculos mais próximos do Água. Para desânimo de Kira, ela percebeu que a armadura fina e cinza que ele usava era de um nanomaterial que não diferia das fibras que compunham a Lâmina Macia. A ira do traje se renovou; ele reconheceu o material como outra tecnologia que os apanhadores roubaram de seus criadores. Se tivesse tempo, Kira acreditava que o xeno podia escavar pela trama, mas Ctein não daria esse tempo a ela.

Enquanto o colosso apontava a arma de novo, Kira permitiu que uma moita de fios enxameasse de um tentáculo ao outro até ver e sentir o canhão eletromagnético em seu toque de mil fios. Ela arrancou a arma da ponta do braço ossudo do Água e a lançou longe, jogou-a nas profundezas do espaço vazio, onde podia vagar sem dono por um milhão de anos, ou até mais.

Só por um instante, Kira pensou ter a vantagem. Depois, com um de seus tentáculos desimpedidos, Ctein alcançou as costas e pegou um grande tubo branco de pelo menos seis metros que devia estar preso à carapaça. Enquanto o Água o virava para ela, Kira viu uma íris escura na ponta.

Kira gritou um pouco ao tentar sair do caminho, mas desta vez ela é que foi lenta demais.

A abertura do tubo se acendeu, branca, e uma lança de chama sólida partiu para ela. Queimou as fibras do traje como lenha seca; elas derreteram e evaporaram, e delas Kira sentiu uma onda de não-dor grande o bastante para assustá-la.

Agora Kira tentava escapar. Empurrou Ctein, mas ele se grudou nela, forçando o fogo devorador a uma proximidade cada vez maior. A criatura tinha uma força espantosa — suficiente para se aguentar contra a Lâmina Macia.

Entretanto, a Lâmina também era Macia; ela permitiu que o xeno relaxasse e se curvasse diante dos ataques de Ctein, que escorresse como água e escorregasse por entre o mais forte de seus apertos. As ventosas do Água não conseguiram segurá-la; de qualquer forma que funcionassem, o traje sabia derrotá-las.

Com uma torção e um grito, Kira conseguiu ao mesmo tempo empurrar e puxar, libertando-se.

Ela se afastou de Ctein com a sensação de ter escapado viva por pouco.

A criatura não lhe deu a oportunidade de se refazer. Saltou atrás dela e Kira fugiu pela extensão da *Hierophant*, para a proa distante. Uma perseguição cercada de silêncio, mediada apenas pelo batimento de seu coração e a respiração raspada, e realizada com a elegância terrível que era o efeito natural da ausência de peso.

O porte de Ctein era irreal. Parecia que ela era perseguida por um monstro do tamanho de uma montanha. Nomes possíveis para isso faiscaram por sua cabeça: "Kraken. Cthulhu. Jörmungandr. Tiamat." Nenhum deles apreendia o mero horror da fera atrás dela. Um ninho rastejante de serpentes cintilantes, ávidas para rasgar carne de carne.

Ela olhou por cima do ombro e tardiamente percebeu o que realmente era o tubo. Um foguete, completo, com tanque de combustível. O Água usava mesmo um *foguete* como arma.

Ctein tinha se planejado para a chegada dela. Do Idealis. Kira não planejara nada. Não tinha percebido a extensão da ameaça representada pela criatura ancestral.

Em qualquer outro momento, o absurdo de usar um foguete como arma a teria deixado perplexa. Naquele instante, era apenas outro fator que ela incluía nos cálculos que fazia mentalmente: velocidades, distâncias, ângulos, forças, reações e comportamentos possíveis. Cálculos para sobreviver.

Uma ideia ocorreu a Kira, então: junto com o calor que gerava, o foguete também produzia uma leve quantidade de empuxo. Era o que os foguetes faziam. O que significava que Ctein precisava se segurar em alguma coisa quando o usava, ou o foguete faria o Água voar na direção contrária. Evidentemente Ctein também tinha seus propulsores para manobra, mas ela não pensava que fossem potentes como o do foguete.

— Ha! — disse ela.

Como que em resposta, seu aparelho auricular crepitou e um homem disse: *Aqui é o tenente Dunroth. Está na escuta?*

— Quem é você?

Assistente do almirante Klein. Temos um míssil a caminho de sua localização, da Unrelenting Force. Pode levar o Água para a popa da Hierophant?

— Vocês vão estourar nós dois?

Negativo, srta. Navárez. É uma munição dirigida. Você não deve correr muito perigo. Mas precisamos de uma linha de visão desimpedida.

— Entendido. A caminho.

Então a voz de Tschetter soou no canal: *Navárez. Cuide para impor distância suficiente entre você e Ctein. Lembre-se: não existe fogo amigo.*

— Entendido.

Kira espetou o traje no casco e se deteve. Depois se atirou para cima e para trás do Água que se aproximava no que normalmente teria sido uma cambalhota de revirar o estômago, mas agora parecia um mergulho gracioso. Ctein tentou pegá-la com três dos tentáculos, estendendo completamente os membros, mas eles erraram por alguns metros. Como era esperança de Kira, a criatura continuava agarrada à Hierophant, onde ainda podia usar seu maçarico gigante.

A Lâmina Macia deteve seu voo e a conduziu à superfície da nave. Kira notou que a movimentava mais rápido, com mais eficiência do que antes, e se lembrou dos sonhos do traje mergulhando e voando pelo espaço com a agilidade de um drone não tripulado, algo que só seria possível se o organismo pudesse fabricar propulsores próprios. Verdadeiros propulsores, capazes de potência sustentada.

Kira também notou que ainda não tinha ficado sem ar. Ótimo. Desde que o traje continuasse lhe fornecendo oxigênio, podia continuar lutando.

Ela se impeliu pela Hierophant cada vez mais rápido, até não saber se seria capaz de parar antes do escudo de sombra. Ainda assim, sentia Ctein se aproximar dela, como uma onda crescente, vasta, indiferente e irreprimível.

Soou a voz concisa do tenente Dunroth: *Cinco segundos para o alvo. Libere a área. Repito: libere a área.*

À frente, Kira viu um meteoro descrever um arco para a Hierophant, uma estrela com brilho suficiente para ser visível através de toda a espessura da fumaça.

O tempo pareceu ficar mais lento. Ela prendeu a respiração e viu-se desejando estar em qualquer lugar, menos ali. O pior era que não podia mudar a situação. O míssil ou a mataria — ou não; o resultado estava fora de seu controle.

Quando o míssil estava a apenas um segundo do impacto (e ainda assim a mais de uma centena de metros de distância), Kira segurou o casco e se achatou nele, formando uma concha dura com o traje.

Enquanto Kira agira, o míssil desapareceu com um ponto de luz decepcionante de tão pequeno, e uma esfera de espaço sem fumaça se expandiu do local onde ele estivera.

"Droga." Kira vira a ação de lasers de defesa suficientes para saber o que acontecera. Um blaster instalado em algum lugar na *Hierophant* tinha derrubado o míssil.

Ela se soltou do casco e se lançou de lado momentos antes de Ctein cair em cima dela.

O odor-próximo de escárnio a engolfou. [[Aqui é Ctein: Patético.]]

Desculpe, Navárez, disse o tenente Dunroth. *Parece que não conseguimos fazer um míssil passar pelos lasers da* Hierophant. *Estamos circulando r2, depois faremos outra tentativa. O almirante Klein disse que é melhor você matar esse filho da puta ou encontrar um jeito de se afastar da* Hierophant, *porque vamos atacar com mais três Casaba-Howitzers quando voltarmos.*

Ctein balançou um dos tentáculos na direção dela e Kira saiu a jato do caminho justo quando o tronco maciço de músculos e tendões passou varrendo. De novo, como um colibri se esquivando de golpes de um polvo furioso.

O turbilhão de fumaça engrossou e depois clareou enquanto a *Hierophant* surgia da névoa. Pela primeira vez desde a explosão que a arrancara da nave, a verdadeira escuridão do espaço era visível, e o casco e tudo que ela via adquiria uma nitidez lúcida quase dolorosa. Na periferia do olhar, ela estava ciente de faíscas e clarões distantes (provas de que a batalha ainda acontecia entre a Sétima, os Águas e os pesadelos que chegavam).

Kira passou ao espectro visível. Não precisava de infravermelho, agora que a fumaça tinha sumido.

Ela adejou diante do monstro enroscado, um brinquedo, um joguete minúsculo, suspenso diante de um predador faminto. Ele atacava; ela se esquivava. Ela disparava para a frente; ele ligava o motor do foguete por um segundo e o calor escaldante a empurrava para trás. Eles estavam em um impasse, ambos competindo pela mais leve vantagem — e nenhum dos dois a encontrava.

Um jato de odor-próximo a atingiu, ejetado de alguma glândula oculta no corpo do Água:

[[Aqui é Ctein: Você não compreende a carne a que se uniu, biforme. Você é indigna, insignificante, condenada ao fracasso.]]

Ela respondeu à altura, dirigindo seu próximo odor-próximo para a massa emaranhada da criatura. [[Aqui é Kira: Você já fracassou, apanhador. Os Corrompidos...]]

[[Aqui é Ctein: Quando eu me unir ao Idealis, como devia ter feito antes da traição de Nmarhl, os Corrompidos cairão diante de mim como lodo no abismo. Ninguém se oporá a mim. Esta onda pode ter sido perturbada, mas a próxima será um triunfo para os Wranaui e tudo se curvará perante a força de nossos cardumes.]]

[[Aqui é Kira: Você nunca terá o Idealis!]]

[[Aqui é Ctein: Terei, biforme. E desfrutarei abrindo sua concha e comendo a carne dentro dela.]]

Kira gritou e tentou disparar atrás do Água para pegar o foguete em seu poder, mas o alienígena acompanhou seus movimentos, torcendo-se de forma que a arma sempre ficasse de frente para ela.

Era uma dança frenética e feia, mas ainda assim uma dança e, apesar da feiura, cheia de momentos de elegância e ousadia. Ctein era grande e forte demais para a Lâmina Macia conter (pelo menos no tamanho atual do traje). Então Kira fez o máximo para evitar ser apanhada por ele. O alienígena, por sua vez, fez tudo que pôde para evitar o toque da Lâmina Macia. Parecia saber que, se a segurasse por tempo demais, ela seria capaz de penetrar sua armadura.

Kira avançava; o Água se retraía. Ele avançava; ela se retraía. Por duas vezes, ela segurou um tentáculo e Ctein a golpeou com tanta força que ela foi obrigada a soltar, ou corria o risco de ser massacrada e cair na inconsciência. Os golpes tinham potência suficiente para despedaçar o traje: pequenas hastes e barras eram arrancadas e se liquefaziam em bolhas amorfas antes de se unirem a ela.

Se Kira conseguisse estreitar a distância entre ela e Ctein, se conseguisse envolver a carapaça do alienígena com a Lâmina Macia e se achatar nele, sabia que podia matá-lo. Entretanto, apesar de todos os seus esforços, Kira não conseguia passar das defesas do Água.

O velho e ardiloso Ctein pareceu perceber a vantagem — perceber que podia causar mais dor a ela do que Kira a ele —, porque começou a persegui-la pela *Hierophant*, disparando o foguete, agitando os tentáculos em um ritmo aleatório, obrigando-a a recuar e deixando grandes sulcos no casco, causados pelos ataques fracassados. Kira não tinha alternativa senão se retirar. Metro após metro ela cedia, desesperada para manter distância, porque, se o colosso conseguisse pegá-la entre o casco e o tentáculo, o impacto transformaria seu cérebro em uma papa, por melhor que a Lâmina Macia conseguisse protegê-la.

A respiração de Kira saía em um ofegar entrecortado e, mesmo embaixo do traje, ela sentia que transpirava, o corpo coberto por uma película escorregadia de esforço que a Lâmina Macia rapidamente absorvia.

Isso não podia continuar. *Ela* não podia continuar. A certa altura, escorregaria e cometeria um erro, e Ctein a mataria. Fugir não ajudava; não havia nada além do vazio para onde escapar, e ela não podia deixar os amigos. Nem o CMU; independentemente de seus defeitos, eles combatiam pela sobrevivência da humanidade, assim como Kira.

Ela se desviou rapidamente do último ataque de Ctein. Por quanto tempo ia continuar? Parecia que lutava há dias sem fim. Quando a *Wallfish* abalroara a *Hierophant*? Kira não conseguia se lembrar.

Ela apunhalou a carapaça do Água pela enésima vez. Pela enésima vez, os cravos atomicamente afiados do traje deslizaram pela concha do alienígena.

Kira grunhia de esforço ao enganchar-se em uma antena próxima e se afastar do Água, escapando por pouco do ataque retaliatório. Este foi acompanhado de outro golpe dos tentáculos e ela disparou para a proa da nave de guerra, tentando evitá-lo, tentando continuar livre.

Ctein a surpreendeu saltando para ela, abandonando o suporte da *Hierophant*.

— Gah!

A Lâmina Macia reagiu empurrando-a para trás e manobrando-a em torno da nave larguíssima de guerra. Jatos brancos emanaram dos propulsores do Água quando ele a seguiu. O alienígena conseguiu acompanhar a trajetória de Kira e começou a ganhar terreno, o foguete estendido como um dedo acusador gigante.

Kira passou os olhos pelo casco da *Hierophant*, procurando alguma coisa, *qualquer* coisa que pudesse usar. Uma elevação irregular de casco avariado chamou sua atenção. Se ela fosse para lá, poderia usá-lo para se impelir para trás do Água e talvez...

Kira! Saia do caminho!, disse Falconi.

Distraída, ela se torceu desajeitada, tropeçando quando a Lâmina Macia a fez voar para a *Hierophant*. Um tentáculo curvou-se para ela e, a certa distância, ela viu o tronco em armadura de Falconi aparecer pela beira do buraco no casco da nave capitânia. Com um braço só, ele ergueu o lança-granadas, um clarão iluminou o cano e...

O foguete de Ctein explodiu em uma nuvem torta de combustível queimado, espargindo fogo líquido para todo lado.

Kira se retraiu ao ser atingida pelo fogo. O combustível não doeu, mas era difícil ignorar antigos instintos.

A explosão jogou o Água para trás, mas, por incrível que parecesse, ele conseguiu se segurar na *Hierophant* com a ponta de um tentáculo. Para grande decepção de Kira, Ctein parecia ileso.

Odor-próximo de uma raiva vasta e terrível tomou o espaço circundante.

A criatura se puxou de volta para a nave de guerra, depois jogou um dos tentáculos para Falconi. Ele mergulhou na beira do buraco e Kira o viu desaparecer por uma porta um instante antes de o tentáculo bater, esmagando as paredes e vigas expostas.

É todo seu, garota, disse Falconi.

— Valeu. Te devo uma.

Kira parou a vários metros da *Hierophant* e se virou de frente para Ctein. Agora sem armas. Só tentáculos, rebentos e as duas mentes, uma contra a outra. Ela se preparou para abraçar o Água monstruoso mais uma vez, para lutar com ele até que um deles, ou ambos, estivessem mortos. Apesar das muitas vantagens da Lâmina Macia, Kira não tinha certeza de que podia vencer. Ctein só precisava batê-la no casco da *Hierophant* e seria o fim dela.

Mesmo assim, ela não ia desistir. Não ali. Não depois de tudo por que eles passaram. Não com tudo que estava em jogo.

— Tudo bem, grandão horroroso — resmungou ela, reunindo suas forças. — Vamos acabar logo com isso.

Então Kira viu: o menor rasgo na pele blindada de um tentáculo — o mesmo tentáculo, ela imaginou, que estivera segurando o foguete. O ataque de Falconi tinha causado algum dano, afinal. O rasgo parecia uma rachadura fina numa superfície de lava que resfriava, revelando a carne quente por dentro.

A esperança brotou dentro dela. Embora pequena, a rachadura era uma oportunidade e, num instante, Kira imaginou como podia usá-la para matar Ctein. Seria arriscado, terrivelmente arriscado, mas ela não teria outra oportunidade melhor.

Seus lábios se torceram com a aproximação de um sorriso. A solução não era ficar longe — era abraçar Ctein, apesar do custo deste ato, e se unir a ele da mesma forma que ela era unida à Semente. A solução era fundir os corpos, e não os separar.

Kira desejou avançar e o traje reagiu com um coice forte dos propulsores que tinha construído em suas costas. Impeliu-a para Ctein a mais de 1 g de aceleração, levando-a a arreganhar os dentes e rir no vazio.

O Água levantou os tentáculos, não para bloqueá-la, mas para apanhá-la em um nicho de carne preênsil. Ela deu uma pirueta em volta de dois tentáculos e se agarrou àquele com o rasgo.

A essa altura, Ctein pareceu perceber o que ela fazia e ficou furioso.

O universo rodava em volta de Kira, do Água batendo o membro na *Hierophant*. Ela conseguira endurecer o traje um instante antes de ser atingida, mas sua visão ainda escureceu por um momento e Kira se sentiu lenta e desorientada.

O tentáculo se ergueu de novo. Se Kira não agisse rapidamente, bateria nela e a transformaria em uma papa; disso ela sabia, era certo como a entropia. Embora ela detestasse a ideia de morrer, detestava ainda mais a ideia de deixar Ctein vencer mais uma vez.

Ela sentiu o rasgo embaixo do ventre, um pedaço pequeno de maciez na superfície dura do tentáculo. Então ela apunhalou, espetou e se torceu enquanto impelia as fibras do traje no ferimento. O tentáculo se agitou, convulso, depois bateu de um lado a outro em uma tentativa frenética de se livrar dela. Mas não havia como. Já era.

A carne de Ctein era quente em suas lâminas, e glóbulos de icor jorraram e cobriram sua pele com um lodo grosso. Kira se estendeu para dentro da criatura, se estendeu sem parar, até encontrar os ossos no centro do tentáculo. Depois segurou os ossos e arreganhou a carne, forçando o rasgo a se abrir e se alargar, e verteu a Lâmina Macia para dentro do alienígena.

O tentáculo se contraiu em volta dela, escuro, úmido, apertado. A claustrofobia obstruiu a garganta de Kira e, embora o traje ainda lhe fornecesse ar, ela sentia que estava à beira da asfixia.

À frente dela, acenderam-se faíscas, e, com um choque, ela percebeu que Ctein usava seus outros braços para decepar o membro a que ela se agarrava.

Decidida a não perder a vantagem, ela exortou a Lâmina Macia a avançar e entrar, desejando que o xeno fizesse o que fosse necessário.

O xeno fez brotar milhares de fios delicados enquanto se enterrava em Ctein. Os fios não cortaram, como Kira esperava. Não romperam, nem rasgaram, nem mutilaram. Em vez disso, eles eram macios e flexíveis, e o que tocavam, eles... *refaziam*. Nervos e músculos, tendões e ossos: tudo isso era comida para o xeno.

Ctein se debateu e se contorceu. Ah, como se debateu! Batia em Kira através da própria carne; agarrava e torcia o próprio membro, procurando esmagá-la, e um trovão encheu os ouvidos de Kira.

Entretanto, o poder do grande e terrível Ctein não era páreo para a persistência da Lâmina Macia. As fibras fractais do organismo se curvavam, moviam-se e devoravam na conversão da carne de Ctein. Rasgaram as células da criatura, dissecaram e comprimiram, transformando-as em algo duro e inflexível. A forma resultante era angulosa, toda feita de superfícies planas, linhas retas e bordas afiadas de precisão atômica. Um objeto opaco e morto, sem movimento, incapaz de ferir ou fazer mal.

Mais vinte metros pelo menos, depois as antenas de Kira entraram na carapaça e músculo deu lugar a órgãos e máquinas.

Da Lâmina Macia veio uma raiva que dominava antigas tristezas e, sem pretender, Kira se viu gritando: [[Aqui é Kira: Por Nmarhl!]]

O xeno aumentou novamente, dobrando e redobrando até preencher a concha espaçosa, convertendo cada centímetro cúbico em brutal perfeição.

Ctein estremeceu mais uma vez — estremeceu, depois ficou imóvel.

Kira passou ao infravermelho por um momento e viu o brilho do reator de fusão desbotar.

A Lâmina Macia ainda não tinha terminado; continuava a construir até consumir a pele e a carapaça do Água. Em volta dela, veios como pedras apareceram pelo tentáculo a que ela se agarrava. Eles se espalharam, expandindo-se por Ctein inteiro.

Sem saber o que o xeno fazia, Kira retirou a Lâmina Macia e, com alívio, se libertou do cadáver gigantesco.

Enquanto eles se separavam, ela olhou.

Onde Ctein estivera, agora restava um asterisco eriçado, preto e opaco: uma enorme coleção de pilares como de basalto, facetados e cinzelados. Um amontoado sem vida de estruturas de carbono. Em certos lugares, um padrão familiar de placa de circuito cobria a superfície... Chocada, Kira reconheceu a semelhança entre os pilares flutuantes e a formação que ela encontrara em Adrasteia. Aquilo também, ela percebeu, fora um ser vivo. Muito, muito tempo antes.

Kira olhou fixamente os restos de Ctein, sentindo uma realização amarga. *Ela* fizera aquilo. Ela e a Semente. Depois de séculos de governo, o grande e poderoso Ctein estava definitivamente morto. Morto e acabado. Elas eram responsáveis por isso.

Todo aquele conhecimento perdido. Todos aqueles anos de lembranças, perdidos. Todas aquelas esperanças, aqueles sonhos e planos, perdidos e reduzidos a um amontoado de pedra que vagava no espaço.

Kira sentiu uma tristeza curiosa. Depois se sacudiu e soltou uma gargalhada. Não sabia o *que* sentia; tanta adrenalina corria por seu corpo que podia muito bem estar chapada. O que sabia era que tinha vencido. Ela e a Semente venceram.

Várias pessoas clamavam em seus ouvidos, gente demais para ela acompanhar. Depois a voz de Tschetter rompeu o tumulto: *Você conseguiu, Kira! Você conseguiu! Os Águas se romperam! Lphet e o Laço Mental estão assumindo o controle da frota deles. Você conseguiu!*

Que bom. Talvez houvesse esperança para o futuro. Kira limpou uma mancha de sangue no rosto e correu o olhar pelo casco da *Battered Hierophant*, reorientando-se.

— Gregorovich, cadê...

Uma sombra caiu sobre ela, cortando a luz da estrela próxima. Com ela veio um arrepio gelado que se acomodou no fundo de seus ossos. Kira olhou a obstrução e seu triunfo evaporou.

Quatro naves vermelhas como carne navegavam no alto, seus cascos tortuosos brilhando como carne crua. Pesadelos.

2.

O medo acelerou a pulsação de Kira e ela passou a jato pelo cadáver rochoso de Ctein e voltou à *Hierophant*, desesperada para encontrar proteção. Mais pesadelos se aproximavam: dezenas deles, acelerados como o míssil da *Unrelenting Force*. Suas silhuetas apareciam como manchas no campo de estrelas — sombras quase perdidas contra a escuridão do vazio. Atrás deles, longe demais para ser vista, ela sabia que a massa coagulada do Bucho vinha rapidamente, avançando para eles com um propósito insaciável.

Kira olhou em volta, na esperança desesperada de poder ver alguma forma de salvação.

Entre seus pés estava o planeta que os Águas estiveram minerando, R1 — com aproximadamente o tamanho de uma porta de câmara de descompressão, vermelho ferrugem e marmorizado de nuvens —, e, a certa distância do globo, as luas r2 e r3, descrevendo piruetas em torno do planeta mãe. Atrás deles ela viu as centelhas e clarões que marcavam a batalha maior do CMU e dos Águas, unindo forças contra os pesadelos. Cada clarão era uma pontada em seu peito, porque Kira sabia que marcava a morte de dezenas, se não centenas de seres sencientes. Pesadelos também, se valia de alguma coisa.

Nas distâncias envolvidas, ela não sabia quem vencia. Só as explosões eram visíveis, não cada nave. No fundo, Kira sabia que a batalha não ia bem nem para a Sétima Frota nem para os Águas. Eram pesadelos demais, e ainda tinham de lidar com o próprio Bucho.

As quatro naves dos pesadelos que passaram no alto reduziram por cima de lanças de fogo nuclear, branco-azulado e mais brilhante que o sol. Viraram-se e foram de nariz para a *Hierophant* até fazerem contato, várias centenas de metros à popa da posição de Kira.

Um tremor profundo correu pelo casco.

Ela fechou os olhos com força por um momento, temendo o que estava prestes a acontecer. Não havia ajuda ali; só o que podia fazer era lutar e torcer para que a tripulação da *Wallfish* conseguisse escapar. Lutar e lutar, até que os pesadelos desistissem ou o Bucho viesse devorá-la. Ele a devoraria, se pudesse.

Kira respirou fundo. Já se sentia semimorta. Seu corpo estava inteiro graças à Lâmina Macia, mas *inteiro* e *saudável* eram dois conceitos diferentes, e naquele momento não era como *saudável* que ela se descreveria.

A um comando seu, o xeno começou a abrir um buraco na *Hierophant*.

Caralho! Segurem-se!, disse Falconi. *Duas naves dos Águas e um cruzador do CMU foram atrás do Bucho.*

Um calafrio correu pelo pescoço de Kira. Ela girou para o quadrante do céu que sabia que abrigava a monstruosidade. Prendeu a respiração, esperando...

Mais adiante na *Hierophant*, pequenas explosões saíam do casco. Cargas de ruptura, ou algo desta natureza.

— O que está acontecendo? — perguntou ela.

Passou-se um momento até Falconi responder. *O Bucho acaba de peidar uma nuvem. Parecem que os lasers não o atravessam com muita facilidade. Espere aí... Estão tentando atingi-lo com mísseis, um monte deles.* Seguiu-se um silêncio tenso. Depois, com uma decepção audível, Falconi disse: *Os mísseis são inúteis. O Bucho os elimina como moscas. Merda. Duas dezenas de pesadelos estão voltando para o Bucho. Se os Águas ou o CMU quiserem dar cabo deles, não têm muito... Ah, merda! Merda!* Entre as estrelas, Kira viu um clarão, como uma supernova em miniatura.

— O que foi...

O Bucho tem algum laser de potência louca, um combo feixe-partícula. Acaba de estourar duas naves dos Águas. Atravessou giz e alumínio em um socão. Parece que o cruzador vai tentar...

Mais três faixas de luz pulsaram, depois se apagaram no pano de fundo aveludado, ínfimas, apesar de todo seu potencial destrutivo.

Em uma voz monótona, Falconi falou: *Outra furada. O cruzador soltou dois howitzers. Deviam ser ataques diretos, mas o Bucho disparou nos mísseis, estourou com sua arma de feixe. Ele se desvia de explosões nucleares com uma merda de blindagem!*

— Como vamos eliminá-lo? — perguntou Kira, lutando contra a desesperança.

O casco da *Hierophant* vibrava abaixo dela.

Acho que não podemos, disse Falconi. *Não tem como conseguir que naves suficientes se aproximem para dominar o...*

Enquanto ele falava, um grupo de clarões apareceu na parte superior direta da visão de Kira, perto do ponto laranja e turvo que era r2.

Kira cerrou os punhos, cravando as unhas nas palmas. Não podia ser. Simplesmente não podia.

— Gregorovich. O que foi aquilo?

Ah. Você viu, foi?, disse ele em um tom enfadonho.

— Vi. O que foi?

Mais pesadelos.

Eram as palavras que ela temia, e bateram nela como marteladas.

— Quantos?

Duzentos e vinte e quatro.

3.

— Mas que mer...

A voz de Kira falhou e ela fechou os olhos, incapaz de suportar o peso da existência. Depois cerrou o maxilar e se preparou para enfrentar a realidade.

Sem decisão consciente, ela soltou a *Battered Hierophant* e flutuou acima do casco enquanto pensava. Precisava pensar; sentia que não podia agir antes de ter alguma compreensão do que acontecia.

Em seu ouvido, Falconi falava: *Kira, o que está fazendo? Precisa voltar para cá, antes que...*

A voz dele sumiu ao fundo e ela o ignorou.

Kira respirou fundo. Mais uma vez.

Não havia como vencer agora. Uma coisa era lutar sabendo que, embora ela *pudesse* morrer, também era possível repelir os inimigos. Outra muito diferente era saber que ela *morreria* e que a vitória era impossível.

Ela resistiu ao impulso de gritar. Depois de tudo que fizeram, tudo que perderam e sacrificaram, parecia errado perder agora. Era injusto no sentido mais profundo possível, como se os 224 pesadelos que acabaram de chegar fossem uma afronta à própria natureza.

Ela respirou de novo, desta vez mais fundo e mais lentamente.

Kira pensou nas estufas de Weyland — a fragrância do barro e das flores, a poeira que flutuava lentamente nos raios de sol, o gosto dos tomates quentes do verão — e também em sua família. Depois também em Alan e no futuro que eles planejaram, o futuro que ela desde então tivera de aceitar que jamais aconteceria.

As lembranças causaram uma dor agridoce. Tudo tinha um fim e parecia que seu próprio fim se aproximava rapidamente.

Seus olhos se encheram de lágrimas. Ela fungou e olhou as estrelas, a faixa luminosa da Via Láctea que abrangia a esfera infinita do firmamento. O universo era tão lindo que doía. Lindo, muito lindo. Ainda assim, ao mesmo tempo, tão cheio de feiura. Algumas surgidas das demandas inexoráveis da entropia; algumas da crueldade que parecia inata a todos os seres sencientes. Nada disso fazia sentido algum. Tudo era um absurdo glorioso e horrível, capaz de inspirar ao mesmo tempo desespero e lucidez.

O exemplo perfeito: enquanto ela olhava a galáxia e se admirava com seu esplendor, outra nave dos pesadelos entrava no campo de visão, um crescimento em forma de torpedo de carnalidade carmim. Dela, Kira sentiu uma atração distante, uma afinidade atraindo carne a carne, como um fio puxando seu umbigo — puxando sua própria essência.

Uma nova sensação brotou em Kira: determinação. Com ela, a tristeza. Porque ela entendeu: tinha uma opção a escolher, quando, antes, esta não existia. Podia permitir que os acontecimentos continuassem descontrolados, ou podia desconjuntá-los e forçá-los a um novo padrão.

A escolha era óbvia.

Comer a estrada. Era o que ela devia fazer. Ela comeria a estrada e contornaria a necessidade nua e crua. Não era o que queria, mas seus desejos não eram mais importantes. Por seus atos, ela podia ajudar não só a Sétima, mas seus amigos, sua família e toda sua espécie.

A escolha era óbvia.

Já que Kira e a tripulação da *Wallfish* não iam sobreviver, ela podia pelo menos tentar impedir que o Bucho se disseminasse. Nada mais importava. Se descontrolada, a Semente corrompida se espalharia por toda a galáxia num piscar de olhos cósmico, e havia pouco que os Águas ou os humanos pudessem fazer para impedi-la.

Também havia certa beleza em sua decisão: uma simetria que tinha apelo a Kira. Com um golpe limpo, ela podia resolver todo o problema de sua existência, um problema que estivera perturbando não apenas Kira, mas todo o espaço colonizado desde que ela dera com aquela câmara escondida em Adrasteia. A Semente lhe ensinara seu verdadeiro propósito e agora Kira também entendia o próprio propósito, e as duas metades de seu ser estavam de acordo.

— Gregorovich — disse Kira, e sua voz era chocante no silêncio do vazio. — Aquele Casaba-Howitzer ainda está por aí?

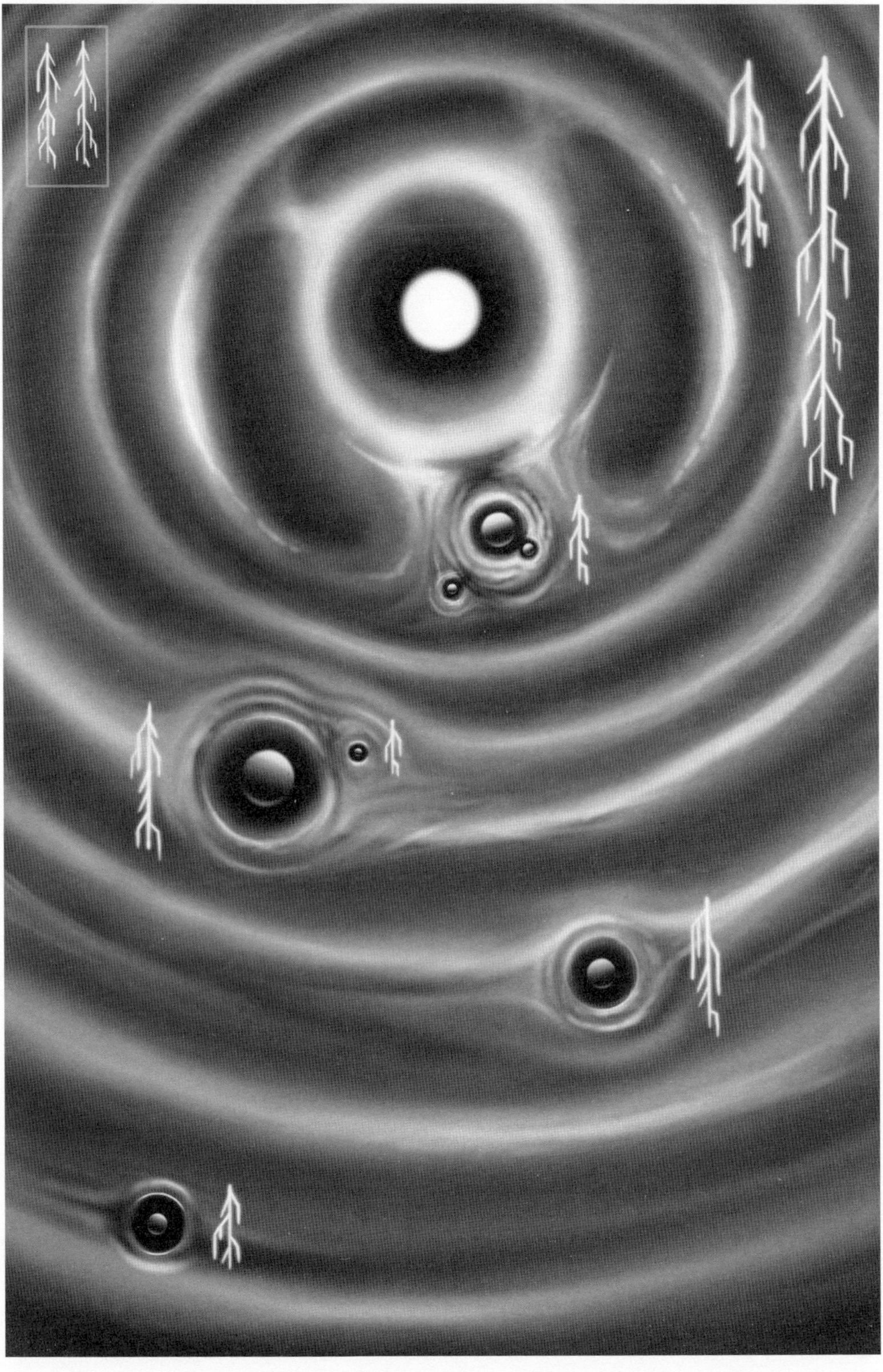

SAÍDA DE CENA V

1.

Kira!, disse Falconi. *O que está havendo? Não estamos vendo você em nossas telas.*

— Vocês conseguiram voltar para a *Wallfish*?

Por pouco. Agora...

— Eu disse que preciso de um Casaba-Howitzer.

Para quê? Temos de dar o fora dessa merda antes que os pesadelos nos estourem do céu. Se formos direto para o Limite de Markov, talvez cheguemos lá antes que...

— Não — disse ela em voz baixa. — Não há como escapar dos pesadelos e você sabe disso. Agora mande o Casaba-Howitzer. Acho que sei como deter o Bucho.

Como?!

— Você confia em mim?

Houve um momento de hesitação ponderada da parte dele. *Confio em você. Mas não quero te ver morta.*

— Não temos muitas opções, Salvo... Me dê essa bomba. E rápido.

Ele ficou um tempo em silêncio — tempo suficiente para ela se perguntar se ele se recusaria. Depois: *Casaba-Howitzer lançado. Vai assumir posição a meio quilômetro do lado escuro da* Hierophant. *Consegue chegar lá?*

— Acho que sim.

Tudo bem. Se você se posicionar com os pés para a proa, de costas para a Hierophant, *o howitzer estará às sete horas. Gregorovich o iluminou com uma mira a laser. Deve aparecer bem no infravermelho.*

Kira correu o olhar pelo escuro e viu: um pontinho brilhante, sozinho no vazio. Parecia perto o bastante para ser tocado, mas ela sabia que não era possível. Sempre era difícil avaliar as distâncias na ausência de pontos de referência.

— Achei — disse ela. — A caminho agora.

Enquanto Kira falava, a Lâmina Macia a empurrava para a bomba dormente.

Ótimo. Importa-se de explicar o que exatamente está planejando? Por favor, me diga que não é o que penso que seja.

— Espere.

Esperar?! Sem essa, Kira, o que o...
— Preciso me concentrar. Me dê um minuto.
Falconi grunhiu e parou de incomodá-la.
— Mais rápido. Mais rápido! — disse Kira, falando sozinha, exortando a Lâmina Macia mentalmente.

Ela sabia que tinha apenas um curto tempo antes que os pesadelos chegassem para investigar. Se conseguisse alcançar o Casaba-Howitzer primeiro...

O míssil cresceu diante dela: um cilindro grosso com um nariz bulboso e caracteres em vermelho na lateral. O motor principal estava desativado, mas o nariz ainda brilhava de calor residual.

A respiração de Kira escapou com um ofego baixo quando o Casaba-Howitzer bateu em seu peito. Ela o segurou, envolvendo-o com os braços. O tubo era grosso demais para que seus dedos se tocassem do outro lado. O impacto fez com que Kira e o míssil rodassem, mas a Semente rapidamente os estabilizou.

Pelo canto do olho, Kira viu que a nave dos pesadelos que se aproximava da *Hierophant* agora ia na direção dela, e rapidamente.

A voz de Falconi surgiu em seu ouvido: *Kira...*
— Já vi.
Podemos...
— Fiquem onde estão. Não interfiram.

Kira raciocinava furiosamente enquanto envolvia o Casaba-Howitzer com o traje, mandando incontáveis fibras para dentro do envoltório externo. Com elas, Kira sentiu fios, comutadores e várias estruturas que compunham a bomba. Sentiu o calor do plutônio armazenado, o banho quente de sua radiação, e, dele, tirou sustento.

De algum jeito, precisava impedir que os pesadelos a detivessem. Se tentasse lutar, eles reduziriam seu ritmo por tempo suficiente para que mais deles se juntassem à batalha. Além disso, ela se lembrava de como tinha se perdido ao tocar aquele pesadelo durante a fuga do Caçabicho. Não correria esse risco de novo. Só quando chegasse ao Bucho.

A forte luz de retropropulsores a banhou enquanto a nave dos pesadelos reduzia e parava relativa a Kira. Só a algumas dezenas de metros. A essa distância, ela via veias pulsando por baixo do exterior esfolado. Só *olhar* a nave a fez estremecer com uma dor solidária.

Um pensamento se agitou em seu íntimo, um pensamento que não era dela: "Aquilo que é ouvido ainda pode ser respondido." Ela se lembrou de como o traje reagira às convocações quando a bordo da nave dos Águas, em Sigma Draconis. Mais lembranças lhe vieram então e a transportaram a outra época e outro lugar, a uma parte da galáxia distante e esquecida, quando ela sentiu o chamado de seus senhores e respondeu como a única coisa certa a fazer. Como era seu dever.

Kira sabia o que fazer.

Ela criou coragem e, por meio da Semente, enviou uma mensagem aos pesadelos e ao Bucho que os havia criado, lançando o sinal com toda a potência a sua disposição:

"Afastem-se! Podem ter o que quiserem. Deixem meus amigos partirem e eu irei a vocês. Isto é uma promessa."

2.

A nave a seu lado não respondeu com voz ou ação. Também não atacou. Quando Kira começou a acelerar, se afastando da *Battered Hierophant*, a nave carmim dos pesadelos continuou para trás.

Um instante depois, ela *recebeu* uma resposta: uma transmissão que não continha nada além de um uivo selvagem e sem palavras, um grito ferido cheio de dor, fúria e uma fome voraz. Arrepios se arrastaram pelas costas de Kira quando ela reconheceu o som do Bucho.

A Semente lhe permitiu identificar a origem da transmissão. Contrariando cada instinto do corpo, Kira apontou para ela e aumentou o empuxo.

Kira!, disse Falconi com a voz cortante. *O que você fez?*

— Eu disse ao Bucho que vou me juntar a ele.

... E ele acreditou em você?

— O suficiente para me deixar passar.

Tschetter falou em seguida. Kira nem tinha percebido que a major estava ouvindo: *Navárez, não podemos permitir que os Corrompidos peguem o Idealis. Dê meia-volta.*

— Eles já *têm* o Idealis — disse Kira. — Ou, pelo menos, parte dele.

Ela piscou e sentiu as lágrimas enxugadas pela máscara que cobria o rosto.

— Salvo, você pode explicar — continuou. — Temos de impedir que os pesadelos, os Corrompidos, se disseminem. Se eu conseguir deter o Bucho, isso deve nos dar uma chance de lutar. A *todos* nós. Humanos e Águas.

Gah, disse Falconi. *Esta não pode ser sua única opção. Deve haver uma alternativa melhor.*

Nielsen se juntou à conversa e Kira ficou feliz ao ouvi-la novamente: *Kira, não devia precisar se sacrificar só para nos salvar.*

Ela riu um pouco.

— Sei. Não diga.

Não há como te dissuadir disso, não é?, disse Falconi. Ela quase podia vê-lo de cara amarrada de frustração.

— Se tiver alguma outra ideia, estou aberta a sugestões.

Tire algum truque maluco do rabo e mate o resto dos pesadelos.

— Meu rabo pode ser incrível, mas nem tanto assim.

Eu discordo.

— Ha. Não entendeu? Este *é* meu truque maluco. Estou rompendo o padrão; estou redefinindo a equação. Caso contrário, as coisas não vão acabar muito bem para nenhum de nós. Não é culpa sua; você não podia ter impedido nada disso. Ninguém podia. Acho que passou a ser inevitável no momento em que toquei o traje em Adra.

Predestinação? Esta é uma ideia sinistra... Tem certeza disso?
— Eles não estão atirando em vocês agora, estão?
Não.
— Então tenho certeza, sim.

Falconi suspirou e Kira ouviu o cansaço na voz dele. Imaginou-o na sala de controle da *Wallfish*, flutuando ao lado da holotela, com a armadura suja de sangue e icor. Ela sentiu um aperto no peito. Naquele momento, deixá-lo, e ao resto da tripulação da *Wallfish*, era mais doloroso do que deixar a família. Falconi e os outros estavam presentes e próximos; seus familiares pareciam distantes e abstratos — espectros fracos dos quais ela já se despedira tempos antes.

Kira..., disse Falconi, e ela ouviu a tristeza crescer em sua voz.
— É assim que tem de ser. Tire a *Wallfish* daqui enquanto ainda pode. Os pesadelos não vão te incomodar. Ande logo, rápido.

Uma longa pausa e ela quase ouviu Falconi argumentar com Nielsen e Tschetter. Por fim, com uma relutância rígida, ele falou: *Entendido.*

— Também preciso saber como detonar o howitzer.

A pausa que se seguiu foi ainda mais longa. *Gregorovich disse que tem um painel de acesso na lateral. Deve ter um teclado. O código de ativação é delta-sete-épsilon-gama--gama...* Ela se concentrou em memorizar a série de comandos que ele matraqueava. *Você terá dez segundos para se afastar depois que bater no Enter.*

Ela não se afastaria e Falconi sabia disso tão bem quanto Kira. Ela certamente ia *tentar*, mas não tinha nenhuma ilusão a respeito da capacidade da Semente de fugir de uma explosão nuclear.

Kira se concentrou em fundir a Semente com o míssil, entrelaçando um ao outro até que era difícil saber onde terminava o organismo e começava o Casaba-Howitzer. Havia se infiltrado tão completamente na bomba que sentia cada parte dela, até as microssoldas no sino do foguete e as imperfeições do caixão que guardava o plutônio. Teve cuidado com o trabalho e, quando acabou, ficou satisfeita — até o Bucho teria muita dificuldade para separar a Semente da bomba nuclear.

Ela então procurou o Bucho. Ainda estava longe demais para ser visto, mas Kira sentia sua presença, como uma tempestade se formando no horizonte, nuvens pesadas com uma torrente pronta para romper.

A distância entre eles encolhia rapidamente, mas não com velocidade suficiente para o gosto de Kira. Ela não queria dar ao Bucho a chance de mudar de ideia — se o que restava de sua mente ainda fosse capaz de fazer isso. A Semente já a empurrava com a maior velocidade de que era capaz, mas não tinha nenhum propelente, então o empuxo era limitado.

O que mais ela poderia fazer?

A resposta, quando lhe veio, fez com que abrisse um sorriso triste.

Kira se concentrou na imagem que havia criado — na imagem e na ideia — e fez o máximo para retê-la na mente enquanto as imprimia na Semente.

O xeno apreendeu suas intenções e quase imediatamente reagiu com uma velocidade recompensadora.

Quatro costelas pretas, curvas e delicadas, brotaram da coroa do Casaba-Howitzers e se estenderam para fora, formando um X grande. As costelas se estendiam, ficavam cada vez mais finas, até se tornarem quase invisíveis. Kira as sentia como dedos se abrindo, as pontas a trinta, quarenta metros de distância, e a distância ainda aumentava.

Na base de cada costela, começou a se formar uma membrana espelhada, fina como uma bolha de sabão e mais lisa que uma poça de água estagnada. A membrana fluiu para cima e para fora, unindo cada costela às vizinhas até chegar à extremidade das pontas arqueadas. Ela se via no reflexo: um volume preto e baixo agarrado à lateral do Casaba-Howitzer, sem rosto ou nome contra a extensão pálida da galáxia.

Kira levantou a mão direita e acenou para si mesma. A visão de sua contraparte especular a divertiu. A situação era tão bizarra que ela riu do absurdo. Como não rir? O humor era a única reação adequada a estar pregada em uma bomba nuclear e fazer brotar um jogo de velas solares.

As velas ainda se expandiam. Quase não tinham massa, mas, perto delas, Kira ficava nanica. Ela era um casulo mínimo suspenso no meio de asas prateadas, um potencial cercado pela realidade. Uma semente ainda não plantada que vagava no vento.

Kira se virou, lenta, com cuidado, ponderada, e as velas apanharam a luz do sol, e a luz se refletiu com uma radiância ofuscante. Ela sentia a pressão dos fótons atingindo a membrana, exortando-a adiante, para longe do sol, para longe das naves e dos planetas, para a mancha escura e vermelha que era o Bucho. O vento solar não lhe dava muito empuxo, mas dava *algum*, e Kira ficou satisfeita por ter feito tudo que podia para acelerar o voo.

Nossa, disse Falconi. *Não sabia que você podia fazer isso.*

— Nem eu.

É lindo.

— Pode me dar uma estimativa de chegada para o Bucho?

Quatorze minutos. Está vindo rápido. Olha, essa coisa é enorme, Kira. Maior do que a Hierophant.*

— Eu sei.

No silêncio que se seguiu, ela sentiu a frustração dele — ela o sentiu lutar para se conter e não dizer o que realmente queria.

— Está tudo bem — ela disse por fim.

Ele grunhiu. *Não, não está, mas não podemos fazer nada... Espere, o almirante Klein quer falar com você. Aqui...*

Houve um estalo, e, alto como a vida, Kira ouviu a voz do almirante no aparelho auricular: *Tschetter explicou o que está tentando fazer. Ela também explicou sobre o Bucho. Você é uma mulher de coragem, Navárez. Parece que nenhuma de nossas naves consegue chegar ao Bucho, então você agora é nossa melhor opção. Se conseguir este feito, talvez realmente tenhamos uma chance de derrotar os pesadelos.*

— A ideia é esta.

Grande mulher. Estou mandando quatro cruzadores a você, mas eles só vão chegar lá depois de você fazer contato com o Bucho. Se você conseguir, eles a ajudarão a limpar o que restar, e darão amparo e assistência, se necessário.

Se necessário. Provavelmente não seria.

— Almirante Klein, se não se importa, tenho um favor a pedir.

É só falar.

— Se alguma nave da Sétima conseguir voltar, pode cuidar para que as acusações contra a tripulação da *Wallfish* sejam retiradas?

Não posso garantir nada, Navárez, mas falarei bem deles em nossa nave de transporte. Com base no que vocês fizeram aqui em Cordova, acho que sua partida sem permissão da Estação Orsted pode ser ignorada.

— Obrigada.

Uma explosão soou na linha e Klein disse: *Preciso ir. Boa sorte, Navárez. Câmbio e desligo.*

— Entendido.

Finalmente, o aparelho auricular ficou em silêncio e ninguém falou com Kira. Parte dela ficou tentada a perguntar por Falconi ou Gregorovich, mas ela se conteve; por mais que quisesse falar com eles — com alguém —, precisava se concentrar.

3.

Os 14 minutos se passaram em uma velocidade desconcertante. Atrás dela, Kira via clarões que ainda marcavam a batalha contínua entre os pesadelos, humanos e Águas. As frotas de defesa estavam agrupadas em torno das duas luas de R1, usando os planetoides rochosos como cobertura enquanto tentavam, sem sucesso, repelir as massas de naves carmim.

O Bucho ficou à vista bem antes do final dos 14 minutos: primeiro como uma estrela vermelha opaca que se movia no pano de fundo aveludado do espaço, depois inchando a um tumor nodoso e dendrítico que torcia pelas bordas com uma floresta de braços, pernas e tentáculos tão densos que pareciam cílios. Muitos membros eram maiores do que Ctein inteiro. Estendia-se por dezenas, às vezes centenas de metros — troncos grandes de carne disforme que deviam se esmagar sob a própria massa. Enterrada em meio a eles, como uma ferida purulenta e aberta, estava a boca do Bucho: uma fenda irregular de pele repuxada em torno de um bico sulcado que, quando aberta, revelava uma fileira após a outra de dentes tortos — brancos como ossos e desconfortavelmente humanos — levando a uma vermelhidão pulsante e nauseante.

O Bucho mais parecia uma ilha de carne flutuando no espaço do que uma nave. Uma montanha perdida de dor e crescimento, repleta de cólera trêmula.

Kira encolheu-se em si mesma ao olhar a abominação que seus atos tinham gerado. Por que chegara a pensar que podia matar o Bucho? Comparado a isso, até o Casaba-Howitzer parecia insignificante, insuficiente.

Mas agora não havia volta. Seu curso estava estabelecido; ela e o Bucho iam se chocar e nada em todo o universo podia mudar isso.

Ela se sentia incrivelmente pequena e assustada. Ali estava sua ruína e não havia escapatória.

— Puta que pariu — sussurrou, tremendo tanto que teve cãibra nas pernas.

Depois, alto o bastante para ser captado pelo auricular, ela disse:

— Desejem-me sorte.

Depois de alguns segundos de atraso da luz, Sparrow falou: *Arrasa com ele, chica*.

Briga!, disse Hwa-jung.

Você vai conseguir, disse Nielsen.

Estou rezando por você, srta. Kira, disse Vishal.

Seja o espinho mais incômodo no corpo dele, Ó, Irritante Saco de Carne, disse Gregorovich.

Só porque é grande, não quer dizer que você não possa matá-lo, disse Falconi. *Pegue no ponto certo e ele vai se apagar... Estamos todos torcendo por você, Kira. Boa sorte.*

— Obrigada — disse Kira, sincera com cada átomo de seu ser.

O que Falconi dissera era verdade, era o plano de Kira desde o começo. Se conseguisse explodir um pedaço do Bucho, não deteria a criatura. Como a Semente, ele podia se regenerar, pelo visto infinitamente. Não, o único jeito seguro de deter o Bucho seria destruir sua inteligência reinante: a união profana do corpo ferido de Carr e do Água Qwon. Em uma tentativa equivocada de curá-los, o xeno tinha misturado os dois cérebros, costurando-os em um todo malformado. Se conseguisse atingir esse todo — se chegasse àquele monte de massa cinzenta atormentada —, Kira pensava que tinha uma boa probabilidade de corrigir seu erro e acabar com o Bucho.

Não que fosse fácil. Não seria mesmo.

— Que Thule me guie — sussurrou ela, desmontando as velas solares para que a Semente formasse uma concha pequena e dura em volta dela e do míssil.

A paisagem carnal infernal do Bucho se agigantou diante dela. Kira não sabia exatamente onde devia se localizar o cérebro, mas imaginou que ficaria próximo do meio da carne enorme. Podia estar enganada, mas não conseguia pensar em lugar melhor para atacar. Era uma aposta que ela precisava fazer.

Vários dos tentáculos maiores se ergueram do corpo do Bucho e se estenderam para ela com o que parecia uma lentidão pesada, mas, na verdade, em vista do tamanho, era uma velocidade apavorante.

— Merda!

Kira desejou uma correção de curso, alterando a trajetória lateralmente, o que a deixou entre os tentáculos. Milhares de membros menores ondularam abaixo dela, fechando-se numa tentativa inútil de segurá-la.

Se eles conseguissem, Kira sabia que a despedaçariam, apesar de todos os esforços da Semente para mantê-la a salvo.

Uma nuvem de odor-próximo vagou para ela e Kira quase vomitou ao sentir o cheiro da morte, da decomposição e de um desejo cruel e ávido de devorar sua carne.

A raiva disparou em Kira. De jeito *nenhum* ia deixar que essa malignidade gigantesca fizesse o que quisesse e a devorasse. Não sem provocar uma grave indigestão nela.

À frente, rebentos pretos começaram a brotar como pelos da superfície do Bucho, parecidos com os rebentos da Semente. Mas estes eram grossos como troncos de árvores e tinham dentes afiados nas pontas.

"Esquerda!", pensou Kira. Com um jato dos propulsores, o xeno a virou para baixo e para o lado, afastando-a dos rebentos.

Ela estava quase no meio do Bucho. Só mais alguns segundos...

Ao lado dela, subiu um bico preto e gigantesco, saindo da floresta de membros que se debatiam e das colinas de carne melada, mordendo, estalando e — Kira tinha certeza — rugindo sua frustração silenciosa. Nuvens de saliva congelada foram cuspidas de dentro da boca aberta.

Kira gritou e a Semente lhe deu um último jato de velocidade que a fez partir direto para a superfície arfante, sanguinolenta e pustulosa do Bucho.

— Coma isso! — resmungou ela entredentes.

No último momento antes de ela bater, seu pensamento era mais uma oração do que um desafio: "Por favor." Por favor, que o plano desse certo. Por favor, que ela pudesse expiar seu pecado e deter o Bucho. Por favor, que sua vida não tivesse sido em vão. Por favor, que seus amigos sobrevivessem.

Por favor.

4.

No instante em que a Semente tocou o Bucho, um uivo furioso encheu a mente de Kira. Era mais alto que qualquer furacão, mais alto que qualquer foguete — alto o bastante para provocar dor em todo o crânio.

A força da colisão foi maior do que qualquer aceleração de emergência que ela tenha experimentado. Sua visão faiscou em vermelho e as articulações gritaram, dos ossos pressionando com força, espremendo fluidos, tendões e cartilagem.

Kira não sabia a que profundidade o impacto a levou com o Casaba-Howitzer, mas sabia que não era fundo o bastante. Precisava chegar perto do núcleo oculto do Bucho antes de detonar o míssil.

Kira não esperou ser atacada; avançou de uma vez, soltando a Semente mais do que jamais fizera. O Bucho estava furioso. Bom, ela também estava, e Kira deu plena vazão à cólera, deixando cada gota de medo, frustração e tristeza abastecerem seu ataque.

O xeno reagiu na mesma medida, esquartejando e cortando como uma motosserra ao se enterrar na carne circundante. Gotas de sangue quente os banharam e o uivo na mente de Kira adquiriu um gume duplo de dor e pânico.

Então a carne endureceu, pressionando para dentro com uma força inexorável. Kira revidou, e, se o Bucho fosse feito só de tecido, ela podia ter conseguido. Mas não era. O tumor canceroso era misturado com a mesma substância que compreendia a Semente: uma teia de fibras pretas, duras como diamante, que se mexiam e se espalhavam com um propósito impiedoso, cortando, arrastando, comprimindo.

Quando se tocavam, os dois xenos lutavam em uma disputa feroz. No início, nenhum dos dois parecia ganhar a vantagem, de tão próximos eram em capacidade, mas então — para alarme de Kira — ela notou que sua segunda pele começava a se dissolver nos fios agressores. O alarme se transformou em pavor quando ela percebeu que os xenos *queriam* se fundir. Para a Semente, não havia diferença essencial entre a parte de si ligada a Kira e a parte ligada ao Bucho. Eram duas metades do mesmo organismo e procuravam mais uma vez se tornar inteiros.

Kira gritou de frustração enquanto a superfície externa da Semente continuava a se fundir com o Bucho e, com ela, todo seu senso de controle. Depois, um choque atingiu seu corpo e ela se debateu, convulsa, sentindo que mil fios acesos a haviam tocado. O sangue encheu sua boca, quente, com gosto de cobre.

Um dilúvio de informações sensoriais correu por seus nervos e por um momento Kira perdeu toda consciência de onde estava.

Ela *sentia* o Bucho, como sentia o próprio corpo. Carne empilhada sobre carne, e a maior parte dela latejando com a agonia de nervos expostos, assim como o tormento de membros, músculos e órgãos montados fora de ordem. Partes de humanos e Águas tinham sido enxertadas sem nenhuma atenção à estrutura ou função corretas. Icor vazava de veias feitas para o sangue e sangue esguichava de tecidos esponjosos feitos para secreções espessas; ossos raspavam em tendões, cartilagem e outros ossos; tentáculos pressionavam intestinos mal situados; e tudo tremia com o equivalente físico de um grito.

Sem as fibras do xeno misturadas pelo Bucho — escorando-o e o sustentando —, toda a abominação teria morrido em minutos, se não em segundos.

Acompanhando a dor estava uma fome trituradora — um anseio primal por comer, crescer e se espalhar infinitamente, como se as salvaguardas protetoras embutidas na Semente tivessem se partido e desintegrado, deixando apenas o desejo de se expandir. Havia também certa alegria sádica nas emoções do Bucho, o que não surpreendeu Kira. O egoísmo era mais fundamental do que a gentileza. O que ela não esperava era a confusão errante e infantil que o acompanhava. A inteligência nascida das mentes unidas de Carr e Qwon parecia incapaz de entender suas circunstâncias. Só o que conhecia era seu sofrimento, o ódio e o desejo de se multiplicar até ter coberto cada centímetro de cada planeta e asteroide no universo — até que sua prole obstruísse o espaço em volta de cada estrela no céu, e cada raio de luz fosse sugado pela vida, a *vida*, a VIDA que ele tinha semeado de suas entranhas bastardas.

Era o que mais desejava. Era o que mais precisava.

Kira gritou na escuridão e se tensionou contra o Bucho, se tensionou com a mente, o corpo e a Semente. Virou a própria fúria e ódio contra o monstro, devorando a carne em volta dela com toda a força de seu desejo desesperado, lutando como um animal aprisionado na garra firme do predador.

Estas tentativas não obtiveram nada. Diante do Bucho, a fúria de Kira era uma vela comparada com um vulcão. Seu ódio era um grito perdido em uma tempestade aniquiladora.

O poder incompreensível do Bucho a confinava. Limitava. Cegava. Cada esforço era contra-atacado. Cada força tinha equivalente e era superada. A Semente se derretia a sua volta, dissipando-se átomo por átomo, unindo-se ao Bucho. Quanto mais ela lutava, mais rápido o xeno escapulia.

À medida que o Bucho se aproximava da pele nua — sua pele de verdade, não a da Semente —, Kira percebeu que ficava sem tempo. Se não agisse, *agora*, tudo que tinha feito teria sido em vão.

Em um frenesi de pânico renovado, com o que restava da Semente, ela apalpou em busca dos controles do Casaba-Howitzer. Os botões eram duros e quadrados ao toque dos rebentos do xeno.

Kira começou a socar o código de ativação.

Então... perdeu os rebentos. Eles ficaram frouxos e fluíram como água na escuridão invasiva. Carne se reunindo a carne, e com isso sua única esperança de salvação.

Ela fracassara. Total e completamente. Tinha entregado ao maior inimigo o que podia ter sido a única chance de vitória para a humanidade.

A raiva de Kira ardeu com uma intensidade ainda maior, mas era uma raiva inútil e desesperançada. Finalmente, as últimas moléculas do xeno se sublimaram e a substância do Bucho desmoronou nela, quente, sangrenta e aferrada.

5.

Kira gritou.

As fibras do Bucho a estavam dilacerando. Pele, músculos, órgãos, ossos, tudo. Seu corpo era arrancado, retalhado como uma roupa não vestida.

A Semente ainda a permeava e enfim começara a resistir ao Bucho com uma intencionalidade séria, tentando protegê-la enquanto também se fundia com a carne há muito perdida. Eram impulsos contraditórios, porém, e, mesmo que a Semente estivesse unicamente concentrada na defesa de Kira, restava pouco dela para repelir o poder do Bucho.

A impotência que Kira sentia era completa. E também seu senso de derrota. A agonia devoradora — dela e do Bucho —, comparativamente, não era nada. Ela podia suportar qualquer dor imaginável se a causa fosse justa, mas, na derrota, o ataque a sua carne era mil vezes pior.

Era errado. Era tudo errado. A morte de Alan e dos colegas de equipe, o ataque à *Extenuating Circumstances* e a criação do Bucho, os milhares e milhares de seres sencientes — humanos, Águas e pesadelos — que morreram nos dez meses e meio de combates. Toda essa dor e sofrimento, para quê? *Errado.* O pior de tudo era que o padrão da Semente acabaria tão distorcido e pervertido que seu legado — e, por extensão, o legado *dela* — seria de morte, destruição e sofrimento.

A raiva deu lugar à tristeza. Restava pouco de Kira; ela não sabia por mais quanto tempo manteria a consciência. Alguns segundos. Talvez menos.

Sua mente voltou rapidamente a Falconi e à noite que passaram juntos. O gosto salgado da pele dele. A sensação do corpo dele apertado no dela. O calor dele dentro dela. Aqueles momentos foram a última experiência normal e íntima que ela teria com outra pessoa.

Ela viu os músculos das costas dele se flexionarem em suas mãos e, atrás dele, no console, o bonsai retorcido — o único exemplar verde e vivo na *Wallfish*. Mas não estava ali, estava?...

Verde. A visão a fez lembrar dos jardins de Weyland, tão cheios de vida, fragrantes, frágeis, preciosos além da descrição.

Então, bem no finalzinho, Kira se rendeu. Aceitou a derrota e abandonou a raiva. Não tinha mais sentido lutar. Além disso, ela entendia a dor do Bucho e os motivos para sua fúria. No fundo, não eram tão diferentes dos dela.

Se pudesse, ela teria chorado. *In extremis*, nos limites mais extremos da existência, uma onda de calor impregnou Kira, calmante, purificadora — transformadora em sua pureza redentora.

"Eu o perdoo", disse ela. Em vez de rejeitar o Bucho, ela o abraçou, abrindo-se e acolhendo-o dentro de si.

Uma mudança...

Onde as fibras do Bucho a tocavam — desmontando sua carne com um propósito impiedoso — houve uma parada no movimento. Uma cessação de atividade. Então Kira sentiu a coisa mais estranha do mundo: em vez de a Semente fluir para o Bucho, agora o Bucho começava a fluir para a Semente, unindo-se com ela, *tornando-se* a Semente.

Kira aceitou o influxo de material, atraindo-o para si como uma criança a seu seio. A dor que sentia diminuiu, junto com aquela do tecido que ela adquiria. Enquanto seu alcance aumentava, o senso de identidade se expandia, e com ele veio um sopro de consciência recém-descoberta, como uma vista se descortinando diante dos olhos.

A raiva do Bucho dobrou e redobrou. A abominação estava consciente da mudança e sua fúria não conhecia limites. Atingiu Kira com toda a força e poder contido no corpo malformado: esmagando-a, espremendo-a, torcendo-a, cortando-a. Mesmo assim, enquanto as fibras fractais do Bucho se fechavam em volta dela, relaxavam na Semente e caíam sob a influência de Kira.

O uivo que emanou da mente torturada do Bucho era de uma força apocalíptica, uma supernova de pura e irrestrita ira explodindo de dentro de seu cerne. A criatura estava convulsa como que tomada de um ataque, mas nem todo seu enlouquecimento podia reduzir ou parar o progresso de Kira.

Porque ela não combatia o pesadelo, não mais; permitia que ele fosse o que era e reconhecia sua existência e o papel dela própria em sua criação. Com isso, ela curou a carne agonizada do Bucho.

Com o aumento de seu alcance, Kira sentiu-se cada vez mais fina, desaparecendo na massa acumulada da Semente. Desta vez, não ia reprimir. Deixar correr era o único jeito de contra-atacar o Bucho, então ela deixou, de uma vez por todas.

Uma clareza singular consumiu a consciência de Kira. Não tinha mais como saber quem era ela nem como viera a ser, mas *sentia* tudo. A pressão da carne do Bucho, o brilho das estrelas acima deles, as camadas de odor-próximo que vagavam e, envolvendo tudo isso, faixas de radiação violeta que pulsavam como se estivessem vivas.

A mente do Bucho se debatia e lutava com um frenesi crescente enquanto a Semente se fechava sobre ele, no fundo das dobras da carne ensanguentada. A maior parte da montanha de carne pertencia agora a *ela*, e Kira dedicou o máximo de energia para amenizar as muitas mágoas enquanto localizava a isolava o cérebro.

Ela sentia a proximidade da consciência corrompida de Carr e Qwon. Era incoerente de frustração e ela sabia que a insanidade conjunta — se tivesse essa chance — brotaria novamente e continuaria a espalhar sofrimento por toda a galáxia.

Nem ela, nem a Semente podiam permitir que isto acontecesse.

"Pronto." Lascas de osso, e uma carne mais mole entre elas, diferente de qualquer outra, uma densa teia de nervos emanando do interior cinzento. A certa distância, a força dos pensamentos dentro dela bastava para fazer Kira (e a Semente) recuar. Ela desejou poder se unir com o monte de tecido, como fizera com Gregorovich, e curá-lo, mas a mente do Bucho ainda era forte demais para ela. Kira corria o risco de perder o controle da Semente mais uma vez.

"Não." A única solução era um golpe cortante.

Ela enrijeceu uma lâmina de fibras, preparou-se e...

Um sinal a atingiu de perto de um dos planetas em torno da estrela branco-azulada e fraca. Parecia uma explosão de ondas eletromagnéticas, mas ela o ouviu com a clareza de qualquer voz: uma gagueira estridente tomada de camadas de informações criptografadas.

No fundo de seu ser, um raio de eletricidade percorreu os circuitos do Casaba--Howitzer. Então uma peça se mexeu dentro do míssil com um baque pesado. Com uma certeza medonha ela entendeu:

Ativação.

Não havia tempo para escapar. Não havia tempo para nada.

"Alan."

No escuro, brotou a luz.

PARTE SEIS

★ ★ ★ ★ ★ ★ ★

QUIETUS

...
Vi uma parcela maior de maravilhas, grandes
E pequenas, do que a maioria das pessoas. Minha paz é feita;
Minha respiração é lenta. Não poderia pedir mais que isto.
Estender-se para além das coisas do dia a dia
Vale esta minha vida. Nossa espécie foi feita
Para procurar entre os limites exteriores,
E quando pousamos em uma praia distante,
Em busca de outra quietude mais além. Basta.
Cresce o silêncio. Minhas forças me escaparam, e o Sol
Tornou-se de um brilho desbotado, e agora espero,
Um viking posto a descansar no alto de seu navio.
Não é pelo fogo que me expulsam, mas pelo frio e pelo gelo,
E vagarei sozinho para sempre.
Nenhum rei da antiguidade teve esquife tão majestoso,
Adornado de metais escuros e cinzentos, nem
Tal tesouro de pedras preciosas a agraciar a sepultura sombria.
Verifico minhas correias; cruzo os braços, preparo-me
Para mais uma vez me aventurar
No desconhecido, satisfeito por enfrentar meu fim
E ultrapassar este reino mortal, satisfeito
Em me conter e esperar e aqui dormir...
Dormir em um mar de estrelas.

—*A MARGEM MAIS DISTANTE* 48-70
HARROW GLANTZER

CAPÍTULO I

* * * * * * *

RECONHECIMENTO

1.

Ela era.

Como, onde e o que, não sabia dizer... mas era. A falta de conhecimento não a incomodava. Ela existia e a existência era a satisfação em si.

A consciência era uma sensação rala e trêmula, como se ela tivesse se estendido por uma área grande demais. Ela se sentia insubstancial; uma névoa de reconhecimento vagando por um mar sombrio.

Por algum tempo, isso bastava.

Depois ela notou a membrana de seu ser engrossar, lentamente no início, mas com uma velocidade crescente. Com ela, veio a pergunta que gerava todas as perguntas: "Por quê?"

Enquanto o corpo continuava a se solidificar, os pensamentos também ficavam mais fortes, mais coerentes. Ainda assim, dominava a confusão. O que estava acontecendo? Ela deveria saber? Onde estava? Esse *onde* era concreto ou fruto de sua imaginação?

O choque da conexão dos nervos lhe provocou uma pontada de dor, aguda como a luz que brilhava nela. Porque agora *havia* luz, de muitas origens: centelhas frias no negror e uma grande esfera escaldante que ardia sem parar.

Seguiram-se mais choques e até o pensamento falhava diante do bombardeio de dor. Durante esse tempo todo, seu tamanho ainda aumentava. Recolhendo. Fundindo-se no existir.

Uma lembrança lhe voltou e, com ela, a lembrança das lembranças: *Sentada na aula de anatomia do terceiro ano, ouvindo a porcaria do drone de pseudointeligência falar da estrutura interna do pâncreas. Olhando o cabelo ruivo e brilhante do estudante duas filas à frente...*

O que significava? O qu...

Mais lembranças: *Perseguindo Isthah pelas fileiras de tomateiros na estufa atrás de seu domo habitacional... mergulhando por entre suas coformas para a Planície Abissal, rodopiando ao redor das filas de luzes imensas com os bicos ofegantes... discutindo* com o tio que não queria que ele entrasse para o CMU, enquanto ela fazia as provas de admissão na Lapsang Corp. e entrava no Ninho de Transferência antes de assumir sua nova forma e fazer o juramento de lealdade à luz de Epsilon Indi na concertina formas em disparada satélite duplo fecho quatro ponto verificação odor-próximo heresia com o escapamento agitado de...

Se ela/ele/aquilo tivesse boca, teria gritado. Todo senso de identidade desapareceu no tsunami de imagens, cheiros, sabores e sensações. Nada disso fazia sentido, e cada parte disso era como eles, *era* eles.

O medo sufocou ela/ele/aquilo, e se debateu, perdido.

Entre as lembranças, um conjunto era mais lúcido e organizado do que o resto — *verde misturado com amor e solidão e longas noites passadas trabalhando em planetas alienígenas* —, e ela/ele/aquilo se agarrou a esta lembrança como a uma corda salva-vidas na borrasca. Da lembrança, tentaram construir um senso de identidade.

Não era fácil.

Então, de algum lugar na confusão uivante, uma única palavra veio à tona e ela/ele/aquilo a pronunciou com uma voz que não lhe pertencia:

— Kira.

... *Kira*. O nome ecoou como o dobrar dos sinos. Ela se enrolou nele, usando-o como armadura para defender sua essência, usando-o como uma forma de dar algum senso de coerência íntima a ela/ele/aquilo.

Sem a coerência, ela não era ninguém. Só um conjunto de impulsos díspares sem significado ou narrativa. Então ela se agarrou ao nome com ferocidade, tentando manter algum resquício de individualidade em meio à loucura contínua. Quem Kira seria não era uma questão a ser respondida ainda, mas, no mínimo, o nome era um ponto fixo em que ela podia se concentrar enquanto tentava entender como exatamente definir a *si* mesma.

2.

O tempo progrediu em solavancos estranhos. Ela não sabia se passavam-se momentos ou eras. O corpo ainda se expandia, como se estivesse se precipitando de uma nuvem de vapor, construindo, agrupando, *tornando-se*.

Ela sentiu membros e órgãos também. Um calor escaldante e, nas sombras agudas e severas, um frio de rachar. Sua pele engrossou, reagindo, formando armadura suficiente para proteger até o mais delicado dos tecidos.

Seu olhar ainda estava voltado para dentro na maior parte do tempo. Um coro de vozes concorrentes ainda se enfurecia na mente, cada fragmento lutando pelo domínio. Às vezes parecia que seu nome na verdade era Carr. Em outras ocasiões, Qwon.

Mas o senso de identidade sempre voltava a *Kira*. Esta era a única voz alta o bastante para se manter firme entre as outras — a única voz tranquilizadora o bastante para acalmar os uivos frenéticos e aquietar a angústia.

Ela ficou maior, depois maior ainda, até que, por fim, não havia mais material a acrescentar ao corpo. Seu tamanho estava estabelecido, embora ela pudesse mudar o arranjo como bem quisesse. O que parecesse errado ou fora de lugar era dela, para mover ou moldar como desejasse.

A mente começou a se aquietar e a forma das coisas fazia mais sentido. Ela se lembrou de algo da vida em Weyland, muito tempo antes. Lembrou-se de trabalhar como xenobióloga, de conhecer Alan — o querido Alan — e depois, mais tarde, encontrar a Semente em Adrasteia. Ainda assim, também se lembrava de ser Carr. Julian Aldus Carr, médico da MCMU, filho de um casal não muito amoroso e colecionador ávido de castanhas de beryl entalhadas. Da mesma forma, lembrava-se de ser o Wranaui Qwon, servo leal do Laço Mental, membro do cardume de assalto Hfarr e consumidor voraz do delicioso *pfennic*. Mas as lembranças de Carr e Qwon eram nebulosas, incompletas — sobrepostas pelas recordações muito mais nítidas do tempo que eles passaram juntos na forma faminta do Bucho.

Um tremor percorreu seu corpo. "O Bucho…" Com este pensamento, mais informações dispararam a sua mente, cheias de dor, raiva e tormento das expectativas não cumpridas.

Como é que ela e eles ainda estavam vivos?

3.

Enfim, ela voltou a atenção ao ambiente.

Ela pendia no vazio, aparentemente sem movimento. Nenhum destroço a cercava, nenhum gás ou poeira, nem outros restos. Estava sozinha.

Seu corpo era escuro e coberto de crostas, como a superfície de um asteroide. As fibras da Semente a mantinham unida, mas ela era mais do que apenas as fibras; era carne também, macia e vulnerável por dentro.

Os olhos que agora tinha lhe permitiram ver as faixas de força magnética pelo sistema. Também era visível a névoa cintilante do vento solar. O sol que iluminava tudo era de um branco-azulado fraco que a lembrava de… ela não sabia, mas parecia familiar, nostálgico — a nostalgia não vinha dela/de Carr/de Qwon, mas da própria Semente.

Ela estendeu o olhar.

Muitas naves cintilantes povoavam o sistema. Algumas, ela parecia reconhecer. Outras eram desconhecidas, mas de um tipo familiar: naves pertencentes a apanhadores ou a biformes… ou à carne descabida do Bucho — que era ela. *Ela* era responsável. Ela viu como a carne de sua carne tinha voltado a atacar as outras naves, espalhando dor, morte e destruição por todo o sistema.

Ela não entendia a situação, não plenamente, mas sabia que estava errado. Então chamou seus filhos errantes, convocou-os a seu lado para dar um fim ao conflito.

Alguns obedeceram. Voaram para ela com faixas grandes de chamas fluindo dos motores, e, quando chegaram, ela os abraçou com força e curou suas mágoas, acalmou suas mentes, devolveu a carne a sua origem. Porque ela era a mãe e era seu dever cuidar deles.

Alguns se rebelaram. A estes, ela perseguiu com partes de si mesma e os apanhou, repreendeu e os levou de volta aonde ela esperava. Nenhum deles escapou. Ela não odiou seus filhos pelo mau comportamento. Não, sentiu tristeza por eles e cantou para eles, acalmando os temores, as raivas e as muitas dores. A agonia deles era tão grande que ela teria chorado, se pudesse.

Enquanto arrebanhava a prole rebelde, alguns apanhadores e biformes dispararam em seus enviados com laser, mísseis e projéteis sólidos. Isso teria incorrido na ira do Bucho, mas não dela. Os ataques a incomodaram um pouco, porque ela sabia que os apanhadores e os biformes não entendiam. Ela não tinha medo deles. Suas armas não podiam fazer mal ao que ela se tornara.

Muitas naves dos seres apareceram enquanto ela atraía os restos de sua carne. Formaram uma grade na frente dela, no que devem ter pensado ser uma distância segura. Não era, mas ela guardou este conhecimento para si.

Centenas de sinais emanavam das naves, apontados para ela. Os feixes eletromagnéticos eram cones deslumbrantes de energia prismática faiscando na visão, e os sons e as informações que carregavam pareciam o zumbido de muitos mosquitos.

A exposição a distraiu e dificultou o raciocínio já difícil. Irritada, ela falou uma única palavra, usando meios que todas as espécies entenderiam.

— *Esperem.*

Depois disso, os sinais cessaram, deixando-a em silêncio abençoado. Satisfeita, Kira mais uma vez voltou o foco para dentro. Havia muito que ainda não entendia, muito que ainda precisava compreender.

4.

Pedaço por pedaço, ela trabalhou para montar um quadro coerente dos acontecimentos recentes. Reviveu a ida ao Caçabicho. Reviveu a fuga da Estação Orsted e depois a longa viagem a Cordova e a batalha que se seguiu.

O Casaba-Howitzer tinha explodido. Disso ela tinha certeza. De algum modo — *de algum modo* —, a Semente salvara parte de sua consciência, de Carr e de Qwon, no meio do inferno nuclear.

Ela era... Kira Navárez. Mas também era muito mais. Ela era em parte Carr, em parte Qwon, e também em parte a Semente.

Porque uma tranca pareceu se abrir em sua mente e ela percebeu que havia um depósito de conhecimento a que agora tinha acesso — conhecimento da Semente. Conhecimento do tempo dos Desaparecidos. Só que não era assim que chamavam a si mesmos. Eles se denominavam... os Antigos. Aqueles que vieram antes.

No processo de sua salvação, ela e o xeno enfim tornaram-se inteiramente integrados. Havia mais ainda, e isso também ela entendia: havia camadas nas capacidades da Semente, e a maioria delas continuava limitada, inacessíveis até que o xeno alcançasse certo tamanho (que ela tinha excedido, e muito).

Então ela, que antes era Kira e agora era muito mais, muito maior, flutuou ali na escuridão do espaço e pensou, estudou e contemplou as possibilidades ramificadas que tinha diante de si. O caminho ficara emaranhado como uma moita, mas ela sabia que o princípio norteador da Semente ajudaria a guiá-la, porque era também seu próprio princípio: a vida era sagrada. Cada parte do código moral delas estava neste princípio fundamental. A vida era sagrada e era seu dever protegê-la e, quando fosse sensato, disseminá-la.

Enquanto refletia, ela notou como as naves no sistema se distribuíam: humanos em um eixo, Wranaui em outro; mesmo mantendo as armas apontadas para ela, mantinham uma igual quantidade apontadas umas para as outras: duas frotas se enfrentando, com ela no meio. O cessar-fogo era inseguro. Mesmo com a morte do grande e poderoso Ctein, seria fácil reacender as chamas da guerra. As duas espécies não tiveram nada além do Bucho para uni-las e as duas eram, no fundo, impiedosas, sedentas de sangue e expansionistas. Disto ela sabia pela vida como Kira, e também pela vida como o Líder de Cardume Nmarhl.

Ela também se sentia responsável pela guerra. Ela, que era Carr e Qwon. Ela, que tinha sido o Bucho e sua prole. Ela, que agora flutuava na órbita da estrela cordovana.

Ela sabia que mais de sua prole desafortunada movia-se em meio às estrelas, espalhando terror, dor e a morte entre humanos e Wranaui. Ela, que era Kira, sentia medo por sua família. Não era tudo: ela se lembrava do planeta que o Bucho tinha infestado, uma esfera inteira de seres vivos, transformada a serviço da carne equivocada. Também havia máquinas, naves e toda sorte de dispositivos perigosos.

A ideia a deixou aflita.

Ela queria... a paz, em todas as suas formas. Queria dar o dom da vida, que humanos e Wranaui pudessem viver juntos e respirar o ar que tinha cheiro de verde e bondade, e não de metal e infelicidade.

Ela entendeu então o que precisava fazer.

— *Observem, e não interfiram* — disse ela às frotas à espera.

Primeiro a parte mais dolorosa. Ela recorreu ao que tinha sido o conhecimento oculto da Semente e transmitiu um potente sinal do sistema. Não um grito, nem uma súplica, mas uma ordem. Uma ordem de morte, dirigida às criações do Bucho. Depois de recebida, a ordem desfaria as células dos Corrompidos, desmontaria seus corpos e os reduziria aos compostos orgânicos de que eram compreendidos. O que a Semente tinha feito podia ser desfeito.

Era necessária uma purificação e ela não conseguia pensar em um jeito mais rápido de acabar com a violência e o sofrimento. A tarefa recaía a ela, e ela não se intimidou com o trabalho, por mais triste que fosse.

Com isso feito, ela formou agentes de sua carne e os mandou às naves avariadas que flutuavam abandonadas em volta do planeta que os Wranaui estiveram minerando. Outras partes de si, despachou às faixas de asteroides, com o objetivo de extrair o material de que precisava.

Enquanto os drones cumpriam sua função, ela passou a trabalhar no corpo principal de sua carne, reestruturando-a para combinar com suas intenções. Em volta do cerne, formou uma esfera blindada que servia para proteger o que restava do corpo original. Desta ela projetou painéis pretos e polidos que pretendiam absorver cada raio de luz solar que batesse neles. Energia. Precisava de energia, se quisesse realizar seus objetivos. A Semente tinha muita energia por si só, mas não bastava para o que Kira tinha em mente.

"Que mente? Mente nenhuma..." Ela riu sozinha, uma canção tranquila no espaço.

Recorrendo aos bancos de conhecimento codificado da Semente, ela passou a construir as máquinas necessárias, montando-as a partir do nível atômico. Com a energia acumulada dos painéis, acendeu um sol ardente dentro de si: um reator de fusão com tamanho suficiente para impelir a maior nave de guerra do CMU. Com a energia da estrela artificial, ela passou a fabricar antimatéria — muito mais do que as técnicas ineficientes permitidas a humanos ou Wranaui. Os Antigos dominaram os meios de produção de antimatéria antes que qualquer das duas espécies passassem a existir. Com antimatéria como combustível, ela construiu um motor de torque modificado que lhe permitia torcer o tecido do universo e sugar energia diretamente do espaço FTL. Era assim, ela passou a entender, que a Semente obtinha energia.

Quando seus agentes tomaram posse das naves avariadas, às vezes encontravam humanos ou Wranaui feridos e esquecidos nas embarcações. Em geral, os feridos atacavam, mas ela ignorava os ataques e cuidava dos ferimentos, apesar de qualquer protesto, antes de mandar a tripulação abandonada a sua própria espécie em cápsulas de fuga retiradas das naves ou que ela própria fazia.

Quando os drones voltaram com naves e pedras a reboque, Kira devorou o material que continham — como teria feito o Bucho — e os acrescentou às estruturas que tomavam forma em volta dela.

As frotas que observavam ficaram nervosas com isso, e várias naves lançaram sinais poderosos numa tentativa de falar com ela.

— *Esperem* — disse ela.

Eles esperaram, embora humanos e Wranaui se afastassem ainda mais, deixando um amplo espaço em volta dela.

Com energia e massa de sobra, Kira dedicou todos os seus esforços à construção. O empreendimento não era puramente mecânico; junto com traves, escoras e vigas de metal, ela permitiu que a Semente criasse câmaras especiais que encheu com uma sopa orgânica — biorreatores aquecidos que começaram a produzir os materiais vivos necessários para o produto final: madeiras mais fortes que qualquer aço; sementes, brotos, ovos e mais; trepadeiras que rastejavam, agarravam-se e podiam transmitir eletricidade com a eficiência de cabos de cobre; supercondutores micóticos e todo um ecossistema de flora e fauna retirado da vasta experiência da Semente, e que ela e Kira acreditavam que funcionaria em um todo harmonioso.

Ela agiu rapidamente, mas seus esforços levaram tempo. Passaram-se dias, e as frotas ainda esperavam e observavam, e ela ainda construía.

De seu cerne central cresceram quatro suportes enormes que se estenderam para a frente, para trás, à esquerda e à direita, para que formassem uma cruz com braços de mesmo tamanho. Ela estendeu a cruz, metro após metro, até que cada suporte tinha três quilômetros e meio de extensão e largura suficiente para permitir a passagem de um cruzador. Depois ela pôs a Semente para unir as pontas da cruz com um grande anel equatorial e, da extremidade de cada suporte, uma costela começou a crescer para cima e para baixo, curvada para dentro, como se abraçasse a superfície de um globo invisível.

A essa altura, a Semente era tão grande que Kira não conseguia imaginar ficar confinada a um corpo de tamanho humano ou Wranaui. Sua consciência abrangia toda a estrutura e ela estava ciente de cada parte dela em cada momento. Era, Kira imaginou, como devia se sentir um cérebro de nave. A substância de seu ser expandiu-se para fazer par às demandas dos insumos sensoriais, e com isso a expansão chegou a uma amplitude de pensamento que ela jamais vivera.

A construção ainda acontecia, mas ela não estava mais disposta a esperar. Na verdade, o tempo agora era curto. Além disso, todos que observavam podiam ver o que ela decidira fazer: uma estação espacial maior que qualquer outra que humanos ou Wranaui tivessem construído. Partes dela eram cinza metálico, mas a maior parte era verde e vermelha, refletindo o material orgânico que compunha a maior parte da estação. Era um ser vivo, como qualquer pessoa, e Kira sabia que continuaria a crescer e evoluir por décadas, se não pelos séculos futuros.

Porém, como todo jardim, exigia cuidados.

Ela dedicou a atenção a várias câmaras próximas de seu cerne, isolou-as do vácuo, encheu-as com ar hospitaleiro a humanos e Wranaui, deu-lhes gravidade adequada para as duas espécies e fez seu acabamento em um estilo que parecia adequado. Para este fim, combinou elementos de projeto dos Wranaui, dos Antigos e da parte dela que era Kira, de cada um deles escolhendo o que era mais de seu agrado.

A um comando dela, dois agentes lhe trouxeram o cerne endurecido do que antes fora Ctein. O grande e poderoso Ctein. Os Wranaui não se importavam com o que acontecesse com ele — eram indiferentes aos corpos —, mas ela se importava. Ela pegou os restos escurecidos e mais uma vez refez a substância de sua carne, convertendo os pilares de chumbo em sete pedaços de cristal cintilante, brancos azulados e deslumbrantes. Cada cristal ela colocou dentro de uma câmara diferente, para servir de alerta, um lembrete e um símbolo de renovação.

Enfim, ela rompeu o silêncio.

— *Almirante Klein, Líder de Cardume Lphet, desejo falar com vocês. Venham e encontrem-me aqui. Falconi, você também, e... traga Trig.*

CAPÍTULO II

* * * * * * *

UNIDADE

1.

Kira observou a aproximação das três espaçonaves: a NCMU *Unrelenting Force*, a SLV *Wallfish* e uma nave Wranaui marcada pela guerra cujo nome, quando traduzido, era *Correntezas Rápidas Sob Ondas Silenciosas*.

Cada uma das naves era de aparência imensamente diferente. A *Unrelenting Force* era longa e grossa, com numerosos pontos duros pelo casco para lasers, lançadores de mísseis e canhões de raios. Era pintada de um cinza escuro e fosco, que formava um forte contraste com o losango cintilante e misturado com prata de seus radiadores. A *Wallfish* era muito mais curta e menor, até atarracada, seu casco de um marrom familiar, arranhado e amassado por anos de impactos de micrometeoroides, com um grande buraco que os Wranaui tinham cortado no porão de carga. Como a nave de guerra do CMU, a *Wallfish* tinha as barbatanas dos radiadores ativadas, muitas quebradas. Por último, havia a nave Wranaui, um globo branco, cor de concha, polido, marcado apenas por uma queimadura de blaster que manchava a proa.

As três naves usaram propulsores RSC para se aproximarem lentamente dos portos de acoplamento que Kira criara para eles. No pano de fundo aveludado, enxames de seus drones passaram voando, zumbindo como abelhas. A atenção de Kira estava com eles e com os visitantes, mas ela não conseguiu deixar de sentir uma estranha inclinação em seu cerne.

Seria *inquietação*? Isto a surpreendeu. Mesmo com tudo que se tornara, ainda se perguntava o que Falconi pensava dela.

Não apenas Falconi. Quando a câmara de descompressão da *Wallfish* se abriu, toda a tripulação saiu, inclusive Nielsen — ainda com um curativo nas costelas — e a Entropista Veera. Traziam o tubo de crio de Trig, instalado em um estrado rolante, que Kira gostou de ver.

A *Unrelenting Force* expeliu o almirante Klein... e com ele toda uma tropa de fuzileiros navais da MCMU com armadura energizada completa. Da mesma forma, um grupo de Wranaui armados acompanhava Lphet quando o líder de cardume deixou a nave.

O odor-próximo de preocupação e curiosidade emanava dos apanhadores. Entre eles estava Itari e uma só humana: a major Tschetter, de expressão indecifrável, como sempre.

— *Por aqui* — disse Kira, e acendeu uma linha de luzes esmeralda no corredor de frente para eles.

Humanos e Wranaui seguiram sua indicação. Ela observou das paredes, do piso e do teto, porque ela era tudo isso e mais. Falconi parecia inseguro, mas ela ficou feliz ao ver que estava inteiro e parecia saudável, e que a lesão no ombro não o fazia mais sofrer. Klein não mostrava emoção alguma, mas os olhos disparavam de um lado a outro, atento a qualquer inesperado.

Tirando os fuzileiros navais, todos os humanos vestiam skinsuit com capacetes firmemente presos. Os Wranaui, como sempre, não fizeram concessões ao ambiente, confiando nas formas atuais para sua proteção.

Enquanto os visitantes entravam na câmara de recepção que ela havia criado para eles, Kira passou a visão para a carne que tinha formado para si, para que Klein, Lphet e Falconi tivessem uma imagem dela. Parecia o mais educado a se fazer.

A câmara era alta e estreita, com um teto abobadado e duas filas de colunas crescidas de *nnar*, a excrescência parecida com coral que ela conhecia por Qwon (e de que gostava graças a ele). As paredes eram emolduradas com mastros de metal polido, cinza-escuro, enfeitadas com linhas azuis que formavam desenhos de significado conhecido apenas dos Antigos... e agora dela. Preenchendo as molduras, havia grandes seções curvas de madeira, trepadeiras e plantas de folhas escuras.

Isto era da parte dela que era Kira. Também as flores que estavam em nichos escuros e sombreados: flores pendentes, com pétalas roxas e pescoço sarapintado. Petúnias céu noturno, em memória a seu lar e a Alan — a tudo que ela um dia fora.

Ela repetira o formato das flores no piso, em espirais fractais que se enroscavam infinitamente. A visão agradava a ela, dava-lhe satisfação.

Entre as espirais, destacava-se um dos cristais que ela fizera de Ctein: uma chama congelada de beleza facetada. A vida interrompida, mas ainda assim se estendendo e desejando.

Algumas luzes pendiam dos galhos do *nnar* acima, frutos maduros pulsando com uma atmosfera dourada e suave. Nos feixes interrompidos de luz que alcançavam o chão, pólen rodopiava como fumaça, pesado e fragrante. Um fio de água corrente soava em meio às colunas esburacadas, mas, tirando isso, a câmara era calma e silenciosa, sagrada.

Kira não fez exigências, não emitiu ultimatos, mas Klein falou uma única palavra a seus soldados e os fuzileiros se posicionaram perto da entrada em arco enquanto o almirante avançava. Lphet fez o mesmo com sua guarda (inclusive Itari), e humano e Wranaui avançaram com a major Tschetter e a tripulação da *Wallfish* a reboque.

Conforme eles se aproximavam do final da câmara de recepção, Kira permitiu que as luzes brilhassem, banhando as sombras com um amanhecer para que eles pudessem vê-la.

Os visitantes pararam.

Ela os olhou de cima, de onde seu novo corpo estava, inserido na estrutura radicular da parede, verde sobre verde e entremeado com as fibras pretas e acetinadas da Semente, a maravilhosa e vivificante Semente.

— Bem-vindos — disse Kira.

Era estranho falar com uma boca e uma língua. Mais estranho ainda foi ouvir a voz que saiu: uma voz que era mais grave do que ela se lembrava e que continha sugestões e ecos de Carr e Qwon.

— Ah, Kira — disse Nielsen. — O que você fez?

Pelo visor, sua expressão era de preocupação.

— Você está bem? — perguntou Falconi, com as sobrancelhas unidas na carranca habitual.

O almirante Klein deu um pigarro.

— Srta. Navárez...

— Bem-vindos — disse Kira e sorriu.

Ou pelo menos tentou; não sabia se conseguia se lembrar como era sorrir.

— Pedi que viessem aqui — continuou —, almirante Klein e Líder de Cardume Lphet, para agir como representantes de humanos e Águas.

[[Aqui é Lphet: Não sou mais líder de cardume, Idealis.]] Tschetter traduziu as palavras do Wranaui para os humanos.

— Como, então, devo me dirigir a você, Lphet?

Kira falava ao mesmo tempo a língua dos humanos e o odor-próximo, para que todos pudessem entender.

[[Aqui é Lphet: Como o grande e poderoso Lphet.]]

Um pinicar leve percorreu as colunas da estação, como um calafrio nas costas de Kira.

— Você tomou o lugar de Ctein, agora que Ctein está morto.

Não era uma pergunta.

Os tentáculos do Wranaui ficaram vermelhos e brancos e se esfregavam em um gesto de orgulho. [[Aqui é Lphet: Está correto, Idealis. Cada Braço dos Wranaui agora está sob meu comando.]]

O almirante Klein mudou o peso do corpo. Parecia impaciente.

— Do que se trata tudo isso, Navárez? Por que nos trouxe aqui? O que está construindo e por quê?

Ela riu levemente, um som musical semelhante à correnteza de um regato musgoso.

— Por quê? Pois eu lhes direi. Humanos e Águas lutarão se não tiverem um terreno em comum. Os pesadelos, os Corrompidos, serviram como um inimigo compartilhado, mas este inimigo agora se foi.

[[Aqui é Lphet: Tem certeza disto, Idealis?]]

Ela entendeu o que realmente perguntava Lphet: o Bucho realmente tinha morrido? Ela/aquilo ainda eram uma ameaça?

— Tenho, eu lhe garanto. O traje a que me uni, que você conhece como Idealis e você, almirante Klein, conhece como Lâmina Macia, não voltará a causar problemas. Além disso, enviei uma ordem aos Corrompidos fora deste sistema. Quando chegar, eles deixarão de ser uma ameaça a qualquer criatura viva.

O almirante demonstrou dúvida.

— E como? Quer dizer que...

— Eu quero dizer que desfiz os Corrompidos — disse Kira, a voz ecoando acima deles. — Vocês não precisam mais se preocupar com eles.

— Você os matou — disse Nielsen em um tom moderado.

Os outros pareciam satisfeitos e perturbados em igual medida.

Kira curvou o pescoço.

— Não havia alternativa. Ainda assim, permanece uma questão: humanos e Águas jamais continuarão aliados sem um motivo. Bom, eu lhes dou o motivo. Fiz disto o terreno em comum.

— Isto? — disse Klein, olhando a câmara. — Este lugar?

Ela sorriu de novo. A expressão ficou mais fácil na segunda vez.

— Isto é uma estação espacial, almirante. Não uma nave. Não uma arma. Um lar. Eu a fiz como os Antigos, os Desaparecidos, a teriam feito. Na língua deles, seria chamada de Mar Íneth. Na nossa, é Unidade.

— *Unidade* — disse Klein, parecendo mastigar a palavra.

Kira assentiu da melhor forma possível.

— É um lugar de união, almirante. É uma coisa viva, que respira e continuará a crescer e brotar com o tempo. Existem espaços adequados para humanos e espaços para Águas. Outras criaturas viverão aqui também, zeladores que cuidarão das muitas partes da Unidade.

Tschetter falou, então, por conta própria.

— Você quer que usemos esta estação como uma embaixada, é isso?

— Mais do que isso — disse Kira —, como um polo para nossas duas espécies. Haverá espaço suficiente para milhões viverem aqui. Talvez mais. Todos que vierem serão bem-vindos, desde que mantenham a paz. Se a ideia ainda os deixa pouco à vontade, pensem nisto: construí a Unidade com meios e métodos que nem mesmo os Águas compreendem. Permitirei àqueles que ficarem aqui que estudem a estação... e estudem a mim. Só isto deve ser incentivo suficiente.

O almirante Klein parecia perturbado. Cruzou os braços e chupou a face interna da bochecha por um tempo.

— E que garantias teremos de que este xeno não vai trapacear e matar todos que estiverem a bordo?

Uma onda de roxo correu pelos tentáculos de Lphet: uma reação ofendida. [[Aqui é Lphet: O Idealis já fez sua promessa, biforme. Sua preocupação é injustificada.]]

— Ah, é mesmo? — disse Klein. — Os milhões, se não bilhões de pessoas que os pesadelos mataram dizem o contrário.

[[Aqui é Lphet: Você não...]]

Kira farfalhou as folhas nas paredes e os sussurros suaves pararam a conversa, paralisaram a todos, que se voltaram para ela.

— Não posso lhe dar garantias, almirante Klein, mas você viu como ajudei e curei os membros de sua frota que encontrei.

Ele inclinou a cabeça de lado.

— É verdade.

— Às vezes só precisamos confiar na fé, almirante. Às vezes precisamos arriscar.

— É um risco danado, Navárez.

Tschetter olhou para ele.

— Seria pior não ter relações com os Águas.

Uma expressão azeda se formou em Klein.

— Nada disso quer dizer que *aqui* seja o lugar certo para estabelecer relações diplomáticas, e de jeito nenhum os civis devem ter permissão para chegar *perto* de Cordova. Não antes que a Inteligência tenha a oportunidade de vir passar um pente fino no lugar. Além disso, eu não tenho autoridade para negociar um acordo desses. Você terá de tratar com a Liga, Kira, e não comigo, e isso vai levar tempo. Minha conjectura é que eles vão querer mandar alguém aqui para falar com você cara a cara. Isto quer dizer pelo menos mais um mês e meio antes que isto possa ser determinado.

Ela não argumentou, mas olhou o Wranaui. [[Aqui é Kira: O que diz você, grande e poderoso Lphet?]]

Um rubor de vermelho e laranja passou pelo Wranaui próximo. [[Aqui é Lphet: Os Braços ficarão honrados em aceitar sua oferta, Idealis. Não tivemos a oportunidade de estudar tal feito nem nesta, nem em outra onda. Diga-nos quantos Wranaui diferentes podem ficar nesta estação e os mandarei aqui prontamente.]]

Enquanto Tschetter traduzia, Klein cerrou o maxilar.

— Então é assim? Tudo bem. A Liga pode resolver os detalhes depois, mas de jeito nenhum vou deixar que os Águas saltem a nossa frente. Não importa quanto pessoal eles aloquem aqui, quero liberação para trazer o mesmo número de meu pessoal.

Desta vez, Kira sabia que não devia sorrir.

— É claro, almirante. Mas tenho uma condição.

A postura dele enrijeceu.

— E qual é, Navárez?

— Isto vale para todos que quiserem viver na Unidade ou visitá-la: não permitirei armas. Se as trouxerem a bordo, eu as destruirei e expulsarei vocês.

[[Aqui é Lphet: Naturalmente, Idealis. Obedeceremos a seus desejos.]]

Klein inclinou a cabeça.

— E o que dizer de, por exemplo, bots de reparo? Ou laser de serviço? Nas mãos certas, até um garfo pode ser uma arma letal.

"Humanos."

— Use o bom senso, almirante. Permitirei armadura energizada, desde que esteja desarmada. Mas não se engane, se alguém começar uma briga nesta estação, seja humano ou Água, eu *darei* um fim a ela.

Sua voz ficou tão mais grave que ecoou nas paredes, como se toda a Unidade fosse sua garganta. De certo modo, era.

Mesmo com o bronzeado de espaçonauta, as faces de Klein empalideceram.

— Entendido. Não terá nenhum problema com meus tripulantes, Navárez. Tem a minha palavra.

[[Aqui é Lphet: Nem das formas leais aos Braços.]]

Kira então deixou que eles sentissem seu prazer, na cor e na luminosidade das luzes, no trinado feliz da água e no farfalhar reconfortante das folhas.

— Então, está acordado.

Satisfeita, ela voltou a atenção a Falconi e aos tripulantes da *Wallfish*, e olhou para cada um deles.

Sparrow coçou o lado do corpo através do skinsuit.

— Caralho, Kira, você não faz nada pela metade mesmo, né?

— Sparrow.

Então Vishal falou:

— Como sobreviveu, srta. Kira? Achamos que o Casaba-Howitzer a havia matado.

Nisto o almirante Klein pareceu ainda mais desconfortável. Foi ele que autorizou a detonação, Kira tinha certeza. Ela não se importava. Atribuir culpa não faria bem nenhum a essa altura e, além disso, ativar o Casaba-Howitzer fora a decisão lógica. O Bucho *tinha* de ser detido.

Perplexa, ela falou:

— Acho que talvez tenha morrido. Por algum tempo, pelo menos.

Um grunhido saiu de Hwa-jung e, com um gesto rápido, a chefe de engenharia fez o sinal da cruz.

— Você é você?

Uma lembrança desconexa faiscou pelo cérebro reconstituído de Kira: *uma cela de detenção cinza; uma janela espelhada; grade fria sob seus joelhos; um holo acendendo-se diante dela e a major Tschetter parada a sua frente, de uniforme cinza. E a major dizendo: "Ainda se sente você mesma?"*

Um riso curto escapou de Kira.

— Sim... e não. Sou algo mais do que era.

O olhar da chefe de engenharia se cravou nela, quente como lanças térmicas.

— Não. Você é *você*, Kira? Aqui — disse ela, com um tapinha no esterno —, onde importa. Sua alma ainda é a mesma?

Kira pensou.

— Minha alma? Não sei responder à pergunta, Hwa-jung. Mas o que quero agora é o mesmo que queria *antes*: isto é, a paz, e que a vida prospere. Significa que sou a mesma pessoa? Talvez sim. Talvez não. A mudança nem sempre é ruim.

Ainda assim, Hwa-jung parecia perturbada.

— Não, não é. E o que você diz é bom, Kira, mas não se esqueça do que significa ser humana.

— Esquecer é exatamente o que *não* quero fazer — disse Kira.

Ao ouvi-la, a chefe de engenharia pareceu, se não feliz, pelo menos satisfeita.

Então Kira voltou o olhar a Veera. A Entropista estava de braços cruzados, as mãos metidas nas mangas volumosas do manto gradiente. A mulher tinha olheiras e as faces estavam magras, como que por uma forte doença.

— Meus sentimentos, Buscadora Veera, pela perda de seu parceiro. Nós... entendemos.

A Entropista apertou os lábios, assentiu e fez uma mesura profunda.

— Obrigada, Prisioneira Kira. Sua preocupação é reconfortante.

Kira inclinou a cabeça em resposta.

— Não sou mais prisioneira, Buscadora.

A surpresa ampliou as feições da Entropista.

— O quê? Isso não... O que quer dizer?

Kira não respondeu. Em vez disso, olhou novamente para Falconi.

— Salvo.

— Kira — respondeu ele, sombrio.

— Você trouxe Trig.

— É claro.

— Confia em nós, Salvo?

Ele hesitou, depois assentiu.

— Eu não teria trazido o garoto se não confiasse.

Ouvir isso aqueceu o centro do ser de Kira. Mais uma vez, ela sorriu. Rapidamente, esta se tornava sua expressão preferida.

— Então confie em mim mais uma vez.

Do piso fractal, ela enviou uma moita de rebentos — desta vez verdes, e não pretos — para brotar em volta do tubo de crio de Trig. Sparrow e Hwa-jung soltaram palavrões e se afastaram de um salto do tubo, enquanto no fundo da câmara as fileiras de fuzileiros navais blindados enrijeciam e levantavam as armas.

— Baixem! — gritou Klein. — À vontade!

O sorriso de Kira não vacilou enquanto os rebentos torceram-se no tubo de Trig, envolvendo-o em um abraço contorcido — enterrando-se abaixo da massa de folhagem.

— Kira — disse Nielsen num tom suave.

Não era um aviso, nem continha raiva, só preocupação.

— Confie em mim — disse ela.

Por meio das trepadeiras que eram seus membros, ela alcançou o tubo de crio e fez correrem milhares de fios diferentes para o corpo doente de Trig, procurando a origem das lesões. "Ali." Um conjunto de células queimadas, músculos rompidos, tendões contundidos e danificados, vasos sanguíneos rompidos e nervos seccionados — ela sentia os insultos ao corpo dele com a facilidade com que sentia a estrutura interna da estação.

Como pôde ter achado isso difícil? A ideia parecia inconcebível.

Em seguida, ela despejou a energia necessária na forma congelada de Trig, guiou a Semente em seu trabalho de reparar os ferimentos. Quando tudo parecia certo, ela retirou o respirador de sua boca e desconectou os tubos dos braços, separando-o da máquina que o manteve em animação suspensa por mais de meio ano.

Lenta e cuidadosamente, ela aqueceu seu corpo, tratando-o com a gentileza de uma ave com um ovo recém-posto. Sentiu o calor do metabolismo dele aumentar como um graveto aceso erguendo-se a uma chama completa até que, por fim, ele tomou a primeira golfada de ar sem suporte algum.

Foi então que ela o liberou. As trepadeiras se retraíram para o piso, revelando a forma branca de Trig enroscado em posição fetal, nu, a não ser por um short térmico cinza do tipo usado por baixo de skinsuits. Ele ofegou, como um afogado vindo à tona, e vomitou saliva. A saliva se fundiu, como se nunca tivesse existido.

— Trig! — exclamou Nielsen, e ela e Vishal se curvaram sobre o garoto.

Sparrow, Hwa-jung e Falconi se aproximaram, olhando.

— O... onde estou? — disse Trig.

A voz era fraca e rouca.

— É meio difícil de explicar — disse Vishal.

Falconi tirou o colete e cobriu os ombros do garoto.

— Tome, isto o manterá aquecido.

— Hein? Por que vocês todos estão de skinsuit? Onde eu *estou*?

Então Sparrow saiu do caminho e Trig viu Kira, suspensa como estava na parede. Sua boca se abriu.

— Isso... é *você*, Kira?

— Bem-vindo de volta — disse ela, e sua voz florescia de calor humano. — Não sabíamos se você ia conseguir.

Trig olhou a câmara cheia de pilares. Arregalou os olhos.

— Isso tudo é seu?

— É.

O garoto tentou se levantar, mas os joelhos vergaram e ele teria caído se Hwa-jung não o tivesse apanhado pelo braço.

— Cuidado — trovejou ela.

— Eu... eu...

Trig meneou a cabeça. Depois olhou para Falconi com uma expressão melancólica.

— Ainda estamos no Caçabicho? — perguntou Trig.

— Não — disse Falconi. — Não estamos. Vamos levar você para a *Wallfish* e o doutor vai examiná-lo, depois você poderá descansar e o informaremos de tudo que você perdeu.

— Foi emocionante — disse Sparrow num tom seco.

— Sim, senhor. Seria muito bom descansar agora. Parece que fui martelado por uns caras. Eu...

As palavras do garoto foram interrompidas quando ele viu Lphet e, no fundo da câmara, os demais Wranaui. Ele gritou e tentou recuar, mas Hwa-jung o segurou pelo braço de novo, mantendo-o no lugar.

— Á-á-águas! Vamos, a gente tem que...

— Nós sabemos — disse Nielsen em uma voz tranquilizadora. — Está tudo bem. Trig, pare, olhe para mim. Está tudo bem. Respire, acalme-se. Somos todos amigos aqui.

O garoto hesitou, olhando entre eles como se não soubesse no que acreditar. Depois Sparrow lhe deu um soquinho no ombro.

— Como eu disse, foi emocionante.

— É uma descrição possível — resmungou Falconi. — Mas Nielsen tem razão. Somos todos amigos aqui.

Seu olhar foi a Kira por um instante, antes de voltar ao garoto.

Trig relaxou e parou de tentar se desvencilhar de Hwa-jung.

— Sim, senhor. Desculpe, senhor.

— É perfeitamente compreensível — disse Falconi e deu um tapinha nas costas dele.

Então Kira voltou a atenção a outros convidados.

— Almirante Klein, grande e poderoso Lphet, vocês viram o que posso fazer. Se tiverem mais algum tripulante que esteja ferido, para além de sua capacidade de curar, tragam aqui e farei por ele o que fiz por Trig.

[[Aqui é Lphet: Sua generosidade é ímpar, Idealis, mas aqueles dos Wranaui que se feriram para além da cura serão transferidos para novas formas em vez de sofrer com um ferimento.]]

— Como quiser.

Um vinco fundo apareceu entre as sobrancelhas de Klein.

— Essa é uma oferta muito gentil, Navárez, mas o protocolo de biocontenção não permite que...

— O protocolo de biocontenção já foi completamente quebrado — disse Kira em uma voz suave. — Não concorda, almirante?

O vinco na testa se aprofundou.

— Você pode ter razão, mas a Liga me mandaria para a corte marcial por violar a quarentena desse jeito.

— Deve ter examinado os homens e mulheres que já curei.

— Naturalmente.

— E?

— Nada — rosnou Klein. — Os técnicos não conseguem encontrar nada de errado com eles.

— Aí está.

Ele meneou a cabeça.

— Não, não está. A *Extenuating Circumstances* também não conseguiu encontrar nada de errado com você antes de o xeno sair de você. Então me perdoe se não fico tão *blasé* com esta situação, Navárez.

Ela sorriu, mas desta vez menos por prazer do que pelo desejo de não parecer ameaçadora.

— A Liga não tem influência aqui, almirante, nem deve ter. Estou reclamando este sistema para mim, para a Unidade, e nem a Liga, nem os Águas ditarão as leis por aqui. Enquanto estiver sob a minha proteção, almirante, você é um homem livre... livre para fazer o que sua consciência ditar.

— Um homem livre — bufou ele e meneou a cabeça. — Você tem coragem, Navárez.

— Talvez. Fiz minha oferta não por consideração a *você*, almirante, mas por seus tripulantes. Se tiver homens ou mulheres sofrendo e não conseguir curá-los, eu posso ajudar. É só isso. A decisão é sua.

Então ela olhou para além dele, aos Wranaui no fundo da câmara.

— Itari, é bom vê-lo ileso. Sou agradecida pela ajuda que você deu na *Battered Hierophant*.

Uma onda de cores vivas passou pelos tentáculos do Wranaui. [[Aqui é Itari: Apraz esta forma ter sido útil.]]

Kira voltou o olhar ao primeiro plano.

— Grande e poderoso Lphet, sem os serviços de Itari durante os acontecimentos recentes, talvez nunca tivéssemos derrotado Ctein. Como um favor a mim, peço que dê a Itari direitos de incubação, bem como a escolha da forma que ele desejar ter.

Odor-próximo de aquiescência chegou a ela. [[Aqui é Lphet: Seu pedido é sensato, Idealis. Será realizado.]]

Itari ficou azul e roxo. [[Aqui é Itari: Obrigado, Idealis.]]

Kira respondeu com odor-próximo de prazer. Depois passou a atenção aos outros convidados.

— Eu disse o que precisava dizer. Agora, devo voltar a meu trabalho. Deixem-me e avisarei quando estiver pronta para conversar de novo.

O almirante Klein assentiu rigidamente, deu meia-volta e andou a passos firmes ao fundo da câmara. Lphet parou para fazer um sinal de cortesia com os tentáculos — uma torção e um lampejo de cor que Kira reconheceu das lembranças de Qwon — e saiu. Por último, a tripulação da *Wallfish* partiu também, mas não antes de Falconi olhar para ela pela última vez e falar.

— Você vai ficar bem, Kira?

Ela o olhou de cima com ternura e toda a câmara pareceu se curvar para ele.

— Ficarei ótima, Salvo. Inteiramente bem. Está tudo bem.

Suas palavras eram sinceras, ditas com todo seu ser.

— Tudo bem, então — disse ele, mas não parecia convencido.

2.

Com a partida dos visitantes, Kira voltou ao trabalho de construir a estação. Os Wranaui prometidos por Lphet chegaram e ela os orientou a seus aposentos aquosos. Logo depois, Klein mandou um contingente de pesquisadores do CMU. A estes, ela também proporcionou habitação na estrutura de seu corpo em expansão e ofereceu frutas cultivadas de Mar Íneth. Embora os pesquisadores tenham aceitado as frutas, não as provaram e ficaram de skinsuit o tempo todo, o que ela sabia que não era um desconforto pequeno. Não importava. Não cabia a ela obrigá-los a confiar. Os Wranaui estavam menos preocupados com sua segurança e partilharam, satisfeitos, de sua hospitalidade, fosse devido a sua história com a Semente e seu parentesco, ou devido à desconsideração por corpos individuais. Kira não sabia.

Junto com os Wranaui, veio Tschetter. Quando Kira perguntou à mulher por que ela não havia se reintegrado ao CMU, ela disse:

— Depois de todo o tempo que passei com os Águas, a ICMU nunca me permitiria ter meu emprego de volta. Para eles, estou irrevogavelmente comprometida.

— E o que você vai fazer? — perguntou Kira.

A ex-major gesticulou para a estação a sua volta.

— Trabalhar como agente de ligação entre humanos e Águas, tentar evitar outra guerra. Lphet me escolheu para servir como intérprete e mediadora com o CMU e a Liga, e o almirante Klein concordou com o mesmo.

Ela deu de ombros.

— Acho que talvez eu possa fazer algum bem aqui. Embaixadora Tschetter; soa bem, não acha?

Kira concordava. Ela ficou comovida ao ver a esperança que Tschetter tinha em seu novo trabalho e o otimismo da mulher por seu futuro compartilhado.

Do lado de fora da estação, naves continuavam a se reunir: humanas, Wranaui e aquelas que Kira construíra para trazer-lhe suprimentos de todo Cordova. Agrupavam-se em volta dela como abelhas em uma flor cheia de néctar, e ela sentia orgulho quando as olhava.

Um feixe de sinal faiscou para ela da *Wallfish*. Por curiosidade, ela atendeu e o som familiar da voz de Gregorovich encheu seus ouvidos ocultos:

Saudações, Ó, Saco de Carne. Agora você é como eu. Como se sente limitada por esta sua casca de noz?

— Eu transcendi a casca de noz, cérebro de nave.

Oh-ho! Que alegação ousada.

— É verdade — disse ela.

E depois:

— Como consegue acompanhar tudo que é você? É... demais.

A resposta dele foi surpreendentemente séria: *Leva tempo, Ó, Rainha dos Espinhos. Tempo e trabalho. Não faça julgamentos precipitados antes de ter certeza de si. Depois que fiz a transição, levei um ano e meio para saber quem era o novo eu.* Ele riu, estragando o ar sério. *Mas não sei realmente quem sou. Quem sabe, hmm? Mudamos com a mudança nas circunstâncias, como tufos soprados pelo vento.*

Ela pensou nisso por um tempo.

— Obrigada, Gregorovich.

Não ha de quê, cérebro da estação. Sempre que precisar conversar, eu a ouvirei.

Kira levou o conselho dele a sério. Mesmo enquanto trabalhava na Unidade, redobrou os esforços para organizar a bagunça de lembranças espalhadas por seu cérebro reconstituído, lutando para situar e identificar quais pertenciam a que partes dela. Lutando para entender quem exatamente ela era. Prestou particular atenção às lembranças do Bucho, e foi enquanto as estudava que fez a descoberta que a encheu de um pavor frio.

"Ah, não."

Porque ela se lembrou. Antes de chegar a Cordova-1420, o Bucho tinha tomado precauções contra a possível derrota (por mais improvável que fosse). Tinha, nas profundezas mais sombrias do espaço interestelar, formado sete avatares de sua carne e da carne da Semente — sete cópias vivas, pensantes e autodirigidas dele mesmo. O Bucho tinha soltado seus clones virulentos e cheios de ira sem saber aonde iriam.

Kira pensou no comando de morte que transmitiu antes. "Certamente teria..." Entretanto, da Semente, ela sentiu uma convicção inabalável de que o comando não deteria os avatares do Bucho, porque eles *eram* a Semente — distorcida e rompida como fora o Bucho, mas ainda assim da mesma substância subjacente. Ao contrário dos Corrompidos, ela não podia desfazer a prole venenosa do Bucho com uma única frase, assim como não pudera simplesmente desfazer o Bucho. A Semente não tinha tal poder sobre si mesma. Os Antigos não julgaram adequado dar esta capacidade a suas criações, preferindo guardá-la para si na forma do Bastão Azul.

Entretanto, o bastão estava quebrado, e Kira sabia que, mesmo que tivesse os pedaços, não poderia consertá-lo. O conhecimento não estava nela e isto também era obra dos Antigos.

Ela concluiu que eles confiavam demais em sua supremacia.

Seu medo se aprofundou enquanto ela refletia sobre a situação. A prole do Bucho espalharia sua crueldade aonde quer que fosse, cobrindo planetas de Corrompidos, convertendo ou substituindo qualquer vida existente. Os sete representavam uma ameaça existencial a cada ser da galáxia... O legado deles seria de infelicidade — o exato oposto de tudo que a Semente devia incorporar.

A ideia a assombrou.

Sentindo pesar, Kira percebeu que a outra vida não seria como tinha imaginado. O Bucho era sua responsabilidade, assim como os sete dardos mortais que ele soltara entre as estrelas.

CAPÍTULO III

* * * * * * *

RETIRADA

1.

Kira agiu sem hesitar. O tempo era curto e ela não tinha a intenção de desperdiçá-lo.

Às naves reunidas em volta, Kira disse:

— Afastem-se.

Uma correria de atividade se seguiu enquanto os capitães recuavam com as naves.

Depois ela ativou propulsores nas costelas da estação e a deslocou, lenta e pesadamente, para o planeta que os Wranaui estiveram minerando. O CMU o chamava de R1, mas Kira achava que merecia um bom nome. Deixaria que as pessoas que habitavam a Unidade o batizassem. Era o direito delas, como habitantes do sistema.

Lphet e o almirante Klein sinalizaram a ela enquanto a estação começava a mudar de posição. *Navárez, o que está fazendo?*, perguntou Klein.

— Assumindo posição na órbita elevada de R1 — disse ela. — Será uma localização melhor para a Unidade.

Entendido, Navárez. Protegeremos seu curso de voo. Da próxima vez, agradeceríamos por algum alerta antecipado.

[[Aqui é Lphet: Precisa de alguma assistência, Idealis?]]

— Por enquanto, não.

2.

O deslocamento da Unidade levou vários dias. Kira usou este tempo para fazer os preparativos de que precisava. Quando tinha instalado a estação na órbita final, ela convocou a tripulação da *Wallfish* a sua presença novamente.

Eles apareceram sem demora. A velha e periclitante nave acoplou perto de seu eixo central e Kira viu que a maior parte dos danos que a *Wallfish* suportara tinham sido consertados (embora vários radiadores ainda fossem pouco mais que lascas com pontas afiadas).

A tripulação batia papo com uma empolgação nervosa enquanto andava por seus corredores, mas mantiveram desativados os alto-falantes externos dos skinsuits e o movimento dos lábios era a única revelação óbvia. Kira era curiosa, no entanto, e mergulhou os visores deles em um banho invisível de luz colimada, que lhe permitiu ler as vibrações das vozes.

— ... ideia do que ela quer? — disse Trig.

Ele parecia animado.

Falconi grunhiu.

— Já é a terceira vez que você pergunta isso.

— Desculpe.

O garoto ficou meio envergonhado.

Então Nielsen falou:

— Klein foi muito claro a respeito do que devemos...

— Estou cagando para o que o chefe pensa — disse Sparrow. — É de Kira que estamos falando. Não de um Água, ou de um pesadelo. De Kira.

— Tem certeza disso? — perguntou Falconi.

Seguiu-se um momento de silêncio. Então Sparrow bateu o punho no peito.

— Tenho. Ela nos protege. Ela curou Trig, afinal de contas.

— E ainda estamos de quarentena por causa disso — disse Falconi.

Hwa-jung abriu um leve sorriso.

— A vida nunca é perfeita.

Nisso o capitão riu, assim como Nielsen.

Kira voltou a visão e a audição para seu corpo refeito enquanto a tripulação entrava na câmara de recepção. Eles pararam diante dela e Kira sorriu para eles. Uma lenta queda de pétalas vagou do alto, cor-de-rosa e brancas, com um perfume cálido.

— Bem-vindos — disse ela.

Falconi inclinou a cabeça. Um sorriso irônico lampejou por sua boca.

— Não sei o porquê, mas parece que eu devia te cumprimentar com uma reverência.

— Por favor, não faça isso — disse ela. — Não deve se curvar a nada nem ninguém. Vocês não são servos e certamente não são escravos.

— É isso aí — disse Sparrow, com uma leve continência a Kira.

Então Kira olhou para Trig.

— Como está se sentindo?

O garoto deu de ombros, tentou aparentar indiferença. Suas bochechas tinham recuperado uma cor saudável.

— Muito bem. Só não acredito em tudo que perdi.

— Não é o pior. Se eu pudesse ter dormido pelos últimos seis meses, também dormiria.

— É, eu sei. Você deve ter razão, mas, cara... Saltar do maglev em Orsted! Isso deve ter sido emocionante.

Sparrow bufou.

— Pode-se dizer que sim. Quase suicida seria outra boa descrição.

O garoto abriu um sorriso rápido antes de ficar mais sério.

— Mas, é, obrigado de novo por me curar, Kira. Sério.

— Fico feliz por ter podido ajudar — disse ela, e a câmara pareceu brilhar em resposta.

Depois ela passou o foco a Vishal. Ele estava ao lado de Nielsen, seus ombros quase se tocavam.

— Havia alguma coisa em Trig que deixei passar? Algum problema que eu possa ter causado?

— Eu me sinto ótimo! — proclamou o garoto, estufando o peito.

O médico fez que não com a cabeça.

— Trig parece o retrato da saúde. O exame de sangue e as reações neurais não podiam ser melhorados, mesmo que eu tentasse.

Falconi assentiu.

— É sério, te devemos essa, Kira. Se houver alguma coisa que possamos fazer por você...

As folhas o interromperam com uma agitação de aprovação.

— Sabendo que nada disso teria acontecido se não fosse por mim — disse ela —, considero que estamos quites.

Ele riu. Era bom ouvi-lo rir de novo.

— É justo.

Trig pulava de um pé a outro. Parecia que ele ia explodir de empolgação.

— Contem pra ela — disse ele, olhando entre Vishal e Nielsen. — Andem! Ou eu vou contar!

— Me contar o quê? — perguntou Kira, curiosa.

Nielsen fez uma careta, parecendo constrangida.

— Você não vai acreditar — disse Falconi.

Então Vishal segurou a mão de Nielsen e avançou um passo.

— Srta. Kira, tenho um anúncio a fazer. A srta. Audrey e eu ficamos noivos. E ela é que me pediu em casamento, srta. Kira. *A mim!*

Nielsen ruborizou-se e riu baixinho.

— É verdade — disse ela, e olhou para o médico com um carinho que Kira nunca vira na primeira-oficial.

Agora poucas coisas podiam surpreender Kira. Não o movimento das estrelas, nem o decaimento de núcleos atômicos, nem as flutuações quânticas aparentemente aleatórias que subjazem a realidade aparente. Aquilo, no entanto, a surpreendeu, embora — pensando bem — ela supusesse que não era inteiramente inesperado.

— Meus parabéns — disse ela com toda a emoção sincera que conseguiu invocar.

A felicidade de dois seres podia ser pequena quando comparada com a imensidão do universo, mas o que, em última análise, era mais importante? O sofrimento era inescapável, mas cuidar de outra pessoa e ser cuidada por ela — isso sim era o mais próximo que qualquer um podia chegar do paraíso.

Vishal fazia que sim com a cabeça.

— Obrigado, srta. Kira. Só vamos nos casar quando pudermos ter um casamento apropriado, com minha mãe, minhas irmãs, muitos convidados e comida com...

— Bom, veremos — disse Nielsen com um leve sorriso.

O médico voltou a sorrir e passou o braço pelos ombros de Nielsen.

— Claro, não queremos esperar *tanto* tempo, não é? Até falamos de um dia comprar uma nave de carga e fundar uma empresa de transporte só nossa, srta. Kira!

— Seja o que for, faremos juntos — disse Nielsen.

Ela lhe deu um beijo no rosto barbeado, e ele retribuiu.

Falconi ia coçar o queixo, mas seus dedos bateram no visor.

— Foda-se — grunhiu ele, e destravou e tirou o capacete.

— Capitão! — disse Hwa-jung, escandalizada.

Ele abanou a mão.

— Está tudo bem.

Depois coçou o queixo, e o som das unhas raspando a barba por fazer foi transportado pela câmara de recepção.

— Como dá para ver, estamos todos meio chocados, mas eles, hm, parecem bem felizes, então ficamos felizes — continuou Falconi.

— É — disse Trig, que parecia triste.

Ele olhou a primeira-oficial e soltou um curto suspiro.

Falconi farejou o ar.

— Que cheiro bom — disse ele.

Kira sorriu, mais doce do que antes.

— Eu tento.

— Tá legal — disse Sparrow, rolando os ombros como se estivesse prestes a levantar um peso pesado. — Por que nos convocou aqui, Kira? Só pra jogar conversa fora? Não me parece típico seu, lamento dizer.

— É, eu mesmo estou muito curioso — disse Falconi.

Ele passou o dedo em um dos pilares de tronco, depois o ergueu diante do rosto para examinar o resíduo.

Kira respirou fundo. Não precisava disso, mas ajudava a centrar os pensamentos.

— Pedi que viessem por dois motivos. Primeiro para lhes contar a verdade sobre o Bucho.

— Pode falar — disse Falconi, cauteloso.

Ela falou. Contou-lhes o segredo das sete sementes do mal que descobriu entre as lembranças do Bucho. Enquanto falava, Kira observava os rostos empalidecerem e as expressões se assustarem.

— Pelos deuses! — exclamou Nielsen.

— Está dizendo que existem *mais* sete daquelas coisas vagando por aí, sabe Thule onde? — disse Sparrow.

Até ela parecia intimidada com a perspectiva.

Kira fechou os olhos por um momento.

— Exatamente. E o Aspirante ainda está aí fora também, e posso garantir que não é nada bom. Nem a Liga, nem os Águas podem lidar com ameaças como essas. Simplesmente não são capazes disto. Sou a única... a *Semente* é a única... que pode detê-los.

— E o que vai fazer a respeito disso? — perguntou Falconi, em um tom de voz mortalmente baixo.

— O que devo fazer, naturalmente. Vou caçar todos eles.

Por algum tempo, o único som na câmara foi o da suave queda das pétalas.

— Como? — disse Sparrow. — Eles podem estar em qualquer lugar.

— Não em qualquer lugar. E quanto ao como... Prefiro não contar ainda.

— Tudo bem — disse Falconi, arrastando as palavras. — Então, por que outro motivo nos chamou aqui?

— Para dar os presentes.

Kira se baixou da parede e se soltou da carne de fibras radiculares que a mantinham em um forte abraço. Seus pés tocaram o chão e, pela primeira vez desde a *Battered Hierophant*, Kira se ergueu inteira, sem auxílio algum. Seu corpo era do mesmo material preto esverdeado das paredes da estação e o cabelo ondulava como que na brisa, mas não havia brisa nenhuma.

— Uau — disse Trig.

Falconi avançou um passo, os olhos azuis de gelo atentos.

— É você mesmo?

— Tanto quanto qualquer outra coisa na Unidade.

— Serve — disse ele, e a apanhou em um abraço apertado, que Kira sentiu até nos suportes mais distantes da estação.

Os outros tripulantes se agruparam em volta, tocando, abraçando, dando tapinhas (de leve) nas costas.

— E onde fica o seu cérebro? — perguntou Trig, de olhos arregalados de assombro. — Em sua cabeça? Ou lá em cima?

Ele apontou a parede de onde ela havia descido.

— Trig! — disse Hwa-jung. — *Aish*. Mostre mais respeito.

— Está tudo bem — disse Kira.

Ela tocou a têmpora e respondeu:

— Uma parte está aqui, mas a maior parte fica lá atrás. Não caberia em um crânio normal.

— Não é tão diferente de um cérebro de nave — disse Hwa-jung.

Kira baixou a cabeça.

— Não é tão diferente.

— Seja como for, é bom te ver inteira — disse Sparrow.

— Apoiado — disse Nielsen.

— Mesmo que você pareça espinafre cozido — acrescentou Sparrow, e riu.

Então Kira recuou um passo para ter espaço.

— Escutem — disse ela, e eles escutaram. — Talvez eu não possa ajudar muito vocês a partir de agora, então quero fazer o que puder enquanto posso.

— Não precisa fazer isso — disse Falconi.

Ela sorriu para ele.

— Se eu *precisasse*, não seriam presentes... Trig, sei que você sempre se interessou por alienígenas. Isto, então, é para você.

Do chão aos pés de Kira brotou uma vara verde, que cresceu até formar um bastão quase da altura do próprio Trig. Perto da ponta, incrustado em ramos trançados, havia o que parecia uma esmeralda do tamanho de um ovo de tordo, e ela emitia uma luz interna.

Kira segurou o bastão e ele saiu do chão para sua mão. Em certos lugares, cresciam pequenas folhas, e o cheiro de seiva nova impregnou o ar.

— Tome — disse ela, e entregou o pedaço de madeira a Trig. — Este não é um Bastão Azul, mas é um Bastão Verde. Não é uma arma, embora você possa combater com ele, se precisar. Há uma parte da Semente nele. Se você cuidar do bastão e tratá-lo bem, descobrirá que pode fazer crescer qualquer coisa, por mais árido que seja o solo. Você poderá falar com os Águas, e onde quer que plante o bastão a vida florescerá. O bastão pode fazer também outras coisas, e, se você se provar um cuidador digno, as descobrirá também. *Não* permita que o CMU ponha as mãos nele.

Admiração pasma brilhou no rosto de Trig.

— Obrigado — disse ele. — Obrigado, obrigado, obrigado. Eu nem mesmo sei como... ah, meu deus. Obrigado!

— Mais uma coisa — disse Kira, acariciando a ponta do bastão. — Uma vez por dia, o bastão dará um fruto. Um único fruto vermelho. Não é muito, mas o suficiente para impedir que você um dia passe fome. Você nunca mais terá de se preocupar com comida, Trig.

Os olhos de Trig se encheram de lágrimas e ele segurou o bastão bem perto de si.

— Não vou me esquecer disso — disse ele em voz baixa.

Kira sabia que não esqueceria.

Ela prosseguiu.

— Hwa-jung.

De dentro da lateral de seu corpo, Kira retirou dois globos, um branco, outro marrom. Cada um deles tinha tamanho suficiente para caber confortavelmente na curva de sua palma. Ela deu o globo marrom à chefe de engenharia.

— Isto é uma tecnologia dos Antigos. Pode usar para consertar praticamente qualquer máquina.

A chefe de engenharia puxou o lábio inferior enquanto olhava o globo que agora segurava.

— *Aish*. Vai devorar toda a minha nave?

Kira riu e negou com a cabeça.

— Não, não é como a Semente. Não vai se espalhar incontrolavelmente. Mas tenha cuidado com onde usar, porque às vezes ele pode tentar fazer... melhorias.

Hwa-jung sumiu com o globo em um dos bolsos perto da cintura e murmurou sua gratidão. Pontos vermelhos apareceram em seu rosto e Kira sabia o quanto o presente significava para a chefe de engenharia.

Satisfeita, Kira então entregou o globo branco ao médico.

— Vishal, esta também é uma tecnologia dos Antigos. Pode usar para curar praticamente qualquer ferimento. Mas tenha cuidado com onde usar, porque ele...

— Às vezes pode fazer melhorias — disse Vishal com um sorriso gentil. — Sim, eu entendi.

Ela correspondeu a seu sorriso.

— Que bom. Isso poderia ter salvado Trig no Caçabicho. Espero que nunca mais precise disso, mas, se precisar...

— Se eu precisar, é melhor tê-lo do que o contrário.

Vishal uniu as mãos em concha, pegando o objeto, e se curvou.

— Obrigado, srta. Kira, com toda sinceridade.

Sparrow foi a próxima. Kira pegou uma adaga curta e toda preta da lateral da coxa e entregou à mulher mais baixa. A lâmina da faca continha um desenho fibroso e fraco, parecido com o da Semente.

— Isto *é* uma arma.

— Não brinca.

— Detectores de metal não podem vê-la: raios X e micro-ondas não a captam. Mas não é isto que a torna especial. Esta faca pode cortar praticamente qualquer coisa.

Sparrow olhou com ceticismo.

— É mesmo?

— É — insistiu Kira. — Pode levar tempo, mas você pode cortar até os materiais mais duros. E não, não precisa se preocupar com a perda do controle, como aconteceu comigo e a Semente.

Sparrow olhou a adaga com um interesse renovado. Virou-a nas costas da mão, segurou o cabo e testou o gume no canto de uma de suas bolsas de utilidades. Como prometido, a lâmina fez um corte limpo no tecido e, quando cortou, um leve brilho azul correu pelo gume.

— Prática. Obrigada. Uma coisa dessas teria me tirado de uns apertos no passado.

Para Nielsen, Kira não tinha soluções fáceis.

— Audrey... eu podia resolver seu problema de saúde. A Semente tem a capacidade de remodelar qualquer tecido, recodificar qualquer gene. Mas se eu fizesse isso...

— Você teria de mudar a maior parte de meu cérebro — disse Nielsen, abrindo um sorriso triste. — Eu sei.

— Talvez *não* alterasse sua personalidade, nem sua memória, mas não posso prometer isso, embora a Semente não tenha o desejo de lhe causar mal. Pelo contrário.

A primeira-oficial respirou fundo e trêmula, depois ergueu o queixo, meneando a cabeça.

— Não. Agradeço pela oferta, Kira, mas não. É um risco que prefiro evitar. Não foi fácil entender quem eu sou, e gosto de quem me tornei. Não valeria a pena perder isso.

— Lamento. Queria poder fazer mais.

— Está tudo bem — disse Nielsen. — Muita gente tem de lidar com coisa muito pior. Vou ficar bem.

Vishal a abraçou.

— Além disso, srta. Kira, eu farei o máximo para ajudar a srta. Audrey. As modificações genéticas sempre foram uma especialidade minha na escola, ah, sim.

A expressão de Nielsen se suavizou e ela o abraçou.

— Fico feliz em ouvir isso — disse Kira. — Mesmo que eu não possa curar você, *tem* uma coisa que quero lhe dar. Várias coisas, na verdade, agora que você está noiva.

Nielsen ia protestar, mas Kira não deu atenção. Ajoelhou-se e traçou dois círculos iguais no chão, de no máximo quatro ou cinco centímetros de diâmetro. Onde tocava, formavam-se linhas douradas, que ficavam cada vez mais brilhantes, até se tornarem dolorosas de olhar.

Depois a luz se apagou. Em seu lugar estavam duas alianças: douradas, verdes e misturadas com centelhas de safira. Kira as pegou e deu a Nielsen.

— Para você e Vishal, um presente antecipado de casamento. Vocês não têm a obrigação de usar, mas, se usarem, vão descobrir que elas têm certas vantagens.

— São lindas — disse Nielsen, aceitando as alianças. — Obrigada. Mas receio que sejam grandes demais para mim.

Kira se permitiu uma diversão secreta.

— Experimente para ver.

Então Nielsen passou uma das alianças no dedo e soltou um grito quando a faixa se apertou e ficou justa, mas confortável.

— Que *maneiro* — disse Trig.

Kira ficou radiante.

— Não é mesmo?

Em seguida ela foi ao pilar mais próximo e, de um nicho na lateral, pegou dois objetos. Estendeu o primeiro a Nielsen. Era um disco do tamanho da palma, do que parecia uma concha branca e áspera. Incrustado na superfície da concha havia um grupo de contas azuis, cada uma delas com o tamanho aproximado de uma ervilha.

— Era isto que eu pretendia dar originalmente a você.

— O que é? — perguntou Nielsen, aceitando o disco.

— Alívio. Da próxima vez que tiver crises, pegue uma dessas — explicou ela e bateu em uma conta — e coma. Só uma, não mais que uma. Não podem te curar, mas podem ajudar a ficar funcional, facilitar as coisas, torná-las mais suportáveis.

— Obrigada — disse Nielsen, meio emocionada.

Kira inclinou a cabeça.

— Com o tempo, as contas voltam a crescer, assim nunca ficará sem elas, por mais que você viva.

Os olhos de Nielsen se encheram de lágrimas.

— É sério, Kira... *Obrigada*.

Atrás dela, Vishal falou:

— É tão gentil, srta. Kira. Gentil demais. Mas obrigado do mais fundo de meu coração.

Então Kira estendeu o outro objeto: um q-drive comum.

— Tem isto também.

A primeira-oficial meneou a cabeça.

— Já fez mais do que o suficiente, Kira. Não posso aceitar mais nada.

— Não é um presente — disse Kira com gentileza. — É um pedido... Se concordar, gostaria de nomeá-la minha representante legal. Para este fim, há uma procuração neste drive dando-lhe o poder de tomar decisões em meu nome.

— Kira!

Ela segurou Nielsen pelos ombros, olhando em seus olhos.

— Trabalhei para a Lapsang Corporation por mais de sete anos e o trabalho era bem pago. Alan e eu pretendíamos usar o dinheiro para começar uma nova vida em Adrasteia, mas... agora não me serve de nada. Meu pedido é este: cuide para que este dinheiro chegue a minha família em Weyland, se ainda estiverem vivos. Se não estiverem, os bits são seus.

Nielsen abriu a boca, aparentemente sem saber o que dizer. Depois assentiu, rapidamente, e disse:

— Claro, Kira. Farei o máximo por isso.

Comovida, Kira continuou.

— A empresa pode lhe criar algum problema, então pedi ao almirante Klein que servisse de testemunha e autenticasse o documento. Deve tirar os advogados do seu pé.

Ela colocou o q-drive na mão de Nielsen e a primeira-oficial o aceitou.

Então Nielsen a envolveu em um forte abraço.

— Tem a minha palavra, Kira. Farei tudo que puder para que isto chegue a sua família.

— Obrigada.

Quando Nielsen a soltou, Kira foi até Falconi, que estava isolado. Ele arqueou uma sobrancelha para ela e cruzou os braços, como que desconfiado.

— E o que vai dar para *mim*, Kira? Passagens para um resort em Eidolon? Pó das fadas mágico que eu possa jogar na *Wallfish*?

— Melhor — disse ela.

Kira levantou a mão e, de uma porta arqueada na lateral da câmara, quatro dos zeladores da estação avançaram, empurrando um estrado em que havia um engradado lacrado, pintado em verde militar, com estampas do CMU.

— O que *eles* são? — disse Trig, apontando o Bastão Verde para os zeladores.

As criaturas eram pequenas e bípedes, com pernas traseiras de duas articulações e braços curtos de tiranossauro na frente. Seus dedos eram delicados e pálidos ao ponto da transparência. Uma cauda flexível se estendia atrás deles. Placas polidas, como de tartaruga, blindavam a pele, mas eles tinham um babado emplumado — vermelho e roxo — correndo pelo sulco central das cabeças estreitas. Quatro asas de libélula estavam achatadas nas costas.

— Eles cuidam da estação — disse Kira. — Pode-se até dizer que nasceram da estação.

— Quer dizer que nasceram de você — disse Falconi.

— De certo modo, sim.

Os zeladores deixaram o estrado ao lado deles e se retiraram, gorjeando entre eles ao partirem. Kira abriu a tampa do engradado e revelou fileiras e mais fileiras de latas de antimatéria, cada uma delas com a luz verde acesa na lateral, indicando que estavam cheias e carregadas.

Nielsen arquejou e Hwa-jung disse:

— Por Thule!

A Falconi, Kira disse:

— Para você e a *Wallfish*. Antimatéria. Parte dela recuperei das naves que desmontei. O resto fabriquei e transferi para as cápsulas de contenção.

Com uma expressão perplexa, Falconi olhou o engradado.

— Deve ter o suficiente aí para...

— Abastecer a *Wallfish* por anos — disse Kira. — Isso. Ou você pode vender e guardar os bits para um dia difícil. A decisão é sua.

— Obrigad...

— Ainda não acabou — disse Kira.

Ela levantou a mão de novo e os zeladores voltaram, empurrando outro estrado. Neste estavam vasos cheios de terra preta de que brotava um leque estranho e louco de plantas que não se pareciam com nada da Terra, de Eidolon ou de Weyland. Algumas brilhavam, algumas se mexiam, e uma delas — uma planta vermelha que parecia uma pedra — cantarolava.

— Como você teve de esvaziar seu compartimento de hidroponia, achei que podia querer umas substitutas — disse Kira.

— Eu...

Falconi meneou a cabeça.

— É muita consideração sua, mas como vamos levá-las a algum lugar? Não temos cápsulas de crio suficientes e...

— Os vasos as protegerão durante FTL — disse Kira. — Confie em mim.

Depois ela lhe entregou outro q-drive.

— Informações sobre como cuidar das plantas, bem como detalhes de cada uma delas. Acredito que vai achar útil.

Pela primeira vez, ela viu lágrimas brilharem nos olhos de Falconi. Ele estendeu a mão para uma das plantas — um organismo mosqueado, parecendo um cântaro, com pequenos tentáculos ondulando perto da boca aberta —, depois pensou melhor e recolheu a mão.

— Não sei como agradecer.

— Mais duas coisas — disse ela. — Primeiro, esta aqui.

Ela lhe deu um pequeno retângulo de metal, de tamanho parecido com um baralho.

— Para Veera e os Entropistas estudarem — explicou.

Falconi virou o retângulo. Parecia não significar nada.

— O que é isso?

— Algo para apontar-lhes a direção certa, se eles conseguirem entendê-lo.

Ela sorriu.

— Um dia, vão entender. E segundo, isto aqui.

Ela levou as mãos ao rosto de Falconi e lhe deu um beijo na boca, suave, delicado e com sentimento.

— Obrigada, Salvo — sussurrou ela.

— Pelo quê?

— Por acreditar em mim. Por confiar em mim. Por me tratar como uma pessoa e não como uma experiência científica.

Ela lhe deu outro beijo e recuou, erguendo os braços. Trepadeiras se desenrolaram da parede atrás, envolveram-na em um abraço gentil e a levantaram de volta à depressão que a esperava.

— Meus presentes estão dados — disse ela quando novamente tinha se fundido com a substância da estação.

Com isto, veio um senso de segurança.

— Agora vão e saibam disto: não importa o que o tempo ou o destino possam nos fazer, eu os considero meus amigos.

— O que você vai fazer, Kira? — perguntou Falconi, esticando o pescoço para olhar para ela.

— Você verá!

3.

Enquanto a tripulação passava pela entrada e voltava aos corredores para a área de acoplagem, Kira procurou Gregorovich, que ela sabia que estaria ouvindo a conversa pelos comunicadores.

— Tenho uma coisa para você também — disse ela. — Se você quiser.

Ah, é mesmo? E o que poderá ser, Ó, Doadora de Anéis?

— Um corpo. Um novo corpo, grande ou pequeno, como quiser, de metal ou orgânico, de qualquer forma ou formato que lhe aprouver. Apenas me diga e a Semente poderá fazê-lo.

Para espanto de Kira, o cérebro de nave não respondeu prontamente. Em vez disso, ficou em silêncio e ela ouviu o silêncio dele como uma coisa física: uma pressão da reflexão e da incerteza na outra ponta do sinal.

— Pense nisso; pode ir aonde quiser, Gregorovich. Não precisaria mais ficar preso à *Wallfish*.

Por fim, o cérebro de nave disse: *Não. Mas eu penso que talvez eu queria ficar. Sua oferta é tentadora, Kira, muito tentadora. E não pense que é ingratidão de minha parte, mas por enquanto acho que meu lugar é aqui, com Falconi e Nielsen e Trig e Hwa-jung e Sparrow. Eles precisam de mim e... não vou mentir, é bom ter sacos de carne como eles correndo por meus conveses. Agora você pode entender isso. Um corpo seria ótimo, mas sempre posso ter um corpo. Nem sempre posso ter esta tripulação ou estes amigos.*

Kira entendeu e gostou da resposta.

— Se mudar de ideia, a oferta ficará de pé.

Fico feliz por ter conhecido você, Ó, Rainha das Flores. Você é uma pessoa irritante e problemática, mas a vida é mais interessante com você por perto... Eu não poderia ter agido como você, perseguido esses patifes do Bucho completamente sozinho. Por isso, tem minha admiração. Além do mais, você me mostrou o caminho para a liberdade. Salvou-me de mim mesmo e, por isso, também tem minha eterna gratidão. Se um dia se vir no futuro distante, lembre-se de nós como nos lembramos de você. E se as marés do tempo forem gentis, e eu ainda estiver de raciocínio são, saiba disto: você sempre poderá contar com a minha ajuda.

Ao que ela simplesmente respondeu:

— Obrigada.

4.

Com a partida dos visitantes e a mente bem mais descansada, Kira começou a fase seguinte do plano. O conceito era simples; a execução era mais complicada e perigosa que qualquer coisa que ela tinha tentado desde o despertar depois da destruição do Bucho.

Primeiro, ela se mudou para perto da pele da estação. Ali, reuniu material — orgânico e inorgânico — até formar um segundo núcleo, igual ao primeiro no centro da Unidade. Depois, e esta foi a parte mais difícil, ela separou seu cérebro em duas partes desiguais.

Tudo que era de Qwon e Carr, ela isolou e guardou no coração da Unidade. Tudo que era de Kira, da Semente e do Bucho, ela atraiu para si. Alguma duplicação foi necessária — ela ainda se lembrava dos exames médicos de Carr e do tempo que Qwon passou caçando nas águas de seu planeta natal — e algumas omissões e lapsos foram inevitáveis, mas ela fez o melhor que pôde.

O processo era assustador. A cada movimento, Kira teve medo de cortar alguma parte fundamental de si. Ou cortar o acesso a uma lembrança que ela nem sabia se precisava. Ou se matar.

De novo, ela fez o melhor que pôde. Como aprendera, às vezes temos de tomar uma decisão, qualquer decisão, mesmo quando não está claro qual caminho é o correto. A vida raras vezes nos dá esse luxo.

Ela trabalhou por uma noite e um dia, até que tudo que parecia ser *dela* estava no crânio que escolhera. O crânio mínimo e limitado. Ela se sentia diminuída, mas ao mesmo tempo era um alívio se livrar de todo estímulo sensorial despejado da estação.

Kira verificou pela última vez a consciência de Qwon/Carr — a mãe vendo como estava o filho adormecido —, depois se separou de Mar Íneth e partiu para o cinturão de asteroides mais próximo, usando seu núcleo de fusão recém-construído para impeli-la no espaço.

Como sempre, Klein e Lphet clamaram por respostas. Então Kira contou a ele sobre as sete sementes mortais do Bucho e explicou suas intenções.

— Estou partindo para caçá-los — disse ela.

Klein se engasgou.

— Mas e a estação?

[[Aqui é Lphet: Sim, Idealis, partilho da preocupação do líder de cardume. A estação é importante demais para ficar desprotegida.]]

Kira riu.

— Não está. Deixei Carr-Qwon cuidando dela.

— O quê? — disse Klein.

[[Aqui é Lphet: O quê?]]

— A parte de mim que era deles agora vigia a Unidade. Eles cuidarão dela e, se for necessário, a protegerão. Sugiro que não os irritem.

[[Aqui é Lphet: Está tentando criar outro Corrompido, Idealis?]]

— Detesto dizer isso, mas concordo com o Água — disse Klein. — Está *tentando* nos dar outro Bucho?

A voz de Kira endureceu.

— O Bucho não existe mais. Removi todas as partes da Semente de Carr-Qwon. O que eles são agora é algo diferente. Algo sem forma e incerto, mas posso lhes dizer o seguinte: não existe mais nada da raiva e da dor que impelia o Bucho. Ou, se existir, está dentro de *mim*, e não deles. Vocês têm uma nova forma de vida para conduzir à existência, almirante Klein, Lphet. Tratem-na de acordo e ficarão agradavelmente surpresos. Não me decepcionem.

5.

Quando chegou ao cinturão de asteroides, Kira se permitiu parar perto de um dos maiores deles: um pedaço imenso de rocha metálica com quilômetros de extensão, marcado de incontáveis colisões com o passar dos anos.

Ali ela parou, e ali mais uma vez começou a construir. Desta vez, Kira recorreu a um projeto que já existia: aquele que encontrou no fundo dos bancos de memória da Semente. Era tecnologia dos Antigos, concebida no auge daquela civilização, e combinava perfeitamente com seus propósitos.

Usando a Semente, Kira devorou o asteroide — adaptando-o a suas necessidades — e construiu uma nave usando o esquema dos Antigos.

Não era quadrada, esguia e ladeada de radiadores, como as naves humanas. Nem era redonda, branca e iridescente como as naves dos Wranaui. Não era parecida com nenhuma dessas coisas. Não. A nave de Kira tinha a forma de uma flecha, longa e afiada, com linhas fluidas que lembravam uma folha. Tinha veios e sulcos e, na popa afunilada, membranas em leque. Como na Unidade, a nave era um ser vivo. O casco se expandia e se contraía em movimentos sutis, e havia uma consciência em toda a nave, como se ela observasse tudo a sua volta.

De certo modo observava, porque a nave era uma extensão do corpo de Kira. Agia como seus olhos e, através dela, Kira podia ver muito mais do que seria possível ao mundo.

Quando terminou, Kira fizera com que a nave tivesse metade do tamanho de uma nave de guerra do CMU e fosse muito mais fortemente armada. Era movida a outro motor de torque, e com ele Kira tinha confiança de que podia superar a mais alta velocidade de qualquer das naves da prole vil do Bucho.

Finalmente, ela deu uma última olhada no sistema. Na estrela de Cordova, no planeta R1 e na verdejante estrutura da Unidade flutuando na órbita elevada. Nas frotas de naves humanas e Wranaui reunidas nos arredores, que, embora não inteiramente amistosas, pelo menos não trocavam tiros.

Kira sorriu, porque isso era bom.

Em sua mente, ela ficou em paz, e disse suas despedidas; um lamento silencioso por tudo que foi perdido e passado. Então ela virou a nave para longe da estrela — apontou-a para a última lembrança do Bucho — e, com o menor dos pensamentos, partiu em sua jornada.

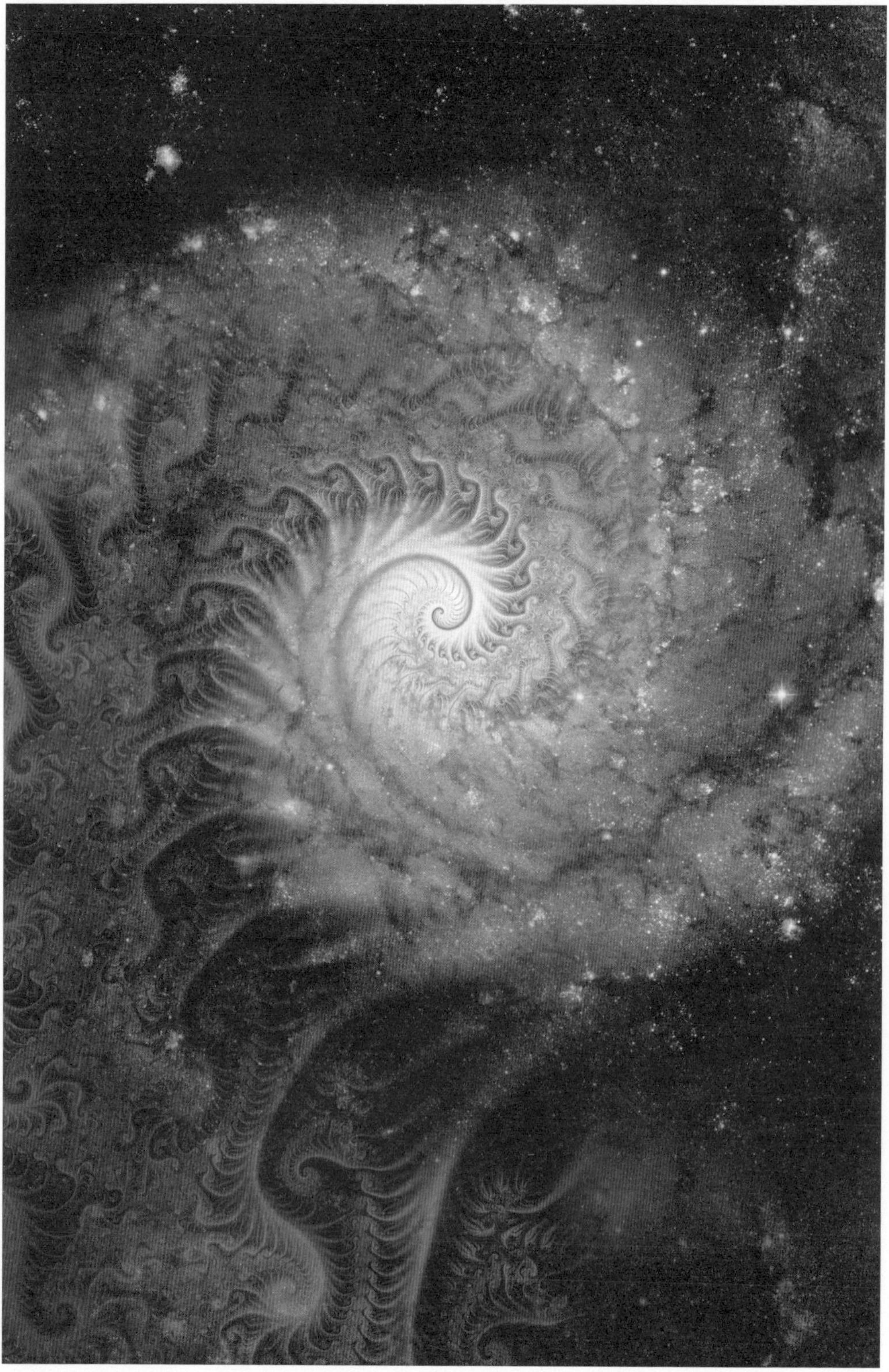

* * * *

SAÍDA DE CENA VI

1.

Kira não estava sozinha. Ainda não.

Ao se deslocar pela face do vazio, quatro naves de guerra do CMU e três cruzadores Wranaui a seguiram em formação cerrada. A maioria das naves estava avariada de alguma forma: marcadas por explosões, sujas de fuligem e — no caso das naves humanas — mais unidas por fita FTL, soldas de emergência e orações dos tripulantes do que qualquer outra coisa. Ainda assim, as naves eram navegáveis o suficiente para acompanhá-la.

O almirante Klein e Lphet pareciam decididos a lhe dar uma escolta até o Limite de Markov. Não era bem para proteção, ela suspeitava, e mais para observação. Também, talvez, para lhe fazer companhia. O que ela apreciava. Se alguma coisa acabasse com ela, seria o silêncio e o isolamento...

Depois que ela chegasse ao Limite de Markov — que, para sua nave, era muito mais perto da estrela do que para humanos ou Wranaui —, Kira deixaria a escolta para trás. Eles não tinham os meios para acompanhá-la no espaço superlumínico.

Então ela ficaria verdadeiramente sozinha.

Era algo que ela esperava desde o momento em que tomara sua decisão. Entretanto, Kira achou a realidade um tanto desanimadora. Com Carr e Qwon removidos da consciência, sua mente era um lugar bem mais vazio. Ela era um indivíduo novamente, não uma pluralidade. Embora a Semente fosse uma espécie de companhia, não era substituta para a interação humana normal.

Ela sempre ficara à vontade trabalhando sozinha, mas, mesmo nos postos avançados mais solitários a que a Lapsang Corp. a enviava, havia gente com quem conversar e com quem beber. Pessoas com quem brigar, trepar e se relacionar de modo geral, mental e fisicamente. Na longa jornada que tinha pela frente, não haveria nada disso.

A perspectiva não a assustava, mas a preocupava. Embora se sentisse segura em seu novo ser por enquanto, será que períodos prolongados de isolamento a desequilibrariam como fizeram com Gregorovich quando ele naufragara? Será que isso a faria ficar mais parecida com o Bucho?

Uma onda passou pela superfície da Semente e ela estremeceu, apesar de não sentir frio nem calor.

Dentro do ninho escuro, ela abriu os olhos, os verdadeiros olhos, e encarou a superfície curva acima dela: um mapa de carne texturizada, em parte vegetal, em parte animal. Ela acompanhou com a ponta dos dedos, sentindo seus cursos, lendo seus caminhos.

Depois de um tempo, Kira fechou de novo os olhos e enviou um sinal a *Wallfish*, pedindo para falar com Falconi.

Ele respondeu com a rapidez que o atraso da luz permitia: *Oi, Kira. O que foi?*

Ela confessou sua preocupação a ele, e disse:

— Não sei o que posso me tornar, em vista do tempo e do espaço.

Nenhum de nós sabe... Mas vou te dizer uma coisa. Você não vai enlouquecer, Kira. É forte demais para isso. Você não vai se perder na Semente. Ora essa, nem o Bucho conseguiu te destruir. Isto é fichinha, em comparação.

No escuro, ela sorriu.

— Tem razão. Obrigada, Salvo.

Precisa que alguém a acompanhe? Tenho certeza de que não faltariam voluntários do CMU e dos Águas que adorariam passear pela galáxia com você.

Ela considerou seriamente a ideia, depois fez que não com a cabeça, embora Falconi não pudesse vê-la.

— Não, preciso fazer isto sozinha. Se mais alguém estivesse aqui, eu ficaria preocupada demais com sua proteção.

A decisão é sua. Se mudar de ideia, é só nos falar.

— Falo, sim... Meu único pesar é que não estarei por perto para ver como as coisas estão se saindo entre nós e os Águas.

É bom ouvir você usar a palavra "nós". Klein não tem certeza se você ainda se considera humana.

— Parte de mim, sim.

Ele grunhiu. *Sei que você vai passar do limite, mas ainda pode mandar mensagens e podemos dar um jeito de fazer mesmo. Talvez leve algum tempo, mas podemos fazer isso. Manter contato é importante.*

— Vou tentar.

Entretanto, Kira sabia que era improvável que ouvisse alguma coisa da Liga ou dos Wranaui. Mesmo que eles soubessem onde ela estava, quando os sinais deles a alcançassem, era provável que ela já estivesse em movimento. Só seria possível se os avatares do Bucho a levassem de volta ao espaço povoado, e ela torcia muito para que isso não acontecesse.

Ainda assim, significava alguma coisa para ela que Falconi se importasse. Ela sentiu certa paz. O que quer que o futuro trouxesse, ela estava preparada para enfrentá-lo.

Quando eles terminaram a conversa, ela saudou a *Unrelenting Force*. A seu pedido, o almirante Klein concordou em enviar uma mensagem dela (excetuando qualquer informação que o CMU considerasse confidencial) a Weyland e sua família. Teria sido bem fácil para Kira transmitir um sinal com força suficiente para chegar a Weyland, mas ela não sabia como estruturar as ondas de energia para que eles recebessem e interpretassem pelas antenas receptoras de seu sistema doméstico.

Kira desejou poder esperar uma resposta. Porém, mesmo nas melhores circunstâncias, levaria três meses para consegui-la. Supondo que sua família pudesse ser localizada... e que ainda estivesse viva. Doía em Kira perceber que talvez nunca soubesse a verdade.

Enquanto disparava para o Limite de Markov, Kira ouviu uma música enviada a ela da *Wallfish*. Algum Bach, mas também peças orquestrais lentas que pareciam combinar com a rotação dos planetas e a mudança das estrelas. A música proporcionou uma estrutura a um tempo que não teria forma — uma narrativa ao progresso impessoal dos maiores corpos da natureza.

Ela cochilou dentro da cápsula viva, entrando e saindo da inconsciência. Um sono verdadeiro estava próximo, mas ela o rejeitou; não estava pronta para se render ao apagamento. Ainda não. Só quando o espaço se distorcesse ao redor e a isolasse do resto do universo.

2.

Quando chegou ao Limite de Markov, Kira sentiu uma prontidão dentro da nave. A trama da realidade parecia ficar mais fina, mais maleável a seu redor, e ela sabia que a hora de partir chegava.

Ela se permitiu uma última olhada no sistema. Pesar, ansiedade e empolgação se agitavam em seu íntimo, mas seu propósito era justo e ele endurecia a determinação. Partir para o desconhecido, desenraizar as sementes do mal e espalhar nova vida pela galáxia era um bom propósito de se ter.

Ela desviou energia para o motor de torque, preparando-se para a transição para FTL, e um zumbido grave permeou a carne da nave.

Quando o zumbido atingiu um pico, chegou-lhe uma transmissão chiada. Era da *Wallfish*, de Falconi. Dizia: *Kira, o CMU disse que você está prestes a saltar para FTL. Sei que parece que de agora em diante você estará sozinha, mas não é verdade. Estamos todos pensando em você. Não se esqueça disso, está me ouvindo? Esta é uma ordem direta de seu capitão. Vá quebrar uns pesadelos na porrada e espero ver você viva e saudável quando...*

O zumbido cessou, as estrelas se distorceram e um espelho escuro a envolveu, isolando-a em uma esfera que não era maior que a nave. Fez-se silêncio.

A contragosto, Kira ficou triste e se permitiu sentir essa tristeza, reconhecer sua perda e dar à emoção o respeito que ela merecia. Parte dela resistiu. Parte dela ainda dava desculpas. Se conseguisse encontrar os emissários do Bucho e erradicá-los em um período razoável de tempo, talvez ainda pudesse voltar para casa, ter uma vida de paz.

Ela respirou fundo. "Não." O que estava feito, estava feito. Não havia volta, não tinha sentido se arrepender de decisões que ela tomara, nem, como dissera Falconi, do que estava fora de seu controle.

Chegara a hora. Ela fechou os olhos e, embora a perspectiva anda a inquietasse, enfim permitiu-se dormir.

Neste sono, não houve sonhos.

3.

...

...

...

Uma nave esmeralda percorria a escuridão, um ponto cintilante mínimo perdido na imensidão do espaço. Nenhuma outra nave a acompanhava, nenhuma guarda ou companhia, nem máquinas vigilantes. Estava sozinha no firmamento e tudo era silêncio.

A embarcação navegava, mas não parecia se mover. Uma borboleta, brilhante e delicada, congelada em cristal, preservada como que por toda a eternidade. Imortal e imutável.

Um dia, voara mais rápido que a luz. Um dia e muitos outros depois disso. Agora não. O odor que seguia era delicado demais para rastrear de outra forma.

A galáxia virou-se sob seu eixo por um tempo sem medida.

Então, um clarão.

Outra nave apareceu à frente da primeira. A recém-chegada era amassada e suja, com um casco manchado e uma aparência estranha. Na ponta, caracteres desbotados soletravam uma única palavra.

As duas naves se cruzaram numa fração de segundo, suas velocidades relativas tão imensas que só houve tempo para uma breve transmissão passar de uma à outra.

A transmissão era uma voz de homem, e dizia: *Sua família está viva.*

A recém-chegada logo se foi, desapareceu na distância.

Dentro da nave solitária, dentro do casulo esmeralda e da carne envolvente, havia uma mulher. Embora seus olhos estivessem fechados e a pele fosse azulada, embora o sangue fosse gelo e o coração estivesse parado — apesar de tudo isso, um sorriso apareceu em seu rosto.

Assim ela continuou navegando, satisfeita em esperar e ali dormir, dormir em um mar de estrelas.

ADENDO

★ ★ ★ ★ ★ ★ ★

ADENDO

APÊNDICE I

* * * * * * *

ESPAÇO-TEMPO E FTL

Extrato de Princípio entrópico (Edição revista)

... necessário delinear um breve panorama dos fundamentos. Que sirva de cartilha e guia de referência rápida para estudos posteriores mais sérios.

* * * * * *

A viagem em FTL é *a* tecnologia definitiva de nossa era moderna. Sem ela, seria impossível a expansão para além do Sistema Solar, salvo viagens de séculos de duração em naves geracionais ou naves de implantação automatizadas que cultivariam colonos *in situ* depois da chegada. Mesmo os propulsores de fusão mais potentes carecem do delta-v para viajar a jato entre as estrelas, como fazemos agora.

Embora teorizada há muito tempo, a viagem superlumínica só se tornou uma realidade prática quando Ilya Markov codificou a teoria do campo unificado (TCU), em 2107. A confirmação empírica veio logo depois disto, e o primeiro protótipo funcional de um propulsor FTL foi construído em 2114.

O brilhantismo de Markov foi reconhecer a natureza fluida do espaço-tempo e demonstrar a existência dos diferentes domínios lumínicos, como delineado anteriormente, de maneira puramente teórica, nos trabalhos de Froning, Meholic e Gauthier pela virada do século XXI. Antes disto, o pensamento era restrito pelas limitações da relatividade geral.

Segundo as formulações de Einstein para a relatividade especial (combinadas com as transformações de Lorentz), nenhuma partícula com massa real pode acelerar à velocidade da luz. Não só exigiria uma quantidade infinita de energia, como fazê-lo romperia a causalidade e, como demonstrações práticas provaram mais tarde, o universo *não* rompe a causalidade em uma escala não quântica.

Porém, nada na relatividade especial impede que uma partícula sem massa *sempre* viaje na velocidade da luz (isto é, um fóton), tampouco que sempre viaje *mais rápido* que a luz (isto é, um táquion). É exatamente isto que mostra a matemática.

Pela combinação de várias equações da relatividade especial, fica clara a simetria relativista subjacente entre partículas sublumínicas, lumínicas e superlumínicas. Com relação ao superlumínico, a massa relativista substituta da massa devida permite que a massa superlumínica e a energia se tornem propriedades definíveis e não imaginárias.

Isso nos dá nosso modelo atual do espaço físico (Fig. 1):

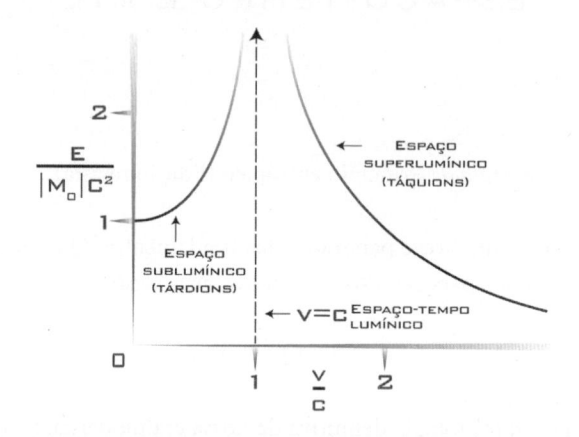

$$\frac{E}{|M_0|c^2}$$

Espaço superlumínico (táquions)
Espaço sublumínico (tárdions)
$v = c$ Espaço-tempo lumínico
$\frac{v}{c}$

Aqui, a assíntota vertical $v = c$ representa a membrana fluida do espaço-tempo (que tem uma espessura desprezível diferente de zero).

Pelo exame deste gráfico, várias coisas ficam imediata e intuitivamente claras. Primeiramente, que uma partícula sublumínica jamais pode chegar à velocidade da luz c, nem uma partícula superlumínica. No espaço normal STL, a energia gasta (p. ex., ao disparar propelente do fundo de sua espaçonave) pode causar aproximação da velocidade da luz. O mesmo ocorre no espaço FTL. Porém, no espaço FTL, a velocidade da luz é a velocidade mais *lenta* possível, e não a mais rápida, e, se um objeto possui massa, nunca conseguirá reduzir a tal nível.

Como a velocidade crescente o move para *longe* de c em FTL, não existe limite superior para as velocidades taquiônicas, embora existam limites práticos, em vista do nível mínimo de energia necessário para manter a integridade da partícula (lembre-se, menos energia = mais velocidade no espaço superlumínico). Embora a massa em repouso no espaço sublumínico seja real, positiva e aumente devido à relatividade especial quando v se aproxima de c; no espaço lumínico, a massa em repouso é zero e v sempre $= c$; e no espaço superlumínico, a massa em repouso é imaginada em $v = c$, mas se torna real, positiva e diminui quando o movimento é maior que c.

Uma implicação disto são os efeitos reversos de dilatação temporal com relação à aceleração. Em STL e FTL, enquanto nos aproximamos de c, envelhecemos mais lentamente com relação ao universo. Isto é, o universo envelhecerá bem mais rápido do que uma espaçonave acelerando a 99% de *c*. Contudo, em FTL, aproximar-se de *c* significa desacelerar. Se, em vez disso, acelerássemos, viajando a múltiplos maiores de *c*, envelheceríamos cada vez mais rapidamente em comparação com o resto do universo. Isto, naturalmente, seria uma grande desvantagem da viagem em FTL, se as naves não fossem envoltas em uma Bolha de Markov quando em superlumínico (mais sobre isso adiante).

Como podemos ver pelo gráfico, é possível ter uma velocidade de 0 no espaço sublumínico. O que isto significa quando o movimento é relativo? Que estamos em repouso em relação a qualquer ponto de referência que escolhermos, seja este um observador externo ou o destino a que desejamos viajar. Uma velocidade de 0 no espaço sublumínico é traduzida para cerca de 1,7 *c* no espaço superlumínico. Rápido, mas ainda mais lento do que as velocidades de muitas partículas FTL. Na realidade, até os Propulsores de Markov mais baratos são capazes de 51,5 *c*. Todavia, se precisamos chegar a um destino com a maior velocidade possível, pode valer a pena que o delta-v leve a espaçonave a uma completa parada com relação a nosso destino antes da transição para FTL, a fim de conseguir esse 1,7 *c* a mais de velocidade.

Se fosse possível converter diretamente a massa sublumínica em massa superlumínica, sem uma Bolha de Markov, 1,7 *c* seria a velocidade mais alta que poderia ser atingida, uma vez que não existe um jeito prático de acelerar ainda mais a massa (isto é, reduzir ainda mais o estado de energia da dita massa) além do resfriamento. Não podemos sugar propelentes *para* nossos tanques, por exemplo. Esta seria a segunda maior desvantagem da viagem em FTL, mais uma vez, se não usássemos uma Bolha de Markov.

A terceira desvantagem seria o fato de que a matéria no espaço superlumínico comporta-se de forma radicalmente diferente do que no espaço sublumínico, ao ponto em que seria impossível manter a vida que conhecemos. Isto, repito, é contornado por uma Bolha de Markov.

Os três contínuos diferentes — o sublumínico, o lumínico e o superlumínico — coexistem no mesmo tempo e espaço, sobrepondo-se em cada ponto do universo. O lumínico existe como uma membrana fluida que separa o sublumínico do superlumínico, agindo como meio de interferência entre eles. A membrana é semipermeável e tem uma superfície definida dos dois lados, sobre a qual existem todas as forças eletromagnéticas.

A membrana em si, e, portanto, a totalidade do espaço tridimensional, é composta de Quanta de Energia Translumínicos (QET), que são, simplesmente, o tijolo mais fundamental na construção da realidade. Uma entidade quantizada, o QET possui comprimento de Planck 1, energia de Planck 1 e massa 0. Seus movimentos e interações originam todas as outras partículas e campos.

ESPAÇO SUBLUMÍNICO

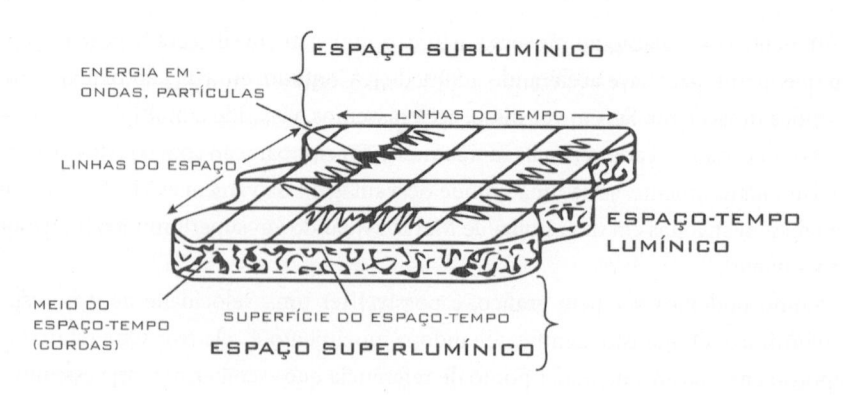

ENERGIA EM ONDAS, PARTÍCULAS
LINHAS DO TEMPO
LINHAS DO ESPAÇO
ESPAÇO-TEMPO LUMÍNICO
MEIO DO ESPAÇO-TEMPO (CORDAS)
SUPERFÍCIE DO ESPAÇO-TEMPO
ESPAÇO SUPERLUMÍNICO

Considerados como um todo, os QET — e o próprio espaço-tempo — comportam-se de uma forma quase fluida. Como um fluido, a membrana lumínica exibe:
. Pressão
. Densidade e compressibilidade
. Viscoelasticidade
. Superfície e tensão superficial

Examinaremos cada um destes itens em detalhes posteriormente, mas, por ora, vale a pena observar que a viscoelasticidade é a propriedade que dá origem à gravidade e à inércia e é o que permite todo movimento relativo. À medida que se acumula, a massa começa a deslocar a membrana do espaço-tempo, que afina abaixo do objeto. Isto é a gravidade. Da mesma forma, a membrana resiste à mudança, o que significa que deslocá-la leva tempo quando da aplicação de força. (A viscosidade do espaço-tempo resulta em atrito entre as camadas limítrofes, e é o motivo para o efeito Lense-Thirring, isto é, arrasto de diferenciais).

Como os espaços sublumínicos e superlumínicos são fisicamente separados pela membrana do espaço-tempo, a massa em STL e a massa em FTL podem ocupar as mesmas coordenadas simultaneamente, embora este arranjo tenha vida curta porque (a) toda matéria no espaço superlumínico se desloca a uma velocidade maior do que c, e (b) a membrana compartilhada implica que o deslocamento no espaço-tempo da massa, isto é, a gravidade, tem um efeito igual e contrário no domínio oposto.

Um exemplo ilustrativo: em espaço STL, um planeta vai pressionar o tecido do espaço-tempo para criar o tipo de gravidade com que todos estamos familiarizados. Ao mesmo tempo, esta depressão se manifestará no espaço FTL como uma "colina" de gravidade — uma proeminência igual e oposta no tecido do espaço-tempo. O contrário também é válido.

Isto tem várias consequências. A primeira delas é que a massa em um domínio do espaço tem um efeito repulsivo sobre a outra. Estrelas, planetas e outros corpos gravitacionais de STL não agem mais como atratores quando se faz a transição para FTL. Pelo contrário.

O mesmo pode ser dito da massa em espaço superlumínico. Porém, como o FTL contém uma densidade de energia líquida mais baixa (um efeito colateral natural de táquions que possuem uma velocidade básica > c), e em vista das leis e das partículas diferentes que existem em FTL, o que acontece é que as colinas de gravidade produzidas pela matéria sublumínica mais densa dispersam a massa taquiônica, forçando-a para fora e para longe. Como foi confirmado por Oelert (2122), a maior parte de nossa matéria superlumínica local existe em um vasto halo que cerca a Via Láctea. Este halo faz pressão sobre a Via Láctea, o que ajuda a impedir que a galáxia se desintegre.

Os efeitos gravitacionais da massa superlumínica em nosso domínio sublumínico foram por muito tempo um mistério. As primeiras tentativas de explicá-los resultaram nas teorias, agora obsoletas, de "matéria escura" e "energia escura". Hoje em dia, sabemos que as concentrações de massa superlumínica entre as galáxias são responsáveis pela expansão contínua do universo e que elas também afetam a forma e o movimento das próprias galáxias.

Ainda é uma questão em aberto se a matéria taquiônica coalesce no equivalente superlumínico de estrelas e planetas. A matemática diz que *sim*, mas até agora a confirmação observacional mostrou-se inconclusiva. A borda da galáxia fica longe demais para ser alcançada até pelos drones mais velozes, e nossa geração atual de sensores FTL não tem sensibilidade suficiente para captar corpos gravitacionais individuais a esta distância. Sem dúvida, isto mudará com o tempo, e um dia poderemos aprender muito mais sobre a natureza da matéria superlumínica.

Outra consequência do fosso-colina causado pelo deslocamento do espaço-tempo induzido pela massa é o efeito comumente conhecido como Limite de Markov. Antes que isto possa ser explicado, será útil realizarmos uma breve revisão de como a viagem e a comunicação em FTL realmente funcionam.

Para se ter uma transição tranquila do espaço sublumínico para o superlumínico, é necessário manipular diretamente a membrana subjacente do espaço-tempo. Isto se faz por meio de um campo eletromagnético especialmente condicionado que se combina com a membrana (ou melhor, com os QET constituintes).

Na teoria de calibre, campos eletromagnéticos comuns podem ser descritos como *abelianos*. Isto é, a natureza do campo difere daquela que o gera. Isto é válido não só para a radiação eletromagnética, mas também para a atração próton/elétron, e também a repulsão dentro de átomos e moléculas. Os campos *não abelianos* seriam aqueles com forças nucleares fortes e fracas iguais. São estruturalmente mais complicados e, por conseguinte, exibem níveis mais levados de simetria interna.

Os outros campos não abelianos mais relevantes são aqueles associados com a tensão superficial, a viscoelasticidade e a coerência interna da membrana do espaço-tempo. Surgem de movimentos e interações internos dos QET, cujos detalhes estão muito além do escopo desta seção.

De todo modo, provou-se que era possível converter radiação eletromagnética comum de abeliana para não abeliana pela modulação da polarização da energia de onda emitida de antenas ou aberturas, ou pela sintonia nas frequências de correntes alternadas para geometrias toroidais pelas quais as correntes são impelidas (este é o método usado por um Propulsor de Markov). Isto resulta em radiação eletromagnética com um campo subjacente de simetria SU(2) e forma não abeliana, como descrevem as equações expandidas de Maxwell. Isto se combina em uma direção ortogonal com os campos do espaço-tempo por meio de uma grandeza compartilhada: o "potencial de vetor A". (Ortogonal, porque tárdions e táquions exibem direções contrárias de movimento nos comprimentos dos pacotes, e o campo eletromagnético condicional está interagindo com as superfícies sublumínica *e* superlumínica do espaço-tempo.) Isto é comumente descrito como viajar em uma linha reta por um ângulo reto.

Depois que o campo eletromagnético é combinado com o tecido do espaço-tempo, passa a ser possível manipular a densidade do meio. Pela injeção de uma quantidade adequada de energia, o próprio espaço-tempo pode ficar cada vez mais fino e permeável. Tanto que a certa altura a densidade de energia do espaço sublumínico leva a área afetada a aparecer no espaço superlumínico, como uma bolha de alta pressão expandindo-se/elevando-se a uma área de baixa pressão.

Se os campos eletromagnéticos condicionados forem mantidos, o espaço sublumínico englobado pode ser mantido suspenso dentro do espaço superlumínico.

Da perspectiva de um observador em STL, tudo dentro da bolha desapareceu e só pode ser detectado por sua "colina" gravitacional do outro lado da membrana do espaço-tempo.

De dentro da bolha, um observador se verá cercado por um espelho esférico e perfeito em que a superfície da bolha interage com o espaço FTL exterior.

Da perspectiva de um observador em FTL, uma bolha perfeitamente reflexiva e perfeitamente esférica terá acabado de surgir no espaço superlumínico.

A massa e o momento linear permanecem conservados o tempo todo. Nossa posição original será a mesma em FTL e em STL, e nossa velocidade original será convertida no equivalente de energia superlumínico.

Depois que o campo eletromagnético é descontinuado, a bolha desaparecerá e tudo dentro dela cairá de volta ao espaço sublumínico (um processo sem dúvida conhecido por muitos de vocês). Em geral, isto é acompanhado por um clarão forte e uma explosão de energia térmica enquanto são liberados a luz e o calor formados dentro da bolha durante a viagem.

Vale a pena mencionar algumas características específicas das Bolhas de Markov:

- Como a superfície de uma bolha age como um espelho perfeito, é quase impossível perder o excesso de calor de uma espaçonave durante um voo em FTL. É por isso que se faz necessário deixar tripulações e passageiros em crio antes da viagem.

- Em vista disto, não é prático ativar um propulsor de fusão em FTL. Assim, os Propulsores de Markov — que exigem uma quantidade nada desprezível de energia para gerar e manter um campo eletromagnético condicionado de força suficiente — dependem de antimatéria armazenada para produzir esta energia. Isso é mais eficiente e resulta na menor quantidade de excesso de calor.

- Embora o Propulsor de Markov e a espaçonave em torno dele contenham uma grande quantidade de energia comprimida pelos padrões FTL, a única energia que o espaço superlumínico vê é a que aparece pela superfície da bolha. Assim, quanto mais eficiente um Propulsor de Markov (isto é, quanto menos energia ele usa para gerar o campo eletromagnético condicionado), mais rápido podemos viajar.

- Se, por infelicidade, houvesse uma colisão com um pedaço de massa FTL, isto resultaria em ruptura imediata da Bolha de Markov e imediato retorno ao espaço STL, com possíveis consequências catastróficas, dependendo da localização.

- Quanto menos energia usamos para gerar uma Bolha de Markov, mais delicada a bolha fica. Grandes colinas gravitacionais, como aquelas em torno de estrelas e planetas, têm força mais que suficiente para romper a bolha e nos fazer cair no espaço normal e sublumínico. É o que se conhece como Limite de Markov. Com potência computacional adequada, o limite pode ser reduzido, mas não eliminado inteiramente. Na atualidade, os Propulsores de Markov não podem ser ativados em um campo gravitacional mais forte que 1/100.000 g. É por este motivo que, no Sol, as espaçonaves precisam voar a uma distância equivalente ao raio da órbita de Júpiter antes de poderem entrar em FTL (mas, se estivermos realmente perto de Júpiter, teremos de voar ainda mais longe).

Embora o Limite de Markov seja irritante — ninguém gosta de ficar sentado por vários dias de viagem depois de semanas ou meses em crio —, na verdade ele se mostra vantajoso. Graças a ele, ninguém pode largar um asteroide em FTL diretamente em uma cidade ou coisa pior. Se não existisse o Limite de Markov, toda espaçonave seria ainda mais uma possível ameaça e seria praticamente impossível se defender de ataques surpresa.

Também somos afortunados porque a viscoelasticidade do espaço-tempo impede as bombas superposicionais. Se uma nave no espaço FTL voa sobre uma massa em espaço STL que produz menos que 1/100.000 g, e a nave retorna ao espaço sublumínico neste exato momento, a nave e a massa se empurrarão com igual força, evitando que qualquer dos objetos se cruzem. Se eles *se cruzassem*, a explosão resultante seria equivalente a uma detonação de antimatéria.

Uma vez que uma espaçonave entre em espaço superlumínico, o voo em linha reta costuma ser a opção mais prática. Porém, é possível ter certa manobrabilidade aumentando-se cuidadosamente a densidade de energia em um lado ou outro da bolha. Isto levará aquele lado da espaçonave a reduzir, e portanto a nave como um todo a virar. Entretanto, é um processo gradual, adequado somente para pequenas correções de curso em longas distâncias. Caso contrário, existe o risco de desestabilizar a bolha. Para mudanças mais substanciais, é melhor voltar ao espaço sublumínico, reorientar e tentar de novo.

Quaisquer mudanças na posição que ocorram em FTL serão refletidas depois do retorno ao STL. O mesmo ocorre para quaisquer mudanças no momento linear/velocidade total, com o grau de mudança sendo inversamente proporcional.

Tecnicamente, é possível que duas naves em FTL acoplem, mas as dificuldades práticas de se combinar as velocidades exatas, bem como a matemática de fusão das Bolhas de Markov, implicam que, embora isto tenha sido feito com drones, ninguém — até onde sabemos — fez a loucura de experimentar com naves tripuladas.

Apesar de uma nave dentro de uma Bolha de Markov nunca poder observar diretamente seu ambiente FTL, algum nível de informação sensorial *é* possível. Pela pulsação da bolha nas frequências corretas, partículas FTL podem ser criadas na superfície externa da membrana e estas podem ser usadas como uma forma de radar e também como mecanismo de sinalização. Com cuidadosa medição, podemos detectar o retorno de partículas quando elas colidem com a bolha, e isto nos permite interagir com o espaço superlumínico, apesar de ocorrer de forma rudimentar.

É por este método que funcionam sensores e comunicadores FTL. Ambos podem ser usados muito mais perto de uma estrela ou planeta do que se pode manter uma Bolha de Markov, mas, como acontece com a bolha, existe um ponto em que as colinas de gravidade associadas tornam-se íngremes demais para a subida dos sinais FTL mais lentos e de maior energia.

Devido à proteção da bolha, uma nave retém o referencial inercial que tinha antes de FTL, o que significa que não experimenta a extrema dilatação no tempo de uma partícula superlumínica exposta. Nem experimenta nenhum efeito relativista (os gêmeos do famoso paradoxo dos gêmeos envelhecerão no mesmo ritmo se um deles pegar um voo FTL do Sol a Alfa Centauro e voltar).

Isto, naturalmente, nos leva à questão da causalidade.

Por que, pode-se perguntar, a viagem em FTL não permite a viagem no tempo, como parecem indicar todas as equações da relatividade especial? A resposta é que ela não permite e sabemos disso porque... ela não permite.

Embora possa parecer irônico, a verdade é que o debate ainda não se resolvera antes de Robinson e a tripulação da *Daedalus* fazerem os primeiros voos em FTL. Foi preciso experimentação empírica para responder com segurança à questão da viagem no tempo, e a matemática e a física subjacentes só se desenvolveram plenamente depois.

O que descobrimos é o que se segue: não importa o quão veloz seja uma viagem superlumínica — não importa a quantos múltiplos de c sua espaçonave viaja —, você nunca será capaz de voltar ao ponto de origem *antes* de ter partido. Nem, a propósito, poderá usar sinais FTL para mandar informações para o passado. Certa quantidade de tempo *sempre* passará entre a partida e a volta.

Como isto é possível? Para quem está minimamente familiarizado com os cones de luz e as transformações de Lorentz, ficará extremamente óbvio que exceder a velocidade da luz resulta em conseguir visitar o passado e matar o avô (ou algo igualmente absurdo).

Ainda assim, não podemos.

A chave para entender isto está no fato de que todos os três domínios lumínicos pertencem ao mesmo universo. Apesar de sua aparente separação (que aparece de nossa perspectiva normal e sublumínica), os três fazem parte de um todo maior e coeso. Embora possam ocorrer violações locais das leis da física em determinadas circunstâncias, em uma escala global estas leis são mantidas. A conservação de energia e o momento linear, por exemplo, sempre são mantidos nos três domínios lumínicos.

Além disso, existe certa quantidade de interseção. As distorções gravitacionais de um lado da barreira lumínica terão um efeito especular no outro. Assim, um objeto que se desloca no espaço sublumínico deixará uma distorção gravitacional STL no espaço FTL equivalente. Ondas da distorção se propagarão para fora independentemente de c. O oposto também é válido para a massa gravitacional superlumínica, que deixaria um rastro FTL de ondas no espaço-tempo pelo espaço normal e sublumínico. (É claro que nenhum rastro FTL foi detectado antes da invenção do Propulsor de Markov, mas isso foi o resultado — na maioria dos casos — de sua extrema fraqueza e da distância da maior parte da matéria superlumínica do corpo principal da Via Láctea.)

Observação: é importante lembrar que, assim como qualquer coisa que se move mais rápido que c no espaço sublumínico, teoricamente pode ser usada para se conseguir uma violação na causalidade, o mesmo pode ser dito de qualquer coisa que se mova mais *devagar* que c no espaço superlumínico. Em FTL, c é a velocidade mínima de informação. Acima disto, a relatividade e a não simultaneidade são mantidas, por maior que seja a velocidade atingida.

Mesmo sem a existência de um Propulsor de Markov, agora temos uma situação em que fenômenos naturais parecem violar a barreira da velocidade da luz dos dois lados da membrana do espaço-tempo, porém, repito, sem induzir qualquer violação na causalidade.

Volta a pergunta: por que é assim?

A resposta é dupla.

Primeira: nenhuma partícula de massa real chega a romper a barreira da velocidade da luz nos domínios sub e superlumínicos. Se rompesse, veríamos todos os paradoxos e violações na causalidade previstos pela física tradicional.

Segunda: assim como os QET formam a base de toda partícula sublumínica, também formam a base de toda partícula superlumínica. Como o nome implica, os QET são capazes de existir em todos os três domínios ao mesmo tempo, e são capazes de se movimentar com a lentidão das partículas mais lentas em STL e com a rapidez das partículas mais rápidas em FTL — o que é de fato muito veloz, restrito apenas pelo limite de energia mais baixo necessário para manter a coerência da partícula e, mesmo assim, os QET podem se movimentar mais rápido ainda, em vista de sua energia de Planck de 1.

Assim, com a descoberta dos QET, temos um objeto que é capaz de transportar informações bem mais rápido que a velocidade da luz. Normalmente, isto só ocorre no domínio superlumínico, mas qualquer QET é capaz destas velocidades e, em geral, transferem-se de velocidades sub para superlumínicas com a mudança de sua posição na membrana do espaço-tempo. Estas mudanças são responsáveis por grande parte da bizarrice quântica vista em pequenas escalas.

O cone de luz, por assim dizer, de um observador usando QET para coleta de informações seria muito, mas muito mais amplo do que se estivesse usando apenas fótons (mais amplos, porém não completos; os QET têm uma velocidade finita). O cone de luz — ou o cone de QET — mais amplo expande o conjunto total de eventos que podem ser considerados simultâneos. Embora a não simultaneidade e a relatividade sejam mantidas nos três domínios lumínicos (quando considerados como um todo), a imensa velocidade dos QET reduz os eventos que podem ser considerados não simultâneos a um número muito menor, e aqueles que se consideram estão além da maior velocidade de uma partícula FTL. Embora, em tese, o universo permaneça fundamentalmente relativo, na prática, a grande maioria dos eventos pode ser considerada ordenada e causal.

Isto significa que, quando uma nave entra em FTL, não pode induzir nenhuma violação na causalidade dentro do espaço superlumínico, porque a Bolha de Markov *é* um objeto/partícula superlumínico e se comporta como tal. Quando uma nave volta ao STL, não ocorre nenhuma violação na causalidade porque os tempos de viagem sempre são mais lentos do que a maior velocidade dos QET (isto é, a velocidade da informação).

Onde um paradoxo *teria* acontecido no espaço sublumínico, descobre-se que os eventos seguiram uma relação causal, um após o outro, sem qualquer contradição. De longe, pode parecer que podemos mandar uma informação de volta a seu ponto de origem antes que tenha sido transmitida, mas *parecer* é a palavra a se ter em mente. Na realidade, tal coisa não é possível. Se alguém tentar, a transmissão de retorno nunca chegará antes de uma unidade de tempo de Planck QET (onde o tempo de Planck QET é definido como o período de tempo para que um QET em velocidade máxima atravesse uma unidade de comprimento de Planck).

Por conseguinte, sempre que vemos a possibilidade de uma violação na causalidade no espaço sublumínico, estamos, essencialmente, vendo uma miragem. Sempre que tentarmos explorar esta possibilidade, fracassaremos.

Disto resulta que um grande número de observações em nosso universo subluminico é ilusório. Antes da invenção do Propulsor de Markov (ou, na falta deste, da detecção de sinais gravitacionais em FTL), nada disto importava. A relatividade era mantida no conjunto porque a viagem e as comunicações em FTL não eram possíveis. Nem podíamos acelerar uma espaçonave a velocidades relativistas altas o bastante para realmente começarmos a investigar a questão. Só agora, com acesso aos domínios sub e superlumínico, a verdade foi esclarecida.

Enquanto as assinaturas de luz de nossas modernas viagens em FTL começam a alcançar as estrelas próximas, um observador posicionado ali com um telescópio de potência suficiente veria uma série perturbadora de imagens em que naves e sinais apareceriam do nada, aparentemente fora de ordem. Porém, observando QET em vez de fótons, a verdadeira ordem dos acontecimentos pode ser estabelecida (ou quando se viaja fisicamente para a origem das imagens).

O mecanismo exato que impede as violações na causalidade no espaço STL é a velocidade máxima dos QET. Se esta não for rompida (e não se conhece um mecanismo que o permita), o FTL nunca permitirá a viagem ao passado. Devemos ficar agradecidos por isto. Um universo não causal seria simplesmente o caos.

*****

Com nosso panorama encerrado, agora examinaremos a possibilidade teórica de usar campos eletromagnéticos condicionados para reduzir os efeitos inerciais e diminuir ou aumentar a gravidade percebida. Embora ainda não seja prático com nossos níveis atuais de produção de antimatéria, no futuro isto poderá ser um meio de...

APÊNDICE II

* * * * * * *

COMBATE NO ESPAÇO COM NAVES

Transcrito da palestra do professor Chung
na Academia Naval do CMU, Terra (2242)

Boa tarde, cadetes. Sentem-se.

Nas próximas seis semanas, vocês receberão a mais refinada educação que o CMU pode dar sobre os meios e métodos do combate com naves. Combater no espaço não é duas vezes mais difícil que combater no ar ou na água. Não é três ou quatro vezes mais difícil. É toda uma ordem de magnitude mais complicado.

A gravidade zero é um ambiente não intuitivo para o cérebro humano. Mesmo que vocês tenham sido criados em uma nave ou estação, como alguns foram, existem aspectos de manobras inerciais que *vocês não entenderão* sem a instrução adequada. E não importa o quanto vocês possam ser afiados quando se trata do bom e velho mais lento que a luz, o FTL joga essas regras câmara de descompressão afora e pisoteia nelas até virarem uma maçaroca ensanguentada.

As capacidades de manobra de sua nave e daquelas que combatem a seu lado determinarão onde vocês podem combater, *quem* podem combater e — se necessário — as exigências da retirada. O espaço, como tem sido declarado com frequência, não é apenas grande, é maior do que vocês possam imaginar. Se não estreitarem a distância entre vocês e seu alvo, eles são invulneráveis a sua artilharia. É por isso que costuma ser vantajoso sair de FTL com um alto grau de movimento relativo. Mas nem sempre. As circunstâncias variam e, como oficiais combatentes, vocês serão chamados a tomar decisões desse tipo.

Vocês aprenderão as capacidades e as limitações de nossos propulsores de fusão. Aprenderão por que — apesar do que possam ter visto em jogos ou filmes — o conceito de naves de combate pessoal no espaço não só é ultrapassado, como nunca existiu. Um drone ou míssil não só é mais barato, também é mais eficaz. As máquinas podem suportar muito mais g que qualquer humano. Sim, de vez em quando vocês dão com um mineiro radicalizado ou um membro de cartel local que usa uma espaçonave menor para a pirataria ou coisa semelhante, mas, quando confrontado com uma nave de guerra decente, como nossos cruzadores ou as naves de batalha, eles *sempre* perdem.

Quando vocês enfrentarem o inimigo, o combate será uma interação estratégica entre os diferentes sistemas de suas naves. Um jogo de xadrez, em que o objetivo é infligir danos suficientes nos hostis para desativar ou destruí-los antes que eles façam o mesmo com vocês.

Cada sistema de armas que usamos tem diferentes vantagens e desvantagens. Os mísseis são melhores para ataques de alcance curto e médio, mas são lentos demais e levam muito pouco combustível para combates de alcance maior. Além disso, depois de disparados, eles se vão. Os lasers de defesa podem parar mísseis que chegam, mas só em certa quantidade e só até o laser superaquecer. Os Casaba-Howitzers também são armas de alcance curto e médio, mas, diferentemente dos mísseis, os lasers não conseguem pará-los depois que são disparados. Na verdade, nada além de uma muralha maciça de chumbo e tungstênio com dez a vinte metros de espessura vai deter o feixe de radiação de um Casaba-Howitzer. A desvantagem é sua massa; vocês só podem carregar uma quantidade limitada de Casaba-Howitzers na nave. Além disso, em longo alcance, o feixe de um howitzer se alargará, deixando-o com a potência de um peido molhado em uma nevasca. Em alcance de médio a grande, vocês dependerão de seu laser de quilha. Mas, repito, vocês terão de se preocupar com o superaquecimento e seu inimigo pode contra-atacar com giz e alumínio para dispersar o pulso que chega. Os propulsores de massa e penetradores nucleares podem ser usados a qualquer distância, porque as armas cinéticas têm um alcance efetivamente infinito no espaço, mas só são realmente práticas em combates de curto alcance em que o inimigo não tem tempo para se evadir, ou nos ataques de longuíssimo alcance em que o inimigo não sabe que vocês estão atirando nele.

Não importa que arma ou armas vocês escolherem empregar, terão de equilibrar seu uso com a carga térmica máxima de sua nave. Vai disparar seu laser de quilha mais uma vez, ou vai executar outra aceleração de evasão? Vai se arriscar a estender seus radiadores durante um tiroteio para se livrar de uns BTUs a mais? Quanto tempo pode se arriscar ao resfriamento antes de saltar para FTL, se o inimigo está te perseguindo?

O combate de nave para superfície tem exigências diferentes daquele de nave para nave. Instalações estacionárias, como as plataformas de defesa orbitais, os anéis habitacionais e os asteroides convertidos, exigem estratégias únicas. Se vocês decidirem abordar uma nave inimiga, como proteger melhor seus soldados, bem como sua própria nave?

Junto com o combate físico, vocês terão de travar a guerra eletrônica. Os hostis *tentarão* subverter seus sistemas de computação e voltá-los contra vocês. A interferência talvez não os proteja, porque os hostis podem usar um feixe de linha de visão para iniciar uma troca de sinais no sistema.

Todas estas coisas e mais devem ser levadas em consideração quando se combate no espaço. O ambiente quer matar vocês. Os hostis querem matar vocês. E seus próprios instintos e falta de conhecimento *vão matar vocês* — e todos a sua volta — se vocês não dominarem esses fundamentos.

Agora, alguns devem estar pensando: "O cérebro da nave ou pseudointeligência não lida com a maior parte dessas coisas?" A resposta é sim, eles lidam. Mas não o tempo todo. Um cérebro de nave não tem mãos. O que eles podem mover ou consertar é limitado, e isto vale em dobro para as pseudointeligências. Em uma emergência, algumas coisas só podem ser feitas por um ser humano. Já tivemos vários casos em que o cérebro de nave ou o sistema de computação da nave foi desativado por ação inimiga. Quando isso acontece, estas decisões recairão sobre *vocês*, a próxima geração de oficiais combatentes da MCMU.

As próximas seis semanas serão as mais difíceis de sua vida. É proposital. O CMU não quer *ninguém* que seja desqualificado para entrar em uma espaçonave em que pode colocar em perigo não só a própria vida, mas a vida dos companheiros tripulantes. É melhor vocês desistirem agora e voltarem a ser marujos que só precisam se preocupar em manter as botas engraxadas e o queixo longe do convés. Se vocês não acham que podem lidar com uma responsabilidade dessas, levantem-se e vão embora. As portas ficam bem ali, e ninguém, nem eu, nem seus superiores, nem o CMU irá julgar quem sair agora... Não? Muito bem, então. No próximo mês e meio, minha equipe e eu vamos espremer vocês. Vocês *vão* desejar terem desistido. Mas se vocês se esforçarem, se trabalharem firme e aprenderem com os erros daqueles que pagaram por seu conhecimento com o sangue e a vida, terão uma boa chance de usar as estrelas de oficiais — de usá-las e fazer jus a elas.

Então estudem muito, e, no final deste programa, espero que cada um de vocês me impressione com seu conhecimento de combate no espaço.

Isso é tudo. Dispensados.

APÊNDICE III

* * * * * * *

TERMINOLOGIA

"Que seu caminho sempre leve ao conhecimento."
"O conhecimento à liberdade."

— LITANIA DOS ENTROPISTAS

"Coma a estrada."

— INARË

A

ACUWAKE: *ver* StimWare.

ADRASTEIA: lua na órbita do gigante gasoso Zeus, no sistema de Sigma Draconis. Na mitologia, uma ninfa que cuidou, em segredo, do bebê Zeus. Significa *inescapável* em grego.

ÁGUAS: *ver* Wranaui.

AIGOO: exclamação coreana usada para expressar muitas emoções, inclusive pena, nojo, frustração, leve desconforto ou surpresa. Semelhante a um suspiro verbal.

AISH: interjeição coreana que expressa frustração ou insatisfação.

AJUMMA: termo coreano para qualquer mulher de meia-idade ou mais velha, ou para uma mulher casada, mesmo que jovem. As ajummas são comumente estereotipadas como intensas e prepotentes.

ANEL ORBITAL: anel grande e artificial colocado em torno de um planeta. Pode ser construído em praticamente qualquer distância, mas o primeiro anel costuma ser erguido em órbita baixa. O conceito básico é simples: um cabo giratório orbita a linha equatorial. Uma casca supercondutora não orbital envolve o cabo. A casca é usada para acelerar/desacelerar o cabo, se necessário. Painéis e estruturas solares podem ser construídos na casca externa, inclusive elevadores espaciais estacionários. A gravidade na superfície mais externa da casca/anel tem níveis quase planetários. Uma forma prática e barata de deslocar uma grande quantidade de massa para dentro e fora da órbita. Usada por humanos e por Wranaui.

ANTIGOS: espécie senciente responsável por criar os Sementes, os Grandes Faróis e numerosos outros artefatos tecnológicos encontrados por todo o Braço de Órion da Via Láctea. Humanoides, com dois conjuntos de braços, eles alcançam cerca de dois metros de altura. Aparentemente extintos. As evidências mostram que sua espécie era extraordinariamente avançada e predava todas as outras espécies conscientes conhecidas. (*Ver também* Supremo *e* Bastão Azul.)

ARQUIARITMÉTICO: *ver* Pontifex Digitalis.

ARROSITO AHUMADO: sobremesa comum em San Amaro. Pudim de arroz com sabor de caramelo feito com açúcar mascavo fervente, filtrando-se o xarope nas cinzas de ervas aromáticas.

ASPECTO DO VAZIO: tela ou visor dos Wranaui; tradicionalmente, uma imagem gerada dentro de um globo suspenso na água.

ASPIRANTE: forma de vida servil criada pelos Antigos com a intenção de imposição e contenção. Capaz de assumir o controle direto dos atos de um ser vivo depois de contato físico e injeções na caixa craniana. Altamente inteligente, altamente perigoso, e sabe-se que reúne grandes exércitos de sencientes escravizados.

B

BASTÃO AZUL: módulo de comando construído pelos Antigos. De grande importância sociotecnológica.

BASTÃO VERDE: fragmento da Semente, com vida própria.

BICHO-PURPURINA: animal pequeno, semelhante a um inseto, nativo de Eidolon. Notável pelos exoesqueletos brilhantes e metálicos.

BITS: criptomoeda datada do Tempo Padrão Galáctico (TPG). Forma mais amplamente aceita de moeda corrente no espaço interestelar. Moeda oficial da Liga dos Mundos Aliados.

BLASTER: laser que dispara um pulso em vez de um feixe contínuo.

B. LOOMISII: bactérias semelhantes a liquens, cor de laranja, nativas de Adrasteia.

BOLHA DE MARKOV: esfera de espaço sublumínico permeada por um campo eletromagnético condicionado que permite que a matéria tardiônica faça a transição pela membrana de espaço-tempo fluida no espaço superluminíco.

BOT DE CARGA: robôs semiautônomos usados para o trabalho braçal.

BRAÇOS: organizações políticas e sociogenéticas semiautônomas na sociedade Wranaui. Cada Braço age como julga adequado, mas os impulsos podem ser anulados por forma de governo. (*Ver também* Tfeir.)

BRONZEADO DE ESPAÇONAUTA: resultado inevitável de dias e meses sob as luzes de pleno espectro usadas em espaçonaves para evitar distúrbios afetivos sazonais, deficiência de vitamina D e uma série de outras enfermidades. Especialmente notável em habitantes de estações nativas e de naves de longos percursos.

BUSCADOR: um Entropista. Quem busca uma forma de salvar a humanidade da morte térmica do universo.

BUSCADOR-CAÇADOR: pequenos drones usados para vigilância e assassinato.

C

CAÇABICHO: nome dado pelo CMU ao sistema antes colonizado pelos Antigos. Localização do planeta que os humanos chamam de Nidus e local de último descanso do Bastão Azul.

CARDUME DE ASSALTO HFARR: nome da frota das Forças Armadas dos Wranaui (sendo uma de cada Braço).

CASABA-HOWITZER: carga moldada nuclear. Em geral, instalada em um míssil para aumentar seu alcance. O termo pode se referir a Casaba-Howitzers puros (que focalizam uma explosão nuclear em um feixe estreito de plasma) ou a Casaba-Howitzers que usam a dita explosão para impelir projéteis formados explosivamente (balas de tungstênio derretido com extremo potencial de destruição).

CASTANHAS DE BERYL: castanhas comestíveis de casca parecida com uma pedra preciosa, usadas em algumas marcas de rações. Espécie manipulada geneticamente, nativa de Eidolon.

CENTRAL TERRESTRE: quartel-general principal da Liga e do CMU. Construído em torno da base do pé de feijão de Honolulu.

CÉREBRO DA NAVE: a transcendência somática da humanidade. Cérebros removidos de corpos, colocados em uma matriz de crescimento e banhados com nutrientes para induzir a expansão de tecidos e a formação de sinapses. Os cérebros de nave são o resultado de uma confluência de fatores: o desejo humano de levar o intelecto a seus limites, o fracasso no desenvolvimento de uma verdadeira IA, o tamanho crescente das espaçonaves e o potencial destrutivo de qualquer nave que viaje no espaço. Ter uma única pessoa, um único *cérebro*, para supervisionar as principais operações de uma nave tornou-se uma ideia atraente. Porém, nenhum cérebro sem melhoramentos conseguiu lidar com a quantidade de informações sensoriais produzidas por uma espaçonave completa. Quanto maior a nave, maior o cérebro necessário.

Os cérebros de nave são alguns dos mais brilhantes indivíduos que a humanidade produziu. Além disso, em certos casos, alguns dos mais perturbados. O processo de desenvolvimento é complexo e foram notados efeitos colaterais psiquiátricos graves.

Teoriza-se que os cérebros de nave — a bordo ou não — são responsáveis por dirigir muito mais questões cotidianas dos humanos do que suspeitam os menos paranoicos. Embora seus meios e métodos às vezes possam ser opacos, seus desejos não são diferentes daqueles de qualquer outro ser vivo: ter uma vida longa e próspera.

CETROS: *ver* SJAMs.

CHAPADA LFAAR: famoso relevo geográfico em Pelagius. O clima temperado faz deste local o preferido para as poças de incubação dos Wranaui. Mais tarde, adquiriu importância sociopolítica e religiosa com a descoberta de vários artefatos dos Antigos embutidos nele. Local original do Conclave Wranaui (posteriormente o Conclave Abissal), antes do ingresso nos Braços e da ascensão da forma reinante.

CHEFE: termo huterita genérico para uma pessoa encarregada de qualquer projeto ou organização. Adotado no uso geral com numerosas variações depois da Expansão Huterita.

CHEFE DA EXPEDIÇÃO: *ver* Chefe.

CHEFE DE ENGENHARIA: *ver* Chefe.

CHELL: chá derivado das folhas da palmeira Sheva, de Eidolon. Um estimulante leve usado em toda a Liga, o segundo em popularidade, perdendo apenas para o café. Mais comum entre os colonos do que entre terráqueos.

"*CHIARA'S FOLLY*": canção folclórica de Weyland sobre as desventuras de um gato.

CIC: Comissão Interestelar de Comércio. Um departamento da Liga encarregado de supervisionar o comércio interestelar. Sua missão inclui impor padrões, coletar tarifas e prevenir fraudes, bem como fornecer empréstimos e recursos para estimular o crescimento econômico por todo o espaço colonizado.

CICLO: ano dos Wranaui. Aproximadamente um quarto mais duradouro que o ano padrão terrestre.

CIDADANIA CORPORATIVA: cidadania, independentemente de território, garantida a determinados empregados de corporações interestelares. Permite que os indivíduos trabalhem, viajem e morem em diferentes nações/planetas/sistemas com relativa facilidade. Conceito desenvolvido antes da formação da Liga, e aos poucos suplantado pela cidadania da Liga, que concede um passaporte equivalente.

CIDADES DAS NUVENS: domos habitacionais leves, de densidade neutra, que flutuam nas nuvens de Vênus. Alguns dos maiores e mais prósperos assentamentos fora da Terra. A maioria dos elementos estruturais vem de árvores e outros vegetais cultivados nos domos.

CLASSE NARU: naves Wranaui de massa mediana que carregam um número limitado de soldados. Em geral, não mais de três lulas, dois ou três rastejadores e o mesmo número de mordedores.

CMU: Comando Militar Unido. Forças Armadas combinadas da Liga recrutadas dos membros constituintes. Vários governos deixaram de manter as próprias Forças Armadas e, em vez disso, dirigem todos os recursos de defesa para o CMU.

COFORMA: termo para os Wranaui que partilham o mesmo formato físico.

COLÉGIO DE ENUMERADORES: corpo governante dos Numenistas, em sua sede em Marte.

COMANDO EUROPA: Comando Europa da Liga dos Mundos Aliados (CE-LMA, ou EUCOM) é um dos sete comandos de combate unificados das Forças Armadas da Liga, estacionado dentro do Sol. Quartel-general na Estação Lawrence, com apoio material contínuo proporcionado pelas instalações de fabricação da Estação Orsted, perto de Ganimedes.

COMPULSÃO: *ver Tsuro.*

CONCHA: palavra Wranaui para "espaçonave". Derivada de suas próprias carapaças protetoras.

CONCLAVE ABISSAL: congresso sicofanta de coformas de Wranaui que reside em um Limiar Plangente dentro dos oceanos de Pelagius.

CONSTRUTO: um corpo artificial (embora biológico) cultivado para abrigar o cérebro de uma pessoa que perdeu o corpo original. Em geral, um passo intermediário no caminho para a completa conversão a cérebro de nave.

CORDOVA: (Gliese 785) estrela anã vermelha alaranjada usada pelos Wranaui como base de operações avançadas e posto de vigilância de longo prazo para observar a humanidade.

CORROMPIDOS: *ver* Pesadelos.

COXINS DE LAGARTIXA: almofadas adesivas na base dos skinsuits e das botas cuja função é permitir a escalada ou manobras em gravidade zero. Como implica o nome, a aderência das almofadas (que são cobertas por cerdas de cerca de 5 μm de diâmetro) depende da força de van der Waals. A força de corte é um fator limitante para carga máxima, mas também proporciona mecanismo de liberação.

CRIO: sono criogênico; animação suspensa induzida por um coquetel de drogas antes de uma viagem em FTL.

CRUZADOR: nave do CMU projetada para operar solo em levantamentos e patrulhas de longa distância. Menores e mais manobráveis do que as naves de guerra, mas ainda assim formidáveis. O equipamento padrão inclui dois módulos de pouso equipados com Markov capazes de viajar da órbita para a superfície e da superfície para a órbita.

D

DELTA-V: medida de empuxo por unidade de massa de uma espaçonave necessária para realizar determinada manobra. Em outras palavras, a mudança na velocidade que pode ser realizada expandindo-se o propelente da nave. As manobras são medidas no delta-v necessário e os custos aumentam linearmente. A massa do propelente necessária para qualquer manobra é determinada pela equação do foguete Tsiolkovsky.

DEPARTAMENTO DE DEFESA: departamento civil da Liga, responsável pela supervisão do CMU.

DESAPARECIDOS: *ver* Antigos.

DIP: diploma interplanetário. Único diploma educacional aceito em todo o espaço colonizado. A certificação é supervisionada pela Universidade Bao, no Mundo de Stewart, em cooperação com várias instituições de ensino do Sol. Os DIP cobrem as disciplinas mais relevantes, inclusive direito, medicina e todas as ciências importantes.

DIRETOR DE SEGURANÇA INTERESTELAR: a maior autoridade de inteligência civil na Liga. Sua principal responsabilidade é a proteção existencial da humanidade.

DQAR: formação de batalha dos Wranaui, caracterizada por um delta invertido.

E

ECMU: Exército do Comando Militar Unido.

EIDOLON: planta na órbita de Epsilon Eridani. Um planeta verde semelhante à Terra, fervilhante de vida nativa, nenhuma senciente e a maioria venenosa ou hostil. A colônia ali tem a mais elevada taxa de mortalidade de qualquer planeta colonizado.

ELEVADOR ESPACIAL: faixa de fibra de carbono que se estende da superfície de um planeta a um ponto de ancoragem (em geral, um asteroide), depois da órbita geoestacionária. Esteiras rolantes transportam massa, subindo e descendo pela faixa.

EMPÓRIO DE TRITÕES PIOS DE FINK-NOTTLE: varejista famoso de anfíbios na Terra. Fundado por C. J. Weenus por volta de 2104.

ENJOO DE CRIO: desconforto generalizado digestivo, metabólico e hormonal provocado por tempo demais em crio (ou por muitas viagens consecutivas). De desagradável a letal, com efeitos colaterais que aumentam com o tempo em crio e/ou o número de viagens. Alguns indivíduos são mais propensos do que outros.

ENTROPISMO: pseudorreligião apátrida movida por uma crença na morte térmica do universo e por um desejo de escapar ou adiar a mencionada morte. Fundado pelo matemático Jalal Sunyaev-Zel'dovich em meados do século XXI. Os Entropistas dedicam recursos consideráveis à pesquisa científica e contribuíram — direta ou indiretamente — com várias descobertas importantes. Os adeptos confessos são identificados por seus mantos gradientes. Como organização, os Entropistas se mostraram de difícil controle, porque não juram lealdade a nenhum governo, apenas aos rigores de sua própria busca. Sua tecnologia está consistentemente várias décadas à frente da principal da sociedade humana, se não mais. "Por nossos atos, aumentamos a entropia do universo. Por nossa entropia, procuramos a salvação das sombras iminentes." (*Ver também* Nova Energium.)

ENUMERAÇÃO: transmissão de números progressivos que os Numenistas devem ouvir como parte da observância a sua fé. Alguns números, como os primos, são considerados mais auspiciosos que outros. (*Ver também* Numenismo.)

ESCUDO DE SOMBRA: uma tampa de radiação protetora que fica entre um reator e o corpo principal de uma espaçonave. Compreendido de duas camadas: escudo de nêutrons (normalmente hidróxido de lítio) e escudo de raios gama (ou tungstênio ou mercúrio). Para manter as estações e a tripulação dentro da "sombra" lançada pelo escudo, as espaçonaves costumam se acoplar de frente.

ESCUDO MAGNÉTICO: o toro bipolar magnetosférico de plasma ionizado usado para proteger espaçonaves da radiação solar durante viagens interplanetárias, *ou* o sistema magneto-hidrodinâmico usado para frenagem e proteção térmica durante a reentrada.

ESPUMED: espuma estéril mesclada com antibióticos que endurece em um gesso semiflexível. Usada para estancar sangramentos, imobilizar fraturas e, quando injetada em cavidades corporais, prevenir infecções.

ESTELARISTAS: um dos vários grandes partidos políticos na Liga. Atualmente, o partido governante. Movimento isolacionista composto dos poderes governamentais principais de Marte, Vênus e Terra. Ganhou força depois dos problemas com Shin-Zar e da descoberta do Grande Farol. (*Ver também* Partido Conservacionista *e* Partido Expansionista.)

EXOESQUELETO: (EXO no jargão comum) uma estrutura energizada usada para combate, transporte, mineração e mobilidade. Os exos variam amplamente em projeto e função, sendo alguns abertos aos elementos e outros endurecidos para resistência ao vácuo ou às profundezas do oceano. Exos blindados são equipamento padrão das tropas de combate do CMU.

EXPANSÃO HUTERITA: série de esforços de colonização intensiva feitos pelos huteritas da Reforma, começando pelo Sistema Solar e expandindo-se para fora, em seguida à descoberta do FTL. Diz-se que o período começou logo depois da construção do primeiro elevador espacial terrestre e terminou com a colonização de Eidolon. (*Ver também* Huteritas da Reforma.)

F

FAZENDA ANTIMATÉRIA: um grande número de satélites posicionados na órbita próxima de uma estrela. Painéis solares convertem a luz do sol em eletricidade, usada para gerar antimatéria. O processo é tremendamente ineficiente, mas necessário, porque a antimatéria é o combustível preferido para os Propulsores de Markov.

FCMU: Fuzileiros do Comando Militar Unido.

FDP: Força de Defesa Planetária. Forças Armadas locais, compostas, em geral, por civis, ligadas a determinado planeta.

FITA FTL: gíria para fita adesiva a vácuo, um tipo de fita incrivelmente dura e sensível à pressão. Forte o bastante para remendar brechas em cascos externos. Apesar da crença popular, não é adequada para reparos que pretendam resistir à duração de viagens em FTL.

FLAGELO: micróbio que matou 27 dos 34 humanos enviados em missão de levantamento no planetoide rochoso de Blackstone.

FLANGE NUMINOSA: enorme estrutura geológica em Ruslan. Laje de granito ereta com veios dourados. Ponto turístico de destaque em Ruslan. Sabe-se que inspira fervor religioso e crises existenciais entre seus espectadores. Cenário de *Adelin*, um drama influente cujo protagonista, Sasha Petrovich, envolveu-se em um escândalo de corrupção perto do final de 2249 que levou à renúncia do governador de Rusan, Maxim Novikov, e a nomeação do inquisidor Orloff para resolver o problema. A revolta subsequente continuou intermitentemente por vários anos.

FNCMU: Fuzileiros Navais do Comando Militar Unido.

FTL: mais rápido que a luz, do inglês *faster than light*. Modo principal de transporte entre estrelas. (*Ver também* Propulsor de Markov.)

FULL SWEEP: mão de maior valor no sete-ou-nada, consistindo em quatro setes, dois reis e um nove, para uma contagem de 91 e uma pontuação de trinta.

G

GATO DA NAVE: animal de estimação tradicional em espaçonaves. A crença supersticiosa dá grande importância à presença e ao bem-estar de um gato da nave. Muitos espaçonautas se recusam a embarcar em uma nave que não tenha um. Registraram-se vários exemplos de alguém sendo morto depois de maltratar (intencionalmente ou não) um gato da nave.

GLOBO DE CONVERSÃO: propulsor de FTL Wranaui. "Converte" uma nave de espaço STL para FTL.

GRANDE FAROL: primeiro artefato alienígena encontrado pelos humanos. Localizado em Talos VII (Theta Persei 2). O Farol é uma cratera de 50 quilômetros de largura e 30 de profundidade. Emite um pulso eletromagnético de 304 MHz a intervalos de 10,6 segundos, junto com uma rajada de som estruturado que é uma representação do conjunto de Mandelbrot em código trinário. Cercado por uma rede de liga de gálio com vanádio, que no passado pode ter agido como supercondutor. Criaturas gigantes, feito tartarugas (sem cabeças ou pernas) vagam pela planície que cerca a cratera. Até hoje, ninguém descobriu a relação delas com o artefato. Sabe-se da existência de outros seis Faróis. Supõe-se que tenham sido construídos pelos Antigos, mas faltam prova definitivas. Seu propósito ainda é um mistério.

GRED: grânulos reciclados excretórios desidratados. Fezes estéreis cobertas por polímero quando processadas por skinsuits adequadamente equipados.

H

HANZO TENSEGRITY: seguradora com sede fora do Sol. Não é conhecida pela satisfação dos clientes.

HDAWARI: carnívoro grande de água salgada, nativo de Pelagius. Um dos poucos predadores conhecidos que atacam Wranaui adultos. Parentes próximos dos Wranaui, porém menos inteligentes.

HEPTARQUIA: conselho governante dos Antigos. (*Ver também* Supremo.)

HERESIA DA CARNE: *ver* Tfeir.

HIBERNÁCULO: termo entropista para um tubo de crio.

HUTERITAS DA REFORMA: dissidência herege do huteritismo etnorreligioso tradicional, agora em número muito maior que seus antecessores. Os huteritas da reforma (HR) aceitam o uso de tecnologia moderna sempre que lhes permita progredir na realização da difusão da humanidade e estabelecer seus direitos sobre a criação de Deus, mas reprovam qualquer uso de tecnologia, como injeções de células-tronco, que considerem necessidades individuais e egoístas. Sempre que possível, moldam-se a uma vida comunitária. Mostraram-se muito bem-sucedidos em todo lugar que colonizaram. Diferentemente dos huteritas tradicionais, sabe-se que os HR servem nas Forças Armadas, embora isto ainda seja rejeitado pela maior parte de sua sociedade.

HYDROTEK CORP.: empresa especializada em extração e refino de hidrogênio no entorno de gigantes gasosos. As estações da Hydrotek são as principais instalações de reabastecimento e remassa na maioria dos sistemas.

I

ICMU: Inteligência do Comando Militar Unido.

IDEALIS: como a Semente é capaz de mudar de forma/formato a seu bel-prazer, os Wranaui a consideram o "ideal" platônico da incorporação física.

INARË: [[**Entrada Inválida: Verbete Não Encontrado**]]

INDÚSTRIA DE DEFESA LUTSENKO: uma empresa de munição sediada em Ruslan.

INJEÇÕES DE CÉLULAS-TRONCO: série de injeções antissenescência que revitalizam processos celulares, suprimem fatores mutagênicos, restauram o tamanho de telômeros e devolvem o corpo, de modo geral, a um estado equivalente à idade biológica de meados dos vinte anos. Em geral, repetido a intervalos de vinte anos depois do início. Não impede o crescimento de cartilagem induzido por envelhecimento em orelhas, nariz etc.

INTELIGÊNCIA DA FROTA: ramificação da MCMU dedicada à coleta de informações.

L

LAÇO MENTAL: em geral, qualquer grupo de Wranaui vinculados e dedicados a um só fim. Uma união solene e sagrada. Tradicionalmente selada enroscando-se os tentáculos/membros naqueles dos outros vinculados. Por conseguinte, um Laço costuma ter apenas sete membros (sendo este o número de tentáculos primários que possui a principal forma de Wranaui), mas o conceito costuma ser ampliado, incluindo mais. Na era moderna, um Laço pode ser formado por odor-próximo e ruído-baixo, mas existe um viés contra esses Laços por serem menos vinculativos do que aqueles formados pessoalmente.

Especificamente: o Laço criado pelo Líder de Cardume Nmarhl e seus compatriotas com o fim de se opor à liderança de Ctein e salvaguardar o Idealis posteriormente vinculado a Kira Navárez.

LAPSANG TRADING CORPORATION: conglomerado interestelar que começou como um empreendimento mercantil antes de passar a criação, financiamento e administração de colônias como Highstone, em Weyland. Sediada no Mundo de Stewart. Slogan: "Forjando o futuro juntos."

LEI DE SEGURANÇA ESTELAR: legislação aprovada depois da formação da Liga dos Mundos que resultou na criação do CMU e que concede poderes abrangentes às Forças Armadas, ao serviço de inteligência e a liderança civis na eventualidade de um incidente exogênico (como a descoberta da Lâmina Macia).

LÍDER DE CARDUME: qualquer capitão ou comandante Wranaui encarregado de mais de três unidades, mas, em geral, reservado para líderes de patentes equivalentes a brigadeiro ou almirante.

LIGA DOS MUNDOS ALIADOS: (LMA) governo interestelar formado depois da descoberta do Grande Farol em Talos VII. Consiste nos assentamentos dentro e em torno de Sol, Alfa Centauro, Epsilon Indi, Epsilon Eridani e 61 Cygni.

LIMIAR PLANGENTE: duto vulcânico subaquático nos oceanos de Pelagius. Lar do Conclave Abissal.

LIMITE DE MARKOV: distância de uma massa gravitacional em que passa a ser possível sustentar uma Bolha de Markov e, assim, fazer a transição para a viagem em FTL.

LINHAS LAMPADÁRIAS: crescimentos semelhantes a algas marinhas que fornecem iluminação nas profundezas do Limiar Plangente.

M

MANTOS GRADIENTES: traje tradicional de Entropistas devotos. Enfeitado com a fênix em ascensão, que é seu símbolo. Metatecido misturado com tecnologia avançada que permite que os mantos ajam como skinsuit, armadura e, quando necessário, arma.

MARGEM MAIS DISTANTE, A: poema de espaçonauta de Harrow Glantzer (huterita).

MARKOV, ILYA: engenheiro e físico que delineou a teoria do campo unificado em 2107, permitindo, assim, a moderna viagem em FTL.

MCMU: Marinha do Comando Militar Unido.

MEDIBOT: assistente robótico capaz de diagnóstico e tratamento para tudo, exceto os casos mais complexos. Os médicos dependem de medibots na maioria das cirurgias. Muitas naves dispensam inteiramente um médico, priorizando economias de custo pelo risco relativamente baixo de precisar de um médico humano.

MENTE COLETIVA: união psicomecânica de pelo menos dois cérebros. Em geral, realizada com sincronização de feixe contínuo de implantes, garantindo consenso entre estímulos intra, extra e proprioceptivos. A troca total de senso anterior de memória é uma parte comum (mas não necessária) do estabelecimento de uma mente coletiva. A amplitude efetiva depende do raio de alcance dos sinais e da tolerância à latência. O colapso tende a ocorrer quando a proximidade física ultrapassa a tolerância. A maior mente coletiva já registrada era de 49, mas o experimento teve vida curta porque os participantes sofreram uma sobrecarga sensorial debilitante.

MILCOM: rede oficial de comunicações do CMU.

MONGE ESCRAVO: *ver* Aspirante.

MOTOR DE TORQUE: motor gerador e propulsor concebido pelos Antigos. Usado como unidade de força, bem como para impelir espaçonaves de projeto dos Antigos. Funciona pelo "torque" da membrana de espaço-tempo fluida de modo a permitir a extração de energia do espaço superlumínico, apesar da densidade de energia menor deste espaço. A distorção pode também ser usada para propelir o motor pelo espaço sublumínico por meio de dobra ou para formar uma bolha de Markov para viagem em FTL.

MR: marca reserva. Indica proteção legal sobre um termo, expressão, frase ou símbolo.

MULTIFORME: *ver* Semente.

MUNDO DE STEWART: planeta rochoso na órbita de Alfa Centauro. Primeiro mundo colonizado fora do Sol. Descoberto e batizado por Ort Stewart. Não é um lugar hospitaleiro e, por conseguinte, os colonos produzem uma proporção mais alta do que o normal de cientistas, sua perícia sendo necessária para sobreviver no ambiente severo. Também o motivo para que muitos espaçonautas provenham do Mundo de Stewart; eles são ávidos para encontrar um lugar mais temperado.

N

NANOMONTADORA: impressora 3-D que utiliza nanobots na produção de formas complexas, máquinas e — com os suprimentos adequados — estruturas biológicas como músculos, órgãos e sementes.

NAVE DE GUERRA: a maior classe de nave padrão da Marinha do CMU. Fortemente armada, capaz de transportar um número considerável de soldados, lenta para manobras, em vista de seu tamanho. Nunca opera sem naves de apoio. (*Ver também* Cruzador.)

NCMU: Nave/Estação do Comando Militar Unido.

NINHO DE TRANSFERÊNCIA: dispositivo Wranaui para copiar memórias e estruturas cerebrais básicas de um corpo a outro. Também usado para imprimir personalidades/memórias armazenadas em um novo corpo depois da morte do indivíduo original. (*Ver também* Tfeir.)

NNAR: organismo semelhante a um coral, nativo de Pelagius, usado tradicionalmente como elemento decorativo pelos Wranaui. Algumas variedades secretam um revestimento transparente que tem leves efeitos psicotrópicos nas formas imaturas dos Wranaui.

NOMATI: animais semelhantes a pólipos nativos das regiões árticas de Eidolon. A cada eclipse solar, eles se despregam de seu ponto de ancoragem (normalmente uma pedra) e saltam 14 vezes. O motivo para isso é desconhecido.

NORODON: analgésico líquido de ação rápida adequado para dores de médias a graves.

NOVA ENERGIUM: o quartel-general e principal laboratório de pesquisa dos Entropistas. Localizada nos arredores de Shin-Zar.

NOVA ESCURA: cultivar de *Capsicum chinense*, manipulada geneticamente para depositar capsaicina pura em uma camada externa cerosa. Desenvolvida por Ines Tolentira, do Mundo de Stewart, antes de vencer o Festival Tri-Solar de Pimenta Ardida.

NSARRO: unidade de medida de distância dos Wranaui. Definida como a distância que alguém pode nadar em sete pulsos. (*Ver também* Ciclo e Pulso.)

NUMENISMO: religião centrada na suposta natureza sagrada dos números. Fundada em Marte por Sal Horker II por volta de 2165-2179 (estimativa), o Numenismo rapidamente ganhou força entre colonos e trabalhadores dependentes da tecnologia de seu novo mundo para sobreviver. A característica que define o Numenismo é a transmissão contínua de números — a Enumeração — de sua sede, em Marte. A Enumeração opera em ordem crescente pela lista de números reais.

NWOR: animal de água salgada e muitas pernas nativo de Pelagius. Tem concha semelhante à de crustáceos e dieta onívora. Notável por seus hábitos solitários.

□

ODOR-DISTANTE: classe de substâncias duráveis excretadas pelos Wranaui para comunicação de longa distância na água. O raio de alcance metafórico é estreito e a fidelidade é baixa, tornando-a de utilidade limitada para grandes trocas de dados. (*Ver também* Odor-próximo *e* Ruído-Baixo.)

ODOR-DISTANTE, RUÍDO-BAIXO: tradicionalmente, uma combinação dos dois métodos usados pelos Wranaui para comunicação de longa distância na água. Mais comumente, uma expressão para transmissões STL ou FTL, como que por rádio.

ODOR-PRÓXIMO: substâncias excretadas pelos Wranaui para comunicação. Seu principal método de transmitir informações linguísticas e não linguísticas.

ONDA: [[**Entrada Inválida: Verbete Não Encontrado**]]

OSTRA-LEÃO: animal nativo de Eidolon. Notável por sua concha âmbar. Usada na fabricação de tinta sépia.

P

PACKET: drone mensageiro pequeno, não tripulado, capaz de FTL.

PADRÃO: diretiva incorporada que norteia e estabelece objetivos de longo prazo dos Sementes.

PAPA FOXGLOVE: *ver* Pontifex Digitalis.

PARTIDO CONSERVACIONISTA: um dos vários partidos políticos importantes na Liga. De inclinações ecológicas, com foco na preservação da flora e da fauna de várias xenosferas. (*Ver também* Partido Expansionista *e* Estelaristas.)

PARTIDO EXPANSIONISTA: um dos vários partidos políticos principais na Liga. Fundado para ajudar a fomentar a difusão de humanos fora do Sol, agora concentrado principalmente na preservação dos interesses das colônias extrassolares estabelecidas, muitas vezes ao ponto de bloquear a criação de novas colônias. (*Ver também* Partido Conservacionista *e* Estelaristas.)

PÉ DE FEIJÃO: *ver* elevador Espacial.

PELAGIUS: nome humano para o planeta natal dos Wranaui. Estrela do tipo F a 340 anos-luz do Sol.

PESADELOS: crescimentos malignos e autossustentáveis provocados por uma união malsucedida entre Semente e hospedeiro (normalmente quando Semente ou hospedeiro — ou ambos — são avariados sem possibilidade de reparo).

PFENNIC: animal semelhante a um peixe, nativo de Pelagius. Notável pelo sabor acobreado de sua carne. Iguaria comum entre os Wranaui.

POÇAS DE INCUBAÇÃO: poças de maré rasa onde os Wranaui incubam seus ovos. Agora replicadas em poças artificiais para viagens e conveniência. Durante a incubação, os jovens Wranaui são combativos e canibais; só os mais fortes, poucos deles, sobrevivem.

PONTIFEX DIGITALIS: chefe religioso nominal dos Numenistas. Comanda e responde ao Colégio de Enumeradores. Responsável pela supervisão da Enumeração de números reais.

PORTAL DE TORQUE: buraco de minhoca artificial gerado e sustentado por um motor de torque estacionado em cada boca. Usado pelos Antigos para viagens quase instantâneas por vastas distâncias.

PREMIER: chefe da Liga do Mundos Aliados. Eleito pelos governos constituintes.

PRINCÍPIO ENTRÓPICO: texto central do Entropismo. Originado como uma declaração de intenções, mais tarde expandido a um tratado filosófico que contém um sumário de todo conhecimento científico, com ênfase principal em astronomia, física e matemática. (*Ver também* Entropismo.)

PRISIONEIRO: qualquer um que não seja Entropista. Alguém aprisionado no universo moribundo por sua falta de conhecimento.

PROPULSOR DE MARKOV: máquina movida a antimatéria que permite a viagem em FTL. (*Ver também* Teoria do Campo Unificado.)

PSEUDOINTELIGÊNCIA: simulacro convincente de senciência. Até o momento, a criação da verdadeira inteligência artificial provou-se mais difícil (e perigosa) do que se previa. As pseudointeligências são programas capazes de função executiva limitada, mas lhes faltam consciência de si, criatividade e introspecção. Apesar de suas limitações, mostraram-se imensamente úteis em quase todo domínio de empreendimento humano, de pilotar naves a administrar cidades. (*Ver também* Cérebro de Nave.)

PULSO: unidade padrão de medição do tempo dos Wranaui. Equivalente a 42 segundos. (*Ver também* Ciclo.)

Q

Q-DRIVE: um armazenador de memória de nível quântico.

QET: *ver* Quantum de Energia Translumínica.

QUANTUM DE ENERGIA TRANSLUMÍNICA (QET): o tijolo mais fundamental da construção da realidade. Uma entidade quântica de comprimento de Planck 1, energia de Planck 1 e massa zero. Ocupa cada ponto do espaço, sub e superlumínico, bem como a membrana lumínica que divide os dois.

R

RASTRO DE FLASH: viajar em FTL por distância suficiente para que se possa parar e ver a luz de um evento em tempo real. Por exemplo, a espaçonave A quer ver quando e onde a espaçonave B saiu do Sistema Solar em algum momento na véspera. A espaçonave A voa pelo número de horas-luz necessário (neste caso, 24) do Sol, depois para e observa, por telescópio, até ver B saindo do Sol.

RD 52s: Casaba-Howitzers resfriados a hidrogênio a uma fração de um grau do zero absoluto. Usados como minas. Uma tentativa inicial de esconder armamento no espaço.

REGINALD, O DEUS DE CABEÇA DE PORCO: líder de seita local da cidade de Khoiso. Humano manipulado geneticamente com uma cabeça suína. Seus seguidores acreditam que seja uma deidade encarnada, possuidora de poderes sobrenaturais.

REMASSA: propelente expelido da traseira de uma espaçonave. Em geral, hidrogênio. Não deve ser confundido com combustível, que no caso de foguetes nucleares é matéria fusionada ou cindida para aquecer a remassa/o propelente.

RETÍCULO: rede intranave usada pelos Wranaui.

RSW7-MOLOTÓK: Casaba-Howitzers fabricados pela Indústria de Defesa Lutsenko.

RTC NEWS: Ruslan Transmission Company. Transmissão de notícias gerada de 61 Cygni.

RUÍDO-BAIXO: emanações vocais usadas pelos Wranaui para comunicação de longa distância em seus oceanos. Semelhante ao canto da baleia.

RUSLAN: planeta rochoso na órbita de 61 Cygni A. Segunda colônia mais nova na Liga, atrás de Weyland. Colonizada principalmente por interesses russos. A mineração extensiva acontece nos cinturões de asteroides em torno da parceira binária de A, Cygni B.

S

SAMAMBAIA OROS: planta nativa de Eidolon. Preto-esverdeada, com folhas que crescem em espiral, como as samambaias (daí o nome).

"*SAMAN-SAHARI*": canção lenta e baixa originária do Combinado de Farson (propriedade coletivista criada em um planetoide nos arredores de Alfa Centauro durante os primeiros anos da colonização do sistema).

SAN AMARO: pequeno país latino-americano. Localização do primeiro elevador espacial da Terra.

SAYA: "ter certeza". A tradução literal está mais para "minha certeza". De uso comum em Ruslan. Derivada do malaio.

SCRAMROCK: hipervibrações pós-fusion, caracterizadas por samples de ondas de rádio e de plasma captadas dos anéis de vários gigantes gasosos. Popularizado pelos Honeysuckle Heaps em 2232.

SECRETÁRIO DE DEFESA: autoridade civil que supervisiona as Forças Armadas da Liga.

SEMENTE: potencial genético de auto-organização. Uma centelha de vida no vazio infinito.

SEPARAÇÃO: guerra civil Wranaui cataclísmica incitada pela descoberta de numerosos artefatos tecnológicos feitos pelos Antigos, inclusive a Semente e várias outras formas semelhantes. Levou à heresia da carne de Tfeir. Enquanto Braço combatia Braço pela supremacia, os Wranaui também se envolveram em uma ambiciosa campanha de expansão, colonizando numerosos sistemas. Seu conflito interno quase destruiu a espécie, em parte pela guerra convencional, em parte pelo despertar de um aspirante, e em parte pela criação inadvertida dos Corrompidos. A civilização Wranaui foi destruída e a plena recuperação levou quase três séculos. (*Ver também* Onda e Tfeir.)

SETE MINUTOS PARA SATURNO: filme de guerra realizado em Alfa Centauro em 2242 sobre a tentativa fracassada de Vênus de conquistar a independência da Terra durante a Ofensiva Zahn.

SETE-OU-NADA: jogo de cartas tradicional de espaçonautas. O objetivo é acumular o máximo de setes ou múltiplos de sete, somando-se os valores das cartas (as cartas figuradas têm seu valor numérico).

SÉTIMA FROTA: frota numerada da Liga dos Mundos Aliados. Quartel-general na Estação Deimos, nos arredores de Marte. Parte da Frota Solar do CMU. A maior das frotas avançadas do CMU.

SFAR: nível de depuração dos Wranaui. Superior a *sfenn*, inferior a *sfeir*.

SHI-BAL: xingamento coreano, equivalente a "caralho" em português. Usado exclusivamente com raiva e/ou conotação negativa.

SHIN-ZAR: planeta de gravidade elevada na órbita de Tau Ceti. Única colônia grande a se recusar a pertencer à Liga, o que resultou em conflito armado entre forças zarianas e a Liga, e na perda de alguns milhares de vidas dos dois lados. Notável pelo número elevado de colonos de origem coreana. Também notável pela manipulação genética da população a fim de ajudar os colonos a se adaptarem à gravidade mais forte que a da Terra. As principais alterações são: estrutura esquelética consideravelmente mais grossa, capacidade pulmonar aumentada (para compensar o baixo nível de oxigênio), hemoglobinas aumentadas, massa muscular aumentada via inibição da miostatina, tendões duplos e órgãos de modo geral maiores. População genética divergente. (*Ver também* Entropismo.)

SINDICATO PONDER: sindicato de trabalhadores sediado nos estaleiros de Ceres.

SJAMs: vulgo "cetros divinos". Projéteis inertes feitos de hastes de tungstênio que são largados de órbita. Conceito inventado pelo dr. Pournelle, no século XX. Uma forma de arma cinética. Usada por militares quando os explosivos convencionais não são práticos (por exemplo, quando se quer evitar radiação) ou quando há o receio de contramedidas antiprojéteis.

SKINSUIT: traje protetor colado à pele, polivalente, que — com um capacete — pode agir como traje espacial, equipamento de mergulho e traje para climas frios. Equipamento padrão para qualquer um em ambiente hostil.

SKUT: imundo, inútil, por exemplo, "Vá fazer aquele trabalho skut". Derivado de *scut*, "trabalho menor". Pejorativo.

SOLDADINHO DE CHUMBO: expressão pejorativa para quem mora ou nasce em um planeta.

S-PAC: manipulador robótico usado para lidar com material em quarentena.

STIMWARE: uma das várias marcas de um medicamento popular para substituir o sono. A droga contém dois compostos diferentes: um para restaurar o ritmo circadiano do corpo, outro para livrar o cérebro de metabólitos como o β-amiloide. Quando em privação de sono, a dosagem previne neurodegeneração e mantém um alto nível de funcionamento mental/físico. O estado anabólico de sono não é reproduzido, portanto assim ainda é necessário o descanso normal para a secreção do hormônio de crescimento e a recuperação adequada dos estresses diários.

STRAIGHT SWEEP: a mão de cartas natural mais alta no sete-ou-nada, consistindo em quatro reis, duas rainhas e um ás, numa contagem de 77 e valendo onze pontos.

SUMONÚMERO: maior número imaginável. Segundo os Numenistas, a soma de todo conhecimento, contendo o conhecido e o desconhecido. A maior parte de duas metades iguais. Deus.

SUPREMO: o portador do Bastão Azul. Líder da Heptarquia.

T

"*TANGAGRIA*": canção folclórica de Bolonha, na Itália. Autoria desconhecida.

TECIDO INTELIGENTE: metatecido integrado por eletrônica, nanomáquinas e outros melhoramentos. Capaz de assumir diferentes formas, com o estímulo correto.

TEORIA DO CAMPO UNIFICADO: teoria elaborada por Ilya Markov em 2107 que contém os fundamentos para a viagem em FTL (assim como várias outras tecnologias).

TERRITÓRIOS LIVRES: assentamentos, conclaves, estações e explorações que não são afiliados a nenhum governo maior.

TESSERITA: mineral exclusivo de Adrasteia. Semelhante ao benitoíte, mas com uma tendência maior para o roxo.

TFEIR: um dos seis Braços dos Wranaui. Notável por sua heresia da carne: autorreplicação via Ninho de Transferência *sem* a morte da forma original. Considerado um pecado de orgulho pelos outros Wranaui. Um importante fator de contribuição para a Separação.

TGP: Tempo Galáctico Padrão. Cronologia universal determinada por emissões de QET do núcleo galáctico. A causalidade pode parecer interrompida, mas é só aparência; *a* sempre vai causar *b*.

THRESH: metal pesado esmagador que se originou nas comunidades agrícolas de Eidolon. Notável pelo uso de implementos agrícolas como instrumentos.

THULE: vulgo o Senhor dos Espaços Vazios. Pronuncia-se *TUL*. Deus dos espaçonautas. Derivado de *ultima Thule*, expressão em latim que significava "um lugar além dos limites de todos os mapas". Originalmente aplicado a um planetesimal transnetuniano no Sol, o termo passou a ser aplicado ao "desconhecido" de modo geral, e então ganhou personificação. Há muitas superstições em torno de Thule entre os mineiros de asteroides no Sol e em outros lugares.

TIGREMALHO: predador grande, como um felino, nativo de Eidolon. Notável pelas barbelas no dorso, os olhos amarelos e a inteligência superior.

"TOXOPAXIA": giga popular de um dos anéis habitacionais em torno do Sol.

TRANSCENDÊNCIA: jogo de computador em que o objetivo é guiar uma espécie do alvorecer da senciência à colonização estelar no menor tempo possível.

TSURO: dispositivo de sinalização usado pelos Antigos para convocar e controlar os Sementes. Opera por meio de frente de onda QET modulada.

V

VARREDURA EM REDE: uma análise invasiva e profunda de todos os dados coletados pelos implantes de uma pessoa. Muitas vezes prejudicial para a saúde física e mental do indivíduo, em vista da potência dos sinais elétricos usados, bem como da natureza íntima da sonda. Às vezes resulta em perda de função encefálica.

VINTE E OITO G: um dos vários satélites de comunicações na órbita de Zeus e Adrateia.

VÓRTICE: *ver* Grande Farol.

VSL: veículo superlumínico. Designação da Liga para uma nave civil capaz de FTL.

W

WEYLAND: planeta colônia na órbita de Epsilon Indi. Batizado em homenagem ao lendário ferreiro nórdico/germânico. Nenhuma forma de vida nativa digna de nota.

WRANAUI: espécie senciente e espacial originária do planeta Pelagius. Ciclo de vida muito complexo, com uma estrutura social hierárquica igualmente complicada, dominada por Braços e uma forma governante. Os Wranaui são uma espécie naturalmente oceânica, mas, pelo extenso uso de corpos artificiais, adaptaram-se a quase todos os ambientes possíveis. Agressivos e expansionistas, têm pouca consideração por direitos ou segurança individuais, em vista de sua dependência de corpos substitutos. Sua linguagem baseada no olfato é de tradução extraordinariamente difícil para os humanos. Mesmo sem melhoramentos tecnológicos, os Wranaui são biologicamente imortais; seus corpos de base genética sempre são capazes de reverter a uma forma imatura a fim de renovar a carne e evitar a senescência. Algumas evidências indicam que podem ter sido geneticamente modificados pelos Antigos em algum momento de seu passado distante.

Y

YANNI, O TRITÃO: programa de entretenimento infantil popular em Ruslan que levou à moda de ter tritões como animais de estimação.

Z

ZELADORES: criaturas biomecânicas altamente inteligentes que vivem na Unidade. Responsáveis pela manutenção geral e por construções menores. Especulava-se que tinham alguma forma de mente coletiva integrada.

APÊNDICE IV

* * * * * * *

CRONOLOGIA

1700-1800 (EST.):

- A Separação

2025-2054:

- Desenvolvimento e construção do primeiro elevador espacial terrestre. Rapidamente se seguiu pelo aumento na exploração e no desenvolvimento econômico no Sistema Solar (Sol). Primeiros humanos pousam em Marte. Construção de base lunar, bem como várias estações espaciais por todo o Sol. Começa a mineração de asteroides.

2054-2104:

- Com o elevador espacial construído, a colonização do Sistema Solar se acelera. Começa a Expansão Huterita. Fundação da primeira cidade flutuante em Vênus. Postos avançados permanentes (embora não autossustentáveis) em Marte. Muito mais habitats e estações construídos por todo o sistema. Começa a construção de um anel orbital em torno da Terra.
- Os foguetes movidos a fissão e termonucleares são o principal modo de transporte no Sistema Solar.
- O matemático Jalal Sunyaev-Zel'dovich publica os princípios fundamentais do Entropismo.
- Fazer cumprir a lei torna-se cada vez mais difícil no Sistema Solar. Começam os embates entre os assentamentos externos e os planetas internos. A lei espacial internacional é ampliada e mais desenvolvida pelas Nações Unidas e por governos individuais. Brotam milícias em Marte e entre os mineiros de asteroides. As corporações sediadas no espaço usam empresas privadas de segurança para proteger seus investimentos. A essa altura, o espaço é inteiramente militarizado.

- Vênus e Marte permanecem estreitamente ligados à Terra, nos aspectos político e de recursos, mas começam a tomar forma os movimentos de independência.
- A construção de painéis solares gigantescos no espaço proporciona energia barata por todo o Sol. Filtros, implantes e modificações genéticas são comuns entre os que podem pagar por eles.
- Os propulsores de fusão substituem os foguetes de fissão mais antigos, reduzindo drasticamente os tempos de viagem dentro do Sistema Solar.

2104-2154:

- Fundação do Empório de Tritões Pios de Fink-Nottle.
- Invenção das injeções de células-tronco, efetivamente tornando os humanos biologicamente imortais. Isto leva ao lançamento de várias naves colônias autossustentáveis em subluz a Alfa Centauro.
- Logo em seguida, Ilya Markov codifica a teoria do campo unificado (TCU). Construção de um protótipo funcional de propulsor FTL em 2114. A nave experimental *Daedalus* faz o primeiro voo em FTL.
- Naves de FTL partem para Alfa Centauro, superando as naves colônias subluz. Primeira colônia extrassolar fundada no Mundo de Stewart em Alfa Centauro.
- Oelert (2122) confirma que a maior parte da matéria sublumínica local existe em um vasto halo em torno da Via Láctea.
- Seguem-se várias outras colônias extrassolares. Primeiro em Shin-Zar. Depois em Eidolon. Algumas cidades/postos avançados são fundadas por corporações. Algumas por nações da Terra. Seja como for, as colônias são altamente dependentes de suprimentos do Sol, para começar, e a maioria dos colonos acaba mergulhado em dívidas depois de comprar os vários componentes de equipamento de que precisam.

2154-2230:

- Weyland é colonizado.
- O Numenismo é fundado em Marte por Sal Horker II por volta de 2165-2179 (est.).
- À medida que crescem, as colônias começam a afirmar sua independência da Terra e do Sol. Conflitos entre facções locais (por exemplo, o Levante em Shin-Zar). As relações com a Terra ficam turbulentas. Vênus tenta, sem sucesso, ganhar sua independência na Ofensiva Zahn.
- Ruslan é colonizado.

2230:

- Nasce Kira Navárez.

2234-2237:

- Descoberta do Grande Farol em Thalos VII pelo capitão Idris e a tripulação da SLV *Adamura*.
- É formada a Liga dos Mundos Aliados, com grande resistência e suspeita. Algumas colônias/territórios livres se abstêm. Aprovação da Lei de Segurança Estelar, levando à criação do CMU e à consolidação de grande parte das forças da humanidade. Ocorrem batalhas pela soberania com vários grupos que insistem em permanecer independentes, inclusive, mais notadamente, o governo planetário de Shin-Zar.
- Forte tempestade de inverno em Weyland resulta em danos significativos às estufas da família Navárez.

2237-2257:

- Escândalo de corrupção com Sasha Petrovich perto do final de 2249, que resulta na renúncia do governador de Ruslan, Maxim Novikov.

2257-2258:

- Levantamento da lua Adrasteia e eventos subsequentes.

* * * *

POSFÁCIO & AGRADECIMENTOS

1.

Saudações, Amigos.

Foi uma longa jornada. Entrem, sentem-se perto do holo, tirem o peso dos pés. Vocês devem estar cansados. Tem um uísque venusiano na prateleira a seu lado... É, esta mesma. Sirvam-se de um copo, se quiserem.

Enquanto vocês se recuperam, vou lhes contar uma história. Não, essa não, outra. Uma história que começa em 2006-7 (as datas ficam vagas com o tempo). Eu tinha concluído meu segundo romance, *Eldest*, e estava quase terminando o terceiro, *Brisingr*, e estava exausto, frustrado porque o que antes era uma trilogia tinha se expandido para uma tetralogia e eu teria de passar vários outros anos trabalhando no Ciclo da Herança. Vejam bem, eu adorava a série e fiquei feliz ao terminá-la, mas ao mesmo tempo eu queria — não, *precisava* — tentar fazer outra coisa. A disciplina é um pré-requisito necessário para o sucesso criativo, entretanto, o valor da variedade não deve ser desprezado. Quando experimentamos coisas novas, aprendemos, crescemos e mantemos a empolgação por nosso ofício.

Então, enquanto eu passava meus dias na terra de Alagaësia, escrevendo sobre elfos, anões e dragões, passava as noites sonhando com outras aventuras em outros lugares. Um destes sonhos envolvia uma mulher que encontrara um biotraje alienígena em uma lua que orbitava um gigante gasoso...

Era uma ideia rudimentar, mais um esboço que qualquer outra coisa. No entanto, desde o comecinho, eu sempre soube como a história começaria (com Kira encontrando o traje) e como terminaria (com Kira vagando no espaço). A parte complicada era imaginar tudo que aconteceria entre uma coisa e outra.

Depois de terminar *Brisingr*, aventurei-me a escrever o início de *Dormir em um mar de estrelas*. Se vocês vissem essa versão inicial, iam rir. Era meia-boca, mal composta, mas o esqueleto do que viria a se tornar esta história estava presente, esperando ser desenterrado.

Tive de deixá-lo de lado para escrever e promover *Herança*. Isto me tomou até meados de 2012 (uma turnê de divulgação para um livro/série popular não é pouca coisa).

Depois disso, após terminar uma série em que estive trabalhando dos quinze aos vinte e oito anos, eu precisava de um tempo.

Por seis meses, não escrevi. Depois, voltou a velha coceira para criar. Preparei um roteiro (que não deu certo). Escrevi vários contos (um deles foi mais tarde publicado em *O garfo, a bruxa e o dragão*, continuação do Ciclo da Herança). Comecei a pesquisar os fundamentos científicos para minha futura história.

A pesquisa ocupou a maior parte de 2013. Não sou físico, nem matemático — nem mesmo fiz faculdade —, então tive de me esforçar muito para chegar ao nível de compreensão que queria. Por que ir tão longe? Porque, como a magia está para a fantasia, a ciência está para, bom, a ficção *científica*. Ela determina as regras de sua história, define o que é possível ou não. Embora eu tenha imaginado *Dormir em um mar de estrelas* como uma carta de amor ao gênero, queria evitar algumas convenções técnicas que solapariam o cenário. Principalmente, queria um jeito para as naves viajarem em FTL que *não* permitisse a viagem no tempo, e que *não* contradissesse flagrantemente a física que conhecemos. (Não tem problema torcer algumas regras aqui e ali, mas a ruptura completa não caía bem para mim.)

É claro que não importa toda a construção do universo se a história em si não for boa. Foi nisto, infelizmente, que encontrei a maior dificuldade.

Por vários motivos pessoais, a escrita do primeiro rascunho da história demorou até janeiro de 2016. Três (mais ou menos) anos de trabalho árduo, muito árduo. Depois de terminar, minha primeira leitora, minha única e singular irmã, Angela, informou-me que o livro simplesmente... não... funcionava. Depois de ler eu mesmo o rascunho, percebi que, lamentavelmente, ela estava certa.

O ano de 2017 se passou em um frenesi de reescrita. Nada disso corrigiu os problemas subjacentes. A reescrita foi, metaforicamente, como rearranjar as cadeiras do convés do *Titanic*, o que nada faria para mudar o fato de que a integridade estrutural do navio estava comprometida.

O problema era o seguinte: depois de trabalhar no Ciclo da Herança por tanto tempo, minhas habilidades de criar tramas tinham enferrujado por falta de uso. Os músculos da solução de problemas que eu tinha formado durante o desenvolvimento da história para *Eragon* e as sequências atrofiaram na década desde então. Não vou mentir: depois do sucesso do Ciclo da Herança, talvez eu estivesse um pouquinho presunçoso quando comecei *Dormir em um mar de estrelas*. "Bom, se eu pude fazer *aquilo*, *isto* não deve ser um problema."

Ha! A vida, o destino, os deuses — chame como quiser, mas a realidade sabe humilhar a todos nós.

A situação chegou ao auge no final de 2017, quando meu agente, Simon, e a minha então editora, Michelle, informaram-me gentilmente que a reescrita não estava dando certo.

Naquele momento, quase desisti. Depois de tanto tempo e trabalho investidos, voltar quase à estaca zero era... constrangedor. No entanto, se tem uma característica que me define, é a determinação. Sinceramente detesto desistir de um projeto, mesmo quando o bom senso me diz o contrário.

Assim, em novembro de 2017, parei de arrumar as cadeiras do convés e, em vez disso, voltei ao projeto básico da história. Questionei *tudo*. Em uma semana e meia, escrevi (à mão) mais de duzentas páginas de anotações dissecando personagens, motivação, significado, simbologia, tecnologia... Pode pensar em qualquer coisa: eu garanto que examinei.

Só então, só quando senti que tinha um esqueleto novo e forte para sustentar a história, comecei a reescrever. A maior parte da parte um, Exogênese, continuou a mesma. Um pedaço da parte dois também. Depois, no entanto, escrevi tudo do zero. Não existia Caçabicho na versão original. Nem visita ao Sol. Nem viagem a Cordova. Nem pesadelos, nem o Bucho, nem a Unidade, nem a grande aventura para além de 61 Cygni.

Essencialmente, escrevi todo um livro novo — e não era pequeno — em 2018 e na primeira metade de 2019. Neste mesmo período, também escrevi e editei *O garfo, a bruxa e o dragão*, fiz uma turnê para divulgá-lo nos Estados Unidos e na Europa, e continuei em turnês nos Estados Unidos por todo 2019 como escritor residente da Barnes & Noble. Ufa!

Escrever e editar *Dormir em um mar de estrelas* foi, de longe, o desafio criativo mais difícil de minha vida. Tive de reaprender a contar histórias, reescrever um livro em que passei anos trabalhando e superar vários desafios pessoais e profissionais.

Valeu a pena? Acho que sim. Estou ansioso para usar as habilidades que aprendi/readquiri em um novo livro. O próximo, se tudo correr bem, consumirá um tempo consideravelmente *menor* que nove anos para ser escrito e publicado.

Revendo a história deste projeto, ele me parece bastante com um sonho. Tanto tempo se passou. Tanta angústia, esforço e ambição. Terminei o primeiro rascunho enquanto passava o inverno dividido entre um apartamento capenga em Edimburgo e um apartamento um pouco mais iluminado em Barcelona. As revisões foram realizadas enquanto eu morava em Montana, mas também em uma dúzia de locais diferentes pelo planeta, levado pelo trabalho e pela vida. As edições finais foram feitas durante uma pandemia.

Quando tive a ideia para esse livro, eu tinha vinte e poucos anos. Agora estou com trinta e muitos. Quando comecei, não tinha fios brancos na barba. Nem barba eu tinha! Agora os primeiros fios de neve apareceram. Eu nem era casado, e isso foi uma aventura por si só...

Dormir em um mar de estrelas não é perfeito, mas é a melhor versão desta história que pude escrever e tenho orgulho do resultado. Para citar Rolfe Humphries, do prefácio a sua tradução para o inglês da *Eneida*: "A dimensão de um épico exige, na escrita, uma variedade projetada, uma irregularidade calculada, de vez em quando algum descuido descontraído."

É tudo verdade. Também gosto do que ele diz em seguida:

"As últimas revisões sempre são as mais enervantes e Virgílio, pode-se muito bem acreditar, trabalhou no poema por mais de uma década, chegou ao ponto em que sentiu que preferia fazer qualquer coisa, inclusive morrer, a continuar no poema mais uma vez... Quem quer um poema épico inteiramente perfeito, aliás?"

São exatamente meus sentimentos. Todavia, espero que vocês tenham gostado das imperfeições deste romance.

Então. Agora contei uma história sobre uma história. A noite avança e seu uísque venusiano está quase acabando. Passei muito tempo tagarelando. Antes de vocês se retirarem, no entanto, algumas observações finais.

Uma: aqueles de vocês que são fãs do Ciclo da Herança talvez tenham notado algumas referências à série *neste livro*. Não foi imaginação de vocês. E sim, Inarë é quem vocês pensam que é. (Para os que não estão familiarizados com o nome, recomendo ver a carta de Jeod em meu site, paolini.net.)

Dois: se quiserem cavar mais fundo no universo de *Dormir em um mar de estrelas*, sugiro prestar atenção ao uso do número sete na história (sempre que possível, todos os números ou são múltiplos de sete, ou dão sete quando somados). Vocês também vão achar interessante situar lugares fora deste romance onde o *sete* pode ter participado.

Três: o sumário contém um acrônimo divertido.

Chega. Já disse o que queria. O ar está frio, as estrelas brilham e esta história chegou a seu fim, para Kira e para mim.

Comam a estrada.

2.

Na criação deste romance, tive a felicidade de receber o apoio de uma enorme quantidade de pessoas. Sem elas, *Dormir em um mar de estrelas* nunca teria visto a luz do dia. São elas:

Meu pai, por manter as coisas em andamento quando eu estava enterrado nos originais por meses a fio. Minha mãe, pela paciência e edição (tanta edição!), e pelo apoio contínuo. Minha irmã, Angela, por nunca deixar que eu me acomodasse com um resultado meia-boca e por me dar o chute necessário para corrigir o enredo de Gregorovich (entre muitos outros). Caru, que criou os logos incríveis (além do de Shin-Zar) que aparecem na Terminologia, bem como toneladas de outras artes conceituais. Minha esposa, Ash, por seu apoio contínuo, seu humor, seu amor e suas várias contribuições artísticas (inclusive o logo de Shin-Zar). E um grande obrigado a toda a minha família por ler este livro mais vezes do que qualquer pessoa mentalmente sã deveria fazê-lo.

Minha assistente (e amiga) Immanuela Meijer, por sua contribuição, o apoio e algumas lindas obras de arte. Ela é a responsável pelo mapa de Sigma Draconis, 61 Cygni, parte do Caçabicho e o incrível mapa/última página fractal da edição americana.

Meu agente, Simon Lipskar, que — desde bem no início — foi um defensor incansável deste livro e do que ele sabia que podia ser. Obrigado, Simon!

Minha querida amiga, Michelle Frey, que leu várias versões iniciais do livro e teve a tarefa nada invejável de me dizer o que não estava funcionando. Sem sua contribuição, eu nunca teria dado o salto e escrito uma versão que *funcionasse*.

Na Macmillan: Don Wesiberg, que me conheceu durante seu tempo na Random House e por causa disto se dispôs a se arriscar com um romance adulto de alguém que antes só era conhecido pelo público jovem adulto. Obrigado, Don!

Na Tor: meus editores, Devi Pillai e William Hinton. Eles me pressionaram mais do que eu esperava... e o livro é melhor graças a isto. Também no editorial: os assistentes Rachel Bass e Oliver Dougherty, e a preparadora de originais Christina MacDonald.

Na publicidade/marketing: Lucille Rettino, Eileen Lawrence, Stephanie Sarabian, Caroline Perny, Sarah Reidy e Renata Sweeney. Se vocês ouviram falar deste livro, as responsáveis são elas!

Na produção/design: Michelle Foytek, Greg Collins, Peter Lutjen, Jim Kapp, Rafal Gibek. Sem eles, o livro não teria sido publicado a tempo e certamente não ficaria tão bom. Agradeço a todos os outros da Tor que trabalharam neste livro.

Também agradeço a Lindy Martin pela linda imagem de capa.

No lado técnico das coisas: Gregory Meholic, que teve a gentileza de me deixar usar sua teoria Triespacial como base para meu sistema FTL (bem como vários de seus gráficos, que foram redesenhados no Apêndice I). Ele também respondeu a montes de perguntas enquanto eu me esforçava para entender as especificidades de como isso funcionava. Peço desculpas a ele por adulterar sua teoria em um ou dois lugares, em nome da ficção. Desculpe-me, Greg! Também Richard Gauthier — que originou a ideia de QET — e H. David Froning Jr., que inventou o fundamento técnico para os campos eletromagnéticos condicionados, que usei como base para meus Propulsores de Markov. Por fim, mas não menos importante, Winchell Chung e o site Atomic Rockets (www.projectrho.com/rocket/). A melhor fonte para quem quer escrever ficção científica realista. Sem ele, as ideias neste livro teriam ficado muito menos interessantes.

Uma menção especial à família de Felix Hofer, que teve a gentileza de me deixar usar o nome dele neste livro. Felix era um leitor meu que, tragicamente, faleceu em um acidente de moto logo depois de completar dezoito anos. Nós nos correspondemos um pouco e, bom, quis marcar seu falecimento e fazer o máximo para que o nome de Felix continuasse vivo.

Como sempre, o maior agradecimento de todos vai para vocês, queridos leitores. Sem vocês, nada disso seria possível! Então, mais uma vez, obrigado. Vamos repetir isso em breve.

Christopher Paolini
15 de setembro de 2020

Impressão e Acabamento:
GEOGRÁFICA EDITORA LTDA